막심 고리키(1868~1936)

타지크어 작가연합 건물 타지키스탄 공화국 두샨베

〈시위〉 일리야 레핀. 1905. 상트페테르부르크, 러시아 박물관. 고리키는 제정 러시아 군대의 민중 학살 사건에 항의하여 투옥된다.

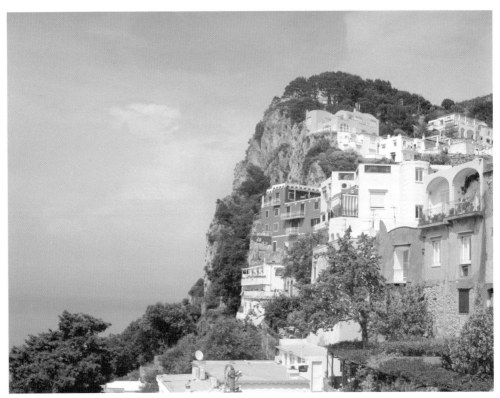

카프리 별장 고리키는 1905년 상트페테르부르크의 피의 일요일로 불리는 '가퐁신부사건'을 부추겨 반란을 일으켰다
는 혐의로 체포되었으나, 전세계 지식인들의 요청으로 국외 추방을 조건으로 석방된 뒤 7년간 망명 생활을 했다.
1909~11년까지 카프리 섬의 별장에서 지내는 동안 이곳은 정치에 불만을 품은 지식인들의 중심지가 되었다.

〈코민테른 제2회 대회 개막 기념 축제〉 보리스 쿠스토디예프. 1921. 상트페테르부르크, 러시아 미술관. 러시아 혁명은 낡
은 질서가 일소되고 피지배계급과 지배계급이 변한 것이다. 혁명이 일어난 뒤 기념일이 되면 성대한 축제가 벌어졌다.

빛이 있으라 고리키가 미국 여행 때 〈뉴욕 세계 신문〉에 실린, 자유의 여신상에 고리키가 성화하는 풍자 만화. 1906. 4. 12일자

법정에서 차르 니콜라스 고리키의 펜화로 니콜라스 2세를 쫓아내는 풍자 만화. 1906. 4. 13일자

고리키와 마리아 안드레에바라 미국 여행 무렵 작가들의 많
은 환영을 받았으나 아내와 별거하고 러시아 배우 안드레에
바라와 동거해온 사실이 밝혀져 쫓겨나다시피 미국을 떠났다.

고리키와 톨스토이 날반디안 드미트리 아브라모비치. 고리
키는 '러시아에는 두 명의 위인이 있는데 하나는 톨스토
이, 다른 하나는 레닌이다'라고 했다.

시 '태양의 아이들'을 읽고 있는 고리키 일리야 레핀. 1905. 푸쉬킨 박물관

막심 고리키 기념물 우크라이나 남부 메리토폴

《어린시절》삽화 외할아버지는 아들들의 장난에 어떤 태도를 취했는지 기억이 나지 않는다. 하지만 외할머니는 그들에게 주먹을 들이대고 위협하며 호통을 쳤다. "이 파렴치한 악당들!"

조용히 기타줄을 뜯으면서, 뭔가 마음을 울리는 자기도 모르게 일어서게 만드는 곡을 연주했다. 그의 음악은 긴장된 침묵을 요구했다.

"요 녀석, 잠든 척하고 있네. 안 자지?" 외할머니가 조용히 말했다. "안 자는 것 다 알아, 요 녀석, 자 이불 좀 줘!" 다음에 일어날 일을 예감하면서 나는 웃음을 참을 수가 없었다.

외할머니는 말의 다리 밑으로 뛰어들어 팔을 벌리고 말 앞에 섰다. 말은 슬프게 울며 곁눈으로 불길을 보면서 외할머니 쪽으로 몸을 뻗었다.

식사 전 외할아버지는 나와 시편이나 기도서를 읽었다. 식사가 끝나면 외할아버지는 기도를 시작했고 참회의 말들이 오랫동안 울려 퍼졌다.

세계문학전집098
Максим Горький
ДЕТСТВО/МАТЬ/НА ДНЕ
어린 시절/어머니/밑바닥
막심 고리키/최홍근 옮김

동서문화사

디자인 : 동서랑 미술팀

어린 시절/어머니/밑바닥
차례

Детство

어린 시절

주요인물

알렉세이 뒷날 막심 고리키

아버지 막심 볼가 강 기선회사에 근무하는 솜씨 좋은 목공. 아들인 알렉세이
의 추억 속에서만 등장한다. 고리키는 아마도 아버지로부터 독립적인 불굴
의 정신과 밝은 성격, 튼튼한 육체를 물려받은 듯하다. 아버지가 세상을 떠
났을 때 고리키는 다섯 살이었다.

어머니 바르바라 니주니시(뒷날 고리키시) 염색집 딸. 막심이 죽고 나서 귀족과
재혼했다가 실패하고, 젊은 나이에 궁핍과 병고 속에 세상을 떠난다. 고리
키가 아홉 살 때였다.

외할아버지 바실리 족장적 가족주의 전제군주 타입. 마음이 약한 인간적인 면
도 있다. 볼가 강 배끌이 일꾼에서 성공하여 염색업에 뛰어들어 동직조합
장(同職組合長)까지 지냈지만, 나중에는 실패하고 만년에 실성하여 거지가
된다.

외할머니 아쿨리나 걸식하는 여자의 딸, 레이스로 유명한 발라프나의 레이스
짜는 여자. 소박하고 아름다운 인품의 소유자로 문맹이었지만 문학적 재능
이 뛰어나서 구전하는 전설, 옛이야기, 서사시 등을 뛰어난 말솜씨로 풀어
낸다. 4살부터 8, 9살 사이에 외할머니에게서 받은 영향이 자못 커서, 고리
키의 인간형성에 중요한 바탕이 된다.

외삼촌 미하일과 야코프 염색업을 물려받지만, 둘 다 게으른 데다 술을 좋아하
며 아버지의 재산을 두고 골육상쟁을 벌인다. 이들은 낡고 어두운 러시아
를 상징한다.

1

어둑하고 좁은 방 창문 밑 마루 위에 키가 큰 아버지가 하얀 옷을 입고 누워 있다. 맨발의 발가락은 기이하게 벌어져 있고, 가슴 위에 조용히 얹힌 부드러운 손가락도 뒤틀려 있었다. 아버지의 쾌활했던 두 눈은 검고 동그란 구리 동전*¹들로 빈틈없이 봉해져 있고, 선한 얼굴은 거무스름히 변한 데다가 이까지 흉하게 드러나 있어서 나는 무서움을 느꼈다.

반쯤 벌거숭이 엄마는 붉은 치마를 걸친 채 무릎 꿇고 앉아 내가 수박껍질을 깎던 검은 빗으로 아버지의 길고 부드러운 머리카락을 이마에서 뒷머리 쪽으로 빗어 넘기고 있었다. 엄마는 낮게 갈라진 목소리로 무슨 말인가를 중얼거리고 있었다. 잿빛 눈은 통통 부어올라 솟구치는 눈물의 홍수 속에서 녹아내리는 듯했다.

외할머니가 내 한쪽 손을 잡고 있었다. 커다란 머리에 커다란 눈, 우스꽝스럽게 생긴 문적문적한 코를 가진 뚱뚱한 외할머니. 온통 새까만 옷차림의 외할머니는 부드럽고 놀랄 만큼 재미있었다. 외할머니는 뭔가 독특하면서도 능숙하게 엄마 목소리에 맞춰 울면서 온몸을 떨고 있었다. 그리고 나를 이끌어 아버지 쪽으로 데려갔다. 나는 온 힘을 다해 버티면서 외할머니 뒤에 숨었다. 무섭고 어색했기 때문이다.

나는 어른들이 우는 걸 한 번도 본 적이 없었다. 외할머니가 계속 뭐라 되뇌는 말을 알아들을 수가 없었다.

"아빠에게 작별인사를 해야지. 다시는 아빠를 못 볼 거야. 아가, 네 아빠는 세상을 떠났어, 아가. 그럴 나이가 아닌데도 말이다. 제 명이 다하기도 전에……."

나는 아주 심하게 앓다가*² 겨우 자리에서 일어난 참이었다. 내가 앓고 있

---

*1 죽은 사람의 눈을 동전으로 막는 관습이 있었다.
*2 1872년 알렉세이는 아스트라한에 유행한 콜레라에 감염되었다. 아버지의 간호 덕분에 살았

을 때—나는 지금도 또렷이 기억하고 있다—아버지는 나를 기꺼이 잘 보살펴주시다가 갑자기 사라져버렸다. 아버지 대신 외할머니가 왔다.

"어디서 걸어왔어?"

내가 외할머니에게 물었다.

외할머니가 대답했다.

"저 위, 니주니에서 왔단다. 그런데 걸어온 게 아니라 배를 타고 왔단다! 물 위에서 걸을 수야 있나. 이제 쉿!"

이 말은 우스꽝스럽고 아리송했다. 우리 집 위층에는 구레나룻을 기르고 머리카락을 물들인 페르시아 사람이 살고 있었다. 그리고 지하실에는 늙고 안색이 누런 칼미크인*3이 양가죽을 팔고 있었다. 그는 계단에서는 난간을 말 타듯이 타고 내려올 수 있다. 또 떨어질 때는 공중제비를 돌기도 했다. 그것은 나도 잘 알고 있는 일이다. 그런데 물이라니? 그게 무슨 소릴까? 모든 것이 잘못되어 있고 뒤죽박죽이어서 재미있었다.

"왜 쉿! 하는 거야?"

"네가 소란스럽게 구니까."

역시 웃으면서 외할머니가 말했다. 외할머니는 상냥하고 기분 좋은 말투로 힘차게 말했다. 첫날부터 나는 외할머니와 친해졌다. 그래서 지금, 외할머니가 빨리 이 방에서 나를 데리고 나가 주었으면 하고 생각했다.

엄마 모습이 나를 숨막히게 했다. 엄마의 눈물과 절규는 내 마음속에 새로운 불안감을 불러일으켰다. 엄마의 그런 모습은 처음이었다. 엄마는 늘 엄격하고 말이 별로 없었다. 언제나 청결하고 평온하며 말(馬)처럼 컸다. 몸은 단단하고 손은 매우 억셌다. 하지만 지금의 엄마는 어쩐지 온몸이 기분 나쁠 만큼 부어올라 있는 데다 단정치 못했다. 옷도 죄다 찢어져 있었다. 밝은 색깔의, 챙 없는 커다란 모자처럼 머리 위에 가지런히 얹혀 있던 머리카락은 드러난 어깨 위에 흩어져 얼굴 위로 떨어지고, 세 가닥으로 땋은 그 반이 잠든 아버지의 얼굴을 건드리며 흔들리고 있었다. 나는 아까부터 그 방에 서 있었다. 하지만 엄마는 내게 한 번도 눈길을 주지 않았다. 엄마는 아버지의 머리를 빗겨주는 동안 내내 울부짖고 있었다.

지만, 아들을 간호한 아버지 막심은 죽었다. 그때 알렉세이는 다섯 살이었다.
*3 유럽인들은 서몽골족을 이렇게 호칭했다.

피부가 까만 남자들과 군인 출신인 순경이 문 안을 들여다보았다. 순경이 소리쳤다.

"빨리 치워버리시오!"

창문은 어두운 빛깔의 숄로 가려져 있었다. 숄이 돛처럼 부풀어 올랐다.

한번은 아버지가 내게 돛단배를 태워준 적이 있었다. 갑자기 천둥이 쳤다. 아버지는 웃음을 머금은 채 두 무릎으로 나를 꼭 붙들고 소리쳤다.

"괜찮다. 겁내지 마라, 루크!"

갑자기 엄마가 마루에서 무거운 몸을 일으키다가 곧바로 힘없이 주저앉더니 머리카락으로 바닥을 쓸면서 털썩 쓰러져 버렸다. 눈을 감은 채 창백한 얼굴이 새파래지더니, 아버지처럼 이를 드러내고는 소름이 끼치는 목소리로 말했다.

"문을 닫아요……알렉세이를 밖으로 내보내요!"

나를 밀치고, 외할머니가 문가로 달려가서 외쳤다.

"여러분, 무서워할 것 없어요. 그냥 내버려두고 제발 가줘요! 이건 콜레라가 아니라 산통(産痛)이 시작된 겁니다. 제발 좀 가줘요!"

나는 어두운 구석 트렁크 뒤에 숨어서, 엄마가 마루 위에서 소리를 지르고 이를 갈면서 몸부림치는 모습을 지켜보고 있었다. 외할머니는 그 주위를 기어다니며 다정하면서도 기쁨에 넘치는 목소리로 이렇게 말했다.

"성부와 성자의 이름으로! 조금만 더 참아라, 바류샤! 우리를 대신하여 기도하시는 성모여…… "

나는 무서웠다. 그들은 아버지 옆 마루 위에서 소동을 벌이고 있었다. 자주 아버지를 만지며 신음하고 소리치고 있었다. 하지만 아버지는 꼼짝하지 않았는데, 마치 웃고 있는 것 같기도 했다. 마루 위의 소동은 오래 이어졌다. 엄마는 몇 번이나 일어섰다가 다시 쓰러졌다. 외할머니는 까맣고 부드러운 큰 공처럼 방에서 굴러나갔다. 그러더니 별안간 어둠 속에서 아기 울음소리가 터져 나왔다.

"감사합니다, 하느님!" 외할머니가 말했다. "고추다!"

그리고 촛불을 켰다.

더 이상 아무것도 기억나지 않는 걸 보면 아마도 나는 그 구석에서 잠들었던 모양이다.

내 뇌리에 남아 있는 두 번째 기억은 비오는 날 인적 없는 공동묘지 한구석이다. 나는 미끄러운 진흙더미 위에 서서 아버지의 관이 내려진 구덩이를 내려다보고 있었다. 구덩이 밑바닥에는 물이 많이 차 있고 개구리도 보였다. 두 마리는 벌써 누런 관 뚜껑 위에 기어올라가 있었다.

무덤 옆에는 나, 외할머니, 비에 폭삭 젖은 순경, 삽을 들고 있는 화난 모습의 두 남자도 있었다. 구슬처럼 섬세하면서도 따스한 비가 모두를 적시고 있었다.

"구덩이를 메워."

순경이 옆으로 비키면서 말했다.

외할머니는 머리 수건 끝으로 눈을 가린 채 울기 시작했다. 사내들은 몸을 구부려 서둘러 무덤 속에 흙을 덮기 시작했다. 물이 튀었다. 개구리가 관에서 튀어 올라 구덩이 벽으로 달아나려 했지만 흙덩이가 개구리들을 바닥으로 내동댕이쳤다.

"저리 비키자, 료냐."

외할머니가 내 어깨를 잡으면서 말했다. 나는 외할머니 손에서 빠져나갔다. 나는 저쪽으로 가고 싶지 않았다.

"널 어쩌면 좋으냐, 아이고 하느님."

외할머니는 나한테도 아니고 하느님한테도 아니게 탄식했다. 그리고 고개를 숙이고는 오랫동안 말없이 서 있었다. 이미 무덤은 지면처럼 평평해졌다. 그래도 외할머니는 그대로 서 있었다.

일꾼들이 주위가 울리도록 소리내며 삽으로 흙을 두드렸다. 바람이 불어와 비를 몰고 가버렸다. 외할머니는 내 손을 잡고 수많은 검은 십자가들 사이를 지나 멀리 떨어진 교회 쪽으로 갔다.

"넌 왜 울지 않니?" 울타리 밖으로 나갔을 때 외할머니가 물었다. "울어도 되는데!"

"눈물이 안 나와요."

내가 말했다.

"그래, 울고 싶지 않으면 울지 않아도 돼."

외할머니가 가만히 말했다.

이건 모두 놀라운 일이었다. 난 좀처럼 눈물이 나지 않았고, 어쩌다 우는 것도 굴욕 때문일 뿐 고통 때문이 아니었다. 내가 울면 아버지는 늘 놀려댔지만 엄마는 이렇게 소리쳤다.

"울면 안 돼!"

얼마 뒤 우리는 마차를 타고 검붉은 집들이 늘어선 넓고 아주 더러운 거리를 지나갔다. 나는 외할머니에게 물어보았다.

"개구리들이 기어 나올 수 있을까?"

외할머니가 대답했다.

"아니, 기어 나오지 못할 거다. 주여 저들을 지켜주소서!"

아버지와 엄마는 하느님의 이름을 이렇게 자주, 그리고 친근하게 입에 올리지는 않았다.

며칠 뒤 나와 외할머니, 그리고 엄마는 기선을 타게 되었다.[4] 작은 선실 속이었다. 새로 태어나자마자 죽은 내 동생 막심은 흰 천에 싸여 빨간 끈으로 묶인 채 구석 테이블 위에 놓여 있었다.

나는 짐과 트렁크에 올라서서 창밖을 내다보았다. 꼭 말 눈깔처럼 둥그렇게 튀어나온 창이었다. 젖은 유리창 너머로 더럽고 탁한 거품이 이는 강물이 끝없이 흐르고 있었다. 이따금 물이 갑자기 솟구쳐 올라 유리창을 핥았다. 나는 깜짝 놀라 바닥으로 뛰어내렸다.

"무서워하긴." 외할머니가 부드러운 두 손으로 나를 가볍게 들어 다시 짐짝 위에 올려놓았다.

물 위에는 잿빛 안개가 촉촉이 깔려 있었다. 멀리 어딘가에서 검은 지면이 나타났다가 다시 안개와 물속으로 사라졌다. 주변 모든 것이 덜컹덜컹 흔들렸다. 오직 엄마만이 두 손을 머리 뒤에 대고 벽에 기댄 채 꼼짝 않고 서 있었다. 어두운 얼굴은 강철 같았고 장님처럼 눈을 꼭 감고 있었다. 엄마는 내내 말이 없었다. 그런 모습이 어쩐지 다른 사람인 것처럼 낯설어 보였다. 심지어 엄마가 입은 옷마저 처음 보는 것이었다.

외할머니는 여러 번 엄마에게 조용히 말했다.

"바랴, 요기 좀 해야 하지 않겠니? 조금이라도, 응?"

---

[4] 볼가 강 하구 아스트라한 시에서 고향 니주니 노브고로드로 돌아가는 것이다.

그러나 엄마는 대꾸는커녕 아랑곳도 하지 않았다.

외할머니는 내게 속삭이듯 말했지만, 엄마에게는 좀 더 큰 소리로, 하지만 뭔가 조심스럽게 눈치 보듯 드물게 몇 마디 할 뿐이었다. 엄마를 두려워하는 듯한 느낌이 들었다. 나는 그걸 잘 알 수 있었는데 그것이 나를 외할머니에게 다가가게 했다.

"사라토프예요." 엄마가 갑자기 커다란 목소리로 화난 듯이 외쳤다. "선원은 어디 있어요?"

어? 엄마의 말투가 이상하다, 어디 다른 나라 말 같다.

사라토프, 선원.

가로폭이 헐렁한, 푸른 옷차림의 백발 남자가 작은 상자를 들고 나타났다. 외할머니는 거기에 동생의 시신을 안치했다. 그러고는 양팔을 쭉 뻗어 그 상자를 받쳐 들고 문 쪽으로 갔다. 뚱뚱한 외할머니는 몸을 옆으로 돌려서 선실의 좁다란 문을 가까스로 지날 수 있었다. 외할머니는 문 앞에서 우스꽝스러울 정도로 허둥대며 쩔쩔맸다.

"아이 참, 어머니." 엄마가 소리치면서 외할머니로부터 관을 빼앗아 들었고 두 사람은 이내 사라져버렸다. 나는 선실에 혼자 남아 푸른 옷을 입은 사나이를 계속 쳐다보았다.

"그래, 동생이 가버렸니?"

푸른 옷 사나이는 몸을 숙인 채 내게 물었다.

"아저씨는 누구야?"

"선원이란다."

"그럼 사라토프는 누구야?"

"사라토프는 도시란다. 창밖을 보렴. 바로 저기란다!"

창 너머로 지면이 움직이고 있었다. 어둡고 가파른 육지는 방금 빵덩어리에서 떼어낸 커다란 빵조각처럼 안개에 젖어 있었다.

"근데 외할머니는 어디 갔지?"

"손자를 장사지내러."

"그럼, 아이를 땅 속에 묻는 거야?"

"아니, 묻는 게 아니고."

아버지를 장사지낼 때, 개구리들이 산 채로 묻혔다고 선원에게 얘기해주었다. 선원은 두 팔로 나를 안아 올려 꼭 껴안고는 입을 맞췄다.

"이봐 꼬마야, 넌 아직 아무것도 몰라! 개구리들을 불쌍해할 것 없어. 주여, 그들을 지켜주소서! 엄마를 가엾게 여기렴. 슬픔이 엄마 마음을 저렇게 아프게 하고 있잖니!"

머리 위에서 기적이 울리기 시작했다. 나는 이미 그 배가 기선이라는 것을 알고 있었다. 그래서 놀라지 않았다. 그러나 선원은 급히 나를 내려놓고 밖으로 뛰어갔다. "서둘러야 해!"

나 역시 달아나고 싶었다. 나는 문 밖으로 나갔다. 어슴푸레하고 좁다란 통로는 텅 비어 있었다. 문에서 멀지 않은 곳에 있는 계단의 구리가 반짝거렸다. 위를 올려다보니 손에 마대자루와 보따리를 든 사람들의 모습이 보였다. 모두가 기선에서 내리고 있는 것이 분명했다. 그렇다면 나도 내려야 한다.

농부들과 함께 부두에 걸쳐 놓은 뱃전의 다릿널 앞에 서자, 모두들 나를 가리키면서 소리치기 시작했다.

"애는 누구지? 넌 어느 집 애냐?"

"몰라."

그들은 나를 오랫동안 만지고 떠밀고 흔들어댔다.

마침내 백발의 선원이 나타나서 나를 잡고 설명했다.

"애는 아스트라한에서 온 아이요. 선실에서 나와서……." 그는 나를 데리고 선실로 달려가더니 짐짝 위에 내던졌다. 그리고 손가락으로 이렇게 위협하면서 가버렸다. "꼼짝 말고 여기 있어!"

머리 위에서 나던 소음은 점점 조용해졌다. 기선은 벌써 부르르 떨고 있었지만 물을 때리는 소리는 나지 않았다. 선실 창은 젖은 벽 같은 것이 가로막아 어두컴컴하고 답답했다. 짐짝이 부풀어올라 나를 내리누를 것만 같았다. 그리고 모든 것이 불안하기만 했다. 혹시 나를 이 텅 빈 배에 영원히 혼자 남겨두려는 것은 아닐까?

나는 문 쪽으로 다가갔다. 문은 열리지 않았다. 놋쇠 손잡이가 돌아가지 않았던 것이다. 우유병을 집어 들고 손잡이를 힘껏 내리쳤다. 우유병이 박살나고 우유가 내 다리를 적시면서 장화 속으로 흘러들었다.

실패한 것에 화가 난 나는 짐짝 위에 누워 훌쩍훌쩍 울다가 그대로 잠들어버렸다.

잠에서 깨어났을 때 배는 다시금 물소리를 내면서 흔들리고 있었다. 선실 창이 태양처럼 이글거리고 있었다. 외할머니가 내 옆에 앉아 얼굴을 찌푸리고 머리를 빗으면서 뭐라고 중얼거렸다. 외할머니는 이상하게 머리숱이 많았다. 새카만 머리는 어깨와 가슴, 무릎을 온통 뒤덮은 뒤, 푸른색으로 변해 바닥까지 닿아 있었다. 한 손으로 마루에서 머리카락을 치켜 올려, 그 굵다란 다발 속에 빗살이 듬성듬성한 나무빗을 겨우 집어넣었다. 외할머니의 입술은 비틀려 있고 어두운 눈은 화난 것처럼 번쩍였다. 그 얼굴은 무성한 머리카락 속에서 조그맣고 우스꽝스럽게 보였다.

오늘은 외할머니가 심술궂어 보였다. 하지만 외할머니의 머리카락이 왜 그렇게도 기냐는 물음에 외할머니는 어제처럼 따뜻하고 부드러운 목소리로 말했다.

"틀림없이 하느님이 벌을 내리신 게야. ……이놈의 머리를 빗어야 하다니, 미칠 노릇이지. 젊었을 때는 이 긴 머리카락을 뽐내기도 했지만 늙으니까 귀찮기만 하구나! 넌 더 자거라! 아직 이른 시간이야. 어둠을 헤치고 해가 방금 전에 떠올랐거든……."

"잠이 안 와요!"

"그래, 그럼 자지 마."

선뜻 승낙한 외할머니는 머리를 땋으면서 긴 의자 쪽을 힐끗 쳐다보았다. "그런데 어제 저 병을 어쩌다가 깼니? 차근차근 말해 보렴!" 긴 의자 위에는 엄마가 악기의 현처럼 길게 누워서 자고 있었다.

외할머니는 뭔가 유별난 노래를 부르듯 말했다. 그 말들은 사랑스럽게 빛나는 즙이 많은 꽃과 비슷해서 내 기억 속에 강하게 뿌리내렸다. 외할머니가 웃을 때면 잘 익은 버찌처럼 까만 눈동자가 뭐라 형용할 수 없이 유쾌한 빛을 뿜으며 활짝 열린다. 미소를 지으면 하얗고 튼튼한 이가 드러나 보인다. 가무잡잡한 두 뺨엔 수많은 주름살이 잡혀 있지만 얼굴 전체는 젊고 빛나 보인다. 그 얼굴을 망쳐놓는 것은 불룩한 콧등에 코끝이 빨갛고 무른 코였다. 외할머니는 은으로 장식된 검은 담배통에서 코담배를 꺼내 들이마시곤 했다. 외할머니는 전체적으로 어두컴컴했다. 하지만 내면에서—두 눈을 통해—꺼지지 않는 유쾌하고 따스한 빛이 빛나고 있었다. 외할머니는 등이 새우처럼 굽었다. 거의 곱사등이에 가깝고 또 몹시 뚱뚱하지만 그럼에도 마치 커다란 고양이처럼 가볍고 민첩하게 행동했다. 외할머니는 사실 사랑스러운 동물처럼 부드러웠다.

내 삶 속에 외할머니가 나타나기 전까지 나는 마치 어둠 속에 숨어서 잠자고 있었던 것 같다. 그러나 외할머니가 나타나 나의 잠을 깨워 주었고, 나를 밝은 곳으로 데려갔다. 내 주변 모든 것을 끊어지지 않는 실로 엮어 현란한 색깔의 레이스를 짜냈다. 외할머니는 금세 평생의 친구가 되어 내 마음속에서 가장 가깝고 가장 잘 이해하는 가장 소중한 사람이 되었다. 그것은 세상을 향한 외할머니의 욕심 없는 사랑이, 나로 하여금 고단한 인생을 헤쳐 나갈 수 있는 상한 힘을 갖게 하고 나의 삶을 풍요롭게 해주었기 때문이다.

40년 전 그 기선은 느릿느릿 나아가고 있었다. 우리는 오랜 시간이 지나서야 니주니에 닿았는데, 그때 아름다움에 한껏 취했던 며칠 동안을 나는 지금도 생생하게 기억하고 있다.

화창한 날씨가 이어졌다. 나는 아침부터 밤까지 외할머니와 함께 갑판에 있었다. 엷은 적갈색 기선은 기다란 예인줄로 짐배를 끌면서, 청명한 하늘 아래 가을 황금빛으로 물든, 비단에 수를 놓은 듯한 볼가 강 기슭 사이를, 나른한 모습으로 주위에 소리를 울리고 청회색 수면을 물갈퀴로 때리면서 서두르는 기색 없이 위쪽으로 나아갔다. 회색 짐배는 쥐며느리와 비슷했다. 태양은 볼가 강 위에서 알게 모르게 움직였다. 한 시간마다 주변 모든 것이 새롭게 보이고 모든 것이 바뀌었다. 녹색 산들은 옷을 잘 차려 입은 대지의 화려한 주름 같았다. 양쪽 기슭에는 도시와 마을들이, 멀리서 보면 꼭 생강 빵처럼 줄지어 있었다. 황금빛 가을 나뭇잎이 물 위에 떠다녔다.

"봐라, 애야, 정말 멋지구나!"

외할머니가 뱃전을 왔다 갔다 하면서 또 말했다. 온 몸이 빛나고 있고, 눈은 기쁨으로 활짝 열려 있었다.

외할머니는 강둑을 열심히 바라보느라고 가끔 나의 존재를 잊어버리곤 했다. 외할머니는 가슴에 두 손을 얹은 채 뱃전에 서 있었다. 미소 지은 채 말없이, 그러나 눈에는 눈물을 글썽이면서. 나는 꽃무늬가 있는 어두운 색깔의 치마를 잡아당겼다.

"으응?" 외할머니가 깜짝 놀랐다. "내가 깜빡 잠이 들었나? 꿈을 꾸는 것 같아."

"근데 뭣 땜에 울어?"

"그건 아가야, 기뻐서, 그리고 늙어서 그래." 외할머니는 웃으면서 말했다. "내가 벌써 할망구가 됐구나. 60년 동안 내 청춘이 다 지나가버렸어. 다 사라지고 말았어."

코담배를 살짝 들이마신 외할머니는 나에게 신기한 이야기를 들려주었다. 착한 강도와 성자, 여러 짐승과 마법에 대한 이야기를.

옛이야기를 할 때면 내 얼굴을 향해 몸을 숙이고, 마치 내 심장 속에 나를 북돋우는 힘을 불어넣으려는 듯이, 커다랗게 열린 동공으로 내 눈 속을 들여다보며 조용하고 신비로운 목소리로 얘기했다. 마치 노래하듯이, 얘기가 앞으로 나아갈수록 목소리는 더욱더 낭랑하게 흘러나왔다. 외할머니 이야기에 귀 기울이고 있으면 기분이 말할 수 없이 좋았다. 나는 가만히 듣고 있었다. 그리고 다시 졸았다.

"더해 줘!"

"또 이런 얘기도 있단다. 늙은 집도깨비가 난로 주변에 앉아서 자기 발바닥을 누들*5처럼 찢어버렸지 뭐냐. 그러고는 몸을 흔들면서 이렇게 흐느껴 우는 거야. '오 생쥐들아, 아파서 참을 수가 없구나!'"

외할머니는 한쪽 다리를 들어 올려 두 손으로 움켜잡고 흔들어댔다. 그리고 자신이 아픈 것처럼 우스꽝스럽게 얼굴을 찌푸렸다.

턱수염을 기른 선량해 보이는 선원 몇 명이 주위에 서서 외할머니의 얘기에 귀 기울이며 웃고 있었다. 그리고 외할머니를 칭송하면서 그들도 부탁했다.

"할머니, 좀 더 얘기해주시구려!" 그러고는 이렇게 말했다. "우리와 함께 저녁 먹으러 가십시다!"

저녁을 먹으면서 그들은 외할머니에게 보드카를 대접하고 내겐 수박과 참외를 주었다. 이런 일은 몰래 이루어졌다. 기선에는 과일을 먹는 것을 금하는 사람이 타고 있었는데, 들키면 빼앗아 강물에 던져버리곤 했기 때문이다. 그는 놋쇠 단추가 달린 경찰제복과 비슷한 옷을 입고 언제나 술에 취해 있었다. 사람들은 그를 피해 다녔다.

엄마는 갑판에 나오거나 우리 옆에 있는 일이 거의 없었다. 엄마는 여전히

---

*5 말린 국수 같은 것.

말이 없었다. 커다랗고 날렵한 몸매, 거무스름한 강철색 얼굴, 무거운 왕관 모양으로 땋은 밝은 머리카락, 힘차고 굳센 모습—지금도 나는 엄마에 대한 모든 것이 마치 안개나 투명한 구름을 통해서 본 것처럼 느껴진다. 그리고 그 구름 속에서 외할머니만큼이나 커다란 엄마의 잿빛 눈이 아득한 곳에서 무뚝뚝하게 이쪽을 보고 있다.

한번은 엄마가 단호하게 말했다.

"사람들이 비웃고 있어요, 어머니!"

"그러거나 말거나!" 외할머니는 태연하게 대답했다. "비웃으려면 비웃으라지, 건강에 좋을 테니!"

니주니가 보이자 어린아이처럼 기뻐하던 외할머니 모습이 떠오른다. 내 손을 잡고 뱃전으로 잡아끌면서 외할머니는 소리쳤다.

"저길 봐라. 얼마나 아름답니! 얘야, 저기 저곳이 니주니란다! 정말 좋은 곳이야! 신의 도시지! 저기 교회들을 좀 보렴. 꼭 하늘을 날고 있는 것 같지 않니!"

그러면서 거의 울 것처럼 엄마에게 애원하는 것이었다.

"바류샤, 좀 보거라. 응? 이제 제발 잊어버리고 기운 좀 내!"

엄마는 우울한 미소를 지었다.

아름다운 도시를 바라보면서, 뾰족한 돛이 숲을 이루고 수많은 배들이 밀집해 있는 강 한복판에 배가 닻을 내리자, 사람들을 가득 태운 커다란 보트가 기선 뱃전으로 다가와 내려진 사다리에 갈고리를 걸었다. 사람들이 차례로 보트에서 갑판 위로 올라왔다. 키가 작고 깡마른 노인이 맨 앞에서 빠른 걸음으로 다가왔다. 기다란 검은 옷을 걸치고 금빛이 감도는 적갈색 턱수염에 매부리코, 눈은 녹색이었다.

"아버지!"

엄마가 깊고 커다란 목소리로 소리치며 노인 가슴에 안겼다. 노인은 엄마의 머리를 붙잡고 작고 붉은 손으로 엄마의 뺨을 재빠르게 쓰다듬으면서 날카로운 목소리로 외쳤다.

"그래, 네가 불쌍한 내 딸이더냐? 결국 여기로 왔구나…… 쯧쯧, 네가…… "

외할머니는 나선처럼 빙글빙글 돌며 어떻게 한 건지 모든 사람들을 한꺼번에 껴안고 입을 맞췄다. 외할머니는 나를 사람들 쪽으로 밀면서 다급한 목소리로 말했다.

"자, 어서 인사드려라! 여기는 미하일 외삼촌이고, 여기는 야코프 외삼촌⋯⋯ 나탈리아 외숙모고, 이쪽은 사촌형들이다. 둘 다 사샤라고 부르지. 여기는 사촌누이 카테리나, 모두 우리 식구란다. 대식구지!"

외할아버지가 말했다.

"건강한가, 할멈은?"

그들은 세 번 입을 맞췄다.

외할아버지는 촘촘한 사람들 사이에서 나를 끌어내더니 내 머리를 잡고 물었다.

"너는 누구 아들이냐?"

"나는 아스트라한 아이예요. 선실에서 나왔어요⋯⋯."

"이게 도대체 무슨 소리냐?"

외할아버지가 엄마에게 물었다. 그러고는 대답을 기다리지도 않고 나를 옆으로 제치면서 말했다.

"제 애비 광대뼈를 쏙 빼닮았군⋯⋯ 보트에 타거라!"

우리는 강변에 닿았다. 짓밟힌 마른 풀로 뒤덮인 높다란 둑 사이에 굵은 자갈이 깔린 길을 따라 모두들 언덕으로 올라갔다.

외할아버지와 엄마가 맨 앞에서 걸었다. 키가 엄마 어깨에도 못 미치는 외할아버지는 종종걸음으로 발길을 떼고 있었다. 외할아버지를 내려다보고 있는 엄마는 마치 허공을 떠다니는 듯했다. 그 뒤를 외삼촌들이 묵묵히 따라갔다. 새까만 머리가 착 달라붙어 있는, 외할아버지처럼 깡마른 미하일 외삼촌. 밝은 곱슬머리의 야코프 외삼촌. 현란한 옷차림의 뚱뚱한 여자들과 여섯 명의 아이들, 모두 나보다 나이가 많고 다 얌전하다. 나는 외할머니와 자그마한 나탈리아 외숙모와 함께 걸었다. 안색이 창백하고 눈이 파란 나탈리아 외숙모는 배가 엄청나게 부른 탓에 자주 걸음을 멈추고 숨을 헐떡거리며 중얼거렸다.

"아이구, 더는 못 걷겠어요!"

"도대체 왜 널 데려왔지?" 외할머니가 화가 나서 웅얼거렸다. "에구, 멍텅구리 같은 양반들!"

어른들도 애들도 모두 내 마음에 들지 않았다. 나는 그들이 낯설게만 느껴졌다. 외할머니조차도 왜 그런지 빛을 잃고 멀리 떨어져나간 듯했다.

특히 외할아버지가 마음에 들지 않았다. 나는 당장 외할아버지에게 적개심이 들었다. 따라서 내 안에서는 그에 대한 특별한 주의와 경계심과 함께 호기심이 일어났다.

우리는 언덕길 끝에 다다랐다. 맨 꼭대기, 오른쪽 둑에 기대어 건립된 나지막한 단층집, 깊숙하게 덮인 낮은 지붕과 밖으로 돌출된 창문이 있고, 장밋빛 페인트칠을 한 더러운 집이, 자신을 기점으로 멀리 길을 뻗으며 서 있었다. 길에서 보면 집이 커 보였지만 실제로 어두컴컴한 방 안은 비좁았다. 부두에 닿기 전의 기선처럼 성난 듯한 사람들이 사방에서 부산을 떨며 움직였다. 아이들이 뺀질거리는 참새떼처럼 몰려들었다. 그리고 코를 찌르는 이상한 냄새가 사방에 가득했다.

나는 안뜰에 있었다. 안뜰 역시 기분이 나빴다. 커다란 젖은 넝마 조각들이 이리저리 걸려 있고, 여러 가지 색깔의 짙은 물이 담긴 커다란 통들이 놓여 있었는데 그 속에는 작은 넝마 조각들이 담겨 있었다. 반쯤 부서진 나지막한 부속건물 한쪽 구석에서는 난로에서 장작이 활활 타오르고, 뭔가가 부글부글 소리를 내며 끓고 있었다. 그리고 모습은 보이지 않았지만 누군가가 큰소리로 알아들을 수 없는 소리를 외치고 있었다.

"백단(白檀), 적색 아닐린 염료, 황산염……"

2

    침침하고 잡다하면서도, 말할 수 없이 이상한 생활이 시작되어 시간은 활시위를 떠난 화살같이 빠른 속도로 흘러갔다. 그것은 선량하지만 고통스러울 만큼 잔인한 천재가 유창하게 들려주는 소름끼치는 옛날이야기처럼 내 마음속에 떠오른다. 지금도 과거가 생생하게 떠오르면서도 이따금 나 자신조차 모든 것이 정말로 그랬을까 의심이 들 만큼 믿어지지가 않는다. 그리고 반박하거나 거부하고 싶은 일이 많았다. '벽창호 같은 가족'의 암담한 생활은 너무나도 잔인함으로 가득 차 있었다.

    그러나 진리는 연민을 뛰어넘는다. 게다가 나는 자신에 대한 이야기를 하려는 것이 아니다. 소박한 러시아 사람들이 그 속에 살고 있었던—또 지금도 살고 있는—음산한 느낌으로 가득한 그 좁고 답답한 세계에 대해 이야기하고자 한다.

    외할아버지 댁은 서로가 모든 사람들에 대한 증오라는 뜨거운 안개로 가득 차 있었다. 증오는 어른들을 해칠 뿐만 아니라, 심지어 아이들까지도 그 증오 속에 자신의 몫을 지니고 있었다. 나중에 외할머니를 통해 알게 되었지만, 엄마가 돌아왔을 때는 외삼촌들이 외할아버지에게 재산분배를 끈질기게 요구하던 바로 그 무렵이었다. 뜻밖에도 엄마의 귀향은 재산분배에 대한 그들의 욕망을 더욱 부추겼다. 외삼촌들은 엄마의 몫이었지만 할아버지의 뜻을 거역하고 '제멋대로' 결혼하는 바람에 외할아버지가 지불하지 않았던 지참금을 요구할까봐 두려워하고 있었다. 외삼촌들은 그 결혼지참금은 당연히 자기네들 몫이라고 생각해 왔다. 또한 그들은 읍내에 공장을 세우겠다거나, 또는 오카 강 건너편에 있는 쿠나비노에 공장을 세울 것인가를 두고 전부터 심하게 다투고 있었다.

    우리가 도착한 지 얼마 안 되어 부엌에서 점심을 먹다가 느닷없이 말싸움이 터졌다. 외삼촌들은 갑자기 벌떡 일어났다. 그리고 식탁 위로 몸을 구부려 화난 듯이 이를 드러내고 개처럼 몸을 부르르 떨면서 외할아버지를 향해 고래고래 소리를 지르기 시작했다. 외할아버지는 숟가락으로 식탁을 두드리면서 온몸을 붉히고 수탉처럼 주위를 울리는 목소리로 소리치기 시작했다.

"한 푼도 안 주고 빌어먹도록 하겠다!"

외할머니가 병자처럼 얼굴을 찡그리며 말했다.

"애들에게 모두 줘버려요, 영감. 그래야 당신이 편해질 거예요. 줘버려요!"

"닥쳐, 이 한통속아!"

외할아버지는 눈알을 번득이며 버럭 소리를 질렀다. 저렇게 조그만 양반이 귀청이 떨어질 만큼 크게 고함을 지를 수 있다는 것이 이상할 정도였다.

엄마가 식탁에서 일어섰다. 그리고 서두르지도 않고 창 쪽으로 가면서 모두에게서 등을 돌렸다.

갑자기 미하일 외삼촌이 동생의 뺨을 철썩 때렸다. 맞은 사람은 신음하면서 상대에게 달려들었다. 둘은 갈라진 목소리로 씨근덕대고 욕설을 퍼부어대며 마룻바닥을 뒹굴었다.

아이들이 울기 시작하고 임신한 나탈리아 외숙모가 필사적으로 외치기 시작했다. 엄마가 외숙모를 감싸 안고 어디론가 데리고 갔다. 얼굴은 곰보지만 명랑한 성격의 보모 예브게냐가 아이들을 부엌 밖으로 내몰았다. 의자들이 넘어졌다. 치가노크라 불리는 어깨가 넓은 젊은 수습공이 미하일 외삼촌 등에 올라탔다. 직공 그리고리 이바노비치—검은 안경을 쓰고 턱수염을 기른 대머리 사내가 침착하게 외삼촌의 두 손을 수건으로 묶었다.

미하일 외삼촌은 목을 쭉 빼고 듬성듬성 난 검은 턱수염을 마룻바닥에 비벼대며 무섭게 씨근덕거렸다. 외할아버지는 식탁 주변을 뛰어다니면서 낭패스러운 목소리로 소리를 질렀다.

"너희가 형제들이냐, 엉? 피붙이야? 에라이, 네놈들을……."

나는 싸움이 시작되자마자 깜짝 놀라 난로 위로 뛰어올라 갔다. 거기서 나는 숨이 막히도록 놀란 채 외할머니가 구리 대야에 담긴 물로 야코프 외삼촌의 깨진 얼굴에서 흐르는 피를 닦아내고 있는 모습을 바라보았다. 외삼촌은 울면서 발을 동동 굴렀다. 그러나 외할머니는 무거운 목소리로 말했다.

"어처구니없는 놈들. 이 쌍놈들아, 제발 정신 좀 차려라!"

외할아버지는 찢어진 셔츠를 어깨 위로 당겨 올리면서 외할머니에게 소리쳤다.

"뭐라고 하는 거야, 이 할망구가! 당신이 이런 짐승 같은 놈들을 낳았잖아?"

야코프 외삼촌이 나가버리자 외할머니는 대성통곡하면서 구석으로 기어들었다.

"거룩하신 성모님, 제 자식들에게 이성을 되찾아 주소서!"

외할아버지는 외할머니를 향해 서서 모든 것이 뒤엎어지고 쏟아진 식탁 위를 바라보며 조용히 말했다.

"이봐, 할멈. 그놈들을 잘 봐둬. 안 그러면 놈들이 바르바라도 망쳐놓을 테니까. 좋은 꼴 보긴 글렀어……"

"제발 그만 하시구려, 하느님이 보고 계시니까! 셔츠나 벗어요, 꿰매드릴 테니……"

그러고는 양 손바닥으로 외할아버지의 머리를 껴안고 외할아버지의 이마에 입을 맞췄다. 외할머니에 비해 왜소한 외할아버지는 외할머니의 어깨에 얼굴을 묻었다.

"그래, 재산을 나눠줘야겠지, 마누라……"

"그래요, 영감. 꼭 그럽시다!"

두 내외는 오랫동안 이야기를 나눴다. 처음엔 다정했으나 외할아버지는 싸움을 앞둔 수탉처럼 발로 마루를 긁기 시작했다. 그러더니 외할머니에게 삿대질을 하면서 언성을 높였다.

"난 당신을 알아. 당신은 그놈들을 더 사랑해! 당신의 미시카는 예수회 회원이고, 야시카란 놈은 프리메이슨 회원이지! 놈들은 내 재산을 팔아 모두 술을 마실 거야, 깡그리 탕진해버릴 거라고……"

나는 난로 위에서 어색하게 몸을 돌리다가 다리미를 떨어뜨렸다. 그것은 덜커덕거리며 사다리 계단을 따라 커다란 소리를 내며 굴러 떨어져 더러운 물이 담긴 빨래대야 속에 풍덩 빠졌다. 외할아버지는 사다리로 뛰어올라와 나를 끌어내리더니, 마치 처음 보는 것처럼 내 얼굴을 뚫어지게 쏘아보았다.

"누가 널 난로 위에 올려놓았니? 네 엄마냐?"

"나 혼자 올라왔어요."

"거짓말 마라."

"아니에요, 나 혼자 올라왔어요. 무서워서."

외할아버지는 손바닥으로 이마를 살짝 때린 뒤 나를 휙 옆으로 밀쳤다.

"꼭 제 애비라니까! 저리 가……."

나는 부엌에서 빠져나오게 된 것이 기뻤다.

외할아버지가 영리하고 날카로운 초록빛 눈으로 끊임없이 나를 쫓고 있는 것을 잘 알고 있었다. 외할아버지가 무서웠다. 지금도 기억하는데, 나는 늘 그 타는 듯한 두 눈에서 벗어나고 싶어했다. 내겐 외할아버지가 심술궂어 보였다. 외힐아버지는 누구를 대하든 모두 조롱하고 모욕하는 듯한 말투로 화를 돋우려고 애썼다.

"에에잇, 이놈의 팔자!"

외할아버지는 가끔 이렇게 소리를 질렀다. '에에잇'하는 이 긴 소리는 언제나 나로 하여금 서글프고 소름끼치는 냉담한 감정을 맛보게 했다.

휴식시간, 즉 저녁에 차 마실 시간이 되면 외할아버지, 외삼촌들, 그리고 일꾼들이 지친 몸으로 공장에서 부엌으로 들어오곤 했다. 백단으로 물들고 황산염으로 탄 손, 끈으로 질끈 묶은 머리가 부엌 구석에 있는 거무스름한 성상들과 비슷했다. 이 아슬아슬한 순간에 외할아버지는 내 맞은편에 앉아 다른 누구보다도 나에게 자주 말을 걸어 다른 손자들의 시샘을 부추겼다. 외할아버지는 전체적으로 균형이 잡혀 있고 잘 다듬어진 날카로운 느낌을 주었다. 비단실로 수놓은 가슴이 막힌 공단 조끼는 오래되어 낡았고, 면 셔츠는 주름투성이인데다 바지 무릎에는 커다란 헝겊이 덧대어져 있었다. 그래도 외할아버지의 차림새가, 재킷을 입고, 떼었다 붙였다 하는 가슴받이를 대고, 목에 비단목도리를 두른 아들들보다는 더 산뜻하고 깔끔해 보였다.

우리가 도착한 지 며칠이 지나자 외할아버지는 나에게 기도문을 배우게 했다. 다른 아이들은 모두 나보다 나이가 많았고, 집 창문에서 황금빛 둥근 지붕이 보이는 우스펜스키 성당 성당지기로부터 이미 글을 배우고 있었다.

나는 조용하고 겁이 많은 나탈리아 외숙모에게서 배웠다. 어린아이 같은 얼굴과 눈이 매우 맑은 외숙모는, 눈이 너무 투명해서 언제나 머리 뒤에 있는 것을 그 눈을 통해 모두 보고 있는 것 같은 느낌이 들 정도였다.

나는 눈을 돌리거나 깜박거리지도 않고 오랫동안 외숙모의 눈을 쳐다보고 있는 것을 좋아했다. 그러면 외숙모는 실눈을 뜨고 살짝 찡그린 채 머리를 움직이며 거의 속삭이듯이 나를 재촉했다.

"자, 따라해 보렴, '하늘에 계신 우리 아버지……'"

그리고 만약 내가 "도대체 '야코제(~처럼)'가 무슨 뜻이야?" 하고 물어보면, 외숙모는 깜짝 놀라 사방을 둘러본 뒤 이렇게 충고했다.

"묻지 마, 그런 걸 물어보면 안 돼! 그냥 따라하기만 해. '우리 아버지'…… 알겠지?"

왜 물으면 안 되는 걸까? 그것이 나를 불안하게 했다. 나는 '야코제'라는 말에 숨겨진 의미를 알아냈다. 나는 일부러 그 말을 온갖 형태로 바꾸어보았다.

'야코프 제'('야코프야말로', '야코프도'라는 뜻), '야프코제'('나는 피부 속에 있다'는 뜻)

그러나 마치 점점 녹아버릴 것처럼 창백하게 보이는 외숙모는 또다시 간간이 끊어지는 목소리로 참을성 있게 내 말을 바로잡아 주었다.

"아니야, 그냥 간단하게 '야코제'라고 말해봐……."

그러나 외숙모 자신도, 외숙모가 하는 말도 내겐 간단하지가 않았다. 그것이 날 초조하게 만들었고 기도문 암송을 방해했다.

한번은 외할아버지가 물었다.

"아료쉬카, 그래 오늘은 뭘 했니? 놀았구나! 이마에 생긴 혹을 보면 알 수 있지. 혹을 붙이고 다니는 건 좋지 않아! 그런데 '주기도문'은 외웠니?"

외숙모가 조용히 말했다.

"이 아이는 기억력이 나빠요."

외할아버지는 적갈색 눈썹을 기분 좋게 치켜 올리면서 씩 웃었다.

"그렇다면 매를 맞아야지!"

그리고 다시 내게 물었다.

"아버지가 널 때린 적이 있니?"

무슨 말을 하는 건지 몰라 내가 머뭇거리자 엄마가 대신 대답했다.

"아뇨, 막심은 저 애를 때리지 않았어요. 그이는 저도 때리지 못하게 했는걸요."

"그건 왜?"

"매로는 가르칠 수 없다고요."

"그 녀석은 모든 면에서 바보였어. 주여, 망자를 욕하는 걸 용서하소서!" 외할아버지는 부아가 난 듯 재빨리 내뱉었다.

외할아버지 말에 나는 분개했다. 외할아버지가 그걸 눈치챘다.

"넌 왜 입술을 삐죽대니? 저것 보라지⋯⋯."

그리고 은빛이 도는 적갈색 머리카락을 쓰다듬으면서 덧붙였다.

"토요일에는 골무 사건의 책임을 물어 사샤를 손봐줘야겠다."

"어떻게 찢을 건데?"[1]

내가 물었다.

모두가 웃어대자 외할아버지가 말했다.

"기다려라, 곧 알게 될 테니."

나는 속으로 상상했다. 파로트(찢다), 즉 염색할 옷을 뜯는다는 뜻이야. 하지만 세츠(매질한다)와 비트(때린다)—이건 같은 말이지. 알고 있어. 말, 개, 고양이를 때린다. 아스트라한에 순경들이 페르시아인을 때리는 걸 본 적이 있지만 어린아이들을 때리는 건 아직 한 번도 본 적이 없었다. 하긴 여기서는 외삼촌들이 자기 애들의 머리나 목덜미를 철썩철썩 때리곤 했다. 하지만 애들은 그저 맞은 곳을 긁적거릴 뿐 별일 아닌 것처럼 행동했다. 난 여러 번 그들에게 묻곤 했다.

"아파?"

그러면 그들은 언제나 씩씩하게 대답했다.

"아니, 아프긴 뭘!"

골무에 얽힌 그 시끄러운 사건은 알고 있었다. 매일 저녁, 차 마시는 시간부터 저녁을 먹기 전까지 외삼촌들과 직공들은 염색된 천조각들을 '한 필'로 이어 박은 다음, 거기에 마분지로 꼬리표를 달아맸다. 그러던 어느 날, 미하일 외삼촌이 앞을 잘 보지 못하는 그리고리를 놀려줄 작정으로 아홉 살 된 조카에게 직공의 골무를 촛불에 달구라고 지시했다. 사샤는 양초 심지를 잘라낼 때 쓰는 집게로 골무를 잡고 그걸 잘 달구어 그리고리의 손 옆에 살그머니 놓아두고는 난로 뒤에 몸을 숨겼다. 그런데 바로 그때 외할아버지가 들어와 자리에 앉아 일을 시작하려고 잘 달구어진 골무에 손가락을 끼웠다.

시끌시끌한 소리가 나서 부엌으로 달려간 것을 나는 기억하고 있다. 외할아

---

[1] 러시아어 ПОРОТЬ는 '때린다'는 뜻도 있고 '찢는다'는 뜻도 있다. 알료샤는 '찢는다'는 뜻만 알고 있었다.

버지는 골무에 덴 손가락으로 귀를 움켜잡고 우스꽝스럽게 팔짝팔짝 뛰면서 소리쳤다.

"어떤 놈의 짓이야? 이교도 놈!"

미하일 외삼촌이 테이블 위로 몸을 굽혀 손가락으로 골무를 이리저리 굴리면서 입으로 불었다. 직공은 태연자약하게 바느질을 계속했다. 그의 커다란 대머리 위에서 그림자가 춤추고 있었다. 야코프 외삼촌이 뛰어들어왔다가 난로 귀퉁이 뒤에 몸을 숨긴 채 킥킥 웃어댔다. 외할머니는 생감자를 강판에 갈고 있었다.

"그건 야코프의 아들 사시카 짓이에요!"

미하일 외삼촌이 불쑥 말했다.

"거짓말!"

난로 뒤에서 야코프 삼촌이 뛰어나오면서 소리쳤다.

그러자 구석 어딘가에서 그의 아들이 울며 소리질렀다.

"아빠, 삼촌 말 믿지 마. 삼촌이 내게 하라고 시켰어!"

외삼촌들이 서로 욕설을 퍼붓기 시작했다. 외할아버지는 곧 침착성을 되찾아 으깬 감자를 손가락에 붙이고 나를 데리고 말없이 그 방에서 나왔다.

"미하일 삼촌이 나빠." 모두가 그렇게 말했다. 그래서 당연히 나는 차를 마시면서 "외삼촌을 때려줄 거야?" 하고 물었다.

"당연하지!"

외할아버지는 곁눈질로 나를 힐끗 보면서 버럭 고함을 질렀다.

미하일 외삼촌은 한 손으로 테이블을 쾅 내리치면서 엄마에게 소리쳤다.

"바르바라, 네 새끼 입 닥치게 해. 안 그러면 그놈 머리통을 비틀어버릴 거야!"

엄마가 대꾸했다.

"그렇게만 해봐. 내 가만 안 있을 테니까……."

모두 입을 다물었다.

엄마는 짧은 몇 마디 말로 마치 사람들을 자기 옆에서 물리치고 내팽개치 듯이 말할 수가 있었다. 그리고 말수가 갈수록 줄어들었다.

내가 보기에 모두들 엄마를 두려워하고 있는 게 분명했다. 심지어 외할아버지조차 엄마와 얘기할 때는 다른 사람들과 얘기할 때와 달리 조용했다. 그건 기분 좋은 일이었다. 나는 그것이 자랑스러워서 외사촌들 앞에서 뽐내곤 했다.

"우리 엄마가 제일 힘이 세다!"

그들은 반박하지 않았다.

그러나 토요일에 일어난 사건은 엄마에 대한 나의 태도를 바꿔놓았다.

토요일에 나 또한 잘못을 저지르게 되었다. 어른들이 천 색깔을 교묘하게 바꾸는 기술은 내 마음을 온통 사로잡았다. 노란색 천을 검정색 물에 담그면 그 천은 짙은 푸른색, 즉 '쪽빛'이 되어 나온다. 또 회색 천을 적갈색 물에 헹구어내면, 불그스름한 '붉은 포도주빛'이 된다. 모든 게 간단하면서도 신기했다.

나도 뭔가 염색해보고 싶었다. 그런 나의 바람을 야코프 외삼촌의 아들 사샤에게 말했다. 사샤는 착실한 소년으로 늘 어른들의 기대를 받고 있었다. 누구에게나 공손했으며 누구에게든 무슨 일이든 기꺼이 봉사하려고 했다. 어른들은 그를 순종적이고 영리하다고 칭찬했다. 하지만 외할아버지만은 사샤를 곁눈질로 바라보면서 말했다.

"에구, 저 아첨쟁이!"

새우처럼 툭 튀어나온 눈과 마르고 까무잡잡한 야코프의 아들 사샤는 숨막힐 듯이 빠르고 조용하게 말했고, 마치 어디론가 달아나 숨으려는 것처럼 은밀하게 사방을 두리번거렸다. 그의 갈색 눈은 움직이지 않았지만 흥분하면 흰자위와 함께 떨었다.

나는 그가 마음에 들지 않았다. 나는 눈에 잘 띄지 않는 게으름뱅이인 미하일로프의 아들 사샤가 훨씬 더 마음에 들었다. 그 애는 슬픈 눈과 기분 좋은 미소를 가진 조용한 소년으로, 온화한 자기 엄마를 쏙 빼닮았다. 그는 보기 싫은 뻐드렁니가 있었다. 그 이빨은 입에서 툭 튀어나와 윗입술에서 두 줄로 자라고 있었다. 이것이 그의 흥미를 몹시 끌었던 모양이다. 끊임없이 입 안에 손가락을 넣어 뒷줄의 이를 흔들거나 뽑으려고 하면서, 원하면 누구든지 그 이를 만져보도록 순순히 허락했다. 그러나 나는 그 애에게 더 이상 흥미로운 점을 발견할 수 없었다. 사람들로 득실거리는 집에서도 그 애는 외톨이였다. 어두컴컴한 방구석이나 저녁에는 창가에 앉아 있기를 좋아했다. 그와 함께 있을 때는 아무 말도 하지 않는 편이 좋았다. —그에게 찰싹 붙어 창가에 앉는다. 그리고 붉은 저녁 하늘, 우스펜스키 성당의 황금빛 둥근 지붕 주위를 검은 까마귀들이 빙글빙글 원을 그리며 어지럽게 날아다니는 것을 바라보면서 언제까지나 말없이 있는 것이다. 까마귀는 하늘 높이 솟아오르다가 어느새 다시 아래로 내려온다. 그러더니 문득 사라져가는 검은 망으로 뒤덮은 뒤, 공허만을 남기고 어디론가 사라져버린다. 그것을 바라보고 있을 때는 아무 말도 하고 싶지 않았다. 기분 좋은 우수가 가슴을 가득 채웠다.

그런데 야코프 외삼촌의 아들 사샤는 무슨 일이든 길게, 그리고 똑똑하게 어른처럼 말할 줄 알았다. 내가 염색에 관심이 많다는 것을 알고 그는 찬장에서 새하얀 축일용 식탁보를 꺼내 와서 파란색으로 물들여보라고 권했다.

"흰색을 물들이는 게 가장 쉬워. 정말이야!"

그는 매우 진지하게 말했다.

나는 무거운 식탁보를 들고 안뜰로 달려갔다. 그러나 내가 식탁보 끝자락을 '쪽빛' 물감 통에 담근 순간 어디서 나타났는지 치가노크가 날쌔게 달려들어 식탁보를 빼앗았다. 그리고 커다란 손으로 식탁보를 짜면서 문가에서 내가 하는 짓을 지켜보고 있던 외사촌에게 소리쳤다.

"빨리 할머니를 불러!"

그리고 헝클어진 새까만 머리를 사납게 흔들면서 나에게 말했다.

"이제 너 혼쭐나게 생겼다!"

외할머니가 달려 나와 탄식하기 시작했다. 우스꽝스럽게 나를 꾸짖으면서 눈물까지 흘렸다.

"에구, 페름에서 온 얼간아! 네놈을 번쩍 들어 이 물통에 풍덩 처넣고 싶구나!"

그런 다음 외할머니는 치가노크를 설득하기 시작했다.

"바냐, 너 할아버지한텐 말하지 말거라! 나도 이 일은 숨길 테니까. 어쩌면 그냥 넘어갈지도 몰라……."

바냐는 알록달록한 앞치마에 젖은 손을 닦으면서 걱정스럽게 말했다.

"걱정 마세요. 아무 말도 하지 않겠어요. 하지만 샤시트카가 고자질할지도 몰라요!"

"그 애에게 몇 닢 주어서 입을 다물게 해야지."

나를 집안으로 데리고 가면서 외할머니가 말했다.

토요일, 저녁기도가 시작되기 전에 누군가가 나를 부엌으로 데리고 갔다. 그곳은 어둡고 조용했다. 온 집안의 문들은 꼭 닫혀 있었고 창문 너머 가을 저녁의 흐린 잿빛과 빗방울 소리가 지금도 기억난다. 난로의 검은 입구 앞에 놓인 커다란 벤치 위에 치가노크가 평소와는 다른 기색으로 앉아 있었다. 외할아버지는 구석의 세탁통 옆에 서서 물이 담긴 물통에서 기다란 나뭇가지들을 골라내고 있었다. 하나를 다른 하나에 대어 길이를 재어보거나, 휙휙 소리를 내면서 공중에 휘둘러보기도 했다. 외할머니는 어둠 속 어딘가에 서서 요란하게 코담배를 킁킁 들이마시며 투덜거렸다.

"제발…… 이 박해자……."

사샤 야코프는 부엌 한가운데 놓인 의자에 앉아 두 주먹으로 눈을 비비면서 자신의 목소리가 아닌 꼭 늙은 거지 같은 목소리로 길게 늘이면서 말했다.

"제발 용서해주세요……."

의자 저편에는 미하일 외삼촌의 아이들이 어깨를 맞대고 망부석처럼 서 있었다.

"매질을 다 하고나서 용서해주마."

물에 젖은 긴 나뭇가지를 손에 쥐고 훑으면서 외할아버지가 조용히 말했다.

"자, 바지를 벗어라!……."

외할아버지의 목소리도, 삐걱거리는 의자 위에서 발버둥치는 소년의 소동도, 외할머니가 끄는 발소리도, 그때 그을린 자국이 있는 낮은 천장 아래 어둑한 부엌에 고여 있던 그 잊지 못할 정적을 깨뜨리지는 못했다.

사샤가 일어섰다. 바지 호크를 풀고 무릎까지 내렸다. 그리고 두 손으로 그것을 움켜잡으며 몸을 숙이고 엉거주춤 벤치로 다가갔다. 그가 그렇게 걸어가는 모습을 보는 건 기분 좋은 일이 아니었다. 나 역시 다리가 후들거렸다.

그러나 그가 얌전하게 의자 위에 엎드렸을 때, 반카가 넓은 수건으로 그 애의 겨드랑이와 목덜미를 벤치에 잡아매고 나서 그 애 위로 몸을 굽혀 검은 손으로 그 애의 발목을 잡았을 때는 기분이 더욱 언짢았다.

"렉세이." 외할아버지가 불렀다. "좀 더 가까이 오너라! …… 내 말이 들리니? ……잘 봐둬라, 어떻게 때리는지…… 하나!……."

외할아버지는 낮게 손을 한번 휘둘러 맨살에 회초리를 세차게 내리쳤다. 사샤는 찢어지는 듯한 비명을 질렀다.

"거짓말이다." 외할아버지가 말했다. "이건 아프지 않았을 텐데! 자, 더 센 걸

맞아봐라!"

외할아버지가 얼마나 세게 내리쳤던지 살갗이 곧 벌겋게 물들었고 빨간 줄무늬가 부풀어 올랐다. 사촌형이 길게 울부짖었다.

"왜, 즐겁지 않니?"

외할아버지는 일정하게 팔을 올렸다 내렸다 하면서 물었다.

"좋지 않아? 이건 골무에 대한 벌이다!"

외할아버지가 팔을 위로 쳐들자 거기에 맞춰 내 가슴 속 모든 것이 위로 올라갔다. 팔이 내려오면 나도 온몸이 마치 아래로 곤두박질치는 것 같았다.

사샤는 매우 가늘고 불쾌한 목소리로 소리를 질렀다.

"안 그럴 게요…… 식탁보에 대해서 말할 게요. ……말한다니까요……."

조용히, 마치 시편을 읽는 것처럼 외할아버지가 말했다.

"일러바치는 건 변명이 안 돼! 고자질하는 놈이 먼저 벌을 받아야 해. 바로 이게 식탁보에 대한 벌이야!"

외할머니가 내게 달려들더니 나를 두 팔로 안고 소리쳤다.

"알렉세이는 못 줘요! 안 줄 거야, 악당 같으니!"

외할머니는 한쪽 발로 문을 차면서 불러댔다.

"바랴, 바르바라!……."

외할아버지는 외할머니에게 달려들어 냅다 밀쳐내고 나를 낚아채 벤치 쪽으로 끌고 갔다. 나는 외할아버지의 손아귀에서 몸부림치면서 적갈색 턱수염을 잡아당기고 손가락을 깨물었다. 외할아버지는 고함을 지르며 나를 꽉 조이더니 얼굴이 깨지도록 의자에 냅다 던졌다. 지금도 외할아버지의 사나운 고함 소리가 기억난다.

"꼭 붙들어매! 죽여 버릴 테니까!……."

나는 엄마의 새하얗게 질린 얼굴과 커다란 눈도 기억하고 있다. 엄마는 벤치 옆으로 달려와 갈라진 목소리로 말했다.

"아버지, 안 돼요! 제발 놔 주세요……."

외할아버지는 내가 정신을 잃을 때까지 매질을 했다. 나는 며칠 동안 앓아 누웠다. 창문이 하나밖에 없는 방의 넓고 뜨거운 침상에 엎드려 널브러져 있었다. 방구석에는 수많은 성상이 들어 있는 성상함 앞에서 꺼지지 않는 붉은 램프가 타오르고 있었다.

그 아픔의 나날들은 내 삶에서 커다란 의미를 지닌 며칠이었다. 그 며칠 동안 나는 매우 성장했고 어떤 특별한 것을 느낀 게 분명했다. 그때부터 내 안에는 사람들에 대한 빈틈없는 배려가 나타났다. 그리고 마치 마음의 껍질을 벗겨내기라도 한 것처럼, 자신의 또 타인의 모든 모욕과 고통에 대해 내 마음은 견딜 수 없을 만큼 예민해졌다.

무엇보다도 내 마음에 강한 충격을 준 것은 외할머니와 엄마의 말다툼이었다. 그 답답한 방 안에서 검고 뚱뚱한 외할머니가 엄마에게 달려들었다. 엄마를 구석으로 몰아붙이면서 낮은 목소리로 속삭였다.

"넌 왜 저 앨 빼앗아가지 않았어, 응?"

"너무 놀라서요."

"너처럼 건강한 애가! 부끄러운 줄 알아라, 바르바라! 난 늙은이지만 겁내지 않아! 부끄럽지도 않니?⋯⋯."

"그만해요, 엄마. 난 역겨워서 구역질이 날 것만 같아요⋯⋯."

"그래, 넌 저 앨 사랑하지 않니? 애비 없는 저 애가 불쌍하지도 않아?"

엄마는 괴로운 듯이 소리를 질렀다.

"나 자신도 평생 고아예요!"

이윽고 그들은 구석에 놓인 트렁크 위에 앉아 오랫동안 울었다. 그러고 나서 엄마가 말했다.

"알렉세이만 아니었으면 여길 떠났을 거예요! 이런 지옥에선 살 수가 없어, 살 수가 없단 말이에요. 엄마! 살 힘이 없어⋯⋯."

"넌 나의 피, 나의 심장이야."

외할머니가 속삭였다.

나는 마음속에 새겨 넣었다―엄마는 강한 사람이 아니다, 엄마도 모든 사람처럼 외할아버지를 두려워하고 있다. 그리고 나는 엄마가 살 수 없는 이 집에서 떠나는 걸 방해하고 있다. 그건 몹시 슬픈 노릇이었다. 얼마 안 가서 엄마는 실제로 집에서 사라져버렸다. 엄마는 어딘가 남의 집으로 가버렸다.

뭔가 갑자기, 마치 천장에서 훌쩍 뛰어내린 것처럼 외할아버지가 나타났다. 외할아버지는 침대에 걸터앉더니 얼음처럼 차가운 손으로 내 이마를 짚어 보았다.

"안녕, 도련님……애야, 대답 안 해? 화내지 말고! 그래, 어떠냐?"

다리로 걷어차고 싶었다. 하지만 조금만 움직여도 몸이 아팠다. 외할아버지는 이전보다 더욱 적갈색으로 보였다. 머리는 불안스럽게 흔들리고, 번쩍이는 두 눈은 벽 위에서 무언가를 찾고 있었다.

주머니에서 산양 모양을 한 과자와 설탕으로 만든 뿔피리, 사과 하나, 그리고 푸른 건포도 한 꼬치를 꺼내 베개 위 내 코 옆에 늘어놓았다.

"자, 봐라. 네게 선물을 가져왔다!"

외할아버지는 몸을 구부리고 내 이마에 입을 맞췄다. 그러고 나서 새발톱처럼 구부러진 손톱에 유난히 노란 물이 든, 작고 거친 손으로 내 머리를 조용하게 다독거리면서 얘기하기 시작했다.

"그땐 내가 널 너무 심하게 다루었다. 너무 성깔을 부렸어. 네가 날 물어뜯고 할퀴지 않았니. 그래서 나도 울컥 화가 났던 거다! 하지만 네가 더 많은 것을 겪었다면 그건 불행이 아니라 합격점에 든 거다! 알아둬라, 네 살붙이가 널 때린다면 그건 모욕하려는 것이 아니라 교육하는 것임을! 다른 사람이 널 때리는 건 안 되지만 살붙이가 때리는 건 괜찮아! 난 매를 맞지 않았을 거라고 생각하니? 알료샤, 난 네가 꿈속에서도 볼 수 없을 만큼 심하게 맞았단다. 너무나 심한 모욕을 당해서 아마 하느님도 그걸 보셨으면 눈물을 흘렸을 거다! 그 결과가 어땠냐고? 애비 없는 자식이자 거지처럼 가난한 어머니의 아들이었던 내가 보다시피 지금 위치까지 오지 않았느냐. 동직조합의 장로가 된 거지. 우두머리가 된 거야."

깡마르고 균형 잡힌 몸을 나에게 기대고, 외할아버지는 자신의 어린시절에 대해 확고하고 무거운 목소리로, 쉽고 솜씨 있게 이야기를 하나하나 풀어나갔다.

외할아버지의 초록색 눈이 활활 타올랐다. 밝은 금빛 머리카락을 곤두세우고 타고난 날카로운 목소리를 굵게 내면서 내 얼굴 정면에 대고 큰소리를 쳤다.

"그래 넌 기선을 타고 여기에 왔지? 기선이 널 데려왔어. 하지만 난 젊었을 때 볼가 강과 싸우며 내 힘으로 짐배를 끌었단다. 배는 물 위를 가고 난 강가를 걸어가지. 뾰족한 자갈이나 모래땅 위를 맨발로 말이다. 해가 뜰 때부터 밤까지 걸었단다! 태양은 목덜미와 머리카락을 바짝바짝 태우고 머리는 주철처럼 끓어오르지. 비참한 몰골로 등을 구부리면 뼈다귀는 삐걱대지, 가도 가도 끝은 보이지 않지, 눈은 땀으로 덮여 보이지 않지, 영혼은 비탄에 잠기고 눈물은 굴러 떨어지고…… 오, 알료샤 말도 마라! 자꾸자꾸 가다보면 잡아끌던 밧줄에서 나둥그러져 상판대기를 흙 속에 처박고…… 그게 오히려 기뻤단다. 그렇게 모든 힘이 다 빠져나가버리면 단1초라도 좋으니 쉬고 싶다, 죽어도 좋다는 생각이 들지! 보아라, 그렇게 하느님 눈앞에서 살아왔단다. 자비로운 예수 그리스도의 눈앞에서!……그래, 나는 볼가 강을 세 번이나 왕래했었지. 심비르스크에서 리빈스크까지, 사라토프에서 이곳까지, 아스트라한에서 마카리예프 시장까지. 그 거리가 아마 수천 킬로미터는 될 거야! 하지만 4년째에는 배의 수부가 되었고, 내 지혜를 주인에게 보여주었어!……"

외할아버지가 이야기하는 동안, 어느새 구름처럼 빠르게, 그 조그맣고 깡마른 노인은 옛날이야기에 나오는 장사로 변해 내 앞에 섰다. ―그는 홀로 거대한 잿빛 짐배를 끌고 강을 거슬러 올라간다……

이따금 외할아버지는 침대에서 뛰어내려 두 손을 저으면서 배 인부가 가죽 밧줄에 묶인 짐배를 어떻게 끌고 가는지, 물을 어떻게 퍼내는지 나에게 보여주었다. 외할아버지는 작고 낮은 목소리로 무슨 노래를 불렀다. 그러더니 다시 팔팔한 동작으로 침대 위로 뛰어올랐다. 모든 것이 놀랍고 신비한 외할아버지는 더욱더 굵고 뚜렷한 목소리로 이야기했다.

"그런데 알료샤, 그 대신 쉬거나 머물 때는 말이다, 여름날 저녁 쥐굴리 근처 어느 푸른 산 밑에서 모닥불을 피워 죽을 끓인단다. 그리고 인부가 마음을 울리는 애절한 노래를 부르기 시작하면 그게 우리 모두의 가슴에 파고들어 가슴을 쥐어뜯고 온몸을 으스스하게 만들지. 볼가 강 전체가 더욱 빠르게 흘러 마치 말처럼 뒷다리로 서서 구름 있는 데까지 곧장 뻗어가는 게 아니겠니! 그 어떤 슬픔도 바람에 흩날리는 먼지 같은 거야. 사람들은 얼이 빠져 냄비에서 죽이 끓어 넘치는 것도 모르고 노래를 불렀단다. 그러면 죽 끓이던 사람은 거품 걷는 국자로 이마를 얻어맞았지. 노는 것도 좋지만 일은 제대로 하라고 말이야!"

사람들이 몇 번이나 문으로 얼굴을 들이밀고 외할아버지를 불렀지만 내가 간청했다.

"가지 마!"

외할아버지는 웃으면서 손을 저어 사람들을 물리쳤다.

"기다려, 거기서……."

외할아버지는 저녁때까지 이야기를 들려주었다. 그리고 다정하게 나와 입맞추고 나갔을 때, 나는 외할아버지가 나쁜 사람도 무서운 사람도 아니라는 걸 알았다. 그런 그가 그토록 잔인하게 나를 매질했다는 것은 눈물이 날 만큼 떠올리기 힘든 일이었다. 하지만 그 일을 잊을 수는 없었다.

외할아버지의 방문은 모든 사람들에게 내 방 문을 활짝 열어놓는 계기가 되었다. 아침부터 저녁까지 누군가가 침대 옆에 앉아, 온갖 방법으로 나를 즐겁게 해주려고 애썼다. 지금 생각하면, 그것은 언제나 유쾌하고 재미있는 일만은 아니었다. 다른 누구보다도 외할머니가 가장 자주 들러주었다. 나와 함께 한 침대에서 자기도 했다. 그러나 이 시기에 나에게 가장 생생한 인상을 남긴 사람은 치가노크였다. 네모반듯한 어깨와 넓은 가슴, 곱슬머리의 커다란 머리를 한 그가 저녁 무렵이 되면 황금색 실크 셔츠에 벨벳 바지, 아코디언처럼 삑삑거리는 장화—그런 축제일 차림으로 나타났다. 그의 머리카락은 반짝반짝 윤이 났고, 짙은 눈썹 아래 밝은 사팔뜨기 눈과 싱싱한 콧수염의 검은 줄기 밑에 보이는 하얀 이가 반짝거렸다. 셔츠가 활활 타오르는 램프의 붉은 불꽃을 부드럽게 반사하며 타오르고 있었다.

"자, 봐라."

그는 소매를 걷어 올리고 팔꿈치까지 빨간 흉터로 뒤덮인 팔을 보여주면서 말했다.

"봐, 많이 부풀었지. 훨씬 심했는데 지금은 많이 나았어! 할아버지가 격노하셨을 때 널 때려죽일 것만 같아서 얼른 이 팔뚝을 내밀었지. 회초리가 부러지면 할아버지는 다른 회초리를 가지러 갈 테고, 그 틈에 할머니나 엄마가 널 안고 달아났으면 하고! 그런데 물먹은 회초리는 부러지지 않았어! 하지만 그래도 넌 몇 대는 덜 맞았을 거야. 알겠니, 어느 정도인지? 정말이지 난 꾀가 있다니까!……."

그는 비단결같이 보드라운 웃음을 터뜨리며 다시금 부어오른 팔을 유심히 바라보았다. 그리고 웃으면서 말했다.

"네가 얼마나 측은하던지 정말 목구멍이 막힐 정도였어. 어휴, 그 재난! 그런데 할아버지는 계속 매질을 하고……."

말처럼 콧김을 내뿜고 머리를 흔들어대면서 그는 일에 대한 얘기를 하기 시작했다. 어린애같이 단순한 그 모습은 곧 내게 친숙해졌다.

내가 그를 매우 좋아한다고 말하자 그는 잊을 수 없는 소박한 말로 대답했다.

"그래, 나도 네가 좋아. 그러니까 그 아픔을 참았지. 좋아하니까! 내가 다른 사람을 위해서도 그렇게 할 것 같니? 어림도 없지……."

그런 다음 몇 번이나 문을 돌아보면서 조용히 나에게 일러주었다.

"다시 매를 맞게 될 때는 몸에 힘을 주지 마, 알겠니? 몸에 힘을 주면 안 돼, 그러면 두 배는 더 아프니까. 몸에 힘을 빼, 몸이 부드러워지도록, 젤리처럼 누워 있는 거야! 숨을 참지 말고 심호흡을 해. 그리고 목청을 다해 소리를 질러. 내가 한 말을 잘 기억해 둬. 그럼 아무렇지도 않을 거야!"

나는 물었다.

"나를 또 매질할까?"

"무슨 소릴 하는 거야?" 치가노크가 조용히 말했다. "물론 때리고말고. 두고 봐, 가끔 널 때릴 테니…… "

"뭣 땜에?"

"구실이야 할아버지가 찾을 거야……."

그리고 다시 한 번 걱정스러운 듯이 충고하기 시작했다.

"만약 할아버지가 똑바로 위에서 때리면, 그냥 위에서 회초리를 내리치기만 할 때는 말이다, 봐, 이렇게 조용하게 몸을 부드럽게 하고 누워 있어. 하지만 만약 있는 힘을 다해 때리면, 때려서 살갗이 벗겨지도록 옆으로 매질을 하면 말이다, 그땐 회초리의 방향을 따라 할아버지 쪽으로 몸을 트는 거야. 알아듣겠니? 그러면 아픔이 훨씬 덜해!"

검은 사팔뜨기 눈을 찡긋하면서 그가 말했다.

"이 일에 대해선 내가 구역 경찰서장보다 더 잘 알아! 떨어져나간 내 살점을 다 합치면 벙어리장갑 하나는 충분히 만들 수 있을 걸!"

나는 그의 명랑한 얼굴을 바라보았다. 그리고 외할머니의 옛날이야기에 나온 이반 왕자와 바보 이바누시카를 떠올렸다.

3

이윽고 몸이 회복되고 난 뒤, 나는 치가노크가 집안에서 특별한 위치를 차지하고 있음을 확실하게 깨달았다. 외할아버지도 그에게는 아들들에게 하듯이 자주 고함치며 화내지는 않았다. 그가 자리에 없을 때면 외할아버지는 눈을 가늘게 뜨고 고개를 흔들며 이렇게 말했다.

"이반카는 황금손을 가지고 있어, 젠장. 내 말 잊지 마, 그놈은 크게 될 녀석이야!"

외삼촌들도 치가노크에게는 부드럽고 친근하게 대했다. 그들은 결코 숙련공 그리고리에게 하듯이 그를 '놀려대지' 않았다. 외삼촌들은 그리고리에게는 거의 매일 저녁 뭔가 모욕적인 나쁜 짓을 저질렀다. 그들은 가위 손잡이를 불에 달구어놓기도 하고, 그의 의자 위에 못을 뾰족한 쪽을 위로 박아 넣기도 하고, 어떤 때는 눈이 잘 보이지 않는 그에게 색깔이 서로 다른 헝겊을 주기도 했다. 그는 그것을 '한 필'로 잇는다. 그러면 외할아버지는 푸짐한 욕설을 해대곤 했다.

한번은 점심을 먹은 뒤, 부엌 침상에서 자고 있던 그의 얼굴을 푹신*1으로 물들여 버렸다. 그는 오랫동안 우스꽝스럽고 무시무시한 몰골로 다녔다. 잿빛 턱수염 속에서 두 개의 둥근 안경알 같은 얼룩이 희미하게 보이고, 혀를 닮은 긴 자주색 코가 음산하게 늘어져 있었다.

외삼촌들은 그런 장난거리를 끝없이 생각해냈다. 그래도 숙련공 그리고리는 묵묵히 견뎌냈다. 그러나 다리미, 가위, 부젓가락 또는 골무를 만지기 전에는 가만히 헛기침을 하고, 손가락에 침을 넉넉히 발랐다. 그것은 그의 습관이 되었다. 심지어 점심 식탁에 앉아서도 칼이나 포크를 잡기 전에 손가락에 침을 바르곤 해서 아이들의 웃음거리가 되곤 했다. 그가 아플 때는 그의 커다란 얼

---

*1 자홍색의 아닐린 염료.

굴에 주름살 물결이 일었다. 그리고 기이하게 이마 위로 미끄러져서 눈썹을 살짝 치켜세운 뒤 벗겨진 머리 어딘가로 사라졌다.

외할아버지가 아들들의 그런 장난에 대해 어떤 태도를 취했는지는 기억나지 않는다. 하지만 외할머니는 그들에게 주먹을 들이대고 위협하며 호통을 쳤다.

"이 파렴치한 악당들!"

그럼에도 외삼촌들은 치가노크가 없을 때면 그에게 화를 내며 조롱하고, 그가 한 일을 헐뜯고 도둑이니 게으름뱅이니 하면서 욕을 해댔다.

나는 외할머니에게 외삼촌들이 왜 그러는지 물어보았다.

늘 그렇듯이 외할머니는 기꺼이, 그리고 이해하기 쉽게 설명해주었다.

"그러니까 네 외삼촌들은 자기 공장을 차리게 될 때 바뉴시카를 서로 데려가고 싶어서 그러는 거란다. 그래서 서로에게 바뉴시카를 헐뜯는 거지! 엉터리 일꾼이라고 말이다. 그들은 거짓말로 교활하게 서로를 속이려는 거야. 게다가 더 걱정인 건, 바뉴시카가 그놈들에게 가지 않고 할아버지와 남지 않을까 하는 거란다. 할아버지도 고집이 센 양반이라서 이반카와 함께 세 번째 공장을 차릴 수도 있거든. 그렇게 되면 네 외삼촌들에게 이로울 게 없지. 알겠니?"

외할머니는 조용히 웃었다.

"모두 교활하게 서로 속이고 있어. 하느님도 조롱한다니까! 흥, 그렇지만 외할아버지는 놈들의 간계를 알고 야샤와 미샤를 일부러 놀려댄단다. '이반이 군대에 징집되지 않도록 병역면제증을 사야겠다. 나에겐 그 애가 필요하거든!' 하고 말하는 거지. 그래서 네 외삼촌들은 화를 내고 있어. 그 녀석들은 그걸 사고 싶지 않은 거야, 돈이 아까우니까. 그 면제증이 엄청나게 비싸거든!"

이제 나는 기선 속에서 그랬던 것처럼 외할머니와 함께 지내고 있었다. 매일 밤 잠들기 전에 외할머니는 내게 옛날이야기나, 마치 옛날이야기 같은, 자신이 살아온 얘기를 해주었다. 그러나 가정의 일상생활에 대해서는—아들들의 재산분배, 외할아버지가 자신을 위해 새 집을 사는 것에 대해 얘기할 때는, 외할머니는 웃으면서, 가장(家長) 다음가는 사람으로서 얘기하는 것이 아니라 마치 남 얘기하듯, 조금 초연하게 거리를 두고 얘기하는 것이었다.

나는 외할머니로부터 들어서 치가노크가 업둥이라는 사실을 알게 되었다. 이른 봄, 비가 추적추적 내리던 날 대문 옆에 있는 벤치 위에서 발견했다고 한다.

"그 앤 앞치마에 싸여 누워 있었어." 외할머니는 생각에 잠긴 듯 비밀스럽게 말했다. "약하게 삑삑거리며 울더니 금방 차갑게 식어버리더구나."

"왜 아이를 버려?"

"엄마가 젖도 나오지 않고 먹여 살릴 방도가 없어서지. 그래서 최근에 아기가 태어났다가 죽은 집을 알아내고는 자기애를 몰래 갖다놓는 거란다."

잠시 말을 끊고 머리를 긁고 나서 한숨을 쉰 외할머니는 천장을 바라보면서 말을 이었다.

"알료샤, 모든 게 가난 때문이란다. 말로 다할 수 없는 지독한 가난 말이다! 결혼도 하지 않은 처녀가 아기를 낳는다는 건 있을 수 없는 일이니까—정말 수치스러운 일이지. 할아버지는 바뉴시카를 경찰서에 넘기려고 했지만 내가 설득했단다. 우리가 맡아 키웁시다, 이건 틀림없이 하느님이 죽은 아이 대신 보낸 거라고 말이야. 그때 난 아이를 열여덟 명이나 낳았으니 만일 모두 살아 있다면 마을 하나를 다 채웠을 거야. 열여덟 집이나 될 테니까! 난 열넷에 시집 와서 열다섯에 벌써 아기를 낳았지. 그런데 하느님은 내 피를 너무 사랑하셔서 내 아기들을 차례차례 데려가서 천사가 된 아기들을 자신 곁에 머물게 했어. 내겐 슬프기도 하지만 또 기쁜 일이기도 했지!"

속옷만 입고 침대 끝에 앉아, 온몸에 검은 머리카락을 늘어뜨린 거대한 외할머니는, 바로 얼마 전에 세르가치에서 온 턱수염을 기른 산림지기가 우리 집 안뜰로 끌고 온 암곰과 비슷했다. 외할머니는 눈처럼 하얀 가슴에 성호를 긋고 조용히 웃으면서 몸을 떨었다.

"하느님은 좋은 아이들을 데려가시고 내겐 못된 아이들만 남기셨어. 난 이반카를 얻고 무척 기뻤단다. 정말이지 난 너희 같은 어린 것들을 너무 사랑해! 그래서 그 아이를 거두어 세례를 받게 했지. 그랬더니 봐라, 착한 아이가 되어 저렇게 살아있지 않니. 난 그 애를 주크, 그러니까 딱정벌레라고 불렀단다. 그 앤 유별나게 앵앵거렸거든. 영락없는 딱정벌레였지. 방 안을 기어 다니면서 온 집안에 다 들리도록 앵앵 울었지. 그 아이를 사랑해 주어라, 온순하고 정직한 사람이야!"

나는 이반을 사랑했다. 그리고 말도 할 수 없을 만큼 그에게 감탄했다.

토요일마다 그 주에 잘못을 저지른 아이들을 매질한 뒤 외할아버지가 저녁기도회에 가고 나면 부엌에서는 형언할 수 없이 재미있는 생활이 시작되었다. 치가노크가 난로 뒤에서 검은 바퀴벌레를 몇 마리 잡아와서는 무명실로 재빠르게 마구(馬具)를 만들고, 종이를 오려 썰매를 만들었다. 깨끗하게 깎아서 매끄럽게 다듬은 노란 식탁 위를 검은 말 네 마리가 달렸다. 이반은 가느다란 나뭇가지로 네 마리의 말을 유도하면서 소리를 질러댔다.

"대주교님을 모시러 간다!"

그는 바퀴벌레 등에 작은 종잇조각을 붙이고 썰매 뒤를 따라가게 한 뒤 이렇게 설명했다.

"우편가방을 잃어버렸어. 수도사가 달려가서 그걸 끌고 오는 거야!"

그는 바퀴벌레의 다리를 실로 잡아맸다. 바퀴벌레는 머리에 경련을 일으키며 기어갔다. 반카가 손뼉을 치면서 외쳤다.

"성당지기가 선술집에서 나와 저녁기도를 하러 간다!"

그는 작은 생쥐도 보여주었다. 생쥐는 그의 명령에 따라 긴 꼬리를 끌면서, 대담한 새까만 눈알을 우스꽝스럽게 깜박거리며 뒷다리로 서 있거나 걸어 다녔다. 그는 생쥐들을 소중하게 다뤘다. 품에 넣고 다니거나 입으로 설탕을 먹이고 입을 맞추기도 했다. 그리고 확신을 담아 말했다.

"생쥐는 영리하고 귀여운 동물이야. 그래서 집도깨비도 생쥐는 무척 좋아한단다! 생쥐에게 먹이를 주는 사람에게는 집도깨비도 행운을 가져다주지……"

그는 카드나 동전으로 마술을 부릴 줄도 알았고, 어떤 아이보다 큰 소리를 질러대는 것이 아이들과 하나도 다를 바가 없었다. 한번은 아이들이 그와 카드놀이를 하면서 연달아 세 번씩이나 그를 '바보'로 만들어버리자, 그는 매우 시무룩해져서 화가 난 듯 입술을 삐죽 내밀고 카드를 내던져버렸다. 그리고 나중에 코를 훌쩍거리면서 나에게 투덜거렸다.

"난 그 애들이 짜고 쳤다는 걸 알아! 녀석들은 서로 눈짓하며 테이블 밑으로 카드를 주고받았어. 이게 게임이야? 나도 마음만 먹으면 그 애들보다 더 잘 속일 수 있어……"

그는 열아홉 살이었다. 우리 넷의 나이를 모두 합쳐도 그가 위였다.

하지만 특별히 내 기억에 남아 있는 건 축제일 밤의 그였다. 그런 날엔 외할아버지와 미하일 외삼촌은 다른 곳에 초대받아 갔다. 부엌에는 곱슬머리가 부스스한 야코프 외삼촌이 기타를 들고 나타났다. 외할머니는 많은 간식거리와 각진 녹색 병에 든 보드카를 꺼내고 차를 끓였다. 그 녹색 병 바닥에는 유리로 예쁘게 뽑아낸 빨간 꽃이 붙어 있었다. 좋은 옷을 차려 입은 치가노크가 팽이처럼 빙글빙글 돌았다. 어두침침한 안경알을 번쩍이면서 그리고리가 옆으로 조용히 들어왔다. 마마자국이 있는 붉은 얼굴, 가운데가 볼록한 단지처럼 뚱뚱하고, 약삭빠른 두 눈과 나팔 같은 목소리를 가진 보모 예브게냐도 들어왔다. 이따금 우스펜스키 성당의 털북숭이 교회지기와, 그밖에 꼬치고기나 곤들매기를 닮은 어둡고 매끈한 낯선 사람들도 있었다.

모두 많이 먹고 많이 마셔서 가쁜 숨을 내쉬었다. 아이들에겐 선물을 주고, 달콤한 과실주를 작은 잔에 한 잔씩 주었다. 그리고 모두들 점점 뜨거운, 그러나 이상한 열기에 들뜨기 시작했다.

야코프 외삼촌은 조심스럽게 기타줄을 고르기 시작했다. 그것이 끝나면 늘 똑같은 말을 하곤 했다.

"그럼 시작해볼까!"

곱슬머리를 한 번 흔든 뒤 그는 기타 위로 몸을 기울이고 거위처럼 목을 뺐다. 둥글고 태평한 그의 얼굴은 졸리는 듯했고, 생생하면서도 알 수 없는 그의 두 눈은 기름 같은 안개 속에서 빛을 잃어갔다. 그리고 조용히 기타줄을 뜯으면서, 뭔가 마음을 울리는, 자기도 모르게 일어서게 만드는 곡을 연주했다.

그의 음악은 긴장된 침묵을 요구했다. 그것은 조급한 흐름이 되어, 어딘가 먼 곳에서 달려와서는 마루와 벽 속으로 스며들었다. 그리고 심장을 휘저으면서 슬프고 불안한, 이해할 수 없는 감정을 불러일으켰다. 그 음악을 들으면 자기 자신과 모든 사람들이 애잔해 보이고, 어른들도 조그맣게 보였다. 모두들 깊은 생각에 잠겨 침묵 속에 몸을 도사린 채 꼼짝 않고 앉아 있었다.

특히 열심히 귀를 기울이며 듣고 있었던 건 사샤 미하일로프였다. 그는 내내 외삼촌 쪽으로 몸을 기울이고 입을 벌린 채 기타를 응시했다. 그의 입술 사이로 침이 흘러내렸다. 이따금 그는 의자에서 떨어져 바닥에 손을 짚을 만큼 넋을 잃는 일도 있었다. 그런 일이 일어나면, 그는 얼어붙은 두 눈을 커다랗게 뜬 채 마룻바닥에 그냥 앉아 있었다.

모두들 마법에라도 걸린 것처럼 얼어붙어 있었다. 오직 사모바르만 노래하고 있었다. 그것도 기타의 구슬픈 가락에 귀 기울이는 데 방해되지는 않았다. 정사각형 모양의 조그만 창문 두 개가 가을밤의 어둠을 향해 열려 있었다. 때

때로 누군가가 그것을 부드럽게 두드렸다. 테이블 위에는 두 개의 수지(樹脂) 양초의 창처럼 뾰족한 노란 불꽃이 흔들렸다.

야코프 외삼촌은 점점 무아지경에 빠져들었다. 그는 이를 악물고 깊은 잠에 빠진 것처럼, 손만 별개의 생명을 갖고 살아 있는 것처럼 보였다. 구부러진 오른쪽 손가락들은 마치 새가 여기저기 날아다니며 미친 듯이 부딪치는 것처럼, 어두운 음부(陰部) 위에서 현란하게 몸을 떨었다. 왼쪽 손가락은 눈에 보이지 않는 속도로 재빠르게 기타 위를 움직였다.

술을 마시고나면, 그는 거의 언제나 입속에서 역겹게 쉭쉭 울리는 소리로 끝없는 노래를 불렀다.

야코프가 개라면
야코프는 아침부터 밤까지 짖어댔겠지.
오, 난 외로워!
오, 난 슬퍼!
수녀가 길을 따라 걸어가고
까마귀가 담장 위에 앉아 있네.
오, 난 외로워!
귀뚜라미는 난로 뒤에서 울고,
바퀴벌레는 종종걸음으로 달려가네.
오, 난 외로워!
거지가 감발*2을 말리려고 널었더니,
다른 거지가 훔쳐갔네!
오, 난 외로워!
오, 난 정말 슬퍼!

나는 이 노래를 들으면 참을 수가 없었다. 외삼촌이 거지에 대한 노래를 부르기 시작하면, 나는 견딜 수 없는 우수에 잠겨 심하게 흐느껴 울었다.

치가노크는 손가락으로 까만 머리다발에 손을 집어넣고, 가만히 한구석을

---

*2 양말 대신 발에 감는 천.

바라보고 콧김을 내뿜으면서 다른 사람들처럼 열심히 음악을 듣고 있었다. 그리고 문득 슬픈 듯이 소리쳤다.

"아, 나도 저런 목소리를 가졌으면 저렇게 멋지게 노래할 수 있을 텐데!"

외할머니는 한숨을 내쉬면서 말했다.

"이제 그만 해 야샤, 심장이 터져버리겠어! 바냐트카, 자 춤을 추자……."

외할머니의 요청이 언제나 곧바로 받아들여지는 것은 아니었다. 그래도 이따금 악사는 갑자기 1초 동안 기타줄을 손바닥으로 눌렀다. 그리고 주먹을 꽉 쥐고 뭔가 눈에 보이지 않고 소리도 없는 것을 마루 위에 힘껏 내팽개치고는 쾌활하게 소리쳤다.

"울적한 기분은 멀리 꺼져버려! 반카, 일어나!"

치가노크는 노란 셔츠를 팽팽하게 잡아당겨 단정하게 고쳐 입으면서 조심스럽게 마치 뾰족한 못 위를 걷는 것처럼 부엌 한가운데로 걸어갔다. 그의 까무잡잡한 뺨이 붉게 물들었다. 그리고 수줍은 듯 미소 지으며 부탁했다.

"최대한 빠르게, 야코프 바실리치!"

기타가 미친 듯이 울고 구두 뒤축이 빠르게 마룻바닥을 때렸다. 테이블과 찬장에 있는 그릇들이 달그락거렸다. 치가노크는 부엌 한가운데서 불길처럼 타올랐다. 눈에 보이지 않을 만큼 빠르게 두 다리를 번갈아 움직이면서, 두 팔을 마치 날개처럼 크게 휘저어 솔개처럼 훨훨 날았다. 그는 소리를 지르며 마룻바닥에 쭈그리고 앉았다가는 주변의 모든 것을 비단빛으로 밝혀주면서 황금빛 제비처럼 돌아다녔다. 비단은 몸을 떨며 흘러가면서 불에 타 녹아버리는 것 같았다.

치가노크는 무아지경 속에서 지칠 줄 모르고 춤을 추었다. 그때 만약 누가 문을 열어 주었다면 그는 그대로 춤추면서 거리로 나가서는 시내로 들어가 어디론가 끝없이 가버릴 것만 같았다.

"잘한다, 잘해!"

발로 박자를 맞추면서 야코프 외삼촌이 소리쳤다.

그리고 날카롭게 휘파람을 불고 신경을 긁어대는 목소리로 민요를 소리쳐 불렀다.

오, 성주신에게 미안하지만 않았다면,

마누라와 새끼들로부터 달아나버렸을 텐데!

테이블에 앉아 있던 사람들도 가만히 있지 못하고, 이따금 마치 불에 덴 것처럼 날카로운 소리를 질러댔다. 턱수염을 기른 그리고리는 자기 대머리를 손바닥으로 철썩철썩 때리면서 뭐라고 웅얼거렸다. 한번은 그가 내게 몸을 구부리며 내 어깨를 부드러운 턱수염으로 덮은 채 마치 어른에게 말하듯이 귓전에 대고 이렇게 말했다.

"알렉세이 막시미치, 네 아버지를 이곳에 부를 수 있다면 또 다른 불을 당겼을 텐데! 사람을 위로해 주는 유쾌한 남자였지, 안 그래? 너, 아버지를 기억하니?"

"아니."

"그래? 이따금 네 아버지와 외할머니가…… 여기서 잠깐 기다려라!"

그는 일어섰다. 키가 크고 깡마른, 성상을 닮은 그가 외할머니에게 꾸벅 절을 하더니 유난히 슬픔이 깃든 굵은 목소리로 외할머니에게 부탁하기 시작했다.

"아쿨리나 이바노브나, 우리를 위해 춤 한번 춰보세요! 막심 사바테예프하고 추셨던 것처럼 말입니다. 부탁이에요!"

"원 세상에, 무슨 말을 하는 거야, 그리고리 이바니치?" 외할머니는 가볍게 웃으면서 뒷걸음질쳤다. "나더러 춤을 추라고! 웃음거리나 되겠으리……."

그러나 모두들 외할머니가 춤추기를 부탁하자 외할머니는 갑자기 젊은이처럼 벌떡 일어나 치마를 매만진 뒤, 무거운 머리를 살짝 뒤로 젖히고 똑바로 섰다. 그리고 소리를 지르면서 부엌 안을 돌아다녔다.

"자, 웃어요. 건강을 위해서! 야샤, 다시 한 번 음악 좀 울려라!"

외삼촌은 뒤로 물러나 온몸을 젖히더니 눈을 감았다. 그리고 천천히 기타를 치기 시작했다. 치가노크는 순간 멈춰 섰다가 외할머니 앞으로 성큼성큼 걸어가 외할머니 주위에 웅크리고 앉아 춤을 추기 시작했다. 외할머니는 두 팔을 벌리고 눈썹을 치켜 올린 뒤, 까만 눈으로 어딘가 먼 곳을 바라보면서 허공을 떠다니는 것처럼 소리 없이 마루 위를 떠다녔다. 나는 외할머니가 우스꽝스러워서 킥킥 웃음을 터뜨렸다. 그리고리는 진지하게 손가락으로 나를 위협했고, 어른들은 모두 못마땅한 듯이 나를 쳐다보았다.

"그만해, 이반!"

그리고리가 웃으면서 말했다. 치가노크는 순순히 옆으로 몸을 비켜 문지방 위에 앉았다. 보모 예브게냐는 울대를 부풀리면서 나지막하고 유쾌한 목소리로 노래를 부르기 시작했다.

일주일 내내, 토요일까지
처녀는 레이스를 짰어요.
일에 지쳐서,
오, 이제 그녀는 생기를 잃었네!

외할머니는 춤을 추는 것이 아니라 마치 뭔가를 얘기하고 있는 것 같았다. 이제 외할머니는 생각에 잠겨 몸을 흔들며 두 손을 이마에 대고 주위를 둘러보면서 조용히 걸어갔다. 외할머니의 거대한 몸 전체가 엉거주춤하게 흔들렸다. 발은 조심스럽게 길을 더듬고 있었다. 그러다가 멈춰 섰다. 외할머니는 갑자기 깜짝 놀란 듯 얼굴을 부르르 떨더니 찡그렸다. 그러자 곧 선량하고 기분 좋은 미소로 얼굴이 다시 환해졌다. 누군가에게 길을 내주고, 한손으로 누군가를 이끌면서 옆으로 물러났다. 고개를 숙이고 마비된 것처럼 꼼짝 않고 있던 외할머니는 열심히 귀를 기울이며 점점 쾌활하게 미소 지었다. 그러다가 갑자기 회오리바람처럼 빙빙 돌기 시작했다. 온몸이 날렵하고 키가 훌쩍 커졌다. 나는 외할머니로부터 눈을 뗄 수가 없었다. 멋지게 청춘시절로 되돌아간 그 몇 분 동안 외할머니는 정말 아름다웠고 사랑스러웠다!

보모 예브게냐가 나팔을 부는 것처럼 소리를 질렀다.

일요일이면 새벽미사부터
한밤중까지 춤을 추었어.
맨 마지막에 거리에서 돌아왔지.
아쉽게도
그때는 이미 월요일!

춤을 끝내자 외할머니는 사모바르 옆 자기 자리에 앉았다. 모두 외할머니에게 찬사를 보냈다. 외할머니는 머리를 매만지면서 말했다.

"그만, 됐어! 진짜 춤꾼들을 보지 못했군. 우리가 살던 발라흐냐에 한 소녀가 있었는데, 뉘 집 딸인지 이름은 잊어버렸지만 그 소녀가 춤추는 것을 보면 기뻐서 심지어 우는 사람까지 있었어! 그 아이를 바라보고 있으면 그야말로 축제 같았지. 더 이상 아무것도 필요 없었으니까! 난 그 아이를 질투했어, 죄를 지었지!"

"세상에서 가수와 무희가 최고예요!"

보모 예브게냐가 진지하게 말한 뒤 다윗 왕에 대한 무슨 노래를 부르기 시작했다. 야코프 외삼촌은 치가노크를 껴안고 그에게 말했다.

"넌 선술집에서 춤을 춰야 하는 건데. 사람들의 넋을 빼놓을 거야!……"

"하지만 난 노래를 잘 부르고 싶어요!" 치가노크가 투덜거렸다. "만약 하느님이 나에게 목소리를 주셨다면 10년 동안 노래를 불렀을 텐데. 그 뒤에는 수도원에 들어가도 좋아!"

모두들 보드카를 마셨고 그리고리가 특히 많이 마셨다. 외할머니는 자꾸만 술을 따라주면서 예언했다.

"이봐, 그리샤. 그러다가 완전히 눈이 멀겠어!"

그는 태연하게 대꾸했다.

"상관없어요! 눈은 더 이상 필요 없어요. 모든 걸 다 봤으니까……"

그는 아무리 마셔도 취하지 않았다. 하지만 점점 수다쟁이가 되어 거의 언제나 아버지에 대해 내게 얘기했다.

"아주 용감한 사내였어, 내 친구 막심 사바테이치……"

외할머니가 한숨을 내쉬면서 맞장구를 쳤다.

"맞아, 하느님의 아들이었어……"

모든 것이 미치도록 재미있었고 모든 것이 나를 긴장시켰다. 그리고 모든 것에서 어떤 잔잔하고 결코 마르지 않는 슬픔이 내 마음속에 스며들었다. 슬픔과 기쁨은 사람들의 마음속에 함께 살며, 거의 구별할 수 없고 포착할 수도 이해할 수도 없는 빠른 속도로 서로 엇갈리고 있었다.

한번은 야코프 외삼촌이 그렇게 많이 취하지도 않았는데 입고 있던 셔츠를 찢고, 곱슬머리와 희끗희끗 성긴 콧수염, 코, 늘어진 윗입술을 사납게 쥐어뜯기 시작했다.

"도대체 이게 뭐야, 이게?" 주체할 수 없이 눈물을 흘리면서 그는 으르렁거렸다. "도대체 왜 그랬냐고!"

외삼촌은 자신의 뺨과 이마, 가슴을 치면서 오열했다.

"난 쓸모없는 비열한 자식이고 실패한 놈이야!"

그리고리가 소리를 질렀다.

"오! 마침내 바른말을 하는군!······."

역시 술기운이 돈 외할머니가 아들의 손을 잡고 달랬다.

"그만해라, 야샤. 무엇이 최상인지는 하느님이 아신다!"

술을 마시면 외할머니는 훨씬 더 멋져 보였다. 외할머니의 미소를 머금은 까만 두 눈은 모든 사람의 마음을 따스하게 해주는 빛을 뿌렸다. 그리고 달아오른 얼굴을 머릿수건으로 부채질하면서 노래하듯이 말했다.

"주님, 주님! 이 모든 것이 얼마나 좋은지요! 그래요, 보세요. 얼마나 좋은지, 이 모든 것이!"

그것은 진심에서 우러나온 외침이었고 평생의 좌우명이었다.

나는 무사태평한 외삼촌의 눈물과 절규에 무척 놀랐다. 그가 왜 울면서 욕지거리를 하고 자신을 때렸는지 외할머니에게 물어보았다.

"넌 온갖 걸 다 알려고 드는구나!" 평소와는 달리 못마땅하다는 듯이 외할머니는 대답했다. "기다려라. 이런 일에 끼어들기엔 넌 아직 어려······."

이 말은 내 호기심을 더욱 자극했다. 그래서 공장에 가서 이반에게 물어보았지만, 그 역시 말해주려 하지 않았다. 그는 조용히 웃으면서 곁눈질로 그리고리를 쳐다보았다. 그리고 나를 공장 밖으로 쫓으면서 소리쳤다.

"저리 가! 안 그러면 널 염색솥에 집어넣어 물들여버릴 거야!"

그리고리는 세 개의 염색솥을 시멘트로 발라버린 넓고 나지막한 난로 앞에 서서 긴 검정색 국자로 솥 안을 휘젓고 있었다. 그는 국자를 꺼내들고 국자 끝에서 떨어지는 물감물의 농도를 살펴보았다. 불꽃은 사제의 제복처럼 울긋불긋한 가죽 앞치마 가장자리에 어른거리며 맹렬하게 타올랐다. 솥 안에는 염색물이 부글부글 끓고, 코를 찌르는 수증기가 짙은 구름처럼 문 쪽으로 뻗어가 안뜰에 마른 흙먼지 냄새를 일으켰다.

그리고리는 안경 밑으로 흐릿하고 빨간 두 눈으로 나를 힐끗 쳐다보더니 이반에게 퉁명스럽게 말했다.

"장작 가져와! 안 보여?"

치가노크가 안뜰로 달려 나가자, 그리고리는 백단향 더미 위에 올라앉아 나에게 손짓했다.

"이리 와!"

그는 나를 무릎 위에 앉히고 따뜻하고 보드라운 턱수염으로 내 뺨을 비비면서 결코 잊을 수 없는 얘기를 들려주었다.

"네 외삼촌은 외숙모를 죽도록 때리고 괴롭혔거든. 그래서 죽고 말았지. 이제야 양심 때문에 괴로워하는 거란다. 알겠니? 넌 모든 것에 대해 알아야 해. 조심해, 안 그러면 세상을 헤쳐 나가기 힘들어!"

그리고리와 있을 때도 외할머니와 있을 때처럼 간단했다. 하지만 기분이 나빴다. 그는 안경 밑으로 모든 걸 꿰뚫어보는 듯했다.

"어떻게 때렸느냐고?" 그는 서두르지 않고 말했다. "그건 이랬어. 아내와 잠자리에 누우면 아내를 머리부터 발끝까지 담요로 덮어씌우고 꼭 누른 다음 때린 거야. 왜냐고? 글쎄, 그건 그 자신도 모를 걸."

장작을 한 아름 안고 돌아와 불 앞에 웅크리고 앉아 손을 쬐고 있는 이반은 본 척도 하지 않고, 그리고리는 자세히 이야기했다.

"어쩌면 아내가 자기보다 더 훌륭해서 그랬는지도 모르지, 질투가 나서. 얘야, 카시린네 사람들은 훌륭한 사람을 좋아하지 않거든. 그들은 훌륭한 사람을 질투하고 받아들이지 못해서 죽여버린단다! 그들이 네 아버지를 어떻게 죽게 했는지 외할머니에게 물어봐라. 외할머니는 다 말해주실 거다. 그 양반은 거짓말을 좋아하지 않고 이해하지도 못하시지. 술을 마시고 코담배를 들이마시기는 해도 성자 같은 분이야. 하느님 뜻에 따르는 분이지. 네가 믿을 사람은 외할머니 한 사람뿐이다……."

그가 나를 떠밀었다. 나는 낙담하여 풀이 죽어서 안뜰로 나갔다. 집 입구에서 바뉴시카가 나를 따라와서는 내 머리를 잡고 조용히 속삭였다.

"외삼촌을 무서워하지 마. 그는 선량한 사람이야. 네 외삼촌 눈을 똑바로 쳐다봐. 그 사람은 그렇게 하는 걸 좋아해."

모든 것이 이상하고 흥분되었다. 나는 다른 생활을 알지 못했지만, 아버지와 엄마는 이렇게 생활하지 않았다는 것은 어렴풋이 기억하고 있었다. 그가 살던 곳에서는 다른 즐거움이 있었다. 걸을 때도 앉아 있을 때도 그들은 늘 나란히, 가까이 있었다. 저녁이 되면 자주 창가에 앉아 오랫동안 웃기도 하고, 큰 소리로 노래도 불렀다. 사람들이 거리에 몰려들어 그들을 바라보았다. 위로 올려다보는 사람들의 얼굴은 우스꽝스럽게도 저녁식사 뒤의 지저분한 접시를 떠올리게 했다. 그러나 여기서는 웃는 일이 많지 않았다. 그리고 무엇 때문에 웃고 있는지 알 수 없을 때가 많았다. 이들은 가끔 서로 고함을 지르기도 했다. 한 사람이 또 한 사람을 무엇 때문인지 위협했다. 구석에서 비밀스럽게 속삭이기도 했다. 아이들은 조용해서 있는 듯 없는 듯했으며 비 온 뒤의 먼지처럼 땅에 내버려져 있었다. 나는 이 속에서는 타인 같은 기분이 들었다. 이 모든 생활은 수많은 바늘로 찌르는 것처럼 나를 자극하고, 의심스러운 기분이 들게 하여 긴장 속에 관찰하도록 만들었다.

나와 이반의 우정은 점점 깊어 갔다. 외할머니는 해가 뜰 때부터 밤늦도록 집안일로 바빴다. 그래서 나는 거의 하루 종일 치가노크 주위를 맴돌았다. 그는 여전히, 외할아버지가 나를 매질할 때면 자기 손을 내밀었고, 다음날 부풀어 오른 손을 보여주며 내게 투덜거렸다.

"그래, 이건 소용없는 짓이야! 너도 안 좋고 나도 안 좋고, 이 꼴 좀 봐! 다신 안 그럴 거야, 알겠니?"

그리고 다음 날에는 또다시 쓸데없는 고통을 당하곤 했다.

"다신 안 그런다고 했잖아?"

"안 그러려고 했지. 그런데도 손을 내밀었어…… 봐, 나도 모르게 그만……"

얼마 지나지 않아 나는 치가노크에 대해 어떤 사실을 알았다. 그리고 그것은 그에 대한 나의 관심과 사랑을 더욱 강하게 해주었다.

금요일마다 치가노크는 폭 넓은 썰매에 외할머니가 좋아하는, 교활한 장난꾸러기이자 단것을 좋아하는 거세한 구렁말 샤라프를 맸다. 무릎까지 내려오는 짧은 모피 반코트를 입고 챙 없는 무거운 모자를 쓰고 초록색 벨트를 꼭 조인 다음, 식료품을 사러 시장에 갔다. 이따금 오래도록 돌아오지 않는 일이 있었는데, 그럴 때면 집안 모든 사람들이 걱정되어 창가에 가서 유리창 위의 얼음을 입김으로 녹이면서 거리를 내다보았다.

"안 와?"

"안 와!"

누구보다도 외할머니가 가장 걱정했다.

"에구 에구!" 외할머니는 아들들과 외할아버지에게 말했다. "당신들은 저 착한 사람과 말을 망치고 있어! 부끄럽지도 않아? 양심도 없는 작자들 같으니라고! 아니, 그만큼 가지고도 뭘 더 바라는 거야? 이 미련한 작자들, 탐욕스런 인간들. 하느님이 당신들을 벌할 거야!"

외할아버지는 오만상을 찌푸리며 웅얼거렸다.

"그래 좋아, 이게 마지막이야."

이따금 치가노크는 한낮이 되어서야 돌아오기도 했다. 외삼촌들과 외할아버지는 서둘러 안뜰로 나갔다. 그 뒤를 거칠게 코담배를 들이마시면서, 언제나 서투른 외할머니가 암곰처럼 움직이고 있었다. 아이들도 뛰어나갔다. 새끼돼지, 가금류와 생선, 온갖 종류의 육류가 가득 실린 썰매를 유쾌하게 풀어헤치기 시작했다.

"말한 대로 다 샀냐?"

외할아버지가 날카로운 곁눈질로 썰매에 실린 내용물을 훑어보면서 물었다.

"필요한 건 다 샀어요."

이반은 쾌활하게 대답하고, 몸을 녹이기 위해 안뜰을 펄쩍펄쩍 뛰어가면서 벙어리장갑으로 귀를 먹먹해질 정도로 탁탁 때렸다.

"장갑을 그렇게 세게 치지 마라. 그거 사려면 돈 든다." 외할아버지가 엄하게 소리쳤다. "잔돈은?"

"없어요."

외할아버지는 천천히 썰매 주위를 돌았다. 그리고 그리 크지 않은 목소리로 말했다.

"이번에도 뭘 잔뜩 실어 왔군. 조심해라, 어쨌든. 그런데 돈을 내지 않고 가져오는 건 아니겠지? 내 집에선 그런 일이 있을 수 없어."

그러고는 얼굴을 찌푸리며 황급히 자리를 떴다.

외삼촌들은 즐거워하며 썰매로 달려가서 가금류와 생선, 거위 내장과 송아지 다리, 커다란 고깃덩어리를 손에 올려 무게를 달아보며 휘파람을 불어대고 만족스러운 듯 법석을 떨었다.

"야, 잘도 쓸어 왔는데!"

미하일 외삼촌이 특히 기뻐했다. 딱따구리 같은 코로 모든 물건의 냄새를 킁킁 맡고 맛나게 입술을 다시고, 불안정한 눈을 행복한 듯 찡긋거리며 외할아버지를 닮아 깡말랐지만 키는 더 크고 숯처럼 새까만 그는 썰매 주위를 용수철처럼 펄쩍펄쩍 뛰어다녔다. 외삼촌은 언 손을 소매 속에 넣으면서 치가노크에게 물었다.

"아버지가 네게 얼마 주셨지?"

"5루블요."

"여기 있는 건 15루블 어치는 되겠는데? 넌 얼마나 쓴 거야?"

"4루블 10코페이카."

"그럼 90코페이카가 주머니 속에 있겠군. 야코프, 내 계산이 맞지?"

야코프 외삼촌은 셔츠 하나만 입고 얼어붙는 듯한 추위 속에 서서 파랗고 차가운 하늘을 향해 눈을 끔벅거리며 조용히 웃었다.

"반카, 우리에게 보드카 반 병씩만 내놔."

그가 느릿느릿 말했다.

외할머니는 말에서 멍에를 벗겨냈다.

"왜 그래, 어쩌려고? 이 고양이 같은 녀석! 무슨 장난을 치려고 그래? 그래, 그런 건 하느님도 상관치 않겠지!"

거대한 샤라프는 덥수룩한 갈기를 흔들어대며 하얀 이빨로 외할머니 어깨를 물었다. 머리에서 비단 수건을 벗기고 밝은 한쪽 눈으로 외할머니 얼굴을 들여다보았다. 그리고 속눈썹에 앉은 서리를 털어내면서 조용히 히힝거렸다.

"빵 한 조각 먹고 싶어서 그래?"

외할머니는 소금을 듬뿍 친 커다란 빵조각을 샤라프의 이빨 사이로 집어넣고, 말 주둥이 앞에 앞치마를 자루처럼 펼치고 말이 먹는 모습을 가만히 쳐다보았다.

치가노크는 조랑말처럼 장난스럽게 외할머니 곁으로 뛰어왔다.

"할머니, 정말 훌륭하고 영리한 말이에요."

"저리 가, 아첨하지 말고!" 외할머니는 한쪽 발을 쾅 구르며 소리쳤다.

"오늘 같은 날은 내가 널 좋아하지 않는다는 거 알지?"

외할머니는 치가노크가 시장에서 사는 것보다 훔쳐오는 게 더 많다고 나에게 설명했다.

"할아버지가 5루블을 주면 그 아이는 3루블 어치만 사고 10루블 어치를 훔친단다."

외할머니는 언짢은 듯이 말했다.

"훔치는 걸 좋아해, 행실이 나쁜 놈이야! 한 번 도둑질해본 게 무사히 지나가고 집에서는 모두들 웃으면서 잘했다고 칭찬하니까 그 뒤부터 습관적으로 도둑질을 하게 된 거야. 할아버지는 어려서부터 가난의 슬픔을 맛볼 대로 맛봐서 그런지 나이를 먹고 탐욕이 생겼어. 그 양반은 피를 나눈 자식보다 돈을 더 소중하게 여기거든. 공짜를 얼마나 좋아하는지! 하지만 미하일과 야코프는……."

외할머니는 손을 내저으며 잠시 입을 다물었다. 그런 다음 열린 코담뱃갑에 눈길을 주면서 중얼거리듯이 덧붙였다.

"애야, 이 세상은 말이다, 모든 게 레이스 같단다. 앞 못 보는 여자가 뜨는 레이스. 그게 무슨 모양이 될지 도무지 알 수가 없거든! 두고 봐라, 이반은 도둑질하다 붙잡혀서 죽도록 얻어맞을 테니까……."

다시금 잠시 침묵한 뒤 외할머니는 조용히 말했다.

"에구! 규칙은 많지만 진리는 없어……."

다음날 나는 치가노크에게 더 이상 도둑질을 하지 말라고 부탁했다.

"그만두지 않으면 넌 맞아죽을 거야……."

"사람들은 날 잡지 못할 걸. 난 교묘히 빠져나갈 수 있어. 난 빈틈이 없고, 말은 영리하고 날쌔거든!" 그는 코웃음을 치다가 곧 우울하게 얼굴을 찌푸렸다. "도둑질이 위험하고 나쁘다는 건 나도 알아. 난 그저 심심해서 그 짓을 하는 거야. 난 돈을 모을 수가 없어. 네 외삼촌들이 일주일 내에 날 속여 돈을 몽땅 가로채가거든. 하지만 난 괜찮아. 가져가라지 뭐! 배는 부르니까."

그는 갑자기 나를 두 손으로 안아올리더니 조용히 흔들었다.

"가볍구나 넌. 몸이 말랐어. 하지만 뼈는 강하군. 넌 건강하게 자랄 거야. 기타 치는 걸 배워보는 게 어때. 야코프 외삼촌에게 부탁해봐, 진짜로! 넌 아직 어려. 그래서 아직은 어려울지 몰라! 작긴 해도 넌 성깔이 있어. 넌 외할아버지를 좋아하지 않니?"

"몰라."

"난 할머니만 빼고 카시린네 사람들은 모두 좋아하지 않아. 악마나 그들을 좋아하라지!"

"그럼 난?"

"너? 넌 카시린이 아니라 페시코프잖아. 넌 피가 달라. 다른 집안이지……."

그는 갑자기 나를 꽉 조이며 거의 탄식하듯이 말했다.

"아, 내가 노래를 잘 부를 수만 있다면, 하느님! 난 사람들의 마음에 불을 질러놓을 수 있을 텐데……. 자, 그만 가라. 이제 일을 해야 하니까……."

그는 나를 마룻바닥에 내려놓고 입안에 자잘한 못을 한 줌 털어 넣은 뒤, 네모난 커다란 판자 위에 검은 천 한 폭을 팽팽하게 잡아당기면서 못을 치기 시작했다.

얼마 지나지 않아 그는 죽었다.

그 사건은 이랬다. 안뜰 대문 옆에 굵은 옹이투성이인, 밑동이 달린 커다란 나무 십자가가 담장에 기대 세워져 있었다. 그것은 오래전부터 거기에 있었다. 나는 이 집에 처음 왔을 때 그걸 보았다. 그때는 더 새것이었고 더 노란빛을 띠고 있었는데, 가을에 비를 맞아 아주 검게 변해 썩은 떡갈나무의 쓰디쓴 냄새가 났다. 그것은 좁고 더러운 안뜰에서는 쓸데없는 방해물이었다.

그것은 야코프 외삼촌이 아내의 무덤 위에 세우려고 산 것이었다. 외삼촌은 아내의 첫 기일에 이 십자가를 어깨에 메고 묘지까지 가져가겠다고 맹세했다.

그 날은 겨울이 시작되는 토요일이었다. 서리가 내렸고 바람이 불어 지붕에서 눈이 떨어졌다. 모두들 집안에서 안뜰로 나갔다. 외할아버지와 외할머니는 세 손자를 데리고 한 발 앞서 추도식을 하러 묘지를 향해 떠났다. 나는 어떤 잘못을 저질러 그 벌로 집에 남게 되었다.

똑같이 검정색 양가죽 반코트를 입은 외삼촌들은 땅에서 십자가를 들어 올린 다음 십자가 날개 밑으로 들어가 섰다. 그리고리와 어떤 사람이 그 무거운 밑동을 겨우 들어 올려, 그것을 치가노크의 넓은 어깨 위에 얹었다. 치가노크는 비틀거리더니 두 다리를 쩍 벌렸다.

"할 수 있겠어?"

그리고리가 물었다.

"몰라요. 힘들 텐데……."

미하일 외삼촌이 화를 내며 소리쳤다.

"문 열어, 이 눈먼 악당아!"

야코프 외삼촌도 한마디 했다.

"부끄러운 줄 알아, 반카. 우리 둘은 너보다 더 말랐잖아!"

그러나 그리고리는 대문을 활짝 열면서 이반에게 엄하게 충고했다.

"조심해, 무리하면 안 돼! 하느님이 함께 하길!"

"저 대머리 병신!"

미하일 외삼촌이 길에서 소리쳤다.

안뜰에 있던 모든 사람들은 웃으면서 큰 소리로 얘기하기 시작했다. 십자가를 가져가버린 게 모두들 기쁜 모양이었다.

그리고리 이바노비치는 내 손을 잡고 공장으로 데려가면서 말했다.

"오늘은 할아버지가 널 때리지 않을지도 몰라. 기분이 좋아 보였으니까……."

공장에 오자 염색하려고 준비해둔 털뭉치더미 위에 날 앉히고, 털뭉치로 내 어깨를 둘러싸준 다음, 그는 솥 위로 피어오르는 수증기를 코로 들이마시며 깊은 생각에 잠긴 듯이 말했다.

"얘야, 내가 네 할아버지를 안 지도 37년이 되었다. 사업을 시작하는 걸 지켜보았고 지금은 그 마지막을 보고 있지. 나와 할아버지는 그 전에는 친한 친구였단다. 함께 이 사업을 시작했고, 모든 걸 고안해냈어. 할아버지는 총명한 양반이다! 그래서 그는 나를 주인 자리에 앉혔지만 난 능력이 없었어. 하지만 하느님은 우리들 누구보다도 더 지혜로우시지. 하느님은 미소만으로도 가장 영리한 사람을 바보로 만들어 눈만 껌벅거리게 할 수 있단다. 아직 넌 왜 그러는지 이해하지 못하겠지만, 넌 모든 걸 알아야 해. 고아의 삶은 어려운 거란다. 네 아버지 막심 사바테이치는 대담한 남자였다. 그는 모든 걸 알았어. 그 때문에 할아버지는 그를 좋아하지 않았고 인정하지 않았지……."

난로 속에서는 붉은 황금빛 불꽃이 춤추고 있고, 우윳빛 수증기 구름이 비스듬한 지붕—뿌연 틈새를 통해 하늘이 파란 리본처럼 보이는 지붕—판자 위에 청회색 서리가 되어 가라앉으며 솥 위에 피어오르는 것을 바라보면서 다정한 얘기를 듣는 것은 기분 좋은 일이었다. 바람이 잦아들고 어디선가 햇빛이 반짝거렸다. 안뜰 전체가 꼭 유리 먼지를 흩뿌려놓은 것 같았다. 거리에서는 썰매가 미끄러지는 소리가 들려오고 집 굴뚝에서는 연기가 소용돌이를 그리며 피어올랐다. 가벼운 그림자가 뭔가를 얘기하면서 눈 위로 미끄러져갔다.

큰 키에 뼈가 앙상하고, 턱수염을 기르고, 모자를 쓰지 않은, 귀가 커다랗고 사람 좋은 마술사 같은 그리고리는 끓고 있는 물감을 저었다. 그리고 계속 나에게 훈계를 해댔다.

"누구의 눈이든 똑바로 쳐다보아라. 개가 너에게 달려들어도 그렇게 하면 쫓아버릴 수 있지……."

무거운 안경이 코를 눌러 코끝이 파랗게 멍든 것이 외할머니 코와 닮아보였다.

"저게 뭐지?"

문득 귀를 기울이면서 그가 말했다. 그리고 나서 그는 한쪽 발로 난로 뚜껑을 닫고 튕기듯이 안뜰로 뛰어나갔다. 나도 그 뒤를 쫓았다.

부엌 바닥에 치가노크가 똑바로 누워 있었다. 창문을 통해 넓은 빛줄기가 들어와 한 줄기는 그의 머리와 가슴을 비추고 다른 한 줄기는 다리를 비추고 있었다. 이마가 이상하게 빛나고 눈썹은 높이 치켜 올라간 그가 사팔눈으로 검은 천장을 뚫어져라 쳐다보고 있었다. 까만 입술은 덜덜 떨면서 장밋빛 거품을 내뿜었다. 입가에서 피가 흘러 뺨을 타고 목을 지나 마룻바닥으로 흘러내렸다. 그 피는 끈적한 강줄기가 되어 등 밑에서 흐르고 있었다. 이반의 다리는 아무렇게나 널브러져 있고, 헐렁한 바지가 젖어서 마룻바닥에 무겁게 달라붙어 있는 것이 보였다. 마루는 모래로 깨끗하게 문질러져 태양처럼 빛났다. 피의 강물은 빛의 띠를 가로질러 문지방 쪽으로 뻗어갔다. 무척 선명했다.

치가노크는 움직이지 않았다. 다만 몸 옆으로 뻗어 있는 손가락만이 마룻바닥을 긁으면서 희미하게 움직이고 있었다. 염료에 물든 손톱이 햇빛 속에서 반짝거렸다.

보모 예브게냐가 쭈그리고 앉아 이반의 한 손에 가느다란 초를 쥐어주려고 했다. 이반은 그 초를 잡지 못했다. 초가 쓰러졌고 불꽃이 핏물 속에 떨어졌다. 보모는 초를 집어 들고 앞치마 자락으로 잘 닦은 뒤 다시 한 번 꼼지락거리는 손가락 사이에 잘 끼워주려고 했다. 부엌 속에는 술렁이는 듯한 속삭임이 떠다녔다. 그것은 바람처럼 문지방에서 나를 날려보냈다. 하지만 나는 문고리를 꼭 붙들었다.

"무언가에 걸려 넘어졌어."

야코프 외삼촌은 몸을 덜덜 떨고 머리를 좌우로 흔들면서 잿빛 목소리로 뭔가 말했다. 전체가 잿빛으로 보이는 주름살투성이 외삼촌은 눈이 빛을 잃고 끊임없이 깜박거렸다.

"넘어지는 바람에 십자기에 깔려 등이 깨졌어. 우리도 다리병신이 될 뻔했어, 용케도 십자가를 피했으니 망정이지."

"자네들이 이 애를 죽인 거야."

그리고리가 낮은 목소리로 말했다.

"뭐라고, 우리가 죽였다니……."

"자네들이 죽였어!"

계속 흘러간 피는 문지방 아래에 고여 검게 변하여 마치 부풀어오른 것처럼 보였다. 치가노그는 상빗빛 거품을 내뿜으면서 꿈이라도 꾸는 듯이 신음했다. 그리고 마룻바닥에 들러붙어 마루 밑으로 꺼지듯 점점 녹으면서 납작해져 갔다.

"미하일은 말을 타고 아버지를 데리러 교회로 갔어요." 야코프 외삼촌이 속삭였다. "난 역마차에 저애를 태워 최대한 빨리 여기로 데려온 겁니다…… 내가 밑동 쪽을 지지 않은 게 천만다행이지. 안 그랬더라면 이런 꼴이……."

보모가 다시 한 번 치가노크의 손에 초를 쥐어주었고, 그의 손바닥에 촛농과 그녀의 눈물이 떨어졌다.

그리고리가 큰소리로 거칠게 말했다.

"초를 머리맡 마룻바닥에 붙여, 이 바보야!"

"아, 그렇지."

"모자도 벗기고!"

보모가 이반의 머리에서 모자를 벗겼다. 이반의 뒤통수가 쿵 하고 마루에 부딪혔다. 그러자 고개가 옆으로 돌아갔다. 피가 더욱 심하게 흘렀는데, 이제는 입 한쪽 끝에서만 흘러나왔다. 피는 끔찍이도 오랫동안 흘렀다. 처음에 나는 치가노크가 한숨 자고 일어나 앉아 마루에 침을 탁 뱉으면서 이렇게 말하기를 기다렸다.

"휴, 덥군……."

그는 일요일마다 점심식사 뒤 낮잠에서 깨어나면 늘 그렇게 말하곤 했다. 그러나 그는 일어나지 않았고, 마냥 누운 채로 생명이 꺼져가고 있었다. 태양은 이미 그에게서 떠나 밝은 빛줄기가 짧아져 창틀 위에만 남아 있었다. 그는 온몸이 까맣게 변했고 이젠 손가락도 움직이지 않았다. 입가의 거품도 사라졌다. 머리 위와 귀 옆에서 세 개의 초가 황금빛 불꽃을 흔들며, 헝클어진, 푸른

빛이 돌 만큼 새까만 머리를 비추고 있었다. 어른거리는 햇빛이 거무칙칙한 얼굴 위에서 반사되어 노랗게 떨고 있고, 날카로운 코끝과 장밋빛 이가 반짝이고 있었다.

보모는 무릎을 꿇고 앉아 흐느끼면서 속삭였다.

"나의 사랑스런 아들, 독수리의 아들……."

무섭고 추웠다. 나는 테이블 밑으로 기어들어가 거기에 숨었다. 이윽고 미국 너구리 털코트를 입은 외할아버지가 부엌으로 들이닥쳤다. 모피깃이 달린 외투를 입은 외할머니, 미하일 외삼촌, 아이들, 그리고 많은 낯선 사람들이 뒤따라 들어왔다.

털코트를 마룻바닥에 내동댕이치면서 외할아버지가 소리쳤다.

"개새끼들! 네놈들이 이 아까운 아이를 죽인 거야! 5년만 지나면 그는 황금 같은 가치가 있을 텐데……."

마루 위에 떨어진 외투 때문에 나는 이반을 볼 수가 없었다. 그래서 테이블 밑에서 기어나오다가 외할아버지 발에 부딪쳤다. 외할아버지는 나를 멀리 내치고 조그맣고 붉은 주먹으로 외삼촌들을 위협했다.

"짐승만도 못한 놈들!"

그리고 벤치에 앉아 두 손을 짚고, 눈물 없이 흐느끼며 쉰 목소리로 말했다.

"난 알고 있어. 그 앤 네놈들에게 목구멍의 가시였지…… 오, 바뉴세치카…… 바보 같은 놈! 어쩌면 좋으냐, 응? 어쩌면 좋아? 뜻대로 맘먹은 대로 되는 게 없어. 할멈, 요즘 들어 하느님은 왜 우리를 이렇게 못살게 굴지? 응, 할멈?"

외할머니는 마룻바닥에 퍼질러 앉아 두 손으로 이반의 얼굴과 손과 가슴을 더듬었다. 그리고 그의 눈에 숨결을 보냈다. 두 손을 잡고 그 손을 문질렀다. 초가 모두 넘어졌다. 그런 다음 무겁게 몸을 일으켰다. 윤이 나는 검은 옷을 입어 온통 검게 보이는 외할머니는 무섭게 눈을 홉뜨더니 조용히 말했다.

"꺼져, 이 천벌을 받을 놈들!"

외할아버지를 제외하고 모두 부엌에서 나갔다.

……치가노크는 눈에 띄지 않게, 기억에도 남지 않을 만큼 조용히 묻혔다.

4

나는 넓은 침대 위에 누워 있었다. 네 겹으로 접은 무거운 이불 속에서, 외할머니가 기도하는 소리를 듣고 있었다. 외할머니는 무릎을 꿇은 채 한 손을 가슴에 얹고 다른 한 손으로는 이따금 천천히 성호를 그었다.

안뜰에는 사각사각 서리가 내렸다. 푸르스름한 달빛이 여러 무늬의 성에로 뒤덮인 유리창을 통해, 외할머니의 코가 크고 선량한 얼굴을 비추고 까만 두 눈을 인광처럼 타오르게 했다. 외할머니의 머리를 덮은 비단 두건이 마치 단련된 강철처럼 빛나고 있었다. 어두운 옷이 희미하게 움직이면 어깨에서 빛이 미끄러져 내려가 마룻바닥에 퍼졌다.

기도가 끝나자 외할머니는 말없이 옷을 벗어 모퉁이에 있는 궤 위에 단정하게 개어 올려놓고 침대로 다가왔다. 나는 깊이 잠든 척했다.

"요 녀석, 잠든 척하고 있네. 안 자지?" 외할머니가 조용히 말했다. "안 자는 것 다 알아, 요 녀석. 자, 이불 좀 줘!"

다음에 일어날 일을 예감하면서 나는 웃음을 참을 수가 없었다. 그러자 외할머니가 호통을 쳤다.

"그래, 감히 이 늙은 할미를 놀려댈래!"

외할머니는 이불 끝자락을 잡고 아주 민첩하고 힘차게 자기 쪽으로 잡아당겼다. 그 바람에 나는 담요 밖으로 밀려났다. 여러 번 몸을 굴려 폭신한 깃털 이불 속으로 파고들었다. 외할머니가 소리내어 웃었다.

"웬일이야, 요 바보 녀석? 모기라도 먹었남?"

그러나 이따금 외할머니는 아주 오랫동안 기도를 올렸다. 나는 정말 잠들어버려 외할머니가 이불 속에 들어오는 소리도 듣지 못했다.

긴 기도는 언제나 슬픈 일, 싸움질, 어리석은 짓이 벌어진 하루를 마감하는 행사였다. 기도를 듣는 건 매우 재미있었다. 외할머니는 집에서 일어났던 모든 일을 하느님에게 미주알고주알 이야기했다. 커다란 언덕처럼 육중하게 무릎을 꿇고 앉아 처음에는 알아들을 수 없는 말을 재빨리 속삭이다가 곧 굵은 목소리로 중얼거렸다.

"주님, 주님도 아시잖아요. 모두가 가장 좋은 것만 원해요. 장남인 미하일은 읍내에 남아 있어야만 할 겁니다. 그 아인 모든 게 새롭고 한 번도 일해 본 적이 없는 강 건너로 가는 걸 싫어해요. 무슨 일이 일어날지 알 수 없으니까요. 하지만 그 애 아버진 야코프를 더 사랑한답니다. 자식을 편애하는 것이 좋은 일인가요? 고집불통인 늙은이지요. 주님 그 양반이 분별력을 갖도록 해주세요."

커다랗게 빛나는 눈으로 거무스름한 성상을 바라보면서 외할머니는 자기 신에게 부탁했다.

"주님, 그이가 자식들에게 어떻게 사랑을 나눠줘야 하는지 알 수 있도록 좋은 꿈을 꾸게 해주세요!"

외할머니는 성호를 긋고 커다란 이마로 마룻바닥을 찧으면서 절을 했다. 그런 다음 다시 몸을 쭉 펴고 신신당부했다.

"바르바라가 좀 웃게 해주시면 안 될까요? 그 애가 주님을 화나게 하고 주님께 다른 사람들보다 더 많은 죄를 지었나요? 젊고 건강한 여자가 왜 슬픔에 젖어 살아야만 하나요. 그리고 주님, 그리고리도 기억해 주세요. 그 사람은 눈이 점점 더 나빠지고 있어요. 눈이 멀게 되면 그는 구걸을 하고 돌아다녀야 합니다! 그래서야 되겠어요? 그 사람은 영감을 위해 있는 힘을 다했지만 영감이 그 사람을 도와주기나 할지⋯⋯오, 주여, 주여⋯⋯."

외할머니는 오랫동안 침묵하다가 얌전하게 머리와 두 팔을 늘어뜨렸다. 외할머니는 마치 깊은 잠에 빠졌거나 얼어붙어버린 것 같았다.

"또 뭐가 있더라?" 외할머니는 눈썹을 찌푸리면서 소리 내어 생각해 냈다. "모든 정교도들을 구원해주시고 가련히 여기소서. 죄 많은 멍텅구리인 저도 용서해주소서. 주님도 아시다시피 제가 죄를 짓는다면 그건 악의에서가 아니라 어리석음 때문이니까요."

깊이 한숨을 내쉰 뒤 외할머니는 부드럽고 뿌듯한 목소리로 말했다.

"사랑하는 아버지 하느님, 당신은 모든 걸 알고 계시나이다."

나는 외할머니와 아주 친한 외할머니의 하느님이 몹시 마음에 들었다. 그래서 나는 자주 외할머니를 조르곤 했다.

"하느님에 대해 얘기해줘!"

하느님에 대해 얘기할 때 그녀는 특이하게 말했다. 눈을 감고 아주 조용히, 이상하게 말을 질질 끌면서 반드시 앉아서 말했다. 잠시 일어서곤 다시 앉아서 맨머리에 머리 수건을 두르고 내가 잠들 때까지 오랫동안 이야기했다.

"하느님은 언덕 위에 앉아 계신단다. 천국의 목장 속에 있는 은빛 보리수 아래 사파이어 옥좌에 말이다. 그 보리수는 일 년 내내 꽃이 핀단다. 천국에는 겨울도 가을도 없기 때문에 꽃이 절대로 시들지 않아. 하느님의 신하들이 기뻐하도록 그렇게 끝없이 피어 있지. 그리고 하느님 주위에는 수많은 천사들이 날아다니고 있어, 눈이 내리고 벌들이 떼를 지어 나는 것처럼. 또는 하얀 비둘기가 하늘에서 지상에 내려왔다가 다시 하늘로 날아오르는 것처럼. 그리고 우리 인간에 대해 모든 것을 하느님에게 이야기한단다. 그곳에는 네 천사도 있고, 내 천사도 있고, 외할아버지의 천사도 있고, 우리 모두에게 천사가 하나씩 있지. 하느님은 우리를 똑같이 대하신단다. 그러니까 네 천사가 '렉세이가 할아버지에게 혀를 날름 내밀었습니다' 하고 하느님께 아뢰면, 하느님은 '옳지, 외할아버지에게 그 애를 매질하게 해야겠구나!'하고 명령하시지. 그렇게 모든 일에 대해 누구에게나 대가를 주신단다. 누구에게는 슬픔으로, 또 누구에게는 기쁨으로. 하느님의 나라에서는 모든 게 완전히 화합을 이루고 있어서 천사들은 기뻐하며 날개를 퍼덕이고 하느님을 위해 끊임없이 노래해요. '주님께 영광을, 주님께 영광을!' 그러면 자애로우신 하느님은 천사들에게 그저 미소를 지으실 뿐이야, 흡족하다는 듯이!"

그렇게 말하는 외할머니도 머리를 흔들며 미소를 머금었다.

"그걸 다 봤어?"

"본 적은 없지만 알고 있지!"

외할머니는 생각에 잠겨 대답했다.

하느님, 천국, 천사들에 대해 이야기할 때면, 외할머니는 작아지고 겸손해지며, 얼굴은 젊어지고 촉촉이 젖은 두 눈은 유난히 빛났다. 나는 외할머니의 묵직한 공단 같은 머리타래를 손으로 잡고 그것을 내 목에 감았다. 그리고는 꼼짝하지 않고, 아무리 들어도 싫증나지 않는, 외할머니의 끝없는 이야기에 귀를 쫑긋 세웠다.

"인간은 하느님을 볼 수가 없어. 눈이 멀게 돼. 오직 성자들만 두 눈을 뜨고 하느님을 볼 수 있지. 하지만 천사들은 나도 보았단다. 영혼이 순결할 때 나타나거든. 한번은 새벽미사에 갔는데, 두 천사가 제단에서 걸어다니고 있지 않겠니? 꼭 안개 같은데 안개를 통해 다 보이는 거야. 환하게 빛이 났고, 마룻바닥까지 닿은 날개는 레이스나 얇은 비단 같았단다. 그들은 영성체의 성좌 주위를 걸어다니며 늙은 일리야 신부님을 도와주고 있었어. 신부님이 하느님께 기도하면서 기운 없는 팔을 들어 올리니까 그들이 신부님의 팔꿈치를 받쳐주지 뭐냐. 신부님은 아주 늙으셨고, 거의 장님이나 다름없어서 아무데고 부딪혔어. 그 뒤 얼마 안가 왕생하셨지, 돌아가셨다는 얘기야. 난 그때 천사들을 보고 너무 기뻐서 죽을 것만 같았단다. 심장이 죄어오고 눈물이 넘쳐흘렀어. 오, 얼마나 기쁘던지! 오, 내 귀여운 새끼, 레니카. 하느님 나라에 있는 것은 모든 것이 좋단다. 그리고 지상에 있는 것도 좋아……."

"그럼 우리가 있는 이곳도 그렇게 좋아?"

성호를 그어 자신을 축복한 뒤 할머니는 대답했다.

"성모님께 영광을. 모든 게 다 좋지!"

이 말은 나를 혼란에 빠뜨렸다. 집에서는 모든 게 다 좋다고 인정하기 어려웠다. 내가 보기에 집안 생활은 점점 더 나빠지는 것 같았다.

어느 날 미하일 외삼촌 방문 앞을 지나다가 온통 하얀 옷을 입은 나탈리아 외숙모가 한 손으로 가슴을 누르고, 그리 큰 소리는 아니었지만 무서운 소리를 지르면서 온 방 안을 뒹구는 것을 보았다.

"하느님, 절 거두어 가세요, 제발 좀 데려가 주세요……."

나는 외숙모의 기도를 이해했다. 그리고,

"장님이 되면 구걸하러 다닐 거야. 차라리 그 편이 더 나을지도 모르지……." 하고 중얼거리는 그리고리도 이해했다.

나는 그리고리가 되도록 빨리 장님이 되기를 바랐다. 그러면 나는 그의 안내인이 되어야지. 그리고 함께 구걸하러 다니는 거야. 나는 이미 그에게 그 얘기를 해두었다. 그는 턱수염에 파묻혀 웃으면서 대답했다.

"그래, 좋다. 같이 다니자꾸나! 읍내에서 나는 떠벌릴 테다. 네가 바로 동직조합의 장로 바실리 카시린의 외손자라고 말이다! 재미있겠는걸……."

나는 나탈리아 외숙모의 공허한 눈 밑이 퍼렇게 부어올라 있고 누런 얼굴에 입술이 부어 있는 것을 여러 번 보았다. 나는 외할머니에게 물었다.

"외삼촌이 외숙모를 때려?"

외할머니는 한숨을 내쉬면서 대답했다.

"몰래 때리지. 저주받을 놈! 외할아버지가 못 때리게 하니까 밤에 때리는 거란다. 외삼촌은 흉악한 인간이고 외숙모는 물러터진 사람이야……."

그리고 외할머니는 활기차게 이야기했다.

"그래도 요즈음은 옛날만큼 때리지는 않아. 그냥 이를 때리고 귀를 때리고 잠깐 머리채를 잡는 정도지만, 예전에는 몇 시간씩 학대를 당했단다! 한번은 외할아버지가 부활절 첫날*¹ 새벽미사 때부터 저녁때까지 날 때린 적이 있었지. 때리다가 지치면 쉬었다가 다시 때렸어. 가죽끈이든 뭐든 손에 잡히는 것으로 말이야."

"무엇 땜에?"

"기억이 안 나. 또 한 번은 그 양반, 날 반쯤 죽을 때까지 때리고는 닷새 동안 먹을 걸 주지 않았어. 그땐 겨우 살아났지. 그런데 지금은……."

이 말은 말문이 막힐 만큼 나를 놀라게 했다. 외할머니는 외할아버지보다 두 배는 컸기 때문에 외할아버지가 외할머니를 이긴다는 게 믿어지지가 않았다.

"외할아버지가 외할머니보다 세?"

"더 세지는 않지만 나이가 더 많지! 게다가 외할아버지는 남자고! 하느님이 할아버지에게 날 책임지라고 하셨고 나에겐 참으라고 명령하셨거든……."

외할머니가 성상의 먼지를 털고 성상 장식을 깨끗하게 닦는 모습을 바라보고 있으면 재미있고 유쾌했다. 성상은 후광 부분이 진주와 은, 여러 가지 보석으로 되어 있는 훌륭한 것이었다. 외할머니는 민첩한 손으로 성상 하나를 집어 들고 웃으면서 바라보다가 감탄한 듯이 말했다.

"얼마나 자애로운 얼굴인고!…… "

성호를 그으면서 외할머니는 성상에 입을 맞췄다.

"먼지가 쌓이고 때가 탔네. 오, 성모님, 모든 것을 구원하시는 어머니시여! 영원한 기쁨이여! 봐라, 료냐, 요 귀여운 녀석아. 이렇게 글씨가 가늘고 조그맣지

---

*1 1주일 이어지는 부활절(신성주간) 첫날은 1년 가운데 가장 큰 축일로, 특히 모든 일에 관대해야 함에도, 그날 아내를 그렇게 때렸다는 점에서 옛 러시아의 족장적인 남편이 아내에 대해 얼마나 포학하게 굴었는지 알 수 있다.

만, 그래도 모두 구별할 수 있지. 이것이 '12제일(祭日)'이라고 불리는 것이고, 이 한가운데 있는 것이 선량하신 페오도로브나 성모상이야. 그리고 이게 바로 '무덤에서 날 보더라도 슬퍼하지 마세요, 어머니여'란다."

그런 일을 하고 있는 외할머니는,[2] 이따금 의기소침한 사촌 여동생 카테리나가 인형을 갖고 놀듯이 마음을 담아 진지하게 놀고 있는 것처럼 보였다.

외할머니는 가끔 마귀도 보았다. 어떤 때는 마귀 떼거리를, 어떤 때는 혼자 있는 마귀를.

"사순절 어느 날 밤 나는 루돌프네 집 옆을 지나고 있었지. 달빛이 뽀얀 밤이었는데, 문득 보니 지붕 위 굴뚝 옆에 검은 물체가 말 타듯이 걸터앉아, 뿔 달린 머리를 굴뚝 위로 숙이고 킁킁 냄새를 맡고는 꼬리를 끌고 지붕 위를 이리저리 돌아다니며 사락사락 소리를 내고 있는 거야. 난 성호를 긋고 이렇게 말했지. '예수 그리스도가 부활하니 그의 적들은 소멸하리로다.' 이 말에 그 검은 물체는 살짝 찍찍거리더니 공중제비로 지붕에서 안뜰로 미끄러져 내려가더구나. 물리친 거지! 틀림없이 루돌프네가 그날 금지된 고기를 구워먹은 게 분명해. 마귀가 그 냄새를 맡고 즐거워했던 거야……."

나는 마귀가 지붕에서 공중제비를 하며 떨어지는 것을 상상하고 웃었다. 외할머니도 웃으면서 말했다.

"그놈들은 꼭 어린애들처럼 장난치는 걸 좋아하지! 한 번은 내가 목욕탕에서 빨래를 하는 사이에 어느새 한밤중이 되고 말았단다. 그런데 갑자기 화덕문[3]이 벌컥 열리는 거야! 그러더니 거기서 아주 작은 놈, 빨간 놈, 파란 놈, 바퀴벌레같이 까만 놈들이 줄줄이 쏟아져 나왔어. 나는 문 쪽으로 가려고 했지만 통로가 있어야지. 마귀들한테 옴짝달싹 못하게 갇혀버렸지. 목욕탕 전체에 그놈들이 가득차서 발밑을 기어 다니는 거야. 나를 잡아당기고 덤벼드는 통에 성호도 그을 수 없었다니까! 털북숭이에 부드럽고 따뜻한 새끼 고양이 같은 것들이 모두 뒷다리로 서서 빙글빙글 돌고 장난을 치지 뭐겠니. 생쥐 같은 이빨을 드러내고 조그마한 눈은 파랗고, 뿔은 막 삐져나오기 시작해서 조그만 혹처럼 삐죽 솟아 있고 꼬리는 돼지새끼 같았지. 오, 하느님! 나는 완전히 기절

---

[2] 여기부터 '놀고 있는 듯한 느낌이 들었다'까지는 러시아판 고리키 전집(1928~34) 이전 판에는 빠져 있다.

[3] 러시아 목욕탕에 있는 문. 불을 때고 물을 끼얹어 수증기를 피워서 증기욕을 한다.

해버렸단다! 정신을 차리고 보니, 촛불은 가물가물하고 대야의 물은 차갑게 식어버리고 빨랫감은 바닥에 내팽개쳐져 있었어. 에이, 요놈들아, 지옥에나 떨어져버려라!"

나는 눈을 감고 화덕문과 그 잿빛 조약돌 틈에서 잡다한 색깔의 털북숭이들이 빽빽하게 몰려나오는 모습을 생생하게 본다. 그들은 작은 목욕탕을 가득 채웠다. 촛불을 향해 바람을 불어대고 까불면서 장밋빛 혓바닥을 내밀기도 한다. 이것 또한 재미있었다. 하지만 으스스하기도 했다. 외할머니는 고개를 저으면서 잠시 입을 다물었다. 그러다가 갑자기 다시 온몸이 불타오르는 것처럼 열정적으로 쏟아놓았다.

"난 저주받은 영혼들도 보았단다. 역시 밤이었는데 눈보라가 휘몰아치는 겨울이었어. 난 주코프 골짜기를 걸어서 건너는 중이었지. 기억나니? 야코프와 미하일 외삼촌이 네 애비를 얼음 깨진 웅덩이에 빠뜨리려고 했던 곳 말이다. 하여간 오솔길 아래쪽으로 걸어가다가 이상한 휘파람 소리와 우후 하는 소리가 나는 골짜기 밑바닥으로 미끄러져버렸지! 눈을 들어보니 까마귀처럼 새까만 트로이카*⁴가 나를 향해 나는 듯이 달려오고 있는 거야. 이렇게 뚱뚱한 마귀가 빨간 두건을 쓰고 말뚝처럼 튀어나와 트로이카를 몰고 있었어. 마부석에 서서 팔을 쭉 뻗고 쇠사슬로 만든 고삐를 잡고 있었지. 하지만 골짜기에는 마차가 지나갈 만한 길이 없었어. 그러자 이 트로이카는 곧장 못 속에 뛰어들어 구름 같은 눈속에 묻혀버렸지. 썰매 속에도 마귀들이 타고 있었는데 휘파람을 불어대고 고함을 치고 두건을 흔들어대는 거야. 그런 것이 일곱 대나 소방차처럼 달려 지나갔는데 말들은 모두 까마귀처럼 새까만 색깔이었어. 그 말들은 모두 전에 부모로부터 저주받은 인간들이란다. 그런 인간들은 마귀들에겐 좋은 놀림감이 되지. 마귀들은 그런 인간에게 마차를 몰게 해서 타고 가는 거야. 밤마다 열리는 자신들의 온갖 축제에 그런 인간들을 몰고 가는 거지. 내가 본 건 분명 마귀의 결혼식이었을 게다……."

외할머니의 말을 믿을 수밖에 없었다. 그토록 확신에 차서 얘기했기 때문이다. 그러나 외할머니가 특별히 잘했던 이야기는 성모님이 어떻게 이 지상의 고통을 겪으면서 순례했는지, 여자 강도인 '공작부인' 엔갈리체프에게 러시아인

---

*4 삼두마차. 겨울에는 썰매.

들을 때리거나 강탈하지 말라고 어떻게 설득했는지를 노래한 시와, 하느님의 사람 알렉세이와 전사 이반에 대한 시, 지혜로운 여자 바실리사, 염소 교황, 성자들에 대한 옛날이야기였다. 무시무시했던 건 여시장 마르파와 산적두목 우스타 할멈, 이집트 죄수 마리아, 산적 어머니의 슬픔에 대한 얘기였다. 외할머니는 옛날 얘기와 역사 이야기, 시를 무수히 알고 있었다.

외할머니는 인간도, 외할아버지도, 마귀도, 그 밖의 모든 부정한 힘도 두려워하지 않았지만 까만 바퀴벌레만은 멀리 떨어진 곳에서도 그 존재를 느끼고 공포에 떨 만큼 무서워했다. 할머니는 이따금 한밤중에 나를 깨워서 속삭이곤 했다.

"알료샤, 착한 아가. 바퀴벌레가 기어오고 있어. 제발 저걸 죽여다오!"

잠에서 덜 깬 나는 촛불을 켜고 바퀴벌레를 찾아 마룻바닥을 기어다니곤 했다. 그것은 언제나 금방 성공할 수도, 또 반드시 성공이 보장되는 것도 아니었다.

"아무데도 없는데?"

내가 이렇게 말하면, 외할머니는 머리까지 이불을 뒤집어쓴 채 꼼짝도 하지 않고 누워서 모기만 한 목소리로 사정했다.

"어이구, 아니야 거기 있어! 제발 잘 찾아봐! 거기 있어, 내가 봤단 말이다……"

외할머니 말은 결코 틀리지 않았다. 난 침대에서 그리 멀지 않은 곳에서 바퀴벌레를 발견했다.

"죽였니? 아, 살았다! 얘야, 고맙다……"

그리고 머리에서 담요를 끌어내린 뒤 안도의 한숨을 내쉬며 웃곤 했다.

만약 내가 그 벌레를 찾지 못하면 외할머니는 잠을 자지 못했다. 죽은 듯한 밤의 적막 속에서 조금만 부스럭거리는 소리가 나도 외할머니의 몸이 떨고 있는 것을 느낄 수 있었다. 나는 외할머니가 숨을 죽이며 속삭이는 소리를 들었다.

"문지방 근처에 있어…… 궤짝 밑으로 기어들어갔어……"

"할머닌 왜 바퀴벌레를 무서워해?"

외할머니는 조리 있게 대답했다.

"난 저것들이 무엇 때문에 존재하는지 이해가 안 간다. 새까만 것들이 기어다니기만 하는 걸. 하느님은 아무리 미천한 생명에게도 나름의 임무를 주셨지.

쥐며느리는 집안에 습기가 있음을 말해주고, 빈대는 벽이 더럽다는 걸 말해주지. 또 이가 있으면 사람이 아프거든. 모든 게 이유가 있어! 하지만 이 바퀴벌레들은 말이야, 이놈들에게 어떤 힘이 있고, 무엇을 위해 있는 건지 그걸 누가 알겠니?"

어느 날 외할머니가 무릎을 꿇고 진심을 다해 하느님과 얘기하고 있는데, 불쑥 외할아버지가 방문을 열고 쉰 목소리로 말했다.

"이봐, 할멈, 이번엔 하느님이 진짜로 우릴 방문하셨어. 불이 났어!"

"뭔 소리예요!"

외할머니는 소리를 지르면서 마루에서 벌떡 일어났다. 두 사람은 쿵쾅거리면서 커다란 거실의 어둠 속에 뛰어들었다.

"예브게냐, 성상들을 꺼내! 나탈리아, 애들에게 옷을 입혀!"

외할머니는 엄하고 단호한 목소리로 지시를 내렸다. 그러면서 조용히 울부짖는 것이었다.

"오―오―오……."

나는 부엌으로 달려갔다. 안뜰을 향한 창문이 마치 황금처럼 번쩍거렸다. 노란 불꽃이 마루를 따라 점점 번져 갔다. 맨발의 야코프 외삼촌은 장화를 신으며 마치 장화바닥에 불이 붙은 양 펄쩍펄쩍 뛰었다. 그리고 소리쳤다.

"미시카가 불을 질렀어. 불을 지르고 달아나 버렸어, 아아!"

"그만둬, 죽일 놈."

외할머니가 외삼촌을 문 쪽으로 떠다밀며 말했다. 그 바람에 외삼촌은 하마터면 넘어질 뻔했다.

창문에 낀 성에 틈으로 불타고 있는 염색공장의 지붕이 보였다. 열린 공장문 너머로 불길이 소용돌이치고 있었다. 조용한 밤에 빨간 불꽃들이 연기도 없이 피어나고 있었다. 다만 매우 높은 곳에서 그 꽃 위에 거무스름한 구름이 은하(銀河)를 가리지는 않은 채 흔들리고 있었다. 눈이 적자색으로 반짝거렸고, 건물 벽은 마치 안뜰의 뜨거운 구석으로 가려고 애쓰듯이 부르르 떨었다. 안뜰에서는 불꽃이 공장 벽의 커다란 틈새를 새빨갛게 물들이고, 다시 그 틈으로 빨갛게 달군 구부러진 못 같은 불꽃을 내밀며 신나게 놀고 있었다. 마른 지붕의 검은 판자를 따라 황금빛과 붉은색 띠가 지붕을 감싸면서 넘실거렸다.

그 띠 속에 진흙으로 만든 가느다란 굴뚝이 날카롭게 소리치듯 우뚝 서서 연기를 내뿜었다. 조용하게 탁탁 튀는 소리와, 쉭쉭 비단이 스치는 듯한 소리가 유리창을 때렸다. 불길은 점점 커졌다. 불길에 싸인 공장은 교회의 성화벽[*5]과 비슷했다. 거기에는 나를 점점 그 불길 근처로 끌어당기는 불가항력적인 힘이 있었다.

나는 머리에 무거운 양가죽 코트를 뒤집어쓰고 누군가의 장화에 발을 찔러 넣은 다음, 현관으로 가서 입구 계단 위로 나갔다. 눈부시게 활활 타오르는 불길에 현기증이 났다. 외할아버지와 그리고리, 외삼촌의 고함소리와 불꽃 튀는 소리에 귀가 멍멍해진데다가, 외할머니의 행동에 깜짝 놀라 넋이 반쯤 나간 상태였다. 외할머니는 빈 자루를 머리에 뒤집어쓰고 말옷(馬衣)을 몸에 두른 뒤 불 속으로 달려갔다.

"황산염! 이 멍텅구리들! 황산염이 폭발할 거야!⋯⋯."

"그리고리, 할멈을 붙잡아!" 외할아버지가 울부짖듯이 크게 소리쳤다. "아, 틀렸어⋯⋯."

하지만 외할머니는 온 몸에서 연기를 내뿜고, 머리를 흔들면서, 허리를 구부리고 앞으로 내민 두 팔에 황산염 기름병을 안고 빠져나왔다.

"영감, 말을 꺼내요!"

외할머니는 숨을 헐떡거리고 연신 기침을 해대며 소리쳤다.

"어깨에서 천을 벗어버려. 불타고 있는 게 안 보여!⋯⋯."

외할머니의 어깨에서 연기가 피어오르는 말옷을 뜯어낸 그리고리는 몸을 반쯤 굽혀서 삽으로 커다란 눈뭉치를 공장 문에 사납게 퍼붓기 시작했다. 외삼촌은 손에 도끼를 들고 그리고리 주변을 이리저리 뛰어다녔고, 외할아버지는 외할머니에게 눈을 던지면서 외할머니 주위를 뛰어다녔다. 외할머니는 눈더미 속에 황산염이 든 병을 찔러놓은 뒤 대문으로 달려가 문을 열고 몰려오는 이웃사람들을 맞이하면서 말했다.

"여러분은 헛간을 지켜주세요! 불길이 헛간과 건초장으로 번지면 우리 집이 몽땅 타버릴 거예요! 그렇게 되면 당신네들 집도 무사할 수 없을 거요! 지붕을 뜯어내고 건초는 안뜰로 던져요! 그리고리, 눈을 위로 던져. 도대체 눈을 땅에

[*5] 러시아 정교 성당에서 성당 건물과 성단 안 가장 신성한 장소를 나누는 경계막.

다 던지면 무슨 소용 있어! 야코프, 법석만 떨지 말고 사람들에게 도끼를 나눠줘! 삽도! 이웃 여러분, 다 같이 합시다. 그러면 하느님이 우릴 도와줄 거예요."

외할머니는 불꽃만큼이나 나를 매혹했다. 마치 새까만 외할머니를 생포한 듯한 불길의 밝은 빛 속에서 외할머니는 이리저리 뛰어다니며 사람들에게 지시를 내리고 모든 상황을 살펴보면서 안뜰을 휘젓고 다녔다.

샤라프가 뒷발로 서서 외할아버지를 뿌리치고는 안뜰로 달려나왔다. 불길이 커다란 눈에 반사되어 눈이 빨갛게 빛났다. 말은 콧김을 내뿜으며 앞발로 버티고 섰다. 외할아버지는 손에서 고삐를 놓고 소리치면서 옆으로 껑충 몸을 비켰다.

"할멈, 말을 잡아!"

외할머니는 곧추선 말의 다리 밑으로 뛰어들어 두 팔을 벌리고 말 앞에 섰다. 말은 슬프게 울고는 곁눈으로 불길을 보면서 외할머니 쪽으로 몸을 뻗었다.

"자, 무서워하지 마!"

외할머니는 말의 목덜미를 다독거리며 고삐를 잡고 나직하게 말했다.

"내가 널 이 공포 속에 내버려둘 것 같니? 오, 이 생쥐 같은 녀석……."

외할머니의 세 배나 되는 그 생쥐는 얌전하게 외할머니를 따라 대문 쪽으로 발걸음을 옮겼다. 그리고 벌겋게 달아오른 외할머니의 얼굴을 바라보면서 콧김을 내뿜었다.

보모 예브게냐는 옷을 둘둘 감고 큰 소리도 내지 못한 채, 입안으로 울고 있는 아이들을 집 밖으로 데리고 나오면서 소리쳤다.

"바실리 바실리치. 렉세이가 없어요……."

"자, 여기서 나가!"

외할아버지가 손을 흔들며 대답했다. 나는 보모가 나까지 데려갈까 봐 현관 계단 밑에 숨었다.

공장 지붕은 이미 무너져버렸다. 서까래의 가느다란 버팀목이 연기를 내면서 황금빛으로 달아오른 숯처럼 번쩍이며 하늘을 향해 우뚝 서 있었다. 건물 안에서는 녹색, 푸른색, 붉은색 소용돌이가 우르릉, 탁탁 소리를 내며 타들어갔다. 불꽃은 파도처럼 안뜰로 번지더니, 삽으로 눈을 던지면서 거대한 불 앞에 모여 있는 사람들 위로 달려들었다. 염색솥은 불길 속에서 맹렬히 끓고 있었다. 수증기와 연기가 짙은 구름처럼 피어오르고 고약한 냄새가 안뜰에 퍼지면서 눈물을 흘리게 했다.

나는 계단 밑에서 기어 나오다가 외할머니의 다리에 걸렸다.

"나가!"

외할머니가 소리쳤다. "깔리기 전에 나가……"

갑자기 안뜰에 볏을 단 청동모자를 쓴 사람이 말을 타고 달려왔다. 붉은색 말은 거품을 내뿜었고, 그는 채찍을 든 손을 높이 쳐들고 위협하면서 외쳤다.

"길을 비켜라!"

방울이 빠르고 유쾌하게 울렸다. 모든 것이 축제처럼 아름다웠다. 외할머니는 입구 계단 위에서 나를 밀었다.

"안 들리니? 여기서 나가라니까!"

이번만큼은 외할머니 말에 따르지 않을 수 없었다. 나는 부엌으로 물러가서 다시 유리창에 달라붙었다. 하지만 새까맣게 떼를 지어 서있는 사람들 너머로 이미 불길은 보이지 않았다. 다만 청동투구가 겨울의 챙 없는 검은 모자와 챙 달린 모자들 사이에서 반짝거렸다.

불은 어느새 지면으로 끌려 내려와 있었다. 사람들이 물을 퍼붓고 발로 짓밟았다. 경찰이 사람들을 해산시켰고, 외할머니가 부엌으로 들어왔다.

"이게 누구야? 응, 너구나! 무서워서 못 잤니? 무서워할 것 없다. 이제 다 끝났어……"

외할머니는 내 옆에 나란히 앉아 몸을 흔들면서 조용히 있었다. 조용한 밤의 어둠이 다시 돌아와서 다행이었다. 그러나 불에 대해선 유감이었다.

외할아버지가 들어오다가 문지방 앞에 멈춰 서서 물었다.

"할멈인가?"

"왜요?"

"불길에 덴 곳은 없어?"

"괜찮아요."

외할아버지는 유황성냥을 켜서 파란 성냥불로 검댕으로 더러워진 족제비 같은 자기 얼굴을 비추며, 테이블 위에 있는 양초를 찾아내어 외할머니 옆에 천천히 앉았다.

"닦는 게 좋겠어요."

역시 검댕으로 온통 뒤범벅이 된 외할머니가 매콤한 연기냄새를 풍기면서 말했다.

외할아버지가 한숨을 내쉬었다.

"자애로우신 하느님이 이따금 임자에게 오셔서 임자에게 커다란 지혜를 주신 게야!……."

그리고 외할머니의 어깨를 어루만지면서 이를 드러낸 채 덧붙였다.

"아주 잠깐, 한 시간 동안 주신 거지!……."

외할머니도 웃으면서 무슨 말인가 하려 했지만 외할아버지가 눈살을 찌푸렸다.

"그리고리를 해고해야겠어. 이건 그놈의 불찰이야! 그가 할 일은 이제 없어. 그는 끝났어! 야시카가 계단에 앉아서 울고 있군. 바보 같은 놈…… 임자, 저 애한테나 가봐……."

외할머니는 일어나서 한 손을 얼굴 앞에 대고 손가락을 후후 불면서 나갔다. 외할아버지는 내 쪽은 보지 않은 채 조용히 물었다.

"불난 걸 다 봤니, 처음부터? 할머니는 어떻더냐, 응? 그 할멈은…… 너무 부려먹어서 부서져 가고 있어. 하지만 외할머니가 하는 걸 봤지? 어휴! 다른 사람들은……."

외할아버지는 몸을 구부리고 오랫동안 말없이 앉아 있었다. 이윽고 일어서서 까맣게 탄 초의 심지를 손가락으로 뜯어내면서 다시 물었다.

"무서웠니?"

"아니."

"그래, 아무것도 무서워할 것 없다……."

외할아버지는 화가 난 듯 어깨에서 셔츠를 벗겨낸 뒤 구석에 있는 세면대로 갔다. 그리고 어둠 속에서 발을 구르며 큰소리로 말했다.

"불이라니 어리석은 짓을! 불을 낸 놈은 광장에 끌고 가서 공개적으로 매질을 해야 해. 그런 놈은 바보거나 도둑이야! 제대로 일했으면 절대로 불이 날 리가 없어! ……가서 자거라. 왜 그러고 앉아 있어!"

나는 물러나왔지만 그날 밤엔 잠을 이룰 수가 없었다. 침대에 눕자마자 섬뜩하게 울부짖는 소리가 나를 침대에서 튀어나가게 했다. 나는 다시 부엌으로 달려갔다. 부엌 한가운데 셔츠도 입지 않은 외할아버지가 손에 촛불을 들고

서 있었다. 초가 떨리고 있었다. 외할아버지는 두 발로 마룻바닥을 문질렀다. 그리고 그 자리에서 움직이지 않고 갈라진 목소리로 말했다.

"할멈, 야코프, 무슨 일이야?"

나는 난로 위로 펄쩍 뛰어올라 구석에 몸을 숨겼다. 집 안에서는 불이 났을 때와 똑같은 소동이 다시 시작되었다. 일정한 간격을 두고 점차 커지는 고통스런 외침이 천장과 벽에 파도처럼 부딪혔다. 외할아버지와 외삼촌은 정신 나간 사람처럼 이리 저리 뛰어다녔고, 외할머니가 그들을 어딘가로 몰아내면서 소리쳤다. 그리고리가 큰소리를 내며 난로 속에 장작을 쑤셔 넣었다. 그는 쇠솥에 물을 붓고 아스트라한의 낙타처럼 머리를 흔들며 부엌을 바삐 오갔다.

"자네는 우선 난로를 계속 피우게!"

외할머니가 명령했다.

그는 불쏘시개를 찾으러 허둥대다가 내 발에 걸리자 불안한 듯이 소리쳤다.

"이게 누구야? 휴, 깜짝이야…… 넌 안 끼는 데가 없구나, 있어서는 안 되는 곳에……."

"무슨 일이야?"

"나탈리아 외숙모가 산기가 시작되었단다."

그는 마루로 펄쩍 뛰어내리며 냉담하게 말했다.

우리 엄마는 애기를 낳을 때 그렇게 비명을 지르지는 않았는데 하는 생각이 들었다.

쇠솥을 불 위에 걸어놓고 그리고리는 내가 있는 난로 위로 기어 올라왔다. 그리고 주머니에서 사기 파이프를 꺼내 보여주었다.

"난 담배를 피우기 시작했어, 눈 때문에! 외할머니는 코담배를 권했지만 나는 피우는 게 더 나을 듯해서……."

그는 난로 한쪽에 앉아 다리를 대롱거리며 희미한 촛불을 내려다보았다. 그의 귀와 뺨은 검댕으로 더러워져 있었고, 셔츠 한 쪽이 찢어져 있었다. 물통에 두른 테같이 넓은 갈비뼈가 보였다. 한쪽 안경알이 깨져서 반쯤 테 밖으로 튀어나와 있고, 빈 구멍으로 마치 상처 같은 붉고 축축한 눈이 들여다보였다. 그는 담뱃대에 잎담배를 채워 넣고 임산부의 신음소리에 귀를 기울이다가 마치 술 취한 사람처럼 종잡을 수 없는 말을 했다.

"할머니는 불에 데었는데, 아무튼. 그 어른이 받을 수 있을까? 들어봐, 네 외숙모가 지르는 굉장한 신음소리를! 모두들 외숙모에 대해선 잊고 있었어. 막 불이 났을 때 이미 진통이 시작됐을 거야, 깜짝 놀라서 말이지…… 저걸 봐, 인간을 낳는 일이 얼마나 힘든지, 그런데도 사내들은 여자들을 존경하지 않는다니까. 넌 명심해라. 여자를 존경해야 해. 왜냐, 엄마니까, 즉……."

나는 꾸벅꾸벅 졸았다. 그러다가 어수선한 기색과 쾅 하는 문소리, 미하일 외삼촌의 술에 취한 고함소리에 정신이 번쩍 들었다. 이상한 말들이 귀에 들려왔다.

"차르(황제)의 문을 열어야 해……."*6

"그녀에게 등잔기름에 럼주와 검댕을 섞어서 갖다 줘요. 기름 반 컵, 럼주 반 컵, 그리고 검댕 한 숟가락을……."

미하일 외삼촌은 귀찮게 졸라댔다.

"잠깐만 보게 해줘요……."

그는 다리를 쫙 벌리고 앉아 손바닥으로 바닥을 치면서 자기 앞에 침을 뱉었다. 나는 난로 위가 참을 수 없을 만큼 뜨거워서 기어 내려왔다. 그런데 외삼촌과 나란히 있게 되자 외삼촌이 내 다리를 잡아당기는 것이었다. 그 바람에 나는 뒷머리를 부딪치면서 넘어졌다.

"바보."

내가 말했다.

외삼촌은 벌떡 일어나 다시 날 움켜잡더니 빙빙 돌리면서 으르렁거렸다.

"난로에다 널 박살내겠어……."

나는 거실 구석에 놓인 성상 밑, 외할아버지 무릎 위에서 정신이 돌아왔다. 외할아버지는 천장을 쳐다보면서 나를 흔들며 낮은 목소리로 말했다.

"우리는 변명할 말이 아무것도 없다. 누구에게도……."

외할아버지의 머리 위에서는 등불이, 방 한가운데 있는 테이블 위에서는 촛불이 밝게 타고 있었다. 이미 창문 밖으로는 어슴푸레한 겨울 아침이 보였다.

외할아버지가 내게 몸을 굽히고 물었다.

"어디 다친 데 없니?"

온 데가 다 아팠다. 머리는 젖어 있고 몸은 무거웠다. 하지만 그대로 얘기하

---

*6 정교회의 제단으로 나아가는 문. 민간신앙에 따르면 고통 따위를 가볍게 하기 위해서는 성자들에게 이 문을 열어달라고 간청해야만 한다.

고 싶지는 않았다. 주위의 모든 것들이 너무나 이상했다. 방에 있는 거의 모든 의자에는 낯선 사람들이 앉아 있었다. 연자주색 옷을 입은 신부, 안경을 끼고 군복을 입은 허연 머리의 노인, 그 밖에도 많은 사람. 그들은 모두 나무토막처럼 꼼짝 않고 앉아서, 어딘가 가까운 데서 물이 튀는 소리를 들으며 기대감으로 잔뜩 긴장해 있었다. 야코프 외삼촌은 몸을 곧추 세우고 손을 등 뒤로 돌린 채 문설주 옆에 서 있었다. 외할아비지가 그에게 말했다.

"이제 애를 침대로 데려가……."

외삼촌이 내게 손짓을 했고, 우리는 발끝으로 걸어서 외할머니 방문 쪽으로 갔다. 내가 침대에 기어 들어갔을 때 외삼촌이 내게 속삭였다.

"나탈리아 아줌마는 죽었어……."

나는 놀라지 않았다. 아줌마는 이미 오랫동안 눈에 보이지 않았고, 부엌 식탁에도 나오지 않았다.

"근데 외할머닌 어디 있어?"

"저기."

외삼촌은 손을 흔들며 대답하고 아까처럼 맨발인 채 발끝으로 걸어 나갔다.

나는 침대에 누워 주위를 둘러보았다. 유리창에 숱이 많은 백발의 눈 없는 얼굴들이 달라붙어 있었다. 구석에 놓인 궤짝 위에는 외할머니의 옷이 걸려 있었다―나는 그것을 알고 있었다―하지만, 지금은 거기에 누군가 살아 있는 것이 숨어서 기다리고 있는 것 같았다. 베개 밑에 머리를 숨기고 한쪽 눈으로 문 쪽을 쳐다보았다. 나는 깃털이불 속에서 뛰쳐나가 달아나고 싶었다. 더웠다. 짙고 무거운 악취가 치가노크가 죽었을 때를, 마룻바닥 위를 피의 강물이 흘러가던 장면을 연상시켜 숨이 막혔다. 머리 속에선지 심장에선지 뭔가 종기 같은 것이 생긴 것 같았다. 내가 이 집에서 보아왔던 모든 장면들이 마치 겨울거리를 달리는 썰매 행렬처럼 나를 관통하면서 길게 지나갔다. 그리고 나를 꼼짝 못하게 짓눌렀다.

문이 천천히 열렸다. 외할머니가 기둣이 방에 들어왔다. 어깨로 문을 닫고 등을 문에 기댔다. 늘 타고 있는 성상 앞 램프의 파란 불빛을 향해 손을 뻗으면서 조용하게, 어린아이 같은 애처로운 목소리로 말했다.

"내 손이, 손을 다쳤어……."

5

봄이 다가오자 외삼촌들은 재산을 분배했다. 야코프 외삼촌은 읍내에 남았고 미하일 외삼촌은 강 너머로 갔다. 외할아버지는 자신을 위해 폴레보이 거리에 있는 크고 재미있는 집을 샀다. 돌로 지은 집이었는데 일층에는 선술집이 있고 아늑한 작은 다락방과 뜰이 딸린 집이었다. 뜰은 벌거벗은 버드나무 가지들이 무성하게 늘어진 골짜기까지 비탈져 있었다.

"좋은 회초리감이로군!"

외할아버지는 나에게 눈을 찡긋해 보이면서 밝게 말했다. 뜰을 둘러보면서 외할아버지와 함께 눈 녹은 길을 따라 걸어갈 때였다.

"기다려라, 이제 곧 너에게 글을 가르쳐 줄 테니까. 배워야 할 때가 됐어……."

집 안은 세 들어 사는 사람들로 온통 득실댔다. 외할아버지는 위층에 자신을 위한 방과 손님을 위한 방을 남겨 두었다. 외할머니는 나를 데리고 다락방에서 이사했다. 다락방 창문은 거리가 내려다보이는 위치에 있어서 창턱 위로 몸을 내밀면 밤에는 술주정뱅이들을 볼 수 있었다. 밤이나 휴일에는 그들이 비틀거리면서 선술집을 나와 거리를 걸으며 욕지거리를 해대다가 넘어지곤 했다. 그들은 이따금 포대자루처럼 길거리로 내던져지기도 했다. 그래도 그들은 다시 술집 문을 억지고 밀고 들어가려고 했다. 문이 쾅 하고 큰 소리를 내며 부르르 떨고 경첩이 삐걱거리고 드잡이가 시작되었다. 이 모든 것들을 위에서 내려다보는 건 무척 재미있었다. 아침부터 외할아버지는 외삼촌들의 개업을 도와주러 공장에 갔다가 저녁때가 되면 녹초가 되어 화를 내면서 돌아왔다.

외할머니는 음식을 만들고 바느질을 했으며, 채소밭과 뜰에서 흙을 일구었다. 마치 보이지 않는 채찍을 맞으며 돌아가는 커다란 팽이처럼 온종일 뱅글뱅글 돌아다녔다. 외할머니는 코담배를 들이마시고 기분 좋게 재채기를 한 다음 땀에 젖은 얼굴을 닦으며 말했다.

"안녕하세요! 평화롭고 정의로운 세상이여! 보아라, 알료샤, 귀여운 녀석, 우리도 이제 조용히 살 수 있게 되었어! 이렇게 모든 게 잘된 것은 성모님 덕분이란다!"

하지만 나는 우리가 조용히 살고 있는 것 같지 않았다. 아침부터 밤늦도록 셋방 사는 아낙네들이 안뜰을 부산하게 뛰어 다녔고, 끊임없이 이웃사람들이 오갔다. 그들은 모두 늦었다고 투덜대면서 어디론가 급하게 달려갔고, 늘 무언가를 시작하려 하고 있었다. 그리고 이렇게 불러대는 것이다.

"아쿨리나 이바노브나!"

누구에게나 한결같이 다정하게 미소 지으면서, 누구에 대해서도 상냥하고 주의 깊은 아쿨리나 이바노브나는 커다란 손가락으로 코담배를 콧구멍에 갖다 댄 뒤 빨간 체크무늬 손수건으로 코와 손가락을 깨끗하게 닦으면서 말했다.

"아주머니, 이를 없애려면 목욕탕에서 좀 더 자주 목욕을 하고 박하 증기를 쐬어야 해요. 만일 피부 속에 이가 있으면 순수한 거위 기름 한 큰 술과 승홍한 찻술, 수은 세 알을 조그만 접시에 담아서 사기 조각으로 일곱 번 정도 잘 문질러 발라요! 나무 숟가락이나 뼈로 문지르면 수은이 못 쓰게 돼요. 또 구리나 은을 써도 안 돼요, 해로우니까요!"

이따금 외할머니는 깊이 생각해서 충고하기도 했다.

"이봐요, 페쵸리 수도원의 아사프 수도사를 찾아가봐요. 나로선 해결할 수가 없다우."

외할머니는 조산사로 봉사했고, 가족의 분쟁과 싸움을 중재해 주었으며, 아이들을 치료해주었다. 또 여자들이 '행복을 위해' 암기하도록 '성모의 꿈'을 암송해서 들려주었고 살림살이에 대해서도 조언해주었다.

"오이를 보면 오이를 절여야 할 때를 알 수 있지. 만약에 오이에서 흙냄새가 사라지고 다른 여러 가지 냄새가 나면 그때 오이를 따요. 신선한 크바스*¹를 만들려면 막 다루어서 약을 올려야만 하지. 크바스는 단것을 싫어하니까 거기에 자잘한 건포도를 섞어요. 아니면 설탕을 집어넣는데 물통 하나에 1졸로트니크*² 정도. 발효유를 만드는 방법도 여러 가지가 있지. 도나우식과 에스파냐식도 있고 캅카스식도 있어……."

외할머니가 뜰에 있든 마당에 있든 나는 하루 종일 외할머니 주변을 맴돌

---

*1 러시아의 대중 음료, 호밀 맥주.
*2 옛 러시아의 도량형 단위(4.2658그램).

앗다. 외할머니가 몇 시간씩 차를 마시며 끊임없이 온갖 이야기를 해대는 이웃집에도 따라갔다. 나는 마치 외할머니 몸에서 돋아난 것처럼 찰싹 달라붙어 있었다. 그리고 그 무렵의 생활에서 잠시도 쉬지 않는, 지칠 줄도 피곤한 줄도 모르는 선량한 이 노파 말고는 다른 건 아무것도 기억하지 못한다.

이따금 아주 잠깐 어디선가 엄마가 나타나곤 했다. 거만하고 엄격했던 엄마는 마치 겨울날 태양처럼 차가운 잿빛 눈으로 모든 것을 바라보았고 자신에 대한 기억은 아무것도 남겨놓지 않은 채 재빨리 사라져버렸다.

한번은 내가 외할머니에게 물었다.

"외할머닌 마법사지?"

"왜 또 그런 엉뚱한 생각을 했지?" 외할머니는 웃음을 터뜨리더니 곧 생각에 잠겨 덧붙였다. "이 할미가 어떻게 마법사가 될 수 있겠니. 마법은 어려운 학문이란다. 할미는 읽고 쓸 줄도 몰라요. 글자도 모르는걸. 네 외할아버지는 저렇게 글을 잘 알지만 성모님께서는 이 할미에게 지혜를 주시지 않았어."

그리고 자기 생애의 또 다른 한 부분을 내 앞에 펼쳐보였다.

"나도 고아로 자랐단다. 내 어머니는 가난한 과부인 데다 불구였어. 아직 처녀였을 때 주인이 어머니를 놀라게 했지. 어머니는 놀라서 한밤중에 창문에서 뛰어내렸는데 어깨와 허리를 다쳤어. 그때부터 오른손을 못 쓰게 되어 오그라들고 말았지. 어머니는 레이스를 잘 짜기로 유명했는데 그렇게 되는 바람에 나리들에게 아무 소용이 없게 되었지. 그래서 어머니 스스로 알아서 살아가라고 어머니를 해고해버렸어. 하지만 손 없이 어떻게 살아갈 수 있겠니? 어머니는 사람들에게 자비를 구하며 걸식을 하면서 돌아다녔단다. 그땐 사람들이 더 풍요롭게 살았고 더 친절했지. 그 훌륭한 발라흐나*3의 목수와 레이스 짜는 여인은 모두 나로드(민중)의 자랑거리였어! 나와 어머니는 가을과 겨울에는 거리를 따라 이리저리 걸어 다녔지만 천사장 가브리엘이 칼을 휘둘러 겨울을 쫓아내고 봄이 대지를 감싸 안을 때면 우리는 눈길 닿는 대로 더 멀리 가곤 했단다.

무롬에도 자주 갔고 유리에베츠에도 갔고, 볼가 강 상류와 조용히 흐르는 오카 강을 따라 걷기도 했지. 봄과 여름에는 땅을 밟고 걸어다니기가 좋았어.

*3 니주니 노브고로드에서 볼가 강을 약간 거슬러 올라간 곳에 있는 도시. 이곳의 레이스 짜는 여자들은 본업인 레이스 짜기 외에 노래를 잘했다고 한다.

흙은 부드럽고 풀은 벨벳 같았으니까. 성스러운 성모님이 대지에 꽃을 뿌려놓으시면, 가슴이 기쁨으로 넘치고 마음은 끝없이 넓어졌단다! 어머니는 파란 눈을 감고 아주 높은 소리로 노래를 부르곤 했지. 목소리가 크지는 않았지만 종소리처럼 낭랑했어. 주위 모든 것들은 어머니의 노래에 빨려들어 미동도 하지 않고 귀를 기울였지. 나쁘지 않았어, 걸식을 하면서 사는 것도! 하지만 내가 아홉 살이 되었을 때 어머니는 날 끌고 다니면서 구걸하는 것을 부끄럽게 생각하기 시작했어. 창피스러웠나봐. 그래서 발라흐나에 정착했단다. 어머니는 거리를 따라 이집 저집 고개를 숙이고 돌아다녔고 축일에는 교회문을 전전하며 구걸했어. 난 집에 앉아 레이스 짜는 법을 배웠어, 속성으로 배웠지. 되도록 빨리 어머니를 도와드리고 싶었거든. 뜻대로 잘 되지 않을 때는 눈물을 흘렸지. 그런데 얘야, 난 2년 이상 기술을 익혀 읍내에서 유명해졌단다. 좋은 제품이 필요한 사람은 우리 집에 찾아와 이렇게 말했지. '얘, 아쿨리아, 얼레 좀 움직여라!' 난 무척 기뻤단다. 그건 내게 일도 아니었거든! 물론 다 어머니가 가르쳐준 솜씨였지만 말이야. 어머니는 손이 하나뿐이어서 일을 할 수는 없었지만 가르치는 건 얼마든지 할 수 있었어. 훌륭한 선생 하나가 열 명의 일꾼보다 가치 있는 거란다. 그래서 난 이렇게 뽐내기 시작했단다. '어머니, 구걸하러 다니는 건 그만둬요. 이제 나 혼자서도 어머니를 먹여 살릴 수 있어요!' 하지만 어머니는 내게 말했어. '그런 소리 마라, 그건 네 결혼지참금으로 모아두어야 해' 하고 말이다. 그러자 곧 네 외할아버지가 나타났지. 눈에 띄는 청년이었어. 스물두 살에 벌써 뱃사공 우두머리였지! 네 외할아버지의 어머니가 날 눈여겨보았는데, 내가 여공이고 거지의 딸이니 얌전한 여편네가 될 거라고 생각한 게지…… 그 어머니란 사람은 빵을 구워 파는 여자였는데 사악한 사람이었어. 그런 건 기억하지 않아도 되는 건데…… 에이, 나쁜 사람들을 기억해서 뭐하겠니? 하느님이 직접 그들을 보고 계시거든. 암, 하느님은 다 보고 계신단다. 악마들만이 그런 사람들을 사랑하지."

외할머니는 온화하게 웃고 우스꽝스럽게 코를 씰룩거렸다. 그러나 생각에 잠긴 반짝이는 두 눈이, 말보다 더 이해하기 쉽게 모든 것을 애기하면서 날 어루만져주었다.

어느 조용했던 저녁이 기억난다. 나와 외할머니는 외할아버지 방에서 차를 마시고 있었다. 외할아버지는 몸이 아파서 셔츠를 입지 않고 긴 수건으로 어깨를 감싸고 침대 위에 앉아 있었다. 그리고 1분마다 줄줄 흐르는 땀을 닦아 내면서 쌕쌕거리며 가쁘게 숨을 쉬었다. 외할아버지의 초록색 눈은 흐릿하고 얼굴은 자줏빛으로 부어 있었다. 작고 뾰족한 귀가 특히 자줏빛이었다. 찻잔을 집으려고 손을 뻗었을 때는 손이 처량할 만큼 부들부들 떨렸다. 외할아버지는 조용해졌고 평소 모습 같지 않았다.

"왜 내겐 설탕을 안 주는 거야?"

응석ᄊ러기 아이가 투정을 부리듯이 외할아버지가 외할머니에게 물었다. 외할머니는 상냥하지만 단호하게 대답했다.

"꿀을 타서 마시는 게 당신에겐 더 좋을 거예요."

숨을 헐떡거리고 신음하면서 외할아버지는 뜨거운 차를 꿀꺽꿀꺽 들이켜고는 말했다.

"잘 들어, 난 죽을 수 없어!"

"걱정 말아요, 내가 끝까지 돌봐드릴 테니."

"그래! 내가 지금 죽어봐, 내가 살아온 흔적이 하나도 없게 될 거야. 모든 게 재가 돼!"

"그만 말하고 조용히 누워 있어요!"

외할아버지는 눈을 감고 거무칙칙한 입술로 입맛을 다시며 잠시 가만히 있었다. 그러다가 문득 마치 뭔가에 찔린 것처럼 몸을 부르르 떨더니 소리 내어 말했다.

"야시카와 미시카를 빨리 결혼시켜야 해. 마누라가 생기고, 또 새롭게 자식들이 태어나면 그들을 돌봐주겠지, 안 그래?"

그리고 읍내 누구네 집에 그럴 듯한 신붓감이 있는지 생각해 냈다. 외할머니는 차를 연거푸 마시며 잠자코 입을 다물고 있었다. 나는 창가에 앉아서 읍내에 깔린 저녁노을이 집집마다 창문을 빨갛게 물들이며 기울어가는 광경을 바라보았다. 잘못을 저지른 벌로, 외할아버지는 내게 마당과 뜰을 산책하지 못하게 했던 것이다.

뜰에 있는 자작나무 근처에는 딱정벌레들이 붕붕거리며 날아다녔고, 옆집 마당에서는 통 만드는 사람이 일하고 있었다. 어딘가 가까운 곳에서 칼 가는 소리가 들려왔다. 뜰 너머 움푹 꺼진 골짜기에서는 무성한 관목숲 속에서 아이들이 한데 뒤엉켜 시끄럽게 놀고 있었다. 나는 자유로운 문 밖으로 나가고 싶어 견딜 수가 없었다. 해질녘의 애수가 가슴속에 밀려왔다.

갑자기 외할아버지가 어디선가 새 책을 꺼내 와 커다란 소리를 내며 손바닥으로 철썩 때리고는 활기찬 목소리로 나를 불렀다.

"자, 못생긴 귀를 가진 페르미 촌놈아, 이리 와! 앉아, 칼미크인의 광대뼈라, 이게 뭔지 알겠니? 이게 아즈다. 따라해 봐, 아즈! 부키! 베지!*4 이건 뭔 자냐?"

"부키."

"옳지! 이건?"

"베지."

"틀렸어. '아즈'다! 봐라, 이건 '글라골' '도브로' '에스티'—이건 뭔 자냐?"

"도브로."

"옳지! 이건?"

"글라골."

"맞았다! 그럼, 이건?"

"아즈."

외할머니가 끼어들었다.

"영감, 당신은 조용히 누워 있는 게……."

"조용히 해! 내가 이러고 있는 동안에는 딴생각을 안 해도 돼. 계속 해봐라, 렉세이!"

외할아버지는 뜨겁고 축축한 손으로 내 목을 잡고 책을 내 코앞에 갖다 대면서 어깨 너머로 손가락으로 글자를 짚었다. 외할아버지에게서 뜨거운 식초 냄새가 나더니 이윽고 구운 파 냄새가 났다. 나는 거의 숨이 막힐 지경이었다.

외할아버지는 흥분하여 갈라진 목소리를 짜내어 내 귀에 대고 고함을 쳤다.

"땅! 사람들!"

나는 그 말들을 잘 알았지만 슬라브어 기호는 이 단어들과 맞지 않았다.*5

---

*4 고대 교회 슬라브어 문자. 글라골 문자라고도 한다. 이것을 새로 다듬은 것이 지금 러시아어 문자인 키릴 문자이다.

*5 슬라브어 문자에는 한 글자 한 글자마다 그 글자를 머리글자로 하는 이름이 붙어 있어, 알파벳을 읽을 때 그 이름으로 읽는다. 어린 알렉세이는 그 이름은 이미 알고 있지만, 그 이름에 슬라브 문자를 잇지 못하는 것이다.

'땅'이라는 단어는 벌레 같았고, '동사'라는 단어는 등이 굽은 그리고리 같았으며 '나'는 나를 데리고 있는 외할머니를 닮았다. 외할아버지 속에는 모든 알파벳과 두루 공통되는 것이 있었다. 외할아버지는 순서대로 묻거나 건너 뛰어 물으면서 오랫동안 나를 알파벳 위에서 몰아댔다. 외할아버지의 뜨거운 열정이 내게 전염됐는지 나 역시 땀을 흘리며 목청껏 외쳐댔다. 그것이 외할아버지를 웃게 만들었다. 가슴을 부여잡고 기침을 하면서 외할아버지는 책을 구기고 쉰 소리로 말했다.

"할멈, 봤지. 어때? 어이, 아스트라한에서 온 이 말썽꾸러기야. 어째서 고래고래 소리를 지르는 거냐, 왜?"

"소리를 지른 건 바로 당신인데……."

외할아버지와 외할머니를 바라보는 건 즐거운 일이었다. 외할머니는 테이블에 팔꿈치를 올려놓고 주먹으로 양쪽 뺨을 괸 채 외할아버지와 나를 바라보았다. 그리고 작은 소리로 웃으면서 말했다.

"둘 다 그만, 그렇게 고함치다간 몸을 해쳐요!……."

외할아버지는 친구처럼 나에게 설명했다.

"내가 고함치는 건 아파서 그러는 거지만 넌 왜 소리치는 거냐?"

그러고는 젖은 얼굴을 흔들면서 외할머니에게 말했다.

"죽은 나탈리아가 이 앤 기억력이 나쁘다고 했는데 그건 틀린 말이야. 이 녀석은 말처럼 기억력이 좋아! 조금만 더 하자, 요 들창코 녀석아!"

마침내 외할아버지는 장난스럽게 날 침대에서 밀어냈다.

"됐다! 책을 가져가. 내일 한 자도 틀리지 않고 모든 알파벳을 내게 말해야 돼. 그러면 상으로 5코페이카를 주마……."

내가 책을 집으려고 손을 뻗치자 외할아버지는 나를 다시 끌어당기더니 우울한 목소리로 말했다.

"니 애민 널 땅 위에 버렸어. 니 애민……."

외할머니가 깜짝 놀라 벌떡 일어났다.

"그만둬요, 영감, 그런 소릴 뭐하러 해요?……."

"안 하려고 했는데 슬퍼서 그만…… 그 애가 그런 실수를 범하다니……."

외할아버지는 와락 나를 밀어냈다.

"가서, 놀아라! 거리는 안 돼, 마당이나 뜰에서 놀아……."

뜰에 나가 노는 거야말로 내가 원하는 것이었다. 내가 뜰에 있는 작은 언덕에 나타나자마자 골짜기에 사는 애들이 내게 돌을 던졌다. 나도 똑같이 돌을 던지면서 즐거워했다.

"멍청이가 나타났다!"

멀리서 나를 보자 급히 무장을 하고 그 애들이 소리쳤다.

"저 놈을 해치워라!"

나는 '멍청이'가 무슨 뜻인지 몰랐으므로 그런 별명에 화를 내지는 않았다. 그러나 혼자서 많은 아이들과 대적하는 것이 즐거웠고, 내가 던진 돌 때문에 적이 달아나서 떨기나무 숲에 숨는 걸 보는 것이 유쾌했다. 그런 전투는 나쁜 뜻 없이 벌어졌고 대개 나쁜 감정 없이 끝났다.

글을 읽고 쓰는 건 내게는 쉬운 일이었다. 외할아버지는 내게 점점 더 관심이 커졌고, 따라서 매 맞는 일은 점점 줄어들었다. 하지만 나는 오히려 전보다 더 자주 매 맞을 짓을 하고 있었다. 몸도 더 커졌고 더 대담해져서 외할아버지의 규칙과 지시를 훨씬 자주 어겼기 때문이다. 하지만 외할아버지는 그냥 욕설을 퍼붓거나 주먹을 흔들 뿐이었다.

나는 이전에 억울하게 얻어맞았다는 생각이 들어 한번은 외할아버지에게 물어보았다.

할아버지는 내 턱을 살짝 찔러 내 얼굴을 치켜들고 눈을 깜빡거리면서 목소리를 질질 끌었다.

"무—어—라—고?"

그리고 낮고 빠르게 웃으면서 말했다.

"요 이교도 녀석! 네가 얼마나 맞아야 하는지 네 녀석이 지레 짐작한다는 거냐? 나 말고 누가 그걸 알아? 썩 꺼져버려!"

그러나 외할아버지는 곧바로 내 어깨를 붙잡고 눈을 들여다보면서 다시 물었다.

"네 녀석은 잔꾀가 많은 거냐, 아니면 순박한 거냐, 응?"

"몰라……."

"모른다고? 그럼 내가 말해주마. 꾀돌이가 되려무나, 그게 더 낫다. 순진한 건 바보와 같은 거란다, 알겠니? 양은 순박하지. 기억해둬라! 이제 나가서 놀아라……."

얼마 지나지 않아 나는 시편을 더듬더듬 읽을 수 있게 되었다. 우리는 보통 저녁에 차를 마신 뒤 시편을 공부했고 그때마다 시편을 하나씩 통독해야 했다.

"인간은 행—복—하—니, 행—복—하게—살고—있고, 우리는 행복—하다."

나는 펼쳐진 책 위의 글자를 한 자 한 자 짚어가며 떠듬떠듬 읽었다. 그러다가 따분한 느낌이 들어 이렇게 물었다.

"인간은 행복하다. 이건 야코프 외삼촌을 두고 하는 말인가?"

"이제 내가 네 뒤통수를 쥐어박을 테니, 넌 누가 행복한지 알게 될 거다!"

화가 나서 거칠게 코로 숨을 쉬며 외할아버지가 말했다. 하지만 난 외할아버지가 단지 습관적으로 기강을 세우고자 화를 내는 것이라고 생각했다.

역시 내 짐작은 거의 한 번도 틀리지 않았다. 1분도 지나지 않아 외할아버지는 나에 대해선 까맣게 잊어버리고 이렇게 중얼거렸다.

"그래, 놀고 노래를 할 때는 꼭 다윗왕 같지, 그런데 일할 땐 악독한 압살롬*6 같은 놈이라니까! 작사자에 시인에 농담꾼에…… 오, 글쎄! '즐겁게 춤추며 껑충 껑충 뛴다고' 멀리 가나? 그래, 멀리 가?"

나는 읽는 것을 멈추고 외할아버지 말에 귀 기울이면서 외할아버지의 수심에 찬 찌푸린 얼굴을 바라보았다. 가늘게 뜬 외할아버지의 두 눈은 내 어깨 너머 어딘가를 바라보는 듯했다. 눈에서 슬프고 따스한 감정이 빛나고 있었다. 지금은 외할아버지의 평소의 엄격함이 두 눈 속에서 녹아 없어졌음을 난 알아차렸다. 외할아버지는 가느다란 손가락으로 테이블을 톡톡 두드리고 있었다. 염색물이 든 손톱이 빛나고 황금빛 눈썹이 꿈틀거렸다.

"외할아버지!"

"뭐냐?"

"무슨 얘기 좀 해주세요."

"읽기나 해, 이 게으른 녀석아!"

외할아버지는 방금 잠에서 깬 사람처럼 손가락으로 눈을 비비며 못마땅한 듯 말했다.

---

*6 구약성서(사무엘기 하권)에 나오는 인물. 다윗 왕의 셋째 아들로 헤브론에서 아버지 다윗에 대항해 난을 일으켰으나 실패해서 죽임을 당함.

"넌 옛날 얘기나 좋아하고 시편은 좋아하지 않는구나……."

하지만 난 그러는 외할아버지 자신도 시편보다는 옛날 얘기를 더 좋아하는 게 아닌가 하는 생각이 들었다. 외할아버지는 시편을 거의 전부 암송할 수 있었다. 맹세를 세우고, 보좌신부가 일과기도서를 읽듯이 매일 저녁 잠자기 전에 시편을 큰소리로 읽고 있었다.

내가 열심히 졸라대자 외할아버지는 점점 마음이 약해져서 결국 나에게 지고 말았다.

"그래, 좋다! 시편은 평생 너와 함께 있겠지만 난 곧 심판을 받으러 하느님께 가게 될 테니……."

털실로 수놓은 구식 안락의자 등받이에 몸을 기대고 점점 더 깊숙이 파묻은 뒤 고개를 젖혀 천장을 바라보면서, 외할아버지는 조용히 생각에 잠긴 목소리로 옛 시절과 외증조할아버지에 대해 얘기했다. 한번은 한 떼의 강도가 발라흐나에 와서 상인 자예프의 가게를 습격했다. 외증조할아버지가 경종을 울리기 위해 종루로 급히 올라가자 강도들이 그를 붙잡아 긴 칼로 베어 종루 아래로 던져버렸다.

"그때 너무 어렸던 탓에 난 그 일을 보지도 못했고 기억나는 것도 없어. 기억할 수 있는 건 1812년 프랑스인들이 왔을 때*7부터야. 내가 겨우 열두 살이 되었을 때지. 그때 발라흐나에도 서른 명쯤의 포로들이 쫓겨 왔어. 모두 뼈만 앙상하게 남은 조그마한 나로드(민중)들이었고 아무거나 걸치고 거지보다 못한 모습으로 와들와들 떨고 있었지. 몇 사람은 동상에 걸려 서 있을 수도 없었단다. 남자들은 그 포로들을 때려죽이려고 했지만, 호송대가 그들을 말렸고, 수비대가 나타나서 사람들을 집으로 쫓아 보냈어. 그 뒤로는 아무 일도 없었고 모두 서로 알게 되었지. 이 프랑스인들은 약삭빠르고 영리한 나로드였는데 그러면서도 아주 명랑해서 노래를 부르곤 했지. 니주니의 지주들이 트로이카를 타고 포로들을 보러 왔단다. 그런데 어떤 사람들은 욕설을 퍼붓거나 주먹으로 프랑스인들을 위협하고, 심지어 때리는 사람까지 있었지만 다른 어떤 사람들은 프랑스말로 친절하게 이야기를 나누고 돈과 따뜻한 헌옷을 주기도 했어. 한 늙은 지주는 손으로 얼굴을 가리고 울음을 터뜨리면서 '결국 악당 보나파

*7 1812년 나폴레옹의 러시아 침공을 말한다.

르트가 프랑스인을 파멸시켰어!' 말했지. 그런데 봐라, 어떠냐? 러시아인은 지주라고 해도 선량하다는 거지. 외국인을 불쌍히 여겼던 게야⋯⋯."

외할아버지는 잠시 말을 멈추고 두 눈을 감은 채 손바닥으로 머리를 문지르면서, 과거의 세세한 부분을 되살려가며 이야기를 이어갔다.

"겨울이 되어 눈보라가 거리에 휘몰아쳤고, 혹한이 농가를 꽁꽁 얼게 만들었지. 프랑스인들은 우리 집 창문 밑으로 달려오곤 했어, 어머니가 있는 곳으로 말이야. 어머니는 밀가루로 빵을 구워서 팔고 있었거든. 그들은 창문을 두드리고 소리를 지르면서 펄쩍펄쩍 뛰었어. 뜨거운 빵을 달라고 말이야. 어머니는 그들을 집에 들이지는 않았지만 창문으로 빵을 내밀었어. 그러면 프랑스인들은 그것을 얼른 받아서 품에 넣는 거야. 화덕에서 방금 꺼낸 뜨거운 빵을 직접 몸에, 심장에 대는 거지. 어떻게 그들이 살아남을 수 있었는지 이해할 수가 없구나! 많은 사람들이 추위로 죽어갔어. 그들은 따뜻한 곳에 살던 사람들이어서 추위에 견디지 못했거든. 채마밭에 있던 우리 집 목욕탕에는 한 장교와 미론이라는 졸병이 살고 있었지. 키가 크고 삐쩍 마른 장교는 피골이 상접해 있었는데 무릎까지 내려오는 여자 외투를 걸치고 다녔어. 그는 매우 상냥한 사내였지만 술꾼이었지. 어머니는 몰래 맥주를 양조해 팔았는데 그 장교는 그걸 사서 마시고 노래를 부르곤 했어. 그는 우리나라 말을 배워서 이렇게 중얼거리곤 했지. '당신네 나라는 희지가 않아. 검고 심술궂어!' 말은 서툴렀지만 우리는 이해할 수 있었단다. 그리고 그건 사실이었어. 우리나라 상류 지방은 기후가 모질지만 볼가 강 하류 쪽으로 내려가면 따뜻해져서 카스피 해 너머엔 눈이 전혀 내리지 않는다더구나. 이게 믿을 만하다는 건 복음서나 사도행전은 물론 시편에도 눈이나 겨울에 대한 얘기는 하나도 없는 걸 보면 알 수 있어. 그리스도가 살던 곳이 바로 그곳이니까⋯⋯아, 그렇지, 시편이 끝났으면 나와 함께 복음서를 읽기로 하자."

외할아버지는 다시 입을 다물고 꾸벅꾸벅 선잠이 든 것처럼 보였다. 뭔가 생각에 잠겨 곁눈으로 창문을 보고 있는 외할아버지는 점점 작아져서 온몸이 날카롭고 뾰족해 보였다.

"얘기 더 해줘요."

나는 가만히 재촉했다.

"어, 그래." 외할아버지는 몸서리를 한 번 친 뒤 다시 이야기를 이어갔다. "프랑스인들 말이다, 즉 그들도 인간이라는 거지, 죄 많은 우리보다 나쁘다고 할 수 없는 인간들. 그들은 우리 어머니를 '마담, 마담' 하고 소리쳐 부르곤 했는데, 이 말은 '나의 부인', '나의 귀부인'이라는 뜻이야. 그런데 이 귀부인은 잡곡 가게에서 5푸드[*8]짜리 밀가루 포대를 져 나르곤 했어. 그건 여자의 힘이 아니었어. 난 스무 살 때까지 어머니에게 머리채를 휘어 잡혀 이리저리 끌려가곤 했으니까. 스무 살이면 아무리 나라도 그리 가볍지 않았는데 말이야. 그런데 그 졸병 미론은 말을 좋아했어. 그는 이집 저집 다니면서 손짓으로 말을 손질하게 해달라고 사정했지! 처음엔 적이니까 말을 망쳐놓을까봐, 모두가 겁을 먹었지만, 나중에는 남자들이 그를 부르게 되었단다. '어이 미론, 좀 도와줘' 하고 말이야. 그는 싱글벙글하면서 고개를 숙이고 황소처럼 걸어왔어. 머리카락은 적갈색이다 못해 새빨갛고, 코는 크고 입술도 두툼한 사내였지. 그는 말을 아주 잘 돌보았고 말을 기적처럼 치료하는 능력이 있었단다. 나중에 그는 니주니에서 말 수의사가 되었지만 결국 미쳐서 소방대원들에게 맞아죽었지. 장교도 쇠약해지기 시작하더니 봄이 다가올 무렵 성 니콜라이의 날에 조용히 세상을 떠났어. 목욕탕 창문 밑에서 생각에 잠긴 듯이 앉아 있다가 머리를 창밖으로 내민 채 바람을 맞으면서 죽었단다. 난 그 사람이 불쌍해서 남의 눈에 띄지 않게 울기까지 했지. 그는 친절한 사람으로, 내 귀를 잡고 다정하게 뭔가자기 이야기를 하곤 했는데, 무슨 말인지 알아듣지는 못했지만 기분은 좋았어! 인간의 따스한 정은 시장에서 살 수 있는 게 아니거든. 그는 자기 나라 말을 내게 가르쳐주려고 했지만 어머니가 허락하지 않았어. 게다가 어머니는 나를 신부에게 데리고 갔어. 신부는 날 매질하도록 명하고 장교에게는 불평을 해댔지. 그때는 다들 엄격하게 생활했단다. 이제는 그런 걸 겪을 일은 없겠지. 너 대신 다른 사람들이 모욕을 견뎌 왔으니까. 이 점을 기억해 둬라! 여기 있는 이 할애비도 그런 일을 겪었어……."

날이 어두워졌다. 어둠 속에서 외할아버지는 이상하게 커 보였다. 외할아버지의 두 눈은 마치 고양이 눈처럼 빛났다. 외할아버지는 모든 것에 대해 낮은 목소리로 사려 깊고 조심스럽게 말했는데, 자신에 대해서는 열정적이고 빠르게 뽐내면서 말하는 것이었다.

[*8] 81.9킬로그램(푸드는 옛 러시아 도량형 단위. 1푸드는 16.38킬로그램).

나는 외할아버지가 자기 이야기를 하는 것이 싫었다. 외할아버지의 끊임없는 명령들이 마음에 들지 않았다.

"명심해! 넌 이걸 기억해야 한다!"

외할아버지가 한 이야기는 대부분 기억하고 싶지 않았다. 하지만 그것은 외할아버지의 명령이 없어도 따끔한 가시처럼 내 기억 속에 강하게 박혔다. 외할아버지는 옛날얘기를 결코 해준 적이 없다. 모두 실제로 있었던 일뿐이었다. 또한 외할아버지가 질문을 좋아하지 않다는 걸 나는 알게 되었다. 그래서 더욱 너 끈녁시게 실문을 해댔다.

"프랑스인과 러시아인 가운데 누가 더 훌륭해요?"

"글쎄, 내가 어떻게 알겠니? 난 프랑스인들이 자기 집에서 어떻게 살고 있는지 본 적이 없는 걸."

외할아버지는 짜증이 나서 투덜대고는 이렇게 덧붙였다.

"족제비도 자기가 사는 굴에서는 훌륭한 법이지."

"그럼 러시아인들도 훌륭해요?"

"각양각색이지. 지주들이 있던 시절에는 더 훌륭했어. 사람들이 단단하게 단련되었으니까. 하지만 지금은 모두 제멋대로지. 빵도 없고 소금도 없어! 물론 지주귀족들은 무자비했지만 그 대신 제법 지혜가 있었지. 누구나 다 그런 건 아니지만 훌륭한 지주는 정말 존경할 만했어! 그런가 하면 어떤 지주는 포대자루처럼 바보천치여서 그 부대에 무엇이든 쑤셔 넣어주면 그걸 나르는 거야. 우리나라엔 껍데기가 많아. 멀쩡한 사람처럼 보이지만 자세히 보면 그냥 껍데기, 알맹이가 없어. 속을 쏙 빼 먹히고 만 거지. 우리는 배워야 하고 지혜를 갈고 닦아야 해. 하지만 숫돌도 진짜가 없어……."

"러시아인은 힘이 세요?"

"장사들도 있지. 하지만 문제는 힘이 아니라 기술이란다. 힘은 별로 없지만 말(馬)은 역시 강해."

"그런데 왜 프랑스인들은 우리나라를 공격했어요?"

"글쎄, 전쟁이야 차르(황제)가 하시는 일이니까, 우리는 잘 몰라!"

그러나 보나파르트는 도대체 어떤 사람이었느냐는 내 질문에 외할아버지는 감명 깊은 대답을 해주었다.

"그는 대담한 사람이었다. 전 세계를 정복하려고 했지. 그리고 전 세계를 정복한 뒤에는 영주도 관리도 필요 없이 모두가 하나 같이 평등하게 살기를 원했던 거야. 그저 간단하게, 계급 없이 살기를 말이다. 이름만 다를 뿐이지, 모든 사람들의 권리는 똑같다는 거지. 그리고 믿음도 똑같고. 물론 그건 어리석은 생각이야. 새우만 구분할 수 없을 뿐이지 물고기는 다 다르거든. 철갑상어는 메기의 친구가 아니고 작은 철갑상어는 청어의 친구가 아니잖니. 우리나라에도 그런 보나파르트들이 있었지. 라진 스테판 티모페예프,[9] 푸가초프 예멜리안 이바노프[10]가 그렇단다. 그들에 대해선 다음에 얘기해주마…….”

이따금 외할아버지는 마치 처음 본 것처럼 두 눈을 동그랗게 뜨고는 오랫동안 나를 말없이 쳐다보았다. 그건 기분 좋은 일이 아니었다.

외할아버지는 내 앞에서는 아버지와 엄마에 대해 결코 얘기하지 않았다.

그런 이야기를 하는 동안 외할머니가 가끔 오는 일이 있었다. 구석에 조용히 자리 잡고 오랫동안 눈에 띄지 않게 말없이 앉아 있었다. 그러다가 부드럽게 감싸 안는 듯한 목소리로 불쑥 묻곤 했다.

“영감, 기억나우? 당신과 내가 무름에 순례하러 갔을 때 얼마나 좋았는지? 그게 몇 년도였수?”

잠시 생각한 뒤에 외할아버지는 조심스럽게 대답했다.

“정확하게는 기억나지 않지만 콜레라가 유행하기 전이었지. 사람들이 숲을 뒤지며 올로네츠인들[11]을 붙잡았던 해.”

“맞아요! 우리도 그들을 아주 무서워했지요.”

“흠, 그래.”

나는 도대체 올로네츠인들이 누구이며, 무슨 이유로 숲을 따라 도망 다녔는지 물었다. 외할아버지는 별로 내키지 않는다는 듯이 설명해주었다.

---

*9 〈스텐카 라진〉이라는 노래로 유명한 스테판 티모페비치 라진. 노래에는 볼가 강에 출몰한 '해적'처럼 되어 있지만 사실은 17세기 러시아에서 일어난 농민반란 지도자. 돈 카자흐 출신. 1671년 6월 모스크바의 붉은 광장에서 처형되었다.

*10 '푸가초프의 난'으로 알려져 있으며, 푸시킨의 《대위의 딸》에도 나오는 예멜리안 푸가초프 (1744~75). 돈 카자흐 출신으로 농민반란 지도자. 모스크바에서 처형되었다.

*11 올로네츠 지방은 구교도들이 사는 거주지로 방랑파(放浪派)들의 본거지 가운데 하나였다. 올로네츠 농민들은 강제로 공장에 편입되었고 그 때문에 그들은 숲속에 숨어서 도망 다녔다.

"올로네츠인들은 단순히 농군들이었는데 관유지에서 달아났어, 공장이나 일터에서 말이다."

"그런데 어떻게 붙잡았어요?"

"어떻게 붙잡았느냐고? 아이들이 노는 것처럼 잡았지. 한쪽이 달아나면 다른 한쪽이 찾고 붙잡는 놀이 말이다. 붙잡히면 채찍으로 얻어맞았어, 가죽 채찍으로 말이다. 물론 콧구멍이 찢기고, 이마에는 처형되었다는 표시로 낙인이 찍혔지."

"왜요?"

"귀찮게 자꾸 물었기 때문이지.*12 이건 누가 잘못한 건지 확실하지 않은 사건이었어, 달아난 사람인지 아니면 붙잡은 사람인지 불분명해. 우리가 어떻게 알겠니."

"그런데 영감, 기억나요?" 외할머니가 다시 말했다. "대화재가 일어난 일 말이에요."

무슨 일에서나 정확한 것을 좋아하는 외할아버지가 진지하게 물었다.

"어느 대화재?"

과거 속으로 거슬러 올라가면 두 분은 나에 대해 잊어버렸다. 두 분의 목소리와 말은 나직하게 울렸고 아주 잘 조화를 이루어서 마치 노래를 부르는 듯했다. 그러나 그 노래는 질병과 화재와 인간의 살육, 불의의 죽음과 절묘한 사기, 백치 같은 수행자, 잔혹한 영주들에 대한 음산한 노래였다.

"우리가 살아온 세월을 어찌 다 헤아리겠는가!"

외할아버지가 조용히 중얼거렸다.

"당신은 우리 삶이 나빴다고 생각하시우?" 외할머니가 말했다. "생각해봐요. 내가 바랴를 낳은 뒤의 봄이 얼마나 멋졌는지!"

"그건 1848년이었지. 바로 헝가리 원정*13이 있던 해였어. 바랴의 대부 티혼은 그 앨 세례준 다음날 전쟁터로 나갔지……."

"그리고 행방불명되어 버렸어요."

외할머니가 한숨지으며 말했다.

"그래, 실종되었지! 그해부터 우리 집에는 뗏목 위로 물이 넘치듯 하느님의

---

*12 이것은 끝이 꼬치꼬치 캐묻고 싶어하는 알렉세이를 놀려서 한 말이다.
*13 1848년 헝가리에서 일어난 혁명의 진압을 돕기 위해 러시아에서 파병했다.

선물*¹⁴이 쏟아져 들어왔어. 에잇, 바르바라년⋯⋯."

"그거면 충분해요, 영감!"

외할아버지는 화가 나서 눈살을 찌푸렸다.

"뭐가 충분하다는 거야? 우리 애들은 실패작이야, 어떤 면으로 보든. 우리의 피땀은 어디로 갔지? 당신과 난 모든 걸 튼튼한 광주리에다 집어넣는다고 생각했지만 하느님은 우리 손에 찢어진 체를 쥐어주셨어⋯⋯."

외할아버지는 마치 불에 덴 것처럼 소리를 지르고 온 방 안을 뛰어다녔다. 그리고 병자처럼 기침을 하면서 자식들을 욕하고 작고 앙상한 주먹으로 외할머니를 위협했다.

"모두 당신이 그 날강도 같은 애들을 떠받들었기 때문이야. 그 도둑놈들을, 이 물렁한 할망구가! 이 마귀할멈아!"

괴로운 기억으로 흥분하여 마침내 눈물어린 탄식이 솟구치자, 외할아버지는 구석에 있는 성상 앞에 나아가 앙상하고 텅 빈 소리가 울리는 가슴을 힘껏 쳤다.

"하느님, 내가 다른 사람들보다 죄를 많이 지었습니까? 무엇 때문에?"

외할아버지는 눈물로 범벅이 된 눈을 분개와 증오로 번뜩이면서 온 몸을 부들부들 떨었다.

어둠 속에 앉아 있던 외할머니는 조용히 성호를 그었다. 그리고 조심스럽게 외할아버지에게 다가가서 달랬다.

"왜 그렇게 괴로워하시우? 자신이 무엇을 하고 있는지 하느님은 다 알아요. 다른 집 자식들이라고 뭐 다를 거 있나요? 영감, 어느 집이나 매일반이랍니다. 싸움질, 말다툼, 멱살잡이가 그들의 일상이에요. 모든 부모들이 눈물로 자기 죄를 씻어내고 있어요, 당신만 그런 게 아니라."

---

*14 고리키의 외할아버지 바실리 카시린은 1830년부터 염색업을 시작하여 40년대에 전성기를 거치면서 55년 동직조합 장로에 선출되었고, 9년 동안 그 자리를 지켰다. 전성기에는 시의 중심가와 또 다른 곳에 공장을 두고 집도 몇 채나 있었을 만큼 부유하게 살면서 자식들에게는 귀족 출신 배우자를 짝지어 주려고 했다. 사실 두 아들의 첫 번째 아내들은 모두 귀족출신이었다. 그러나 그 무렵부터 점차 발흥하기 시작한 방직공업이 당연히 수공업적인 염색업을 압박하여, 카시린의 가업은 점점 기울어졌다. 게다가 유복하게 자라 호의호식에 익숙한 아들들은 아버지를 도와 가업에 힘쓸 생각은 하지 않고 점차 줄어드는 재산만 탐내면서 형제끼리 증오했다.

이따금 이런 호소가 외할아버지를 진정시켰다. 외할아버지는 말없이 지친 듯 침대에 쓰러졌다. 그러면 나와 외할머니는 조용히 우리 다락방으로 돌아왔다.

그러던 어느 날, 외할머니가 상냥하게 말을 걸면서 외할아버지 곁으로 다가가자, 외할아버지가 몸을 홱 돌려 외할머니의 얼굴을 주먹으로 소리가 날 정도로 세게 때렸다. 외할머니는 비틀거리며 한 손으로 입술을 누른 채, 몸을 휘청거리다가 똑바로 지탱하고 서서 나지막한 목소리로 차분하게 말했다.

"에이, 못난 사람……."

그리고 외할아버지의 발밑에 피를 내뱉었다. 하지만 외할아버지는 두 팔을 쳐들고는 두 번 길게 소리를 질러댔다.

"안 꺼지면 죽여버릴 거야!"

"못난 사람."

외할머니는 밖으로 나가면서 되뇌었다. 외할아버지가 외할머니를 잡으러 달려들었지만 외할머니는 서두르지 않고 문턱을 나서며 외할아버지의 코앞에서 문을 쾅 닫았다.

"늙은 호박 같은 년."

문설주를 붙잡고 손가락으로 문설주를 할퀴면서 이글거리는 석탄처럼 얼굴이 벌겋게 달아오른 외할아버지가 씩씩거렸다.

난로 위 선반에 앉아 있던 나는 살아 있는 심정이 아니었다. 방금 내가 본 것을 믿을 수가 없는 일이었다. 외할아버지는 처음으로 내 앞에서 외할머니를 때렸다. 그건 가슴을 짓누를 정도로 혐오스럽고 비열한 짓이었다. 외할아버지 속에 있는 어떤 새로운 모습—그것과는 결코 화합할 수 없는, 나를 굴욕적으로 억압하는 모습을 폭로한 것이다. 하지만 외할아버지는 문설주를 붙잡은 채 여전히 거기에 서 있었다. 마치 재를 덮어쓴 것처럼 허옇게 오그라들어 있었다. 그러더니 갑자기 방 한가운데로 걸어가서 무릎을 꿇었다. 그리고 그 자세를 유지하지 못하고 앞으로 넘어지면서 한 손을 마룻바닥에 짚었다. 그러나 곧 몸을 다시 똑바로 하고 두 손으로 자기 가슴을 때렸다.

"오, 하느님……."

나는 얼음 위를 걷듯이 조심스럽게 난로 위 선반의 따뜻한 타일에서 내려와 뛰어나갔다. 위층에서는 외할머니가 방 안을 왔다 갔다 하면서 입안을 헹구고 있었다.

"외할머니, 아파?"

외할머니는 구석으로 가서 구정물 통에 물을 뱉고 차분하게 대답했다.

"괜찮다. 이빨은 온전하고 입술이 터졌을 뿐이야."

"외할아버지가 왜 그랬어?"

창문에서 거리를 내다본 뒤 외할머니가 말했다.

"화가 나신 게지. 괴로워서 그래, 늙은 그 양반에게는. 모든 일이 마음대로 되지 않아서……넌 주님과 함께 잠자리에 들고 이런 일에 대해선 더 이상 생각하지 마라."

나는 외할머니에게 무언가에 대해 더 물었지만 외할머니는 평소와는 달리 엄한 목소리로 소리쳤다.

"내가 자라고 말했잖니? 이렇게 말을 안 들어서야 어디……."

외할머니는 창가에 앉아 입술을 빨며 자주 손수건에 침을 뱉었다. 옷을 벗으면서 나는 외할머니를 쳐다보았다. 외할머니의 까만 머리 위에 있는 파란 네모난 창문 속에서 별들이 반짝거렸다. 거리는 조용하고 방 안은 캄캄했다.

내가 자리에 누웠을 때 외할머니가 다가와 조용히 내 머리를 다독거리면서 말했다.

"안심하고 자거라. 난 할아버지에게 갔다 와야겠다. 이 할미를 너무 불쌍해 하지 말고, 요 귀염둥이 녀석아. 나 역시 잘못이 있으니까…… 자거라!"

내게 입을 맞춘 뒤, 외할머니는 나갔다. 나는 참을 수 없이 슬퍼졌다. 나는 널찍하고 부드럽고 따스한 침대에서 뛰어내려 창문으로 다가갔다. 텅 빈 거리를 내려다보면서 견딜 수 없는 슬픔 속에서 몸이 굳어짐을 느꼈다.

6

다시 악몽 같은 일이 시작되었다. 어느 날 저녁, 차를 마시고 나서 외할아버지와 나는 앉아서 시련을 읽고 있었고 외할머니는 그릇을 닦기 시작했다. 그때 야코프 외삼촌이 여느 때처럼 헝클어진 머리에 닳아빠진 빗자루 같은 모습으로 방에 불쑥 들어섰다. 인사도 없이 모자를 구석에 아무렇게나 집어던진 뒤, 외삼촌은 몸을 흔들고 두 손을 내저으면서 빠른 목소리로 말하기 시작했다.

"아버지, 미시카가 완전히 미친 듯이 날뛰고 있어요. 우리 집에서 점심을 먹고 실컷 퍼마시더니 추악한 광기를 드러내기 시작했어요. 그릇을 깨고 납품할 준비가 다된 모직 옷을 갈기갈기 찢고 유리창을 깨부수고, 나와 그리고리에게 욕설을 퍼붓는 거예요. 지금 '아버지 턱수염을 뽑아버리고 죽여버릴 거야'라고 씩씩대면서 이리로 오고 있어요! 조심하세요……."

외할아버지는 테이블에 손을 짚으면서 천천히 일어섰다. 외할아버지의 얼굴이 주름투성이가 되어 코언저리에 모였고 얼굴은 영락없는 도끼처럼 무시무시해졌다.

"들었지, 할멈?" 외할아버지가 칼날이 선 목소리로 외쳤다. "뭐? 아버지를 죽이러 온다고, 내가 낳은 아들놈이! 그래 때가 왔다! 지금이야말로 자식들이……."

외할아버지는 어깨를 움직여 뭉친 근육을 풀면서 방 안을 이리저리 왔다갔다 하더니 문으로 다가가 묵직한 빗장을 거칠게 찔러 넣고는 야코프 외삼촌에게 몸을 돌렸다.

"넌 아직도 바르바라의 결혼지참금을 가로채고 싶냐? 옜다, 여기 있다!"

외할아버지는 외삼촌의 코밑에 검지와 중지 사이에 엄지손가락을 끼워서 들이댔다. 외삼촌은 그런 모욕적인 태도에 껑충 뒤로 물러났다.

"아버지, 내가 뭘 탐낸다고 그래요?"

"네가? 난 널 알고 있어, 너를!"

외할머니는 말 없이 서둘러 찻잔을 찬장으로 치웠다.

"난 아버지를 보호하러 왔는데……."

"그래?" 외할아버지는 비웃듯이 소리쳤다. "좋구나! 고맙다, 아들아! 할멈, 이 여우의 손에 뭐든 쥐어줘. 부지깽이도 좋고 인두도 좋아! 그리고 너, 야코프 바실리예프, 네 형이 문을 부수고 들어오는 즉시 그 놈에게도 하나 줘라. 내가 머리를 대 줄 테니!"

외삼촌은 주머니에 손을 찔러 넣고 구석으로 물러났다.

"아버지가 날 못 믿는다면……."

"내가 널 믿어?" 외할아버지는 한쪽 발을 쾅쾅 구르며 꽥 소리쳤다. "차라리 짐승을 믿겠다. 개든 고양이든, 너만 빼고! 난 알아, 네가 형에게 술을 퍼먹였겠지, 네가 그렇게 꼬드긴 거 아니냐! 자, 이제 때려봐라! 형이든 나든 골라잡아 때려봐."

외할머니는 소곤소곤 내게 속삭였다.

"위층으로 달려가서 창밖을 내다봐라. 미하일 외삼촌이 거리에 나타나면 얼른 와서 말해줘! 어서 가, 빨리."

나는 위층으로 올라갔다. 포악한 외삼촌이 나타난다니 약간 두려웠지만, 내게 맡겨진 임무가 자랑스러워 창밖으로 몸을 쑥 내밀고 길거리를 살펴보았다. 넓은 길은 두꺼운 먼지가 더께처럼 덮여 있고, 흙먼지 속에서 커다란 조약돌들이 혹처럼 불쑥불쑥 튀어나와 있었다. 길은 왼쪽으로 멀리 뻗어 골짜기를 가로지른 다음 오스트로지나야 광장으로 이어져 있었다. 광장에는 네 모퉁이에 탑이 있는 오래된 잿빛 감옥 건물이 점토질 지면에 서 있었다. 그 건물에는 슬프고 아름다운, 뭔가 위압하는 것이 있었다. 오른쪽에는 우리 집에서 세 집 건너 센나야 광장이 노란 포로수용소 건물과 납빛 소방망루로 둘러싸여 넓게 펼쳐져 있었다. 소방망루 꼭대기 주변을 경비원이 사슬에 매인 개처럼 빙빙 돌았다. 광장 곳곳에 도랑이 있고, 어떤 도랑 밑바닥에는 초록빛이 도는 액체가 고여 있었다. 좀 더 오른쪽에는 물이 썩은 주코프 연못이 있었는데, 외할머니 얘기에 따르면 외삼촌들이 겨울에 우리 아버지를 깨진 얼음 사이로 밀어 넣었다는 그 못이었다. 창문과 거의 마주보는 곳에 잡다한 작은 집들이 빼곡하게 늘어서 있는 골목이 있고, 그 골목길은 땅딸막하고 불룩한 '세 성자들'의 교회가 있는 곳에서 끝났다. 똑바로 앞을 보면 마치 푸른 정원의 물결 속에 뒤집혀 있는 배 같은 지붕들이 보였다.

우리가 사는 거리에는 오랜 겨울의 눈보라에 닳고 끝없는 가을비에 씻겨 칠이 벗겨진 집들이 먼지를 뒤집어쓴 채, 교회 현관 앞에 서있는 거지처럼 서로 달라붙어서, 나처럼 미심쩍은 듯이 망을 보며 누군가를 기다리고 있었다. 얼마 안 되는 통행인들은 생각에 잠겨 난로 앞을 기어 다니는 바퀴벌레처럼 서두르지 않고 움직이고 있었다. 숨이 막힐 듯한 더운 공기가 내 쪽으로 피어올랐다. 내가 싫어하는, 파란 파와 당근을 넣은 파이 냄새가 코를 찔렀다. 그 냄새는 언제나 내 마음을 우울하게 만들었다.

외로웠다. 뭔가 특별한, 거의 견딜 수 없는 외로움이었다. 가슴은 걸쭉하고 따뜻한 납으로 가득 차, 그것이 안에서부터 나를 압박하여 가슴과 늑골이 터질 것만 같았다. 가죽부대처럼 자신이 부풀어 오르는 것 같고 관을 닮은 천장 아래 작은 방은 답답했다.

마침내 미하일 외삼촌이 보였다. 외삼촌은 회색 집이 있는 골목길에서 나타났다. 챙 달린 모자를 귀 위에 쓰고 있어 커다란 귀가 삐죽이 나와 있었다. 외삼촌은 적갈색 상의를 걸치고 무릎까지 올라오는 먼지투성이 장화를 신고, 한 손은 체크무늬 바지 주머니에 찔러 넣고 한 손은 턱수염을 쥐고 있었다. 얼굴은 보이지 않았지만, 외삼촌은 거리를 껑충 가로질러 까만 털북숭이 손으로 외할아버지네 집 문을 움켜잡으려는 듯한 모습으로 서 있었다. 외삼촌이 도착했다고 말하러 아래층으로 달려가야 했지만 창문을 떠나지 못한 채, 외삼촌이 자기의 회색 장화에 먼지가 묻을까봐 조심스럽게 길을 건너는 모습을 보고, 또 그가 선술집 문을 여는 것을, 그러자 문이 삐걱거리고 유리창이 떠는 소리를 들었다.

나는 아래층으로 뛰어 내려가 외할아버지의 방문을 두들겼다.

"누구냐?" 문을 열지도 않고 외할아버지가 거친 말투로 물었다. "너냐? 그래? 선술집에 들어갔다고? 됐다. 위층으로 가!"

"거긴 무서운데……."

"잠시 참아!"

다시 나는 창밖으로 몸을 내밀었다. 점점 어두워지고 있었다. 거리의 먼지는 부풀어 올라 더욱 깊고 더욱 검어졌다. 집집마다 창문에는 노란 불빛이 점점이 기름처럼 흐르고 있었다. 맞은편 집에서는 음악이 흘러나왔다. 여러 개의 현이 능숙하게 구슬픈 소리를 내고 있었다. 선술집에서도 노랫소리가 들렸다. 문이 열리더니 피곤에 지친 깨진 듯한 목소리가 거리로 흘러나왔다. 난 그것이 애꾸눈 거지 니키투시카의 목소리라는 걸 알고 있었다. 턱수염을 기른 노인으로, 오른쪽 눈이 있어야 할 자리에는 붉은 숯불 같은 것이 있고, 왼쪽 눈은 완전히 닫혀 있었다. 문이 쾅 닫히자 그의 노랫소리는 도끼로 자른 듯이 끊어지고 말았다.

외할머니는 거지를 부러워했다. 거지의 노래가 들려오면 외할머니는 한숨을 쉬면서 말했다.

"저 사람은 복도 많지. 저렇게 많은 시를 알고 있다니! 복도 많아!"

이따금씩 외할머니는 그를 마당으로 불러들였다. 그는 현관 계단에 앉아 지팡이에 몸을 기댄 채 노래도 부르고 얘기도 들려주었다. 외할머니는 그와 나란히 앉아 얘기를 나누고 묻기도 했다.

"잠깐, 성모님이 랴잔에도 계셨다고?"

그러면 거지는 낮고 확신에 찬 목소리로 말했다.

"성모님은 어디에나, 모든 주(州)마다 계셨지요."

잠이 쏟아지는 피로가 거리 위를 눈에 보이지 않게 흘러와 가슴과 눈을 압박하고 짓눌렀다. 외할머니가 온다면 얼마나 좋을까! 아니면 외할아버지라도. 나의 아버지는 어떤 사람이었을까? 외할아버지와 외삼촌들은 왜 아버지를 싫어했을까? 그런데 외할머니와 그리고리, 그리고 보모 예브게냐는 왜 아버지에 대해 좋게 말하는 걸까? 그리고 엄마는 어디에 있을까?

나는 외할머니가 들려준 모든 옛날얘기와 실화의 중심에 엄마를 놓고 늘 엄마에 대해 생각했다. 엄마가 가족과 함께 살고 싶어 하지 않는다는 사실이 내 공상 속에서 엄마를 점점 더 높이 떠오르게 했다. 내 생각에 엄마는 부자 여행객들을 강탈하여 노획물을 가난한 사람들에게 나눠주는 의적들과 함께 큰 길가 여인숙에서 살고 있는 것 같았다. 어쩌면 숲 속 동굴에서, 물론 그런 곳에서도 선량한 도둑들과 함께 살면서 그들을 위해 요리도 하고 약탈한 황금을 지키고 있을지도 모른다. 그렇지 않으면 '공작부인' 엔갈리체프가 성모님과 함께 걸었던 것처럼 지상의 보물을 세면서 이 지상을 걸어 다니고 있을지도 모른다. 그리고 성모님은 '공작부인'을 타일렀듯이 내 엄마를 타이르는 것이다.

—지상의 금과 은을 모두 모으는 것은
　　네가 할 수 있는 일이 아니다.
　　이 탐욕스런 노예여.

　　지상의 모든 보물로
　　네 알몸을 가릴 수는 없으리라.
　　굶주린 영혼이여…….

그러면 엄마는 강도인 '공작부인'의 말투로 대답하겠지.

　　—용서해주소서, 성스러운 어머니여.
　　이 죄 많은 영혼을 불쌍히 여기소서.
　　제 자신을 위해 약탈한 것이 아니고,
　　제 외아들을 위해서랍니다!…….

　그러면 외할머니처럼 선하신 성모님은 엄마를 용서하고 이렇게 말할 것이다.

　　오, 너 바류시카, 타타르의 혈족,
　　오, 너 그리스도 교도의 재앙이자 악이여!
　　자, 이제 너의 길을 가거라—
　　너의 길, 너의 눈물의 길을 가거라!
　　러시아 사람일랑 건드리지 말고
　　숲을 뒤져 모르도바인을 감시하고,
　　들판을 뒤져 칼미크인을 몰아내라!

　이런 옛날 얘기를 떠올리면서 꿈에 취해 있는데, 아래층 마당 입구에서 들려오는 발소리, 술렁이는 기색, 고함소리가 나를 깨웠다. 창밖으로 몸을 내밀자 외할아버지, 야코프 외삼촌, 술집에서 일하고 있는 익살맞은 체레미스인 멜리안이 미하일 외삼촌을 조그만 문에서 길거리로 끌어내고 있는 것이 보였다.

저항하는 미하일 외삼촌의 팔과 등과 목을 때리고 발로 걸어차서 끝내 그는 거리의 먼지 속에 곤두박질쳐졌다. 문이 쾅 닫히고 걸쇠와 자물쇠를 채우는 소리가 덜거덕거리며 울렸다. 찌그러진 모자가 문 밖으로 내던져졌다. 그리고 모든 게 조용해졌다.

외삼촌은 잠시 누워 있다가 몸을 일으켰다. 옷이 온통 찢기고 머리가 엉망으로 헝클어진 외삼촌은 돌멩이를 하나 집어 들어 문을 향해 던졌다. 마치 술통 바닥을 때리는 듯한 울림 좋은 소리가 울려 퍼졌다. 술집에서 어두운 사람 그림자가 기어 나와 고함을 지르고 으르렁거리며 팔을 휘둘러댔다. 집집마다 창문에서 사람들이 머리를 쑥쑥 내밀었다. 거리는 다시 웃음소리와 고함소리로 활기를 띠기 시작했다. 이 모든 일도 옛날이야기처럼 호기심을 불러일으켰지만 불쾌하고 무서웠다.

그러다가 갑자기 모든 것이 지워지고 모든 것이 침묵 속에 사라져버렸다.

……할머니는 문지방 옆 궤짝 위에 몸을 구부린 채, 움직이지도 않고 숨도 쉬지 않고 앉아 있었다. 나는 외할머니 앞에 서서 외할머니의 따뜻하고 부드럽게 젖은 뺨을 어루만졌다. 하지만 외할머니는 그것도 느끼지 못하는 것처럼 음울하게 중얼거렸다.

"주님, 주님에겐 저와 제 자식들에게 주실 선한 지혜가 부족하신 건지요? 주여, 도와주소서……."

폴레보이 거리의 그 집에서 외할아버지가 살았던 것은 봄부터 이듬해 봄까지 일 년 남짓이던 것 같다. 하지만 그 일 년 동안 그 집은 놀라운 명성을 얻었다. 거의 일요일마다 꼬마들이 우리 집 대문으로 몰려와서 거리에다 대고 신이 나서 외쳐대는 것이었다.

"카시린네 집에서 또 싸움이 벌어졌대요!"

보통 미하일 외삼촌은 저녁에 나타나 집으로 쳐들어와서 집안 식구들을 공포 속에 몰아넣었다. 이따금 두세 명의 조수들이 외삼촌과 함께 왔는데 그들은 못 말리는 쿠나비나*1 사람들이었다. 그들은 골짜기에서 뜰에 숨어들어 딸기나무와 까막까치밥나무 덤불을 잡아 뽑고는 거기서 술 취한 객기를 마음껏

---

*1 니주니 노브고로드의 빈민가.

발산하는 것이었다. 그들은 이따금 목욕탕에서 선반, 벤치, 물통 같은 부술 수 있는 것은 모조리 박살내고 돌아갔다. 그리고 화덕을 흔적도 없이 깨부수고 마루청 몇 개와 문과 창틀도 뜯어냈다.

외할아버지는 음울하게 말없이 창가에 서서 그들이 가재도구를 박살내는 소리에 귀를 기울였다. 외할머니는 마당을 이리저리 서성거리다가 어둠 속에 모습은 보이지 않은 채 애원하듯 불렀다.

"미샤, 이게 무슨 짓이냐, 미샤!"

뜰에서 외할머니에게 돌아오는 대답은 백치처럼 더러운 러시아식 욕지거리였다. 그 욕설의 의미는 틀림없이 그것을 내뱉는 동물들도 도저히 이해할 수 없었을 것이다.

그런 때는 외할머니를 도저히 따라붙을 수가 없었는데 나는 외할머니가 없으면 무서웠다. 그래서 외할아버지 방으로 내려갔지만, 외할아버지는 씩씩거리며 나에게 소리쳤다.

"저리 꺼져, 우—우라질 놈의 새끼!"

나는 다락방으로 달려가 거기서 채광창을 통해 외할머니를 시야에서 놓치지 않으려고 애쓰면서 뜰과 마당의 어둠을 응시했다. 그들이 외할머니를 죽일까봐 겁이 난 나는 소리쳐 외할머니를 불러댔다. 외할머니 대신, 내 목소리를 들은 술 취한 외삼촌이 엄마에 대해 야만적이고 추잡스러운 욕설을 퍼부어 댔다.

그러던 어느 날 저녁, 외할아버지가 몸이 아파 침대에 누워, 수건으로 동여맨 머리를 베개 위에서 이리저리 굴리면서 울부짖듯이 탄식했다.

"이봐, 할멈. 내가 뭘 위해 살아왔고, 뭘 위해 이렇게 죄를 짓고 재산을 모은 거지? 수치와 소문만 아니면 경찰을 부를 텐데 말이야, 내일이라도 당장 지사에게…… 창피스러워서 원! 그래도 애비가 되어 어떻게 자식들을 경찰에 넘길 수가 있겠어! 그러니까 늙은 건 찍소리 말고 잠이나 처자야 하는 거겠지?"

외할아버지는 갑자기 침대에서 발을 내리더니 휘청거리면서 창가로 갔다. 외할머니가 외할아버지의 팔을 붙잡았다.

"어딜 가려고 그래요, 영감?"

"불을 켜!"

숨을 헐떡거리던 외할아버지는 요란하게 숨을 들이마시면서 지시했다.

외할머니가 촛불을 켜자 외할아버지는 양손으로 촛대를 잡고 병사가 총을 받치듯이 촛대를 앞으로 들어올리며 조롱하는 목소리로 창문을 향해 커다랗게 소리쳤다.

"야, 미시카, 이 밤도둑놈. 이 더러운 미친 사냥개야!"

곧 위쪽 유리창이 박살나면서 외할머니 근처에 있던 테이블 위에 벽돌 조각이 떨어졌다.

"빗나갔다—!"

외할아버지는 으르렁거리며 소리쳤는데 우는 건지 웃는 건지 분간할 수가 없었다.

외할머니는 마치 나에게 하듯이 두 팔로 외할아버지를 안고 침대로 데려가면서 놀란 목소리로 중얼거렸다.

"어쩌시려고 그래요 영감, 제발! 영감이 경찰에 가면 저 앤 시베리아행이에요. 저렇게 앞뒤 분간 못하고 미쳐 날뛰는 놈이 시베리아가 어떤 곳인지 알기나 할 것 같아요?"

외할아버지는 발버둥을 치면서 갈라진 목소리로 말했다.

"죽어 버리라지!"

그리고 꺼이꺼이 소리 지르며 통곡했다.

창 밖에서는 고함치고 발을 구르고 벽을 긁는 소리가 났다. 나는 테이블에서 벽돌을 집어 들고 창가로 달려갔다. 외할머니가 재빨리 나를 붙잡아 구석으로 밀어놓고는 씩씩거리며 꾸짖었다.

"이 바보 녀석."

또 한 번은 굵은 각목으로 무장한 외삼촌이 마당에서 현관으로 억지로 밀고 들어오려고 캄캄한 현관 계단에 서서 문을 부수고 있었다. 문 안쪽에서는 손에 지팡이를 든 외할아버지와 곤봉을 든 셋방 사는 사람 두 명, 그리고 홍두깨를 든 선술집의 키 큰 안주인이 버티고 서 있었다. 외할머니가 그들 뒤에서 서성거리며 애원했다.

"날 저 애한테 보내줘요, 할 말이 있어요……."

외할아버지는 '곰 사냥'이라는 그림에 나오는 창을 든 농군처럼 한쪽 다리를 앞으로 내밀고 서 있었다. 외할머니가 다가가자 외할아버지는 팔꿈치와 다리로 외할머니를 밀쳐냈다. 네 사람 모두 만반의 준비를 한 채 서 있었다. 벽에 걸린 램프가 경련하는 듯한 불길한 빛으로 그들의 머리를 비추고 있었다. 나는 그 모든 광경을 다락방 계단에서 보고 있었다. 나는 외할머니를 위층으로 데려오고 싶었다.

외삼촌이 난폭하게 문을 때려 부수고 있었다. 상단 돌쩌귀에서 문이 곧 떨어질 듯이 앞뒤로 흔들거렸다. 하단 돌쩌귀는 이미 떨어져 나가 귀에 거슬리게 삐걱거렸다. 외할아버지도 약간 삐걱거리는 듯한 목소리로 자기편 전우들에게 말했다.

"팔과 다리를 쳐. 골통을 때리면 안 돼."

벽에는 문과 나란히, 겨우 머리를 내밀 수 있는 작은 창문이 하나 있었다. 외삼촌은 이미 창문 유리를 박살내어, 파편이 듬성듬성 남은 유리창은 마치 눈알이 빠진 눈처럼 시커멨다.

외할머니는 그 유리창으로 달려가 한 손을 마당 쪽으로 내밀고 흔들어대며 소리치기 시작했다.

"미샤, 제발 달아나! 넌 병신이 되고 말거야, 어서 달아나!"

외삼촌은 각목으로 외할머니의 손을 내리쳤다. 창문 옆으로 무언가 널따란 것이 미끄러져 외할머니의 팔 위에 떨어지는 것이 보였다. 이어서 외할머니는 푹 주저앉고 말았는데, 그러면서도 소리치고 있었다.

"미샤, 달아나……."

그러고는 벌렁 드러누웠다.

"아니, 할멈!"

외할아버지가 무서운 목소리로 울부짖었다.

문이 활짝 열렸고, 검은 구멍으로 외삼촌이 뛰어들더니 곧바로 삽으로 흙을 떠내듯이 현관으로 내던져졌다.

선술집 안주인이 외할머니를 외할아버지 방으로 데려갔다. 곧 외할아버지도 거기에 나타나 신경질적으로 외할머니에게 다가갔다.

"뼈는 괜찮아?"

"아, 아무래도 부러진 것 같아요." 외할머니는 눈을 감은 채 말했다. "그 아인 어떻게 됐어요, 그 아인?"

"진정해!" 외할아버지가 엄숙하게 말했다. "내가 짐승인 줄 알아? 묶인 채 헛간에 누워 있어. 내가 그놈에게 물을 끼얹었었지…… 에잇, 나쁜 자식! 도대체 누굴 닮아 저 모양인지."

외할머니가 신음했다.

"접골사를 부르러 보냈어. 잠깐 참아!"

외할아버지는 침대에 누운 외할머니에게 가까이 다가가 앉으면서 말했다.

"할멈, 저놈들은 우리를 피말려 죽일 거야, 제 명이 다하기 전에 말이야!"

"그 아이들에게 모든 걸 줘버려요."

"그럼 바르바라는?"

두 분은 오랫동안 이야기를 나눴다. 외할머니는 조용히 애원하듯이, 외할아버지는 시끄럽게 화난 목소리로……

그때 조그만 곱사등이에 귀까지 찢어졌을 정도로 입이 큰 노파가 찾아왔다. 노파의 아래턱이 바들바들 떨리고, 입은 물고기처럼 열려 있었다. 그 입을 뾰족한 코가 윗입술 너머로 들여다보고 있었다. 노파는 눈이 보이지 않았다. 뭔가 딸랑딸랑 소리가 나는 보따리를 들고, 지팡이를 마룻바닥 위에 끌면서 겨우 걸음을 옮겼다.

나는 외할머니를 데리러 온 '사신'일 거라고 생각했다. 나는 노파 옆으로 뛰어가서 있는 힘을 다해 고함쳤다.

"저리 가!"

외할아버지가 신경질적으로 날 붙잡더니, 아주 거칠게 다락방으로 끌고 갔다.

7

나는 아주 일찍부터 외할아버지와 외할머니가 믿는 신이 서로 다르다는 사실을 알았다.

흔히 이런 일이 자주 있었다―외할머니는 잠에서 깨어나면 침대 위에 앉아서, 감탄스러운 그 머리카락을 오래도록 빗으로 빗었다. 이를 악물고 기다랗게 엮인 탐스러운 까만 비단실 같은 머리채를 전부 풀어헤치고는 내가 깨지 않도록 나지막하게 욕설을 해대곤 했다.

"어휴, 이놈의 골칫덩어리 같으니! 아주 새집을 짓는구나! 이 우라질 놈의 머리……."

간신히 머리를 풀어헤친 뒤 외할머니는 재빨리 두툼하게 땋은 다음 화난 사람처럼 씩씩거리며 서둘러 세수를 했다. 그러고는 잠을 자느라 구겨진 커다란 얼굴에서 성난 기색을 지우지 않은 채 성상 앞에 섰다. 바로 이때가 정식으로 외할머니의 온 몸을 완전히 신선하게 씻어주는 아침 목욕재계가 시작되는 시간이었다.

구부정한 등을 똑바로 펴고 머리를 뒤로 젖힌 다음 카잔의 성모님[1]의 둥근 얼굴을 부드럽게 바라보며 외할머니는 마음을 담아 크게 성호를 긋고는 요란하고 격렬하게 속삭였다.

"은혜로우신 성모여, 오늘도 당신의 은혜를 내려주소서, 어머니시여!"

땅에 닿을 정도로 깊이 절한 다음, 천천히 등을 펴고 다시, 점점 더 열렬하고 감동적인 목소리로 속삭였다.

"기쁨의 원천이시여, 지순하고 아름다운 분이시여, 꽃이 만발한 사과나무시여!"

외할머니는 거의 매일 새로운 찬양의 말을 찾아냈다. 그것은 나로 하여금

_____
[1] 기적을 베푸는 성모들 가운데 한 분.

외할머니의 기도를 열심히 주의하여 경청하게 만들었다.

"나의 순결한 하늘의 심장이시여! 나의 피난처이자 보호자시여, 황금빛 태양이시여. 하느님의 어머니시여. 우리를 악의 유혹에서 보호하여 누구에게도 해를 끼치지 않게 하시고 이유 없이 해를 당하지도 않게 하옵소서!"

까만 두 눈에 미소를 머금고 더욱더 젊어진 것처럼 보이는 외할머니는 무거운 손을 천천히 움직여 다시 성호를 그었다.

"하느님의 독생자 예수 그리스도여, 당신의 어머님을 봐서라도 이 죄 많은 여인에게 은총을 베푸소서."

외할머니의 기도는 언제나 성모의 찬미가였다. 성실하고 소박한 찬양이었다.

외할머니는 아침에는 기도를 짧게 했다. 차를 끓여야 했기 때문이다. 외할아버지는 이제 하녀도 두지 않았다. 만일 외할머니가 제 시간에 차를 준비하지 못하면, 외할아버지는 오랫동안 화가 나서 욕설을 퍼부었다.

이따금 외할머니보다 더 일찍 일어난 외할아버지가 다락방으로 올라오는 일이 있었다. 그리고 기도하고 있는 외할머니를 보면, 얇고 거무스름한 입술을 경멸하듯이 일그러뜨리며 잠시 외할머니의 속삭임에 귀를 기울였다. 그러고는 나중에 차를 마시면서 투덜투덜 말했다.

"이 멍텅구리 할망구야, 기도하는 법을 그렇게 가르쳐주었는데 아직도 제멋대로 중얼거리냐, 이 이교도 같으니! 하느님도 잠자코 들어주지 못할 거야!"

"하느님은 이해하실 거예요." 외할머니는 확신에 차서 대답했다. "하느님은 무슨 말을 해도 다 들어 주시니까요."

"이런 저주받을 추바시*2 같으니!"

외할머니의 하느님은 하루 종일 외할머니와 함께 있었다. 외할머니는 동물들에게까지 하느님에 대해 이야기했다. 이 하느님에게는 모든 것이—사람도 개도 새도 벌도 풀도, 모든 것이 쉽사리 순순히 복종하고 있고, 그 하느님이 지상 모든 것에 대해 똑같이 선량하고 똑같이 친근한 것은 내가 보기에도 분명한 사실이었다.

한번은 선술집 안주인의 버릇없는 고양이가 뜰에서 찌르레기 한 마리를 질질 끌고 왔다. 단것을 좋아하는 교활한 아첨꾼으로, 안개빛 털과 황금빛 눈을

---

*2 볼가 강 중류에 있는 추바시 자치공화국에 사는 터키계 불가리아 사람. 이들은 대체로 이교도들이었다.

가진 이 고양이는 안마당 모든 사람들의 귀여움을 독차지했다. 외할머니는 이 고통당하는 새를 빼앗고는 고양이를 꾸짖기 시작했다.

"넌 하느님도 두렵지 않느냐, 이 비열한 악당 같으니!"

선술집 안주인과 뜰지기가 이 말에 웃음을 터뜨리자 외할머니는 분개하면서 그들을 향해 소리치기 시작했다.

"짐승들은 하느님을 모를 거라고들 생각해요? 생명 있는 모든 것들은 당신들만큼 하느님을 알고 있다고요. 인정머리 없는 사람들 같으니."

기름살이 올라 통통해진 샤라프가 풀이 죽어 있으면 마차를 연결하면서 샤라프와 얘기를 나눴다.

"왜 이리 맥이 빠졌지, 하느님의 일꾼이? 응? 너도 늙어가는구나."

말은 머리를 흔들며 한숨을 토해냈다.

하지만 외할머니는 하느님의 이름을 외할아버지만큼 자주 입에 올리지는 않았다. 외할머니의 하느님은 나도 이해할 수 있고 무섭지 않았지만, 그 하느님 앞에서는 거짓말을 할 수가 없었다—부끄러웠다. 외할머니의 하느님은 내 안에 도저히 어찌할 수 없는 수치심만 불러일으켰다. 그래서 난 외할머니에게 절대로 거짓말을 하지 않았다. 이 친절한 하느님에게 무언가를 감추는 것은 절대로 불가능했고, 나 역시 숨기고 싶은 마음이 생기지 않았던 것 같다.

어느 날 외할아버지와 말다툼을 벌인 선술집 안주인이 외할아버지와 싸잡아서 그 싸움에 끼지도 않은 외할머니에게까지 악랄한 욕설을 퍼붓고 심지어 당근을 던지기까지 했다.

"이런, 바보 같은 여편네."

외할머니는 그 여자에게 조용히 말했다. 하지만 나는 몹시 분개하여 그 못된 여자에게 복수하기로 결심했다.

어떻게 하면 이중턱에 눈이 없는 이 빨강머리의 뚱뚱한 여편네를 심하게 곯려줄 수 있을지 나는 오랫동안 궁리했다.

이웃사람들의 싸움을 관찰한 결과, 나는 그들이 고양이 꼬리를 잘라내고 개를 괴롭히고 수탉과 암탉의 목을 조르거나, 밤에 그들의 지하실로 기어들어가 양배추와 오이가 담긴 통에 석유를 붓고, 양동이에서 크바스를 쏟아버림으로써 자신이 모욕을 당한 것에 대해 서로 복수한다는 것을 알았다. 하지만 그것은 하나 같이 내 맘에 들지 않았다. 그런 것보다 훨씬 더 인상적이고 섬뜩한 방법을 찾을 필요가 있었다.

나는 마침내 생각이 떠올랐다. 선술집 안주인이 지하실에 내려갈 때를 기다려, 위에서 뚜껑을 닫고 자물쇠를 채운 다음 그 뚜껑 위에서 복수의 춤을 추다가, 지붕 위로 열쇠를 내던지고는 곧장 할머니가 음식을 준비하고 있는 부엌으로 달려갔다. 외할머니는 내가 기분이 좋은 이유를 금방 눈치채지 못하다가, 나중에 사실을 알고 그 자리에서 나를 찰싹 찰싹 때리더니, 마당으로 끌고 나가 열쇠를 찾으라고 지붕 위로 올려 보냈다. 외할머니의 험악한 태도에 깜짝 놀란 나는 말없이 열쇠를 찾아 되돌려주고는 마당 한 모퉁이로 달아났다. 거기서 나는 외할머니가 감금된 선술집 안주인을 꺼내주고 둘이서 다정하게 웃으며 마당을 따라 걸어오는 모습을 바라보았다.

"두고 보자, 요 녀석……."

선술집 안주인이 통통한 주먹으로 날 위협했지만 눈이 보이지 않는 그녀의 얼굴은 선량하게 웃고 있었다. 외할머니는 내 목덜미를 잡고 부엌으로 데리고 와서 물었다.

"왜 그런 짓을 했지?"

"그 여자가 할머니한테 당근을 던졌잖아……."

"그럼 이 할미 때문에 그런 거야? 그래? 요 골칫덩어리야. 쥐들이 득실대는 난로 밑으로 처박을까보다! 그러면 아마 깨닫는 게 있을 게다! 요 훌륭한 수호자! 고무주머니*3를 조심해라! 내가 외할아버지한테 말하면 외할아버진 아마 네 가죽을 벗겨버릴 거야. 다락방에 가서 책이나 읽어."

외할머니는 온종일 나와 이야기를 하지 않다가 밤에 기도하기 전에 침대에 걸터앉아 다음과 같은 가슴에 사무치는 말을 들려주었다.

"렌카, 요 귀여운 녀석아, 이것만은 명심해라. 어른들 일엔 끼어들지 않는 거야! 어른들은 타락해서 이미 하느님의 심판을 받았지만 넌 아직 아니야. 어린애다운 생각으로 살아야지. 하느님이 네 가슴을 만져보시고, 네가 할 일을 너에게 모두 보여주시고, 네가 가야 할 길로 이끌어주실 때까지 기다려라. 알겠니? 누가 무슨 죄를 지었는가 결정하는 건 네가 할 일이 아니다. 판단하시고 벌을 주시는 건 하느님의 일이야. 우리가 할 일이 아니란 말이다!"

---

*3 어린아이를 가리키는 말이기도 하다. 이중의 의미가 있다.

외할머니는 잠시 아무 말 없이 코담배를 조금 들이쉰 뒤 오른쪽 눈을 가늘게 뜨면서 이렇게 덧붙였다.

"하지만 하느님도 누가 잘못을 저질렀는지 모두 다 아시는 건 아니란다."

"하느님도 모르는 게 있어?"

내가 깜짝 놀라서 묻자 외할머니는 조용하면서도 슬픈 목소리로 대답했다.

"생각해봐라. 하느님이 모든 걸 아신다면 사람들이 그렇게 나쁜 짓을 많이 하진 않을 거야. 하느님은 아마 하늘에서 지상에 있는 우리 모두를 바라보고 계시다가 어떤 때는 갑자기 눈물을 흘리거나 소리를 지르며 흐느끼실 게다. '인간들아, 내가 사랑하는 인간들아! 오, 정말이지 너희들에게 미안하구나!'"

외할머니도 울음을 터뜨렸다. 그리고 젖은 뺨을 닦지도 않은 채 기도하러 구석으로 발걸음을 옮겼다.

이때부터 외할머니의 하느님은 나와 더욱 친근해졌고 더 잘 이해할 수 있게 되었다. 외할아버지도 나를 가르치면서, 하느님은 어디에나 계시고 모든 걸 이끌어주고 모든 걸 보고 있는 존재이며, 무슨 일에나 사람들을 도와주시는 선량한 분이라고 말했다. 하지만 외할머니처럼 기도하지는 않았다.

아침에 구석에 있는 성상 앞에 서기 전 외할아버지는 오랫동안 세수를 했다. 그리고 옷을 단정하게 입고는 붉은 머리를 정성들여 빗은 뒤 턱수염을 가다듬고, 거울 속에 비친 자기 모습을 보면서 셔츠를 팽팽하게 당기고는 조끼 속 까만 삼각 넥타이를 매만지고 나서 조심스럽게 마치 몰래 숨어들듯이 성상으로 걸어갔다. 외할아버지는 언제나 마루청 위 말의 눈알처럼 보이는 옹이 위에 멈춰서서, 군인처럼 팔을 옆구리에 착 내려뻗은 채 고개를 숙이고 1분 동안 말없이 서 있었다. 그런 다음 꼿꼿하고 깡마른 외할아버지는 위엄에 찬 목소리로 말했다.

"성부와 성자와 성신의 이름으로!"

그러면 방 안에 정적과 고요가 찾아와 파리조차 조심스럽게 윙윙대는 듯했다.

외할아버지는 고개를 쭉 빼고 서 있었다. 눈썹은 위로 치켜 올라가 곤두서고 금빛 턱수염은 수평으로 뻗어 있었다. 그는 또렷하게, 마치 숙제에 답하듯이 기도문을 외었다. 그 목소리는 단호하게 요구하는 것처럼 들렸다.

"갑자기 심판자가 찾아오면 모든 이의 행동이 드러나리라." 외할아버지는 주먹으로 자기 가슴을 가볍게 치면서 끈질기게 애원했다. "유일신이신 당신께 죄를 지었으니 저의 죄로부터 당신의 얼굴을 돌리소서."

단어 하나하나를 금속으로 찍어내듯이 발음하면서 '기도서'를 읽었다. 오른발은 기도에 박자를 맞춰 발을 구르듯이 소리 없이 떨리고 있었다. 열심히 성상 쪽으로 뻗어 있는 온몸이 점점 위로 늘어나면서, 단정하게 차려 입고 하나하나 자세하게 열심히 요구하는 외할아버지가 점점 가늘어지는 듯이 보였다.

"위대한 치유자(성모마리아)를 낳으신 분이여, 제 영혼의 오랜 번뇌를 치유해주소서! 제 가슴의 신음을 끊임없이 당신께 바치오니 자비를 베풀어주소서, 전지전능하신 성모여!"

외할아버지는 초록색 눈에 눈물을 머금고 큰 목소리로 간청했다.

"원하옵건대 저의 믿음으로 행위를 대신하게 하소서. 오, 나의 하느님. 그리고 부디 당신 마음에 들지 않는 일들을 저에게 부과하지 마소서!"

이번에는 몇 번이나 경련하듯 성호를 긋고, 마치 뿔로 들이받듯이 고개를 끄덕거렸다. 그 목소리는 껄끄럽게 갈라져 있었다. 뒷날 이따금 유대교회당에 가게 된 나는 그때 외할아버지가 유대인처럼 기도했다는 사실을 알게 되었다.

아까부터 사모바르는 테이블 위에서 피 피 소리를 내고, 응유를 넣은 두꺼운 호밀빵 냄새가 방 안 가득 퍼져나갔다. 먹고 싶었다! 외할머니는 우울한 기색으로 기둥에 기대서서 마룻바닥을 향해 눈을 내리깔고 한숨을 쉬었다. 밝은 태양이 뜰에서 유리창을 들여다보고, 나무 위에서는 이슬이 진주처럼 반짝거렸다. 아침 공기에서는 회향풀과 건포도와 잘 익은 사과 냄새가 맛있게 풍겼다. 하지만 외할아버지는 그런 것엔 아랑곳하지 않고 여전히 몸을 흔들며 소리를 질러대고 있었다.

"제 탐욕의 불꽃을 꺼주소서, 저는 가난하고 버림받은 자입니다!"

나는 아침기도와 자기 전 밤기도를 전부 외고 있었으므로, 외할아버지가 틀리거나 단어를 빼먹지 않나 보려고 한 마디 한 마디 열심히 들었다.

그런 일은 아주 드물게 일어났는데, 그것은 언제나 내 마음에 남의 실수를 기뻐하는 악의에 찬 감정을 불러일으켰다.

기도를 끝내고 외할아버지는 나와 외할머니에게 말했다.

"잘 잤니?"

우리는 서로 인사를 하고 마침내 식탁에 앉았다. 그때 내가 외할아버지에게 말했다.

"오늘 외할아버진 '충만하게'를 빼먹었어요!"

"그럴 리가 있나?"

외할아버지는 불안하고 의심스럽다는 듯이 말했다.

"빼먹었어요! '모든 것을 대신하여 내 믿음을 충만하게 하소서'라고 해야 하는데 '충만하게'란 말을 하지 않았다고요."

"그래, 잘도 외우고 있구나!"

외할아버지는 겸연쩍은 듯 두 눈을 껌뻑이며 감탄했다.

나중에 외할아버지는 이 지적에 대해 뭔가 호되게 빚을 갚으려고 했지만 나는 한동안 외할아버지가 당혹해하는 모습을 바라보면서 의기양양했다.

한번은 외할머니가 이런 농담을 했다.

"당신 기도를 듣는 건 하느님으로서도 따분한 일일 거유, 영감. 글쎄 당신은 항상 똑같은 기도만 되풀이하고 있잖우."

"뭐—라—고?" 길게 늘인 어미가 험악하게 들렸다. "지금 무슨 소릴 하는 거야!"

"아무리 열심히 들어봐도 당신은 하느님께 진정 마음속에서 우러나오는 말은 한마디도 하지 않더라는 얘기예요!"

외할아버지는 금세 얼굴이 시뻘개져서 부들부들 떨었다. 그러더니 의자에서 벌떡 일어나 외할머니의 머리를 향해 작은 접시를 던졌다. 그리고 옹이를 켜는 톱처럼 날카롭게 소리질렀다.

"꺼져, 이 늙은 마귀할망구야!"

하느님의 무적의 힘에 대해 내게 말해줄 때 외할아버지는 언제나 하느님의 잔인성을 특히 강조했다. 어떤 사람들은 죄를 짓고 물에 빠졌고 어떤 사람들은 죄를 짓고 불에 타 죽었으며 그들이 사는 도시는 파괴되었다는 것이다. 또 하느님은 사람들에게 굶주림과 전염병을 벌로 내렸고, 하느님은 항상 지상의 칼이요 죄인들에게는 채찍이라는 것이었다.

"하느님에게 순종하지 않고 그 법을 어기는 자는 누구든 슬픔과 파멸의 벌을 받게 되리라!"

가느다란 손가락의 뼈마디로 식탁을 톡톡 두드리면서 외할아버지는 그렇게 설득하곤 했다.

나는 하느님의 잔인성을 쉽게 믿기가 어려웠다. 나는 외할아버지가, 하느님이 아니라 외할아버지에 대한 공포를 심어주기 위해 이 모든 걸 일부러 꾸며낸 것이라고 의심했다. 그래서 나는 솔직하게 물었다.

"외할아버지, 그건 내가 외할아버지 말을 잘 따르게 하려고 괜히 그렇게 말하는 거죠?"

외할아버지도 솔직하게 대답했다.

"그래, 물론이다! 네가 만일 복종 안한다면?"

"그럼 외할머니는 어때요?"

"그 늙은 멍텅구리 말은 믿지 마라!" 외할아버지는 단호하게 말했다. "네 할미는 어렸을 때부터 어리석고 무식하고 제 정신이 아니었어. 난 네 할미가 이위대한 문제들에 대해 감히 너와 얘기하지 말라고 명령할 거다! 대답해봐라, 천사들의 등급이 몇 개나 있지?"

나는 대답하고 이렇게 물었다.

"그럼 관리는 누구예요?"

"이런, 별걸 다 알려드는구나!"

외할아버지는 쓴웃음을 지은 뒤 눈을 내리깔고 입을 우물거리며 내키지 않는다는 듯 설명했다.

"그건 하느님과는 무관한 거다. 관리는 말이다, 인간이 만든 거야! 관리는 법에 따라 살고 법을 먹고 살지."

"어떤 법을요?"

"어떤 법이라니? 그건 습관 같은 거야."

이 노인은 가시 같은 영리한 눈을 반짝이며 점점 유쾌하고 또 재미있다는 듯 말했다.

"사람들은 살아가면서 서로 의논을 하지. 이를테면 '이렇게 하는 게 가장 좋으니 이것을 관습으로, 규칙으로, 법으로 정하자'고 말이다! 예를 들면 아이들이 놀이를 하려고 모여서 어떤 순서로 어떻게 놀 것인가를 합의하는 것과 같지. 바로 그 합의가 법이야!"

"그럼 관리는?"

"관리는 말썽꾸러기와 비슷해서 모든 법을 위반하지."

"왜요?"

"글쎄다, 그건 네가 이해하지 못해!"

외할아버지는 엄하게 눈살을 찌푸리며 말하고는 다시금 설득했다.

"하느님은 인간들이 하는 모든 일 위에도 계신단다! 인간이 원하는 것과 하느님이 원하는 건 달라. 인간이 하는 일은 모두 덧없는 것이야. 하느님이 혹 하고 한번 불면 모두 재와 티끌로 변해버려!"

내가 관리에 대해 흥미를 느끼는 데는 많은 이유가 있었기 때문에 나는 계속해서 물었다.

"그런데 야코프 외삼촌이 이런 노래를 부르던데요. '빛나는 천사들은 하느님의 관리, 하지만 관리들은 사탄의 노예!'"

외할아버지는 손바닥으로 턱수염을 들어 올려 입 안에 넣고 눈을 감았다. 외할아버지의 뺨이 떨리고 있었다. 나는 외할아버지가 속으로 웃고 있는 것을 알았다.

"너와 야시카의 다리를 묶어 물에 처넣어야겠다!" 외할아버지가 말했다. "네 외삼촌은 그런 노래를 부를 필요도 없고 너는 그런 노래를 들을 필요도 없어. 그건 이교도적인 농담이고 분리파교도와 이단자들이 꾸며낸 거야."

그리고 잠시 생각에 잠겨 내 어깨 너머 어딘가를 뚫어져라 쳐다보다가 조용히 말을 길게 끌었다.

"으음, 네—네 놈들은……."

그러나 외할아버지는 하느님을 인간들 위 높은 곳에 군림하도록 올려놓으면서도 외할머니와 마찬가지로 자신의 온갖 일에 하느님과 수많은 성인들을 끌어들였다. 하지만, 외할머니는 니콜라이, 유리, 프롤, 라브르 외에는 다른 성인들을 전혀 모르는 듯했다. 하기는 외할머니가 알고 있는 그 성인들은 아주 선량하고 인간들과 가까웠다. 그들은 시골과 읍내를 걸어 다니며 인간적인 모든 특성을 가지고 사람들 생활에 간섭했다. 외할아버지의 성자들은 거의 모두 순교자들이었다. 그들은 우상을 타파하고 로마 황제들과 싸웠다. 그 때문에 고문 당하고 불타 죽고 껍질이 벗겨진 자들이었다.

이따금 외할아버지는 꿈꾸었다.

"하느님이 이 집을 팔 수 있도록 도와주신다면 500루블을 만들 수 있을 텐데. 그러면 니콜라이 성자를 위해 미사를 올릴 수 있을 거야."

외할머니는 웃으면서 내게 말했다.

"늙은 바보 영감, 니콜라이 성인에게 집을 팔아달라니. 니콜라이 성인께서 하실 일이 그보다 중요한 게 얼마나 많은데!"

나는 외할아버지의 성자력(聖者歷)을 오랫동안 간직했는데, 외할아버지는 거기에 여러 가지 표기를 해두었다. 특히 그 중에 요아킴과 안나의 축일 반대쪽에 똑바른 철자와 적갈색 잉크로 이렇게 씌어 있었다. '이 자비로운 성자님들이 날 재앙에서 구했다.'

그 '재앙'이란 말이 지금도 생각난다. 아들들이 사업에 실패할 경우 그들을 도와주려고 외할아버지는 고리대금업을 시작했고, 비밀리에 담보물 몇 개를 받아놓게 되었다. 누군가가 외할아버지를 밀고하여, 어느 날 밤 경찰이 수색을 하러 갑자기 들이닥쳤다. 대소동이 일어났지만 모든 게 무사히 넘어갔다. 외할아버지는 해가 뜰 때까지 기도를 올렸고, 아침에 내가 있는 데서 이 글을 성자력에 적어 넣었다.

저녁식사 전에 외할아버지는 나와 함께 시편이나 기도서, 또는 에프렘 시린*[4]의 묵직한 책을 읽었다. 저녁식사가 끝나면 외할아버지는 다시 기도를 시작했고, 저녁 고요 속에서 음울한 참회의 말들이 오랫동안 울려 퍼졌다.

"제가 당신께 무엇을 바치고 무엇으로 보답할 수 있겠습니까. 전능하고 영원한 왕이시여…… 온갖 그릇된 공상에서 우리를 지켜주소서…… 주님, 어떤 사람들로부터 절 지켜주시고 제게 눈물과 죽음의 시간을 주소서……."

하지만 외할머니는 자주 말했다.

"아, 오늘은 너무 지쳐서 기도도 올리지 않고 자 버릴 게 분명해……."

외할아버지는 나를 성당에 데리고 다녔다. 토요일마다 밤기도에 갔고 축일마다 저녁미사에 갔다. 성당 안에서도 나는 아까는 어느 하느님에게 기도했고, 지금은 어느 하느님에게 기도하고 있는지, 기도하고 있는 하느님을 두 부류로 구별할 수 있었다. 사제와 부제(副祭)가 읽은 모든 것은 외할아버지의 하느님에게 바쳐지는 것이고, 성가대는 항상 외할머니의 하느님을 위해 노래를 불렀다.

물론 나는 이 두 하느님을 어린애답게 미숙하게 구별하고 표현했다. 그 구별이 내 마음을 불안하게 한 것을 지금도 기억한다. 외할아버지의 하느님은 내게 공포와 반감을 불러일으켰다. 그 하느님은 아무도 사랑하지 않고 모든 것을

---

*[4] 4세기 무렵에 살았던 신부로, 유명한 성가 외에 교회에 관해 많은 저서가 있다. 그의 시는 우울하고 금욕주의 색채가 짙다.

엄격한 눈초리로 감시했다. 하느님은 무엇보다도 인간에게서 어리석고 사악하고 죄 많은 부분을 찾아냈다. 하느님이 인간을 믿지 않고 항상 회개를 기다리며 벌을 내리기를 좋아한다는 것을 확실히 알았다.

그 당시 하느님에 대한 생각과 감정은 내 영혼의 중요한 양식이었고 생활에서 가장 아름다운 것이었다. 그것 말고 다른 모든 인상들은 그 잔인함과 불쾌감으로 혐오와 우울을 불러일으키고 나를 화나게 할 뿐이었다. 하느님은 나를 둘러싼 모든 것 가운데 가장 훌륭하고 가장 밝았다. 그 하느님은 살아 있는 모든 것의 아주 다정한 친구인 외할머니의 하느님이었다. 외할아버지는 어째서 이 선량한 하느님을 보지 못할까 하는 의문이 날 불안하게 했다.

나에겐 길거리에서 노는 것이 허락되지 않았다. 그 이유는 길거리가 나를 너무 흥분시켰기 때문이다. 나는 길거리의 광경에 도취되었고, 거의 항상 싸움이나 난폭한 소동의 원인이 되었다. 따라서 나는 친구가 없었다. 이웃 아이들은 나를 적대적으로 대했다. 나는 그 애들이 날 카시린이라고 부르는 것이 싫었다. 그것을 알아챈 애들은 일부러 그 이름을 소리쳐 불러댔다.

"노랭이 카시린의 손자가 나왔다. 봐라!"

"저놈을 쳐라!"

그렇게 싸움이 시작되었다.

나는 나이답지 않게 힘이 셌고 싸움에는 민첩했다. 적들도 그걸 알고 항상 떼를 지어 나를 공격했다. 그러나 길거리는 언제나 나에게 타격을 주었다. 나는 대개 코피를 흘리고 입술이 터지고, 얼굴이 시퍼렇게 멍들거나 옷이 찢겨진 채 먼지로 범벅이 되어 집에 돌아오곤 했다.

외할머니가 놀라서 나를 맞이하며 측은한 듯 말했다.

"뭐야, 이 무대가리, 또 싸웠어? 그래, 이게 무슨 꼴이냐 응! 어디부터 손을 대야 할지 모르겠구나, 양손으로 번갈아가면서 때려 줄까 보다⋯⋯."

외할머니는 내 얼굴을 씻기고 시퍼렇게 멍든 자국에 해면이나 동전, 아니면 연당수(鉛糖水)습포[5]를 대주면서 타일렀다.

"그래, 왜 맨날 싸우는 거냐? 집에서는 얌전한데 밖에만 나가면 다른 사람이 되는구나! 염치없는 녀석. 널 내보내지 말라고 외할아버지에게 일러둬야

---

*5 1~4% 아세트산 납액(단맛이 조금 나서 연당수라고 함)에 거즈나 탈지면을 적셔서 다친 곳에 붙이는 차가운 습포.

겠다."

외할아버지는 내 멍든 자국을 보고도 절대로 꾸짖지 않았다. 다만 헛기침을
하면서 신음했다.

"또 메달이냐? 우리 집에서 넌 아니카*⁶ 전사다. 이제부터 길거리에 나가면
안 돼, 알겠지?"

길거리가 조용할 때는 흥미를 느끼지 못했다. 하지만 아이들의 유쾌한 소동
소리가 들리면 외할아버지의 금지령도 아랑곳하지 않고 마당에서 뛰쳐나갔다.
멍들고 긁히는 것은 날 화나게 하지 않았지만 길거리에서 벌어지는 놀이의 잔
인함은 언제나 내게 충격을 주었다. 그것은 내게 매우 익숙했고 광기로밖에 생
각할 수 없을 만큼 잔인했다. 아이들이 개나 수탉을 싸움시키고, 고양이를 괴
롭히고, 유대인의 염소를 쫓아다니고, 술 취한 거지와 '주머니 속 저승사자'라
고 불리는, 좀 모자라는 이고샤를 조롱할 때는 참을 수가 없었다. 이고샤는
키가 크고 깡말라 꼭 훈제한 것 같은 남자였는데, 긴 양가죽 코트를 입고 여
윈 얼굴을 뻣뻣한 머리카락이 가리고 있었다. 허리를 구부리고 몸을 이상하게
흔들면서 거리를 돌아다녔다. 그리고 말없이 완고하게 자기 발아래 지면을 응
시하고 있었다. 작고 슬픈 눈을 한 무쇠 같은 얼굴은 나에게 두려운 존경심을
불러일으켰다. 그 사람은 진지한 일에 몰두하여 뭔가 찾고 있기 때문에 그를
방해해서는 안 된다는 생각이 들었다.

악동들은 구부정한 그의 등을 향해 돌을 던지며 뒤쫓아다녔다. 그는 오랫동
안 그런 짓거리를 알아채지 못하고 돌에 맞은 아픔도 느끼지 못하는 것 같았
다. 그러나 갑자기 멈춰 서서 털모자를 쓴 머리를 들고 경련하듯이 손으로 모
자를 고쳐 쓴 다음, 마치 방금 잠에서 깨어난 것처럼 주위를 둘러보았다.

"이고샤, '주머니 속 저승사자!' 이고샤, 어디로 가니? 봐라, 저승사자는 네 호
주머니 속에 있는데!"

악동들이 소리쳤다.

그는 한 손으로 호주머니를 붙잡은 다음 재빨리 몸을 굽혀 땅에서 돌이나
나뭇조각, 마른 흙덩이를 집어 들고 긴 팔을 서투르게 휘두르며 중얼중얼 욕
을 했다. 그는 늘 똑같은 세 마디 말로 욕을 해댔다. 욕설 따위는 악동들이 그

---

*6 신화에 나오는 영웅.

보다 훨씬 더 많이 알고 있었다. 이따금 절뚝거리며 아이들을 뒤쫓았지만 긴 코트가 뛰는 것을 방해했다. 그는 마른 나뭇가지 같은 까만 두 팔로 땅을 짚으면서 넘어졌다. 악동들은 그의 옆구리와 등에 돌을 던졌고, 더 대담한 아이들은 바로 그의 코앞까지 달려가서 양손 가득 흙먼지를 움켜쥐어서는 그의 머리에 뿌리고 재빨리 달아났다.

또 하나의, 어쩌면 이쪽이 훨씬 더 괴로웠을지도 모르는 거리의 한 장면은 숙련공 그리고리 이바노비치였다. 눈이 완전히 먼 그는, 키가 크고 잘 생긴 벙어리 같은 모습으로 구걸하며 거리를 떠돌아다녔다. 키 작은 백발 노파가 그의 손을 잡고 창문마다 멈춰 서서 딴 데를 쳐다보며 날카롭게 우는 목소리로 길게 늘여서 말했다.

"제발 불쌍한 장님을 도와주세요……."

그리고리 이바노비치는 아무 말도 하지 않았다. 그의 검은 안경은 벽과 창문과 만나는 사람의 얼굴을 똑바로 쳐다보고 있었다. 속까지 염색물이 든 손은 옆으로 넓게 퍼진 턱수염을 가만히 쓰다듬었고, 입술은 굳게 다문 채였다. 나는 종종 그를 보았지만 굳게 다문 그 입술에서는 결코 소리가 나는 것을 듣지 못했다. 노인의 침묵은 나를 고통스럽게 짓눌렀다. 나는 그에게 다가갈 수 없었고, 또 결코 다가가고 싶지도 않았다. 오히려 그를 발견하면 집으로 달려와 외할머니에게 말하곤 했다.

"그리고리가 거리를 돌아다니고 있어!"

"그래?" 외할머니는 불안하고 애처로운 듯이 소리쳤다. "얼른 달려가서 이걸 줘라!"

나는 버럭 화를 내며 거절했다. 그러면 외할머니가 몸소 문밖에 나가 길가에 서서 오랫동안 그와 이야기를 나눴다. 그는 웃는 얼굴로 턱수염을 흔들었지만, 말을 별로 하지 않았고 말을 하더라도 짧게 했다.

이따금 외할머니는 그를 부엌으로 데려와 차와 음식을 대접했다. 한번은 어쩐 일인지 내가 어디에 있느냐고 그가 물었다. 외할머니가 나를 불렀지만 나는 도망쳐 장작더미 속에 숨었다. 나는 그에게 다가갈 수 없었다. 견딜 수 없이 창피스러웠던 것이다. 그리고 나는 외할머니도 창피스러워한다는 걸 알았다. 딱 한번 외할머니와 나는 그리고리에 관해 얘기를 나누었다. 그리고리를 대문 밖으로 바래다주고 나서 외할머니는 조용히 마당을 거닐며 고개를 숙이고 울고 있었다. 나는 외할머니에게 다가가 외할머니 손을 잡았다.

"넌 왜 그 사람만 보면 도망치니?" 외할머니가 조용히 물었다. "그는 널 사랑하고…… 좋은 사람인데……."

"왜 외할아버지는 그 사람에게 먹을 걸 안 줘?"

내가 물었다.

"외할아버지 말이냐?"

외할머니는 멈춰 서서 나를 끌어당기더니 거의 속삭이는 목소리로 예언하듯이 말했다.

"이 할미 말을 명심해라. 하느님은 그 사람을 대접한 우리에게 혹독한 벌을 내리실 거다, 아주 혹독한 벌을."

외할머니 말은 틀리지 않았다. 10년이 지난 뒤, 외할머니가 영원히 잠들었을 때 거지가 되어 미쳐버린 외할아버지[7]는 남의 집 창문 밑에서 처량하게 구걸하며 거리를 떠돌았다.

"자비로운 요리사여, 조그만 파이 한쪽만 주시구려, 파이 한쪽만! 오, 당신은……."

외할아버지한테 남은 것이라고는 이 쓰디쓴, 영혼을 불안케 하는 한마디 말뿐이었다.

"오, 당신은……."

이고샤와 그리고리 이바노비치 말고도 나를 거리에서 달아나게 만든 것은 방탕한 여자 보로니하였다. 그녀는 헝클어진 머리에 거대한 몸집으로 술에 취해 휴일마다 나타났다. 그녀는 어딘가 모르게 특이한 모습으로 걸어 다녔다. 마치 발을 움직이지 않고 지면에 대지도 않은 듯이 구름처럼 움직이면서 고래고래 소리 지르며 파렴치한 노래를 불러댔다. 그녀를 만나는 사람은 모두 그녀를 피해 집 대문 뒤나 길모퉁이, 가게에 들어가 몸을 숨겼다. 그녀는 마치 거리를 비질하는 것 같았다. 얼굴은 거의 푸른빛인데다가 가죽 부대처럼 부어 있었으며, 커다란 잿빛 눈은 무시무시하게 조롱이라도 하듯 뒤집혀 있었다. 이따금 그녀는 울부짖으며 흐느꼈다.

---

[7] 외할머니는 1887년에, 외할아버지는 그보다 2년 뒤에 사망했다. 고리키가 카잔의 생활을 마치고 첫 방랑생활을 한 뒤 니주니에 돌아와(1889년), 바바리아 크바스를 거리에서 팔고 다니다가 어느 날 길에서 이 가련한 모습의 외할아버지를 만난다.

"······내 새끼들아, 너희들은 어디 있니?"

나는 외할머니에게 그게 무슨 말이냐고 물어보았다.

"넌 알 필요 없다!"

외할머니는 무뚝뚝하게 대답했지만 그래도 짤막하게 말해주었다. 그 여자에게는 보로노프라는 관리인 남편이 있었는데, 그는 더 높은 자리에 앉고 싶어서 상관에게 자기 아내를 팔았다. 상관은 그녀를 데리고 어디론가 떠나서 그녀는 2년 동안 집에 돌아오지 못했다. 그 여자가 집에 돌아왔을 때 그녀의 자식들 남매는 이미 죽고 남편은 노름판에서 공금을 탕진하고 감옥에 들어가 있었다. 그래서 그 여자는 슬픔 때문에 술을 마시고 방황하며 난폭해지기 시작했다. 일요일마다 저녁이 되면 그 여자는 경찰에 끌려갔다······.

정말이지 길거리보다 집에 있는 것이 훨씬 더 좋았다. 특히 점심을 먹은 뒤에는 더 좋았다. 외할아버지가 야코프 외삼촌 공장에 가고 나면, 외할머니는 창가에 앉아 재미있는 옛날이야기와 나의 아버지에 대한 얘기를 들려주었다.

외할머니는 고양이에게서 구해낸 찌르레기의 다친 날개를 짧게 잘라내고 뜯어 먹힌 다리 상처에 작은 나뭇조각을 능숙하게 붙여주었다. 그 새를 완전히 치료해주고 나서 외할머니는 새에게 말을 가르쳤다. 외할머니는 창가에 매단 새장 앞에 커다랗고 선량한 짐승처럼 서서, 한 시간 내내 굵고 나지막한 목소리로 숯처럼 새까만 영리한 새에게 되풀이해서 복습시켰다.

"자, 말해봐, '찌르레기에게 죽 좀 주세요!'"

찌르레기는 익살스럽고 생기 있는 동그란 눈으로 외할머니를 곁눈질하며 나뭇조각을 붙인 다리로 새장의 얇은 바닥을 톡톡 두드렸다. 그리고 꾀꼬리처럼 휘파람을 불거나 어치와 뻐꾸기 흉내를 내고, 고양이 울음소리를 내보려고 하고 개 짖는 소리를 흉내 내기도 했지만 사람 목소리는 나오지 않았다.

"쓸데없는 말은 그만둬!"

외할머니는 찌르레기에게 정색을 하고 말했다.

"이렇게 말해봐. '찌르레기에게 죽 좀 주세요!'"

깃털달린 이 까만 원숭이가 귀가 멍멍할 정도로 외할머니 말과 비슷하게 뭐라고 빽빽 소리를 지르면 외할머니는 기쁜 듯이 웃으며 손가락으로 수수죽을 찍어 새에게 먹여주면서 말했다.

"난 너를 알아, 이 교활한 녀석아. 넌 위선자야. 뭐든지 할 수 있고 잘하면서!"

마침내 외할머니는 찌르레기에게 말을 가르쳤다. 얼마 뒤에 찌르레기는 상당히 또렷하게 죽을 조르게 되었다. 외할머니를 보면 '아—안—녕'과 비슷한 말을 길게 뽑았다.

처음에 이 찌르레기는 외할아버지 방에 매달려 있었지만 외할아버지는 곧 그 새를 우리 다락방으로 내쫓았다. 찌르레기가 외할아버지 말을 흉내 냈기 때문이었다. 외할아버지가 기도의 말을 분명하게 발음하면 새는 밀랍처럼 노란 코를 새장 창살 사이로 내밀고 휘파람 소리를 내는 것이었다.

"찌, 찌, 쭈르리, 찌리리, 찌르리쭈—!"*8

외할아버지에게는 그 말이 모욕으로 들렸다. 한번은 기도를 중단하고 발을 쾅쾅 구르면서 험악하게 호통을 쳤다.

"저놈을 치워버려, 저 악마를. 안 그러면 죽여버릴 테다!"

집안에서는 재미있고 유쾌한 일이 많았다. 하지만 때로는 뿌리칠 수 없는 우울이 내 숨통을 조여 왔다. 마치 내가 무거운 무언가로 가득 채워진 듯했다. 그리고 오랫동안 깊고 어두운 굴속에서 시각과 청각 등, 모든 감각을 잃어버리고 눈도 멀어 반쯤 죽은 듯한 느낌으로 살았다……

---

*8 러시아어로 '당신'이라는 뜻의 말.

8

외할아버지는 뜻밖에도 선술집 주인에게 집을 팔고 카나트노이 거리에 있는 다른 십을 샀다. 무성한 풀로 뒤덮인 깨끗하고 조용한 거리가, 온갖 색깔로 화려하게 단장된 작은 집들을 줄줄이 이끌고 곧장 들녘으로 뻗어 있었다.

새 집은 이전 집보다 훨씬 산뜻하고 아담했다. 정면은 따스하고 차분한 짙은 진홍빛으로 채색되어 있고 그 위에는 두 개의 유리창에 달린 하늘색 덧문과 다락방 유리창에 달린 한 짝뿐인 격자무늬 덧문이 선명하게 빛나고 있었다. 느릅나무와 보리수의 무성한 잎사귀가 지붕 왼쪽을 아름답게 뒤덮고 있었다. 안마당과 뜰에는 마치 숨바꼭질을 위해 일부러 조성해놓은 듯한 아늑한 작은 구석들이 많았다. 특히 뜰이 마음에 들었는데 그다지 큰 편은 아니지만 호감이 가는 한 폭의 자연이었다. 뜰 한쪽에는 마치 장난감 같은 목욕탕이 있고, 다른 한쪽 구석에는 크고 아주 깊은 구덩이가 키 큰 잡초로 뒤덮여 있고, 잡초들 사이로 불에 탄 그루터기와 역시 시커멓게 탄 목욕탕 잔해가 우뚝 솟아 있었다. 뜰 왼쪽에는 오프샤니코프 대령의 마구간 벽이 에워싸고 있고, 오른쪽에는 베틀렌가 네 건물이 경계를 이루고 있었다. 뜰 안쪽은 낙농장을 소유한 페트로브나의 집터와 인접해 있었다. 그 여자는 뚱보에 얼굴이 불그레했는데, 종처럼 시끄러웠다. 땅 밑으로 내려앉은 그녀의 조그만 집은 어두컴컴한 데다가 낡아서 보기 좋게 이끼가 끼어 있었다. 두 개의 창문은 다정하게 들녘을 바라보고 있었다. 깊은 골짜기들로 인해 볼품없는 모습을 한 그 들녘은 멀리 밀집한 구름처럼 울창한 숲으로 이루어져 있었다. 온종일 군인들이 들녘을 따라 이동하거나 뛰어다녔다. 비스듬히 비치는 가을 햇살 속에서 총검이 하얀 번개같이 번쩍거렸다.

집안은 온통 처음 보는 사람들로 북적거렸다. 앞쪽 방에서는 타타르 군인과 그의 자그마하고 통통한 아내가 살고 있었다. 그녀는 아침부터 저녁까지 소리 지르며 웃었고 화려한 장식의 기타를 켜면서 낭랑하고 즐거운 목소리로 특히 기분을 북돋우는 밝은 노래를 즐겨 불렀다.

> 한 여자만 사랑하진 마세요.
> 다른 사랑을 찾아야 해요!
> 그것을 발견하는 날에는
> 훌륭한 보상이 당신을 기다리고 있을 거예요.
> 진실한 이 길 위에서!
> 오, 달콤한 보상이여!

공처럼 둥글둥글한 군인은 창가에 앉아 푸른빛 두 뺨을 부풀린 채, 적갈색 눈을 유쾌하게 굴리면서 연신 파이프를 피워물고, 개 짖는 소리 같은 기침을 해댔다.

"우프, 우프, 푸, 푸……."

창고와 마구간 위에 있는 따스한 증축 건물에는 두 짐마차꾼이 살았는데 잿빛 얼굴의 자그마한 표트르 아저씨와 그의 조카 스테파라고 하는, 적동색 그릇 같은 얼굴의 둥글넓적한 주물(鑄物) 같은 벙어리 청년이었다. 또 키가 크고 음울해 보이는 타타르인 전령도 있었다. 이들은 모두 낯선 사람들이어서 내가 모르는 것이 많았다.

하지만 특히 나를 사로잡은 사람은 '좋은 일'이라고 불리는 하숙인이었다. 그는 집 뒤쪽 부엌 옆에, 뜰과 안마당을 향해 창문이 두 개 있는 긴 방을 빌려 쓰고 있었다.

그는 깡마르고 등이 굽은 남자로, 두 갈래로 기른 검은 구레나룻에 묻힌 하얀 얼굴이 특징으로, 선량해 보이는 눈에는 안경을 끼고 있었다. 그는 과묵한 탓인지 사람들 눈에 잘 띄지 않았다. 점심식사나 차 마시는 시간에 초대 받으면 그는 반드시 이렇게 대답했다.

"좋은 일이죠."

그래서 외할머니는 그가 있는 데서나 없는 데서나 그를 '좋은 일'이라고 불렀다.

"렌카, '좋은 일'에게 가서 차 마시러 오라고 전해!"

"'좋은 일' 씨, 좀 더 드시지 않고!"

그의 방은 온통 무슨 상자들과 내가 모르는 시민활자*¹로 쓴 두꺼운 책들로 가득 차 있었다. 또한 여러 가지 빛깔의 액체가 담긴 병, 구리와 철 조각, 납막대 같은 것들이 사방에 널려 있었다. 그는 헝클어진 머리에 온통 페인트가 묻은 적갈색 가죽 상의와 잿빛 체크무늬 바지차림으로 불쾌한 냄새를 풍기며 어딘지 서투른 느낌이 들었다. 아침부터 밤까지 납을 녹이고 구리조각을 납땜하거나, 작은 저울로 뭔가를 재고, 음, 음, 신음하다가, 손가락을 데여 놀라서 후후 불기도 하고, 비틀거리며 벽에 걸린 도면에 다가가 안경을 닦고, 좁고 곧게 뻗은, 기묘하게 하얀 코를 거의 도면에 닿을 듯이 갖다 대고 킁킁거렸다. 그리고 이따금 방 한가운데나 창가에 갑자기 멈춰 서서 눈을 감고 얼굴을 치켜든 채 아무 말 없이 오랫동안 기둥처럼 서 있었다.

나는 헛간 지붕 위로 기어 올라가 마당 너머 열려 있는 창문 속의 그를 관찰했다. 테이블 위에 놓인 알코올램프의 파란 불꽃과 검은 사람 그림자가 보였다. 그가 너덜너덜한 수첩에 뭔가 쓰고 있는 모습도 보였다. 그의 안경은 얼음처럼 차갑고 푸르스름하게 반짝이고 있었다. 그 사람이 하는 이상한 일들은 견딜 수 없이 호기심을 부채질하여 몇 시간이나 나를 지붕 위에 붙잡아두었다.

이따금 그는 마치 액자 속에 있는 것처럼 창가에 붙어 서서 뒷짐을 지고 지붕을 똑바로 쳐다보았다. 하지만 나를 보지는 못한 것 같았다. 그것은 내 자존심에 심한 상처를 주었다. 그러더니 그는 갑자기 테이블로 뛰어가서 허리를 깊숙이 숙이고 테이블 위를 샅샅이 뒤졌다.

그가 더 부유하고 옷을 더 잘 입었다면 나는 그를 두려워했을 것이다. 하지만 그는 가난했다. 그의 재킷 깃 위로는 닳아빠진 더러운 셔츠 깃이 삐죽 나와 있고, 바지는 얼룩과 기운 흔적이 덕지덕지하며, 맨발에 낡아빠진 실내화를 신고 있었다. 가난한 사람들은 무섭지도 위험하지도 않았다. 그들에 대한 외할머니의 연민어린 태도와 외할아버지의 경멸적인 태도가 알게 모르게 나에게 그런 확신을 심어주었다.

집안 어느 누구도 '좋은 일'에 호감을 갖지 않았다. 모두들 조롱하듯이 그에 대해 얘기했다. 명랑한 성격의 군인 아내는 그를 '백묵 코'라고 불렀다. 표트르

---

*1 지금의 러시아 활자로, 교회용 슬라브어 활자와 구별해서 이렇게 부른다.

아저씨는 그를 약제사, 마법사라고 부르고, 외할아버지는 그를 마술사, 프리메이슨이라고 불렀다.

"저 사람은 뭘 하는 거야?"

나는 외할머니에게 물어보았다. 외할머니는 엄하게 대답했다.

"넌 알 것 없어. 잠자코 있어."

한번은 용기를 내어 그의 창문에 다가가 간신히 태연한 말씨로 물었다.

"뭘 하시는 거예요?"

그는 몸을 부르르 떨더니 안경 너머로 오랫동안 나를 쳐다보았다. 그리고 상처와 불에 덴 흉터로 뒤덮인 손을 내게 내밀면서 말했다.

"넘어와."

문이 아닌 창문을 타넘고 방에 들어오라는 말에 내 눈에는 그가 더욱 훌륭하게 보였다. 그는 상자 위에 앉아서 나를 자기 앞에 세웠다가 멀리 물러나게 한 다음 다시 한 번 자기 곁에 오게 한 끝에 마침내 나직한 목소리로 물었다.

"넌 어디서 왔니?"

그 말은 아주 이상하게 들렸다. 나는 하루에 네 번, 부엌 식탁에서 그 옆에 앉아 있었는데! 라고 대답했다.

"이 집 손자……."

"오, 그렇지."

자기 손가락을 유심히 들여다보면서 말한 그는 다시 입을 다물었다.

그때 나는 그에게 설명해줄 필요가 있다고 생각했다.

"난 카시린이 아니고 페시코프예요……."

"페시코프?" 그는 악센트를 잘못 발음하면서 내 말을 되뇌었다. "좋은 일이군."

그는 나를 옆으로 밀어내고 테이블 쪽으로 가면서 말했다.

"그럼 조용히 앉아 있어."

나는 그가 압착기로 압축한 구리 조각을 줄로 다듬고 있는 것을 지켜보면서 오랫동안 앉아 있었다. 압착기 아래 대어놓은 판지 위로 황금빛 가느다란 줄밥 가루가 떨어졌다. 그러면 그것을 한 움큼 긁어모아 두꺼운 그릇에 넣고 작은 병에서 소금처럼 하얀 가루를 덜어 넣은 뒤, 거무스름한 병에서 또 뭔가를 따라 넣었다. 그러자 그릇 안에서 쉭쉭 하는 소리와 함께 연기가 났고 매캐

한 냄새가 코를 찔렀다. 나는 기침을 하면서 고개를 저었다. 그러자 마술사인 그가 자랑스럽게 물었다.

"냄새가 고약하지?"

"예."

"바로 이거야, 이거! 얘야, 이건 아주 좋은 거란다!"

'이게 무슨 자랑거리라고!' 하는 생각이 들었다. 그래서 단호하게 말했다.

"고약한 냄새가 나는데 뭐가 좋아요?"

"뭐라고?" 그는 눈을 깜빡거리며 외쳤다. "그야 물론 항상 그런 건 아니지! 그런데 너 밥키*² 놀이를 할 줄 아니?"

"코즈니*³ 말이에요?"

"그래, 코즈니!"

"알아요."

"내가 납을 넣어 만들어줄까? 좋은 비트카가 될 거야!"*⁴

"만들어줘요."

"좋아, 그럼 시작해볼까."

그는 다시 내 곁에 다가왔다. 한 손에 연기 나는 그릇을 들고 한쪽 눈으로 그것을 들여다보면서 다가와 말했다.

"비트카를 만들어 줄 테니, 그 대신 다시는 내게 오지 마라, 알았지?"

그 말에 나는 무척이나 모욕감을 느꼈다.

'흥, 누가 다시 오나 봐라……'

화가 나서 나는 뜰로 나갔다. 외할아버지가 사과나무 뿌리에 거름을 주느라고 바쁘게 움직이고 있었다. 가을이었다. 벌써 낙엽이 떨어지기 시작했다.

"여기 왔으니 딸기나무 잔가지나 잘라라."

내게 가위를 건네주며 외할아버지가 말했다.

나는 외할아버지에게 물었다.

"'좋은 일'은 뭘 만드는 거예요?"

---

*² 어린이 놀이도구. 길이 6~9센티미터의 네모난 골패로서 쇠뼈나 말뼈로 만듦. 한 사람이 그것을 세우고, 다른 사람이 그것을 쓰러뜨리는 놀이에 씀.

*³ 밥키의 다른 이름.

*⁴ 밥키 중심에 납을 넣으면 패가 강해짐. 비트카는 상대 골패를 쓰러뜨리는 골패를 말함.

"그자는 방을 망쳐놓고 있어." 외할아버지는 화가 난다는 듯이 대답했다. "마루도 태웠고 벽지를 더럽히고 찢어놨어. 이제 그자에게 말할 참이다, 떠나는 게 좋겠다고!"

"그래요."

나는 딸기나무의 마른 가지를 잘라내며 외할아버지 말에 동의했다.

나는 서둘러 일을 끝냈다.

비가 내리는 저녁에 외할아버지가 외출하면 외할머니는 동거인들에게 모두 차를 마시러 오도록 초대하여 부엌에서 아주 재미있는 모임이 이루어지곤 했다. 짐마차꾼들과 전령이 끼었고, 활달한 페트로브나도 자주 나타났으며, 쾌활한 셋방 여자도 이따금 참석했다. 그리고 언제나 난로 근처의 한쪽 구석에서 '좋은 일'이 아무 말 없이 꼼짝 않고 얼굴을 내밀고 있었다. 벙어리 스테파는 타타르인과 카드놀이를 했다.

발레이는 카드로 벙어리의 넓적한 코를 때리면서 말했다.

"에이, 제기랄!"

표트르 아저씨는 커다란 흰 빵 한 덩어리와 커다란 사기항아리에 담긴 '해바라기 씨'로 만든 잼을 가져와서, 빵을 얇게 썰고 잼을 듬뿍 발라 그 맛있는 검붉은 색 얇은 조각을 손바닥 위에 올린 뒤, 허리를 깊숙이 구부려 인사하면서 모든 사람들에게 나눠주었다.

"자, 좀 들어보세요!" 그가 인심 좋게 권했다. 사람들이 빵조각을 받아들면, 그는 주의 깊게 거무스름한 자기 손바닥을 들여다보면서 그 위에 떨어진 잼을 혀로 핥아먹었다.

페트로브나는 버찌술을 병에 담아 가져오고 쾌활한 셋방 여자는 호두와 사탕을 가져 왔다. 먹을 것이 가득 차려진 화려한 연회, 즉 외할머니가 좋아하는 즐거움이 시작되었다.

'좋은 일'이 자기 방에 오지 말라고 내게 뇌물을 준 지 한참 뒤에 외할머니가 이런 저녁 연회를 마련했다. 가을비가 주룩주룩 쏟아졌고 바람이 애처로운 소리를 내며 불어와 나뭇가지들이 서로 할퀴면서 술렁거렸다. 부엌 안은 따뜻하고 아늑했다. 모두 서로 가까이 다가앉은 채였다. 다들 다정하고 조용했다. 외할머니가 쉴 새 없이 재미있는 이야기를 털어놓았다.

외할머니는 난롯가에 앉아 발을 디딤판 위에 올려놓고 조그만 양철 램프의 불빛을 받고 있는 사람들 쪽으로 몸을 기울였다. 외할머니는 신명이 나면 항상 난로에 올라앉아 이렇게 말했다.

"난 높은 곳에 앉아야겠어요. 위에서 말하는 게 훨씬 좋거든!"

나는 외할머니 발 아래 있는 넓은 디딤판 위에 자리를 잡았는데 거의 '좋은 일'의 머리 위였다. 외할머니는 용사 이반과 은자(隱者) 미론에 대한 재미있는 얘기를 해주었다. 생생하고 무게 있는 얘기가 흥겹게 흘러나왔다.

옛날에 고르디온이란 사악한 대장이 살고 있었네.
영혼은 검고 양심은 돌 같았지.
그는 진실을 추방했고, 사람들에겐 잔인하게 굴면서
동굴 속 부엉이처럼 악 속에서 살았다네.

고르디온이 가장 증오한 사람은
고요한 진리의 수호자,
세계를 위한 용감한 불굴의 성자,
미론이었다네.

대장은 충복인 용맹한 용사
이바누시카를 큰 소리로 불렀네.
'이반카, 가서 늙은이를 죽여라,
그 거만한 늙은이 미론을!
다가가서 머리를 베고
반백의 턱수염을 잡아끌고서,
내게로 오라. 내 사냥개에게 먹이리라.'

이반은 가서 명령에 따랐네.
이반은 걸어가며 고통스럽게 생각하네.
'내 스스로 가는 건 아니다. 그러나 명령에 따라야 한다!
다시 말해 신이 내린 운명이다.'
이반은 날카로운 칼을 옷자락 속에 감추고

은자에게 가 머리 숙여 인사했네.
'여전히 건강하시오, 노인장?
하느님도 노인장에게 자비로우시고?'
이 말에 선견지명이 있는 은자는 웃으며
지혜로운 입술로 이렇게 말하네.
'됐소, 이바누시카, 진실을 숨기지 마시오.
하느님은 모든 걸 알고 계시니,
선과 악은 하느님 수중에 있소!
그대가 내게 온 이유를 나는 알고 있으니까!'

이반카는 은자 앞에서 부끄러웠네.
그러나 이반은 명령을 어기는 것이 두려웠지.
가죽 칼집에서 칼을 뽑아,
넓은 옷자락으로 칼날을 닦았네.
'미론, 난 당신을 죽일 참이었소,
당신이 칼을 보기도 전에.
자, 이제 하느님께 기도하시오,
하느님께 이 세상에서의 마지막 기도를,
나를 위해, 온 인류를 위해,
그런 다음 난 당신의 머리를 베리라!'

성자 미론은 무릎을 꿇고,
어린 떡갈나무 아래 조용히 섰네.
미론 앞으로 떡갈나무가 몸을 굽혔네.
성자는 미소 지으며 말했네.
'오, 이반, 그대는 오래 기다려야 할 거요!
온 인류를 위한 기도는 기니까!
그러니 당장 나를 죽이는 게 더 좋을 거요.
그대가 쓸데없는 일로 괴로워하지 않으려면!'

이반은 화를 내며 눈살을 찌푸리고,
어리석게 뽐냈네.
'아니오, 이미 말한 것은 그대로 하시오.
당신 기도가 백 년 동안 계속된다 해도 난 기다리겠소!'

은자는 저녁때까지 기도했네.
그리고 저녁부터 동틀 녘까지,
동틀 녘부터 밤까지,
여름부터 다시 봄까지,
미론은 몇 년을 기도했네.
어린 떡갈나무는 구름에 닿을 정도로 자랐고,
그 열매가 자라 울창한 숲이 되었다네.
그래도 성스러운 기도는 여전히 끝나지 않았지!

그리하여 그들은 오늘도 그대로 있고,
성자는 아직도 조용히 하느님께 기도하고 있네.
사람들을 위해 하느님의 도움을 청하고 있네,
자비로우신 성모님에게는 기쁨을 간구하네.

용사 이반은 그 옆에 서 있는데,
그의 칼엔 오래전부터 먼지가 쌓였고
아름다운 갑옷은 녹으로 뒤덮였네.
훌륭한 옷은 모두 썩어 문드러져,
이반은 겨울이나 여름이나 벌거벗고 서 있었네.
폭염이 그를 태웠지만 완전히 태워버리진 못하고,
벌레가 그를 갉아먹었지만 완전히 먹어버리진 못했네.
늑대와 곰도 그를 건드리지 않았고,
눈보라와 추위도 그를 다치게 하진 않았네.
그 자신은 그 자리에서 움직일 힘이 없고,
손을 들거나 말할 힘도 없었네.

보라, 이것이 바로 그에게 내려진 벌,
사악한 명령을 따르지 말았어야 하는데,
다른 이의 양심 뒤에 숨지 말았어야 하는데!
하지만 성자의 기도는 불쌍한 우리 죄인들을 위해
지금도 하느님을 향해 흘러가고 있네,
빛나는 강물이 바다로 흘러들 듯이.

외할머니의 얘기가 막 시작되었을 때 나는 '좋은 일'이 뭔가 불안해하고 있음을 알아챘다. 그는 이상하게 경련하듯이 손을 움직이거나 안경을 벗었다 썼다 했으며, 노래처럼 기분 좋게 울리는 이야기 소리에 맞춰 안경을 흔들어대거나 고개를 끄덕이면서 손가락으로 눈을 누르며 비볐고, 땀을 많이 흘린 것처럼 손바닥으로 재빠르게 이마와 얼굴을 닦기도 했다. 누군가가 움직이거나 기침을 하거나 발을 끌면, 이 하숙인은 엄하게 '쉿!' 하고 꾸짖었다.

외할머니가 얘기를 마치자 그는 폭풍처럼 뛰어 일어나 손을 내저으면서, 어딘가 부자연스럽게 빙글빙글 맴돌더니 이렇게 중얼거렸다.

"이건 놀라운 얘기야. 이건 반드시 기록해두어야만 해! 이건 모두 진실이고, 우리 러시아의……."

그가 울고 있는 것이 이제 분명하게 보였다. 그의 눈에 눈물이 가득차서 위에서 아래로 넘쳐흘렀고, 눈이 눈물 속에서 헤엄치고 있었다. 그것은 이상하고 또 매우 가련한 모습이었다. 그는 우스꽝스럽게 서투른 모습으로 온 부엌을 이리저리 뛰어다녔고, 안경을 쓰려고 코끝에서 안경을 흔들어댔지만 아무리 해도 안경다리를 귀에 걸 수가 없었다. 표트르 아저씨가 그를 바라보며 웃었고, 다른 사람들은 민망한 듯이 잠자코 있었다. 외할머니가 서둘러 말했다.

"그럼 기록해요. 기록 못할 것도 없지. 난 그런 얘기를 더 많이 알고 있는데……."

"아뇨, 내가 좋아하는 건 바로 이겁니다! 이건 정말 러시아적이에요."

하숙인은 흥분해서 소리쳤다. 그리고 갑자기 부엌 한가운데 꼼짝 않고 멈춰 서더니 오른손으로는 허공을 휘젓고 왼손에는 흔들리는 안경을 들고 소리 높이 외치기 시작했다. 날카롭게 소리 지르고 발을 굴러대며 몇 번이나 같은 말을 되풀이하는 등 흥분해서 오랫동안 떠들어댔다.

"다른 사람의 양심으로 살아선 안 됩니다. 안 돼요, 안 돼!"

이윽고 갑자기 누가 목구멍을 찢어버리기라도 한 것처럼 딱 말을 멈추고는 모두를 바라보며 나쁜 짓이라도 한 것처럼 조용히 고개를 숙이고 나가버렸다. 사람들은 뜨악한 표정으로 서로 쳐다보며 웃었다. 외할머니는 난로 뒤 그늘진 곳으로 물러나서 괴로운 듯 한숨을 내쉬었다.

페트로브나가 손바닥으로 붉고 두툼한 입술을 닦으면서 물었다.

"화가 난 모양이지요?"

"아니야, 저 사람은 원래 저래……."

표트르 아저씨가 대답했다.

외할머니는 난로에서 내려와 말없이 사모바르를 끓이기 시작했다. 표트르 아저씨가 느릿느릿 말했다.

"지주들은 다 그래, 변덕쟁이들이지!"

발레이가 언짢은 기색으로 퉁명스럽게 내뱉었다.

"홀아비는 어쩔 수가 없어!"

모두들 웃음을 터뜨렸다. 하지만 표트르 아저씨는 말을 길게 끌면서 말했다.

"끝내 그를 울린 거야. 틀림없이, 저런 자들이 흔히 있지……."

나는 싫증이 났다. 뭔가 가라앉은 기분이 가슴을 짓눌렀다. '좋은 일'은 나를 몹시 놀라게 했고, 나는 그가 안됐다는 생각이 들었다. 눈물로 흥건하던 그의 두 눈이 내 기억에 또렷이 떠올랐다.

그는 그날 밤 집에서 자지 않았지만, 다음날 점심식사가 끝난 뒤 조용하고 초췌한 모습에 쑥스러운 표정으로 돌아왔다.

"어제는 제가 소란을 피웠네요." 그는 외할머니에게 마치 어린아이처럼 미안한 듯이 말했다. "할머니, 화나지 않으셨어요?"

"왜 화를 내요?"

"제가 주제넘은 말을 해서요."

"당신 때문에 화가 난 사람은 아무도 없어요……."

나는 외할머니가 그를 두려워하고 있다고 느꼈다. 평소와는 달리 그의 얼굴을 쳐다보지 않고 너무나 조용하게 말했던 것이다.

그는 외할머니 곁에 바짝 다가가서 놀랍도록 소박하게 말했다.

"아시다시피 전 완전히 외톨이입니다. 제겐 아무도 없어요! 침묵, 침묵하다가 갑자기 마음속에서 모든 게 끓어올라 터져버립니다…… 그러면 돌이나 나무에게도 말을 하게 되는 거죠……."

외할머니는 그에게서 물러났다.

"결혼을 하는 게 어떻겠어요?"

"예?"

그는 오만상을 찌푸리고 소리를 지르더니 손을 저으며 나가버렸다.

외할머니는 얼굴을 찡그리면서 그의 뒷모습을 잠시 바라보다가 코담배를 들이마시고 나서 나에게 엄하게 지시했다.

"넌 저 사람 주위를 너무 맴돌지 마라. 그가 어떤 사람인지 하느님 외에는 아무도 모른다."

그러나 내 마음은 다시금 그에게 이끌렸다.

나는 그가 '완전히 외톨이입니다'라고 말했을 때 그의 얼굴이 어떻게 변하고 어떻게 당황하는지 보았다. 그 말 속에는 내가 이해할 수 있고 내 마음을 움직이는 무언가가 있었다. 그래서 나는 그를 뒤쫓아 갔다.

안마당에서 그의 방 창문을 들여다보았으나 방은 텅 비어 있었다. 그 방은 급히 서둘러 여러 가지 잡동사니들을—주인공과 마찬가지로 불필요하고 이상한 물건을—뒤죽박죽 집어넣은 헛간 같았다.

내가 뜰로 가보니 거기 구덩이에 그가 있었다. 그는 등을 구부리고 손으로 머리를 부둥켜안은 채, 팔꿈치를 무릎 위에 세운 모습으로 바깥쪽 그을린 통나무 끄트머리에 불편하게 앉아 있었다. 흙투성이 통나무는 그 끄트머리가 숯이 되어 광택을 풍기면서 무성한 다북쑥과 쐐기풀과 우엉 위로 삐죽 나와 있었다. 그가 그 앉기 힘든 곳에 앉아 있는 것이 더욱 그에 대한 연민을 느끼게 했다.

그는 부엉이처럼 보이지 않는 눈으로 바로 옆을 바라보느라고 오랫동안 내가 지켜보고 있는 것을 눈치채지 못했다. 그러다가 갑자기 화난 듯이 물었다.

"내 뒤를 따라왔니?"

"아뇨."

"그럼 뭐냐?"

"아무것도 아니에요."

그는 안경을 벗어서 빨갛고 까만 얼룩이 묻어 있는 손수건으로 닦으며 말했다.

"자, 이리 올라와!"

내가 그 옆에 앉자 그는 내 어깨를 꽉 껴안았다.

"앉아 있자. 앉아서 조용히 있자, 좋지? 그냥 이렇게…… 넌 고집쟁이지?"

"네."

"좋은 일이야!"

우리는 오랫동안 말없이 앉아 있었다. 조용하고 평화스러운 저녁이었다. 주변에는 온통 꽃들이 흐드러지게 피었다가 다시 눈에 띄게 시들어 가는, 한 시간마다 가련해져 가는 여자들의, 속절없이 서글픈 여름*5 저녁이었다. 대지는 이미 그 풍요로운 여름 향기를 다 써버린 탓인지 다만 차가운 습기만이 감돌고 있었다. 공기는 이상하게 투명하고 불그스름한 하늘에는 까마귀가 우울한 상념을 불러일으키면서 분주하게 스쳐지나갔다.

모든 것들이 벙어리처럼 조용했다. 희미한 새의 날갯짓 소리도 낙엽이 바스락거리는 소리도, 모든 소리가 다 커다랗게 들려서, 그때마다 우리는 깜짝 놀랐다. 그러나 부르르 몸서리를 치고 나면 다시금 정적 속에 빠져들었다. 정적은 대지 전체를 껴안고 가슴을 가득 채웠다.

그런 순간에는 특히 순수하고 가벼운 생각들이 떠오른다. 하지만 그런 생각들은 희미하고 거미줄처럼 투명하여 말로는 붙잡을 수가 없다. 그 생각들은 한 순간 불타올랐다가 살같이 빨리 사라지고, 무언가에 대한 슬픔 아닌 슬픔으로 영혼을 불태우면서 그 영혼을 애무하고 어지럽힌다. 그때 영혼이 끓어올라 녹아서 전 생애에 걸친 나름의 형태를 취해 떠오르고, 거기서 그 영혼이 창조된다.

하숙인의 따뜻한 몸에 바싹 기댄 채, 나는 그와 함께 검은 사과나무 가지를 통해 붉은 하늘을 바라보았다. 단풍새들이 분주하게 날아오르는 것을 눈으로 쫓거나, 꾀꼬리들이 마른 우엉의 머리를 파헤쳐 떫은 씨앗을 골라내는 모습을 보기도 하고, 들판 쪽에서는 자줏빛으로 가장자리를 두른 뭉글뭉글한 잿빛 구름이 뻗어 있는 것과, 그 구름 아래를 커다란 까마귀들이 묘지의 보금

---

*5 9월 초, 농촌 여인네들이 겨우 한가해지는 무렵을 말한다.

자리로 무겁게 날아가는 것을 보기도 했다. 모든 것이 기분 좋고 뭔가 특별하여, 나도 모르는 사이에 이해가 되고 친근해지는 느낌이었다.

그 사람은 이따금 깊은 한숨을 내쉬면서 물었다.

"멋지지 않니! 안 그래? 바로 이거야! 그런데 넌 눅눅하고 춥지 않니?"

하늘이 어둑해지고 주위가 축축한 땅거미로 가득차서 부풀어 올랐을 때 그가 말했다.

"자, 이제 됐다! 그만 가자······."

뜰로 통하는 쪽문 앞에 멈춰서며 그가 소곤소곤 말했다.

"네 외할머니는 훌륭하신 분이다. 오, 정말 멋진 대지야!"

그는 눈을 감고 미소 지으며 작은 소리로 매우 명료하게 읊었다.

　　이것이 바로 그에게 내려진 벌,
　　사악한 명령을 따르지 말았어야 하는데,
　　다른 이의 양심 뒤에 숨지 말았어야 하는데!

"꼬마야, 넌 이걸 잊지 마라, 꼭!"

그는 나를 앞쪽으로 밀면서 물었다.

"너 글 쓸 줄 아니?"

"아뇨."

"배워라. 배워서 외할머니가 얘기한 것을 기록해둬. 꼬마야, 그건 꼭 필요한 것이란다······."

우리는 친해졌다. 그날부터 나는 가고 싶을 때마다 '좋은 일'에게 가서 누더기를 넣어둔 상자 위에 앉아, 그가 납을 녹이고 구리를 달구는 것을 마음대로 지켜보았다. 그는 쇠판을 빨갛게 달군 다음 그것을 조그만 모루 위에 올려놓고 예쁜 손잡이가 달린 가벼운 망치로 때리거나, 줄, 거친 줄칼, 석류석 가루, 실처럼 가는 톱으로 작업했다. 그리고 모든 것을 정교한 구리 천칭에 달았다. 두툼하고 하얀 그릇 속에 여러 가지 액체를 부어 혼합한 뒤, 그 액체에서 연기가 치솟아 지독한 냄새를 풍기며 방 안을 가득 채우는 것을 가만히 지켜보았다. 눈썹을 찡그리며 두꺼운 책을 들여다보고 붉은 입술을 씹으면서 으음, 하고 신음하거나 약간 갈라진 목소리로 조용히 말했다.

"오, 샤론의 장미여······."

"뭘 만드는 거예요?"

"어떤 물건······."

"어떤 물건인데요?"

"글쎄, 네가 이해하게끔 말해줄 수가 없구나."

"어쩌면 아저씨가 위조지폐를 만드는 건지도 모른다고 외할아버지가 말했어요······."

"외할아버지가? 흠······그건 말도 안 돼! 꼬마야, 돈이란 시시한 거란다."

"그럼 빵은 무엇으로 사요?"

"음, 그렇구나, 빵을 사려면 돈을 내야 하지, 분명히······."

"그렇죠? 쇠고기를 살 때도······."

"그래, 쇠고기를 살 때도······."

그는 조용히, 감탄스러울 정도로 사랑스럽게 웃고는 마치 새끼 고양이에게 하듯이 내 귀를 간질이면서 말했다.

"난 결코 너와 다툴 수가 없구나. 네가 날 이길 테니까. 그러니 잠시 조용히 있도록 하자."

이따금 그는 일을 멈추고 내 옆에 앉기도 했다. 우리는 창문을 통해 지붕과 풀이 무성하게 자란 뜰에 떨어지는 빗줄기와, 잎사귀를 떨구며 바래가는 사과나무를 오랫동안 바라보았다. '좋은 일'은 좀처럼 말이 없었고 항상 필요한 말만 했다. 특히 무엇인가에 내 주의를 끌고 싶을 때는 슬쩍 나를 찌르고는 눈짓으로 그걸 가리켰다.

나는 마당에서 어떤 특별한 것도 목격하지 못했다. 하지만 그가 팔꿈치로 옆구리를 찌르거나 짤막한 말을 던질 때면 눈에 보이는 모든 것이 특별한 의미가 있는 것처럼 보였고, 모든 것이 뚜렷하게 기억에 남았다. 그때, 고양이 한 마리가 마당에서 뛰어다니고 있었다. 반짝이는 웅덩이 앞에 멈춰 서서 물에 비친 제 모습을 바라보며 마치 그것을 때리려는 듯이 부드러운 앞발을 들어올렸다. '좋은 일'이 조용히 말했다.

"고양이는 거만하고 의심이 많아."

금빛이 감도는 붉은 털 수탉 마메이가 뜰 담장 위로 날아올라가 앉으려고 날개를 퍼덕이다가 하마터면 떨어질 뻔했다. 모욕이라도 당한 듯 화가 난 수탉은 목을 쭉 뽑고는 '꼬끼요' 하고 울었다.

"장군은 위엄이 있지만 그리 영리하진 못해."

동작이 굼뜬 발레이가 늙은 말처럼 무거운 걸음으로 진흙 위를 걸어왔다. 광대뼈가 튀어나온 그의 얼굴은 불룩하게 부풀어 있었다. 그는 눈을 가늘게 뜨고 하늘을 쳐다보았다. 하늘에서 하얀 가을 햇살이 그의 가슴에 곧장 떨어졌다. 발레이의 재킷 놋쇠단추가 반짝이고 있었다. 그 타타르인은 걸음을 멈추고 굽은 손가락으로 단추를 만지작거렸다.

"다른 사람이 보면 메달이라도 단 줄 알겠어……."

나는 '좋은 일'에게 빠르고 강하게 애착을 느꼈다. 가혹한 모욕을 당한 날이나 즐거운 날에도 그는 내게 없어서는 안 될 사람이 되었다. 말이 없는 그는 내 머리에 떠오르는 대로 아무것이나 말해도 제지하지 않았다. 외할아버지는 항상 엄하게 소리를 질러 내 말을 잘라버리곤 했다.

"그만 지껄여, 이 떠버리야!"

외할아버지는 자기 자신의 생각으로 꽉 차 있어서 다른 사람 말에 귀를 기울이거나 받아들이지를 않았다.

'좋은 일'은 언제나 내가 지껄이는 말을 주의 깊게 들었고, 미소 지으면서 종종 나에게 말했다.

"그건, 꼬마야, 그렇지 않아. 그건 네 자신이 꾸며낸 거야."

그의 짤막한 촌평은 항상 시의적절했고 필요한 것이었다. 그는 마치 내 마음과 머릿속에서 만들어지고 있는 모든 것을 꿰뚫어보는 것 같았다. 내가 말을 다 하기도 전에 쓸데없고 부정확한 말들을 모조리 알아차리고 두 마디 부드러운 공격으로 잘라냈다.

"거짓말하는구나, 꼬마!"

이 마법 같은 재능을 일부러 시험한 적도 몇 번 있었다. 뭔가 잘 꾸며내서 마치 있었던 일처럼 얘기했다. 그러나 그는 조금만 듣고도 아니라는 듯이 고개를 저었다.

"흠, 거짓말하고 있군, 꼬마……."

"어떻게 알죠?"

"꼬마야, 아는 수가 있어."

물을 받으러 센나야 광장에 갈 때 외할머니는 종종 나를 데리고 갔다. 어느 날 우리는 시민*⁶ 다섯 명이 농민을 때리고 있는 모습을 보았다. 그들은 농민을 땅에 쓰러뜨리고 마치 여러 마리 개들이 한 마리 개를 공격하듯이 마구 때리는 것이었다. 외할머니는 물지게에서 양동이를 떼어낸 다음, 물지게를 휘두르며 시민들을 향해 달려들면서 내게 소리쳤다.

"저리 도망가!"

그러나 나는 깜짝 놀라 외할머니 뒤를 쫓아가서 시민들에게 자갈과 돌멩이를 던지기 시작했다. 외할머니는 용감하게 물지게로 시민들을 찌르고 그들의 어깨와 머리를 때렸다. 다른 사람들이 몰려오자, 시민들은 달아났고 외할머니는 얻어터진 농부를 닦아주었다. 그의 얼굴은 엉망으로 짓밟혀 있었다. 나는 지금도 그가 더러운 손가락으로 찢어진 콧구멍을 누르고 울부짖으며 기침을 해대던 모습이 혐오감과 함께 생생하게 기억난다. 손가락 사이에서 흘러내린 핏방울이 외할머니의 얼굴과 가슴에 튀고 외할머니도 온몸을 부들부들 떨면서 소리쳤다.

집에 돌아오자마자 나는 '좋은 일'에게 뛰어가 그에게 얘기하기 시작했다. 그는 하던 일을 멈추고 긴 줄칼을 군도처럼 치켜든 채 내 앞에 버티고 서서 안경 너머로 나를 엄숙하게 바라보았다. 이윽고 갑자기 내 말을 가로막더니 매우 감동스런 어투로 말했다.

"훌륭해. 정확히 일어난 사건 그대로야! 정말 훌륭해!"

방금 전에 본 것에 충격을 받은 내가 그의 말에 감탄할 여유도 없이 다시 얘기를 계속하자, 그는 나를 껴안고 비틀거리며 방 안을 돌면서 말했다.

"됐어. 더 듣고 싶지 않아! 꼬마야, 넌 할 얘기를 다 했어. 알겠니? 모든 말을!"

나는 모욕을 느낀 나머지 입을 다물었다. 그러나 잠시 생각해보니 놀랍게도 그가 제때에 내 말을 중단시켰고 나는 실제로 할 얘기는 다했다는 느낌이 들었다. 나로서는 매우 기억에 남는 경탄으로 이해되었던 것이다.

"꼬마야, 그런 사건은 깊이 생각하지 않는 게 좋아. 그런 걸 기억하는 건 기분 좋은 일이 아니란다!"

---

*6 제정 러시아 때의 상인 아래 계급.

그가 말했다.

가끔 그는 평생 내 마음에서 떠나지 않는 말들을 불쑥불쑥 할 때가 있었다. 나는 나의 적인 노바야 우리차*7의 골목대장 클류시니코프에 대해 그에게 얘기했다. 그는 뚱뚱한 가분수 소년으로, 싸워서 그 애를 이기지 못했다. '좋은 일'은 나의 분통터지는 얘기를 주의 깊게 듣고 나서 말했다.

"그건 하찮은 일이야. 그런 힘은 힘이 아니지. 진짜 힘은 동작의 속도에 있어. 빠르면 빠를수록 힘이 센 거란다. 알겠니?"

다음 일요일, 나는 주먹을 최대한 빨리 놀려 보았다. 그래서 손쉽게 클류시니코프를 이겼다. 그런 일로 해서 나는 그 하숙인의 말에 더욱더 세심한 주의를 기울이게 되었다.

"모든 물건을 쥐는 법을 배워야 해. 알겠니? 그런데 그건 매우 어려운 일이야!"

얼른 이해할 수는 없었지만 그런 말은 나도 모르게 기억에 남았다. 왜냐하면 그런 말의 단순함 속에는 애가 탈 정도로 신비스러운 요소가 있었기 때문이다. 사실 돌, 빵 한 조각, 컵, 망치를 쥐는 데 어떤 특별한 능력이 필요한 것은 아니잖은가?

그러나 집안사람들은 '좋은 일'을 점점 더 싫어했다. 심지어 명랑한 셋방 여자가 키우는 애교 많은 고양이조차 다른 사람과는 달리 그의 무릎에는 얼씬도 하지 않았고, 그가 다정하게 불러도 다가가지 않았다. 그래서 나는 고양이를 때리고 귀를 잡아당기고 거의 울먹이면서 인간을 무서워하지 말라고 고양이에게 타일렀다.

"내 옷에서 식초 냄새가 나서 그런 거야."

그가 변명했지만, 나는 모든 사람들이 심지어 외할머니까지 적대적이고 부당하며 모욕적인 자세로 그를 대한다는 것을 알고 있었다.

"넌 왜 그 사람 집에 얼굴을 내미는 거냐?" 외할머니가 화를 내며 물었다. "조심해. 그는 너에게 결코 도움될 게 없어."

불그레한 족제비 같은 외할아버지도 내가 그를 찾아간 것을 알고 나면, 나를 심하게 때렸다. 물론 나는 '좋은 일'과 사귀면 안 된다는 사실을 본인에게

---

*7 '새로운 거리'라는 뜻.

는 얘기하지 않았다. 하지만 집안 사람 모두가 그를 어떻게 생각하는가에 대해선 솔직하게 얘기해주었다.

"외할머닌 아저씨를 무서워해요. 외할머닌 아저씨를 마술사로 취급하고, 외할아버지도 아저씨는 하느님의 적인만큼 인간들에겐 위험하대요."

그는 마치 파리를 쫓아내는 것처럼 머리를 흔들었다. 백묵처럼 하얀 그의 얼굴에 미소가 불그레 피어올랐다. 그 미소를 보자 심장이 조여오고 눈앞이 파래졌다.

"꼬마야, 난 이미 알고 있어!" 그는 살며시 말했다. "그건 슬픈 일이야, 안 그래?"

"맞아요!"

"매우 슬픈 일이야."

마침내 그는 쫓겨났다.

어느 날 아침 차를 마시고 그에게 가보니 그는 마룻바닥에 앉아 자기 물건들을 상자 넣으면서 나지막한 목소리로 샤론의 장미를 노래하고 있었다.

"자, 안녕 꼬마야. 이제 난 떠날 거야."

그는 나를 지긋이 올려다보면서 말했다.

"모르고 있었니? 네 엄마를 위해 방이 필요하단다."

"누가 그런 말을 해요?"

"외할아버지가······."

"거짓말이에요!"

'좋은 일'은 내 손을 잡고 자기 곁으로 끌어당겼다. 내가 마룻바닥에 앉자 그는 조용히 말을 꺼냈다.

"화내지 마! 꼬마야. 난 네가 이미 알고 있으면서도 내게 말하지 않았다고 생각했지. 그건 좋은 태도가 아니라고 생각했다······."

왠지 난 슬퍼졌고 그에 대해 화가 났다.

"들어봐."

그는 미소 지으며 거의 속삭이듯이 말했다.

"기억나니, 날 찾아오지 말라고 말했던 걸?"

나는 고개를 끄덕였다.

"넌 내 말에 화가 났지, 그렇지?"

"예⋯⋯."

"꼬마야, 난 널 모욕할 뜻은 없었어. 하지만 난 알았지. 네가 나랑 가까워지면 네가 혼나리라는 걸. 알겠니?"

그는 마치 내 또래 아이처럼 말했다. 그런 그의 말에 몹시 기분이 좋아졌고, 오래전부터, 어쩌면 처음부터 그를 이해하고 있었던 것 같은 느낌마저 들었다. 그래서 나도 이렇게 말했다.

"난 오래전부터 이해하고 있었어요!"

"거봐! 그래 꼬마야. 정말 그랬어. 요 귀염둥이⋯⋯."

나는 참을 수 없이 가슴이 아팠다.

"왜 그 사람들은 아무도 아저씨를 좋아하지 않는 거죠?"

그는 나를 끌어당겨 꼭 껴안고 눈짓을 하면서 대답했다.

"낯선 사람이기 때문이란다, 알겠니? 그게 바로 이유야. 그들과는 다른 사람⋯⋯."

나는 무슨 말을 해야 할지 몰라서, 아무 말도 하지 못하고 그의 소매를 잡아당겼다.

"화내지 마." 그는 되풀이했다. 그리고 내 귀에 대고 속삭이듯이 이렇게 덧붙였다. "울지도 말고⋯⋯."

그러나 그의 흐려진 안경 밑으로 역시 눈물이 흘러내렸다.

그러고 나서 우리는 평소처럼 이따금 짤막한 몇 마디만 주고받고는 오랫동안 말없이 앉아 있었다.

저녁에 그는 모든 사람들과 다정하게 작별인사를 나누고 나를 꼭 껴안아준 뒤 떠났다. 나는 대문 밖으로 나가 그가 짐마차 위에서 흔들리며 멀어지는 것을 바라보았다. 짐마차는 얼어붙은 오솔길 진흙탕을 바퀴로 짓이기며 사라져갔다.

그가 떠나자마자 외할머니는 더러운 방을 물로 열심히 닦아내며 청소하기 시작했다. 나는 일부러 방 구석구석을 걸어 다니며 외할머니가 청소하는 것을 방해했다.

"나가!"

나와 부딪치자 외할머니가 소리쳤다.

"왜 그 아저씨를 쫓아냈어?"

"너하곤 상관없는 일이야!"

"모두 바보들이야."

내가 말했다.

외할머니는 젖은 걸레로 날 때리며 소리를 질러댔다.

"아니, 너 미쳤니? 망나니 같으니라고!"

"외할머닌 빼고 다른 사람들은 모두 바보야."

나는 고쳐 말했지만 그래도 외할머니를 누그러뜨릴 수는 없었다.

저녁을 먹으면서 외할아버지가 말했다.

"이제야 속이 후련하구나! 그자를 보면 심장에 칼이 꽂히는 것만 같아서 말이야, 그래서 할 수 없이 내쫓아야겠다고 생각했지!"

나는 심술이 나서 숟가락을 부러뜨렸고 다시 또 벌을 받았다.

내 조국의 무수한 낯선 사람들—그 중에서도 가장 훌륭한 사람들 가운데 내가 최초로 만난 사람과의 우정은 그렇게 끝이 났다.

9

어린 시절, 나는 나 자신을 벌집으로 상상했다. 단순하고 평범한 온갖 사람들이 이 벌집에 그들 나름의 삶에 대한 지식과 생각의 꿀을 꿀벌처럼 가져와, 그들 자신의 체험으로 내 영혼을 아주 풍요롭게 해주었다. 종종 그 꿀은 더럽고 쓰기도 했지만, 그래도 모든 지식은 역시 꿀이었다.

'좋은 일'이 떠난 뒤 나는 표트르 아저씨와 친해졌다. 그는 외할아버지와 비슷하게 몸이 매우 마르고 단정하고 꼼꼼했다. 하지만 외할아버지보다 키가 더 작고 체격도 왜소했다. 그는 장난 삼아 노인으로 분장한 소년 같았다. 그의 얼굴은 체처럼 온통 가느다란 가죽끈으로 엮어서 짜놓은 듯했다. 그 가죽끈 사이를 노리끼리한 흰자위가 박힌 우스꽝스럽고 대담한 두 눈이 새장 속 흑방울새처럼 날뛰었다. 잿빛 머리카락은 곱슬곱슬하고, 턱수염은 동글동글 고리를 이루며 꼬여 있었다. 그는 파이프 담배를 피웠는데 머리카락과 같은 색깔인 그 연기도 소용돌이치며 피어올랐다. 말솜씨 또한 익살이 풍부하여 그의 곱슬머리처럼 화려했다. 그는 윙윙 울리는 목소리로 자못 부드럽게 말했지만, 내게는 언제나 모든 사람들을 조소하는 듯이 들렸다.

"내가 어렸을 땐 백작 부인 타티안 렉세브나가 내게 '대장장이가 되라'고 명령하더니, 얼마 뒤에 또 명령하는 거야. '정원사를 도우라'고. 꽤 좋았지. 또 한 번은 '고기를 잡아, 페트루시카!' 하고 말했어. 나한테는 모든 게 매한가지니까 나는 고기를 잡으러 갔지. 하지만 내가 막 낚시에 미치려고 하자마자 '잘 있어라, 고기야, 고맙다'가 됐지. 나는 읍내로 나가 역마차 마부가 되어 인두세를 바쳐야 했어. 역마차 마부가 된 다음엔 뭐했냐고? 나와 그 백작 부인이 다른 것으로 바꿀 겨를도 없이 농노해방이 되었고, 나는 말과 함께 남게 되었어. 지금 내 집에는 백작부인 대신 그 말이 돌아다니고 있지."

늙은 그 말은 마치 술 취한 페인트장이가 어느 날 여러 색깔로 칠하기 시작했다가 끝을 내지 못한 것 같은 모습이었다. 다리는 탈골해 있었고 전체가 넝마조각으로 꿰매어놓은 듯했다. 눈은 흐릿하고 뼈만 앙상한 머리는 슬픈 듯이 앞으로 처져 있고, 부풀어오른 정맥과 낡고 닳아빠진 가죽으로 겨우 몸통과 연결되어 있었다. 표트르 아저씨는 그 말을 '탄코이'라고 부르며 때리지 않고 조심스럽게 다루었다.

한번은 외할아버지가 그에게 말했다.

"어째서 자네는 이 가축을 세례명으로 부르나?"

"아닙니다, 아니에요. 존경하는 바실리 바실리예프! 탄코이는 세례명이 아닙니다. 타티아나가 세례명이죠!"

표트르 아저씨는 글을 읽고 쓸 줄 알아서 성경도 상당히 읽은 편이었다. 그는 성자들 가운데 누가 더 신성한가 하는 문제를 놓고 외할아버지와 늘 논쟁을 벌였다. 그들은 서로 경쟁하듯이 고대 죄인들을 더욱 신랄하게 비난했는데 특히 압살롬이 많은 비난을 받았다. 가끔 그 논쟁은 순전히 문법적인 성격을 띠기도 했다. 외할아버지는 '소그레시홈, 베즈자콘노바홈, 네프라우다바홈'라고 말하고, 표트르 아저씨는 '소그레시샤, 베즈자코노바샤, 네프라우드바샤'라고 해야 옳다고 우겨댔다.[1]

"나는 내 식대로 할 테니 자네는 자네 식대로 하게!"

외할아버지는 약이 올라 얼굴이 붉으락푸르락했다. "바샤, 시샤!"[2]

그러면 표트르 아저씨는 자욱한 담배연기 속에서 독기가 올라 물었다.

"그렇다면 영감님의 '홈'은 그것보다 어디가 더 나아요? 그 '홈'자들은 하느님께는 아무런 의미도 없어요. 아마도 하느님은 기도를 들으시면서 이렇게 생각할 겁니다. '열심히 기도는 하고 있지만 한 푼어치의 가치도 없구나!'"

"나가, 렉세이!"

외할아버지는 초록색 눈을 부라리면서 분에 못이겨 소리쳤다.

표트르는 청결과 정돈을 아주 좋아했다. 마당을 거닐면서 대팻밥, 도자기 조각, 뼈다귀들을 발로 차 옆으로 치우면서 욕설을 퍼부어댔다.

"쓸데없는 잡동사니가 길만 가로막고 있어!"

그는 이야기를 즐겼으며 선량하고 명랑한 편이었다. 그러나 이따금 그의 눈

---

[1] '죄를 지은 사람, 법을 어긴 사람, 거짓으로 꾸며서 남을 헐뜯는 사람'이라는 뜻. 뒤의 것은 뜻은 같은데 어미가 다른 것임.

[2] '시샤'는 짐승이라는 욕에 해당한다.

은 핏발이 서고 흐려져서 죽은 사람 눈처럼 미동도 없을 때가 있었다. 그는 컴컴한 모퉁이 어딘가에 앉아 몸을 웅크리고 음울한 얼굴로 그의 조카처럼 입을 다물고 있기도 했다.

"표트르 아저씨, 왜 그러세요?"

"저리 가거라." 그는 가라앉은 목소리로 단호하게 말했다.

우리가 사는 거리의 한 집에 어떤 지주가 살고 있었다. 이마에 혹이 달린 그 지주에겐 아주 이상한 버릇이 있었다. 휴일마다 그는 창가에 앉아서 개, 고양이, 암탉, 까마귀, 또는 자기 마음에 들지 않는 행인들에게까지 공기총을 쏘아댔다. 어느 날엔 새를 잡는 데 쓰는 산탄으로 '좋은 일'의 옆구리를 쏘았다. 산탄은 가죽 재킷을 뚫지는 못하고 그중 몇 발이 재킷 주머니 속에 들어갔다. 그 하숙인이 안경 너머로 그 잿빛 산탄을 유심히 살펴보던 모습이 지금도 기억난다. 외할아버지는 그에게 고발하라고 권했지만 그는 산탄을 부엌 구석으로 내던지면서 말했다.

"그럴 것까진 없어요."

또 어느 때는 그 사격수가 외할아버지 다리에도 산탄 몇 방을 쏘았다. 외할아버지는 노발대발하며 그를 치안판사에게 고발했고, 그 거리에서 전에 그에게 피해를 입었던 사람들과 목격자들을 그러모았다. 그러자 지주는 갑자기 어디론가 사라져버렸다.

그래서 총소리가 나면, 그때마다 표트르 아저씨는, 마침 집에 있을 때는 빛바랜 축일용 챙 달린 모자를 쥐색 머리에 황급히 쓰고 급히 대문 밖으로 뛰어나갔다. 밖으로 나가서 그는 손을 등 뒤로 돌려 카프탄*³ 속에 넣고 카프탄을 닭꼬리처럼 들어 올린 다음, 배를 쑥 내민 채 사격수 앞쪽 인도를 유유히 걸어갔다. 그렇게 사격수 앞을 지나갔다가 되돌아와서는 또 지나갔다. 집안사람들이 모두 나와 대문 옆에 서 있었다. 창문에 새파란 군인의 얼굴이 보이고, 그 위에 그 아내의 금발머리가 보였다. 베틀렌가네 마당에서도 몇몇 사람들이 나와 있었다. 그러나 오프샤니코프의 죽어 있는 듯한 잿빛 집에서만은 아무도 나타나지 않았다.

이따금 표트르 아저씨의 산책은 실패로 끝났다. 사냥꾼은 그를 총 쏠 가치

---

*3 띠가 달린, 소매가 긴 옷.

도 없는 사냥감으로 생각한 것이 분명했다. 그러나 가끔 쌍열박이 총이 연달아 두 번 울리는 일이 있었다.

"우후, 우후······."

걸음걸이를 서두르지도 않고 표트르 아저씨는 우리에게 다가와 매우 만족스러운 듯이 말했다.

"바닥에 맞았어요!"

한번은 산탄이 그의 목과 어깨를 관통했다. 외할머니는 바늘로 산탄을 파내면서 표트르 아저씨를 나무랐다.

"왜 저 미치광이를 얕보고 그래요? 이제 저 미치광이가 당신 눈알을 빼버리려고 할 거야!"

"걱정하지 마세요, 아쿨리나 이바노브나." 표트르 아저씨는 경멸하는 듯한 말투로 길게 늘이면서 말했다. "그자는 사격수도 아니에요······."

"그럼 왜 그를 충동질해요?"

"제가 충동질한다고요? 전 그냥 귀족을 놀려주려고 했을 뿐예요."

그러고는 외할머니가 꺼낸 산탄을 손바닥 위에 올려놓고 들여다보면서 말했다.

"사격수가 못 된다니까요! 타티안 렉세브나 백작부인 집에서 한동안 남편노릇을 한 남자로—그녀는 남편을 하인 갈아치우듯 갈아치웠죠—마몬트 일리치라는 군인이 있었어요. 정말, 그는 쐈다하면 백발백중이었어요! 그 사람은, 산탄이 아니라 진짜 총알을 쐈다고요! 멍청이 이그나시카를 멀리, 아마 40보쯤 되는 곳에 세워놓고 그의 두 다리 사이에 병을 매달았지요. 이그나시카는 두 다리를 쩍 벌리고 멍청하게 웃는 겁니다. 마몬트 일리치가 권총을 겨누고 빵! 쏘았죠. 병은 박살이 났습니다. 한 번은 등에가 이그나시카를 물어뜯는 바람에 이그나시카가 깜짝 놀라 몸을 꿈틀했어요. 그래서 그만 총알이 무릎을 관통하고 말았죠! 사람들이 의사를 불러왔고, 의사는 즉시 이그나시카의 다리를 잘라내 버렸어요! 다리는 땅에 묻고······."

"그래서 그 멍텅구리는?"

"그는 아무렇지도 않았어요. 바보한테 다리나 팔이 무슨 소용 있겠어요? 그 녀석은 어리석음만 먹고도 잘 살아가니까. 바보는 사람들이 다 좋아하잖아요. 우둔한 것도 사람을 기분 나쁘게 하지는 않으니까요. 비서는 바보가 좋다고들

하잖아요."

이런 얘기로 외할머니는 놀라지 않았다. 외할머니 자신도 그런 얘기쯤은 수십 가지나 알고 있었다. 하지만 나는 약간 불안해서 표트르 아저씨에게 물어보았다.

"귀족은 사람을 죽여도 괜찮아요?"

"암, 괜찮지. 심지어 그 사람들은 자기네들끼리 서로 죽이기도 한단다. 한번은 창기병(槍騎兵) 한 사람이 타티안 렉세브나를 보러 왔다가 마몬트와 말다툼을 했어. 그들은 당장 손에 권총을 들고 공원으로 나갔고, 연못 옆 길에서 그 창기병이 한 방 쐈는데 마몬트의 간에 직통으로 맞았지! 마몬트는 교회묘지로 갔고, 창기병은 캅카스로 보내졌지만 어차피 오래 있지는 않았을 거야. 그건 그자들이 스스로 한 짓이니까! 하지만 농사꾼이야 파리 목숨으로밖에 여기지 않아! 지금 이 지주들은 사람들을 더욱 잔혹하게 다루고 있어. 아무리 농노가 해방되었다 해도 말이야. 옛날엔 그렇게 가혹하게 다루진 않았지. 그들 재산이었으니까!"

"그렇지만 그 시절에도 사람들을 크게 생각해준 건 아니었지요."

외할머니가 말했다.

표트르 아저씨도 동의했다.

"그건 그래요. 재산이긴 했지만 그리 값나가는 건 아니었으니까요!"

그는 나에게 다정하게 대해주었고 어른들과 말할 때보다도 나에게 더 친절하게 얘기했다. 그리고 눈을 피하지도 않았다. 하지만 그에게는 내 마음에 들지 않는 뭔가가 있었다. 그가 좋아하는 잼으로 모든 사람들을 대접할 때도 내 빵에는 다른 사람보다 더 두껍게 잼을 발라주고, 읍내에서 보리과자나 기름을 짜낸 양귀비 찌꺼기를 가져다주기도 했다. 그리고 나와는 언제나 진지하고 조용하게 얘기를 나누었다.

"도련님은 커서 무엇이 될래? 군인이 될 건가 아니면 관리가 될 건가?"

"군인."

"거 좋지. 지금은 군대생활도 그리 힘들지 않아. 또 신부가 되는 것도 괜찮지. '자비로우신 하느님!'하고 외치기만 하면 되거든! 게다가 오래 걸리는 일도 아니야. 군인보다 신부가 되는 게 더 좋아. 하지만 그것보다 더 편한 건 어부란다. 어부에겐 어떤 학문도 필요없으니까. 익숙해지기만 하면 되거든!"

그는 물고기들이 미끼 주위를 어떻게 돌아다니는지, 농어와 숭어와 도미가 낚싯줄에 걸렸을 때 어떻게 버둥거리는지를 재미있게 설명해주었다.

"할아버지한테 맞으면 화가 나지?" 그가 위로하듯이 말했다. "하지만 도련님, 절대로 화낼 필요 없어. 가르치기 위해서 때리는 거니까. 그 매는 또 어린이용이야! 나의 주인이었던 타티안 렉세브나는 말이지, 흥, 이 사람은 매질로 유명했어! 이 사람은 전문적으로 매질하는 사람을 데리고 있었어. 흐리스토포르라고 하는데, 매질에는 대단한 명인이어서 이웃 저택에서 그 사람을 빌리고자, 백작부인에게 부탁하러 왔을 정도였지. '타티안 렉세브나 부인, 하인을 매질해야겠는데 흐리스토포르를 좀 빌릴 수 없을까요?' 하고 말이다. 그러면 백작부인은 곧잘 빌려주곤 했지."

하얀 모슬린 옷에 얇은 하늘색 스카프를 걸친 백작부인이 기둥이 있는 현관에 빨간 안락의자를 내다놓고 앉아 있으면 흐리스토포르가 그 앞에서 남녀 농민들을 매질하는 광경을, 그는 분개하는 기색도 없이 자세히 얘기해주었다.

"그런데 말이다, 이 흐리스토포르라는 자는 호산나 랴잔 출신이었어. 말하자면 집시나 우크라이나인과 비슷했지. 코밑수염이 귀까지 자라 있고 얼굴은 시퍼렇고 턱수염은 싹 밀어버렸어. 그리고 그 녀석은 바보 같기도 해서, 쓸데없는 말을 듣지 않도록 일부러 그런 시늉을 하기도 했단다. 자주 부엌에 와서 컵에 물을 담은 뒤 파리나 바퀴벌레, 딱정벌레 같은 걸 잡아넣어 작은 나뭇가지를 이용해 그것들을 물 속에 밀어넣어 잠기게 했어, 아주 오랫동안. 아니면 자기 옷깃 속에 있는 벼룩을 잡아서 그것을 물에 빠뜨리기도 하고……."

그런 얘기는 이미 알고 있는 것들이었다. 나는 외할머니와 외할아버지의 입을 통해 그런 얘기를 많이 들어왔었다. 그런 얘기들은 다양하고 서로 다르면서도 이상할 정도로 서로 비슷비슷했다. 모든 얘기가 사람들을 괴롭히고 조롱하고 박해하는 내용이었다. 나는 그런 얘기는 싫증이 나서 더 이상 듣고 싶지 않았다. 그래서 나는 짐마차꾼에게 부탁했다.

"다른 얘길 해줘요!"

그는 모든 주름살을 입가에 모은 다음에 그것을 눈까지 끌어올리더니 승낙했다.

"좋아, 이 욕심꾸러기야. 다른 얘기를 해주지. 그러니까 우리 집에 요리사가 있었는데……."

"누구 집에요?"

"백작부인 타티안 렉세브나의 집 말이다."

"왜 아저씬 타티안이라고 불러요? 그 여자, 남자예요?"

그가 신경질적인 목소리로 웃었다.

"물론 백작부인은 여자지. 하지만 그 여자에겐 수염이 좀 나 있었어. 거무스름하게. 그 여자는 검은 독일인 혈통이었거든. 이 독일 민족은 흑인 같은 종족이지. 그래서 그 요리사가 말이다. 얘야, 이건 좀 우스꽝스러운 사건인데……."

우스꽝스러운 사건이란 요리사가 생선살이 들어간 파이를 망쳐버리자, 사람들은 그걸 한꺼번에 요리사에게 먹게 했는데, 요리사는 그걸 다 먹고 병이 났다는 얘기였다.

나는 화를 냈다.

"하나도 우습지 않네요!"

"그럼 뭐가 우스울까? 그럼, 네가 얘기해봐라!"

"난 몰라요."

"그럼 조용히 있어!"

그는 다시금 재미없는 거미줄을 짜기 시작했다.

이따금 휴일에는 외사촌들이 놀러 왔다. 슬픈 표정의 사샤 미하일로프와 말쑥하고 뭐든지 다 아는 사샤 야코프. 어느 날 셋이서 헛간 지붕 위를 거닐다가 베틀렌가네 마당에서 녹색 모피 프록코트를 입은 지주를 보았다. 그는 담벼락 옆 장작더미 위에 앉아 강아지들과 장난을 치고 있었다. 벗겨진 작고 노란 머리에는 아무것도 쓰지 않은 채였다. 외사촌 가운데 누군가가 강아지 한 마리를 훔치자고 해서, 그 자리에서 기발한 절도 계획이 세워졌다. 계획인즉, 외사촌들은 지금 곧 길거리로 나가 베틀렌가네 대문을 향해 가고, 나는 지주를 깜짝 놀라게 하여 지주가 놀라서 달아나면 외사촌들이 마당에 뛰어들어 강아지 한 마리를 잡아온다는 것이었다.

"어떻게 놀라게 하지?"

외사촌들 가운데 하나가 제안했다.

"그 사람의 대머리에 침을 뱉어!"

사람 머리에 침을 뱉는 것은 큰 죄악이 아닐까? 하지만 나는 그보다 훨씬 심한 짓을 하는 사람들의 얘기를 여러 번 들었고 나 자신도 본 적이 있었다.

그래서 나에게 맡겨진 임무를 훌륭히 수행해냈음은 물론이다.

큰 소동이 벌어졌다. 베틀렌가의 집에서 남녀가 떼를 지어 우리집 마당으로 들이닥쳤다. 젊고 잘 생긴 장교가 그 무리들을 지휘하고 있었다. 외사촌들은 내가 범행을 저지르는 순간 나의 야만적인 장난에 대해서는 모른 채 얌전하게 거리를 거닐고 있었기 때문에, 외할아버지는 나만 매질했는데, 그것으로 베틀렌가 집안사람들은 한껏 만족스러워했다.

내가 초주검이 되어 부엌 침상에 누워 있는데 축제처럼 옷을 잘 차려입은 표트르 아저씨가 웃으면서 침상으로 올라왔다.

"도련님이 어찌 그리도 기발한 생각을 했지!" 그가 속삭이듯 말했다. "그자한 테는 당연히 그렇게 해야 해, 그 늙어빠진 염소한테는. 암 그래야지. 그놈들에 게는 침을 뱉어줘! 아니, 그 썩은 대갈통에 짱돌을 던져야 하는 건데!"

지주의 둥글고 머리카락이 없는 어린애 같은 얼굴이 내 앞에 있었고, 그가 조그만 손으로 노란 대머리를 문지르며 강아지처럼 처량한 목소리로 슬픈 듯 조용히 소리친 것이, 그 순간 견딜 수 없을 만큼 부끄러워져서 외사촌들을 증오한 것이 지금도 기억난다. 그러나 짐마차꾼의 주름진 얼굴을 바라보았을 때 그 모든 것은 순식간에 잊혀졌다. 그의 얼굴은 나를 때릴 때의 외할아버지 얼굴처럼 무시무시하고 혐오스럽게 떨고 있었다.

"저리 가!"

나는 손과 발로 표트르를 밀어내면서 소리쳤다.

그는 킥킥거리며 눈짓을 하더니 침상에서 내려갔다.

그때부터 나는 그와 얘기하고 싶은 마음이 들지 않았고 그를 피하기 시작 했다. 동시에 나는 경멸에 찬 눈빛으로 그의 뒤를 쫓으면서 어렴풋이 무슨 일 이 일어날 것을 막연하게 기대했다.

지주와의 사건이 있은 뒤 곧 또 하나의 사건이 일어났다. 오프샤니코프의 조용한 집은 오래전부터 내 흥미의 대상으로, 그 회색 집 안에 사는 사람들은 특별하고 비밀스러운, 옛날이야기 같은 생활을 꾸려가고 있을 거라는 생각이 들었다.

베틀렌가네 사람들은 시끄럽고 유쾌하게 살았다. 그곳에는 아름다운 부인 네들이 많아서, 장교들과 학생들이 찾아와서 늘 웃고 떠들며 노래하고 음악 을 연주했다. 집 건물 자체가 밝았다. 유리창도 반짝반짝 빛나고 그 유리창 너머로는 푸른 이파리들이 선명하게 눈에 들어왔다. 외할아버지는 그 집을 싫어했다.

"이교도들, 불신자들."

외할아버지는 그 집 식구들에 대해 그렇게 말했다. 또한 외할아버지는 추악한 말로 그 집 여자들을 불렀는데, 한번은 표트르 아저씨가 그 말의 의미를 매우 더럽게, 고소하다는 듯이 내게 설명해주었다.

엄격하게 침묵을 지키는 오프샤니코프의 집은 외할아버지에게 존경심을 불러일으켰다. 단층이지만 높다란 그 집은, 잔디가 무성한 깨끗하고 조용한 마당 쪽으로 쭉 뻗어 있었고 마당 한가운데는 두 개 기둥이 지붕을 받치고 있는 우물이 하나 있었다. 그 집은 마치 거리에서 숨으려고 뒤로 물러나 있는 것 같았다. 아치형의 좁다란 창문 세 개도 땅 위에서 높이 떠 있었고, 햇빛이 비치면 우윳빛 유리창이 무지개 빛깔로 채색되었다. 대문 한쪽에는 전면이 집과 완전히 똑같은 창고가 있었다. 거기에도 세 개의 유리창이 있었지만 그것은 가짜로, 잿빛 벽에 문틀을 붙이고 하얀 물감으로 틀 안에 창살을 그린 것이었다. 그 보이지 않는 창문은 불쾌했다. 그리고 창고 전체가 숨고 싶어 하고 눈에 띄지 않게 살고 싶어 하는 것을 다시 한 번 암시하는 듯했다. 그 택지 전체에, 그리고 비어 있는 마구간과 커다란 문이 달린, 마찬가지로 비어 있는 헛간에도, 뭔가 고요한 분노 또는 조용한 오만 같은 것이 담겨 있었다.

이따금 키 큰 노인이 다리를 절며 마당을 가로질러 걸어갔다. 하얀 콧수염 외에는 깨끗이 면도한 그 노인은 콧수염 털이 바늘처럼 곤두서 있었다. 이따금 구레나룻을 기르고 코가 구부러진 다른 노인이 마구간에서 목이 긴 회색 말을 끌어내기도 했다. 가슴이 좁고 다리가 가느다란 그 말은 마당으로 나오면서 마치 온순한 수녀처럼 주위의 모든 것에 인사를 보냈다. 절름발이 노인은 손바닥으로 철썩 소리가 나게 말을 때리고, 휘파람을 불거나 요란하게 한숨을 내쉬었다. 그런 다음 다시 말을 컴컴한 마구간에 집어넣었다. 내가 보기에 그 노인은 말을 타고 집에서 떠나고 싶어하면서도 마법에 걸려 나가지 못하는 것 같았다.

거의 매일 정오부터 저녁까지 사내아이 세 명이 마당에서 놀고 있었다. 잿빛 재킷에 바지차림 하며, 챙 없는 모자 역시 똑같이 쓰고 얼굴이 둥글고 눈이 잿빛인 세 소년은, 키 차이로 겨우 구분이 될 정도로 서로 닮은 꼴이었다.

나는 담장 틈새로 그들을 살펴보았다. 그들은 나를 알아채지 못했지만, 나는 그들이 나를 보기를 바랐다. 내가 모르는 놀이를 하며 무척 즐겁고 유쾌하게, 그리고 사이좋게 놀고 있는 것이 마음에 들었다. 그들의 옷과 서로에 대한 다정한 보살핌, 특히 형들이 어린 동생을 보살피는, 우스꽝스럽고 대담한 어린이를 대하는 태도에 잘 나타나 있는 보살핌이 좋아 보였다. 막내가 넘어지면 누구나 넘어진 사람을 보고 웃듯이 그들도 웃었다. 그러나 악의가 없는 웃음이었고, 즉시 막내를 도와 일으켜준 뒤 손과 무릎이 더러워졌으면 막내의 손가락과 바지를 우엉 잎사귀나 손수건으로 닦아 주었다. 둘째는 다정한 목소리로 말했다.

"거봐, 조심하지 그랬니!……."

그들은 결코 서로를 욕하거나 상대를 속이는 일이 없었다. 그리고 셋 다 매우 민첩하고 건강했으며 지칠 줄을 몰랐다.

어느 날 나는 나무에 기어 올라가 그들에게 휘파람을 불었다. 그들은 내 휘파람소리를 듣고 이내 그 자리에 멈춰 섰다. 그리고 서두르지 않고 함께 모여 내 쪽을 바라보며 조용히 수군거리기 시작했다. 나는 그들이 내게 돌을 던질 거라고 생각하고 얼른 땅으로 내려와 주머니와 품속에 돌을 가득 넣고는 다시 나무 위로 올라갔다. 그러나 그들은 이미 내게서 멀리 떨어진 마당 구석에서 놀고 있었고, 나에 대해서는 잊어버린 게 분명했다. 그것은 나를 슬프게 했으나 내 쪽에서 먼저 싸움을 걸고 싶지는 않았다. 곧 누군가가 창문 통풍구에서 그들을 향해 소리쳤다.

"애들아, 집 안으로 들어와, 어서!"

그들은 순순히, 마치 거위처럼 천천히 걸어갔다.

나는 몇 번이나 담장 위의 나무에 올라앉아서 그들이 같이 놀자고 불러주기를 기다렸지만, 그들은 나를 불러주지 않았다. 하지만 마음속에서는 이미 그들과 함께 놀고 있었다. 그 놀이에 열중하여 이따금 소리를 지르고 큰 소리로 웃기도 할 정도였다. 그러면 그들은 조용히 뭔가 얘기하면서 나를 바라보았고 나는 멋쩍어서 나무에서 내려왔다.

어느 날 그들이 숨바꼭질을 시작했다. 둘째가 술래가 될 차례였다. 술래는 몰래 엿보지도 않고 정직하게 손으로 눈을 가리고 창고 뒤 구석에 서 있었다. 두 형제는 숨기 위해 뛰어갔다. 형은 재빠르게 창고 처마 밑에 있는 커다란 썰매 속으로 기어들어갔다. 막내는 숨을 곳을 찾지 못한 채 우왕좌왕하면서 우물 주위를 허둥지둥 뛰어다니고 있었다.

"하나." 둘째가 소리쳤다. "둘……."

막내는 우물 위로 뛰어올라 밧줄을 잡고 다리를 빈 두레박에 집어넣었다. 두레박은 우물 벽에 둔탁하게 부딪히는 소리를 내면서 순식간에 사라져버렸다.

나는 기름칠이 잘된 도르래가 금세 소리도 없이 돌아가는 것을 보면서 머리가 멍해졌다. 하지만 금방 무슨 일이 일어난 건지 깨닫고 저쪽 마당으로 뛰어내리면서 소리쳤다.

"우물에 빠졌어!……."

둘째와 내가 동시에 우물로 달려가 밧줄에 매달렸다. 그 바람에 그는 위로 몸이 들리면서 손을 데었다. 그러나 나는 재빨리 밧줄을 붙잡을 수 있었다. 그때 첫째가 달려와 내가 두레박을 끌어올리는 것을 도와주면서 말했다.

"가만가만히, 부탁해!"

우리는 재빨리 막내를 끌어올렸다. 막내는 혼비백산해 있었다. 오른쪽 손가락에서는 피가 났고 뺨은 심하게 긁혀 있었다. 허리까지 물에 젖어서 새파랗게 질려 있었다. 그러면서도 미소를 짓고 있었다. 그는 몸을 덜덜 떨면서 눈을 커다랗게 뜨고는 웃으면서 천천히 말했다.

"굉장히 오—래 떨어졌어!"

"너, 돌았구나. 이것 좀 봐."

둘째가 막내를 감싸 안고 손수건으로 얼굴의 피를 닦아주면서 말했다. 그러자 첫째가 눈살을 찌푸리면서 말했다.

"가자, 어차피 숨길 수는 없을 테니……."

"너희들도 매를 맞니?"

내가 물었다.

그는 고개를 끄덕였다. 그리고 나에게 손을 내밀며 말했다.

"너 정말로 빨리 달려와 줬어!"

칭찬에 완전히 기분이 좋아진 내가 그의 손을 잡기도 전에 그는 벌써 둘째에게 다시 말했다.

"가자, 막내가 감기 들겠다! 넘어졌다고 둘러대자. 우물 얘기를 해서는 안 돼!"

"좋아, 알았어." 막내가 여전히 몸을 떨면서 동의했다. "웅덩이에 빠졌다고 하면 되지?"

그들은 가버렸다.

이 모든 일이 너무나 순식간에 일어났기 때문에 문득 내가 마당으로 뛰어내리기 전에 앉아 있던 나뭇가지를 올려다보니 그 가지가 노란 이파리를 떨구며 아직도 흔들리고 있었을 정도였다.

일주일쯤 그 형제들은 마당에 나타나지 않았다. 그러다가 이윽고 그들은 전보다 더욱 소란을 떨며 나타났다. 첫째가 나무 위에 있는 나를 보고 정답게 소리쳤다.

"이리 와서 우리랑 놀자!"

우리는 창고 지붕 밑에 있는 오래된 커다란 썰매 속에 기어들어가 서로 유심히 바라보며 오랫동안 얘기를 나누었다.

"너희들 맞았니?"

내가 물었다.

"맞았어."

첫째가 대답했다.

그 아이들도 나처럼 매를 맞는다는 것이 믿어지지 않았고, 나는 그들 대신 분노를 느꼈다.

"왜 넌 새를 잡니?"

막내가 물었다.

"새들은 노래를 멋지게 하거든."

"안 돼, 잡지 마. 맘대로 날도록 내버려두는 게 나아."

"그래, 좋아. 앞으로는 잡지 않을게!"

"그 전에 한 마리만 잡아서 나 줘."

"너에게? 어떤 새를?"

"명랑한 새. 새장에 넣을래."

"그럼, 흑방울새를 잡아야지."

"고양이가 먹어버릴 텐데." 둘째가 말했다. "그리고 아빠도 허락하지 않을 거야."

첫째가 그 말에 동의했다.

"허락하지 않을 거야."

"너희들, 엄마 있니?"

"없어."

첫째가 대답하자 둘째가 그 말을 정정했다.

"엄마 있어. 친엄마가 아니라 다른 엄마지만. 진짜 엄마는 돌아가셨어."

"다른 엄마? 그럼 새엄마로구나."

내가 말하자 첫째가 머리를 끄떡였다.

"응."

갑자기 세 아이 모두 생각에 잠기며 시무룩해졌다.

외할머니의 옛날 얘기를 통해 나는 새엄마가 뭔지 알고 있었다. 그래서 그 아이들의 침묵을 이해할 수 있었다. 그들은 마치 병아리들처럼 똑같은 모습으로 서로 꼭 붙어 있었다. 속임수로 친엄마 자리를 차지한 마녀 같은 새엄마를 떠올리면서 나는 그들에게 약속했다.

"친엄마는 꼭 다시 돌아올 거야. 기다려봐!"

첫째가 어깨를 으쓱했다.

"엄만 돌아가셨는걸? 그건 있을 수 없어."

있을 수 없다고? 하지만 하느님은 죽은 사람을, 게다가 토막토막 난도질당해 죽은 사람들까지 몇 번이나 다시 살려냈잖아? 생명의 물을 뿌리면, 그 죽음이 진짜 죽음, 하느님에 의한 죽음이 아니라 마술사와 마녀들의 짓이었던 것이 밝혀지지 않았던가!

나는 흥분해서 외할머니의 얘기를 아이들에게 들려주었다. 첫째는 처음부터 내내 웃고 있다가 조용히 말했다.

"그건 우리도 알아. 하지만 옛날 얘기일 뿐이야."

동생들은 잠자코 듣고 있었다. 막내는 입술을 꼭 다물고 뺨을 불룩하게 부풀리고 있었고, 둘째는 팔꿈치를 무릎에 올려놓고 내 쪽으로 몸을 기울인 채 한 손으로 동생의 목을 감고 있었다.

벌써 해가 상당히 기울어 붉은 구름이 지붕 위에 걸려 있었다. 이때 하얀 콧수염을 기른 노인이 신부처럼 긴 갈색 옷에 거친 털모자를 쓰고 우리 옆에 나타났다.

"저 앤 누구냐?"

노인이 손가락으로 나를 가리키며 물었다.

첫째가 일어나 우리 외할아버지네 집을 향해 고개를 끄떡였다.

"저 집 아이예요."

"누가 저 앨 불러들였지?"

아이들은 모두 말없이 썰매에서 기어 나와, 온순한 거위들처럼 집 쪽으로 걸어갔다.

노인은 내 어깨를 꽉 붙잡고 마당을 지나 문으로 데리고 갔다. 노인에 대한 공포 때문에 울고 싶었지만, 노인이 성큼성큼 너무 빨리 걷는 바람에 나는 울지도 못한 채 어느새 길거리로 나와 있었다. 노인은 쪽문 앞에 멈춰 서서 손가락으로 위협하면서 말했다.

"다시는 여기 오지 마라!"

나는 화가 났다.

"절대로 안 올 거예요, 늙은 악마 같으니라고!"

그는 다시 긴 손으로 나를 붙잡고 좁은 길로 끌고 가면서 마치 망치로 내리치듯이 내 머리 위로 질문을 퍼부었다.

"네 외할아버지 집에 있냐?"

불행하게도 외할아버지는 집에 있었다. 외할아버지는 머리를 쳐들고 턱수염을 앞으로 내밀고 무서운 노인 앞에 서서 2코페이카 동전처럼 둥글고 흐릿한 노인의 눈을 들여다보면서 빠르게 말했다.

"저 애 어미는 멀리 외출중이고, 난 바쁜 사람입니다. 저 애를 살필 사람이 아무도 없어요. 용서해 주십시오, 대령님!"

대령은 집안 전체에 들리도록 헛기침을 한 번 하더니 나무 기둥처럼 빙글 돌아서서 나가버렸다. 잠시 뒤 나는 마당에 있던 표트르 아저씨의 짐마차에 내던져졌다.

"또 말썽을 일으켰나, 도련님?" 그가 말 멍에를 풀면서 물었다. "뭐 때문에 맞았니?"

내가 무엇 때문에 맞았는지 그에게 얘기하자 그는 얼굴을 붉히며 씩씩거렸다.

"뭐하러 그 애들과 놀았어! 그 애들은 귀족의 자식들이고 독사새끼들이야.

봐라, 걔들 때문에 네가 맞았잖아! 이젠 네가 그들에게 앙갚음을 할 차례야! 가만 있어선 안 돼!"

그는 오랫동안 분통을 터뜨렸다. 매를 맞아 화가 난 나는 처음엔 그의 말에 공감하면서 들었지만 노인의 주름진 얼굴이 더욱 불쾌하게 떨리는 걸 보면서, 그 아이들 또한 매를 맞았을 거라고 생각했다. 그들은 나에게 잘못한 것이 없는데도.

"그 애들을 때릴 필요는 없어요. 좋은 애들이에요. 아저씬 내게 항상 거짓말만 해."

내가 말했다.

그는 잠시 나를 바라보더니 느닷없이 소리쳤다.

"저리 가! 거기서 나오라고!"

"아저씨 바보!"

땅에 펄쩍 뛰어내리면서 나는 버럭 소리를 질렀다.

그가 나를 잡으려고 내 뒤를 쫓아 온 마당을 뛰기 시작했다. 그러나 나를 따라잡지는 못한 채 계속 뛰면서 꺽꺽대는 목소리로 고함을 쳤다.

"내가 바보라고? 내가 거짓말을 한다고? 내 이 녀석을……."

외할머니가 부엌 계단에 나오는 걸 보고 나는 외할머니 품으로 뛰어들었다. 그가 투덜대기 시작했다.

"이 꼬맹이 때문에 살 수가 없어요! 세상에, 내가 다섯 배는 나이를 더 먹었는데도 나에게 어머니가 어쩌고저쩌고 하면서*4 온갖 욕을 퍼붓잖아요……거짓말쟁이라고……."

내 앞에서 거짓말을 하다니, 나는 깜짝 놀라 어쩔 줄 몰라 하며 멍해졌다. 내가 어쩔 줄 몰라 하고 있으니 외할머니가 단호하게 말했다.

"흥, 진짜로 거짓말하는 사람은 바로 당신이에요, 표트르. 저 애는 당신에게 그런 더러운 욕은 하지 않았어요!"

외할아버지라면 이 짐마차 마부의 말을 믿었을 것이다.

그날부터 우리 사이에는 악의에 찬 말없는 전쟁이 시작되었다. 그는 마치 실수한 것처럼 나를 떠밀거나 고삐로 날 다치게 하고, 내 새를 놓아주고, 어느

---

*4 어머니 이름을 이용한 가장 좋지 않은 욕설을 말한다.

때는 그 새를 고양이에게 잡아먹히게 했고, 기회만 있으면 외할아버지에게 나에 대해 거짓말을 보태 일러바치려 했다. 나는 점점 그가 노인으로 변장한 나와 똑같은 아이로 생각되었다. 나는 그의 미투리를 올을 풀고 끈을 잘라 두었다. 표트르 아저씨가 그 신을 신자 곧 떨어지고 말았다. 또 그의 모자에 후춧가루를 뿌려 한 시간이나 재채기를 하게 만들기도 하면서, 나는 대체로 힘이나 꾀에서 그에게 지지 않으려고 노력했다. 휴일마다 그는 하루 종일 눈을 빛내면서 나를 감시하고는, 내게 금지되어 있던 지주 아들들과 노는 현장을 몇 번이나 포착하여 그때마다 외할아버지에게 가서 고자질했다.

지주 아들들과의 교제는 지속되었고 그것은 나에게 더욱더 많은 기쁨을 주었다. 외할아버지네 집 담과 오프샤니코프네 담장 사이 좁다란 갈고리 모양의 골목길에는 느릅나무와 보리수와 딱총나무 덤불이 자라고 있었다. 나는 그 덤불 아래 담장에 반원형 개구멍을 파놓았다. 삼형제가 교대로 혹은 둘씩 그 개구멍으로 다가왔고, 우리는 쭈그리고 앉거나 무릎 꿇고 앉아 조용히 얘기를 나누었다. 그 애들 가운데 하나는 대령이 갑작스레 우리에게 들이닥치는지 항상 감시했다.

그 애들은 자신들의 지루한 생활에 대해 얘기했다. 그 얘기를 듣고 나는 매우 슬퍼졌다. 그들은 내가 잡아준 새가 어떻게 살고 있는지에 대해, 그리고 어린아이다운 관심사에 대해 많은 이야기를 했다. 그러나 그들은 새엄마와 아버지에 대해서는 한마디도 하지 않았다. 적어도 내가 기억하기로는 그랬다. 그보다는 자주 나에게 옛날 얘기를 해달라고 졸랐고, 나는 성실하게 외할머니한테 들었던 이야기를 되풀이했다. 그리고 만약 뭔가 잊어버린 것이 있으면 그 애들더러 기다리라고 하고 외할머니에게 달려가 잊어버린 내용에 대해 물어보았다. 그런 일은 항상 외할머니를 기쁘게 했다.

나는 그들에게 외할머니에 대한 이야기를 많이 해주었다. 어느 날은 첫째가 깊은 한숨을 내쉬며 말했다.

"할머니들은 다 좋은가봐. 우리에게도 좋은 할머니가 있었지……."

첫째는 '였지', '했지' 하는 말을, 11년이 아니라 100년이나 이 세상에서 살아온 것처럼 자주 슬프게 말했다. 그의 좁은 손바닥과 가느다란 손가락이 기억난다. 몸 전체는 호리호리하고 허약해 보였지만 눈은 매우 맑았고 마치 교회의 등불처럼 온화했다. 그의 동생들도 사랑스러워 그들에 대한 커다란 신뢰감을 불러일으켰다. 언제나 그들을 위해 유쾌한 일을 해주고 싶었다. 그러나 그중에서도 첫째가 가장 마음에 들었다.

얘기에 열중한 나는 종종 표트르 아저씨가 나타난 것을 알아차리지 못했다. 표트르 아저씨는 느릿하게 말을 끌면서 큰 소리로 우리를 내몰았다.

"또, 또, 거기 있니?"

나는 그가 갈수록 자주 불길하고 무감각한 발작을 되풀이하는 것을 보았다. 심지어 그가 일을 마치고 어떤 기분으로 귀가하는지도 미리 짐작할 수 있게 되었다. 보통 그는 서두르지 않고 천천히 대문을 열었다. 문돌쩌귀가 오랫동안 나른하게 삐걱거렸다. 그런데 이 짐마차꾼의 심기가 편치 않을 때는 돌쩌귀가 짧게, 마치 고통으로 신음하는 것처럼 삐걱거렸다.

그의 벙어리 조카는 결혼하기 위해 시골로 돌아갔다. 표트르는 마구간 위에, 조그만 창문이 있고 천장이 낮은 골방에서 혼자 살았다. 그곳은 썩은 가죽과 타르와 땀과 담배가 뒤범벅이 된 지독한 냄새로 가득 차 있었다. 그 냄새 때문에 나는 절대로 그 방에 가지 않았다. 요즈음 그는 램프를 끄지 않고 잠을 잤는데, 외할아버지는 그것이 몹시 마음에 거슬렸다.

"조심해, 내 집을 몽땅 태워 먹으려고 그래, 표트르!"

"걱정 마세요! 밤에는 물을 담은 그릇 속에 램프를 놓아두니까요."

그는 딴 데를 바라보며 대답했다.

요즘 들어 그는 대체로 사람을 똑바로 바라보지 않았다. 오래전부터 외할머니의 저녁 연회에도 발길을 끊고 잼을 대접하는 일도 없었다. 얼굴은 말라붙어 주름살이 더 깊어졌고, 병자처럼 발을 끌고 몸을 흔들며 걸어 다녔다.

어느 평일 아침, 내가 외할아버지와 함께 밤새 엄청나게 쌓인 마당의 눈을 쓸고 있는데 갑자기 쪽문 빗장이 유별나게 시끄럽게 덜걱거리더니 경관이 들어와서 등으로 문을 닫고는 굵은 잿빛 손가락으로 외할아버지에게 손짓을 했다. 외할아버지가 다가가자 경관은 커다란 코를 마치 외할아버지 이마에 구멍이라도 뚫을 것처럼 기울이고, 잘 들리지 않는 목소리로 뭔가 얘기하기 시작했다. 그러자 외할아버지가 허둥대면서 대답했다.

"여기서요? 언제? 난 기억력이 좋지 않아서……"

그러더니 갑자기 우스꽝스럽게 펄쩍 뛰면서 소리를 질렀다.

"맙소사, 그게 정말입니까?"

"조용히 하시오."

경관이 엄하게 말했다.

외할아버지가 주위를 둘러보더니 나를 보았다.

"삽을 치우고 집 안으로 들어가거라!"

나는 구석에 숨었다. 그들은 짐마차 마부의 골방으로 갔다. 경관은 오른쪽 손에서 장갑을 벗어 왼손을 찰싹찰싹 때리면서 말했다.

"그는……알고 있어요. 그래서 말을 버리고 숨어버린 겁니다."

나는 내가 보고 들은 모든 걸 외할머니에게 얘기하려고 부엌으로 달려갔다. 외할머니는 밀가루로 뒤덮인 얼굴을 흔들면서 빵 반죽을 주무르고 있었다. 내 얘기를 다 듣고 나서 외할머니는 태연하게 말했다.

"뭔가 훔친 모양이지, 틀림없이…… 가서 놀아라, 네가 상관할 일이 아니니까!"

내가 다시 마당으로 뛰어나왔을 때, 외할아버지는 쪽문 앞에 서서 모자를 벗고 하늘을 올려다보며 성호를 긋고 있었다. 화가 난 듯, 털이 곤두 선 듯한 얼굴로 한쪽 다리를 떨고 있었다.

"내가 말했잖아, 집 안으로 들어가라고!"

외할아버지는 발을 구르며 내게 소리쳤다.

그러고는 내 뒤를 따라와 부엌으로 들어서면서 불렀다.

"이리 나와 봐, 할멈!"

외할머니와 외할아버지는 옆방으로 가서 오랫동안 쑤군거렸다. 외할머니가 다시 부엌으로 돌아왔을 때 나는 뭔가 무서운 일이 벌어졌음을 분명히 알 수 있었다.

"무슨 일인데 그렇게 놀라?"

"잠자코 있으라니까."

외할머니는 조용히 대답했다.

온종일 집안 공기가 예사롭지 않아서 무서웠다. 외할아버지와 외할머니는 불안하게 서로 눈짓을 교환하고 조용하고 짤막하게 내가 이해할 수 없는 말을 했다. 그 말이 나의 불안을 더욱 부채질했다.

"할멈, 램프를 사방에 켜도록 해."

외할아버지가 가벼운 기침을 하면서 지시했다.

마지못해서, 그러면서도 마치 누가 오기를 애타게 기다리는 듯이 서둘러 저녁을 먹었다. 외할아버지는 피곤한 듯 양 볼을 부풀리고 헛기침을 하고는 중얼거렸다.

"인간은 도저히 악마의 힘을 당할 수가 없어! 그 사람도 독실한 신도처럼 경건했는데. 할멈은 어떻게 생각해, 응?"

외할머니는 한숨을 내쉬었다.

흐릿한 은빛 겨울 낮은 끝없이 길게 느껴졌다. 집안은 점점 어둡고 불안하게 가라앉았다.

어둠이 깔릴 무렵 얼굴이 붉고 뚱뚱한 또 다른 경관이 찾아왔다. 그는 부엌 벤치에 앉아서 코를 골거나 고개를 끄덕거리며 졸고 있었다. 외할머니가 "어떻게 그걸 알아냈어요?" 하고 묻자 그는 잠시 사이를 두었다가 굵직한 목소리로 대답했다.

"걱정 마시오. 우리는 뭐든지 알아내니까!"

지금도 기억난다. 그때 나는 창가에 앉아 옛날 동전을 입 안에 넣어 뜨뜻하게 데워서 유리창 성에 위에 눌러, 뱀을 찌른 게오르기 포베도노세츠*5의 모습이 찍히게 하려고 애쓰고 있었다.

갑자기 현관에서 가슴을 짓누르는 듯한 술렁거림이 들려왔다. 문이 활짝 열리고 페트로브나가 고막을 찢는 듯한 소리로 문지방에서 외쳤다.

"와서 저기 저 뒤편에 있는 게 뭔지 좀 봐요!"

경관을 보자 그녀는 다시 현관으로 달려갔다. 그러나 경관은 그녀의 치맛자락을 잡고 역시 놀란 것처럼 소리쳤다.

"잠깐 기다려요. 당신은 누구요? 무얼 보았소?"

문지방에 걸린 그녀는 무릎을 꿇고 쓰러졌고, 말과 눈물로 숨도 제대로 못 쉬면서 소리 지르기 시작했다.

"암소 젖을 짜러 가보니 카시린네 뜰에 장화 비슷한 게 보이지 않겠어요?"

그러자 외할아버지가 발을 구르며 화가 나서 소리쳤다.

"거짓말하지 마, 바보! 뜰에서 무엇이 보인다는 거야. 담장이 높고, 그 담장엔 구멍도 없잖아. 거짓말이야! 거기엔 아무것도 없어!"

---

*5 전설에 따르면 3세기 말 디오클레시안 황제 시대에 살았던 성인. 말을 타고 뱀을 죽이는 그의 모습이 고대 러시아 동전 위에 새겨져 있었다.

"영감님!"

한 손은 외할아버지에게 뻗고, 다른 한 손으로는 머리를 감싸 쥐며 페트로브나가 신음소리를 냈다.

"정말이에요, 영감님, 내가 뭣 때문에 거짓말을 하겠어요! 내가 젖을 짜러 가는데 할아버지네 담장 쪽으로 발자국이 나 있고 눈이 한 군데 짓밟혀 있었어요. 그래서 담장을 넘겨다봤지요. 그랬더니 그게 보였어요, 그 사람이 누워 있는 것이……."

"누가!"

이 외침은 무시무시하게 오래 끌었다. 그 외침 소리는 무슨 소리인지 아무도 알아들을 수가 없었다. 그러나 모든 사람들이 마치 미친 듯이 서로 부딪치면서 부엌 쪽으로 뛰어나가 뜰로 달려갔다. 부드러운 눈으로 뒤덮인 구덩이 속에 표트르 아저씨가 누워 있었다. 시커멓게 탄 통나무에 기댄 채 머리는 가슴 쪽으로 푹 꺾여 있었다. 오른쪽 귀 아래에 마치 입처럼 깊이 베인 상처가 붉게 보였다. 그 상처에서 푸르스름한 살점들이 이빨처럼 튀어나와 있었다. 나는 무서워서 눈을 감았다. 속눈썹 사이로 표트르 아저씨의 무릎 위에서 낯익은 마구용(馬具用) 칼과 그 옆에 갈고리 모양으로 구부러진 거무스름한 오른쪽 손가락이 보였다. 왼손은 멀리 내던져져 눈 속에 묻혀 있었다. 눈은 짐마차 마부 밑에만 녹아 있고, 그의 조그마한 몸뚱이는 보드랍고 밝은 솜털 속에 깊이 묻혀 더욱더 어린아이처럼 보였다. 오른쪽 눈 위에 새 비슷한 모양의 이상한 빨간 무늬가 찍혀 있고, 왼쪽에는 아무도 건드리지 않은 듯 눈이 평평하고 눈부시도록 밝았다. 얌전하게 숙인 머리가 곱슬곱슬하고 무성한 턱수염을 누르고 있고 턱은 가슴에 닿아 있었다. 드러난 가슴에는 얼어붙은 붉은 핏줄기 속에 커다란 구리십자가가 놓여 있었다. 시끄러운 목소리들 때문에 머리가 무겁고 현기증이 났다. 페트로브나가 끊임없이 소리를 질러댔고, 경관은 발레이를 어디론가 심부름 보내려고 고함쳤다. 외할아버지가 "발자국을 밟지 않도록 하시오!" 하고 소리쳤다.

그러나 외할아버지는 갑자기 눈살을 찌푸리더니 자신의 발밑을 내려다보면서 커다란 목소리로 거만하게 경관에게 말했다.

"쓸데없이 소란 떨지 마시오, 순사 양반! 이건 하느님의 일이고, 하느님의 심판이오. 그러니 그렇게 여러 말 할 것 없지 않소. 당신들도 참!"

갑자기 모두들 소리를 멈추더니 한숨을 내쉬고 성호를 그으면서 죽은 사람을 가만히 응시했다.

어떤 사람들이 마당에서 뜰로 뛰어 왔다. 그들은 페트로브나네 담장을 기어오르다가 떨어지면서 작은 소리로 욕을 하다가, 외할아버지가 주위를 둘러보며 필사적으로 소리치는 것을 보고는 조용해졌다.

"이것 보시오들, 당신들이 딸기밭을 망쳐놓고 있소. 창피한 줄 아시오!"

외할머니가 흐느끼면서 내 손을 잡고 집으로 들어갔다.

"표트르 아저씨가 무얼 했어?"

내가 묻자 외할머니가 대답했다.

"너도 봤잖니?"

저녁 내내, 밤늦도록 낯선 사람들이 부엌과 부엌 옆방에 가득 들어차서 소리쳐댔다. 경관이 지휘를 하고, 성직자처럼 보이는 사람은 무언가를 기록하면서 마치 오리처럼 꽥꽥거리며 시끄럽게 질문을 해댔다.

"뭐요? 어떻게?"

외할머니는 부엌에서 모두에게 차를 대접했다. 구레나룻을 기르고 얼굴이 얽은 뚱뚱한 남자가 테이블에 앉아 신경에 거슬리는 목소리로 말했다.

"우리는 그의 진짜 이름을 모릅니다. 다만 고향이 엘라트마라는 것만 알고 있어요. 그 벙어리 조카는 사실 벙어리가 아니었어요. 그가 모든 걸 자백했습니다. 또 한 사람도 자백했어요. 이 일에 제3의 인물도 있었던 거지요. 그들은 아주 오래전에 교회를 털었는데, 그게 그들의 본업입니다⋯⋯."

"오, 하느님!"

얼굴이 눈물에 젖어 상기되어 있는 페트로브나가 한숨을 내쉬었다.

나는 난로 위 침상에 누웠다. 아래를 내려다보니 모든 사람들이 땅딸막하고 뚱뚱하고 무섭게 보였다⋯⋯

어느 토요일 아침 이른 시간에 나는 페트로브나의 채소밭으로 피리새를 잡으러 갔다. 오랫동안 잡으러 다녔지만 가슴이 붉은 그 거만한 새들은 좀처럼 덫에 걸려들지 않았다. 자신의 아름다움으로 사람을 우롱하면서 그 새들은 잘 닦은 은처럼 꽁꽁 언 눈 위를 재미있다는 듯이 걸어다니거나 따스한 서리 옷을 입은 관목 가지 위로 날아오르고, 그 나뭇가지 위에서 파르스름한 눈꽃을 뿌리면서 싱싱한 꽃처럼 몸을 흔들었다. 그 모습이 너무 아름다워서 나는 새를 잡지 못했어도 화가 나지 않았다. 난 그렇게 열정적인 사냥꾼이 아니었다. 언제나 과정이 결과보다 마음에 들었다. 나는 새들이 어떻게 살아가는지 살펴보고, 그 작은 새들에 대해 생각하기를 좋아했다.

서리 내린 날 투명한 정적 속에서 새들이 재잘대는 소리를 들으며 눈밭 가에 홀로 앉아 있는 것이 좋았다. 어딘가 저 멀리 사라지는 트로이카의 방울 소리가—러시아의 겨울 슬픈 종달새가—높이 노래하고 있었다…….

눈 덮인 대지에서 추위에 떨며 귀가 얼어붙는 느낌을 참으며 나는 덫과 새장을 거두고 담장을 기어올라 뜰로 돌아갔다. 거리 쪽으로 난 대문은 열려 있었고, 몸집이 거대한 농부가 커다란 덮개가 있는 썰매에 맨 세 필의 말을 마당에서 끌어내고 있었다. 말들은 더운 김을 안개처럼 내뿜고 있었고, 농부는 유쾌하게 휘파람을 불었다. 나는 가슴이 섬뜩했다.

"누굴 태우고 왔어요?"

농부는 돌아서서 손으로 이마 위를 가리고 나를 바라보더니 마부석에 껑충 뛰어오르면서 말했다.

"사제님!"

그렇다면 안심이었다. 사제라면 아마도 셋방 사람들을 찾아왔을 것이기 때문이다.

"자, 가자 녀석들아!"

농부는 고삐로 말을 당기며 유쾌하게 정적을 깨면서 휘파람을 불었다. 말들이 사이좋게 들판 쪽으로 달리기 시작했다. 나는 그들 뒷모습을 바라보다가 대문을 닫았다.

그러나 텅 빈 부엌에 들어서자 옆방에서 엄마의 강한 목소리와 또박또박한 말소리가 들려왔다.

"자, 이제 어쩌시겠어요? 절 죽이고 싶으세요?"

나는 옷도 벗지 않고 새장을 집어던진 뒤 현관으로 뛰어나가다가 외할아버지와 부딪쳤다. 외할아버지는 내 어깨를 붙잡고 사나운 눈으로 내 얼굴을 노려보았다. 그리고 힘겹게 무언가를 삼키며 갈라진 목소리로 말했다.

"니 어미가 왔다. 가봐라, 어서!"

외할아버지가 나를 너무 세게 흔드는 바람에 나는 거의 서 있을 수가 없었다. 외할아버지는 방문 쪽으로 나를 밀었다.

"가거라, 가……."

나는 두꺼운 펠트와 밀랍을 먹인 천을 덧댄 문을 밀면서 추위와 흥분으로 손이 떨려 오랫동안 손잡이를 찾을 수가 없었다. 마침내 문을 열자, 눈이 부셔서 현기증이 나는 것 같아 문지방 위에 멈춰 섰다.

"오, 애야." 엄마가 말했다. "오, 많이 컸구나! 그래 엄마를 몰라보겠니? 옷을 어떻게 입었기에, 이런! 귀가 하얗구나! 어머니, 어서 거위 기름 좀 갖다 줘요."

엄마는 방 한가운데 서서 내게 몸을 굽히고 나를 마치 공처럼 빙빙 돌리면서 입고 있는 옷을 벗겨냈다. 엄마의 커다란 몸은 농부의 헐렁하고 긴 윗옷처럼 폭이 넓고 따뜻하고 부드러운 붉은 옷으로 싸여 있고, 커다란 검은 단추가 어깨에서 옷자락까지 비스듬하게 채워져 있었다. 나는 그런 옷을 지금까지 한 번도 본 적이 없었다.

엄마의 얼굴은 전보다 더 작고 더 창백해 보였다. 하지만 눈은 더 크고 깊어지고 머리카락은 더욱 금빛으로 빛나고 있었다. 엄마는 내 옷을 벗겨 문지방 쪽으로 내던지며, 검붉은 입술을 혐오스럽게 비틀면서 명령하는 투로 계속 말했다.

"왜 잠자코 있니? 기쁘지? 어휴, 이 더러운 셔츠 좀 봐!"

그러고 나서 엄마는 내 귀를 거위 기름으로 문질렀다. 아팠지만 엄마의 몸에서 상쾌하고 맛있는 냄새가 풍겼다. 그것이 아픔을 덜어주었다. 너무도 흥분한 나머지 벙어리가 되어, 엄마의 두 눈을 들여다보면서 엄마에게 바짝 달라붙었다. 엄마의 말 사이 사이로 외할머니의 나지막하고 우울한 목소리가 들려왔다.

"그 앤 제멋대로 굴고 전혀 말을 안 들어먹어. 심지어는 외할아버지도 무서워하지 않는단다…… 오, 바랴, 바랴……."

"걱정하지 마세요, 어머니. 다 잘될 거예요!"

엄마와 비교하면 주변 모든 것이 작고 초라하고 낡아 보였다. 나 자신까지도 외할아버지처럼 늙어버린 듯했다. 튼튼한 무릎 사이에 나를 끼우고 묵직하고 따스한 손으로 내 머리를 쓰다듬으며 엄마가 말했다.

"머리를 깎아야겠다. 그리고 학교에 갈 때가 됐구나. 공부하고 싶니?"

"벌써 공부했는걸."

"더 배워야 해. 그래, 넌 참 튼튼하구나, 응?"

엄마는 나를 데리고 놀면서 낮고 굵고 따스한 웃음을 지었다.

화가 나서 낯빛이 좋지 않은 외할아버지가 약간 눈이 충혈되어 들어왔다. 엄마는 한 손으로 나를 옆으로 밀어놓고 큰소리로 물었다.

"저, 어떻게 할까요, 아버지? 제가 떠날까요?"

외할아버지는 유리창에 낀 성에를 손톱으로 긁으면서 오랫동안 말 없이 서 있었다. 주변 모든 것이 팽팽하게 긴장하여 숨이 막힐 것만 같았다. 이렇게 긴장되는 순간이면 늘 그렇듯 내 온몸이 눈과 귀가 되고 이상하게 가슴이 넓어져서 소리를 지르고 싶은 욕망을 부추겼다.

"렉세이, 저리 가."

외할아버지가 낮은 목소리로 말했다.

"왜요?"

엄마가 다시 나를 자기 쪽으로 끌어당기면서 말했다.

"아무데도 가지 마. 이 엄마가 허락할 수 없어……."

엄마가 일어나더니 석양의 구름처럼 방을 날아가서 외할아버지 등 뒤에 멈춰 섰다.

"아버지, 잠시만 들어보세요."

외할아버지가 엄마에게 몸을 돌리면서 날카롭게 소리쳤다.

"조용히 해!"

"흥, 저한테 소리 지르시면, 저 가만 있지 않을 거예요."

엄마가 조용히 말했다.

외할머니가 위협적으로 손가락질을 하면서 긴 의자에서 일어났다.

"바르바라!"

외할아버지가 의자에 앉아 중얼거렸다.

"잠시 기다려. 내가 누구냐, 응? 뭘 어찌겠다는 거냐?"

그러더니 갑자기 자신의 목소리 같지 않은 소리로 외쳤다.

"넌 내 얼굴에 똥칠을 했어, 바리카!"

"나가거라."

외할머니가 내게 명령했다. 나는 부엌으로 나가서 풀이 죽어 난로 위로 기어올라갔다. 그리고 칸막이 뒤에서 들려오는 소리에 오랫동안 귀를 기울였다. 때로는 모두가 서로의 말을 가로채면서 한꺼번에 말하는가 하면, 때로는 모두들 갑자기 잠들어버린 것처럼 말이 없었다. 문제는 엄마가 낳아서 누군가에게 줘버린 아기에 대한 것이었다. 하지만 외할아버지가 뭣 때문에 화를 내고 있는 건지, 엄마가 외할아버지에게 의논도 하지 않고 아기를 낳았기 때문인지, 아니면 외할아버지에게 아기를 데려오지 않았기 때문인지 이해할 수가 없었다.

이윽고 외할아버지가 헝클어진 머리에 불그죽죽한 얼굴, 피곤한 모습으로 부엌에 들어왔다. 외할머니가 그 뒤를 따라 들어오며 윗옷 옷자락으로 뺨에 흘러내리는 눈물을 훔쳤다. 외할아버지는 벤치에 앉아 양팔을 짚고 몸을 구부려 부들부들 떨면서 잿빛 입술을 깨물었다.

외할머니는 외할아버지 앞에 무릎을 꿇고 조용히 그러나 열렬하게 말했다.

"영감, 제발 저 애를 용서하시구려! 용서해요! 어떤 썰매라도 부서질 때도 있는 법이에요. 지주나 상인들은 이런 근심이 없을 거라고 생각하시우? 여자라는 게 어떤 건지는 당신도 알잖아요? 그러니 용서해주구려. 아무도 완전하지는 못해요……."

외할아버지는 벽에 몸을 기대어 외할머니의 얼굴을 바라보았다. 그리고 일그러진 웃음을 지으면서 중얼거렸다.

"그래, 그렇지, 그렇고말고! 어떻게 안 그렇겠어? 할멈이 누굴 용서 안 하겠어, 누구든지 용서하잖아. 그래, 오 당신이란 사람은……."

외할아버지는 외할머니에게 몸을 구부리고 외할머니의 어깨를 잡아 흔들면서 빠르게 속삭였다.

"하지만 하느님께선 아무것도 용서하지 않으셔, 안 그래? 무덤까지 우릴 따라와서 우리의 마지막 날에 벌을 주시고, 평안이나 기쁨은 안 주시잖아! 내 말 명심하라고! 결국 우리는 거지가 되어 뒈질 거야, 거지가 되어!"

외할머니는 외할아버지 손을 잡고 나란히 앉아 가볍게 웃기 시작했다.

"그게 무에 그리 큰일이에요? 거지가 되는 게 뭐가 무서워요? 거지가 되면 되는 거지. 당신은 집에 앉아 있으시우, 내가 구걸하러 다닐 테니까. 걱정마시우, 먹을 걸 많이 얻어 와서 배불리 먹을 수 있을 거예요! 그러니 아무 걱정 말아요!"

외할아버지는 갑자기 싱긋 웃고는 마치 염소처럼 고개를 돌려 외할머니의 목을 껴안더니, 몹시 작아진 모습으로 흐느껴 울면서 외할머니에게 몸을 기댔다.

"에이, 바보, 행복한 바보, 내 마지막 사람! 바보인 자네는 아무것도 애석해하지 않고 아무것도 이해하지 못해! 기억하나, 우리가 얼마나 많은 일을 했고, 내가 저 애들을 위해 얼마나 많은 죄를 지었는지? 그래, 이제야 조금 마음 편할까 했는데!"

이 대목에서 나도 더 이상 참지 못하고 온통 눈물범벅이 되어 난로에서 뛰어내려 외할아버지와 외할머니에게 달려갔다.

난생 처음 두 사람이 다정하게 얘기하는 모습을 보는 기쁨과 그들에 대한 슬픔, 엄마가 집에 돌아왔다는 사실과 외할아버지와 외할머니가 동등하게 나를 당신들의 울음 속에 끼어들게 한 것에 감동하여 커다란 소리로 울음을 터뜨렸다. 그들도 나를 껴안고 눈물을 흘리면서 꼭 껴안아주었다. 외할아버지가 내 눈과 귀에 대고 속삭였다.

"오, 요 개구쟁이 녀석. 너도 여기 있었구나! 어미가 집에 왔으니 이젠 제 어미하고만 있겠지. 이제 이 늙고 사악한 할애비는 저리로 가라고 하겠지, 그렇지? 널 귀여워하고 응석을 받아준 할미도 저리 가라고 하겠지? 에이, 요 녀석아……."

외할아버지는 우리를 밀어내면서 일어서서 화난 듯이 커다란 목소리로 말했다.

"모두가 떠나버려. 모두가 떠날 궁리만 하고 있어. 모든 게 뿔뿔이 흩어지고 있어…… 자, 저 앨 불러. 뭘 하고 있는 게야! 어서 빨리……"

외할머니가 부엌에서 나갔다. 외할아버지는 머리를 수그리고 구석으로 가서 말했다.

"자비로우신 하느님, 자, 보세요. 이 집에서 일어나고 있는 꼴들 좀 보세요!"

외할아버지는 주먹으로 가슴을 세차게 쿵쿵 두들겨댔다. 나는 그것을 좋아하지 않았다. 언제나 하느님 앞에서 자랑하듯이 하느님과 애기하는 그가 대부분 마음에 들지 않았다.

엄마가 왔다. 엄마가 입고 있는 붉은 옷 때문에 부엌 안이 환해졌다. 엄마는 식탁 옆 벤치에 앉고, 외할아버지와 외할머니가 엄마 양쪽에 앉았다. 엄마가 입고 있는 옷의 넓은 소매가 외할아버지와 외할머니의 어깨 위에 걸쳐져 있다. 엄마는 조용하고 진지하게 무언가에 대해 얘기했고, 외할아버지와 외할머니는 엄마 말을 끊지 않고 말없이 귀를 기울였다. 지금은 외할아버지와 외할머니 둘 다 조그맣게 보였고, 그래서 마치 엄마가 외할아버지와 외할머니의 엄마인 것처럼 보였다.

흥분으로 지쳐서 나는 부엌 침상에서 깊은 잠에 떨어졌다.

저녁에 두 노인은 축제처럼 성장을 하고 저녁기도회에 갔다. 외할머니는 동직조합장의 정복에 너구리털 외투를 입고 발뒤꿈치까지 오는 바지를 입은 외할아버지를 보면서 기분 좋게 눈을 찡긋했다. 그리고 엄마에게도 눈을 찡긋하며 말했다.

"봐라, 아버지가 깨끗한 새끼 염소처럼 말쑥하시구나!"

엄마가 유쾌하게 웃었다.

엄마 방에 둘만 남게 되자 엄마는 긴 의자 위에 올라앉아 손바닥으로 자기 옆을 두드리면서 말했다.

"이리 가까이 오렴! 그래, 어떻게 지냈니? 나빴어, 응?"

어떻게 지내고 있었을까?

"몰라."

"외할아버지가 때려?"

"요즘은 그렇게 많이는 안 때려."

"그래? 하고 싶은 대로 얘기해봐, 응?"

나는 외할아버지에 대해선 말하고 싶지 않아서, 바로 이 방에 매우 좋은 사람이 살고 있었던 것, 하지만 아무도 그를 좋아하지 않았던 것, 외할아버지가 그 사람을 이 방에서 내쫓은 것에 대해 얘기하기 시작했다. 엄마는 그 얘기가 마음에 안 들었던지 이렇게 말했다.

"그래, 또 다른 이야기는?"

나는 세 명의 소년에 대해, 또 대령이 마당에서 나를 쫓아낸 것에 대해 이야기했다. 엄마는 나를 꼭 껴안았다.

"에이, 나쁜 사람."

엄마는 눈을 가늘게 뜨고 마루를 바라보며 고개를 흔들면서 말없이 앉아 있었다. 내가 엄마에게 물었다.

"왜 외할아버지가 엄마에게 화를 냈어?"

"내가 외할아버지에게 잘못했단다."

"외할아버지에게 아기를 데려왔으면 좋았을 것을……."

엄마가 움찔하더니 눈살을 찌푸리고 입술을 깨물었다. 그러더니 갑자기 나를 꽉 조르듯 껴안으며 큰소리로 웃어젖혔다.

"오, 너 무서운 아이구나! 너, 그런 말 아무한테도 해서는 안 돼, 알았지? 입 다물고 생각조차 하지 마라!"

엄마는 오랫동안 무언가 조용히 엄하게 이해할 수 없는 말을 하고나서, 자리에서 일어나 손가락으로 턱을 톡톡 치고 짙은 눈썹을 움직이면서 방 안을 서성대기 시작했다.

테이블 위에서는 수지 양초가 녹아내리며 텅 빈 거울 속에 불빛을 반사하고 있었고, 우중충한 그림자가 마룻바닥을 따라 기어 다녔다. 구석의 성상 앞에는 등불이 타오르고 있고, 성에 낀 유리창이 달빛을 받아 은빛으로 빛났다.

엄마는 벌가벗은 벽과 천장에서 뭔가를 찾는 듯이 주위를 휘둘러보았다.

"넌 언제 잠자리에 들지?"

"지금 곧."

"하지만 넌 낮에도 잠을 자곤 했지."

엄마가 옛날을 회상하고는 한숨을 내쉬었다. 내가 물었다.

"엄만 나가고 싶은 거지?"

"내가 어딜?"

엄마는 깜짝 놀라 소리치고는 내 머리를 들어 올리고 내 눈에서 눈물이 날 정도로 오랫동안 내 얼굴을 들여다보았다.

"왜 눈물을 흘리니?"

"목이 아파."

그리고 가슴도 아팠다. 나는 갑자기 엄마가 이 집에서 살지 않고 떠나리라는 느낌이 들었다.

"넌 아버지를 닮아가는구나." 발로 깔개를 옆으로 밀어내면서 엄마가 말했다. "외할머니가 아버지에 대해 얘기해주셨니?"

"응."

"외할머닌 막심을 무척 사랑하셨지, 아주 많이! 아버지도 할머니를 좋아했고……"

"나도 알아."

엄마는 촛불을 바라보고는 얼굴을 찌푸리며 그것을 껐다.

"끄는 게 더 낫겠다!"

실제로 방 안은 더 깨끗해졌고 지저분한 검은 그림자도 어른거리지 않았다. 마룻바닥 위에 엷은 하늘색 얼룩이 나타났고, 창문 유리에서는 황금빛 불꽃이 타올랐다.

"근데 엄마는 어디서 살았어?"

마치 오래전에 잊어버린 것을 회상이라도 하듯 엄마는 몇몇 도시의 이름을 댔다. 그리고 내내 마치 매처럼 소리 없이 방 안을 빙빙 돌았다.

"그 옷은 어디서 났어?"

"엄마가 만들었어. 엄마 옷은 모두 엄마가 만들어."

엄마가 그 누구와도 비슷하지 않다고 생각하니 기분은 좋았지만, 엄마가 별로 말이 없고 내가 묻지 않으면 전혀 말이 없는 것이 슬펐다.

잠시 뒤 엄마는 다시 내 옆에 있는 긴 의자에 앉았다. 우리는 아무 말 없이, 두 노인이 밀랍과 향냄새를 풍기며 엄숙하고 조용하고 기분 좋은 표정으로 돌아올 때까지 서로 꼭 기대 앉아 있었다.

우리는 축일처럼 조용하게 저녁을 먹었다. 식탁에서는 누군가의 선잠을 깨울까봐 걱정이라도 하듯 조심스럽게 별로 말들을 하지 않았다.

곧 엄마는 정열적으로, 나에게 '시민 활자'를 가르치기 시작했다. 엄마는 책을 몇 권 사서 그 가운데 하나인 《국어》라는 책으로 읽기와 쓰기를 가르쳤다. 나는 그 까다로운 시민활자를 읽는 일을 며칠 만에 정복했다. 그러나 엄마는 곧바로 내게 시를 암송하도록 시켰다. 그때부터 엄마와 나의 고통이 시작되었다.

어떤 시의 구절은 이렇게 되어 있었다.

넓고 곧은 길이여,
드넓은 자리를 하느님은 네게 주셨구나.
도끼도 삽도 없이 말발굽으로 닦여진
먼지 자욱한 길이여.

나는 '프로스토라(공간)'를 '프로스토고(단순한 것을)'로, '로브냘리(닦다)'를 '루빌리(자르다)'로, '코피투(말발굽에는)'를 '코피타(말발굽의)'로 읽었다.

"자, 생각 좀 해봐." 엄마가 나를 가르쳤다. "어째서 '프로스토고'야? 이상한 아이구나! '프로스토라'야, 알겠니?"

나는 이해했지만 계속 '프로스토고'라고 읽으면서 그러는 나 자신에게 스스로도 놀라고 있었다.

엄마는 화를 내며 내가 이해력이 없고 고집불통이라고 말했다. 그 말을 듣는 것이 괴로워서 나는 그 저주스러운 놈의 시를 외우려고 매우 열심히 노력했고 마음속으로는 틀리지 않고 그것을 읽었다. 하지만 소리 내어 읽게 되면 영락없이 틀려버리는 것이었다. 나는 그 정복하기 어려운 몇 구절이 증오스럽고 심술이 나 일부러 같은 소리가 나는 단어들을 서투르게 일렬로 주워 모아 시구들을 일그러뜨렸다. 마법에 걸린 시가 모든 의미를 잃어버리자 나는 그것이 매우 자랑스러웠다.

그러나 그 놀이는 비싼 대가를 치러야 했다. 한번은 공부를 성공적으로 마친 뒤 엄마가 마침내 시를 다 암송했는지 내게 물어보았다. 나는 나 자신도 모르게 이렇게 중얼거리기 시작했다.

도로가(길) 드부로가(두 개의 뿔) 트보로그(응고된 우유) 네도로가(높지 않다) 코피타(말발굽) 포피토(수도사들) 코리토(통)⋯⋯.

나는 한참이 지나서야 정신을 차렸다. 엄마는 테이블에 두 손을 짚고 일어서서 한마디씩 끊어가면서 물었다.

"그게 무슨 뜻이냐, 도대체?"

"몰라."

나는 멍해져서 말했다.

"네가 하고도!"

"그냥 해본 거야."

"뭐가 그냥이야?"

"재미있어서."

"구석으로 가!"

"왜?"

엄마는 조용히 그러나 위협적으로 되풀이해서 말했다.

"구석으로 가!"

"어느 구석?"

대답도 하지 않고 엄마는 내 얼굴을 빤히 바라보았다. 너무나 오래 바라보아서 나는 엄마가 무엇을 원하는지를 이해하지 못해 완전히 당황하고 말았다. 구석 성상 밑에는 둥근 테이블이 있고, 그 위에는 향내가 나는 마른 풀과 꽃이 꽂힌 꽃병이 놓여 있었다. 그 맞은쪽 구석에는 양탄자로 덮인 궤가 있고, 뒤쪽 구석은 침상이 차지하고 있었다. 하지만 네 번째 구석은 없었다. 벽에 바로 문설주가 있었기 때문이다.

"어떻게 하라는 건지 모르겠어."

나는 엄마의 뜻을 이해하지 못한 채 절망적으로 말했다.

엄마는 의자에 주저앉아 이마와 뺨을 닦으면서 잠시 말이 없었다. 그러다가 엄마가 물었다.

"할아버지가 널 구석에 서 있게 했지?"

"언제?"

"언제든지!"

엄마는 소리치면서 손바닥으로 두 번 테이블을 내리쳤다.

"아니, 기억이 안 나."

"그건 알지, 구석에 서 있는 게 벌이라는 건?"

"아니, 그게 왜 벌이야?"

엄마는 한숨을 내쉬었다.

"후! 이리 온."

나는 엄마에게 다가가면서 물었다.

"엄마는 왜 나한테 소리를 질러?"

"그럼 넌 왜 일부러 시를 틀리게 읽는 거야?"

나는 눈을 감으면 책에 있는 대로 시를 암송할 수 있지만 소리 내어 읽다보면 다른 단어들이 갑자기 튀어나온다고 엄마에게 강조해서 설명했다.

"일부러 그러는 게 아니고?"

나는 아니라고 대답했다. 하지만 곧 '어쩌면 내가 일부러 그러는 게 아닐까?' 하는 생각이 들었다. 그러고는 서두르지 않고 나는 완전히 올바르게 시를 낭송했다. 나도 깜짝 놀랄 정도여서 내 말이 거짓말처럼 느껴졌다.

얼굴이 갑자기 부어오른 듯하고, 귀는 피가 몰려 무거워지고, 머릿속에서는 불쾌한 소음이 나는 것 같은 느낌이었다. 나는 수치심으로 얼굴을 붉히면서 엄마 앞에 서 있었다. 눈물 너머로 엄마가 어둡고 슬픈 얼굴로 입술을 꼭 다물고 미간을 찌푸리고 있는 것이 보였다.

"어떻게 된 거니?" 엄마는 다른 사람 같은 목소리로 물었다. "그러니까 일부러 그랬던 거지?"

"몰라, 난 그럴 생각은 없었어."

"정말 골치 아픈 애구나." 엄마는 고개를 떨구면서 말했다. "나가거라!"

엄마는 내게 갈수록 더 많은 시를 외울 것을 요구했지만, 내 기억력은 갈수록 그것을 더 받아들이지 않았다. 따라서 시를 바꾸어 뜻을 왜곡하고 그 시에 다른 단어들을 끼워 넣으려는 도저히 통제할 수 없는 충동이 점점 강렬해져서 더욱 악의적으로 되어갔다. 나는 그런 일을 쉽게 해냈다. 필요 없는 단어들이 추가되어 꼭 필요한 책속 단어들을 어느새 망쳐놓았다. 한 구절 전체가 내 눈에 보이지 않을 때도 종종 있었고, 내가 아무리 정직하게 그 시구를 붙잡으려고 노력해도 그 시구는 기억이 나지 않았다. 뱌젬스키 공작의 시로 짐작되는 이 애처로운 시는 내게 많은 고통을 가져다주었다.

저녁나절에도 이른 아침에도

수많은 늙은이들, 과부들, 고아들이
　　제발 한 푼만 적선해 줍쇼.

　하지만 세 번째 행인,

'창문 밑에서 자비를 구하고 있네,'

란 구절을 나는 정확하게 빠뜨려 먹었다. 엄마는 화가 나서 내가 그동안 한 짓들을 외할아버지에게 일러바쳤다. 그러면 외할아버지는 기분 나쁘게 말했다.
　"그 앨 너무 버릇없이 키웠어! 그 애는 기억력이 좋아. 나보다도 기도문을 더 정확하게 알고 있지. 그 애는 거짓말을 하고 있어. 그 애는 돌 같은 기억력을 갖고 있거든. 그 돌 같은 기억력에 뭐든 새겨놓기만 하면 아주 확고하게 남게 되지! 그 애를 채찍으로 때려라!"
　외할머니도 나의 유죄를 증언했다.
　"그 앤 옛날 얘기와 노래를 암송한단다. 그런데 노래를 암송하면서 왜 시는 못 외우겠니?"
　그것은 모두 사실이었다. 나는 죄책감을 느꼈지만 시를 배우려고 하면 어디선가 다른 낱말들이 제멋대로 떠올라 바퀴벌레처럼 기어 나왔고 다음과 같은 시구들을 만들어냈다.

　　우리 집 대문 옆에
　　많은 늙은이와 고아들이
　　걸어다니고 탄식하며 빵을 구걸하네.
　　그들은 빵을 주워 모아 페트로브나에게 가져가
　　그녀에게 암소 먹이로 팔아서
　　골짜기에서 보드카를 마시네.

　밤에는 외할머니와 함께 난로 위 침상에 누워서 책에서 외운 것과 나 자신이 지은 것을 모두 지겨울 정도로 외할머니에게 자꾸만 되풀이해 들려주었다. 이따금 외할머니는 웃음을 터뜨렸지만 대부분 나를 꾸짖었다.

"봐라, 정말로 넌 알고 있고 외울 수도 있잖니! 하지만 거지들을 놀려대서는
안 돼. 하느님, 그들을 도와주소서! 그리스도께서는 걸식을 하셨고 성자들도
모두……."

나는 이렇게 웅얼거렸다.

　　나는 거지들이 싫어요,
　　그리고 외할아버지도.
　　어쩌면 좋지요?
　　용서해 주세요, 하느님.
　　외할아버지는 항상
　　날 때릴 구실을 찾고 있어요.

"도대체 무슨 말을 하고 있니, 네 녀석의 혀가 말라버렸으면!" 외할머니는 화
를 냈다. "외할아버지가 네가 한 이 말을 들으신다면 어떻겠니?"

"상관없어!"

"넌 괜히 버릇없이 굴어서 엄마를 화나게 하고 있어! 네 일이 아니라도 엄마
는 심신이 아주 불편해."

외할머니는 생각에 잠긴 목소리로 부드럽게 설득했다.

"왜 엄마의 심신이 불편해?"

"조용히 해, 응! 넌 이해할 수 없어……."

"난 알아. 그건 외할아버지가 엄마를……."

"입 다물라고 했잖니!"

사는 것은 힘든 일이었고 절망에 가까운 감정을 경험하기도 했다. 하지만
나는 왠지 그런 감정을 숨기고 싶었다. 나는 골칫덩어리가 되어 일부러 버릇없
이 굴었다. 엄마의 수업은 더욱더 많아졌고 더욱 이해할 수 없게 되었다. 산수
는 쉽게 정복했지만 쓰는 것은 견딜 수 없었고 문법을 전혀 이해하지 못했다.
그러나 무엇보다도 나를 압박한 것은 외할아버지네 집에서 엄마가 고통스럽
게 살아가는 모습을 보고 느끼는 것이었다. 엄마 얼굴이 갈수록 흐려졌고 모
든 사람들을 낯선 눈길로 바라보았다. 엄마는 오랫동안 말없이 뜰로 난 창가
에 앉아 있었다. 어쩐지 엄마의 몸 전체가 퇴색해버린 듯했다. 집에 온 뒤 처음

며칠 동안 엄마는 민첩하고 신선했지만 지금은 눈 밑이 검어지고, 온종일 머리도 빗지 않고, 구겨진 옷을 입고, 재킷 단추도 채우지 않고 있었다. 그런 모습은 엄마를 엉망으로 만들어놓았고 나를 화나게 했다. 엄마는 항상 아름답고 엄격하고 산뜻한 옷차림을 하고 있어야 한다─그 누구보다도!

나를 가르치는 동안 엄마는 움푹 들어간 눈으로 내 뒤에 있는 벽이나 창문을 바라보았다. 피곤한 목소리로 내게 질문을 했고 내 대답을 잊어버렸으며 점점 더 자주 화를 내고 소리를 질러댔다. 그것 역시 나를 화나게 했다. 엄마는 옛날 얘기에서처럼 누구보다 더 공정해야만 했다.

이따금 나는 엄마에게 물었다.

"엄만 우리하고 있는 게 안 좋아?"

엄마는 화를 내며 소리쳤다.

"네 일이나 해!"

나는 또 외할아버지가 외할머니와 엄마를 놀라게 하는 무슨 말을 하는 것을 보았다. 외할아버지는 종종 엄마 방에 들어가 문을 잠그고 뭔가 장황하게 넋두리를 하고 절름발이 목동 니카노르가 부는 불쾌한 나무피리처럼 삑삑거리며 소리를 질러댔다. 한번은 그런 대화 도중에 엄마가 온 집안이 떠나갈 듯한 목소리로 부르짖었다.

"그건 안 돼요, 절대로!"

방문이 쾅 닫히면서 외할아버지가 울부짖기 시작했다.

그 일은 저녁에 일어났다. 외할머니는 부엌 식탁에 앉아 외할아버지 셔츠를 꿰매면서 뭔가 혼자 웅얼거리고 있었다. 문이 쾅 하고 닫히자 외할머니는 귀를 곤두세우며 말했다.

"엄마가 셋방 사람들에게 갔구나. 오, 맙소사!"

갑자기 외할아버지가 부엌으로 뛰어 들어오더니 외할머니에게 달려가 머리를 때렸다. 그러고는 손이 아파 흔들면서 씩씩거리며 소리쳤다.

"쓸데없는 소리 지껄이지 마, 이 마귀할망구야!"

"당신은 늙은 바보예요." 외할머니는 맞은 머리를 다시 손질하면서 침착하게 말했다. "내 입을 막지는 못해요! 언제라도, 뭐든지, 당신 음모에 대해 알게 되면 모두 그 애에게 말해줄 거예요……"

외할아버지는 외할머니에게 달려들어 외할머니의 커다란 머리에 미친 듯이 소나기 주먹을 퍼붓기 시작했다. 외할머니는 방어하지도 않고 피하지도 않으면서 이렇게 말했다.

"그래, 때려요 때려, 이 바보! 자, 어서 때려!"

나는 난로 위 침상에서 그들을 향해 베개와 담요와 장화를 집어던지기 시작했지만 격분한 외할아버지는 그런 건 아랑곳도 하지 않았다. 외할머니가 마룻바닥에 쓰러졌다. 외할아버지는 외할머니의 머리를 발로 마구 차다가 마침내 외할아버지도 같이 넘어지면서 물이 든 양동이를 뒤엎어버렸다. 외할아버지는 벌떡 일어나더니 침을 뱉고 씩씩거리면서 사납게 주위를 휙 둘러보고는 자기 다락방으로 가버렸다. 외할머니는 몸을 일으켜 신음소리를 내면서 벤치에 앉아 헝클어진 머리를 쓸어 넘겼다. 내가 난로 위 침상에서 뛰어내렸을 때, 외할머니가 화난 것처럼 말했다.

"베개를 주워 모아서 모두 난로 위에 올려놔! 어쩌자고 베개를 내던진 거야! 이게 네가 상관할 일이냐? 저 늙은 악마가 발광을 했어, 바보 같으니라고!"

갑자기 외할머니는 신음소리를 내고 눈살을 찌푸렸다. 그리고 고개를 떨구고 나를 불렀다.

"여길 좀 봐다오, 상처가 났는지."

외할머니의 무거운 머리카락을 헤쳐 보았다. 머리핀 하나가 두피 속에 깊이 박혀 있었다. 나는 그 머리핀을 뽑아내고 또 하나의 핀도 찾아냈지만 손가락이 마비된 것처럼 말을 듣지 않았다.

"엄마를 불러야겠어. 무서워."

외할머니가 손을 내저었다.

"뭐? 엄마를 부르겠다고! 네 엄마가 아무것도 듣지도 보지도 않은 것이 얼마나 다행인데, 엄마를 부르겠다고! 저리 나가!"

외할머니는 스스로 레이스 짜는 여자의 유연한 손가락으로 숱 많은 검은 머리 속을 뒤지기 시작했다. 난 용기를 내어 외할머니를 도와 두피 속에서 구부러진 굵은 머리핀 두 개를 더 빼냈다.

"할머니, 아파?"

"괜찮다, 내일 목욕탕*1에 가서 증기욕을 하고 씻어내면 괜찮아질 게다."

---

*1 러시아의 대중목욕탕.

그리고 내게 부드럽게 부탁했다.

"그런데 아가, 외할아버지가 날 때린 걸 엄마한테는 말하지 마라, 알아들었지? 이게 아니라도 그 두 사람은 서로 사이가 좋지 않아. 말하지 않을 거지?"

"안 할게."

"됐어, 잊지 마라! 이제 이 방을 모두 정돈하자. 할미 얼굴에 상처 났니? 괜찮지? 그래, 그럼 모든 게 가려질 테니……"

외할머니는 마루를 닦기 시작했고 나는 진심으로 이렇게 말했다.

"외할머닌 꼭 성자 같아. 고통을 받고 또 받아도 외할머니한테는 아무것도 아냐!"

"무슨 쓸데없는 소릴 지껄이는 거냐? 성자라니…… 왜 그런 소릴 하는 거지?"

외할머니는 네 발로 기어서 왔다 갔다 하면서 오랫동안 중얼댔다. 나는 계단에 앉아서 어떻게 하면 외할머니 대신 외할아버지에게 복수할 수 있을까 곰곰이 생각했다.

내가 보는 앞에서 외할아버지가 외할머니를 그렇게 잔인하고 무시무시하게 때린 것은 처음이었다. 내 눈앞의 어슴푸레한 어둠 속에서 외할아버지의 붉은 얼굴이 불타오르고 당근색 머리카락이 흩날렸다. 내 가슴 속에서는 분노가 이글이글 끓어올랐고, 적당한 복수가 생각나지 않는 것이 참으로 원통했다.

그러나 이틀쯤 지나 어떤 일로 다락방에 있는 외할아버지에게 간 나는, 외할아버지가 열려 있는 가방을 앞에 놓고 마룻바닥에 앉아서 가방 속에 있는 종이를 살펴보고 있는 것을 보았다. 의자 위에는 외할아버지가 애지중지하는 성자력(聖子曆)이 있었다. 그것은 열두 장으로 된 두꺼운 회색 종이였는데 다달이 일수대로 네모난 칸을 나누어놓고 그 안에 그날의 성자의 초상이 모두 들어 있었다. 외할아버지는 그 성자력을 매우 소중히 여겼고 어쩌다가 내가 특별히 마음에 들 때만 아주 드물게 그 성자력을 들여다보도록 허락했다. 나는 늘, 빽빽하게 들어찬 회색의 조그맣고 귀여운 성자들의 모습을 어떤 특별한 감정을 가지고 눈여겨보곤 했다. 나는 그들 가운데 몇몇 성자들—키리크와 울리티, 대순교자 바르바라, 판텔레이몬, 그밖에도 많은 성자들의 생애를 알고 있었다. 특히 성자 알렉세이의 슬픈 생애와 그에 대한 아름다운 시가 마음에 들었다. 외할머니는 종종 감동적으로 그 시를 내게 읽어주었다. 수백 명이나 되는 그 사람들을 가만히 보고 있으면, 나는 언제나 순교자들이 있었다는 사실에 조용한 위안을 얻곤 했다.

그러나 지금은 그 성자력을 찢어버리기로 결심했다. 외할아버지가 독수리가 그려진 푸른 종이를 읽으면서 창가로 갔을 때, 나는 몇 장의 종이를 움켜잡고 재빨리 아래층으로 달려 내려온 다음 외할머니의 테이블에서 가위를 꺼냈다. 그리고 난로 위 침상으로 기어 올라가 성자들의 머리를 잘라내기 시작했다. 성자들의 목을 한 줄 잘라내자 나는 성자들이 불쌍해졌다. 그래서 네모 칸을 분할하고 있는 선을 따라 자르기 시작했다. 그러나 두 번째 줄을 다 자르기도 전에 외할아버지가 나타나 계단 위에 서서 물었다.

"누가 네게 성자력을 가져가라고 그랬니?"

판자 위에 흩어져 있는 네모난 종잇조각들을 본 외할아버지는 그걸 움켜쥐고 얼굴 가까이 가져갔다가 내던지더니 다시 집어 들었다. 외할아버지의 턱뼈가 일그러지면서 턱수염이 곤두섰다. 그리고 종이가 마룻바닥 위로 날아 떨어질 정도로 거세게 숨을 토해냈다.

"무슨 짓을 하고 있는 거냐?"

마침내 외할아버지는 고함을 지르며 내 한쪽 다리를 잡아당겼다. 나는 공중에서 뒤집혀 떨어졌고 외할머니가 팔로 나를 받았다. 외할아버지는 외할머니와 나를 주먹으로 치면서 꽥꽥 소리를 질렀다.

"주, 죽여버릴 테다!"

엄마가 나왔다. 정신이 들고 보니 나는 구석의 난롯가에 있었다. 엄마는 나를 몸으로 막아 서서 얼굴 앞에 날아드는 외할아버지의 손을 붙잡고 밀치면서 말했다.

"도대체 이게 무슨 추태예요? 정신 차리세요!……."

외할아버지는 창문 아래 벤치에 쓰러지면서 신음했다.

"저것들이 날 죽였어! 모두, 모두가 내게 대드니, 아아……."

"창피하지도 않으세요?" 엄마의 목소리가 낮고 공허하게 울렸다. "왜 늘 그렇게 꾸며서 말하세요?"

외할아버지는 소리소리 지르며 두 발로 의자를 찼다. 외할아버지의 턱수염은 우스꽝스럽게도 천장을 향해 곤두서고 두 눈은 꼭 감겨 있었다. 나는 외할아버지가 엄마에게 부끄러워서 정말로 꾸며서 말했으며, 그래서 눈을 감고 있는 것이라고 생각했다.

"이 조각들은 내가 옥양목 위에 붙여드리겠어요. 전보다 더 좋고 더 튼튼해질 거예요."

찢어진 종잇조각들과 멀쩡한 종이 몇 장을 살펴보면서 엄마가 말했다.

"이것 좀 보세요. 모든 게 구겨지고 접힌 자국이 생기고 너덜너덜하잖아요……."

수업시간에 내가 무언가를 이해하지 못할 때 얘기하듯이 엄마는 외할아버지에게 말했다. 갑자기 외할아버지가 일어서더니 능숙한 손길로 셔츠와 조끼를 단정하게 고쳐 입고 가래를 뱉은 다음 이렇게 말했다.

"오늘 당장 붙이도록 해라! 나머지도 갖다 줄 테니."

외할아버지는 문 쪽으로 가다가 문지방에서 뒤돌아서더니 구부러진 손가락으로 나를 가리켰다.

"하지만 저 녀석은 맞아야 해!"

"예, 맞아야 해요." 엄마는 동의하면서 내 쪽을 향했다. "왜 이런 짓을 했니?"

"일부러 그랬어. 외할아버지가 외할머니를 때리지 못하게 해. 안 그러면 난 다시 외할아버지의 턱수염을 잘라버릴 거야."

외할머니는 찢어진 윗저고리를 벗으면서 고개를 젓고는 책망하는 듯이 말했다.

"아무 말도 하지 않겠다고 약속했잖니!"

외할머니는 바닥에 침을 뱉었다.

"네 녀석 혓바닥이 부어올라 움직이지도 굴리지도 못했으면 좋겠다!"

엄마가 외할머니를 바라보더니 부엌을 가로질러 내게 다가왔다.

"외할아버지가 언제 외할머니를 때렸니?"

"바르바라, 넌 부끄럽지도 않니? 그런 걸 물어보게? 네가 참견할 일이 아니잖아?"

외할머니가 화가 나서 말했다.

엄마가 외할머니를 껴안았다.

"오, 어머니, 내 사랑스런……."

"아이고 저런, 어머니라니! 저리 가……."

두 사람은 서로 얼굴을 바라보다가 말없이 떨어졌다. 현관에서 외할아버지의 발소리가 들려왔다.

집에 온 지 처음 며칠 동안 엄마는 우리 집에 세 들어 사는 군인의 명랑한 아내와 친해져서 거의 매일 저녁 그들이 있는 앞채로 나갔다. 그곳에는 베틀렌가네 집에서도 사람들이—예쁜 부인들과 장교들이 오곤 했다. 외할아버지는 그것이 마음에 들지 않아 부엌에서 저녁을 먹을 때 숟가락으로 위협하며 노한 목소리로 말한 적이 한두 번이 아니었다.

"저 우라질 놈들, 또 모였군! 오늘도 아침까지 잠을 잘 수가 없겠어."

외할아버지는 곧 세든 사람들에게 방을 비워달라고 요구했다. 그들이 나가버리자 외할아버지는 어디선가 여러 가지 가구들을 실은 짐마차 두 대를 끌고 와서 그 가구를 앞방에 들여다놓고 커다란 맹꽁이자물쇠로 잠가 버렸다.

"우리 집에는 셋방을 들일 필요가 없어. 나도 손님들이나 받아야겠다!"

그리하여 휴일마다 손님들이 나타나기 시작했다. 외이모할머니인 마트료나 이바노브나도 왔는데 말이 많고 코가 커다란 세탁부였다. 줄무늬가 있는 비단 옷에 황금색 머릿수건을 쓴 그 여자는 두 명의 아들도 데리고 왔다. 하나는 긴 머리에 온통 회색 옷을 입은 선량하고 명랑한 제도공 바실리였고, 다른 한 사람은 현란한 옷을 입고 말 같은 머리에 얼굴이 좁고 주근깨가 많은 빅토르였다. 그는 현관에서 덧신을 벗으면서 마치 페트루시카(인형극)처럼 빽빽거리며 노래를 불렀다.

"안드레이 파파, 안드레이 파파……."

이 노래에 나는 깜짝 놀랐고 경탄했다.

야코프 외삼촌은 기타를 갖고 왔는데, 긴 검정색 프록코트를 입고 수도사처럼 조용하며 애꾸눈에다 대머리인 시계 기술자를 데리고 왔다. 이 시계 기술자는 항상 구석에 앉아 머리를 한쪽으로 기울이고, 면도를 해서 확실하게 둘로 갈라져 있음을 알 수 있는 턱에 손가락을 찔러 넣어 희한하게 머리를 받치면서 웃고 있었다. 그는 피부가 거무스름했고 하나뿐인 눈은 뭔가 특별하게 모든 사람들을 빤히 바라보았으며, 말수가 적고 종종 같은 말을 되풀이했다.

"걱정하지 마세요. 어느 쪽이든 상관없습니다."

그를 처음 보았을 때 나는 문득 오래전에 우리가 노바야 우리차 거리에 살던 시절의 어느 날이 떠올랐다. 대문 밖에서 북소리가 공허하고 불길하게 울려 퍼지고, 군인과 민중에게 에워싸인 검고 높다란 짐마차가 거리를 따라 감옥에서 광장으로 달려가고 있었다. 그 짐마차 의자에는 두꺼운 털실로 짠 둥근 모자를 쓴 조그만 남자가 쇠사슬에 묶여 있었다. 그의 가슴에는 흰 글자로 커다랗게 서명한 검은 판자가 걸려 있었다. 사내는 마치 그 서명을 읽고 있는 듯 고개를 숙이고, 쇠사슬을 철렁거리며 온 몸을 흔들었다.

엄마가 시계 기술자에게 "애가 내 아들이에요" 하고 말했을 때 나는 두 손을 숨기면서 깜짝 놀란 듯이 뒷걸음질 쳤다.

"무서워하지 마라."

그는 입 전체를 오른쪽 귓가까지 무섭게 움직이면서 말하더니 내 허리띠를 잡아 나를 자기 쪽으로 끌어당기고 재빠르고 가볍게 한 바퀴 빙글 돌리고 나서 나를 칭찬하면서 놓아주었다.

"꽤 괜찮은데요. 건강한 아입니다……."

나는 누울 수 있을 만큼 커다란 가죽 안락의자가 있는 구석으로 기어들어가서—외할아버지는 그 의자를 언제나 그루진스키 공작의 안락의자라고 부르며 자랑했다—어른들이 재미없게 놀고, 시계 기술자의 얼굴이 이상하고 미심쩍게 변하는 모습을 바라보았다. 그의 얼굴은 기름이 번지르르했고 액체 같은 것이 녹아 흐르는 듯했다. 그가 빙그레 웃을 땐 두툼한 입술이 오른쪽 뺨으로 이동했고 작은 코 역시 접시 위에 놓인 고기만두처럼 움직였다. 삐죽이 내민 커다란 귀는 때로는 보이는 눈의 눈썹과 함께 위로 올라가는가 하면 다시 광대뼈 쪽으로 내려오면서 이상스럽게 움직였다. 그가 그럴 생각만 있다면 손바닥처럼 그 귀로 코를 덮어버릴 수 있을 것처럼 보였다. 이따금 그는 한숨을 내쉬었고 절굿공이처럼 둥글고 검은 혓바닥을 내밀어 그것으로 능숙하게 완전한 동그라미를 그리며 두툼하고 번지르르한 입술을 핥았다. 이 모든 것은 우스꽝스럽기는커녕 그저 놀라운 마음으로 눈을 떼지 못한 채 그를 지켜보게 만들었다.

손님들은 럼주를 섞은 차를 마셨다. 거기서는 구운 양파 냄새가 났다. 또 그들은 외할머니가 손수 만든 과실주를—황금처럼 노랗고, 타르처럼 까맣고, 파란 색 과일주를 마셨다. 잘 발효된 우유와, 양귀비 씨를 넣고 달걀과 우유나 벌꿀로 맛을 내어 얇게 구운 달콤한 과자를 먹고, 땀을 흘리고 헐떡이며 외할머니의 요리 솜씨를 칭찬했다. 실컷 먹고 나서 얼굴이 벌겋게 달아오르고 배가 불룩해진 사람들은 예의바르게 의자에 자리를 잡고 앉아 야코프 외삼촌에게 나른한 기색으로 기타 연주를 신청했다.

야코프 외삼촌은 기타 위로 몸을 굽히고 줄을 튕기면서 거기에 맞춰 불쾌하고 시끄러운 목소리로 노래를 불렀다.

> 오, 우리는 할 수 있는 한 열심히 살았다네.
> 읍내는 우리의 소란에 잠이 깨었지.
> 카잔에서 온 처녀에게 얘기해주었다네.
> 우리가 알고 있는 모든 것을…….

나는 그것이 매우 슬픈 노래라는 생각이 들었다. 외할머니가 말했다.

"야샤, 다른 노래를 연주해라. 좀 더 나은 노래를, 응? 기억나니, 모트랴? 좋은 시절에 우리가 부르곤 했던 그 노래 말이야."

바스락거리는 옷의 매무새를 고치며 세탁부가 점잔 빼면서 말했다.

"지금은 유행이 바뀌었어요, 언니……."

야코프 외삼촌은 마치 외할머니가 아주 멀리 떨어져 앉아 있는 듯이 눈을 가늘게 뜨고 외할머니를 보고 있었다. 그리고 재미없는 선율과 시끄러운 가사를 고집스럽게 계속 불러댔다.

외할아버지는 손가락으로 뭔가를 해 보이면서 비밀스럽게 시계 기술자와 수군거리고 있었다. 시계 기술자는 눈썹을 치켜 올리고 엄마 쪽을 바라보면서 고개를 끄덕거렸다. 그리고 액체 같은 그의 얼굴이 거의 눈에 띄지 않게 변했다.

엄마는 오래도록 세르게예프네 형제들 사이에 앉아 바실리와 조용하고 진지하게 이야기를 나누었다. 바실리는 한숨을 내쉬며 이렇게 말하곤 했다.

"예에, 그 문제에 대해선 생각해볼 필요가 있어요."

하지만 빅토르는 배가 부른 듯 미소 지으며 발로 마룻바닥을 문지르다가 갑자기 빽빽거리는 소리로 노래를 불렀다.

"안드레이 파파, 안드레이 파파……."

모두들 깜짝 놀란 것처럼 입을 다물고 그를 바라보았다. 세탁부가 점잔을 빼며 설명했다.

"저 애는 극장에서 이 노래를 배웠어요. 극장에선 저런 노래를……."

이러한 짓누르는 권태로움 때문에 기억에 남는 저녁모임이 몇 번 있었는데, 이윽고 시계 기술자는 일요일 낮에 늦은 미사가 끝난 직후 우리 집에 나타났다. 나는 엄마 방에 앉아 엄마가 낡은 구슬박이 자수를 뜯어내는 것을 도와주고 있었다. 그때 급하게 방문이 약간 열리더니 외할머니가 놀란 얼굴을 방 안에 쑥 들이밀고 커다란 목소리로 속삭이고는 이내 사라졌다.

"바랴, 그가 왔다!"

엄마는 미동도 하지 않고 떨지도 않았다. 문이 다시 열리고 외할아버지가 문지방 위에 서서 엄숙하게 말했다.

"옷을 입어라, 바르바라. 서둘러!"

엄마는 일어나지도 외할아버지를 바라보지도 않고 물었다.

"어디로요?"

"자, 가자. 잘될 거다! 여러 말 하지 말고. 그는 침착한 사람이야, 훌륭한 시계 공이고. 렉세이에게도 좋은 아버지가 될 거다."

외할아버지는 평소와 달리 위엄 있게 말했고, 줄곧 손바닥으로 옆구리를 문질렀다. 그러나 외할아버지의 팔꿈치는 마치 두 손이 앞으로 뻗으려는 것을 제지하려는 듯이 뒤로 돌려져 떨고 있었다.

엄마가 조용히 말을 가로챘다.

"말했잖아요. 그럴 일은 없을 거라고……."

외할아버지는 엄마에게 한 걸음 다가가서 마치 장님처럼 두 팔을 뻗고 허리를 구부리고 머리카락을 곤두세우며 갈라진 목소리를 짜냈다.

"가자! 안 가면 내가 끌고 가겠다! 머리채를 잡고……."

"끌고 가겠다고요?"

엄마가 일어서면서 물었다. 엄마의 얼굴은 새파래졌고 두 눈은 무서울 정도로 가늘어져 있었다. 엄마는 재빨리 블라우스와 치마를 벗기 시작했다. 그리고 셔츠만 걸친 채 외할아버지에게 다가갔다.

"자, 데려가 보세요!"

외할아버지는 이빨을 드러내며 엄마를 주먹으로 위협했다.

"바르바라, 옷을 입어!"

엄마가 한손으로 외할아버지를 밀어내며 문 손잡이를 잡았다.

"자, 갑시다!"

"이 저주받을 년."

외할아버지가 속삭이듯 말했다.

"무섭지 않아요. 그래서요?"

엄마가 방문을 열었지만 외할아버지는 엄마의 셔츠 옷자락을 움켜잡고 무릎을 꿇고 쓰러지면서 속삭였다.

"바르바라, 이 악마, 넌 비참하게 파멸할 거다! 부끄럼도 모르는……."

그리고 처량하게 신음했다.

"할넘, 할넘……."

외할머니는 이미 엄마 앞을 가로막고, 마치 암탉을 쫓듯 엄마를 향해 손을 내젓고 있었다. 방 안으로 엄마를 몰아넣으면서 입속으로 중얼거렸다.

"바르카, 이 바보야, 도대체 이게 무슨 짓이냐? 들어가. 부끄러움도 모르는 년!"

외할머니는 엄마를 방으로 밀어 넣고 문에 걸쇠를 건 다음 외할아버지에게 몸을 굽혀 한 손으로는 외할아버지를 일으켜 세우고, 다른 한 손으로는 외할아버지를 을러댔다.

"으이그, 이 늙은 악마, 어리석은 사람!"

그리고 긴 의자에 외할아버지를 앉혔다. 외할아버지는 헝겊인형처럼 털썩 쓰러지면서 입을 벌리고 머리를 흔들었다. 외할머니가 엄마에게 꽥 소리를 질렀다.

"옷 입어!"

마룻바닥에서 옷을 집어 올리면서 엄마가 말했다.

"그 사람에겐 가지 않을 거예요. 알겠어요?"

외할머니는 긴 의자에서 나를 밀어냈다.

"물 한 바가지만 더 가져와, 빨리!"

외할머니는 조용하게 거의 속삭이듯이 침착하고 위엄 있게 말했다. 나는 현관으로 달려 나갔다. 집 앞채에서는 무거운 발자국소리가 규칙적으로 들려오고 엄마 방에서는 엄마의 목소리가 울려나왔다.

"내일 떠날 거예요!"

나는 부엌으로 들어가 마치 꿈속처럼 창가에 앉았다.

외할아버지가 신음소리를 내며 흐느껴 울고, 외할머니는 계속 잔소리를 중얼댔다. 잠시 뒤 쾅 하는 문소리가 나고 모든 것이 조용하고 불길했다. 그제야 내가 무엇 때문에 나왔는지 생각나서, 나는 구리 바가지로 물을 떠 현관으로 나갔다. 앞채에서 시계 기술자가 머리를 떨구고 한손으로 털모자를 어루만지며 헛기침을 하면서 나왔다. 외할머니가 두 손을 배에 대고 그의 등 뒤에 절을 하며 조용히 말했다.

"이해해 주시겠죠. 저 애가 원하지 않는 걸 억지로 하게 할 수는 없잖아요……"

그는 현관 계단 입구에서 문지방에 걸려 넘어질 뻔하다가 마당으로 나가떨어졌다. 외할머니는 성호를 긋고 온몸을 부들부들 떨기 시작했다. 외할머니는 울고 있는 것 같기도 하고 웃고 있는 것 같기도 했다.

"외할머니, 왜 그래?"

나는 외할머니에게 다가가서 물었다.

외할머니는 내 손에서 바가지를 빼앗아 내 발에다 물을 쏟고는 소리쳤다.

"물을 뜨러 어디로 갔었니? 문 닫아!"

외할머니는 엄마 방으로 갔고 나는 다시 부엌으로 갔다. 옆방에서 그들이 마치 힘에 겨운 무거운 짐을 조금씩 옮기고 있는 것처럼 한숨을 내쉬고 신음을 토해내며 투덜대는 소리가 들려왔다.

화창한 날이었다. 비스듬한 겨울 햇살이 성에 낀 유리창을 통해 두 개의 창문을 들여다보고 있었다. 점심이 차려진 식탁 위에는 주석 그릇, 적갈색 크바스가 담긴 유리병, 앵초와 맥아즙으로 빚은 외할아버지의 짙푸른 색 보드카가 담긴 또 하나의 유리병이 희미하게 반짝거렸다. 창문 군데군데 눈 녹은 자리를 통해 지붕 위에서 눈부시게 반짝이는 눈이 보이고, 담장 말뚝과 찌르레기 새장 위에 놓인 은빛 두건이 반짝반짝 빛나고 있었다. 창문틀에 매달린 햇빛이 가득한 새장 속에서는 나의 새들이 놀고 있었다. 명랑하고 말 잘 듣는 울새는 시끄럽게 재잘재잘 노래하고, 피리새는 삑삑거리고, 흑방울새도 낭랑한 목소리로 노래했다. 그러나 유쾌하게 은빛으로 빛나는 이 음악으로 충만된 날도 날 기쁘게 하지 못했고 내게 필요하지도 않았다. 다 필요 없었다. 나는 새들을 풀어주고 싶은 생각이 들어 새장을 내려놓으려고 했다. 그러자 외할머니가 양 손바닥으로 옆구리를 때리면서 뛰어들어 와서는 난로로 달려가면서 욕설을 해댔다.

"이런 염병할! 에이, 젠장할, 뒈져버려! 늙은 멍청이 아쿨리나!······."

난로에서 파이를 꺼내 손가락으로 껍질을 두드려본 다음 울컥 화를 내며 침을 뱉었다.

"이런 젠장, 바싹 말라버렸어! 이걸 봐라, 거의 타버릴 뻔했잖아. 에잇 빌어먹을! 넌 왜 눈깔을 휘둥그렇게 뜨고 있어. 부엉이 새끼냐? 깨진 항아리처럼 네 놈들을 죄다 박살냈으면 좋겠다!"

그리고 잔뜩 화를 내면서 파이를 이리저리 돌려 마른 껍질을 손가락으로 두드리나가 울음을 터뜨렸다. 커다란 눈물방울이 뚝뚝 무거운 소리를 내며 파이 껍질 위에 떨어졌다.

외할아버지가 엄마와 함께 부엌으로 들어왔다. 외할머니는 접시가 튀어오를 만큼 무서운 기세로 식탁 위에 파이를 집어던졌다.

"자, 봐요. 당신들 때문에 어떻게 됐는지! 당신들에게는 바닥도 뚜껑도 없을 걸!"[*2]

밝고 침착한 엄마는 외할머니를 껴안고 슬퍼하지 말라고 달랬다. 지쳐서 구깃구깃해진 외할아버지는 식탁에 앉아 냅킨을 목에 감고 햇빛을 피해 핏발 선 눈을 찡그리면서 중얼거렸다.

"좋은데, 괜찮아! 훌륭한 파이는 여러 번 먹어봤잖아. 하느님은 다소 인색하셔. 몇 년에 몇 분만 보상해주시거든······ 하느님은 또 이자 같은 건 모르셔. 앉아라, 봐라. 괜찮아!"

외할아버지는 제정신이 아닌 것 같았다. 점심을 먹으면서 내내 외할아버지는 하느님을 거부한 아합에 대해, 그리고 아버지로서 겪는 무거운 숙명에 대해 얘기했다. 외할머니가 화가 나서 외할아버지의 말을 중지시켰다.

"점심이나 드세요!"

엄마는 밝은 눈을 반짝이면서 농담을 했다.

"조금 전엔 놀랐지?"

나를 슬쩍 찌르면서 엄마가 물었다.

아니다. 그때는 그렇게 놀라지 않았다. 그런데 지금은 어쩐지 어색하고 이해가 되지 않았다.

[*2] 죽은 뒤 관에 바닥도 뚜껑도 없이 개처럼 묻힐 거라는 뜻.

휴일이면 늘 그렇듯이 그들은 지겨울 정도로 오랫동안 많은 것을 먹었다. 그들은 반 시간 전에 서로 고함치고 주먹질하며 눈물과 통곡으로 뒤범벅이 되었던 사람들 같지가 않았다. 그들은 이 모든 일을 진지하게 처리했다. 그들로서는 우는 것이 괴로운 일이라는 사실이 도저히 믿기지 않는 듯했다. 그들의 눈물도, 고함도, 서로의 모든 고통도, 종종 확 타올랐다가 이내 꺼져버려서 내게는 습관적인 일이 되었고, 따라서 점차 나를 흥분시키는 일이 줄어들고 내 마음을 감동시키는 정도도 점점 약해졌다.

오랜 세월이 흐른 뒤에야 나는 러시아 사람들이 생활의 궁핍과 가난 때문에 대체로 고통을 즐기기를 좋아하며, 어린애들처럼 그것을 가지고 놀면서 불행한 것을 별로 부끄러워하지 않는다는 사실을 알게 되었다.

끝없이 단조로운 생활 속에서는 고통도 축제의 하나이며 격분하는 것은 우울을 씻어내는 하나의 놀이였다. 아무것도 없는 얼굴에는 할퀸 상처도 하나의 장식이 되는 법이다…….

11

그 사건 이후 엄마는 갑자기 당당해졌다. 허리를 꼿꼿하게 펴고 집안의 안주인이 된 반면, 외할아버지는 눈에 잘 띄지 않게 되고 생각에 잠겨 딴 사람이 된 것처럼 조용해졌다.

외할아버지는 바깥나들이를 거의 하지 않았으며, 《내 아버지의 수기》라는 이상한 책을 읽으며 내내 혼자 다락방에 틀어박혀 있었다. 외할아버지는 그 책을 작은 가방 속에 넣고 열쇠를 채워 보관했다. 외할아버지가 그 책을 꺼내기 전에 손을 씻는 것을 여러 번 보았다. 그 작지만 두툼한 책은 불그스레한 가죽으로 장정되어 있었다. 그 책의 푸르스름한 첫머리 여백에 '다정한 추억에 감사하며 존경하는 바실리 카시린에게'라는 헌사가 퇴색한 잉크로 화려하게 쓰여 있고, 낯선 이름과 함께 날고 있는 새의 형상이 서명되어 있었다. 가죽 장정의 묵직한 표지를 조심스럽게 열 때면, 외할아버지는 은테 안경을 쓰고 그 서명을 바라보며 안경을 바로잡기 위해 오랫동안 코를 움직였다. 나는 몇 번이나 외할아버지에게 "도대체 그게 무슨 책이에요?" 하고 물어보았다. 그러면 외할아버지는 거드름을 피우면서 대답했다.

"넌 몰라도 돼. 기다려라. 내가 죽으면 이 책은 네 차지니까. 그리고 이 너구리털 외투도 기념으로 남겨주지."

외할아버지는 엄마와 좀 더 부드럽게 그러나 더욱 드물게 얘기하게 되었고, 표트르 아저씨처럼 눈을 반짝이며 엄마의 말을 주의 깊게 듣고는 쫓아버리듯이 손을 흔들며 투덜투덜 말했다.

"좋아! 하고 싶은 대로 해."

외할아버지의 트렁크 속에는 이상한 옷들이 많이 들어 있었다. 두터운 비단 치마, 벨벳 조끼, 비단 사라판,*¹ 은으로 짠 여자용 머리장식과 처녀가 하는

＊1 러시아 농민들이 입는, 민소매에 띠가 달린 긴 옷.

머리장식, 진주로 수놓은 머릿수건, 화려한 빛깔의 삼각넥타이, 묵직한 목걸이, 많은 보석으로 만든 목걸이 따위였다. 외할아버지는 그 모든 것들을 한 아름 안고 엄마 방으로 가지고 가 의자나 테이블 위에 늘어놓았다. 엄마는 그 옷들에 도취되어버렸다. 외할아버지가 말했다.

"우리 시대에는 옷이 요새보다 아름답고 더 화려했다! 옷은 더 화려했지만 단순하고 멋지게 살았지. 그런 시대는 흘러갔고 다시는 돌아오지 않겠지! 자, 몸에 맞춰 입어봐라."

한번은 엄마가 옆방으로 잠시 사라지더니 황금색 수가 놓인 푸른 사라판을 입고 진주로 장식된 두건을 쓰고 나타났다. 엄마는 외할아버지에게 깊이 절을 하고나서 물었다.

"아버님, 맘에 드시는지요?"

외할아버지는 헛기침을 한 뒤 두 팔을 벌리고 손가락을 움직이면서 엄마 주위를 맴돌았다. 그리고 잠꼬대라도 하듯이 알아듣기 어려운 목소리로 말했다.

"오, 바르바라, 네가 좀 더 돈이 많고, 네 주변에 좋은 사람들이 있다면……."

그 즈음 엄마는 앞채의 방 두 칸을 쓰고 있었다. 손님들이 종종 엄마를 찾아 왔는데, 누구보다 자주 들른 것은 막시모프 형제였다. 표트르는 밝고 커다란 턱수염에 눈이 푸른 건장한 미남 장교로, 늙은 지주에게 침을 뱉어서 외할아버지로부터 내가 매를 맞는 자리에 있었던 사람이었다. 예브게니라는 사람 역시 키가 크고 다리가 가늘며 얼굴이 창백한 남자로, 검고 뾰족한 턱수염을 기르고 있었다. 그의 커다란 두 눈은 매실 열매와 비슷하고, 황금색 단추에, 좁은 어깨 위에 황금색으로 이름의 머리글자가 새겨진 푸르스름한 제복을 입고 있었다. 그는 습관적으로 머리를 흔들어 높고 반반한 이마에서 물결치는 긴 머리카락을 뒤로 쓸어넘기며 겸손하게 미소 지었다. 그리고 언제나,

"잘 아시겠지만 제 생각을 말하자면……."

하는 아첨에 가까운 말투로 얘기를 꺼냈는데 약간 갈라진 목소리가 특징이었다.

엄마는 눈을 가늘게 뜨고 웃는 얼굴로 그의 말을 경청하면서도 종종 그의 얘기를 중단시켰다.

"예브게니 바실리비치, 실례지만 당신은 어린아이 같군요!"

장교는 넓은 손바닥으로 자신의 무릎을 탁 치면서 소리쳤다.

"맞아요, 딱 어린아입니다."

크리스마스 주간*²은 즐겁고 요란하게 지나갔다. 거의 매일 저녁 가장한 사람들이 엄마를 찾아왔는데, 엄마도 항상 그 누구보다 멋지게 가장하고 손님들과 함께 밖으로 나가곤 했다.

엄마가 현란한 한 무리의 손님들과 함께 밖으로 나가고 나면, 집은 마치 땅속으로 가라앉는 것처럼 조용해져서 불안하고 따분하기까지 했다. 외할머니는 늙은 거위처럼 이 방 서 방 헤집고 다니며 정돈했고, 외할아버지는 난로의 따뜻한 타일에 등을 바짝 대고 서서 혼자 웅얼거렸다.

"그래, 좋아, 좋다고⋯⋯두고 보라지, 연기 저편에 무엇이 있는지⋯⋯."

크리스마스 주간이 지나자 엄마는 나와 미하일 외삼촌의 아들 사샤를 학교로 데리고 갔다. 사샤의 아버지는 재혼했는데 바로 첫날부터 새엄마는 이 의붓자식을 미워하고 때리기 시작했다. 외할머니의 간곡한 주장으로 외할아버지는 사샤가 우리집에서 살도록 데려왔다. 우리는 한 달쯤 학교에 다녔다. 그동안 내가 학교에서 배운 것 가운데 기억나는 것은 '네 성이 뭐냐?'고 물으면 그냥 '페시코프'라고 대답해서는 안 되고 '제 성은 페시코픕니다'라고 대답해야 한다는 것이었다. 또 선생님에게 '이 영감탱이야! 소리 지르지 마. 난 하나도 무섭지 않아!'하고 말해서는 안 된다는 것이었다.

나는 이내 학교가 마음에 들지 않았다. 외사촌 형은 처음 며칠은 학교생활에 만족했고 친구도 잘 사귀었다. 그런데 어느 날 수업시간에 잠이 들었다가 갑자기 잠꼬대를 하며 무시무시하게 소리를 질러댔다.

"안 할래, 안 할 거야!"

잠에서 깨어난 외사촌은 교실 밖으로 나가겠다고 졸랐고, 그로 인해 그는 지독하게 놀림거리가 되었다. 그 다음날 등교하는 길에 센나야 광장으로 나가는 골짜기로 내려가더니, 그는 걸음을 멈추고 말했다.

"너나 가. 난 안 갈래! 난 산책이나 하는 게 더 좋겠어."

외사촌은 그곳에 쭈그리고 앉더니 책보따리를 조심스럽게 눈 속에 파묻고 가버렸다. 쾌청한 1월 한낮이었다. 은빛 태양이 사방에서 반짝거렸다. 나는 외

---

*2 크리스마스부터 주현절(主顯節 : 1월 6일)까지의 기간.

사촌이 몹시 부러웠지만 마음을 굳게 먹고 학교에 갔다. 엄마를 슬프게 하고 싶지 않았기 때문이다. 사샤가 파묻은 책은 물론 없어졌다. 그 다음날은 더 이상 학교에 가지 않을 정당한 구실이 그에게 생겼다. 사흘째 되던 날 그의 행동이 외할아버지에게 발각되었다.

우리는 법정에 끌려 나갔다. 외할아버지와 외할머니와 엄마가 부엌 식탁에 앉아 맞은편에 있는 우리를 심문했다. 외할아버지의 질문에 대해 사샤가 얼마나 우스꽝스러운 대답을 했는지 지금도 생각난다.

"도대체 왜 학교에 가지 않았니?"

사샤는 온순한 눈으로 외할아버지의 얼굴을 똑바로 바라보며 천천히 대답했다.

"학교 가는 길을 잊어버렸어요."

"잊어먹어?"

"예. 찾고 또 찾았지만……."

"렉세이만 뒤따라갔으면 됐을 텐데. 렉세이는 알고 있잖아!"

"그 앨 잃어버렸어요."

"렉세이를?"

"예."

"그건 또 무슨 얘기냐?"

사샤는 잠시 생각에 잠기더니 한숨을 내쉬며 말했다.

"눈보라가 쳐서 아무것도 보이지 않았어요."

모두들 웃음을 터뜨렸다. 그때는 조용하고 쾌청한 날씨가 이어지고 있었던 것이다. 사샤도 조심스럽게 웃었다. 그러자 외할아버지가 이빨을 드러내며 짓궂게 물었다.

"렉세이의 손이나 허리띠를 잡았으면 됐을 텐데?"

"물론 잡았지요. 그런데 바람이 날 떼어놨어요."

사샤가 설명했다.

그는 께느른하게 누구나 항복하지 않을 수 없도록 말했다. 나는 그 변변찮고 서투른 거짓말을 듣고 있기가 민망했다. 또 외사촌의 고집에 몹시 놀랐다.

우리는 회초리로 얻어맞았고, 전직 소방관으로, 한쪽 팔이 없는 노인이 우리의 호송원으로 고용되었다. 그는 사샤가 학교 가다가 옆길로 새지 않도록 감독해야만 했다. 그러나 그것도 아무 소용없었다. 다음날 외사촌은 골짜기에 이르렀을 때 갑자기 몸을 구부려 펠트 장화 한 짝을 벗어 멀리 내팽개치고 다른 한 짝도 벗어서 반대 방향으로 내던진 다음, 양말만 신은 채 광장 쪽으로 뛰어갔다. 노인은 깜짝 놀라 한숨을 폭폭 쉬면서 장화를 찾은 뒤 나를 데리고 집으로 돌아갔다.

외할아버지와 외할머니와 엄마는 이 도망자를 찾으러 온종일 읍내 여기저기를 돌아다녔다. 저녁때가 되어서야 우리는 수도원 근방 치르코프 선술집에서 사샤를 발견했다. 외사촌은 거기서 춤을 추면서 사람들을 즐겁게 해주고 있었다. 그들은 외사촌을 집으로 데려왔지만 그 애의 완강한 침묵에 다들 당황해서 때리지도 못했다. 그는 난로 위 침상에 나와 함께 누워서 두 발을 들어 천장을 발바닥으로 문지르며 조용히 말했다.

"새엄마는 물론이고, 아버지와 외할아버지도 날 좋아하지 않아. 그런데 내가 어떻게 그런 사람들과 살 수 있겠어? 그래서 할머니에게 산적들이 어디에 숨어 있는지 물어보고 그곳으로 달아날 거야. 그럼 모두들 걱정하겠지. 같이 달아날래?"

나는 외사촌과 달아날 수가 없었다. 그때는 내 나름의 과제가 있었다. 나는 커다랗고 번쩍이는 턱수염을 기른 장교가 되기로 결심했다. 그러려면 공부를 해야 했다. 그런 계획을 외사촌에게 말하자 그 애는 잠깐 생각해보더니 내 말에 동의했다.

"그것도 좋아. 네가 장교가 될 때쯤 난 두목이 되어 있겠지. 넌 날 잡아야 할 테고, 그러면 한 사람이 다른 한 사람을 죽이거나 포로로 잡아야 할 거야. 그래도 난 널 죽이진 않을 거야."

"나도 널 죽이지 않을게."

우리는 그렇게 하기로 약속했다.

외할머니가 방으로 들어와 난로 위로 기어 올라오더니 우리를 바라보며 말했다.

"요 생쥐들아, 뭘 해? 오, 이 고아 녀석들, 이 부랑아들!"

우리에게 연민을 나타낸 외할머니는 선술집 딸이었던 사샤의 새엄마, 뚱뚱보 나데지다 외숙모를, 그리고 세상의 모든 새엄마와 새아빠를 욕하기 시작했다. 그리고 곁들여서, 현자 이오나가 어렸을 때 어떻게 자기 새엄마에게 하느님

의 심판을 받게 했는지 얘기해주었다. 그의 아버지, 우글리치*³ 사람, 하얀 호
수의 어부에 대한 이야기는 다음과 같았다.

젊은 아내가 그를 파멸시켜버렸네.
집에서 만든 독주와 수면제를 남편에게 먹였네.
그녀는 잠든 남편을
좁다란 관에 누이듯이 떡갈나무 배에 태우고
단풍나무 노를 저어
직접 호수 한가운데로 나아갔네.
그곳은 까만 심연이
마녀의 파렴치한 행위를 도와주려는 듯
펼쳐져 있었네.
호수 한복판에서 몸을 굽히고, 몸을 흔들어
마녀는 가볍게 통나무배를 뒤집어버렸네.
남편은 닻처럼 심연으로 가라앉았네.
그러나 여자는 재빨리 강둑으로 헤엄쳐 나와
땅에 쓰러져 짐짓 슬픈 체 탄식하며
울부짖기 시작했네.
선량한 사람들은 여인의 말을 믿고
그녀와 더불어 쓰라린 눈물을 흘렸네.
'오, 그대 청상과부여!
그대의 슬픔은 너무나 크구나.
우리 생명은 하느님 손에 있으니,
죽음도 하느님께서 우리에게 보낸 것!'

오직 의붓자식 이오누시카만이
새엄마의 눈물을 믿지 않았네.
그는 여인의 가슴에 손을 얹고

---

*3 드네프르 강 부근에 살던 옛 슬라브 민족(우크라이나인의 조상).

온화한 목소리로 말했네.
'오, 그대 새엄마여, 내 운명이여,
오, 그대 교활한 밤새여,
나는 그대 눈물을 믿지 않소.
그대 심장은 기쁨으로 뛰고 있거늘!
자, 하늘나라 심판관에게 물어봅시다,
천상의 모든 성인들에게도.
누군가에게 다마스크의 칼을 갖게 하여,
그 칼을 맑은 하늘에 던지게 합시다.
그대가 진실하다면 칼은 나를 찌를 것이고,
내가 진실하다면 그 칼은 그대에게 떨어지리라!'

새엄마는 의붓자식을 바라보았네.
그 두 눈은 사악한 불길로 활활 타올랐네.
여인은 벌떡 일어나 이오나를 통박했네.
'오, 너 어리석은 인간,
이 팔삭둥이 쓰레기 같은 놈,
도대체 그게 무슨 생각인가?
어찌 그 따위 말을 할 수 있는가?'

사람들은 그들을 바라보며 귀를 기울였네.
그들은 알았네, 이것이 괴이한 일임을.
모두들 얼굴에 근심을 띠고 생각에 잠겨
서로 의논했네.
그런 다음 늙은 어부가 나와
사방에 머리 숙여 절했고
결정된 사실을 이야기했네.
'친애하는 여러분,
다마스크의 칼을 내 오른손에 쥐어주시오.
내 그 칼을 하늘 높이 던질 테니

죄 있는 자 머리에 그 칼이 떨어질지어다!'

노인의 손에 날 선 칼이 건네지자
노인은 그 칼을 백발 머리 위로 높이 던져 올렸네.
칼은 새처럼 하늘로 날아올랐네.
기다리고 기다렸지만 그 칼은 떨어지지 않네.
사람들은 유리알 같은 하늘을 바라보며
모자를 벗고 떼 지어 서 있었네.
모두들 말이 없고 적막한 밤이 찾아왔는데도
칼은 여전히 창공에서 떨어지지 않네!
호수에 붉은 새벽 여명이 타오르자
새엄마는 그 빛에 얼굴을 붉게 물들이며
조소어린 웃음을 지었네.
그때 칼이 재빠른 제비처럼 지상을 향해 떨어져
새엄마의 심장에 정통으로 꽂혔네.

선량한 사람들은 무릎을 꿇고
하느님께 기도했네.
'하느님께 영광을, 하느님의 진리를 위해!'
늙은 어부는 이오누시카의 손을 잡고
반짝이는 케르제네츠 강 위
눈에 보이지 않는 도시 키테시 부근에 있는
머나먼 은자의 암자로 데려갔네……*4

　　다음날 나는 온 몸이 붉은 반점 투성이가 되어 잠에서 깨어났다. 천연두가
시작된 것이다. 뒤쪽 다락방으로 옮겨진 나는 팔다리를 넓은 붕대로 단단히
묶인 채 무시무시한 악몽을 꾸면서 오랫동안 아무것도 보지 못하고 누워 있었
다. 때로는 악몽 때문에 거의 죽을 뻔하기도 했다. 외할머니만이 내게 와서 마

---

*4 지은이 주. 나는 탐보프 주 보리소글렙스키 군 칼류파놉카 마을에서 이 전설의 다른 내용
　　(칼이 새엄마를 중상한 의붓자식의 가슴에 꽂혔다)을 들었다.

치 아기처럼 숟가락으로 음식을 떠먹여주고, 항상 새롭고 무궁무진한 옛날 얘기를 들려주었다. 어느 날 저녁, 이미 몸은 회복되어 붕대에서 풀려났지만 얼굴을 긁지 못하도록 손가락만 여전히 붕대로 벙어리장갑처럼 감싸고 있었는데, 어쩐 일인지 외할머니가 보통 때보다 늦어졌다. 그래서 불안해하고 있는데 그제야 외할머니의 모습이 보였다. 외할머니는 문 저쪽에 있는 다락방의 먼지 긴 마룻바닥 위에 엎드려서 팔을 아무렇게나 뻗고 있었다. 외할머니의 목은 표트르 아저씨의 목처럼 반쯤 잘려 있었다. 한구석 먼지투성이 어둠 속에서 커다란 고양이가 탐욕스러운 초록색 눈을 크게 뜨고 외할머니 쪽으로 살금살금 다가가고 있었다.

나는 침대에서 벌떡 일어나 두 손과 다리로 이중 창틀을 때려 부수고 안마당에 쌓인 눈더미 위로 뛰어내렸다. 그날 저녁 엄마에게는 손님들이 있었지만, 내가 유리를 깨고 창틀을 부수는 소리를 아무도 듣지 못했다. 나는 꽤 오랫동안 눈 속에 누워 있어야 했다. 나는 아무데도 부러지지는 않았지만 한쪽 팔이 어깨에서 빠지고 유리에 심하게 베었다. 그리고 다리가 마비되어 석 달 가까이 다리를 움직이지 못했다. 나는 누운 채 집안이 더욱더 소란스러워지는 것을, 끊임없이 아래층에서 문을 쾅 여닫는 소리와 많은 사람들이 오가는 소리를 듣고 있었다.

슬픈 듯 탄식하는 듯한 눈보라가 지붕을 휩쓸고, 다락방 문 밖에서는 바람이 윙윙대고, 굴뚝 속에서는 장송곡 같은 소리가 들려오고, 난로의 바람문은 부르르부르르 소리 내고 있었다. 낮에는 갈가마귀들이 까악까악 울어대고 고요한 밤에는 들녘에서 늑대들이 구슬프게 울부짖는 소리가 들려왔다. 그 음악 소리에 맞춰 내 마음도 성숙해져갔다. 얼마 뒤 겁 많은 봄이 3월 태양의 그 빛나는 눈으로 유리창을 부끄럼타며 살며시 들어오더니 날이 갈수록 점점 더 뜨겁게 유리창 안을 들여다보기 시작했다. 고양이들은 지붕 위와 밑에서 야옹야옹 울며 아우성치고 봄의 술렁거림은 벽을 뚫고 침입해 들어왔다. 유리처럼 투명한 고드름이 툭 떨어져 깨지고 밑에서부터 녹은 눈이 지붕 용마루에서 흘러내렸다. 종소리는 겨울보다 깊이 울려 퍼졌다.

외할머니는 나를 보러 왔지만, 외할머니의 말 속에서는 점점 더 자주 그리고 점점 더 진하게 보드카 냄새가 풍겼다. 얼마 뒤 외할머니는 커다란 흰색 차 주전자를 가지고 오기 시작했다. 그것을 내 침대 밑에 숨기고 눈짓하며 말했다.

"아가야, 네 외할아버지, 이집 귀신에게는 말하지 마라!"

"왜 술을 마셔?"

"조용히 해! 나중에 크면 알게 돼⋯⋯."

차 주전자 주둥이를 입에 대고 한 모금 마시고는 소매로 입술을 닦은 다음 외할머니는 다정하게 웃으면서 물었다.

"자, 우리 도련님, 말해봐. 어제 내가 무슨 얘기를 해주었지?"

"아버지 얘기."

"어디까지 했더라?"

나는 외할머니의 기억을 일깨워주었다. 그러자 외할머니의 유창한 이야기가 시냇물처럼 오랫동안 흘러나왔다.

외할머니는 스스로 우리 아버지에 대해 얘기해주곤 했다. 어느 날은 맑은 정신에 가라앉고 피곤한 모습으로 찾아와서 이렇게 말했다.

"꿈속에서 네 애비를 봤다. 호두나무 지팡이를 들고 들판을 걸어가고 있었어. 휘파람을 불면서. 그 뒤를 알록달록한 개가 뛰어가며 혓바닥을 흔들어대더구나. 요즘 어찌된 일인지 막심 사바테이치의 꿈을 자주 꾼단 말이야. 아마도 그 사람 넋이 편치 않아서 방황하고 있는 게야⋯⋯."

몇 날 밤을 계속해서 외할머니는 아버지 얘기를 들려주었다. 그것은 외할머니가 들려준 다른 모든 이야기처럼 재미있었다. 아버지는 장교가 될 때까지 일하다가 부하에게 잔혹한 짓을 했다는 이유로 시베리아로 유형을 간 군인의 아들이었다. 아버지도 그곳 시베리아 어딘가에서 태어났다. 아버지는 힘들게 살았고, 이미 어렸을 때부터 가출을 시작했다. 한번은 외할아버지가 산토끼를 찾듯이 많은 개들을 데리고 숲을 헤맨 끝에 아버지를 찾아냈다. 또 한번은 외할아버지가 아버지를 잡아다 너무 심하게 매질을 하는 바람에 보다 못한 이웃 사람들이 아버지를 빼앗아다가 숨겨버렸을 정도였다.

"어린애들은 언제나 매를 맞는 거야?"

내가 그렇게 물으면 외할머니는 조용히 대답했다.

"언제나 맞지."

아버지의 엄마는 일찍 죽었고, 아버지가 아홉 살 때 할아버지도 죽고 말았다. 대부인 소목장이가 아버지를 맡아 페름 시의 동직조합에 아버지를 등록하고 목공일을 가르쳤다. 그렇지만 아버지는 대부의 집에서 도망쳐 장님들을 장바닥으로 안내하는 일을 하다가 열여섯 살 때 니주니로 와서 콜친의 증기선과 계약한 청부인인 목공 밑에서 일하기 시작했다. 스무 살 때 아버지는 이미 훌륭한 가구 기술자이자 도배장이 겸 실내장식가가 되었다. 아버지가 일한 공장은 코발리하 거리에 있던 외할아버지네 집과 나란히 있었다.

"담장은 높지 않았고 사람들은 활달했지." 외할머니는 웃으면서 말했다. "내가 바랴와 뜰에서 딸기를 따고 있는데 네 아버지가 불쑥 담장을 뛰어넘어 와서 얼마나 놀랐던지! 사과나무 사이로 하얀 셔츠에 코듀로이 바지를 입은 건장한 사람이 걸어오는 거야. 맨발에 모자도 쓰지 않고 긴 머리를 가죽끈으로 동여매고 말이야. 어슬렁어슬렁 구혼하러 찾아온 것이었어! 난 그 남자를 전에도 본 적이 있었지! 창문 옆을 지나는 것을 보고 참 멋진 청년이라고 생각했단다! 그가 우리에게 다가오자 내가 물었지. '젊은이 또 길을 잃어버렸수?'라고 말이다. 그랬더니 그 남자가 무릎을 꿇고 이렇게 말하는 거야. '아쿨리나 이바노브나, 보시다시피 여기 완전한 영혼과 함께 저의 전부가 있습니다. …… 바로 저 바랴입니다. 제발 우리를 도와주세요. 우리는 결혼하고 싶어요!' 난 정신이 아득해지고 혀가 마비되어버렸어. 글쎄 말괄량이 네 어미는 온몸이 딸기처럼 빨개져서 사과나무 뒤에 숨어 그 사내에게 신호를 보내는 것을 내가 봤지 뭐냐. 네 어미의 눈에는 눈물까지 고여 있었고. 그래서 내가 말했지. '아이구, 맙소사! 그래 너희들 어쩔 셈이야? 바르바라, 너 제정신이냐? 그리고 젊은이, 생각 좀 해봐요. 당신 힘으로 처자식을 먹여 살릴 수 있겠수?' 그때 너희 외할아버지는 부자였단다. 아이들에겐 아직 아무것도 나누어주지 않았을 때였지. 네 외할아버지는 집이 네 채에 돈도 있고 존경도 받고 있었어. 9년 동안이나 계속해서 조합의 장로 자리에 앉아 있었던 공로로 장식끈이 달린 모자와 제복을 수여받은 지 얼마 안 되었을 때였단다. 그래, 외할아버지는 참으로 자랑스러웠어! 나는 하고 싶은 말을 다하고 무서워서 와들와들 떨었지. 그리고 그들이 측은한 생각이 들었어. 두 사람 표정이 어두워졌거든. 그때 네 아버지가 이렇게 말하더구나. '바실리 바실리예프께서 저에게 기꺼이 바랴를 주지 않으실 거라는 건 저도 알고 있어요. 그래서 전 바랴를 훔치려고 해요. 그러니 우리를 꼭 도와주세요. 이렇게 제가 온 것은 당신께 우리를 도와달라고 부탁하기 위해서예요!' 나는 팔을 휘두르고 그를 떠밀기까지 했지만 그는 물러서지 않는 거야.

돌로 때려도 좋으니 도와달라면서 절대로 물러서지 않겠다는 거였어. 그러자 바르바라도 그에게 다가가더니 그의 어깨에 손을 얹고 말했어. '우린 벌써 오래전에, 그러니까 5월에 결혼했어요. 이제 우리는 교회의 의식에 따라 결혼식만 올리면 돼요.' 나는 뒤로 나자빠질 정도로 기겁을 했지—오, 맙소사!"

외할머니는 온 몸을 흔들며 웃기 시작했다. 그리고 나서 외할머니는 코담배를 들이마시고는 눈물을 훔치고 행복스런 한숨을 내쉬며 말을 이었다.

"넌 아직 어려서 몰라, 결혼이 어떤 것이고 결혼의식이 어떤 것인지. 다만 처녀가 결혼식을 올리지 않고 아기를 낳는 건 무서운 불행이란다! 너도 이 말을 잘 기억해 둬라. 그리고 앞으로 크면 그런 일로 처녀들을 난처하게 만들지 마라. 그런 짓을 하면 너는 큰 죄를 짓게 되는 거고, 처녀는 불행해지고 아이는 사생아가 되는 거란다. 꼭 기억해둬! 살아가면서 여자를 아끼고 진심으로 사랑하거라. 장난으로 여자를 대하지 말고. 이건 내가 너에게 꼭 해주고 싶은 말이란다!"

외할머니는 의자 위에서 몸을 흔들며 잠시 생각에 잠겼다. 그러다가 문득 정신이 돌아와서는 다시 이야기를 시작했다.

"그러니 내가 어떻게 할 수 있겠니? 난 막심의 이마를 후려치고 바르바라의 머리채를 휘어잡았는데, 그가 그럴듯한 소리를 하지 않겠니? '때린다고 이미 끝난 일을 돌이킬 순 없어요!' 그리고 네 어미도 말했지. '먼저 어떻게 해야 할지 생각해보고 그 다음에 싸워요!' 나는 막심에게 돈이 있느냐고 물어보았는데 '있긴 있었는데 그 돈으로 바랴에게 반지를 사주었어요' 하고 대답하더구나. '얼마 줬는데, 3루블?' 하고 물었더니 '아뇨, 100루블쯤 줬어요' 이러는 거야. 그즈음엔 돈 가치는 높고 물건은 헐값이었던 시절이었어. 나는 그들, 그러니까 네 어미와 애비를 바라보면서 이런 바보들이 있나, 이렇게 사랑스러운 바보들이! 하고 생각했지! 네 어미는 이렇게 말했어. '난 반지를 엄마에게 들키지 않도록 마루 밑에 숨겼어요. 그걸 팔 수 있어요!' 그래, 꼭 어린애들 아니냐? 아무튼 우리는 의논한 끝에 두 사람은 일주일 안에 결혼식을 올리고 사제와의 일은 내가 처리하기로 의견을 모았지. 나는 대성통곡했고 가슴이 와들와들 떨렸어. 외할아버지가 무서웠거든. 바랴도 겁에 질려 있었지. 하지만 모든 일이 다 좋게 끝났단다! 그런데 네 애비에게는 원수처럼 지내는 십장인지 뭔지 하는 나쁜 작자가 있었어. 그놈이 벌써부터 모든 일을 짐작하고 그 두 사람을 감시하고 있었지 뭐니. 아무튼 난 내 외동딸에게 최고로 좋은 옷을 입혀 대문 밖으로 데리고 나갔지. 골목에서 삼두마차가 기다리고 있었거든. 네 어미가 타자 막심은 휘파람을 휙 불고는 마차를 타고 떠나갔지! 내가 눈물을 쏟으며 집으로 돌아오는데 갑자기 그 작자가 맞은편에서 다가오더니 말하는 거야, 그 비열한 놈이 말이야. '난 선량한 사람입니다. 운명을 방해하고 싶지도 않아요. 다만 아쿨리나 이바노브나, 그 대가로 내게 50루블만 주세요!' 그런데 난 돈이 없었어. 돈을 좋아하지 않아서 모아놓지 않았거든. 그래서 깊이 생각하지도 않고 그놈에게 이렇게 말했어. '난 돈이 없어서 줄 수가 없소!' 그랬더니 이러는 거야. '그럼 돈을 주겠다는 약속을 하세요!' '어떻게 약속을 한단 말이오. 나중에 내가 돈을 어디에서 구하라고?' '흥, 부자인 남편에게서 훔치는 것이 그리 어려운 일은 아닐 텐데요?' 내가 미련했지, 그 비열한 놈과 좀 더 오래 얘기하면서 붙잡아뒀어야 하는 건데, 난 그만 그놈의 낯짝에다 침을 탁 뱉고는 집안으로 들어와버렸어! 그런데 그놈이 나보다 먼저 마당에 뛰어들어 소동을 일으키기 시작한 거야!"

외할머니는 눈을 감고 미소를 지으면서 말했다.

"그 끔찍한 사건은 지금 생각해도 무시무시하구나! 외할아버지는 짐승처럼 울부짖었지. 그 사람에겐 그건 장난이 아니었거든. 네 외할아버지는 바르바라를 바라보며 귀족에게 시집보낼 거다, 지주에게! 하면서 늘 자랑했으니까! 귀족이 뭐고 지주가 다 뭐냐! 누가 누구와 맺어져야 하는지는 우리보다 거룩하신 성모님이 더 잘 아시지. 외할아버지는 불이라도 난 듯 마당을 뛰어다니면서 야코프와 미하일을 부르고, 주근깨투성이인 그 십장놈과 클림이라는 마부도 불러들였어. 내가 보고 있으니 외할아버지는 투척봉을 들더구나, 가죽끈에 추를 매단 것 말이다. 미하일은 총을 움켜잡았지. 우리에겐 훌륭하고 사나운 말이 있었고, 마차는 용수철이 장치된 여행용 마차 타란타스*5였단다. 가벼웠어. 그래서 난 그들이 쉽게 막심과 바랴를 따라잡을 거라고 생각했지. 바로 그때 바르바라의 수호천사가 내게 꾀를 불어넣어 주셨어. 나는 칼을 찾아들고 마차 채에 매어진 가죽끈을 몰래 잘라두었어. 가는 도중에 끊어지게 말이다! 진짜로 그렇게 됐지. 길가는 도중에 마차 채가 끊어져나가 하마터면 외할아버지와

*5 러시아에만 있는, 지붕을 얹은 마차.

미하일과 클림이 죽을 뻔했단다. 그들이 한참 지체하면서 마차를 고친 다음 교회로 말을 몰고 달려가니, 바르바라와 막심은 교회 돌계단 위에 서 있었어. 이미 결혼식을 마치고 말이야! 감사합니다, 하느님! 그들이 모두 막심에게 달려들었지만 막심은 건강했고 보기 드물게 힘이 세었단다! 미하일은 교회 현관에서 나가떨어져 팔이 부러졌지. 클림도 크게 다쳤고. 그러자 외할아버지와 야코프와 십장은 막심에게 겁을 먹고 말았어. 막심은 화가 났지만 이성을 잃지 않고 외할아버지에게 이렇게 말했단다. '투척봉을 버리세요. 나에게 그런 걸 휘두르지 마시구요. 전 얌전한 사람입니다. 하느님이 제게 주신 걸 제가 가졌으니 아무도 그걸 빼앗아가지 못합니다. 저는 당신께 더 이상 아무것도 원하지 않습니다.' 그들은 막심에게서 물러났고, 외할아버지는 마차에 올라타고는 소리를 질러댔지. '그래, 잘 가라, 바르바라. 이제 넌 내 딸이 아니고 널 보고 싶지도 않다. 네가 굶어 죽든 말든 난 상관 않겠다.' 외할아버지는 집으로 돌아와서 나를 때리고 욕설을 퍼부어댔지. 난 그저 신음소리만 내고 아무 말도 하지 않았어. 모든 것은 지나가게 마련이고 이미 저질러진 일은 어쩔 수가 없다는 걸 난 잘 알고 있었거든! 나중에 외할아버지는 내게 이렇게 말했어. '아쿨리나, 기억해 둬. 이제 당신에겐 더 이상 어디에도 딸은 없는 거야. 명심하라고!' 난 나대로 혼자 생각했지. '계속 거짓말하시구려, 어릿광대 양반, 증오란 얼음과 같아서 녹으면 그만이라고요!'"

나는 귀를 쫑긋 세우고 열심히 들었다. 외할머니의 얘기 중에는 나를 놀라게 하는 것이 많았다. 외할아버지는 엄마의 결혼식을 전혀 다르게 묘사했기 때문이다. 외할아버지는 이 결혼에 반대했고 결혼식이 끝난 뒤에 엄마를 집에 들어오지 못하게 했다. 외할아버지의 얘기에 따르면 엄마는 몰래 결혼식을 올린 게 아니고 외할아버지도 교회에 있었다는 것이다. 나는 누구의 얘기가 맞는지 외할머니에게 물어보고 싶지 않았다. 그것은 외할머니의 얘기가 더 아름다웠고 훨씬 더 내 마음에 들었기 때문이다. 얘기를 해주면서 외할머니는 마치 보트를 타고 있는 것처럼 내내 몸을 흔들었다. 슬프거나 무서운 사건에 대해 얘기할 때면 외할머니는 허공에서 무언가를 밀어내려는 듯 한 팔을 앞으로 쭉 뻗고 더욱 격렬하게 흔들었다. 그러자 외할머니의 주름진 뺨 속에 숨어 있던 보이지 않는 선량한 미소에 짙은 눈썹이 살짝 떨렸다. 때론 모든 것을 화해시키는 이 맹목적인 선량함이 나를 감동시켰다. 그리고 때로는 외할머니가 심한 말도 하고 욕설도 좀 했으면 하고 진심으로 바랐다.

"처음 두 주일 정도는 나도 바랴와 막심이 어디에 있는지 몰랐는데, 얼마 뒤에 바랴가 보낸 씩씩한 꼬마가 달려와서 말해주더구나. 난 토요일을 기다렸다가 저녁기도에 나가는 척하고 그 아이들에게 갔지! 멀리 떨어진 수에친스키 거리에 있는 작은 외딴집에 살고 있더구나. 마당은 온통 직공들로 북적거렸고 더럽고 시끄럽고 쓰레기 투성이였어. 그 아이들은 그런 것에 개의치 않고 마치 한 쌍의 새끼고양이처럼 야옹대며 놀고 있었지. 난 내가 가져갈 수 있는 모든 것을 그 아이들에게 가져갔단다. 차, 설탕, 잡곡, 잼, 밀가루, 말린 버섯, 약간의 돈을. 얼마였는지는 생각나지 않지만 외할아버지 것을 몰래 빼낸 거였지. 자기 자신을 위해서가 아니라면 그 정도는 훔칠 수 있는 것 아니겠니! 그런데 네 애비는 아무것도 받지 않고 화를 내는 거야, '우리가 거진줄 아세요?' 하면서. 바르바라도 남편 말에 장단을 맞춰 '이런 걸 왜 가져왔어요, 엄마?' ……난 그 아이들을 꾸짖었지. '바보야, 내가 누구냐? 하느님이 너에게 보내주신 어미가 아니냐! 너에게, 이 바보 같은 너에게 피를 나눠준 어미! 그런 나를 네가 모욕해서 되겠니? 이 지상에서 어미가 모욕을 받으면 천상에서 성모님이 쓰라린 눈물을 흘리실 거다!' 그렇게 말하자 막심이 나를 번쩍 안아들고 온 방을 빙빙 돌면서 춤을 추는 거야. 네 아버진 참으로 힘센 곰이었어! 바르바라는 바르바라대로 우쭐대고 걸으면서 남편 자랑을 하는 거야, 마치 새 인형이라도 자랑하듯이 말이야. 줄곧 눈을 치켜뜨고 거들먹거리면서 살림에 관해 얘기하더구나, 진짜 여편네처럼 말이다. 그 모습이 얼마나 우습던지! 네 어미가 차와 함께 잼을 바른 과자를 내왔는데 늑대의 이빨도 부러뜨릴 정도로 딱딱했단다. 또 응고우유는 자갈처럼 흩어져 있었고!

그럭저럭 오랜 시간이 흘러 네가 태어날 때가 되었지. 외할아버지는 내내 침묵하셨어. 고집불통 영감탱이였지! 난 몰래 그 애들 집을 왔다 갔다 했단다. 외할아버지도 그걸 알고 있었지만 모르는 척했지. 집안에서는 누구든 바랴 얘기를 하는 것이 금지되어 있어서 모두가 아무 말도 안했고 나 역시 침묵하고 있었지만, 난 알고 있었지. 외할아버지의 침묵이 그리 오래 가지는 않으리라는 걸. 곧 그 미묘한 때가 다가왔단다. 밤이 왔고, 마치 곰이 창문으로 기어오르듯 눈보라가 울부짖었어. 굴뚝에서는 온갖 악령들이 쇠사슬을 끊어버린 듯이 윙윙댔고, 나와 외할아버지는 누워 있었지만 잠을 이루지 못하고 있었단다. 그때 내가 말했지. '이런 밤 가난한 사람들은 얼마나 힘들까요. 마음이 불안한 사람에겐 더더욱 힘든 밤이고요!' 그러자 외할아버지가 불쑥 물었어. '그 애들은 어떻게 살고 있지?' '아무 일 없이 잘들 살아가고 있어요.' '내가 누구에 대해 물어보고 있다고 생각하는 거지?' '우리 딸 바르바라와 사위 막심이겠지요.' '어째서 그 애들에 대해 묻는 거라고 생각했지?' '당신, 이제 어리석은 장난 좀 그만두세요. 그런다고 뭐 기분이 좋아지나요?' 그러자 외할아버지가 한숨을 쉬며 말하는 거야. '이런 마귀할멈, 회색 마귀할멈 같으니라고!' 그리고 이렇게 묻는 거야. '그래, 그 큰 바보―이건 네 아버지를 일컫는 거지―는 어때, 확실히 바보 녀석이지?' 나는 이렇게 말했지. '바보는 일하고 싶어하지 않는 사람이나 남의 목에 무거운 짐을 매다는 사람을 말하는 거예요. 당신, 야코프와 미하일을 봐요. 그 애들이야말로 바보처럼 살고 있잖아요? 우리 집에서 누가 일하고 누가 돈을 벌어요? 그건 다 당신이죠. 그 애들이 당신에게 무슨 도움을 주었나요?' 그러자 외할아버지는 나를 바보라느니 부끄러움을 모른다느니, 뚜쟁이라니 하면서 내가 알지도 못하는 말을 주워섬기며 내게 욕설을 해대는 거야. 내가 아무 말도 안하니 이러더구나. '그래, 어떻게 당신은 어디서 굴러왔는지 어떤 놈인지 알지도 못하는 녀석에게 속을 수가 있어?' 나는 여전히 가만있다가 외할아버지가 지쳤을 때쯤 해서 이렇게 말했지. '당신이 직접 가서 그 애들이 어떻게 사나 확인해 보세요. 아주 잘 살고 있어요.' '그 애들에게 가는 건 체통이 서지 않으니 차라리 그 애들을 이리로 오도록 하든지.' 이 말에 나는 기뻐서 울음을 터뜨리기까지 했단다. 외할아버지는 내 머리카락을 풀어헤치면서―할아버지는 내 머리카락을 갖고 장난치는 걸 좋아했지―이렇게 웅얼댔지. '훌쩍거리지 마, 이 바보야. 난 뭐 감정도 없는 줄 알아?' 외할아버지는 원래는 참 좋은 사람이었단다. 그런데 자기보다 더 현명한 사람은 없다고 생각한 순간부터 화를 잘 내는 바보가 되어 버렸지.

그렇게 해서 마침내 성스러운 날인 용서의 일요일*6에 그 아이들, 네 애비와 어미가 왔어. 둘 다 키가 크고 말쑥하고 깨끗했지. 막심은 외할아버지와 마주 섰어. 외할아버지는 막심의 어깨밖에 오지 않았지. '바실리 바실리예비치,

---

*6 부활제에 앞서오는 6주간의 대제기(大祭期), 그 전 1주일 동안이 사육제이고 그 주간의 마지막 날이 '용서의 일요일'이다. 이 날에 평소의 원한이나 분노, 죄과를 서로 용서하는 풍습이 있다.

제발 제가 결혼지참금 때문에 당신을 뵈러 왔다고는 생각지 말아 주십시오. 그렇지 않아요, 저는 제 아내의 아버지께 경의를 표하려고 왔습니다.' 외할아버지는 이 말이 마음에 들었던지 빙그레 웃으면서 말했어. '에잇, 이 껑다리 도적 같으니라고! 이제 그만큼 버릇없이 굴었으니 우리와 함께 살자꾸나!' 막심은 얼굴을 찌푸리며 '바랴가 원하면 그렇게 하겠습니다. 저는 아무래도 상관없어요!'라고 말하지 않았겠니. 즉시 막심과 외할아버지 사이에 한 치의 양보도 없는 싸움이 시작되었고 도무지 합의가 이루어지지 않았단다! 난 네 애비에게 눈을 껌뻑이고 테이블 밑으로 발을 걸어찼지만 아랑곳하지 않고 계속 자기 고집만 내세우는 거야! 네 애비는 눈이 멋있었어. 쾌활하고 맑은 눈이었지. 하지만 눈썹은 어둡고, 그 눈썹을 찌푸리면 두 눈은 숨어버리고 얼굴은 돌처럼 굳어져 고집불통 모습으로 바뀌는 거야. 막심은 나 말고는 누구의 말도 들으려 하질 않았지. 난 내가 낳은 자식들보다 막심을 더 사랑했단다. 네 애비도 그걸 알았고 나를 사랑했지! 나한테 꼭 달라붙어 껴안곤 했고 그렇지 않으면 날 달랑 안아들고 방 안을 빙빙 돌며 말하곤 했어. '장모님은 저에겐 친어머니나 다름없어요, 대지처럼! 전 바르바라보다도 어머니가 더 좋아요!' 그때 네 어민 아주 쾌활한 장난꾸러기였는데 그런 말을 들으면 막심에게 달려들어 '당신은 어떻게 그런 말을 할 수 있어요? 찌그러진 귀를 가진 페르미 사람 같으니!'라고 소리쳐댔지. 그러고는 셋이서 웃고 떠들며 놀았어. 아가야, 그때 우리는 재미있게 살았단다! 네 애비는 보기 드물게 춤을 잘 추었고, 좋은 노래도 많이 알고 있었지. 장님들을 데리고 다닐 때 배웠다더라. 장님들보다 더 훌륭한 가수는 없어!

막심과 네 어미는 뜰에 있던 별채에서 살게 되었고, 거기서 네가 태어났지. 꼭 정오에. 네 애비가 점심을 먹으러 오자마자 네가 태어난 거야. 얼마나 기뻐하던지 꼭 미친 사람 같았어. 네 어미는—그냥 좀 피곤하기만 하고 애 낳는 일이 얼마나 힘든 건지는 모르는 듯했어! 막심은 나를 어깨에 태우고 마당을 가로질러 손자가 또 하나 생겨났다는 걸 보고하러 외할아버지에게로 갔단다. 외할아버지도 웃으면서 말씀하셨어. '그래, 막심. 자넨 도깨비 같은 사내야!'

그런데 네 외삼촌들은 막심을 싫어했지. 네 아버진 술도 안 마시고, 솔직했으며 온갖 일을 능숙하게 잘해냈거든. 그게 죄였어. 네 외삼촌들은 막심을 혹독하게 비난했지. 언젠가 사순절 때 바람이 불기 시작했는데 갑자기 집 전체에 뭐라 말할 수 없이 무서운 소리가 나기 시작했단다. 이게 웬 기이한 일인가 하고 모두들 놀라 제정신들이 아니었지. 외할아버지는 완전히 공포에 질려 모든 성상 램프에 불을 밝히라고 명령하고 여기저기 뛰어다니며 '기도를 올려야겠다!'고 소리치는 거야. 그런데 갑자기 모든 소리가 딱 멈춰버렸어. 그러자 모두들 더욱더 놀라버렸지. 야코프 외삼촌은 틀림없이 막심이 꾸민 짓일 거라고 짐작했지! 나중에 네 애비가 고백했는데 여러 가지 병과 플라스크를 천창에 갖다 놓았다는 거야. 바람이 병 목으로 들어가 불면, 그 병과 플라스크가 한꺼번에 온갖 소리를 낸다는 거지. 외할아버지가 막심에게 이렇게 위협했단다. '또 다시 그런 장난질을 하면 시베리아로 가서 못 돌아올 줄 알아, 막심!'

어느 해는 너무 추워서 늑대들이 들판에서 읍내로 내려와 개를 물어뜯고, 말을 놀라게 하고, 술 취한 경비원을 잡아먹는 소동이 벌어졌어! 그런데 네 애비는 총을 들고 스키화를 신고 밤에 들판으로 가는 거야. 나중에 보니 늑대를 끌고 왔지 뭐니, 어떤 때는 두 마리씩! 그러고는 그놈들의 가죽과 대가리 껍질을 벗겨내고 유리 눈알을 박아 넣어 감쪽같이 진짜처럼 만들어냈지! 어느 날 미하일 외삼촌이 볼일을 보러 현관으로 나갔다가 갑자기 다시 뛰어 들어왔는데, 머리카락은 거꾸로 곤두서고 두 눈을 부릅뜨고 목이 막혀서 아무 말도 하질 못했어. 바지가 흘려내려 그 바지에 걸려 넘어지면서 갈라진 목소리로 소리치는 거야. '늑대다!' 모두들 손에 잡히는 대로 집어 들고 등불을 들고 현관으로 달려갔지. 그랬더니 아래쪽 계단에서 똑바로 늑대가 머리를 앞으로 쑥 내밀고 있는 거야! 그놈을 후려갈기고 총을 쏘았지만 끄떡도 하지 않았어! 그래서 옆에 가서 자세히 보니 가죽과 빈 대가리만 있고, 앞발이 아래쪽 계단에 못으로 박혀 있었어! 그때 외할아버지는 막심에게 불같이 화를 내셨단다. 그러자 이번엔 야코프가 그런 장난을 흉내 내기 시작한 거야. 막심은 두꺼운 마분지를 붙여서 머리처럼 만들고 코와 눈과 입을 만들어, 머리카락 대신 삼찌꺼기를 붙인 다음 야코프와 함께 거리에 나갔어. 그 무서운 가면을 창문으로 쑥 들이밀면 사람들은 당연히 무서워서 비명을 질러댔지. 그리고 밤마다 시트를 뒤집어쓰고 나가 신부님을 깜짝 놀라게 하곤 했는데, 한번은 신부가 파출소로 달아나는 바람에 경관도 깜짝 놀라 살려달라고 소리를 치고 난리가 났지. 그 아이들은 그런 고약한 장난을 많이도 저질렀지만 도저히 그만두게 할 수가 없었어. 그런 짓거리는 그만 집어치우라고 나도 말하고 바라도 말했건만 도무지 말을 들어먹어야지! 막심은 웃으면서 이렇게 말하곤 했어. '모두들 아무것도 아닌 것 가지고 놀라서 정신없이 도망가는 걸 보는 게 너무 재미있어요!' 막심과 말해봐야 아무 소용도 없었지……

그러다가 막심은 하마터면 모든 게 끝장날 뻔했단다. 미하일 외삼촌은 꼭 네 외할아버지를 닮았어. 화를 잘 내고 원한이 깊은 게 말이다. 그 외삼촌이 네 애비를 없애버리기로 마음먹은 거야. 초겨울에 그들이 어딘가 들렀다가 귀가하는 길이었어. 막심하고 네 두 외삼촌, 그리고 성당지기, 모두 넷이서 말이야. 나중에 이 성당지기는 마부를 죽을 만큼 때려서 파문당했지. 그 넷이 얌스키 거리를 걸어 내려오다가 주코프 연못으로 가자고 막심을 꾀었어. 꼬마 녀석들이 얼음을 지치듯이 발로 미끄럼을 타자고 말이다. 그렇게 꾀어내가지고는 막심을 얼음구멍 속으로 밀어버렸어. 그 얘긴 내가 한번 한 적 있을 거야."

"외삼촌들은 왜 그렇게 흉악해?"

"그 애들은 흉악한 게 아니야." 외할머니는 조용히 말하면서 코담배를 들이마셨다. "그저 어리석을 뿐이지! 미시카는 교활하고 어리석으며 야코프는 착하지도 악하지도 않은 바보야. 하여튼 그 애들은 막심을 물속에 밀어 넣고 막심이 떠올라 손으로 얼음구멍의 가장자리를 붙잡으면 막심의 손을 때리면서 뒤축으로 손가락을 짓뭉개버렸단다. 다행히 네 애비는 정신이 말짱했고 외삼촌들은 술에 취해 있었어. 막심은 하느님의 도움으로 간신히 얼음 밑에서 몸을 쭉 펴고 누워 얼굴을 물 위로 내밀어 숨을 쉬었어. 그들은 막심에게 손이 닿지 않자 얼마 동안 그에게 얼음조각을 내던지다가 어차피 빠져죽겠지 하고 와버렸어! 하지만 막심은 얼음구멍에서 기어 나와 경찰서로 곧장 달려갔어. 광장에 있는 경찰서, 너도 알지? 구역 경찰서장은 막심과 우리 가족을 모두 알고 있었기 때문에 이게 어찌된 일이냐고 물었지."

외할머니는 성호를 긋고 감사하는 마음으로 말했다.

"오, 하느님, 막심 사바테이치가 당신의 성인들과 함께 완전한 안식을 얻게 하소서. 그는 그럴 만한 자격이 있는 사람입니다. 네 애비는 경찰에 사건을 숨겼단다. 술에 취해 우연히 연못으로 가서 얼음구멍에 빠졌다고 말했거든. 서장은 '거짓말이야. 당신은 술 취하지 않았어!'라고 말했어. 어쨌든 그들은 그의 몸을 포도주로 문지르고 마른 옷을 입히고 양가죽 외투로 몸을 감싸서 집으로 데리고 왔어. 서장과 막심, 경찰 둘이 더 있었어. 야시카와 미시카는 아직 집으로 돌아오지 않고 선술집을 돌아다니면서 부모 얼굴에 먹칠을 하고 다녔지. 나와 네 어미가 막심을 유심히 보았지만 평소 모습이 아니었어. 온 몸이 시퍼렇게 멍들고 손가락은 깨어져 피가 뚝뚝 떨어지고 관자놀이에는 눈 같은 것이 녹지 않은 채 달라붙어서 머리카락이 백발이 아니겠니!

'도대체 무슨 일을 당한 거예요?' 바르바라가 울며 비명을 질러댔어. 구역 경찰서장은 모든 걸 냄새 맡고 집요하게 캐묻는 거야. 내 가슴은 느꼈지. 무언가 안 좋은 일이 일어났다고! 나는 바랴를 서장 옆에 앉혀 놓고 막시무시카에게 가만히 물어보았지. 무슨 일이 있었느냐고. 그랬더니 막심이 속삭이는 거야. '먼저 야코프와 미하일을 만나서 그들에게 일러주세요. 얌스키 거리에서 나와 헤어져 그들은 파크롭카까지 갔지만 난 프랴딜리니 골목으로 들어섰다고 말입니다! 일을 꼬이게 해선 안 돼요. 안 그러면 경찰로부터 곤란한 일을 당하게 될 테니까!' 난 외할아버지한테 가서 말했지. '가서 서장을 붙잡고 얘기 좀 해요. 난 문밖에서 아들놈들을 기다릴 테니.' 그러고는 얼마나 끔찍한 일이 있었는지 외할아버지에게 얘기했단다. 외할아버지는 옷을 입으며 몸을 떨면서 웅얼대셨어. '이렇게 될 줄 알았어. 이런 일이 생길 줄 알고 있었다고!' 하지만 그건 거짓말이고 외할아버진 아무것도 몰랐어! 아무튼 난 네 외삼촌들을 만나자 낯짝을 손바닥으로 후려갈겼지. 미시카는 겁이 나서 즉각 술이 깼지만, 야시카는 술에 취해 굳어버린 혀로 '난 아무것도 몰라요. 모든 건 미하일의 짓이에요. 그가 형이잖아요!' 하고 웅얼댔어. 우리는 이력저력 서장을 달랬지. 그는 좋은 양반이었거든! '음, 잘 들으시오. 만약 당신네 집에서 뭔가 나쁜 일이 일어나면 누구 죄인지 난 알아내고야 말 거요!' 이렇게 말하고 돌아갔단다. 외할아버지는 막심에게 가서 말했어. '고맙네. 다른 사람이 자네 같은 일을 당했다면 달리 행동했을 텐데. 이 일을 잊지 않겠네! 그리고 딸아, 너도 고맙다. 선량한 사람을 애비 집에 데리고 왔어!' 외할아버진 맘만 먹으면 좋은 말도 할 줄 알았지. 나중에는 어리석어져서 마음을 자물쇠로 꼭 잠가버리게 되었지만 말이다. 우리 셋이 남게 되자 막심 사바테이치는 울음을 터뜨리며 헛소리처럼 말하기 시작했어. '그들은 왜 날 못살게 구는 거죠? 도대체 내가 그들에게 뭘 어쨌기에! 엄마, 왜 그래요?' 막심은 나를 어머니라고 부르지 않고 어린애처럼 엄마라고 불렀단다. 사실 성격도 어린애 같았어. '무엇 때문이죠?' 그는 계속 물어댔지. 대성통곡하는 것 말고 내가 뭘 할 수 있었겠니? 결국은 모두 내 아이들인데, 그 녀석들이 참 불쌍하다는 생각도 들고! 네 어민 재킷 단추가 모두 뜯겨나가 한바탕 싸우고 난 것처럼 온통 흐트러진 모습으로 앉아서 울부짖 었어. '떠납시다, 막심! 저들은 형제가 아니라 원수예요. 난 저들이 무서워! 떠나요!' 난 네 어미를 꾸짖었지. '난로에 쓰레기를 던져선 안 돼. 안 그래도 집안이 온통 가스로 뒤덮여 있어!' 이때 외할아버지가 용서를 빌라고 그 바보 녀석들을 보내셨어. 네 어민 미시카에게 달려들어 '이게 바로 용서다!' 하면서 그의 뺨을 철썩 때렸단다. 네 애비도 탄식했지. '어떻게 그런 짓을 할 수가 있어? 당신들이 내 형제야? 날 불구자로 만들면 손 없이 내가 어떻게 일을 하란 말이야?' 하여튼 간신히 그들은 화해를 했어. 네 애빈 병이 나서 7주 동안 누워 지냈고, 가끔 이렇게 말했지. '엄마, 우리와 함께 다른 도시로 가요. 여기는 재미없어요!' 곧 네 애비는 아스트라한으로 가게 되었단다. 거기서 여름에 있을 황제의 방문을 준비하고 있었는데 네 애빈 개선문*7을 건설하라는 위임을 받았거든. 네 부모는 첫 배(봄에 얼음이 녹은 뒤 처음 출항하는 기선)를 타고 떠났는데 나는 영혼과 헤어지듯이 그들과 작별했지. 막심 역시 슬퍼했고 줄곧 날 설득했어. 아스트라한으로 같이 갔으면 좋겠다고 말이다. 그런데 네 어민 마냥 즐거워했고, 심지어 기쁨을 숨기려고 하지도 않았어. 부끄럼도 모르는 년 같으니…… 그렇게 그 애들은 떠났지. 이게 전부야……."

외할머니는 보드카 한 모금을 꿀꺽 들이켜고 코담배를 들이마신 뒤 생각에 잠긴 표정으로 창문을 통해 청회색 하늘을 바라보면서 말했다.

"그래, 네 애비와 난 피가 섞인 것도 아닌데 마음은 하나였지……."

외할머니가 얘기하는 도중에 외할아버지가 가끔 들어와 족제비 같은 얼굴을 쳐들고 예리한 코로 공기를 킁킁거리며 수상쩍게 외할머니를 바라보았다. 외할아버지는 외할머니의 얘기를 듣고 중얼거렸다.

"거짓말이야, 거짓말…… "

그리고 불쑥 이렇게 묻기도 했다.

"렉세이, 외할머니가 여기서 술을 마셨나?"

"아뇨."

---

*7 이때 알렉산드르 2세를 환영하여 아스트라한 부두에 건설된 개선문에 대한 상세한 기록이 남아 있다. 그것에 따르면 고리키의 아버지 막심은 예술적인 판타지를 지니고 있었던 듯하다.

"거짓말을 하는구나. 눈을 보면 알지."

그리고 머뭇거리다가 나가버렸다. 외할머니는 외할아버지 뒤를 바라보고 눈을 찡긋한 뒤, 어떤 신소리 같은 말을 들려주었다.

"지나가라, 압데이, 말(로샤데이)을 놀라게 하지 마라……."

어느 날 외할아버지는 방 한가운데 서서 마룻바닥을 응시하다가 조용히 물었다.

"할멈?"

"왜요?"

"임자, 지금 무슨 일이 일어나고 있는지 알지?"

"알아요."

"그럼 어떻게 생각하나?"

"운명이에요, 영감! 당신은 늘 귀족에 대해 얘기했다는 것, 알고 계시죠?"

"흠, 그래."

"바로 그 사람이 귀족이잖아요."

"알거지야."

"그건 그 아이의 문제죠."

외할아버지는 나가버렸다. 무언가 좋지 않은 것을 느끼고 나는 외할머니에게 물었다.

"무슨 얘기 한 거야?"

"별걸 다 알고 싶어하는구나." 외할머니는 내 다리를 문지르면서 얼버무리듯이 대답했다. "어려서부터 모든 걸 다 알면 늙어서는 물어볼 게 없게 돼요……."

외할머니는 머리를 흔들어대며 웃음을 터뜨렸다.

"오, 외할아버지, 불쌍한 외할아버지. 당신은 하느님의 눈에 들어간 작은 티끌이에요! 렌카야, 이 일에 대해서는 한마디도 하지 마라! 외할아버지는 지금 알거지가 되었어! 외할아버지가 어떤 지주에게 수천 루블이나 되는 많은 돈을 빌려주었는데 그 지주가 파산했어……."

미소를 머금은 채 외할머니는 생각에 잠겨 오랫동안 아무 말 없이 앉아 있었다. 외할머니의 커다란 얼굴이 슬픈 빛을 띠면서 어두워지고 주름이 잡혔다.

"외할머니, 무슨 생각 해?"

"아, 그래, 네게 해줄 얘기를 생각하고 있단다." 외할머니는 갑자기 생각에서 깨어난 것 같았다. "옳지, 옙스티그네이에 관한 얘기를 해야겠다, 좋지?"

> 옛날 옛날 옙스티그네이라는 서기가 살았는데,
> 그는 자기가 가장 똑똑한 사람이라고 생각했었네,
> 성직자나 귀족들 중에도,
> 가장 늙은 암캐 중에도!
> 칠면조처럼 거만하게 걸어다녔고,
> 스스로를 '시린' 새*8라고 생각했다.
> 이웃 남자, 이웃 여자 모두를 가르치려 했었네.
> 이것도 아니고 저것도 아니라고.
> 교회를 들여다보고는 너무 낮다!
> 거리를 곁눈질해 보고는 너무 좁다!
> 사과는 그에게는 빨갛지 않았고,
> 태양은 너무 일찍 떠올랐네!
> 옙스티그네이는 무엇을 보아도
> 그런 식으로 말했네.
> 그리고 그는…….

외할머니는 뺨을 부풀리고 눈동자를 굴렸다. 외할머니의 선량한 얼굴은 우둔하고 우스꽝스러워졌다. 외할머니는 나른한 목소리로 얘기를 계속했다.

> 나라면 이렇게 할 수 있을 텐데.
> 나라면 이런 것 더 잘할 수 있을 텐데.
> 그렇지만 내겐 그럴 시간이 없어…….

잠시 침묵한 뒤 외할머니는 미소를 머금고 조용한 목소리로 얘기를 계속했다.

---

*8 러시아 전설에 나오는 신화적인 생명체. 대가리와 가슴 부분은 여자 사람처럼 생겼으며, 몸통은 새(올빼미)처럼 생긴 반조반인(半鳥半人)의 생명체.

어느 날 밤 악마들이 이 서기를 보러 왔다네.
'당신은 여길 맘에 들어 하지 않는군, 서기 양반!
그렇다면 우리와 함께 지옥으로 갑시다.
거기엔 석탄이 활활 타고 있다오!'
현명한 서기가 모자를 쓸 새도 없이
악마들은 발톱으로 그를 움켜잡고
질질 끌고, 간질이며, 부르짖었네.
악마 둘이 그의 어깨에 앉아
그를 지옥불 속에 처넣었네.
'괜찮은가, 옙스티그네이?'
서기는 불에 타며 좌우를 둘러봤네.
두 손을 옆구리에 받치고,
입술은 거만하게 쑥 내밀었네.
'하지만 당신들이 사는 이 지옥엔 가스가 너무 많군.'

느릿느릿하고 기름진 목소리로 우화를 끝마치자 외할머니는 표정을 바꾸고 조용히 웃으며 내게 설명해주었다.

"옙스티그네이는 굴복하지 않고 요지부동이었지. 꼭 네 외할아버지처럼 고집불통이었지! 자, 이젠 잘 시간이다."

엄마는 이따금 다락방으로 날 찾아왔다. 하지만 나와 오래 얘기하지는 않고 서두르면서 말했다. 엄마는 점점 더 아름다워졌고 옷도 점점 더 잘 입었다. 하지만 외할머니에게서처럼 엄마한테도 내가 모르는 무언가 새로운 일이 일어나고 있으며 그것을 숨기고 있다는 것을 느꼈다. 나는 그것이 무엇인지 추측해보았다.

외할머니의 옛날이야기는 내 마음을 끄는 힘이 점점 약해졌다. 외할머니가 해주는 아버지에 대한 얘기도 나날이 심해져가는 막연한 나의 불안을 진정시키지 못했다.

"아버지의 넋은 왜 괴로워해?"

나는 외할머니에게 묻곤 했다.

"그걸 어떻게 아니?"

외할머니는 눈을 감으면서 말했다.

"그건 천상에 계신 하느님의 일이란다. 우리는 알 수가 없어요……."

밤마다 잠도 자지 않고, 별들이 하늘을 따라 천천히 흘러가는 모습을 푸르른 유리창을 통해 바라보면서 나는 슬픈 이야기를 꾸며내곤 했다. 그 이야기의 주인공은 아버지였다. 아버지는 항상 어딘가를 혼자 터벅터벅 걸어가고 있었다. 손에 지팡이를 들고, 털이 수북한 개 한 마리를 뒤에 거느리고……

12

어느 날 저녁 무렵 잠깐 잠들었다가 깨어났을 때 나는 내 다리도 깨어났다고 느끼고 다리를 침대에서 내려놓았다. 다리는 다시 감각이 없어졌지만 나는 다리가 온전해져 걸어다닐 수 있으리라는 확신이 생겼다. 그런 확신이 들자 너무 기쁜 나머지 소리를 지르고 싶을 만큼 기분이 좋아졌다. 다리를 마룻바닥에 대고 일어서려 했으나 금세 넘어지고 말았다. 하지만 나를 보면 아래층에서 모두들 얼마나 놀랄지 생생하게 상상하면서, 문 쪽으로 엉금엉금 기어갔다.

내가 어떻게 엄마 방에서 외할머니의 무릎 위에 안기게 되었는지는 기억나지 않는다. 외할머니 앞에는 낯선 사람들이 있었다. 초록색 옷을 입은 여윈 노파가 모든 목소리들을 누르며 엄격하게 말했다.

"그 애에게 딸기를 먹이고 머리부터 푹 싸놓으세요."

이 노파는 온통 초록색 일색이었다. 옷도, 모자도, 눈 밑에 사마귀가 난 얼굴도, 심지어는 사마귀 위에 난 몇 가닥 터럭도 풀빛이었다. 그 노파는 아랫입술을 떨구고 윗입술은 들어올린 채 검정색 레이스가 달린 벙어리장갑을 낀 손으로 눈을 가리고 초록색 치아로 나를 바라보고 있었다.

"이 사람은 누구야?"

나는 겁에 질린 채 물었다. 외할아버지가 언짢은 목소리로 대답했다.

"네게는 또 다른 할머니시다."

엄마는 빙그레 웃으면서 예브게니 막시모프를 내 쪽으로 떠밀었다.

"그리고 이분은 네 새아빠야……."

엄마는 재빨리 무언가 말했지만 알아들을 수가 없었다. 막시모프는 눈을 가늘게 뜨고 내게 몸을 굽히면서 말했다.

"내가 그림물감 사줄게."

방 안은 아주 환했다. 방 입구 반대쪽 구석에 있는 테이블 위에는 각기 다섯 자루의 촛불이 밝혀진 은촛대가 몇 개 놓여 있었다. 촛대들 사이에는 외할아버지가 좋아하는 성상인 '저를 위하여 울지 마세요, 어머니'가 서 있었다. 성상에 붙인 진주가 촛불에 반짝이며 녹아들었고, 황금관에 붙은 진홍색 석류석이 반짝반짝 불타고 있었다. 어두운 유리창에는 거리에서 들여다보는 흐릿하고 둥근 낯짝들이 팬케이크처럼 말없이 달라붙어, 눌려서 납작해진 코가 찰싹 붙어 있었다. 있었다. 주위의 모든 것들이 일렁거렸다. 초록색 노파가 차가운 손가락으로 내 귀를 잡고 말했다.

"꼭, 꼭 그렇게 해야……."

"애가 기절했다."

외할머니가 그렇게 말하고 나를 문 쪽으로 안고 갔다.

하지만 난 기절한 것은 아니었고 그저 눈을 감고 있었을 뿐이다. 그래서 외할머니가 나를 계단 위로 데려갔을 때 내가 물어보았다.

"왜 이 일에 대해서 나한테 말하지 않았어?"

"됐으니까, 조용히 해!"

"거짓말쟁이들……."

나를 침대에 뉘고 나서 외할머니는 베개에 머리를 파묻고 온 몸을 떨면서 울기 시작했다. 외할머니의 어깨가 계속 들썩였다. 흐느껴 울면서 외할머니가 중얼거렸다.

"너도 울려무나……울려무나."

나는 울고 싶지 않았다. 다락방이 음침하고 추워서 나는 몸을 떨고 있었다. 침대가 흔들리며 삐걱거렸다. 초록색 노파가 내 눈앞에 서서 사라지지 않았다. 내가 잠든 척했더니 외할머니는 방을 나갔다.

공허한 며칠이 가느다란 시내처럼 단조롭게 흘러갔다. 엄마는 약혼식을 한 뒤 어딘가로 떠나갔고 집안은 답답할 정도로 조용했다.

어느 날 아침 외할아버지가 손에 끌을 들고 들어와 창문으로 다가가더니 겨울용 이중 창틀에서 문풍지를 떼어내기 시작했다. 외할머니가 물 한 대야와 걸레를 들고 나타났다. 외할아버지가 조용히 물었다.

"어때, 할멈?"

"뭐가요?"

"자넨 기쁜가?"

외할머니는 계단 위에서 내게 말했던 것과 똑같이 대답했다.

"됐으니까 조용히 해요!"

별것 아닌 말이 지금은 특별한 의미를 갖고 있었다. 그런 말들 뒤에는 모두가 알고 있지만 입 밖에 내어서는 안 되는 중요하고 슬픈 그 무언가가 숨겨져 있었다.

외할아버지가 조심스럽게 창틀을 떼어내 저쪽으로 가지고 가자 외할머니가 창문을 활짝 열어젖혔다. 뜰에서는 찌르레기가 울고 참새가 짹짹거렸다. 서리가 녹은 흙에서 나는 취할 듯한 내음이 방 안을 가득 채우고 난로의 푸르스름한 타일이 부끄러운 듯 하얗게 바래 있었다. 그걸 바라보고 있으니 갑자기 추워졌다. 나는 침대에서 마루로 내려갔다.

"맨발로 나다니지 마라."

외할머니가 말했다.

"뜰로 나갈래."

"거긴 아직 마르지 않았어. 조금만 더 기다려라!"

나는 외할머니의 말을 듣고 싶지 않았고 어른들을 바라보는 것조차 기분이 나빴다.

뜰에서는 벌써 어린 풀의 연둣빛 싹이 삐죽 나오고, 사과나무에서는 움이 부풀어올라 터지고 있었으며, 페트로브나네 지붕 위의 이끼는 기분 좋게 초록색으로 변해 있었다. 사방에서 새들이 날아다녔다. 이런 상쾌한 소리와 신선하고 향기로운 공기 때문에 내 머리는 기분 좋은 현기증을 일으켰다. 표트르 아저씨가 자살한 구덩이 속에는 눈에 꺾인 적갈색 잡초들이 서로 마구 뒤엉켜 누워 있었다. 그 웅덩이를 바라보자니 불쾌해졌다. 그곳에는 봄다운 것이라고는 아무것도 없었고 까맣게 탄 말뚝만이 슬프게 가라앉은 광택을 보여주고, 구덩이 전체가 아무런 쓸데없는, 불필요한 것이었다. 나는 잡초를 모조리 뽑아버리고 싶어졌다. 벽돌 조각과 불탄 말뚝을 끌어내고 더럽고 불필요한 모든 것들을 치운 다음, 그 구덩이 속에 어른들 몰래 나 혼자 여름을 보낼 수 있는 깨끗한 은신처를 만들고 싶은 강렬한 욕망에 사로잡혔다. 나는 곧바로 작업에 들어갔다. 이 일로 나는 오랫동안 집안에서 일어나고 있는 모든 일들로부터 기분 좋게 멀어질 수 있었다. 비록 모든 일에 대해 여전히 몹시 분개하고 있었지만 그런 것들은 날이 갈수록 흥미를 잃어갔다.

"넌 왜 입술을 쑥 내밀고 있지?……"

어떤 때는 외할머니가 그렇게 질문했고, 또 어떤 때는 엄마도 그렇게 물었다. 그런 질문들은 날 퍽 난처하게 했다. 사실 나는 그들에게 화를 낸 게 아니라 다만 집안에서 일어나는 모든 일들이 낯설어졌던 것이다. 종종 점심 식사 때나 저녁 식사 때 혹은 저녁에 차 마실 때 초록색 노파가 마치 낡은 담장에 있는 썩은 말뚝처럼 앉아 있곤 했다. 그 노파의 눈은 보이지 않는 실로 얼굴에 꿰매 붙여놓은 것 같았다. 그 눈은 뼈뿐인 눈구멍 속에서 아주 쉽고 빠르게 굴러다녔고, 모든 것을 보고 모든 것을 알아챘다. 노파가 하느님에 대해 이야기할 때면 그 눈은 천정을 향해 올라갔고, 십안일에 대해 말할 때면 뺨 위로 내려가면서 아주 매끄럽게 움직였다. 노파의 눈썹은 마치 쌀겨에 풀을 이겨서 만든 것 같았다. 겉으로 드러난 넓적한 이는, 우스꽝스럽게 한 손을 구부리고 새끼손가락을 세우고 입 안에 쑤셔 넣는 모든 것들을 소리 없이 물어뜯었다. 귀 옆에는 조그맣고 동그란 뼈가 굴러다녀 귀가 움직였다. 그리고 사마귀에 붙은 초록색 터럭도, 노랗고 주름진 기분 나쁠 정도로 깨끗한 피부 위를 스멀거리며 움직였다. 노파는 자기 아들처럼 온 몸이 깨끗했다. 나는 그들과 몸이 닿는 게 거북하고 싫었다. 처음 며칠 동안 이 노파가 죽은 사람 같은 손을 내 입술에 눌러대려고 해서, 나는 노란 콜타르성 비누와 향냄새가 풍기는 그 손을 피해 얼굴을 돌리고 달아났다.

노파는 종종 아들에게 이렇게 말했다.

"사내아이에겐 교육이 꼭 필요하다. 알겠니, 제냐?"

아들은 공손히 머리를 숙이고 눈살을 찌푸리며 아무 말도 하지 않았다. 그 초록색 노파 앞에서는 모두가 눈살을 찌푸렸다.

나는 노파와 그 아들을 강한 증오심을 갖고 미워했고 그 괴로운 감정 때문에 매도 많이 맞았다. 한번은 점심을 먹는데 그 노파가 두 눈을 무섭게 부릅뜨고 말했다.

"오, 알료셴카. 왜 이렇게 급하게 먹지? 그렇게 많이씩! 목에 걸릴라, 아가!"

나는 입에서 음식 한 조각을 꺼내어 포크에 꿰어 노파에게 내밀었다.

"먹어요, 그렇게 아까우면……."

엄마는 식탁에서 나를 잡아 끌어냈고, 나는 창피스럽게도 다락방으로 쫓겨났다. 나중에 외할머니가 다락방으로 와선 손으로 입을 막으며 웃음을 터뜨렸다.

"아이구, 맙소사! 넌 정말 버릇이 없어. 어쩌려고 그런 말을……."

나는 외할머니가 손으로 입을 틀어막는 게 맘에 안 들어 외할머니한테서 도망쳐 나와 지붕 위로 기어 올라가서는 굴뚝 뒤에 오랫동안 앉아 있었다. 정말이지 나는 못되게 굴고 싶었고 모든 사람들에게 심통맞은 말을 던지고 싶었다. 그런 욕망을 이겨내는 건 어려운 일이었지만 나는 계속 싸워야만 했다. 한번은 앞으로 새아빠가 될 사람과 새할머니가 될 사람의 의자에 나무진을 발라놓아 두 사람 다 의자에 달라붙게 만들었다. 그런 일은 참 재미있었지만 외할아버지가 날 두들겨 팬 뒤 엄마가 다락방으로 날 찾아왔다. 엄마는 날 잡아끌어 두 무릎 사이에 꼭 끼우고 말했다.

"내 말 좀 들어. 뭣 땜에 그렇게 말을 안 듣지? 그런 일이 이 엄마를 얼마나 슬프게 하는지 알기나 하니?"

엄마의 두 눈에 반짝이는 눈물이 가득 고였다. 엄마는 내 머리를 자기 뺨에 꼭 갖다댔다. 그것이 너무나 고통스러워서 나는 차라리 엄마가 날 때려주었으면 하고 바랐다! 나는 엄마가 울음만 그친다면 다시는 막시모프네 사람들을 화나게 하지 않겠다고 말했다.

"그래, 그래." 엄마가 조용히 말했다. "버릇없이 굴어서도 안 돼! 우리는 곧 결혼식을 올리고 모스크바로 갈 거야. 거기서 돌아오면 넌 엄마와 함께 살게 돼. 예브게니 바실리예비치는 매우 선량하고 현명한 사람이니까 너도 그 사람하고 잘 지낼 수 있을 거야. 넌 중학교에서 공부하고 그 다음엔 대학생이 되는 거야. 바로 지금의 그 사람처럼 말이다. 그런 다음 박사가 되어 네가 원하는 무엇이든 될 수 있어. 공부한 사람은 뭐든 자기가 원하는 대로 될 수 있단다. 자, 이제 가서 놀아라."

엄마가 연달아 연상한 그 '다음'은 내게는 엄마로부터 떨어져 어딘가 아주 밑으로, 어둠과 고독 속으로 나를 데려가는 사다리처럼 느껴졌다. 그 사다리는 나를 행복하게 해 주지 못했다. 정말이지 나는 엄마에게 이렇게 말하고 싶었다.

"제발 결혼하지 마! 내가 엄마를 먹여살릴게!"

그러나 끝내 그 말은 나오지 않았다. 엄마는 항상 내게 엄마에 대한 강렬한 애정을 불러일으켰지만, 나는 결코 그 애정을 입 밖에 내어 말하지는 않았다.

뜰에서의 내 작업은 순조롭게 진행되었다. 나는 낫으로 잡초를 베어내고 흙이 떨어지는 구덩이 둘레를 벽돌 조각으로 에워싼 뒤, 벽돌 조각으로 누울 수 있을 만한 넓은 자리를 만들었다. 색유리와 깨진 그릇 조각들을 많이 모아 진흙을 섞어 갠 다음 벽돌 사이를 메웠다. 구덩이 속에 해가 비쳐들면 그 모든 것들이 교회 안처럼 무지개 색깔로 반짝거렸다.

"아주 근사한 걸 생각해냈구나!" 어느 날 외할아버지가 내 작업을 둘러보며 말했다. "하지만 잡초가 널 애먹일 거다. 잡초 뿌리를 그대로 둬서 그래! 좋아, 내가 삽으로 땅을 파주마. 가서 삽을 가져와!"

내가 쇠삽을 가져오자 외할아버지는 손에 침을 몇 번 뱉고는 끙끙거리며 삽에 발을 얹어 비옥한 땅 속 깊이 밀어 넣기 시작했다.

"뿌리를 뽑아버려라! 나중에 이 할애비가 널 위해 여기에 해바라기와 아욱을 심어주마. 멋질 거다! 멋질 거야……."

갑자기 삽 위로 허리를 굽히더니 외할아버지는 아무 말도 하지 않고 가만히 있었다. 외할아버지 옆에 가서 자세히 들여다보니 외할아버지의 조그맣고 개처럼 영리하게 생긴 눈에서 작은 눈물방울이 뚝뚝 떨어지고 있었다.

"할아버지 왜 그러세요?"

외할아버지는 얼른 손바닥으로 얼굴을 닦은 다음 멍하니 나를 바라보았다.

"땀이 흐르는구나! 봐라, 벌레도 참 많다!"

외할아버지는 다시 흙을 퍼내다가 불쑥 말했다.

"넌 쓸데없이 이런 걸 만들었다! 애야, 헛일을 했어. 곧 집을 팔 거야. 늦어도 가을쯤에는 꼭 팔게 될 거다. 네 어미 결혼지참금으로 돈이 필요하거든. 그렇게 됐어. 네 어미만이라도 잘살게 해야지, 행복하게……."

외할아버지는 삽을 내던지고 한 손을 내저은 다음 뜰 한구석에 있는 목욕탕으로 가버렸다. 거기에는 외할아버지의 온상(溫床)이 있었다. 나는 다시 땅을 파다가 삽으로 발가락을 다치고 말았다. 그 때문에 나는 엄마 결혼식을 보러 교회에 가지 못하고, 간신히 대문 밖으로 걸어나가 엄마가 막시모프와 팔짱을 끼고, 머리를 숙인 채 보도에 깔린 벽돌 위로 조심스럽게 발을 떼놓는 모습을 보았다. 엄마는 보도에 깔린 돌 사이로 삐죽삐죽 솟아나온 파란 풀 위를 조심스럽게 걸어갔다. 마치 뾰족한 못 위를 걸어가고 있는 것처럼 보였다.

결혼식은 조용했다. 교회에서 돌아온 사람들은 우울한 기색으로 차를 마셨다. 곧 엄마가 옷을 갈아입고 자기 침실로 트렁크를 챙기러 갔다. 새아빠가 내 옆에 나란히 앉아서 말했다.

"네게 그림물감을 선물한다고 약속했는데 이 읍내에는 좋은 게 없구나. 그렇다고 내 걸 줄 수도 없으니, 모스크바에서 그림물감을 네게 보내주마."

"그걸 갖고 뭘 해요?"

"너 그림 그리는 걸 좋아하지 않니?"

"난 그림 못 그려요."

"그래, 그럼 다른 걸로 보내주마."

엄마가 내게 다가왔다.

"우린 곧 돌아올 거야. 여기 네 아버지가 시험에 합격하고 공부를 끝내면 우리는 되돌아올 거야……."

그들이 어른들과 말하는 것처럼 내게 이야기하는 것이 기분 좋았지만, 턱수염을 기른 사람이 아직도 공부해야 한다는 것이 어쩐지 이상했다. 그래서 물어보았다.

"뭘 공부하는데요?"

"측량……."

난 그게 뭐냐고 물어보기가 귀찮았다. 집안은 울적한 침묵과 모직물 같은 것이 사각거리는 소리로 가득 찼다. 나는 어서 빨리 밤이 왔으면 하고 바랐다. 외할아버지는 난로에 등을 붙이고 서서 눈을 가늘게 뜨고 창문을 내다보았다. 초록색 노파는 짐 꾸리는 엄마를 도우면서 신음소리를 내고 한숨을 푹푹 내쉬었다. 대낮부터 술에 취한 외할머니는 추태를 부릴까봐 다락방으로 쫓겨나 갇혀 있었다.

다음날 아침 일찍 엄마는 떠났다. 엄마는 작별인사를 하기 위해 날 끌어안고 가볍게 들어올린 다음, 전에 본 적이 없는 눈빛으로 내 눈을 들여다보면서 입맞춤을 했다.

"자, 안녕……."

"그 애한테 내 말에 순종하라고 일러라."

아직도 장밋빛으로 물들어 있는 하늘을 올려다보면서 외할아버지가 무뚝뚝하게 말했다.

"할아버지 말씀 잘 들어."

내게 성호를 그어 축복해 주면서 엄마가 말했다. 나는 엄마가 다른 말을 하기를 기대했기 때문에 외할아버지한테 화를 냈다. 외할아버지가 방해한 거라고.

그들은 경쾌한 2인승 무개사륜마차에 올라탔다. 그런데 엄마의 옷자락이 뭔가에 끼는 바람에 엄마는 오랫동안 화를 내며 그걸 빼내려고 애쓰고 있었다.

"엄마를 도와줘라, 안보이니?"

외할아버지가 말했지만, 나는 무거운 슬픔에 짓눌려 엄마를 도울 수가 없었다.

막시모프는 통이 좁은 푸른색 바지를 입은 긴 다리를 경쾌한 마차 속으로 들이밀었다. 외할머니가 그의 손에 꾸러미 몇 개를 쥐어주었다. 그는 그것들을 무릎 위에 올려놓고 턱으로 누르면서 창백한 얼굴을 겁먹은 듯이 찡그리며 느릿하게 말했다.

"그, 그만 됐어요……."

초록색 노파가 큰 아들인 장교와 함께 또 한 대의 마차에 올라탔다. 그 노파는 그림처럼 앉아 있었고 장교는 칼자루로 턱수염을 긁으며 연달아 하품을 해댔다.

"그럼, 자넨 전쟁*¹을 하러 가는 건가?"

외할아버지가 물었다.

"물론입니다!"

"훌륭한 일이네. 터키인을 쳐부숴야만 해."

마차는 떠났다. 엄마는 손수건을 흔들면서 몇 번이나 뒤돌아보았고, 외할머니는 한 손은 담벼락을 짚고 한 손을 흔들며 눈물을 흘렸다. 외할아버지도 눈물이 나오는 눈을 손가락으로 누르면서 더듬더듬 중얼거렸다.

"오긴 뭘 와…… 뭐 좋은 일 있다고…… 여길 와……."

나는 길가 바위 위에 앉아 마차가 달려가는 것을 바라보았다. 마차가 골목을 돌아 사라지자 내 가슴속에서 무언가가 쾅 하고 닫히며 밀폐되어 버렸다.

이른 새벽이었다. 집들의 창문에는 아직도 덧문이 쳐져 있었고 거리는 텅 비어 있었다. 나는 여태까지 그렇게 죽은 듯이 공허한 거리를 본 적이 없었다. 멀리서 양치기들이 시끄럽게 피리를 불어대고 있었다.

---

*1 그 무렵 시작된 러시아−투르크전쟁(1877~78)을 가리킨다.

"가서 차를 마시자." 외할아버지가 내 어깨에 손을 올리며 말했다. "아마도 넌 이 할애비와 살아야 할 운명인가보다. 벽돌에 그어대는 성냥개비처럼 넌 계속해서 날 스치게 될 거야!"

아침부터 밤까지 나와 외할아버지는 아무 말 없이 뜰에서 자기 할 일을 했다. 외할아버지는 화단에 이랑을 파고 딸기줄기를 붙잡아매거나 사과나무에서 이끼를 걷어내고 애벌레를 눌러 죽였다. 나는 계속 내 집을 짓고 아름답게 꾸며 나갔다. 외할아버지가 겉이 탄 통나무 끄트머리를 잘라내어 말뚝을 땅에 박아주자 나는 그 말뚝 위에 새장을 걸어놓았다. 또 마른 잡초를 촘촘하게 엮어서, 내가 만든 자리 위에 태양과 이슬을 가릴 수 있는 처마를 만들었더니 나의 은신처는 아주 아늑해졌다.

외할아버지가 말했다.

"자신을 위해 물건을 어떻게 만들어야 하는지 알아 가는 건 매우 유익한 일이란다."

나는 외할아버지의 이 말을 매우 소중하게 여겼다. 외할아버지는 이따금 내가 잔디를 깔아 만들어놓은 자리에 누워, 뭔가 고심하며 말을 끌어내는 것처럼 천천히 얘기하면서 나를 가르쳤다.

"지금의 넌 네 어미한테서 잘려 나온 살점이다. 네 어미는 다른 아이들을 가지게 될 테고 그 아이들은 너보다 네 어미와 더 가까워지게 될 거야. 네 외할머닌 저렇게 술을 마시기 시작했어."

외할아버지는 마치 무슨 소리에 귀를 기울이는 것처럼 오랫동안 말이 없더니, 다시금 내키지 않는 듯 무거운 말을 뱉어냈다.

"네 외할머니가 술을 마시기 시작한 건 이번이 두 번째다. 미하일이 징집 당했을 때도 술을 마시기 시작했지. 그 늙은 바보는 징집면제증을 사라고 나를 졸랐지. 혹시 네 외삼촌이 입대했더라면 다른 사람이 되었을지도 모르지…… 에잇, 도무지 너희들은…… 난 곧 죽게 될 거다, 다시 말하면 네가 혼자가 된다는 소리. 넌 스스로 모든 것을 하고 네 생활을 위해 밥벌이를 해야 한다는 말이다, 알겠니? 그래, 자기 자신의 일꾼이 되는 것을 배워라. 그리고 남한테 져선 안 돼! 말썽피우지 말고 조용히 살아라. 하지만 뜻을 굽히지는 말고! 먼저 모든 사람들의 얘기를 듣되, 네가 가장 좋다고 생각하는 것을 해라……."

물론 날씨가 나쁜 날을 제외하고, 나는 여름 내내 뜰에서 지냈다. 더운 날 밤에는 거기서 외할머니가 준 펠트 조각을 깔고 잠을 자기도 했다. 종종 외할머니도 뜰에서 밤을 지냈다. 외할머니는 건초를 한 아름 가져와 내 자리 옆에 깔고 그 위에 누워서, 무언가에 대한 이야기를 오랫동안 들려주곤 했다. 그러면서 이따금 느닷없이 탄성을 지르며 이야기를 끊기도 했다.

"봐라, 별이 떨어졌다! 저건 누군가의 깨끗한 영혼이 슬픔에 잠겨 어머니인 대지를 그리워하는 거란다! 그러니까, 지금 어딘가에 착한 사람이 태어났다는 뜻이야."

어떤 때는 내게 별을 가리키며 이렇게 말하기도 했다.

"새별이 떴다. 봐라! 정말로 커다란 별이구나! 오, 하늘, 푸른 하늘, 하느님의 빛나는 의상……."

외할아버지가 불쑥 말했다.

"감기에 걸려 앓아누울 거야, 이 바보들아. 아니면 중풍에 걸려 쓰러지거나 도적들이 와서 목을 조르든지!"

석양이 지면 하늘엔 불타는 노을이 강물이 되어 흐르고, 뜰의 벨벳 같은 푸른 풀 위로 금빛을 띤 붉은 노을의 재가 떨어지는 그런 날들이었다. 그리고 얼마 지나면 주변 모든 것이 생생하게 느껴질 정도로 어두워지고 넓어지고 부풀어 오르면서 따뜻한 황혼에 감싸였다. 햇빛을 포식한 나뭇잎들은 낮게 처지고 풀잎은 흙 위에 엎드리면서 모든 것이 부드럽고 풍요로워져서, 먼 들판에서 흘러나오는 음악처럼 부드러운 온갖 내음을 조용히 호흡하고 있었다. 병영에서 저녁 점호를 알리는 나팔 소리가 들려왔다. 그렇게 밤이 오고, 밤과 함께 내 가슴 속엔 엄마의 달콤한 애무처럼 모든 것을 신선하게 하는 어떤 힘찬 것이 흘러 들어왔다. 밤의 정적이 따뜻한 털북숭이 손으로 내 가슴을 부드럽게 어루만진다. 그리고 잊어야 하는 모든 것들—그날의 맵싸한 잘디잔 온갖 먼지들이 기억 속에서 씻겨나간다. 저 하늘 끝없이 깊은 곳에서 별들이 타오르는 모습을 바라보며 누워 있는 것은 황홀하기까지 하다. 하늘의 심연이 점점 높아지면서 새로운 별들을 보여주고 나를 가뿐하게 지상에서 들어올린다. 참으로 이상하게, 대지 전체가 나 한 사람으로 오그라든 것 같기도 하고, 나 자신이 기적처럼 커지고 부풀어 올라 주변에 있는 모든 것과 함께 녹아들어 떠올랐다 가라앉았다 하면서 흘러가는 것 같기도 하다. 날은 점점 어두워지고 고요해진다. 하지만 사방에는 눈에 보이지 않는 민감한 현(弦)들이 쳐져 있다. 그리고 그 하나하나의 소리는—새가 꿈속에서 노래하거나, 고슴도치가 뛰어 지나가거나, 아니면 어디선가 사람 목소리가 조용히 터져 나오더라도—모두 대낮과는 달리 특별한 울림과 섬세한 고요로 인해 더욱 황홀하다.

아코디언이 한 곡을 연주하고, 여인의 웃음소리가 울려 퍼지고, 보도블록 위에서 긴 칼이 쨍그렁거리는 소리가 들려온다, 개가 낑낑거린다. —이것은 모두 다 필요 없는 것들이다, 저문 하루의 마지막 잎이 떨어지는 것일 뿐이다.

밤에, 갑자기 들판과 거리에서 술 취한 고함소리가 터지고, 누군가 무겁게 발을 쿵쿵거리며 달려가는 일이 자주 있었다. 하지만 이런 일엔 이미 익숙해져 있었기에 조그마한 관심도 불러일으키지 못했다.

외할머니는 오랫동안 잠을 자지 않고 두 손을 머리 속에 넣고 누워 있었다. 잔잔한 흥분 속에서 내가 귀를 기울이거나 말거나 상관없이 무언가에 대한 이야기를 하고 있었다. 외할머니는 언제나 밤을 더욱 의미 있고 더욱 아름답게 만드는 옛날이야기를 골라낼 수 있었다.

노랫소리 같은 외할머니의 이야기를 들으면서 나는 어느새 잠이 들었다가 새와 함께 잠에서 깨어나곤 했다. 태양이 내 얼굴을 정면으로 바라보고, 아침 대기는 점점 따뜻해지면서 조용하게 흘러갔다. 사과나무 잎사귀들이 이슬을 흔들어 털어버리고 축축하고 푸른 풀잎은 유리처럼 투명해져서 점점 밝게 빛난다. 그 위에 가느다란 수증기가 피어올라 연보랏빛 하늘에 햇살 부채가 펼쳐지고 하늘은 담청색으로 변해간다. 보이지 않을 만큼 높은 곳에서 종달새 한 마리가 낭랑한 소리로 지저귀고, 온갖 색깔과 온갖 소리들이 차분한 기쁨을 불러일으키면서 이슬처럼 가슴속에 스며들면, 어서 빨리 일어나 무슨 일이든 하고 싶고, 주변의 살아 있는 모든 것들과 다정하게 살고 싶은 욕망이 눈을 뜬다.

이때가 내 생애를 통틀어 가장 고요한 관조의 시간이었다. 그해 여름 내 마음속에는 스스로의 힘에 대한 확신이 생겼고, 그 확신은 점점 강렬해졌다. 나는 거칠어졌고 사람을 싫어하게 되어, 오프샤니코프네 아이들이 떠드는 소리를 들어도 마음이 흔들리지 않았다. 그리고 사촌형들이 와도 조금도 즐겁지 않고, 그저 그들이 뜰에 있는 내 건물을, 내 힘으로 만들어낸 첫 작품을 망가뜨리면 어쩌나 하는 불안만 생겼을 뿐이다.

외할아버지 이야기도 더 이상 내 마음을 끌지 못했다. 그의 이야기는 점점 더 건조해져 불평과 한숨만 늘어났다. 외할아버지는 자주 외할머니와 싸웠고 외할머니를 집 밖으로 내쫓았다. 외할머니는 야코프 외삼촌이나 미하일 외삼촌네 집으로 가버렸다. 그러고는 며칠씩 집에 돌아오지 않았다. 외할아버지는 손수 음식을 만들다가 손을 데고는 울부짖거나 욕을 해대고, 접시를 깨트리기도 했다. 그리고 눈에 띄게 탐욕스러워져갔다.

이따금 내 오두막에 와서 편안하게 잔디에 앉아, 무엇엔가 몰두해 있는 내 모습을 오랫동안 말없이 보다가는 불쑥 묻곤 했다.

"왜 잠자코 있지?"

"무슨 말을 할까요?"

그러면 외할아버지는 내게 훈계하기 시작했다.

"우리는 지주가 아니다. 아무도 가르쳐주는 사람이 없어. 우리는 모든 걸 스스로 깨우쳐야 해. 다른 사람들을 위해 책이 있고 학교도 있는 거야. 그러나 우리를 위한 건 아무것도 없어. 스스로 모든 걸 얻어야 해……."

그리고 골똘히 생각에 잠겨 꼼짝도 하지 않은 채 앉아 있곤 했는데 벙어리처럼 말없는 그 모습은 거의 무시무시할 정도였다.

가을이 되자 외할아버지는 집을 팔았다. 집을 팔기 얼마 전, 아침 차를 마시다가 갑자기 퉁명스럽고 단호하게 외할머니에게 선고했다.

"그런데 할멈, 난 당신을 오랫동안 부양해왔어. 충분할 만큼! 이제 당신 스스로 빵을 얻도록 해."

외할머니는 이 말을 듣고도 아주 태평했다. 마치 그런 말을 들을 줄 오래전부터 알고 있었고 그 말을 기다리고 있었던 것 같았다. 외할머니는 천천히 코담배를 꺼내어 퉁퉁한 콧구멍을 채우더니 이렇게 말했다.

"좋아요! 그렇다면 그렇게 해야죠."

외할아버지는 작은 언덕 아래 막다른 골목에 있는 낡은 집 지하실의 어두컴컴한 방 두 개를 빌렸다. 셋방으로 이사하던 날 외할머니는 긴 끈으로 매어진 낡은 짚신을 가져와서 난로 밑바닥의 움푹 들어간 곳으로 내던진 다음 쭈그리고 앉아 집귀신(家宅神)을 불러내기 시작했다.

"장난꾸러기 꼬마 집귀신아, 여기 네 썰매가 있다. 우리랑 새 집으로 가자. 또 다른 행복한 생활을 위해……."

외할아버지가 마당에서 창문을 들여다보며 소리쳤다.

"내가 저런 이단자를 데려갈 줄 알아! 어디 날 망신시켜보라지……."

"영감, 안 데려가 봐요, 앞날이 별로 좋지 않을 테니까."

외할머니가 진지하게 경고했지만, 외할아버지는 끝까지 집귀신을 데려가지 못하게 했다.

외할아버지는 사흘 정도 걸려 타타르인 고물상에 가구와 여러 물건들을 팔아치웠다. 외할아버지는 그들과 흥정하면서 격분해서 욕설을 해댔다. 외할머니는 창문을 통해 이 광경을 바라보며 울기도 하고 웃기도 하다가 나지막하게 소리쳤다.

"다 끌고 가! 부숴버려!"

나도 내 뜰과 오두막이 아까워서 울 뻔했다.

우리는 짐마차 두 대로 이사를 했다. 내가 잡다한 살림살이 사이에 앉아서 타고 간 마차는 어찌나 흔들리던지, 꼭 나를 밖으로 떨어뜨리려는 것 같았다.

그 뒤 어디론가 나를 떨어뜨려버리려 한다는 고집스러운 동요감 속에서 2년 남짓, 그러니까 엄마가 죽을 때까지 나는 그렇게 지냈다.

외할아버지가 지하실로 이사한 뒤 곧 창백하고 더 깡마른 모습으로 엄마가 나타났다. 눈만 더욱 커져서 그 눈 속에 뜨겁고 놀라운 광채가 불타고 있었다. 엄마는 마치 외할아버지와 외할머니와 나를 처음 보는 것처럼 빤히 바라보고만 있었다. 아무 말 없이 계속 바라보는 엄마에 반해, 새아빠는 조용히 휘파람을 불거나 기침을 하고, 뒷짐을 지고 손가락을 만지작거리며 지치는 기색도 없이 방 안을 왔다 갔다 하고 있었다.

"정말이지 엄청나게 컸구나!"

엄마는 뜨거운 손바닥으로 내 뺨을 누르면서 말했다. 엄마의 차림새는 예쁘지 않았다. 폭이 넓은 적갈색 원피스를 입고 있었는데 배 위가 불룩했다.

새아빠가 내게 손을 내밀었다.

"안녕, 친구! 그래 어떻게 지냈니, 응?"

그는 코를 킁킁거리며 말했다.

"근데 말이야, 여긴 아주 눅눅하구나!"

그들은 마치 오랫동안 도망 다닌 사람처럼 지쳐 있었고, 몸에 걸친 옷은 모두 구겨지고 닳아빠져 있었다. 두 사람은 아무것도 필요없고 그저 누워서 쉬기만 하면 될 것처럼 보였다.

모두 지루하게 차를 마셨다. 외할아버지는 빗물이 유리창을 적시는 것을 바라보며 물었다.

"그러니까 모든 게 불타버렸다고?"

"모두요."

새아빠가 단호하게 대답했다.

"우리도 간신히 뛰쳐나왔어요."

외할머니 어깨에 꼭 기댄 채 엄마는 외할머니 귀에 뭐라고 속삭였다. 외할머니는 마치 빛이 찌르기라도 하는 것처럼 눈을 가늘게 떴다. 나는 더욱더 재미가 없었다.

갑자기 외할아버지가 짓궂지만 침착하게, 아주 커다란 목소리로 말했다.

"소문은 내 귀에도 들려왔네, 예브게니 바실리예프 선생. 불은 나지도 않았어, 자네가 도박을 해서 몽땅 날린 거지."

굴속처럼 조용해졌다. 사모바르는 삐, 삐 소리를 내면서 끓고 있고, 빗줄기는 유리창을 쏴아, 쏴아 때렸다. 이윽고 엄마가 입을 열었다.

"아버지……."

"뭐, 아버지라고?" 외할아버지가 귀청 떨어질 정도로 크게 소리쳤다. "다음엔 또 무슨 일이 일어날까? 내가 몇 번이나 말했니, 어리석은 짓 하지 말라고. 그런데 봐라, 이자가 얼마나 훌륭한 사람인지! 그래서 넌 귀부인이 됐니, 응? 어떠냐, 얘야?"

네 사람이 동시에 소리치기 시작했다. 그중에서도 새아빠의 목소리가 가장 컸다. 현관으로 나와 장작더미 위에 앉은 나는 너무 놀란 나머지 몸이 굳어버렸다. 엄마는 남몰래 사람이 바뀐 것 같았다. 그 옛날 엄마가 아니었다. 방 안에서는 잘 몰랐는데 여기 이렇게 어둠 속에 있으니 엄마가 전에는 어땠는지 똑똑히 생각났다.

그때부터는 왠지 기억이 희미해져서, 확실하게 기억나는 건, 어느새 소르모보에 있는 집에서 살고 있었다는 사실이다. 그 집에서는 모든 것이 낯설었다. 벽에는 벽지도 발라져 있지 않고 통나무와 통나무 사이의 틈은 대마(大麻)로 채워져 있었으며, 그 대마 속에는 수많은 바퀴벌레들이 득실댔다. 엄마와 새아빠는 거리를 향해 난 창문이 두 개 있는 방에서 살았고, 나와 외할머니는 부엌에서 살았다. 이 부엌에는 지붕에 창문이 하나 있었다. 지붕 너머로는 공장의 까만 굴뚝들이 하늘로 솟아올라 곱슬머리 같은 짙은 연기를 토해내고 있었다. 겨울 바람이 그 연기를 마을 전체로 퍼뜨렸다. 우리가 사는 추운 방에서는 항상 기름이 타는 듯한 냄새가 났다. 아침 일찍부터 늑대의 울부짖음 같은 기적 소리가 들려왔다.

"워— 우, 우—우……."

벤치 위에 서면 꼭대기 창을 통해 지붕 너머로, 가로등 불빛 속에 마치 늙은 거지의 이빨 없는 검은 입처럼 열려 있는 공장 문이 보였다. 그 입으로 조그만 사람들이 무리를 지어 줄줄이 들어갔다. 정오가 되면 다시 기적이 울린다. 그러면 공장 문의 검은 이가 물러나면서 깊은 구멍이 드러났다. 공장은 아침에 씹어 삼켰던 사람들을 토해냈고, 사람들은 검은 물결처럼 거리로 쏟아져 나왔다. 눈발이 섞인 거친 바람이 사람들을 집으로 몰아내고 흩뿌려 놓으면서, 거리를 따라 내달렸다. 마을 위에 하늘이 보이는 일은 좀처럼 없었다. 매일매일 집들 지붕 위에, 그을음이 긴 눈덩이 위에, 다른 지붕이 생겨났다. 잿빛 높다란 그 지붕은 나의 상상력을 짓누르며 그 슬픈 듯한 단색(單色)으로 내 눈을 멀게 했다.

저녁이 되면 흐릿한 붉은 노을이 공장 위에서 흔들리며 굴뚝 끝을 비추었다. 그래서 굴뚝은 땅에서 하늘로 솟아 있는 게 아니라, 이 연기 자욱한 구름에서 땅으로 내려가며 붉은 숨결을 토해내고, 울부짖고, 신음하고 있는 것처럼 보였다. 그 모든 것을 바라보고 있으면, 구역질이 나고 지독한 외로움이 내 가슴을 갉아먹었다. 외할머니는 하녀 대신 일하고 있었다. 음식을 만들고, 마루를 닦고, 장작을 패고, 물을 길어왔다. 아침부터 저녁까지 일에 파묻혀 살다가 지쳐서 끙끙 앓는 소리를 내고 한숨을 내쉬면서 잠자리에 들었다. 이따금 외할머니는 식사준비를 다 해놓은 다음 짧은 솜저고리를 입고 치마를 높이 치켜 올리고는 읍내로 나갔다.

"가서 노인네가 어떻게 살고 있는지 잠깐 보고 와야겠다."

"나도 데려 가!"

"얼어 죽어요. 저 눈보라 치는 걸 봐!"

외할머니는 눈 덮인 대지에 파묻혀버린 길을 따라 7킬로미터를 걸어갔다. 임신으로 얼굴이 노래진 엄마는 추운 듯이 술이 달린 찢어진 회색 숄을 몸에 휘

감고 있었다. 나는 엄마의 키 크고 늘씬한 몸매를 망쳐버리는 그 숄이 싫어서 숄 장식을 잡아 뜯곤 했다. 그리고 집과 공장과 마을을 혐오했다. 엄마는 펠트로 만든 낡은 장화를 신고 다니며, 보기 흉하게 커다란 배를 흔들어대면서 기침을 해댔다. 엄마의 청회색 눈은 공허하고 화난 듯 반짝이면서, 종종 아무것도 없는 빈 벽을 마치 풀로 붙여놓은 것처럼 응시하고 있었다. 이따금 엄마는 한 시간 내내 창문을 통해 거리를 내다볼 때도 있었다. 거리는 이 가운데 몇 개는 검고 구부러져 있으며 또 몇 개는 빠져서 지나치게 큰 의치가 끼워져 있는 아가리 같았다.

"우린 왜 여기서 살아?"

내가 물으면 엄마는 이렇게 대답했다.

"오, 넌 잠자코 있어."

엄마는 나와 별로 말을 하지 않았고 내내 명령만 할 뿐이었다.

"갔다 와라, 이리 다오, 가져와……."

그들은 나를 거리에 자주 나가지 못하게 했다. 내가 매번 꼬마들에게 얻어터진 채 집으로 돌아오곤 했기 때문이다. 그러나 싸움은 내가 좋아하는 유일한 즐거움이었고, 나는 그러한 싸움에 열정적으로 매달렸다. 엄마는 가죽끈으로 날 때렸지만 그런 벌은 더욱더 나를 사납게 만들었다. 다음날 나는 아이들을 상대로 더 격렬한 싸움을 벌였고 엄마는 더 심한 벌을 주었다. 언젠가 나는 만약 때리는 것을 그만두지 않으면 엄마 손을 물어뜯고 들판으로 도망가 거기에서 얼어 죽겠노라고 경고했다. 이 말에 엄마는 깜짝 놀라 나를 떠다밀고 방을 왔다 갔다 하더니 피로로 숨을 헐떡이면서 말했다.

"짐승 새끼 같으니!"

사랑이라고 부르는, 생명력 넘치고 가슴 떨리는 감정의 무지개는 내 영혼 속에서 점차 퇴색되어, 모든 것을 미워하는 증오의, 유독가스로 가득 찬 푸른 불꽃이 더욱더 빈번하게 타올랐고, 괴로운 불만의 감정과, 그 잿빛 생명이 없는 어리석음 속의 고독감이 가슴 속에서 그을어가고 있었다.

새아빠는 내겐 엄격했고, 엄마에겐 무뚝뚝했으며 언제나 휘파람을 불고 기침을 했지만 식사가 끝나면 거울 앞에서 이쑤시개로 고르지 않게 난 이를 오랫동안 조심스럽게 쑤셨다. 그는 점점 자주 엄마와 싸웠고, 화를 내며 엄마를

'너'*²라고 불렀다. '너'라는 말은 더할 수 없이 나를 화나게 했다. 싸우는 동안 그는 항상 부엌문을 단단히 잠그곤 했는데 분명 내가 그의 말을 듣지 못하도록 하기 위해서였다. 그러나 나는 낮게 울리는 그의 목소리에 귀를 기울였다.

한번은 발을 구르면서 그가 소리쳤다.

"불룩 튀어나온 그 바보 같은 당신 배 때문에 난 아무도 집에 초대할 수가 없어. 빌어먹을 암소야, 넌!"

경악과 미칠 듯한 굴욕감에 나도 모르게 침상에서 벌떡 일어서는 바람에 나는 천장에 머리를 부딪치고 피가 날 정도로 혀를 세게 깨물고 말았다.

토요일이 되면 노동자들이 수십 명씩 새아빠에게 몰려와 그들이 공장 매점에서만 쓸 수 있도록 되어 있는 식권을 팔았다. 그들은 임금 대신 그 식권을 받아 공장 매점에서 식품을 사야 했다. 새아빠는 그걸 반값에 사들였다. 그는 부엌 식탁에 앉아 거만하게 찌푸린 얼굴로 노동자들을 맞아 식권을 받으며 말했다.

"1루블 50."

"예브게니 바실리예프, 하느님을 두려워하쇼."

"1루블 50."

이 어리석고 어두운 생활은 그리 오래 가지 않았다. 엄마가 아기를 낳기 전에 외할아버지네 집으로 보내졌기 때문이다. 외할아버지는 벌써부터 쿠나비노*³에서 러시아식 난로 하나와 마당으로 난 창 두 개가 있는 좁은 방을 빌려 살고 있었다. 그 이층집은 나폴리나야 교회 묘지의 울타리를 향해 작은 언덕 밑으로 쭉 뻗어 있는 페스차나야 거리에 있었다.

"뭐야?" 나를 보자 외할아버지는 이렇게 말하고 날카로운 쇳소리를 내며 웃음을 터뜨렸다. "자기를 낳아준 엄마보다 더 사랑스런 친구는 없다고 말들 하지만 지금은 이렇게 말해야겠구나. 낳아준 엄마가 아니라 늙어빠진 악마 외할아버지가 그렇다고! 에잇, 너희들은 참……!"

내가 새 거주지를 대충 둘러보기가 무섭게 외할머니와 엄마가 아기를 데리고 왔다. 새아빠는 노동자들을 등쳐먹은 죄로 공장에서 쫓겨났는데, 어디론가 가서 금방 역의 매표원으로 채용되었다고 했다.

---

*2 러시아에서는 보통 '당신'이라고 부른다.
*3 니주니에 있는 빈민촌.

많은 공허한 시간들이 흘러, 나는 다시 엄마가 사는 돌집 지하실로 옮겼고, 엄마는 곧 나를 입학시켰다. 첫날부터 학교는 내 마음속에 혐오감을 불러일으켰다.

나는 엄마 신을 신고 외할머니의 윗도리를 수선한 외투와 노란색 셔츠, 그리고 장화 속으로 집어넣지 않는 바지를 입고 학교에 갔다. 그 차림새는 당장 조롱거리가 되었다. 노란 셔츠 때문에 나는 '다이아몬드 에이스'라는 별명을 얻었다. 나는 곧 아이들과 잘 지내게 되었지만 선생과 사제*⁴는 나를 싫어했다.

선생은 노란 피부에 대머리였고 끊임없이 코피를 흘렸다. 그는 콧구멍에 솜을 쑤셔 넣고 교실에 나타나 의자에 앉아서는 코맹맹이 소리로 질문을 해대다가, 갑자기 말을 멈추고 콧구멍에서 솜을 꺼내 머리를 흔들며 그걸 유심히 들여다보았다. 그의 얼굴은 납작한 구리가 녹슨 것 같았고, 주름살 속에는 청록색 곰팡이 같은 것이 끼어 있었다. 그 얼굴을 더욱더 추하게 만든 것은 그 얼굴에는 전혀 필요할 것 같지 않은 주석 같은 눈이었다. 그 눈은 언제나 손바닥으로 뺨을 닦아내고 싶을 만큼 불쾌하게 내 얼굴에 들러붙곤 했다.

며칠 동안 나는 선생 책상 바로 옆, 맨 앞줄에 앉았는데, 나는 그것을 견딜 수가 없었다. 그는 나 말고는 아무도 바라보지 않는 건지, 줄곧 코맹맹이 소리로 이렇게 말했다.

"페스코—오프, 셔츠를 갈아입어! 페스코—오프, 발을 움직이지 마! 페스코—오프, 네 구두에서 또 물이 줄줄 흐르는구나!"

나는 그에게 거친 장난으로 앙갚음을 했다. 한번은 언 수박 반쪽을 구해다가 속을 다 파낸 다음, 어둑어둑한 현관문 도르래 줄에 매달아 놓았다. 문이 열리면서 수박이 위로 올라갔다가 선생이 문을 닫자 수박은 모자처럼 그의 대머리에 직통으로 떨어졌다. 수위가 선생 편지를 갖고 날 집으로 데려갔고, 나는 이 장난에 대한 대가로 거죽이 벗겨질 정도로 매질을 당했다.

또 한 번은, 선생 책상 서랍 속에 코담배를 뿌려놓았다. 그는 너무 심하게 재채기를 하다가 마침내 교실 밖으로 나갔고, 자기 사위를 대신 들여보냈다.

---

*4 제정러시아의 초등학교는 교구 관할 아래에 있었고, 학교에는 학과를 가르치는 교사와 종교 관련 과목을 가르치는 사제가 있었다.

그 장교는 반 아이들 모두에게 '하느님이여 차르(황제)를 지키소서'*5와 '오 자유, 나의 자유여'를 부르게 했다. 그러면서 틀리게 부르는 아이들의 머리를 자로 때렸는데, 아프지도 않으면서 큰소리가 나는 것이 재미있었다.

종교를 가르치는 선생은 머리숱이 많고 잘 생긴 젊은 사제였다. 그는 내가 《신구약 성서에 나오는 거룩한 이야기》라는 책을 갖고 있지 않았고, 그의 말버릇을 흉내 내어 말한다는 이유로 나를 싫어했다.

그는 교실에 들어오면서 가장 먼저 내게 이렇게 물었다.

"페시코프, 오늘은 책을 가져왔니? 그래, 책 말이다."

나는 대답했다.

"아뇨, 안 가져왔어요. 그래요."

"그래요, 라니, 그게 무슨 뜻이지?"

"안 가져왔어요."

"그럼, 집에 돌아 가! 그래, 집으로. 난 널 가르치고 싶지 않다. 그래, 가르칠 맘이 없어."

이런 일은 나를 그다지 슬프게 하지 않았다. 나는 교실에서 나와 수업이 끝날 때까지, 교외에 있는 마을의 더러운 거리에서 시끌시끌한 생활을 구경하며 돌아다녔다.

그 사제는 예수 같은 단정한 얼굴과 여자처럼 부드러운 눈, 그리고 손이 아주 작았는데, 그 손안에 들어오는 모든 것을 부드럽게 다루었다. 책, 자, 펜대, 그런 물건 하나하나를, 마치 그것이 살아 있는 연약한 것이고, 사제는 그것들을 매우 사랑해서 함부로 다루다가 물건을 망칠까봐 겁내는 것처럼, 놀랍도록 소중하게 다루었다. 그는 아이들에게 그다지 친절하지 않았지만 그래도 아이들은 그를 사랑했다.

나는 공부를 꽤 잘했음에도 품행 불량 때문에 퇴학당할 거라는 말이 들려왔다. 나는 근심에 잠겼다. 그건 아주 불쾌한 결말을 가져올 우려가 있었다. 엄마는 점점 더 신경질적이 되어 점점 더 자주 나를 때릴 것이기 때문이다.

그러나 구원의 손길이 있었다. 뜻밖에도 그리스정교의 주교인 흐리산프*6

---

*5 제정러시아 때 국가(國歌).

*6 지은이 주. 유명한 《고대의 세계종교》세 권과 논문 〈이집트의 윤회〉, 사회평론적 논문 〈결혼과 여자에 대하여〉 등을 쓴 사람. 이 논문을 청년시절에 읽고 강한 인상을 받았다. 아마

주교가 학교에 온 것이다. 곱사등이였던 것으로 기억한다.

폭 넓은 검은 옷을 입은 자그마한 그는 책상에 앉더니 소매에서 두 손을 빼고는 이렇게 말했다.

"자, 얘기 좀 하자꾸나, 나의 아이들아!"

그러자 갑자기 교실 안은 훈훈하고 밝아졌으며, 지금까지 느끼지 못한 유쾌한 바람이 불기 시작했다.

그는 다른 아이들과 얘기한 다음 나를 불러내어 진지하게 물었다.

"넌 몇 살이지? 그것밖에 안 됐어? 넌 키가 크구나, 그렇지? 종종 비를 맞고 서 있었나보지, 응?"

손톱이 길고 날카로운, 야윈 한쪽 손을 책상 위에 놓고, 다른 손의 손가락으로 그다지 볼품없는 턱수염을 훑으며 그는 선량한 눈으로 내 얼굴을 들여다보았다.

"그럼, 네가 좋아하는 성경 이야기들 중에서 하나만 얘기해볼래?"

나는 책을 갖고 있지 않으며, 성경 이야기를 배우지 못했다고 말하자, 그는 수도복 두건을 똑바로 매만진 뒤 이렇게 물었다.

"웬일이지? 그건 꼭 배워두는 게 좋은데! 혹시 뭔가 알고 있거나 들은 건 없니? 시편은 알고 있다고? 다행이구나! 그리고 기도문도? 흠, 그것 봐라! 그리고 성인들의 생애도? 시도? 그럼 넌 많이 알고 있구나……."

얼굴을 붉히고 숨을 헐떡이며 우리 사제가 나타나자, 주교는 그에게 축복을 내렸다. 사제가 주교에게 나에 대한 얘기를 하려 하자 주교가 손을 들며 말했다.

"미안하지만 잠깐만…… 자, 성인 알렉세이에 대해 말해주겠니?……."

"정말로 좋은 시로구나, 그렇지 친구?" 내가 어떤 시구를 까먹고 잠깐 말을 멈추자 그가 말했다. "또 다른 건? 다윗 왕? 나는 그걸 듣기를 참 좋아하는데!"

나는 그가 실제로 귀를 기울이고 있으며 그 시를 정말로 좋아한다는 걸 알았다. 그는 내게 오랫동안 이런저런 질문을 하다가 갑자기 말을 멈추고는 무언가 생각난 듯 재빨리 물었다.

내가 여기에 쓴 이 논문 제목은 잘못된 건지도 모른다. 1870년대 어느 종교 잡지에 실린 것이다.

"시편을 배웠구나, 누가 가르쳐줬지? 좋은 외할아버지로구나. 나쁜 외할아버지라고? 정말? 그런데 넌 장난을 아주 잘 친다며?"

난 당황했지만 그렇다고 말했다. 선생과 사제는 한 편이 되어 구구절절 나의 자백을 뒷받침하는 여러 가지 일들을 이야기했다. 주교는 눈을 내리깔고 그들이 하는 말을 들은 뒤 한숨을 내쉬며 말했다.

"자, 이분들이 너에 대해 말씀하시는 걸 들었지? 이리 가까이 오너라!"

삼나무 냄새가 나는 손을 내 머리에 얹고 주교가 물었다.

"넌 왜 장난을 치지?"

"지루하니까요, 무척, 공부하는 것이."

"지루해? 아가야, 그건 뭔가 잘못 생각하는 거란다. 공부하는 게 지루했다면 넌 성적이 나쁠 텐데 여기 계신 선생님들은 네 성적이 좋다고 하시지 않니. 뭔가 다른 일이 있지?"

주교는 품속에서 조그만 공책을 꺼내 뭔가 기록했다.

"페시코프 알렉세이. 좋다. 그러나 아가야, 넌 앞으로 참는 걸 배우는 게 좋을 것 같구나. 장난을 너무 많이는 치지 마라! 조금이라면 괜찮지만. 장난을 많이 치면 사람들은 화가 나게 돼! 그렇지 않니, 얘들아?"

많은 목소리들이 쾌활하게 대답했다.

"맞아요."

"너희들도 조금은 장난을 치겠지?"

아이들은 싱글싱글 웃으면서 말했다.

"아뇨. 조금이 아니라 많이 쳐요! 많이!"

주교는 의자 등받이 위로 몸을 젖히고 나를 곁에 끌어당기고는 아주 놀라운 말을 해서 모두들, 심지어 선생과 사제까지도 웃음을 터뜨렸다.

"얘들아, 나도 너희들 만했을 땐 정말이지 굉장한 장난꾸러기였단다! 왜 그렇게 장난을 치는 걸까?"

아이들이 웃었다. 주교는 아이들을 교묘하게 헷갈리게 하고 서로 반박하게 하면서 아이들에게 여러 질문을 하여, 더욱더 즐거움을 북돋아주었다. 마침내 주교가 몸을 일으키고는 말했다.

"장난꾸러기 너희들과 있으니 즐겁지만 이제 떠나야 할 시간이구나!"

주교는 손을 들어 올려 소매를 어깨 쪽으로 밀어올리고 커다란 손짓으로 모두를 위해 성호를 긋고 축복해주었다.

"성부와 성자와 성신의 이름으로 여러분들이 열심히 공부하도록 축복하노라! 안녕."

모두들 소리치기 시작했다.

"안녕, 주교님! 또 오세요."

두건을 끄덕이며 그가 말했다.

"그래, 올 거야. 오고말고! 너희들에게 책을 가져다주마!"

그리고 교실을 빠져나가면서 선생에게 말했다.

"저 아이들을 집으로 보내지요!"

주교는 내 팔을 잡고 현관까지 데리고 가서 내게 몸을 구부리고 조용히 말했다.

"그래, 넌 이제 자제해야 돼, 그럴 수 있지? 네가 왜 못된 장난을 하는지 나는 잘 이해하고 있으니까! 자, 안녕, 아가야!"

나는 몹시 흥분했고, 마음속에서 어떤 특별한 감정이 끓어올랐다. 그래서 선생이 반 아이들을 돌려보낸 뒤 나만 남게 하여, 이제부터 나는 물보다 조용하고 풀보다 낮게 행동해야 한다고 말하기 시작했을 때도 기쁜 마음으로 주의 깊게 그의 말에 귀를 기울였다.

모피 외투를 입으며 사제가 부드럽게 속삭였다.

"이제부터 넌 내 수업에 참석해야 한다! 그래, 꼭. 그러나 조용히 앉아 있어야 해! 조용히."

학교에서의 내 생활은 좋아졌지만 집에서는 언짢은 일이 일어났다. 내가 엄마 돈 1루블을 훔친 것이다. 그것은 미리 생각해 둔 계획적인 것이 아니라 우발적인 범죄였다. 어느 날 저녁 엄마는 내가 아기와 함께 집을 보도록 남겨놓곤 어디론가 나갔다. 심심해진 나는 새아빠의 책들 중에서 한 권—뒤마 페르의 《한 의사의 수기》—을 펼쳤는데 책갈피에서 10루블짜리와 1루블짜리 지폐 두 장이 나왔다. 이 책은 이해가 안 가서 책을 덮었는데 문득 1루블만 있으면 《성서 이야기》뿐만 아니라 《로빈슨 크루소》도 살 수 있을 거라는 생각이 들었다. 그런 책이 있다는 건 그 일이 있기 얼마 전 학교에서 알게 되었다. 아주 추운 날 쉬는 시간에 내가 아이들에게 옛날이야기를 해주고 있는데 그중 한 아이가 경멸 섞인 말투로 지적하는 것이었다.

"옛날이야기는 황당무계해. 하지만 《로빈슨 크루소》는 진짜야!"

그 책을 읽은 아이들이 몇 명 더 있었는데 모두들 그 책을 칭찬했다. 나는 외할머니의 옛날이야기가 그들 맘에 들지 않은 것이 굴욕적으로 느껴졌다. 그리고 나도 《로빈슨 크루소》를 읽고 그들처럼 '이 책은 황당무계해!'하고 말해주기로 결심했다.

다음날 나는 학교에 《성서 이야기》와 두 권의 너덜너덜한 안데르센 동화집, 그리고 흰빵 3푼트*[7]와 소시지 1푼트를 가지고 갔다. 블라디미르 교회 담장 근처에 있는 어둡고 조그마한 가게에는 《로빈슨 크루소》도 있었는데, 첫 장에 털모자를 쓰고 어깨에 짐승 가죽을 걸친 구레나룻을 기른 남자 모습이 그려져 있는 노란 표지의 얇은 책으로, 별로 마음에 들지 않았다. 하지만 너덜너덜해지긴 했지만 안데르센 동화집은 겉만 보고도 친숙한 기분이 들었다.

점심시간에 나는 아이들과 빵과 소시지를 나누어 먹고, 우리는 《꾀꼬리》라는 놀라운 이야기를 읽기 시작했다. 그 이야기는 금방 우리 마음을 사로잡았다.

'중국에 살고 있는 사람은 모두 중국인이다. 황제 자신도 중국인이다.' 이 구절이, 그 단순함과 함께 기분 좋게 들리는 운율, 그리고 무언가 놀랍도록 훌륭한 향기로 나를 얼마나 기분 좋은 놀라움에 빠지게 했는지 지금도 기억하고 있다.

나는 학교에서 《꾀꼬리》를 다 읽을 수 없었다. 시간이 모자랐다. 내가 집에 도착했을 때 엄마는 러시아식 난로 앞에 서서 손에 뜨거운 냄비를 집는 집게를 들고 달걀프라이를 하고 있었다. 엄마가 표정 없는 이상한 목소리로 내게 물었다.

"네가 1루블을 가져갔니?"

"응, 가졌어. 여기 이 책들……."

엄마는 냄비집게로 나를 마구 때리고는 안데르센의 책을 빼앗아 어디엔가 영원히 숨겨버렸다. 나는 매를 맞는 것보다 그것이 더 가슴 아팠다.

며칠 동안 나는 학교에 가지 않았다. 그 동안 새아빠는 자기 동료들에게 나의 행위에 대해 이야기했고, 그 동료들은 자기 자식들에게, 또 아이들 중 한

---

*7 1푼트는 410그램.

명은 학교에 그 이야기를 퍼뜨린 모양이었다. 내가 다시 학교에 갔을 때에는 도둑이라는 새로운 별명이 나를 맞이했다. 그 말은 짧고 단순했지만 옳지 않았다. 그건 내가 1루블을 가져갔다는 사실을 숨기지 않았기 때문이다. 나는 그 점을 설명하려고 노력했지만 누구도 나를 믿지 않았다. 그때 나는 집에 돌아가 엄마에게 더 이상 학교에 가지 않겠다고 말했다.

다시 임신한 잿빛의 엄마는 백치처럼 지친 눈빛으로 창가에 앉아 동생 사샤에게 음식을 먹이고 있다가 물고기처럼 입을 벌리고 나를 바라보았다.

"너 거짓말하는구나." 엄마가 조용히 말했다. "아무도 네가 1루블을 가져갔다는 사실을 알 리가 없어."

"가서 물어봐."

"네 스스로 무심코 지껄였겠지. 그렇지, 네가 말했지? 두고 봐라, 누가 그 얘기를 퍼뜨렸는지 내일 내가 알아볼 테니까!"

나는 그 아이의 이름을 댔다. 엄마 얼굴이 애처롭게 일그러졌고 눈물이 흐르기 시작했다.

나는 부엌에 가서 난로 뒤 상자 위에 만든 내 침대에 올라가 누웠다. 누운 채로 나는 엄마가 방에서 조용히 울부짖는 소리에 귀를 기울였다.

"오, 하느님, 오, 하느님……."

기름에 쩐 뜨뜻한 넝마의 역겨운 냄새 속에 더 이상 누워 있을 수가 없어서 일어나 마당으로 가려는데 엄마가 큰 소리로 불렀다.

"너 어디 가니, 어딜? 이리 와!……."

잠시 뒤 우리는 마룻바닥에 앉았다. 사샤는 엄마 무릎에서 엄마 단추를 잡고 몸을 구부리며 말했다. "다쭈." 그 소린 단추를 의미하는 것이었다.

나는 엄마 옆구리에 바싹 기대앉았다. 엄마가 나를 껴안고 말했다.

"우린 가난하단다. 우리에겐 단 1코페이카도 1코페이카도……."

그러나 엄마는 무언가 할 말을 다 하지 못하고 뜨거운 손으로 나를 꼭 껴안았다.

"그놈의 건달이…… 건달이!"

갑자기 엄마는 언젠가 전에도 엄마한테서 한 번 들은 적이 있는 말을 했다.

사샤가 따라했다.

"건달!"

사샤는 이상한 아이였다. 굼뜨고 머리통이 큰 사샤는 조용한 미소를 띠면서, 마치 무언가를 기대하는 듯 아름다운 푸른 눈으로 주변 모든 것을 바라보았다. 그 애는 보통 아이보다 일찍 말을 시작했고, 전혀 울지 않았으며, 조용한 쾌활함을 한시도 잃지 않았다. 그 애는 연약하여 겨우 기어다닐 정도였고, 나를 보면 아주 좋아하면서 내게 안아달라고 졸랐다. 조그맣고 보드라운 손가락으로 내 귀를 만지작거리기를 좋아했는데 손가락에서는 이상하게도 제비꽃 냄새가 났다. 그 애는 앓지도 않고 어느 날 느닷없이 죽었다. 아침까지만 해도 여느 때처럼 조용하고 밝았던 그 아이가 저녁기도를 알리는 종소리가 울릴 때에는 이미 테이블 위에 누워 있었다. 둘째 아이 니콜라이가 태어난 직후의 일이었다.

엄마는 약속한 것을 실행했다. 그래서 나는 다시 학교에서 잘 지내게 되었는데, 또다시 외할아버지에게 보내지게 된 것이다.

어느 날 저녁, 차 마시는 시간에 마당에서 부엌으로 들어가는데, 찢어지는 듯 울부짖는 엄마 목소리가 들려왔다.

"예브게니, 제발 부탁이에요……."

"바보 같이!"

새아빠가 말했다.

"그러나 난 알고 있다고요, 당신이 그 여자 집에 가고 있다는 걸!"

"흥, 그래서?"

몇 초 동안 둘 다 말이 없었다. 엄마가 기침을 하면서 말했다.

"이 형편없는 건달 같으니……."

새아빠가 엄마를 때리는 소리를 듣고 나는 방 안으로 뛰어들었다. 무릎을 꿇고 쓰러진 엄마가 등과 팔꿈치를 의자에 기댄 채 가슴을 활처럼 내밀고 머리를 뒤로 젖히고, 무서울 정도로 눈을 번뜩거리며 갈라진 목소리를 내고 있는 것이 보였다. 새 제복을 깨끗하게 차려입은 새아빠가 긴 다리로 엄마의 가슴을 차고 있었다. 나는 식탁에서 뼈손잡이가 달리고 은으로 도금된 칼을— 그 칼로 빵을 잘랐는데, 내 아버지가 죽은 뒤 엄마에게 남겨진 유일한 물건이었다—움켜잡고 새아빠의 옆구리를 있는 힘을 다해 찔렀다.

다행히 엄마가 막시모프를 밀쳐냈다. 칼은 옆구리를 비켜가 제복을 넓게 찢어놓고 살갗을 스치는 상처만 냈을 뿐이었다. 새아빠는 '앗' 하고 소리를 지르더니 옆구리를 움켜쥐고 방에서 뛰쳐나갔다. 엄마는 나를 잡아 조금 들어 올리고는 울부짖으며 마룻바닥에 내던졌다. 마당에서 돌아온 새아빠가 나를 잡아챘다.

그런 일이 있었음에도 그날 저녁 늦게 새아빠가 집을 나갔을 때 엄마는 난로 뒤 내 침상으로 와서 조심스럽게 나를 껴안고 입맞추며 울었다.

"용서해라, 엄마가 잘못했어! 오, 하지만 아가, 넌 어쩌자고 그런 짓을 했니? 그것도 칼로?"

나는 진심으로, 그리고 내가 하는 말을 충분히 이해하면서, 새아빠를 찔러 죽이고 나도 그 칼로 자살하려고 했다고 엄마에게 말했다. 나는 그렇게 하려고 생각했고, 어쨌든 그걸 시도했다. 지금도 나는 바지 끝에 번쩍이는 매듭 장식이 붙은 그 비열한 다리가 눈에 선하다. 그 긴 다리가 허공을 가로질러 구두 끝으로 여자의 가슴을 차는 모습이 눈에 보인다.

야만적인 러시아의 삶 속에서 그런 납처럼 무겁고 혐오스러운 일들을 떠올리며, 나는 이따금 나 자신에게 묻는다. 그런 것에 대해 얘기할 만한 가치가 있는가? 그러고는 더욱 새로운 확신을 갖고 나 자신에게 대답한다. 그럴 만한 가치가 있다고. 하지만 그것은 지금도 계속되고 있는 비열한 진실이다. 이 진실은 오늘날에 와서도 사라지지 않고 있다. 그것을 우리 기억에서, 인간 영혼에서, 우리 고통스럽고 치욕스런 삶 전체에서 뿌리째 뽑아내기 위해서는 속속들이 알아두어야만 할 진실이다.

내가 이 추악한 사건들을 묘사하는 더욱 적극적인 또 하나의 이유가 있다. 비록 이런 사건들이 우리들을 역겹게 할지라도 또한 수많은 아름다운 영혼들을 죽도록 짓이긴다 할지라도, 러시아 사람들은 역시 그것을 극복하고 있고 앞으로도 극복해 나갈 수 있을 만큼 영혼이 젊고 건강하기 때문이다.

우리 삶이 놀라운 까닭은, 단지 그 속에 있는 온갖 야만적인 쓰레기 층이 풍부하고 비옥해서가 아니라, 그 층을 관통하여 영롱하고 건강하고 창조적인 것이 큰 힘을 가지고 싹트고 있고, 인간다운 밝은 삶으로 다시 한 번 부활하리라는 우리 불멸의 희망을 일깨우는 훌륭하고 인간적인 것이 자라고 있기 때문이다.

다시 나는 외할아버지네 집에 있게 되었다.

"뭐야, 도적 같으니?" 외할아버지는 책상을 손으로 두드리면서 나를 맞이했다. "그래, 이젠 널 먹여 살리지 않겠다. 네 외할미에게 부양해달라고 해!"

"그러지요." 외할머니가 말했다. "그게 뭐 그리 어려운 일이라고!"

"그러니까 임자가 해!" 외할아버지는 고함을 쳤지만 곧 누그러지면서 내게 설명했다. "나와 외할머니는 완전히 갈라섰단다. 그래서 우리 집에선 이제 뭐든지 따로따로다."

외할머니는 창가에 앉아 재빠른 손놀림으로 레이스를 짰다. 실패는 즐거운 듯 따각따각 소리를 내고, 놋쇠핀이 잔뜩 꽂혀 있는 쿠션은 봄 햇살을 받아 황금빛 고슴도치처럼 반짝거렸다. 외할머니 자신도 마치 놋쇠로 주조된 것 같았다. 아무데도 변한 데가 없었다! 그러나 외할아버지는 더욱 깡마르고 주름살이 많아졌다. 적갈색 머리카락은 허옇게 변했고 조용하고 위엄 있던 동작은 성급한 초조함으로 바뀌어 있었다. 초록색 눈은 모든 것을 미심쩍게 바라보았다. 외할머니는 웃으면서 외할아버지와 어떻게 재산을 나누었는지 이야기해주었다. 외할아버지는 모든 항아리와 접시와 식기를 외할머니에게 주면서 이렇게 말했다.

"이게 당신 몫이야. 더 이상 아무것도 요구하지 마!"

그런 다음 외할아버지는 외할머니가 지니고 있던 모든 옛날 옷과 물건, 부인용 여우털외투 등을 가져다가 모두 700루블에 팔아치웠고, 그 돈을 과일상인인 유대인 대자(代子)에게 높은 이자를 받고 빌려주었다. 외할아버지는 완전히 구두쇠 병에 걸려 수치심마저 잃어버렸다. 옛날 함께 수공업자 자치회에서 일했던 옛 친구들과 부유한 상인들을 찾아다니며 자식들이 자신을 파산시켰다고 하소연하면서 그들에게서 돈을 구걸했다. 외할아버지는 그들의 존경을 받고 있었기 때문에 외할아버지에게 제법 많은 돈을 주기도 했다. 외할아버지는 외할머니 코앞에 지폐를 흔들어대면서 어린아이처럼 자랑하며 외할머니를 약 올렸다.

"봤어, 바보 할멈? 당신한테는 아무도 이 돈의 백분의 일도 주지 않을 거야!"

외할아버지는 그렇게 해서 모은 돈을 새로 사귄 친구인 키가 크고 대머리인 모피장이와 그의 여동생에게 높은 이자를 받고 빌려주었다. 도시 교외 마을에서 이 모피장이는 홀리스트[1]라는 별명으로 불리고 있었다. 구멍가게를 하고 있는 그의 여동생은 뚱뚱하고 뺨이 빨갛고 갈색 눈을 한, 나른하고 시럽처럼 녹아내리듯 상냥한 여자였다.

집안은 모든 것이 엄격하게 나뉘어져 있었다. 하루는 외할머니가 자기돈으로 산 식품으로 점심 식사를 준비하면 다음날은 외할아버지가 식량과 빵을 사는 식이었다. 외할아버지가 먹을 걸 사는 날 식사는 언제나 형편없었다. 외할머니는 좋은 고기를 샀지만 외할아버지는 간, 허파, 순대 같은 내장을 사왔다. 차와 설탕을 각자가 보관했지만 차는 한 주전자에 끓였다. 외할아버지가 불안하게 말했다.

"잠깐만, 당신은 얼마나 집어넣었지?"

외할아버지는 찻잎을 손바닥에 쏟아놓고 꼼꼼하게 헤아려본 다음에 이렇게 말했다.

"당신 차가 내 차보다 질이 떨어져. 내 건 더 적게 넣어야 해. 내 차는 잎이 두꺼워서 잘 우러나거든."

외할아버지는 외할머니가 두 찻잔에 똑같은 농도의 차를 따르는지, 외할머니가 자기와 똑같은 양의 차를 마시는지 주도면밀하게 감시했다.

"마지막 한 잔, 어때요?"

남은 차를 모두 따라내기 전에 외할머니가 물었다.

외할아버지는 주전자 속을 들여다보면서 말했다.

"그래, 마지막 한 잔!"

심지어 두 분은 성상 앞에 켜놓는 램프에 드는 기름까지도 각자가 샀다. 그것이 50년 동안 동고동락한 결과였다!

나는 외할아버지의 이 모든 변덕들을 바라보는 게 우스꽝스럽고 역겨웠지

---

[1] 보통은 승마용 채찍을 말하지만, 악랄한 망나니, 뻔뻔스럽고 수치를 모르는 자라는 뜻도 있다. 여기서는 아마 후자의 뜻일 것이다.

만, 외할머니에게는 그냥 재미를 느꼈을 뿐이다.

"어지간히 좀 하시우!" 외할머니는 나를 달래면서 말했다. "노인네가 늙어서 시룽거리다니! 외할아버진 벌써 여든이 넘으셨어! 시룽거리시라지, 누가 겁낼 줄 알고? 이 할미와 네가 먹을 빵조각은 내가 벌 수 있으니 걱정하지 마라!"

나도 돈을 벌기 시작했다. 일요일마다 아침 일찍 자루를 들고 마당과 길거리를 돌아다니며 소뼈다귀, 넝마, 종이, 못 따위를 긁어모았다. 고물 상인은 1푸드 무게의 넝마와 종이를 20코페이카에, 쇠붙이도 20코페이카에 샀고, 1푸드의 소뼈는 10코페이카나 8코페이카에 샀다. 평일에도 수업을 마친 뒤 그 일을 했고 토요일마다 잡다한 물건들을 30코페이카에서 50코페이카, 운이 좋을 때는 그보다 더 많이 팔았다. 외할머니는 내게서 돈을 받으면 그 돈을 얼른 치마 주머니에 찔러 넣고 두 눈을 내리뜨며 나를 칭찬했다.

"정말 고맙다, 아가! 너와 난 굶어죽지는 않겠다, 그렇지? 잘했어!"

어느 날 나는 외할머니가, 내가 벌어온 5코페이카를 손바닥에 올려놓고 바라보면서 말없이 울고 있는 모습을 보았다. 한 방울의 흐릿한 눈물이 속돌처럼 구멍 많은 코끝에 매달려 있었다.

고물을 파는 것보다 더 수입이 좋은 것은 오카 강변이나 페스키 섬에 있는 목재 야적장에 가서 장작과 얇은 널빤지를 훔치는 일이었다. 페스키 섬은 정기 시장이 서는 동안에 얼기설기 세운 임시 점포에서 철을 사고파는 곳이다. 정기 시장이 끝나면 임시 점포가 헐리고 각목과 얇은 널빤지들이 산처럼 쌓여, 거의 봄철 범람 때까지 페스키 섬에 그대로 있었다. 자기 집을 가지고 있는 사람들은 좋은 널빤지 하나에 10코페이카씩 주었는데, 하루에 두세 장은 훔쳐올 수 있었다. 하지만 그런 일은 눈보라나 비가 와서 경비원들이 피신하는 궂은 날씨일 때만 가능했다.

어느새 우정 어린 집단이 만들어졌다. 모르도바인 여자 거지의 열 살 난 아들인 산카 뱌히르는 귀엽고 상냥하며 항상 차분하고 밝은 아이였다. 의지할 곳 없는 코스트로마는 꼬불꼬불 감긴 머리카락에 야위고 눈이 크고 까만 아이였으며, 나중에 열세 살쯤 되었을 때 비둘기 한 쌍을 훔친 죄로 감화원에 들어가 목을 매고 죽었다. 타타르인 하비는 열두 살 난 장사였는데, 순진하고 선량했다. 코가 둥그런 야지는 공동묘지 경비원이자 산역꾼 노릇을 하는 사람의 아들로 여덟 살 난 꼬마였다. 그 애는 물고기처럼 말수가 적었고 '뇌전증'을 앓고 있었다. 가장 나이가 많은 아이는 과부 재봉사의 아들 그리시카 추르카였다. 그 애는 분별력이 있고 정의로웠으며 권투를 무척이나 좋아했다. 우리는 모두 같은 거리 출신이었다.

우리가 살던 변두리 마을에서 절도는 범죄로 간주되지 않았다. 그것은 굶주린 빈민들에게는 거의 유일한 생계 수단이었고 관습적인 일이었다. 한 달 반 동안 열리는 정기 시장이 읍내 전체를 먹여 살릴 수는 없었기 때문에, 존경을 받고 사는 가장들의 상당수가 '강에서 부수입을 올리고 있었다.' 그들은 강물이 범람할 때 떠내려 오는 장작이나 통나무를 낚아 올려 배에 실어 운반했다. 그러나 그들은 주로 거룻배에서 도둑질을 해댔고, 대체로 볼가 강과 오카 강 위에서 빈틈없이 잘 간수해두지 않은 것이면 무엇이든 죄다 후무렸다. 휴일마다 어른들은 자신들의 성공을 자랑했고 아이들은 그 이야기에 귀 기울이며 공부했다.

봄철 정기 시장이 열리기 전 아주 바쁜 시기에는, 저녁이 되면 우리 마을 거리는 온통 술 취한 직공들과 마부와 온갖 노동자들로 넘쳐났다. 마을 아이들은 항상 그들의 호주머니를 슬쩍했다. 그것은 인정되는 일이었고, 어른들이 보는 앞에서도 겁 없이 그런 일을 저질렀다.

목수한테서는 연장을, 승용마차 마부에게서는 스패너를, 짐마차꾼에게서는 차축 볼트를, 짐차 굴대에서는 보조 차축을 훔쳐냈다. 그러나 우리 패거리는 그런 일은 하지 않았다. 한번은 추르카가 단호하게 선언했다.

"난 도둑질 안 할래. 엄마가 하지 말라고 했어."

"나도 안 할래. 무서워!"

하비가 말했다.

코스트로마는 좀도둑을 혐오했다. 그 애는 '도둑'이란 말을 특별히 힘을 주어 발음했다. 그리고 낯선 아이들이 술 취한 사람들을 터는 것을 보면 그 애들을 쫓아갔고, 만약 누군가를 붙잡으면 잔인하게 때렸다. 눈이 커다랗고 음울한 그 아이는 자기를 어른이라고 생각했다. 그 아이는 짐꾼처럼 비틀거리며 특이한 걸음걸이로 걸었고, 굵직하고 거친 목소리로 말하려고 애썼지만 전체적인 인상은 약간 둔하고 부자연스러우며 늙은 듯했다. 뱌히르는 도둑질은 범죄라고 확신하고 있었다.

그러나 페스키 섬에서 얇은 널빤지와 통나무를 끌고 오는 것은 범죄로 여기지 않아서, 우리들 중 아무도 그걸 겁내지 않았다. 우리는 그 일을 아주 쉽게 할 수 있는 방법을 몇 가지 생각해냈다. 저녁이 되어 컴컴해지거나 궂은 날에 뱌히르와 야지는 미끌거리고 부풀어오른 얼음을 따라 강 후미를 지나 페스키 섬으로 갔다. 그들은 경비원들의 관심을 대놓고 자기들 쪽으로 끌기 위해 애쓰며 걸어갔다. 그러는 사이 우리 네 사람은 눈에 띄지 않게 따로따로 이동했다. 야지와 뱌히르에게 놀란 경비원들이 그들 뒤를 쫓는 사이에 우리는 미리 정한 목재 야적장에 모여 나무를 골라냈다. 친구들이 발 빠른 경비원을 놀리면서 자신들을 줄곧 쫓아오게 하는 동안 우리는 철수했다. 저마다 끈을 갖고 있었는데, 끈 끝에 커다란 못을 매달아 갈고리처럼 구부려놓은 것에 널빤지나 통나무를 걸어 눈과 얼음 위로 끌고 갔다. 경비원들은 거의 한 번도 우리가 하는 짓을 눈치 채지 못했다. 눈치 챈다 하더라도 우리를 따라잡을 수가 없었다. 우리는 그 물건을 판 돈을 6등분했다. 보통 5코페이카 동전 한 개씩 돌아갔고 이따금 7코페이카씩 돌아갈 때도 있었다.

그만한 돈이면 하루를 아주 배불리 지낼 수 있었다. 그러나 뱌히르는 엄마에게 시칼리크*²나 코스슈카*³들이 보드카를 갖다 주지 않으면 매를 맞았다. 코스트로마는 비둘기 사냥을 할 날을 꿈꾸며 돈을 모았다. 추르카는 엄마가 아팠기 때문에 될 수 있으면 돈을 더 많이 벌려고 애썼다. 하비 역시 자기가 태어난 읍으로 돌아갈 생각으로 돈을 모으고 있었다. 그 아이는 그곳에서 삼촌 손에 이끌려 왔는데, 니주니에 온 지 얼마 안 되어 삼촌은 물에 빠져 죽고 말았다. 하비는 그 마을 이름은 기억하지 못했고, 볼가 강에서 가까운 카마에 있다는 것만 기억할 뿐이었다.

카마에 있는 그 마을이 우리를 몹시 웃겼는데, 우리는 사팔뜨기 타타르인 꼬마를 놀려대면서 이렇게 노래하곤 했다.

카마에는 마을이 있다면서,
어디에 있는지는 자기도 몰라!
손으로 만져볼 수도 없고,
발로 걸어가 닿을 수도 없어!

---

*2 옛 러시아의 도량형 단위(600cc).
*3 '시칼리크'의 2배.

처음에 하비는 우리에게 화를 냈다. 어느 날 뱌히르가 자신의 별명을 증명이라도 하듯 산비둘기가 울어대는 목소리로*4 그에게 말했다.

"왜 그래? 왜 친구들에게 화를 내는 거지?"

이 타타르인 꼬마는 멋쩍어 하면서 자기도 카마에 있는 마을에 대한 노래를 부르기 시작했다.

그래도 우리는 얇은 널빤지를 훔치는 것보다 넝마와 뼈다귀 줍는 것을 더 좋아했다. 봄에 눈이 녹아 사라졌을 때나 비가 내려 텅 빈 정기시장의 포장된 도로가 깨끗하게 씻겼을 때는 특히 재미있었다. 시장 하수구에서는 언제나 많은 못과 쇠붙이 조각을 수집할 수 있었고, 이따금 동전이나 구리와 은을 발견하는 일도 있었다. 그러나 시장 경비원들이 우리를 쫓아와 자루를 빼앗아가지 않도록 하기 위해, 그들에게 7코페이카 동전을 지불하거나 오랫동안 그들에게 고개를 조아려야만 했다. 우리에게는 쉬운 일이 아니었지만 우리는 무척 사이 좋게 지냈다. 이따금 사소한 말다툼은 했지만 주먹다짐은 한 번도 없었던 것으로 나는 기억한다.

우리의 해결사는 뱌히르였다. 그는 언제나 적절한 때, 우리에게 특별한 말을 할 줄 아는 능력이 있었다. 그것은 별것도 아닌 말이었지만 우리를 놀라게 하고 부끄럽게 만들었다. 그 자신도 놀라면서 그런 말을 했다. 야지의 심술궂은 행동은 그를 화나게 하거나 놀라게 하지 않았다. 그는 모든 나쁜 짓을 불필요한 것으로 여기고, 조용하지만 단호하게 부정했다.

"저런, 왜 또 그랬니?"

그가 그렇게 물으면 우리는 분명히 알았다. 그럴 필요가 없었다는 것을!

그는 자기 엄마를 '우리 모르도바 여자'라고 불렀는데, 그 말은 우리를 웃기지 못했다.

"어제 우리 모르도바 여자가 술에 취해 집으로 굴러들어 왔어!" 금빛 동그란 눈을 반짝이며 그 애가 명랑하게 말했다. "문을 활짝 열고 문지방에 앉아 노래하고 또 노래하는 거야, 암탉처럼!"

매사에 적극적인 추르카가 물었다.

"뭘 노래했는데?"

---

*4 뱌히르는 러시아어로 산비둘기를 뜻한다.

뱌히르는 손바닥으로 무릎을 치면서 높은 목소리로 자기 엄마가 부른 노래를 똑같이 불렀다.

오오, 똑똑, 똑똑.
어린 목동이
지팡이로 창문을 두드리네.
우리는 거리로 뛰어나가네!
목동 보르카가
저녁 신호로
풀피리를 불어대기 시작하자
온마을이 조용해졌네!

그는 그런 건전한 노래를 많이 알고 있었고 꽤 솜씨있게 불렀다.

"이렇게 노래했지." 그는 말을 계속했다. "그러다가 엄마는 문지방에서 잠이 들어 방이 아주 싸늘하게 식고 말았어. 난 온 몸을 와들와들 떨다가 하마터면 얼어죽을 뻔했지. 엄마를 끌어서 옮길 힘이 없었어. 그래서 오늘 아침 이렇게 말했지. '왜 그렇게 술을 많이 마셔?' 그랬더니 엄마가 이러는 거야. '내버려 둬. 조금만 참아. 난 곧 죽을 테니까!'"

추르카가 진지한 표정으로 그 말을 뒷받침했다.

"네 엄마는 곧 죽을 거야. 온 몸이 부었어."

"넌 슬프겠지?"

내가 물었다.

"그걸 말이라고 해?" 뱌히르가 놀란 듯 말했다. "우리 엄마는 좋은 사람인걸……."

우리는 모두 그 모르도바 여자가 틈만 나면 뱌히르를 때린다는 걸 알면서도 그녀가 좋은 사람이라는 걸 믿었다. 그래서 재수 없는 날엔 추르카가 이런 제안을 하기도 했다.

"뱌히르 엄마 술값으로 1코페이카씩 걷자. 안 그러면 뱌히르를 때릴 테니까!"

패거리 가운데 글을 아는 아이가 둘 있었다. 추르카와 나였다. 뱌히르는 우리를 몹시 부러워했다. 그리고 생쥐같이 뾰족한 자기 귀를 잡아당기며 비둘기가 구구거리듯이 말했다.

"우리 모르도바 여자를 묻어주고 나면 나도 학교에 갈 거야. 나를 받아달라고 선생님 발아래 절을 할 거다. 공부를 마치면 정원사로 일하다가 대주교가 되고, 황제가 될 거야!"

봄에 그 모르도바 여자는 성당 건축을 위해 모금하는 어떤 노인과 보드카 병과 함께 장작더미에 깔렸다. 이 모르도바 여자는 병원으로 실려갔다. 그러자 믿음직한 추르카가 뱌히르에게 말했다.

"우리집에 가서 살자. 우리 엄마가 네게 읽고 쓰는 걸 가르쳐 줄 거야."

얼마 지나자 뱌히르는 고개를 높이 쳐들고 간판을 읽었다.

"식려폼 상회……."

"식료품 상회야, 이 바보!"

"알아, 그런데 골자들이 자꾸 여기저기 뛰어다녀."

"골자가 아니라 글자야!"

"글자들이 펄쩍 펄쩍 뛰어. 누가 자기를 읽어주니까 기뻐하는 것 같아!"

나무와 풀에 대한 그의 사랑은 우리 모두를 아주 웃겼고 놀라게 했다.

모래땅 위에 흩어져 있던 우리 마을은 식물이 드문드문 자랐다. 마당에는 보잘것없는 버드나무나 구부러진 딱총나무 덤불이 띄엄띄엄 서 있거나, 담장 밑에 연회색 메마른 풀잎들이 겁에 질린 듯 숨어 있었다. 우리 가운데 누가 그 풀 위에 앉으면 뱌히르는 화를 내며 잔소리를 했다.

"아니, 왜 풀을 짓밟니? 그 옆 모래 위에 앉으면 안 돼? 그래도 너희들에겐 마찬가지 아니야?"

그가 있을 때 버드나무 큰 가지나 꽃이 핀 딱총나무 가지를 꺾거나, 오카 강둑에 있는 버드나무 잔가지를 자르면 난감한 일이 벌어졌다. 그는 언제나 어깨를 치켜 올리고 두 손을 벌리면서 깜짝 놀랐다.

"너희들은 왜 모든 걸 꺾는 거야? 저것 좀 봐, 자식들!"

그러면 우리는 모두 그의 진심에서 우러난 분개로 인해 부끄러워졌다.

토요일마다 우리는 유쾌한 오락을 즐겼다. 토요일을 위해 우리는 한 주일 내내 거리를 돌아다니며 해진 짚신을 모아 한적한 구석에 쌓아두었다. 토요일 저녁, 한 무리의 타타르인 짐꾼들이 시베리아 부두에서 집으로 돌아갈 때, 우리는 십자로 어딘가에 자리를 잡고는 타타르인들에게 짚신을 던지기 시작했다. 처음엔 화를 내고 우리를 쫓아오면서 욕설을 퍼부어댔지만, 곧 그들도 이 놀이를 좋아하게 되었는데, 무엇이 자기들을 기다리고 있는지 이미 알고 있었기 때문에 그들도 많은 짚신으로 무장하고 싸움터에 나타났다. 뿐만 아니라 우리가 무기를 어디에 숨기는지 알아두었다가 우리 무기를 훔쳐간 적도 한두 번이 아니었다. 우리는 그들에게 항의했다.

"그러면 놀이가 아니라 진짜 전쟁이잖아요!"

그러면 그들은 짚신의 절반을 우리에게 나누어주었고, 전투가 시작되었다. 보통 그들은 탁 트인 곳에서 전열을 가다듬었고, 우리는 꽥꽥거리며 짚신을 던지면서 그들 주위를 뛰어다녔다. 그들도 으르렁거리는 소리를 질러댔고, 우리 가운데 누가 달려가다가 솜씨 좋게 발밑에 던져진 짚신에 맞아 모래바닥에 머리를 처박기라도 하면 떠나갈 듯 웃음을 터뜨렸다.

놀이는 오랫동안, 때로는 어두워질 때까지 맹렬하게 계속되었다. 그럴 때면 시민들이 모여들어 여기저기 구석에서 우리를 바라보면서 정정당당하게 하라며 참견하곤 했다. 먼지투성이 잿빛 짚신들이 까마귀처럼 공중을 날았고, 이따금 누군가가 세게 맞기도 했지만 이 놀이의 기쁨이 고통이나 울분보다 훨씬 컸다.

타타르인들도 우리 못지않게 흥분했다. 싸움이 끝난 뒤 우리는 종종 그들과 함께 협동조합으로 갔다. 거기서 그들은 우리에게 맛있는 말고기와 약간 별스런 채소수프를 대접했고, 저녁을 먹은 뒤에는 진한 벽돌차*5와 달콤한 반죽으로 만든 호두과자를 먹었다. 우리는 특별히 힘이 센 이 커다란 사람들이 마음에 들었다. 그들에게는 뭔가 어린아이 같은, 아주 이해하기 쉬운 구석이 있었다. 특히 그들의 온화함, 한결같은 선량함, 또 서로에 대한 주의 깊고 진지한 태도에 감동했다.

그들은 모두 눈물이 날 정도로 자지러지게 웃어댔다. 그들 가운데 코가 비뚤어진 한 사람은 카시모프*6 출신으로, 믿기 어려울 정도로 힘이 셌다. 한번은 그가 27푸드나 나가는 종을 거룻배에서 멀리 육지로 운반했다. 그는 웃으면서 고래고래 소리를 질렀다.

---

*5 차의 한 종류. 벽돌색으로 진하게 우러남.
*6 오카 강 연안에 있는 랴잔 주의 도시.

"부, 부! 말은—풀이고, 말은—푼돈이지. 하지만 말은 금화라네!"*7

어느 날 그는 뱌히르를 손바닥 위에 올리고 높이 들어 올리면서 이렇게 말했다.

"저기서 살아라, 하늘나라에서!"

날씨가 궂은 날에는 집에 모여 공동묘지에 있는 야지네 아버지의 경비원 오두막에서 모였다. 야지의 아버지는 팔이 길고 뼈가 굽었으며, 온 몸이 더러운 사람이었다. 조그만 머리와 까만 얼굴 위에 지저분한 머리카락이 무성했다. 그 미리는 밀라비들어신 순무틀, 실고 가느다란 목은 순무 줄기를 생각나게 했다. 그는 행복한 듯 약간 노란 눈을 가늘게 뜨고 빠른 말로 중얼거렸다.

"주여, 잠을 잘 이루게 하소서, 오!"

우리는 3졸로트니크의 차와 8분의 1푼트의 설탕과 빵을 샀으며, 야지의 아버지에게는 반드시 1시칼리크들이 보드카를 사가지고 갔다. 추르카는 거칠게 그에게 명령했다.

"더러운 농군 같으니, 사모바르를 올려놔!"

그 농군은 웃으면서 양철 사모바르를 올려놓았다. 차를 기다리며 우리는 우리가 할 일에 대해서 얘기했다. 이 농군은 우리에게 좋은 충고도 해주었다.

"아마도 모레 트루소프네 집에서 40일제(祭)가 있을 테니 큰 잔치가 벌어질 거고 너희들에게도 뼈다귀가 많이 생길 거다!"

"트루소프네 집에선 요리사가 뼈다귀를 모으는걸요."

모르는 게 없는 추르카가 지적했다.

뱌히르는 창밖으로 공동묘지를 바라보면서 공상에 잠겼다.

"이제 곧 숲속을 돌아다닐 수 있을 거야, 아!"

야지는 언제나 말없이 슬픈 눈으로 우리 모두를 유심히 관찰했다. 그는 우리에게 자기 장난감—쓰레기 속에서 주운 나무병정, 다리가 없는 말, 구리 조각, 단추 등—을 보여주면서도 말이 없었다.

야지의 아버지는 테이블 위에 여러 가지 찻잔과 손잡이 달린 컵들을 늘어놓고 사모바르를 꺼냈다. 그러면 코스트로마가 차를 따르기 시작했다. 야지의 아버지는 1시칼리크들이 보드카 병을 다 비우고 나면 난로 위로 기어올라가 거

---

*7 특별한 뜻은 없고 운을 맞추어 러시아어 단어를 늘어놓은 것.

기에서 긴 목을 빼고 부엉이 같은 눈으로 우리를 바라보면서 웅얼거렸다.

"흠, 네놈들도 뒈졌으면. 꼭 아귀들 같단 말이야, 안 그래? 오, 이 도둑놈들 같으니. 주여, 잠을 잘 수 있게 해주소서!"

뱌히르가 그에게 말했다.

"우리는 절대 도둑이 아니에요!"

"그래 그래, 꼬마도둑들……."

야지의 아버지가 우리를 귀찮게 굴면 추르카가 화를 내며 그에게 큰소리를 질렀다.

"그만둬, 더러운 농군!"

이 사람이 어떤 집에 환자가 있고, 마을의 누가 곧 죽을 거라고 헤아리는 것이, 나와 뱌히르와 추르카는 몹시 마음에 들지 않았다. 그는 이런 말을 재미있다는 듯 무자비하게 말했다. 우리가 자기 말을 싫어한다는 걸 알고는 일부러 더 우리를 놀리고 괴롭혀댔다.

"아하, 무서운 거지, 이 게으름뱅이들아? 그렇겠지! 뚱보 한 사람이 곧 죽을 거야. 오, 그 뚱보가 썩는 데는 시간이 오래 걸리지!"

우리는 그의 말을 중지시키려고 했지만 그는 멈추지 않았다.

"네놈들도 죽을 거야. 쓰레기통 속에서는 오래 살 수가 없어!"

"흥, 그럼 죽지 뭐." 뱌히르가 말했다. "우린 천사가 될 거야……."

"네, 네 녀석들이?" 야지의 아버지는 놀란 나머지 숨을 헐떡거렸다. "그래, 네 놈들이 천사?"

그는 너털웃음을 터뜨리더니, 또다시 우리를 놀리며 고인이 된 사람들에 대한 더러운 이야기를 했다.

그러나 이따금 그는 갑자기 속삭이는 듯한 나지막한 목소리로 뭔가 이상한 이야기를 하기 시작했다.

"들어봐라, 애들아. 기다려봐! 그저께 어떤 여자가 묻혔는데, 애들아, 난 그 여자의 신상에 대해 훤히 알고 있었지. 그 여자가 도대체 어떤 여잔지 아나?"

그는 매우 자주 여자에 대해 얘기했는데, 항상 추잡스럽게 말했지만, 그의 얘기에는 무언가 묻는 듯한 슬픈 데가 있었고, 마치 자기와 함께 생각하도록 우리를 초대한 듯했다. 우리는 그의 이야기에 조용히 귀를 기울였다. 그는 서투르고 조리 없이 말했고 종종 질문을 해대면서 얘기를 중단하곤 했다. 그러나 그의 이야기에서는 뭔가 불안한 조각과 파편들이 기억에 남았다.

"사람들이 그 여자에게 물었지. '누가 불을 질렀어?' '내가 질렀어' '어떻게 질러, 이 멍청아? 넌 그날 밤에 집에 있지 않고 병원에 누워 있었잖아!' '내가 불을 질렀어!' 이 여자는 왜 이렇게 말했을까? 오, 주여, 잠을 자게 해주소서!"

그는 그 벌거벗은 음울한 묘지에 자기 손으로 묻은 마을 사람들의, 거의 한 사람 한 사람의 생애를 알고 있었다. 그가 우리 앞에 집집마다 대문을 열어주면 우리는 그 속에 들어가 사람들이 어떻게 생활하고 있는지 보고 거기서 뭔가 심각하고 중요한 것을 느꼈던 것 같다. 그는 밤새도록, 아침까지라도 얘기할 수 있을 것처럼 보였다. 그러나 오두막 창문이 황혼에 뒤덮이고 어슴푸레한 어둠이 깔리자 곧 추르카가 테이블에서 일어섰다.

"난 집으로 갈 거야. 안 가면 엄마가 걱정하실 거야. 누가 나랑 갈래?"

우리는 모두 그곳에서 나왔다. 야지는 울타리까지 우리를 따라 나와 대문을 잠갔다. 그리곤 까맣고 앙상한 얼굴을 철책에 꼭 대고는 낮고 공허한 목소리로 말했다.

"안녕!"

우리도 그에게 '안녕!' 하고 소리쳤다. 그를 공동묘지에 두고 오는 것이 늘 미안했다. 한번은 코스트로마가 뒤돌아보며 말했다.

"말이야, 내일 눈을 떠보면 저 녀석은 죽어 있을 거야."

"야지의 생활이 누구보다 가장 나빠."

추르카가 종종 그렇게 말했지만 뱌히르는 항상 반대했다.

"우리 생활은 결코 나쁘지 않아."

내 눈에도 우리 생활은 나쁘지 않았다. 거리에서의 이 독립적인 생활은 무척 내 마음에 들었고 친구들도 마음에 들었다. 그들은 내 속에 어떤 커다란 감정을 불러일으켜 그들을 위해 항상 뭔가 좋은 일을 해주고 싶은 마음이 간절했다.

학교생활은 다시금 어려워졌다. 아이들은 나를 고물상이고 집 없는 거지라고 부르며 조롱했다. 한번은 싸움을 한 뒤, 나한테서 쓰레기통 냄새가 나서 옆에 앉을 수가 없다고 선생님에게 일러바쳤다. 그 일이 내 마음에 꽤나 깊은 상처를 주었고, 그 뒤로 학교 가기가 정말 힘들었던 것이 지금도 생각난다. 그 불평은 나를 괴롭히려고 꾸며낸 이야기였다. 나는 매일 아침 아주 열심히 내 몸을 닦았고, 넝마를 주우러 다닐 때 입던 옷은 절대로 학교에 입고 가지 않았다.

그러나 나는 마침내 3학년 진급시험에 통과했고, 복음서와 장정된 크릴로프의 우화집과 《파타—모르가나》라는 알 수 없는 제목이 붙은 장정되지 않은 책을 상으로 받았다. 상장도 받았다. 내가 이 선물들을 집에 가져오자 외할아버지는 매우 기뻐하고 감동하며, 그 모든 것들을 소중히 간직해야 하니 책은 외할아버지 가방 속에 넣어 열쇠를 채워두겠다고 했다. 외할머니는 벌써 며칠째 아파 누워 있느라 수중에 돈이 없었다. 외할아버지는 한숨을 쉬며 꽥꽥 소리쳐댔다.

"당신은 나를 끝까지 빨아먹으려는 거지? 아마 뼈까지 갉아먹을 걸…… 이미 몫을 받아가 놓고……."

나는 상으로 받은 책들을 가게에 가지고 가서 55코페이카를 받고 팔아 그 돈을 외할머니에게 주었다. 하지만 상장은 어떤 글씨를 써서 망쳐버린 다음 외할아버지에게 건네주었다. 외할아버지는 그걸 펴보지도 않고, 또 내 장난을 눈치채지도 못한 채 조심스럽게 보관해두었다.

학교를 그만둔 뒤 나는 다시금 거리에서 살기 시작했다. 거리 생활은 더욱더 즐거워졌다. 봄은 활짝 피어났고, 벌이는 더욱 좋아졌다. 일요일마다 우리는 다같이 아침부터 들판이나 소나무 숲으로 갔다가, 저녁 늦게 기분 좋은 피로감과 서로가 서로에게 더욱더 친근함을 느끼며 마을로 돌아왔다.

그러나 그런 생활은 오래 가지 않았다. 직장에서 해고당한 새아빠가 다시금 어딘가로 사라져버리자, 엄마는 어린 동생 니콜라이를 데리고 외할아버지네로 이사왔기 때문이다. 외할머니는 읍내 부유한 상인 집에서 성단(聖壇) 덮개에 수를 놓으며 살고 있었기 때문에 아기를 돌보는 일은 나에게 맡겨졌다. 벙어리처럼 말이 없고 바짝 마른 엄마는 모든 것을 겁먹은 눈으로 바라보면서 간신히 다리를 움직였다. 동생은 림프샘 종기와 복사뼈 궤양을 앓고 있었는데, 몸이 너무 약해서 크게 울지도 못했고, 배가 고프면 그저 듣는 사람의 가슴을 후벼파는 것처럼 신음할 뿐이었다. 배가 부르면 꾸벅꾸벅 졸면서 이상한 한숨을 내쉬며 조용히, 마치 새끼고양이처럼 가르랑거렸다.

동생을 조심스럽게 만져본 외할아버지가 말했다.

"이 애를 잘 먹여야 할 텐데, 내가 무슨 수로 너희들 모두를 먹여 살릴 수 있겠니……."

엄마는 구석에 놓인 침대에 앉아서 쉰 목소리로 탄식했다.

"그 애는 그리 많이 먹지 않아요……."

"여기에 조금, 저기에 조금, 그러다 보면 많아지는 게지……."

외할아버지는 손을 내저으며 내게로 몸을 돌렸다.

"니콜라이를 햇볕에 쪼이고 모래 속에 둬야 하는데……."

나는 깨끗하고 마른 모래 한 포대를 집으로 끌고 와서 창 밑 양지바른 곳에 쌓아놓고 외할아버지의 가르침대로 동생을 목까지 파묻어 놓았다. 아기는 모래 속에 앉는 걸 좋아했고, 행복한 듯 눈을 가늘게 뜨고는 이상하게 빛나는 눈―흰자위가 없이 빛나는 고리로 둘러싸인 푸른 동공만 있는 눈―으로 앞을 바라보았다.

나는 곧 동생에게 강렬한 애착을 느끼게 되었다. 내가 보기에 동생은, 창문 아래 모래 위에 그 애와 나란히 누운 채로 내가 생각하고 있는 모든 걸 이해하는 듯했다. 창문으로 외할아버지의 꽥꽥거리는 목소리가 흘러나왔다.

"죽는다는 건 조금도 어려운 일이 아니야. 하지만 지금은 네가 어떻게 살아갈 것인가를 생각할 때야!"

엄마는 오랫동안 기침을 해댔다.

동생은 모래에서 손을 빼낸 다음 내게 손을 뻗으면서 조그맣고 하얀 머리를 흔들었다. 머리카락이 드문드문 나 있어서 백발처럼 보이고, 얼굴은 노인처럼 지혜로워 보였다.

암탉이나 고양이가 우리를 향해 다가오면, 콜랴는 오랫동안 그것들을 바라본 다음 나를 바라보며 보일 듯 말 듯 미소를 지어 보였다. 그 미소는 나를 당혹스럽게 했다. 내가 그 애와 함께 있는 것이 지루해서 그 애를 버리고 거리로 뛰쳐나가고 싶어한다는 걸 느끼는 것이 아닐까?

마당은 작고 좁았으며 쓰레기투성이였다. 대문으로부터 판자 쪼가리로 지어진 헛간과 움막이 이어지고, 이윽고 구부러져 목욕탕에서 끝났다. 지붕은 배의 널빤지 조각이나 장작, 갈라진 통나무, 판자, 생나무 조각들로 빽빽하게 덮여 있었다. 그 모든 것들은 봄 범람 때 오카 강에서 건져올린 것이다. 마당에는 온갖 나무더미들이 보기 흉하게 쌓여 있었다. 물을 잔뜩 머금은 나무는 썩는 냄새를 풍기면서 햇볕에 찌들어 갔다.

옆에는 작은 가축 도살장이 있었다. 거의 매일 아침 그곳에서 송아지와 양이 울어 댔고, 피 냄새가 너무 강렬해서 이따금 그 냄새가 먼지투성이 공기 속에서 투명한 적자색 그물이 되어 흔들리고 있는 것 같았다.

도끼의 일격으로—즉, 뿔 사이를 도끼 등으로 강타당해 정신이 나간 가축들이 울부짖으면 콜랴는 눈을 가늘게 뜨고 입술을 부풀리며 그 소리를 흉내 내려고 했지만 번번이 공기만 불어댈 뿐이었다.

"푸-푸-우……"

정오에는 외할아버지가 창문에서 머리를 쑥 내밀고 소리쳤다.

"점심 먹자!"

외할아버지는 아기를 자기 무릎 위에 앉히고 손수 음식을 먹였다. 감자와 빵을 씹어서 구부러진 손가락으로 콜랴의 조그만 입 속에, 아기의 얇은 입술과 뾰족한 턱을 더럽히면서 밀어 넣었다. 그런 다음 외할아버지는 아기의 셔츠를 들어 올려 손가락으로 아기의 부푼 배를 찌르고 나서 커다랗게 소리쳤다.

"충분히 먹은 것 같으냐? 어때? 아니면 더 먹일까?"

문 가까이 어두운 구석에서 엄마 목소리가 들려왔다.

"아기가 빵을 달라고 몸을 뻗고 있는 게 안 보여요?"

"아기는 어리석은 법이야! 얼마나 먹어야 하는지 알 리가 없지……"

외할아버지는 다시금 씹은 음식을 아기 입 속에 밀어넣었다. 그렇게 먹이는 걸 바라보는 건 나에게는 고통스러울 만큼 부끄러웠다. 나는 목구멍 아래가 답답하고 메슥거렸다.

"이제, 됐다." 마침내 외할아버지가 말했다. "자, 아기를 엄마에게 데려다줘라."

내가 콜랴를 받으면 콜랴는 끙끙거리며 식탁 쪽으로 몸을 뻗었다. 엄마는 쉰 목소리를 내며 내 쪽을 향해 몸을 일으키면서, 살이 하나도 없는 깡마른 손을 내밀었다. 길고 가느다란, 마치 가지가 부러진 전나무 같았던 엄마.

엄마는 완전히 벙어리가 되어, 아주 이따금 끓어오르는 듯한 목소리로 말했다. 온종일 말없이 구석에 누워 죽어가고 있었다. 엄마가 죽어가고 있다는 것을 나는 물론 느끼고 또 알고 있었다. 외할아버지는 매우 자주, 그리고 집요하게 죽음에 대해 얘기했는데, 특히 마당이 어두워지고, 양가죽처럼 후텁지근하고 메스껍게 썩어가는 냄새가 창문으로 기어들어오는 저녁이 되면, 더욱더 그랬다.

외할아버지 침대는 방 입구 쪽 거의 성상 바로 밑에 놓여 있었다. 외할아버지는 머리를 성상과 창문 쪽에 두고 누웠다. 그렇게 누워서 외할아버지는 오랫동안 어둠 속에서 웅얼거렸다.

"이젠 죽을 때가 됐다. 어떤 낯짝으로 하느님 앞에 서나? 무슨 말을 하지? 평생을 바쁘게 움직였는데 무엇을 했나…… 어디에 이르렀나?……."

나는 난로와 창문 사이의 마룻바닥에서 잤다. 공간이 부족해서 나는 난로 바닥의 우묵 들어간 곳에 다리를 집어넣었는데, 바퀴벌레들이 발을 간질였다. 이 구석은 내게 적잖은 악의적인 기쁨을 주었다. 그것은 외할아버지가 음식을 만들면서 부짓가락과 잿고무래 끝으로 창문 유리를 깨곤 했기 때문이다. 그렇게 영리했던 외할아버지가 부짓가락을 잘라내 짧게 만들 생각을 하지 못하는 것이 이상했다.

한번은 항아리에서 뭐가 끓어 넘치자*8 외할아버지는 놀라서 부짓가락으로 항아리를 확 잡아당기는 바람에, 창틀 가로목과 유리창 두 장이 박살나고 셰스타크*9 위의 항아리가 떨어져 깨졌다. 그 일로 울화가 치민 외할아버지는 마룻바닥에 주저앉아 울기 시작했다.

"오, 하느님……."

낮에 외할아버지가 외출했을 때 나는 빵 써는 칼로 부짓가락을 4분의 3 정도 잘라놓았다. 그러나 외할아버지는 내가 해놓은 일을 보고 욕을 퍼붓기 시작했다.

"이 저주받을 악마 같으니! 톱으로 잘라야 하는데, 톱으로! 잘라낸 걸로 밀방망이를 만들어 팔 수도 있었는데, 이 망할 놈의 자식!"

두 손을 내저으면서 외할아버지는 현관으로 뛰어나갔고 엄마가 말했다.

"그냥 내버려두지 그랬니……."

엄마는 8월 어느 일요일 정오 무렵에 죽었다. 새아빠가 막 여행에서 돌아와 다시 어딘가에서 일하게 되었고, 외할머니와 콜랴는 이미 역 부근 아담한 셋방에서 사는 그에게로 옮겨간 뒤였다. 엄마도 며칠 뒤에 그리로 옮겨갈 예정이었다.

죽던 날 아침에 엄마는 조용하게, 하지만 여느 때보다 분명하고 편안한 목

---

*8 항아리를 우리 나라처럼 저장 용기로만 사용하는 것이 아니라 수프나 죽을 담아 난로 위에서 끓이거나, 난로 속에서 찌기도 한다.

*9 러시아 난로의, 음식을 올려놓고서 조리하는 부분의 명칭.

소리로 내게 말했다.

"예브게니 바실리예비치에게 가서 이리로 오시라고 말해!"

엄마는 벽에 한 손을 짚어 몸을 지탱하면서 침대 위에 일어나 앉은 뒤 덧붙였다.

"빨리 뛰어가!"

엄마는 미소를 짓고 있는 것 같았고, 무언가 새로운 것이 엄마 눈 속에서 빛나고 있는 듯한 기분이 들었다. 새아빠는 예배에 가고 없었다. 외할머니는 코담배를 사오라고 경찰관 아내인 유대인 여자에게 나를 보냈다. 준비해놓은 코담배가 없어서 나는 그 유대인 여자가 담배를 갈아 부수는 동안 기다렸다가 그것을 외할머니에게 가지고 가야만 했다.

내가 외할아버지네 집으로 돌아왔을 때 엄마는 산뜻한 연보랏빛 옷을 입고 아름답게 머리를 빗고, 예전처럼 위엄있는 모습으로 테이블 앞에 앉아 있었다.

"엄마, 기분이 좋아졌어?"

나는 왠지 겁에 질려 물었다.

엄마는 불길하게 나를 바라보면서 말했다.

"이리 와! 너 어딜 할 일 없이 돌아다녔니, 응?"

내가 대답할 사이도 없이 엄마는 내 머리카락을 움켜쥐고 다른 한 손으로 톱으로 만든 길고 잘 휘어지는 칼을 잡았다. 그리고 칼을 크게 휘두르면서 칼 옆면으로 나를 몇 번 때렸다. 칼이 엄마의 손에서 떨어져나갔다.

"집어 올려! 이리내······."

나는 칼을 집어 테이블 위로 던졌다. 엄마는 나를 밀어냈다. 나는 난로 발판 위에 앉아 놀란 기색으로 엄마가 하는 양을 살펴보았다.

테이블 앞에서 일어난 엄마는 천천히 엄마가 있던 구석으로 걸어가 침대에 누웠다. 그리고 손수건으로 얼굴에 밴 땀을 닦기 시작했다. 손은 제대로 움직이지 않았다. 두 번이나 얼굴 옆을 스치면서 베개 위로 떨어지자, 손수건으로 베개 위를 문질렀다.

"물 좀 다오······."

나는 물통에서 물을 한 그릇 떴다. 엄마는 겨우 머리를 쳐들고 조금씩 물을 마신 뒤, 깊은 한숨을 내쉬며 차가운 손으로 내 손을 밀어냈다. 잠시 뒤 성상들이 있는 구석을 힐끗 바라본 뒤 내 쪽으로 눈길을 돌리고, 마치 미소를 짓는 것처럼 입술을 움직였다. 그리고 천천히 눈 위로 긴 속눈썹을 내리깔았다. 팔꿈치는 옆구리에 딱 붙어 있었지만, 손가락이 희미하게 꼼지락거리는 손은 목을 향해 가슴 위를 더듬어 올라가고 있었다. 엄마의 얼굴 위로 그림자가 떠돌다가, 노란 피부를 잡아당겨 코를 뾰족하게 한 다음 얼굴 속으로 깊숙이 사라져버렸다. 깜짝 놀란 것처럼 입이 벌어져 있었지만 숨소리는 들리지 않았다.

나는 한 손에 그릇을 들고 엄마 침대 곁에서 엄마의 얼굴이 굳어져 하얗게 변해가는 모습을 바라보며 아주 오랫동안 서 있었다.

외할아버지가 들어왔을 때 내가 말했다.

"죽었어, 엄마가······."

외할아버지가 침대 쪽을 힐끗 바라보았다.

"무슨 거짓말이냐?"

외할아버지는 난로 쪽으로 가서 난로 뚜껑과 프라이팬 소리를 시끄럽게 내면서 파이를 꺼냈다. 나는 엄마가 죽었음을 알고 외할아버지가 그 사실을 알게 될 때를 기다리며 외할아버지를 바라보았다.

범포(帆布)로 만든 신사복 상의와 챙 달린 하얀 제복 모자를 쓴 새아빠가 도착했다. 소리 없이 의자를 집어 들어 엄마 침대 쪽으로 가져갔다. 그리고 갑자기 의자로 마룻바닥을 때리고 놋쇠로 만든 나팔처럼 커다랗게 소리를 질렀다.

"오, 이 사람은 죽었어요, 보세요······."

외할아버지는 눈을 휘둥그렇게 뜨고 한 손에 난로 뚜껑을 든 채 장님처럼 더듬거리면서 조용히 침대 곁으로 걸어갔다.

엄마의 관을 마른 모래로 덮었을 때, 외할머니도 장님처럼 무덤 사이를 돌아다니다가 십자가에 부딪혀 얼굴이 긁혔다. 야지의 아버지가 외할머니를 오두막으로 데려갔다. 외할머니가 얼굴을 씻는 동안 그는 조용히 내게 위로의 말을 건넸다.

"오, 하느님, 잠을 이루게 해주소서! 오, 왜 그러니, 얘야, 응? 누구나 한 번은 가는 거란다······안 그래요, 할머니? 부자나 비천한 사람이나 죽는 건 다 똑같잖아요. 그렇죠, 할머니?"

창밖을 내다본 그는 갑자기 오두막에서 뛰어나갔다. 하지만 곧 밝고 쾌활한 얼굴로 뱌히르와 함께 되돌아왔다.

"이것 좀 봐." 부서진 박차(拍車)를 내게 내밀며 그가 말했다. "봐라, 멋진 물건이지! 이건 나와 뱌히르가 네게 주는 거다. 조그만 바퀴도 보이지? 분명히 어떤 카자크인이 지녔다가 잃어버린 거야. 뱌히르에게서 이 물건을 사려고 내가 2코페이카를 주었단다……."

"무슨 거짓말을 하는 거예요?"

뱌히르가 조용하게 그러나 화를 내며 말했다. 야지의 아버지가 내 옆에서 펄쩍 뛰어오르며 뱌히르에게 눈짓하며 말했다.

"뱌히르, 농담도 못하니! 사실 이 물건은 내가 아니라 뱌히르가 주는 거다, 뱌히르가……."

외할머니는 얼굴을 씻고 플라토크로 멍들고 부어오른 얼굴을 싸맨 뒤 집에 가자고 나를 불렀다. 집에서는 사람들이 모여 보드카를 마시고 틀림없이 싸움을 하리라는 것을 알고 있었기 때문에 나는 돌아가는 것을 거부했다. 아직 교회에 있을 때 미하일 외삼촌이 한숨을 내쉬며 야코프 외삼촌에게 말했다.

"오늘 한잔하지, 어때?"

뱌히르는 나를 웃기려고 애썼다. 그 애는 박차를 턱에 붙이고 혓바닥으로 박차에 달린 둥근 톱니바퀴를 핥으려고 애썼다. 야지의 아버지가 일부러 커다랗게 웃음을 터뜨리며 소리쳤다.

"저것 봐, 저 애가 뭘 하나 보렴, 애야!"

그러나 아무것도 나를 기쁘게 해주지 못한다는 걸 알고 그가 진지하게 말했다.

"그래, 그렇다면 정신 차려라! 우린 모두 다 죽어, 새도 죽고. 그럼 이렇게 하자, 내가 네 엄마 무덤에 잔디를 입혀주지, 어때? 당장 들판으로 가자. 너, 뱌히르, 나, 셋이서. 그리고 나의 산카도 함께 가자. 잔디를 떠서 무덤을 입히면 정말 멋있을 거다!"

나는 그 제안이 마음에 들었다. 우리는 모두 들판으로 갔다.

엄마의 장례식이 끝난 뒤 며칠이 지나서 외할아버지가 내게 말했다.

"자, 렉세이. 넌 내 목에 매달려 있는 메달이 아니다. 여긴 네가 있을 곳이 아니야. 그러니 세상으로 나가거라……."

그리하여 나는 세상으로 나갔다.

Мать

어머니

제1부

1

아침마다 변두리 노동자촌은 기름 연기와 먼지에 찌든 대기 속에서 공장의 증기기적 소리가 날카롭게 떨며 울려 퍼졌다. 곧 그 소리에 이끌려 나오듯 사람들이 작은 회색 집에서 거리로 쏟아져 나왔다. 잠이 모자라서 채 풀리지 않은 뻐근한 몸으로, 짧은 말털머리 모양의 어둡고 겁먹은 얼굴로 집을 나선 그들은 곧장 앞으로 서둘러 걸어나갔다. 모두들 차가운 새벽 어슴푸레한 빛 속에서 좁은 비포장길을 따라 높다랗게 우뚝 솟은 새장 같은 석조 건물로 걸어 들어갔다. 수십 개의 눈들은 불을 켜고 진창길을 비추며 차디찬 표정으로 그들을 기다리고 있었다.

조롱하는 동정심처럼 발을 디딜 때마다 철벅거리는 진창길 위로, 잠이 덜 깬 쉰 목소리와 짜증나고, 화나서 악의에 찬 욕설이 공기 중에 끼어들었다. 하지만 사람들을 반갑게 맞이하려고, 묵직한 기계는 풍풍 불평하듯 증기 콧방귀를 뀌며 허공을 떠돌아다녔다. 노동자촌 하늘까지 닿을 만큼 높다랗게 솟아 있는 시커먼 공장 굴뚝들은 마치 굵은 몽둥이처럼 무섭고 매정해 보였다.

붉은 햇살이 집집마다 유리창에 나른하게 빛을 드리우는 저녁이면, 공장은 타고 남은 재를 털어내듯 사람들을 문밖으로 우르르 쏟아내었다. 사람들은 코를 찌르는 기름 냄새를 풍기며, 배가 고파 이를 희미하게 드러내며 시커먼 얼굴로 다시 거리를 따라 걸었다. 바야흐로 사람들은 목소리에 활기가 찼고 기쁜 표정을 지었다. 오늘의 노동은 끝이 났고, 집에서는 저녁밥과 짧은 휴식이 기다리고 있기 때문이었다.

공장은 또다시 하루를 통째로 삼켜 버렸다. 기계는 사람들의 근육에서 필요한 만큼의 힘을 모두 빨아들였다. 인생에서 또 하루가 흔적도 없이 잊혀졌다. 그만큼 자신의 무덤으로 한 걸음 더 내딛는 셈이지만, 사람들은 눈앞의 달콤한 휴식이라든가 이상한 냄새가 나는 선술집에서 얻는 기쁨에 충분히 만족해 했다.

휴일이면 노동자들은 열 시쯤까지 늦잠을 잤다. 재미라고는 없고 고루한 기혼자들은 가장 좋은 옷으로 정장을 하고서, 교회에 무심한 젊은이들을 엄하게 꾸짖고 성당으로 미사를 보러 갔다. 교회에서 돌아오면 러시아 전통 요리 피로그를 먹고 다시 누워서 저녁 때까지 잤다. 몇 해 동안에 걸쳐 쌓인 피로는 식욕마저 앗아가 버려서, 식사를 하려면 한동안 꽤 심하게 독한 보드카로 위를 먼저 자극해야만 했다.

저녁이면 느긋하게 하릴없이 길에서 여가를 즐겼다. 방수덧신이 있는 사람은 땅이 메말랐는데도 그 신을 신고 나왔고, 또 우산이 있는 사람은 햇볕이 화창한데도 들고 나왔다. 모두 다 덧신과 우산을 갖고 있지는 않지만, 어떻게 보면 좀스럽기는 해도 이웃보다 자신이 나아 보이기를 바라는 마음에서였다.

그들은 서로 만나서 공장이나 기계에 대해 이야기했고, 자기들의 감독에게도 마음대로 대적하면서, 철저하고 분명하게 그들의 일에 대해서만 이야기하고 생각했다. 드물게 이따금씩 혼자이고 싶은 마음이 불쑥 솟으면, 그들은 지루하고 단조로운 이야기 도중에 그 고독하고 무기력한 욕구를 조용히 잠재우기도 하였다. 집으로 돌아와서 그들은 아내들과 다투었고, 자주 인정사정 없이 주먹을 휘둘렀다. 젊은이들은 술집에 앉아 있거나 친구 집에서 저녁 파티를 즐기며 아코디언을 연주하고, 저속한 노래를 부르며 춤추고, 상스럽게 떠들며 술을 마셨다. 노동에 지친 이들은 금세 술에 취했고, 그러고 나면 알 수 없는 병약한 분노가 가슴속 깊은 곳에서 밀고 올라왔다. 울분은 출구를 찾아 헤매다가, 그렇게 불안을 조성하는 감각에 빠져 있는 그들 자신을 무장해제하려고 온갖 핑곗거리를 끈덕지게 붙잡았다. 그래서 사소한 일로도 짐승같이 피비린내 나는 주먹다짐을 벌였고, 매우 드물게 살인 사건도 일어났다.

이렇게 잠복해 있는 악의가 서서히 자라나서, 없애기 힘든 근육의 피로처럼 만성적이 되었다. 그들은 이런 마음의 병을 아버지들에게서 물려받아 그 검은 그림자를 그들의 무덤까지 짊어지고 갔다.

휴일이 되면 젊은이들은 싸움을 벌이기 일쑤였고, 옷이 찢기고 흙먼지를 뒤집어쓴 채 상처투성이 얼굴로 밤늦게야 집으로 돌아왔다. 그들은 친구를 흠씬 두들겨 팼다고 자랑을 늘어놓기도 하고, 모욕감으로 스스로 자신을 괴롭히며 눈물을 흘리기도 했다. 술에 취한 그들은 가엾고 불행하고 역겨웠다. 그래서 때로는 술에 취해 길바닥이나 선술집에 고꾸라져 있는 자식들을 부모들이 끌고 가며 심한 욕설을 퍼붓거나 주먹질을 하기도 했다. 다음 날 새벽 일찍 성난 사이렌이 울리면 서둘러 일어나 공장에 나가야 할 자식들을 어떻게든 잠자리에 눕혀야 했기 때문이다.

자식들에게 욕설과 주먹질을 퍼붓긴 했어도, 부모들은 젊은이들의 음주와 싸움을 당연한 일로 여겼다. 자기들이 젊었을 때에도 그러했고, 그들의 부모 역시 그랬으니까. 인생은 언제나 똑같이 흐릿한 탁류처럼 느릿느릿 어디론가 흘러갔다. 생각이든 행동이든 조금도 변함없이 하루하루가 늘 똑같았다. 그 누구도 이런 인생을 바꾸려고 애쓰지 않았다.

가끔 어딘가에서 낯선 사람들이 들어오기도 했다. 이들은 처음에 단지 낯설다는 이유로 관심의 대상이 되었다. 하지만 어디서 일했는지, 그곳은 어떤지, 가벼운 흥밋거리가 사라지고 나면 더는 새로울 게 없었다. 그들의 이야기를 듣다 보면 노동자의 삶이란 어디서나 다 똑같다는 사실을 알 수 있을 뿐이었다. 그렇다면 더 무슨 얘기를 하나?

아주 가끔은 새로운 이야기를 들려주는 사람도 있었다. 그러면 사람들은 이러니저러니 따져 묻지 않고 반신반의하면서도 그 희한한 이야기에 무조건 귀를 기울였다. 그러고 나서 어떤 사람들은 심한 분노를 느꼈고, 어떤 사람들은 왠지 불안감을 느꼈으며, 또 어떤 사람들은 어렴풋하게 희망으로 흔들렸다. 그게 무엇인지 사람들은 몰랐다. 그래서 불필요하게 마음에 끼어드는 흥분을 쫓아 버리려고 모두들 더욱더 술잔을 들이켰다.

낯선 사람에게서 자기들의 일상과는 다른 이야기를 듣고 나면, 사람들은 한동안 그 기억을 잊지 못했다. 그러고는 자기들과 다른 그 사람을 딱히 이렇다 할 이유 없이 경계했다. 그들은 그런 유(類)의 사람들이 무언가 문제를 일으켜서, 비록 힘들기는 하지만 그런대로 살아갈 만하던 자신들의 일상을 부숴 버리지나 않을까 걱정했다. 사람들은 삶이란 언제나 똑같이 힘겨운 법이며 더 나아지리라는 기대 따위는 하지도 않아서, 변화는 오히려 그들에게 짐을 더 지울 뿐이라는 생각에 익숙해져 있었던 것이다.

노동자촌의 사람들은 새로운 소식을 전해 주는 사람들을 말없이 피했다. 결국 그런 사람들은 오래지 않아 어딘가로 떠나 버렸고, 남은 경우에도 사람들과 섞이지 못하면 고립되어 살았다. 그 사람들은 그저 단조로운 마을 전체의 일원이 되었다. 그렇게 오십여 년을 살다가 한 명의 노동자로 죽었다.

철공 미하일 블라소프도 그렇게 살았다. 그는 짙은 눈썹 밑의 작은 두 눈으로 사람들을 음험하게 바라보곤 했다. 공장에서는 최고의 철공이었고 마을에서는 가장 힘이 센 장사였지만, 윗사람들과 관계가 좋지 않아서 돈벌이가 늘 시원찮았다. 게다가 휴일이면 어김없이 누군가를 두들겨 패기 때문에 모두들 그를 싫어하고 두려워했다.

몇몇 사람이 맞서 싸웠으나 아무도 그를 눕히지 못했다. 누군가 덤벼들 낌새가 보이면 블라소프는 손에 돌 또는 나무나 철조각을 쥐고 다리를 쭉 벌리고 서서 말없이 상대를 기다렸다. 눈가에서 목까지 짙은 수염으로 뒤덮고 손도 마치 양처럼 털북숭이여서 모든 사람에게 두려움을 불러 일으켰다. 특히 송곳 같이 날카로운 그의 눈빛을 두려워했다. 그 눈빛은 마치 송곳처럼 작고 날카로워, 사람들은 그를 더없이 공포스럽고 무자비한 짐승으로 여겼다.

"자, 꺼져버려, 더러운 굼벵이놈!"

미하일 블라소프가 이렇게 무뚝뚝하게 한마디 내뱉었다. 그의 무성한 얼굴 털 속에서 굵고 누런 이가 몹시도 번들거렸다. 한 남자가 그의 욕설에 겁을 먹고 달아났다.

"그래, 이 더러운 굼벵이놈!"

그는 그들에게 냅다 소리쳤는데, 그의 입가에는 엷은 미소가 번졌고 눈은 올빼미처럼 예리했다. 그는 고개를 빳빳이 들고, 두껍고 짤막한 담배 파이프를 문 채 그들 뒤를 따라 걸으면서 소리쳤다.

"그래, 죽고 싶은 놈 있어?"

물론 죽고 싶은 사람은 아무도 없었다. 말수가 적은 그가 입에 달고 다니는 말은 바로 더러운 굼벵이놈이었다. 그는 공장의 상사나 경찰을 보고도 그렇게 불렀고, 아내 역시 그렇게 불렀다.

"이봐, 이 굼벵이놈의 새끼! 바지 찢어진 거 안 보여?"

그의 아들 파벨이 열네 살이 되었을 때, 한번은 미하일 블라소프가 아들의 머리칼을 휘어잡으려고 했다. 파벨은 잽싸게 망치를 집어들고 짤막하게 말했다.

"절 건드리지 마세요!"

"뭐가 어째?"

아버지는 키가 크고 호리호리한 아들의 몸집 위로 자작나무 위의 그림자처럼 구부리며 윽박질렀다.

"그만 하세요, 더는 못 참아요."

파벨은 눈을 부릅뜨고 망치를 휘둘렀다. 아버지는 아들을 잠깐 바라보다가 털북숭이 손을 내리고 미소를 지으면서 말했다.

"좋아."

아버지는 무겁게 한숨을 내쉬며 덧붙였다.

"에이, 이런 굼벵이놈!"

그런 일이 있고 나서 얼마 뒤, 그는 아내에게 말했다.

"앞으로 나한테 돈 달라고 하지 마. 이젠 파벨이 당신을 먹여 살릴 테니."

"그럼 당신은 그 돈으로 전부 술을 퍼마시려고요?"

아내가 용기를 내어 대꾸했다.

"굼벵이년, 알 거 없어!"

그는 그때부터 죽을 때까지 거의 삼 년 동안 아들에게 눈길 한 번 주지 않았고 말 한 마디 나누지 않았다.

미하일 블라소프의 집에는 대단히 크고 털이 많은 개가 한 마리 있었다. 그 개는 날마다 주인을 공장까지 바래다주고 저녁이면 문 앞에서 기다렸다. 휴일에 블라소프는 술집을 드나들기 시작했다. 그는 조용히 걸어 들어가서 누군가를 찾고 있는 듯이 사람들의 얼굴을 뚫어지게 바라보았다. 개는 재빠른 걸음으로 온종일 그를 따라다녔다. 집에 돌아오면 블라소프는 저녁 식탁에 앉아서 자기 식기에서 음식을 덜어 개에게 주었다. 그러나 개를 때리거나 욕설을 퍼붓지는 않았지만 결코 귀여워하지도 않았다.

미하일 블라소프는 저녁을 먹고 나면 그릇을 내던지다시피 하고서 보드카를 병째 들이켜며 벽에 기대어 눈을 감은 채 입을 크게 벌려 노래를 불렀다.

그의 애절한 노랫소리가 콧수염에 붙은 빵부스러기들을 털어냈다. 두터운 손가락으로 수염과 콧수염을 가다듬으며 알아들을 수 없는 가사를 길게 뽑으면서 노래를 부르고 또 불렀다. 곡조는 한겨울에 늑대들이 울부짖는 소리 같았다. 그는 보드카가 바닥날 때까지 노래를 불러대다가, 침대 옆에 쓰러지거나 탁자에 머리를 박고 새벽 공장의 증기기적이 울릴 때까지 내리 잤다. 개는 주인 옆에 엎드려 있었다.

미하일 블라소프는 죽을 때 쉽게 죽지 않았다. 온몸이 새카맣게 타 들어간 채, 닷새 동안 침대에서 눈을 꼭 감고 뒹굴며 이를 갈았다.

"비소 좀 줘. 먹고 죽게 해 줘……."

아내는 의사를 불렀다. 의사는 뜨거운 찜질을 하도록 처방하고, 단 급히 수술을 해야 하니 당장 병원으로 가라고 했다.

"꺼져 버려. 난 내가 알아서 죽어! 더러운 굼벵이놈!"

미하일 블라소프는 소리쳤다. 의사가 돌아가자 아내는 눈물을 흘리며 수술을 하자고 설득했다. 그러나 그는 주먹을 내지르며 으름장을 놓고 선언했다.

"그러기만 해 봐. 내가 다 나으면 널 가만 안 둘 테니까!"

블라소프는 아침에 공장 증기기적 소리가 사람들을 일터로 불러모으는 바로 그 순간에 세상을 떠났다. 관 속에서 입을 딱 벌리고 눈썹이 성난 듯 꼬인 채로 누워 있었다. 아내와 아들, 개 그리고 주정뱅이 노인과 공장에서 쫓겨난 도둑 다닐라 베숍시코프, 거지 몇 명이 장례를 치렀다. 아내는 숨죽이며 눈물을 조금 흘렸지만 파벨은 눈물 한 방울 흘리지 않았다. 거리에서 운구 행렬과 마주친 사람들은 걸음을 멈추고 성호를 그으며 서로 쑥덕거렸다.

"보아하니, 닐로브나는 남편이 죽어서 좋아 죽겠는 모양이네……."

"죽은 게 아니라 짐승처럼 돼진 거지……."

관을 묻고 사람들이 떠났지만 개는 무덤에 대고 코를 킁킁거리며 오랫동안 그곳에 머물렀다.

2

아버지가 죽은 지 두 주일 정도 지난 일요일에, 파벨은 술에 잔뜩 취해서 집으로 돌아왔다. 그는 비틀거리며 집 안으로 기어 들어와서는, 제 아버지가 했던 대로 주먹으로 탁자를 내려치며 어머니에게 소리쳤다.

"저녁밥 줘요!"

어머니가 다가와 나란히 앉으면서 아들의 머리를 품에 꼭 끌어안았다. 하지만 아들은 어머니의 가슴을 밀치며 또다시 소리를 질렀다.

"엄마, 얼른 밥 달라니까!"

"이 바보야!"

어머니는 재촉하는 아들을 달래려고 슬프고도 애정 어린 목소리로 말했다.

"나도 담배를 피울 거야. 아버지 파이프를 줘."

파벨은 어렴풋이 혀꼬부라진 소리로 중얼거렸다. 그는 처음으로 술에 취했다. 비록 몸이 말을 듣지는 않았지만 의식은 또렷했다.

'내가 취한 건가? 정말로 취한 거야?' 그렇게 자신에게 물었다.

파벨은 어머니의 다정함에 당황하면서도, 어머니의 눈에 가득한 슬픔 때문에 가슴이 뭉클했다. 그는 울고 싶었지만 차마 눈물을 흘릴 수가 없어서 더욱 취한 척했다. 어머니는 아들의 헝클어진 머리카락을 손으로 쓸어내리며 조용히 말했다.

"왜 그랬어? 넌 그러면 안 돼……."

파벨은 속이 거북한 나머지 토하고 말았다. 어머니는 발작적으로 구토를 한 아들을 침대에 눕히고 창백한 이마에 젖은 수건을 얹어 주었다. 파벨은 술이 약간 깼지만 바닥과 주변의 모든 것이 흔들리는 듯이 보였다. 눈꺼풀은 점점 무거워지고, 기분이 언짢고, 입 안은 쓴맛이 돌았다. 속눈썹 사이로 어머니의 커다란 얼굴을 바라보며 혼란스런 생각에 잠겼다.

"나한텐 술이 너무 일러. 다른 사람은 마셔도 아무렇지도 않은데 이렇게 구토가 나다니……."

멀리 어딘가에서 어머니의 부드러운 목소리가 들렸다.

"너마저 술을 마시면, 이 어미는 뭘 먹고 살아야 하니?"

파벨은 눈을 꼭 감으며 말했다.

"다들 마시는 걸요, 뭐……."

어머니는 무겁게 한숨을 내쉬었다. 아들의 말이 옳았다. 술집 말고는 즐거운 곳이 어디에도 없다는 걸 어머니 역시 잘 알고 있었다. 그래도 어머니는 이렇게 말했다.

"그래도 넌 마시지 마라! 네 아버지가 네 몫까지 다 마시지 않았니? 내게 준 고통도. 그래, 넌 이 어미가 불쌍하지도 않니?"

파벨은 어머니의 부드럽고 동정 어린 말을 들으면서, 아버지가 살아 있을 때 언제 날아올지 모르는 주먹질을 피하려고 어머니가 두려움에 떨며 숨죽인 채 살았던 세월을 떠올렸다. 파벨도 아버지를 피하려고 집에 늦게 돌아왔다.

그래서 어머니와도 쉽게 친해지지 않았다. 마침내 술이 깨는 듯하자 파벨은 어머니의 얼굴을 똑바로 바라보았다.

어머니는 키가 컸지만 허리가 휘어 다소 구부정했다. 오랜 노동과 남편의 구타로 망가진 몸은 소리 없이 조심조심 움직이는 데 아주 익숙해져 있었다. 어머니는 항상 무언가에 걸려 넘어질까 봐 걱정하는 것 같았다. 달걀 같은 얼굴은 주름살이 깊게 파인 데다가 부어 있었으며, 검은 두 눈엔 노동자촌에 사는 대부분의 여인이 그렇듯 불안한 그림자가 짙게 깃들어 있었다.

어머니의 오른쪽 눈썹 위에는 깊은 흉터가 있었는데, 그 흉터 때문에 오른쪽 눈썹과 귀가 다른 쪽보다 조금 위로 치켜 올라가 있는 듯 보였다. 그 모습은 불안에 떨며, 귀를 종긋 세운 듯한 것이었다. 회색 머리카락 줄기들이 숱 많은 짙은 머리카락 가운데서 색을 입힌 듯이 반짝반짝 빛났다. 가만히 보니 어머니는 부드럽고 우수에 어린 온순한 모습이었다.

어머니의 뺨 위로 눈물이 천천히 흘러내렸다.

"울지 마세요!"

아들이 나지막이 말했다.

"마실 것 좀 주세요."

"얼음물을 가져다 주마……." 어머니는 일어서며 말했다.

어머니가 물을 가지고 돌아왔을 때 아들은 이미 잠들어 있었다. 어머니는 숨소리를 죽이고 아들의 머리맡에 잠시 서 있었다. 손에 든 컵이 흔들리고 얼음조각들이 통 안에 부딪치며 소리를 냈다. 어머니는 테이블에 컵을 단정히 내려놓고 벽에 걸린 성화 앞에 무릎을 꿇고 앉아 조용히 기도했다. 술 취한 삶, 어둠의 소리가 창틀에 부딪치고, 습기 어린 가을 저녁 안개 낀 어둠 속에서 아코디언 소리와 시끄러운 노랫소리가 들려왔다. 누군가 추하고 더러운 욕지거리를 하고, 피곤하고 짜증난 여자들의 앙칼진 목소리가 대기를 갈랐다.

작은 블라소프 집의 삶은 단조롭게 흘러갔지만, 전보다 더 조용하고 방해도 덜 받았기 때문에, 이 변두리촌의 다른 곳과는 좀 달랐다.

파벨의 집은 노동자촌 맨 끝에 있었다. 낮은 내리막길이지만 가파르고 진흙 투성이 길 옆이었다. 집의 삼분의 일은 부엌이었다. 부엌에 얇은 칸막이로 천장까지 가린 작은 방이 하나 있었는데, 그곳이 바로 어머니의 방이었다.

나머지 삼분의 이는 창문이 두 개 달린 정사각형 방이었다. 그 방 한구석에 파벨의 침대가 있었고, 입구 쪽 구석에는 탁자 한 개와 긴 의자 두 개가 놓여 있었다. 그리고 작은 의자 몇 개와 세면대, 벽에 걸린 작은 거울 하나, 옷이 들어 있는 큰 가방 하나, 벽시계, 성화 두 점, 그것들이 가재도구의 전부였다.

파벨은 다른 젊은이들처럼 살려고 노력하며, 젊은 녀석들이 해야 할 짓은 모두 다 했다. 아코디언을 사고, 앞 춤에 풀을 먹인 멋진 셔츠와 요란하게 화려한 넥타이에 지팡이까지 들고 다니며 제 또래 아이들과 엇비슷한 모습이 되어 갔다. 저녁 파티에도 쫓아다녔고, 카드릴 춤과 폴카 춤도 배웠다. 휴일이면 술에 잔뜩 취해 돌아와서는 이튿날 아침 머리가 아프고 속이 쓰려 괴로워했다. 얼굴은 창백하고도 칙칙해졌다.

한번은 어머니가 그에게 물었다.

"그래, 어제는 즐거웠니?"

파벨은 음울하게, 그리고 화가 나서 대답했다.

"오, 폐허에 있는 것처럼 우울했어요! 모두가 기계 같더라고요. 난 낚시를 다니든지 엽총을 사는 게 나을 것 같아요."

파벨은 꾀도 부리지 않고 말썽 없이 열심히 일했다. 그러나 말수가 적은 데다 그의 어머니를 닮은 파란 두 눈에는 불만이 가득했다. 그는 총도 사지 않았고 낚시도 다니지 않았다. 그러나 다른 이들과 함께하던 일상에서 벗어나기 시작했다. 저녁 파티에 나가는 일이 드물어졌고, 휴일에는 어딘가 나갔다 오긴 했지만 술에 취하지 않은 채 멀쩡한 얼굴로 돌아왔다. 그의 어머니는 그를 안 보는 척하면서도 아들을 세심하게 살피면서 아들의 갈색 얼굴이 점점 날카로워지고, 눈빛은 점점 진지해져 간다고 느꼈다. 어머니는 아들이 입술을 이상하게 꼭 다물고 무거운 표정을 보인다고 생각했다. 항상 무언가에 화가 나 있거나, 궤양을 앓고 있는 듯이 보였다. 전에는 아들 친구들이 더러 찾아오곤 했는데, 좀처럼 이들을 만나지 못하자 결국 발길을 끊었다.

어머니는 공장의 여느 젊은이들과 달라져 가는 아들의 모습을 보고 속으로 기뻐하였다. 그러면서도 한편으로는 아들이 일상적인 자신의 삶에서 벗어나 어딘가 이상한 곳으로 가고 있는 것만 같아 불안감을 느꼈다.

"어디 아픈 거니, 파벨?"

어머니는 가끔씩 아들에게 물었다.

"아니요, 전 건강해요!"

"요즘 들어 많이 말랐어!"

어머니는 한숨을 섞어 말했다. 아들은 말이 없었다.

어머니와 아들은 말을 거의 하지 않았고, 서로 마주 보는 일도 드물었다. 아들은 아침에 말없이 차를 마신 뒤에는 일터로 갔다가 낮에 점심을 먹으러 돌아왔다. 식탁에서 별로 중요하지 않은 몇 마디를 하고서 다시 저녁 시간까지 사라졌다. 그리고 퇴근 뒤 씻고 저녁을 먹은 아들은 밤늦게까지 책에 빠졌다. 휴일이면 아침 일찍 집을 나가서 밤늦게 돌아왔다. 어머니는 아들이 시내에 나갔다가 영화관에 갔다고 알고 있었다. 그렇지만 시내에서 그를 찾아오는 이는 아무도 없었다. 어머니는 아들이 점점 말수가 줄어든다고 생각했다. 그러면서 가끔씩, 그리고 나날이 알아들을 수 없는 이상한 언어를 어머니에게 썼다. 아들의 말은 거칠고 무례하고 이해하기 어려웠다.

행동거지에서도 눈에 띄게 변한 모습이 자주 나타났다. 아들은 멋을 내기보다는 몸과 옷의 청결에 더 신경을 썼다. 겉모습이 몹시 단정해졌을 뿐 아니라, 움직임 또한 전보다 훨씬 활발하고 빨라졌다. 점점 그의 몸가짐이 더욱 단정하고 깔끔해지자 어머니의 마음에는 불안한 호기심이 일어났다.

어느 날 파벨은 그림을 가져와 벽에 걸었다. 세 사람이 이야기를 나누며 어디론가 경쾌하게 걸어가는 그림이었다.

"부활하신 그리스도가 엠마오로 가는 거예요." 파벨이 설명했다.

어머니는 그림이 마음에 들었지만 속으론 이렇게 생각했다.

'그리스도를 받든다는 애가 교회에는 나갈 생각을 안 하니, 원……'

벽에는 점점 더 많은 그림이 걸렸고, 목수 일을 하는 친구가 짜 준 멋진 책장에는 책이 점점 많이 꽂혔다. 방이 한결 아늑해졌다. 아들은 이제 어머니에게 깍듯하게 존댓말을 썼는데, '엄마'라는 말 대신 '어머니'라고 불렀다. 그러면서 가끔씩 다정하게 전처럼 말을 건네기도 했다.

"아이고, 엄마. 제발 걱정 좀 하지 마요. 나 오늘은 좀 늦게 들어올 거야……"

어머니는 아들이 종종 이런 식으로 말할 때면 기분이 좋았다. 그 말에서 뭔가 진지하면서도 굳건한 느낌을 받을 수 있었기 때문이다. 그렇지만 어머니의 불안은 날로 커졌다. 정체를 알 수 없는 이상한 예감이 자꾸만 어머니의 가슴을 날카롭게 괴롭혔다. 이따금씩 불만을 느꼈다.

'다른 사람들은 그렇지 않은데, 저 녀석은 꼭 수도승 같아. 지나치게 엄격하

단 말야. 나이에 어울리지 않게…….'

또 가끔은 이런 생각도 들었다.

'혹시 여자가 생긴 게 아닐까?'

그런데 여자들과 다니려면 당연히 돈이 필요할 텐데 그는 벌어오는 돈 거의 모두를 어머니에게 내놓았다. 그렇게 여러 주가 지나고 여러 달이 지났다. 알아차릴 겨를도 없이 두 해가 지났다. 이상하게도 조용한 삶이었다. 그동안 불안감을 만드는 생각과 걱정들이 두 해 동안의 삶을 꽉 채우고 있었다.

어느 날 저녁, 파벨은 식사를 마치자 여느 때처럼 창문에 커튼을 치고 구석에 앉아 책을 읽기 시작했다. 머리 위 벽에 램프통이 매달려 있었다. 어머니는 접시들을 치우고 부엌에서 나와 아들에게 조심스럽게 다가갔다. 아들은 고개를 들고 무언가를 묻는 표정으로 쳐다보았다.

"아무것도 아니야, 파벨. 별일 없어!"

어머니는 서둘러 말하고 흥분한 듯 눈썹을 움직이며 걸어갔다. 부엌에서 꼼짝 않고 생각에 잠겨 정신 나간 듯 서 있던 어머니는 손을 씻고서 아들에게로 다시 다가갔다. 어머니는 아주 나지막한 목소리로 물었다.

"대체 뭘 그리 매일 열심히 읽는 게냐?"

아들은 읽던 책을 내려놓았다.

"어머니, 좀 앉으세요……."

어머니는 아들 옆에 앉아 자세를 반듯이 하고는 뭔가 중요한 말이라도 기다리는 듯이 신경을 곤두세웠다. 파벨은 어머니를 바라보지 않고 나지막하게 딱딱한 목소리로 말했다.

"제가 읽고 있는 건 금서들이에요. 이 책들은 우리 노동자들에게 삶의 진실을 알려 준다는 이유로 금서가 되었어요. 비밀리에 인쇄된 책들이죠. 제가 이 책을 가지고 있다가 발각되면 감옥에 끌려갈 거예요. 진실을 알리고 했다는 이유로 말이지요."

어머니는 갑자기 숨이 턱 막혔다. 눈을 크게 뜨고 아들의 얼굴을 바라보았다. 아들이 매우 낯선 사람같이 느껴졌다.

"애야, 네가 왜 그런 책을 읽는 거냐?"

파벨은 고개를 들어 어머니를 바라보며 침착하게 대답했다.

"진실을 알고 싶어서요."

아들의 목소리는 차분하지만 단호했다. 그의 결심이 눈빛에 드러났다. 어머니는 아들이 무섭고 알 수 없는 이상한 운명에 휘말렸다고 느꼈다. 인생의 마디마디에서 부딪히는 일들을 모두 피할 수는 없는 노릇이라고 생각하고, 그저 거기에 순종해야 한다고 생각해 왔던 어머니는 아무런 말도 하지 못하고 슬픔과 고통으로 조용히 눈물만 흘렸다.

"울지 마세요."

파벨이 다정하고 부드럽게 말했다. 어머니는 아들이 작별을 고하고 있다고 생각했다.

"생각해 보세요, 우리가 어떻게 살고 있는지……. 어머니는 나이 사십이 되도록 어떻게 살아오셨어요? 아버지에게 맞고만 사셨지요. 아버지는 당신 인생의 울분을 그렇게 푼 거예요. 아버지는 인생의 비참함이 자신을 괴롭힐 때 그 불쾌감이 어디서 오는지 몰랐어요. 아버진 삼십 년을 공장에서 일했어요. 그땐 일하는 공장이 두 채뿐이었어요. 그런데 지금은 일곱 채나 되잖아요? 공장들은 점점 커지고, 사람들은 공장을 위해 일하다가 죽죠."

어머니는 두려움을 느끼면서도 아들의 말에 서서히 빨려 들어갔다. 아들의 눈빛은 밝고 아름답게 타올랐다. 몸을 앞으로 기울여 테이블에 기대고, 어머니에게로 더 가까이 다가가 어머니 얼굴을 똑바로 보고 눈물을 글썽이면서, 자기가 알게 된 진실에 대해 처음으로 입을 열었다. 젊은이의 순수함과 자신감으로 정열에 넘쳐, 깨달은 진리와 진실에 자신의 속마음을 털어놓으며 그가 분명하게 알게 된 모든 사실에 대해 말했다. 자기의 의지를 확인하고 강하게 다짐하려고 어머니를 개의하지 않았다. 파벨은 문득 할 말이 없어 다정한 눈길로 눈물만 흘리고 있는 어머니를 바라보았다. 순간 두 사람은 당혹스러움을 느꼈다. 파벨은 어머니에게 미안한 마음이 들어서 다시 어머니의 인생에 대해서 이야기했다.

"어머니 인생에서 기쁨을 느껴 본 적이 있어요? 단 한 번이라도 다시 기억해 본 일이 있었냐고요."

어머니는 슬프게 고개를 가로저었다. 뭔지 자신으로서 알 수 없는 새로운 느낌이, 슬프면서도 기쁜 무언가가 고통받고 아픈 가슴을 쓰다듬어주는 느낌이 들었다. 자기와 자기의 인생에 대해 그런 말을 들은 것은 처음이었다. 어머니 내부에 안개처럼 깔려 있던 희미한 생각들이 오랫동안 잠자다가 깨어난 느낌이었다. 여태껏 잊고 살았던 반항심이나 불만 같은 느낌들이 서서히 들고 일어났다. 지난 젊은 시절이 생각났다. 어머니는 종종 이웃들과 많은 얘기를 나누었다. 어머니 자신을 포함해서 모두가 삶에서 오는 고통을 놓고 오직 불평만 했는데, 그 누구도 왜 인생이 그리도 힘들고 짐스러운지 설명해주는 이가 없었다. 그런데 자신의 아들이 그 어미의 삶을 이해하고 그 고통을 이야기하고 있었다.

아들이 그 어머니에 대해 생각하는 것, 그의 눈과 그의 얼굴, 그의 말, 이 모두가 어머니의 마음을 사로잡아서 어머니는 아들이 자랑스러웠다. 아들은 어머니의 인생을 이해하고 어머니의 진실에 대해 말하고, 고통에 대해 말하고, 또한 동정했다. 어머니들은 동정을 받지 못했다. 어머니는 그 사실을 잘 알고 있었다. 어머니는 파벨의 얘기를 다 이해할 수는 없었지만, 어머니의 여성 존재에 대해 말할 때는 아들의 모든 이야기가 친숙했고 진실로 여겨졌다.

아들의 말은 아프긴 하지만 모두가 완벽하게 맞았다. 어머니는 이제껏 누군가에게서 따뜻한 마음을 받아본 적이 없었다. 어머니는 가슴이 뭉클해지면서 몸이 설핏 떨렸다.

"그래, 그래서 무슨 일을 하려고?" 어머니는 아들의 말을 가로막고 물었다.

"공부를 할 거예요. 그리고 다른 사람들을 가르쳐야죠. 무엇보다 우리 같은 노동자들은 배워야 해요. 그래서 알아야지요. 우리 삶이 왜 이토록 힘든지 말이에요."

항상 진지하고 심각해 보이던 아들의 푸른 눈이 이제 부드럽고 따뜻하게 빛나고 있었다. 어머니는 주름투성이 뺨에 눈물을 매단 채 살며시 미소를 지었다. 어머니의 마음은 두 갈래로 흔들렸다. 한편으로는 모든 사람들의 삶의 비애를 그토록 잘 이해하고 있는 아들이 자랑스러웠다. 그러나 다른 한편으로는 유감스럽게도 아들이 자신의 젊음을 희생하면서 모두에게 익숙해진 세상의 불합리에 혼자 맞서려 한다는 사실에 걱정이 앞섰다. 어머니는 이렇게 말하고 싶었다.

'사랑하는 아들아, 그렇다고 네가 무엇을 할 수 있겠니? 사람들은 너를 짓밟을 거야, 넌 파멸하게 되고.'

그렇지만 어머니는 아들의 이야기를 듣는 게 즐거웠고, 그 즐거움을 방해할

까봐 두려웠다. 아들이 좀 이상하기는 했어도 자신을 새롭게 표현해 주어 즐거웠다.

파벨은 어머니의 입가에 흐르는 미소와 표정에서 엿보이는 관심, 그리고 두 눈에 가득 찬 사랑을 보았다. 순간 자기가 어머니를 이해시켰다는 생각에 힘이 솟았다. 한껏 고무된 그는 웃기도 하고 눈썹을 찡긋거리기도 하면서 어머니에게 더 많은 이야기를 늘어놓았다. 어머니는 아들의 말에서 냉혹한 증오심이 느껴질 때마다 깜짝 놀라 고개를 저으며 조용히 되물었다.

"정말 그러니, 파벨?"

"그렇다니까요!"

아들은 확고하게 대답했다. 그는 민중을 위한 선(善)을 실천하고 민중 속에 진실의 씨앗을 뿌리는 사람들, 그리고 그 대가로 적들에게 짐승처럼 사로잡혀 감옥에 갇히고 유형지로 끌려가 고된 노동에 시달린 사람들의 이야기를 들려주었다.

"전 그런 사람들을 여러 번 봤어요! 세상에서 가장 훌륭한 사람들이에요!" 파벨은 열정적으로 소리쳤다.

그런 사람들에 대한 이야기는 어머니의 마음을 한없이 두렵게 했다. 어머니는 다시 아들에게 묻고 싶었다.

'설마 그럴 리가?'

어머니는 망설이면서도 잠자코 아들의 이야기에 귀를 기울였다. 자기 아들에게 그토록 위험한 말과 생각을 가르쳐 준 사람들에 대한 이야기, 자기로서는 도저히 이해할 수 없는 사람들에 대한 이야기를 낱낱이 들었다.

"곧 날이 밝겠구나. 새벽에 일 나가려면 눈을 좀 붙여야지."

"예, 이제 자야죠!"

파벨은 이렇게 대답하고서 어머니에게 물었다.

"전 어머니께 모든 걸 말씀드렸어요. 어머니께서 절 사랑하신다면 제 길을 막지 말아주세요. 절 이해하시죠?"

"이해한다."

어머니는 한숨을 내쉬며 대답했다. 눈에서 다시 눈물이 흘렀다. 어머니는 눈물을 훔치며 덧붙였다

"오, 사랑하는 아들아! 차라리 아무것도 모르고 있는 게 나았을 걸 그랬

구나."

아들은 어머니의 손을 꼭 쥐었다. "어머니"라는 말이 그의 입 밖으로 열렬하게 터져나왔고, 그렇게 꼭 쥔 손은 너무 생소하고 이상해서 어머니는 감동했다.

"그래, 난 아무 말도 하지 않으마. 다만 네가 다치지는 않을까 그게 걱정이란다. 몸조심해야 한다. 꼭 조심해야 해."

무엇을 어떻게 조심해야 하는지도 모르는 채 어머니는 그저 걱정스런 마음이었다. 어머니는 아들을 바라보며 슬픔에 잠겨 말했다.

"왜 점점 야위니……."

어머니는 애정 어린 따스한 눈으로 아들의 건장하고 잘 빠진 몸을 바라보다가 급히 서두르듯 낮은 목소리로 말했다.

"오, 하느님. 네 좋을 대로 살아라. 딱 하나만 부탁하마. 사람들과 얘기할 때 함부로 나서지 말거라. 무엇보다 사람을 조심해야 해. 다들 서로를 증오하고 있단다. 욕심과 질투로 살아가고들 있지. 네가 만일 그 사람들이 사는 걸 들추어서 판결하려고 하면, 아마 널 미워하며 사냥개처럼 물어 죽이려 들지도 몰라."

아들은 어머니의 구슬픈 연설을 들으며 출입구에 서 있었다. 말이 끝나자 미소를 지으며 말했다.

"맞아요, 사람들은 유감스럽게도 나빠요. 하지만 세상에 진실이 있다는 사실을 알고 나니까 사람들이 그전보다 훨씬 훌륭해 보여요."

파벨은 다시 미소를 지으며 말을 이었다.

"내가 왜 그런지 모르겠어요! 어렸을 때부터 저는 사람들을 겁냈어요. 커서는 사람들이 속물적이라고 증오했고요. 이렇다 할 이유 없이, 어떤 사람은 천하다고 미워했고 어떤 사람은, 글쎄, 나도 모르겠어요, 그냥 그랬죠! 그런데 이제 모든 사람이 서로 다른 길을 가고 있다고 봐요. 그래서 슬퍼요! 잘 이해할 수 없지만, 사람들 안에 진실이 있다고 알게 될 때 마음이 부드럽게 되는 걸요. 잘못된 게 모두 사람들의 불결함과 추잡 탓은 아니라는 걸 알고 나니까 마음이 훨씬 편해졌어요……."

파벨은 자신의 안에서 무슨 소리를 듣는 것처럼 잠시 말없이 있었다. 그러고서 낮게 생각에 잠겨 말했다.

"그게 진실하게 살아가는 방식이에요."

어머니는 아들을 바라보며 상냥하게 중얼거렸다.

"네가 위험한 사람이 되어 버렸구나. 오, 하느님!"

파벨이 깊은 잠에 빠져 있을 무렵, 어머니는 조심스럽게 침대에서 일어나 다정하게 아들의 방으로 들어갔다. 파벨의 거무튀튀하고 단호하고 엄한 얼굴 윤곽이 흰 베개에 대비되어 드러났다. 어머니는 손을 자기 가슴에 대고 누르면서 아들 옆에 서 있었다. 어머니의 입술이 무언중에 움직였고, 커다란 눈물방울이 양볼에 굴러떨어졌다.

3

그들은 조용하게 멀리 떨어져서, 그렇지만 서로 가까이에 살았다. 한번은 주중에 어느 휴일이었는데, 파벨이 집을 나서며 어머니에게 말했다.

"토요일에 손님들이 올 거예요."

"어떤 사람들이?"

"우리 마을과 시내 사람들이에요."

"시내에서?"

어머니는 이렇게 되묻더니 갑자기 눈물을 흘렸다.

"아니, 왜 그러세요, 어머니!"

파벨이 못마땅해 하며 목소리를 높였다. 어머니는 앞치마로 얼굴을 훔치고는 한숨을 쉬며 대답했다.

"모르겠다, 그저 기분이 그래……."

그는 방을 왔다 갔다 하다가 어머니 앞에 멈춰서서 말했다.

"두려우세요?"

"그래, 두렵다!" 어머니가 인정했다.

"시내 사람들이라니, 그 사람들을 어떻게 알아?"

키가 큰 아들은 허리를 구부려 어머니의 얼굴을 마주 보며 화난 표정을 지었다. 이럴 땐 죽은 제 아버지와 똑같았다.

"늘 두려움 때문에 우리 모두 망치는 거예요. 우리를 지배하는 사람들은 바로 우리의 두려움을 이용해서 훨씬 더 험한 위협을 하거든요. 기억해두세요. 사람들이 두려움을 버리지 못하면 습지의 자작나무처럼 썩고 말 거예요. 우린 대담하게 성장해야 해요. 지금 바로요!"

"다 똑같아요." 파벨은 어머니에게서 돌아서며 말했다. "그 사람들은 어쨌든 내 집에서 만날 거예요."

어머니는 울부짖듯 말했다.

"화내지 마라! 내가 어떻게 두렵지 않겠니? 평생을 두려움 속에 살았어."

"용서하세요!" 이 말이 더 다정한 대답이 되었다. "하지만 달리 방법이 없어요." 파벨은 나가 버렸다.

어머니는 집에 낯선 사람들이, 그것도 무시무시한 사람들이 찾아올 거라는 생각에 사흘 내내 가슴을 졸였다. 그들에 대해 짐작조차 할 수 없었지만 어머니로서는 그들이 무서운 사람들일 것 같았다. 그들은 아들에게 새로운 길을 가르쳐 준 사람들이 틀림없을 터였다.

드디어 토요일 저녁, 파벨은 공장에서 돌아와 세수를 하고 옷을 갈아입은 다음 다시 어딘가로 나가면서 말했다.

"사람들이 오면 금방 돌아온다고, 잠시 기다리라고 말씀해 주세요. 그리고 제발 좀 겁내지 마세요. 그들도 다른 사람들과 다름없어요."

어머니는 기절하듯 자리에 주저앉았다. 아들은 어머니를 진지하게 바라보았다.

"다른 곳에 가 있어도 좋고요."

그가 제안했다. 그 생각이 어머니의 기분을 상하게 해서, 싫다고 머리를 저으며 어머니는 말했다.

"아니, 다 같은 사람인걸 뭐. 괜찮아."

11월 말이었다. 가볍고 가는 눈이 언 땅에 내렸던 그날 낮 동안, 그리고 창밖에서 아들이 오도독 눈을 밟고 가는 소리가 들려온 그날의 일이었다. 두툼한 어둠이 창틀에 들러붙어서 무언가를 적대적으로 주시하는 듯 보였다. 긴 의자에 기대어 앉은 어머니는 문을 보며 사람들을 기다렸다. 어머니는 그들이 도둑처럼 경계하면서 어둠 속에서 집 주변을 서성이는 느낌이 들었다. 윗몸을 웅크리고서 사방을 둘러보며, 그것도 이상한 복장을 하고서 조용히 움직이는 느낌이었다. 집 가까이로 이미 누군가 오고 있었다. 벽을 두 손으로 더듬으며 왔다.

이윽고 문이 열렸다. 커다란 털모자를 쓴 사람이 방 안으로 쑥 들어왔다. 다음은 날씬한 사람이 몸을 굽히고 기듯이 들어와서는 몸을 다시 쭉 펴고 의도적으로 오른손을 쳐들어 보였다.

"안녕하세요!" 굵고 낮은 목소리로 그가 말했다.

어머니는 말없이 인사를 받았다.

"파벨은 집에 없나봐요?"

그는 천천히 외투를 벗고는 털모자로 신발에 묻은 눈을 툭툭 털어냈다. 그리고 모자를 구석에 획 던지고는 긴 다리로 방 안을 서성이다가 의자에 털썩 주저앉더니 손으로 입을 가리며 하품을 했다. 그의 머리는 둥글고 머리카락은 바싹 깎아 짧았고, 얼굴은 빈약한 콧수염만 빼고는 면도를 한 채였다. 콧수염 끝은 아래쪽으로 포인트를 준 모양이었다. 그는 회청빛의 크고 불거진 눈으로 방 안을 유심히 둘러보다가 다리를 꼰 채 테이블 위로 고개를 기울이고 불쑥 이렇게 물었다.

"이 집은 사셨어요, 아니면 세 드신 거예요?"

어머니는 그의 맞은편에 앉으며 대답했다.

"세 든 겁니다. 파벨이 곧 올 거예요. 조금만 기다리세요."

"그리 좋은 집은 아니군요. 예, 그렇죠. 기다리겠습니다."

그는 나지막한 목소리로 대답했다. 어머니는 그의 침착한 태도와 깊고 동정 어린 목소리, 그리고 솔직하고 간결한 얼굴을 대하자 용기가 생겨났다. 그는 어머니를 매우 친절한 눈빛으로 바라보았는데, 깊고 투명한 두 눈이 유쾌하게 반짝거렸다. 전체적으로 몹시 여위고 구부정한 몸에 기다란 다리, 그 모습은 뭔가 우스꽝스러우면서도 마음을 사로잡았다. 그는 파란 와이셔츠에 몸이 딱 붙지 않는 짙은색 바지를 입고, 바지 끝은 부츠 속에 쟁여 넣고 있었다. 어머니는 문득 그의 이름이 무엇이며 어디에서 왔는지, 또 아들을 안 지는 얼마나 되었는지 궁금해졌다.

그러나 그가 갑자기 몸을 앞으로 내밀고 물었다.

"아니, 어머니! 이 구멍은 누가 낸 거예요?"

그는 두 눈에 두드러지게 미소를 띤 채 다정한 목소리로 물었다. 하지만 어머니는 그의 갑작스런 질문이 몹시 모욕적으로 느껴졌다. 어머니는 입술을 꼭 다물고 차가운 표정으로 예의를 갖췄다.

"그런 건 알아서 뭐 하게요, 젊은이?"

그 남자는 몸을 앞으로 흔들거리면서 말했다.

"화내지 마세요! 제 양어머니도 똑같은 상처가 있었거든요. 같이 살던 남자가 그랬어요. 그는 구두장이에요…… 아시죠. 그녀는 세탁부였고 그는 구두장이였어요. 불행하게도 술주정뱅이를 만나 엄청 고생했지요. 그러니까 저를 양자로 삼은 뒤였어요. 그가 양어머니를 어찌나 무지막지하게 때리던지……, 무서워서 온몸에 소름이 돋을 정도였답니다."

어머니는 그의 솔직한 태도에 마음이 한결 누그러졌다. 그리고 혹시라도 파벨이 이 낯선 사람에게 불친절하게 굴었다고 화를 낼까 봐 걱정이 되기도 했다. 어머니는 곧 미안하다는 듯이 미소를 지으며 말했다.

"화가 난 게 아니라, 갑자기 물어보니까 당황해서……. 내 남편은 좋은 사람이었어. 지금은 하늘나라에 가고 없지만. 근데 젊은이는 어디 사람이오, 타타르인?"

낯선 남자는 발을 쭉 펴고 활짝 미소 지었는데, 이때 너무 크게 웃어서 콧수염이 목 뒤쪽까지 닿았다. 그리고 심각하게 말했다.

"아직요, 아직은 타타르인이 아니죠."

"난 당신 말투가 완전히 러시아인 같지는 않아서 묻는 거예요."

"전 러시아인보다 더 낫죠!" 손님은 우스갯소리처럼 말했다. "난 칸예브 시에서 온 소러시아인이에요."

"여기서 오래 살았나요?"

"시내에서 산 지 한 달쯤 됐어요. 한 달 전에 이쪽 공장으로 왔습니다. 여기서 좋은 사람들을 많이 만났어요. 파벨도 그중 한 사람이고요. 여기서 당분간 눌러 살 생각입니다."

그는 콧수염을 빙글빙글 돌리며 말했다.

어머니는 그가 마음에 들었다. 무엇보다 자신의 아들을 좋게 말해 주어서 고맙고 뭐라도 대접하고 싶어졌다.

"차라도 한 잔 하시려오?"

"아뇨! 저 혼자서만 대접을 받아서야 안 되죠! 다른 사람들도 곧 올 테니 우리가 모두 모이면 그때 주십시오."

이렇게 넌지시 다른 사람들이 온다고 한 말 때문에 어머니는 다시 두려워졌다. '그들 모두가 이 사람만큼만 하다면 좋을 텐데!' 어머니는 몹시 바랐다.

그때 현관에서 발소리가 들리더니 이내 문이 벌컥 열렸다. 어머니는 자리에서 얼른 일어섰다. 놀랍게도 부엌으로 들어선 사람은 별로 크지 않은 체격에 숱이 많은 금발을 길게 땋아 늘어뜨린 평범한 시골여자였다. 여자가 미소 지으면서 나지막이 말했다.

"제가 너무 늦었죠?"

"웬걸, 아니야!"

소러시아인이 거실 밖을 내다보며 대답했다.

"걸어왔나?"

"물론이요! 파벨 블라소프 어머니가 당신이세요? 안녕하세요, 전 나타샤라고 해요……"

"다른 이름은 뭐예요?" 어머니가 물었다.

"바실리예브나예요. 어머니는요?"

"난 펠라게야 닐로브나랍니다."

"여기서 모두 알게 되네요……"

"그래요." 어머니는 말하면서 안도의 한숨을 쉬고 미소 지으며 그 처녀를 바라보았다.

소러시아인은 처녀가 코트를 벗게 도와주며 물었다.

"밖에 추워?"

"밖이 엄청 추워요! 바람이…… 말도 못해요!"

나타샤는 미소 짓는 입술이 작고 도톰했으며, 목소리가 정감 있고 맑았다. 몸은 부드럽게 둥글고 활력이 넘쳤다. 그녀는 외투를 벗은 뒤 추위로 빨개진 작은 손으로 발그레한 뺨을 문지르며 가벼운 발걸음으로 재빨리 안쪽으로 들어왔다. 그녀가 걸을 때마다 마룻바닥에 또각또각 구두 소리가 났다.

'추울 텐데……. 덧신도 안 신고 다니다니!'

어머니는 나타샤를 바라보며 속으로 생각했다.

"정말 추워요, 난 완전히 얼었어요. 와우……." 처녀는 다시 말했다.

"가만, 내 얼른 사모바르*¹를 불에 올려놓아야겠네."

어머니는 서둘러 부엌으로 향하며 말했다. "금방 데워질 거야."

---

*1 찻물을 끓이는 러시아 전통 주전자.

마치 오래전부터 아는 사이였던 것처럼 부드럽고 따뜻한 어머니의 사랑으로 그 처녀를 맞이했다. 어머니는 그 처녀를 만나서 기뻤다. 그리고 손님의 밝은 푸른 눈을 다시 떠올리고서, 사모바르 차를 준비하며 만족해서 미소 지으며 방에서 대화하는 소리를 들었다.

"무슨 울적한 일이라도 있어요, 나홋카?" 나타샤가 소러시아인에게 물었다.

"저 과부의 눈이 아름다워요. 파벨 어머니 눈을 보니까 내 어머니가 생각나서요."

"어머니가 돌아가셨냐고 하시 않았나요?"

"그분은 양어머니이고. 난 고아거든. 날 낳아 주신 어머닌 지금 키예프 거리에서 위스키를 마시며 구걸을 하고 있을지도 모른다오."

"왜 그렇게 안 좋은 생각을 해요?"

"몰라요. 경찰이 그녀를 거리에서 데려가서 술 취한 채로 때리기도 해."

'아아 가엾은 영혼!' 어머니는 그렇게 생각하고 한숨을 쉬었다.

나타샤는 몹시 거센 어투로 재빨리 무슨 말인가를 중얼거렸다. 소러시아인의 듣기 좋고 낭랑한 목소리가 다시 들렸다.

"아, 너는 아직 너무 젊어, 친구, 너는 아직 세상을 몰라. 누구나 어머니가 있지. 어쨌든 사람들은 나빠. 어린아이들을 키우기가 힘들다고 하지만 좋은 사람으로 가르치기는 더 힘들지."

'이상한 생각을 하고 있군.' 어머니는 소러시아인에게 반감이 생겼다. 아들을 좋은 사람으로 가르치기를 바라왔지만 그녀 자신이 아무것도 아는 게 없었다고 그에게 말하고 싶었다.

그때 문이 열리고 니콜라이 베숍시코프가 들어왔다. 그는 마을에서 인간혐오자로 알려진 늙은 도둑 다닐라의 아들이었다. 그는 항상 시무룩한 채로 사람들과 거리를 두었는데, 그러면 사람들은 그를 조롱하며 보복을 했다.

"아니, 넌 니콜라이가 아니니? 어찌된 일이야?" 그녀는 놀라서 물었다.

그는 광대뼈가 툭 튀어나온 주근깨투성이 얼굴을 손바닥으로 비벼대며 작은 회청빛 눈동자로 파벨의 어머니를 단조롭게 바라보았다. 인사도 없이 이렇게 물었다.

"파벨 있어요?"

"집에 없는데."

그는 방 안을 들여다보더니 안으로 쑥 들어오며 말했다.

"안녕하십니까, 동지들……"

니콜라이 베숩시코프를 언짢게 바라보던 어머니는 '저 애도? 이게 무슨 일이람?' 생각하다가, 나타샤가 그의 손을 잡고 반갑게 맞이하자 깜짝 놀랐다.

니콜라이 베숩시코프를 따라서 거의 어린애나 다름없는 젊은이 둘이 더 들어왔다. 그중 한 명은 어머니도 알고 있는 젊은이였다. 이름은 야코프 페자이며, 공장 경비원으로 일하는 소조프 영감의 아들이었다. 처음 보는 다른 한 명은 얼굴이 갸름하고 높은 이마에 곱슬머리였다. 인상이 그리 나쁘지 않았다.

잠시 뒤, 파벨이 두 사람을 더 데리고 나타났다. 둘 다 어머니가 익히 아는 공장 노동자들이었다.

"어머니, 사모바르를 준비하셨네요. 고마워요."

어머니가 차려 놓은 손님 찻상을 보고 파벨이 말했다.

"보드카라도 좀 사올까?"

어머니는 무엇을 해야 할지 잘 모르면서도 어떻게든 호의적인 마음을 내보이고 싶어서 이렇게 물었다.

"아뇨, 술은 필요 없어요!"

파벨은 어머니에게 애정 어린 미소를 지어 보이며 대답했다. 불현듯 어머니는 아들이 농담으로 자기를 놀리려고 위험한 모임이니 뭐니 과장을 한 게 아닌가 하는 생각이 들었다.

"파벨, 이 사람들이 바로 네가 말한, 금지된 일을 한다는 사람들이냐?" 그녀가 속삭였다.

"예, 바로 그 사람들이에요."

파벨이 방 안으로 들어가며 대답했다. 어머니는 아들의 뒷모습을 사랑스럽게 바라보며 겸손한 마음으로 생각했다.

'아, 아직 어린애들인데, 뭐……'

사모바르의 물이 끓자 어머니는 차를 가지고 방으로 들어갔다. 손님들은 탁자를 둘러싸고 둥글게 앉아 있었다. 나타샤는 책을 들고 램프 아래 구석자리에 있었다. 그녀가 말문을 열었다.

"사람들이 왜 그렇듯 힘들게 살아가는지 알려면," 나타샤가 말하자, "그리고 사람들이 왜 그렇게 악한지……." 소러시아인 안드레이가 끼어들었다.

"……사람들의 삶이 어떻게 시작되었는지를 먼저 살펴보아야 합니다."

"봐야지, 애들아, 봐야지……!"

어머니는 차를 따르면서 무심코 이렇게 따라했다. 그러자 모두 입을 다물었다.

"어머니, 뭐라고 그러셨어요?"

파벨이 눈살을 찌푸리며 물었다.

"뭐냐고?"

어머니는 모두가 자기를 바라보고 있다는 걸 깨닫고는 몹시 당황스럽게 대답했다.

"난 그냥…… 혼잣말이야."

나타샤가 갑자기 웃음을 터뜨렸다. 파벨도 따라 미소 지었다. 그러자 안드레이가 말했다.

"차, 고맙습니다, 어머니!"

"마시지도 않고 벌써 고맙다는구먼!"

어머니는 내심 이렇게 말하고는 아들에게 나지막이 물었다.

"혹 내가 방해되는 거냐?"

"무슨 말씀이세요? 주인이 어떻게 손님한테 방해가 될 수 있겠어요?"

나타샤가 대신 대답했다. 그러고는 어린아이가 보채듯 소리쳤다.

"사랑스런 어머니, 얼른요, 얼른 차 좀 주세요! 너무 추워요, 다리가 얼어붙는 것 같아요!"

"응, 잠깐만, 잠깐만." 어머니는 서두르며 소리쳤다.

나타샤는 어머니가 따라 준 차를 마시고는 긴 머리채를 어깨 뒤로 넘겼다. 그리고 그림이 많은 노란색 책을 읽어 내려갔다. 어머니는 접시 소리를 내지 않으려고 조심스럽게 차를 따르면서 책을 읽어 내려가는 그녀의 목소리에 귀를 기울였다. 그녀의 음악적인 목소리가 물 끓는 소리와 어우러져 묘한 화음을 이루었다.

방 안에서는 동굴 속에서 생활하며 돌로 짐승을 사냥하던 원시인들의 이야기가 앙증맞은 리본처럼 떠돌며 흔들거렸다. 어머니는 마치 옛날이야기를 듣는 것만 같아서, 아들을 가끔씩 쳐다보며, 야만인 이야기가 어째서 불법서적이야기인지 물어보고 싶은 충동이 자꾸 일었다. 얼마 뒤 이야기의 줄기를 쫓아가는 데 지친 어머니는 손님들이 눈치채지 못하게 주의하면서 그들의 모습을 유심히 살펴보았다.

파벨은 나타샤 옆에 앉아 있었다. 파벨이 그들 중 가장 잘생겼다. 나타샤는 고개를 많이 숙이고 책을 읽다가 머리카락이 흘러내리면 손으로 쓸어 넘기곤 했다. 그러다가 고개를 들어 듣는 사람들의 얼굴을 찬찬히 둘러보며 책에 있지 않은 말을 뭐라고 한마디씩 덧붙였다.

안드레이는 탁자에 넓은 가슴팍을 기댄 채 눈을 내리깔고서 그의 닳아빠진 콧수염 끝을 끊임없이 빙글빙글 돌려 꼬며 바라보고 있었다. 니콜라이 베숩시코프는 나무토막처럼 뻣뻣하게 앉아서 손바닥을 무릎에 얹고, 곰보에다 표정 없는 얇은 입술로, 가면 쓴 사람처럼 미동도 하지 않았다. 그의 좁은 눈은 번쩍거리는 사모바르 구리 찻주전자에 비친 자신의 얼굴을 뚫어지게 바라보고 있었다. 숨조차 쉬지 않는 듯했다. 페자는 책의 내용에 귀를 기울이다가 입술을 움직거리며 따라 읽었다. 몸을 구부려 팔꿈치를 무릎에 얹고, 손으로 얼굴을 괴고 뇌쇄적으로 미소를 지었다. 파벨과 같이 들어온 사람 가운데 한 명은 붉은 곱슬머리에 명랑한 초록 눈빛의 호리호리한 젊은 친구로서, 뭔가를 말하고 싶은 모양이었다. 초조한 기색으로 주위를 두리번거렸다. 또 한 젊은이는 손바닥으로 머리를 어루만지며 얼굴이 보이지 않을 정도로 고개를 깊게 숙인 채 바닥을 내려다보았다. 방 안은 따스했고, 공기는 유쾌했다. 어머니는 이 이상스럽게도 우아한 분위기에 반응하고 있었다. 어머니가 한 번도 느껴보지 못했던 분위기였다.

어머니는 자수 장식단을 단 듯한 나타샤의 목소리를 들으며 자신의 젊은 시절 소란한 파티와 거친 욕설, 썩은 보드카 냄새, 냉소적이고 저속한 농담들을 떠올렸다. 그 사이에 자기 자신에 대한 억압적인 동정심이 어머니의 닳아빠진 분노의 가슴을 부드럽게 동요시켰다.

어머니가 피어나기도 전에 남편이 구애하던 장면이 떠올랐다. 어느 파티에선가 남편은 어두운 현관에서 온몸으로 어머니를 벽에 짓누르며 거칠고 곤혹스러운 목소리로 물었다.

"나랑 결혼할래요?"

어머니는 아프고 더없이 불쾌했다. 그는 어머니의 살이 짓눌릴 정도로 손으로 세게 붙잡고 코를 심하게 들썩거리며 뜨겁고 습기 찬 숨결을 어머니의 얼굴에 내뿜었다. 어머니는 자신의 몸을 옭아맨 그의 손을 떼어내려고 안간힘을 썼다.

"가만 있어. 내 말에 대답해줘! 응?"

숨이 차고, 부끄럽고 모욕적이어서 어머니는 말없이 있었다.

"허풍 떨지 마요, 바보 같으니! 당신 같은 사람을 난 알아요. 당신은 너무 지나치게 들떠 있다고요."

누군가가 문을 열었다. 그는 어머니를 놓아주면서 말했다.

"다음 일요일에 중매쟁이를 보낼게."

그리고 그는 그렇게 했다.

어머니는 두 눈을 가리고 깊은 한숨을 내쉬었다.

그때 니콜라이 베솝시코프의 불만스런 목소리가 방에서 들려왔다.

"나는 사람들이 어떻게 살아왔는지보다, 앞으로 어떻게 살아가야 하는지가 더 궁금해."

그러자 붉은 머리의 페자가 맞장구치듯 소리쳤다.

"맞아."

"내 생각은 달라. 우리가 앞으로 나아가려면 우린 모든 사실을 알고 있어야만 한다고." 소모프가 소리쳤다.

"맞아, 정말 그래." 젊은 곱슬머리가 말했다.

곧 열띤 토론이 벌어졌다. 마치 장작더미에 불꽃이 튀는 것 같았다. 어머니는 무엇 때문에 그렇게 소리를 질러 대는지 알 수가 없었다. 모두의 얼굴이 활기찬 후광 속에서 빛이 났지만, 어머니에게 저속한 말이나 욕설을 내뱉는 사람은 한 명도 없었다.

'처녀애 앞이라고 다들 참고 조심하는 게지.' 어머니는 결론적으로 이렇게 생각했다.

어머니는 젊은이들을 마치 어린아이 다루듯 찬찬히 살펴보는 나타샤의 진지한 얼굴이 마음에 들었다. 이윽고 나타샤가 입을 열자 모두가 조용해지며 나타샤에게 눈길을 돌렸다.

"잠깐만요, 동지들! 우리는 모든 일이 옳다는 사실을 알아야 하고 또 모든 물음에 정직하고 진실하게 답해야 합니다. 그러기 위해서는 진실과 거짓이 무엇인지 모두 알아야 하는 거지요……."

안드레이는 나타샤의 말에 박자를 맞추어 고개를 끄덕거렸다. 붉은 머리 니콜라이 베숩시코프와 파벨이 데리고 온 두 젊은이는 꼭 붙어 앉아 있었는데, 어머니는 왠지 그들이 썩 마음에 들지 않았다.

나타샤가 말을 맺자 파벨이 일어나서 조용히 물었다.

"우리가 원하는 음식으로만 배를 채우나요? 아닙니다!"

파벨은 사람들을 둘러보며 스스로 질문하고 답했다.

"우린 그저 사람이고 싶습니다. 우리의 목덜미를 타고 앉아 눈을 가리고 있는 자들에게 우리가 모든 사실을 알고 있고, 우리는 바보도 아니고 짐승도 아니며, 단순하게 먹기를 원할 뿐만 아니라 품위 있는 인간처럼 살고 싶어한다는 사실을 보여주어야 합니다. 우린 적들에게 보여줘야 해요. 그들이 우리에게 힘겨운 고통의 과업을 지워 우리 인생을 방해할 수는 없다고 말이죠. 우린 그들과 필적할 만큼 지식을 쌓을 거고, 또 정신적인 면으로는 한층 더 고양되고 있으니까요."

어머니가 아들의 말을 들을 때 아들에 대한 자랑스러움이 어머니의 가슴을 흔들었다. 어쩌면 저토록 유창하게 말을 잘할까.

"배부른 자들은 많아도 정직한 사람은 거의 없지요! 우린 이 썩어 빠진 삶의 늪을 건너 영혼을 지닌 선(善)의 미래로 나아가야 해요. 동지들, 그것이 바로 우리의 과업이고 해야 할 일입니다."

안드레이가 덧붙였다. 그러자 니콜라이 베숩시코프도 정면으로 한마디 했다.

"투쟁의 날이 오면 결코 손가락이나 치료하는 정도에 그쳐서는 안 됩니다."

"우리가 투쟁하기 전에 우리 뼈가 이미 부서져 있을 걸요!"

소러시아인이 유쾌하게 끼어들어 말했다.

그들은 자정이 지나서야 자리에서 일어났다. 니콜라이 베숩시코프가 가장 먼저 자리를 떴다. 붉은 머리 남자는 다시 어머니를 불편하게 했다.

'흠, 꽤나 서두르네!' 별로 친근하지 않게 그들에게 작별인사를 하면서 어머니는 고개를 끄덕이며 생각했다.

"집에서 볼래, 나코챠?" 나타샤가 물었다.

"그래, 그러자." 소러시아인이 대답했다.

나타샤가 부엌에서 외투를 입고 있을 때, 어머니는 다가가 나타샤에게 말을 걸었다.

"아가씨, 이렇게 추운 계절에 신기에는 양말이 너무 얇구려! 내가 털실로 한 켤레 짜 줄까?"

"고맙습니다. 하지만 괜찮아요, 펠라게야 닐로브나. 털실로 짠 양말은 너무 따가워서요!"

나타샤가 웃으며 대답했다.

"그럼 내가 따갑지 않은 실로 한 켤레 짜 주리다."

나타샤는 눈을 가늘게 뜨고 잠시 당황한 듯 어머니를 바라보았다. 나타샤의 눈길을 의식한 어머니는 마음에 상처를 입고 황급히 이렇게 덧붙였다.

"내 선의 만큼이나 내 어리석음을 용서하우. 난 그저 진심으로⋯⋯." 어머니는 나지막이 덧붙였다.

"어머닌 정말 인자하신 분이에요!"

나타샤는 조용히 말하고 얼른 어머니의 손을 꼭 잡은 뒤 걸어나갔다.

"안녕히 주무십시오, 어머니."

안드레이는 어머니의 눈을 바라보며 인사를 하고 나타샤와 함께 현관 밖으로 나갔다. 어머니는 아들을 쳐다보았다. 파벨은 방문 앞에 서서 미소를 지었다.

"즐거운 저녁이었죠. 좋았어요! 하지만 이제 주무셔야죠. 잘 시간이에요."

파벨은 선언하듯 말하고 고개를 활기차게 끄덕거렸다.

"너도 잘 시간이다. 나도 곧 가서 잘 거야."

어머니는 흡족한 기분으로 바삐 접시를 주워모으고 탁자를 치웠다. 어머니는 모든 일이 아무 탈 없이 평화롭게 끝나서 더할 나위 없이 기뻤다.

"너, 일을 잘 주선했더구나, 파벨! 분명 좋은 사람들이야. 소러시아 사람도 품성이 참 좋아 뵈고, 그 처녀는 또 어찌나 똑똑하던지! 그 처녀는 뭐 하는 사람이니?"

"선생님이에요!"

파벨은 짧게 대답한 뒤 방 안을 공연히 서성거렸다.

"참 가엾더구나. 옷도 변변치 않고. 어찌나 안됐던지! 곧 감기 걸리기 십상이

더구나. 부모님은 어디 사시니?"

"모스크바요!" 파벨은 어머니 앞에 멈춰서면서 말했다.

"나타샤의 아버지는 철제상인데, 집을 여러 채 가진 부자래요. 그런데 그 딸이 이 길로 들어서니까 집에서 내쫓아 버렸답니다. 그동안 나타샤는 온실 속에서 하고 싶은 대로 무엇이든 다 하면서 자랐는데, 지금은 저렇게 혼자서 밤길을 칠 킬로미터씩이나 걸어서 다녀요. 그것도 혼자서……."

어머니는 아들의 말을 듣고 깜짝 놀랐다. 어머니는 방 한가운데에 꼼짝 않고 서서 아들의 얼굴을 말없이 바라보았다. 그러더니 조용히 물었다.

"그 처녀가 시내로 가니?"

"네."

"그런데 그 애가 무서워하지 않을까?"

"안 그래요." 파벨이 미소 지으며 말했다.

"저런, 그런데 왜 그렇게 보냈니? 여기서 나하고 하룻밤 자도 될 텐데……."

"그건 좀 곤란해요. 내일 아침에 출근하는 사람들 눈에 띌 수가 있거든요. 그렇게 되면 우리도, 그 애도 곤란해요."

어머니는 창밖을 내다보며 잠시 생각에 잠겼다가 다시 입을 열었다.

"난 도무지 이해가 안 되는구나, 파벨. 네가 하는 일이 뭐가 그렇게 위험하고 게다가 불법이라는 게냐? 내가 보기엔 너희들이 나쁜 짓거리를 하지도 않던데……. 안 그러냐?"

어머니는 이렇게 말해 놓고 확신이 서지 않아서 아들의 확답을 간절히 바랐다. 아들은 어머니의 두 눈을 찬찬히 들여다보더니 결연한 목소리로 말했다.

"물론 저희는 나쁜 짓을 전혀 하지 않았어요. 앞으로도 그럴 거고요. 그렇지만 감옥에 가게 될지도 몰라요. 어머니도 이 점은 알아두시는 게 좋아요……."

그 말을 듣는 순간, 어머니는 두 손이 부르르 떨렸다.

"하느님이 그래도 도와주시겠지." 어머니는 물에 가라앉은 목소리로 말했다.

"아녜요." 아들은 다정하면서도 단호하게 말했다. "난 어머니께 거짓말을 할 수 없어요. 우린 이 길에서 벗어날 수가 없어요." 그는 미소를 지었다. "가서 주무세요. 피곤하시잖아요. 안녕히 주무세요."

파벨이 잠자리에 들고 혼자 남자, 어머니는 창가로 가서 거리를 내다보았다. 창밖은 춥고 칙칙했다. 바람이 세차게 불며 울부짖고, 잠자고 있는 작은 집은 지붕 위에서 눈이 날리고 있었다. 눈이 벽에 부딪치며 무슨 소린가를 휙 속삭이고 땅에 떨어진다. 그런 뒤에는 가벼운 흰 눈송이 구름이 길거리에서 이리저리 떠돌았다.

"오, 하느님. 우리에게 자비를 베푸소서!" 어머니는 기도했다.

눈에 눈물이 고였다. 두려움이 집요하게 어머니의 마음에서 소용돌이쳤다. 마치 아들이 걱정거리를 한밤중의 나방처럼 파닥거리며 털어대는 모습을 보는 느낌이었다.

어머니는 멀리 곱게 눈이 덮인 평원을 바라보았다. 솜털처럼 뽀송뽀송한 흰 눈이 매서운 바람에 날려 넓은 평원을 가로지르고, 한 처녀의 어둡고 외로운 형체가 흔들렸다. 바람에 처녀의 드레스가 퍼덕거리고, 그의 작은 발은 눈 속에 빠졌다. 추위와 두려움으로, 처녀는 고의적인 바람의 운동이기도 한, 칼날 같은 잔디풀잎처럼 앞으로 몸을 잔뜩 구부렸다. 습지 위의 그녀 오른편으로 숲의 어두운 벽이 서 있었다. 벌거벗은 자작나무와 사시나무가 슬픈 울음소리를 내듯 떨며 바스락거렸다. 저기 멀리서, 그녀 앞에 시내의 불빛이 희미하게 반짝거렸다.

"주여, 도와주소서!" 어머니는 다시 중얼거리며, 아직 갈 길이 먼 추위와 두려움에 몸서리를 쳤다.

4

세월은 묵주를 넘기듯 하루하루 흘러, 몇 주일이 지나고 몇 달이 흘렀다. 매주 토요일이면 파벨의 집에는 어김없이 동지들이 찾아들었고, 모임은 긴 사다리를 타고 오르듯 한 계단 한 계단 그들을 어딘가 보이지 않는 높은 곳으로 끌어올렸다.

새로운 사람들이 끊임없이 나타났다. 파벨 블라소프의 작은 방은 사람들로 붐비고 꽉 찼다. 나타샤는 토요일 저녁마다 여전히 꽁꽁 얼고 지친 모습으로 나타났지만 언제나 명랑하고 생기발랄했으며 지칠 줄 모르는 건강한 정신을 지녔다. 어머니는 양말을 짜서 손수 신겨 주었다. 나타샤는 처음엔 웃기만 하더니 갑자기 말을 멈추고 얼굴빛이 어두워졌다. 그리고 나지막이 어머니에게 말했다.

"제게 유모가 있었는데 정말 좋은 분이셨죠. 펠라게야 닐로브나, 정말 이상하죠? 노동자들은 그야말로 비참하리만큼 힘들게 살아가는데도 저 사람들보다 더 진실한 가슴과 선량한 마음씨를 갖고 있으니 말이에요."

나타샤는 손을 흔들며 자기에게서 아주 멀리 어딘가를 손으로 가리켰다.

"아가씨가 어떤 사람인지 알아! 가족과 모든 걸 다 버리다니……."

어머니는 미처 생각대로 말을 맺지 못하고 숨을 들이쉬며 나타샤의 얼굴을 들여다보았다. 어머니 자신도 무엇인지 모를 고마움이 나타샤에게서 느껴졌다. 어머니는 깊은 생각에 잠겨, 미소 짓고 있는 나타샤 앞 바닥에 앉았다.

"제가 가족을 버렸다고요?" 나타샤는 되풀이해 말하며 고개를 숙였다.

나타샤가 말했다.

"그건 조금도 중요하지 않아요! 제 아버진 아주 난폭한 사람이었어요. 오빠도 그렇고요. 주정뱅이였거든요. 반면에 언니는 참 불행한 사람이에요. 자기보다 나이가 훨씬 많은 사람에게 시집을 갔으니…… 남편이라고 해 봐야 돈만 많았지 탐욕스럽기 짝이 없는 사람이거든요. 그런데 어머니만은 참 마음이 아파요. 당신처럼 단순한 여자였고, 기진맥진 지쳐 겁에 질린 동물이었고, 또 쥐처럼 너무 작았어요. 어머니는 재빨리 달아나고 모든 사람을 두려워해요. 가끔 어머니가 무척 보고싶…… 내 어머니!"

"저런, 딱하기도 하지."

어머니는 서글픈 듯 고개를 끄덕였다. 나타샤는 재빨리 고개를 가로젓고는 한껏 쳐들고 크게 말했다.

"아니에요! 전 때때로 한없이 큰 행복과 기쁨을 느끼는걸요."

나타샤의 창백한 얼굴과 푸른 눈이 밝게 빛났다. 나타샤는 어머니의 어깨에 두 팔을 얹고 황홀할 만큼 감동한 듯 조용하게, 진심에서 우러나는 목소리로 속삭였다.

"만약 어머니께서 우리가 얼마나 위대하고 기쁜 일을 하는지 아신다면! 당신도 함께 공감할 걸요!" 나타샤는 확신에 차서 말했다.

부러움 비슷한 감정이 어머니의 마음을 감동시켰다. 어머니는 마루에서 일어서며 슬픈 어조로 말했다.

"그러기엔 난 너무 늙었어. 배운 것도 짧고……."

파벨은 갈수록 점점 더 자주, 점점 더 길게, 그리고 점점 더 격렬하게 논쟁을 벌였다. 그러는 동안 하루가 다르게 여위어 갔다.

그는 나타샤를 바라보거나 그녀와 이야기를 나눌 때 유난히 두 눈이 더 반짝거렸다. 목소리 역시 더 부드러워지고 다정해지는 듯했다. 그의 모든 태도가 더 단순해졌다.

'하늘이 돕겠지!' 나타샤가 자신의 며느리라고 상상하면서 어머니는 내심 미소 지었다.

회합에서 논쟁이 점점 짙어지거나 격렬해지면, 소러시아인은 벌떡 일어서서 몸을 종의 추처럼 앞뒤로 움직이며 말했다. 그 목소리는 우렁차고 깊이 울렸으며 단순했는데, 그의 말은 모두의 흥분을 가라앉혀서 그들의 목표로 환기하곤 했다. 소러시아인 베솝시코프는 항상 모든 이를 서둘러서 어딘가로 몰았다. 그와 사모일로프라 불리는 붉은 머리 젊은이는 늘 가장 먼저 논쟁에 불을 붙이는 사람이었다.

그들 편에는 언제나 이반 부킨과, 머리가 둥글고 마치 말리기 위해서 밖에 널어두었거나 잿물로 씻어낸 듯 흰 눈썹과 속눈썹이 우뚝 솟은 페자 마진이 함께 있었다. 겸손한 야코프 소모프는 늘 매끈하게 빗질을 해서 말끔하였고, 말수는 적어서 조용하고 심각한 목소리로 간단하게 말했으며, 언제나 파벨과 그 소러시아인의 편을 들었다.

이따금 나타샤 대신 니콜라이 이바노비치라는 사람이 왔다. 어떤 멀리 있는 행정부의 도시 출신 사람이었다. 안경을 꼈으며 구레나룻이 길었다. 말투가 특이한 모양새로 보아, 다른 지방 출신인 듯했다. 그는 가정생활을 비롯해서 아이들이나 빵, 고기 같은 아주 일상적인 이야기를 주로 화제에 올렸다. 그야말로 보통 사람들이 하루하루 살아가면서 맞닥뜨리는 일들에 대한 이야기였다. 그는 그 안에서 잘못된 부분들을 예리하게 잡아내어 유머러스하게 지적하고는 항상 그 문제들의 결정적인 불이익을 말해주었다.

어머니가 보기에도 그는 멀리 다른 나라에서 온 것 같았다. 그 나라 사람들은 단순하고 정직하고 편안한 삶을 살고 있어서 이곳의 모든 것이 그에게 신기하고, 그렇기 때문에 이 생활에 익숙해질 수 없으면서도 불가피하게 받아들이는 듯이 보였다. 또 이곳 생활이 그를 불쾌하게 했으며, 그 자신이 모델로 삼았던 방식에 따라서 이곳 생활을 재정리해볼까 하는 결심을 은근히 내비치기도 했다. 그의 얼굴은 누리끼리하고 가늘고 긴 주름이 눈가에 있으며, 목소리는 나지막하고 손은 언제나 따스했다. 어머니를 만나면 반갑게 힘을 주어 손을 꼭 쥐었다. 그렇게 활기차게 그의 손을 잡고 나서는 어머니의 마음이 편안하고 밝아 보였다.

시내에서 오는 사람들이 점점 많아지고 횟수도 잦아졌다. 자주 오는 사람 가운데는 키가 크고 호리호리하며 창백한 얼굴에 눈이 큰 사샤라는 아가씨가 있었다. 걸음걸이나 행동거지가 꼭 남자 같았다. 말을 할 때는 곧게 솟은 콧날이 가볍게 떨리곤 했다.

"우리 사회주의자들은……!" 사샤는 이렇게 말한 첫 번째 사람이었다. 사샤의 목소리는 말할 때마다 너무 커서 귀에 거슬렸다.

어머니는 처음 사샤의 말을 듣고 깜짝 놀라 사샤를 돌아다보았다. 하지만 사샤는 눈을 반쯤 감고서 엄하고 단호하게 말했다.

"인생을 부흥하려면 우리의 모든 힘을 포기해야 해요. 우리에게 보상은 없다는 사실을 알고 있어야 한다고요."

어머니가 어렸을 때 있었던 사건이었는데, 사회주의자들이 황제를 죽였다는 얘기를 들은 적이 있었다. 농노를 해방한 데에 앙심을 품은 지주들이 황제를 죽이기 전까지는 머리카락 한 올 자르지 않겠다고 맹세를 했다. 그 지주들을 사회주의자라 부른다는 말이 떠돌았다.*² 그런데 지금 사샤는 자신의 아들과 친구들을 어째서 그런 무시무시한 사회주의자라고 하는지 도무지 이해가되지 않았다.

그들이 모두 헤어졌을 때, 사샤는 파벨에게 물었다.

"파벨, 네가 사회주의자니?"

"네, 왜요?" 그는 사샤 앞에 서서 평소처럼 직선적이고 충실한 말투로 말했다.

어머니는 무겁게 숨을 들이켜며 눈을 내리뜨고 말했다.

"그래서, 파벨? 왜 그러니? 그들은 황제에게 저항하고 있어. 그들은 사람을 죽였다고."

---

*² 1861년 알렉산드르 2세가 '농노해방령'을 발표하자 지주들의 불만이 자자했지만, 황제의 암살 계획으로 이어지진 않았다. '해방자'로 불렸던 황제를 암살한 것(1881)은 러시아 사회주의자들이 형성되기 전 농촌사회주의를 이념으로 삼았던 인민주의자, 즉 나로드니키 중 '인민의 의지'로 불리던 그룹이었다. 말하자면 '어머니'는 잘못된 소문을 들었던 셈이다.

파벨은 방에서 왔다 갔다 하다가 손으로 얼굴을 문지르고 미소를 띠며 말했다.

"우린 그런 일을 할 필요가 없어요."

파벨은 어머니에게 오랫동안이나 나지막하고 심각한 목소리로 말했다. 어머니는 아들의 얼굴을 들여다보며 생각했다.

'저 애는 나쁜 짓은 하나도 안 할 거야, 저 앤 나쁜 일을 할 수가 없어!'

그 뒤부터는 험한 말이 점점 자주 반복되었다. 그렇지만 험한 그 언변의 날카로움은 없어져 버려서, 어머니가 알아들을 수 없는 수많은 다른 말들만큼이나 어머니의 귀에 점점 친숙해졌다. 그렇지만 사샤가 오는 것은 달갑지 않아서 사샤가 오면 힘들고 마음이 편치 않았다.

한번은 어머니가 불안을 감추지 못하고 입술을 실룩거리며 소러시아인 안드레이에게 말했다.

"사샤는 왜 저리 과격하지? 무슨 일이든 명령만 내리면서 마음대로 하려 들어. 이거 해라, 저거 해라!"

소러시아인은 큰 소리를 내며 웃었다.

"맞아요, 어머니가 정곡을 찌르셨어요. 안 그래, 파벨?"

안드레이는 두 눈 가득히 아주 쾌활한 웃음을 담은 채 이렇게 말하고는 어머니에게 눈을 찡긋해 보였다.

"귀족 혈통 사람 피는 펌프로도 퍼낼 수 없거든요."

그러자 파벨이 무뚝뚝한 목소리로 말했다.

"사샤는 그저 좋은 여자예요."

"그렇긴 하지! 하지만 자기가 무엇을 해야 하는지 잘 이해하지 못하는……."

두 사람은 또다시 어머니가 잘 알아들을 수 없는 말로 토론을 벌였다.

어머니는 사샤가 파벨에게 무척 냉정하게 대할뿐더러 때때로 야단치는 모습까지 보았다. 하지만 파벨은 언제나 똑같이 이전에 나타샤에게 보냈던 그 부드러운 눈길로 처녀를 바라보았다. 어머니는 아들의 이런 모습도 싫었다.

모임은 일주일에 두 번으로 늘어났다. 어머니는 젊은이들이 아들과 소러시아인의 연설을 얼마나 탐욕적으로 듣는지를 보면서, 사샤와 나타샤, 알렉세이 이바노비치, 시내에서 온 다른 사람들의 재미있는 이야기를 들으며 모든 고통을 잊고 고개를 끄덕였다. 젊은 시절 생각이 되살아나서였다.

가끔씩 그들은 단순하고도 친근한 멜로디로 된 노래를 크고 즐겁게 불렀다. 그러나 자주자주 그들은 여러 가지 새 노래들도 불렀는데, 그 가사와 음악은 완벽하게 화음을 이루어 슬프고도 예스러운 느낌을 풍겼다. 이런 노래들을 그들은 교회 찬송가처럼 생각에 잠겨 심각한 가락으로 불렀다. 그들의 표정은 점점 창백해지기는 했어도 여전히 홍조를 띠고 있었고, 어떤 강력한 힘이 노래의 가사 속에 살아 있었다.

"거리에 나가서 노래 부를 시간이군." 베숩시코프는 음울하게 말했다.

그리고 때때로 어머니는 잠시도 가만히 있지 못하는 활기찬 취흥의 기분에 머리를 맞은 기분이었다. 취흥이 그들을 갑자기 사로잡기도 했기 때문이었다. 이런 기분을 어머니는 이해할 수 없었다. 보통 저녁나절에, 그들이 다른 나라의 경우에 노동자들이 어떤지를 신문에서 읽을 때가 있었다. 그럴 때면 그들의 눈은 용감하고 활기찬 기쁨으로 반짝였고, 이상하게도 어린아이들처럼 행복해했다. 방 안에는 즐거운 종소리처럼 웃음이 울렸고, 그들은 서로 애정에 가득 차서 어깨를 툭툭 건드렸다.

"도시 친구들, 나의 친구들, 프랑스인!" 누군가가 자신의 유쾌한 웃음에 스스로 취해서 소리쳤다.

"이탈리아 노동자 만세!" 그들은 한 번 더 소리쳤다.

그럴 때면 그들은 자신들의 열정과 환희의 절정이 머나먼 곳의 친구들에게 날아가 말도 통하지 않는 외국의 동지들이 듣고 이해하리라고 믿는 것만 같았다.

소아시아인은 눈에 광채를 띠며, 누구보다 더 큰 자기의 사랑을 이야기했다.

"친구들, 저쪽에 있는 친구들에게 소식을 써서 전하는 게 좋겠어! 그 친구들에게 여기 머나먼 러시아에 사는 친구들이 그들과 함께하고 있다고 알리는 거야. 여기 우리는 노동자이고, 그들처럼 똑같은 종교를 믿고, 그들과 똑같은 목표를 향해 가고 있고, 그들의 승리를 대단히 기뻐하고 있다고 말이지."

그리고 모두가 꿈꾸는 얼굴로 미소를 띠고서 독일과 이탈리아, 영국, 스웨덴에 대해 상세하게 말했고, 또 모든 나라의 일하는 사람들에 대해서 이야기를 나누었다. 마치 그들의 친구들, 그들과 마음이 통하는 사람들에 대해 말하는 것 같았다. 그 사람들을 보지 않고도 그들을 사랑하고 존경했으며, 그런 기쁨을 서로 공유하고 그 고통을 함께 느꼈다.

작은 방 안에서는 세계 노동자들의 세계적 동류의식으로부터 커다란 의견이 태어났다. 동시에 세계의 주인들과 노예들은 이미 편견의 구속으로부터 해방되어 인생의 새 주인들이 된 기분을 느끼고 있었다. 이런 기분과 의견은 모두를 오직 하나의 영혼으로 일치하게 했다. 그래서 그 기분이 어머니를 감동케 하였고, 비록 어머니의 마음에 와 닿을 수는 없었지만 어머니에게도 힘과 기쁨, 승리감과 활력, 기쁨과 위로, 그리고 희망으로 용기를 갖게 해주었다.

어느 날 어머니가 안드레이에게 말했다.

"자네들도 참! 아니, 아르메니아인이나 유대인이나 오스트리아인이나 모두 너희 친구처럼 기쁨과 슬픔을 다 함께 나눈다니, 참 이상한 사람들이야, 너희는!"

그러자 안드레이가 진지하게 말했다.

"우리는 하나예요. 사랑하는 어머니, 우리는 언제나 하나예요! 세계는 노동자들 편이에요! 예, 우리에겐 국가도 없고 민족도 없고, 오직 동지와 적이 있을 뿐입니다. 모든 노동자는 우리의 동지이고, 모든 부자와 권력자는 우리의 적입니다. 이 세상의 우리 노동자들이 얼마나 많은지, 우리 내면의 정신이 얼마나 대단한지 당신이 아신다면 당신의 마음은, 당신의 넓은 가슴은 기쁨과 행복으로 가득 차서 가슴속으로 흥거운 노래를 부를 겁니다."

이렇게 한껏 취한 유치한 기쁨, 밝고 견실한 신뢰감이 점점 친구들에게 다가와서 점점 강해지고 점점 지배적이 되었다.

어머니는 그들의 신념을 확인할 때마다 정말로 이 세상에 뭔가 위대하고 찬란한, 하늘의 태양과도 같은 빛이 세상에 잉태되고 있음을 느꼈다.

가끔씩 아버지가 물건을 훔쳐서 감옥에 있을 때, 니콜라이는 친구들에게 이렇게 말했다.

"이제 우리 집에서 회합을 해도 돼. 경찰이 우리를 도둑으로 몰겠지. 그들은 도둑을 좋아하거든!"

거의 매일 저녁 공장 일이 끝난 뒤 파벨의 친구들이 찾아왔다. 그들은 책을 읽기도 하고, 책에서 뭔가를 베껴 쓰기도 했다. 너무 열중해서 씻을 시간도 없었다. 그러고는 저녁밥을 먹기가 무섭게 양손에 책을 들고서 차를 마셨다. 그들이 나누는 이야기는 어머니가 이해할 수 없는 말들로 점점 더 많이 채워졌다.

"우리도 소식지를 찍어야겠어."

파벨은 이런 말을 자주 했다. 인생은 점점 더 분주해지고 열광적으로 변해 갔다.

"사람들이 우리 이야기를 하기 시작했어. 곧 몸을 숨겨야 할 것 같아."

어느 날 니콜라이 베숩시코프가 말했다. 그러자 안드레이가 반박했다.

"메추라기는 그물에 걸려들려고 태어났다잖아!"

어머니는 시간이 지날수록 안드레이가 더 마음에 들었다. 파벨이 집에 없는 일요일이면 그가 찾아와 장작을 패 주기도 하고, 썩어서 내려앉는 현관 계단을 고쳐 주기도 했다. 그뿐 아니라 흔들거리는 울타리를 감쪽같이 고쳐놓기도 했다. 그는 일을 할 때면 늘 휘파람을 불었는데, 그 소리가 참 아름답고 구슬프고도 탐욕스러웠다.

어느 날 어머니가 파벨에게 말했다.

"안드레이가 우리 집에서 하숙하면 어떻겠니? 너희 둘 다 좋을 거 같은데. 서로 너무 많이 왔다 갔다 할 필요도 없고."

"힘들고 불편하게 살 일이 뭐가 있다고 그러세요?"

파벨은 어깨를 들썩이며 말했다.

"아니, 너라면 그렇겠지! 난 평생 뭐가 뭔지도 모른 채 힘들었잖니? 좋은 사람을 위해서라면야 얼마든지 힘들어도 괜찮단다."

"어머니 좋으실 대로 하세요. 그가 우리 집으로 온다면야, 저는 더 바랄 게 없지요……."

소러시아인 안드레이는 그들과 함께 살기 시작했다.

5

마을 변두리의 작은 집은 사람들의 주목을 받기 시작했다. 감시의 눈초리가 쉼 없이 담벼락을 더듬었다. 소문의 날개들이 잡다하게 뒤섞여서 끝없이 그 집 상공을 날아다녔다. 사람들은 집 안에 숨어 있는 무언가를 밝혀내려고 애썼다. 밤마다 창문을 기웃거리다가 손가락으로 슬쩍 두드려 보고는 지레 겁을 먹고 달아나기도 했다.

하루는 거리에서 동네 술집 주인이 블라소바를 불러 세웠다.

술집 주인은 키가 작고 말쑥한 노인인데, 목에는 언제나 붉고 축 늘어진 스카프를 매고 있었고, 몸에는 라일락 색깔의 비로드 조끼를 입고 있었다. 그의 날카롭고 번쩍이는 코에는 거북이 등껍질 테가 한 쌍 얹혀 있어서 그에게 별도로 '앙상한 눈'을 더해 주었다.

술집 주인은 단숨에, 대답도 기다리지 않고 바짝 말라 날카롭게 갈라지는 목소리로 블라소바에게 떠들어댔다.

"펠라게야 닐로브나 블라소바, 그동안 잘 지내셨소? 아들놈은요? 결혼은 안 한대요? 장가 갈 나이잖아요? 장가를 일찍 가야 가족이 더 안전하지. 남자는 장가를 가야 정신이든 육체든 망가지질 않는다니까. 나 같으면 진작 장가를 보냈겠소. 요즘 짐승 같은 애들은 감시를 잘해야 해요. 요새 사람들은 머리를 쓰기 시작했거든. 사상인가 뭔가로 미쳐 날뛰는 데다 별 죄를 다 짓잖소. 젊은 놈들이 가라는 교회는 안 가고 사람들 모이는 데는 얼씬도 안 하면서 왜 저희 끼리만 외딴 구석에 모여서 속닥거려? 사람들 앞에서는 선술집 같은 데 모여도 왜 아무 말도 못하냐고. 무슨 얘긴데, 묻잖아? 비밀이야? 비밀장소는 우리의 성스러운 교회라고, 유서 깊은 곳이지. 구석에서 만들어지는 모든 비밀은 다 망상이야. 당신 몸조심하길 바라요."

술집 주인은 모자를 벗어 허공에다 흔들면서 그 자리를 떠났다. 어머니는 어찌할 줄을 모른 채 한참 동안 그대로 서 있었다.

이웃에 사는 마리야는 남편이 죽고 난 뒤부터 공장 입구에서 먹을거리를 팔아 가까스로 생계를 꾸리고 있었다. 마리야는 시장에서 어머니와 마주치자 대뜸 이렇게 말했다.

"아들 잘 감시해, 닐로브나!"

"그게 무슨 소리야?"

마리야는 쉰 목소리로 귀띔했다.

"사람들이 수군거리고 있어. 그다지 좋지 않은 소문만 있다오. 당신 아들이 이상한 조합을 만들었다던가? 이단 종파라나 뭐라나. 신도들끼리 채찍으로 마구 때리는……."

"됐어, 마리야. 말도 안 되는 소리 하지 마!"

"말이 안 되긴! 나도 이미 알고 있는 얘기였어."

어머니는 밖에서 들은 이야기들을 아들에게 전해 주었다. 파벨은 말없이 어깨를 으쓱거렸고, 안드레아는 낄낄거리며 큰 소리로 웃었다.

"여자애들도 너희 욕을 많이 하더라. 너희는 사실 어디 내놔도 훌륭한 신랑 감이잖니? 일 열심히 하지, 술은 입에도 대지 않지……. 그런데 너희를 거들떠 보지도 않으니, 원. 게다가 사람들이 그러는데 괴상한 처녀들이 너희를 만나러 온다고 하더라."

"맘대로 생각하라지요, 뭐."

파벨은 탐탁지 않은 듯 얼굴을 찡그리며 대꾸했다.

"어느 수렁에서고 썩은 냄새는 나게 마련이죠." 소러시아인 안드레이가 한숨 섞인 목소리로 말했다. "어머니, 그런 말을 지껄이는 얼간이 처녀들에게 결혼 이 얼마나 사람을 골병 들게 하는지 알려주지 그러셨어요."

"그러게." 어머니가 대답했다.

"창고에서 불행이 기다리고 있다는 걸 그 사람들이라고 모르겠니? 다 알겠 지. 하지만 달리 방법이 없으니 어쩌겠니?"

"그들의 사고방식은 이해하기 어려워요. 그들이 그걸 안다면 다른 방법을 찾 을 걸요."

파벨은 의견을 말했다. 어머니는 그의 엄격한 얼굴을 들여다보았다.

"차라리 너희가 그 사람들을 가르치지 그러니? 더 똑똑한 사람을 이리로 모 셔오든가……."

파벨은 잠시 생각에 잠겼다가 입을 열었다.

"사람들이 따르지 않을 걸요!" 그는 무뚝뚝하게 말했다.

"우리가 그럴 것 같아요?" 안드레이가 말했다.

"사람들은 처음에 미친 듯이 한데 어울려 다니죠. 그러다 그 가운데 몇몇이 결혼을 하죠. 그러면 그걸로 모든 게 끝이에요."

어머니는 점점 생각에 잠기는 때가 많아졌다. 아들의 냉정한 얼굴을 말없이 바라보면 걱정이 되었다. 어머니는 아들의 충고를 나이가 많은 상급 친구들까 지도 받아들인다는 사실을 알고 있었다. 예를 들면 안드레이 같은 사람이었다. 그러면서도 어머니가 보기에는 모두가 그를 두려워하는 모양세였고, 그가 너 무도 엄격하기 때문에 그를 아무도 사랑하지 않는다고 느꼈다. 언젠가 한번은 잠자리에 들었다가, 얇은 칸막이 벽 너머에서 아들과 안드레이가 속삭이는 소 리를 들었다.

"난 나타샤가 마음에 들어. 자네도 알고 있지?"

안드레이가 뜻을 숨기는 목소리로 불쑥 말했다. 파벨은 간격을 두고 대답했다.

"알고 있어."

"알고 있어?"

어머니는 소러시아인이 일어나서 걷는 소리를 들었다. 그의 맨발이 바닥에 닿아 소리를 냈다. 곧 낮고 슬픈 휘파람 소리가 들렸다. 그가 다시 말했다.

"그런데 나타샤가 알고 있어?"

파벨은 말이 없었다.

"어떻게 생각해?" 소러시아인이 기운 빠지는 소리로 말했다.

"알고 있지. 그 때문에 우리하고 공부하는 걸 꺼리는 것 같던데?"

안드레이가 발을 세게 끌며 방 안을 왔다 갔다 하는 소리가 들렸다. 그리고 다시 그의 낮은 휘파람 소리가 가볍게 떨며 방 안에 울려 퍼졌다.

"내가 만일 나타샤에게 고백을 한다면……."

"뭘?" 이 간단한 질문을 파벨은 총에 장전된 총알처럼 쏘았다.

"뭐긴, 내가 지금 말한……." 안드레이가 가라앉은 목소리로 말하려던 참이었다.

"왜?"

파벨이 대뜸 그의 말을 가로막았다. 어머니는 안드레이가 걸음을 멈추는 소리를 들었고, 그가 웃고 있다는 느낌이 들었다.

"난 여자를 사랑한다면 그 여자 앞에서 고백을 해야 한다고 생각해. 그러지 않는다면 무슨 의미가 있어?"

파벨은 '탁' 소리가 나게 책장을 덮었다. 그러곤 이렇게 되물었다.

"무슨 의미가 있어야 하는데?"

한동안 둘 다 아무 말이 없었다.

"그럼 어떻게 하지?" 소러시아인이 물었다.

"당신 마음이 분명해야 돼. 안드레이, 당신이 뭘 원하는지. 나타샤가 당신을 사랑한다고 생각한다면―난 그렇게 생각지는 않지만―아무튼 그렇게 가정해 보자고. 음, 그래서 당신이 결혼을 한다고 쳐. 그건 흥밋거리 결합이고, 노동자와 지성인의 결합이라고! 아이들이 생겨나면 당신은 완전히 혼자서 일해야만 해. 당신 인생은 그저 빵을 위해서, 그리고 당신 자신과 아이들의 피난처를 찾으려고 안간힘을 쓰게 될 뿐이겠지. 그런 이유 때문에 당신들 둘은 존재하지 않는 존재가 될 거라는 말이야."

잠시 뒤, 파벨이 더 부드럽게 다시 말문을 열었다.

"이 모두를 털어 버리는 게 좋아, 안드레이. 조용히 있으면서, 나타샤에 대한 걱정은 버려. 그게 더 정직한 방식이니까."

"그런데 알렉세이 이바노비치가 한 말 기억나? 사람은 인생을 완전하게 살아갈 필요가 있다고 했지. 영혼과 몸의 온 힘을 기울여서 말이야. 기억하지?"

"그 말은 우리와 상관없어! 네가 어떻게 완전한 삶을 가진다는 거야? 그런 삶은 네 편이 아니야. 네가 미래를 사랑한다면 넌 현재의 모든 것을 포기해야 돼, 모든 걸, 형제님!"

"하나의 인간으로서는 힘든 일이지!" 소러시아인이 작은 목소리로 말했다.

"그럼 달리 방법이 있나? 생각해 보라고!"

시계의 무심한 추는 인생의 촌각들을 연달아 잘라 버렸다, 조용하고 치밀하게. 결국 안드레이는 말했다.

"가슴의 반은 사랑, 또 다른 반은 괴로움이라. 이게 진정 인간의 심장이랄 수 있을까?"

"그럼 다른 방법이 있어? 있으면 말해 봐."

이윽고 책장을 넘기는 소리가 들렸다. 파벨이 다시 책을 읽기 시작한 모양이었다. 어머니는 뒤척이는 소리를 내지 않으려고 조심하면서 천천히 눈을 감았다. 두 사람 다 너무나 가엾어서 울먹여졌다. 그래도 아들 때문에 더욱더 슬펐다.

'사랑하는 내 아들! 내 신성한 자식!' 어머니는 생각했다.

갑자기 안드레이가 물었다.

"자넨 내가 나타샤에게 아무 말도 하지 않아야 된다고 생각하나?"

"그 편이 더 나을 거야, 안드레이."

파벨이 부드럽게 대답했다.

"좋아! 이 길이 우리가 가야 할 길이라면…… 그래, 자네 말을 따르겠어. 자네가 내 입장이더라도 역시 힘들었겠지?"

잠시 뒤에 파벨은 슬프고 억눌린 목소리로 덧붙였다.

"나는 이미 힘들어하고 있어……"

"그래?"

"응."

바람이 담벼락을 쓸고 지나갔다. 시계추가 시간을 잠깐씩 잠깐씩 알려 주었다.

"으음, 안됐군."

결국 안드레이가 느긋하게 말했다.

어머니는 베개에 얼굴을 묻고 소리 없이 눈물을 흘렸다.

다음 날 아침, 어머니 눈에는 안드레이의 키가 조금 작아진 듯이 느껴졌는데 이상하게도 더 매력적으로 보였다. 그런데 파벨은 평소처럼 비쩍 말라 크고 곧고 무뚝뚝했다.

어머니는 소러시아인 안드레이 스테파노비치를 이렇게 항상 정식으로 불렀지만, 이제는 문득문득 무의식중에 고의가 아닌데도 이렇게 말했다.

"안드레이, 장화를 수선해야겠구나. 그대로 신고 다니다간 동상에 걸리겠어."

"그렇잖아도 월급 받으면 새로 사려고 했어요."

안드레이는 이렇게 대답하고는 웃으면서 어머니의 어깨에 기다란 손을 얹었다.

"있잖아요, 당신이 진짜 내 엄마라고요. 내가 너무 못생겼는데도 사람들한테 나를 아들이라고 인정한 사람은 당신뿐이에요."

어머니는 말없이 그의 손을 토닥거렸다. 애정을 담아 위로하고 싶었지만, 가슴이 동정심으로 가득 차서 말이 혀에서 떨어지지 않았다.

노동자촌에는 사회주의자들에 관한 이야기가 무성하게 떠돌았다. 그들이 파란 잉크 소식지를 만들어 뿌리고 다닌다고 했다. 소식지에는 공장의 갖가지 제도를 신랄하게 비판하는 내용과 함께 상트페테르부르크와 남부 러시아의 노동자들이 벌이고 있는 파업 소식, 그리고 노동자의 권익을 위한 투쟁에 동참하라고 호소하는 글들이 담겨 있었다.

공장에서 임금을 괜찮게 받는 축에 속하는, 그러니까 어느 정도 나이가 든 재미 없는 사람들은 불같이 화를 냈다.

"반란자를 사육하는 놈들! 저런 것들한텐 까막눈의 본때를 보여 줘야 해!"

젊은이들은 소식지를 사무실에 가져와 열심히 읽었다.

"죄다 옳은 소리네!"

그러나 나날의 노동에 지쳐 그 어떤 일에도 무관심해져 버린 대부분의 사람들은 별다른 반응을 보이지 않았다.

"그래서 뭐 어쨌다는 거야? 그런다고 뭐가 달라지겠어?"

그러나 소식지는 알게 모르게 사람들의 마음을 흔들고 있었다. 소식지가 한 주라도 거르게 되면 서로들 머리를 맞대고 수군거렸다.

"오늘도 없으니, 이제 때려치운 모양이지?"

그러나 다시 월요일이면 소식지는 어김없이 뿌려졌고, 그와 동시에 노동자들은 또다시 술렁댔다. 공장과 선술집에서 낯선 사람들이 눈에 띄기 시작했다. 그들은 무언가 냄새를 맡으려는 듯 모든 일과 모든 사람에 대해 시시콜콜 캐묻고 다녔다.

무언가를 둘러보고, 탐색하다가 한번은 모두의 관심을 끌기도 했다. 어떤 이들은 자신들의 의심 많은 경계심으로 관심을 끌었고, 또 다른 이들은 강요적으로 주제넘게 나서서 관심을 끌었다.

어머니는 이런 소란에 파벨이 깊게 연루돼 있다는 걸 알고 있었다. 사람들이 아들 주변으로 더 많이 모여들었다. 파벨이 자랑스럽게 느껴지면서도, 아들에게 닥쳐올지도 모르는 운명적 위험 때문에 마음이 몹시 불안하였다.

새로운 흐름 속에 있는 세상사를 방류해 버린 당사자는 바로 비밀 노동이었다. 그 신선한 흐름은 인생의 좁은 탁류로 흘러들었다.

어느 날 저녁, 마리야가 창문을 두드렸다. 어머니가 창문을 열자 마리야는 대뜸 큰 목소리로 이렇게 말했다.

"닐로브나, 조심해. 다 끝났어! 오늘 밤에 수색을 한대. 당신네 집은 물론 페자와 니콜라이네 집까지⋯⋯."

마리야의 도톰한 입술이 빠르게 움직였다. 마리야는 콧김을 내뿜으며 거리를 감시하는 모양새로 연방 이쪽저쪽을 살폈다.

"잊지 마. 난 아무것도 몰라. 난 당신에게 아무것도 말하지 않은 거야. 오늘 난 당신을 보지도 못했어. 알았지?"

마리야는 서둘러 사라졌다.

어머니는 창문을 닫고 천천히 의자에 걸터앉았다. 그러다 아들에게 위험이 닥치고 있다는 것을 깨닫고 얼른 옷을 챙겨 입은 다음 페자 마진의 집으로 달려갔다. 몸이 아파서 일을 나가지 못한 페자는 창가에 앉아 책을 읽고 있다가 소식을 듣고 자리에서 벌떡 일어났다. 그의 입술은 떨리고 얼굴이 대번에 새하얗게 질렸다.

"자, 보세요! 손가락에 종기가 낫잖아요!" 그가 중얼거렸다.

어머니는 초조하게 떨리는 손으로 이마의 땀을 닦으며 물었다.

"드디어 그놈들이……. 이제 어떻게 하면 좋겠니?"

페자는 손으로 곱슬머리를 쓸어 넘기며 대답했다.

"잠깐! 두려워해서는 안 됩니다!"

"너도 두려운 것 같은데!"

어머니의 말에 페자의 두 뺨이 새빨개졌다. 그는 억지로 웃음을 지어 보이며 대답했다.

"저요? 예, 조금은요, 제기랄! 일단 파벨에게 이 사실을 알려야겠어요. 내 여동생을 보낼게요. 어머니는 댁으로 가 계세요. 절대 걱정 마시고요! 설마 그들이 우릴 고문이야 하겠어요?"

어머니는 집으로 돌아오자마자 책이란 책은 죄다 꺼내 가슴에 끌어안고는 숨길 곳을 찾느라 집 안을 두리번거렸다. 벽난로 속을 들여다보기도 하고 그 밑을 들춰 보기도 하고 사모바르 통 안과, 심지어 물통 안을 열어 보기도 했다.

어머니는 당장이라도 아들이 일을 팽개치고 집으로 달려오리라고 생각했다. 그러나 아들은 오지 않았다. 마침내 지칠 대로 지친 어머니는 책들을 발 밑에 내려놓고, 일어나기가 두려워 긴 의자에 한참 동안 우두커니 앉아 있었다.

해질녘이 되어서야 공장에서 파벨과 안드레이가 돌아왔다. 어머니는 아들을 보자마자 의자에 앉은 채 소리쳤다.

"얘기 들었니?"

파벨은 침착하게 웃으면서 대답했다.

"알고 있어요. 어머니, 겁나세요?"

"그래, 겁난다. 무척 겁나……."

"겁낼 필요 없어요. 그래 봤자 아무 소용도 없는걸요." 안드레이가 말했다.

"이런, 아직 차도 끓여 놓지 않으셨네?" 파벨이 말했다.

어머니는 의자에서 일어나 죄지은 기색으로 책들을 손가락으로 가리키며 말했다.

"내, 이놈의 책들 때문에…… 온종일 난……."

파벨과 안드레이가 웃음을 터뜨리자 어머니는 한결 힘이 나는 듯했다. 파벨은 숨겨야 할 책을 몇 권 골라 마당으로 가지고 나갔다. 안드레이는 사모바르를 불 위에 올려놓으며 이렇게 말했다.

"어머니, 별일 없을 거예요. 사람들이 터무니없는 생각으로 스스로를 괴롭히다니 부끄러울 뿐이죠. 옆구리에 군도를 차고 장화를 신은 남자들이 찾아와서 여기저기 뒤지겠죠. 침대 밑을 들여다보고 다락에 올라가보고, 지하실이 있으면 그곳까지 기어내려가 샅샅이 살피겠죠. 그들의 얼굴에 거미줄이 달라붙으면 씩씩거리며 콩콩대겠지요. 지루하기도 하고 또 부끄럽겠죠. 그리고 그렇게 사악한 척하면서 우리 때문에 매우 광분한 척하는 거예요. 지저분한 일이죠. 그들은 그런 일을 이해하고 있어요, 물론 이해하고말고요! 일단 나의 보금자리를 뒤죽박죽 해놓고 수치스러워 가 버리고 나면 그만이에요. 한번은 그들이 나를 데려갔죠. 그러곤 나를 감옥에 넣었고, 나는 거기서 넉 달 정도 살았어요. 온종일 마냥 앉아 있다가, 이름이 불리면 군인들에게 둘러싸여 끌려가 몇 가지 심문을 받는 거예요. 그들은 바보라서 말이 앞뒤가 맞지 않아요. 그리고 심문이 끝나면, 군인들이 다시 감옥으로 데려다 주지요. 그들은 여기서도 데려가고, 거기서도 데려가고…… 그저 월급 받고 하는 일이 고작 그거죠. 그리고 때가 되면 풀어주고요. 그게 전부죠."

"넌 말투가 언제나 그렇다니까, 안드레이!" 어머니는 무의식중에 외쳤다.

안드레이는 사모바르 앞에 무릎을 꿇고 앉아 붉어진 얼굴로, 두 손으로 콧수염을 쓰다듬며 어머니에게 물었다.

"그럼 제가 어떻게 말해야 하는데요, 기도식으로요?"

"아무도 널 해친 적이 없는 것처럼 말해도 돼."

안드레이는 일어나서 어머니에게 다가가더니 고개를 저으며 말했다.

"이 세상에 부당한 취급을 받지 않은 사람이 어디 있나요? 전 하도 많이 당해서 이제 화도 나지 않아요. 달리 어떻게 하겠어요, 사람들이 스스로 자제하지 못하는데? 내가 괴롭힘을 당했던 일이 내게 방해만 될 뿐이지요. 부당한 취급을 피하기란 불가능해요. 그렇지만 그런 일을 멈추게 한다거나 관심을 갖기란 쓸데없는 시간낭비에 불과하지요. 인생이 그렇잖아요! 전에는 저도 화를 많이 내곤 했죠. 그러고 혼자 생각해 보았어요. 내 주변 사람들 모두가 마음의 상처를 입었더라고요. 사람들은 이웃이 자신을 해칠까 봐 늘 두려워하고 있는 것처럼 보였어요. 그러다 보니 자기가 먼저 상대편을 때려눕히게 되는 거지요. 사는 게 다 그렇죠, 사랑하는 어머니."

안드레이는 차분하게 말했다. 경찰의 수색을 두려워하고 있던 어머니의 마음에 위안을 준 게 분명했다. 툭 불거진 반짝거리는 안드레이의 두 눈은 슬픈 듯이 미소 짓고 있었다. 볼품없기는 하지만, 그는 굽혀지기만 할 뿐 절대로 부러지지 않는 재료로 만들어진 사람 같았다.

어머니는 한숨을 내쉬며 따뜻하게 말했다.

"하느님이 네게 행복을 내려 주실 거야, 안드레이!"

소러시아인 안드레이는 발을 길게 뻗어 사모바르 쪽으로 슬며시 다가가서, 발뒤꿈치에 엉덩이를 괴고 앉으며 중얼거렸다.

"만일 하느님이 내게 행복을 준다면 난 거절하지 않을 거예요, 간청할 거예요, 절대로. 저는 시간이 없으니까요."

그러고서 그는 휘파람을 불어댔다. 그때 파벨이 안으로 들어오면서 자신 있게 말했다.

"그 사람들이 책을 찾지 못할 거예요!"

욕실에서 나온 파벨은 젖은 손을 꼼꼼히 말리며 어머니에게 말했다.

"어머니, 저들에게 겁먹은 듯이 보여서는 안 돼요. 그러면 저들이 '옳지, 이 집에 뭔가가 있어. 그러니 저렇게 떨지.' 생각할 거예요. 어머니, 다시 말하지만 우린 잘못한 게 없어요. 진실은 우리 편이고, 우린 진실을 위해 평생을 바칠 겁니다. 그게 우리의 죄일 뿐이에요! 그러니 뭘 두려워하겠어요?"

"그래, 파벨, 힘을 내마!" 어머니는 다짐했다. 그리고 곧이어 또 걱정을 누를 수 없어서 소리쳤다. "그 사람들이 빨리 와야 할 텐데. 그래야 모든 일이 끝나!"

그러나 그날 밤 그들은 찾아오지 않았다.

날이 밝자 어머니는 모든 게 자신의 지나친 걱정이었음을 알고 자신을 비웃었다.

6

헌병들은 이 걱정스런 밤이 지나고 한 달 뒤에, 전혀 예기치 않은 시각에 나타났다. 파벨의 집에서 파벨과 안드레이, 니콜라이 베숩시코프 셋이서 소식지에 관한 이야기를 나누고 있었다. 자정이 다 된 시각이었다. 어머니는 잠자리에 누워 막 잠들려던 참이었다.

반쯤 깨고 반쯤 잠든 상태에서, 어머니는 나지막하게 바삐 움직이는 목소리를 들었다. 안드레이가 부엌 문을 조용히 닫고 빠져나가는 소리가 들렸다. 이윽고 현관에서 양동이가 넘어지는 소리가 나는가 싶더니 불현듯 문이 활짝 열렸다. 안드레이가 부엌에 들어와 다급히 속삭였다.

"발소리가 들려!"

어머니는 벌떡 일어나 떨리는 손으로 옷을 챙겨 입었다. 현관에서 부스럭대는 소리가 들려왔다. 파벨이 문가로 와서 침착하게 말했다.

"어머니, 침대에 가만 계세요, 어머닌 아픈 거예요."

현관에서 발소리를 죽이며 다가오는 소리가 들렸다. 파벨은 문으로 가서 손으로 두드리며 물었다.

"거기, 누구요?"

회색옷을 입은 키 큰 사내가 재빠르게 문 안으로 비집고 들어왔다. 그 뒤로 지역 경찰 두 명이 따라 들어왔다. 헌병 둘이 파벨을 밀어젖히고, 그의 양옆에 나란히 버티고 섰다. 그리고 조롱하듯 큰 소리로 말했다.

"기다리던 사람이 아닌가 보지?"

늘씬하게 쭉 뻗고 까만 콧수염이 드문드문 난 장교가 이렇게 지껄이자, 마을 경찰관 페자킨이 어머니의 침대로 다가가 한 손은 모자에 올리고, 한 손은 어머니 얼굴에 손가락질을 하며 무서운 눈빛으로 말했다.

"이 여자가 그놈의 어미입니다, 각하!"

그리고 파벨에게 손가락질을 하며 덧붙였다.

"바로 이놈입니다."

"파벨 블라소프?"

장교가 미간에 주름을 잡으며 물었다. 파벨이 고개를 끄덕이자 장교는 검은 콧수염을 쓰다듬면서 이렇게 내뱉었다.

"이 집을 수색해야겠소. 일어나시오, 할망구!"

"거기 누가 있어?" 장교는 갑자기 돌아서더니 문 쪽으로 거칠게 다가갔다.

"당신 이름은?" 다른 방에서 그의 목소리가 흘러나왔다.

현관에 낯익은 얼굴 둘이 나타났다. 늙은 주물공 트베랴코프와 그 집에서 하숙을 하는 화부 르이빈이었다. 르이빈은 착실한 흑인 일꾼이다. 참고인으로 불려온 것이었다. 르이빈이 투박하고 큰 목소리로 인사했다.

"즐거운 저녁이오, 닐로브나!"

어머니는 옷을 걸쳐 입고서, 내내 작은 목소리로 스스로 용기를 내려고 애쓰며 혼잣말을 했다. '이게 무슨 일이야? 그들이 밤에 왔어. 사람들이 모두 잠든 시간에 그들이 왔어⋯⋯.'

좁은 방 안에 사람들이 가득 들어차자, 구두약 냄새가 코를 찔렀다. 헌병 둘과 지역 경찰서장 리스킨이 요란하게 구두 소리를 내면서 책장에서 책들을 빼낸 다음 장교 앞에 가져다 놓았다. 다른 두 헌병은 주먹으로 벽을 쳐보기도 하고 의자 밑을 뒤져보기도 했다. 한 사람이 넘어질 듯 구석에 있는 벽난로 위에 올라가 있었다. 니콜라이의 곰보 얼굴은 붉은 얼룩으로 뒤덮였고, 그의 작은 회색빛 눈은 흔들림 없이 뚫어지게 장교를 주시하고 있었다. 안드레이는 콧수염을 꼬고 있다가, 어머니가 방에 들어오자 미소짓고 애정 어린 모습으로 머리를 끄덕였다.

어머니는 공포감을 애써 억누르며 평소처럼 비껴서 걷지 않고 똑바로, 가슴을 앞으로 불쑥 내밀고 걸었는데, 지나치게 과장된 모습이 우스꽝스러웠다. 신발이 바닥에 부딪혀 소리가 났고, 눈썹은 떨렸다.

또 다른 장교는 하얗고 가느다란 손가락으로 재빠르게 책장을 넘겨보기도 하고 털어보기도 하면서 능란한 손놀림으로 차례차례 책을 검사한 다음 바닥에 집어던졌다. 가끔씩 책이 가볍게 쿵 소리를 내며 바닥에 떨어질 뿐 모든 게 조용했다. 일에 열중한 경찰관들의 숨소리가 크게 들렸다. 그들이 내는 발소리에, 이따금씩 나지막하게 묻는 소리가 섞여 들렸다.

"여기는 봤나?"

어머니는 파벨 옆에 벽을 등지고 서서, 아들처럼 가슴에 팔짱을 끼고 있었다. 두 사람은 장교를 쳐다보았다. 어머니는 무릎이 떨리고 있음을 느꼈고, 눈앞이 아찔했다. 그때 니콜라이 베솝시코프의 날카로운 목소리가 침묵을 깼다.

"왜 책을 바닥에 던집니까?"

어머니는 떨고 있었다. 트베랴코프는 등을 한 대 얻어맞은 듯이 머리를 흔들었다. 르이빈은 이상하게 끄억끄억 우는 소리를 내며 니콜라이를 주의깊게 살폈다.

장교는 눈살을 찌푸리며 곰보 자국으로 얼룩얼룩하고 무표정한 얼굴의 니콜라이를 잠시 뚫어지게 바라보았다. 그는 더 빠르게 손가락을 놀리며 책장을 넘겼다. 니콜라이의 얼굴이 노랗고 창백했다. 그는 입술을 끊임없이 비틀며 일그러트렸다. 마침내 그는 회색빛 눈을 크게 떴다. 참을 수 없는 고통을 겪어본 듯한 표정이었다. 무기력에 빠진 분노로 비명이라도 지를 태세였다.

"병사!"

다시 니콜라이 베숍시코프가 외쳤다.

"책을 올려놔요……."

헌병들이 그의 얼굴과 장교의 얼굴을 번갈아 바라보았다. 장교는 고개를 들어 위협적인 시선으로 니콜라이 베숍시코프를 바라보더니 콧소리로 말했다.

"음, 그래, 올려놔……."

헌병 한 명이 허리를 숙이고 니콜라이 베숍시코프를 곁눈질하면서 바닥에 흩어진 책들을 주워 모았다.

"왜 니콜라이가 말이 없지?" 어머니는 파벨에게 물었다. 그는 어깨를 들썩해 보였다. 소러시아인 안드레이는 고개를 떨구고 있었다.

"거기, 뭘 소곤거리나? 조용, 조용히 해요! 성경을 읽는 사람이 있습니까?"

"저요!" 파벨이 말했다.

"아하, 그래! 그럼 이 책들은 누구 거지?"

"제 겁니다!" 파벨이 말했다.

"그렇군!" 장교는 의자 뒤로 한껏 기대면서 큰 소리로 말했다.

장교는 가느다란 손가락을 우두둑 꺾고는 탁자 밑으로 다리를 쭉 뻗고 콧수염을 가다듬며 니콜라이 베숍시코프에게 물었다.

"자네가 안드레이 나호드카인가?"

"그렇소!"

니콜라이 베숍시코프가 앞으로 나서며 대답했다. 그러자 안드레이가 그의 어깨를 뒤로 잡아당기며 앞으로 나섰다.

"이 사람이 잘못 들었소. 내가 안드레이요!"

장교가 위협하듯이 손가락을 들어 니콜라이 베숍시코프를 가리키며 한마디 했다.

"너, 앞으로 조심해!"

장교는 가져온 서류를 마구 뒤적였다. 달빛이 찬연한 밤이, 창문을 통해 영혼 없는 삭막한 눈으로 들여다보고 있었다. 누군가가 창밖에서 어슬렁거리며 눈을 밟고 다니는 모습이 보였다.

"너, 안드레이! 전에 정치범으로 심문받은 적 있지?"

장교가 물었다.

"로스토프에서 심문을 받았고, 사라토프에서도⋯⋯. 그런데 유독 그곳 헌병들만 반말을 안 합디다⋯⋯."

장교의 눈에 언뜻 빛이 어리더니 이내 사라졌다.

"그럼 네가 모를 리 없겠군. 공장에 불온 문서와 책을 뿌려댄 더러운 놈들 말이야. 나호드카 군, 그래 나호드카 군, 그래."

안드레이가 몸을 흔들거리며 활짝 웃는 얼굴로 뭐라고 대답을 하려는 찰나, 니콜라이 베숍시코프의 안절부절못한 목소리가 먼저 울려 퍼졌다.

"더러운 놈들이라니! 우린 악당들을 오늘 여기서 처음 보고 있소!"

한순간 침묵이 흘렀다.

순간 숨도 쉴 수 없는 긴장감이 맴돌았다. 어머니 얼굴에 난 상처가 하얗게 변했고, 어머니의 오른쪽 팔꿈치는 위쪽으로 움찔했다. 르이빈의 검은 수염이 이상스럽게 가벼이 흔들렸다. 그는 눈을 아래로 떨구고, 천천히 한쪽 손을 다른 손으로 긁었다.

"이 개를 여기서 데리고 나가!" 장교가 말했다.

두 경찰관은 니콜라이의 팔을 꽉 붙잡고 험악하게 부엌으로 끌고 갔다. 그곳에서 그는 바닥에 두 발을 단단히 딛고 서서 소리쳤다.

"멈춰! 코트 좀 입게."

경찰국장이 마당에서 들어와서 말했다.

"저기, 밖에는 아무것도 없더군. 우리가 모조리 수색했어!"

"글쎄, 물론이겠지!" 장교가 크게 웃으면서 말했다. "난 알고 있었어! 여기 경력자가 있으니까, 말이 없이도 진행되는 거지."

어머니는 가늘고 메마른 그의 목소리를 듣고, 적대감과 두려움에 떨며 남자의 누런 얼굴을 들여다보았다. 이 남자는 동정심도 없고, 마음속에는 귀족적 오만과 무례함만 가득 차 있는 듯했다. 어머니는 전에 그런 사람들을 본 적이 있었는데, 이제는 그 사실조차도 거의 잊어버렸다.

'그런데 파벨과 그의 친구들을 화나게 했던 사람이 이 사람이야.' 어머니는 생각했다.

"안드레이 나호드카, 당신을 체포하겠소."

"뭣 때문에요?"

"나중에 말해 드리지!"

장교는 악의 어린 예의를 표하며 빈정거리고는, 블라소바 파벨을 돌아보며 외쳤다.

"말해봐, 읽거나 쓸 수 있나?"

"아니요!" 파벨이 대답했다.

"너한테 물은 게 아니야." 장교가 무뚝뚝하게 말하고 반복해서 물었다. "말해 봐요, 늙은 아주머니. 읽고 쓸 줄 아시오?"

어머니는 치솟는 적대감을 감추지 못하고 말았다. 결국 어머니는 몸부림치며 장교에게 소리를 질렀다. 흉터에 피가 몰려 발그레하게 물이 들었으며, 아래로 처져 있던 눈썹이 위로 뻗쳐올랐다.

"소리치지 마시오! 당신은 아직 젊은이요, 불행도 모르고 슬픔도 모르는……" 어머니는 손을 그에게 불쑥 내밀며 말했다.

"진정하세요, 어머니!" 파벨이 말렸다.

"어머니, 이 일은 이를 악물고 말을 삼가야 해요." 안드레이가 말했다.

"잠깐만, 파샤!" 그러더니 어머니가 테이블로 급히 다가가서 장교에게 외쳤다. "왜 당신들은 사람들을 잡아가는 거요?"

"할멈이 참견할 일이 아니오! 니콜라이 베솝시코프도 끌고 와. 그놈도 체포한다."

장교가 의자에서 벌떡 일어서며 서류를 얼굴 앞에 올리고 크게 읽어 내려 갔다. 니콜라이가 방으로 끌려왔다.

"모자를 벗어." 장교는 읽다가 멈추고 소리쳤다.

르이빈은 블라소바에게로 다가가서, 그녀의 등을 톡톡 치며 속 깊은 말로 속삭였다.

"흥분하지 마세요, 어머니!"

"내 두 손을 묶으면 모자를 어떻게 벗어요?" 니콜라이가 물에 빠진 듯한 목소리로 물었다.

장교는 서류를 테이블에 내던지며 퉁명스럽게 내뱉었다.

"서명하시오!"

어머니는 모두가 어떻게 서명하는지를 보면서 흥분을 가라앉혔고, 마음은 부드러워졌다. 어머니의 눈은 눈물로 가득했으며, 모욕감과 무기력감으로 상기되었다. 그 눈물은 결혼 생활 20년 동안 흘려 온 상심의 눈물이었지만, 이제는 거의 다 잊어버리고 있던 터였다.

장교가 어머니를 바라보더니 혐오스럽다는 듯 얼굴을 찡그리며 말했다.

"아직 고함칠 때가 아니오, 할멈. 눈물을 아끼시오. 나중엔 눈물이 모자라서 못 울 거요!"

어머니는 울분을 참지 못하고 소리를 질렀다.

"이 세상 모든 어머니의 눈물은 마르지 않아! 네게도 어미가 있다면 그런 것쯤은 알 게다."

장교는 어머니의 말을 무시한 채 반짝거리는 자물쇠가 달린 가방에 서둘러 서류를 챙겨 넣었다.

"당신 구역에서 저놈들이 자유롭게 활동하고 있었군!" 그는 경찰국장을 돌아보았다.

"건방진 자식!" 경찰국장은 혼자 중얼거렸다.

"가자!" 장교가 명령했다.

"잘 가, 안드레이. 나중에 보자. 잘 가, 니콜라이!"

파벨은 동료들의 손을 잡으며 따뜻하고 나직하게 말했다.

"그래, 곧 다시들 보게 될 거야!"

장교가 비웃으며 파벨의 말을 따라 했다.

베솝시코프는 그의 짧은 손가락으로 말없이 파벨의 손을 잡고 무겁게 한숨을 쉬었다. 피가 그의 굵은 목까지 올라왔고, 그의 눈은 원한으로 번쩍였다. 안드레이의 얼굴은 햇빛 같은 미소로 빛났다. 그는 고개를 끄덕이며 어머니에게 뭐라고 말을 했다. 어머니는 그에게 성호를 그었다.

"하느님, 옳은 일을 돌보소서," 어머니는 중얼거렸다.

마침내 회색 제복을 입은 사람들이 줄지어 모두 현관을 빠져나갔다. 르이빈이 마지막으로 나갔다. 그는 검은 눈빛으로 파벨을 조심스럽게 바라보며 생각에 잠겨 말했다. "그래, 잘 가!" 기침이 그의 수염 사이로 새어나왔다. 그가 느굿하게 현관으로 걸어 나갔다.

파벨은 뒷짐을 지고서, 바닥에 떨어져 나뒹구는 책과 옷가지들을 타넘으며 천천히 방 안을 왔다 갔다 서성거렸다. 마침내 그가 음울한 목소리로 말했다.

"일이 어떻게 됐는지 봐! 모욕적이고―구역질나게도―그래 맞아! 그들이 나를 내버려두고 갔단 말이야."

어지럽혀진 방 안을 둘러보면서, 어머니는 작은 소리로 슬프게 말했다.

"그들이 너도 데려갈 거야, 분명 그럴 게다. 왜 니콜라이가 모든 걸 그대로 자백했을까?"

"제 생각엔 아마도 그가 두려웠을 거예요. 그래요. 절대로 그대로 말하면 안 되는데, 절대로 안 되는데! 그들이 이해를 못하거든요!" 파벨이 조용히 말했다.

"그들이 와서 사람들을 데려간 거야!" 어머니가 손을 흔들며 중얼거렸다. 어머니는 자신의 아들만 잡혀가지 않았기 때문에 숨이 막혔다. 어머니의 마음은 한 가지 사실 앞에 집요하게 경직되어서 동요되기를 거부하고 있었다. "그 더러운 악당이 우릴 조롱하다니! 이렇게 협박하다니!"

"맞아요, 엄마! 우리 이 일을 같이 해결해요!" 파벨은 갑자기 단호한 말투로 말했다.

파벨은 어머니를 "엄마"라고 불렀다. 어머니와 더 가까이 있을 때만 그렇게 말했었다. 어머니는 파벨에게 가까이 다가가서 그의 얼굴을 들여다보며 부드럽게 말했다.

"그놈들이 널 모욕한 게 맞지?"

"예! 정말 괴로워요. 같이 잡혀갔어야 하는 건데……."

어머니가 보기에 파벨의 눈에 눈물이 맺히는 듯했다. 어머니는 아들의 아픔을 위로해주고 싶어서 한숨을 쉬며 말했다.

"너무 마음 아파하지 마라. 너도 곧 잡아갈 테니까!"

"예, 그러겠죠!"

어머니는 잠시 멈칫하더니 슬픔에 겨운 목소리로 말했다.

"가엾은 파벨, 그래, 얼마나 고통스러우냐? 네가 날 가끔씩이라도 안심시켜주면 좋겠구나! 그런데 넌 그러지 못하지. 내가 소름끼치는 얘길 하면, 넌 그보다 더 무서운 얘길 하잖니."

파벨은 어머니 곁으로 다가가서 다정하게 말했다.

"난 그렇게 못하죠, 엄마! 난 거짓말을 못한다고요! 엄마는 그런 나에게 익숙해져야 해요."

7

다음 날 그들은 부킨과 사모일로프, 소모프, 그리고 다섯 명이 더 체포됐다는 소식을 들었다.

저녁 때 페자가 급히 뛰어서 파벨의 집으로 왔다. 페자의 집도 수색을 당했나고 했다. 페자는 그새 큰 사냥거리라도 되는 듯이 의기양양하게 떠들어댔다.

"두려웠니, 페자?" 어머니가 물었다.

페자는 창백하고 날카로운 모습으로 콧구멍을 벌렁거리며 말했다.

"장교가 때릴까 봐 무서웠어요. 검은 콧수염에다 덩치가 크고, 손가락에는 털이 북실거리고, 거기에다 검은 안경을 끼고 있어서 눈이 없어 보였어요. 그는 발을 쾅쾅 구르면서 저를 감옥에 처넣겠다고 소리치지 뭐예요. 그런데 전 제 아버지나 어머니한테 맞아본 적이 없어요. 제가 외아들이어서 저를 사랑했거든요. 어딜 가든 얻어맞는 일은 흔하지만, 난 절대 맞아본 적이 없다고요!"

페자는 잠시 눈을 감고 입술을 꾹 눌러 다물더니, 두 손으로 재빨리 머리카락을 뒤로 쳐 넘기고서 충혈된 눈으로 파벨을 바라보며 다시 말을 이었다.

"만약 날 때리기라도 하는 날엔 비수처럼 날래게 몸을 던져서 그놈을 냅다 찌를 거야. 이빨로 물어뜯고. 날 죽이려면 단숨에 죽이라지, 그러면 끝이니까!"

"너 자신을 방어하는 건 네 권리지만, 섣불리 먼저 덤벼들어선 절대 안 돼!" 파벨이 말했다.

"넌 연약하고 말랐어. 싸워서 뭘 얻을 게 있다고?"

"난…… 싸울 거예요!"

어머니의 말에 페자는 나지막한 소리로 대답한 뒤 밖으로 나갔다. 어머니가 웃으면서 파벨에게 말했다.

"다른 사람들보다도 저 애가 가장 먼저 쓰러지겠군."

파벨은 아무런 대답도 하지 않았다.

몇 분이 지난 뒤, 부엌 문이 천천히 열리면서 뜻밖에도 르이빈이 들어왔다.

"안녕하시오? 자, 내가 또 왔습니다. 어젯밤엔 끌려오다시피 왔지만 오늘은 내 발로 찾아왔습니다."

르이빈은 파벨과 활기차게 악수를 하고 나서, 어머니의 어깨에 손을 올려놓으며 말했다.

"차 한 잔 주시겠어요?"

파벨은 르이빈의 덥수룩한 수염과 이지적인 검은 눈을 말없이 바라보았다. 어떤 무게감이 그의 조용한 눈길에서 스며나왔다. 르이빈의 건장한 외모가 신뢰감을 불러일으켰다. 어머니가 사모바르를 올려놓으러 부엌으로 가자, 르이빈이 자리잡고 앉으며 수염을 쓸어내린 다음 팔꿈치를 테이블에 얹고 파벨을 어두운 눈빛으로 살폈다. "일이란 게 다 그래." 르이빈은 마치 하다 만 이야기를 계속하듯 스스럼없이 말을 꺼냈다.

"자네에게 모든 걸 솔직하게 털어놓겠네. 난 여기 오기 전부터 오랫동안 자네를 지켜보았네. 우린 바로 이웃에 살고 있잖은가. 자네 집에 사람들이 많이 드나들더군. 그런데 술주정꾼도, 떠들썩 시끄러운 이들도 없었지. 그게 중요해. 소동을 부리지 않아야 곧 주의를 끄니까 말이야. 무슨 소리냐고? 자, 보라고! 내가 따로 살면서 방해를 하지 않기 때문에 모든 사람이 나를 보는 거라네."

르이빈의 말은 차분하고 거리낌이 없었다. 그건 그에게 자신감을 주는 신호였다.

"그래, 모두가 자네에 대해 수군거리고 있어. 내 가게 주인들은 자네를 이단자라고 불러. 자네가 교회에 가지 않아서 그래. 나도 안 가지. 그런데 그런 서류 더미들하고 전단지들이 발견된 거라고. 그걸 생각해 낸 게 자넨가?"

"그래, 그게 나야." 파벨이 르이빈의 얼굴을 똑바로 쳐다보며 말했다. 르이빈 또한 파벨의 눈을 뚫어지게 들여다보았다.

"혼자서라니!"

어머니가 방으로 들어서며 떨리는 목소리로 소리쳤다.

"아니, 무슨 소리냐! 너 혼자 한 게 아니잖니?"

파벨과 르이빈이 미소를 지었다.

어머니는 콧방귀를 뀌고는 자리를 떴다. 무슨 이유인지 그들이 자신의 말을 들은 척도 하지 않아 기분이 좀 언짢았기 때문이다.

"그 문서들 건은 참 잘 생각해 낸 거네. 그 인쇄물들이 사람들을 휘젓고 다녔지. 그게 모두 12건 맞지, 아닌가?"

"맞아."

"난 그 문서들을 다 읽었어! 그래, 맞아. 어떤 건 무슨 소린지 알 수 없기도 하고, 또 어떤 건 문제를 깊게 다루어서 불필요하기도 하지. 그런데 한 사람 것은 아주 훌륭했어. 매우 자연스러웠지. 가끔씩 그 사람이 그 일을 해야만 할 거야."

르이빈은 미소를 지었다. 그의 이는 희고 튼튼했다.

"그런데 가택 수색 말이야. 난 무엇보다도 그 일 때문에 자네 편이 됐다네. 자네와 안드레이, 니콜라이, 자네들은 모두 들켰잖아!"

르이빈은 적당한 말을 생각하려고 삼시 창 밖으로 시선을 놀리더니 손가락으로 탁자를 톡톡 두드렸다.

"자네들의 방식을 그들이 발견한 거지. 넌 자네 일과 명예만 바라본다고 말하지. 또 우리도 그럴 거라고 말하고 있어. 안드레이도 좋은 친구야. 안드레이가 공장에서 하는 말을 들은 적이 있어. 사람은 절대 패하지 않는다고, 오직 죽음만이 그를 쓰러트릴 거라고 했지! 정말 강건한 친구야. 파벨, 자네 날 믿나?"

"그럼요, 믿어요!"

"그렇지. 이제 내 나이 40이라네. 자네보다 두 배나 많지. 보고들은 건 스무 배도 더 될 테고. 3년 동안 발이 닳도록 군대 생활도 했고 결혼도 두 번이나 했으니까. 난 코카서스에서 살았던 적이 있어서 두호보르(Dukhobor)파를 알아. 그들은 인생을 모르지, 모르고 말고."

어머니는 르이빈의 직선적인 연설을 열정적으로 들었다. 아들보다 나이 많은 사람이 아들에게 와서 고백하듯이 말하는 모습을 보니 마음이 한결 누그러졌다. 하지만 파벨은 여전히 손님을 무례하게 대하고 있었다. 그래서 어머니는 분위기를 부드럽게 하려고 르이빈에게 물었다.

"뭐 드실 것 좀 가져올게요."

"고맙지만 벌써 저녁을 먹었습니다, 어머니. 그런데 파벨, 인생이 원칙대로 되지 않는다고 생각하나?"

아들은 자리에서 일어나 뒷짐을 진 채 방 안을 이리저리 거닐기 시작했다.

"삶은 언제나 옳아요. 지금 당장 예를 들더라도 당신을 여기에 데려오고 우리의 마음을 열게 하니까요. 평생을 노동으로 먹고사는 우리를 단결하게 하는 힘이 곧 삶의 열린 마음이니까요. 인생은 우리에게 부당하게 되어 있어요. 그래서 삶은 짐이 되어 버렸어요. 그렇지만 동시에 인생 자체가 사람으로 하여금 인생의 비참한 쪽을 바라보게 하지요. 그리고 그 길로 가도록 스스로 재촉하고요. 우리 모두는 살아가는 일 자체, 오로지 그것만 생각해요."

르이빈이 그의 말에 끼어들었다. "그 말이 진실이야. 하지만 잠깐만! 사람은 개선돼야만 해. 내 생각은 그래! 사람의 몸이 더러워지면 욕조로 데려가서 깨끗이 씻기고, 깨끗한 옷을 입혀야 한다고—그래야 그가 괜찮아져. 그렇지 않겠어? 그렇듯 마찬가지로 마음에 때가 끼면, 피를 흘리더라도 때를 벗기고 깨끗이 닦은 다음 새옷을 입혀야 한다고. 안 그래? 그렇다면 자네는 어떻게 인간의 정신을 깨끗이 닦아줄 수 있겠나? 그만 됐어!"

파벨은 뜨겁고 비통하게 신에 대해서, 황제와 권력에 대해서, 공장에 대해서, 그리고 외국의 노동자들이 자신들의 권리를 어떤 식으로 주장하는지에 대해서 격한 목소리로 토해냈다. 르이빈은 마침표를 찍듯이 손가락으로 탁자를 찌르기도 하고, 큰 소리로 웃음을 터뜨리기도 했다. 그런 뒤 그는 한마디로 간단하게 말했다. "다 그런 거라고!" 그러고서 한번 크게 웃고는 나지막이 말했다.

"흠, 자네는 아직 젊어서 사람들을 잘 모르는구먼!"

말을 가로막고 나서며 파벨은 심각하게 말했다.

"나이보다는 옳고 그름을 먼저 따져야지요."

"자네 말대로라면 신이 우리를 바보 취급해왔다는 거지? 물론 나도 종교가 위선적이고 상처를 준다는 생각이 들긴 해!"

이 대목에서 어머니가 대화에 끼어들었다. 어머니는 아직까지 신을 자애롭고 성스러운 존재로 여기고 있었기 때문에, 아들이 신앙심 없이 날카롭고 쓰디쓴 말로 어머니의 마음에 상처 내는 것이 마뜩잖아 무언 중에 부탁하고 싶었다.

"하느님에 대해 말할 때는 다들 조심해야 해요! 무엇이든 당신들 좋을 대로 해도 되고. 일에 대가는 꼭 있으니까. 그렇지만 난 늙은 여자야, 당신들이 내 하느님을 빼앗아 간다면 난 고통 속에서 의지할 것이 아무것도 없게 돼."

어머니는 숨을 멈추고 더욱 격렬히 말했다. 눈에 눈물이 고였다. 접시를 닦고 있는 손가락이 떨렸다.

"어머니는 우릴 이해 못해요!" 파벨은 부드럽고 다정하게 말했다.

"죄송합니다, 어머니!" 르이빈은 굵은 목소리로 느릿느릿 말했다. 그는 파벨을 보고 미소를 지으며 말했다.

"자네가 사마귀를 잘라내기에 너무 나이가 들어 버렸다는 사실을 내가 잊고 있었군."

파벨이 말을 이었다. "난 당신이 믿고 있는 선하고 자비로운 하느님에 대해서 말한 적이 없지만, 사제들이 몽둥이로 우릴 위협하듯이 인용하는 그런 하느님에 대해서, 그리고 몇몇 사람들의 사악한 의지로 우릴 강제로 밀어넣으려고 인용하는 그런 하느님에 대해서는 말했었지요."

르이빈이 말을 받았다.

"맞아, 자네 말이 맞아. 그들은 우리의 하느님까지도 못 믿게 만들었어요. 그들은 우릴 나쁘게 몰아서 모든 것을 자기들 손에 넣었단 말이야. 잊지 마세요, 어머니, 하느님은 사람을 자신과 꼭 같은 모양으로 만드셨죠. 그래서 사람이 하느님과 비슷하다고 할 때 하느님은 사람과 비슷하다고요. 그렇지만 우린 하느님과 비슷해지지 않고 짐승과 비슷해졌잖아요! 교회에서는 우리 앞에 허수아비를 세워놔요. 우린 우리의 하느님을 개조해야 해요. 하느님을 씻겨드려야 한단 말이에요! 그들은 하느님에게 거짓과 중상모략의 옷을 입혔어요. 그들은 우리의 영혼들을 망치려고 얼굴을 찡그리고 있는 거라고요!"

르이빈은 침착하고 매우 분명하게, 그리고 알아듣기 쉽게 말했다. 그의 모든 말은 한줄기 폭풍처럼 어머니의 귓전에 울렸다. 그리고 그의 검은 수염 테두리 안에 박힌 널찍한 얼굴이 상복을 입은 분위기여서 어머니는 두려움에 떨었다. 그의 검은 눈빛을 더는 참을 수가 없었다. 그 때문에 어머니의 내부에서는 고통스런 감각이 일어나서 마음이 두려움으로 가득 찼다.

"아니, 나는 더 듣고 있을 기운이 없구나! 이만 나가 있어야겠다."

어머니는 고개를 저으며 말했다. 어머니가 급히 부엌으로 나갔고, 곧이어서 르이빈이 말했다.

"파벨, 거기 네게도 신앙심이 있어! 신앙심은 머리가 아니고 심장이야. 심장 속에서는 그 외에는 그 무엇이라도 자라날 수 없지."

"인류를 해방해 줄 수 있는 건 오직 이성뿐." 파벨이 말했다.

"이성은 힘을 주지 않네! 가슴이 힘을 주는 거야. 머리가 아니란 말이야. 알겠나?" 르이빈이 힘차게 반박했다.

어머니는 옷을 벗고 잠자리에 들었는데, 그날은 기도문도 외지 않았다. 왠지 춥고 비참한 기분이 들어서였다. 그리고 르이빈은 처음에는 그렇게도 재미없는 사람으로 보였는데도 지금은 어머니의 마음에 보이지 않는 환심을 불러일으켰다.

"이단자! 넌 유혹자야!" 어머니는 그의 가슴속 깊은 곳으로부터 울리며 새어 나오는 숨 고른 목소리를 들으며 생각했다. 르이빈도 역시 그 집으로 온 것이다─그는 없어서는 안 될 인물이었다.

르이빈은 확신에 차서 차분하게 말했다.

"그 성스러운 장소는 비어 있을 수가 없다네. 하느님이 사시는 그곳은 고통의 장소니까. 그리고 만일 하느님이 심장으로부터 빠져나가면 거기에는 상처가 남게 되지, 내 말을 기억해 둬. 파벨, 새로운 신앙을 지어내야만 하네, 무슨 일이 있어도 하느님을 창조해 내야 한다고. 강요적인 판사도 아니고, 전사(戰士)도 아니고, 단지 모든 사람의 친구일 뿐인 하나의 하느님을 창조해야만 해."

"당신에게도 그런 신앙이 있어요! 하느님의 아들, 그리스도 말이야!"

"잠깐! 그리스도는 정신적으로 강하지 않지. '이 컵 좀 받아 치워주시오.' 그는 말했어. 그리고 그는 황제를 알아보았지. 하느님은 인간의 힘을 알아볼 수가 없었어. 그 자신이야말로 전지전능이었다는 말이야. 그는 자신의 영혼을 분열시키지 않고 이렇게 말했지. '경건한 마음도 그만하면 되었고, 인간에 대한 마음도 그만하면 되었다.' 만일 그리스도가 신성한 사람을 확인하러 온다면 그에게는 인간적인 면은 하나도 필요하지 않아. 단, 그리스도는 거래를 인정했어. 그래서 결혼을 인정하였던 거고. 그때부터 그리스도는 불공평해져서 무화과나무를 비난했어. 나무가 열매를 맺지 못한 게 그리스도의 의지 때문일까? 또 영혼이 저절로 선의의 열매를 맺지 못한 게 그리스도의 의지 때문일까? 물론 아니지!"

두 사람의 목소리는 방 안에서 콧노래처럼 울렸다. 마치 서로 맞붙잡고 격렬한 레슬링 경기를 하고 있는 듯했다. 파벨은 마음이 조급해져 방 안을 서성거렸다. 바닥에서 그의 발소리가 탁탁 울렸다. 그가 말할 때 다른 소리들은 모두 그의 소리 때문에 하나도 들리지 않았다. 하지만 르이빈의 따분한 연설이 느릿느릿 조용히 흐르는 가운데, 시계추 소리와 얼음 성에가 틱틱 갈라지는 소리가 나지막이 들려왔다. 마치 어떤 발톱이 집의 벽을 긁고 있는 것 같았다.

"나는 내 식대로 자네에게 말할 거야, 거친 화부가 말하듯이 말이야. 하느님은 불과 같은 성질이야. 그는 무엇도 강하게 만들지 않지. 그렇게 할 수가 없어서라고. 그는 사람들에게 빛을 줄 때 단지 태워서 녹이기만 하셔. 교회들을 불태우고, 세우지는 않아. 그는 심장 속에서 사시니까."

"그리고 정신 속에서도!" 파벨이 고집스럽게 말했다.

"그래 맞다! 심장 속에서, 정신 속에서. 서로 손을 마주 비벼대는 관계야. 이런 관계에서는 모든 일이 곤경에 빠지고 고통스러워, 그리고 불행해. 우리는 자급자족으로 스스로에게 봉사해 왔는데, 심장이 정신으로부터 지원을 받고 나면 정신은 곧 사라지고 말더란 말씀이야. 사람은 하나의 통합된 생물이 아니야. 그런데 하느님은 사람을 하나의 통합된 인간으로서 둥글둥글하고 끝없이 순환하는 동물로 만드셨어. 하느님은 언제나 세상 만물을 둥글둥글하게 만드셔. 바로 그것들이 이 땅이고, 저 모든 별이고, 그리고 눈에 보이는 모든 것이지. 뾰족하고 앙상하게 모가 나게 만들어진 것들은 모두가 인간의 작품이야."

어머니는 잠에 푹 빠져서 르이빈이 집을 떠나는 소리도 듣지 못했다.

그날 이후 르이빈은 자주 파벨을 찾아왔다. 파벨의 친구들이 있을 때면 한쪽 구석에 앉아 조용히 이야기를 듣기만 하다가, "그래, 맞아!" 말참견만 했다.

한번은 르이빈이 구석에 앉아 모두를 바라보며 침울한 목소리로 말했다.

"물론 현재 있는 그대로에 대해서 말해야 하겠지. 하지만 그게 무엇인지 우리는 모르지. 사람들이 자유로워지면 자신들을 위해서 무엇이 가장 좋은지 알게 될 거야. 그들이 원하는 것은 머리로 부딪고 싶지 않을 뿐이야. 그들 스스로 일을 끝내도록 두는 거라고! 자네들은 그저 책을 그들 손에 쥐여주면 돼. 그럼 그들이 알아서 스스로 답을 찾을 테니까. 물론 삶도 지식도 모두 거부할지도 모르지. 하지만 그들 스스로 답을 찾아야만 해! 말의 목줄을 죄면 죌수록 일은 더 악화된다고 기억하게 해주면 그만이야."

그러나 파벨과 르이빈 둘만 있을 때는 조용한 논쟁이 끝없이 이어졌다. 그러면 어머니는 그들의 말을 조용히 들으면서 이해하려고 애를 썼다. 어머니 생각에, 검은 수염의 몸이 건장한 노동자인 아들과 르이빈은 마치 암흑 속에서 빛과 출구를 찾는 장님처럼 이쪽저쪽을 무턱대고 세게 더듬거리며 사방을 돌아다니는 것 같았다. 그러다 서로에게 걸려서 넘어진 채 뒤엉켜 발을 긁히기도

하고……. 그들은 그렇게 논쟁을 통해 서로의 생각을 탓하고 쓰다듬고 던져 버렸지만, 항상 조용하고 차분했으며 신뢰심도 희망도 잃지 않았다.

그들은 아주 대담하고도 직선적인 무서운 단어들을 내뱉곤 했지만, 어머니는 이제 그런 단어에 익숙해져서 처음만큼 자신을 힘들게 하지는 않았다.

일주일에 한 번씩, 어머니는 감옥에 있는 안드레이에게 속옷과 책들을 날라다 주었다. 한번은 면회를 허락하여서, 어머니는 그를 만나 얘기를 나누었다. 집으로 돌아오는 길에 어머니는 열광적으로 안드레이에 대해 이야기했다.

"안드레이는 역시 변함이 없었어! 그는 모두에게 착하고 다정하지. 사람들 모두가 그와 농담을 나눠. 안드레이 마음은 언제나 편안한 휴일인가봐. 그의 운명은 힘들고 무거운데도 그런 내색을 하지 않아."

"맞아요! 사람들은 마땅히 그런 자세로 살아야 하는데."

르이빈이 자기 의견을 말했다.

"우리 모두가 비극에 둘러싸여 있잖습니까. 피부에 싸여 있듯 말이죠. 우린 비극을 공기처럼 들이켜고, 비극을 옷처럼 입고 살잖아요. 하지만 그게 자랑할 일은 아니죠. 모든 사람이 다 장님은 아니에요. 어떤 사람들은 자진해서 눈을 감고 다니기도 하죠. 사실이에요! 만약 바보라면 그 고통을 겪어야만 해요."

8

블라소프의 낡고 작은 집은 점점 더 마을의 관심을 끌었다. 그러면서 의혹 때문에 조심스럽고도 무의식적인 적대감이 생겨나기도 했지만 동시에 은밀한 호기심도 점점 커져갔다. 가끔씩 누군가가 집에 갑자기 찾아와서 파벨을 유심히 살피며 이렇게 말하곤 했다. "흠, 형제님, 당신이 책을 많이 읽고 있고, 법에 대해서도 안다지. 내게 설명 좀 해 주게나. 그러니까……."

그러고서 그는 파벨에게 경찰의 부당함이나 공장 경영에 대해 몇 가지 말하고 도움을 청하곤 하였다. 복잡한 경우에는, 파벨이 시내에 사는 변호사 친구에게 전하는 짧은 편지를 써서 그 사람에게 주기도 하고 그가 할 수 있는 일이면 직접 설명을 했다.

점차 사람들은 이 젊고 진지한 친구를 존경의 눈길로 보기 시작했다. 이 젊은이는 모든 일을 간단명료하고 용감하게 말했으며, 잘 웃지는 않지만 모든 이를 바르게 대하고 그들의 말을 귀담아 들었다. 그래서 모든 상황을 자세하게 살펴서는 항상 일반적이고 끊임없는 어떤 실마리를 찾아냈고, 그래서 사람들이 서로서로 결속되도록 수많은 매듭들로 끌어매어 놓게 했다.

블라소바는 그의 아들이 자라나는 과정을 보아온 터였다. 블라소바는 아들의 일을 이해하려고 노력하였고, 그의 일이 잘 풀렸을 때는 어린아이같이 기뻐서 팔짝거리고는 했다.

파벨은 특히, '진흙투성이의 몇 푼'이라는 그의 이야기가 나온 이후부터 사람들에게 존경받기 시작했다.

공장 뒤편으로는 거의 둥근 원 모양으로 썩은 넓은 늪지대가 전나무와 자작나무 숲과 함께 펼쳐져 있었다. 여름이면 그곳은 누렇고 녹색빛을 띤 오물더미와 모기 떼가 마을을 가로질러 열기를 내뿜으며 흘렀다. 늪지대는 공장에 딸린 부지였다. 그 무렵 새로 부임한 사장은 늪을 바짝 말려서 토탄을 채취할 궁리를 했다. 늪을 건조시키면 지역 주민들의 건강에 이로울 뿐 아니라 생활 조건도 향상된다는 명분을 내세웠다.

그런데 공사비를 노동자들의 임금에서 1퍼센트씩 걷어서 쓰겠다는 발상이 문제였다. 노동자들은 크게 술렁였다. 게다가 사무직원들은 공사비 징수 대상에서 제외한다는 발표가 노동자들을 격분시키고도 남을 만했다.

그러한 발표가 있던 토요일, 파벨은 몸이 불편하여 공장에 나가지 못했던 까닭에 이 사실을 전혀 모르고 있었다. 일요일 오후에야 주물공 시조프 영감과 포악해 보이는 철공 마크호틴이 찾아와 소식을 전했다.

시조프 영감이 먼저 침착하게 말을 꺼냈다.

"늙은이들끼리 모여서 얘기를 좀 해 봤는데, 다들 자네가 우리 중에서도 유식한 사람이니까 자네에게 가보라고 하더군. 자네는 뭘 좀 아는 사람 아닌가? 그래, 대체 그게 될 법한 소린가? 사장이 우리 돈을 떼어다가 모기를 잡겠다는 게 말일세."

마크호틴이 작은 눈을 반짝이며 덧붙였다.

"3년 전에도 저 사기꾼 놈들이 목욕탕을 짓는다며 우리 돈을 뜯어 갔잖아. 그런데 지금 그 큰돈이 다 어디로 갔어? 목욕탕이 어디 있고?"

그러자 파벨은 공사비 징수의 부당성을 설명한 다음, 이 일로 공장측이 얼마큼의 이익을 얻을 수 있는지 알려 주었다. 두 사람은 파벨의 이야기를 듣고는 울그락불그락하여 집으로 돌아갔다.

어머니는 그들을 문까지 배웅하고 나서 웃음을 지으며 말했다.

"파벨, 이제 노인들까지 너를 찾아와 해결책을 상의하는구나!"

대답도 없이, 파벨은 부산스럽게 테이블에 앉아서 무언가를 쓰기 시작했다. 잠시 뒤에 파벨은 어머니에게 말했다. "얼른 시내로 가서 이 편지를 전하세요."

"위험한 거니?" 어머니가 물었다.

"네! 저쪽에서 우리 쪽에 대한 신문기사가 발행되고 있어요! '진흙투성이의 돈 몇 푼' 이야기가 다음 호에 계속되어야 해요."

"곧 출발해야겠다." 어머니는 서둘러 옷을 입었다.

그날은 아들이 어머니에게 첫 위임을 한 날이었다. 어머니는 아들이 그 일에 대해 자주 얘기해서 행복했고, 자신이 이 일에 도움이 될지도 모른다는 생각에 행복했다.

"파벨, 난 모든 걸 다 이해하고 있다, 강도짓이라도 하는 것 같구나. 그 사람 이름은 뭐냐? 이고르 이바노비치?"

어머니는 저녁 늦게 되어서야 집에 돌아왔다. 지쳐 있었지만 만족해했다.

"사셴카 사샤를 봤단다. 네 안부를 묻더구나. 그리고 이 이고르 이바노비치는 얼마나 단순하고 농담을 잘하던지! 말을 아주 익살스럽게 하더구나."

"어머니가 그들이 좋다고 하니 저도 기분이 좋네요." 파벨이 다정하게 말했다.

월요일에도 파벨은 일하러 가지 않았다. 머리가 아팠다. 저녁 때가 되자 페자 마진이 잔뜩 흥분하여 숨을 헐떡이며 뛰어들어왔다. 행복해하면서도 지쳐 있었다.

"나 좀 봐! 공장 전체가 들고 일어났어! 그 사람들이 자네를 데려오라고 했어. 시조프와 마크호틴이 말하기로는 자네가 다른 누구보다도 설명을 잘할 수 있다는 거야. 웅성웅성 시끌벅적하고 난리야!"

파벨은 아무 말도 하지 않고 조용히 옷을 챙겨 입었다.

"여자들도 합세했어. 소리지르고 난리야!"

"나도 가 보자. 무슨 일이야? 넌 몸도 아직 성치 않아. 나도 가봐야겠다."

어머니가 말했다.

"같이 가요."

파벨이 대꾸했다.

그들은 거리를 따라 말없이 걸음을 재촉했다. 어머니는 빨리 걷는데다가 흥분까지 되어서 숨이 턱턱 막혔다. 뭔가 중요한 일이 닥쳐왔음을 직감할 수 있었다. 공장 정문 앞에서는 여자들이 무리를 지어 지키고 서서 입에 담기도 부끄러운 욕설을 퍼붓고 있었다. 파벨 일행이 군중 속을 비집고 들어갔다. 모두 흥분해서 고함을 질러댔다. 어머니는 모든 사람의 시선이 주물부 공장의 담벼락 쪽으로 향하고 있는 걸 보았다. 고철더미 위에서 시조프와 마크호틴, 발로프, 그리고 나이가 지긋한 다섯 명의 영향력 있는 노동자들이 손을 흔들며 서 있었다.

"블라소프가 온다!"

누군가가 외쳤다.

"블라소프? 그를 이리로 오게 합시다!"

파벨은 붙잡혀서 앞으로 떠밀렸고, 어머니 혼자서 남았다.

"좀 조용히 해봐요!"

여기저기서 사람들의 고함이 튀어나왔다.

멀지 않은 곳에서 르이빈의 차분한 목소리가 울렸다.

"우리는 일어서야 합니다. 돈 때문이 아니라 정의, 그 자체를 위해서 말입니다. 우리에게 가치 있는 것은 동전 따위가 아닙니다. 그것은 다른 것과 마찬가지로 그저 둥글고 무거울 뿐입니다. 그리고 노동자인 우리의 피가 들어 있습니다. 사장의 지폐에는 없는 우리의 피 말입니다, 이건 진실입니다!"

르이빈의 말 한 마디 한 마디가 거세게 파문을 던지며 군중의 가슴을 흔들었고 그들을 열광하게 했다.

"옳소, 르이빈!"

"조용히 좀 해! 제기랄!"

"블라소프가 왔다!"

공장의 기계가 돌아가는 둔중한 소리, 날카로운 증기 소리, 그리고 가죽공장에서 나는 철썩거리는 소리도 사람들의 외침에 뒤섞여서 그냥 묻혀 버렸다. 사방에서 사람들이 내달리고 손을 흔들고, 서로 신랄한 욕설을 퍼붓기도 했다. 지친 가슴속에서 졸며 누워 있던 격정이 깨어나 탈출구를 찾다가, 바로 맞받아치는 말들이 입에서 터져나왔다. 곧바로 그 짜증내는 격정은 거대한 새처럼 얼룩진 날개를 활짝 펴고 사람들을 잡아채어 질질 끌고 가서 서로 맞부딪치게 했다. 짜증내는 격정은 다시 살아나서 불타는 분노로 변했다. 군중의 머리 위에서 그을음과 먼지 구름이 미친 듯 소용돌이쳤다. 잔뜩 상기된 사람들의 얼굴이 분노로 활활 타올랐다. 두 뺨에서는 시커먼 눈물이 흘렀다. 검은 얼굴들마다 두 눈과 하얀 이가 반짝였다.

시조프와 마크호틴이 서 있던 곳에 파벨이 나타났고, 곧바로 그의 외침이 울려 퍼졌다.

"동지들!"

어머니는 아들의 얼굴이 하얗게 변하고 입술이 떨리고 있는 모습을 보았다. 자신도 모르게 어머니는 군중을 밀치며 앞으로 나아갔다. 사람들의 짜증스런 목소리가 들렸다.

"어딜 가는 거요, 할머니?"

어머니는 화를 내며 묻는 소리를 들으며, 이리저리 떠밀리면서도 굴하지 않고 두 어깨와 팔꿈치로 사람들을 밀어내면서 아들에게로 가까이 다가갔다. 그저 아들과 나란히 서고 싶은 마음뿐이었다.

한편 파벨은 가슴에서 우러나오는 말, 그간 버릇처럼 중요하게 의미를 두어 강조했던 말들을 하나하나 선택할 때마다, 투쟁의 기쁨으로 이는 경련 때문에 목에 압박감이 있었다. 그의 신념에 몸을 맡기고 싶은 꺾을 수 없는 희망으로 활활 타올라서 자신의 심장을 사람들에게 던져주고 싶은 열망에 휩싸였다. 파벨의 마음은 진실에 대한 꿈으로 불붙기 시작했다.

"동지들!"

파벨이 되풀이하는 이 말 속에는 환희와 힘이 넘쳤다.

"우리가 누굽니까? 교회와 공장을 짓고, 쇠사슬과 돈을 만들어 내는 사람이 바로 우리입니다. 다시 말해 우리는 살아 있는 힘입니다. 태어나 죽는 날까지 사람들을 먹여 살리고 기쁨을 안겨주는, 그러한 살아 있는 힘이 우리란 말입니다."

"옳소!"

르이빈이 외쳤다.

"우리에겐 언제나 일이 우선이었고 삶이란 마지막 문제였습니다. 우리에게 마음을 써준 사람이 있습니까? 우리가 잘 되는 것을 바라는 사람이 있습니까? 과연 우리를 사람으로 보는 이가 있습니까? 아무도 없습니다!"

"아무도 없습니다!"

군중들 가운데 누군가의 목소리가 마치 메아리처럼 대답했다.

파벨은 자신의 격앙된 감정을 자제하고, 되도록 차분한 목소리로 알아듣기 쉽게 설명하려고 애썼다. 더욱이 서서히 그를 가까이 에워쌌다. 얼핏 보면 수천의 머리가 달린 검고 뚱뚱한 몸뚱이 하나와 같이 보였다. 그 몸뚱이는 수백 개의 눈으로 그의 얼굴을 바라보았다. 그리고 그가 내뱉는 말들을 조용히 집어 삼켰다.

"우리 스스로가 우리 권리를 위해 서로 동지로서 화합하지 못하면 우리는 결코 나은 삶을 얻을 수가 없습니다. 하나의 바람, 즉 우리의 권리를 쟁취하기 위해 끝까지 투쟁하겠다는 생각으로 똘똘 뭉쳐야 합니다. 마치 한 가족처럼 말입니다."

"이제 본론으로 들어갑시다!"

어머니가 서 있는 곳 근처 어딘가에서 누군가가 거칠게 말했다.

"거 끼어들지 마시오!"

"닥쳐!"

서로 다른 두 곳에서 낮은 고함이 튀어나왔다.

연기에 까맣게 얼굴을 그을린 사람들이 미심쩍은 듯 인상을 찌푸렸다. 수많은 눈이 다시 생각에 잠겨서 심각하게 파벨의 얼굴로 향했다.

"사회주의자인 것 같군. 아니면 바보거나!"

누군가 깐죽거렸다.

"우와! 용기가 보통이 아니군!"

다리를 다친 키 큰 노동자가 어머니의 어깨를 툭 치며 말했다.

"동지들! 우리의 노동력 안에 있는 탐욕스런 힘으로 꿋꿋이 일어설 때입니다. 우리의 권리를 찾아야 할 시간입니다. 자기 자신 말고는 우릴 도울 사람은 아무도 없다는 사실을 깨달아야만 합니다. 하나는 전체를 위해, 전체는 하나를 위해! 이것이 바로 적을 쳐부수기 위한 우리의 강령입니다."

"옳습니다, 그는 진실을 말하고 있습니다, 청년들이여!"

마크호틴이 외쳤다.

그리고 그는 불끈 쥔 주먹을 허공에 대고 흔들었다.

"공장장을 당장 소환해야 합니다, 우린 그에게 물어봐야 해요."

파벨이 연설을 계속했다.

군중은 폭풍이 몰아치듯 들끓었다. 사람들은 술렁댔고 여기저기서 고함이 튀어나왔다.

"공장장! 공장장! 공장장을 소환하자!"

"대표를 보내 공장장을 데려옵시다!"

"아뇨, 그러지 않아도 돼요!"

어머니는 앞으로 더 나아가 아들을 올려다보았다. 아들을 보니 너무 자랑스럽고 대견했다. 파벨은 나이 많고 존경받는 노동자들 사이에 우뚝 서서, 모든 이로 하여금 자신의 말에 귀를 기울이고 동의하도록 만들고 있었다. 파벨이 화를 내지도 않고 조용하고 단순하게 말해서 어머니는 기뻤다.

마치 함석지붕에 우박이 쏟아지듯 고함과 욕설, 그리고 독설들이 빗발쳤다. 파벨은 높은 곳에 서서 사람들을 내려다보며, 누굴 찾는지 눈을 크게 뜨고 두리번거렸다.

"대표를 뽑읍시다!"

"시조프보고 말 좀 하라고 해요!"

"블라소프요!"

"르이빈이요! 이 사람의 지독한 말은 당해낼 사람이 없을 거야!"

결국 시조프와 르이빈, 파벨, 이들 셋이 공장장과 담판을 벌이기 위해 뽑혔다. 그들이 막 공장장을 만나러 가려고 할 때, 갑자기 군중 속에서 나지막한 외침이 들려왔다.

"공장장이 제 발로 나온다!"

"공장장이다!"

"야아아!"

끝이 뾰족한 턱수염에 얼굴이 길쭉한 키 큰 사내에게 군중은 길을 터줬다.

"좀 들어갑시다!"

그는 앞을 막고 서 있는 노동자들의 몸에는 손을 대지 않고 작은 손놀림으로 그들에게 비킬 것을 요구했다.

그는 실눈을 뜨고, 백성을 압도하는 군주의 노련한 시선으로, 노동자들의 얼굴을 하나하나 조사하듯 유심히 관찰했다. 그가 다가가자 모자를 벗고 공손히 인사하는 사람도 있었다. 사람들의 인사에는 아랑곳하지 않고 그는 앞만 보고 걸었다. 그가 느닷없이 나타나자 군중 속에는 잠시 정적이 감돌았다. 사람들은 장난을 치고 곧바로 후회하는 어린아이들처럼 부끄러운 듯 미소를 지으며 작게 소리쳤다.

공장장은 가혹한 눈빛으로 어머니를 쏘아보고서 그 옆을 지나 고철더미 앞에 멈췄다. 위에서 누군가가 그에게 손을 내밀었다. 그러나 그는 내민 손을 뿌리치고 몸을 힘차게 움직여 위로 펄쩍 뛰어 기어올랐다. 그리고 파벨과 시조프 앞에 서서 군중을 조용히 둘러보며 물었다.

"이건 무슨 집회야? 왜들 작업을 중단한 거지?"

몇 초 동안 침묵이 지배했다. 시조프도 모자를 벗어 허공에 대고 흔든다 싶더니 어깨를 움츠리고 바로 고개를 숙였다.

"내가 묻는 말에 대답을 해야 할 것 아냐?"

공장장이 말을 이었다.

파벨이 시조프와 르이빈을 지목하며 큰 소리로 말했다.

"우리 세 사람은 모든 동지로부터 1퍼센트의 세금부과 조치를 거두어들일 것을 당신에게 요구하라는 위임을 받았습니다."

"무슨 이유로?"

파벨에게 눈길도 주지 않고 공장장이 물었다.

"우리는 우리에게 부과된 그 공제가 정당하다고 생각지 않습니다."

파벨이 큰 소리로 대답했다.

"그러니까 자네 말은 습지를 말리려는 내 계획이 단지 노동자들을 착취하려고 할 뿐, 결코 자네들의 작업환경 개선을 위한 배려가 될 수 없다는 거지? 내 말이 맞아?"

"그렇습니다!"

"당신도 같은 생각이오?"

공장장이 르이빈에게 물었다.

"우리 모두 생각이 같습니다."

르이빈이 대답했다.

"이보쇼, 당신은 어떻소? 훌륭한 내 친구."

이번엔 공장장이 시조프를 돌아보며 물었다.

"나도 마찬가지 생각입니다. 우리는 한 푼이라도 임금을 깎는 걸 원치 않습니다."

시조프는 고개를 다시 떨구면서 죄지은 표정으로 미소를 지었다.

공장장은 천천히 군중을 둘러보고 어깨를 으쓱였다. 잠시 뒤 샅샅이 살피듯이 파벨을 바라보며 물었다.

"자네 꽤나 배운 것 같은데, 아니, 자네 같은 사람이 정말로 이 조치가 얼마나 유익한지를 이해할 수 없단 말인가?"

그러자 파벨이 큰 소리로 대답했다.

"만일 공장 돈으로 소택지를 메운다면 그거야 얼마든지 이해할 수 있습니다."

"공장이 무슨 자선사업 단체인 줄 아는가? 난 여러분 모두에게 즉시 작업을 시작하도록 명령한다!"

공장장이 근엄하게 말했다.

공장장은 아무에게도 눈길을 주지 않고 발에 고철이 닿는 느낌을 받으며 밑으로 내려갔다.

군중 틈에서 웅성거리며 불만이 터져나왔다.

"뭐야?"

공장장이 걸음을 멈추고 물었다.

모두가 일제히 입을 다물었다. 잠시 뒤 어딘가 멀리서 혼자서 외쳐대는 소리가 들렸다.

"당신 혼자서나 가서 일 실컷 하슈!"

"만약 15분 내로 작업을 시작하지 않으면 모두에게 벌금을 부과하겠다!"

공장장은 거칠게 또박또박 말했다.

그는 다시 군중을 헤치고 나아갔다. 그가 떠난 자리엔 이런저런 불평만이 남았다. 그의 모습이 멀어질수록 사람들의 언성은 높아졌다.

"공장장한테 가서 다시 말해!"

"진리 어쩌고 찾더니, 고작 그것밖에 안 돼? 재수없게도!"

몇몇 사람이 파벨에게 소리쳤다.

"에잇, 대단한 법률가 양반! 이제 어떻게 해야 하지? 당신이 아무리 이야기를 잘했어도 공장장이 나타나니까 모두 꿀먹은 벙어리가 됐잖아!"

"이보게나, 블라소프, 이제 어쩌지?"

여기저기서 고함이 더욱 커지자 파벨이 손을 올리며 소리쳤다.

"동지들, 난 공장장이 과세 계획을 거둘 때까지 작업을 중단할 것을 제안합니다."

격앙된 목소리들이 터져 나왔다.

"저 사람은 우리가 바보인 줄 알아!"

"우린 그 일을 해야 해!"

"파업을 하자고?"

"그깟 한 푼 때문에?"

"파업을 못할 게 뭐 있어?"

"우린 모두 목이 달아날 텐데……."

"그럼 누가 일을 하지?"

"일할 사람이 없을라고?"

"누가 있어? 유다 같은 배신자들?"

"해마다 모기를 처치하려고 나는 3루블하고도 60코페이카를 냈다고."

"우리 모두 그 돈을 내야 할걸!"

파벨은 연단에서 내려와 어머니 옆에 섰다. 이젠 아무도 그를 바라보지 않았다. 그들은 논쟁을 벌이며 떠들었다.

"사람들을 파업까지 이끌긴 힘들 걸세. 돈이라면 환장하기도 하지만 겁도 너무 많아. 기껏해야 한 3백 명 남짓 자네 편에 설까 말까야. 그 이상은 어려울걸세. 쇠스랑 한 번으로 퍼 올리기에는 퇴비의 양이 너무 많아서……."

파벨은 아무 말이 없었다. 파벨의 눈앞에는 자신을 끈질기게 바라보는 군중의 시커멓게 탄 얼굴들이 넓게 흔들거렸다. 경계심으로 심장이 두근거렸다. 자신의 말이 흔적도 없이 공염불이 된 듯했다. 마치 오랜 가뭄으로 황폐해진 땅에 뿌려진 빗방울처럼 사라져 버렸다.

몇몇 노동자들이 차례로 그에게 다가와서, 그의 연설을 칭찬하면서도 파업이 과연 성공할지 의심하였고, 사람들이 자신들이 무엇에 관심이 있고 또 얼마큼 힘이 있는지 모르고 있어 한탄스럽다고 불평했다.

파벨은 자신의 힘에 대해 상처를 받고 실망한 기분이었다. 머리가 아프고 쓸쓸했다. 지금까지 그는 진실의 승리를 그려볼 때마다 기쁨에 사로잡혀 울고 싶을 정도였다. 그러나 그가 진실을 사람들에게 말했지만 그들은 남의 일처럼 바라보기만 했다! 진실이 말의 옷을 입었을 때 진실은 매우 창백했고, 무력했고, 아무런 힘이 없었다. 그래서 그 누구에게도 도움이 되지 않았다. 그는 자신을 탓했다. 그래서 자신의 꿈인 진실의 승리를 가난하고 엉망이 된 외모로 숨겨왔기 때문에, 아무도 그 아름다움을 탐색해 낼 수가 없었던 것이다.

파벨은 피곤한 몸을 이끌고 집으로 돌아왔다. 서글펐다. 어머니와 시조프가 그의 뒤를 따랐다. 르이빈이 나란히 걸으며 그의 귀에 속삭였다.

"자네, 연설은 좋았는데, 가슴에 호소하진 못했어. 그게 문제야! 가슴에다 말을 해야 해. 가슴 깊숙한 곳에."

"이성으로 살아야 하는데 말이야." 파벨이 작은 목소리로 말했다.

"맞지 않는 신발을 신은 격이란 말이에요. 너무 얇고 좁아! 신이 맞지 않을 거라고! 맞는다고 해도 너무 얇아서 빨리 닳아 버리겠지. 그게 문제야."

시조프는 어머니에게도 말을 건넸다.

"우리 같은 늙은이들은 이제 무덤에나 가야 해요, 닐로브나! 새로운 세대가 자라고 있어요. 우리가 어떻게 살아왔지요? 그저 무릎이 닳도록 기고 머리가 땅에 닿도록 절이나 하면서 살아온 게 아니냐고요! 그런데 새 사람들을 봐요, 우리와는 다르잖아요. 물론 어쩌다 보면 우리보다도 더 일을 그르칠 때도 있지만. 젊은이들은 공장장과 이야기하는데도 동급자처럼 전혀 거리낌이 없잖아요……. 그래야지! 내 아들 마트베이가 살아 있다면! 그럼 다음에 또 만나요, 파벨 블라소프! 그대가 한 일은 잘한 일이요, 형제님. 사람들을 위해서도. 신께서 도우실 거예요. 그대는 분명 좋은 방도를 찾아내고야 말 거요. 건투를 빌어요!"

그리고 시조프는 자리를 떴다.

르이빈이 중얼거렸다.

"목숨이 다하는 그 순간까지 전진! 자넨 이제 이미 이전의 사람들이 아니야. 시멘트가 된 걸세. 자네가 틈을 메워야 해. 자넨 보았나, 파벨? 자넬 대표로 뽑자고 소리치던 사람들 말일세. 자네한테 사회주의자다 선동가다 하면서 소리친 사람들도 바로 그들이었어. 그들 생각은 뻔해. 당장 해고당하는 건 싫으니 자네에게 모든 책임을 지워야 자네에게도 좋다는 거지."

"그들로 봐서는 당연한 거죠!" 파벨이 대꾸했다.

"늑대들이 서로를 물고 뜯는 것과 별반 다를 게 없어……."

르이빈의 얼굴에 수심이 가득했다. 목소리도 유난히 떨렸다.

그날 온종일 파벨은 우울하고 몹시 고단했다. 무언가를 잃은 것 같아 도무지 마음의 갈피를 잡을 수 없었고, 무언지는 모르지만 더 잃을까봐 걱정되었다.

밤중에 어머니가 잠들고 파벨은 침대에서 책을 읽고 있을 때, 경찰관들이 나타나서 마당이고 다락방이고 집을 샅샅이 뒤졌다. 음산한 분위기로, 노란 얼굴의 장교가 마치 처음인 것처럼 모욕적으로 조롱하며 행동했다. 어머니는 구석에서 줄곧 조용히 아들의 얼굴에서 시선을 떼지 않고 있었다. 파벨은 자신의 감정을 배반하지 않으려고 애써 생각하면서도, 장교가 웃을 때마다 손가락을 우두둑 꺾었다. 그의 늙은 어머니는 아들이 그 장교의 행동을 얼마나 힘들게 참아내고 있는지 알 수 있었다. 이번 일은 첫 번째 수색만큼 어머니에게 위협적이지 않았다. 어머니는 이렇게 오밤중에 신발 징 소리를 울리면서 찾아온 우중충한 이들에게 혐오감이 일었다. 그런데 그 증오심 때문에 어머니의 경계심은 꿀꺽 삼켜지고 말았다.

파벨이 조심스럽게 어머니에게 속삭였다.

"저들이 날 체포할 거예요."

어머니가 고개를 기울이며 조용히 대답했다.

"알고 있어."

어머니는 그날 공장 노동자들을 부추겼다는 명목으로 아들을 감옥에 넣으리라고 생각했다. 그렇지만 모두 아들이 했던 말에 동의했었고 또 모두가 아들을 지지해야 했기 때문에, 아들이 오랫동안 감금되지는 않으리라고 생각했다.

어머니는 아들을 붙들고 울고 싶었다. 그렇지만 장교가 곁눈질로 그들의 불행을 지켜보고 있었다. 그의 입술이 떨렸고, 콧수염도 바르르 떨리고 있었다. 어머니 블라소바의 생각에 그는 어머니의 눈물과 불평, 탄원을 기다리는 것 같았다. 어머니는 될 수 있는 대로 가능한한 말을 줄여서 하려고 안간힘을 쓰면서, 아들의 손을 잡고 숨을 가다듬으며, 작은 목소리로 느릿느릿 말했다.

"안녕, 파샤. 필요한 건 다 챙겼니?"

"모두 다요. 걱정하지 마세요!"

"하느님이 함께 하실 게다!"

아들이 끌려가고 나서 어머니는 긴 의자에 털썩 주저앉아 눈을 감고 조용히 흐느꼈다. 남편의 버릇처럼 벽에 등을 기댔다. 슬픔도 슬픔이지만 아무것도할 수 없는 자신의 처지 때문에 온몸으로 상처받은 마음의 고통을 모두 눈물로 씻어냈다. 어머니의 눈앞에서, 지워지지 않는 얼룩과도 같이 성긴 콧수염을기른 누런 얼굴이 사팔눈을 뜨고서 사악한 기쁨에 젖어 쳐다보고 있는 것만같았다. 어머니의 가슴속에서는 진실을 말한다는 이유로 아들을 빼앗아간 이들에 대한 울분과 적개심이 실패에 감긴 검은 실처럼 휘감겨 있었다.

날이 쌀쌀해졌다. 빗방울이 유리창을 때렸다. 밤이 찾아왔다. 널따랗고 붉은얼굴에 눈도 없이 긴 팔을 흔들어 대는 회색빛 육중한 그림자가 집 주위를 어슬렁대며 마치 누군가를 잡아가려고 몰래 숨어들기라도 할 것만 같았다. 그들의 신발 징 소리가 귀에 들린 것만 같았다.

'나도 함께 잡아갈 일이지.'

노동자들을 일터로 부르는 증기 기적이 울부짖었다. 오늘은 왠지 그 소리가낮고 불분명하며, 뭔가를 주저하는 듯했다. 문이 열리고 르이빈이 들어왔다. 수염을 따라 흐르는 빗물을 손바닥으로 대충 훔치고 어머니 앞에 서며 르이빈이물었다.

"파벨을 잡아갔어요?"

"잡아갔어요. 저주받을 놈들 같으니!"

어머니가 길게 한숨을 내쉬었다.

르이빈이 미소를 지으며 말했다.

"예상했던 일입니다. 우리 집도 수색을 당했어요. 뒤지지 않은 데가 없어요.다 엉망진창을 만들어 놨지 뭡니까? 자기들이 만족할 때까지 욕을 한참 퍼붓더니 더는 건드리지 않더라고요. 결국 파벨을 잡아갔죠? 공장장의 눈짓 한 번에 헌병들이 "아멘!" 하며 동조해서 사람이 하나 없어진 겁니다. 다 한통속이라고요. 한 사람은 사람들의 주머니를 뒤지고 다른 사람은 총을 겨누고 있는꼴이죠."

"당신들이 파벨을 지원해야 해요! 그 애가 간 건 결국 모두를 위한 일이에요!"

자리에서 벌떡 일어서며 어머니가 말했다.

"과연 누가 지원하겠습니까?"

"모두가 다 해야죠"

"당신은 너무 많이 바라고 있어요! 우린 그런 식으로 하지 않을 겁니다! 우리 생업의 주인들은 수천 년 동안 힘을 모으면서 우리 가슴에 끊임없이 못을 많이 박았지요. 우린 당장 뭉치기는 힘듭니다. 우리 자신들로부터 먼저 몸을 빼내야 해요, 각자 다른 사람으로부터 몸을 빼내야 한다는 말이에요, 저마다 가슴에 못이 박혀 있어서 서로 가까이 다가서는 걸 방해하죠"

르이빈은 어머니에게 슬픔을 남겨두고 무거운 발걸음으로 떠났다. 때를 기다려야 한다는 그의 말이 어머니의 슬픔을 더 깊게 했다.

텅 빈 듯 공허하고 흐리고 무감각한 날을 보냈다. 어머니는 불도 피우지 않고, 저녁도 짓지 않고, 차도 마시지 않고 있다가 저녁 늦게 빵 한 조각만을 먹었다. 어머니가 잠자리에 들었을 때, 자기 인생이 이제까지는 수치스럽거나, 매우 외롭거나 공허하지 않았다는 생각이 들었다. 마지막 몇 년 동안, 어머니는 뭔가 중대하고 좋은 기대감을 가지고 사는 삶에 길들여져 있었다. 젊은이들이 어머니 주위를 둘러싸고서, 시끄럽고 활기차게 삶을 가득 채웠다. 아들의 사려 깊고 정직한 얼굴이 항상 어머니 앞에 아른거렸는데, 아들은 이렇게 짜릿하면서도 고귀한 삶의 주인이자 창조자처럼 여겨졌다. 이제 아들은 갔고, 모든 것이 갔다. 온종일, 불쾌한 르이빈을 빼고는 아무도 찾아오지 않았다.

창 너머로, 둔탁하게 차가운 비가 탄식하듯 내리면서 창문 틀을 내리쳤다. 그 비와, 지붕으로부터 떨어지는 물방울들이 슬픔에 잠겨 비통한 음률을 대기에 가득 채웠다. 모든 집이 앞뒤로 다정하게 흔들리는 듯이 보였고, 어머니 주위의 모든 사물은 목표도 없고 필요하지도 않은 듯이 보였다.

누군가 문을 조용히 두드렸다. 한 번, 그리고 다시 한 번……. 문 두드리는 소리는 이미 어머니에게 익숙해져서 별로 놀랄 일도 아니었다. 그러나 이번만큼은 달랐다. 어떤 모호한 기대감에 가슴이 오그라들었다. 어머니는 침대에서 벌떡 일어나서 얼른 숄을 두르고 문을 열었다.

사모일로프가 들어왔다. 어떤 낯선 사람이 그의 뒤를 따라 들어왔다. 외투 깃으로 얼굴을 가리고 모자를 눈 밑까지 내려쓰고 있었다. "주무시는 걸 저희가 깨웠나요?"

어머니에게 인사도 않고 사모일로프가 물었다. 무슨 걱정이 있는지 평소와는 달리 얼굴에 수심이 가득했다.

"아직 안 자고 있어요."

어머니는 대답하며 무언가를 기대하는 눈빛으로 두 사람을 쳐다보았다.

사모일로프의 뒤를 따라 들어온 사람이 꽤나 무게가 있어 보이는 털모자를 벗더니 어머니에게 함지박만 한 손을 내밀었다. 짧은 손가락이 눈에 띄었다. 말품새가 너무 다정해서 마치 오랜 친구와 같았다.

"그간 안녕하셨습니까, 할머니! 저를 못 알아보시겠어요?"

"이게 누구야? 이고르 이바노비치?"

갑작스런 기쁨에 어머니는 소리쳤다.

"네, 바로 알아보셨네요."

그가 큰 머리를 숙이며 대답했다. 긴 머리카락이 하늘거렸다. 그는 순한 미소를 지었고, 작고 귀여운 잿빛 두 눈은 어머니의 얼굴을 다정하게 바라보고 있었다. 동글동글한 얼굴, 작은 키, 투실투실한 목과 짧은 팔, 영락없는 사모바르였다. 광대뼈가 나온 그의 얼굴은 빛이 나고 번들거렸다. 더구나 가슴에선 줄곧 뭔가 쌕쌕거리는 소리가 들렸다.

"방으로 들어가게. 난 옷을 걸치고 들어가겠네." 어머니가 말했다.

"어머니께 볼일이 있어 왔습니다."

사모일로프가 걱정스러운 듯 힐끔거리면서 말했다.

이고르 이바노비치가 방 안에 들어가서 밖을 향해 말했다.

"어머니, 오늘 아침에 니콜라이 이바노비치가 감옥에서 나왔습니다. 그 사람 아시나요?"

"그 사람이 얼마 동안 거기 있었지?"

"다섯 달하고도 열하루 만에 풀려난 거예요. 거기서 소러시아인 안드레이를 만났다더군요. 어머님께 안부 전하랍니다. 또 파벨이 어머님께 안부 전하면서 너무 걱정 마시라고 신신당부하더랍니다. 이런 일 하는 사람한테는 감옥이 정부 당국에서 염려해서 제공하는 훌륭한 휴식처라고 하더래요. 그럼 어머님, 제가 찾아온 용건을 말씀드리겠습니다. 어제 동지 몇 명이 잡혀갔는지 혹 어머님은 아세요?"

"모르지! 파샤 말고 또 있단 말인가?"

"파벨은 마흔아홉 번째로 잡혀간 거고요! 앞으로도 열 명은 더 잡혀간다고 봐야 해요, 예를 들면 여기 이 동지도 그렇습니다."

이바노비치가 태연하게 말했다.

"맞아요, 저도 곧 잡혀갈 거예요." 사모일로프가 찡그린 얼굴로 말했다.

어머니는 호흡이 한결 편해지는 기분이 들었다.

'거기에 파벨이 혼자 있는 건 아니군.'

이런 생각이 머리를 스쳤다.

어머니는 옷을 갈아입고 방 안에 들어가 손님들에게 미소를 지었다.

"그렇게 많이 잡아갔다니 오래 잡아두지는 않겠구먼."

"물론입니다. 우리가 이번 일을 망쳐놓으면 분명 그들은 아주 바보가 될 수도 있습니다. 이런 거지요. 만약 우리가 지금 공장 안에다 전단 뿌리는 일을 그만두면, 놈들은 파벨과 동지들에게 그 죄목을 뒤집어씌워 감옥에 처넣는 데 이용해 먹을 거라는 거죠."

이고르 이바노비치가 부드럽게 말했다.

"그게 무슨 뜻이지?"

어머니는 풀이 죽어서 말했다.

"아주 단순합니다, 어머니. 헌병들이라고 어디 항상 비이성적이겠습니까? 한 번 생각해 보세요. 파벨이 있을 때는 전단과 유인물이 있었는데 파벨을 잡아들이자 전단과 유인물이 사라졌다, 그렇다면 유인물을 뿌린 건 파벨이다, 뭐 이런 생각 안 하겠어요? 아마 놈들은 '먹잇감이 생겼어' 생각하고 산 사람에게 달려들 겁니다. 헌병이란 놈들이 사나이의 기를 죽이는 걸 얼마나 좋아하는데요. 특히 그에게 자아의 한 조각과 감동적인 기억 한 가지밖에 남지 않았을 때 그러죠. 누군들 견뎌내겠습니까?

"알았어, 알았어! 오, 하느님 맙소사! 이제 어떻게 하면 되지!"

어머니가 침통한 목소리로 물었다.

부엌에서 사모일로프의 목소리가 들렸다.

"이제 그놈들은 죄다 잡아들일 겁니다." 사모일로프의 목소리가 부엌에서 들려왔다. "우리는 하던 일을 계속해야 합니다. 명분을 위해서도 그렇고 동지를 구하기 위해서도 그렇고."

"그런데 일할 사람이 없잖아!"

이고르가 웃으면서 덧붙였다.

"우리에게는 최고의 인쇄물이 준비되어 있습니다. 물론 제 작품이죠. 그런데 문제가 하나 있어요. 어떻게 공장 안으로 갖고 들어가느냐 하는 겁니다."

"정문에서 일일이 몸수색을 시작했어요." 사모일로프가 말했다.

어머니는 그들이 기대하는 자신의 역할이 분명 있음을 알아차렸다. 아들을 도울 수 있다고 생각하고서 서둘러 물었다.

"그럼 어쩐다지? 우리가 할 일이 뭐야?"

"펠라게야 닐로브나, 행상을 하는 마리야 코르수노바 아주머니를 아시죠?" 사모일로프가 문턱에 선 채로 말했다.

"알지, 그런데?"

"그 아주머니한테 청하면 어떨까요? 혹 우리 물건을 밀거래해줄 수 있는지. 우리가 그 보수를 줄 수 있을지도 모르죠." 이고르가 불쑥 말했다.

어머니가 손을 내저었다.

"안 될 말이야. 그 여편네는 입이 가벼워서 안 돼! 놈들이 내게서, 우리 집에서 유인물이 나온다는 걸 알게 되면…… 안 돼, 그건 안 될 말이지."

그러다 갑자기 무슨 좋은 묘안이라도 떠올랐는지 어머니가 속삭이듯 말했다.

"그걸 나한테 줘. 나한테 달라고! 내가 그 일을 해야겠어. 수가 있을 거야. 우선 날 조수로 써달라고 마리야한테 부탁해 볼게. 나도 입에 풀칠이라도 하려면 일을 해야지. 그러면 음식을 공장 안으로 들여갈 수 있을 테고 그러면 생각대로 일이 잘될 수도 있어."

어머니는 가슴을 두 손으로 누르며 자신이 임무를 잘 수행하고 몸수색도 피할 수 있으리라고 확신을 가졌다. 그리고 기뻐하며 외쳤다.

"놈들은, 파벨이 비록 몸은 감옥에 있더라도 공장에 손을 뻗치고 있다는 사실을 깨닫게 될 거야. 암, 그렇고말고!"

셋 모두 기운이 솟아오르는 듯했다. 이고르는 갑자기 손을 비비며 웃는 표정으로 말했다.

"훌륭하세요, 어머니! 어머니는 이 일이 얼마나 대단한 일인지 모르실 거예요. 그저 훌륭하단 말밖에 할 말이 없군요!"

"이 일만 성공한다면 당장 감옥에 가더라도 차가운 바닥이 안락의자 같을 겁니다."

사모일로프가 웃으면서 손을 비벼대며 말했다.

"훌륭하셔요, 할머니!" 이고르가 쉰 목소리로 소리쳤다.

어머니는 웃기만 했다. 어머니 생각에는, 공장에 다시 유인물이 뿌려지면 그동안 공장에 유인물을 뿌린 장본인이 파벨이 아니라는 사실이 증명되는 셈이었다. 어머니는 성공에 대해 자신감에 차 있었다. 어찌나 기쁜지 온몸에 전율이 감돌았다.

"이보게, 다음에 파벨을 만나거든 정말 훌륭한 어머님을 두었다는 말 잊지 말고 전하게."

이고르가 말했다.

"곧 만나게 될 거야, 그렇게 전하지."

사모일로프가 웃으며 대답했다.

"파벨을 만나거든 이렇게 전해줘. 이 어미는 할 수만 있다면 무슨 일이든 하겠다고. 내 마음을 알 수 있도록……." 어머니는 그의 손을 잡으며 진심으로 말했다.

"그런데 만약 놈들이 이 사람을 감옥에 집어넣지 않으면 어쩐다지?" 이고르가 사모일로프를 가리키며 물었다. 어머니는 한숨 지으며 슬프게 말했다.

"글쎄, 그럼 도울 일도 없겠지!"

둘은 함께 큰 소리로 웃었다.

어머니는 실수하지나 않았나 하는 생각에 당황하여 웃었다. 그리고 눈길을 내리고 다소 부끄러운 듯이 말했다.

"자기 편 사람들 걱정에 눈이 멀면 남들은 눈에도 안 들어온다니까!"

이고르가 큰 소리로 말했다.

"지당하신 말씀입니다! 어머님, 파벨 걱정은 마세요. 슬퍼할 일이 아닙니다. 파벨은 더 멋진 모습으로 돌아올 겁니다. 그 안에선 휴식도 취하고 공부도 할 수 있어요. 때를 놓쳐서 못하던 일들 말이에요. 저도 세 번이나 감옥 신세를 졌는데요, 편했다고 하면 거짓말이지만 그때를 이용해서 매번 정신적인 힘을 이끌어낼 수 있어서 그리 나쁘지만은 않았어요."

"당신들은 힘들게 숨을 쉬고 있어." 어머니는 그의 사심 없는 얼굴을 애정 어린 눈빛으로 바라보며 말했다.

"거기에는 특별한 이유가 있으니까요." 그는 손가락을 치켜들며 말했다.

"자, 그러면 결정된 겁니다, 할머니! 내일 인쇄물을 가져올게요. 오래된 어둠을 잘게 갈아서 파괴하는 바퀴는 다시 돌 겁니다. 언론의 자유를 위해서! 그리고 어머님 마음의 평화를 위해서! 또 뵙겠습니다."

"안녕히 계세요. 저희 어머니는 엄두도 못 낼 일입니다. 정말이에요!"

사모일로프가 어머니의 손을 굳게 잡으며 말했다.

"누구나 이해하고 나설 날이 곧 오겠지. 모든 사람이 이해할 거야."

닐로브나는 그를 기쁘게 해주려고 말했다.

그들이 떠나고 나서, 어머니는 문을 잠그고 방 한가운데 무릎을 꿇고 앉아 빗소리를 들으며 기도를 드렸다. 묵상 기도였다. 오로지 파벨의 소개로 인해 자신의 삶에 들어온 사람들을 위한 기도였다. 그들은 마치 어머니와 성화들 사이를 지나가고 있는 것만 같았다. 모두 한결같이 단순 평범하고 이상하게 서로 친하면서도 한편 외로운 사람들이었다.

아침 일찍 어머니는 마리야 코르수노바를 찾아갔다. 언제나 그렇듯 능청맞고 수다스런 행상 아낙은 동정 어린 눈으로 어머니를 맞았다.

"상심이 크죠?"

마리야는 어머니의 등을 투실투실한 손으로 토닥거리면서 물었다.

"상심할 필요 없어요. 그들은 단지 그를 뽑아서 데려갔다고요, 비극이 어디 있어요? 다치지는 않았잖아요. 예전에야 도둑질을 하면 지하감옥에 갇혔지만 요즘은 진실을 말한다는 이유로 투옥되잖수. 설사 파벨이 좀 과한 말을 했다 손 쳐도 그게 다 사람들을 위해서 한 일이니 결국 다들 파벨을 이해하게 될 거유. 너무 염려 말아요! 비록 말은 안 하고 있지만 모두 그를 보면 그가 옳다는 걸 알고 있을 거라우. 나도 사람들을 모아서 임자를 찾아가려고 했지만 시간이 있어야지. 온종일 음식을 만들어 돌아다니며 팔아도 하루가 끝날 때면 비렁뱅이가 되니까! 내 생각에는 그게 그거야. 제 살 깎아먹기 식이지. 치즈 한 조각을 야금야금 뜯어먹는 새앙쥐같이 끊임없이 야금거리고 안달이니. 겨우 10루블쯤 모았다 싶으면 웬 빌어먹을 인간이 나타나서 돈을 고스란히 뺏어가 버리지 뭐유! 그러니 내가 사나워지지 않을 수가 있나! 혼자 사는 것도 힘들지만 함께 사는 것은 더 힘들어."

"난 임자를 도울 일이 없을까 해서 찾아왔어!"

어머니가 마리야의 수다를 가로채며 말했다.

"그게 무슨 소리유?"

마리야가 반문했다. 마리야는 어머니의 설명을 다 듣고 나서 알았다는 듯 고개를 끄덕였다.

"그럼요! 도와줄 일이 있을 거유. 일전에 임자가 나를 남편에게서 숨겨 주곤 했지 않수? 이젠 내가 임자를 가난으로부터 숨겨줄 차례네. 다들 임자 돕는 일에 손발 걷어붙이고 나서야 해요. 임자 아들이 공적인 일로 고생하고 있으니 말이우. 아들 하나는 참 잘 두었소. 훌륭한 젊은이야. 다들 그렇게 말합디다. 다들 동정하고 있어요. 내가 자신 있게 말하는데, 사람들 잡아넣어서 당국도 좋을 일이 없어요. 공장에서 지금 무슨 일이 벌어지고 있나 한번 보라고요. 모두 하는 말을 보세요. 분위기가 추악한 게 심상치가 않아요. 공장 관리들이 사람 발뒤꿈치를 물어뜯으면 멀리 달아나지 못할 거라 생각한 거지. 천만에! 결과가 어떤가 보라고. 열 사람을 치니까 백 사람이 화를 내지 않수. 노동자 한 사람도 조심해서 다루어야 해! 그 노동자는 아마도 오랫동안 자기가 받은 모든 고통을 인내하면서 살 수도 있겠지. 그렇지만 언젠가는 그 사람도 쌓인 불만을 갑자기 터뜨려 버릴 수도 있다우!"

10

이튿날 점심 때 어머니는 마리야가 만든 음식을 담은 항아리 두 개를 들고 공장에 가는 것으로 이야기가 일단락되었다. 그리고 마리야는 물건 팔 장소를 시장으로 옮기기로 했다.

노동자들은 새 음식 행상인을 이내 알아보았다. 몇몇은 다가와 격려의 말을 건네기도 했다.

"닐로브나, 일을 시작하셨네요!"

또 어떤 사람들은 파벨이 곧 풀려나리라고 말함으로써 닐로브나를 위로하기도 하고, 어떤 사람들은 불길한 말로 닐로브나를 더욱 불안하게 만들기도 했다. 게다가 공장장과 헌병들을 싸잡아 분노의 욕설을 퍼부어서 닐로브나의 공감을 사는 사람들도 있었다. 하지만 몇몇 사람은 복수심에 찬 표정으로 닐로브나를 보았다. 출근계원 이사이 고르보프가 그런 사람이었는데, 하루는 허연 이를 드러내고 이렇게 말했다.

"내가 만약 권력자라면 당신 아들을 교수형에 처해 버릴 텐데! 사람들을 헷갈리게 만드는 이 따위 짓 더는 못하게!"

이런 협박 아닌 협박을 받을 때면 닐로브나는 사색이 되었다. 아무 대꾸도 하지 못하고, 남자의 주근깨투성이 얼굴을 흘긋 한 번 쳐다보고 고개를 떨어뜨릴 수밖에 없었다. 나오느니 한숨뿐이었다.

공장 안에서는 심상치 않은 기운이 감돌았다. 노동자들이 삼삼오오 모여서 수군대고, 겁먹은 듯한 작업 감독들이 눈치를 살피며 돌아다녔다. 가끔 욕설과 신경질적인 웃음소리가 들리기도 했다. 사모일로프가 헌병에게 붙들려 어머니 옆을 지나갔다. 그는 한 손은 주머니에 찔러 넣고 다른 한 손으로는 자신의 붉은 머리를 쓰다듬고 있었다.

백 명 남짓한 노동자들이 무리를 지어 그를 따르며 헌병들에게 욕설과 야유를 퍼붓고 있었다.

"산책 나가나, 그리샤(그리고리의 애칭)?"

누군가 사모일로프에게 소리쳤다.

"우리 형제들을 공경할 줄도 아네."

또 다른 사람이 맞장구를 쳤다.

"산책갈 때 사람을 붙여 친절히 호위까지 해주다니."

세 번째 사람이 목 쉰 소리로 중얼거리며 당당히 말했다.

다시 지독한 욕설이 이어졌다.

"도둑놈 잡는 일엔 이젠 관심도 없나 보군. 이제 우리 선량한 형제들도 습관적으로 잡아가고!"

키 큰 애꾸눈 노동자가 큰 소리로 조롱했다.

"한밤중도 아니고 이런 벌건 대낮에 저렇게 잡아가다니, 부끄럼도 없이 뻔뻔스럽기는…… 악당 같으니!"

군중 속에서 누군가 맞장구치는 소리가 들렸다.

헌병들은 뿌루퉁한 얼굴로 서둘러 발걸음을 떼어놓으며 사람들의 시선을 애써 외면하고 있었다. 마치 귀가 먹은 사람들 같았다. 노동자 셋이 커다란 쇠파이프를 나르다가 그들과 마주치자 쇠파이프를 흔들며 소리쳤다.

"두고 보자! 사람 잡는 낚시꾼들아!"

어머니 옆을 지나가면서 사모일로프는 얼굴 가득 웃음을 띠고 고개를 끄덕이면서 이렇게 말했다.

"완력으로 사람을 이렇게 잡아간답니다!"

어머니는 아무 말 없이 고개만 끄덕였다. 감옥에 끌려가면서도 미소를 잃지 않는 이 정직하고 성실한 젊은이를 보면서 어머니는 큰 감동을 받았다. 마음에서 절로 그에 대한 사랑이 움텄다.

공장에서 나온 뒤 어머니는 마리야의 집에서 그녀의 일도 도와주고 수다도 들어주면서 하루를 보냈다. 저녁 늦게야 집에 돌아왔다. 집은 텅 빈 듯했고 이제는 편안하다는 생각도 들지 않았다. 한참 방 안에서 이 구석 저 구석을 돌아다녀 봐도 정작 쉴 곳이 없었고 일도 손에 잡히지 않았다. 어둠이 밀려오고 불안감이 엄습했다. 유인물을 가져오기로 했던 이고르 이바노비치가 아직 오지 않아서였다. 창밖에는 봄눈이 내리고 있었다. 잿빛 함박눈이었다. 눈송이는 유리창에 사뿐히 내려앉는가 싶다가 이내 소리 없이 밑으로 흘러내리거나 축축한 자국을 남긴 채 녹고 있었다. 어머니는 아들 생각이 더욱 간절했다.

조심스럽게 문 두드리는 소리가 들렸다. 어머니는 재빨리 나가서 빗장을 풀었다. 사샤가 들어왔다. 오랜만이었다. 언뜻 보기에는 못 본 사이에 살이 좀 쪘는지 통통해 보였다.

어머니는 마침 적적하던 차에 말동무가 생겨 기쁜 마음으로 사샤를 맞이했다.

"잘 지냈어요? 본 지가 꽤나 오래 되었구려. 그래, 어디 멀리 다녀왔수?"

"아뇨, 감옥에 갔었어요. 니콜라이 이바노비치와 함께 있었는데, 기억하시죠!"

처녀가 웃으며 대답했다.

"기억하다마다. 어제 이고르 이바노비치가 그 사람 풀려났다는 말을 하더군. 그런데 처녀가 감옥에 간 건 몰랐나, 처녀 얘기를 하는 사람이 없던데……."

"좋은 일도 아닌데요 뭐! 이고르 이바노비치가 오기 전에 옷이나 갈아입어야겠어요!"

방 안을 둘러보면서 처녀가 말했다.

"죄다 젖었구면."

"유인물과 전단을 가져왔어요."

"어디, 줘 봐요."

어머니가 서둘러 말했다.

처녀가 외투 단추를 풀고 몸을 흔들어 털자 마치 나무에서 잎사귀가 떨어지듯 몸에서 종이 뭉치들이 바닥에 우수수 떨어졌다. 어머니는 미소를 지으며 바닥에서 종이 뭉치를 주워들었다.

"어쩐지 살이 쪄 보인다 했지. 많이도 가져왔구려! 걸어서 왔나?"

"예."

사샤가 대답했다. 사샤는 이제 예전처럼 다시 균형 잡힌 가냘픈 몸매가 되었다. 양 볼은 움푹 들어가고, 크게 뜬 두 눈은 퀭하고 밑이 거무스름했다.

"이제 막 풀려난 모양인데, 쉬지도 못하고 안쓰러워서 어째?"

어머니가 한숨을 내쉬고 고개를 저으며 말했다.

"해야 할 일인 걸요. 파벨이 어떤지나 말씀해주세요. 별 일 없죠? 지나치게 흥분해 있다거나……."

사샤는 어머니의 얼굴을 애써 외면하면서 물었다. 고개를 떨구고 머리카락을 매만지는 사샤의 손이 심하게 떨렸다.

"괜찮아, 경거망동하는 애가 아니니까."

어머니가 대답했다.

"와, 무척 건강한가 보군요!"

"아직 감기 한 번 앓아본 적이 없는 애라오. 이런, 몸을 떨고 있군. 내 얼른 차를 내오리다. 산딸기잼도."

"네, 좋아요. 그런데 너무 늦었으니까 제가 할게요."

"됐어! 피곤하지 않아?"

어머니가 사모바르를 준비하러 부엌으로 바삐 들어가면서 나무라듯 말했다.

사샤가 부엌으로 따라 들어가 긴 의자에 앉아, 두 손을 포개 뒷머리를 받친 채 말했다.

"네, 매우 피곤해요. 어쨌든 감옥은 사람을 쇠약하게 만들어요. 얼마나 답답한지! 아무 일도 하지 않고 앉아만 있는 것보다 더 답답한 경우는 없을 거예요. 아시겠지만 얼마나 할 일이 많은 세상이에요? 그런데 짐승처럼 우리에 갇혀서……."

"이런 고생을 누가 보상해 주려나!"

어머니는 이렇게 묻고는 한숨을 내쉬면서 스스로 대답했다.

"누구도 보상해 줄 수 없어, 주님 말고는! 처녀는 주님을 안 믿지?"

"믿지 않습니다."

처녀가 고개를 가로저으며 짧게 대답했다.

"난 도무지 이해가 가지 않아!"

어머니가 갑자기 흥분한 목소리로 외쳤다. 어머니는 숯검정 묻은 손을 재빨리 앞치마에 문지르며 확신에 찬 어조로 말을 이었다.

"젊은이들은 자신의 믿음을 제대로 이해하고 있지 않아. 주님에 대한 믿음 없이 삶이라는 게 가능할까?"

그때 현관에서 누군가의 발소리와 중얼거리는 소리가 들렸다. 어머니가 일어서자 처녀가 재빨리 일어나 다급한 목소리로 속삭였다.

"아직 문을 열지 마세요. 만약에 헌병이면 어머니는 저를 모르는 척하세요. 제가 집을 잘못 찾아 들어와 정신을 잃은 거예요. 어머니께서 옷을 벗겨 보니 전단이 나온 겁니다. 아시겠죠?"

"기특하구먼...... 그럴 필요까지야 있을라고."

어머니의 목소리에 감동이 묻어났다.

"잠깐만요!"

귀를 기울이던 사샤가 말했다.

"이고르인가 봐요."

정말 이고르였다. 온몸이 비에 젖은 채로, 지친 듯 깊은 숨을 몰아쉬고 있었다.

"아이고, 차 한 잔 주시겠어요? 차 생각이 제일 간절하네요, 어머니. 벌써 왔네요, 사샤!" 그가 말했다. 그의 쉰 목소리가 좁은 부엌을 가득 채웠다. 그가 무거운 외투를 벗으면서 계속했다.

"어머님, 여기 이 아가씨는 당국에서 아주 질색하는 사람이죠. 감방 간수한테 모욕을 당하고서 사과를 하지 않으면 굶어죽겠노라고 호통을 쳤답니다. 여드레 동안이나 아무것도 입에 대지 않았는데, 정말 죽기 바로 일보 직전까지 갔다니까요. 대단한 여자죠? 우리 위(胃)로는 상상도 못할 일이에요."

"정말 여드레 동안 아무것도 안 먹었단 말이야?"

어머니가 놀라서 물었다.

"간수가 저 보는 앞에서 빌게 했어야만 했거든요."

어깨를 움츠리며 처녀가 대답했다.

어머니는, 고집 참 대단한 처녀군, 하는 생각으로 혀를 찼다. 그리고 나무라
듯이 다시 물었다.

"그러다가 정말 죽기라도 하면 어쩌려고!"

"그럼 하는 수 없죠, 뭐! 결국엔 사과를 하던데요! 모욕만큼은 용서를 해서
는 안 돼서 그래요."

처녀가 차분한 목소리로 대답했다.

"하기야, 한평생 모욕만 당하고 사는 게 우리네 여자들 인생이지."

"그렇다면 전 짐을 하나 벗은 셈이네요. 그건 그렇고 사모바르의 찻물은 준
비되었나요? 제가 가져올게요……."

문을 열며 이고르가 말했다. 사모바르를 들고 와서는 말을 이었다. "제 아버
지는 하루에 차를 적어도 스무 잔은 마셨어요. 그래서인지 평생 병치레 한 번
하신 적이 없어요. 일흔셋까지 사시면서 말이죠. 체중이 1백 킬로도 넘게 나가
셨어요. 보스크레센스키 마을 집사셨어요."

"그럼 아버지 성함이 이반이요?" 어머니가 소리쳤다.

"네! 그런데 어떻게 아셨어요!"

"나도 보스크레센스키 마을 출신이거든!"

"고향분이시네요? 어느 댁이세요!"

"이웃이네! 세레긴 가문."

"다리를 절던 닐 아저씨 따님이세요? 당신 얼굴이 낯이 익다고 생각했어요.
아저씨가 제 귀를 얼마나 귀찮게 잡아당기셨다고요."

그들은 마주보고 서서 웃으며 끝도 없는 질문을 서로에게 던졌다. 사샤는 웃
으며 두 사람을 쳐다보고 차를 따랐다. 접시가 달가닥거리는 소리에 어머니는
정신이 들었다.

"얘기하느라 정신이 팔려서! 고향 사람을 만나니 너무 반가워서……."

"아니에요, 오히려 제가 방해를 했나 봐요, 죄송해요. 그런데 벌써 11시네요.
전 갈 길이 멀어서 이만……."

"어디로 가는데? 시내로?"

어머니가 걱정스럽게 물었다.

"네."

"그게 무슨 소리야? 캄캄한데다 날도 궂은데. 거기다 몸이 피곤해서 어쩌지! 여기서 하룻밤 자도록 해요. 이고르 이바노비치가 부엌에서 자고 우린 여기서 같이 자면 되잖아⋯⋯."

"아뇨, 가야만 해요."

사샤가 간단히 말했다.

"맞아요, 시골 아주머니. 저 처녀는 얼른 떠나야 해요. 사람들이 알아볼 거예요. 만약에 그가 내일 나가다가 거리에서 사람들 눈에 띄기라도 하면 좋을 게 없어요."

이고르가 말했다.

"여자가 혼자서 어떻게 가누!"

"그래도 가야죠."

웃으면서 이고르가 재차 강조했다.

처녀는 손수 차를 따르고 검은 호밀빵 한 조각을 집어 소금을 친 다음 먹었다. 어머니를 바라보는 눈이 무언가 깊은 생각에 잠긴 모습이었다.

"어떻게들 왔다 갔다 하는 거야, 처녀도 그렇고 나타샤도 그렇고. 나라면 못 다니겠구먼, 무서워서."

어머니가 말했다.

"사샤도 무서워해요. 사샤, 그렇죠!"

이고르가 말했다.

"물론이죠!"

사샤가 대답했다.

어머니는 처녀와 이고르를 번갈아 쳐다보며 나지막한 목소리로 소리쳤다.

"정말 대단들 해!"

차를 다 마신 사샤는 말없이 이고르의 손을 붙잡고 부엌으로 향했다. 어머니도 사샤를 배웅하기 위해 따라 나갔다. 부엌에서 사샤가 말했다.

"파벨 미하일로비치를 만나거든 제가 안부 전하더라고 말해 주세요, 꼭요!"

사샤는 문 손잡이를 잡다 말고 별안간 돌아서더니 속삭이듯 말했다.

"당신에게 키스해도 돼요?"

어머니는 말없이 사샤를 포옹하고 다정하게 키스를 해주었다.

"고맙습니다."

처녀는 나지막한 목소리로 말하고는 고개를 숙여 인사하고 밖으로 나갔다.

방으로 돌아온 어머니는 떨리는 심정으로 창밖을 내다보았다. 어둠 속에서 여전히 눈발이 휘날리고 있었다.

"혹시 프로조로프 씨 생각나세요?"

이고르가 물었다.

"그가 두 다리를 쭉 뻗고 앉아서 소리나게 찻잔을 후후 불고는 했잖아요. 그의 얼굴 표정은 발그스름해서 만족스럽고 사랑스런 모습이었죠."

"생각나, 생각나고말고!"

어머니가 탁자로 다가가며 생각에 잠긴 표정으로 대답했다. 그리고 자리를 잡고 앉아 슬픈 눈으로 이고르를 바라보면서 말을 이었다.

"아, 사샤가 너무 가엾어! 어떻게 혼자 시내까지 걸어간담?"

"꽤나 피곤할 거예요. 감옥이 사람 다 버려놨어요. 예전엔 정말 강한 처녀였는데…… 더구나 곱게 자랐거든요. 폐가 이미 많이 상한 것 같아요. 얼굴에 그런 증세가 나타나 있어요."

"사샤에 대해서 좀 자세히 이야기해 주구려."

어머니가 말했다.

"지주의 딸이랍니다. 아버지는 돈 많은 사기꾼이래요. 그녀 입으로 그러더군요. 저…… 어머니, 둘이서 결혼하고 싶어하는 거 알고 계세요?"

"둘이라니?"

"사샤하고 파벨이요……. 쉬운 문제는 아니죠. 파벨이 감옥 밖에 있으면 그녀가 감옥에 들어가고, 또 그 다음엔 반대로 되곤 하니……."

이고르가 웃었다.

"난 정말 몰랐어."

잠시 머뭇거리던 어머니가 대답했다.

"파샤가 어디 자기 얘기를 하는 애라야 말이지."

어머니는 사샤에게 한결 정감이 갔다. 적잖이 원망을 담은 시선으로 이고르를 바라보면서 말했다.

"좀 바래다줄 걸 그랬어!"

"그럴 순 없어요. 저도 여기서 할 일이 태산이랍니다. 내일 아침부터 돌아다닐 데가 한두 군데가 아니에요. 전 천식도 앓고 있어서 만만치가 않은 일이랍니다."

"참 좋은 처녀야."

어머니는 이고르가 한 말을 떠올리며 모호하게 말했다. 한편 그런 말을 아들이 아닌 제삼자로부터 들어서 못내 섭섭했다. 입술을 다물고 시선을 떨구었다.

"그래요, 좋은 여자죠!"

이고르가 고개를 끄덕이며 농의했다.

"그녀에게는 아직도 귀족적인 구석이 있거든요, 줄곧 그런 면이 점점 줄어들어 가곤 있지만. 어머니는 사샤에게 동정이 가시나본데, 그게 무슨 소용이 있어요. 우리 같은 모반자들을 모조리 동정하시다가는 어머니 가슴이 남아나질 않을 겁니다. 진리를 말하는 사람 치고 편하게 살아가는 사람이 하나도 없다고요. 얼마 전에 제 동지 한 사람이 귀양에서 돌아왔답니다. 그가 니즈니 노브고로드로 귀양을 떠나자 그의 처자식들은 스몰렌스크에서 그를 기다렸어요. 그런데 그가 스몰렌스크로 가 보니 처자식들은 이미 모스크바의 감옥에 들어가 있더라는 겁니다. 이번엔 아내 혼자 시베리아로 갈 차례지요. 혁명운동을 하면서 결혼하면 불편한 결합이 되고 말아요. 남편 쪽에서도, 아내 쪽에서도 다 불편하죠. 결국에는 그 명분을 위해서도 불편한 결합이 될 뿐이고요. 제게도 아내가 있었는데, 훌륭한 사람이었지요. 하지만 5년 남짓 그런 생활을 하고서 세상을 떴습니다."

그는 차 한 잔을 단숨에 마셔 버리고 이야기를 계속했다. 감방과 귀양지에서 보낸 수많은 나날을 늘어놓으며 감옥에서의 학살, 시베리아에서의 배고픔 등, 여러 가지 사건들과 불행한 일들에 대해서도 이야기했다. 어머니는 그의 얼굴을 빤히 쳐다보고 이야기를 들으면서 어떻게 고통과 박해, 사람들에 대한 모욕으로 점철된 이 세상의 삶을 그렇게 간단한 말로 태연하게 말할 수 있는지 놀라지 않을 수 없었다.

"이제 본론으로 돌아가지요."

그의 목소리는 차분해졌고 표정도 한결 진지해졌다. 그는 유인물을 공장 안으로 들여보낼 방법이 있는지 어머니에게 물었다. 어머니는 그가 자질구레한 일까지도 속속들이 알고 있는 데에 놀라지 않을 수 없었다.

일에 대해서는 일단 마무리를 짓고 그들은 다시 고향 마을에 대해 기억을 떠올려 보았다. 그가 웃으며 농담을 하면 어머니는 생각에 잠겨 과거를 방랑했다. 습지 가운데에 작은 섬 둔덕이 단조로이 나타나 보이는 모습처럼, 어머니는 이상스런 기분이었다. 섬 둔덕들은 포플러 나무로 뒤덮여 있었다. 나무들은 끊임없이 두려움에 떨고 있었다. 키 작은 전나무들과 흰 자작나무들도 섬 둔덕들로부터 둔덕 사이사이로 빠져나와 방황하였다. 자작나무들은 서서히 자라 불안정하게 썩은 땅 속에 뿌리를 내리고 5년 동안 서 있다가 말라서 쓰러지고 썩어 버린다. 그런 풍경을 마음속에 그리다 보니 견딜 수 없는 막연한 슬픔이 어머니 가슴을 엄습했다. 이번엔 처녀의 모습이 아른거렸다. 엄하고 강해 보이는 얼굴이었다. 처녀는 휘몰아치는 눈발을 헤치며 홀로 지칠 대로 지쳐 나아가고 있다. 한편 아들은 감옥의 작은 방에 갇혀 있다. 창문 너머로 철제가 삐걱거린다. 그는 아직 잠들지 못하고 무슨 생각인가를 골똘히 하고 있다. 그러나 아들은 어머니를 생각하고 있지 않다. 그에게는 어머니보다 더 가까운 사람이 있다. 복잡하게 뒤엉킨 구름처럼 혼돈스러운 상념들이 어머니를 스멀스멀 타고 기어올라 둘러싸고 가슴을 세게 짓눌렀다.

"고단하신가 봅니다, 어머니! 이제 그만 주무세요." 이고르가 웃으며 말했다.

어머니는 이고르에게 잘 자라는 인사를 하고 조심스레 옆걸음으로 부엌으로 갔다. 가슴은 비통하고 씁쓸했다.

이튿날 아침에 이고르가 말했다.

"만약에 놈들에게 붙들려 불온문서들을 어디서 구했냐는 심문을 받으면, 어머니는 어떻게 말씀하시겠습니까?"

"당신들이 상관할 바가 아니라고 말하지." 어머니가 미소를 지으며 말했다.

"그런 식으로는 그들에게 확신을 주지 못할 겁니다. 오히려 그놈들은 이번 일이 굉장히 심각하게 상관할 일이라고 확신할 겁니다. 그리고 더욱 열심히 오래오래 질질 끌며 캐물을 거예요!"

"그러거나 말거나 말을 안 하면 되지 뭐!"

"그럼 감옥에 가시게 될 텐데요."

"그럼 어때? 그럴 수만 있다면 차라리 잘된 일이지. 내가 무슨 쓸모가 있어? 아무런 쓸모도 없어." 어머니는 한숨을 쉬며 말했다.

이고르가 어머니를 유심히 살피며 물었다.

"흠! 선량한 사람은 자기 자신을 지킬 줄 압니다."

"내가 선량한 사람이라고 해도 너희들한테서는 안 배울 테다."

어머니가 웃으면서 대꾸했다.

이고르는 말없이 방 안을 왔다 갔다 하다가 어머니에게 다가와 말했다.

"어려운 일이에요, 순진한 양반! 제 느낌에 어머니께는 너무 어려운 일이라는 생각이 들어요."

어머니가 손을 내저으면서 말했다.

"누구에게나 어려워. 의미를 이해하는 사람한테는 더 수월할 텐데…… 하지만 나도 좋은 사람들이 뭘 원하는지 어느 정도는 이해할 수 있어."

"어머니, 그걸 이해하신다면 어머니는 모든 사람이 필요로 하는 분이 되셨다는 의미예요. 모든 이가 말이죠."

이고르가 진지하고 엄숙하게 말했다. 어머니는 그를 쳐다보고 말없이 미소만 지어 보였다.

11

정오가 되자 어머니는 태연하면서도 능숙하게 유인물을 가슴에 숨겼다. 그 모습이 어찌나 자연스럽고 편안해 보이던지 이고르의 입에서 절로 감탄사가 나왔다.

"독일 사람이 맥주 한 잔 들이켜고 하는 말처럼 '훌륭하십니다', 어머니. 유인물을 품 안에 숨겼는데도 전혀 달라진 게 없어요. 키도 크고 당당한 중년부인이십니다. 수많은 신들이 어머님의 대담한 계획에 축복을 내리실 겁니다."

30분이 지나, 짐의 무게로 몸을 숙이긴 했지만 침착하고 확신에 찬 표정으로 어머니는 공장 문 앞에 서 있었다. 노동자들의 욕설과 농담에 잔뜩 독이 오른 수위 둘이 공장 안으로 들어가는 사람들의 몸을 일일이 거칠게 수색하고 있었다. 서로 간에 욕설이 오갔다. 한쪽에는 새처럼 다리가 가는 순경이 서서 붉어진 얼굴로 눈을 부라리고 있었다. 어머니가 어깨에 받쳐 든 막대기 양쪽 끝에 매달린 양동이를 기우뚱거리면서 그의 눈치를 봤다.

큰 키에 곱슬머리, 모자를 뒤통수에 삐딱하게 눌러쓴 젊은이가 몸수색을 하는 수위에게 소리쳤다.

"염병할, 호주머니만 뒤질 게 아니라 머릿속도 뒤져 보시지!"

수위 가운데 한 명이 대꾸했다.

"네놈 머리를 뒤져보았댔자 이밖에 더 나오겠어."

"우리는 그냥 놔두고 이나 잡으면 되겠네."

노동자가 대꾸했다.

"나 먼저 지나가면 안 되겠소? 보다시피 짐이 무거워서 등이 부서질 것 같아서 그래요!"

어머니가 물었다.

"들어가, 들어가라고! 별게 다 귀찮게 난리야."

수위가 화를 내며 소리쳤다.

어머니는 자리를 잡고 음식들을 바닥에 펼쳤다. 그리고 얼굴의 땀을 훔치며 주위를 살폈다.

곧바로 열쇠공 구세프 형제가 다가와, 형 바실리가 미간을 찡그리며 큰 소리로 물었다.

"피로그 있습니까?"

"내일 가져오리다."

어머니가 대답했다.

이건 미리 정해 둔 암호였다. 두 형제의 얼굴이 밝아졌다. 동생 이반은 참지 못하고 소리쳤다.

"정말 존경스럽습니다, 어머니."

바실리가 웅크리고 앉아 음식을 들여다보았다. 그리고 동시에 유인물 한 묶음이 눈 깜짝할 사이에 그의 품속으로 사라졌다. 큰 소리로 그가 말했다.

"이반, 집에 가지 말고 여기 아주머니한테서 사 먹자!"

그리고 재빨리 유인물 뭉치를 장화에 찔러 넣으며 덧붙였다.

"새로 오신 아주머니 음식 좀 팔아 드려야지."

"아무렴, 그래야지."

이반이 호탕하게 웃으면서 맞장구를 쳤다.

어머니는 주위를 조심스럽게 살피면서 소리를 질렀다.

"양배추 수프, 뜨거운 국수, 구운 고기 있어요!"

그러면서 눈에 안 띄게 유인물을 꺼내 한 다발씩 형제의 손에 건넸다. 유인물 뭉치가 어머니의 손에서 사라질 때마다 저만치서 헌병 장교의 얼굴이 마치 깜깜한 방 안에 켜진 성냥불처럼 누런 점으로 타오르는 것만 같았다. 어머니는 악의에 찬 부당한 즐거움을 느끼며 그를 보고 속으로만 중얼거렸다.

'여보세요, 이리 와서 한술 떠보세요.'

마지막 다발을 건네고 나서 덧붙였다.

'이리 와서 더 드세요, 어서요!'

노동자들이 손에 컵을 들고 모여들었다. 그들이 가까이 다가오자 이반과 바실리가 큰 소리로 웃었다. 어머니는 유인불을 넘기던 손을 멈추고 태연하게 수프와 국수를 떠 주었다. 구세프가 어머니에게 농담을 했다.

"일하는 솜씨가 이만저만 아니시네요, 닐로브나!"

화부 하나가 침통한 표정으로 말했다.

"궁하면 쥐라도 잡는 법이다. 빌어먹을 놈들, 빵을 주는 가장을 잡아가고 난리야, 죽일 놈들! 여기 버미첼리 국수 3코페이카 어치만 주세요. 염려 마세요, 어머니! 일을 잘 해낼 거예요!"

"말이라도 고맙구려!"

어머니가 미소로 화답했다. 그가 한편으로 비켜서며 중얼거렸다.

"말하는 데 돈이 드는 것도 아닌데, 뭘!"

"그렇게 좋은 말을 받아 줄 만한 사람도 없죠. 그렇다고요, 어르신!"

그 광경을 바라보던 제철공이 갑자기 끼어들어 어깨를 으쓱하고는 미소를 지으며 말했다.

"그대들에게 축복이 있을 거예요! 아무나 좋은 말을 하지는 않죠. 모두 다 가치가 있는 사람은 아니니까요, 젊은이!"

바실리 구세프는 벌떡 일어서서 코트를 꼭 여며 입고 나서 소리쳤다.

"난 뜨거운 수프를 먹었는데, 되게 춥군."

그러고서는 걸어서 가 버렸다.

이반도 일어나서 명랑하게 휘파람을 불며 뛰어갔다.

닐로브나는 즐겁게 미소를 지으며 물건을 사라고 소리쳤다.

"따끈, 따끈! 사워크림 수프요!"

어머니는 자신의 이 첫 경험을 어떻게 아들에게 이야기하면 좋을지 생각해 보았다. 순간 눈앞에 헌병장교의 누런 얼굴이 떠올랐다. 의심이 많은 독한 얼굴이었다. 얼굴에서는 검은 콧수염이 불안하게 움직였고, 위아래로 신경질적으로 일그러진 입술 사이에서는 허연 이가 번뜩였다. 어머니의 가슴속에서는 날카로운 희열이 마치 새처럼 둥당거리며 노래를 불렀고 두 눈썹은 가볍게 떨렸다. 어머니는 능숙하게 음식을 떠주면서 중얼거렸다.

"더 있어요, 더 들어요!"

온종일, 어머니는 애완동물처럼 쓰다듬어주며 그의 마음을 포용하는 즐겁고도 새로운 감정을 느꼈다. 그리고 저녁에는, 마리야의 집에서 자기의 일을 끝마치고 나서 차를 마시고 있었는데, 진흙탕을 달리는 말발굽 소리에 이어 귀에 익은 목소리가 들려왔다. 어머니는 벌떡 일어나 부엌문으로 재빨리 뛰어갔다. 누군가가 날렵한 동작으로 현관을 지나고 있었다. 너무 놀라서 눈앞이 캄캄해진 어머니는 문설주에 기대어 서서 발로 문을 열었다.

"안녕하셨어요, 어머니!"

귀에 익고 음악적인 목소리가 들려오고, 곧바로 여위고 긴 팔이 어머니의 어깨 위에 얹혀졌다.

어머니의 가슴 안에서는 실망스런 슬픔과 안드레이를 만난 기쁨이 교차했다. 두 감정은 하나의 크고 뜨거운 감정으로 불타올라 어머니를 뜨거운 물결처럼 휘감았다. 어머니는 안드레이의 가슴에 얼굴을 묻었다. 꼭 끌어안은 그의 두 팔이 떨렸다. 어머니는 말없이 그저 눈물만 흘렸다. 안드레이는 어머니의 머리카락을 쓰다듬으면서 아름다운 목소리로 말했다.

"울지 마세요, 어머니. 제 마음을 아프게 하지 마세요. 틀림없이 파벨도 곧 풀려날 겁니다. 파벨에게서는 손톱만큼의 꼬투리도 찾아 낼 수 없을 겁니다. 젊은이들 모두가 계속 삶은 물고기처럼 입을 다물고 있을 거예요."

안드레이는 어머니의 어깨를 감싸고 방으로 들어갔다. 어머니는 그에게 바싹 다가앉아 얼른 눈물을 훔치고 그의 이야기를 가슴으로 들을 채비를 했다.

"파벨이 어머님께 안부 전하라더군요. 짐작한 대로 기분도 좋고 건강도 염려하지 않으셔도 될 정도입니다. 그곳은 초만원이에요! 잡혀온 사람 수가 백 명이 넘어요. 우리 마을 사람도 있고 시내에서 온 사람도 많아요. 그래서 다른 때 같으면 독방으로 쓰던 곳에 서너 명씩 넣어놨어요. 감방 간수들도 그런대로 괜찮고. 헌병들이 벌여 놓은 일이 하도 많아서 그 사람들도 아주 고생이 많아요. 간수들도 그래서 혹독하게 말하지 않고, 대강대강 거칠게 명령하지도 않아요. 그냥 이렇게 말해요. '되도록 조용히 해주세요. 여러분이 이러시면 우리가 난처합니다.' 그러니 그럭저럭 지낼 만은 해요. 동지들은 이야기도 나누고 책도 서로 돌려보고, 게다가 음식까지 나누어 먹는답니다. 그런대로 괜찮은 감방이에요. 오래되어서 더럽긴 한데 부드럽고 빛도 아주 밝아요. 형사 사건으로 들어온 사람들도 있었는데, 다 괜찮았어요. 우릴 많이 도와줬거든요. 이번에 저하고 부킨 말고도 네 명이 더 풀려났습니다. 파벨도 곧 나오게 될 거예요, 틀림없어요! 베솝시코프가 가장 오래 있게 될 것 같아요. 질색을 하거든요, 그들이. 모두에게 얼마나 야단을 치며 매일매일 욕을 하는지, 헌병들이 그냥 놔두지 않을 것 같아요. 조만간 재판에 회부되든지 아니면 체벌이라도 당할 거예요. 파벨이 말리면서, '그만해, 니콜라이! 아무리 욕을 한들 그들은 나아지지 않아!' 하면 그는, '종기 균을 닦아내듯 이 땅에서 저놈들을 다 없애버릴 거야!' 소리쳐요. 파벨은 잘 참아내고 있답니다. 그런 식으로 전혀 흔들리지 않고 바위처럼 꿋꿋해요. 그들이 곧 풀어줄 거예요."

어머니는 다소 안심하고 웃으면서 말했다.

"곧이라고? 나도 그 애가 곧 나오리라고 생각했어."

"모든 게 잘될 겁니다. 차 한 잔 주세요, 어머니. 어떻게 지내셨는지 말씀해주시고요."

안드레이가 활짝 웃는 얼굴로 어머니를 바라보았다. 그 모습이 정말 너무나 친근하고 다정했다. 두 눈에서는 사랑스러우면서도 한편 우울한 빛이 반짝였다.

"난 네가 너무 사랑스럽구나, 안드류샤!" 깊은 한숨을 몰아쉬며 어머니가 말했다. 수염으로 괴상하게 덮인 그의 여윈 얼굴을 보았다.

"사람들이 저에게 조금은 만족하고 있어요. 어머니가 절 사랑하시는 것도 알아요. 어머닌 모든 사람을 다 사랑하실 수 있죠. 어머니의 가슴은 한없이 깊으시잖아요."

소러시아인 안드레이가 흔들의자에 앉아 허공에 시선을 던진 채 말했다.

"나한테 넌 특별해. 만약 네게도 어머니가 계시다면 사람들이 네 어머니를 부러워할 거야."

안드레이는 고개를 저으며 손으로 머리를 세게 비볐다.

"네, 저도 어딘가에 어머니가 계시죠!"

그가 나지막이 말했다.

"참, 내가 오늘 무슨 일을 했는지 아니?"

어머니가 조금은 부끄러워하면서도 만족한 웃음을 지으며 어떻게 공장 안으로 유인물을 재빨리 들여보냈는지를 이야기했다.

안드레이는 처음엔 그냥 놀라 눈만 꿈벅꿈벅하더니 이내 발을 동동 구르며 웃음을 터뜨리고, 손가락으로 머리를 두드리면서 기쁨에 겨워 울었다. 그리고 자기 머리를 두드리며 기뻐 어쩔 줄을 몰라 했다.

"아니, 이런! 와, 이건 농담이 아니고 진짜군요! 파벨이 알면 정말 기뻐할 거예요. 와, 어머니가 최고예요. 참 잘하셨어요, 어머니! 그게 얼마나 좋은 일인지 어머니는 모르실 거예요! 파벨을 위해서도 그렇고, 파벨과 같이 체포된 모두를 위해서도 마찬가집니다."

안드레이는 감격한 나머지 손가락 관절을 꺾고, 휘파람을 불고, 온몸을 흔들었다. 그가 얼마나 좋아하던지 어머니도 힘이 마구 솟는 느낌이었다.

어머니는 마치 가슴이 터져 샘물이 솟듯 생생하게 유쾌한 말들을 술술 쏟아냈다.

"사랑하는 안드류샤, 내 지난 삶을 되돌아보면 언제나, 오, 예수 그리스도란 말밖에는 생각이 나지 않아. 그런데도 왜 살았을까? 매질과 노동! 남편 말고는 아무것도 보이지 않았고, 두려움밖에 몰랐어. 그러다 보니 파샤가 어떻게 커가는지 지켜보지도 못했고, 남편 살아 있을 때는 내가 아들을 사랑했는지 어땠는지도 알 수 없었어. 나의 관심, 나의 생각은 오로지 하나, 어떻게 하면 짐승만도 못한 이 몸뚱이 배를 채울까, 어떻게 하면 남편의 기분을 거스르지 않을까, 어떻게 하면 매질의 위협에서 벗어날까, 어떻게 하면 남편의 비위를 잘 맞춰 단 한 번이라도 나를 가엾게 여기게 만들까 하는 마음이었어. 하지만 내 기억에 그이는 단 한 번도 날 가엾게 여긴 적이 없어. 남편은 늘 날 때렸지. 아내로서가 아니라 분풀이 대상으로 말이야. 20년을 그렇게 살았단다. 결혼 전의 삶은 도무지 기억이 나지 않아. 아무리 기억을 더듬어보아도 맹인처럼 무엇 하나 보이는 게 없어. 이고르 이바노비치가 여기 온 적이 있었는데, 알고 보니 한 고향 사람이더라고. 이런 저런 이야기를 하다 보니 고향과 친척, 이웃들 생각이 어렴풋하게 나긴 하던데, 어떻게들 살았고, 무슨 이야기를 주고받았는지, 누구에게 무슨 일이 있었는지 기억이 나지 않아. 다 잊었어! 불이 났던 것은 기억해. 두 번이나 났었지. 난 내 안의 모든 것을 때려서 내쫓은 기분이 들어. 그래서 나의 영혼은 감금되고 봉해져 있었던 거야. 보지도 못하고 듣지도 못하게 말이야."

어머니가 급히 들이쉬는 호흡은 흐느낌에 가까웠다. 어머니는 몸을 앞으로 약간 수그리고서 낮은 목소리로 말을 이어갔다.

"남편이 세상을 뜨고 나서야 난 아들에게 관심을 쏟았어, 파벨이 이런 일을 하고 있을 줄이야. 처음엔 두려웠지만 차차 파벨을 이해하기 시작했어. 파벨이 잘못되기라도 하면 난 어떻게 이 세상을 살아가지? 공포에 가까운 불안을 이미 경험해봐서 아들의 운명을 생각하면 심장이 찢어지는 아픔이……."

어머니는 잠시 멈추었다가 조용히 고개를 흔들며 의미심장한 말을 했다.

"우리 여자들의 사랑이란 순수하지 못해! 자기에게 필요해야만 사랑하기 때문이야. 네게서도 어머니 생각에 괴로워하고 있는 모습을 볼 수 있어. 그렇다면 어머니란 존재는 네겐 뭐지? 다른 사람들도 모두 민중을 위해 고통을 당하고 감옥에도 가고 시베리아 귀양도 가고, 또 심지어 죽기도 하고…… 젊은 처녀들이 눈이 오나 비가 오나 줄곧 시내에서 여기까지 7베르스타나 되는 거리를 어두운 밤에 진창길을 헤치고 혼자서 걸어서 온단 말이야. 과연 누가 그들을 거리로 내쫓고 괴롭히고 있는 거지? 그들은 사랑을 알아. 그들은 정말 순수한 사랑을 알아. 그들은 믿고 있어, 믿고 있다고. 그렇지만 난 멀었어. 난 나 자신만 사랑해. 나와 아주 가까운 사람만을 말이야."

안드레이는 고개를 돌리고 늘 하던 대로 두 손으로 머리와 볼, 눈을 세게 비비면서 말했다.

"아닙니다, 그렇지 않아요! 누구나 가까이 있는 사람을 사랑하게 마련입니다. 그러나 마음이 넓은 사람에게는 먼 것도 가까워요. 어머니는 많은 걸 사랑하실 수 있어요. 어머니의 모성애는 위대하니까요."

"오, 주님! 나 역시도 그렇게 살아야 좋다는 걸 알아. 난 널 정말 사랑한다. 어쩌면 파샤보다도 더 널 사랑하는지 몰라. 파샤는 너무 조용해. 사샤와 결혼하고 싶어하면서도 내겐 말 한 마디 없잖니. 제 어머니인데도 말이야."

"그건 그렇지 않아요! 제가 잘 아는데, 결코 그렇지가 않아요. 파벨도, 사샤도 사실 서로 사랑하고는 있지만, 결혼하는 일은 없을 겁니다. 절대로요! 혹시 사샤 쪽에서 원할 수는 있겠지만, 파샤는 어림없어요."

"어떻게 그럴 수 있지? 어떻게 자신을 그렇게 매도해 버릴 수가 있는 거지!"

어머니는 생각에 잠겨 반문했다. 슬픔에 잠긴 어머니의 눈길이 안드레이의 얼굴에 고정되었다.

"파벨은 좀처럼 보기 드문 사람입니다. 강철 같다고나 할까요?"

안드레이가 차분하게 대답했다.

"파벨은 지금 수감 중이야. 불안하고 무서운 일이야. 그러나 생각하기에 따라 그렇게 대수롭게 여기지 않을 수도 있어. 세상이 달라졌거든. 공포도 이전의 공포와는 달라. 이젠 모든 사람에게 불안을 느껴야 해. 내 감정도 달라졌어. 마음의 눈을 열고 보니까 이젠 슬픔과 기쁨이 다 보여. 그렇지만 난 아직도 이해할 수 없는 점이 있어. 너희가 주님을 믿지 않는다는 사실이 그렇게 화가 나고 가슴 아플 수가 없어. 이제 와서 어쩌겠냐만, 난 알고 있단다, 너희가 좋은 사람들이고, 또 사람들을 위해 고단한 삶에 몸을 던져서 진리를 위해 고통스런 삶을 자초하고 있다는 사실을 말이야. 그리고 네가 말하는 진리도 이해할 수 있어. 네 말을 해석하자면 부자들이 있는 한 사람들은 진리도 기쁨도, 그 어느 것도 얻을 수 없다는 뜻이겠지. 이젠 나도 너희 가운데 하나야. 가끔 밤이 되면 지난 일들이 떠올라. 발 아래 뭉개진 내 청춘, 매질당하고 찢긴 나의 열정, 나 자신이 너무 가엾어, 가슴이 저미도록! 그래도 내 삶은 점점 나아지고 있단다. 나 자신을 점점 더 많이 보고 더 많이 느끼고 있어." 어머니가 반사적으로 답했다.

소러시아인은 일어나 발을 끌지 않으려고 애쓰면서 방 안을 조심스럽게 걸었다. 키는 여전히 컸지만 몸은 많이 여위었다. 그의 얼굴에 상념이 가득했다.

"좋은 말씀이에요, 훌륭하세요. 시를 쓰는 한 젊은 유대인이 케르치에 살고 있었는데, 하루는 이런 시를 썼답니다.

죄 없이 죽어간 이들이여,
진리가 너희를 부활케 하리라!

그리고 그 자신은 케르치에서 경찰에 의해 죽임을 당했지만 요점은 그게 아니라, 그는 진리를 알고 있었고 사람들의 가슴에 진리의 씨를 뿌렸다는 사실입니다. 이제 보니 어머니도 죄 없이 죽어간 이들 가운데 한 분이네요."

"지금 난 말을 하고 또 남의 말을 듣고 있지만, 나 자신을 믿을 수가 없어. 일평생 오직 하나만을 생각해왔거든. 어떻게 하면 하루를 무사히 보낼까, 어떻게 하면 아무도 날 건드리지 못하게 쥐 죽은 듯 살 수 있을까. 그러나 이젠 달라. 비록 너희의 일을 다 이해하지는 못해도 모두에게 친근감이 가고 동정이 느껴진단다. 모두에게 좋은 사람이 되고 싶다, 안드류샤. 특히 너에게는 더욱 그렇고."

"고맙습니다!"

안드레이는 어머니의 손을 힘 있게 잡았다가 바로 놓았다. 어머니는 흥분한 탓에 피곤이 몰려와 천천히 잔을 닦았다. 가슴에서 활력이 샘솟고 따뜻한 감정이 조용히 불길처럼 타올랐다. 소러시아인이 방 안을 서성거리며 말했다.

"니콜라이 베숩시코프도 다정하게 대해 주세요. 그의 아버지가 지금 감옥에 있어요. 정말 나쁜 노인네지요. 니콜라이는 가끔씩 창을 내다보며 아버지를 욕합니다. 그건 잘하는 짓이 아니죠. 니콜라이는 천성이 착해서 개나 쥐 같은 동물을 좋아해요. 그런데 유독 사람은 좋아하지 않아요. 어쨌든 다시 사람을 좋아할 수 있게 할 기회가 있는 거죠."

"그의 어머니는 어디론가 종적을 감췄고, 아버지는 아마 사기꾼에 술주정뱅이라지?"

닐로브나가 생각에 잠겨 말했다.

잠자리로 가는 안드레이 등에 대고 어머니는 몰래 성호를 그어 주었다. 그리고 30분쯤 지나서 조용히 물었다.

"자니, 안드류샤!"

"아뇨, 왜요?"

"아니야, 잘 자거라!"

"고맙습니다, 어머니, 고맙습니다!"

그가 부드럽게 말했다.

12

이튿날 어머니가 짐을 메고 공장 문을 들어섰을 때, 수위 둘이 거친 말로 어머니를 불러 세웠다. 그들은 음식 통을 바닥에 내려놓으라고 명령하더니 통

안을 꼼꼼하게 조사했다.

"내 음식 다 식겠수!"

어머니는 무례하게 옷까지 뒤지는 그들에게 태연하게 말했다.

"입 다물지 못해!"

수위 하나가 침통한 목소리로 말했다.

"유인물을 담장 너머로 집어던진 게 틀림없어!"

다른 한 명이 어머니의 어깨를 치며 확신에 찬 목소리로 말했다.

노인 시조프가 다가와 주위를 둘러보며 조용히 물었다.

"들으셨소, 아주머니?"

"뭘요?"

"유인물 말입니다. 그게 다시 나타났어요. 빵에다 소금을 치듯이 여기저기 뿌려졌어요. 교묘하게 체포하고 수색도 했어요! 놈들이 내 조카 마진을 감옥에 처넣었어요, 당신 아들도요. 이제서 그가 아닌 게 분명하다고요!"

시조프는 턱수염을 한 번 만지고 어머니를 바라보며 결론을 내렸다.

"사람들도 아니고, 그건 생각들일 뿐이에요, 생각이란 벼룩새끼가 아니라서 도무지 잡기가 힘들고요!"

시조프는 수염을 손에 모아 쥐고서 어머니를 바라보았다. 그리고 걸어가면서 말했다.

"언제 우리 집에 들르세요. 혼자 지내기 적적하실 텐데……."

어머니는 노인에게 고맙다고 인사를 한 뒤, 음식 이름을 외치는 한편으로 공장 안의 심상치 않은 움직임을 주의해서 살폈다. 모두 벌겋게 상기된 얼굴로 삼삼오오 모여들었다가 흩어지면서 공장 안을 분주히 뛰어다니고 있었다. 그을음으로 가득한 공기 중에서도 어떤 활기차고 대담한 기운이 느껴졌다. 여기저기서 동조의 고함과 조소의 함성이 섞여 들려왔다. 중년의 노동자들은 경멸의 미소를 조심스럽게 짓고, 감독들이 걱정스러운 표정으로 이리 뛰고 저리 뛰고 경찰들 또한 분주했다. 그들이 다가오면 노동자들은 천천히 흩어지기도 하였고, 그냥 남아서 하던 이야기를 중단한 채로 흥분과 초조의 빛이 역력한 얼굴들을 물끄러미 바라보기도 했다.

노동자들은 모두 세수를 했는지 깔끔해 보였다. 구세프 형제의 모습도 보였다. 형은 큰 키 덕택에 눈에 쉽게 띄었다. 동생은 크게 소리내어 웃으며 형의 뒤를 따라 뒤뚱거리며 걸어가고 있었다.

소목(小木)공장 감독 바빌로프와 출퇴근 기록계 이사이가 어기적거리며 어머니 옆을 지나쳤다. 키도 작고 체격도 볼품없는 기록계원은 고개를 꼿꼿이 세운 채로 목을 왼쪽으로 삐딱하게 기울이고서 무표정하게 걷고 있는 감독에게 서둘러 말을 건넸다.

"이반 이바노비치, 놈들이 비웃고 있습니다, 비웃는 게 재미있는가 봐요. 사장 말대로라면 이건 국가 전복이나 다름없는 일인데. 이반 이바노비치, 풀 몇 포기 뽑는 정도로는 어림도 없겠죠, 아주 갈아엎어 버리는 게 차라리……."

바빌로프는 뒷짐을 지고 걷고 있었는데, 손가락을 단단히 맞잡고 있었다. 그가 큰 소리로 말했다.

"너희 맘대로 쓰고 지랄해라, 깡패 새끼들! 내 얘기만 썼단 봐!"

바실리 구세프가 어머니에게 다가와 말했다. "난 여기서 점심이나 또 사먹어야겠다. 오늘 음식 맛있어요?"

바실리 구세프가 머리를 낮추고, 눈짓을 보내며 조용히 덧붙였다.

"보셨죠? 완벽하게 해내셨어요! 잘하셨어요! 아, 어머님! 아주 잘하셨습니다."

어머니는 건방진 구세프에게 상냥하게 고개를 끄덕여 보이며 알랑거렸다. 구세프는 어머니를 존중하면서 은밀하게 말했다. 여느 때처럼 공장 안에서 일어나는 움직임과 활기도 어머니를 기쁘게 해주었다. 그러면서 어머니는 스스로 자랑스러워 혼자 생각했다. '저 사람들은 내가 없으면 뭘 할까?'

노동자 셋이 어머니 가까이에 다가와 멈춰 서더니, 한 명이 풀 죽은 목소리로 말했다. "난 뭐가 뭔지 잘 모르겠어!"

다른 사람이 말했다. "나도 얘기를 들어봤으면 좋겠어. 난 글을 못 읽어. 그래도 어떻게 돌아가는지는 알 것 같아."

세 번째 사람이 주위를 둘러보며 말했다. "보일러실로 들어갑시다. 거기서 읽어줄 테니!"

"뜻대로 되어가고 있어요!" 바실리 구세프가 속삭였다. 그는 윙크하는 눈빛을 보냈다.

어머니 닐로브나는 즐거운 기분으로 집에 왔다. 어머니는 책이 사람들에게 얼마나 많은 영향을 주었는지 알게 됐다.

"밑바닥 사람들은 읽을 수가 없어서 안타까워해. 지금은 다 잊어버렸지만 나도 어렸을 땐 읽을 수 있었단다."

"그러면 다시 배워봐요." 소러시아인 안드레이가 제안했다.

"이 나이에? 날 웃음거리로 만들고 싶어서 그러냐?"

안드레이는 선반에서 책 한 권을 꺼내어 들고 칼날 끝으로 책 표지 위의 글자 하나를 가리키며 물었다.

"이게 무슨 글자예요?"

"에르(Р)!"

어머니가 웃으며 대답했다.

"이 글자는요?"

"아(А)던가!"

어머니는 어쩐지 두렵고 마음이 상처받은 듯이 언짢았다. 안드레이의 두 눈이 마치 비웃는 듯하여서 애써 그의 시선을 외면했다. 그러나 그의 목소리는 부드럽고 차분했다. 어머니는 안드레이의 얼굴을 한 번, 그리고 두 번째 바라보았다. 표정이 정직하고 진지했다.

"안드류샤, 정말 내게 글을 가르쳐 줄 생각이냐!"

어머니가 멋쩍게 웃으며 물었다.

"그럼요, 전에 읽을 줄 아셨다면 그렇게 어렵지 않을 거예요. 설사 기적이 일어나지 않는다 해도 나쁠 것 없고, 기적이 일어난다 해도 나쁠 것 없겠지요!"

"그런데 성모상을 바라본다고 해서 모두 성인이 될 수는 없다는 말도 있어!"

소러시아인이 고개를 끄덕이며 말했다.

"그럼요, 속담이나 격언은 많아요. '모르는 게 많을수록 잠을 잘 잔다'는 속담도 있어요, 사실 그렇지요? 속담은 생각이 위장(胃腸)과 같이 가는 그런 속성이에요. 그런 속성은 영혼에게는 굴레가 되기 때문에 영혼이 쉽게 통제를 받아요. 위에는 휴식이 필요하고 영혼에는 자유가 필요하죠. 이건 무슨 글자죠?"

"엘(Л)!"

"맞아요. 사람이 두 다리를 쭉 벌리고 있는 모양 좀 보세요. 그럼 이 글자는요?"

어머니는 눈에 온 신경을 모으고 눈썹을 애써 씰룩이면서 잊었던 철자를 기억하려고 노력했다. 너무 집중한 나머지 어머니 자신을 잃어버렸다. 눈도 점점 피곤했다. 처음엔 피곤해서 흐르던 눈물이 어느덧 슬픔의 눈물로 변하여 책장 위에 투두둑 떨어졌다. 어머니가 흐느끼며 말했다.

"내가 글을 배우다니! 죽을 나이에 이제야 글 읽기를 배우게 되다니……."

소러시아인이 다정스런 목소리로 조용히 말했다.

"슬퍼하지 마셔요. 어머니가 살아온 삶은 어머니 잘못이 아녜요. 이젠 잘못 살아오신 걸 잘 아시잖아요. 많은 사람이 어머니보다 더 나은 생활을 할 수도 있었지만, 자신들이 짐승만도 못한 삶을 살고 있다는 사실을 몰라요. 그저 우 쭐거리기나 할 줄 알죠. 오늘도 일을 하고 먹고, 내일도 일을 하고 먹고, 이런 삶에 무슨 낙이 있습니까? 평생 먹기 위해 일을 하는 겁니다. 그러다 보면 자 식들도 생길 테고, 처음엔 귀여우니까 오냐오냐 하며 즐기다가도 나중에는 먹 는 양이 많아지니 못되게 야단을 치게 됩니다. 자, 자, 밥벌레야! 좀 서둘러! 좀 빨리 크라고! 그러니 자식놈들이 집에서 키우는 짐스러운 가축처럼 되지요. 그렇지만 자식들은 자기네들 배를 채우기 위해서 일하기 시작해요. 그래서 도 둑이 쓸데없이 훔친 대걸레를 질질 끌고 가듯이 저희 삶을 질질 끌고 가지요. 그들의 영혼은 기쁨을 즐길 줄 모릅니다. 쉽게 생각하고 마음을 누그러뜨리지 도 못하죠. 어떤 사람은 탁발승처럼 항상 구걸하면서 살고, 또 어떤 사람은 도 둑처럼 다른 사람들 손에서 뭐라도 항상 빼앗으면서 살죠. 그들은 도둑의 법 을 만들고, 사람들에게 몽둥이를 쥐어주고 사람들을 통치했어요. '우리 법을 지켜요. 그 법은 매우 편리한 법이니까. 그 법을 지키면서 사람들 피를 빨아먹 을 수도 있어요!' 그 법들은 밖으로부터 사람들을 짓밟았죠. 그러나 사람들이 저항했고, 그래서 그것들은 안쪽으로 밀고 들어와서 인간의 이성적 생각이나 사고력까지도 뭉개며 사람들을 망가트린답니다."

안드레이가 팔꿈치를 테이블에 올려놓고 수심에 잠겨 어머니의 얼굴을 바 라보면서, 평온하고 물 흐르는 듯한 목소리로 말했다.

"인간의 몸뚱이와 이성을 옭아맨 사슬을 잘라 버리는 사람만이 진정한 사 람이라는 말이에요. 그러니까 이제 어머니도 자신의 능력을 다해서 이 일을 해야 해요."

"내가? 이제, 지금부터! 내가 어떻게?"

"안 될 게 없죠. 이건 마치 빗물과 같아서 빗방울 하나하나가 싹을 틔우는 거라고요! 어머니께서 읽을 줄 알게 되면……."

안드레이는 큰 소리로 웃으며 일어나 다시 방 안을 거닐었다.

"네, 어머니는 배우셔야 해요. 그래서 파벨이 돌아오면 깜짝 놀래 주고 싶지 않으세요, 네?"

"오, 안드류샤! 젊은 사람이라면 간단하고 쉬운 일일 텐데! 그렇지만 너희도 내 나이쯤 산 뒤에는 자기 문제가 많아져. 그리고 기력도 없고, 무엇에도 마음을 둘 여유가 없게 된단다."

저녁때 소러시아인은 외출을 했다. 어머니는 램프에 불을 붙이고 탁자에 앉아 양말을 꿰매고 있었다. 그러다 벌떡 일어나 방 안을 거닐다가 부엌으로 나가 바깥문에 걸쇠를 채우고 눈썹을 찡그리며 방으로 돌아왔다. 창문 커튼을 내리고 책장에서 책을 한 권 빼들고는, 탁자에 앉아 주위를 둘러보며 책 앞에 바짝 다가앉았다. 거리에서 들려오는 작은 소리에도 어머니는 몸을 떨면서 책을 덮고 바깥에 귀를 기울였다. 그리고 다시 눈을 깜박이며 중얼거렸다.

"살······살······살고 있는······땅······우리의······."

그때 문 두드리는 소리가 들렸다. 어머니는 벌떡 일어나 책장에 책을 도로 집어넣고 문으로 다가가 걱정스러운 목소리로 물었다.

"거기 누구요!"

13

르이빈이 들어와, 턱수염을 점잖게 쓸어내리며 인사를 했다. 검은 눈빛으로 방 안을 빠끔 들여다보며 말했다.

"전에는 묻지도 않고 문을 여시더니. 혼자세요?"

"네."

"그렇군요. 난 소러시아인이 집에 있는 줄 알았죠. 오늘 그 사람을 보았는데, 감옥이 사람 하나만 망쳐놓는 데는 아닌가 봅니다. 바보같이, 모두 다 망쳐놉디다."

르이빈이 방으로 들어와 자리에 앉으며 말했다.

"우리 얘기 좀 해요. 할 말이 있습니다. 내게 의견이 있어요."

르이빈은 의미심장하고 비밀스러운 눈길을 보냈다.

"무슨 일을 하든 돈이 들게 마련이오."

그가 걸걸하고 차분한 목소리로 말을 이었다.

"공짜로 태어나지도 않고, 또 죽을 때도 돈이 들어요. 그러니 서적과 유인물을 만드는 데도 돈이 드는 건 당연하지요. 서적 만드는 데 드는 돈이 어디서 나는지 혹시 알아요?"

"모르는데요."

어떤 위험을 감지하고 어머니가 작은 목소리로 대답했다. "저도 모릅니다. 한 가지 물어봐야겠어요. 그럼 유인물은 누가 만듭니까? 배웠다고 하는 사람들, 지식인들이지요!"

르이빈이 퉁명스럽게 물었다. 목소리는 점점 더 거칠어졌다. 수염 난 얼굴이 열띤 긴장으로 벌겋게 상기되었다.

"예컨대, 지식인들이 유인물을 만들어 뿌리고 다닌 겁니다. 그런데 유인물에는 그들에 반대하는 내용이 씌어 있습니다. 한번 말씀해보세요, 왜 그들이 돈과 시간을 써 가며 사람들로 하여금 자기들에게 대항해서 들고 일어나도록 하는지 말입니다."

어머니 닐로브나는 두 눈을 찡그리며 겁먹은 목소리로 크게 말했다. "도대체 무슨 생각을 하고 있는 거죠? 말해줘요."

르이빈이 의자를 돌려서 등받이를 배 쪽으로 오게 앉고 말했다.

"아, 보세요, 그 생각만 하면 온몸이 오싹해진답니다."

"그래서 무슨 말이에요? 말해봐요! 뭐라도 알아낸 게 있어요?"

"속임수입니다. 우리는 속고 있습니다. 비록 아는 건 별로 없지만 속임수라는 건 확신합니다. 지식인들이 무엇인가 얕은 수를 꾸미고 있는데, 난 싫습니다. 나는 진실을 알고 싶었어요. 그리고 이제 진실이 무엇인지를 알게 됐어요. 그렇지만 지식인들과는 더는 함께 일하지 않을 작정입니다. 그들은 자신들이 편하려고 나를 앞쪽으로 떼밀고, 다리 건너듯 내 뼈마디를 짓밟고 자기들이 원하는 곳까지 나아갈 겁니다."

완고하면서도 점잖고 강하게 자신의 침통한 심정을 표현한 르이빈의 말에 어머니의 가슴은 오그라들었다. 어머니가 고통스러운 표정을 지으며 소리쳤다.

"주여! 진실이 어디 있죠? 그렇다면 파샤도 그걸 모른단 말인가요? 시내에서 오는 나머지 사람들도 모두……."

눈앞에 이고르와 니콜라이 이바노비치, 그리고 사샤의 진지하고 순결한 얼굴들이 어렴풋이 가물거리며 가슴이 고동쳤다.

"아니야, 그렇지 않아요!"

그 생각을 떨쳐내려고 고개를 가로저으면서 어머니가 말문을 열었다.

"난 믿을 수가 없구려. 그들은 바로 진실과 정직, 양심 편이오. 그래서 그들에게는 사악한 계획이 없어요. 오, 없고말고."

"누구 말씀입니까?"

르이빈이 생각에 잠겨 물었다. "모두, 내가 만난 모든 사람 하나하나를 말하는 거요. 그들은 인간의 피를 놓고 밀거래를 할 사람들은 아니에요." 어머니의 얼굴에 식은 땀방울이 갑자기 솟아나고 손가락이 떨렸다.

고개를 떨구며 르이빈이 말했다.

"엉뚱한 곳을 보고 계시는군요, 더 멀리 내다보세요. 직접 일을 하는 사람들은 자신들이 무슨 일을 하는지 모를 겁니다. 그들은 분명 옳은 일을 한다고 생각해요. 그들의 마음속에 진실이 있기 때문이지요. 그렇지만 그들 뒤에는 사리사욕에 눈이 먼 사람들이 있을 겁니다. 인간이란 자기 자신을 거스르는 법은 없어요……."

르이빈이 수 세기 동안 불신으로 살아온 농부다운 굳은 확신으로 덧붙였다.

"지식인들한테선 결코 아무것도 기대할 수 없다우. 내 말을 믿어도 좋아요!"

"머릿속에서 여러 가지 생각들을 짜 맞춘 게지요?"

어머니는 다시 물으면서 불안한 의혹에 사로잡혔다.

"저요?"

어머니를 말없이 빤히 들여다보다가 다시 같은 말을 되풀이했다.

"지식인들한테 더는 기대하면 안 됩니다. 짜 맞추고 조립하는 사람들은 그들이니까요." 다시 침울하게 입을 다물었다. 그리고 내면적으로 위축되는 듯이 보였다.

"제 동료들에게 갈까 합니다, 어머니. 그들과 함께 일하려고요. 나한테 맞는 일입니다. 난 읽고 쓸 수 있어요. 참고 있고, 바보도 아니에요. 그래서 제가 사람들에게 무슨 말을 해야 할지를 알고 있다는 점이 중요해요. 그래도 난 갈 거예요. 믿지 못해서 갈 거라고요. 전 알고 있어요, 어머니. 사람들의 영혼은 악취가 나요, 더러워요. 모두 질투를 먹고 산다고요. 모두 배불리 먹기를 원합니다. 그런데 먹을 게 모자라니까 저마다 서로서로 포획하려 들지요."

르이빈은 고개를 떨구고 잠시 생각에 잠겼다가 말했다.

"혼자서 여기저기 농촌과 작은 마을을 돌아다니겠어요. 그래서 사람들을 가르치겠어요. 사람들이 문제를 파악해서 자기 손 안에 휘어잡아야 해요. 그러고서 스스로 일해야 해요. 그들을 이해시키기만 하면 그 다음에는 스스로 길을 찾을 거예요. 그래서 제가 그 사람들을 이해시키려고 해요. 희망은 오직 본질적인 면에만 있지요. 그래서 그 사람들 스스로 본질적으로 이해하지 못하면 이해라고 할 게 없답니다! 그런 게 진실이에요!"

"그 사람들이 당신을 붙잡겠지요!" 어머니는 작은 목소리로 말했다.

"그들은 날 붙잡았다가 다시 내쫓을 거예요. 그러면 난 다시 앞서갈 겁니다!"

"농부들이 당신을 꼼짝 못하게 감옥에 가둘걸."

"감옥에 들어갔다 나와서 다시 되풀이하고, 그러면 농부들도 몇 번 나를 잡아넣다가 마침내는 잡아넣기만 할 게 아니라 말을 들어봐야겠다고 생각할 날이 오겠죠. 전 그들에게 '여러분, 저를 믿지 마십시오. 그저 제 말을 들어만 주세요' 말하겠어요. 듣다 보면 믿게 될 테니까요."

어머니와 르이빈의 대화는 매우 느려서 마치 한 마디 한 마디를 음미하는 듯했다.

"전 최근에 닥치는 대로 엄청 먹고 마셔댔습니다. 그랬더니 하나 둘 이해하게 되더라고요……."

"그러다 죽고 말 거요, 미하일 이바노비치!"

어머니가 안타까움에 머리를 저으며 말했다. 르이빈은 깊숙이 팬 새까만 눈으로 대답을 기대하고 있다는 듯 어머니를 바라보았다. 그의 강인해 뵈는 윗몸은 앞으로 약간 기울었고, 두 팔은 의자 팔걸이에 걸려 있었다. 검게 그을린 얼굴은 새카만 턱수염 속에서 파리해 보였다.

"혹시 그리스도가 밀알에 대해서 한 이야기를 들어보셨습니까? 너는 한 알 그대로 죽지 않고, 살아서 많은 열매를 맺으리라, 그랬죠. 전 아직 죽으려면 멀었습니다. 제가 얼마나 상황 판단이 빠른데요! 난 다른 사람들보다 더 곧바른 길을 따라요. 그 길로 가면 더 멀리 갈 수 있어요. 그런데 왠지 모르겠지만 마음이 언짢아요."

르이빈은 앉은 채로 뭔가를 주저하는 것 같더니 천천히 자리에서 일어났다.

"선술집에 가서 사람들을 만나야 할 것 같네요. 소러시아인이 아직 안 오는 걸 보니 바쁜가 봅니다, 그렇죠!"

"그런가 보네요."

웃으면서 어머니가 대답했다.

"그래야죠. 그 사람 오거든 제 얘기나 해주세요."

두 사람은 나란히 부엌으로 나가 서로를 쳐다보지도 않고 간단한 말로 인사를 나누었다.

"그럼 안녕히 계세요."

"몸조심해요. 공장 일은 그만두나요?"

"그만둔 지 오랩니다."

"그럼 언제 떠나요!"

"내일 아침 일찍요. 자, 그럼……."

르이빈은 머리를 숙여 인사하고 내키지 않는 발걸음을 억지로 떼어 놓으며 느릿느릿 현관을 빠져나갔다. 어머니는 한동안 문 앞에 서서 무거운 그의 발걸음과, 어머니의 가슴속에서 눈을 뜬 의혹에 귀를 기울였다. 잠시 뒤 정신을 차리고 어머니는 방 안으로 돌아왔다. 커튼을 걷고 창밖을 내다보았다. 창 너머에는 칠흑 같은 어둠이 버티고 서 있었다.

"나는 어두운 밤의 시대를 살고 있는 거야!"

어머니가 생각했다.

어머니는 마음이 넓고 강인하며 성실한 그 농부가 가엾은 생각이 들었다.

안드레이는 다시 살아난 사람처럼 기분이 좋아서 집으로 돌아왔다. 어머니가 르이빈의 이야기를 해주자 큰 소리로 외쳤다.

"파벨도 가는 거죠? 그렇다면 농촌을 돌며 진리를 전파하고 사람들을 일깨우는 일을 하게 해도 좋을 거예요. 파벨이 진리의 말을 전하도록 해주세요. 우리와 같이 일한다는 건 그에겐 힘든 일일 겁니다."

어머니가 조심스럽게 말했다.

"그 사람 말이, 지식인들에겐 무슨 꿍꿍이속이 있을 거라는 거야. 그들이 우릴 속이고 있다던가!"

"그게 마음에 걸리시는군요?"

소러시아인이 웃으며 물었다.

"아, 어머니, 돈이 문젭니다. 우리에게 돈만 있다면! 우리는 아직 남이 주는 돈에 의지하고 있는 형편입니다. 니콜라이 이바노비치를 보세요. 그 사람은 매달 75루블을 벌어서 우리에게 50루블을 내놓고 있습니다. 다른 사람들도 마찬가집니다. 가난한 학생들도 때로는, 많지는 않지만 돈을 보내옵니다. 한 푼 두 푼 모은 돈을 말입니다. 물론 지식인도 여러 종류가 있어요. 우리를 속이는 사람과 우리에게서 떠나는 사람도 있습니다. 하지만 진정 훌륭한 사람들은 우리와 같은 길을 휴일이 올 때까지 갈 겁니다."

안드레이는 손뼉을 한 번 치고 나서 힘을 주어 말을 이었다. "독수리 날개를 달아도 그 휴일까지 날아가지 못할 거예요. 누구라도 그렇죠. 그래서 우리는 작은 독수리를 만들어서 오월 첫날, 조촐한 우리만의 노동절 행사에까지 갈 겁니다. 정말 멋질 거예요."

안드레이의 활기찬 모습을 보니 르이빈 때문에 생겼던 어머니의 불안감이 가셨다. 소러시아인은 손으로 머리를 비빈 뒤 마룻바닥을 내려다보면서 방 안을 서성이다가 말했다.

"어머니도 언젠가는 놀랄 만한 감정이 가슴속에서 살아 꿈틀대는 느낌을 경험하실 겁니다. 어딜 가든지 눈에 동지들만 보일 때가 올 거라고요. 모두가 하나의 불길로 타오르고 활기에 넘치고, 선하다 못해 훌륭해 뵈는 날, 바로 그런 날이 올 겁니다. 말이 없이도 서로 의사를 주고받고, 모두가 한 소리로 외치며 저마다 가슴으로 자신만의 노래를 부르게 될 겁니다. 모든 노래가 여러 갈래 개울물들처럼 흘러 하나의 내를 이루고, 명랑하고 즐겁게 커다란 강물로 부풀어 다시 넓고 자유롭게 흘러내려 제 몫을 하고야 말 겁니다. 어머니는 그렇게 되리라고 믿으면 돼요. 우리가 바라는 대로 될 수밖에 없다고 어머니가 생각할 때 비로소 놀란 가슴이 기쁨으로 녹아 버리게 되니까. 어머니는 울고 싶고 또 행복할 거예요."

안드레이는 자신의 내부에서 무언가를 찾고 있는 것처럼 말하고 바라보고 했다. 어머니는 마음이 흔들리지 않도록 애쓰며, 그의 말을 끊는 일 없이 줄곧 누구의 말보다도 더욱 관심을 기울여 귀담아 들었다. 안드레이는 누구보다도 단순하게 말했기 때문에 어머니의 마음을 더욱 강하게 사로잡았다. 파벨도 미래를 내다보고 있는 분위기였다. 사람이 그런 삶을 따르려 하는데 달리 무슨 방도가 있을까? 그렇지만 아들은 먼 미래를 내다보았을 때 언제나 혼자였고, 자신이 무엇을 보았는지에 대해 아무 말도 하지 않았다. 하지만 소러시아인 가슴 한구석에는 항상 미래가 있는 것 같았다. 그래서 그의 말 속엔 이 땅에 살고 있는 모든 이를 위한 미래에 대한 전설이 살아 숨쉬고 있었다. 이 진실은 어머니 자신의 삶에 대한 생각, 아들이 하는 일 그리고 그의 모든 동지를 환하게 비추어주고 있었다.

"잠에서 깨어나 주위를 둘러보세요. 냉혹하고 추한 것들뿐입니다." 고개를 들며 소러시아인이 말했다. "모두가 지쳐 있고 애를 태우고 있습니다. 인생이 붐비는 고속도로 위 진흙창처럼 휘저어지고 발 아래 짓밟히고 있어요!" 소러시아인이 어머니 앞에 서서 깊은 시름에 잠겨 고개를 저으며 말을 계속했다. "생각할수록 화가 나는데, 인간을 믿지 말아야 하고 인간과 투쟁해야 합니다. 심지어 증오해야만 합니다. 인생은 양면성을 지니고 있어요. 어머니는 사람을 사랑하기만을 원합니다. 그런데 그게 가능할까요? 만약에 그 사람이 성난 야수처럼 어머니를 박해하고, 어머니의 살아 있는 정신을 인정하지 않고, 어머니의 얼굴에 발길질을 해댄다고 생각해보세요! 그래도 그 인간을 용서해야 하나요? 결코 용서할 수 없습니다. 만일 용서하지 않아야 한다면 그건 당신 자신을 위해서가 아닙니다. 저는 저를 향한 모든 모욕을 참아낼 수가 있습니다. 그러나 폭압자를 묵인하고픈 생각은 조금도 없습니다. 모욕을 주려고 멋대로 행동하기는 싫다고요. 그들이 내 등 뒤에서 다른 사람들을 때리게 가르치고 싶지 않아요."

안드레이의 두 눈이 써늘한 불꽃으로 타올랐다. 그는 고개를 꼿꼿이 쳐들고 한결 단호한 음성으로 말했다.

"저는 어떠한 불의도 용서하지 않을 겁니다. 비록 그것이 제게 직접 해를 끼치지는 않는다 해도 말입니다. 제가 이 세상을 혼자서 살고 있는 것이 아니기 때문입니다. 오늘의 모욕을 그대로 받아주면, 또 치명적이지 않다고 해서 그냥 웃어넘긴다면, 내일 그자는 자기 힘이 어떤지 떠보았겠다, 당장 다음 날 또 다른 사람의 가죽을 벗기겠다고 달려들 겁니다. 그래서 사람들은 저마다 사람들을 식별해서 구분해야만 사람의 마음을 꽉 다잡을 수 있거든요. 그리고 인간들을 구분 짓는 일은 나의 일입니다, 그들은 낯선 이방인들이에요."

어머니는 자신도 모르게 장교와 사샤를 떠올렸다. 어머니는 한숨을 내쉬고 말했다.

"체를 치지 않아 고르지 못한 밀가루로 빵을 구우면 어떤 빵이 될까!"

"비극의 원인이 바로 거기에 있는 겁니다."

안드레이가 큰 소리로 말했다. "어머니는 두 가지 다른 관점에서 봐야 해요, 어머니 가슴속에서는 또 다른 심장이 고동쳐야 한다고요. 그 사람은 모든 사람을 사랑해요. 하나는 모든 사람을 사랑하는 한편으로 다른 하나는 이렇게 말하죠, '안 돼, 멈춰! 그래서는 안 돼!'"

눈앞에 마치 이끼로 뒤덮인 큼직한 바위만큼이나 무겁고 음울한 남편의 모습이 떠올랐다. 어머니는 나타샤와 결혼한 소러시아인, 그리고 사샤의 남편으로서의 아들을 혼자서 상상해 보았다.

"그런데 왜 그럴까요?" 안드류샤가 무언가를 미리 예고하듯이 물었다. "그건 불쾌하게도 순전히 우스꽝스러운 경우인 게 당연해요. 왜냐하면 사람들이 똑같은 발디딤으로 서 있을 수가 없기 때문이에요. 그러면 그 발디딤을 똑같이 하도록 하면 되는데, 모두 같은 하나의 줄에 맞춰 놓으면 되지요! 머릿속에서 생겨난 모든 것을 똑같이 나눠 놓고, 손으로 만들어 놓은 것들도 똑같이 나눠 놓습니다. 그것들 서로가 공포와 질투의 노예 상태로, 탐욕과 우둔함의 종 상태로 있게 두지는 말자고요!"

어머니와 소러시아인은 그런 대화를 자주 나누었다. 소러시아인 안드레이는 다시 공장에 취직했으며, 자신의 월급을 몽땅 어머니에게 건넸다. 어머니도 아들인 파벨에게서 돈을 받는 것처럼 아무렇지도 않게 받았다. 때로는 안드레이가 눈웃음을 지으며 어머니에게 제안을 하곤 했다.

"책을 읽을까요, 어머니?"

그러면 어머니는 농담 반 진담 반으로 한사코 거절했다. 안드레이의 눈웃음에 어머니는 당혹스럽기도 하고 약간 공격적인 느낌을 받았다.

"자네가 비웃으면 내가 뭣 땜에?"

시간이 갈수록 유인물과 서적에 적혀 있는 말들에 대한 어머니의 질문은 더욱 잦아졌다. 새로운 가르침에 대한 정보를 물어볼 때마다 어머니는 괜히 딴전을 피웠다. 목소리도 공연히 무관심한 척 애쓰는 느낌이었다. 안드레이는 어머니가 혼자서 몰래 글공부를 하고 있음을 알아차리고 그 수줍음을 이해했다. 그래서 함께 책을 읽자는 말을 더는 하지 않았다. 얼마 뒤에 어머니는 안드레이에게 말했다.

"눈이 침침하구나, 안드류샤. 안경이 있어야겠어."

"어려운 일이 아니죠. 돌아오는 일요일에 함께 시내에 나가서 의사에게 보이고 안경을 맞추도록 하지요."

어머니는 벌써 세 번이나 파벨과의 면회 신청을 하고 왔다. 그러나 불그레한 뺨과 코, 게다가 머리가 허연 늙은 헌병 대장이 적당히 둘러대며 매번 퇴짜를 놓았다. 그래도 말투는 다정했다.

"앞으로 일주일은 더 기다리셔야 합니다, 부인! 일주일 뒤도 지켜봐야 하지만……. 어쨌든 지금은 안 됩니다."

배가 불룩 나온 뚱뚱한 헌병 대장의 모습은 저장된 지 너무 오래되어 이미 잔털 곰팡이가 핀 팍삭 익은 살구를 연상시켰다. 그는 항상 희번덕거리는 이빨을 뾰족한 이쑤시개로 쑤셔댔다. 그의 크지 않은 푸른 두 눈은 상냥한 척 눈웃음을 치고 있었고 목소리는 친구처럼 쓰다듬는 듯했다.

"아주 예의가 바르던걸? 늘 웃고 있고……. 사실 이렇게 웃고 있을 필요가 없을 때 웃는 분위기지."

어머니가 안드레이에게 뭔가 골똘히 생각하는 듯이 말했다.

"맞습니다, 맞아요! 그자들에게서 다정한 척하기, 웃기를 빼면 아무것도 안 남죠. 흔히 이런 말도 해요. '원, 사람 하나는 정말 똑똑하고 착실한데 우리에겐 위험 인물이니 어쩝니까. 교수형에 처할 밖에요!' 놈들은 웃으면서 교수형을 집행하고 끝나면 또 웃습니다."

"정말 그렇다면, 우리 집을 수색했던 그 사람은 두 사람 중에 더 나은 한 사람이었어. 척 보기에 더 단순했거든. 네가 보면 즉시 개 같다고 하겠지만."

"그런 놈들은 둘 다 인간 축에도 못 드는 놈들입니다. 사람 귀를 후려쳐서 감각이 없게 망쳐놓는다고나 할까요. 도구에 불과한 거죠. 그 도구들 때문에 우린 어떤 상황에서는 편안하게 살고 있는 겁니다. 마치 우리의 삶이 한결 편리해지기라도 한 것처럼 말이에요. 바로 그 도구들은 손에 들고 우릴 지배하기 편리하도록 만들어져 있어요. 자기가 받은 지시가 왜 필요한지 생각지도 않고 묻지도 않고, 그냥 사람들이 일 잘한다고 치켜세우면 그대로 다 할 수 있다는 식이죠."

블라소바는 마침내 기다리고 기다리던 아들과의 면회가 허용되었다. 일요일에 어머니는 교도소 면회실 구석에 다소곳이 앉아 있었다. 천장이 낮고 비좁고 지저분한 면회실 안에는 어머니 말고도 친척들과 친구들 면회를 기다리는 사람이 몇 명 더 있었다. 그들이 쉽게 서로를 알아보는 걸로 미루어 첫 면회는 아닌 게 분명했다. 그들은 나직나직한 목소리로 느긋하고 기운 없는 대화를 하고 있었다.

"그 얘기 들었어?"

얼굴이 쭈글쭈글한 뚱뚱보 여인이 여행 가방을 무릎 위에 올려놓은 채 말문을 열었다.

"오늘 아침 예배 때 교회 집사가 성가대 아이의 귀를 또 찢어놓았대……."

군복을 입은 것으로 보아 퇴역군인 같은 중년 남자가 크게 헛기침을 하고서 대꾸했다.

"성가대 아이들은 대개 빈둥거리는 건달들이지."

체구가 작고 머리가 벗겨진 사내가 면회실 안을 번잡스럽게 참견하면서 돌아다녔다. 다리는 짧은데 반대로 팔은 길고, 턱이 앞으로 툭 튀어나온 사내였다. 그는 잠시도 멈추지 않고 소름 돋는 째지는 목소리로 소리쳤다.

"생활비가 자꾸 오르니 사람들이 점점 악독해집니다. 저질 쇠고기 값이 두 배나 올라서 1푼트에 14코페이카나 하고 빵 값은 두 배 반 올랐어요."

이따금 침통한 표정에 하나같이 무거운 가죽장화를 신고 있는 죄수들이 방 안으로 들어왔다. 면회실 안이 어두워서인지 그들은 들어올 때마다 눈을 깜빡였다. 발에 족쇄가 채워져 있는 사람도 있었다.

이상할 정도로 말수가 적어 상스러운 생각까지 들었다. 이런 일도 이미 오래라 자신들의 처지에 익숙해진 것 같았다. 조용하게 앉아 있는 사람, 느릿느릿 주위를 힐끔거리는 사람, 고단한 듯 조심스레 면회 온 사람들을 바라보는 사람 등 가지각색이었다. 어머니는 너무 초조한 나머지 가슴이 떨렸다. 망설이며 주위를 둘러보면서 이렇게 세상의 한 구석, 답답하고 단순한 인생 속에 있다는 사실이 놀라웠다.

어머니의 옆 자리에는 왜소한 체구의 노파가 앉아 있었다. 비록 얼굴엔 주름이 자글자글했지만 눈빛만은 젊은이 못지않았다. 가는 목을 연신 좌우로 돌리며 노파는 사람들의 대화에 귀를 곤두세우고 이상한 표정으로 주위를 열심히 훑어보고 있었다.

"누굴 만나러 오셨어요?"

블라소바가 부드럽게 물었다.

"자식놈 보러 왔다우. 학생이지. 그런데 댁도 그렇수?"

"저도 아들 만나러 왔어요. 노동자예요."

"성이 어떻게 되나!"

"블라소프예요."

"들어본 기억이 없군. 감옥에 들어온 지 오래됐소?"

"7주째예요."

"내 아들은 벌써 열 달째라오."

노파의 목소리에 어떤 자부심이 느껴졌다. 어머니는 그 기분을 알아차렸다. 키가 크고 마른 체격에 얼굴은 창백하고 검정옷을 입은 여인이 망설이다가 말했다.

"저 사람들은 얼마 안 가서 죄없는 사람 모두를 감옥에 가둘 거예요. 죄없는 사람들을 참아낼 수가 없거든요, 혐오한다고요!"

머리가 벗겨진 노인이 재빠르게 말을 받았다.

"그래, 맞아요! 참는 데도 한도가 있지…… 모두들 흥분해서 소리치고 난리요. 물가가 세상 모르고 치솟으니, 사람 가치가 아주 싸구려가 되는 겁니다. 그렇다고 누구 하나 중재하려고 나서길 하나."

퇴역군인이 이 대목에서 끼어들었다.

"말 한번 잘했소. 정말 도저히 말도 안 돼, 괴상한 꼴불견이야! 드디어 힘차게 외칠 날이 온 거요. '조용히 해!' 정말 필요한 건 확실한 목소리란 말입니다."

사람들이 하나둘씩 끼어들어 인생 이야기를 하면서 대화는 좀더 일상적인 것으로 바뀌었고 활기를 띠어갔다. 저마다 자기 삶의 철학을 늘어놓느라 열을 올렸다. 죄다 속삭이듯 이야기를 하는데 어머니는 모두의 어조에 적대감이 있음을 알아챘다. 새로운 경험이었다. 적어도 집에서 오가는 대화는 이보다는 명료하고 솔직하며 목소리에도 힘이 들어가 있었다. 불그레한 턱수염을 각지게 기른 뚱뚱보 간수가 어머니의 성을 큰 소리로 불렀다. 머리에서 발끝까지 훑어본 그가 다리를 절며 지나가면서 어머니에게 말했다.

"따라오슈."

어머니가 그의 뒤를 따랐다. 어머니는 좀 더 빨리 걸으라고 사내의 등이라도 떠밀고 싶은 심정이었다. 작은 방 한가운데 파벨이 앉아 있었다. 어머니를 보니 웃으며 손을 내밀었다. 어머니는 아들의 손을 꼭 잡고 눈만 끔벅일 뿐이었다. 무슨 말을 해야 할지 도무지 생각이 나지 않았다. 간신히 부드러운 목소리로 안부를 물을 뿐이었다.

"잘 지냈니?······잘 지냈어?"

"네, 너무 걱정 마세요, 어머니!"

잡은 손에 힘을 주며 파벨이 말했다.

"걱정은 무슨."

간수가 한숨을 쉬더니 말했다.

"어머니, 그건 그렇고 좀 떨어져요. 거리를 약간 두란 말입니다." 그러고는 크게 하품을 했다. 파벨은 어머니의 건강은 어떤지, 집에는 별일 없는지 물었다. 어머니는 아들의 두 눈을 보고 다른 질문이 있을까 살피며 기다렸지만 아들은 전혀 그럴 생각이 없는 듯했다. 늘 그렇듯 차분하고 침착했다. 변한 게 있다면 얼굴이 좀 수척해졌고 그러다보니 눈이 좀 커진 듯 보였다.

"사샤가 안부 전하더구나!"

어머니가 말했다.

파벨의 눈꺼풀이 약간 떨리는가 싶더니 힘없이 늘어졌다. 만면에 맑고 다정한 미소를 띠며 표정이 더 부드럽고 밝아졌다. 비참한 고통이 어머니의 가슴을 찔렀다.

"그래, 곧 풀려날 것 같니? 잡아 두는 이유가 뭐라고 하던? 그렇지 않아도 공장에 지금 다시 유인물이 뿌려지고 있는데······."

어머니가 갑작스럽게 상처를 받아서 흥분한 목소리로 말했다.

파벨의 두 눈이 기쁨으로 빛났다.

"유인물을 뿌렸다고요? 언제요? 많이 가담했나요?"

파벨이 재빨리 물었다.

"그런 얘기를 하는 건 위반이오! 가족 얘기나 하란 말이오."

간수가 말참견을 하고 나섰다.

"아니, 그럼 이게 가족 얘기가 아니란 말이오?"

어머니가 반박했다.

"잘 모르지만 하여튼 금지돼 있소. 몸을 씻었는지, 내의는 어떤지, 아니면 음식 얘기나 해요. 다른 얘기는 안 돼요!" 간수는 고집스럽게 경고했지만, 아예 무관심하다는 투였다.

"좋아요, 어머니. 집안 얘기나 해요. 요즘 뭐 하고 지내세요!"

파벨이 물었다.

어머니는 자신 안에 감춰져 있는 어떤 젊은 혈기를 느끼면서 대답했다.

"이것저것 가리지 않고 공장에 나르고 지내지……."

잠깐 말을 멈추었다가 미소와 함께 다시 말을 이었다.

"양배추 수프라든가 죽, 마리야네 음식들은 모두 다. 그리고 그 밖에 먹을거리들하고……."

파벨은 눈치챘다. 억지로 웃음을 참느라 그의 얼굴이 떨렸다. 파벨은 손으로 머리를 긁적이면서, 여태껏 어머니가 그에게서 한 번도 들어본 적이 없는 부드러운 목소리로 말했다.

"사랑하는 내 어머니! 소일거리가 생겼다니 정말 잘된 일입니다. 적적하진 않으시겠어요, 그렇죠?"

"유인물이 다시 뿌려지니까 이 늙은이도 몸수색을 하더구나."

말 한 마디 한 마디에서 어쩐지 자부심이 느껴졌다.

"또 그 얘기시네!"

간수가 벌컥 화를 내며 끼어들었다.

"안 된다고 아까 얘기했잖소! 그에게서 자유를 박탈한 이유가 뭔데, 그가 자유를 전혀 몰라야 하기 때문이에요. 그런데 당신이 새 소식을 여기 들여왔다고요! 그게 금지됐다고 말을 하면 새겨들어요, 좀!"

"알겠습니다. 그만두세요, 어머니, 마트베이 이바노비치는 나쁜 사람 아녜요. 언짢게 하지 마세요. 우린 친하게 지내고 있어요. 입회인으로 이 사람이 온 것도 우연이에요. 보통 부소장이 입회하거든요."

파벨이 말했다.

"시간이 다 됐소!"

시계를 보면서 간수가 말했다.

"고맙습니다, 어머니! 고마워요, 사랑하는 어머니! 이제 너무 염려 마세요. 곧 나가게 해주겠죠."

파벨이 말했다.

파벨은 어머니를 가슴에 꼬옥 끌어안았다. 그리고 입도 맞추었다. 애정이 담긴 아들의 말에 감동한 어머니는 행복에 겨워 눈물을 펑펑 흘렸다.

"그만 갑시다!"

간수가 말했다.

간수는 어머니를 데리고 나가면서 중얼거렸다.

"울지 마세요! 곧 풀려날 거요. 모두 나가게 될 겁니다. 여긴 너무 북적거려서……."

집에 돌아온 어머니는 활짝 웃으면서 안드레이에게 자초지종을 이야기했다.

"참말이란다! 내가 똑똑하게 이야기를 했더니 파벨이 이해하더구나! 분명 알아들었어. 그렇지 않다면 그 애가 그렇게 다정하게 굴었을 리가 없어. 하여튼 그런 모습은 처음이었어." 우울하게 한숨을 들이쉬며 말했다.

소러시아인이 웃음을 터뜨렸다.

"오, 어머니! 누구나 갈망하는 바가 있다지만 어머니란 오직 애정만을 원하지요."

"아니, 안드류샤. 그 사람들 얘기를 안 할 수가 없구나! 어쩌나 익숙해 있던지! 눈앞에서 끌려간 자식들이 감옥에 와 있는데도 아무렇지도 않다는 듯 와서 그냥 앉아 기다리고 있어. 시시껄렁한 소리들이나 지껄이면서. 사람들이 그러는 걸 어떻게 생각해? 적어도 글깨나 배웠다는 사람들이 그렇게 쉽게 길들여지면 미천한 민중이야 말해 무엇하겠어?"

소러시아인이 평소처럼 잔뜩 웃음을 머금고서 대답했다.

"그야 물론입니다. 그 사람들에게 법이란 우리네 경우보다 한결 관대하죠. 그럴수록 그들은 우리보다 더 법이 필요한 겁니다. 그러나 그들은 법의 심판을 받는다 해도 절대 크게 소리 내서 울지 않지요. 자신이 법보다 힘이 센 걸요. 게다가 법이 그들에게는 어떤 보호막이 될 때도 있고요. 하지만 우리 같은 서민에게 법은, 몸을 단단히 옭아 맨 끊어 버릴 수도 없는 쇠사슬이죠."

사흘 뒤 저녁에 어머니는 탁자 옆에 앉아 양말을 꿰매고 있었다. 소러시아인은 로마시대 노예반란에 대한 책을 어머니에게 읽어주고 있었다. 그때 누군가가 문을 세게 두드렸다. 소러시아인이 문을 열어주자 겨드랑이 밑에 작은 보따리를 낀 베숍시코프가 모자를 삐딱하게 쓰고 들어왔다. 무릎까지 온통 흙탕물투성이였다.

"지나는 길에 방에 불이 켜져 있기에 인사나 하고 갈 생각으로 들렀습니다. 방금 감옥에서 나오는 길입니다."

베숍시코프가 예사롭지 않은 목소리로 어머니의 손을 세게 잡으며 말했다.

"파벨이 안부 전하더군요."

베숍시코프는 머뭇거리며 의자에 털썩 주저앉더니 침울하면서도 의혹에 찬 듯한 눈길로 방 안을 두리번거렸다.

어머니는 그를 별로 좋아하지 않았었다. 광대뼈가 튀어나온 얼굴이며 짧게 깎은 머리, 가늘게 쭉 째진 두 눈이 늘 무서웠다. 그러나 지금은 반가운 표정으로 미소를 짓고 다정하게 말했다.

"얼굴이 많이 수척해졌구나. 안드류샤, 차 좀 끓여서 주려무나."

"벌써 사모바르를 올려놓았어요."

소러시아인이 부엌에서 대답했다.

"그래, 파벨은 잘 있어? 자네 말고 다른 사람들도 풀려난 거야, 아니면 혼자만 나왔어?"

"파벨은 그냥 있어요. 잘 버티고 있죠. 저만 혼자 나왔어요."

베숍시코프가 고개를 숙이고 대답했다.

그는 고개를 들고 어머니의 얼굴을 물끄러미 바라보면서 느릿느릿 말을 뱉어냈다.

"저만 풀어줬어요." 눈을 쳐들어 어머니 얼굴을 보며 느릿느릿 말했는데, 이빨 사이로 내는 육중한 말투로 강조했다.

"놈들한테 소리쳤어요. '날 내보내줘. 안 내보내주면 누구든 한 놈 죽이고서 나 역시 콱 죽어 버릴 테다' 하고 말입니다. 그랬더니 풀어주더라고요."

"으음, 그랬구나!"

어머니는 대꾸를 하다가 베숍시코프의 가늘고 날카로운 시선과 마주치자 얼른 외면하면서 자신도 모르게 눈을 깜빡였다.

"그런데 페자 마진은 어떻게 지내던가?"

소러시아인이 부엌에서 소리쳤다.

"여전히 시를 쓰던가?"

"물론이죠. 난 도무지 이해할 수 없지만,"

고개를 절레절레 흔들며 베솝시코프가 대꾸했다.

"그는 감옥에 들어간 뒤로 계속 노래만 불러요. 어쨌든 나로서는 한 가지 사실은 확실해요. 난…… 집에 가고 싶지 않아요."

"왜 가고 싶지 않은데? 그럴 만한 이유라도 있니?"

어머니가 생각에 잠겨 말했다.

"텅 비었으니까요. 온기는 하나도 없고 온통 쓸쓸한 느낌뿐이니까요."

베솝시코프는 잠시 입을 다물고 두 눈을 씽그렸다. 그리고 호주머니에서 담뱃갑을 꺼내 그중 한 개비에 여유롭게 불을 붙여 물었다. 코앞에서 흩어지는 꼬불꼬불하고 희뿌연 연기를 바라보면서 사나운 큰 개마냥 이를 드러내고 미소를 지어 보였다.

"네, 썰렁하겠죠. 마룻바닥엔 얼어 죽은 바퀴벌레들이 나뒹굴고 있을 겁니다. 쥐들도 얼어 죽었을 거예요. 닐로브나, 오늘 밤 하루만 여기서 재워주시면 안 돼요?"

어머니에게 시선을 두지도 않고 베솝시코프가 목이 쉰 듯한 소리로 물었다.

"그러려무나, 니콜라이! 물어볼 필요도 없잖니!"

어머니가 얼른 대답해 주었다. 사실 어머니는 그와 함께 있기가 불편하고 거북했으면서도 달리 할 말을 몰랐다. 그러나 그가 이상하게 불편한 목소리로 말을 이었다.

"지금 우리는 자식들이 부모를 부끄럽게 여기는 시대에 살고 있어요."

"뭘 부끄럽게 여긴다고!"

놀라서 큰 목소리로 어머니가 물었다.

그는 어머니를 쳐다보더니 두 눈을 감아 버렸다. 그런 그의 주근깨투성이 얼굴은 얼핏 장님을 연상시켰다.

"제 말은, 자식들이 부모를 부끄럽게 여겨야 한다는 겁니다."

그가 되풀이하고 나서 크게 한숨을 몰아쉬었다.

"두려워 마세요, 당신 얘기를 하는 게 아녜요. 파벨은 어머니를 전혀 부끄럽게 여기지 않아요. 하지만 전 아버지가 여간 부끄러운 게 아닙니다. 아버지가 있는 한 전 절대로 집에 들어가지 않을 거예요. 저에겐 아버지도 없고…… 집도 절도 없는 셈입니다. 부모님은 저를 경찰 감호 아래 두었어요. 그러니 차라리 시베리아로 떠나겠어요. 자기 자신이 하찮다고 생각되는 사람이 그곳에 가면 할 만한 중요한 일이 있거든요. 전 거기서 귀양당한 사람들에게 자유를 주게 한다거나, 하여튼 사람들을 도망시킬 궁리를 할까 합니다."

한순간 어머니는 한 인간으로서 그가 얼마나 심한 고통을 겪고 있는지 이해할 수 있었다. 그러나 그의 고통은 동정적인 반응을 불러일으키지는 않았다.

"그래, 벌써 마음을 정했다면...... 떠나도 좋을 거야."

어머니는 침묵해서 그를 어색하게 만들지 않으려고 한 마디 거들었다. 안드레이가 부엌에서 나와 웃으면서 말했다.

"무슨 설교가 그리 길어, 응?"

어머니가 자리에서 일어나 걸어나가며 말했다.

"내 먹을 것 좀 내오마."

베숍시코프가 소러시아인을 빤히 들여다보다가 불쑥 말문을 열었다.

"그저 몇 놈 죽여 버려야 한다고 생각해!"

"그래! 하지만 왜?"

소러시아인이 물었다.

"그런 놈들 아주 씨를 말려 버리게......."

"으흠! 살아 있는 사람을 시체로 만들 권리가 자네에게 있나?"

"있어."

"그런 권리를 어디서 얻었나?"

"사람들이 스스로 내게 만들어 주었어."

키가 크고 비쩍 마른 소러시아인은 다리를 떨면서 방 한가운데 버티고 서서, 주머니에 두 손을 찔러 넣은 채 니콜라이 베숍시코프를 내려다보고 있었다. 베숍시코프는 엉덩이를 의자 깊숙이 처박고 꼿꼿하게 앉아 있었다. 자욱한 담배연기 속에서 그의 얼굴에 난 붉은 점들이 엿보였다.

"사람들이 내게 줬어!" 그는 주먹을 불끈 쥐며 되풀이했다. "그들이 나를 친다면 나도 그들을 치고 눈탱이에 주먹을 날릴 권리도 있는 거야! 날 건드리지 않으면, 나도 그들을 안 건드린단 말이지! 내 멋대로 살게 두면 나도 평화롭게 살고 아무도 안 건드릴 게야. 아마 난 숲 속에서 살지도 몰라. 협곡 개울 옆에다가 혼자 오두막을 짓고 거기서 살고 싶다고. 하여튼, 난 혼자서 살 거야."

"알았네, 가서 그렇게 살게나. 자네가 좋다면 그렇게 해야지." 소러시아인이 어깨를 으쓱하며 말했다.

"당장?" 니콜라이가 물었다. 그는 고개를 가로저으며 주먹으로 무릎을 쳤다.

"지금은 불가능해!"

"누가 막기라도 하나?"

"사람들이 못하게 막고 있어!" 베솝시코프는 퉁명스럽게 대답했다. "난 그 사람들을 죽음까지 끌고 갈 수도 있어. 그들은 나를 증오해서 내 마음을 악으로 채운 뒤 자기들한테 묶어놓지. 아주 단단히! 난 그들이 미워하느라 가지 못하는 기야, 절대 못 가! 그들을 방해해야 하니까. 그들의 삶을 괴롭힐 거야. 그들이 나를 방해하니까 나도 그들을 방해하겠어. 난 나 자신만을 책임질 거야, 나 자신만을…… 다른 사람들은 책임 못 져. 그리고 만일 내 아버지가 도둑이라면……."

"오!" 소러시아인이 니콜라이에게 다가가며 작은 목소리로 말했다.

"우선 이사이 고르보프, 그 아둔한 녀석의 목을 비틀어 놓아야겠어. 두고 봐!"

"무엇 때문에?"

소러시아인이 조용하고 진지한 목소리로 물었다.

"여태껏 사람들을 밀고하고 다닌 스파이니까. 그러면 안 되는데 말이야. 그놈 때문에 아버지가 파멸한 거고, 그놈이 나불대는 바람에 아버지가 경찰의 꼭두각시가 된 거야."

베솝시코프가 적대감에 차서 안드레이를 노려보며 말했다. 그의 눈에서 증오심이 느껴졌다.

"옳은 소리야! 기도해, 그것 때문에 자네를 비난하는 사람이 누가 있겠어? 어리석은 놈들 빼고!"

베솝시코프가 단호하게 잘라 말했다.

"어리석은 놈들이나 똑똑한 놈들이나 같은 기름을 바르기는 매한가지야. 자네도 그렇고 파벨도 그렇고, 모두 똑똑한 사람들이야. 그런데 과연 나와 자네들과의 관계가 페자 마진이나 사모일로프와의 관계와 똑같아? 아니면 자네들 둘의 관계와 같나? 우리 거짓말하지 말고 한번 솔직하게 이야기해 보자고. 아무튼, 난 자네들을 믿지 않아. 다들 나만 따돌리려고 해."

"혼자서 속병을 많이 앓았군, 니콜라이!"

소러시아인이 그에게 바싹 다가앉으며 부드럽고 다정하게 말했다.

"마음이 아파. 당신도 마음이 아프기는 마찬가지겠지만…… 그래도 내 아픔에 비하면 고귀해 보이잖나. 우린 모두 서로에게 불한당으로 보일 수밖에 없어. 그건 내가 단언해. 뭐 내게 할 말이 있어? 그럼 어디 해봐."

그는 안드레이를 뚫어져라 바라보면서 이를 악물고 대답을 기다렸다. 얼룩얼룩 상기된 얼굴은 미동도 하지 않았고 두툼한 입술만 파르르 떨렸다. 마치 불꽃에 데기라도 한 것 같았다.

"입이 열 개라도 할 말이 없어."

소러시아인이 푸른 눈에서 풍기는 비장한 미소로 베숍시코프의 적의에 찬 시선을 달래며 말문을 열었다.

"가슴에 온통 상처를 입어 피가 흐르고 있는 사람과 논쟁을 벌인다면 그것은 곧 모욕을 주기 위해서일 뿐이야. 내가 아는 바로는 그래, 형제님."

"누가 논쟁을 하자고 그러나? 난 그럴 재주도 없어."

베숍시코프가 시선을 떨구고 중얼거렸다.

소러시아인이 말을 이었다.

"난 우리 모두…… 맨발로 깨진 유리조각을 밟으며 걸어가고 있다는 생각이 들어. 나름대로 다들 암흑의 시대를 호흡하며 살고 있는 거야, 너와 똑같이……."

"당신은 그런 말 할 자격이 없어. 내 심장은 지금 울고 있다고, 마치 늑대처럼."

베숍시코프가 천천히 말했다.

"나도 더는 할 말이 없어. 하지만 하나는 확신해. 그건 네가 어떻게든 극복하리라는 거지. 완벽하게는 아니더라도 극복하고야 말 거야."

그는 미소를 지으며 베숍시코프의 어깨를 토닥이고는 말했다.

"이봐, 이건 어릴 때 앓았던 홍역과 비슷해. 우리 모두 홍역을 앓고 있는 거야. 강한 사람은 좀 약하게, 대신 약한 사람은 좀 심하게. 인간이 자기 자신을 발견하는 과정에서, 아직 자신의 삶과 자신의 위치를 제대로 파악하고 있지 못할 때 고통이 따르게 마련이야. 너 자신을 제대로 파악하지 못했기 때문에 자신이 비참해 보이고 가치 없어 보이는 거야. 또 그 누구도 너를 제대로 알고 있는 사람이 없다는 불신 때문에 그들이 너를 미워한다는 느낌만 드는 거라고. 시간이 좀 지나면 알게 된다네. 다른 사람의 심장도 사실은 네 심장과 똑같다는 걸. 그리고 너의 기분이 한결 좋아지겠지. 하지만 왠지 부끄러운 감정도 생길 거야. 너는 항상 제자리에 있었는데 스스로 믿지 못한 것뿐이지. 다시 말하면, 교회 성가대에서 노래를 부를 때 자신의 목소리가 여러 사람의 것과 섞여 하나의 소리로 들리는 것에 비유할 수 있지. 자신이 그들 안에 있는데 굳이 찾으려 하니 보이지 않고 소외됐다고 느껴지는 거지. 적당하지는 않겠지만, 기름에 빠진 파리처럼 말이야. 자신을 찾아 날아보려고 아무리 애를 써도 기름처럼 엉뚱한 생각에 빠졌으니 날 수가 있겠어? 내 말 이해해?"

"이해는 하지만 난 믿을 수가 없어."

고개를 끄덕이며 베솝시코프가 대꾸했다. 소러시아인은 낄낄 웃음을 터트리고 자리에서 벌떡 일어나 소란스럽게 방 안을 서성거렸다.

"나도 전엔 믿을 수가 없었어. 그런데 이런 무지막지한 벽창호 친구를 봤나, 나보다 더하군!"

"내가 왜 무지막지한 벽창호야?"

베솝시코프가 소러시아인을 보며 침울한 미소를 지었다.

"그렇지, 비슷한 면이 있으니까!"

갑자기 니콜라이가 입을 크게 벌리고 웃어대며 말에 끼어들었다.

"왜 웃어?"

소러시아인이 그의 앞에 서서 놀라 물었다.

"방금 당신을 화나게 한 사람이 누군지 몰라도 참 바보라는 생각이 들었어."

고개를 갸우뚱하며 베솝시코프가 선언하듯 말했다.

"자네가 날 어떻게 화나게 했는데?"

어깨를 으쓱거리며 소러시아인이 물었다.

"나도 몰라!"

베솝시코프가 다정하게 이를 드러내며 미소를 짓고 대답했다. 겸손한 몸짓 같았다.

"난 그저 당신을 화나게 한 사람은 반드시 양심의 가책을 느껴야 한다, 뭐 이런 생각을 했지."

"그만 됐어! 네 갈 길이나 잘 가!"

소러시아인이 웃으며 말했다.

"안드류샤!"

부엌에서 어머니가 부르는 소리가 들렸다.

안드레이가 부엌으로 나갔다.

방 안에 덩그러니 혼자 남은 베솝시코프는 방 안을 휘둘러보고 무거운 장화를 신고 있는 한쪽 발을 뻗어 천천히 살펴보고 나서, 허리를 숙여 퉁퉁한 종아리를 만져 보았다. 한 손을 얼굴 높이로 들어올려 손바닥을 유심히 살펴보고 손을 뒤집었다. 손은 통통했고 짧은 손가락에는 누런 털이 덮여 있었다. 손을 허공에 대고 흔들더니 자리에서 일어났다.

안드레이가 사모바르를 가지고 들어왔을 때 베솝시코프는 거울 앞에 서서 그를 맞으며 물었다.

"거울을 들여다본 지도 꽤 오래됐군."

고개를 내젓고 실없이 웃으며 덧붙였다.

"내가 봐도 참 못생겼다!"

"그게 무슨 상관이야, 얼굴이 밥 먹여주나?"

안드레이가 그를 묘한 눈초리로 바다보며 말했다.

"사샤가 그러는데, 얼굴은 마음의 거울이래."

베솝시코프가 천천히 말했다.

"말도 안 되는 소리. 사샤의 코는 버섯 같고 광대뼈는 가위 끝처럼 뾰족하게 튀어나왔지만 마음 하나만은 밝게 빛나는 작은 별 같잖아!"

그들은 차를 마시려고 테이블에 앉았다.

베솝시코프는 큼직한 감자 하나를 집어 들고, 빵 조각에다 소금을 골고루 뿌린 다음, 황소처럼 천천히 우물거렸다.

"이곳 일은 잘 되어 가?"

그가 음식을 한입 가득 우물거리며 물었다. 안드레이가 공장 내 사회주의 선전 활동에 대해 이야기를 하자, 베솝시코프는 점점 침통해지더니 멍청한 표정으로 말했다.

"시간이 너무 오래 걸려! 정말 너무 오래 걸려! 하루가 급한 판국인데!"

어머니는 베솝시코프를 바라보았다. 왠지 그에 대한 적대감이 가슴 한편에서 고개를 들었다.

"삶은 달리는 말과 달라서 채찍질을 할 수가 없어!" 안드레이가 말했다.

베숍시코프가 고집스럽게 머리를 내저었다.

"너무 느려! 난 도저히 견딜 수가 없어. 내가 할 일은 뭐지?"

베숍시코프는 힘없이 두 팔을 벌리고 소러시아인의 얼굴을 빤히 바라보면서 대답을 기다렸다.

"우리 모두는 배워야 하고 또 다른 사람을 가르쳐야 해. 그게 바로 우리의 할 일이야!" 안드레이가 고개를 수그리며 덧붙였다.

베숍시코프가 물었다.

"그럼 투쟁은 인제 하지?"

"그때가 오려면 아직 몇 번은 더 학살이 있어야 해. 그게 내가 아는 전부야. 언제 싸우게 될지 나도 몰라! 우선 머리를 무장하고 그 다음에 주먹으로 싸우는 게 옳은 순서가 아닐까 생각해."

"마음이야!" 니콜라이는 간결하게 말했다.

"역시나 마음이지."

베숍시코프는 말없이 있다가 다시 먹기 시작했다. 어머니는 눈치채지 못하도록 곁눈질로 그의 넓적한 얼굴을 훔쳐보며, 친해지기 힘들어 보이는 그의 각진 얼굴과 어울려 볼 만한 면이 무엇일까 속으로 생각해 보았다. 쏘아보는 그의 작은 눈과 마주칠 때마다 어머니는 겁먹은 듯 눈썹을 씰룩였다. 안드레이는 안절부절못하며 갑자기 이야기를 늘어놓다가 웃음을 터뜨리고, 다시 느닷없이 말을 멈추고 휘파람을 불기도 했다.

어머니는 그 불안의 이유를 알 것 같았다. 베숍시코프는 입을 꾹 다물고 앉아, 안드레이가 질문하면 짧게 대답만 했다. 그것도 마지못해 하는 눈치였다.

어머니와 소러시아인 둘에게도 좁기만 한 방은 더욱 비좁게 느껴져 숨이 턱턱 막혔다. 둘은 번갈아 손님의 눈치를 살폈다.

마침내 베숍시코프가 자리에서 일어서며 말했다.

"전 좀 자야겠어요. 내내 감옥에 앉아 있었더니 나가라고 하더군요. 피곤해 죽겠어요."

베숍시코프는 부엌으로 나갔다. 잠이 안 오는지 한참을 뒤척이는가 싶더니 갑자기 죽은 것처럼 조용해졌다. 어머니는 정적에 신경을 곤두세우고 있다가 안드레이에게 속삭였다.

"저 사람은 생각이 너무 극단적이야!"

"좀 이해하기 힘든 사람이긴 해요."

소러시아인이 고개를 끄덕이며 맞장구를 쳤다.

"그런데 좀 주무세요, 어머니. 전 좀 더 책을 읽을 테니."

어머니는 구석으로 가서 침대를 가리고 있는 꽃무늬 면 커튼을 들췄다. 안드레이는 탁자 옆에 앉아서 어머니의 기도와 한숨 소리를 한참이나 들었다. 책장을 빠르게 넘기며 안드레이는 초조하게 입술을 비벼대기도 하고 그의 긴 손가락으로 콧수염을 말기도 했다. 발로 바닥을 긁기도 했다. 회중시계의 똑딱거리는 소리는 여전히 변함이 없었고 창문 너머에서는 바람이 스치며 신음소리를 냈다.

그때 어머니의 나지막한 기도 소리가 들렸다.

"오, 주여! 세상엔 수없이 많은 사람이 자기 인생의 고통 때문에 신음하고 있나이다. 과연 행복을 느끼는 사람들이 사는 곳이 있긴 합니까?"

"곧 있게 될 겁니다. 그렇고말고요! 곧 행복한 사람들이 많아질 겁니다."

소러시아인이 말했다.

14

시간은 빠르게 흘러갔다. 나날이 다양해지고 색채로 가득했다. 찾아오는 사람마다 새로운 소식을 전했기에 어머니는 더 이상 새 소식에 불안해하지 않았다. 저녁만 되면 낯선 사람들이 점점 더 자주 찾아와 불안한 듯 잔뜩 긴장한 채 안드레이와 늦은 밤까지 뭔가를 논의하다가, 외투 깃을 올리고 모자를 눈 아래까지 폭 눌러쓰고서 조용하고도 조심스럽게 어둠 속으로 홀연히 사라지곤 했다. 모든 이에게서 절제된 흥분이 느껴졌다. 그래서인지 시간만 나면 모두 노래를 부르거나 마음껏 웃고 싶은 표정들이 역력했다. 그러나 그런 적은 한 번도 없었다. 늘 쫓기듯 끊임없이 바빴다. 표정이 시무룩하고 심각한 사람, 잔뜩 힘의 거품이 일어 솔직하고 활달한 사람, 그런가 하면 생각에 잠겨 입을 꾹 다물고 있는 사람, 하여튼 모두 어머니가 보기에는 한결같이 불굴의 의지를 지닌 특징이 있는 사람들이었다. 비록 그들이 나름대로 이상한 모양의 자기 얼굴을 갖고 있다 해도, 어머니의 눈엔 모두 하나의 얼굴로 보였다. 여위고 침착하면서도 결연하며 검은 눈빛에 어린 깊이 있는 표정, 바로 그것이었다. 그런가 하면 상냥하면서도 엄격한 그들의 눈매는 다름 아닌 엠마오로 향하는 그리스도의 눈매였다.

어머니는 그들의 수를 세어보고서 마음속으로 파벨 주위에 잔뜩 모여 있는 군중으로 상상했다. 에워싼 군중들 때문에 파벨을 보지 못하는 적들의 모습도 그려 보았다. 하루는 시내에서 곱슬머리에 성격이 활달한 처녀 하나가 찾아왔다. 처녀는 안드레이에게 주라며 꾸러미 하나를 내려놓고, 떠날 때는 투명한 두 눈을 반짝이며 블라소바에게 말했다.

"안녕히 계세요, 친구!"

"잘 가시오."

터져 나오는 웃음을 억지로 참으며 어머니가 대꾸했다. 처녀를 배웅하고서 창가로 다가가 입가에 미소를 머금고 창밖을 내다보았다. 봄꽃처럼 신선하고 나비처럼 경쾌하게 종종걸음으로 사라져 가는 처녀의 모습이 눈에 들어왔다.

'친구!'

손님의 모습이 사라지자 어머니는 다시 한 번 속으로 되뇌어보았다.

"오, 사랑스러워! 주께서 평생 함께할 성실한 친구를 그대에게 내려주시길!"

어머니는 시내에서 찾아오는 사람들에게서 흔히 어떤 어린아이 같은 면을 발견하였고, 그래서 나이든 사람처럼 아무렇게나 웃어보이곤 했다. 또한 그들의 신념과 기쁜 마음에 놀랐다. 어머니는 또한 신념의 깊이를 한층 명료하게 이해하기 시작했다. 정의는 끝내 승리하리라는 그들의 꿈에 매료되어 절로 마음이 푸근해졌다. 미래에 승리하리라는 그들의 이야기를 듣고 있노라면 자신도 알 수 없는 슬픔에 긴 한숨을 내쉬곤 했다. 무엇보다도 어머니를 감동시킨 것은 그들의 솔직함과 자신을 돌보지 않는 아름답고 대범한 희생이었다.

인생에 대해 이미 많은 이야기를 들은 어머니는 폭넓게 이해하기 시작했다. 사람들이 불행한 원인을 그들이 현실적으로 발견했다고 공감할 수 있었다. 그러나 마음 밑바닥에는, 과연 그들이 생각대로 삶을 바꿀 수 있을까, 모든 노동자를 자신의 불 주위로 끌어들일 만한 힘이 그들에게 있을까 하는 의문도 남았다. 누구나 당장 배부르기를 원하지, 차려둔 음식이 눈앞에 있는데 성찬을 일주일 뒤로 미루려는 생각을 하기는 힘들기 때문이다. 이런 멀고 험한 길을 가려는 사람도, 마지막까지 남아 모두가 한 형제로 살아갈 약속된 왕국을 볼 수 있는 사람도 그 수가 많지는 않을 것이다. 이토록 훌륭한 사람들이 얼굴에 수염을 기르고 때때로 지친 표정이 역력해도 어머니에게만은 단지 어린애로 보였던 이유가 바로 여기에 있었다.

'귀여운 사람들!'

어머니는 그런 생각을 하면서 고개를 흔들었다.

그들 모두는 선한 삶, 진지한 삶, 지혜로운 삶을 살고 있으면서 여전히 공공의 행복에 대해서 이야기를 하고 있었다. 또한 알고 있는 모든 것을 남에게 가르치기 위해 조금도 쉴 새 없이 애를 썼으며 자신의 몸을 돌보지 않았다. 그러니 어떤 위험이 도사리고 있다 한들 그런 삶을 사랑하지 않을 도리가 있겠는가. 어머니는 이해했다. 한숨을 내쉬며 지난날을 떠올렸다. 어머니의 과거는 가는 검정실처럼 밋밋하고도 단조롭게 줄곧 끌려왔다. 어머니는 자신도 모르는 사이 새로운 삶에 필요한 자신의 모습을 깨닫기 시작했다. 그래서 침착성과 확신을 갖게 되었다. 여태껏 살면서 자신이 누군가에게 필요한 존재였던 적이 없었다. 남편과 같이 살았을 때는 자기가 죽으면 남편이 다른 여자와 결혼하리라고 생각했었다. 검은 머리 여자든 붉은 머리 여자든 그에게 밥을 해주며 같이 살면 그에게는 그만이었다. 파벨이 자라서 길거리에서 뛰어놀기 시작했을 때는 그 자신이 그에게 필요없다는 사실을 알았다. 그러나 이제는 어떤 훌륭한 일에 가담하고 있는 기분이었다. 어머니로서는 너무나 새롭고 유쾌했다. 절로 목에 힘이 들어갔다.

어머니는 조심스럽게 유인물을 공장 안으로 나르면서 이 일을 자신의 의무라 여기게 되었다. 이제 여러 가지 능란한 방법으로 경찰들 눈을 피하는 데도 익숙해져서 의심도 받지 않았다. 정보원들은 어머니가 공장 마당에 나타나도 점점 무심해지다가 결국에는 아예 관심도 두지 않게 되었다. 그렇지만 공장에 유인물이 나돌고 난 다음 날에는 언제나 어머니의 몸을 샅샅이 뒤지곤 했다. 어머니 주위에서 유인물과 서적들이 발견되지 않으면, 어머니는 감시원들과 정보원들의 의혹을 일부러 일으킬 방법을 알고 있었다. 그들이 어머니를 막아서면 어머니는 모욕을 받은 척 가장하며 그들에게 마구 항의하고 나서는, 얼굴을 붉힌 채로 자신의 현명한 계책에 자신만만해서 자리를 떠났다.

베숩시코프는 공장에서 해고되어 목재상에 일꾼으로 들어가 통나무와 널빤지 그리고 장작 따위를 운반하며 공단을 돌아다녔다. 어머니는 거의 날마다 그를 보았다. 과로 탓에 후들거리는 다리로 터벅터벅 땅을 딛어 걸어가는 한 쌍의 검정색 말을 타고 온종일 마을을 돌아다녔다. 두 필의 말은 늙어 뼈만 앙상했고 피로에 지친 듯 애처롭게 연신 고개를 흔들어댔으며, 흐리멍덩한 눈은 거의 탈진 상태에 빠져 꿈벅거렸다. 물에 젖은 긴 통나무나 널빤지 묶음을 질질 끌고 가는 그 옆에서 누더기를 추하게 걸쳐 입고, 뒤통수에 모자를 바짝 붙여 썼으며, 말고삐를 느슨하게 잡은 채 무거운 장화를 질질 끌면서 터벅터벅 걸어가는 니콜라이의 모습은 마치 흙에서 방금 모습을 드러낸 나무 그루터기처럼 거칠어 보였다. 그의 시선은 바로 발밑에 고정되어 있었고 연신 머리를 흔들었다. 행여나 그의 말들이 눈 먼 듯 마주 달려오는 짐마차나 사람들과 부딪치기라도 하면, 상대방이 퍼붓는 험악한 욕설이 말벌처럼 그의 주위에서 윙윙거렸고, 사악한 고함이 대기에 가득 들어찼다. 뭐라고 하든 그는 고개도 들지 않고 아무 대꾸도 하지 않았으며, 그저 귀가 아플 정도로 째지는 듯한 휘파람을 불거나 가래 끓는 소리로 말에게 중얼거리는 게 고작이었다.

"워, 워!"

안드레이의 친구들이 파벨의 어머니 집에 모여 외국 신문이나 최신호 팸플릿을 읽을 때면, 베솝시코프는 구석에 자리를 잡고 앉아서 한 시간이고 두 시간이고 말없이 듣기만 했다. 독서가 끝나고 젊은이들은 오랜 시간 열띤 논쟁을 벌였지만 베솝시코프만은 절대 논쟁에 끼어들지 않았다. 그는 언제나 다른 사람들이 모두 돌아간 뒤에도 그냥 남아서 안드레이와 단둘이 마주 앉아 몇 마디 질문을 퉁명스럽게 던졌다.

"누가 가장 비난받아야 할까? 황제?"

"맨 먼저 '이건 내 거야'라고 말했던 자가 아닐까? 그 사람은 수천 년 전에 죽었을 테니 이제와서 화를 낸들 소용이 없을 테고."

소러시아인은 비록 농담처럼 이야기를 하고 있지만 그의 눈은 불안정한 빛으로 가득 찼다.

"그렇다면 부자 놈들? 또는 그놈들 뒤를 봐주는 놈들? 그들이 옳을까?"

소러시아인은 머리를 손으로 빗은 뒤 콧수염을 당기면서 쉬운 말로 삶과 민중에 대해서 오랫동안 연설을 했다. 그러나 그의 이야기를 듣다 보면, 언제나 모든 사람이 다 비난받아야 한다는 쪽으로 결론이 난다는 점이 베솝시코프로서는 늘 마뜩찮았다. 두툼한 입술을 굳게 다물고서 베솝시코프는 의견에 반대한다고 고개를 저으며, 도무지 이해할 수도 믿을 수도 없다고 투덜거렸다. 그러고 나서 마뜩찮은데다 가라앉은 기분으로 자리를 뜨곤 했다.

한번은 이렇게 말한 적도 있었다.

"아냐, 분명히 비난받을 사람이 있어! 있다고 확신해! 우리의 모든 삶을 잡초 투성이 땅을 갈아엎듯이 다 엎어 버려야 한다고. 인정이고 뭐고 없이 말이야."

"언젠가 기록계 이사이가 우리를 가리켜 이렇게 말하더라!"

어머니가 말했다. 잠시 두 사람은 말이 없었다.

"이사이가요?"

"그렇다니까. 참 못된 사람이야. 사람들 이야기를 다 엿듣고 온통 돌아다니 면서 정보를 낚아. 요즘은 이 거리에 나타나서 우리 집 창문을 기웃거리기도 한다니까."

"당신 창문을 기웃거려요?"

베숍시코프가 다시 물었다.

어머니는 벌써 침대에 누워 있어 그의 얼굴은 보이지 않았지만 소러시아인 이 니콜라이를 달래려고 서둘러 끼어드는 듯한 목소리가 들린 것으로 보아 어 머니 자신이 뭔가 불필요한 말을 너무 많이 했다고 생각했다.

"와서 실컷 기웃거리라고 해! 그놈 남는 게 시간이니 하는 짓이 다 그 모양이 지……."

"오냐, 두고 보자! 바로 그놈을 손봐 줘야 해." 니콜라이가 말했다.

"왜 손을 봐주나? 바보 같다고 해서?"

소러시아인이 불쑥 물었다.

그러나 베숍시코프는 아무 대꾸도 하지 않고 그냥 밖으로 나가 버렸다. 소 러시아인은 방 안을 맥없이 느릿느릿 서성거렸다. 장화를 벗은 맨발이었다. 늘 그랬듯이, 장화 소리에 어머니가 잠을 제대로 이루지 못할까 염려해서 장화를 벗고 있었다. 그러나 어머니는 깨어 있다가 베숍시코프가 나가자 걱정스런 목 소리로 말했다.

"난 저 사람이 두렵다! 꼭 과열된 오븐 같아서 그래. 음식을 따뜻이 데우지 도 못하고 그슬려 눌어붙게만 하지."

"그래요, 화를 잘 내는 성격이에요. 이사이 얘기는 베숍시코프에게 하지 말 걸 그랬나 봐요. 그 친구도 정말 스파이 노릇을 하고 다니며 보수를 받거든요."

"그 말 한 게 뭐가 이상하다고 그러니? 그 사람 대부가 헌병이라잖아." 어머 니가 말했다.

"두고 보세요. 그놈 니콜라이한테 한번 호되게 당할 걸요! 그러면 어때요?"

소러시아인은 두려운 듯 말을 이었다.

"우리의 삶을 지배하는 나리들이 일반 구성원들에게 얼마나 어려운 감정을 심어 놓았는가 보세요. 만약 니콜라이 같은 친구들이 자기들 잘못을 깨닫고 인내심을 잃기라도 하면 무슨 일이 벌어지더라도 아마 큰일이 벌어질 겁니다. 하늘에 피가 튀고 땅은 비누거품 같은 피거품으로 뒤덮이겠죠."

"너무 끔찍하구나, 안드류샤!"

어머니가 작은 소리로 겁에 질려 말했다.

"그들이 너무 욕심을 내서 아무거나 닥치는 대로 먹어 버렸기 때문이죠. 너무 먹었으니 토해내는 게 당연한 거 아니겠어요!"

안드레이는 잠시 입을 다물고 있다가 다시 말문을 열었다.

"사실, 어머니. 저들이 흘릴 핏방울은 사람들의 눈물바다에 씻겨 있을 거예요."

안드레이가 느닷없이 나지막이 웃으며 덧붙였다.

"사실이 그렇지만 편안하지 않아요!"

그러던 어느 일요일, 가게 일을 마치고 돌아와 문을 열던 어머니는 온몸이 마비된 듯, 마치 따뜻한 여름 햇빛으로 몸을 씻은 것 같은 기쁨에 휩싸여 문턱에 우뚝 서 버렸다. 방 안에서 파벨의 활기 넘치는 목소리가 들려왔던 것이다.

"어머니가 오셨군!"

소러시아인이 소리쳤다.

어머니는 재빨리 돌아서는 파벨을 보았다. 상기된 그의 얼굴이 마치 그에게 무언가 대단한 약속이라도 하고 있는 듯 보였다.

"결국 돌아왔구나! ……네가 집에 돌아오다니!"

뜻밖의 재회에 어머니는 중얼거리며 비틀거렸다. 간신히 자리에 앉았다.

창백해진 표정으로 몸을 구부려 어머니를 내려다보는 파벨의 눈에 눈물이 그렁그렁 맺히고 입술이 파르르 떨렸다.

얼마 동안 파벨은 말을 잇지 못했고, 어머니 또한 아들의 얼굴을 말없이 바라볼 뿐이었다.

소러시아인이 조용히 휘파람을 불며 모자(母子)의 곁을 지나 마당으로 나갔다.

"고맙습니다, 어머니!"

파벨이 어머니 손을 감싸 쥐며 깊이 있고 나직한 목소리로 말문을 열었다.

"고마워요, 사랑하는 어머니! 내 어머니!"

아들의 부드러운 표정과 감동적인 목소리에 감격한 어머니는 심장의 고동을 진정시키느라 애썼다. 어머니는 아들의 머리를 어루만지며 조용히 말했다.

"그리스도께서 널 도우셨어! 내가 한 일이 뭐가 있니? 널 이만큼 되게 만든 건 내가 아니라 너 자신이란다."

"우리의 위대한 일을 도우셨잖아요. 그러니 어떻게 고맙지 않겠어요! 태어나 자기 어머니를 정신적인 자기 분신으로 부를 수 있는 사람처럼 행복한 사람이 어디 또 있겠어요!"

어머니는 아무 말 없이 아들의 말 한 마디 한 마디를 욕심을 내어, 놓칠 새라 넋을 잃고 아들만을 바라보았다. 눈앞에 있는 아들이 이때처럼 빛나고 가깝게 느껴진 적이 없었다.

"제가 미처 못 해 드린 말이 있어요, 사랑하는 어머니. 얼마나 제가 어머니 속을 썩여 드렸고 힘들게 했는지 전 잘 알아요. 어머니께 죄송스러웠으면서도 달리 어쩌지 못했고요. 전 힘이 없었거든요! 어머니가 당장은 저희를 이해하지 못하시고 또한 어머니도 저희 생각을 쉽게 받아들일 수는 없다고 해도, 평생 그렇게 살아 오셨듯, 말없이 참아주시겠거니 생각했어요. 힘들었어요."

"안드류샤 덕분에 난 많은 것을 이해하게 되었단다."

어머니가 아들의 관심을 친구에게 돌리려고 안드레이 이야기를 꺼냈다.

"안드레이가 어머니 이야기도 많이 해주었어요."

파벨이 웃으면서 말했다.

"그리고 이고르도! 그 사람은 우리 고향 사람이더구나. 안드류샤가 내게 글도 읽게 가르쳐주려 했어."

"부끄럽고 마음이 상해서 몰래 공부를 시작하셨다면서요!"

"안드류샤가 다 알고 있었구나!"

어머니가 당황스러워하며 소리쳤다. 어머니는 가슴에 넘치는 기쁨을 가누기 힘들어 파벨에게 이렇게 제안했다.

"안드류샤를 부르자꾸나. 방해하지 않으려고 일부러 자리를 피했어. 안드류샤한테는 어머니가 없잖니."

"안드레이!"

파벨이 현관 쪽 문을 열면서 소리쳤다.

"안드레이, 어디 있어?"

"여기! 장작을 패야겠어."

"놔두고 얼른 들어와."

안드레이는 곧장 방 안으로 들어오지 않고 부엌을 둘러보며 마치 살림살이를 맡아하는 주인이나 된 듯이 말했다.

"니콜라이한테 땔감 좀 가져다 달라고 해야겠어요. 장작이 얼마 남지 않았어요. 파벨 좀 보세요, 어머니. 반란자를 잡아다가 벌을 준 게 아니라 실컷 잘 먹여 보낸 것 같아요."

어머니는 웃었다. 지금은 너무나 기뻐 정신이 혼미할 정도인데 행여 다시 이전의 냉정하고 차분한 모습으로 아들이 변해 버리면 어쩌나 조바심이 일었다. 여태껏 살아오면서 처음으로 경험하는 이 기쁨이 순간이 아니라 영원히 가슴 속에 그대로 남아주었으면 하는 바람이 간절했다. 이 행복이 달아나면 어쩌나 하는 마음에, 어머니는 사냥꾼이 자기 손 안에 떨어진 희귀새를 얼른 감추듯 서둘러 그 행복을 품 속에 감추었다.

"저녁을 들자꾸나! 파샤, 아직 아무것도 안 먹었지?"

어머니가 걱정스런 표정으로 서둘러 말했다.

"네, 어제 간수에게서 석방 소식을 듣고 난 뒤로는 먹을 수도 마실 수도 없었어요."

파벨이 안드레이에게로 대화를 돌렸다.

"나와서 맨 처음 시조프 노인을 만났어. 나를 보더니 일부러 길을 건너와서 인사를 하시더라고. 그래서 내가 '이제 더 조심하세요, 저는 경찰의 감시를 받고 있는 위험인물입니다' 말했더니 '상관없다!' 하시는 거야. 그러면서, '조카 안부를 묻는 소리를 내가 들었어야 하는데! 그 녀석 감옥에서 제 앞가림이나 제대로 하던가?' 하시는 거 있지? 그래서 내가, 감옥에서 앞가림을 잘하는 게 어떤 거냐고 물으니까 노인이, '친구를 파는 헛소리나 지껄이지 않나 해서…… 그러지 않던가?' 그러시잖아. 내가 폐자는 정직하고 영리한 사람이라고 말씀드렸어. 그러니까 이번에는 턱수염을 쓰다듬고 뿌듯해하면서, '우리 시조프 가문에 선 못된 인간은 키우지 않아!' 그러시는 거 있지!"

"그 노인, 보기보다 아주 비상한 데가 있어."

고개를 끄덕이며 소러시아인이 대꾸했다.

"우리도 그 노인과 많은 이야기를 나눴는데, 썩 괜찮은 농부더군. 폐자는 곧 나올 것 같더냐?"

"응, 곧 다 나오게 될 거야. 놈들이 믿는 건 이사이의 증언인데, 그자가 무슨 말을 할 수 있겠어!"

어머니는 방 안을 서성이면서 아들을 바라보았다. 안드레이는 뒷짐을 지고 창문 옆에 서서 파벨의 이야기를 듣고 있었다. 파벨도 한 자리에 서 있지 않고 방 안을 이리저리 서성거렸다. 멋대로 자란 턱수염, 볼에 덥수룩하게 자란 곱 슬털 때문에 거무스름한 얼굴이 부드러워 보였고 그의 검은 눈빛에 완고한 표 정이 있었다.

"앉자꾸나!"

음식을 식탁에 차리며 어머니가 말했다.

저녁을 먹는 동안 안드레이는 파벨에게 르이빈 이야기를 했다. 이야기를 다 듣고 난 파벨은 언짢다는 듯 소리쳤다.

"내가 집에만 있었어도 그렇게 떠나게 놔두지는 않았을 텐데. 왜 떠났지? 머 리가 불만으로 가득 차서 혼란스러웠던 게야!"

"그 말도 맞아. 나이 마흔에 나름대로 오랫동안 자신 안에 들어앉아 있는 곰 과 싸워왔으니 마음을 고쳐먹기도 쉽지는 않았을 거야."

파벨은 엄격한 표정으로 그를 바라보며 물었다.

"그동안 인간의 머릿속에 쑤셔박혀 온 쓰레기 모두를 말살해 버리기가 이 깨우침의 시대에 불가능하다고 생각해?"

"단번에 공중으로 날아오르려고 하지 마, 파벨! 자네가 날아오르면 종탑에 부딪혀 떨어져 다치고 말아. 자네 날개는 부서져 버리고 말걸." 소러시아인이 책망하며 말했다.

그들은 나름의 언어로 대화를 나누었고, 어머니가 이해할 수 있는 말이 더 적어졌다. 저녁 식사는 이미 끝이 났지만, 여전히 그들은 진정 의미 있는 거창 한 말들을 우박이 떨어지는 소리를 내 가며 서로에게 격렬하게 던졌다. 어떤 때는 그들의 언어가 오히려 더 단순하기도 했다.

"우리는 우리의 길을 따라 전진해야만 해. 오른쪽으로든 왼쪽으로든 단 한 발도 돌아가서는 안 돼."

파벨이 단호하게 말했다.

"그러다 혹 우릴 아직 적으로 오해하는 사람들과 정면충돌할 수도 있지……."

"그걸 피할 수는 없다네!"

"그런데 나의 사랑하는 형제님, 당신한테 개화와 깨우침의 시대란 뭐지?"

그들의 논쟁을 듣고 내린 어머니의 결론은, 파벨은 농민들을 아직 생각하고 있지 않은 반면 안드레이는 농민들에게 선을 가르쳐야 할 필요성을 역설하며 그들을 옹호하고 있다는 사실이다. 어머니에게는 안드레이의 말이 훨씬 이해하기 쉬웠다. 안드레이의 말이 옳게 생각은 되지만 그래도 혹시 그의 말에 파벨이 마음의 상처를 입으면 어쩌나 하는 안타까운 마음이 앞서 아들의 대답을 기다릴 때는 초조하기까지 했다. 하지만 비록 큰 목소리를 내며 격렬하게 논쟁해도 서로의 마음을 다치게 하는 일은 없었다.

이따금 어머니는 아들에게 묻곤 했다.

"정말 그러니, 파샤?"

파벨은 늘 웃으면서 대답했다.

"그럼요."

그러면 소러시아인은 사람 좋게 비아냥거리기라도 하듯 끼어들었다.

"이봐요, 사랑하는 형제님. 배가 터지도록 드시긴 했지만 제대로 씹질 않아서 혹 목구멍에 고깃점이라도 걸린 건 아닌가요? 목구멍 한번 헹구는 게……."

"바보취급하지 마."

파벨이 대꾸했다. 소러시아인이 다시 말했다. "난 장례식에 온 만큼이나 엄숙하다네."

어머니는 조용히 웃으며 고개를 저었다.

15

봄이 가까이 성큼 다가왔다. 눈이 녹으면서 그동안 눈 속에 숨어 있던 진창과 공장 굴뚝의 그을음이 그대로 벗은 모습을 드러냈다. 진흙, 진흙! 마을 전체는 마치 세탁하지 않은 누더기를 걸친 것만 같았다. 낮이면 단조롭게 지붕에서 물방울이 떨어지고 회색 벽에서는 탈진하여 땀이 맺히듯 습기가 배어 나왔으며, 밤이 되면 가는 곳마다 고드름이 희미한 윤곽으로 반짝였다. 해를 볼 수 있는 날이 많아졌다. 습지로 흐르는 시냇물이 졸졸 소리를 내고 괜히 머뭇거리며 흘렀다. 정오에는 두근거리는 봄의 희망으로 가득 찬 노랫소리가 마을을 감싸안듯 온통 덮었다.

노동절을 기념하는 축제가 착착 준비되었다.

공장과 공단에는 이날을 위해 축제의 중요성을 설명하는 유인물이 뿌려졌다. 그동안 선전광고 유인물을 보고도 나 몰라라 하던 젊은이들조차도 이제 이런 말을 했다.

"이 휴일 축제는 반드시 필요해!"

베숩시코프는 음울한 미소를 지으면서 외쳐댔다.

"때가 왔어! 더 이상의 숨바꼭질 놀이는 필요 없어."

페자 마진도 기뻐 어쩔 줄 몰라 했다. 전보다 훨씬 마른 그는 행동할 때나 연설을 할 때 신경질적으로 몸을 떨며 두려워하는 듯이 보였다. 새장에 갇힌 종달새 같았다. 페자 마진이 늘 함께 다니는 시내 노동자가 하나 있는데, 이름은 야코프 소모프로 늘 말이 없고 나이에 맞지 않게 진중했다. 옥살이 동안 얼굴이 더 붉어진 사모일로프, 바실리 구세프, 부킨, 드라구노프 그리고 한 무리의 사람들은 단단히 무장해야 한다고 주장한 반면, 파벨과 안드레이와 소모프를 포함한 몇몇 사람은 그에 반대했다. 늘 지친 모습에 땀을 비 오듯 흘리고 숨을 몰아쉬는 이고르가 농담조로 긴 연설을 늘어놓기도 했다.

"현재의 질서를 변혁하는 일은 정말 위대한 과업입니다. 친구들, 그렇지만 과업을 빨리 완수하기 위해서는 난 먼저 장화 한 켤레를 새로 장만하겠습니다."

이고르가 해지고 물에 젖어 축축한 장화를 가리키며 말을 이었다.

"덧신을 수선할 엄두가 나지 않아 늘 내 발은 축축하게 젖어 있습니다. 나는 이전의 낡은 질서를 완전히 포기하기 전에는 가장 가까운 행성으로라도 지구를 떠나고 싶지 않습니다. 때문에 사모일로프 동지가 제안한 무력시위에는 절대 반대합니다. 대신 행동을 수정해서 이렇게 설명해 보이렵니다. 나를 튼튼한 장화로 무장시켜 주시오, 그렇게 하는 행동이야말로 사회주의 승리를 위해서 주먹다짐과 멍든 눈을 거창하게 보여주는 것보다도 더 대단한 과업이라고 난 깊이 확신하고 있습니다!"

이고르는 역시나 농담하는 척하는 말로, 각국 노동자들이 자신들 삶의 무거운 짐을 가볍게 하기 위해 어떤 노력을 기울였는지, 그 투쟁 사례를 이야기했다. 어머니는 그의 이야기를 듣는 것을 아주 좋아했는데, 이고르의 이야기를 듣다가 노동자들에 대해 이상한 느낌을 받았다. 서민의 가장 간교한 적들은 가장 악랄하고 때로는 서민을 속이는 사람들로서 그들은 몸집이 작은데다 배불뚝이이며, 얼굴은 붉고 파렴치하며, 욕심이 많고 간교하며 잔인했다. 그들은 황제 치하에서 살다가 삶이 고되다 싶으면 서민을 부추겨 황제와 맞서게 하며, 서민이 들고 일어나 황제를 권좌에서 쫓아내면 이들은 속임수로써 서민이 쟁취한 권력을 빼앗으며, 서민이 이에 항의하면 서민을 궁지로 몰아넣고는 수백 수천 명을 학살했다.

한번은 어머니가 그의 말을 듣고 용기를 내어 자신이 마음에 그려 본 한 폭의 인생 그림에 대해 그에게 이야기했다. 그리고 궁금해서 물었다.

"정말이오, 이고르 이바노비치?"

그는 가슴을 치며 호탕하게 웃었다.

"네, 분명히 그래요, 할머니! 할머니의 상상은 역사라는 화폭에 그 나름으로 장식을 했습니다. 그리고 그 장식은 역사적인 사실성을 방해하지 않았어요. 말하자면, 서민의 등에 업혀 사는 약삭빠른 사람들이죠. 그들은 인간을 가장 귀찮게 하며 해독을 끼치는 주범이자 사기꾼, 해충입니다. 프랑스 사람들은 그들을 '부르주아'라고 부릅니다. 사랑하는 할머니, 이 말을 기억하세요─부르주아! 부르르! 그들은 우리 서민의 인생을 얼마나 많이 깔아뭉개고 집어삼키는지 모릅니다!"

"부자들이 그렇다는 거요?"

"네, 맞아요. 부자라는 게 그들의 불행입니다. 어머니도 아시겠지만, 아이에게 납을 넣은 음식을 계속 먹이면 그 아이는 제대로 자라지 못하고 난쟁이가 될 겁니다. 같은 이치로 인간이 돈맛을 한번 보게 되면 저도 모르게 그의 영혼은 크지 못하고 죽은 영혼이 되어 버립니다."

파벨이 언젠가 한번 이고르의 이야기를 하다가 이런 말을 한 적도 있었다.

"안드레이, 속병을 늘 앓는 사람들이 농담을 잘하는 거 알아?"

소러시아인이 입을 다물고 있다가 눈을 깜빡이며 대꾸했다.

"아니, 그건 말이 안 되지. 그게 사실이라면 온 러시아가 웃다가 망해 버렸게!"

나타샤가 다시 찾아오기 시작했다. 나타샤 또한 다른 도시 어느 감옥에 갇혀 있었는데, 변한 데는 없어 보였다. 어머니는 나타샤가 있는 자리에서 유독 안드레이가 기분이 좋아져서 농담도 잘하고 나타샤를 즐겁게 웃도록 만들려고 괜히 옆 사람들에게 익살을 부린다는 것을 눈치챘다. 나타샤가 가고 나면 안드레이는 금세 우울한 노래를 휘파람으로 불고 한동안 지친 듯이 발을 끌면서 방 안을 서성거렸다.

사샤 사셴카는 자주 찾아오기는 했지만 매번 표정이 어두웠고, 어떤 이유 때문인지 점점 더 빼빼 마르고 뻣뻣해졌다.

우연한 기회에 어머니는 사샤를 배웅하느라 현관에 나간 파벨과 사샤가 갑자기 나누게 된 대화를 엿들었다.

"당신이 깃발을 들 거예요?"

처녀가 조용히 물었다.

"그렇소."

"결정된 일인가요?"

"그래요, 내 권리니까."

"다시 감옥에 갈 텐데도?"

파벨은 말이 없었다.

"당신이 하지 않으면……."

사샤는 말을 잇지 못했다.

"뭐요?"

"다른 사람에게 양보한다면?"

"안 돼요!"

파벨이 크게 소리쳤다.

"생각을 좀 해보세요! 당신은 영향력이 있는 사람이라서 모두 아주 좋아하고 있어요. 당신과 나호드카 두 사람은 여기서 가장 중요한 혁신적 일꾼들이라고요. 자유의 이름으로 할 수 있는 일이 얼마나 많은지 생각해 보세요! 당신은 이 일로 아마 멀리 귀양을 가게 될 거예요."

어머니는 처녀의 목소리에서 이미 익숙해진 두려움과 고통의 감정을 읽을 수 있었다. 사샤의 말 한 마디 한 마디가 무거운 우박처럼 가슴을 때렸다.

"안 돼요. 이미 결심했소. 무슨 일이 있어도 결심을 바꿀 수는 없어요."

"제가 이렇게 애원하는데도요!"

파벨의 말이 빨라졌는데 어떤 위엄을 느낄 수 있었다.

"그런 말 하지 마세요. 당신이 어떻게? 그러면 안 돼요."

"저도 인간이라고요."

사샤가 나지막한 목소리로 대꾸했다.

"좋은 사람이란 거 잘 알아요. 내겐 누구보다 소중한 사람이고. 그래서 더욱…… 그렇기 때문에 그런 말을 해서는 안 돼요."

파벨의 목소리 또한 무슨 숨은 뜻을 말하려 하는지 작았다. 목소리가 목이 메는 듯 이상했다.

"당신은 나에게 사랑스러운 사람이에요. 예, 그래요! 그래서 당신은 그렇게 말하면 안 돼요."

"저 갈게요!"

처녀가 말했다.

구두 소리만 듣고도 어머니는 사샤가 거의 뛰다시피 잰걸음으로 걸어가고 있음을 알 수 있었다. 파벨이 마당까지 사샤를 뒤따라갔다.

어머니는 짐처럼 무겁게 짓누르는 두려움 때문에 가슴이 답답했다. 둘이 나누는 대화의 내용을 정확히는 이해하기 힘들었지만 어쨌든 자신의 앞날에 더 없이 슬픈 고통이 기다리고 있음을 느낄 수 있었다. '파샤가 무슨 일을 꾀하고 있는 걸까?' 그런 생각은, 한 개의 못처럼 어머니의 머릿속으로 파고들었다. 어머니는 부엌의 오븐 옆에 서서, 창문을 통해 별이 총총한 깊은 밤하늘을 바라다보았다.

마당으로부터 안드레이와 함께 걸어들어오면서 파벨이 고개를 저으며 말했다.

"오, 이사이, 이사이! 그가 어떻게 될까?"

"우린 그가 자기 계획을 포기하도록 충고해야 해."

파벨이 침울하게 말했다.

"그러면 그는 그에게 말하는 사람들을 관계 당국에 넘길걸." 소러시아인이 그의 모자를 구석으로 던지며 말했다.

"파샤, 어떻게 할 거니?" 어머니가 고개를 수그리며 물었다.

"언제 말이에요? 지금요?"

"노동절에…… 노동절에 말이다."

"아하! 들으셨군요! 제가 깃발을 들기로 했어요. 행렬 맨 앞에서 깃발을 들고 행진할 거예요. 그러면 그들이 그 일로 또 날 감옥에 처넣을 거고요." 파벨이 작은 소리로 말했다.

어머니의 눈은 불타는 듯 달아올랐다. 입이 마르고 불쾌한 기분이 들었다. 파벨은 어머니의 손을 잡고 쓰다듬었다.

"전 그 일을 해야만 해요. 제발 절 이해해 주세요. 저를 행복하게 하는 일이 에요."

"난 아무 말도 않을 테다." 어머니는 고개를 들며 느릿느릿 마지못해 대답하기는 했지만, 아들의 단호한 눈빛과 마주쳤을 때 다시 고개를 숙이고 말았다. 파벨은 어머니의 손을 놓고 나무라듯 말했다.

"슬퍼할 일이 아니라 기뻐하실 일이에요. 언제쯤이어야 어머니들이 자식이 죽는다 해도 편안한 마음이 들까?"

소러시아인이 투덜댔다.

"얼씨구절씨구! 너무 앞질러 가는 거 아냐!"

"왜 그래, 내가 뭐라고 하던? 난 네 일에 방해를 하지 않았어. 다만 마음이 아파서…… 그게 어미의 심정이잖니."

어머니가 말했다.

그러자 파벨은 어머니에게서 한 발 떨어지면서 한마디 했다. 그 말은 날카롭고 고통스럽게 어머니의 귀에 들렸다.

"인간이 자기 삶을 살아가는 데 방해가 되는 사랑도 있어요."

어머니의 몸이 바르르 떨렸다. 심한 말을 할지도 모른다는 두려움에 어머니는 재빨리 단호하게 아들의 말을 막아섰다.

"그렇게 말하지 마, 파샤! 왜 네가 해야만 해? 그렇지만 난 이해해. 달리 방법이 없겠지. 다 친구들을 위하는 일이려니……."

"아뇨, 그 일은 바로 저 자신을 위한 일입니다. 친구를 위해서라면 깃발 없이 걸을 수 있다고요. 하지만 난 들고 걸을 겁니다!"

문간에 안드레이가 서 있었다. 문 높이가 그에겐 턱없이 낮아서 무릎을 굽히고 삐뚜름하게 서서, 틀 안에 있듯이 한쪽 어깨를 문설주에 기대고, 다른 어깨와 목 그리고 머리는 앞으로 내밀고 있는 자세였다.

"이봐, 형제님. 쓸데없는 일은 멈춰!"

소러시아인이 두 눈썹을 찡그리고 파벨을 쏘아보며 말했다. 마치 바위 틈에 도사리고 있는 도마뱀같이 바라보았다.

어머니는 금방이라도 눈물이 쏟아질 것 같았지만 아들에게 눈물을 보이기 싫어 마음을 다잡고 이렇게 중얼거렸다.

"오, 애들아. 내가 깜박 잊은 게 있구나."

곧바로 현관으로 나가 구석에 머리를 박고서 서운함에 소리없이 흐느꼈다. 너무 많이 눈물을 흘려 어머니는 약해졌고, 가슴에서 피와 눈물이 섞여 스며 나오는 것 같았다.

세대로 닫히지 않아 벌어진 문틈으로 얼핏 다투는 소리가 들렸다.

"넌 어머니를 고통스럽게 하는 게 그렇게도 자랑스럽니!"

소러시아인이 따져 물었다.

"당신은 그런 말 할 권리가 없어!"

파벨이 소리쳤다.

"그럼, 스스로 바보가 되려는 짓을 하는 얼간이를 보고 입을 꾹 다물고 있는 게 친구된 도리란 말인가? 왜 어머니에게 그런 말을 했어?"

"항상 얼버무리지 말고 단호하게 말해야 해. 좋고 싫은 걸 분명하게 해야 한다고!"

"어머니잖아, 그런데도 꼭 그래야만 하니!"

"예외는 없어, 모두가 다 그래! 난 발에 족쇄를 채워 붙잡는 사랑이나 우정 따위는 원치 않아."

"얼씨구, 영웅 하나 나셨네! 가서 사셴카에게도 그렇게 말하지 그래? 아니, 벌써 했는지도 모르지……."

"벌써 했어!"

"말했단 말이지! 어머니한테 말하는 식으로? 자넨 그렇게 말하지 않았어. 사셴카한테는 다정하게 말했겠지. 자넨 그녀에게는 신사답고 부드럽게 말했어. 정말 그랬지! 자네의 그 영웅심은 아무 가치도 없구먼."

블라소바는 서둘러 흐르는 눈물을 훔쳤다. 소러시아인과 파벨이 다투는 소리를 듣고 서로 의(義)가 깨질까 두려운 마음에 어머니는 문을 급하게 열어젖히고 부엌으로 들어가 두려움에 떨면서 괴로워했다.

"우, 쌀쌀하다! 이래도 봄 날씨니⋯⋯."

어머니는 부엌에서 공연히 물건들의 자리를 옮겨놓으면서 방 안에서 들려오는 우울한 소리를 듣지 않으려고 애썼다. 그리고 다시 안에서 들으라고 더 큰 소리로 말했다.

"모두가 다 변했어. 사람들은 한결 뜨거워지고, 반대로 날씨는 더 쌀쌀해지고. 예전 같으면 이맘때쯤이면 따뜻해졌는데⋯⋯ 하늘도 맑고 햇살도 따사롭고⋯⋯."

방 안은 조용해졌다. 어머니는 부엌 한가운데 서서 반응을 기다렸다.

"들었어? 넌 알아야 해, 제기랄! 어머니 사랑은 네 것보다 훨씬 깊다고."

소러시아인의 나직한 목소리가 들렸다

"차 한 잔 하겠니?"

어머니가 떨리는 목소리로 물었다. 그리고 곧바로 자신의 목소리가 떨리고 있음을 깨닫고 대답도 기다리지 않고 소리쳤다.

"너무 춥구나!"

파벨이 어머니에게로 천천히 걸어 나왔다. 슬쩍 어머니를 곁눈으로 바라보며 그는 죄스러운 듯 미소를 지었고, 입술은 떨렸다.

"용서하세요, 어머니! 전 아직 어린애나 같아요, 바보 천치에다⋯⋯."

파벨이 조용히 말했다.

"날 울리지 말아다오."

어머니는 아들의 머리를 가슴으로 끌어안으며 비통한 목소리로 물었다.

"아무 말도 하지 마! 주님이 함께하실 거야. 네 인생은 너의 것이야. 그러나 내 마음을 아프게 하지는 말아다오. 자기 자식을 위해 울지 않는 어미가 이 세상 천지에 어디 있겠니? 없고말고. 이 어미에겐 너나 할 것 없이 다들 가엾단다. 내겐 모두 내 살과 피처럼 소중해. 어미 말고 누가 진정 너희를 걱정하겠어? 네가 앞으로 나아가면 사람들이 모든 걸 놔두고 너를 따랐어, 파샤. 모두가 이 일에 가담했어. 꼭 성스러운 행렬 같구나."

어머니의 가슴에서 아주 열정적인 생각이 떠올라 비애와 고통이 뒤섞인 기쁨의 느낌이 치솟았다. 그러나 어머니는 극심한 배고픔에도 벙어리가 냉가슴을 앓듯, 할 말을 찾지 못했다. 그리고 밝으면서도 날카로운 고통 때문에 불이

켜진 아들의 눈빛과 얼굴을 들여다보았다.

"잘 알겠어요, 어머니! 용서해 주세요. 이제야 다 알 것 같아요!"

아들이 고개를 숙이며 속삭였다. 그리고 환한 미소로 어머니를 바라보면서 당황한 기색이면서도 기쁜 목소리로 덧붙였다.

"어머니의 솔직한 말씀, 결코 잊지 않을 게요!"

어머니는 아들을 밀어내고 방 안을 둘러보며 안드레이에게 다정한 위로의 말을 건넸다.

"안드류샤, 파벨을 나무라지 마. 나이 한 살이라도 네가 더 먹었잖니."

소러시아인이 등을 돌리고 서서 꼼짝도 않고 괴상한 노랫소리를 냈다.

"우—우—우! 파벨을 욕할 거예요. 그리고 언젠가는 실컷 두들겨 패줄래요."

어머니는 천천히 그에게 다가가 손을 내밀며 말했다.

"이렇게 사랑스러울 수가!"

소러시아인은 돌아서서 황소처럼 고개를 숙이고 버릇대로 뒷짐을 진 채, 어머니 앞을 지나 부엌으로 갔다. 침울한 척 비아냥거리는 소리가 들렸다.

"나가는 게 좋겠다, 파벨. 그러지 않으면 네 머리를 물어뜯어 버릴 테다. 제가 농담했어요, 어머니. 제가 한 말 곧이듣지 마세요! 이제 사모바르 올려놓을 게요. 석탄이 이게 뭐람! 다 젖었네, 제기랄!"

그는 말을 멈추었다. 어머니가 부엌에 나가 보니 그는 바닥에 털썩 주저앉아 석탄에 입김을 불어 사모바르에 불길을 넣고 있었다. 어머니에겐 눈길도 주지 않고 소러시아인이 말을 이었다.

"어머니, 너무 걱정 마세요. 파벨을 다치게 하지는 않을 거예요. 전 삶은 순무처럼 물러터진 놈이잖아요. 저…… 거기 영웅 양반 귀 막아! 전 파벨을 사랑해요. 그런데 파벨이 입고 다니는 조끼는 맘에 안 들어요. 어머니도 아시겠지만, 파벨은 새 조끼 하나를 입고서 꽤나 마음에 드는지 거들먹거리고 걷다가 사람들을 밀치며 울부짖는다니까요. 내가 어떤 조끼 입었는지 좀 봐 줘, 하는 듯이 말입니다. 정말 좋은 조끼이고, 멋진 조끼이지요. 그렇지만 사람들을 뭐하러 밀쳐요? 그렇게 밀치지 않아도 우린 충분히 열 받는데 말이죠."

파벨이 웃으며 끼어들었다.

"얼마나 더 지껄일 거야? 나한테 한 방 먹였으면 됐지, 아직도 성에 안 찼어?"

소러시아인은 바닥에 주저앉아 사모바르를 감싸듯이 두 다리를 쭉 뻗고서 파벨을 지그시 바라보았다. 어머니는 문간에 서서 안드레이의 둥글둥글한 뒤통수와 길고 약간 굽은 목을 물끄러미 바라보고 있었다. 안드레이는 두 손으로 바닥을 짚고 윗몸을 조금 뒤로 젖히고서 약간 상기된 눈을 깜빡이며 어머니와 아들을 번갈아 바라보다가 조용히 말했다.

"참 좋은 사람들이야, 정말!"

파벨이 몸을 숙여 그의 손을 움켜잡았다. 소러시아인이 놀라 외쳤다.

"잡아당기지 마! 안 가. 손 놓으면 난 쓰러져. 저리 가!"

"뭘 그리 내외를 해? 서로 키스하고 힘껏 안아 봐."

어머니가 수심에 잠겨 말했다.

"그럴래?"

파벨이 물었다.

"좋아!"

소러시아인이 일어나며 대답했다.

둘은 보기에도 숨이 막힐 정도로 서로 힘껏 끌어안았다. 몸은 마치 뜨거운 우정으로 결합된 한 영혼이었다.

어머니의 두 뺨에 하염없이 눈물이 흘렀다. 행복해서 나오는 눈물이었다. 어머니가 눈물을 훔치며 겸연쩍게 말했다.

"여자들이란 시도 때도 없이 눈물이 나와 탈이야. 슬퍼도 눈물, 기뻐도 눈물, 그저 우는 게 일이라니까."

소러시아인도 파벨을 가볍게 밀치고서 손가락으로 눈을 비비며 거들었다.

"이제 됐어. 송아지도 너무 까불면 도살장에 끌려가는 법이야. 근데 이놈의 석탄은 왜 이리 말썽이지? 하도 불었더니 눈에 티가 들어갔나봐."

파벨이 고개를 숙이고 창가에 앉아 조용히 말했다.

"그런 눈물은 부끄러워할 이유가 없어."

어머니가 다가가 나란히 앉았다. 어머니의 가슴은 생동하는 기쁨으로 마구 뛰었다. 마음이 한결 안정되었다.

"제가 설거지를 할게요. 그냥 앉아 계세요, 어머니! 좀 쉬세요. 저희들이 어머니 가슴을 너무 아프게 한 건 아닌지······."

방으로 들어가며 소러시아인이 말했다. 방 안에서 그가 아주 크게 노래하는 소리가 들렸다.

"한껏 뽐낼 일이 아니지. 우린 이제야 옳은 삶, 진짜 삶, 인간적인 삶, 사랑하는 삶을 맛보게 된 거야. 그런 인생은 우리에게 더할 나위 없이 좋아."

"맞아요!"

파벨이 어머니를 보며 말했다.

"모든 게 변했어! 슬픔도 변했고 기쁨도 변했어. 물론 난 아무것도 몰라! 내가 무엇 덕택에 사는지도 모르고…… 기분을 말로 표현할 줄도 몰라."

어머니가 말했다.

"당연히 그래야죠. 왜냐하면 자상하신 어머니, 새로운 마음이 성장하고 있고, 그 새로운 마음은 삶 속에서 성장하고 있기 때문이지요. 흥밋거리들이 서로 충돌하자 모든 사람의 마음은 매혹당했어요. 그러자 모든 사람은 앞이 보이지 않는 탐욕 때문에 기운이 빠지고, 질투에 시달리고, 상처받고, 오물과 거짓말과 겁먹은 마음에 흠뻑 젖고 있습니다. 사람들 모두가 다 아파요, 살기를 겁내요. 안개 속에 있는 것처럼 방황하고 있어요. 모두 저마다 자기 자신만의 치통을 앓고 있지요. 그렇지만 보세요! 여기 이성의 빛으로 인생을 비추러 온 사람이 있습니다. 그 사람은 이렇게 소리쳐요. '오호! 길 잃고 헤매는 바퀴벌레들 같으니! 당신의 모든 흥밋거리가 하나라는 걸 이제는 알아야 할 시대요. 모두가 살 필요가 있고, 성장하고 싶은 열망을 가지고 있죠!' 이렇게 외친 사람은 혼자였기 때문에 큰 소리로 외칠 수밖에 없었어요. 그는 친구들이 필요하고, 또 외로워서 음울한 기분이고 춥지요. 그의 외침에 상처가 아문 사람들의 마음은 대단히 크고 강한 하나의 마음으로 뭉쳐서, 아직 치지 않은 은종처럼 깊고 민감하지요. 잘 들으세요! 이 종소리가 이렇게 메시지를 울립니다. 여러분! 만국의 민중이여, 한 가족으로 단결합시다! 사랑은 인생의 어머니입니다, 미워하지 않아요! 나의 형제들! 나는 세계에 울려 퍼지는 이 메시지를 듣고 있어요!"

"나도 듣고 있어요!"

파벨이 소리쳤다.

어머니는 입술이 떨리지 않도록 입을 꾹 다물고, 눈물이 흐르지 않도록 눈을 꼭 감았다.

"밤에 침대에 누울 때나 혼자 밖에 나갈 때, 여기저기 모든 곳에서 난 이런 소리를 들으면 무척 기쁩니다. 그래서 지구는 부당함과 슬픔 때문에 지쳐서 종소리처럼 크게 울렸어요. 그때 종소리는 그 외침과 떨림에 회답하여 부드럽게 울려 퍼졌고, 지구는 사람들의 가슴속에서 떠오르는 새로운 태양을 맞이했지요."

파벨이 한 손을 들고 말하려는 순간, 어머니가 다른 손을 잡아끌면서 귀에 속삭였다.

"안드류샤를 그냥 두어라."

소러시아인이 문간에 서서 말을 이었다.

"혹시 알고 계세요? 사람들의 앞길엔 수많은 고통이 가로놓여 있고 아직도 많은 피를 더 흘려야 한다는 것을요. 그렇지만 이 모든 고통과 피가 일찍이 내 가슴속에, 내 골수 깊이 박혀 있는 희망에 비하면 하찮것없다는 사실을 아십니까? 저는 이미 부자랍니다. 밤하늘에 금빛을 뿌리는 별과 같습니다. 저는 참고 또 참을 겁니다. 왜냐하면 내 몸 안에는 누구도, 무엇도 결코 누를 수 없는 기쁨이 자라 숨쉬고 있기 때문입니다! 바로 이 기쁨이 힘의 원천입니다!"

그들은 차를 마시고 미래의 삶에 대한 이러저런 진솔한 대화를 나누며 자정까지 식탁에 앉아 있었다.

16

어머니는 새롭게 알게 되는 것이 있을 때마다 한숨을 내쉬며 자신의 과거에서 무언가를 떠올렸는데, 그것은 언제나 고통스럽고 잔혹한 기억들이었다. 그러나 그러한 고통스런 기억조차도 이제는 새로운 깨달음에 확신을 주었다.

따뜻한 대화를 나누며 자신도 모르는 사이 두려움이 스르르 녹아내리자 어머니는 자신에게 험한 말을 내뱉던 지난날의 아버지를 떠올렸다.

"왜 그리 입을 삐죽거려? 너한테 장가들겠다는 바보천치가 있다며? 그럼 가! 다들 시집도 가고 자식도 낳고, 그러는 거지. 자식을 낳아보면 부모 마음이 어떤지 알 테지!"

그 말을 듣는 순간 어머니는 자신 앞에 사방이 어둡고 황량하며 끝도 없는 허허벌판이 있고, 도무지 피할 수 없는 인생의 가시밭길이 펼쳐져 있음을 깨달았다. 그러나 당시엔 그런 가시밭길도 숙명처럼 알고 맹목적으로 복종해야 했다. 지금도 크게 다르지 않다. 그런데 이전과는 성질이 다른 새로운 고통이 다가오리라 느끼며 어머니는 말없이 상상 속의 누군가에게 말을 걸었다.

그러자 가슴을 짓누르던 고통이 한결 가벼워졌다. 그 고통은 미묘한 떨림으로 소리를 내는 팽팽한 현과 같았다.

이튿날 아침 일찍, 파벨과 안드레이가 집을 나서자마자 코르수노바가 찾아와 창문을 요란하게 두드리고 숨 넘어가는 소리로 외쳤다.

"이사이가 죽었어요! 어서 가봅시다!"

어머니는 몸이 후들후들 떨렸다. 그리고 뇌리에 한 사람의 이름이 재빠르게 스치고 지나갔다

"누가 죽였답니까?"

어깨에 숄을 두르면서 어머니가 짧게 물었다.

"누군진 몰라도 여태 죽은 이사이 옆에 앉아 있겠수? 후려치고 벌써 튀었겠지!"

가는 도중에 마리야가 말했다.

"지금 범인 잡는다고 들쑤시고 난리가 났을 거유. 임자네 식구들 어제 집에 붙어 있길 잘했소. 내가 그건 언제라도 증인이 되어 줄 수 있지. 자정이 조금 지난 시간에 임자 집을 지나다 창문을 들여다보니까 다들 식탁 앞에 빙 둘러 앉아 있던데……."

"무슨 소리요, 마리야? 그럼 애들을 의심이라도 한단 말이오?"

어머니가 통사정이라도 하듯이 소리쳤다.

"그럼 누가 이사이를 죽였겠수? 틀림없이 임자네 집 드나드는 사람들 가운데 하나지. 이사이가 임자네 손님들 꽁무니를 쫓아다녔다는 건 다 아는 사실인데 뭐……."

코르수노바가 확신이라도 한다는 듯 말을 던졌다.

어머니는 걸음을 멈췄다. 숨이 막혔다. 얼른 가슴에 손을 얹었다.

"왜 그러우? 너무 걱정 말아요. 자업자득이에요! 얼른 가 보기나 합시다. 그새 치웠을까 걱정이우!"

어머니는 베솝시코프 생각이 나면서 다리에 힘이 빠져 비틀거렸다.

'그래, 어쩔 수 없었을 거야!'

한 가지 생각이 재빨리 지나갔다.

공장 담벼락 가까이, 얼마 전 화재가 난 집 자리에, 사람들이 떼로 모여 석

탄을 밟아 먼지를 피우며 웅성대고 있었다. 마치 땅벌레들 같았다. 대부분 여자들에다 어린애까지 끼어 있었다. 가게 주인들, 술집 접대부들, 경찰 그리고 헌병 페틀린의 모습도 보였다. 페틀린은 덥수룩한 허연 수염을 기른 키가 크고 가슴에 견장을 달고 다니는 중늙은이였다.

이사이는 불에 탄 통나무에 등을 기대며, 오른쪽 어깨에 벗겨진 머리를 늘어뜨리고서 반쯤 누운 상태로 방치되어 있었다. 오른손은 바지 주머니에 찌르고 왼손으로는 무른 땅을 움켜쥐고 있었다.

어머니는 그의 얼굴을 살폈다. 한쪽 눈의 시선은 축 처진 다리 사이에 놓여 있는 모자 쪽에 고정되어 있었고, 입은 놀란 듯 반쯤 벌어져 있고, 불그레한 턱은 앞으로 툭 튀어나와 있었다. 마른 얼굴에다 쪼그라든 몸뚱이는 마치 쉬고 있는 것 같았다. 어머니는 성호를 긋고 한숨을 내쉬었다. 살아 있을 때는 그렇게 밉더니 이젠 그도 잔잔한 연민을 불러일으키는 존재가 되어 있었다.

"피 한 방울 흘리지 않았군!"

누군가가 작은 목소리로 말했다.

"주먹으로 한 방 먹인 게 분명해."

몸집이 당당한 여인이 헌병의 손을 잡아당기며 물었다.

"혹시 아직 살아 있을지도 모르잖아요?"

"이제 그만 가세요!"

헌병이 손을 빼며 그리 크지 않은 소리로 외쳤다.

"의사가 와서 죽었다고 확인했어요."

누군가가 어머니에게 말했다.

빈정대며 악의에 찬 목소리가 크게 메아리쳤다.

"주둥이를 너무 나불대서 입을 막은 거야."

헌병이 두 손으로 여자들을 밀치며 고압적인 목소리로 물었다.

"거기 누가 그렇게 지껄여, 엉!"

사람들은 그 한 마디에 뿔뿔이 흩어졌고, 그중에는 뛰어 달아나는 사람도 있었다. 또한 고소하다고 낄낄대며 웃는 사람도 있었다. 어머니는 집으로 가는 도중에 생각했다.

'아무도 불쌍히 여기지 않는구나!'

눈앞에 그림자와도 같은 니콜라이의 널찍한 얼굴이 어른거렸다. 가늘게 째진 두 눈은 무서울 정도로 싸늘하게 어머니를 노려보고 있었고, 오른손은 상처라도 입은 것처럼 꽉 움켜잡고 있었다.

아들과 안드레이가 저녁에 집에 돌아오자 어머니는 무작정 질문부터 던졌다.

"얘, 이사이 죽인 범인 아직 잡히지 않았지?"

"글쎄요!"

소러시아인이 대꾸했다.

어머니가 보기에도 둘은 낙담해서 시무룩한 빛이 역력했다.

"니콜라이에 대한 말은 없든?"

어머니가 다시 나직한 목소리로 물었다.

파벨이 심각하게 어머니를 바라보며 또박또박 말했다.

"아무 말도 없어요. 생각조차 하기 힘들어요. 그 친구 떠났어요. 어제 정오쯤에 강을 건넌 뒤로 돌아오지 않았어요. 우리도 지금 궁금해서 알아보고 있어요."

"오, 하늘이 도우신 게로구나! 하느님이 도우신 게야."

어머니가 안도의 숨을 내쉬며 말했다.

소러시아인이 어머니를 보고 고개를 숙였다.

어머니가 생각에 잠겨 이야기를 시작했다.

"그 사람 주검을 봤다. 얼굴 표정이 무엇에 놀란 것 같더구나. 가엾게 여기는 사람도 없고 따뜻한 말 한 마디 하는 사람도 없더라. 깨진 중국 도자기처럼 어찌나 왜소해 보이고 보잘것없어 보이던지. 무언가에 미끄러져 넘어져서 거기 누워 있는 느낌이었어."

저녁 식사를 하다 말고 파벨이 숟가락을 내려놓으며 소리쳤다.

"난 도무지 이해할 수 없어!"

"뭐가?"

소러시아인이 물었다.

"먹기 위해 동물을 잡아 죽이는 거 말이야. 너무 비열한 일이야. 짐승이나 맹수 따위를 죽인다는 것은 그래도 이해할 만 해. 나만 해도 사람들을 괴롭히는 짐승만도 못한 인간을 죽일 수 있어. 그런데 그런 가련한 인간을 죽이겠다고 손을 쳐들 수 있는 사람이 있다니…… 진짜 혐오스러워!"

소러시아인이 어깨를 한 번 으쓱이고서 잠시 뜸을 들였다가 입을 열었다.

"짐승만도 못한 사람이지. 인간이란 그런 거잖아. 모기가 사람의 피를 한 방울만 빨아먹어도 우리는 모기를 죽이잖아."

"물론이지! 하지만 난 그 얘기를 하자는 게 아니라…… 어쨌든 난 그런 일엔 찬성할 수 없어."

"그럼 네가 할 수 있는 일은 뭐지?"

안드레이가 다시 어깨를 으쓱이고서 물었다.

"당신 같으면 그런 인간을 죽일 수 있겠어?"

한참 말이 없다가 파벨이 생각에 잠겨 물었다.

소러시아인은 눈을 둥그렇게 뜨고 파벨을 한 번 바라보더니 다시 어머니를 보면서 단호하게 대답했다.

"난 살아 있는 것은 아무것도 건드리지 않을 거야. 그러나 친구들을 위하고 우리의 과업을 위해서라면 난 뭐든지 할 수 있어. 살인마저도. 그게 내 자식이라도 마찬가지야."

"오, 안드류샤!"

어머니가 나직한 비명을 질렀다. 그는 어머니에게 미소를 지어 보이며 다시 말을 이었다.

"달리 방법이 없잖아요. 그게 바로 우리의 삶이란 거예요."

"그래…… 그게 바로 우리네 삶이란……거지……."

파벨이 천천히 말꼬리를 늘였다

안드레이는 마치 마음 안에 들어앉은 누군가가 충동질이라도 하는지 벌떡 일어나더니 두 손을 휘저으며 한바탕 연설을 늘어놓았다.

"그래 가지고 무슨 일인들 할 수 있겠어? 민중이 사랑으로 어우러지는 그때를 앞당기려면 인간을 증오해야만 해. 삶의 발전을 방해하는 자들, 인간을 돈으로 팔아넘기는 자들은 제거해야 마땅해. 인간을 팔아 자신들의 평온과 존중을 사는 그런 놈들 말일세. 만약 정직한 민중의 앞길에 유다 같은 놈이 버티고 서서 민중을 배신할 날만 꼽고 있는데, 그런 인간을 없애지 않는다면 나 또한 유다나 별반 다를 게 없는 놈 아닌가! 그렇다면 죄악일까? 그들은 공공건물, 감방, 강제노동 등 놈들의 안위를 보장해주는 온갖 부정한 것들을 손아귀에 움켜쥘 권리라도 갖고 있다는 건가? 몽둥이를 빼앗아 들어야 할 때가 왔다고 생각해. 그런 다음엔 무얼 하지? 난 물론 그 일을 할 거야, 절대 사양하지 않을 거라고. 놈들은 우리의 동지 수천 수만 명을 죽이고 있는데, 그래 내게는 고작 적 하나 내려칠 권리가 없단 말인가? 다른 누구보다 직접적으로 내 가까이에서 나의 삶에 가장 악행을 저지르는 놈 하나를 말일세. 이건 논리 정연한 이치야. 지금은 당신의 논리가 필요치 않을 때이고, 난 한 번쯤은 논리에 반대되는 행동을 해봐야 한다고 생각해. 난 그들의 피가 아무 결과도 없이 헛될 수 있다는 사실을 알고 있어. 그들의 피는 황량하고 헛될 뿐이라고! 우리의 피가 소닉비처럼 대지에 뿌려질 때 비로소 신리가 제대로 자라나는 거야. 그들의 썩은 피는 뿌려지더라도 흔적조차 남지 않고 사라질 뿐이라고 확신해. 죄는 나자신이 품을 필요가 있고, 또 그래야 한다면 내가 그들을 죽였을 거야. 나는 나 자신에 대해서 이야기하고 있다는 걸 명심하고 있어. 나의 죄악은 내 육신과 함께 죽어 없어지고 미래에 아무런 흔적도 남지 않겠지. 나 말고는 아무도 더럽혀지지 않을 거야, 아무도!"

안드레이는 앞으로 내민 손을 흔들며 방 안을 돌아다녔다. 허공에 대고 손을 흔드는데, 마치 자신의 목을 베는 시늉 같았다. 어머니는 슬픔과 불안이 교차하는 마음으로 안드레이를 바라보았다. 안드레이의 마음을 고통스럽게 하던 무엇인가가 그를 한 대 쳤다는 걸 어머니는 느낄 수 있었다. 살인에 대한 어둡고 두려운 생각은 사라졌다. 베숍시코프가 살인을 하지 않았다면 파벨의 친구들 가운데는 범인이 없다고 어머니는 생각했다. 파벨은 고개를 숙인 채 소러시아인의 이야기에 귀를 기울였다. 안드레이가 다시 고집스럽게 자신의 주장을 폈다.

"앞으로 똑바로 나아가다 보면 자기 자신을 거슬러 행동해야 할 때가 있게 마련이야. 모든 것, 감정마저도 죄다 버릴 수 있어야 하고, 인생을 바쳐서 명분을 위해 한 목숨 내던질 각오가 필요해. 아주 단순해. 많은 걸 버려야 돼. 생명보다 소중한 것을 위해 모두 버려. 죄다 내다 버려. 그래야만 자네에게 가장 소중한 자네의 진실이 활발하게 성장하는 모습을 보게 될 거야."

안드레이가 방 한가운데 멈춰 섰다. 얼굴은 창백하고 눈은 반쯤 감겼다. 그러면서도 승리를 약속이라도 하듯 손을 높이 쳐들고 말을 이었다.

"난 알아, 사람들이 서로를 아끼고 누구나 타인에게 반짝이는 별이 되고 또 저마다 음악을 듣듯이 친구에게 귀를 기울일 날이 오리라는 것을! 자유를 찾은 사람들이 온 세상을 활보하고, 자유가 사람들의 가슴을 활짝 열게 될 그 날, 그래서 모든 사람이 질투와 악에서 벗어나 순결하고 선하게 되는 그날, 바로 그날이 오면 삶은 지금의 삶이 아닌 인간에 대한 봉사로 변할 테고, 인간의 모습은 고상하게 끌어올려질 거야. 자유로운 국민에 걸맞은 더 없는 고상함에 다다르게 되지! 또 그날이 오면 모두 아름다움을 위한 진리와 자유를 위해 살아서 사람들은 넓은 가슴으로 세계를 포옹하게 되고, 세계를 심오한 사랑으로 감싸 주는 사람들이 최고의 찬사를 누리게 되겠지. 자유로운 사람들에게는 최고의 아름다움이 있기 때문에 존경을 받게 될 거야. 그런 삶이야말로 정말 위대한 삶이 아니겠나!"

안드레이는 잠시 뜸을 들였다. 곧이어 자세를 똑바로 잡더니 쩌렁쩌렁 울리는 소리로 외쳤다.

"그래서, 이런 삶을 위해서 난 어떠한 희생도 감수할 각오가 되어 있다네."

흥분한 안드레이의 얼굴이 부르르 떨렸고 눈에선 굵은 눈물방울이 줄지어 흘러내렸다.

파벨은 고개를 들고 눈을 동그랗게 뜨고서 안드레이의 창백해진 얼굴을 바라보았다. 어머니는 무언가 큰 사건이 닥쳤다는 예감이 들었다. 어머니는 식탁에서 일어나 앞으로 몸을 굽혔다. 파벨이 안드레이에게 물었다.

"안드레이, 무슨 일이 있어?"

소러시아인은 고개를 젓고서 팽팽하게 당긴 악기 줄처럼 몸을 꼿꼿이 세우더니 어머니를 보며 대답했다.

"제가 이사이를 때렸어요."

어머니는 벌떡 일어나 재빨리 다가가 안드레이의 두 손을 움켜쥐었다. 안드레이가 오른손을 빼려고 했다. 그러나 어머니는 족쇄를 채우듯 단단히 그의 손을 쥐고 격정적인 어조로 속삭였다.

"오, 불쌍한 것, 말소리를 낮추어라! 가엾은 것 같으니…… 아무 일 없었다."

소러시아인이 거칠게 말을 가로채며 나섰다.

"잠깐만요! 제가 말씀드릴게요. 어떻게 된 일이냐면……."

"그럴 필요 없다! 아서라, 안드류샤……."

어머니가 눈물이 그렁그렁한 눈으로 안드레이를 보며 속삭였다.

파벨 역시 눈물이 글썽해져서 친구에게 가까이 다가왔다. 파랗게 질린 얼굴에 쓴웃음을 지으며 나직한 목소리로 천천히 부드럽게 말했다.

"이리 와, 안드레이. 당신과 악수하고 싶어. 당신이 얼마나 힘들어하는지 충분히 이해하고 있어!"

"잠깐만!"

소러시아인이 그들의 눈을 피하며 머리를 내저었다.

소러시아인이 어머니의 손에서 자기 손을 뿌리치듯 뺐을 때, 파벨이 그의 손을 잡고 힘주어 누르며 비틀었다.

"그래서 네가 ㄱ 사람을 죽였다고 내게 말하는 거니?"

어머니가 말했다.

"아니야, 넌 그런 짓을 하지 않았어! 내 눈으로 직접 보았다고 해도 난 믿지 않을 게야."

"그만둬, 안드레이! 어머니 말씀이 옳아. 이 일은 우리가 판결할 일이 아니야."

파벨이 말을 가로챘다.

한 손으로 안드레이의 손을 움켜쥔 파벨은 다른 손을 그의 어깨 위에 얹었다. 마치 그의 산만한 몸이 떨지 못하도록 단단히 붙들려는 것 같았다. 소러시아인이 고개를 숙이고 자꾸 끊어지는 목소리로 슬픔에 잠겨 말했다.

"자네도 알겠지만…… 정말 그럴 생각은…… 추호도 없었어. 자네가 먼저 앞서 가고, 나는 이반 구세프와 함께 길모퉁이에 서 있을 때인데, 이사이가 저쪽 모퉁이에서 돌아나오더니 비켜서서…… 우리를 바라보고 싱긋 미소를 짓는 거야. 이반은 집으로 가고 난 공장으로 향했어. 이사이가 내 옆에 있었지!"

안드레이는 잠깐 멈추고 숨을 깊이 들이쉬고 나서 말을 이었다.

"누구도 그렇게 날 추하게 개처럼 모욕을 준 적은 없었어!"

어머니는 말없이 안드레이의 손을 식탁 쪽으로 끌었다. 결국 안드레이를 의자에 앉혔다. 그리고 어머니 자신도 그 옆에 어깨가 맞닿을 만큼 바짝 다가앉았다. 파벨도 침통한 표정으로 꼭 잡은 안드레이의 손을 지그시 누르면서 그의 앞에 섰다.

"당신이 그 일 때문에 얼마나 힘들어하는지 이해해."

안드레이는 말했다.

"놈이, 우리 정보가 죄다 제 손바닥 안에 있다느니, 우리 이름이 다 헌병 기록지에 적혀 있다느니, 5월 이전에 모조리 잡아들이겠다느니 하면서 별별 소리를 다 지껄이는 거야. 난 대꾸도 하지 않고 그저 웃고 말았는데 피가 솟더라고. 나더러 똑똑한 사람이 길을 잘못 들었다, 딴 길로 나갔으면 더 나았을 걸 그랬다, 온갖 헛소리를 하는데……."

안드레이가 잠시 숨을 고르고 왼손으로 얼굴을 비볐다. 충혈된 눈이 번뜩였다.

"알 만해."

파벨이 말했다.

"가만 들어보니 콩밥이나 처먹으라는 소리더라고."

소러시아인이 불끈 쥔 주먹을 내둘렀다.

"콩밥이 어쩌고 저째? 망할 놈 같으니!"

안드레이가 치를 떨었다.

"녀석이 차라리 내 뺨을 한 대 후려치기라도 했으면 아마 마음이 편했을 거야. 하긴 그럴 놈도 못 되지만. 그런데 내 가슴에다 더러운 가래침을 퉤 뱉을 땐 정말 참을 수가 없었어."

안드레이가 발작적으로 파벨의 손에서 제 손을 빼내고 더욱 거칠어진 목소리와 혐오스런 표정을 지으며 말했다.

"그래서 난 놈의 뒤통수를 한 대 후려치고서 뒤도 안 돌아보고 자리를 떴어. 그때 뒤에서, 누구 본 사람 있나? 하는 이반 구세프의 나직한 목소리가 들리더군. 아마 골목에서 날 기다리고 있었나봐."

잠시 입을 다물고 있던 소러시아인이 다시 말을 이었다.

"뭔가 불길한 예감이 들었지만 돌아보진 않았어. 그는 쓰러지더니 조용했어. 난 심각한 일이 벌어졌다고는 꿈에도 생각지 않고 평정한 마음으로 걸었는데, 그저 발로 개구리 한 마리를 차 버린 기분이더군. 그런데 이게 어떻게 된 일이지? 난 일을 하러 나가서 그들이 외치는 소리를 들었어. '이사이가 죽었다!' 난 믿기지 않았지만 내 손은 감각이 없어지고, 일을 하면서 내내 두려운 기분이었다네. 많이 아픈 건 아닌데 왠지 손이 짧아진 것 같으면서……."

안드레이가 힐끔 자신의 손을 보면서 계속했다.

"아마 평생 이 오점을 지워 버리진 못할 거야."

"네 마음만 깨끗하다면야, 가엾은 것!"

어머니가 울음을 터트리며 나직이 말했다.

"죄의식은 느끼지 않아요, 전혀! 그렇지만 그런 더러운 기억을 가지고 있다는 사실이 역겹습니다. 전혀 지시받은 일도 없고 그럴 필요도 없었거든요."

소러시아인이 단호하게 말했다.

"난 잘 이해할 수 없어."

파벨은 의혹의 눈초리로 안드레이를 바라보며 말했다.

"난 이제 어떻게 하지?"

소러시아인이 고개를 떨군 채 생각에 잠겨서 말했다. 그러더니 다시 고개를 들고서 미소를 지으며 말했다.

"난 두렵지 않아, 물론이야. 내가 그를 쳤다고 말할 수 있단 말이야. 그렇지만 그 말을 하기가 수치스러워. 감옥에 가기가 부끄러웠고, 힘든 노동을 하러 가기도 힘들었지. 아마도 별 대수로운 일이 아닐지도 모른다는 생각이 들어서였어. 만일 누군가가 죄를 뒤집어쓴다면 난 그때 가서 자백을 하려고 하네. 그렇지 않으면, 전적으로 자진해서 가서―아니, 난 그럴 수 없어!"

안드레이는 그의 손을 흔들며 일어서서 되풀이했다.

"그럴 수 없어! 난 부끄럽다고!"

공장 증기 기적이 울렸다. 소러시아인이 머리를 비스듬히 기울이고 고압적인 기적 소리에 귀를 기울이더니 몸을 부르르 떨며 말했다.

"나 오늘 일 안 갈 테야."

"나도."

파벨이 말했다.

"목욕이나 하러 가야겠다."

소러시아인은 웃으면서 말없이 서둘러 목욕가방을 챙기더니 침통한 기분으로 집을 나섰다.

어머니는 안쓰러운 눈길로 안드레이를 배웅하고 아들에게 말했다.

"어쩌면 좋니? 파샤, 말 좀 해봐! 살인이 잘못인 줄은 알지만 죄인 취급을 할 수도 없는 노릇 아니니? 난 저 사람을 믿을 수가 없구나! 믿는다고 해도 난 그를 탓할 수가 없어. 아니야, 그럴 수는 없지. 난 살인이 죄악이라는 걸 아니까. 난 하느님을 믿고 예수님을 믿지만, 아직도 안드레이가 죄인이라고는 생각지 않는단다. 이사이에게는 마음이 안됐어. 이사이는 아주 약간은 작은 인형 같은 면이 있었지. 그는 거기에 놀란 표정으로 누워 있더라. 그를 보는 순간 널 교수형에 처하겠다고 위협하던 생각이 나더구나. 그래도 죽었다니 미우나 고우나 불쌍하고 미안한 마음뿐이었어. 그런데 누구 손에 그가 쓰러졌는지 알기 때문인지 이제 그에게 미안한 마음조차 없구나."

어머니는 말없이 잠시 생각에 잠기더니 갑자기 미소를 지으며 큰 소리로 외쳤다.

"맙소사! 내 말 듣고 있니, 파샤?"

파벨은 아무 말도 귀에 들리지 않는 게 분명했다. 고개를 푹 숙이고 방 안을 서성거리다 무슨 생각이 들었는지 격분한 표정으로 입을 열었다.

"안드레이는 자기 자신을 금세 용서하지는 못할 거예요, 스스로 자신을 용서한다고 해도 말이에요. 어머니도 어머니의 인생이 있어요. 어머니, 사람들이 서로서로 향해 있는 걸 알고 계시죠. 어머니가 원하지 않아도 싸우셔야만 해요! 그런데 누구와 싸우죠? 그렇게 아무 대책도 없는 존재죠. 안드레이는 어머니보다도 더 비참해요, 바보 같아서 그래요. 경찰, 헌병, 첩자, 이들 모두가 우리의 적입니다. 그렇지만 고혈을 착취당하고 사람대접 못 받기는 그자들이나 우리나 매한가지죠. 다 그래요. 똑같아요. 그들은 한 편의 사람들이 다른 편에 대항하게 만들었어요. 공포에 눈이 멀게 해서 손과 발에 족쇄를 채우고, 짓밟고, 결국엔 서로 피를 빨고, 말리고, 몇몇 사람을 곤봉처럼 이용해서 다른 사람을 때리게 했죠. 그들은 사람들을 무기로 변하게 했고, 몽둥이와 돌멩이로 변하게 했어요. 그러고서 그런 변화를 바로 문화이고 정부 당국이라고 불렀던 거라고요."

파벨은 어머니에게로 다가가서 단정적으로 말했다.

"그건 명백한 범죄행위예요, 어머니. 수백만 명을 압살하는 가장 추악한 살인이자 영혼의 압살인 거죠! 그들이 영혼을 죽이고 있다는 걸 이해하시겠어요? 우리와 그들의 차이가 분명하지만, 안드레이는 자신도 모르게 사람을 죽이고서 혐오감이 들었고, 부끄럽고 아팠어요. 아무튼 중요한 점은 그가 느낀 혐오감이죠! 그렇지만 그들은 수많은 사람을 조용히 학살하는데, 꺼림칙함도 동정도 마음의 떨림도 없어요. 죽일 때 즐기고 희열을 느껴요. 왜죠? 그들은 모든 사람과 모든 것의 숨통을 막아 죽음에 이르게 해요. 단지 자기들 집의 나무기둥을 확실하게 지키려는 것이지요. 자기들의 가구도 그렇고 은제품들, 금제품들, 또 쓸데없는 서류더미들도 그래요. 이 모든 싸구려 쓰레기들로 그들은 사람들을 통제하거든요. 생각해 보세요. 그들이 그렇게 살인을 하고 영혼을 불구로 만드는 방법을 이용해서 자기 자신을 방어하려고 드는 이유는 자기 자신들과 자기 편 사람들을 위해서가 아니에요. 그것은 자기 자신을 위해서가 아닌, 자기들의 소유욕을 위해서예요. 사실 그들이 자신을 방어할 때도 한계 때문이 아닌, 무소유 때문이에요."

파벨은 허리를 굽혀 어머니의 손을 잡고 흔들면서 말했다.

"어머니께서 이 모든 수치와 부패에 혐오를 느끼셨다면 곧 우리의 진실을 이해하고 그 진실이 얼마나 위대하고 넝쌍스러운지를 아실 거예요."

어머니는 흥분이 도를 넘어 자신과 아들의 마음이 결합하여 하나의 횃불로 승화되기를 간절히 바랐다.

"잠깐, 파샤, 잠깐만!"

어머니는 점점 가빠지는 호흡을 견딜 수 없어 숨을 몰아쉬면서 중얼거렸다.

"사람이니까 나도 느낄 수 있다. 그러니 잠깐만……."

현관에서 누군가의 시끄러운 발소리가 들렸다. 모자(母子)는 놀라 서로의 눈만 바라보았다.

"만일 안드레이 때문에 온 경찰이면……."

파벨이 속삭였다.

"난 아무것도 모른다…… 아무것도!"

어머니가 뒤에서 속삭였다.

"오, 하느님!"

17

문이 천천히 열리면서 르이빈이 성큼 걸어 들어섰다.

"나일세! 여기저기 떠돌다가 지나는 길에 자네 소식도 궁금하고 해서……."

르이빈이 고개를 들고 얼굴 가득 웃음을 띠며 말했다.

타르가 잔뜩 묻은 털가죽 반외투, 짚신짝, 허리 뒤로 삐죽 나온 검정색 벙어리장갑, 모피 털모자, 이게 그의 행색의 전부였다.

"잘들 지냈어요? 언제 나왔나, 파벨? 어쨌든 다행일세. 어떻게 지냈어요, 닐로브나?"

"이런 이런, 당신을 만나서 정말 기뻐요."

르이빈이 천천히 웃옷을 벗으며 말했다.

"암, 다시 농사꾼이 됐어. 자넨 점점 신사가 되어 가고, 난 거꾸로 변해 가네. 안 그런가!"

얼룩얼룩한 무늬 셔츠를 추스르면서 르이빈은 방 안을 가로질러 이리저리 주의 깊게 살피더니 말했다.

"가구는 늘어난 게 없는데 책이 많아졌군. 책을 갖는 게 가장 사랑스러운 소유욕이지, 그건 진실이야. 자, 그동안 어떻게 지냈는지 얘기해주게."

"일이 활발히 진행되고 있죠."

파벨이 대답했다.

"그렇군."

르이빈이 말했다.

"우린 밭을 갈고 씨를 뿌려
모든 곳에 다 뿌린다네.
뽐내는 일은 싸구려라네.
그러지 않고 우린 곡식을 거둬들여서
축제를 열려고 하네.
그리고 휴식을 취하려 하네."

"차 좀 마시려나?"

어머니가 말했다.

"네, 차 좀 마시죠. 보드카도 좀 홀짝거리고요. 먹을 것을 주시면 사양 않겠어요. 난 어머니를 만나서 기뻐요…… 그것 때문은 아닌데!"

"그래, 당신의 세상은 어떻게 뜻대로 잘 되어가고 있나, 미하일 이바노비치?"

파벨이 르이빈 맞은편에 자리를 잡고 앉으며 물었다.

"그럭저럭 잘 지내고 있어. 일단 에질리게이예프에다 자리를 잡았어. 에질리게이예프라고 들어봤나? 좋은 마을이야. 한 해에 큰 장이 두 번 서는데 주민 수가 2천 명 남짓 되려나? 하여튼 악독한 짐보따리들 같은 곳이야. 농사지을 땅뙈기도 없어서 도지를 얻어 부쳐 먹고 살아. 가난한 흙인간들!"

"그 사람들하고 대화도 하고?"

파벨이 활기에 넘쳐 물었다.

"입 다물고 있을 수야 없지. 난 여기서 나온 유인물을 죄다 갖고 있었네. 서른네 장일 걸세. 하지만 난 주로 성경하고 같이 뿌려서 선전광고물 효과를 톡톡히 보고 있어. 거기서도 끄집어낼 수 있는 게 있거든. 두툼한 책이야. 정부 책이라서 합법적이고 게다가 종무원(宗務院)에서 찍어 낸 거라 신뢰를 주기에도 더없이 알맞지."

르이빈은 파벨에게 눈웃음을 치며 계속 말했다.

"그런데 아직 부족한 게 많아! 자네에게 책을 좀 빌릴까 해서 들렀어. 여기엔 예핌하고 둘이서 왔어. 타르를 운반하다가 먼 길로 뼁 돌아서 여기 온 거야. 예핌이 닿기 전에 책을 쌓아둘 만큼 많이 주게. 그 사람이 너무 많이 알 필요가 없으니까……."

"어머니, 책 좀 가져다 주시겠어요? 거기 가면 다 알아서 줄 거예요. 농부들을 위한 거라고만 말씀하시면 돼요."

"그러마, 사모바르가 끓으면 곧 다녀오마."

르이빈이 웃으며 물었다.

"아니, 어머니도 이 운동에 참여하고 있나요? 그렇군요. 우리한테서 이런 종류의 책을 원하는 사람이 많아요. 선생 하나가 그 책에 대단히 열성을 보이고 있죠. 사람들이 참 좋은 젊은이라고 하더군요. 비록 성직자 신분이긴 해도 말이죠. 마을에서 7베르스타나 떨어진 곳에 여선생도 있어요. 그렇지만 금서를 보지도 않고, '법과 질서'인 사람들이다 보니 책이라면 겁부터 먹고 본답니다. 문제점을 예리하게 지적하는 금서를 원하는 사람은 바로 나랍니다. 그들은 손가락 사이로 그런 책들을 미끄러트릴 거예요. 만약 금서를 읽는 게 관할 경찰서나 사제에게 발각되더라도 선생들이 그 책들을 돌렸다고 생각하겠죠. 그럼 난 어느 정도 배경쯤에 있게 되는 거고."

자신의 힘들고 실질적인 감각에 만족한 르이빈은 기분 좋게 이를 드러내고 웃었다. '저런! 눈매는 꼭 곰인데 하는 짓은 여우가 따로 없네그래.' 어머니는 생각했다.

파벨은 일어서서 똑같은 보폭으로 방 안을 왔다갔다 서성거리다가 비난하듯이 말했다.

"우리는 당신에게 그런 책들을 주겠지만, 당신이 일하려 하는 의도는 옳지 않아, 미하일 이바노비치."

"왜 옳지 않다는 건가?"

르이빈이 놀라서 눈을 크게 뜨고 물었다.

"당신 자신이 당신이 하는 일에 책임을 져야 해서 그래. 다른 사람들이 당신 일 때문에 고통을 치러야 한다면 옳지 않거든."

파벨은 단호하게 말했다.

르이빈은 바닥을 내려다보고 머리를 흔들며 말했다.

"자네를 이해할 수가 없네."

"만약 선생들이 금서를 배포했다는 의심을 받으면 결국 그들은 감옥에 끌려 갈 텐데, 어떻게 생각해요?"

파벨이 르이빈 앞에 당당한 자세로 서서 물었다.

"감옥에 가겠지, 그게 어쨌다는 건가?"

"책을 배포한 건 당신이지 그들이 아니란 거야. 감옥에 갈 사람은 바로 당신 이야."

르이빈이 껄껄 웃으며 손으로 무릎을 쳤다.

"이런! 내가 그런 일을 했다고 생각할 사람이 누가 있겠나? 비천한 농사꾼이 이런 일을 한다, 그게 있을 법한 얘긴가? 책이란 지식인들의 것이니까 책임도 그들이 져야만 하고……."

어머니가 보기에는 파벨이 르이빈을 제대로 이해하고 있지 못한 것 같았다. 파벨이 눈을 찡그리는 걸로 봐서 화가 나 있다고 생각했다. 어머니가 부드럽고 조심스럽게 말참견을 했다.

"미하일 이바노비치는 일은 자기가 하되 그 벌은 다른 사람이 받게 하겠다는 심산인 것 같은데……."

"그 말 맞아요."

르이빈이 턱수염을 쓰다듬으며 맞장구를 쳤다.

"어머니! 예를 들어 우리 가운데 누군가가 안드레이라고 쳐요. 제 등 뒤에서 무슨 일을 꾸며서 그 때문에 제가 옥살이를 한다면 무슨 말씀을 하시겠어요?"

파벨이 퉁명스럽게 물었다.

어머니는 깜짝 놀라 아들을 망설이는 듯한 눈길로 바라보고 그럴 리가 없다고 고개를 내저으며 대답했다.

"아무려면 친구가 잘못될 텐데 그런 짓을 할 수 있을라고!"

그러자 르이빈이 말꼬리를 달았다.

"아, 그렇군! 나도 자넬 이해하네, 파벨!"

르이빈은 우스개 눈짓을 보내며 어머니에게 이어서 말했다.

"이건 정말 미묘한 문젭니다, 어머니."

그리고 다시 타이르듯이 파벨을 돌아보며 장황하게 말을 늘어놓았다.

"자넨 생각하는 게 아직 풋내기 티를 못 벗었어. 비밀리에 하는 일에는 체면이란 없는 거야. 생각해 보게나. 첫째로, 정작 감옥에 가게 되는 사람은 선생이 아니라 책을 지니고 있다가 발각되는 사람들이라네. 그게 첫째야! 둘째로, 선생들이 사람들에게 합법적인 책만 읽으라고 주더라도, 그 책도 사실 금서의 내용과 별반 다를 게 없어. 그 책들은 오직 다른 언어로 되어 있을 뿐이야. 게다가 진실이 더 적어. 그게 둘째야. 그들은 내가 하는 그런 일을 하기를 원하지. 그러면서도 그들은 오직 샛길로만 간다네. 난 넓은 공공도로로 가는데 말이야. 그리고 셋째로, 나 같은 사람이 그 사람들과 무슨 관계가 있나? 걸어다니는 여행자가 말을 타고 다니는 사람과 동지가 될 수 있겠나? 난 아마도 어떤 농부에게든 그런 식으로 행동하지는 않을 걸세. 그런데 하나는 사제이고 또 하나는 지주의 딸인 사람들이 있다고 하세. 이 사람들이 왜 사람들을 행복하게 해줘야 하는지 이해할 수가 없어. 주인급 지식인들의 생각을 무지한 농부인 내가 이해할 수 없단 말일세. 나 자신의 일이 무엇인지는 알겠는데, 그들이 추구하는 일은 무엇인지 뭐라고 말할 수가 없어. 수천 년 동안 그 지식인들은 나리가 됐고 농부의 등가죽을 벗기더니 어느 날 잠에서 깨어 농부의 눈을 비벼 뜨게 해주는 꼴이지. 난 동화 따위를 좋아하는 사람은 아닌데, 이런 사람이 동화 아니면 뭐가 동화야? 그래서 난 그런 동화 같은 이야기들과 거리가 멀지만, 그런 성격이 동화의 성격이지. 이 때문에 난 동화 이야기를 좋아해. 지식인들이 쓰는 방법은 내게 낯설어. 겨울 벌판을 여행하다 저 멀리 뭔가가 얼쩡거릴 때 그게 어떤 짐승인지 알 방도는 없잖아. 늑대인지 여우인지, 아니면 그냥 개인지 알 수가 없지. 거리가 멀어서 그래."

어머니는 아들의 표정을 살폈다. 아들의 표정이 왠지 우울해 보였다.

르이빈의 까만 눈이 섬광처럼 빛났다. 그는 파벨을 만족스러운 눈길로 바라보았고 한껏 들떠 손가락으로 턱수염을 쓸어내리며 말을 이었다.

"이렇게 농담이나 하고 있을 시간이 없어. 삶은 가혹한 거야. 우린 집에서 살지 외양간에서 살지 않아."

"민중을 위해 자신을 내던지고 평생 옥살이로 고초를 치르는 지식인 나리님 들도 있다오."

어머니가 친숙한 얼굴을 떠올리며 말했다.

르이빈이 대꾸했다.

"그들은 계산이 다르고 적막한 마음의 세계도 다르지요. 부자가 된 농부들 은 주인급 지식인이 돼. 가난해진 나리님들은 농부가 되러 가고. 돈주머니가 비어야 그나마 마지못해 영혼이 순수해지지. 자네가 나한테 설교했던 거 기억 나나, 파벨? 살기 때문에 사람은 누구나 생각한다고 했었지. 또 만약 노동자가 '아니오!' 하면 고용주는 '예!' 하고, 반대로 노동자가 '예!' 하면 고용주는 짐승 같은 본성상 어쩔 수 없이 '아니오!' 하고 소리쳐야 한단 말일세! 틀린 말이 아 냐. 저마다 본성이 서로 다르거든. 농부의 본성과 지주나리의 본성은 같을 수 가 없어. 농부가 배부르면 지주는 밤새 잠 못 이루는 법이야. 물론 모든 양 떼 속에 검은 양이 섞여 있다 해서, 농부 전체를 옹호해야 한다는 데에는 찬성하 지 않네만."

르이빈은 자리에서 일어났다. 표정은 침울하면서도 힘 있어 보였다. 얼굴은 생기를 잃었고 턱수염은 사뭇 떨렸다. 마치 들리지 않게 이를 가는 것 같았다. 목소리를 낮추어 그가 말을 이었다.

"난 이 공장 저 공장을 전전하며 자그마치 5년을 허송세월했지. 농촌을 까 맣게 잊고서 말일세. 거기에 닿은 뒤 둘러보니까 정말 살 곳이 아니더군! 이해 할 수 있겠나? 난 도무지 이해할 수 없어. 자넨 여기서만 살았으니 그 참상이 어떤지 상상이 안 갈 거야. 굶주림이라는 검은 그림자가 사람의 뒤에 평생 가 지를 치고 있고 빵 한 조각에 대한 희망도 가져볼 수 없는 곳이라네! 굶주림 은 사람의 영혼을 먹어 치우고 인간의 이미지는 사람들의 얼굴에서 아예 지워 져 버렸어. 사람이 사는 게 아니라 헤어날 수 없는 심각한 부족함 속에서 썩어 가고 있는 거야. 사방에서 정부 당국이 까마귀 눈 같은 감시의 시선을 던지니 빵 한 조각인들 남아나겠느냐고. 깡그리 빼앗아 가고도 성이 차지 않아 얼굴 에다 한 방 날리려 드는 거지."

르이빈은 손으로 탁자를 짚고 파벨 쪽으로 허리를 굽힌 채 그를 바라보 았다.

"그런 생활을 다시 접하니 심지어 구역질이 나고 기절할 지경이더군. 정말 눈이 침침해서 보이는 게 없었어. 하지만 난 이를 악물고 혐오감을 내쳤지. '말도 안 돼, 난 내 기분에 지고 싶지 않아. 난 여기에 남아야 해! 난 네놈들에게 빵을 주려고 온 게 아니다. 한 판 소동을 벌일 테니 두고 봐라!' 난 그 인간들의 악행과 짓누르는 자에 대한 증오를 늘상 생각하면서 다녔어. 그런 악행들 때문에 내 가슴은 마치 칼로 도려내는 듯 아팠네."

그의 이마에 땀이 송골송골 맺혔다. 그는 어깨를 으쓱하고는 천천히 몸을 숙여 파벨의 어깨에 손을 얹었다. 손이 떨리고 있었다.

"날 좀 도와주게! 책을 주게. 다 읽고 누구나 편할 수만은 없는 그런 책 말일세. 사람들의 머릿속에 자극을 주게. 자네에게 글 써주는 시내 사람에게 촌마을을 위한 아주 자극적인 글도 부탁 좀 해주게. 촌마을 사람들이 죽음 속에 뛰어들 정도의 글을 말일세!"

르이빈이 손을 들어올려 말끝마다 강조하며 거칠게 말했다.

"죽음으로 하여금 죽음을 좀 수정하게 해주게. 오, 다시 말해 민중을 되살리는 그런 죽음 말이지. 그리고 수많은 사람이 죽어 온 세상에 수많은 주인이 되살아나게 하는 거야. 바로 그걸세. 죽기는 쉽지. 하지만 사람들을 다시 살려야 하네. 이번엔 문제가 달라! 사람들이 반란을 일으키게 해야 한다고!"

어머니가 사모바르를 들고 왔다. 그리고 르이빈을 곁눈질로 살폈다. 그의 무겁고 힘찬 말들에 움찔했고, 왠지 남편의 모습이 떠올랐다. 남편도 역시 말할 때 이를 갈고 손을 내젓고 소매를 걷어붙였었다. 남편에게는 견디기 힘든 어떤 악의가 늘 있었다. 남편은 참을성이 없었지만 과묵했다. 르이빈은 말을 잘했고, 결코 조용히 있을 줄을 몰랐다. 다행히 이 사람은 말을 해서 무서움은 덜했다.

고개를 끄덕이며 파벨이 말했다.

"해야만 할 일이야. 우리 촌마을에도 신문이 필요해. 자료를 주면 농민들을 위한 신문을 만들려고 해."

어머니는 미소를 지으며 아들을 바라본 뒤 고개를 끄덕였다. 그리고 옷을 갈아입고서 말없이 집을 나섰다.

"수고해 주게. 필요한 건 죄다 보내주겠네. 송아지도 이해할 수 있도록 쉽게 써주게나."

그렇게 소리친 르이빈이 갑자기 고개를 저으며 파벨로부터 몇 걸음 뒤로 물러섰다.

"나, 내가 유대인이라면 좋을 텐데! 사랑스런 꼬맹이, 유대인이 세상에서 가장 믿을 만한 사람이라는 거 알아! 예언자 이사야나 환자인 욥은 예수님의 사제들보다도 독실한 신앙인이었어. 그래서 그들은 머리카락이 쭈뼛쭈뼛 설 정도로 말을 잘할 수 있지. 파벨, 자네도 알겠지만 사제들은 그렇게 말을 잘 못해. 사제들은 교회를 짓고, 교회는 법이 되지. 사람은 자아(自我)를 믿어야지 법을 믿어서는 안 된다네. 사람은 영혼 속에 하느님의 진실을 지니고 있기 때문에 하느님은 경찰 국장일 수도 없고, 노예일 수도 없다네! 모든 법을 나 자신 속에 지니고 있지."

부엌문이 열리고 누군가가 들어왔다.

르이빈이 부엌 쪽을 살피며 말했다.

"예핌이군! 이리 오게나, 예핌! 생각해보게, 파벨! 아주 많이 생각해. 생각할 게 엄청나게 많으니까. 이쪽은 예핌, 이 사람은 내가 이야기했던 파벨이네."

그가 파벨 맞은편에 섰다. 손에는 모자를 들고 의심적은 눈초리로 파벨을 힐끔거렸다. 빛나는 머리카락에 넓은 얼굴을 가졌고 짧은 털가죽 반외투를 입고 있었다. 당당한 몸매로 보아 장사임에 틀림없었다.

"처음 뵙겠습니다!"

그가 약간 잠긴 목소리로 인사했다. 그리고 파벨의 손을 잡았다가 놓고는 두 손으로 곧게 뻗은 머리칼을 쓸어내렸다. 마치 수색이라도 하듯이 천천히 방 안을 둘러보더니 책들이 꽂혀 있는 선반으로 성큼성큼 다가갔다.

르이빈이 파벨에게 눈짓을 하며 말했다.

"책 쪽으로 가보게!"

예핌이 책들을 조사하며 말했다.

"여기서 다 읽고 가도 될 분량이군! 그래도 당신네들은 이걸 다 못 읽을 걸? 시간이 없으니 말이야. 저기 시내 사람들은 읽을 시간이 널널하더군."

파벨이 물었다.

"그렇지만 읽을 열의가 없지?"

"왜? 그들도 독서에 열의가 대단하다네."

그자는 턱을 문지르면서 대답했다.

"사람은 생각하지 않으면 드러눕게 되고, 결국은 죽게 돼. 그렇지만 사람들이 죽길 원하지는 않잖나. 그래서 그들은 자기들 두뇌를 움직이기 시작한 거라네. '지질학적 역사'—그게 뭔지 아나?"

파벨이 설명하자 예핌이 선반에 책을 놓으면서 말했다.

"우린 그런 게 필요하지 않아!"

르이빈은 요란스럽게 한숨을 쉬고서 말했다.

"농부는 그 땅이 어디로부터 유래되어 왔는지에 대해서는 도무지 관심이 없어. 동시에 땅이 어디로 갈라져 갔는지도 관심이 없지. 신사나리님들이 어떻게 그 농부의 발 밑 땅을 가로채어 갔는지에 대해서도 마찬가지야. 그게 고정되어 있든 순회하든 상관없어. 당신이 밧줄에다 그 순회하는 땅을 매달아 놓아도 좋고 그 땅이 그를 먹여 살려도 좋다면, 그렇게 해봐. 당신은 땅을 하늘에다 못으로 박아놓아도 좋아."

"《노예제의 역사》라……."

예핌이 다시 책 제목을 읽고서 파벨에게 물었다.

"우리에 관한 얘긴가요!"

"러시아 노예제에 관한 책도 있습니다."

파벨이 그에게 다른 책을 건네주며 말했다. 예핌은 책을 받아들고 몇 번 들춰보더니 한쪽으로 치우며 태연히 말했다.

"이건 시대에 뒤떨어졌군!"

"당신네는 분여지(分與地)를 소유하고 있소?"

파벨이 물었다.

"우리? 소유하고 있죠. 우리 집은 삼형제인데, 4데샤티나*³의 분여지를 갖고 있죠. 순 모래땅이라 놋그릇 닦는 데는 좋을지 몰라도 농사지을 땅은 못돼요."

예핌이 잠시 뜸을 들이다가 계속 이야기했다.

"난 스스로 토지에서 도망쳤어요. 그게 어디 땅입니까? 밥을 먹여주기는커녕 손만 묶이는 걸요. 날품팔이로 다닌 지 4년이에요. 이번 가을엔 군대나 가렵니다. 미하일 아저씨는 민중을 패는 군대라며 지금은 갈 데가 아니라고 하지만, 그래도 입대할 생각이야. 스테판 티모페예비치 시대에도, 푸가초프 시대에도 군대는 민중을 쳤죠. 하지만 이제 그런 시대는 지났어요. 당신은 어떻게

---

*3 미터법 이전의 러시아 지적단위. 1데샤티나는 1092헥타르에 해당.

생각해요?"

예핌이 파벨을 똑바로 쳐다보며 물었다. 파벨이 웃으며 대꾸했다.

"물론 그렇지. 그런 시대는 끝이 나야 하는데 어려워. 먼저 군인들에게 그 말을 어떻게 해야 할지를 알아야 해."

"그야 알게 되겠죠!"

예핌이 말했다.

"만일 당국에서 알게 되는 날엔 총살감일 거야."

파벨이 의혹 가득한 눈길로 예핌을 바라보며 말을 맺었다.

"자비를 베푸는 짓 따위는 하지 않겠지."

젊은이는 태연히 맞장구를 치고서 다시 책을 들여다보았다.

"차 얼른 마시게, 예핌. 곧 떠나야 하니까."

르이빈이 재촉했다.

"예, 잠시만요."

젊은이는 대답을 하고 다시 물었다.

"혁명이라 하면 봉기를 뜻합니까?"

안드레이가 상기된 표정으로 땀을 뻘뻘 흘리며 들어왔다. 침통해 보였다. 말없이 예핌과 악수를 한 뒤 르이빈의 옆에 앉아 미소만 지어 보였다.

"무슨 일이야? 표정이 왜 그리 우울해 보여?"

손바닥으로 안드레이의 무릎을 치며 르이빈이 물었다.

"아무 일도 아니네."

소러시아인이 대꾸했다.

"댁도 노동자입니까?"

예핌이 안드레이에게 고개를 까딱이며 물었다.

"그렇소. 왜요?"

"이 친구는 공장 노동자를 처음 본다네. 공장 노동자는 어딘가 다른 데가 있다는 거야."

르이빈이 설명했다.

"왜 다르지?"

파벨이 물었다.

예핌이 안드레이를 유심히 쳐다보고 나서 말했다.

"당신들의 뼈는 날카로워요. 농부들의 뼈는 둥글둥글한데……."

르이빈이 거들었다.

"농부들은 서 있는 자세가 훨씬 안정적이야! 농부들은 비록 그들의 소유는 아니더라도, 발로 땅을 딛고 있는 느낌을 갖고 있거든. 어쨌든 대지를 느끼고 있는 거지. 그에 반해 공장 노동자는 새와 같아. 고향도 집도 절도 없이 오늘은 여기, 내일은 저기, 발길 머무는 곳이 고향이요 집인 셈이거든. 마누라조차도 그들을 한 곳에 붙잡아 둘 수가 없어. 조금이라도 심사가 뒤틀리는 날엔 즉시 잘 있어, 내 사랑! 하고 지체 없이 더 좋은 새 사랑을 찾아 떠난다네. 게다가 농부들은 떠나지 않고 서로 더 나은 방향으로 고쳐보려고 애를 쓰고 있어. 어머니가 오셨군!"

예핌이 파벨에게 다가가 당황해서 물었다.

"혹시 내게 책 좀 줄 수 있어?"

"물론이지."

젊은 농부의 두 눈이 강렬하게 빛났고, 그는 급히 말을 꺼냈다.

"다 보고 돌려드리겠습니다. 우리 가운데 여남은 명이 여기서 그리 멀지 않은 곳으로 타르를 운반하고 있으니까 나중에 그들 편으로 보내드리죠."

르이빈이 벌써 옷을 걸치고 허리띠까지 단단히 매고서 예핌에게 말했다.

"가세, 떠날 시간이야!"

"잠깐만요, 읽을거리가 더 있었어요."

예핌은 은밀한 미소를 띠고 책을 가리키면서 소리쳤다.

그들이 떠나자 파벨은 생기 도는 얼굴로 안드레이를 돌아보며 말했다.

"그 사람들 어때!"

"뭐 해질녘 구름 같다고나 할까, 두껍고 어두침침한 구름이 느릿느릿 움직이는 기분 말이야!"

소러시아인이 말꼬리를 흐렸다.

어머니가 끼어들었다.

"미하일 말이야, 언제 공장 노동자였나 싶던데! 다시 진짜 농부가 다 되었어. 그런데 왜 그렇게 연극적으로 대단해 보이는지 모르겠더구나."

"당신이 집에 없어서 안타깝더군!"

파벨이 안드레이에게 말했다. 안드레이는 탁자 옆에 바짝 붙어 자기 찻잔을 찡그린 얼굴로 뚫어지게 바라보고 있었다.

"당신이 그 심장박동소리를 들었으면 좋았을 걸. 당신은 늘 심장이 어떻다는 둥 얘기했었잖아. 르이빈이 엄청 흥분해서 날 한 방 먹이고 묵사발을 만들었단 말이야. 난 반박조차 못했고. 사람들에 대한 불신이 얼마나 깊은지……, 게다가 민중의 가치를 전혀 인정하려 들지 않아! 어머니 말씀대로 두려울 정도로 굉장한 내공을 지닌 사람이야."

소러시아인이 무뚝뚝하게 대답했다.

"나도 그건 경험으로 익히 알고 있지. 그들은 이때껏 민중을 독살해왔어. 만일 민중이 봉기라도 하면 그들은 모든 걸 뒤집어엎고 말 거야. 그자들이 원하는 건 헐벗은 땅이야. 그들은 땅을 헐벗게 버려두고 세상 사물 모두를 찢어 버릴 거라고."

그는 천천히 이야기했다. 분명 마음이 다른 데 가 있는 듯했다. 어머니는 조심스럽게 그의 어깨를 톡톡 쳤다.

"기운 내라, 안드류샤!"

"좀 기다리세요, 당신은 내 어머니예요!"

소러시아인은 나직한 목소리로 다정하게 간청했다. 잠시 뒤 갑자기 흥분한 그가 손으로 탁자를 내리치며 말했다.

"내가 해를 끼칠 의도는 전혀 없었지만, 그래도 이 모두가 추악해. 기다려! 그런 게 있어, 파벨. 농부들이 들고 일어서는 날엔 땅이 다 벌거숭이로 버려져. 오욕의 흔적을 잿더미로 묻어 버리기 위해서……. 마치 역병이 휩쓸고 지나간 것처럼 모든 걸 불살라 버리니까."

"그렇다면 결국 그들은 우리의 일을 방해하게 되겠네."

파벨이 부드럽게 의견을 표했다.

"그걸 그대로 보고 있으면 안 되지. 그게 우리의 할 일이야. 그들을 저지하는 게 우리의 임무라고. 우리는 최대한 그들에게 접근해서 우리를 믿게 하고 우리의 길에 동참시켜야 해."

"르이빈이 농민을 위한 신문을 찍어달라고 제안해 왔어, 알고 있어?"

"우린 그 일도 해야만 해. 가능하면 빨리."

파벨은 웃고 나서 말했다.

"그와 논쟁을 벌이지 않았던 게 불쾌해."

"우리는 아직도 그와 논쟁을 벌여볼 기회가 있네."

소러시아인이 거들어 주며 말을 이었다.

"아직 기회는 많아. 자넨 계속 피리를 불어. 그러면 두 발을 아직 대지에 박지 못한, 명랑한 사람들은 자네 연주에 맞추어 춤을 출 거야. 르이빈은 우리가 발아래 땅을 제대로 느끼지 못하고 있으니 땅이 필요 없다고 말했겠지. 대지를 뒤흔드는 일이 결국 우리의 몫이란 소리네. 우리가 한 번 대지를 흔들면 사람들은 빠져나가고, 또 흔들면 아예 자신이고 뭐고 팽개치고 도망쳐 버릴걸."

"안드류샤, 너에게는 간단하지 않은 일이 없구나."

어머니가 웃으며 말했다.

"그럼요, 여부가 있나요? 삶이 다 단순하죠."

소러시아인이 침울하게 덧붙였다.

조금 뒤 그가 다시 입을 열었다.

"들판에 나가봐야겠어요, 산책이라도 좀 해야지……."

"금방 목욕을 하고서? 바람이 찰 텐데……."

어머니가 조심하라고 타일렀다.

"괜찮아요, 산책하면서 바람 좀 쐬어야겠어요."

"조심해, 감기 들어. 좀 눕는 게 낫지 않을까? 누워서 잠을 청해봐."

파벨이 다정하게 말했다.

"아냐, 다녀올게!"

안드레이는 옷을 갈아입고서 말없이 집을 나섰다.

"안드레이가 무척 힘이 드나 보구나!"

어머니가 안쓰러운 듯 말했다.

"제가 보기에 그 일이 있고 나서부터 어머니께서 안드레이에게 호칭도 더 존중해주시는 것 같아요, 안 그래요?"

어머니는 놀라 파벨을 바라보며 말했다.

"음, 그래? 나도 미처 깨닫지 못한 일이구나. 저절로 그렇게 됐어. 어쨌든 안드류샤가 내겐 너무나 가까운 사람이 된 것은 사실이다. 내 기분을 어떻게 말해야 할지 잘 모르겠다. 오, 그렇게 불행하다니!"

"어머닌 마음이 넓으세요." 파벨이 부드럽게 말했다.

"그렇다면 나도 마음이 편하다. 너만이라도, 아니 어떻든 너희 모두를 도울 수만 있다면 좋으련만!"

"두려워 마세요, 어머닌 하시고도 남을 분이에요."

어머니는 가벼운 미소를 지어 보이며 계속 말했다.

"하지만 두려움을 어쩌지 못하겠어! 바로 두려운 게 문제란다. 어쨌든 좋게 말해줘서 고맙구나, 내 사랑하는 아들."

"이제 그런 말씀은 마세요. 어머니에 대한 사랑과 감사의 마음을 저로서는 어떻게 표현할 길이 없다는 거, 어머니는 아시죠?"

어머니는 부엌으로 나갔다. 눈물을 보여 아들의 마음을 아프게 하고 싶지 않았다.

18

며칠이 지나서 베솝시코프가 찾아왔다. 언제나 그렇듯 추한 누더기 차림에 불만이 가득한 얼굴이었다.

"이사이를 죽인 게 누군지 못 들었어?"

베솝시코프가 방 안을 왠지 꼴사납게 서성거리다가 파벨에게 물었다.

"못 들었어."

파벨이 딱 잘라 말했다.

"그 일을 전혀 어색해하지 않는 자였어! 제 할 일도 분간 못하는 사람이 있어 그래? 내가 그놈을 해치우려고 이때껏 별렀는데. 내가 할 일이었어. 내가 아주 적격이었다고!"

"되지도 않는 말은 이제 그만 해, 니콜라이!"

파벨이 친구의 태도로 말했다.

"왜 그러니? 다들 마음 씀씀이는 천사이면서 그처럼 으르렁거리다니, 도대체 왜 그래?"

어머니가 다정스레 끼어들었다.

어머니는 베솝시코프를 만나서 아주 기뻤다. 곰보자국 난 그의 얼굴까지 오늘따라 예뻐 보였다. 오랫동안 못 봤던 만큼 한꺼번에 동정심이 일어났다.

"난 그런 일 말고는 어디에도 쓸모없는 놈이야. 내가 설 자리가 어딘가 하는 생각을 골백 번도 더 해봤지만 어디에도 없더라고! 사람들은 대화를 나누며 살기를 원하는데 난 그렇지 못해. 모든 걸 다 보고, 모든 걸 다 느끼지만 나 자신을 좀 표현하려고 하면 입이 떨어지질 않아. 내 영혼은 벙어리야."

니콜라이가 고개를 푹 수그리고서 파벨에게 다가가 손가락으로 책상을 긁으며 말했다. 목소리는 그답지 않게 어린아이 같고 슬퍼 보였다.

"내게 무슨 일이든 좋으니 힘든 일을 시켜 줘. 더 이상 이렇게 살 수는 없잖아. 무의미하고 쓸모도 없어. 당신은 운동에 깊숙이 관여하고 있고 나는 운동이 점점 커지고 있다는 걸 알아. 하지만 난 완전히 이방인이잖아. 널빤지나 통나무 따위나 운반하고. 과연 내 인생이 목재나 운반하다 끝나야 옳겠어? 내게도 힘든 일을 시켜 줘."

파벨이 자기 쪽으로 그의 손을 잡아끌었다.

"아무렴 맡기고말고!"

그때 마침 휘장 뒤에서 소러시아인의 목소리가 들려왔다.

"니콜라이, 내 자네에게 조판 기술을 가르쳐 줄 테니 우리에게 와서 식자공으로 일할 생각 없나? 어때?"

베숩시코프가 그에게 다가가며 말했다.

"당신이 날 가르친다면 내가 그 보답으로 칼 한 자루를 선사하리다."

"사양하겠어. 그 칼일랑 지옥에나 가져가서!"

소러시아인이 큰 소리로 말하고 껄껄 웃었다.

"좋은 칼인데."

베숩시코프가 고집을 부렸다. 파벨도 따라 웃었다. 순간, 베숩시코프가 방 한가운데 멈춰 서서 이런 질문을 던졌다.

"날 비웃는 건가?"

"두말하면 잔소리지. 자, 우리 들판으로 나가 바람이나 쐬자. 달도 밝고 정말 멋진 밤이잖아. 나가세!"

침대에서 일어나며 소러시아인이 대답했다.

"좋은 생각이야."

파벨이 맞장구를 쳤다.

"그럼 나도 가야지 뭐. 소러시아 사람, 난 당신이 웃을 때 기분 좋더라."

베숩시코프도 끼어들었다.

"나도 네가 선물을 준다니 기분이 좋다."

소러시아인이 웃으며 대답했다.

안드레이가 부엌에서 옷을 갈아입을 때 어머니가 잔소리를 했다.

"옷 좀 두툼하게 껴입고 나가렴, 감기 걸리겠다."

셋이서 집을 나서자, 창문으로 그들을 바라보던 어머니는 성상을 올려다보며 나직이 말했다.

"주여, 저들을 도우소서!"

어머니는 등불을 끄고 달빛이 가득한 방 안에서 혼자 기도했다.

시간은 하루하루 꼬리를 물고 빠르게 흘러 어머니는 메이데이에 대한 생각을 품을 여유조차 없었다. 밤마다 심신을 고단케 하는 소음과 세월의 무상함에서 나오는 한숨을 뒤로 한 채 잠자리에 들면 무언가가 가슴을 살짝 짓눌렀다.

'모든 게 빨리 끝나기만 한다면······.'

새벽 어스름, 짐승 울음소리 같은 공장 사이렌이 울리면, 아들과 안드레이는 급히 차를 마시고 빵 한 조각을 입에 물기 바빴다. 그 뒤 어머니에게 몇 가지 당부의 말을 남긴 채 집을 나섰다. 그러면 어머니는 온종일 점심식사 준비를 하고, 전단을 붙이는 데 쓸 연보랏빛 풀을 쑤느라 다람쥐 쳇바퀴 돌 듯 집 안을 뱅뱅 돌았다. 간혹 몇몇 사람이 집으로 찾아와 파벨에게 전해 주라며 쪽지를 건네주고 자기들의 흥분을 어머니에게 전염시킨 뒤 사라지곤 했다.

노동자들에게 메이데이 기념식에 동참하라고 호소하는 전단들이 담장이란 담장엔 죄다 나붙었는데, 심지어 경찰서 정문에도 붙었고, 공장에도 매일 뿌려졌다. 아침이면 경찰은 욕지거리를 입에 달고서 공단을 휘젓고 다니며 담벼락에 붙어 있는 연보랏빛 전단들을 잡아 뜯곤 했다. 경찰은 전단을 긁어낸다 하며 야단이었지만 점심때가 되면 어김없이 거리에 뿌려져 지나는 사람들의 발 아래서 나뒹굴었다. 시내에서 밀파된 사복형사들은 점심을 먹고 콧노래를 흥얼거리며 즐겁게 돌아오는 노동자들을 유심히 살폈다. 노동자들은 너나할 것 없이 무기력한 경찰을 보는 것만으로도 신이 났고, 심지어 중년의 노동자들도 서로 바라보며 웃어댔다.

"뭔 일이 일어나긴 할 모양이야, 안 그래?"

가는 곳마다 사람들이 삼삼오오 모여서 선동적인 호소문에 대해 이러쿵저러쿵 말들이 많았다. 삶은 비등점에 다다라 올 봄에는 모든 사람들에게 전에 없던 흥미를 불러일으켰고, 모두에게 어떤 새로움을 가져다주었다. 어떤 이들은 흥분할 핑곗거리를 만들어 모반 선동자들을 심한 욕설로 매도하기도 하고, 어떤 이들은 불안감과 희망의 감정을 동시에 느끼기도 했다. 또 어떤 이들은 아직 소수이기는 하나, 시골 마을을 뒤흔들 힘을 직감케 하는 예민한 기쁨을 맛보기도 했다.

파벨과 안드레이는 침대에서 잠드는 일이 드물어졌다. 밤잠을 설치고 공장 증기 기적이 울리기 바로 직전, 지치고 목이 잠긴 창백한 모습으로 집에 돌아오곤 했다. 어머니는 그들이 숲 속이나 소택지 어딘가에서 집회를 갖고, 밤마다 말 탄 경찰들이 떼를 지어 공단 구석구석을 뒤지며 다니고, 사복 형사들은 노동자들을 따로 떼어 한 사람씩 붙잡아 가거나 몸수색을 하고, 한 무리의 노동자를 해체하거나 경우에 따라서는 마구잡이로 체포했다는 사실을 이미 알고 있었다. 아들 파벨이나 안드레이도 조만간 체포당하리라고 짐작했다. 어머니는 그렇게 되는 편이 그들로 볼 때 더 나을 거란 생각까지 했다.

기록계원 이사이 살인사건에 대한 수사는 이상하게 시들해졌다. 한 이틀 지방 경찰이 동기다 뭐다 해서 사람들에게 꼬치꼬치 캐묻고, 열 명 남짓 붙잡아다 심문을 하더니 더는 사건에 관심을 기울이지 않았다. 마리야 코르수노바는 어머니와 이야기하다가 경찰이 한 말을 은근히 내비쳤다. 마리야는 다른 모든 사람과 그렇듯 경찰과도 우호적인 관계를 유지하고 있었다.

"대관절 무슨 재주로 범인을 잡겠수? 그날 아침 이사이가 만난 사람이 백 명은 넘고 그 가운데 적어도 아흔 명은 이사이를 쳤을 가능성이 있는데…… 지난 8년 동안 그자한테 당하지 않은 사람이 있어야지……"

소러시아인의 모습이 눈에 뜨일 정도로 달라졌다. 수척해진 얼굴, 패인 양 볼, 툭 튀어나온 두 눈을 반쯤 내리덮은 무거운 눈꺼풀, 게다가 콧구멍에서부터 입 가장자리에까지 잔주름이 깊이 팬 인중에서는 비틀린 미소가 엿보이곤 했다. 그는 일상적인 잡다한 일에 대해서는 말을 아끼다가도, 미래에 대해서는 타오르는 불꽃처럼 정열적으로 자유와 이성이 승리하는 아름답고 찬란한 날의 축제에 대해 황홀하게 이야기했다. 어머니는 그의 말을 들으면서 그가 영광스러운 날을 향해 누구보다도 더 멀리 나아가서, 그 누구보다도 생생하게 미래의 기쁨을 즐기고 있다고 느꼈다.

이사이 죽음에 대한 수사가 시들해지자 떨떠름한 미소를 지으며 안드레이가 말했다.

"그들은 사람들은 말할 것도 없고, 사람들을 못살게 구는 데 개처럼 이용하던 자들까지도 쓰레기 취급을 해. 진정 바라는 건 신앙심이 깊은 유다가 아니라 오로지 돈뿐이고 오로지 그들 자신뿐이야."

그리고 침울하게 말없이 있다가 다시 입을 열었다.

"그런데 난 내가 그를 더 생각하고 있다는 게 싫단 말이야. 난 이사이를 죽일 생각이 없었어. 전혀 없었다고!"

"안드레이, 그만하면 됐어."

어머니도 나직한 목소리로 덧붙였다.

"썩은 고목을 네가 한 방 치니 그대로 부서져 내린 게지."

"어머니 말씀이 옳지만 그것으론 위안이 안 돼요."

안드레이가 침통한 표정으로 대꾸했다.

이것이 그가 말하는 방식이었다. 이렇듯 그의 입을 통해 흘러나오는 말들은 이상하면서도 보편적으로 중요한 의미를 함축하고, 신랄하면서도 썩는 냄새를 풍겼다.

드디어 그날, 5월 1일이 찾아왔다.

공장의 증기 기적은 평상시와 다름없이 힘차고 위압적으로 울렸다. 잔뜩 긴장한 채 온 밤을 뜬눈으로 지새운 어머니는 침대에서 벌떡 일어나 전날 저녁에 미리 준비해 놓은 사모바르에 불을 지폈다. 늘 그랬듯이 아들과 안드레이가 자고 있는 방문을 두드리려고 하다가 문득 무슨 생각이 떠올랐는지 손사래를 친 뒤 마치 치통을 앓고 있는 사람처럼 턱에 손을 괴고서 창가에 앉았다. 회뿌연 담청색 하늘에서는 뭉게구름이 장밋빛과 흰빛이 섞인 채 떼 지어 이리저리 떠돌고 있었다. 마치 탈출하는 증기의 날카로운 울부짖음에 놀란 새 떼가 무리를 지어 날아가는 것처럼 보였다. 어머니는 구름을 바라보며 자신에게 몰입했다. 머리는 무겁고, 밤을 그대로 지새운 두 눈은 뻑뻑했고 충혈되어 있었다. 하지만 가슴이 이상하리만치 평온했고, 심장의 박동은 규칙적이었으며, 예나 다를 바 없이 자질구레한 생각이 머릿속을 채우고 있었다.

'사모바르를 너무 일찍 올려놨어. 끓다 못해 졸아 버리겠네. 오늘은 잠이나 푹 더 자라고 그냥 내버려둬야지. 둘 다 고단할 텐데……'

쾌활한 햇살이 창문을 통해 방 안을 엿보고 있었다. 어머니는 한 손을 햇살 쪽으로 내밀고 다른 한 손으로는 밝고 싱싱한 햇살을 더듬으며 생각에 잠긴 채 다정하게 미소를 지었다. 잠시 자리에서 일어나 사모바르에서 증기 배출관을 떼어냈다. 그리고 세수를 말끔히 한 다음 정성을 다해 성호를 긋고 소리 없이 입을 움직이며 경건하게 기도를 드렸다. 환한 얼굴에 오른쪽 눈썹이 오르락내리락했다.

두 번째 증기 기적이 조금 낮은 톤으로 자신감 없이 부드럽게 울렸다. 증기 기적은 둔탁하면서도 부드럽고 풍성한 소리로 떨린다. 어머니는 오늘 따라 증기 기적 소리의 여운이 더 길게 느껴졌다. 방 안에서 맑고 음악적인 소러시아인의 목소리가 들렸다.

"파벨! 들려? 우릴 호출하잖나."

어머니의 귓가에 맨발로 마룻바닥을 또닥거리며 걷는 소리와 하품을 늘어지게 하는 소리가 들렸다.

"사모바르가 준비됐다!"

어머니가 소리쳤다.

"예, 곧 나가요."

파벨이 유쾌한 목소리로 대답했다.

"해가 떠오르고 있어. 그런데 구름이 좀 끼었군. 오늘은 구름이 영 어울리지 않는데……."

안드레이가 말했다.

안드레이는 부엌으로 나왔다. 머리카락은 헝클어졌지만 푹 자고 난 뒤라서 기분은 좋아 보였다.

"안녕히 주무셨어요, 어머니! 기분은 어떠세요?"

어머니는 안드레이에게 다가가 귀에 속삭였다.

"안드류샤, 오늘일랑 파벨 옆에 꼭 붙어 다니도록 해라."

"물론이죠. 함께 있는 한 꼭 붙어 다닐게요. 염려 붙들어 매세요."

"무슨 얘길 그리 속닥거려요?"

파벨이 물었다.

"아무것도 아니다, 파샤!"

"나보고 세수 좀 깨끗이 하라 하셨어. 처녀들이 볼 거라고 그러시네."

세수하러 현관을 빠져나가면서 소러시아인이 대답했다.

일어나라,
노동자들이여!

파벨이 가만히 흥얼거렸다.

해가 점점 중천에 떠오르고 구름은 바람에 쫓겨 산산이 흩어졌다. 어머니는 찻잔을 준비하면서 하도 이상한 생각이 들어 고개만 갸웃거렸다. 오늘 같은 날 아침에 저 애들은 농담이 나오고 웃음이 나온단 말인가? 정오가 되면 무엇이 저희를 기다리는지도 모르면서. 그러고 보니 어머니 자신의 마음도 왠지 행복하고 평온하기만 했다.

그들은 기다리는 시간을 빨리 보내려고 차를 오랫동안 마셨다. 그리고 파벨은 늘 하던 습관대로 설탕 한 숟가락을 차에 넣고 천천히, 아주 꼼꼼하게 젓고는 좋아하는 빵 한 조각을 떼어 소금을 쳤다. 소러시아인은 탁자 아래서 다리를 떨었는데, 그는 한시도 다리를 편히 놓아 둔 적이 없었다. 그가 천장과 벽의 습기에 반사되는 햇빛을 바라보다가 이야기했다.

"어렸을 땐데, 한 열 살쯤 때였던 것 같아. 그때 난 유리잔으로 태양을 잡고 싶어했어. 그래서 유리잔을 들고 태양을 쫓아 벽을 향해 달려들어서 유리잔을 깨트리고 말았지. 손이 베이고 유리잔은 산산조각이 났어. 그렇게 실패하고서 마당에 나갔더니 태양이 이번엔 웅덩이 속에 있는 거야. 그래서 또 달려가서 진흙을 발로 마구 짓밟았지. 바지니 뭐니 할 것 없이 온통 진흙투성이가 되고 말았으니 또 실패한 거야. 그 다음에 내가 어떻게 했는지 알아? 태양을 보고 소리쳤어. 이 빨간 악마야, 내가 아플 줄 알겠지만 천만에, 하나도 안 아파! 그리고 혀를 내밀고 놀려 주었지. 그랬더니 좀 위안이 되더라고."

"어째서 태양을 빨갛다고 생각했어?"

파벨이 웃으며 물었다.

"우리 집 맞은편에 대장장이가 살고 있었는데, 그는 멋진 붉은 볼에다 붉은 수염이 엄청난 분이었어. 그래서 난 태양이 아저씨를 닮았거니 생각한 거지……."

어머니가 더는 참을 수가 없는지 입을 열었다.

"오늘 행진에 대해서는 이야기 안 하니?"

"다 준비됐어요."

"일단 결정된 거니까 자꾸 얘기해봐야 마음만 복잡해져요. 만약 저희가 모두 잡혀가면 니콜라이 이바노비치가 그 이후에 어떻게 할지를 알려드리고 여러 모로 도와드릴 거예요."

소러시아인이 덧붙여 말했다.

"알았다!"

어머니가 무겁게 한숨을 쉬며 말했다.

"이젠 거리로 나가봐야 할 때가 된 것 같은데!"

파벨이 꿈꾸듯 중얼거렸다.

"아직 아냐. 때가 되기 전에는 그냥 집에 있는 게 나아. 공연히 그렇게 자주 경찰 눈에 띄어 애태울 일이 뭐 있어? 그들은 자네를 잘 알아."

안드레이가 대꾸했다.

양 볼이 벌겋게 달아오른 페자 마진이 뛰어들어왔다. 젊은이다운 기쁨으로 떨고 있었다. 그의 활기 덕분에 그들의 지루함도 감쪽같이 사라졌다. 그가 보고를 했다.

"시작됐어! 사람들이 움직이기 시작했다고. 모두가 거리로 쏟아져 나오고 있는데 얼굴이 한결같이 도끼날처럼 날카로워져 있어. 공장 문 앞에서 베숍시코프와 구세프 형제, 사모일로프가 함께 서서 연설을 하고 있어. 벌써 많은 사람이 그냥 공장을 나가서 집으로 돌아갔어. 나갑시다! 시간이 됐어. 벌써 10시야."

"가야지!"

파벨이 결심한 듯 말했다.

페자가 다짐을 두며 말했다.

"식사 시간이 지나면 공장 전체가 들고 일어날 거야."

그 말을 남기고 페자는 달음질로 집을 빠져나갔다.

"바람 앞에 촛불 격이구나."

어머니는 페자의 가는 뒷모습을 보면서 작은 소리로 말했다. 그 뒤 어머니는 일어나 부엌으로 나가서 옷을 갈아입었다.

"어디 가시려고요, 어머니?"

"너희하고 같이 갈란다!"

어머니가 대꾸했다.

안드레이가 제 콧수염을 잡아당기며 파벨의 눈치를 살폈다. 파벨은 재빠르게 머리카락을 쓸어 넘기고서 어머니에게로 갔다.

"전 어머니께 아무 말씀도 드리지 않겠어요. 그러니 어머니도 제게 아무 말씀 마세요. 됐죠?

"오냐, 알았다! 주께서 축복하실 거다!"

어머니가 혼잣말처럼 중얼거렸다.

어머니는 거리로 나가 휴일에 사람들이 걱정과 기대로 술렁이는 소리를 들었다. 또 호기심 가득한 눈으로 여기저기 창가와 대문 옆에 삼삼오오 모여 선 사람들이 아들과 안드레이를 주시하고 있는 광경을 대했다. 그 모습을 보자 어머니의 눈앞에서 어떤 희미한 형체가 흔들거렸다. 그 형체는 투명한 초록빛에서 진흙 잿빛으로 변하면서 가물거렸다.

아들과 안드레이에게 인사를 건네는 사람들의 목소리에는 뭔가 특별한 느낌이 있었다. 그들의 속삭임에서 튀어나온 말들이 어머니의 귀에 잡혔다.

"저기 가는 사람들이 이번 일의 주동자라는구먼!"

"네가 어떻게 알아? 우린 모르는데."

"내가 언제 허튼 소리 하는 거 봤어?"

다른 집 문에서 누군가가 격분한 목소리로 외쳤다.

"경찰이 저놈들을 잡아 처넣기만 하면 그것으로 끝이야!"

"그럼 저 젊은 사람들이 어떻게 된다는 거야?"

다른 한 사람이 반박했다. 어떤 여자의 우는 소리가 들리고 겁을 먹은 한 아버지가 훌쩍 창문을 뛰어넘어 거리로 도망쳤다.

"생각 좀 해봐! 당신 홀아비지? 저들은 총각이라서 상관하지 않아!"

젊은이들이 조시모프 집 앞을 지날 때, 매월 장애수당을 받고 있는 절름발이 조시모프가 고개를 쑥 내밀면서 소리쳤다.

"파벨, 이놈! 네놈 모가지를 비틀어 버릴 테다! 두고 봐, 아주 단단히 혼쭐이 날 테니!"

어머니는 몸이 떨려 더는 한 발짝도 움직일 수가 없었다. 그 위협적인 소리에 날카로운 분노가 일었다. 어머니가 장애인의 부어오른 듯한 낯짝을 바라보자 그는 욕설을 내뱉으며 몸을 숨겼다.

어머니는 걸음을 재촉해서 아들을 따라잡은 뒤 다시는 떨어지지 않으려고 애썼다.

파벨과 안드레이는 아무것도 개의치 않는 듯, 사람들의 고함도 전혀 신경쓰지 않았다. 그들은 전혀 서두르는 기색도 없이 태연하게 걸어가면서 일상사에 대해 이야기했고, 미로노프 앞에 멈추어 섰다. 미로노프는 중년 나이에 소탈한 성격의 소유자로, 청렴하고 냉철한 삶 덕택에 사람들의 존경을 받고 있었다.

"오늘 다니엘 이바노비치도 일하지 않기로 작정했어요?"

파벨이 물었다.

"우리 마누라가 감금될 거라네. 아이고, 꽤나 시끄러운 날 아닌가!"

미로노프는 두 친구를 뚫어져라 바라보면서 차분한 목소리로 말했다.

"이보게, 젊은이들! 사람들은 자네들이 공장장에게 소란을 피우려고 한다던데, 그래 공장장 사무실 유리창이라도 깰 참인가?"

"아니, 우리가 술에 취하기라도 했습니까!"

파벨이 소리쳤다.

"우리는 깃발을 들고 거리를 행진하며 노래를 부르려는 거예요. 우리 노래를 언제 한번 들려드리죠. 그 노래들은 우리 신앙심의 고백입니다."

소러시아인이 말했다.

"나도 자네들의 신념을 익히 알고 있네."

미로노프가 생각에 잠겨 말했다.

"자네들의 전단을 읽어봤거든. 아, 닐로브나."

미로노프가 어머니에게 다정한 눈웃음을 보내며 소리쳤다.

"당신도 폭동에 가담하려는 건가요?"

"비록 죽음이 앞에 가로놓여 있다 해도 진실과 어깨를 나란히 하고 걸어가야지요."

"분명하군! 사람들이 공장에 붙은 전단을 실어나른 게 당신이라고 하더니 틀린 말이 아니었구려!"

미로노프가 말했다.

"누가 그런 소릴 해요?"

파벨이 물었다.

"벌써 다 아는 얘긴데 뭘! 그럼, 부디 건투를 비오!"

어머니는 살며시 미소를 지었다. 자신에 대한 말들이 오간다는 게 적잖이 기뻤던 것이다. 파벨이 싱긋 웃으면서 어머니를 돌아다보고 말했다.

"어머니도 곧 감옥에 가시겠어요!"

"괜찮아."

어머니는 중얼거렸다.

태양은 더 높이 떠올라 봄날의 상쾌한 신선함에 따스함마저 더했다. 구름은 한결 느릿느릿 흘러갔고, 여위고 투명해진 그림자는 거리와 지붕마다 슬며시 기어올랐다. 밝은 태양빛은 촌마을의 담벼락과 지붕 흙먼지를 훔쳐내고, 사람들의 얼굴에서 지루함을 달래주면서 온 마을을 말끔히 청소해 주는 것 같았다. 모든 것이 더욱 명랑해졌고 목소리들은 더욱 커져서, 멀리서 우르릉거리는 소리와 기계 소음만이 희미하게 들릴 뿐이었다.

다시 사방에서 갖가지 목소리들이 들려왔다. 어머니는 창문과 대문에서 불안한 욕설, 신중하면서도 활기에 넘치는 목소리들을 많이 들을 수 있었다. 어머니는 반박하고, 감사하고, 설명하고 싶었고, 그날의 이상하고도 복잡한 삶 속에 참여하고 싶었다.

저만치 떨어진 주요 간선도로 모퉁이에 수백의 군중이 모여 있었고, 그 가운데서 베솝시코프의 목소리가 쩌렁쩌렁 울렸다.

"그들은 월귤나무 열매에서 즙을 짜내듯 우리의 피를 짓밟고 있습니다!"

베솝시코프의 말 한마디 한마디가 또박또박 망치처럼 떨어져 사람들 머리를 강타했다.

"옳소!"

많은 사람의 낭랑한 외침이 동시에 울려 퍼졌다.

"저 친구 혼자 애쓰고 있군! 가서 좀 거들어야겠어."

소로시아인이 말했다.

그는 코르크 따개가 코르크 마개를 비집고 들어가듯 허리를 굽히고, 파벨이 말릴 겨를도 없이 키 크고 유연한 몸뚱이를 비틀면서 군중을 헤집고 들어갔다. 그러더니 그의 노래하는 듯한 목소리가 울려 퍼졌다.

"동지들! 이 세상에는 유대인, 독일인, 영국인, 그리고 타타르인 등 다양한 민족이 살고 있습니다. 그러나 난 이 말을 믿지 않습니다. 세상에는 오직 두 개의 민족, 두 개의 종족, 다름 아닌 배부른 자들과 가난한 자들이 있을 뿐입니다. 사람들은 옷 차림새도, 하는 말도 가지각색입니다. 하지만 부유한 프랑스인, 독일인, 영국인들이 노동자들을 어떻게 대하고 있는지 한번 보십시오. 그럼 그자들 모두가 성질 못된 타타르인이라는 걸 알게 될 겁니다. 염병할 타타르인들!"

군중 속에서 누군가가 크게 너털웃음을 터뜨렸다.

"그런 반면에 우린 프랑스 노동자, 타타르 노동자, 터키 노동자들을 볼 수 있지요. 그들은 우리 러시아 노동자들처럼 개만도 못하게 살고 있습니다."

점점 더 많은 사람이 군중 속으로 모여들었다. 그들은 말없이 줄 지어 목을 빼고 발뒤꿈치를 세운 채 뒷골목 길로 비집고 들어갔다.

안드레이는 목청을 한껏 돋우었다.

"외국의 노동자들은 이미 이런 진리를 깨닫고 화창한 메이데이에 서로서로 친하게 사귀었습니다. 외국인 노동자들은 일손을 멈추고 거리로 나가 스스로의 힘이 얼마나 거대한지 살폈단 말입니다! 이날 노동자들의 심장은 하나가 되어 힘차게 뛰었습니다. 일하는 사람들이 힘을 모으자 그들의 심장은 불타오르고 의식은 밝게 깨어났습니다. 모든 심장이 우정으로 뭉쳐서 뜁니다. 그들은 저마다 자신의 삶을 전쟁에 내놓을 준비가 되어 있습니다. 모두의 행복을 위해서, 자유와 진실을 모두에게 주기 위해서 말입니다, 친구들!"

"경찰이다!"

누군가가 외쳤다.

19

큰 거리로부터 말 탄 경찰 네 명이 채찍을 휘두르며 군중을 향해 곧장 돌진해 오고 있었다.

"해산하라!"

"무슨 말들을 하고 있는 거야?"

"누가 무슨 말을 하고 있기라도 하나요?"

사람들은 마지못해 말들에게 길을 내주면서 얼굴을 잔뜩 찌푸리고 쏘아보았다. 담벼락을 기어오르는 사람도 여남은 명 눈에 띄었다. 농담이 여기저기서 오고갔다.

"저놈들은 돼지새끼마냥 말 위에 올라앉아 그저 꿀꿀거릴 줄밖에 몰라. 우리도 주모자다!"

누군가의 화난 목소리가 우렁차게 튀어나왔다.

소러시아인은 거리 한복판에 혼자 남았다. 말 두 마리가 대가리를 흔들면서 그에게 바싹 다가왔다. 소러시아인이 옆으로 비켜서는 순간 어머니가 그의 손을 잡아끌면서 불평했다.

"파샤 옆에 붙어 있기로 약속해 놓고선 혼자 결딴을 낼 모양으로 칼날에 맞부딪히면 어쩌누?"

"제가 잘못했어요."

소러시아인이 파벨에게 미소를 지으며 대답했다.

"어휴! 세상에, 저 경찰들 좀 보세요!"

"그러게 말이야."

어머니는 중얼거렸다.

걱정 위에 온몸이 부서지는 듯한 피로감이 밀려오자 어머니는 머리가 어지러웠다. 슬픔과 기쁨이 이상스럽게 교차했다. '어서 점심시간을 알리는 증기 기적이 울렸으면' 하는 마음이 간절했다.

그들은 교회가 있는 광장 쪽으로 몸을 피했다. 교회 주변과 담장 안에는 활기찬 젊은이들과 어린아이를 데리고 나와서 부산을 떠는 아낙네들이 5백 명 남짓 앉거나 선 채로 빽빽이 들어차 있었다. 군중은 마치 나비들처럼, 모여 있는 무리 주위에서 부산하게 움직이고 있었다. 그들은 한쪽에서 다른 한쪽으로 획획 움직였다. 사람들은 참지 못하고 불안하게 기다리면서 고개를 쳐들고 먼 곳을 살폈다.

나직한 여자의 목소리가 들렸다.

"미챠! 네 몸 생각도 하렴!"

"됐어요!"

누군가 대답했다.

위엄 있는 시조프의 목소리가 나직하면서도 설득력 있게 튀어나왔다.

"아니오, 우린 우리 애들을 외면해서는 안 됩니다. 그 애들은 우리보다도 분별력 있고 용감하지요. 막말로 습지 기금을 못 걷게 막은 게 누구요? 젊은 애들 아닙니까! 그걸 기억해야 해요. 그 일로 옥살이를 한 건 애들이지만 이익은 우리 모두가 챙기지 않았습니까! 우리 모두의 이익이었어요."

증기 기적의 암울한 울부짖음이 울려 퍼져 사람들의 이야기를 한 입에 삼켜 버렸다. 군중은 깜짝 놀랐다. 앉아 있던 사람들은 벌떡 일어섰고, 잠시였지만 모두 마치 죽은 사람처럼 꼼짝도 하지 않았다. 팽팽한 긴장감이 감돌고 많은 사람의 얼굴이 파랗게 질렸다.

"친구들!"

파벨의 쩌렁쩌렁한 목소리가 힘 있게 울렸다.

뎨바르고 뜨거운 아지랑이 때문에 어머니의 눈앞이 아찔했다. 어머니는 갑자기 몸을 쭉 펴고 아들 뒤에 버티고 섰다. 모든 사람이 파벨을 돌아보며 그를 에워쌌다. 마치 자석에 빨려드는 쇳조각 같았다.

"형제들! 지금은 우리의 삶을 포기할 시간입니다. 이 탐욕스럽고 증오스럽고 어두침침한 삶을 말이에요. 이 삶은 난폭하고 거짓투성이에요. 우리를 위한 자리가 없어요. 이런 삶에서 우리는 인간이 아닙니다."

파벨이 말을 멈추자, 모든 사람들이 침묵을 지킨 채 그에게로 바싹 다가섰다.

어머니는 아들의 두 눈, 자랑스럽고 용감하게 이글이글 타오르는 두 눈만을 뚫어져라 바라보았다.

"친구들! 우리는 우리가 누구인지를 떳떳하게 선포할 결심을 했습니다. 우리는 오늘 우리의 깃발, 이성, 진실, 자유의 깃발을 높이 들고 있습니다! 이제 그걸 내가 들고 있어요!"

허옇고 긴 깃대가 허공에 번쩍 비치더니 아래로 굽어지며 군중을 둘로 갈라 길을 내고 인파 속으로 다시 자취를 감추었다. 잠시 뒤 고개를 쳐든 사람들의 얼굴 위로 넓은 노동자들의 깃발이 마치 빨간 새처럼 날개를 펼쳤다. 파벨이 손을 위로 높이 쳐들자 깃대가 흔들렸다. 순간 수십 개의 손이 매끈하고 하얀 깃대를 일제히 움켜쥐었다. 그 가운데는 어머니의 손도 있었다.

"노동자 만세!"

파벨이 외쳤다.

수백 명의 목소리가 파벨의 우렁찬 외침을 따라 외쳤다.

"사회 민주주의 노동당 만세, 우리의 당, 우리의 동지, 우리의 정신적 어머니 만세!"

군중은 들끓어 웅성거렸고, 깃발의 의미를 이해하는 사람들이 깃발 가까이로 헤쳐 나아가서 모여들었다. 페자와 사모일로프, 그리고 구세프 형제가 파벨의 곁에 바싹 붙어섰다. 고개를 푹 숙인 베숩시코프가 군중을 밀치고 있었다. 그리고 낯선 젊은이들이 이글이글 타오르는 두 눈을 번뜩이며 어머니를 거칠게 떠밀었다.

　"만국의 노동자 만세!"

　파벨이 외쳤다.

　힘과 기쁨이 점점 더해져서 수천의 메아리를 만들며 영혼을 흔드는 환호로 답했다.

　어머니는 파벨의 손과 또 다른 누군가의 손을 잡았다. 터져 나오려는 눈물에 숨이 막힐 지경이었지만 끝내 눈물을 보이진 않았다. 다리를 떨며 덜덜거리는 입술로 울먹울먹 이렇게 말할 뿐이었다.

　"오, 사랑스런 아이들, 진실이야, 저기 좀 봐……."

　베숩시코프의 곰보자국 난 얼굴에 함박웃음이 퍼졌다. 그는 깃발을 쳐다보고 깃발에 팔을 뻗으면서 뭐라고 중얼거렸다. 그리고 느닷없이 어머니의 목을 두 팔로 감고 뺨에 입을 맞추고 웃었다.

　"동지들!"

　소러시아인이 군중의 웅성거림을 제지하며 부드럽고 풍성한 목소리로 소리쳤다.

　"우리는 이제 새로운 신, 빛과 진실의 신, 이성과 선의 신의 이름으로 교회행렬처럼 행진을 시작했습니다. 우리가 행진하는 이 신성한 행렬은 길고도 험합니다. 우리의 목적지는 멀고도 험합니다. 가시면류관은 가까이 있습니다. 진리의 힘을 믿지 못하는 자는 누구이며, 진리를 위해 죽음을 무릅쓸 용기가 없는 자 또한 누구이며, 자기 자신을 믿지 못하고 고통을 두려워하는 자가 과연 누구란 말입니까? 우리 가운데 그런 사람이 있으면 옆으로 비켜서십시오! 우리는 우리의 승리를 확신하는 사람들만을 초대하고자 합니다. 우리의 목적지를 보지 못하는 사람들은 우리와 함께 걷지 못하게 하십시오. 오직 고통만이 잔뜩 쌓여 있을 뿐입니다! 대오를 맞추세요, 동지들! 자유인의 축제 만세! 메이데이 만세!"

　더욱더 많은 인파가 모여들어 정말 발 디딜 틈이 없을 정도였다. 파벨이 깃발을 흔들자 깃발은 공중에서 펄럭이며 앞으로 헤엄쳐 나갔다. 깃발은 햇빛을 받아 벌겋게 물이 들어 함박웃음을 짓는 것 같았다.

"낡은 세계를 포기하자!"

페자 마진의 목소리가 울려 퍼지자, 수십 명의 목소리가 거센 파도를 이루며 그의 노래에 화답했다.

우리의 발에서 그 잔재를 털어 버리세…….

어머니는 메마른 입가에 미소를 머금고 페자의 뒤를 따랐다. 페자의 머리 너머로 아들과 깃발이 보였다. 주위엔 기쁨에 겨운 표정들과 다채로운 눈동자들이 명멸(明滅)하고 있었다. 그들을 앞장서서 이끌고 있는 것은 바로 아들과 안드레이었다. 두 사람의 목소리가 들렸다. 안드레이의 부드럽고 촉촉한 목소리가 아들의 낮고 굵은 톤과 조화를 이루며 다른 함성들과 뒤엉켰다.

"일어나세, 깨어나세, 노동자들이여,
자, 힘을 내서 투쟁으로 향하세, 굶주린 군중이여!"

그리고 노동자들이 환호성을 올리며 붉은 깃발로 달려나와 군중과 합세해서 행진했다. 그들의 함성은 넓게 울려 퍼지는 혁명곡 소리에 곧바로 묻혀 버렸다. 어머니는 예전에 그 노랫소리를 들은 적이 있었다. 노래가 억눌려 진압된 분위기였다. 그리고 소러시아인은 그 노래를 휘파람으로 불렀었다. 이제야 어머니는 처음으로 투쟁에 합세하라고 호소하는 이 노래를 들은 것 같았다.
"우리는 우리의 고통받는 동료들과 함께 걷는다."
노랫소리가 흘러서 사람들을 감싸안았다.
어떤 사람의 얼굴이 어머니의 얼굴 옆에서 움직이고 있었는데, 경계심에 가득 차 있으면서도 왠지 즐거워 보였다. 그리고 떨리는 목소리가 흐느끼면서 말했다.
"미챠, 어딜 가는 거니?"

어머니가 걸음을 멈추지 않고 말했다.

"그냥 내버려 두시구려! 너무 걱정하지 않아도 될 거요. 나도 처음엔 겁이 났었지만, 보시구려. 저기 맨 앞 오른쪽에 서서 걸어가는 게 내 아들이라오. 깃발을 들고 가는 애가 바로 내 아들이란 말이오!"

"살인자들! 어디로 가는 거요, 그래? 저기 군인들이 보이는데!"

그리고 느닷없이 뼈가 앙상한 손이 어머니의 손을 덥석 쥐었다. 키가 크고 호리호리한 여인네가 소리쳤다.

"이봐요! 사람들이 노래를 부르고 있어요! 미챠도 노래 부르고……."

"걱정하지 말아요!"

어머니는 이렇게 말하고 속으로 생각했다.

'이건 성스러운 일이라오. 한번 생각해 보시오. 만약에 사람들이 그리스도를 위해 죽음을 당하지 않았다면 어디 그리스도도 존재할 수 있었겠는지.'

이런 생각이 뇌리를 번개처럼 스치고 지나가자, 어머니는 그 단순하고 깨끗한 진실에 깜짝 놀랐다. 어머니는 그 여인네의 손을 꼭 눌러 잡고 얼굴에 확신에 찬 미소를 흘리며 되풀이했다.

"그리스도를 위해 사람들이 고통을 받지 않았다면 그리스도도 역시 마찬가지로 없었을 거요, 오 주여!"

시조프가 어머니 곁으로 다가왔다. 그가 모자를 벗어들고 노랫가락에 맞추어 흔들면서 말했다

"저 사람들 정말 공개적으로 행진하는군요. 어머니, 안 그래요? 노래까지 만들고! 이게 무슨 노랩니까, 어머니, 예?"

"황제에겐 전쟁터에 내보낼 병사가 필요하다네,
그러니 당신 자식까지도 기꺼이 그에게 바치시오."

"그들은 아무것도 무서워하지 않아요. 내 자식놈은 무덤 속에 있지요. 공장이 그를 죽음까지 몰아갔다고요, 그래요!"

시조프가 말했다.

어머니의 가슴이 너무나 세차게 요동쳐서 뒤로 처지기 시작했다. 사람들이 어머니를 담장 쪽으로 바짝 밀쳐대며 시내를 이루어 앞질러 갔다. 한마디로 인

산인해였다. 모인 사람들이 매우 많아 어머니는 흡족했다.

"일어나세, 깨어나세, 노동자들이여……."

마치 거대한 청동 트럼펫이 허공에 대고 노래를 불러 어떤 사람의 가슴에는 투쟁 준비를 호소하고, 또 어떤 사람의 가슴에는 어렴풋한 기쁨, 어떤 새로운 무엇에 대한 예감, 강렬한 호기심을 불러일으키면서 사람들을 일깨우는 것 같았다. 또 다른 사람들에게는 희망과 호기심과 더불어 떨리는 그런 기분을 주었다. 노래도 또한 하나의 발산 수단이었다. 여러 해 동안 쌓여온 자극적인 쓰라림을 위한 발산 수단이었다.

사람들은 앞쪽을 내다보았다. 거기에는 붉은 현수막이 공중에서 물 흐르듯이 흔들거리고 있었다. 모두가 무언가 말하고 소리치고 있었다. 그렇지만 각자의 목소리는 노랫소리 때문에 지워지고 말았다. 그 노래는 새로 나온 곡이었는데, 거기에는 슬픈 명상에 대한 오래된 주석이 빠져 있었다. 우울하고 이해하기 힘들며 어두운 통로를 외로이 방황하는 영혼에 대한 언급이 아니었다. 또 부족감 때문에 두들겨 맞은 영혼이 두려움에 겨워 개성을 빼앗기고 창백해졌다는 언급도 아니었다. 그 노래는 공간을 갈구하는 어떤 힘에 대해 한숨을 쉬지 않았다. 또 분별없이 선과 악을 모두 다 짓밟을 태세로 짜증난 용기에 대해 자극적인 외침도 질러대지 않았다. 동물의 원초적 본능을 소리 내어 자유를 위한 자유로 가로채려 하지도 않았고, 모든 것을 파괴할 수 있을 뿐 그 무엇 하나 강력하게 만들 수 없는 부당함이라든가 복수의 감정도 나타내지 않았다. 이 노래 속에는 옛날의 노예 같은 세상의 유래된 잔재가 하나도 없었다. 그 노래는 직접적이고도 고르게 대기에 퍼져서, 철인 같은 정력, 즉 조용히 협박하는 힘을 분명히 보여주었다. 노래는 단순하고 명백해서, 사람들은 듣고 난 뒤에 멀고 먼 미래로 향하는 끝없는 통로를 따라 쓸려갔다. 그 끊임없이 타는 불꽃 속에서 어떤 무거운 덩어리가 타서 녹는 것처럼 보였다—그들은 늘 습관적으로 느끼는 어두운 삶에 대한 고통과, 다가올 저주받은 미래에 대한 두려움을 참았다.

"모두가 참여하고 있다! 참 잘한 일이야, 젊은이들!"

누군가의 승리에 도취된 듯한 목소리가 울렸다. 분명 그 사람은 어떤 큰 감동을 받고 있지만, 흔히 쓰는 말로 그 감동을 도저히 표현할 길이 없어 뻣뻣하고 서툰 말로 대신하고 있었다. 그 가운데 적의에 찬 목소리도 들렸다. 노예의 맹목적인 어둠과 악의에 찬 소리가 그의 이빨 사이에서 튀어나왔다. 쏟아지는 빛에 혼비백산하여 똬리를 틀고 있는 뱀이 악의에 찬 소리를 쉿쉿 내고 있는 것 같았다.

"이단자들!"

누군가 창문에서 불끈 쥔 주먹으로 을러대며 망가진 목소리로 고함을 쳤다.

그리고 송곳으로 가슴을 찌르는 듯한 누군가의 집요한 고함이 어머니의 귀를 때렸다.

"황제 폐하께, 황제의 위대함에 반기를 들다니! 반역을 하겠다고?"

흥분에 도취된 얼굴들이 어머니를 빠르게 앞질렀다. 남녀를 구분하지 않고 모든 사람이 하나가 되어 노래에 이끌려 마치 시커먼 용암처럼 내달렸다. 노랫소리는 앞길에 놓인 모든 장애물을 말끔히 없애버렸다. 어머니의 가슴속에서 자라던, 군중을 향해 외치고 싶은 강한 욕구가 튀어나왔다.

"오, 나의 사랑하는 사람들!"

어머니는 멀리 있는 붉은 깃발을 바라보자 지금은 시야에서 사라진 아들의 얼굴과 그의 구릿빛 이마, 그리고 믿음의 불꽃으로 활활 타오르는 두 눈이 보이는 듯했다.

어머니는 지금 행렬의 끝자락, 한 무리의 사람들에게 둘러싸여 걷고 있었다. 그들에게서는 서두르는 기색을 전혀 찾아볼 수 없었다. 그저 무관심한 시선을 앞으로 던지며 마치 이 구경거리의 결말을 잘 알고 있는 관중처럼 냉담한 호기심만을 나타냈다. 그들은 다정하게 확신에 찬 이야기를 서로 건네고 있었다.

"분명 한 개 중대가 학교 쪽에 있고 다른 또 한 중대가 공장 쪽에 있어."

"현지사가 왔다는군."

"정말인가?"

"이 눈으로 똑똑히 봤어. 정말 왔다니까."

누군가 유쾌한 듯 지독한 욕설을 퍼붓고는 말했다.

"어쨌든 놈들이 우리의 형제들을 무서워하기 시작했어. 그렇지? 군대가 오고 정부 지사가 온 거 보면."

"이봐요!"

어머니는 가슴이 욱신거리도록 아팠다.

어머니의 귀에 들려오는 말들은 모두 냉담해서 죽은 거나 진배없이 들릴 뿐이었다. 어머니는 이 사람들에게서 벗어나려고 걸음을 재촉했다. 굼벵이처럼 느린 그들의 걸음을 앞지르기는 그리 어렵지 않았다.

갑자기 마치 무언가에 머리를 한 방 얻어맞은 듯 군중이 여기저기서 불안에 웅성거리는 소리를 냈고, 제대로 몸을 가누지 못하고 뒤로 한꺼번에 쏠렸다. 사뭇 떨리던 노랫소리도 이내 더욱 빨라지고 커졌다. 다시 노랫소리가 밀도 짙은 파도처럼 앞으로 전진하며 머뭇거렸다. 목소리들은 하나씩 합창 화음에서 빠져나왔다. 여기저기서 하나의 목소리가 일어나서는 노랫소리를 이전처럼 다시 높이려고 애쓰며 앞으로 밀고 나아갔다.

　"일어나세, 깨어나세, 노동자들이여,
　자, 힘을 내서 투쟁으로 향해 나가세, 굶주린 군중이여……."

아무것도 보이지 않아 도대체 앞에서 무슨 일이 벌어지고 있는지 알 수가 없어, 어머니는 군중을 밀어젖히며 빠르게 앞으로 나아가 보았다.

20

파벨의 목소리가 들렸다.

"동지들! 병사들도 우리와 똑같은 사람들입니다. 그들은 우릴 치지 않을 겁니다. 무엇 때문에 우릴 친단 말입니까? 우리가 모두에게 절실한 진실을 퍼뜨리기 때문입니까? 우리의 이 진실은 그 병사들에게도 역시 필요합니다. 그들이 비록 지금 이것을 깨닫지 못하지만 그들도 우리와 나란히 어깨를 맞대고 일어서서, 약탈과 살인의 깃발이 아닌 우리 해방의 깃발 아래 너무도 당당하게 행진할 날이 멀지 않았습니다. 약탈과 살인의 거짓말쟁이들과 짐승들은 그 깃발을 영광과 명예의 깃발이라고 부를 것입니다. 그리고 우리는 그들이 우리의 진실을 하루라도 빨리 깨달을 수 있도록 전진해야만 합니다. 전진합시다, 동지들! 전진만이 있을 뿐입니다!"

파벨의 목소리는 단호하게 울려 퍼졌고 그의 말 한마디 한마디가 사람들의 가슴에 깊이 새겨졌다. 그러나 군중의 대열은 허물어지며 한 사람 한 사람 양쪽으로 산산이 흩어져 집으로 가거나 담벼락에 바싹 붙어 서 버렸다. 이제 군중은 파벨을 정점으로 쐐기 모양이 되었다. 그리고 파벨의 머리 위로 노동자의 깃발이 붉게 타올랐다.

어머니는 거리의 끝에 얼굴 없고 똑같이 생긴 사람들이 낮은 회색 담장처럼 늘어서서 광장으로 빠져나가는 길목을 차단하는 걸 보았다. 저마다 어깨 위엔 날카로운 총검들이 써늘하면서도 예리하게 반짝이고 있었다. 입을 다물고 미동도 하지 않는 병사들의 벽으로부터 싸늘한 바람이 노동자들을 향해 한바탕 불어왔다. 그 바람은 어머니의 가슴을 치고서 이윽고 심장을 관통했다.

어머니는 군중 속을 헤집고 들어갔다. 낯이 익은 사람들은 깃발 있는 대열의 앞줄에서 낯선 사람들과 뒤엉켜 있었다. 마치 그들에게 의지라도 하고 있는 것 같았다. 어머니는 키가 크고 면도를 말쑥하게 한 사내 옆에 바짝 붙어 섰다. 절름발이 사내는 어머니를 보기 위해 빳빳이 고개를 돌려야만 했다.

"왜 그래요? 당신 누군데 그래요?"

절름발이 사내가 물었다.

"파벨 블라소프의 어미요."

어머니의 무릎이 떨렸다. 자신도 모르게 시무룩해져서 대꾸했다.

애꾸눈이 말했다.

"아하! 좋아!"

파벨이 소리쳤다.

"동지들! 기운을 내서 전진합시다. 우리에겐 다른 길이 없습니다. 노래합시다!"

긴장감이 돌았다. 깃발은 높이 솟구쳐 흔들리며 사람들의 머리 위에서 나부끼다가 진을 치고 있는 병사들의 회색 벽을 향해 미끄러지듯 활공했다. 어머니는 몸이 부들부들 떨려 눈을 뜰 수가 없었다. 어머니는 눈을 감고 외쳤다.

"오―오!"

파벨과 안드레이, 사모일로프, 페자 이렇게 넷이서만 군중의 대열에서 떨어져 나가고 있는 것이 아닌가!

허공에 페자 마진의 맑은 목소리가 느리게 진동했다.

그대 머리 위엔 죽음의 그림자가 드리워졌다네⋯⋯.

폐자 마진이 노래를 부르기 시작했다.

　죽음의 투쟁 속에서…….

굵고 가라앉은 목소리는 두 번의 무거운 탄식으로 응답했다.
"당신들, 희생양들은 쓰러지고……." 이 말은 두 마디의 한숨처럼 흘러나
왔다.
　사람들이 앞으로 걸어 나가자 저마다 발소리들이 들렸다. 단호하고 격한 새
로운 노래가 흘러나왔다.

　"그대 삶의 모든 걸 바쳤네, 그를 위해서……."

폐자의 목소리가 밝은색 리본처럼 둘러싸며 굽이쳤다.

　한편에선 누군가가 조롱하며 고함을 질렀다.
"아하하하! 장송곡을 부르고 있군, 개새끼들!"
"저놈을 꺼지라고 해!"
　성난 고함이 답했다.
　어머니는 두 손을 모아 가슴에 대고 주위를 둘러보았다. 조금 전까지만 해
도 거리를 가득 메우고 있던 군중이 이젠 선 자리에서 주저주저하며, 깃발을
든 사람들이 무리에서 벗어나 가는 모습을 멍하니 지켜만 보았다. 열 명 남짓
한 사람들이 그들의 뒤를 따라 나아갔는데, 매 걸음마다 마치 길 한복판이 불
이어서 발바닥이 데기라도 한 것처럼 폴짝거리면서 옆으로 비켜섰다.

　"전제 정치는 멸망하리……."

폐자의 입에서 예언자의 노랫소리가 힘없이 흘러나왔다.

　"민중은 부활하리라!"

힘 있는 목소리들의 합창이 확고하면서도 위협적으로 선창의 뒤를 따랐다.

그러나 화음을 이룬 노래의 흐름을 나직한 말들이 툭툭 깨트렸다.

"명령이다!"

"앞에 총!"

앞쪽으로 날카로운 명령 소리가 들렸다.

군인들의 날카롭게 번쩍이는 총검이 공중에서 일제히 흔들리더니 밑으로 내려져 깃발을 향해 쭉 내뻗었다.

"앞으로 갓!"

"갑시다!"

절름발이 사내는 이 한마디를 남기고, 호주머니에 두 손을 찔러 넣고 큰 걸음으로 길 한쪽으로 비켜섰다.

어머니는 눈도 꿈쩍 않고 정면을 똑바로 바라보았다. 회색빛 줄로 이어진 병사들이 앞뒤로 줄을 맞추어 거리가 꽉 차도록 펼쳐 서고는 은빛으로 번쩍이는 파도가 일렁이듯 번쩍거리는 총검을 앞으로 내밀고서 오싹하리만큼 일사불란하게 전진해 왔다. 그러다가 멈추어 섰다. 어머니는 큰 걸음으로 아들에게 다가가 바로 옆에 버티고 섰다. 안드레이가 파벨의 앞으로 나서서 자신의 몸으로 그를 둘러싸며 방어했다.

"내 옆으로 와!"

파벨이 거칠게 소리쳤다.

안드레이는 뒷짐을 지고 고개는 위로 쳐든 채 노래를 불렀다. 파벨은 그를 어깨로 밀치고 다시 소리쳤다.

"내 옆으로 서! 깃발을 앞으로 세워!"

"해산하라!"

키가 작은 장교 하나가 허연 장검을 휘두르며 날카로운 목소리로 외쳤다. 그는 무릎을 굽히지도 않고 두 발을 높이 들어올렸다가 발뒤꿈치를 땅바닥에 신경질적으로 내리밟았다. 잘 닦여 번쩍번쩍 광이 나는 군화가 어머니의 눈을 붙잡았다.

장교의 바로 왼쪽 조금 뒤에서 큰 키에 면도를 말끔히 하고 두툼한 백발의 콧수염을 기른 사내가 무거운 발걸음을 떼어놓았다. 그는 붉은색으로 밑줄을 넣은 긴 회색 외투와 노란 재봉선을 수놓은 바지 차림이었다. 그도 역시 소리시아인과 마찬가지로 뒷짐을 진 자세로 숱 짙은 회색 눈썹을 위로 치켜뜨고 파벨을 노려보았다.

어머니는 무한성을 조사하고 있는 듯이 보였다. 가슴 한구석에는 숨을 쉴 때마다 멋대로 튀어나올 채비가 되어 있는 우렁찬 외침이 있었다. 그래서 소리 치고 싶은 간절한 마음에 숨이 막힐 지경이었지만 어머니는 억지로 참았다. 사람들한테 이리 밀리고 저리 밀리면서도 어머니는 후들거리는 다리를 끌고 무념무상의 의식 상태로 앞으로 걸어 나갔다. 어머니는 뒤를 따르는 사람들의 수가 점점 적어짐을 느낄 수 있었다. 차가운 바람이 덮쳐 가을 낙엽처럼 그들을 말끔히 흩어 버렸다.

붉은 깃발 주위에 있는 사람들은 점점 더 총총히 다가섰다. 병사들의 얼굴이 한결 똑똑히 보였다. 그들은 산개대형(散開隊形)으로 퍼져 길을 가득 메우고 더럽고 누리끼한 테두리를 이루어 몰골사나운 괴물 모습으로 잔뜩 몸을 웅크리고 있었다. 온갖 잡다한 색깔로 번뜩이며 흩뿌려진 눈들이 잔인하게 빛났다. 그 앞에는 예리한 총검들이 있었다. 아직 찌르지는 않았지만 그들은 사람들의 가슴을 향해서 총검을 겨누고 한 사람씩 대오를 이탈하게 하며 군중을 무력화시켰다.

어머니의 뒤쪽에서 달아나는 사람들의 발자국 소리가 들려왔다. 흥분된 목소리들이 여기저기서 들려왔다.

"흩어져, 젊은이들!"

"블라소프, 뛰어!"

"파벨, 뒤로 물러서!"

"깃발을 내던져, 파벨! 이리 줘, 내가 숨길게!"

베솝시코프가 침통하게 말했다.

그가 손으로 깃대를 움켜쥐었다. 깃발이 뒤쪽으로 기우뚱했다.

"놔둬!"

파벨이 외쳤다.

베솝시코프는 마치 뜨거운 것에 데기라도 한 것처럼 손을 뒤로 뺐다. 노랫소리도 사그라졌다. 사람들이 걸음을 멈추고 파벨을 단단히 에워쌌지만 파벨은 개의치 않고 앞으로 힘차게 나아갔다. 갑작스럽게 침묵이 흘렀다.

깃발 주위에는 20여 명 사람밖에 남아 있지 않았다. 하나같이 꿋꿋이 버티고 있는 사람들이었다. 어머니는 두려움이 앞서서, 그리고 무슨 말이든 그들에게 해야 할 것만 같은 혼란스런 충동 때문에 그들에게 이끌리는 기분이었다.

"저걸 빼앗아, 중위!"

키가 큰 영감이 무심한 목소리로 깃발을 가리키면서 명령했다.

키가 땅딸한 장교가 파벨에게 달려들어 한 손으로 깃대를 낚아채며 귀가 째지는 듯하게 소리를 질렀다.

"버려!"

깃발이 공중에서 좌우로 흔들리며 뻘겋게 나부끼더니 다시 곧게 세워졌다. 장교는 깃대에서 떨어져 나가 땅바닥에 주저앉았다. 베숩시코프가 불끈 쥔 주먹을 휘두르며 민첩하게 어머니의 곁을 스치고 지나갔다.

"놈들을 붙잡아!"

늙은이가 발로 땅을 구르며 고함쳤다.

병사 몇 명이 앞으로 튀어나왔다. 그들 가운데 하나가 개머리판을 휘두르자 깃발이 부르르 떨리더니 땅으로 기울어져 마침내 집단의 회색 병사들 속으로 사라졌다.

"오!"

누군가가 고통스럽게 신음을 냈다.

어머니도 야수같이 성난 목소리로 고함을 쳤다. 그러나 병사 무리 밖에서 파벨의 또렷한 목소리가 들려왔다.

"안녕히 계세요, 어머니! 안녕히 계세요, 사랑합니다."

'죽지 않았어! 날 잊지 않았어!'

두 가지 생각이 어머니의 마음을 스쳤다.

"안녕히 계세요, 사랑스런 어머니!"

어머니는 까치발을 하고 손을 흔들며 두 사람을 보려 했지만 병사들의 머리 위로 안드레이의 둥글넓적한 얼굴만 보였다. 그가 웃음 띤 얼굴로 인사를 하였다.

"내 사랑하는 안드류샤! 파샤!"

어머니는 외쳤다.

"잘들 있으시오, 동지들!"

그들은 병사들에 둘러싸여서도 이렇게 외쳤다. 여러 개로 깨진 메아리가 창문들과 지붕들을 울리며 그들에게 대답했다.

누군가 어머니의 가슴을 밀쳤다. 어머니는 바로 앞에 서 있는 장교를 흐릿한 눈으로 바라보았다. 그자가 상기되고 굳은 얼굴로 어머니에게 소리쳤다.

"꺼져 버려, 할망구!"

어머니는 장교를 아래위로 살피다 그자의 발 밑에 짓밟혀 두 동강이 난 깃대를 발견했다. 깃대 끝에 빨간 옷 조각이 대롱대롱 매달려 있었다. 어머니는 허리를 숙여 그것을 들어올렸다. 장교는 어머니의 손에서 깃대를 낚아채더니 냅다 집어던지고 나서 발로 마구 짓밟으면서 소리쳤다.

"꺼지란 말이야!"

에워싼 병사들 사이에서 느닷없이 노랫소리가 튀어나왔다.

"일어나세, 깨어나세, 노동자 여러분……."

사위가 온통 빙글빙글 돌고 흔들리고 전율했다. 공기 중엔 전깃줄의 둔탁한 소음과도 비슷한 근심스런 소음이 가득 차 있었다. 장교가 뒷걸음질로 달리면서 노기 띤 목소리로 외쳤다.

"노래 중지시켜, 크라이노프 상사!"

어머니는 위태롭게 비틀거리며 깃대 조각이 있는 곳으로 다가가 다시 그것을 주워들었다.

"입 닥치게 해!"

노랫소리는 혼란스럽게 두려움에 떨더니 스멀스멀 잦아들었다. 누군가가 어머니의 어깨를 잡고는 옆으로 틀어 등을 세차게 밀었다.

"가라고, 꺼지란 말이야. 거리를 떠나!"

장교가 소리쳤다.

어머니는 열 걸음 떨어진 곳에 사람들이 또다시 빽빽이 모여 있는 광경을 보았다. 그들은 입으로는 으르렁거리고 투덜대고 휘파람을 불긴 했지만 그러면서도 뒷걸음질치며 거리를 내려갔다. 그리고 그들은 길을 지나다 마당이 보이면 그곳으로 모여들었다.

"다들 꺼져, 제기랄!"

콧수염을 크게 기른 새파랗게 젊은 병사가 어머니의 귀에 바짝 대고 소리를 지르고는 어머니를 인도로 떠밀었다.

어머니는 깃대에 몸을 의지하고 재빠르게 가벼이 걸음을 옮겼지만 다리가 지탱하지 못하고 휘청거렸다. 어머니는 넘어지지 않으려고 필사적으로 벽과 담장을 더듬었다. 앞에 섰던 사람들이 어머니의 뒤로 밀려서 어머니 옆에 나란히 섰고, 어머니의 뒤에서는 병사들이 소리를 지르며 따라왔다.

"어서 꺼져, 꺼지라고!"

병사들이 어머니를 추월했다. 어머니가 걸음을 멈추고서 주변을 둘러보니 저쪽 길 끝 아래쪽에도 그들이 흩어져, 가는 사슬 모양으로 늘어서서 광장으로 나가는 출구를 막고 있었다. 광장은 텅 비었다. 저 멀리 더 아래쪽에서도 회색 군복들이 사람들을 압박하며 느리게 움직였다.

어머니는 돌아가고 싶었지만 그저 발길 닿는 대로 앞으로 계속 곧장 걸어가서 좁고 텅 빈 뒷골목길에 다다랐다. 어머니는 그 뒷골목 안으로 돌아서 들어갔다.

걸음을 멈추고 힘겹게 숨을 고르면서 귀를 기울였다. 앞쪽 어딘가에서 사람들의 웅성거리는 소리가 들렸다.

깃대에 완전히 몸을 의탁한 어머니는 다시 발걸음을 옮겼다. 어머니의 눈썹이 오르락내리락하고 갑자기 땀이 비 오듯 하며 입술이 파르르 떨렸다. 어머니는 손을 흔들어 보였다. 가슴에서는 뭐라 딱히 꼬집어 이야기할 수 없는 어떤 말이 불꽃처럼 타올라서 내뱉고 싶은, 외치고 싶은 고집스런 욕구가 일었다.

뒷골목길은 갑자기 왼쪽으로 꼬부라졌다. 어머니는 골목에서 저만치 떨어진 곳에 사람들이 빽빽이 모여 있는 광경을 보았다. 누군가의 힘차고 우렁찬 목소리가 들렸다.

"우리의 형제들이 총검에 맞서 앞으로 나아간 것이 뻔뻔스런 만용입니까? 아닙니다, 그걸 기억하세요!"

"저들을 좀 보십시오. 병사들은 군중을 겨냥하고 앞으로 나가서 그들 앞에서 꿈쩍도 하지 않았소. 그렇—죠! 두려움이 없었어요."

"파벨 블라소프를 보시오!"

"소러시아인은 어떻고요?"

"뒷짐을 지고서 웃기까지 하던데요? 염병할!"

"나의 사랑스런 사람들! 나의 사람들!"

어머니가 군중을 밀치며 소리쳤다. 사람들이 존경스런 눈길로 어머니에게 길을 내주었다. 누군가가 웃음을 터뜨렸다.

"보십시오, 어머니가 깃발을 들고 있어요!"

"닥쳐!"

누군가의 목소리가 엄하게 소리쳤다. 어머니는 두 팔을 크게 벌리며 외쳤다.

"내 말 좀 들어보시오, 그리스도를 위하여! 여러분은 모두 사랑스럽고, 모두 착한 사람들이오. 무슨 일이 벌어지고 있는가를 두려워 말고 한번 둘러봐요. 평화를 위해 우리의 자식들, 우리의 피붙이들이 세계로 나아가고 있어요. 진실을 위해서 나아간단 말입니다. 모두를 위해서! 여러분 모두를 위해서, 여러분의 어린 자식을 위해서 새로운 길, 곧고 넓은 길로 통하는 문을 열고 성스러운 명분에 자신을 희생하고 있는 겁니다. 그들은 언제나 밝게 빛날 새 날의 태양을 추구합니다. 진실과 정의가, 선이 가득 넘치는 전혀 딴 세상을 바랍니다. 바로 여러분 모두를 위해서!"

심장이 찢어지고 가슴이 메고 목구멍이 바짝 말라 타들어갔다. 어머니의 마음 깊숙한 곳에서는 모든 것, 모든 사람을 포용하고도 남을 사랑의 말들이 꿈틀거렸고, 혀는 더욱 강렬하고 자유롭게 움직이며 활활 타올랐다.

어머니는 사람들이 입을 다물고 자신의 말에 귀를 기울이는 모습을 보았다. 모두가 조용했다. 자신을 에워싼 사람들이 뭔가 깊은 생각에 빠져 있음을 느꼈다. 어머니는 그 순간 아들과 안드레이, 그리고 병사들에게 끌려간 사람들, 온전히 혼자 남겨진 사람들, 모든 버려진 사람들이 원하였던 바대로 여기에 모인 사람들도 온 마음으로 따르기를 바랐다.

무뚝뚝한 표정으로 귀담아 듣고 있는 주변의 얼굴들을 둘러보고 나서 어머니는 다시 부드럽게 힘 있는 목소리로 말을 이어갔다.

"우리의 어린 자식들이 행복을 향한 세계로 나아가고 있답니다. 그들은 모든 사람, 그리스도의 진리를 위해서 나아가고 있습니다. 우리의 사악하고 거짓스럽고 탐욕스러운 사람들이 우리를 속박하고 묶고 짓밟는 데 이용하는 모든 수단에 맞서고 있어요. 사랑하는 여러분, 우리의 어린아이들은 세상 전체를 위해, 모든 노동자를 위해 싸우려고 나섰어요! 그들은 여러분에게 진실로 통하는 모든 통로를 보여주고 그 통로에 있는 모든 것을 주려 해요, 그래서 나섰어요! 여러분 자신을 가엾게 여기세요! 그리고 그 젊은이들을 사랑해 주세요! 어린 사람들의 마음을 이해해 주고요. 여러분 자식들의 마음을 믿으세요. 그들은 진실을 낳았어요. 진실이 그들 속에서 타오르고 있어요. 그들은 그 진실을 위해 죽는 사람들입니다. 그들을 믿으세요!"

어머니의 목소리가 갑자기 끊기고 어머니는 힘이 빠져 비틀거렸다. 누군가가 어머니의 팔을 잡아주었다.

"저 여자 말이 바로 하느님의 말씀입니다. 하느님의 말씀이오. 이보시오, 여러분! 이분의 말씀을 새겨들어야 하오!"

누군가가 어머니를 동정하여 말했다.

"저 여자는 왜 스스로 상처를 내는지 몰라!"

"그렇지 않아. 우릴 공격하는 거야. 우리가 바보라는군. 바로 그런 말이라고!"

누군가 비난하듯이 답했다.

군중 머리 위로 높은 톤의 떨리는 목소리가 날아올랐다.

"진정한 신뢰로 뭉친 여러분! 더럽히지 않은 순수한 영혼을 지닌 나의 미챠가 한 일이 무엇이란 말이에요? 그 애는 동지들을 따라서, 사랑하는 모든 이를 따라서 행진을 한 것이오. 저 여자분의 말씀이 옳다면 어찌 우리가 우리의 자식들을 내버릴 수 있단 말입니까? 그 애들이 우리에게 잘못한 것이라도 있소?"

어머니는 이 말에 온몸을 떨고 하염없이 눈물만 흘렸다.

"집으로 가세요, 닐로브나! 가요, 너무 지치셨어요, 어머니."

시조프가 큰 소리로 말했다.

시조프의 얼굴은 창백했고 헝클어진 턱수염이 사뭇 떨렸다. 그가 갑자기 미간을 찡그리더니 험악한 인상으로 주위의 모든 사람을 쏘아보며 꼿꼿이 서서 분명하게 말을 이었다.

"내 아들 마트베이는 여러분도 알다시피 공장에서 일을 하다 죽었소. 그 애가 지금 살아 있다면 난 그 애가 저 젊은이들과 나란히 갈 때 말리지 않았을 거요. 그리고 아마 이런 말도 했겠지. 가라, 애야. 마트베이! 너도 가. 그게 바로 정당한 이유요 정직한 길이다!"

시조프가 잠시 말을 멈추자 모두 입을 다물고 비통한 표정을 지었다. 뭔가 거대하고 새로운 감정이 사람들을 휘감았다. 그렇지만 이제 두려운 분위기는 아니었다. 시조프가 손을 흔들며 말을 이었다.

"이 아주머니가 바로 진실을 말씀하셨소. 우리 자식들은 삶을 이성적으로 명예롭게 살고자 했지요. 그런데 우린 애들을 버린 거예요, 우리가 애들 곁을 떠났소! 가세요, 닐로브나!"

"사랑하는 여러분! 삶은 자식들을 위해 있고, 땅도 그들을 위해 있는 겁니다."

눈물을 글썽이며 어머니가 말했다.

"가세요, 닐로브나! 자, 지팡이를 들고 기대요."

시조프가 동강 난 깃대를 어머니에게 쥐여주며 말했다.

어머니를 바라보는 모든 이들의 눈길에 슬픔과 존경의 빛이 가득했다. 동정어린 따뜻한 말들이 웅성거리며 어머니를 배웅했다. 시조프가 말없이 사람들을 비켜 세웠다. 사람들은 입을 다물고 길을 내주면서, 어떤 맹목적인 충동에 이끌려 어머니의 뒤를 천천히 따랐다. 짧게짧게 주고받는 말들이 얼핏 들리기도 했다.

집 대문에 닿은 어머니는, 대문 옆에서 두 동강 난 깃대에 몸을 기댄 채 사람들에게로 몸을 돌려 감사하다며 고개 숙여 절했다.

"여러분, 고맙습니다!"

그리고 자신이 상상하고 바라는 생각이 예전에 자기 마음속에 이미 생겨났던가, 기억을 떠올리면서 중얼거렸다.

"만일 예전에 사람들이 예수 그리스도를 위해서 죽지 않았다면 우리의 예수 그리스도는 이제껏 존재하지 않았을지도 모르지."

군중은 말없이 어머니를 바라보았다.

어머니는 사람들에게 다시 한 번 고개 숙여 인사하고 집 안으로 들어갔다. 시조프도 고개를 숙이고 어머니를 따라 들어갔다.

사람들은 문간에 서서 잠시 웅성거리며 이야기를 나누었다.

그리고 나서 그들은 말없이 천천히 흩어져갔다.

제2부

1

그날 하루는 잡다하게 섞여 얼룩진 기억과, 어머니의 몸과 마음을 꽉 붙잡고 피곤하게 짓누르는 상태 속에서 지나갔다. 키 작은 장교가 잿빛 점으로 깡충거리기도 하고 회오리바람 같은 행렬 사이로 파벨의 구릿빛 얼굴이 어른거리기도 했으며, 안드레이의 미소를 머금은 두 눈동자가 얼핏 스치기도 했다.

어머니는 방 안을 서성이다 창가에 앉아 한참 거리를 내다보다가는 다시 일어나 눈썹을 내리깔고 자리에서 떠났다. 그러다간 다시 목표도 없이 무언가를 찾는 것처럼 방 안을 서성거렸다. 물을 마셔 보았지만 여전히 목이 말랐고, 더구나 가슴 가득한 고뇌와 상처를 태우는 뜨거운 불길은 꺼질 줄 몰랐다. 하루가 같은 하루가 아니라 둘로 나뉘었다. 처음엔 그래도 어떤 의미와 내용이 있는 시간이었으나 이제는 물방울처럼 똑똑 떨어져 우울하게 소모되어 버리고 게다가 어머니 앞에 그런 날이 끊임없이 이어질 것만 같았다. 황량하고 당혹스런 마음속에서 의문 하나가 흔들거리고 있었다.

'이젠 무얼 어떻게 한다지?'

마리야 코르수노바가 찾아왔다. 마리야는 손을 흔들기도 하고 고래고래 소리를 지르기도 하고 울다 웃기를 되풀이했다. 발을 구르다 금세 뭔가를 제안하기도 하고 약속을 하는가 하면 누군가에게 욕설을 퍼붓기도 했다. 이 모든 수선에도 어머니는 요지부동이었다.

마리야가 새된 목소리로 입을 열었다.

"아휴, 사람들이 화나니까 대단합디다! 공장이 결국 다 들고 일어났어요! 다들 들고 일어났다고요!"

"그래요! 그래요!"

어머니가 머리를 흔들며 나직이 맞장구를 쳤다. 어머니의 두 눈은 안드레이와 파벨과 함께 자신을 떠나 이미 과거가 되어 버린 무엇인가에 고정되어 있었다. 울 수도 없었다. 심장이 말라 오그라들다 못해 멎는 듯싶었고 입술은 물론 입 안까지 바짝 타들어갔다. 손이 떨리고 등가죽에 소름이 끼치면서 경련이 일었다.

저녁 때 헌병들이 들이닥쳤다. 어머니에게서는 놀라거나 겁먹은 기색을 전혀 발견할 수 없었다. 큰 소리로 떠들면서 이상스럽게 쾌활한 분위기로 들어오는 그들의 얼굴엔 흐뭇함과 만족감이 느껴졌다. 얼굴이 누런 장교가 이를 자랑스럽게 드러내며 입을 열었다.

"어, 안녕하시오? 영광스럽게도 세 번째 만남이던가요, 그렇죠?"

어머니는 입을 꾹 다물고서 마른 혀로 입술을 쓸어 핥았다. 장교는 설교조로 장황한 사설을 늘어놓았다. 어머니는 그가 말하면서 무슨 기쁨을 느끼는지를 이해했다. 그렇지만 그의 말은 한 마디도 귀에 들어오지 않았고 신경 쓸 일도 전혀 못 되었다. 그들은 귀뚜라미처럼 끊임없이 재잘거렸다. 그러다 장교가, "그건 당신 잘못이오, 아주머니. 자식이 신과 황제를 경외하지 못하게 한 것 말이오" 했을 때 어머니는 문 옆에 서서 그를 보며 무뚝뚝하게 대꾸했다.

"맞소, 자식들이 바로 우리의 심판관이라오. 우리가 자식들을 그런 길로 들어서게 버려둔 데 대해선 그 애들이 심판할 거요."

"뭐가 어째요? 크게 말해 보시오!"

장교가 버럭 소리를 질렀다.

"내 말은 심판관은 바로 우리의 자식들이라는 거요!"

어머니가 한숨을 쉬며 되풀이했다.

그러자 장교는 화가 치미는지 무슨 말인가를 빠르게 지껄였다. 그러나 그의 말은 허공을 맴돌 뿐 어머니에게는 아무 자극도 주지 못했다.

마리야 코르수노바는 어쩌다 보니 가택수색에 참관했다. 마리야는 어머니 옆에 나란히 서 있었는데, 어머니에게는 눈길도 주지 않고 장교가 던지는 질문에 당황해서 연신 굽실거리며 똑같은 대답만을 했다.

"저는 아무것도 모릅니다, 나리! 전 일자무식에다 행상으로 겨우 입에 풀칠이나 하고 있고 워낙 미련한지라 아는 것도 없는 아주 무식쟁이 여편넵죠."

"그만, 입 닥쳐!"

장교가 호통을 쳤다.

마리야에게 어머니의 몸을 수색하라는 명령이 떨어졌다. 마리야는 눈만 꿈벅이다가 휘둥그레진 눈으로 장교를 보면서 놀란 듯 말했다.

"나리, 제가 할 수 있는 일이 따로 있습죠, 이런 일을 어떻게……."

그러자 장교는 발을 구르며 화를 냈다. 마리야는 눈을 내리깔고서 나지막이 어머니에게 간청했다.

"어쩌겠소, 단념하구려. 펠라게야 닐로브나."

어머니의 몸을 더듬던 마리야가 핏대 오른 얼굴로 중얼거렸다.

"오, 개 같은 놈들!"

"거 뭐라고 지껄이는 거야?"

마리야가 어머니의 몸을 수색하고 있는 구석을 지켜보던 장교가 핏대를 세우며 호통을 쳤다.

"여편네들끼리 살림 걱정 했습죠, 나리!"

마리야가 공포에 사로잡혀 중얼거렸다.

조서에 서명하라는 장교의 명령을 듣고, 어머니는 서툰 손을 놀려 눈에 잘 띄는 두드러진 글씨로 서명했다.

'노동자의 미망인 펠라게야 닐로브나.'

헌병들은 돌아갔다. 어머니는 창가에 팔짱을 끼고 눈도 깜박이지 않고 조금도 움직이지 않은 채 앉아 딱히 어디를 본다고 할 순 없지만 한참동안 정면을 뚫어져라 바라보았다. 눈썹은 올라가고 입술은 이가 아플 정도로 꼭 다물어져 있었다. 등잔에 기름이 타들어 가고 불꽃이 잠시 빛을 내더니 곧바로 꺼졌다. 어머니는 등잔에 대고 입김을 불고서 어둠 속에 가만히 앉아 있었다. 어머니는 아무런 악의도 느끼지 못했고 마음에 상처가 났다는 감정도 없었다. 구슬픈 공허감이 차가운 먹구름처럼 어머니 가슴을 가득 채우자 심장 고동소리가 억눌려 점점 약해졌다. 어머니의 마음은 완전히 비어 공허했다. 어머니는 창가에 오랫동안 서 있었다. 그렇게 한참을 있자니 오금이 저리고 눈이 아파왔다. 마리야가 창문 밑에 멈춰 서서 외치는 소리가 들렸다.

"펠라게야, 잠들었수? 끔찍이도 불행한 순교자 같으니…… 주무시구려! 그들은 사람들이 다 이단자라고 욕하고 있다우!"

어머니는 옷도 벗지 않고 곧장 침대에 누워 마치 깊은 호수 속으로 빠져들 듯 빠르게 깊은 잠 속으로 빠져들었다.

어머니는 꿈속에서 소택지 너머 시내로 향하는 길 어귀에서 노란 모래언덕을 보았다. 그 끄트머리, 모래를 퍼올리고 있는 작은 구덩이와 닿아 있는 낭떠러지 위에 파벨이 서 있고 그 옆에서 안드레이가 조용하면서도 낭랑한 목소리로 노래를 부르고 있었다.

"일어나세, 깨어나세, 노동자들이여!"

어머니는 모래언덕의 옆길을 따라서 걷다가 손바닥을 이마에 대고서 아들을 바라보았다. 하늘을 배경으로 아들의 모습이 또렷한 선으로 그려졌다. 어머니는 아들에게 다가가기가 부끄러워 마음을 정하지 못하였다. 왜냐하면 아기를 가졌기 때문이다. 그리고 두 팔에는 갓난아기가 안겨 있었다. 앞으로 계속 걸어 나갔다. 들판에서는 많은 아이들이 빨간 공으로 공놀이를 하고 있었다. 아기는 자꾸 어머니의 손을 밀치고 아이들이 노는 데로 가려고 발버둥치다가 갑자기 큰 소리로 울어댔다. 어머니가 아기에게 젖을 주고 모래언덕으로 돌아와 보니 그곳에는 병사들이 버티고 서서 어머니를 향해 총검을 들고 있었다. 어머니는 재빨리 들판 한복판에 서 있는 교회, 구름으로 지은 듯한, 하얗게 빛나는 교회로 줄달음질했다. 교회는 그지없이 높은 곳에 있었다. 거기선 누군가의 장례식이 행해지고 있었는데, 새카맣고 큼직한 관은 빈틈없이 뚜껑이 꽉 닫혀 있었다. 그리고 하얀 제복을 입은 사제와 부제가 노래를 부르며 교회 안을 서성거렸다.

"그리스도가 죽음에서 부활하셨네."

부제가 향을 들고 와 어머니에게 웃으며 인사를 건네는데, 새빨간 머리카락과 쾌활한 표정으로 보아 영락없이 사모일로프와 비슷했다. 위쪽 둥근 지붕으로부터 넓은 햇살이 땅으로 내리비치고, 양쪽 성가대석에서는 어린아이들이 조용히 노래를 부르고 있었다.

"그리스도가 죽음에서 부활하셨네……"

사제가 예배당 한복판에 멈춰 서서 갑자기 소리쳤다. "저들을 체포해!" 제복이 벗겨지고 얼굴엔 희끗한 콧수염이 나타났다. 모두가 달아나느라 정신이 없는 와중에 부제도 향을 내던지고 두 손으로 머리를 감싸쥔 채 줄행랑을 놓는데, 그 모습이 마치 소러시아인을 닮았다. 어머니는 안고 있던 아기를 사람들의 발 밑 마룻바닥에 떨어뜨렸다. 사람들이 겁에 질린 얼굴로 벌거벗은 아기를 바라보면서 그 옆을 지나 뛰어갔다. 어머니는 무릎을 꿇고 그들에게 애원하다시피 소리쳤다.

"아이를 내버리지 말아요! 아이를 데려가요!"

"그리스도가 죽음에서 부활하셨네."

소러시아인이 뒷짐을 진 채 웃으면서 노래를 불렀다.

어머니는 허리를 굽혀 아기를 안아올려서는 목재가 실려 있는 짐차 위에 뉘었다. 그 옆으로 베솝시코프가 천천히 걸어가면서 너털웃음을 지으며 말했다.

"그들은 제가 감당하기 어려운 일을 줬어요."

거리는 진흙투성이였다. 집집마다 창문으로 사람들이 얼굴을 내밀고, 휘파람을 불며 고함치고, 손을 흔들며 야단들이었다. 햇볕이 쨍쨍 내리쬐어 그늘 하나 찾아보기도 힘들었다.

"노래하세요, 어머니! 삶이란 바로 그런 거예요!"

소러시아인이 말했다. 그리고 다정하고도 즐거움에 겨운 소리로 노래를 불러 이런저런 소음들을 죄다 자기 목소리로 삼켜 버렸다. 어머니는 그의 뒤를 따라 걸으면서 투덜댔다.

"그가 왜 날 놀리는 거지?"

그러나 갑자기 뭔가에 발이 걸려 넘어졌고 이내 심연 속으로 빨려 들어갔다. 어머니는 떨어지는 동안 무서운 비명을 들었다.

어머니는 오한으로 몸을 떨고 식은땀을 흘리면서 잠에서 깨어났다. 어머니의 귀는 가슴 쪽으로 기울어 있었고, 자신의 가슴이 텅 비어 있어서 놀랐다. 공장 증기 기적이 사람들을 여전히 일터로 나오라고 불렀다. 어머니는 이게 두번째 신호이려니 생각했다. 방 안에는 책이며 옷가지가 너저분하게 흐트러져 있었다. 모든 게 제자리에 있지 않고 넘어지고 뒤집어졌으며 바닥에는 여기저기 더러운 발자국이 어지럽게 찍혀 있었다.

어머니는 자리에서 일어나 씻지도 않고 기도도 하지 않은 채 방을 먼저 정리했다. 부엌으로 가 보니 붉은 천 조각이 매달려 있는 막대기가 눈에 띄었다. 어머니는 막대기를 보자마자 벽난로 속에 던져 넣으려다가 잠시 숨을 한 번 내리쉬더니 막대기에서 깃발을 떼어낸 다음, 조심스레 접어서 주머니 속에 넣었다. 어머니는 찬물로 창들을 닦고 마루를 훔친 뒤, 마지막으로 몸을 닦았다. 그리고 옷을 갈아입고서 사모바르를 준비했다. 어머니는 부엌 창가에 앉아 자문해 보았다.

'이젠 무얼 어떻게 한다지?'

아직 기도 전이라는 것을 깨달은 어머니는, 성상 앞에서 잠시 시간을 보낸 뒤 다시 자리로 돌아와서 앉았다. 마음은 여전히 휑뎅그렁 비어 있었다.

시계추는 항상 힘 있게 울리면서 이렇게 말하는 듯했다. "난 목표까지 가야 해! 난 목표까지 가야 해!" 그러면서도 성급한 똑딱똑딱 소리를 눌러 느슨하게 했다.

파리들이 무슨 계획이라도 있는 듯 천천히 주위를 날아다니며 윙윙거렸다.

어머니는 문득 언젠가 젊은 시절의 한 광경이 떠올랐다.

잔사일로프 씨의 오래된 공원에 수련이 무수히 피어 있는 커다란 연못이 하나 있었다. 날씨가 흐린 가을 어느 날, 어머니는 연못가를 거닐다가 물 한가운데 조그만 배 하나가 떠 있는 것을 보았다. 연못은 시커멓고 고요했으며 작은 배는 누런 낙엽이 뿌려져 있는 수면 위에 풀칠이라도 한 듯 찰싹 붙어 있었다. 사공도 없고 노도 없는 배 하나가 썩은 낙엽으로 뒤덮인 거무튀튀한 물 위에 외로이 떠 있는 모습에 어머니는 뜻 모를 슬픔과 비애를 느꼈다. 어머니는 한참을 연못가에 붙박인 듯 서서, 누가 왜 배를 바닷가에서 연못 가운데로 밀어놓았을까 생각해 보았다. 이제 보니 어머니에게 자신은 마치 그 배와 같았다. 그때 그 배를 보면서 시체를 기다리고 있는 관을 떠올렸기 때문이다. 그날 저녁 그 연못에서 잔사일로프 씨의 직원 아내가 익사했다는 사실이 알려졌다. 작은 키에 부스스한 머리카락을 늘 흩날리며 빠른 걸음을 걷던 여자였다.

어머니는 손으로 얼굴을 문질렀다. 여러 가지 잡다한 추억담들을 지워보려는 듯했다. 어머니의 생각은 알록달록한 리본처럼 파드닥거렸다. 예전에 지녔던 자신의 인상들에 매료되어 어머니는 한동안 앉아 식은 찻잔을 뚫어지게 바라보고 있었다. 점점 욕망이 일어났다. 누군가 현명하고 단순한 사람들을 만나서 말을 하고, 여러 가지 일들에 대해 물어보고 싶어졌다.

마치 어머니의 바람을 알았는지, 점심을 먹고 난 뒤 니콜라이 이바노비치가 불쑥 찾아왔다. 그러나 막상 그를 보자 갑자기 불안해진 어머니는 인사도 받는 둥 마는 둥 했다.

"이봐요, 친구. 쓸데없이 왜 왔수? 위험해요. 행여 사람들 눈에 띄기라도 하는 날이면 파샤도 같이 잡혀가 버릴 텐데⋯⋯. 조심성이 너무 없구려! 여기서 당신이 발각되면 그들이 분명히 잡아가고 말 거요."

"아시는지 모르겠지만 전 파벨과 안드레이, 이들 두 사람과 사전에 약속한 게 있습니다. 만약에라도 그들이 체포되면 다음 날 바로 어머니를 시내로 옮기기로 말이죠."

어머니의 손을 힘주어 부여잡은 니콜라이 이바노비치는 안경을 고쳐 쓰고 어머니 얼굴에 자기 얼굴을 바짝 들이대며 서둘러 설명했다.

"그들이 벌써 집을 수색하던가요?"

니콜라이가 다정하면서도 고통스런 목소리로 물었다.

"그럼요. 다 뒤지고 더듬고 거드름을 피우며 한 바퀴 돌고 한바탕 난리법석을 떨고 갔죠. 부끄러움이나 양심이라고는 털끝만큼도 없는 사람들이라오!"

"그놈들이 뭐하러 부끄러워하겠어요?"

니콜라이는 어깨를 들썩이며 어머니가 시내로 옮겨가야만 하는 이유를 조목조목 설명했다. 어머니는 진심에서 우러나오는 염려가 담긴 니콜라이의 목소리를 듣고 창백하게 미소를 지으며 그를 바라보았다. 어머니 자신에게 확신을 주는 니콜라이의 다정한 느낌에 놀랐다.

"파샤도 원하는 일이라면 뭘 마다하겠소만⋯⋯."

"그 일에 관해서라면 아무 염려 마세요. 저는 홀몸이고, 하나 있는 누이도 어쩌다가 한 번씩밖에는 찾아오지 않으니까요."

"공짜로 밥만 축내긴 싫은데."

어머니가 말했다.

"원하신다면 뭔가 할 일을 찾을 수 있을 거예요."

어머니에게 일이란 이제 아들과 안드레이가 하고 있는 일과 따로 떼어놓고 생각할 수조차 없었다. 어머니는 니콜라이에게 바짝 다가앉아 그의 눈치를 살피며 다시 물었다.

"그래? 내가 할 만한 일이 있겠수?"

"제 살림이란 게 워낙 단출하고, 또 저는 총각이어서……."

"내가 하는 말은 그런 집안일 같은 거 말고, 그거 있잖아요, 세계적인 일, 그런 거."

어머니가 나직이 말했다.

어머니는 슬픈 듯 한숨을 들이쉬었다. 자신을 이해해주지 못하는 니콜라이가 야속했다. 그는 일어서서 어머니 쪽으로 허리를 구부리고 근시안으로 웃음을 흘리며 생각에 잠긴 듯 말했다.

"원하시는 대로 당신이 세계적인 일을 할 수 있게 될 테죠."

어머니는 단순하고 깨끗하게 자신의 생각을 재빨리 표현했다. "일단 내가 파벨을 도울 수만 있으면, 나는 일을 다시 잘 해낼 수 있을 거요. 아들의 명분을 위해 일하는 사람들이 많으면 많을수록 그 애의 진실은 사람들 앞에 더 분명히 나타날 테지."

그러나 이런 생각들은 어머니의 희망이 의미하는 전체적 힘이라든가 복잡한 성격 같은 면을 충분히 나타내지는 못했다.

"내가 무슨 일을 할 수 있겠수?" 어머니는 조용히 물었다.

니콜라이는 잠시 생각해 본 다음, 혁명적인 일의 전문적인 세부 설명을 들려주었다. 다른 일들에 대해서는 이렇게 말했다.

"아, 참! 파벨을 면회하러 감옥에 가실 때 저번에 신문을 요청하던 그 농부들의 주소라도 물어봐 주신다면……."

그러자 어머니가 기뻐하며 소리쳤다.

"그 사람들이라면 내가 잘 알지! 내가 그들 주소지를 찾을 수 있어! 신문을 줘요, 내가 전달할 테니. 필요한 게 뭔지 말만 해요. 내가 다 할 테니! 내가 불온문서들을 가지고 다닌다고 누군들 생각할 수 있겠소? 주님이 보우하사, 100파운드도 넘는 유인물을 공장에 날랐다니까, 내가!"

어머니는 불현듯 배낭을 짊어지고 지팡이를 들고서 숲과 들을 지나 어디로든 떠나고만 싶었다.

"제발, 그 일에 나도 끼워 줘요! 내가 가지 못할 곳이 어디 있겠어? 이 마을 저 마을을 돌아다니다보면 길눈도 훤해지겠지. 비가 오나 눈이 오나 쉬지 않고 돌아다니겠소, 진리를 위해 순례자처럼. 이게 나 같은 여자로서 하찮은 소임이 아니잖우? 방랑자의 인생은 훌륭해. 방랑자는 세상을 두루 돌아다니면서, 아무것도 소유하지 않고, 그저 빵만 있으면 그뿐이지. 아무도 그를 속이지 않고. 그래서, 아무도 모르게 조용히 지구를 헤매고 다니는 거요. 그래서 나도 갈 거요. 안드레이에게, 파샤에게, 아무튼 그 애들이 사는 곳으로 가야지."

그러나 예수의 이름으로 집도 절도 없는 순례자가 되어 오두막 창문 밑에서 구걸이나 하고 다닐 자신의 처지를 생각하니 왠지 모르게 설움이 복받쳤다.

니콜라이가 조심스럽게 어머니의 손을 잡고 따뜻하게 어루만졌다. 그가 시계를 들여다보고는 입을 열었다.

"이 얘기는 나중에 하시죠, 뭐. 당신은 위험한 짐을 당신의 어깨에 짊어지고 있어요. 당신이 하려고 의도한 일이 있으면 그 일을 아주 신중하게 생각해봐야 해요."

"이봐요, 니콜라이! 내가 무슨 생각을 해야 되누? 이런 일의 명분이 아니면 뭣 때문에 내가 살아야 해? 어느 누구에게든 내가 도움이나 되겠어? 나무가 자라면 그늘을 만들어 주잖우. 또 나무토막으로 쪼개져서 사람들을 따뜻하게 덥혀 주고. 말 못하는 나무 한 그루라도 인생에 도움이 되는데, 난 사람이라오. 아이들, 저기 가장 혈통 좋은 사람들, 그리고 거기에 진심으로 있는 가장 좋은 사람은 그들의 자유와 삶을 포기한 채 자기 자신에 대한 동정심도 없이 죽고 말아! 그런데 한 어미가 되어서 어떻게 아무 일도 안 하고 방관만 한단 말이오?"

군중 맨 앞에 서서 손에 깃발을 들고 행진하는 아들의 모습이 어머니의 마음 앞에서 빛을 발했다.

"내 아들이 진리를 위해 자기 인생을 포기하는 마당에 내가 어떻게 게으름을 피우겠수? 난 잘 알아, 알고말고. 파벨은 진리를 위해 일하고 있는 게야. 내가 저 장작더미 옆에서 산 지가 5년째라우. 내 가슴은 녹아서 타 버리기 시작했어. 그대가 무엇을 위해 있는 힘을 다해 노력하는지 나도 알고 있다우. 그대들 모두가 어떤 짐을 어깨에 짊어지고 있는지도 잘 알고. 제발 날 데려가 주게나. 아들을 도울 수 있게! 날 데려가 주게!"

니콜라이의 낯빛이 창백해졌다. 그는 깊은 한숨을 들이쉬더니 연민에 찬 눈길로 어머니를 찬찬히 보며 말했다.

"그런 말씀은 처음 들어봐요."

"내가 무슨 말을 하겠나?"

어머니는 안타까운 듯 고개를 저으며 힘없이 두 팔을 늘어뜨리고 말했다.

"어미의 심정을 어떻게 전해야 할지 도무지 난······."

가슴속에선 힘이 점점 자라나고 흥분되어 벌떡 일어났다. 그리고 분노가 머리끝까지 밀려와 말했다.

"많은 사람이······ 눈물을 흘릴 날이 올 거요······ 악독하고 양심이라곤 털끝만치도 없는 놈들까지도! 난 그들에게 맛을 보여줄 거요. 그들이 예수에게 쓴 잔을 마시게 한 대로, 또 우리 아이들에게 지금 쓰디쓴 맛을 보게 한 대로 톡톡히 갚아 줄 거라고요. 그들은 어미라는 사람의 마음을 멍들게 했으니 말이야!"

니콜라이는 일어서서 그의 떨리는 손가락으로 빈약한 수염을 쓸어당기며 낯선 목소리로 느릿느릿 말했다.

"언젠가 당신이 그들에게 말할 날이 있겠죠, 난 그렇게 생각해요!"

니콜라이가 자리에서 일어나 다시 시계를 들여다보며 급히 물었다.

"그럼 일단 결정된 겁니다, 저 있는 시내로 이사하시기로."

어머니는 말없이 고개만 끄덕였다.

"언제가 좋을까요? 빠를수록 좋겠죠? 저는 어머님이 걱정될 거예요, 정말입니다!"

어머니는 놀라 니콜라이를 바라보았다. 아니 이런 사람이 다 있다니! 니콜라이는 고개를 숙이고 당혹스런 미소를 지었다. 니콜라이는 새우등에 근시의 눈, 평범한 검은 조끼 차림새로 어머니 앞에 서 있었다.

"수중에 돈 있으세요?"

니콜라이가 시선을 떨어트리며 물었다.

"없는데······."

니콜라이는 곧 호주머니에서 지갑을 꺼내 어머니 앞에 내밀었다.

"자요, 여기 돈 있으니까 필요한 만큼 가져가세요."

어머니는 자신도 모르게 나오는 웃음을 억지로 참고 고개를 설레설레 흔들며 말했다.

"그대는 다른 사람들과 달라도 참 많이 달라. 돈도 그대에겐 아무런 가치가 없어. 사람들은 돈이라면 사족을 못 쓰고 영혼마저 팔아치우겠다고 난리인데. 그대에겐 돈은 그냥 수많은 종잇조각, 구리조각일 뿐이야. 가만 보면 그대에게 돈은 친절을 베풀 때 말고는 아무 데도 필요없어, 그죠?"

니콜라이 이바노비치가 웃으며 나직이 대꾸했다.

"지긋지긋하리만치 폐를 끼치는 게 바로 돈이에요. 줄 때건 받을 때건 항상 거북하고⋯⋯."

니콜라이는 맞잡은 손에 따뜻하게 힘을 주면서 다시 한 번 물었다.

"되도록이면 빨리 오실 거죠?"

그러고는 언제나 그렇듯 습관대로 조용히 떠났다.

어머니는 니콜라이가 다녀간 지 사흘이 지나서 시내로 이사할 준비를 했다. 궤짝 두 개밖에 안 되는 짐을 짐마차에 싣고 촌마을을 떠나 들판을 가로질러 가면서 뒤를 돌아보니 이젠 여기도 마지막이라는 생각에 가슴이 아팠다. 이곳은 어머니의 삶에 있어 가장 암울하고 괴로운 시절을 보냈던 곳이기도 했고, 또 다른 다채로운 삶을 시작한 곳이기도 했다. 다음 날이 되면 그 전날은 모두 삼켜져 버리고, 나날이 새로운 슬픔과 새로운 기쁨, 새로운 생각, 새로운 감정으로 가득 찼다.

공장 건물이 어설프게 거대한 검붉은 거미와도 같이 꿈틀대면서 굴뚝을 하늘 높이 쳐들고 있었다. 공장 가까이에 바짝 단층짜리 노동자들의 숙소가 다닥다닥 붙어 있었다. 숯검정으로 새까맣게 그을은 땅바닥에 납작하게 세워진 잿빛 숙소들은 소택지 가장자리에 비좁게 모여서 흐릿한 창문을 통해 서로를 천진하게 바라본다. 그 위로는 공장 색깔에 눌려 검붉은 빛을 띠고 있는 교회 건물이 높이 솟아 있으나 어머니가 보기에 종탑은 공장 굴뚝보다 낮았다.

어머니는 한숨을 내쉬고 외투 깃을 여몄다. 목이 콱콱 막혔다. 어머니는 슬픈 기분이 들었지만, 그것은 단지 더운 한낮의 먼지처럼 메마른 슬픔이었다.

"이랴!"

마부가 채찍으로 말 잔등을 후려치면서 소리쳤다. 다리가 굽은 마부는 키를 가늠하기가 어려웠다. 머리카락은 색이 바랜 듯 희끄무레했고, 눈동자도 부옇게 흐렸다.

마부는 좌우로 흔들거리면서 마차 옆에서 나란히 걸었다. 마부의 모습으로 보면, '나는 지금 마차의 방향엔 전혀 관심이 없어'라고 확고하게 말하는 듯했다.

"이랴!"

마부는 단조로운 목소리로 연신 고함을 치고 진흙이 덕지덕지 붙은 무거운 장화를 끌며 우스꽝스럽게 앞으로 성큼성큼 발걸음을 옮겼다. 어머니는 주변을 둘러보았다. 들판은 어머니의 영혼만큼이나 암울하고 따분했다.

"아주머니는 절대 궁핍에서 벗어날 수 없을 거요, 어딜 가든 다 똑같으니까. 가난에서 멀리 데려가 주는 길은 이 세상에 없다우. 길이란 길은 다 가난으로만 통해 있소. 그 어떤 길도 가난에서 벗어나 있질 못하지."

마부는 따분하게 느릿느릿 말했다.

말은 맥없이 연신 머리를 흔들면서 햇빛에 달구어진 메마른 모래땅에 무거운 발을 깊게 빠트린다. 발 아래에서 모래땅이 부드럽게 갈라졌다. 기름칠이 덜 된 짐마차가 곧 부서질 듯 삐걱거리는 소리를 냈다.

2

니콜라이 이바노비치는 인적이 드문 조용하고 황량한 도시 변두리, 오래되고 시커먼 이층집 양옆에 붙은 별채에서 산다. 녹색 칠이 된 작은 별채에는 점점 무성해진 작은 정원이 있었는데, 라일락과 아카시아, 그리고 갓 심은 백양목의 은빛 잎사귀들이 니콜라이가 쓰고 있는 세 개의 방 창문을 통해 새로운 듯 다정하게 방 안을 엿보는 듯했다. 방은 조용하고 깔끔했으며 마룻바닥엔 온갖 무늬의 그림자들이 소리 없이 흔들린다. 또 벽에는 책들이 가득한 선반들이 줄지어 튀어나와 있고, 그 위로 근엄해 보이는 사람들의 초상화가 걸려 있었다.

"이 방이 쓰시기에 괜찮겠어요?"

니콜라이가 어머니를 작은 방으로 안내하며 말을 건넸다. 창문 하나는 정원으로 나 있고, 다른 하나는 풀이 무성한 마당으로 나 있는 방이었다. 벽은 죄다 책장과 선반으로 빈틈이 없었다.

"나는 차라리 부엌이 좋은데. 작은 부엌이 밝고 깨끗해서……."

어머니가 말했다.

어머니가 보기에 니콜라이는 좀 놀라는 눈치였다. 그가 당황한 듯 난처해하며 설득하는 바람에 어머니도 더는 사양할 수 없었다. 니콜라이는 곧 격려를 해주었다.

방 세 개에는 모두 특별한 분위기가 배어 있었다. 숨쉬기는 편하고 상쾌할지 모르나, 너무나 고요해서 저절로 목소리가 기어들어갔다. 벽에 걸린 초상화 속 인물들이 명상을 방해하지 말라고 무의식중에 경고하는 듯했다.

"꽃에 물을 주어야겠군."

창가에 놓여 있는 화분의 흙을 보고 어머니가 말했다.

"예, 맞아요. 꽃을 좋아하긴 하는데 바쁘다 보니 신경 쓸 정신이 있어야지요."

주인이 죄지은 사람처럼 말했다.

니콜라이를 유심히 살펴본 어머니는, 그가 자기의 편안한 집에서도 걸음걸이를 낯선 이방인처럼 조심하고 있다는 사실을 알 수 있었다. 주변의 모든 것들과 전혀 어울리지 않는 사람 같아 보였다. 그는 흉상이라든가, 그런 작은 물건들을 얼굴을 바짝 들이대고 가는 손가락으로 안경을 고쳐 써가면서 실눈을 뜨고 꼼꼼하게 살피곤 했다. 어머니와 함께 자기 방에 들어갈 때도 어머니만큼이나 모든 물건이 낯선 듯 보였다. 일단 거기에까지 생각이 미치자 어머니는 내 집처럼 편안함을 느낄 수 있었다. 어머니는 틈나는 대로 니콜라이의 뒤를 따라다니며 물건이 놓인 자리와, 그의 생활 습관을 시시콜콜 물었다. 그럴 때마다 니콜라이는 마치 죄인처럼 대답했다. 하지 말아야 할 일을 언제나 알고 있으면서도 자신도 어쩔 수 없이 하고 있다는 듯이.

꽃에 물을 주고, 피아노 위에 흩어져 있는 악보들을 차곡차곡 정리한 어머니는 사모바르를 보고 말했다.

"좀 반짝반짝하게 닦아야겠어."

니콜라이는 광택 하나 없이 무딘 사모바르의 겉을 문지른 손가락을 코끝에 갖다댔다. 그런 그가 어머니를 너무도 심각하게 바라보아서 어머니는 피식 웃음이 나왔다.

어머니는 잠자리에 누워 지난날을 떠올리다가 무엇에 놀라기라도 한 듯 베개에서 머리를 들고 주위를 둘러보았다. 생전 처음 경험해보는 남의 집 잠자리임에도 불구하고 불편하다는 느낌은 전혀 없었다. 니콜라이에 대해 열심히 생각하다가 어머니는 그를 위해서 할 수 있는 최선을 다하고, 가능하다면 그의 삶에 어떤 따스함을 불어넣어주고 싶은 마음이 절로 생겼다. 니콜라이의 부끄러워 어색해하고 당황해하는 표정에 어머니는 감동해서 혼자 한숨 섞인 미소를 지었다. 그러자 아들 파벨과 안드레이 생각이 퍼뜩 떠올랐다. 소리 높이 펑펑 울리는 페자의 목소리가 기억났고, 눈앞에 새로운 소리로 옷을 입혀 새로운 생각을 비추는 메이데이의 축제 광경이 한 폭의 그림처럼 떠올랐다. 그날의 일들은 메이데이 자체만큼 이상했었다. 시합에서 한 대 얻어맞아 땅바닥에 머리를 처박고 곤두박질해야만 하는 이전의 슬픔과는 질적으로 달랐다. 그것은 수십 개의 날카로운 송곳으로 가슴을 찔러 어머니의 눈을 크게 뜨게 하고 굽었던 등을 펴게 만드는, 정말 은근한 분노를 불러일으키는 슬픔이었다.

어머니는 여태껏 들어본 적 없는 도시 밤거리의 소음에 귀를 기울이며, 우리 아이들이 세상으로 나아가고 있는 거야, 생각했다. 거리의 소음들은 멀리서 들려오는 한숨소리처럼 와서, 정원의 낙엽들을 흔들고 열린 창문을 통해 방 안으로 기어들어와서는, 기절하듯 자취를 감추었다.

이튿날 아침 일찍 어머니는 반짝이도록 깨끗이 씻은 사모바르에 물을 끓이고 최대한 소리가 나지 않도록 식탁에 접시들을 올린 다음, 부엌에 앉아서 니콜라이가 일어나기만을 기다렸다. 그때 기침 소리가 들리고 한 손에 안경을 든 그가 목을 어루만지면서 부엌으로 들어섰다. 아침 인사에 답한 어머니는 사모바르를 방으로 가져갔다. 니콜라이는 세수를 하다가 마룻바닥에 물을 튀기고 비누와 칫솔을 바닥에 떨어트리고는 불만에 차서 자기 자신이 못마땅한 듯 투덜거렸다.

차를 마시려고 자리에 앉은 니콜라이가 어머니에게 말을 걸었다.

"저는 지방자치회에서 매우 끔찍한 일을 보고 있습니다. 농민들이 어떻게 피폐해 가고 있는가를 관찰하는 일이랍니다."

그러고는 죄지은 사람처럼 멋쩍게 웃어 보이며 말을 이었다.

"굶주림에 지친 사람들은 너무 젊은 나이에 굶어 죽어 무덤행이고, 아이들은 태어날 때부터 너무 쇠약해서 가을 파리처럼 시들시들 죽어갑니다. 우린 왜 그렇게 비참한지 다 압니다. 그냥 지켜보면서 우리는 꼬박꼬박 월급을 받지요. 저희가 하는 일은 그게 다예요. 정말입니다. 그냥 그 일만 하면 돼요."

"그럼 지금 자넨, 학생인가?"

어머니가 물었다.

"아뇨, 저는 촌마을 선생이었답니다. 아버지가 바트카에 있는 공장 관리인이셨기 때문에 저는 선생이 될 수 있었어요. 그렇지만 저는 농부들에게 책을 나누어 주기 시작했습니다. 그 때문에 옥살이도 했고요. 출옥해서 서점 점원으로 일을 하기도 했는데, 저의 부주의로 그 일도 금방 그만두게 되었고, 다시 감옥에 가는 신세가 되었다가 결국 아르한겔스크로 유형을 가게 되었답니다. 거기서도 그 지방 지사의 눈 밖에 나는 바람에 백해(白海) 연안 벽촌으로 보내져 그곳에서 5년을 살았어요."

니콜라이의 이야기는 따스한 햇살로 가득 넘치는 방 안에 잔잔하게 울렸다. 이런 종류의 이야기라면 처음 듣는 것도 아니건만 어머니로서는 이해되지 않는 구석이 많았다. 그런 고통을 당하고도 어떻게 저리도 태연하게 이야기를 할 수 있는가, 왜 그는 겪은 고통을 아무에게도 탓하지 않을까, 왜 그런 고통을 불가피하게 여길까?

"누이가 오늘 올 겁니다."

니콜라이가 말했다.

"누이는 결혼을 했수?"

"과부랍니다. 남편이 시베리아로 유형을 갔다가 구사일생으로 탈출했는데, 도중에 감기에 걸려 2년 전에 외국에서 그만 죽고 말았죠."

"손아래 누이요?"

"아뇨, 저보다 여섯 살 위예요. 제가 신세를 많이 지고 있어요. 누이의 피아노 연주를 들으실 수 있을 거예요. 저게 누이 피아노랍니다. 여기 있는 물건 대부분이 다 누이 것이고, 제 거라면 책 정도나 있을까……."

"누이가 사는 데는 어딘데?"

니콜라이가 피식 웃으며 대답했다.

"딱히 어디라고 할 수 없어요. 용감한 사람을 필요로 하는 곳이 있으면 거기가 바로 누이가 사는 데니까요."

"그럼 누이도 역시 우리 하는 일에?"

"물론이죠."

니콜라이가 일하러 나가고 집을 비우자 어머니는 사람들이 밤낮 구분 없이 조용하게 결연한 의지로 벌여나가고 있는 이 '운동'에 대해 깊은 생각에 빠졌다. 그런 사람들을 생각할 때면 어머니는 깊은 밤에 거대한 산 앞에 서 있는 기분이었다.

정오쯤 몸매가 늘씬한 여인이 찾아왔다. 어머니가 문을 열어주기 무섭게 그 여인은 바닥에 누런 여행 가방을 내던지고 다급하게 어머니의 손을 잡으며 물었다.

"아주머니가 파벨 미하일로비치의 어머니시군요, 그렇죠?"

"그렇습니다만……."

어머니는 여인의 풍족해 보이는 겉모습에 당혹스러워하며 대답했다.

"제가 상상했던 그대로세요."

거울 앞에서 모자를 벗으며 여인이 말했다.

"파벨 미하일로비치와는 오랜 친구 사이에요. 파벨이 어머님 말씀을 어찌나 하던지……."

여인은 목소리가 둔하고 말도 느렸지만 움직임만은 민첩하고 활기차 보였다. 여인의 크고 맑은 잿빛 눈은 앳된 미소를 머금고 있었지만 그래도 관자놀이 근처에는 잔주름이 졌고 귀 위로는 희끗한 머리카락이 은빛으로 반짝거렸다.

"배가 고프네요. 커피 한 잔 부탁드려요."

여인이 말했다.

"내 얼른 끓여 오리다."

어머니는 선반에서 커피 기구를 꺼내면서 조용히 물었다.

"파샤가 내 얘길 합디까?"

"그럼요, 얼마나 많이 했다고요."

여인은 조그만 가죽 담뱃갑에서 담배 한 개비를 뽑아 불을 붙여 물고서 방 안을 서성이며 물었다.

"파벨 때문에 걱정이 많이 되시죠?"

어머니는 커피 주전자 밑에서 흔들리는 알코올 램프의 불꽃을 바라보면서 미소를 지었다. 여인이 나타났을 때의 당혹감은 이 여인을 만난 커다란 기쁨 때문에 사라졌다.

'내 얘길 많이 했구나, 사랑스런 내 아들!'

어머니는 이런 생각을 하면서 천천히 말했다.

"물론이죠, 맘이 편하지를 못해요. 그런데 이전엔 더 나쁜 경우도 허다했는데요 뭐. 지금은 파샤가 혼자가 아니라는 사실도 알고, 또 나도 혼자가 아니니까……."

그리고 여인의 얼굴을 들여다보면서 물었다.

"이름이 어떻게 되우?"

"소피아예요."

소피아는 대답하고서 업무에 충실한 투로 말하기 시작했다.

"중요한 문제는 모두 감옥에 오래 있지는 않을 거라는 거예요. 곧 형을 언도 받게 될 테니까요. 그들이 유형에 처해지는 대로 우린 곧바로 파벨 미하일로비치를 탈출시킬 계획에 착수할 겁니다. 시베리아에서는 그가 할 일이 없어요. 파벨은 여기서 꼭 필요한 인물이에요."

어머니가 미심쩍은 눈초리로 소피아를 바라보았다. 소피아는 담배 꽁초를 버릴 만한 곳이 없는지 두리번거리더니 결국 화분에 담겨 있는 흙에 비벼 꺼 버렸다.

"그러면 꽃에 별로 안 좋을 텐데!"

어머니는 무심결에 중얼거렸다.

"죄송해요. 니콜라이도 늘 잔소리를 한답니다."

소피아는 간단히 말하고는 화분에서 담배 꽁초를 꺼내 창 밖으로 홱 집어 던졌다.

어머니는 당혹스럽고 미안해서 소피아에게 말했다.

"미안해요! 난 그저 생각 없이 한 소린데. 내가 잔소리 늘어놓을 자격은 없죠?"

"아니에요, 제가 잘못한 점이 있으면 당연히 따끔하게 야단을 쳐 주셔야죠. 안 그런가요?"

어깨를 으쓱이며 소피아가 말했다.

"나도 알아요. 그런데 난 항상 나 때문에 더 나빠지는 걸 잊어요. 참 추한 습관이지요…… 담배 꽁초를 아무데나 버려서 재로 더럽혀 놓는 건…… 특히 여자들이 그러면 더 추하고. 일을 해야만 방이 깨끗하죠. 그래서 일이란 모두가 존경받아야 마땅하고요. 커피가 준비됐나요? 고마워요! 그런데 왜 잔이 하나 뿐이죠? 커피를 안 마시세요?"

그러고는 갑자기 어머니의 어깨를 양손으로 감싸더니 자기에게 바짝 끌어 당겼다. 그리고 어머니의 눈을 바라보면서 놀란 듯 물었다.

"왜요, 제가 좀 불편하게 해드렸나요?"

어머니가 웃으면서 대답했다.

"난 그저 담배 꽁초에 대해서 한마디 했을 뿐인데 내가 쑥스러워 보이우? 어제 여기로 이사 왔는데 내 집처럼 편하고 오랫동안 알고 지냈던 것 같아, 무서울 것도 없고 말을 가려서 할 필요도 없고……."

소피아는 놀라움을 감추지 않았다.

"그러셔야죠."

"난 지금 하도 머리가 어지러워서 나 자신에게 낯설 정도라오. 전에는 상대방과 오랫동안 같이 있어야만 마음을 열고 말했었다우. 그런데 이젠 마음이 항상 열려 있어서, 예전엔 생각지도 못했던 말까지 터놓고 이야기할 수 있게 되었다오. 물론 말도 많이 하고."

소피아는 담배 한 대를 다시 피워 물고 아무 말 없이 다정한 회색빛 시선으로 어머니의 얼굴을 들여다보았다.

"참, 아까 탈출 계획에 대해 이야기한 것 같은데, 그럼 파샤는 어떻게 되지? 어떻게 평생 도망자로 살아?"

어머니는 마침내 자신을 흥분시켰던 생각에 대해 언급했다.

"그건 아무 일도 아니에요."

소피아는 자기 잔에 커피를 다시 가득 따르고서 대꾸했다.

"그런 식으로 도망친 뒤 사는 사람이 수십 명 남짓 되는데 그 사람들과 함께 살 거예요. 지금도 막 한 사람을 만나 배웅하고 오는 길인데, 또 다른 사람 역시 참 중요한 인물이죠. 남부에서 운동에 참여했어요. 5년 유형에 처해졌는데 지금까지 석 달 반가량 남았어요. 그래서 그만한─귀부인─을 찾아보는 거예요. 제가 항상 옷을 이렇게 입는다고 생각하세요? 이렇게 좋은 의복, 호화로운 비단 소리를 전 참을 수가 없어요. 인간은 본성적으로 단순해서 옷도 단순하게 입어야 해요, 아름답지만 단순하게요."

어머니는 소피아를 물끄러미 바라보면서 미소를 머금고 고개를 저으며 생각에 잠겨서 이야기했다.

"분명한 건 그날, 그 5월 1일이 나를 변하게 만들었다는 거요. 왠지 내가 동시에 두 길을 가고 있는 것처럼 두려운 기분 말이우. 처음엔 이해가 되는 것 같더니 갑자기 눈앞에 안개가 자욱하게 낀 듯했지. 여기 당신이 왔어! 숙녀야, 그것도 이 운동에 참여하고 있고…… 파샤를 잘 알고, 인정해주고 있어. 고맙다는 말밖에는 할 말이 없네."

"천만에요, 고마워해야 할 사람은 바로 전데요, 뭐!"

소피아가 웃었다.

"나한테 말이오? 파샤가 하는 운동에 대해 가르쳐주지도 못했는걸."

한숨을 몰아쉬며 어머니가 말했다.

"이제 말하는데, 나는 세상 모두가 단순하고 가까워 보여. 그런데 문득 이 단순성이란 게 뭔지 모르겠다우. 그럼 다시 나는 조용히 있지. 그렇지만 조용히 있다 보면 곧 점점 두려운 생각이 들어. 나는 평생 늘 두려워하며 살아왔지만, 두려워할 대상이 많으면 별로 두렵지가 않아. 왜 그렇지? 나는 이해할 수가 없다우." 어머니는 할 말을 잃고 멈추어 섰다.

소피아는 어머니를 심각하게 바라보고 기다리다가 어머니가 흥분해 있는 모습을 보고는, 어머니에게 맞는 마땅한 표현을 찾지 못했으나 그래도 계속 대화를 이어갔다.

"모든 걸 이해하실 때가 올 거예요. 사람에게 힘과 신뢰를 주는 가장 중요한 요소가 뭘까요. 그건 일을 하는 어떤 이유를 그가 언제 진심으로 사랑하기 시작할까, 또 그것이 모든 사람에게 적용할 좋은 이유라는 사실을 알게 되는 거죠. 그런 사랑이 있고, 또 모든 게 있는데, 사랑하려는 사람이 없어요. 자, 이제 이 모든 호화로움에서 제가 빠져나올 때예요."

소피아는 담배 꽁초를 차받침에 비벼 끄고 머리를 흔들었다. 숱이 많은 금발 머리칼이 등에서 굽이쳤다. 소피아는 미소를 지으며 걸어나갔다. 어머니는 소피아가 가는 모습을 지켜보며 한숨을 쉬고 주위를 둘러보았다. 소피아의 생각은 이제 멎었다. 반은 졸리고, 알 수 없는 부담감에 숨 막히는 상태로 접시들을 주워 모았다.

4시에 니콜라이가 집으로 돌아왔다. 같이 식사를 하는 자리에서 소피아는 도망자를 만나 위기의 순간에 그를 숨겨준 일, 무서웠던 첩자 한 명을 사람들 가운데서 보았던 일, 그리고 도망자의 재치 넘치는 행동에 대한 이야기를 간간이 웃음을 터트리면서 시시콜콜 늘어놓았다. 소피아의 말투에서 어머니는 힘겨운 일을 마치고 만족해하는 노동자의 뽐내는 기분을 느꼈다.

소피아는 흐르는 듯한 비둘기색 드레스를 입고 있었는데, 그 드레스는 어깨에서 발목까지 따스하게 물결쳤다. 옷 때문인지는 몰라도 부드럽고, 소리없이 조용해졌으며, 키도 더 커 보이고 눈도 깊고 어두워 보였다. 동작 역시 긴장감이 덜하고 자연스러워졌다.

"소피아, 해야 할 일이 하나 더 생겼어."

식사가 끝난 뒤 니콜라이가 먼저 입을 열었다.

"누나도 알겠지만 우리가 농촌 신문을 계획하고 있었는데 최근의 검거 사건 때문에 그쪽 사람들과 연락이 끊겨 버렸어. 이제 신문을 배포할 사람을 찾는 일은 어머니의 도움에 의지할 수밖에 없어. 누나가 어머님과 함께 그곳으로 가 줘야겠어, 되도록 빨리 하도록 해."

"좋아!"

소피아가 대답했다.

"우리 같이 갈 거예요, 닐로브나!"

"그래, 같이 갈 거야."

"거리가 먼가?"

"80베르스타가량 될 걸요, 아마?"

"멋지겠는걸! 그건 그렇고 피아노 좀 쳤으면 좋겠는데. 어때요, 들어주실 수 있겠죠, 펠라게야 닐로브나?"

"무슨 걱정이우, 그냥 내가 없다 생각하면 되지, 뭐!"

어머니는 폭신한 소파의 한 귀퉁이에 자리를 잡으며 대답했다.

어머니는 남매가 일부러 자신을 특별하게 대하지 않으려고 애를 쓰고 있다는 사실과 자신도 모르게 그들의 대화 속으로 자연스럽게 빠져들었다는 사실을 깨달았다.

"잘 들어 봐, 니콜라이! 그리그의 곡인데 오늘 악보를 가져왔어. 창문 좀 닫아 주고."

소피아는 악보를 펼치고 왼손으로 피아노 건반을 가볍게 두드렸다. 피아노 건반줄들이 굵고 재미있는 음으로 노래하기 시작했다. 다른 음조가 깊은 숨을 크게 들이쉬며 조금 전의 첫 음조에 합쳐져 풍부한 소리를 이루면서도, 그 자체 무게보다 못한 소리로 바르르 떨리고 있었다. 오른손 손가락 밑에서 이상하리만치 맑은 음이 울려 퍼지며 흘러나와, 마치 놀란 새 무리처럼 동요하고 흔들리고 서로 부딪히면서 정신없이 줄행랑쳤다.

어두운 배경에서는 낮은 음조가 폭풍에 지친 바다의 파도처럼 침착하고 조화로운 마침(카덴스)으로 곡조를 냈다. 누군가가 소리치고, 반란을 일으켜 크게 흥분하여 한심하게 외치는 소리가 무기력한 분노로 '왜?'냐고 심문하며 호소하다가는, 희망을 잃고 점점 침묵해 갔다. 그러고 나서 다시 후회스러운 비탄의 곡조가 울려 나와서, 깊이 있게 낭랑하고 맑았다가, 또 억눌려서 맥이 빠졌다. 이 곡조에 화답하여 어두운 음색의 굵직한 파도가 밀려왔는데, 폭넓고 낭랑하게, 그리고 그저 그렇게 희망 없이 들렸다. 굵은 소리의 파도는 자체적인 깊이와 힘으로, 비탄의 울음소리를 내는 청객을 물에 흠뻑 젖게 했다. 심문과 호소, 신음이 걱정스러운 곡조에 혼합되었다. 가끔씩 음악이 흐느끼고 슬퍼하면서 온 힘을 다해 높이 날아올랐다. 그리고 다시 스스로를 치닫게 해서는 낮게 기어 여기저기서 뻑뻑하고도 떨리는 낮은 음조로 흐느적거리며 흔들렸다. 그러다가 좌초해서 음조들 속으로 사라졌다. 그리고 다시 한 번 마침(카덴스)까지 돌진하면서 희망 없이 조용하게 우르릉거리면서, 음량이 점점 커졌고, 정면으로 크게 울린 음이 넓게 번지는 습기 찬 음조에 녹아서 해체되었다. 이 음은 똑같이 고른 크기의 힘과 평정에 의해 한숨으로 이어져서 절대 지칠 줄을 모르는 것이었다.

처음에는 그 음악소리가 어머니를 감동시키지 못했다. 어머니의 귀에 혼란스럽게만 울릴 뿐 음악을 이해할 수가 없어서였다. 서로 복잡하게 얽혀 있는 음들의 혼합에서 어떤 멜로디를 분간해낼 수 없었다. 어머니는 졸음이 밀려와 반쯤 감긴 눈으로 니콜라이를 바라보았다. 니콜라이는 발을 꼬고 소파의 반대 귀퉁이에 앉아 누이의 진지한 옆모습과 숱 많은 금발머리를 바라보았다.

햇빛이 방 안으로 비쳐 들어왔다. 한 줄기 햇빛이 수심에 잠긴 듯이 떨리다가, 처음엔 소피아의 머리와 어깨에 걸리고 다음엔 피아노 건반 위로 옮겨 가 여인의 손가락 밑에서 눌려 새의 날갯짓처럼 파드닥거리며 떨렸다. 아카시아 가지들이 창 밖에서 이리저리 흔들리고 있었다. 방 안에 가득 퍼진 음악 소리에 어머니는 눈치채이지 않고 잊힌 과거의 추억을 일깨웠다.

거의 같은 고조의 세 가지 음조가 페자 마진의 목소리처럼 울리고, 소리의 시냇물 속에서 세 마리의 은빛 민물고기처럼 빛났다. 가끔씩 또 하나의 음조가 이 간단한 곡조들에 합해져서, 다정하면서도 슬프게 쓰다듬며 마음을 감쌌다. 어머니는 그 곡조들의 재잘거리는 소리를 귀 기울여 기다리게 되었다. 오직 그 음악 소리만이 귀에 들어왔다. 음악 소리는 점차 떠들썩한 혼돈과 구별되었고, 마침내 어머니는 그 떠들썩한 혼돈에 귀머거리가 되었다.

그리고 어떤 이유 때문에 기억들이 되살아났는데, 그것은 어머니의 희미한 과거로부터 오랫동안 잊었던 잘못된 삶에 대한 기억들이었다.

언젠가 거나하게 취해 밤늦게 집에 돌아온 남편은 다짜고짜 어머니를 침대에서 끌어내 바닥에 내팽개치고 옆구리를 걷어차며 호통을 쳤다.

"멀리 꺼져 버려. 너만 보면 머리가 깨질 듯이 아파! 나가!"

어머니는 남편의 주먹을 피하려고 두 살배기 아들을 끌어안고 바닥에 웅크리고 앉아 아들을 방패처럼 뒤집어쓰고 있었다. 아기는 놀라서 어머니의 팔 안에서 귀청이 찢어지도록 울어댔다. 제대로 입지도 못했고 몸에선 열이 났다.

"꺼져 버려!"

남편이 버럭 소리를 질렀다.

어머니는 벌떡 일어나 부엌으로 달아났다. 어깨에 웃옷 하나를 겨우 걸치고 등에 업은 아기를 숄로 대충 감싸고서 반항은 고사하고 불평 한마디 하지 못한 채 거리로 뛰쳐나왔다. 맨발에 웃옷 속에는 셔츠뿐이었다. 때는 5월이라 밤공기가 선선했다. 거리의 찬 먼지가 발끝에 부딪치며 발가락 사이에 뽀얀 먼지가 금세 수북이 쌓였다. 아기는 버둥거리며 울음을 그칠 줄 몰랐다. 어머니는 아들을 품에 꼭 안았다. 아기를 조용히 달래면서 두려움에 쫓겨 길을 따라 걸어 내려갔다.

날이 밝아왔다. 누군가 거리를 지나다가 반쯤 벗은 거나 다름없는 자신의 모습을 보지나 않을까 마음이 두렵기도 하고 부끄럽기도 했다. 어머니는 소택지 쪽으로 달려가 무성한 사시나무 아래 땅바닥에 털썩 주저앉았다. 밤공기를 이불 삼아 덮어쓰고 휘둥그레진 두 눈으로 어둠 속을 바라보면서 꼼짝하지 않고 그대로 한참을 앉아 있었다. 겁에 질린 채 흐느끼며 아기를 위해 자장가를 불렀다. 아기는 잠이 들었고, 어머니는 분노한 자신의 마음을 달래려고 또 자장가를 불렀다.

갑자기 들새 한 마리가 머리 위에서 파닥거리다가 멀리 날아갔다. 그 바람에 어머니는 깜짝 놀라 자리에서 일어났다. 추위에 덜덜 떨면서, 새로운 모욕과 구타의 공포에 맞서기 위해 집으로 돌아왔다.

연주의 막바지에 그저 그렇게 무심하고 차가운 느낌의 화음이 무겁고도 낭랑한 숨을 들이쉬었다가 내쉬며 점점 자취를 감추었다.

소피아는 몸을 돌려 니콜라이를 바라보며 다정하게 물었다.

"어때? 맘에 들었어?"

"훌륭해! 아주 멋진 곡인걸?"

니콜라이가 고개를 끄덕이며 말했다.

소피아는 어머니의 얼굴을 바라보았지만 아무 말도 하지 않았다.

"사람들은 음악을 들을 때는 아무 생각도 하지 않아야 한다고 말해요. 그렇지만 저는 그럴 수 없어요." 니콜라이가 무슨 생각을 하는 듯 소파 깊숙이 몸을 묻은 채 머리를 뒤로 젖히면서 말했다.

"나도 그렇게 안 돼요." 소피아가 아름다운 멜로디 화음을 치면서 말했다.

"나는 음악을 들었는데, 사람들이 마치 자연에게 묻는 것처럼 들렸어. 비통해하고 으르렁거리면서 화가 나 반항하면서 '왜 이러는 거예요?'라고 외치는 소리 같았다고. 자연은 대답하지 않고 그저 조용히, 끊임없이, 영원히, 창작을 하고 있었어요. 자연의 어머니가 말이 없는 가운데 어머니의 대답이 들려왔어요, '나는 아무것도 모른단다.'"

어머니는 니콜라이가 하는 말에 조용히 귀 기울였지만 니콜라이의 말을 이해하지 못했고 또 이해되기를 바라지도 않았다.

어머니의 가슴에서 추억담들이 잔잔하게 메아리쳤다. 어머니는 음악이 더 듣고 싶어졌다.

어머니의 기억들과 나란히 어머니 앞에 상념이 펼쳐졌다.

'여기 이 남매가 다정하게 우정으로 살아가는 모양이란 정말 평화롭고 조용해. 음악을 듣고 책을 읽잖아. 서로 욕을 하는 법도 없고 술을 마시지도 않고, 밑바닥 인생들이 다 그렇듯 즐거움에 아귀다툼을 벌이는 일도 없어.'

소피아는 담배를 피워 물었다. 소피아의 흡연 습관은 거의 줄담배였다.

"이 곡은 죽은 코스챠가 참 좋아했었어."

담배 연기가 베일처럼 급히 소피아를 감쌌을 때 소피아가 말했다. 소피아는 낮고 슬픈 화음을 다시 쳤다.

"난 정말 이 곡을 그이한테 쳐주는 걸 좋아했어! 그이가 음악을 얼마나 말로 잘 표현했었는지 기억하지, 니콜라이?" 소피아는 말을 잠시 멈추고 웃었다. "그이는 정말 감성적이었어! 정말 좋은 감정을 지닌 사람이었지. 모든 사물에 열정적이고, 모든 것에 완벽한 남자였어!"

'남편 생각이 많이 날 거야. 그런데도 웃음을 잃지 않는군.' 어머니는 유심히 소피아를 보며 생각했다.

"그이와 있으면 정말 행복했어."

소피아가 나직이 말했다. 행복했던 남편과의 추억담에 맞추어 경쾌한 음을 눌렀다.

"그이는 정말 인생을 아는 유능한 사람이었어. 항상 기쁨으로 환히 빛났었지. 자신감에 찬 어린 아기 같은 기쁨으로 말이야!"

'어린 아기같이.' 어머니는 혼잣말로 중얼거리며 무언가에 공감한다는 듯이 고개를 끄덕였다.

"맞아, 그 사람 영혼은 항상 노래하고 있었어."

니콜라이가 턱수염을 문지르며 말했다. 소피아가 남동생에게 고개를 돌리고 천천히 두 팔을 뻗쳤다. 소피아는 푸르스름한 담배 연기에 둘러싸인 채 황홀해 하는 목소리로 말했다. "내가 처음에 이 곡을 그이에게 연주해주었을 때 그이는 이렇게 표현했어. 먼 북구의 황량한 바닷속, 회색빛의 차가운 하늘이 이룬 둥근 뚜껑 아래, 검은 섬이 외로이 홀로 떠 있소. 그 섬은 사람이 하나도 없는 바위요, 얼음으로 뒤덮여 있지. 매끈하게 반짝거리는 해변이 갑자기 회색빛 파도 속으로 내려가 버리고, 푸르고 투명한 얼음 덩어리들은 차가운 물을 흔들며 사납게 떠서 섬의 검은 바위에 부딪친다오. 그 얼음 덩어리들의 부딪는 소리가 황량한 바다의 죽은 정적 속에서 슬프게 울리고, 깊이를 알 수 없는 바닷물 위에 오랫동안 얼음들이 떠다닐 때 부서지는 파도가 주위에 물을 튀기며, 바다 한가운데의 그 외로운 바위섬으로 얼음들을 데려가지. 그 소리는 소름이 끼쳐, 얼음 덩어리들이 해변에 부딪쳐 부서지며 슬프게 묻지, '왜 이러는 거죠?'"

소피아는 이제 막 불을 붙인 담배를 어디론가 집어던지고 피아노 쪽으로 돌아서서 다시 비탄의 소리를 울리며 피아노를 치기 시작했다. 그 비탄은 먼 북구의 바다에 떠 있는 황량한 섬의 해변에 다다른 외로운 얼음 덩어리들의 슬픔이었다.

어머니는 그 간단한 사색적 스케치를 들으면서 참을 수 없는 슬픔에 압도되었다. 그 그림은 어머니의 과거와 기이하게 섞였고, 어머니의 추억들이 그 과거사에 점점 더 깊은 구멍을 내었다.

"음악 속에서 사람들은 모든 걸 들을 수 있습니다." 니콜라이가 조용히 말했다.

소피아는 어머니 쪽으로 돌아서서 물었다.

"제가 너무 시끄럽게 굴어서 혹 아주머니께 폐가 되지 않는지 모르겠어요."

어머니는 조금만 짜증이 나도 억누를 수가 없었다.

"내게 신경 쓸 필요 없다고 말했잖수? 그냥 앉아서 듣고 내 생각을 한다우."

소피아가 말했다.

"그렇지 않아요. 이해하셔야만 해요. 여자라면 누구나 음악을 이해하지 않고는 못 배기죠. 그것도 슬픔에 빠졌을 때는……."

소피아는 힘차게 건반을 두드렸다. 마치 누군가가 충격적인 소식을 듣고 마음을 찔린 듯한 비명이 울렸다. 그의 손목을 비틀어 강제로 고통의 소리를 쥐어짜낸 것만 같았다. 젊은 목소리가 놀란 듯 떨고 사람들은 황급히 줄달음을 쳤다. 그리고 다시 다른 모든 소리를 누르는 커다란 분노의 목소리가 터져 나왔다. 얼핏 재앙이 일어난 소리였는데, 분명 누군가가 모욕을 받아서 저 밑바닥에서 나오는 고통의 소리였다. 불평에다 분노까지 부추겼다. 그 다음엔 어떤 다정하고 영향력 있는 사람이 나타나서는 노래를 부르기 시작했는데, 꼭 안드레이와 비슷해서, 간곡한 권고로 자기 자신에게로 상대방을 불러들이는 듯이 노래를 불렀다. 낮은 바리톤 음의 그 목소리들은 따분하고 불쾌한 곡조로 우르릉거렸다.

소피아는 오랫동안 피아노를 연주했다. 그 음악은 어머니에게 동요를 일으켜서, 그 음악이 무슨 말을 하고 있는지 묻고 싶은 욕망을 일게 만들었다. 흐릿한 감각적 돌풍이 일고, 생각들이 그녀의 마음속에서 재빨리 연이어 지나갔다. 슬픔과 걱정이 슬며시 양보하고 물러나면서 조용한 기쁨의 순간이 대신했다. 눈에 보이지 않는 새들의 무리가 방 안에서 날아다니며, 곳곳마다 침투하여 애무하는 날갯짓으로 마음을 감동시키고 달래고, 또 동시에 불안하게 놀래는 기분이었다. 어머니의 가슴속에 이는 감정을 말로 정해놓기는 어려웠다. 그 감정들은 어머니의 마음을 당혹스런 희망을 지니도록 대담하게 부추기기도 하고, 신선하고도 굳은 포옹으로 어루만져 주기도 했다.

어머니는 이들 남매에게, 그리고 일반적으로 모든 사람에게 따뜻한 말 한마디를 해주고 싶은 다정한 충동이 일었다. 어머니는 음악에 매료되어 남매를 위해 꼭 필요한 일을 해 줄 수 있으리라는 희망을 품게 되었다. 그러자 입가에 웃음이 흘렀다.

어머니는 할 일을 찾아 두리번거렸다. 그리고 사모바르를 올려놓기 위해 부엌으로 총총히 사라졌다. 차를 따르면서도 어머니가 희망하는 기분이 채워지지 않았다. 희망이 완고하게 어머니의 가슴속에서 버티고 있는 탓에, 차를 따르면서도 불안한 미소를 지으며 흥분한 듯 말하기 시작했다. 어머니는 소피아와 니콜라이와 자기 자신을 똑같이 따스하게 쓰다듬으며 말을 헌사하는 것처럼 보였다.

"우리 같은 사람들, 어둡고 비참한 삶을 살아가는 사람들도 모든 걸 느낄 줄 안다오. 단지 생각이 우리 안에서 떠돌 뿐이야. 이해는 하는데 말로 표현을 하지 못하는 것처럼 부끄러운 일은 없어. 그러다 보니 자신의 생각에 대해 화가 나는 것이고. 그런 생각을 불어넣은 사람에게도 화가 나지요. 우린 우리가 품고 있는 생각들을 다 쫓아내 버린다우. 알겠지만 삶이 너무 힘이 들어서 그런 게야. 그저 사방에서 얻어맞는 일 말고 뭐가 있겠어. 그러니 쉬고 싶고, 결국 열정적 영혼을 갖고 우리의 일을 요구하려는 생각이 들게 된다오."

니콜라이는 안경을 닦으면서 가만히 귀를 기울였다. 소피아는 눈을 크게 뜨고서 담배가 재로 타들어가는 것도 잊고 어머니의 얼굴만을 빤히 쳐다보았다. 소피아는 피아노 옆에 유연하고 맵시 있게 몸을 반쯤 틀고 앉은 채로 가냘픈 오른쪽 손가락으로 가볍게 건반을 두드렸다. 수심에 잠긴 화음이 어머니의 말과 미묘하게 섞였다. 어머니는 자신의 새로운 감정과 생각을 단순하고 진심 어린 말에 섞어서 나타냈다.

"난 이제야 나나 나와 같은 처지에 있는 사람들에 대해 할 말을 하게 되었어. 인생을 이해하기 때문이야. 비교할 줄 알게 되면서부터 이해하기 시작했지. 이전에는 나와 비교할 사람도 없었어. 우리 사는 게 특별한 무엇도 없고, 죄다 그게 그거지. 그러나 다른 사람들의 삶을 보게 되면서 내 삶을 돌이켜보게 되었어. 지독히도 비참하고 암담했던 추억담들이지. 그렇지만 다시는 돌아갈 수 없잖우. 게다가 돌아갈 수 있더라도 그 젊음을 다시 되찾을 수가 없을 테고 말이야. 그래서 나는 대단히 깊이 이해하고 있다고 생각해. 여기서 나는 당신들을 보고 있고, 더구나 내가 만나보았던 당신들의 동료들 모두를 기억하고 있다우."

어머니는 목소리를 약간 낮추어 말을 이어나갔다.

"어쩌면 내가 괜한 이야기를 하고 있는지도, 정말 쓸데없는 말을 늘어놓고 있는지도 모르지. 그런 거라면 당신들이 예전부터 다 알고 있는 걸 텐데. 그러니 그저 나 혼잣말이거니 생각해도 좋아. 당신들이 곧장 나를 나란히 옆에 있게 했어. 그런데 내가 필요하기는 한 건지, 당신들은 도대체 나를 이용하지도 않고 있단 말이우. 나에게서 아무 기쁨도 얻지 못하고 있다는 것도 나는 알고 있고. 그래도 날마다 내 마음은 점점 성장해서, 오, 고맙게도 하느님! 마음이 선의(善意)로 성장해서 모든 사람을 위해 좋은 일을 할 희망을 품게 됐다오. 이게 다 당신들에게 감사하다는 말이오."

행복에 겨워 감사의 눈물을 흘리느라 어머니의 목소리는 잠겨 버리고 눈은 미소를 머금은 채 그들을 바라보았다. 어머니는 말을 이었다.

"당신들한테는 내 가슴을 열어 보이고 싶다오. 당신들이 잘되기를 바라는 내 마음이 얼마나 간절한지 보여주기 위해서라도."

"우리 눈엔 벌써 다 보여요. 어머니는 우리에게 휴일 같은 안식을 주고 계세요."

나직한 목소리로 니콜라이가 말했다.

어머니는 다시 이야기를 시작했다. 소피아와 니콜라이에게 자신의 비참하고 가난한 인생과 잘못된 삶에 대해서, 그리고 참고 참는 고통들에 대해서 말해 주었다. 갑자기 어머니는 이야기를 멈췄다. 자기 자신의 이야기에서 빗나가서 아예 다른 사람 이야기로 말하고 있다는 생각이 들어서였다. 단순하게 말하면서, 악의 없이 입술에 슬픈 미소를 머금고 자신의 단조롭고 우울했던 회색빛의 나날들에 대해 슬픈 스케치를 그려 보였다. 남편이 구타했던 일들을 일일이 늘어놓으면서 스스로 놀랐다. 남편이 손찌검한 이유란 그렇게도 사소했었다는 데에 놀라고, 또 그런 불행을 피하지 못한 무능한 자신에 대해 놀랐다.

남매는 가축 취급을 당하면서도 아무 불평도 하지 못한 채 자신이 취급당한 그대로의 존재라고 오랫동안 느끼고 살았던 한 인간의 솔직한 고백을 말없이 들었다. 수천의 사람들이 어머니의 입을 빌려 자신들의 이야기를 하는 것 같았다. 어머니의 존재는 평범하고 순박했지만 그것이 일반 대중이 살아온 단순하고 일반적인 존재이자 어머니의 인생 이야기였다. 대다수의 더 많은 사람이 이제까지 그런 상징적인 의미의 삶을 살았기에 말이다. 니콜라이는 팔꿈치를 탁자에 올려 턱을 괴고서 꼼짝도 않고 안경 너머로 어머니를 지그시 바라보았다. 긴장한 탓인지 두 눈에 힘이 들어가 있었다. 소피아는 의자에 등을 깊숙이 기대고 앉아 때로는 놀라 떨기도 하고 때로는 혼자 투덜거리며 고개를 젓기도 했다. 얼굴은 한결 초췌해지고 파랗게 질린 데다가 눈은 퀭하니 패였다.

"언젠가 한번은 나 자신이 가장 불행하게 느껴지던 때가 있었어요. 정말 열병이라도 앓고 있는 듯했죠."

소피아가 고개를 숙이고 입을 떼었다.

"유형생활과 다를 게 없었어요. 시골 아주 작은 마을이었는데 할 일도 없고 나 자신 말고는 생각할 것도 없었죠. 모든 내 불행한 신세를 한 무더기로 쓸어 모아서 무게를 달아보았어요. 더 잘할 일이 아무것도 없어서 그랬지요. 결국엔 사랑하는 아버지와 다투고 학교에서도 쫓겨났어요. 그 뒤에 겪었던 모욕, 옥살이, 절친했던 친구의 배신, 남편의 체포, 다시 옥살이, 그리고 다시 유형, 남편의 죽음 등. 그렇지만 제가 겪은 모든 불행에 열 곱을 한대도 당신의 고단한 삶의 단 한 달에도 미치지는 못할 것 같네요, 펠라게야 닐로브나. 어머니는 오랜 세월 동안 단 하루도 그런 고통에서 벗어나신 적이 없는 거잖아요? 도대체 도저히 상상도 할 수 없는 고통을 견뎌낼 힘이 어디서 나오는 거죠?"

"익숙해진 게지."

어머니가 한숨을 내쉬며 대답했다.

"저는 제가 인생을 나름대로 좀 안다고 생각했어요."

니콜라이가 부드럽게 말을 받았다.

"그런데 책에서도 읽을 수 없고 제 불완전한 인생 경험으로는 도저히 상상할 수도 없는 이야기들을 이렇게 막상 직접 들으니 정말 삶이라는 것이 얼마나 끔찍한지를 새삼 알겠어요. 사소하지만 끔찍한 일들이에요. 사소한 어리석음들이 1초 1초마다 쌓여서 수많은 해가 지나게 되니까요."

대화가 사색적으로 조용히 그리고 빠르게 흘러 모든 측면의 일상적인 삶 전체로 귀결되어 무르익고 있을 때, 어머니는 지난 추억을 떠올리며 미소를 짓기도 했고, 암울 속에 삼켜져 버린 젊은 옛 시절에서 일상의 잘못된 일들을 끄집어내어 벙어리가 된 공포라 칭할 수 있는 엄청난 고통스러운 장면을 말하기도 했다. 어머니가 다시 입을 열었다.

"좀 쉬어야 할 텐데, 내가 괜한 너스레 말을 꺼내서! 시간이 이렇게 된 걸, 쉬어야 할 텐데. 아무리 해도 이야기를 다 할 수 없다우."

남매는 말없이 어머니와 인사하고 자리를 떴다. 인사를 하는 니콜라이의 고개가 예전보다 더 숙여지고 마주잡은 손에도 한결 힘이 들어가는 것 같았다. 소피아는 방까지 어머니를 따라와 조용히 말했다.

"이제 쉬세요, 안녕히 주무세요."

소피아의 목소리에선 훈훈한 기운이 느껴졌고 회청빛 눈은 어머니의 얼굴을 더욱 부드럽게 쓰다듬었다.

어머니는 소피아의 손을 감싸 쥐고 꼭 누르며 대답했다.

"고마워요! 당신은 좋은 사람이에요."

3

소피아와 니콜라이와 함께 끊임없이 대화를 한 지 사흘이 지났다. 어머니는 과거의 이야기를 계속했다. 그 옛일은 어머니의 일깨워진 영혼 저 깊이에서부터 완고하게 자꾸만 솟아나와서 어머니 자신조차도 불안했다. 어머니의 과거가 왜 그런 건지 자꾸만 설명을 요구하였다. 남매가 어머니의 이야기를 귀 기울여 들었기 때문에 어머니의 마음은 점점 더 넓게 열리고, 이제 이전에 살았던 삶의 어둡고 비좁은 새장으로부터 해방되었다.

며칠이 지나서 어머니와 소피아는 거지나 다름없는 차림으로 니콜라이 앞에 나타났다. 거의 누더기가 된 꽃무늬 무명옷에 역시 무명 외투를 걸치고 어깨엔 자작나무 껍질 배낭을 메었으며, 손에는 지팡이가 들려 있었다. 옷 탓인지 소피아의 키가 더 커 보였고 창백한 낯빛은 더욱 엄격해 보였다.

"누이는 평생 수도원 주변을 맴돈 행색이군."

작별 인사를 나누며 니콜라이는 누이의 손을 꼭 잡았다. 그 모습에서 어머니는 다시 한 번 남매의 솔직하고 침착한 관계를 엿볼 수 있었다.

어머니에게는 익숙지 않은 분위기였다. 남매 사이엔 입맞춤도, 다정한 말 한마디도 오가지 않았지만 진정 서로를 위로했다. 어머니가 익숙한 삶의 사람들은 툭하면 입을 맞추고 다정한 말을 건네는 것 같지만 정작은 굶주린 개처럼 서로 물어뜯고 안달이었다.

두 여인은 말없이 거리를 지나 들판에 이르렀다. 어깨를 나란히 하고 오래된 자작나무가 두 줄로 줄지어 서 있는 넓고 평탄한 길을 따라 걸음을 재촉했다.

"고단하진 않겠수?"

어머니가 물었다.

"제가 별로 걸어본 적이 없겠거니 생각하시나 보죠? 이미 오래전부터 걷는 데는 자신이 있어요."

소피아는 현재 자신이 하고 있는 혁명적인 일에 대해서 마치 어린 시절 일삼던 장난을 자랑하듯 이야기했다. 첩자들의 눈을 속이기 위해 가명과 위조증명을 사용하고 또 변장까지 해야만 했던 일, 엄청 많은 양의 금서를 여러 도시를 돌며 배포했던 일, 유형당한 동지의 탈출계획을 세우고 외국까지 동행해 주었던 일 등, 이야기에 끝이 없었다. 한번은 집에다 비밀 인쇄소를 차렸는데 어떻게 냄새를 맡았는지 헌병들이 들이닥친 적도 있다고 했다. 그놈들이 오기 바로 직전에 겨우 하인으로 변장하고 집을 나서다 대문간에서 자신을 찾아온 손님들과 정면으로 부딪쳤다. 그들을 거기서 만난 것이었다. 한겨울에 겉옷도 제대로 걸치지 않고 머리에 수건 하나만을 뒤집어쓰고 손에 석유통을 하나 들고서 살을 에는 추위 속에서 시내의 끝에서 끝을 가로질러 헤맸다고 했다. 또 한번은 지인을 만나러 낯선 도시에 간 일이 있었는데, 그 집 현관을 들어서는 순간 그들의 본부구역으로 통하는 계단참에서 그 아파트를 수색하고 있는 기척을 눈치챘다. 돌아나가기에도 늦었다고 판단해서, 일 초도 지체 없이 아랫집 초인종을 대담하게 누르고서 누구에게 가는지도 모를 여행용 가방을 들고 들어가 자신의 처지를 설명한 적도 있다고 했다.

"원하신다면 절 헌병에게 넘길 수도 있겠지만 그런 어리석은 행동을 하실 분으로 보이지는 않는군요."

소피아는 자신감 넘치는 목소리로 또박또박 이야기했다. 그 집 사람들은 너무 놀라 혹시 누가 문을 두드리지 않을까 두려워 밤을 새웠다. 그들은 그래도 소피아를 헌병에게 넘길 생각은 하지 않았고, 오히려 이튿날 아침 헌병들의 어리석음을 소피아와 함께 이야기하며 웃었다. 언젠가는 이런 일도 있었다. 소피아가 수녀로 변장하고 기차에 올라 일등칸에 자리를 잡았는데 공교롭게도 그녀를 잡으려는 첩자와 동석하게 되었다. 그 첩자는 자기의 능숙함을 자랑삼아 떠벌리며 자신이 하는 일을 이야기하더라고 했다. 첩자는 자기가 찾는 여자가 이 열차 이등칸 어디에 타고 있을 거라고 확신하며 매 역마다 자리를 비웠는데, 다시 자리로 돌아올 때면 으레 이런 말을 했다.

"확실하지는 않지만 그 여자 아마 깊은 잠에 빠졌을 겁니다. 아마 그들도 지치지 않았겠어요? 우리나 매한가지 고달픈 생활이죠."

어머니는 소피아의 이야기를 듣고 웃지 않을 수 없었다. 어머니의 눈길은 다정스러웠다. 큰 키에 마른 몸매를 지닌 소피아는 경쾌하면서도 의연하게 걸었다. 걸음걸이나 말하는 품, 부드럽지는 않지만 건강한 목소리, 좀 뻣뻣해 뵈고 게다가 대담해 보이며, 곧고 둔감한 모습에서는 강건한 정신과 대담한 쾌활함이 보였고, 공간과 자유에 대한 목마름이 느껴졌다. 두 눈은 무엇을 향하든 젊은이다운 눈길이었고, 소피아의 마음을 어린아이처럼 즐겁게 하는 무언가를 정탐하곤 했다.

"좀 보세요, 정말 멋진 소나무네요."

소피아가 나무를 가리키며 소리쳤다. 어머니가 가던 걸음을 멈추고 살펴보니 그 나무는 다른 나무들보다 키도 크지 않고 그렇다고 잎이 무성하다고도 할 수 없는 평범한 나무였다.

"좋은 나무구려!"

어머니가 미소지으며 대답했다.

"들리세요? 종달새예요!"

소피아는 고개를 들고 그 명랑한 새를 보려고 드넓고 푸른 하늘을 올려다보았다. 소피아의 회청빛 눈에는 애정이 어려 있었고, 몸은 마치 땅을 박차고 높이 올라 청명한 하늘에서 어렴풋이 들려오는 음악 소리에 가 닿기라도 하려는 듯한 몸짓이었다. 때로 소피아는 나긋나긋한 허리를 구부려 들꽃을 꺾는가 하면, 가늘고 민첩한 손가락을 놀려 가냘프게 떨리는 꽃잎을 쓰다듬거나 조용하고 귀엽게 콧노래를 흥얼거리기도 했다.

그들 위로 봄의 태양이 다정하게 타올랐다. 그 푸른 빛은 깊이 있고 부드러웠다. 양쪽 길가를 따라서 짙은 소나무 숲이 뻗어 있고, 들판은 신록으로 파릇파릇했으며, 새들이 노래하고, 두껍게 끈적이는 송진향 대기가 얼굴을 따스하고 부드럽게 스쳤다.

이런 모든 분위기에 어머니는 이토록 맑은 눈망울을 가진 여인에게 친근감을 느끼지 않을 수 없었다. 그러다 보니 자신도 모르게 소피아에게 바짝 붙어서 보조를 맞추어 걷게 되었다. 마치 소피아의 원기왕성한 대담스러움과 신선함을 자신에게로 끌어들이려는 욕망에 사로잡힌 듯했다.

"어쩜 이렇게 소녀 같을까!"

어머니는 한숨을 쉬었다.

"제 나이 벌써 서른둘인 걸요?"

소피아가 대꾸했다.

어머니 블라소바는 미소를 지어 보였다.

"나이 얘기를 하는 게 아니라우. 솔직히 얼굴만 봐서는 나이가 들어 보이지. 그런데 댁의 눈빛과 목소리는 영락없는 소녀라서 너무 생생하고 봄 같다는 말이오. 당신 삶이 그렇게 험하고 힘든 데도 마음은 언제나 웃고 있으니 하는 말이지."

"그래요, 마음이 웃고 있어요." 소피아가 생각에 잠겨 되풀이했다. "참 단순하고도 훌륭하게 말씀을 잘하시네요. 험한 인생이라고 하셨죠? 그렇지만 저는 제 인생이 험하다는 느낌이 안 들어요. 이보다 더 좋은 삶도, 더 재미있는 삶도 상상할 수가 없으니까요."

"사람들 모두가 인간의 마음에 닿는 길들을 어떻게 아는지 그 방법을 아는 게 저는 무엇보다도 기뻐요. 사람의 내면에 있는 것은 모두가 스스로에게 스스럼이 없어져요. 두려움이나 주의 없이 친해질 수 있지요. 정확히 말하는 거예요. 마음은 전체적으로, 사람들을 마주 대하려고 열린 마음을 통째로 다 던져버려요. 저는 모든 사람에 대해서 곰곰이 생각해요. 사람들은 모두가 다 한결같이 세상의 사악함을 극복하지요, 사악함을 틀림없이 극복하고말고요."

"우린 승리할 거예요, 왜냐고요? 일하는 노동자들과 함께 있기 때문이죠." 소피아는 확신에 차서 말했다. "일을 할 수 있는 우리의 힘, 그리고 진리가 승리하리라는 신념을 우린 당신과 사람들로부터 얻고 있지요. 사람들은 정신적 육체적 힘이 끊임없이 지치지 않고 솟는 원천이니까요. 모든 가능성이 사람들에게 주어져 있으니까, 그들과 함께라면 모든 걸 얻을 수 있다고요. 사람들의 의식과 영혼을, 위대한 어린 영혼, 자유가 주어지지 않은 영혼을 일깨우기만 하면 돼요." 소피아는 부드러운 목소리로 간단히 말하고 생각에 잠겨, 옅은 아지랑이가 꼬물꼬물 피어오르는 깊고 굽이진 비탈길을 내려다보았다.

소피아의 말은 어머니의 마음에 복잡한 감정을 불러일으켰다. 웬일인지 어머니는 소피아에게 연민을 느꼈다. 그렇지만 어머니의 동정심은 불쾌한 기분과는 거리가 멀었고, 친해서 생긴 감정도 아니었다. 어머니는 여기에 그렇게 발로 걸어서 위험한 짐을 등에 지고 나르는 숙녀가 있다는 사실이 그저 놀라 웠다.

"그렇게 일하는 대가를 누가 줄까요?"

소피아는 어머니의 물음에 자신 있게 대답했다.

"우린 벌써 모든 대가를 받았어요. 우리가 만족해하는 삶을 찾았거든요. 어떤 삶이냐고요? 우린 대략적으로 폭넓으면서도 완전한 삶을, 그것도 우리 영혼의 힘 모두를 쏟아부어서 살아요. 달리 우리가 원할 수 있는 삶이 또 있겠어요?"

두 사람은 허파를 향기로운 공기로 가득 채우면서 빠르지 않은 적당한 걸음걸이로 처음부터 끝까지 쾌활하게 걸어갔다. 어머니는 순례를 하고 있는 기분이었다. 어린 시절 휴일이면 영험이 나타난다던 성상을 보기 위해 마을을 벗어나 한참 먼 수도원에 다녀오던 생각이 났다.

가끔 소피아는 하늘과 사랑에 대한 처음 듣는 새 노래를 흥얼거리기도 하고 갑자기 들판과 숲, 볼가 강에 대한 시를 읊조리기도 했다. 그때마다 어머니는 늘 미소로 화답하고 자신도 모르게 음악에 따라 곡조와 운율에 맞추어 고개를 끄덕였다.

어머니의 가슴은 부드럽고 슬픈 따스함으로 가득 찼다. 마치 한여름 밤 오래된 작은 정원의 분위기 같은 기분이었다.

사흘이 걸려서 어머니와 소피아는 마침내 시골 마을에 도착했다. 어머니는 들녘에서 일하고 있는 농부에게 타르 공장이 어디에 있는지 묻고서 다시 수풀이 우거진 험한 산길을 따라 내려가다가 둥그런 작은 공터를 가로질렀다. 나무 뿌리들이 마치 계단처럼 줄지어 튀어나와 있고, 그 공터엔 석탄 찌꺼기와 타르가 묻어 떡이 된 톱밥이 지저분하게 가득 어질러져 있었다.

"이제 다 온 것 같은데!"

어머니가 조심스런 눈길로 주변을 살피며 말했다.

가는 통나무와 나뭇가지들로 엉성하게 지은 판잣집 옆에, 대패질을 하지 않아 거친 널빤지 세 개를 간단히 버팀다리 위에 걸쳐 놓고 다리는 흔들리지 않게 땅에 깊게 박아 놓은 탁자가 있었다. 온몸이 온통 시커멓고 셔츠 앞자락이 풀어헤쳐진 르이빈과 예핌, 그리고 젊은 친구 둘이 그 탁자에 앉아 식사 중이었다. 어머니 일행이 오는 걸 처음 본 사람은 르이빈이었다. 그는 손을 눈 위로 올리고 그들이 더 가까이 오기를 말없이 기다렸다.

"잘 있었어요, 미하일 형제!"

어머니가 멀리서부터 소리쳤다.

르이빈은 자리에서 일어나 천천히 걸어 나오더니 어머니를 알아보고 멈춰서서 웃으며 시커먼 손으로 턱수염을 쓸어내렸다.

"순례 중이라오."

어머니가 한 발짝 더 그에게 다가서며 말했다.

"그냥 지나는 길에 남동생을 한번 볼까 해서 들렀다우. 이 사람은 내 친구 안나요."

어머니는 자기의 수완에 짐짓 만족해하며 심각한 표정의 소피아를 힐끔거렸다.

"그래 어떻게 지내셨습니까?"

르이빈의 미소가 꽤 무뚝뚝했다. 그는 어머니의 손을 잡고 흔들며 소피아에게는 고개를 약간 숙여 인사하고 말했다.

"거짓말 같은 건 안 해도 돼요. 여긴 도시가 아닙니다. 거짓말은 필요 없어요. 다 우리 편인 걸요. 좋은 사람들이에요."

예핌은 그냥 자리에 앉은 채로 두 순례자를 유심히 살피고, 동료들에게 뭐라고 속삭였다. 여인네들이 탁자 쪽으로 다가가자 예핌은 벌떡 일어나 고개 숙여 인사했고, 그의 동료들은 미동도 하지 않았다. 마치 손님이 오든 말든 무슨 상관이냐는 품이었다.

"우린 여기서 수도승처럼 삽니다."

르이빈이 가볍게 어머니의 어깨를 감싸 안으며 말했다.

"찾아오는 사람이라곤 하나도 없어요. 주인이란 사람은 이 마을엔 없고 그마나님은 병원 신세를 진 지 오래라 내가 여기 관리책임자라고 할 수 있죠. 이리 앉으세요. 시장하시죠? 예핌, 여기 우유 좀 내오게나."

예핌이 판자 움막으로 걸어갔다. 서두르는 기색을 찾아볼 수 없었다. 순례자들이 어깨에 메고 있던 배낭을 벗으려 하자 젊은이들 가운데 키가 크고 마른 사내가 일어나 거들었다. 나머지 한 사내는 무슨 생각이라도 하는 듯 탁자에 팔꿈치를 괴고서 머리를 긁적이며 나지막이 콧노래를 흥얼거렸다. 톡 쏘는 신선한 타르 냄새가 낙엽 썩는 냄새와 섞여 새 방문객들은 숨이 막히고 머리가 멍했다. 르이빈이 키가 큰 사내를 가리키며 말했다.

"이 사람은 야코프이고, 저 친구는 이그나트라고 합니다. 참, 아드님은 그래 어떻게 지냅니까?"

어머니가 한숨 섞인 목소리로 대답했다.

"감옥에 있어."

르이빈이 소리쳤다.

"또 감옥에 갔어요? 좋아서 하는 일인 모양이지만 그래도……."

이그나트는 콧노래를 그쳤고, 야코프는 어머니의 손에서 지팡이를 받아들며 말했다.

"앉으세요, 꼬마 어머니."

"아니, 여태 서 계셨네요? 좀 앉으세요."

르이빈이 소피아에게도 자리를 권했다. 소피아는 말없이 나무 둥치 위에 앉아 르이빈을 신중하게 세심히 살폈다.

"언제 잡혀 갔어요?"

르이빈이 어머니 맞은편에 자리를 잡고 앉으며 묻고는 이내 고개를 저으며 소리쳤다.

"정말 운이 나쁘셨군요, 닐로브나!"

"오, 그럴 수도 있지!"

어머니가 대답했다.

"이력이 붙으신 모양이죠?"

"이력이 붙은 게 아니고 내가 도와줄 도리가 없다는 걸 알게 됐다는 편이 옳아."

"그렇군요! 자, 이야기 좀 해주세요."

예핌이 우유병을 가져와 식탁에서 잔을 집어 들어 물에 행군 다음, 우유를 따르더니 소피아에게 아무렇게나 밀어 놓고는 어머니의 이야기에 귀를 기울였다. 그는 소리가 나지 않도록 행동 하나하나에 조심했다. 어머니가 이야기를 마치고 나서도 모두 한참 말없이 서로 바라보고만 있었다. 이그나트는 자리에 앉은 채로 널빤지에다 손톱으로 무슨 모양을 그리고 있고, 예핌은 르이빈 바로 뒤에 서서 그의 어깨 위에 팔꿈치를 괴고 있었으며, 나무 둥치에 기대고 선 야코프는 팔짱을 낀 채 고개를 갸웃거리고 있었다. 소피아는 곁눈질로 농부들을 살폈다.

"그래요,"

르이빈이 천천히 침통하게 말꼬리를 늘였다.

"그들은 그 길을 택한 거예요. 그렇게 숨기지 않고 떳떳하게 일을 해나가기로 한 거죠."

"여기서, 음…… 우리가 만약 그런 행진을 하면 농부들을 난도질하고 말 거야."

예핌이 무례한 미소를 지어 보이며 말했다.

"난도질뿐이겠어요!"

이그나트도 고개를 끄덕여 거들고는 말했다.

"그럼 안 되죠, 공장에 갔으면 좋으련만. 아무렴 여기보다야 낫겠지."

"파벨이 재판을 앞두고 있다고 말씀하셨죠?"

르이빈이 물었다.

"맞아, 재판하기로 결정됐어."

"혹시 무슨 형을 받게 될지도 아세요? 들은 소식이 있나요?"

"강제 노역 아니면 시베리아 종신 유형이겠지."

어머니가 차분하게 대답했다.

젊은이 셋이 놀라 동시에 어머니의 얼굴을 바라보았고, 르이빈은 고개를 떨구고 천천히 물었다.

"파벨은 애초에 모의를 할 때부터 자기가 어떻게 될 줄을 알았겠죠?"

"나도 잘 모르지만, 아마 그랬겠지."

"물론 알고 있었죠."

소피아가 큰 소리로 말했다.

모두는 일제히 입을 다물고 미동도 하지 않았다. 모두가 한 가지 차가운 생각에 온몸이 굳은 듯했다.

"그랬을 거야."

르이빈이 느리게 위엄 있는 어조로 말을 받았다.

"나도 그가 알고 있었을 거라고 생각했어요. 신중한 사람이라면 뛰어오르기 전에 먼저 살펴보죠. 이바 젊은 양반들, 이제 알겠어? 그 사람은 총검에 얻어 맞고 강제 노역에 처해질 걸 뻔히 알면서도 자신의 길을 간 거야. 자신을 위해 꼭 가야 할 길이라고 느끼고서 갔던 거지. 어머니가 그 길에 누워 있어도 어머니를 밟고 지나갔을 거라고. 닐로브나, 어머니를 밟고 지나갈 거라고 할 수 있 겠죠?"

"그럴 거야."

어머니는 몸을 떨었다. 그리고 주위를 둘러보고 깊게 한숨을 쉬었다. 소피아 가 말없이 어머니의 손을 어루만졌다.

"그는 당신을 위해서 그러는 거예요!"

르이빈이 좌중을 까만 눈으로 둘러보며 가라앉은 목소리로 말했다.

자리에 모인 모두가 다시 입을 다물었다. 가는 햇살이 황금빛 리본처럼 짙 고 냄새나는 대기 중에서 떨리는 듯했다. 어디선가 까마귀가 대담하게 자신감 에 찬 소리로 까악까악 울었다. 어머니는 주위를 둘러보았다. 메이데이에 벌어 졌던 일들이 눈에 선해서 고통스러웠고, 아들과 안드레이에 대한 걱정이 마음 을 사로잡았다. 좁은 공터에는 깨진 나무통들이 여기저기 널브러져 있고, 뿌리 째 뽑힌 그루터기들이 죽어서 말라빠진 뿌리를 뻗친 채 거꾸로 처박혀 있고 나무 부스러기들이 바닥에 가득했다. 공터 주위에 무성한 참나무들과 자작나 무들은 어느새 사방으로부터 공터를 조금씩 내리 덮치면서 이 불쾌한 쓰레기 오물들을 처분하길 원하기라도 하는 듯했다.

야코프가 불쑥 나무에서 멀어져 다가서더니 한쪽으로 걸음을 옮겼다. 이내 걸음을 멈추고 머리를 흔들면서 큰 목소리로 무뚝뚝하게 말했다.

"그럼 우리가 예핌과 함께 군대에 가면 파벨 같은 친구들을 겨눈단 말입 니까?"

"그럼 자네는 그들이 누구에게 총부리를 겨누게 할 거라고 생각했나?"

르이빈이 침울하게 반박했다.

"우리는 우리 스스로의 목을 죄도록 알게 모르게 강요받고 있어. 그럴 때 사 기 수단이 개입되는 거라고."

"저는 누가 뭐래도 군대에 갈 겁니다."

예핌이 단호하게 의견을 말했다.

"누가 말린데? 가!"

이그나트가 외쳤다. 그리고 예핌의 얼굴을 다시 똑바로 쳐다보며 웃는 얼굴로 말했다.

"그런데 만약에 나를 쏠 날이 오거든 꼭 머리를 겨냥해 줘. 괜히 상처만 낼 생각 말고 한 방에 죽여 달란 말이야."

"그쯤은 나도 알아."

예핌이 거칠게 소리쳤다.

"잠깐만, 이보게들!"

르이빈이 섬세하고 심각한 동작으로 손을 들어올리고, 이 작은 회합 사람들의 시선을 의도적으로 멀리하며 말했다.

"여기에 바로 그 친구의 어머님이 계시네!"

르이빈이 어머니를 가리켰다.

"이분의 아들은 지금 자기 몸을 내던졌어."

"그런 괜한 소린 왜 해요?"

어머니가 침통해하며 작은 목소리로 말했다.

"해야죠. 어머니의 머리카락이 헛되이 세게 하지 않기 위해서라도 해야죠. 자, 이보게들! 이 어머니는 아들을 잃었지만, 그게 뭐란 말인가? 그가 어머니를 죽였나? 닐로브나, 책 가져오셨나요?"

어머니는 말없이 르이빈을 바라보다가 잠시 뒤 입을 열었다.

"가져왔수."

르이빈이 손바닥으로 탁자를 치며 말했다.

"그럼 그렇지! 처음 어머니를 보는 순간 금방 알아챘어요. 그 일 때문이 아니라면 여기까지 행차하실 일이 뭐가 있겠어요? 자네들 보고 있어? 아들을 대오에서 끌어내니까 대신 어머니가 자식의 자리로 내려서신 거란 말이야."

르이빈은 젊은이들을 다시 눈으로 평가하면서 눈썹을 찡그리고 진지하게 말했다. 그는 갑자기 테이블을 두 손으로 내리치고, 몸을 쭉 펴면서 불쾌한 표정을 지었다.

"그 사람들은 자기들의 눈 먼 손이 무슨 씨를 뿌리는지 모르고 있지. 그들은 우리의 힘이 언제 완전해져서 그들의 저주받은 잔디를 죽이기 시작할지 알게 될 거야. 그들은 그때 알게 될 거라고!" 르이빈은 악담을 퍼부었다.

어머니는 르이빈이 악담을 퍼붓는 걸 보고 겁이 났다. 어머니가 미하일의 얼굴을 찬찬히 살펴보니 어딘가 모르게 많이 변해 있음을 느낄 수 있었다. 한결 퀭해진 얼굴에 턱수염이 멋대로 자랐고, 그 아래로 튀어나온 턱뼈가 뾰족하게 도드라져 보였다. 푸르스름한 두 눈의 흰자위 부분에 핏발이 서 있어서 마치 오랫동안 잠 한숨 제대로 못 잔 듯했고, 코도 전보다 뾰족하게 살집이 빠져 탐욕스럽게 굽어 있었다. 본디 붉었던 셔츠에 타르가 묻은 채 깃이 풀어헤쳐져서 그의 메마른 쇄골과 무성하게 난 뻣뻣한 검은 가슴털이 드러났다. 전체적으로 볼 때 전보다 훨씬 음산하고 침울한 분위기였다. 핏발 선 두 눈에서 엿보이는 붉은 섬광은 그의 검은 얼굴에 정복되지 않는 침울한 분노의 불길을 돋우고 있었다. 소피아는 파리해진 얼굴로 입을 꾹 다물고 농부들에게서 눈을 떼지 않았다. 이그나트는 눈을 가늘게 뜨고 연신 머리를 내둘렀고, 야코프는 다시 벽에 바짝 기대서서 시커메진 손가락으로 화가 나서 통나무 껍질을 벗겨 댔다. 예핌은 어머니의 등 뒤에서 탁자의 세로 방향을 따라 천천히 왔다 갔다 하였다. 르이빈이 입을 열었다.

"일전에 면서기라는 자가 한번은 날 불러 세워놓고 이런 말을 합디다. 이 파렴치한 놈아, 그래 사제한테 뭐라고 지껄였어? 그래서 내가 대답했죠. 내가 왜 파렴치한 놈이야? 입에 풀칠하느라 이마에 땀이 마를 날이 없고 남한테 해가 되는 일은 눈곱만치도 한 일이 없는데! 그랬더니 내게 고함을 치고 얼굴을 때리는 겁니다. 사흘 낮밤을 유치장에 잡혀 있었어요. 그게 당신들이 사람들과 소통하는 방식입니다. 안 그래요? 용서란 말은 그놈들에게 안 통해, 망할 놈들! 꼭 내가 아니더라도 네놈, 아니면 네놈의 자식놈들한테 누구든지 내가 받은 이 치욕에 대해 복수할 테다. 꼭 기억해둬라! 네놈들이 민중의 가슴을 쇠발톱으로 할퀴어 놓고 거기에 악한 마음을 심어 놓았으니 용서는 꿈도 꾸지 마라, 이놈들아!"

르이빈은 점점 들끓어 오르는 증오심에 어쩔 줄 몰라 했다. 그의 떨리는 목소리에 어머니는 두려운 생각이 들었다.

"그런데 내가 사제에게 뭐라고 했는지 알아요?"

한결 진정된 말투로 르이빈이 말을 이었다.

"마을 집회가 끝나고 그놈이 농부들과 길거리에 빙 둘러앉아 하는 말이, '사람들이란 가축 무리와 같아서 늘 목동이 있어야만 한다'는 거요. 내가 그래서 비아냥거리는 말투로 끼어들었지. '여우를 숲의 우두머리로 삼으면 새는 한 마리도 안 남고 깃털만 널려 있게 되겠지'라고요. 그러자 그자가 날 힐끔 째려보더니 하는 말이, 민중은 참아야만 하니까 그럴 수 있는 인내심을 그들에게 달라고 하느님께 기도나 올리라고 하더군요. 그래서 내가 다시 그 말을 받아서 민중은 기도를 많이 하지만 하느님은 시간이 없어서 그 기도를 제대로 듣지 않는 게 틀림없다고 대답해주었죠. 그 사제가 어떤 기도를 하느냐고 따져 물으며 내게 트집을 잡더군요. 내 평생 기도 제목은 딱 한 가지인데, 아마도 사람들의 기도가 다 저와 같을 거라고 말했죠. '주여, 주인 나리께도 벽돌 나르는 법과 돌을 먹는 법, 그리고 나무에 침을 뱉는 법을 가르쳐 주옵소서!' 했더니 그자가 내 말을 중간에서 막는 거예요. 저…… 당신은 귀족 마나님이신가요?"

르이빈이 하던 말을 멈추고 불쑥 소피아에게 물었다.

소피아는 뜻밖의 질문에 당황스러워하며 되물었다.

"무슨 이유로 나를 귀족 마나님이라고 하는 거지요?"

르이빈이 웃었다.

"왜냐고요? 이유라…… 딱 보니 별 아래 태생일 것 같아서요. 다른 이유가 없습니다. 무명 수건을 머리에 썼다고 해서 귀족의 약점을 사람들 눈에서 숨길 수 있을 것 같소? 사제가 아무리 거적을 뒤집어써도 우린 금방 알아봅니다. 예컨대, 당신은 지금 젖은 탁자 위에 팔꿈치를 올리다가 깜짝 놀라 이마를 찡그렸어요. 게다가 당신은 노동자의 것이라고 하기에는 너무 곧은 허리를 갖고 있고……"

어머니는 르이빈이 비아냥거리는 말투로 소피아를 모욕할지도 모른다고 판단하고 서둘러 따끔하게 말했다.

"이 부인은 내 친구요, 미하일 이바노비치. 참 좋은 사람입니다. 이 일을 하느라 머리카락이 다 셌다오. 그러니 너무 그렇게……"

르이빈이 깊은 한숨을 몰아쉬었다.

"왜요? 지금 내가 한 말이 모욕으로 들렸습니까?"

"내게 하고 싶은 말이라도 있으신 모양이네요?"

소피아가 르이빈을 노려보며 무뚝뚝하게 되물었다.

"맞아요. 얼마 전에 야코프의 사촌 되는 사람이 여기에 새로 왔는데, 폐병을 앓고 있어요. 물정에 대해 좀 밝은 사람이지요. 그 사람을 불러도 괜찮겠습니까!"

"상관없어요, 맘대로 하세요."

소피아가 대꾸했다.

르이빈이 소피아를 바라보며 눈살을 찌푸리더니 목소리를 낮추어 말했다.

"예픰, 자네가 좀 그 사람한테 가 주게나. 가서 어두워지거든 이리 좀 건너오라고 일러주게."

예픰이 모자를 쓰리 움막으로 들어갔다. 그리고 누구와도 눈을 마주치지 않고 천천히 걸어서 숲 속으로 사라졌다. 르이빈이 고갯짓으로 예픰이 가는 방향을 가리키며 쉰 목소리로 말했다.

"저 친구는 지금 고민에 빠져 있소. 고집스럽죠. 군대에 가야 하는데, 여기 야코프도 그렇고. 야코프는 안 가겠다고 하고, 저 친구도 군대에 안 가겠다고 고집을 부리는데, 예픰은 가서 군인들을 선동할 마음을 품고 있다는 겁니다. 내 생각은 이마로 벽을 뚫는 격이야. 또 총을 어디에 들이댈 건가? 그들은 자기 자신들을 공격하게 될 것을 몰라요. 내가 그렇게 충고를 하건만 그는 여전히 괴로워한답니다. 이그나트도 그의 맘을 돌려보려고 무던히 애를 씁니다만 헛수고입니다."

이그나트가 르이빈에겐 눈길도 주지 않고 이마를 찡그리며 침통한 어조로 말했다.

"아니, 헛수고만은 아녜요. 군대라는 곳이 일단 발을 들여놓으면 변하지 않고는 배길 수가 없는 곳이다 보니 그 친구 아마 나중엔 다른 군인이나 별반 다를 게 없는 평범한 군인이 될 겁니다."

"설마! 차라리 군대를 탈영하는 게 나을 거야. 러시아가 얼마나 넓은데 그 친구를 찾을 수 있겠어? 그가 새 신분증 하나 구해서 이 마을 저 마을 떠돌아다니면……"

르이빈이 생각에 잠겨 대꾸했다.

"나도 그럴 거요. 일단 정부와 싸우기로 작정했으면 정면으로 부딪치는 거죠."

야코프가 발로 장작을 두드리며 말했다.

대화가 끊겼다. 꿀벌과 땅벌들이 분주히 숨막히는 대기를 맴돌며 윙윙거렸다. 새들이 지저귀고, 어딘가 멀리서 길을 잃고 들판을 헤매는 노랫소리가 들려왔다. 잠시 침묵이 흐른 뒤 르이빈이 입을 열었다.

"자, 일을 시작해볼까? 좀 쉬시겠소들? 움막 안에 판자로 만든 침상이 있어요. 이분들한테 마른 나뭇잎 좀 모아다 드리게나, 야코프. 참 어머니께선 가지고 오신 책들을 주세요."

어머니와 소피아는 자루를 풀었다. 르이빈이 그들 위로 몸을 구부리며 흐뭇해서 말했다.

"맞아요, 이거예요. 아이고, 많이도 가지고 오셨네요. 이 일을 한 지 오래 되었나 봅니다. 그래, 성함이 어찌된다 했죠?"

르이빈이 소피아를 보며 물었다.

"안나 이바노브나입니다. 12년째 이 일을 하고 있어요. 왜 묻죠?"

"그냥요. 감옥엔 가 보았소?"

"물론이요."

르이빈이 잠시 침묵을 지키고 있다가 책 꾸러미 하나를 손에 집어 들고는 이를 드러내며 말했다.

"내 말투에 기분 나빠하지 마세요. 농부와 귀족의 관계는 물과 타르 관계 같아서 함께 일하기가 어렵고 서로 튀어오르며 달아나기 일쑤죠."

"나는 귀족 마나님이 아니라 그냥 한 인간일 뿐입니다."

소피아가 조용히 웃으며 반박했다.

"그럴 수도 있죠. 믿기 어렵지만 사람들이 그렇다고들 하더군요, 개도 예전엔 늑대였다고 말하고. 가서 이 책들을 숨겨야겠어요."

르이빈이 말했다.

이그나트와 야코프가 르이빈에게 다가와 손을 내밀었다.

"우리에게 좀 주세요."

이그나트가 말했다.

"모두 같은 종류인가요?"

르이빈이 소피아에게 물었다.

"다 달라요. 여기 신문도 있고."

"오!"

세 남자가 판자 움막 안으로 서둘러 들어갔다.

"농부들이 아주 불이 붙었어."

생각에 잠겨 르이빈의 뒷모습을 바라보며 어머니가 나지막이 말했다.

"맞아요, 저도 저 사람 같은 얼굴은 처음 봐요. 마치 순교자의 얼굴 같네요. 우리도 안으로 들어가요, 저들을 더 보고 싶어요."

여자들이 문에 들어섰을 때, 남자들은 이미 신문에 몰두해 있었다. 이그나트는 판자 위에 앉아서 무릎 위에 신문을 펼쳐 놓고 손가락으로 머리카락을 쓸어내리고 있었다. 그는 고개를 들어 힐끗 여인들을 보고서 다시 고개를 그의 신문 위로 구부렸다. 르이빈은 지붕의 갈라진 틈새로 햇살이 들어와 신문에 비치도록 서 있었다. 그는 신문을 읽고 있는 모양으로 입술을 움직였다. 이그나트 역시 무릎을 꿇고 앉아 판자로 짠 침상에 가슴을 바짝 붙이고서 신문을 읽는 중이었다.

소피아는 진실을 말하려고 하는 남자들의 열정을 느꼈다. 그녀의 얼굴은 즐거운 미소로 밝아졌다. 조심스럽게 구석 쪽으로 걸어가서 어머니 옆에 자리를 잡고, 어머니의 어깨에 팔을 얹고서 주위를 둘러보았다.

"미하일 아저씨, 우리 농부들을 거칠게 대하는 대목이 많아요."

야코프가 돌아보지 않은 채 중얼거리자 르이빈이 그를 돌아보고는 웃으며 대꾸했다.

"그게 다 우릴 사랑해서 그러는 거야. 사랑에 빠진 사람은 무슨 말이든 다 지껄여도 욕설은 하지 않아."

이그나트가 깊은 숨을 몰아쉬고 나서 고개를 들고 비꼬듯이 웃다가 눈을 지그시 감고 찡그려 쳐다보며 말했다.

"여기 이렇게 적혀 있어요. '농부들은 인간이기를 포기했다.' 물론 맞는 말이지만."

이그나트의 단순하고 정직한 얼굴에 어떤 불쾌감을 주는 그림자가 미끄러지듯이 비쳤다.

"글쎄, 당신들도 이런 탈을 며칠 걸치고 그 속에서 돌아보지 그래. 그럼 우린 당신들 모습이 어떻게 될지 보게 될걸, 잘난 체는 그만두시지!"

"나는 좀 누워야겠는걸."

어머니가 소피아에게 속삭였다.

"이제 지쳤어, 고단하기도 하고 머리가 어쩔어찔해. 부인은 어떻수?"

"저는 괜찮아요."

어머니는 침상에 몸을 펴고 눕자마자 금세 잠이 들었다. 소피아는 어머니

바로 옆에 걸터앉아, 책을 읽고 있는 사람들을 유심히 살피면서 어머니의 얼굴 위로 날아다니는 벌들을 열심히 쫓아버렸다. 르이빈이 다가와 물었다.

"어머닌 잠드셨소?"

"예."

르이빈은 잠시 말없이 서서 어머니의 잠든 얼굴을 내려다보고는 부드럽게 말했다.

"이분은 자식을 위해서, 자식의 길을 따라 나선 최초의 어머니일 거요. 최초의 어머니."

"주무시는 데 방해가 될지 모르니 그만 밖으로 나가죠?"

소피아가 제안했다.

"그럽시다. 우리도 일을 해야 하니까. 물론 같이 이야기를 나누고 싶지만 저녁 때 하기로 합시다. 가세, 젊은 친구들!"

4

세 남자는 움막에 소피아를 남겨두고 밖으로 나갔다. 그런 뒤에 멀리서 도끼질 소리가 들려왔다. 그 소리는 나뭇잎을 통해 메아리쳤다. 소피아는 반쯤 잠든 휴식 상태에서 문 밖에 앉아 숲의 강한 향기에 취해 콧노래를 흥얼거리며, 저녁이 어슴푸레 다가오며 점점 숲을 감싸안는 광경을 지켜보았다. 소피아의 회청빛 눈이 누군가에게 부드럽게 미소지었다. 붉어지는 태양빛이 점차 기울어져갔다. 숲은 어두워져서 점점 짙어가는 듯이 보였다. 나무 그림자들이 숨막힐 듯 답답하게 숲 속 공터 가까이로 점점 번져와서 더욱 친근하게 숲을 감싸며 공터를 덮었다. 황소들이 낮게 우는 소리가 멀리서 들려왔다.

일꾼들 넷이 작업을 끝내고 흡족한 낯빛으로 돌아왔다. 그들 목소리에 잠이 깬 어머니는 오두막 밖으로 나와 하품을 하며 미소를 지어 보였다.

르이빈은 한결 조용해지고 덜 우울해 보였다. 그의 몸에 남아 있던 흥분 찌꺼기가 피곤함 속으로 고스란히 빠져 버렸기 때문이다.

"이그나트, 우리 차 한 잔 따뜻하게 마실까! 돌아가면서 여기서 집안일을 하세나. 오늘은 이그나트가 우리에게 음식과 음료를 준비해 주는 거야."

르이빈이 이그나트에게 말했다.

"오늘은 내 순번을 사양하고 싶은 걸요!"

이그나트가 옥외의 모닥불을 피우려고 장작과 나뭇가지를 모으면서 말했다.

"우리 모두가 우리 집 손님에게 관심을 갖지 않는 사람은 없어!"

예핌이 소피아와 나란히 앉으며 말했다.

"내가 도와줄게, 이그나트!"

야코프는 뜨거운 재에 구워 낸 빵 한 덩어리를 가지고 나와 여러 조각으로 잘라서 탁자 위에 나누어 놓았다.

"가만! 기침 소리가 들리는 것 같은데…… 들려요?"

예핌이 소리쳤다.

르이빈이 가만히 귀를 기울이더니 고개를 끄덕이며 덧붙였다.

"그래, 누가 오는 것 같군……."

그러고는 소피아를 보며 말했다.

"이제야 증인이 오나 봅니다. 그와 함께 도시를 돌아다니다 그에게 광장에서 민중에게 연설을 하게 했었죠. 그는 항상 같은 말을 했지만, 모두가 들어야만 했습니다."

정적과 어둠이 깊어지고 사람들의 목소리가 한결 은은해졌다. 소피아와 어머니는 농부들을 지켜보았다. 모두의 거동이 굼떠 보였고 발걸음 또한 무거워 보였으며 이상스럽게도 조심성이 엿보였다. 또한 여인들에게서도 눈을 떼지 않고 둘이 나누는 대화에 귀를 기울였다.

숲 속에서 키가 구부정하게 큰 사내가 공터로 걸어 나왔다. 지팡이에 몸을 의지한 채 천천히 걸음을 옮겨 놓고 있었는데, 가쁜 숨소리 역시 요란하게 들렸다.

"저기 사벨리가 와요!" 야코프가 소리쳤다.

"접니다."

사내는 목쉰 소리로 말을 마치고 기침을 해댔다.

사내는 발뒤꿈치까지 내려오는 허름한 외투를 걸치고 있었고, 쭈글쭈글한 둥근 모자 밑으로 까칠한 누런 머리카락이 서로 엉켜 늘어져 있었다. 누렇게 핏기가 하나도 없는 얼굴에는 연한 빛의 빈약한 턱수염이 듬성듬성 자랐고 입은 반쯤 벌려진 채였으며 이마 밑 두 눈은 폭 패여 열병에 걸린 듯 반짝거렸다.

르이빈이 소피아를 소개하자 사내가 소피아에게 물었다.

"책을 가져오셨다고 들었습니다만!"

"예, 들으신 대로입니다."

"감사합니다. 민중을 위하는 일이지요. 민중 자신은 아직 책의 진실을 이해할 줄 몰라요. 고마워할 줄도 모릅니다. 그래서 그걸 조금이나마 이해하는 제가 그들을 위해서 감사를 드리는 겁니다."

사내는 걸신들린 듯 재빠르게 메마른 입술 사이로 대기를 들이마시며 가쁜 숨을 몰아쉬었다. 목소리는 토막토막 끊어졌고, 허약한 손의 앙상한 손가락들은 외투 단추를 꿰려고 애쓰면서 가슴을 더듬었다.

"이토록 늦은 시간에 숲에 계시면 몸에 해로워요. 숲은 습도가 높으니까요."

소피아가 말했다.

"이렇게 된 마당에 나에게 좋고 말고가 어디 있습니까? 남은 일은 죽음뿐이랍니다."

사내가 가쁜 숨을 몰아쉬며 대꾸했다.

사내의 목소리를 듣는 자체가 괴로움이었다. 그의 모습은 그가 이미 자신의 무기력을 깨닫고 있다고 느끼게 하여, 정말 쓸모없는 연민만을 불러일으켜 마음이 불편해지고 침통한 기분이 되었다.

모닥불이 활활 타오르면서 주위의 모든 사물이 사뭇 전율하고 흔들거리며 아른거렸다. 놀란 그림자가 겁을 집어먹은 듯 숲으로 내달았고, 불길 바로 위에선 심각한 표정을 한 이그나트의 둥근 얼굴이 불빛에 가물거렸다. 불꽃이 차츰 사위어갔다. 연기 냄새가 진동하고 정적과 어둠이, 병자의 거친 말소리에 신경을 곤두세웠다.

"그런데 저는 범죄의 증인으로서 아직도 사람들에게 유익한 일을 할 수가 있습니다. 자, 저를 보세요. 제 나이 겨우 스물여덟입니다. 하지만 저는 죽어가고 있어요. 10년 전만 해도 100킬로가 넘는 짐을 어깨에 어렵잖게 짊어졌죠. 건강엔 자신이 있었기에 70까지는 무덤에 떨어지지 않고 거뜬하겠거니 생각했습니다. 그런데 10년을 살고 막다른 골목에 들어선 거죠. 지주들에게 40년 인생을 강탈당했어요. 자그마치 40년을. 그들이 내 인생의 40년을 훔쳤다는 거죠!"

"이 친구가 요즘 입에 달고 사는 노랩니다." 르이빈이 퉁명스럽게 말했다.

다시 모닥불이 타올랐다. 이번 불길은 한층 강하고 밝았다. 그림자들이 다시 숲을 향해 뛰어들었고, 이내 다시 뒤로 쏜살같이 돌아와 말없이 놀라서 불꽃 주위에서 떨며 춤을 추었다. 불길 속에서는 마른 나뭇가지들이 탁탁 소리를 내고 나뭇잎들 또한 끊임없이 부스럭거렸다. 달아오른 대기의 아지랑이 물결에 놀라서 쾌활하고 활달한 불길의 혓바닥들이, 노랗고 붉은빛으로 까불며 장난을 치다 서로 얼싸안으며 위로 솟구쳐 불꽃을 뿌렸다. 타오르는 불꽃잎새들이 이리저리 떠다니자, 하늘의 별들이 불꽃들을 보고, 올라오라고 유혹이라도 하듯 미소지었다.

"그것은 내 한탄만은 아니오. 수천 명의 사람들이 그렇게 한탄스런 노래를 부르지만, 불행한 사람들 모두에게 어떤 교훈이 유익한지를 그들은 모르고 있어요. 일 때문에 죽을 정도로 고통을 당한 사람들이 얼마나 많이 불구가 되고, 굶주려서 말없이 죽어갔는지! 크게 소리쳐야 해요, 형제들, 크게 소리쳐야 한다고요!" 그는 잔뜩 웅크리고 발작적으로 기침을 하며 떨었다.

"왜요?" 예핌이 물었다. "나의 불행은 내 문제예요. 그냥 나의 기쁨만을 봐주면 돼요."

"이야기 방해하지 마." 르이빈이 책망했다.

"당신은 자처해서 말했어요. 사람은 자기 불행을 뽐내서는 안 된다고." 예핌이 이맛살을 찡그리고서 의견을 말했다.

"그건 다른 문제야. 사벨리의 불행은 보통 사람들과 같아. 자기 혼자만의 불행이 아니라고. 아주 다른 문제지." 르이빈이 진지하게 말했다. "땅속까지 깊이 들어가서 숨이 막혔던 사람이 여기 있지. 이제 그가 세상에 대고 소리치고 있어, '조심해요, 거기에 가면 안 돼요!'"

사내는 허리를 구부리고 온몸을 떨면서 발작적으로 기침을 해댔다.

야코프가 작은 사과 주스 양동이를 탁자 위에 올려놓고 파 한 단을 놓으며 아픈 병자에게 말했다.

"이리 와요, 사벨리! 우유를 좀 가져왔어요."

사벨리는 갸우뚱 고개를 저으며 거절했지만, 야코프가 그의 겨드랑이 밑에 손을 넣어 일으켜 세우고 탁자로 데려왔다.

분위기가 불편해지자 소피아가 부드러운 말로 르이빈을 나무랐다.

"이봐요, 당신은 뭐하려고 저 사람을 이리로 불렀어요? 금세라도 숨이 넘어갈지도 모르는데……."

"그럴지도 모르죠."

르이빈이 반박하는 투로 대꾸했다.

"사람들 있는 데서 죽게 돼요. 하지만 기력이 있을 때까지 이야기를 하게 해야지요. 여태 하찮은 일로 인생을 망쳤으니 사람들을 위해서 좀더 오래 이야기하도록 내버려둬도 돼요. 별일 없을 겁니다, 괜찮아요."

"당신은 그런 데에 무슨 특별한 재미라도 붙인 사람같이 말을 하는군요."

소피아가 핀잔을 주었다.

르이빈은 소피아를 바라보고는 침통한 목소리로 말했다.

"십자기에 매달려 신음하는 그리스도를 즐기는 사람들은 바로 지주 나리님들입니다. 우린 사람들에게서 뭔가 배우기를 원하고, 당신 역시 뭔가 배우는 바가 있기를 바라는 마음뿐입니다."

탁자에 있던 병자가 다시 이야기를 시작했다.

"그들은 노동으로 사람들을 폐인으로 만들다시피 했어요. 도대체 무엇 때문이란 말입니까? 나는 네페도프의 공장에서 인생을 망쳤는데, 주인이란 작자는 어떤 주연급 오페라 가수한테 홀딱 빠져서 금세숫대야를 선물했어요. 그 여자 화장실 비품이 모두가 금이었다니까요. 그깟 세숫대야가 내 인생의 피, 바로 내 인생을 망친 거라고요. 그걸 위해 내 인생을 빼앗았단 말이죠! 죽도록 일했건만 그놈은 내 피를 빨아 자기 첩을 즐겁게 해준 거죠. 내 피로 그 여자에게 금세숫대야를 사주었습니다."

"인간이란 자고로 하느님의 형상을 따라 창조되었건만 겨우 그런 일에 인생이 허비되다니…… 잘하는 일이군!"

예핌이 미소지으며 말했다.

르이빈이 손바닥으로 탁자를 내리치며 소리쳤다.

"그러니 입만 다물고 있다고 해서 잘하는 일이 아니야!"

"그냥 참고 넘어가서는 안 돼!"

야코프가 나직한 목소리로 거들었다.

이그나트가 웃었다.

어머니는 세 젊은이가 말은 거의 하지 않지만 굶주린 영혼처럼 만족할 줄 모르고 탐욕스럽게 갈구하듯 모든 이야기를 귀담아 듣고, 르이빈이 이야기할 때마다 그들이 르이빈의 얼굴을 뚫어지게 바라보고 있다는 사실을 눈치챘다. 사벨리의 이야기는 젊은이들의 얼굴에 이상스럽게 날카로운 미소가 묻어나게 했다. 그들의 태도에서는 병자에 대한 연민이라곤 눈곱만치도 찾아 볼 수 없었다.

소피아에게 몸을 기울이며 어머니가 귓속말로 물었다.

"저 사람 하는 말이 과연 진실일까?"

소피아가 큰 소리로 대꾸했다.

"그럼요, 진실이고말고요. 그런 선물에 관한 기사가 신문에 실린 적이 있었어요. 모스크바에서 실제 있었던 일이죠."

"그런데도 그자가 아무 벌도 받지 않았소?" 르이빈이 무뚝뚝하게 물었다.

"그런 자는 마땅히 죽여 없애야 했소. 민중 앞에 끌어내 사지를 찢어서 그 더러운 살덩이들을 개에게나 던져 버렸어야 한다고요. 민중이 들고 일어서면 그때는 대대적인 사형 집행을 할 거요. 민중은 그동안의 자기들 잘못을 씻어 내려고 많은 피를 흘리게 될 테지. 민중의 피. 사실 그렇게 흐르는 피는 그들의 정맥에서 빼냈으니까 주인은 바로 민중이에요."

"쌀쌀하군!"

병자가 말했다.

야코프가 병자를 부축해 일으켜서 모닥불 가까이로 옮겨 앉혔다. 장작더미 모닥불이 눈부시게 타올랐고, 얼굴 없는 그림자들이 그 주위에서 이리저리 흔들리고 있었다. 사벨리는 나무둥치에 걸터앉아 메마르고 투명하게 앙상한 손을 뻗어 불을 쬐며 기침을 했다. 르이빈이 한쪽으로 고갯짓을 한 뒤 소피아에게 조용히 말을 건넸다.

"그런 현실은 책보다도 한결 신랄하답니다. 기계에 손이 잘리거나 노동자가 목숨을 잃는 건 일정 부분 노동자 자신의 탓이라고 할 수 있는 여지가 있어요. 하지만 이처럼 인간에게서 완전히 피를 빨아먹을 대로 빨아먹고 시체 버리듯 내팽개친다면 어떤 말로도 설명이 안 돼요. 온갖 종류의 살인을 나는 다 이해할 수 있지만 장난삼아 저지르는 학대는 결코 용납할 수 없어요. 주인급 지식인들이 민중을 학대하는 이유, 우리 모두를 이토록 고통당하게 하는 목적이 도대체 뭐예요? 놈들은 장난삼아, 그저 즐기려고, 이 땅에서 좀 더 편히 살아 보겠다고, 그리고 우리의 피를 빨아서 여가수도 사고, 말들도, 은제 칼도, 순금 접시도, 또 아이들을 위해 값비싼 장난감도 사는 겁니다. 너희는 그저 일이나 해라, 더 많이 일해, 일해, 일해. 그러면 나는 네놈들 노동의 대가로 돈을 모아서 애인한테 금세숫대야나 선물하련다. 뭐 이런 식이죠."

어머니는 듣고 보았다. 다시 한 번, 어머니 앞에 펼쳐진 어둠 속에서 파벨과 동료들이 함께 나아가고 있는 길이 밝게 빛나는 줄무늬처럼 곧게 뻗어 있는 광경을.

저녁 식사를 마치고 모두 모닥불 주위에 빙 둘러앉았다. 불길이 나뭇가지를 곧장 먹어치웠고, 등 뒤로는 어둠이 숲과 하늘을 집어삼킨 채 드리워져 있었다. 병자는 눈을 부릅뜨고 불길을 보며 연신 기침을 해댔다. 온몸을 부르르 떠는 것이 마치 일마 남시 않은 그의 삶이 스스로 잠시 못하고서 그의 가슴을 뿌리치고 떠나려는 듯했으며 질병으로 지쳐서 메마른 몸뚱이를 서둘러 버리려는 것 같았다.

"어때요? 안으로 들어가는 게, 사벨리?"

야코프가 허리를 굽혀 병자에게 쉬라고 권했다.

"왜? 나는 여기에 좀 더 앉아 있고 싶은데. 사람들과 이렇게 함께할 시간도 내겐 얼마 남지 않았어. 시간이 거의 없다고."

그가 힘겹게 대꾸했다. 그리고 모인 사람들 전체를 한동안 말없이 둘러보더니 파리한 미소를 지으며 말을 이었다.

"여러분과 함께 있다는 게 여간 기쁜 게 아니에요. 저는 여러분을 보면서 이런 생각을 한답니다. 여기 있는 바로 이 사람들이 강탈당한 사람들의 잘못된 삶을 위해서, 탐욕의 희생물로 스러져간 민중을 위해서 복수를 해주겠지 하고 말이죠."

병자의 말에 어느 누구도 대꾸하지 않았다. 그는 이내 머리를 힘없이 아래로 떨구고 꾸벅꾸벅 졸았다. 르이빈이 잠깐 그에게 시선을 돌리고서 나지막한 목소리로 입을 열었다.

"이 사람은 우리를 찾아와 앉아서 늘 한 가지, 이렇게 인간을 조롱하는 이야기를 한답니다. 그의 조롱은 그의 영혼 전부예요. 다른 감정은 아무것도 느낄 수 없는 사람처럼 말입니다."

"당신이라면 그 이상 무얼 더 바랄 수 있단 말이오? 수천의 사람들이 매일 노동으로 죽어가고 그 덕분에 지식인 주인들은 장난삼아 돈을 물쓰듯 하고 있는데, 무슨 말이 더 필요하겠어요?"

어머니가 생각에 잠겨 말했다.

"이젠 그에게서 그런 이야기 듣기도 지겨워요. 한 번만 들어도 잊지 못할 이야기를 저 사람은 늘상 지껄여대니까."

이그나트가 작은 목소리로 말했다.

"그 한 가지에 모든 이치가 오글오글 들어 있다네, 모든 삶도 그렇지만. 잘 기억해두라고!"

르이빈이 침통한 어조로 말했다.

병자는 몸을 한 번 뒤척이더니 눈을 동그랗게 뜨고는 땅바닥에 드러누웠다. 야코프가 살며시 자리에서 일어나 오두막 안으로 들어가 짧은 외투 두 개를 가져와 그의 사촌을 둘러싸고 다시 소피아 옆에 나란히 앉았다. 붉게 활활 타는 불꽃이 주위에 둘러앉은 사람들의 시커먼 모습을 밝게 비추며 짜증스러운 듯 미소지었다. 사람들의 목소리가 나무가 타며 부드럽게 바스락거리는 소리와 불꽃의 탁탁거리는 소리에 슬프게 섞였다.

소피아가 삶의 권리를 찾기 위한 전 세계적 민중 투쟁, 옛날 독일 농민들의 투쟁, 아일랜드인들의 불행, 그리고 자유를 위한 빈번한 싸움에서 이룩한 프랑스 노동자들의 위대한 업적에 대해서 이야기했다.

융단 같은 밤의 옷을 입은 숲 속에, 벙어리 나무들로 둘러싸인 숲 속 공터에, 모닥불꽃의 장난스러운 얼굴 앞에, 세계를 뒤흔들었던 사건들이 되살아나고, 지구상의 한 나라가 검열을 받으며 하나씩 지나가면서, 피를 흘리고 전투로 지친 일들이 떠올려졌고, 자유와 진리를 위해 몸을 내던진 투사들의 이름이 되새겨졌다.

마치 먼 과거로부터 거슬러 흘러나오듯 여자의 목소리가 은은히 울려 퍼지고 있었다. 그 목소리는 희망을 일깨우고 확신을 불러일으켜, 모인 사람들은 자신들의 정신적 형제들에 대한 소식에 음악처럼 말없이 귀를 기울이지 않을 수 없었다. 그들은 여인의 여위고 창백한 낯빛을 바라보며 그녀의 회청빛 눈이 지어 보이는 미소에 화답하여 미소지었다. 그들 앞에는 전 세계 모든 민중의 성스러운 과업, 즉 자유와 평등을 위한 끊임없는 투쟁이 한결 선명하고 한층 성스럽게 이야기되었다. 세계의 민중은 암울과 피로 얼룩진 장막으로 드리워진 자신들의 희망과 사상을 발견하였고 마음속으로는 이성과 감정으로 세계와 관계하며 그 안에서 친구들을 보았던 것이다. 세계 안의 친구들은 이미 오래전에 만장일치로 이 세상의 참진리 쟁취를 위한 결의를 다져왔고 헤아릴 수조차 없는 자신들의 고통을 헌정해왔으며 자신들의 피를 강물이 되도록 쏟았다. 이 피로 인류는 밝고 명랑한 새로운 삶에 자신을 바쳤다. 모든 이와의 정신적 유대감이 생겨나서 성숙했으며 모두를 포용하고 모두를 자신 안에서 하나로 결속하려고 불타오르는 새로운 가슴이 탄생했다.

확신에 찬 소피아의 목소리가 울렸다.

"만국의 노동자들이 고개를 들고, 그만하면 됐어! 단호히 말할 그날이 다가오고 있어요. 우리는 이런 삶을 더는 원치 않습니다. 그날이 오면 자신들의 탐욕으로 세상을 다 소유한 척하는 자들의 대단한 힘은 삽시간에 무너져 내리고 그들의 발밑에서 사라져 결국 그들이 발 디딜 곳이라곤 하나도 남지 않게 될 것입니다."

"반드시 그렇게 되고말고! 자기 자신을 동정하지 말아요, 그럼 모든 걸 극복하게 될 거요."

르이빈이 고개를 수그리며 맞장구를 쳤다.

그들은 자기들을 세계와 이어주는 밝은 실마리를 끊어 버리게 되지나 않을까 조바심을 내며, 이야기의 흐름을 방해하지 않으려고 애를 쓰며 미동도 하지 않았다. 어쩌다가 한 번씩 누군가가 나뭇가지를 조심스럽게 모닥불에 얹어 놓기도 했고, 모닥불에서 불티와 연기가 올라올 때면 그들은 그것이 여인에게 가지 못하도록 손을 내저어 부채질을 마다하지 않았다.

한번은 야코프가 일어나 나지막한 목소리로 부탁했다.

"잠깐만 기다려주세요."

그러고는 안으로 뛰어들어가 옷가지를 몇 벌 가지고 나와 이그나트와 함께 말없이 여자들의 발과 어깨춤을 감싸주기도 했다. 소피아는 다시 이야기를 계속하면서 승리의 날을 그리는가 하면, 사람들에게 자신들의 힘에 대한 믿음을 심어주기도 하고, 혹은 배부른 자들의 바보 같은 장난을 위해 일생을 척박한 고통에 빼앗겨 버린 모든 이와의 유대감을 일깨워주기도 했다.

새벽 어스름, 소피아는 고단한지 잠시 입을 다물고 있다가 이내 미소를 지으며 자기를 둘러싼 진지하면서도 밝게 빛나는 얼굴들을 둘러보았다.

"이제 그만 떠날 시간이라오."

어머니가 말했다.

"시간이 다 됐군요."

소피아는 피로한 기색으로 말을 받았다. 누군가가 요란스럽게 한숨을 내쉬었다. 르이빈이 평소와는 다르게 부드러운 어조로 말했다.

"떠나신다니 섭섭하군요. 좋은 말씀을 해주셨어요. 위대한 과업이 민중을 단단히 뭉치게 해줄 겁니다. 수백만 민중의 뜻이 당신의 마음과 같다는 걸 아신다면 한결 마음이 나아지실 겁니다. 선량함 속에 바로 거대한 힘이 있는 게 아니겠습니까?"

"선을 베푸셨으니 필시 복받으셔야죠." 예핌은 살며시 웃으며 이렇게 말하고 얼른 자리에서 일어섰다.

"이분들은 떠나셔야만 해요, 미하일 아저씨. 딴 사람들 눈에 띄기 전에 말이죠. 우리가 이 책들을 돌리면 당국에선 이 책들의 출처를 캐내려 들 게 아니겠어요? 그때 누구건 기억을 더듬어 만약에라도 여기에 이상한 순례자들이 왔었네 하고 떠들기라도 하면……."

"저, 고맙습니다, 어머니. 친히 이런 어려운 일을 다 하시고!"

르이빈이 예핌의 이야기를 가로막으며 입을 열었다.

"저는 당신을 볼 때마다 파벨 생각을 한답니다. 지금 가시는 이 길은 너무나 훌륭한 길입니다."

한결 마음이 진정된 르이빈의 얼굴에선 넓고 선한 웃음이 피었다. 공기가 꽤나 찼지만 그는 셔츠 하나만 입고 더구나 윗단추를 아래쪽까지 풀어헤쳐 가슴을 온통 드러낸 채였다. 어머니는 그의 당당한 풍채를 보고 미소를 지으며 다정하게 충고를 해주었다.

"뭘 좀 걸치지 그러시오, 날도 쌀쌀한데!"

"내 몸 안은 불덩이 같은 걸요."

르이빈이 대수롭지 않게 대꾸했다.

젊은이 셋은 모닥불 가에 서서 조용히 이야기를 나누고 있었는데, 그들의 발 옆에는 짧은 털가죽 외투로 몸을 감싼 병자가 죽은 듯이 누워 있었다.

하늘이 밝아짐에 따라 밤 그림자도 더불어 사위어 갔으며 나뭇잎들이 태양을 기다리며 떨고 있었다.

"자, 이젠 작별의 순간이 온 것 같습니다. 뵙고 싶으면 시내에 가서 어떻게 찾으면 될까요?"

르이빈이 소피아의 손을 꼭 눌러 잡으며 말했다.

"우선 나를 찾으시구려!"

어머니가 대신 대답했다.

젊은이들이 소피아에게 몰려가 말없이 그녀의 손을 꼭 잡았다. 서투르긴 해도 다정하기 이를 데 없었다. 너나할 것 없이 감사하는 마음과 다정한 마음에 만족해 있는 모습이 역력했는데, 아마도 어떤 귀족적 품위에 당황한 기분을 숨기려 하는 것 같았다. 밤잠을 못 잔 탓에 메마른 두 눈에 미소를 머금고서, 발을 바꾸어 디디며 그들은 말없이 소피아의 눈을 마주 보았다.

"가기 전에 뭐 좀 드시지 않겠어요?" 야코프가 물었다.

"뭐 먹을 게 좀 있나요?"

예핌이 물었다.

"좀 있어."

이그나트가 멋쩍은 듯 머리를 긁적이며 말했다.

"없어, 내가 아까 몽땅 엎질렀거든."

셋은 한바탕 웃음을 터뜨렸다.

그들이 이야기하고 있는 것은 우유에 대해서였지만, 어머니와 소피아는 그들이 딴 생각들을 하고 있음을 느낄 수 있었다. 그리고 무언지는 모르지만 자신들에게 좋은 일이 있기를 막연히 바라는 느낌이었다. 이에 소피아도 당혹감과 겸연쩍음을 느껴서 조용하고 따스한 목소리로 이 한마디밖에는 더 할 말을 찾지 못했다.

"감사합니다, 동지들!"

그들 사이에 눈길이 오갔는데, '동지'라는 한마디 말에 부드러운 충격을 받은 눈치였다.

병자의 무딘 기침 소리가 들렸다. 장작더미에 남아 있던 불길마저 꺼져 버렸다.

"안녕히 가세요."

농부들이 가라앉은 목소리로 작별 인사를 했다. 구슬픈 작별의 말이 여인들의 귓전에 오래도록 울렸다.

어머니와 소피아는 서두르는 기색도 없이 여명의 숲길을 따라 걸었다. 소피아의 뒤를 따라 분주히 걷던 어머니가 말을 걸었다.

"훌륭해, 마치 꿈속을 헤매는 기분이랄까, 정말 좋아! 사람들은 진리를 알고

자 한다오, 소피아. 진리를 꼭 알고 싶어 해. 꼭 멋진 휴일 이른 새벽에 교회에 와 있는 기분이구려. 신부도 아직 오지 않고 교회 안은 어둡고 조용할 때 말이우. 그럴 때 교회 안은 왠지 모르게 섬뜩하기도 하지만, 사람들은 벌써 하나둘씩 모여들지. 성상 앞엔 촛불이 켜지고 곧 등불마저 켜져서 차츰차츰 어둠을 몰아내면서 '하느님의 집'을 밝게 비추잖수."

"그렇다마다요. 다만 여기서 '하느님의 집'이란 세상 전부를 말함이죠."

소피아가 대꾸했다.

"세상 전부라."

어머니는 생각에 잠긴 듯 고개를 끄덕이며 되풀이했다.

"그 말 참 근사하군. 믿기는 좀 어렵지만……."

어머니와 소피아는 길을 걸으며 르이빈과 병자에 대해서, 그리고 소심한 탓인지 말도 별로 없고 매사에 서투르면서도, 자신들에 대해서 세심한 배려로 고마운 우정을 솔직하게 보여주었던 젊은 농부들에 대해서 이야기를 나누었다. 탁 트인 들판에 들어서자 맨 먼저 떠오르는 태양이 그들을 맞아주었다. 아직 보이지는 않았지만 태양은 이미 하늘에 투명한 부챗살 모양의 장밋빛 햇살을 펼쳤고, 풀잎에 맺힌 이슬방울들은 활기 넘치는 봄의 기쁨을 알리는 갖가지 색깔의 보석으로 반짝였다. 새들도 갓 잠에서 깨어나 즐겁고 성급한 소리로 아침 햇살에 청신한 기운을 불어넣었다. 까마귀 떼가 까악 까악 분주히 울며 굼뜬 날갯짓을 했다. 검은 당까마귀가 가을 밀 속에서 총총히 뛰어다니다가, 갑자기 크게 지저귀며 대화를 하고는 했다. 어디선가 슬프게 휘파람 소리를 내는 꾀꼬리들이 왠지 불안하게 경계하는 음조로 노래했다. 종달새가 태양에 닿으려고 날갯짓을 하며 높이 날아올랐다. 시야가 높이 열리고, 밤의 그림자들이 저 멀리 언덕에서 솟아올랐다.

"때로는 말을 하고 싶어서 당신에게 말을 걸어오는 사람이 있지. 그런데 그 사람이 쉬운 말로 하지 않으면 당신은 그를 이해하지 못할 게요. 말 한마디에 갑자기 모든 게 명백해질 거라오."

어머니가 생각에 잠겨 이야기를 꺼냈다.

"이를테면 그 병자가 바로 그런 경우랄 수 있지. 나는 그 사람의 말을 듣고 공장, 아니 그뿐만 아니라 모든 곳에 있는 노동자들이 어떻게 착취당하고 있는지를 비로소 알게 되었수. 그렇지만 사람들은 그런 생활에 익숙해서인지 그걸 가슴으로 느끼진 못하는 것 같습니다. 그런데 그가 불쑥 당신한테 그런 사악하고 비굴한 삶을 돌아보게 한 거요! 세상에나! 사람들이 어찌 평생 죽도록 일만 할 수 있겠소? 그것도 주인들이 저 혼자만을 즐기고 살기 위해서 말이오. 그건 정말 부당한 소리요."

어머니의 생각은 이 사건 때문에 억제되었다. 그 사건은 어렴풋하나, 날카로운 섬광으로 언젠가 알기는 했었지만 곧바로 잊힌 일련의 비슷한 사실들에 대해서 어머니를 일깨웠다.

"분명한 건, 그자들은 이미 모든 것에 만족한 상태였다는 거요. 어떤 지방관리 하나를 내가 아는데 그자는 말을 타고 시골길을 가면서 농부들에게 말한테 인사를 하라고 강요했어요. 그리고 인사를 하지 않는 사람은 모두 그 자리에서 체포했다오. 그런데 도대체 그럴 필요가 있냐고? 도무지 이해할 수가 없는 기가 막힌 일이지."

어머니는 잠시 말을 멈추고 한숨을 쉬었다.

"가난한 사람은 가난 때문에 어리석고, 부자는 탐욕 때문에 어리석은 거요."

소피아가 아침처럼 활기 넘치게 노래를 부르기 시작했다.

5

어머니의 생활은 이상스러울 만큼 평온하게 흘러갔다. 간혹 어머니는 그런 평온함이 놀랍기까지 했다. 아들은 여전히 감옥에 있었다. 무거운 형벌이 아들을 기다리고 있다는 것을 잘 알면서도, 매번 그런 생각을 할 때면 의지와는 무관하게 안드레이, 폐자를 비롯하여 생면부지로 이름만 들어본 적 있는 사람들이 차례로 생각났다. 모든 사람의 운명이 아들의 운명 속에 흡수되어 있는 것만 같았다. 어머니 안에 슬며시 사색적인 기분이 들어서, 어머니의 내면적인 시선이 그에게 집중되었다가 주변 모두에게로 퍼져나갔다. 가늘고 불규칙한 빛들처럼 그런 기분은 모든 주변 인물을 조금씩 짧게 비추다가 어느 순간 모든 곳을 비추면서 전체를 한 폭의 그림으로 만들려고 했다. 어머니의 마음은 어떤 하나의 사물에 머물지 못하도록 방해받고 있었다.

소피아는 곧바로 어딘가로 길을 떠났다가 닷새가 지나서야 생기발랄한 모습으로 돌아왔다. 그러나 몇 시간 있다가 다시 길을 나서 두 주일쯤 되어갈 무렵 돌아왔다. 소피아는 인생의 넓은 원을 따라 태어난 것처럼 보였다.

니콜라이는 늘 단조롭고 꼼꼼한 생활을 했다. 아침 8시면 차를 마시고 신문을 읽으면서 새로운 소식들을 어머니에게 들려주었다. 그는 러시아 국회에서 상인들이 연설한 내용을 악의 없이 되풀이했고, 시내 생활을 알기 쉽게 묘사했다.

니콜라이의 말을 들으면서 어머니는 삶의 현실을 투명하고 분명하게 보았다. 삶은 있는 자의 맷돌에 사람들을 인정사정없이 깔아뭉갰다.

9시에 니콜라이는 출근을 했다. 어머니는 방 정리를 하고 점심을 준비하고 세수를 한 다음, 깨끗한 옷으로 갈아입고 자기 방에 앉아 그림들을 보거나 책을 뒤적거렸다. 이미 책 읽을 줄은 알게 되었지만 읽으려고 긴장한 탓인지 금세 지쳐서 문맥을 파악하지 못한 채 책을 덮었다. 그렇지만 그림들만은 너무나도 좋아서 매번 놀라며 감상했다. 그림들은 새롭고 경이로운 세계, 그러면서도 이해할 수 있고 느낄 수 있는 세계를 어머니 눈앞에 펼쳐놓았다. 거대한 도시들과 아름다운 건물이 어머니의 눈앞에 세워져서, 기계와 선박, 기념품들, 그리고 무한한 부귀가 이렇게 여러 가지 자연의 산물들을 가지고 마음을 지배했다. 인생이 끊임없이 넓어지면서 매일매일 어떤 새롭고도 굉장한 놀라운 일들이 생겨났다. 여인에게 일깨워진 배고픈 영혼이 세상의 수많은 부자들에게 점점 더 강하게 일깨워졌고, 수없이 많은 미인들에게도 일깨워졌다. 어머니는 특히 절묘하게 2절판으로 된 동물학 지도책을 통독하는 데 빠져들었다. 비록 그 책은 외국어판이기는 했어도 어머니는 이 세계의 미(美)와 부(富)와 광대한 넓이를 분명하게 알 수가 있었다.

"대지는 정말 굉장해!"

어머니가 니콜라이에게 저녁 식탁에서 말했다.

"맞아요, 게다가 사람들이 자리를 차지하려고 붐비고 있죠."

무엇보다도 어머니를 황홀경에 빠지게 한 것은 곤충들, 그 가운데서도 특히 나비였다. 어머니는 말했다.

"얼마나 아름다워, 니콜라이 이바노비치? 가는 곳마다 얼마나 많은 아름다움이 그 황홀함을 뽐내고 있냐고. 그렇지만 모두가 우리로부터 차단되어 있고, 곁을 스쳐 날아도 눈에는 보이질 않아요. 사람들은 그저 허우적거릴 뿐, 아는 것 하나 없고 어느 무엇에도 도취될 수 없어요. 또 그렇게 할 욕망도 없어요. 대지가 얼마나 풍요로운지, 얼마나 경이로운 사물들이 많이 살고 있는지를 사람들이 안다면, 얼마나 많은 사람이 행복을 얻게 될까?"

니콜라이는 어머니의 황홀한 기분을 귀기울여 듣고 웃으면서 새로 그린 그림책을 가져다 주었다.

저녁이면 종종 그의 집은 손님들로 들끓었다. 알렉세이 바실리예비치는 창백한 얼굴에 검은 턱수염을 기른 미남으로, 차분하고 게다가 과묵했다. 로만 페트로비치는 머리가 둥글고 부스럼투성이에다 늘 무엇이 그리 탐탁지 않은지 입으로 '쯧쯧' 소리를 냈다. 또 이반 다닐로비치는 작은 키, 마른 체격에 뾰족한 턱수염을 기르고 숱이 적은 데다 성급하고 목소리마저도 가늘고 높아 부엉이처럼 크고 날카로운 소리를 냈다. 그리고 항상 스스로 동지들에게 점점 악화되어 가는 자신의 병에 대해서 농담을 즐기는 이고르가 있었다. 간혹 멀리 여러 도시에서 찾아오는 다른 사람들의 모습도 눈에 띄곤 했다. 니콜라이는 그들과 오랜 시간에 걸쳐 차분한 대화를 나누었는데, 언제나 세계 만국의 노동자라는 하나의 주제로 일관했다. 동료들은 노동자들에 대해 논쟁을 하다 서로 열이 올라 손을 내젓기도 하고 차 몇 잔을 거푸 마시기도 했다. 니콜라이는 가끔 시끄러운 와중에도 서로 나눈 이야기를 기초로 성명서를 작성하여 동지들에게 읽어주었고, 동지들은 그 자리에서 인쇄체 글자로 옮겨 적었다. 어머니는 찢긴 초고 뭉치들을 조심스럽게 주워 모아 불태웠다. 어머니는 그들에게 차를 따라주면서 모인 사람들이 인생과 노동자들에 대해 논쟁하며 보이는 열정에 놀라지 않을 수 없었다. 또 그들은 어떻게 하면 노동자들에게 진실에 대한 사상의 씨를 더 빨리 더 잘 뿌려서 그들의 정신을 고양할 수 있을까에 대한 방법을 가지고 논쟁을 벌였는데, 그 방법에도 놀랐다. 이 문제들은 항상 동료들을 화나게 했으며, 이들의 삶은 자신들 위주로 뱅뱅 돌았다. 종종 그들은 어떤 문제에 대해서 서로 반박하고 비난하면서 화를 내고 다시 또 논쟁을 벌이곤 했다.

어머니는 자기가 이 사람들보다 노동자의 삶에 대해서 더 잘 알고 있으며, 그들이 상정한 과제의 중대성을 한결 더 명백히 보고 있다고 생각했다. 그래서 어머니는 어떤 때는, 남녀 관계 드라마의 극적인 관계를 이해조차 못하면서 신랑신부놀이를 하는 어린아이들을 어른들이 우울해서 제멋대로 대하듯 모든 사람을 대하기도 했다.

가끔 사샤도 찾아왔는데 단 한 번도 오래 머무르는 적이 없었고 늘 웃지도 않고 사무적으로 이야기했으며, 매번 떠날 때마다 잊지 않고 어머니에게 이렇게 묻곤 했다.

"파벨 미하일로비치는 어때요, 건강하죠?"

"덕택에! 아무 일 없어. 기운도 좋아 보이고."

"안부 전해주세요." 처녀는 당부하고서 사라지곤 했다.

한번은 어머니가, 파벨이 너무 오래 잡혀 있고 또 재판이 자꾸 연기된다고 사샤에게 불평을 한 적이 있었다. 사샤는 우울하게 바라보며 말없이 손가락만 꼼지락거렸다.

닐로브나는 사샤에게 이런 말을 해주고 싶었다.

'사랑스러워라! 나는 네가 파벨을 좋아한다는 걸 안다.'

그러나 어머니는 처녀의 심각한 얼굴과 꽉 다문 입술, 그리고 지레 말을 사양하겠다는 듯한 냉랭하고 사무적인 말투 때문에 말 한마디도 입 밖에 내지 못했다. 한숨을 내쉬고 어머니는 아무 말 없이 처녀의 내민 손을 잡았다. 그리고 속으로 생각했다.

'정말 가엾은 처녀야!'

한번은 나타샤가 찾아왔다. 어머니를 보자마자 무엇이 그리 반가운지 키스를 하고는 다짜고짜 묻지도 않은 말을 방금 생각난 듯이 조용히 꺼냈다.

"제 어머니가 돌아가셨어요, 돌아가셨답니다. 불쌍한 어머니."

나타샤는 손으로 재빨리 눈물을 훔치고는 말을 이었다.

"어머니가 너무 불쌍해서 마음이 아파요. 이제 쉰도 안 된 나이에 벌써 가시다니. 아직도 살 날이 창창했었는데. 그런데 달리 생각하면 그렇게 사시느니 차라리 돌아가신 게 낫다는 생각도 들어요. 늘 어머니는 혼자였어요. 모두에게 외면만 당하시고 누구에게도 필요한 사람이 되지 못했고 아버지의 호통에 놀라기만 하셨는데, 그걸 어떻게 살고 있다고 할 수 있겠어요? 사람들은 무언가 좋은 일을 기대하면서 사는데 제 어머니는 모욕이 전부인 삶을 사셨어요."

생각에 잠겨 있던 어머니가 입을 열었다.

"당신 말이 옳아, 나타샤! 사람이란 뭔가 좋은 걸 기대하며 살게 마련인데, 기대할 게 없다면 그게 어디 삶이야?"

그리고 나타샤의 손을 어루만지며 물었다.

"그럼 이제 아가씨 혼자로군?"

"네, 혼자예요!"

나타샤가 부드럽게 대꾸했다.

어머니는 잠시 입을 다물고 있다가 갑자기 미소를 지으며 말했다.

"너무 상심 말아요! 선량한 사람은 혼자 살지 않아. 선한 사람 주위에 항상 사람들이 모여들게 마련이거든."

나타샤는 방직공장 부속학교 교사였다. 어머니는 가끔씩 나타샤에게 금서와 성명서, 신문 능을 조달해 수었다.

문학 서적을 전달하는 이런 일이 바로 어머니의 일이었다. 한 달에도 몇 차례씩 어머니는 수녀나 레이스와 손으로 짠 베천을 뒤집어쓴 행상 아낙, 아니면 부잣집 마나님이나 순례자로 변장하고, 등에는 가방을 짊어지고 양 손에는 여행 가방을 들고서 여기저기 분주히 돌아다녔다. 기차나 증기기관 배, 호텔이나 여인숙 등 어디서나 어머니는 단순하고 드러나지 않게 처신했다. 어머니는 아무리 생면부지의 사람이라도 두려움 없이 이야기를 나누고 상냥하면서도 붙임성 있게 말을 한 첫 번째 인물이었다. 게다가 오래전부터 많이 듣고 보아 온 경험이 있는 사람으로서 태도가 확신에 차 있었다.

어머니는 인생의 불평과 당혹감, 슬픔에 대해서 사람들과 이야기 나누기를 즐겼다. 누구나 갖게 되는 날카로운 불만의 소리를 들을 때마다 기쁨에 가슴이 설렜다. 자신들의 가혹한 운명에 저항하면서, 가슴속에 묻어 둔 문제들에 대한 답을 절실히 구하고자 하는 불만이었다. 어머니의 눈앞에는 인간의 삶, 배를 채우기 위해 싸우는 끊임없이 고단하고 불안한 삶의 광경이 다채롭게 펼쳐졌다. 어디를 가든지 인간을 기만하고 무언가를 기어코 우려내려는, 자신만을 위해 더욱 많은 것을 착취하고 피를 빨아먹는 파렴치하고 노골적인 욕망이 눈에 들어왔다. 그리고 어머니는 부족함 없는 이 세상의 지치지 않는 부에 둘러싸여서 겨우 목숨 부지할 정도로 배를 채우며 살고 있는 민중이 존재한다는 사실을 알았다. 정작 하느님에게는 아무런 쓸모도 없는 금은보화로 가득한 교회들이 도시들마다 세워져 있지만, 바로 그 입구에는 동전 한 닢이라도 얻어 보려고 바동대는 거지들이 바글거렸다. 전에도 돈 많은 교회들과 금실로 박은 사제복, 그런가 하면 구차한 민중의 판잣집이나 웃음이 절로 나오는 누더기 옷들을 보아 왔지만, 그때는 그것이 당연한 줄 알았다. 그러나 이제는 그러한 차이가 가난한 삶을 살아가는 사람들에게는 결코 화해할 수 없는 모욕적인 일이며, 교회 또한 부자들보다는 헐벗은 자들에게 더 가깝고 절실하다는 사실을 깨달았다.

그림을 통해서 보든, 이야기로 듣든지 간에 그리스도는 가난한 사람들의 친구로 옷도 검소하게 차려 입었음을 알 수 있었다. 그런데도, 정작 가난한 사람들이 상처받은 마음을 위로받기 위해 찾는 교회에서 그리스도는 가난한 사람들 앞에서 혐오스러울 만큼 사치스러운 금과 비단으로 온몸을 두르고 있는 게 지금의 실정이다. 어머니는 자신도 모르게 르이빈의 말을 떠올렸다.

"저들은 우리 때문에 하느님마저 훼손한다고요. 그들은 우리를 기만하려고 모든 것을 자기들 손 안으로 돌려놓고, 하느님에게 거짓과 중상모략의 옷을 입혀놓았죠. 게다가 우리의 영혼을 왜곡하려고 자기들의 얼굴을 왜곡했고요."

어머니는 자신도 모르는 사이에 기도가 뜸해졌고, 대신 그리스도와 민중에 대한 생각을 더 많이 하게 되었다. 민중이란 그리스도를 모르는 체하고 이름조차 입에 올리지 않으면서도 그리스도의 의지에 따라 삶을 살아가며, 그리스도와 마찬가지로 세상을 가난한 이들의 왕국이라 생각하고 세상 모든 재물을 사람들이 똑같이 나누어 갖기를 바라는 사람들이었다. 어머니가 깊이 생각할수록, 어머니가 보고 들은 모든 것은 점점 어머니의 영혼 속에서 큰 자리를 차지해갔다. 생각들은 점점 불어나서 기도하는 사람의 밝은 면을 취했다. 어두운 세계 전체와 인생 전체, 그리고 모든 사람에게 불빛을 퍼트리기조차 했다. 비록 여태까지는 두려움과 희망이, 기쁜 마음과 슬픔이 한데 뒤섞여 묘하고 당황스러운 사랑으로 대했던 그리스도가 이제는 가까이 다가와 있는 느낌이었고, 이전과는 영 다른 그리스도인 것이다. 그의 지위는 더 높고 더 명료하게 보일 뿐만 아니라 그리스도의 얼굴이 어머니에게 더욱 분명하게 보였고, 더욱 기쁨으로 환하게 빛나 보였다. 이제 그리스도의 눈은 어머니에게 확신에 찬 미소를 보여주었고, 살아 있는 내면의 힘을 보여주어서, 마치 그리스도가 현실적으로 인간 세계를 위해 그의 이름을 걸고 후하게 피를 흘리면서 인간들을 닦아주고 생기를 불어넣어주는 능력을 발휘한 듯이 보였다. 그런데 겸손하게 피를 흘린 이들은 많은 사람 가운데 불행한 친구 한 사람을 호명하기를 꺼렸다. 여행을 마치고 니콜라이에게 돌아올 때면 어머니는 언제나 길에서 보고 들은 것으로 깨달음을 얻은 듯 흥분에 휩싸여 어찌할 바를 몰랐다. 또한 성공리에

끝낸 임무에 용감한 기분이 되어 만족했다. 저녁에 어머니는 니콜라이에게 말했다.

"사방천지를 돌아다니며 많은 것을 볼 수 있어서 얼마나 좋은지 몰라요. 당신이야 세상이 어찌 돌아가고 있는지 누구보다 잘 알겠지만. 민중은 삶의 끄트머리로 쓸려가 쌓여 있다오. 아프게 상처받고도 계속 돌아다녔지만, 사실 그들은 돌아다니길 원치 않았고, 생각에만 잠겨 있었지. 무엇 때문에, 왜 나를 몰아내는 거지? 세상엔 없는 것 없이 이리도 풍족한데 왜 나만 굶고 있냐고? 지전으로 깔린 게 똑똑한 이들이구먼! 그런데도 우린 바보같이 어둠 속에 있어야 한다우. 그럼 그분, 자비로운 하느님은 대체 어디 계신 거야? 그분의 눈빛에는 부자와 거지의 구분도 없고 그분의 마음속에서는 모두가 소중한 어린 양인데. 민중은 조금씩 자신의 삶에 저항하고 있어요. 스스로를 걱정하지 않으면 불의에 목을 졸려 죽게 될 거라는 직감을 하기 시작한 거지."

그리고 어머니는 여가가 있으면 책에 열중해서 다시 그림들을 살펴보고 매 시간 새로움을 발견했는데, 이 새로움은 어머니의 눈앞에 인생의 파노라마를 넓혀주었고, 또 자연의 미와 인간의 활력 있는 창조력을 펼쳐주었다.

니콜라이는 그림책을 자세히 들여다보고 있는 어머니를 볼 때면 환한 미소를 지으며 또 다른 경이로운 이야기를 해주곤 했다. 그러면 인간의 대담성에 놀란 어머니는 의심이 간다는 투로 니콜라이에게 묻는 것이었다.

"아니, 어떻게 그럴 수가 있지!"

그러면 니콜라이는 자기가 한 예언에 대해 흔들리지 않는 확신을 갖고 안경 너머로 어머니의 얼굴을 부드러운 시선으로 바라보며 미래에 대한 이야기를 들려주었다.

"사랑의 욕망이란 측정할 수 없고, 그 능력 또한 끝이 없답니다. 그렇지만 세계는 아직도 인간의 영혼을 살찌우는 일에는 게으름을 피우고 있습니다. 왜냐하면 요즘은 어느 누구나 의존에서 자신을 해방하길 바라면서도 지식이 아니라 돈을 모으는 데만 눈이 벌게져 있기 때문이지요. 그러나 민중이 탐욕을 말살하는 날, 그들이 강제 노동의 쇠사슬로부터 자신을 해방할 그날은 오고 말 것입니다."

어머니는 긴장해서 니콜라이의 말에 귀 기울였다. 어머니는 그가 하는 말의 의미를 전적으로 다 이해할 수는 없었지만, 그 말에 활기를 불어넣어 주는 평온한 믿음은 시간이 가면 갈수록 더욱 선명하게 가슴에 새겨졌다.

"이 세상엔 해방된 민중이 너무 적어요. 그게 바로 이 땅의 불행이랍니다."

니콜라이가 말했다.

그 말을 어머니는 이해할 수 있었다. 어머니는 탐욕과 악으로부터 자신을 해방한 사람들을 익히 알고 있었고, 만약 그런 사람들이 더 많아지면 어둡고 이해하기 어려운, 무서운 삶의 얼굴은 한결 더 상냥해지고 소박해져 결국엔 선하고 밝은 얼굴이 될 것이라고 이해하였다.

"인간은 어쩔 수 없이 잔인해질 수밖에 없습니다."

니콜라이가 우울하게 말했다.

어머니는 소러시아인의 말을 떠올리며 또렷이 수긍이 가는 듯 고개를 끄덕였다.

6

하루는, 한 치의 오차도 없는 철두철미한 시간 관념의 소유자 니콜라이가 평소보다 훨씬 늦은 시간에 집에 돌아와, 씻지도 않고 약간은 흥분된 어조로 두 손을 비비며 다급하게 말했다.

"혹 소문 들으셨어요, 닐로브나? 오늘 우리 동지 가운데 하나가 면회 시간에 탈옥했어요. 그게 누군지는 아직 모르고요."

그 말을 듣는 순간 어머니는 몸을 비틀거렸다. 흥분한 나머지 의자에 털썩 주저앉으며 억지로 목소리를 낮추어 물었다.

"설마 파샤는 아니겠지?"

"장담할 수야 없죠. 어쨌든 몸을 숨길 수 있도록 도와줘야 할 텐데 어디서 그 탈옥자를 찾느냐가 문제라고요. 저도 지금 이 거리 저 거리 다 찾아보고 오는 중입니다. 혹시나 만날 수 있을까 해서요. 바보 같은 짓인 줄은 알지만 그래도 팔짱만 끼고 있을 순 없잖아요? 다시 나가보려고 해요."

"나도 갑시다!"

어머니가 소리쳤다.

"어머님은 이고르한테 가 보세요. 그 사람이라면 뭔가 들은 게 있을지도 모르니까요."

니콜라이가 서둘러 집을 나서며 제안했다.

어머니는 수건을 머리에 질끈 동여매고, 기대하는 마음에 가슴 졸이며 급히 길을 따라 갔다. 눈앞이 아득해지고 심장이 더욱 쿵쾅거렸다. 고개를 숙인 채 걸음을 재촉했다. 눈앞이 그저 캄캄할 따름이었다.

날씨가 매우 더웠다. 어머니는 숨을 헐떡이며 이고르의 방으로 통하는 계단 참에 다다랐을 때 멈추어 서고 말았다. 거의 기절할 지경이어서 더 나아갈 수가 없어서였다. 어머니는 돌아서서 놀라움에 조용히 흐느껴 울며 잠시 눈을 감았다. 어머니가 보니 니콜라이 베숍시코프가 주머니에 손을 끼워넣고 서서 어머니에게 미소를 보내고 있는 것 같았다. 그러나 다시 보니 그곳엔 아무도 없었다.

"틀림없이 니콜라이였는데……."

어머니는 혼잣말을 하고서 천천히 계단을 오르며 무슨 소리라도 들리려나 하고 귀를 기울였다. 어머니는 느릿느릿 걷는 발소리를 들었다. 돌아서는 계단 참에서 몸을 구부려 아래쪽을 내려다보았는데, 거기에서 다시 어머니에게 미소짓고 서 있는 곰보투성이 얼굴이 보였다.

"니콜라이! 니콜라이!"

어머니는 혼잣말을 하고서 그를 만나려고 뛰어내려갔다. 실망해서 상처를 받은 어머니의 마음은 아들 때문에 더욱 아팠다.

"가세요, 가세요!" 니콜라이는 손을 내저으며 조용히 응답했다.

어머니는 재빨리 계단을 뛰어올라 이고르의 방으로 들어갔다. 소파에 이고르가 누워 있었다. 어머니는 숨이 거의 막혀서 속삭이듯 말했다.

"니콜라이가 감옥에서 나왔어!"

"어떤 니콜라이요? 니콜라이가 두 명이에요."

이고르가 베개에서 머리를 들며 물었다.

"베숍시코프. 여기 오는 사람인데요!"

"좋아! 하지만 그를 만날 수가 없군."

베숍시코프는 이미 방에 들어왔다. 그는 방문을 걸어 잠그고 모자를 벗고 조용히 미소지으며 자기 머리를 매만졌다. 이고르는 팔꿈치를 받친 채로 일어섰다.

"신사 양반, 편히 앉으시죠." 이고르는 고개를 끄떡하며 말했다.

니콜라이는 아무 말도 하지 않고 얼굴에 큰 미소를 지으며 어머니에게로 다가가서 손을 꼭 잡았다.

"제가 당신을 만나지 않았다면 감옥으로 되돌아갔을지도 모르지요. 저는 시내에서 아는 사람이 하나도 없거든요. 제가 변두리 마을로 나갔다면 그들은 저를 즉시 붙잡았을 거예요. 그래서 저는 걸어서 돌아다니며 생각했어요, '나는 정말 바보야, 왜 탈출한 거지?' 그런데 갑자기 닐로브나가 뛰어가는 모습이 보여서 따라온 거예요."

"어떻게 도망친 거야?"

어머니가 물었다.

베숍시코프는 겸연쩍은지 소파 한 귀퉁이에 걸터앉아 이고르의 손을 꼭 잡았다.

"사실 저도 실감이 안 나요."

그가 어리둥절한 표정으로 말했다.

"뜻밖에 기회가 왔어요. 산책을 하고 있는데, 죄수들이 간수 한 명을 두들겨 패지 않겠어요? 그 사람은 도둑질을 했다고 헌병 초소에서 쫓겨났던 두 사람 가운데 하나예요. 그는 전에 간첩이었는데, 지독한 고문으로 많은 사람의 인생을 망쳐놨던 사람이에요. 그들이 그를 실컷 두들겨 패서 그곳이 시끌벅적하더군요. 간수들이 겁이 나서 호루라기를 불어댔어요. 그 와중에 가만 보니 감옥 문이 열려 있기에 다가가니까 멀리 들판과 시내가 한눈에 들어오는 거예요. 그래서 그냥 앞으로 걷게 됐죠. 서두르지도 않고 그냥 정말 꿈속에서처럼 걸어갔어요. 얼마를 걷다 정신을 차리고 '내가 어디로 가고 있지?' 생각해 보았죠. 뒤를 돌아보니 감옥문은 벌써 굳게 닫혀 있더라고요. 문득 겁이 나더군요. 딱히 누구에게라고 할 것 없이 모든 동료에게 미안했어요. 좀 바보 같은 짓이었어요. 나는 탈출할 생각은 없었거든요."

"흠, 그럴 땐 신사 양반, 다시 돌아가 정중하게 문을 두드리며 다시 들어가게 해달라고 부탁이라도 하지 그랬어? '죄송합니다, 제가 잠깐 정신을 딴 데 팔다 실수했지만, 여기 다시 왔소……'"

이고르가 말했다.

"그러게요."

베숍시코프가 웃으며 말을 이었다.

"내가 그렇게 했어도 바보 짓이었겠죠. 무엇보다 동지들한테 좋을 리 없고요.

나는 그냥 말없이 걸었어요. 그렇게 걷다가 어린아이의 장례 행렬과 마주쳤어요. 영구마차 뒤를 따랐어요. 아무도 보지 않고 고개를 푹 숙이고 묘지에 앉아 맑은 공기를 쐬니 한 가지 생각이 머리를 스치는 거예요."

"한 가지 생각?"

이고르가 반문하고 한숨을 쉰 다음 덧붙였다.

"내가 보기에 거기서 복잡한 생각은 안 났을 것 같은데."

그러자 베숩시코프가 머리를 저으며 불안한 표정 없이 천진스럽게 웃었다.

"그렇지만 지금의 내 머리는 전처럼 그렇게 텅 비어 있지 않아요. 그건 그렇고, 이고르 이바노비치, 아직도 낯빛이 영 안 좋아 보여요."

"자기가 하는 일에 최선을 다하면 그만인 거지. 누구나 최선을 다할 권리가 있고말고, 계속해 봐!"

이고르가 심하게 기침을 해대며 대답을 피했다.

"그 다음엔 그 지역 박물관으로 갔어요. 거기서 서성거리며 사방을 두리번거리자니, '이제 어디로 간담?' 하는 생각까지 하게 되더라고요. 나 자신에 대해 화가 나더군요. 게다가 얼마나 배가 고팠는지 몰라요. 다시 거리로 나와 정처 없이 걷는데, 말동무가 없어 심하게 우울하더군요. 보니까 경찰들이 사람들을 철저히 검문하고 있는 거예요. '이런, 이제 곧 꼼짝없이 하느님 재판에 얼굴을 들고 나가게 되는구나' 하고 생각했죠. 그런데 갑자기 저 반대쪽에서 어머니가 내 쪽으로 뛰어오시는 게 보이잖아요. 그래서 살짝 몸을 돌렸다가 어머니가 멀리 앞섰을 때 줄곧 뒤를 따라온 거죠. 이게 전부랍니다."

"정말 나는 전혀 몰랐어,"

어머니가 죄지은 사람처럼 말했다.

"아마 동지들은 내 걱정을 하고 있을 거예요. 내가 어디 있을지 분명 궁금해 할 거예요."

머리를 긁적이며 베숩시코프가 말했다.

"그렇지만 간수들도 걱정하긴 마찬가지야. 간수들에겐 안 미안하고?"

이고르가 끼어들어 지분거렸다. 그는 소파 위에서 털썩 옮겨 앉으며 진지하게 걱정하며 말했다.

"이제 농담은 집어치우기로 하고, 자네를 숨겨야겠는데, 당연히 해야 할 일이지만 결코 기분 좋고 쉬운 일은 아냐. 내가 몸이라도 성하면 어떻게라도 해보

어머니 527

겠지만……."

이고르는 길게 한숨을 몰아쉰 다음, 손으로 가슴을 치다가 약하게 문질렀다.

"많이 아픈가 봐요, 이고르 이바노비치!"

베숩시코프는 우울하게 말하고 이내 고개를 떨어뜨렸다. 어머니는 한숨을 내쉬고, 걱정스러운 눈길로 작고 비좁은 방을 둘러보았다.

"내 몸은 내가 알아서 할 일이고, 어머님, 파벨이 어떤지 좀 물어보세요. 무관심한 척하실 필요가 없잖아요."

이고르가 말했다.

베숩시코프의 얼굴에 웃음이 가득 퍼졌다.

"파벨은 아주 건강하게 잘 있어요. 거기선 우리 가운데 가장 윗사람이나 마찬가지랍니다. 도맡아서 간수들과 이야기를 나누는데 거의 아랫사람에게 명령하듯 해요. 누구나 존경해요."

블라소바는 베숩시코프의 이야기를 들으면서 고개를 끄덕였다. 그가 곁눈질로 퉁퉁 붓고 파리한 이고르의 얼굴을 살피니 표정은 없고, 오로지 두 눈만 살아 유쾌하게 반짝였다.

"먹을 것 좀 갖다 주시겠어요? 정말 배가 고파 죽을 지경이에요."

베숩시코프가 갑자기 소리치며 소심하게 웃었다.

"어머님, 선반 위에 빵이 있어요, 니콜라이에게 좀 주세요. 복도로 나가시면 왼쪽으로 두 번째 문이 보일 거예요. 그 문을 두드리세요. 여자가 문을 열어주거든, 이고르가 시켜서 왔는데 가진 음식 있거든 죄다 여기로 가져오란다고 말씀하세요."

"왜? 전부 다 가져와서 뭐 하게?"

베숩시코프가 그럴 필요까지는 없지 않느냐는 투로 말했다.

"걱정 마. 많지도 않아. 전혀 문제 없을 거야."

어머니는 복도로 나가 문을 두드리고 긴장해서 대답에 귀 기울이며 두려움과 슬픔에 잠겨 이고르를 생각했다.

그가 죽어가고 있다는 것을 알고 있었다.

"누구세요?"

문 안쪽에서 누군가가 물었다.

"이고르 이바노비치가 보내서 왔어요. 그가 당신에게 와 달라고 부탁했어요."

어머니가 낮은 목소리로 대답했다.

"곧 나가지요."

문은 열리지 않고 대답 소리만 들렸다. 어머니는 잠시 기다렸다가 다시 문을 두드렸다. 그러자 문이 급히 열리며 키가 크고 안경을 쓴 부인이 복도로 나왔다. 주름장식을 단 허릿단을 재빨리 여미며 거친 목소리로 어머니에게 물었다.

"무슨 일이죠?"

"저는 이고르 이바노비치가 보내서 온 사람입니다만……."

"아, 네, 어서 오세요. 맞아요, 한 번 뵌 적이 있는 것 같아요! 그동안 안녕하셨어요? 여긴 워낙 어두워서……."

부인이 낮은 목소리로 외쳤다.

닐로브나는 부인을 바라보았다. 아주 가끔 니콜라이 방에 와 있던 것을 본 기억이 났다. 모두 한 동지였구나! 생각이 어머니의 머리를 스쳤다.

부인은 어머니를 앞장서게 하고 물었다.

"더 나빠졌나요?"

"네, 누워 있어요. 부인께 음식 좀 가져다달라고 부탁했어요."

"그래요. 그 사람은 음식이 필요없을 텐데."

그들이 방에 들어서자 이고르가 말했다.

"친구가 왔구려. 나는 이제 조상들에게 가야 하려나 봐. 류드밀라 바실리예브나, 이 사람은 간수의 허락도 없이 감옥을 나와 버렸다오. 대단하지 않소? 우선 먹을 것 좀 주고 어디에라도 숨겨주구려."

부인은 고개를 끄덕이고 병자의 얼굴을 유심히 들여다보더니 위엄 있는 목소리로 입을 열었다.

"이고르, 수다스럽기는…… 말 많이 하면 좋지 않다는 거 알잖아요. 손님들이 찾아왔으면 진작 나를 불렀어야죠. 약을 두 번이나 거르고. 왜 멋대로 행동해요? 당신 입으로 말했잖아요, 약을 먹고 나면 숨쉬기가 더 편하다고. 나한테 와 있어요. 이제 곧 병원에서 당신을 데리러 사람이 올 거예요."

"나를 병원에 보내겠다고?"

이고르가 오만상을 찡그리며 물었다.

"네, 나도 따라가서 거기 같이 있을 게요."

"거기까지 따라온다고?!"

"조용히 해요!"

말을 하면서 부인은 이고르의 가슴에 이불을 고쳐 덮어주고 베숍시코프를 뚫어지게 바라본 뒤 눈대중으로 병에 들어 있는 약의 양을 어림짐작해 보았다. 낮은 목소리였지만 고르고 낭랑했으며 거동 하나하나가 경쾌했다. 얼굴은 창백했고 눈 주위에 푸른 자국이 커다랗고 둥글게 나 있었다. 새카만 눈썹은 위로 올라가 콧대 미간에서 거의 맞붙어 짙고 엄격한 눈매가 깊어 보였다. 왠지 그런 얼굴이 어머니의 마음에 들지 않았다. 엄격하고 움직임도 없이 오만해 보이는 데다 눈길엔 광채도 없었다. 말투가 또한 항상 명령조여서 마음에 걸렸다.

부인이 말을 이었다.

"우린 나갔다가 곧 돌아올게요. 이고르에게 약을 좀 먹여 주시겠어요? 큰 숟가락 하납니다."

"그래요." 어머니가 말했다.

"말을 시키지 마세요."

부인은 말하고서 베숍시코프를 앞세우고 집을 나섰다.

"대단한 여자야!"

이고르가 한숨 섞인 목소리로 말했다.

"멋진 여잡니다! 어머님께서 잘 도와주셔야 합니다. 보시다시피 그 여자는 요즘 많이 지쳐 있어요."

"이야기는 그만하구려. 자, 약을 먹어야지."

어머니가 부드럽게 말했다

이고르는 약을 단숨에 삼키고 왠지 한쪽 눈살을 찌푸리며 말을 이었다.

"저는 어차피 곧 죽을 거예요, 말을 하든 안 하든."

이고르는 다른 쪽 눈으로 어머니를 바라보았다. 입술 모양이 천천히 변하면서 미소가 번졌다. 어머니는 고개를 떨구었다. 가슴을 저미는 연민에 눈물이 주르르 흘렀다.

"너무 신경 쓰실 것 없어요, 어머님. 당연한 거죠. 삶의 기쁨은 늘 죽음의 의무를 가지고 다니니까요."

어머니는 이고르의 머리에 가만히 손을 얹고 다시 속삭였다.

"말일랑 그만하고 그대로 있어요."

이고르는 심장이 딱딱 부딪치며 뛰는 소리를 듣는 듯이 두 눈을 지그시 감고 고집을 피웠다.

"입을 다물고 있다 해서 뭐 나아질 게 있나요? 제가 침묵을 지켜서 얻는 게 뭐가 있겠어요? 죽으면 그쪽 세상에는 여기처럼 좋은 사람들도 없을 테니까 이렇게 이야기를 나누는 즐거움도 잃을 텐데."

어머니가 조심스럽게 그의 말을 가로막았다.

"곧 그 부인이 돌아올 텐데, 그러면 당신에게 말을 시켰다고 아마 나를 나무랄 거요."

"그 여자는 부인이 아니라 혁명 투사요, 촌마을 필경사 역할을 하는 선생의 따님이랍니다. 모르긴 해도 어머님을 나무랄 거예요. 그 사람한테 꾸지람을 듣지 않는 사람이 없습니다. 늘 그래요."

이고르는 입술을 힘겹게 움직이며 이웃의 이야기를 들려주었다. 두 눈엔 미소가 흘렀다. 어머니는 그가 일부러 농담을 섞어 그녀를 놀리고 있음을 눈치 챘다. 시퍼런 반점투성이 얼굴을 보니 그가 죽음이 가까워졌다는 생각에 불안했다.

류드밀라가 들어와 문을 조심스럽게 닫고 블라소바를 돌아보며 말했다.

"당신 친구 옷을 꼭 갈아입혀야 하는데, 서둘러 출발해 주세요, 펠라게야 닐로브나. 지금 곧바로 가셔서 입힐 만한 옷을 가져오세요. 소피아가 여기 없는 게 유감이네요. 사람 숨기는 일이라면 소피아가 전문인데."

"내일 와요!"

블라소바가 어깨에 숄을 두르며 말했다.

일을 맡을 때면 늘 어머니는 그 일을 제대로 해내고픈 강한 열망에 휩싸였다. 그래서 지금도 그녀 앞에 놓인 임무 이외에는 다른 생각이 머리에 들어오지 않았다. 그래서 무언가에 몰두해 있는 분위기로 눈을 내리깔고 물었다.

"어떤 옷으로 갈아입히면 좋을까요?"

"아무래도 괜찮아요. 어차피 밤에만 나다닐 테니까요."

"밤에는 더 좋지 않은데. 거리에 인적도 뜸하고 감시의 눈초리도 더 삼엄하고 게다가 그 사람이 좀 겁쟁이라서……"

이고르가 목이 쉰 소리로 웃었다.

"어머님은 아직도 소녀 같아요."

"병원으로 찾아가도 되겠수?"

어머니가 물었다.

이고르는 기침을 깊게 하고 고개를 끄덕였다. 류드밀라가 검은 눈으로 어머니를 바라보며 말을 이었다.

"저와 교대로 간호하실래요? 정말요? 그렇게 하세요. 우선 얼른 다녀오세요."

부인은 성격이 아주 좋은 여자처럼 활력 있게 어머니의 손을 잡고 문 밖으로 나가서 조용히 말했다.

"제가 마구 쫓아낸다고 화내지 마세요. 무례한 줄은 알지만. 이고르에게는 말을 하는 것이 아주 해롭거든요. 저는 포기하지 않아요. 아직 회복할 수 있을 거예요."

부인은 손뼈가 으스러질 정도로 세게 손을 움켜쥐었다. 부인의 눈까풀이 지친 듯이 아래로 처졌다. 어머니는 이 말에 적잖이 당황스러워서 중얼거렸다.

"그렇게 말하지 말아요. 그건 말도 안 돼요! 누가 무례하다고 생각해요? 갈게요, 안녕히 계세요."

"조심하세요, 첩자들 말이죠."

부인이 조용히 말했다.

"알고 있어요."

어머니는 적잖은 자부심을 갖고 대답했다.

어머니는 대문을 빠져나와 잠시 멈추어 서서 수건을 고쳐 쓰는 척하며 은밀히 사방을 살폈다. 이제는 북적거리는 행인들 사이에서도 첩자를 구별할 줄 알게 되었다. 첩자들은 발걸음이 지나치게 조심성이 없다는 점을 이미 알고 있었다. 그들은 자유로운 듯 보이려고 긴장하고 있기 때문에 얼굴에 지루한 표정이 나타났고, 거짓을 진실 뒤에 사악하게 숨기느라 끊임없이 불쾌하고 날카로운 눈길로 지키고 자신의 죄 때문에 괴로워했다.

이번에는 그런 낯익은 얼굴을 찾아내지 못했다. 그래서 서두를 것도 없이 거리를 따라 내려가 마차를 불러 세우고 시장으로 가자고 말했다. 베숍시코프가 갈아입을 옷을 살 때, 어머니는 남편이 술주정뱅이여서 한 달에 한 번씩은 새 옷을 사 입혀야 한다고 남편 욕을 해대면서 옷 파는 여편네와 억세게 흥정을 했다. 이러한 과장된 수다에 관심을 갖는 사람은 하나도 없었지만 자신의 능청스러운 꾀를 자랑스럽게 생각했다. 어머니가 억세게 흥정을 한 이유는 시장으로 오는 길에 경찰들이 베솝시코프에게 갈아입힐 옷이 필요하다는 것을 알고 시장에 형사를 보낼지도 모른다고 생각해서였다. 자연스럽게 행동하면서 조심스럽게 모든 일을 처리한 어머니는 이고르의 집으로 돌아와 베솝시코프를 시내 변두리까지 데리고 가야 했다. 두 사람은 서로 거리의 양쪽 가장자리로 멀찍이 떨어져 걸었다. 베솝시코프가 고개를 숙이고 붉고 누런 빛의 긴 옷자락 속에서 다리를 꼬며 무거운 발걸음을 성큼성큼 옮기고 있는 모습을 보고 어머니는 너무나 재미있어 웃음이 나왔다. 그의 모자는 코 위까지 떨어져 있었다. 한적한 거리를 내려오다가, 두 사람은 사샤를 만났다. 어머니는 고갯짓으로 베솝시코프에게 작별 인사를 하고 집으로 향하며 안도의 한숨을 쉬었다.

'하지만 파샤는 아직 감옥에 있어. 그리고 안드류샤도……'

슬픔이 복받쳐 올랐다.

격정스럽게 소리치는 니콜라이의 목소리가 어머니를 맞았다.

"어머니, 알고 계세요? 이고르의 몸 상태가 아주 좋지 않다는군요. 병원으로 실려갔는데, 류드밀라가 어머님보고 병원으로 오시라고 하던데요?"

"병원으로?"

니콜라이는 안경을 신경질적으로 고쳐 쓰고 어머니가 웃옷을 입도록 도와주면서 메마르고 뜨거운 손으로 어머니의 손을 잡고, 낮고 떨리는 목소리로 말했다.

"됐어요. 이 보따리를 들고 가세요. 베솝시코프 일은 잘 처리하셨어요?"

"다 잘되고 있어."

"저도 이고르한테 가보겠어요!"

어머니는 어찌나 피곤한지 머리가 빙글빙글 도는 듯했다. 니콜라이가 감정을 드러내는 모습을 보니 왠지 어떤 슬픈 드라마의 끝이 될 것만 같은 불길한 예감이 들었다.

'그가 죽어가고 있어, 죽어가고 있어.'

어두운 생각이 어머니의 머리를 둔탁하게 때렸다. 그러나 작지만 깨끗하고 밝은 병실에 도착해 이고르가 하얀 베개에 기대어 침대에 앉아 열정적으로 너털웃음을 짓고 있는 것을 보고 일단 안도의 숨을 내쉬었다. 어머니는 웃으며 문에 기대어 서서 이고르가 의사에게 목 쉰 소리로 하는 말을 들었다.

"치료라, 그건 개혁이라고 할 수 있어."

"어리석은 소리 하지 마, 이고르!"

의사가 가는 목소리로 부질없이 참견하여 외쳤다.

"나는 혁명가야! 개혁을 증오한다고!"

의사는 깊은 생각에 잠긴 표정으로 수염을 쓸어당기며 이고르의 얼굴에 난 종기를 만져보았다.

그 의사는 어머니도 익히 잘 아는 사람으로 이름은 이반 다닐로비치였고, 니콜라이의 가장 가까운 동지들 가운데 하나였다. 어머니는 이고르에게 다가갔다. 이고르는 어머니를 반갑게 맞으면서 혀를 살짝 내밀었다. 의사가 돌아보았다.

"아, 닐로브나! 안녕하셨습니까? 앉으세요. 손에 든 건 뭐죠?"

"아마 책일 거야."

"책을 읽으면 안 돼."

"저 의사는 나를 무슨 노리갯감으로 만들 작정인가 봐."

이고르가 투덜거렸다.

"조용히 하세요!"

의사는 명령하고 작은 수첩에다 무언가 써내려갔다.

가래 끓는 소리에 이어 짧고 거친 숨소리가 이고르의 가슴에서 터져 나오고 얼굴에는 작은 땀방울이 송골송골 맺혔다. 부어오른 무거운 손을 천천히 들어올려 손바닥으로 이마의 땀을 훔쳤다. 이상하리만큼 꼼짝도 않는 통통 부어오른 볼 때문에 그의 둥글고 선해 뵈는 얼굴이 전혀 딴 사람의 얼굴로 변해서, 모든 모습이 정말 죽은 듯 푸른빛 속에서 사라지고 말았다. 부어오른 얼굴에서 움푹 팬 두 눈만이 관대한 미소로 반짝이며 바라보고 있을 따름이었다.

"에이, 과학이란 게 뭔지, 나는 너무 피곤해! 누워도 되지?"

이고르가 물었다.

"안 돼."

의사가 잘라 말했다.

"그럼, 자네 나가고 나면 눕지 뭐."

"닐로브나, 이 사람 눕지 못하도록 하세요. 해롭습니다."

어머니는 고개를 끄덕였다. 의사는 종종걸음으로 서둘러 병실을 빠져나갔다. 이고르는 고개를 뒤로 젖히고 두 눈을 꼭 감은 채 무기력에 빠져 꼼짝도 하지 않았다. 다만 손가락을 조용히 움직일 따름이었다. 작은 병실의 하얀 벽으로부터 마른 냉기와 알 수 없는 슬픔이 새어나왔다. 커다란 창을 통해서는 보리수나무의 빽빽한 윗부분이 보였고, 뿌옇게 먼지가 내려앉은 잎새들 사이로는 성큼 다가온 가을의 차디찬 접촉 때문에 생긴 누런 반점들이 반짝였다.

"죽음이 내게로 머뭇거리며 다가오고 있습니다."

이고르가 두 눈을 꼭 감은 채 미동도 않고 입을 열었다.

"죽음이란 자가 저를 데려가는 게 조금은 안되어 보였나 봐요. 저는 그래도 사람들에게 붙임성이 꽤나 있는 놈이었지요."

"말하지 말아요, 이고르 이바노비치!"

어머니가 살며시 이고르의 손을 어루만지며 애원하듯 말했다.

"잠시만요, 어머님. 그렇지 않아도 곧 입을 다물게 될 텐데요."

때때로 숨을 헐떡이며 간신히 한 마디씩 연신 내뱉고 기절할 듯이 한참 침묵했다가 또 말을 잇곤 했다.

"어머님이 곁에 계셔서 무척 좋아요. 얼굴을 뵈니 정말 기뻐요. 당신의 눈도 순수함도 초롱초롱해요. 가끔 이런 질문을 자신에게 던지곤 한답니다. '종말은 어떻게 될까?' 다른 사람들이 그렇듯 감옥과 유형과 모든 종류의 모욕적 분노가 당신을 기다리고 있을 거라고 생각하면 슬퍼져요. 감옥이 두렵지 않으세요?"

"두렵지 않아요."

어머니가 대수롭지 않게 대꾸했다.

"당연하시겠죠. 감옥은 정말 비열한 곳이죠. 저를 이렇게 녹초가 되게 만든 것도 바로 그 감옥이거든요. 솔직히 저는 죽고 싶지 않아요."

아직 더 살 수 있다고 어머니는 말하고 싶었지만 이고르의 얼굴을 보는 순간 말이 입에서 얼어붙었다.

"제가 아프지 않다면 아직 일을 꽤 잘 할 수 있을 거예요. 일을 할 수 없다는 건 삶의 의미가 없다는 거죠. 살아 있는 자체가 어리석은 일이 되죠."

'옳은 소리요. 그렇지만 그런다고 무슨 위안이 되려나.'

어머니는 자신도 모르게 안드레이의 말을 떠올리고 무거운 한숨을 내쉬었다. 온종일 이리 뛰고 저리 뛰어서인지 무척이나 허기가 졌다. 병자의 단조롭고 눅눅하고 목쉰 속삭임이 방 안을 가득 메우며 매끄럽고 차갑게 반짝이는 벽을 힘없이 기어올랐다. 창문에 잇닿은 보리수나무의 윗부분이 조용히 떨렸다. 땅거미가 짙어가고, 베개 위에 누운 이고르의 얼굴이 거무죽죽하게 변했다.

"왜 이리 기분이 좋지 않을까?"

이고르는 두 눈을 감더니 조용해졌다.

어머니는 그의 숨소리를 들으며 주위를 둘러보고 슬픔의 차가운 감정에 휩싸여 그대로 앉아 있다가 깜빡 잠이 들었다. 병실 문이 조심스럽게 닫히며 나는 희미한 소리에 잠을 깼다. 놀란 어머니는 자신을 쳐다보고 있는 이고르의 다정한 눈길을 보았다.

"깜빡 졸았군, 미안해요."

어머니가 조용히 말했다.

"제가 죄송하죠."

이고르도 조용히 대답했다.

부스럭거리는 소리가 들리는가 싶더니 이내 류드밀라의 목소리가 들렸다.

"그들이 어둠 속에 앉아서 속삭여요. 여긴 스위치가 어디 있지?"

병실 안이 갑자기 흔들리면서 허옇고 낯선 불빛으로 가득 채워졌다. 병실 한가운데 키가 큰 류드밀라가 서 있는데, 검정 옷차림에 아주 꼿꼿하고 심각했다.

이고르가 류드밀라에게 눈길을 옮기고서 움직이려고 바둥대며 손을 가슴께로 끌어올렸다.

"왜 그래요?"

류드밀라가 이고르에게 몸을 던지며 소리쳤다.

이고르는 움직이지 않는 눈으로 어머니를 바라보았다. 이제는 눈이 커 보이고 이상하게도 밝아 보였다. "기다려!" 그는 속삭였다. 입을 크게 벌리고 고개를 위로 쳐들고 한쪽 팔을 앞으로 내밀었다. 어머니는 그 팔을 조심스럽게 잡고 숨죽여 그의 얼굴을 들여다보았다. 갑자기 그가 발작적으로 격렬하게 목을 움직여 고개를 뒤로 던지듯 젖히더니 크게 소리쳤다.

"숨 막혀, 숨 좀 쉬게 해 줘!"

이고르의 몸이 가볍게 떨렸고, 부릅뜬 두 눈에는 침대맡에서 타고 있는 싸늘한 램프의 불빛이 광택도 없이 비쳤다.

"사랑하는 이고르!"

어머니가 속삭였다. 이고르의 손을 꼭 잡았을 때 손이 갑자기 무겁게 늘어졌다.

류드밀라가 천천히 침대를 벗어나 창가에 서서, 어딘지 멀리 허공을 내다보며 블라소바가 한 번도 들어 보지 못한 큰 목소리로 말했다.

"죽었어요!"

류드밀라는 허리를 굽혀 팔꿈치를 창턱에 여전히 기대고 있다가 메마르고 놀란 어조로 되풀이했다. "그가 죽었어요! 사나이처럼 불평 없이 조용히 죽었어요." 그리고 마치 누군가에게 머리를 한 대 얻어맞기라도 한 것처럼 갑자기 무릎을 꿇고 주저앉아서 얼굴을 두 손으로 감싼 채 멍하고 숨이 막힌 신음을 터트렸다.

7

어머니는 이고르의 육중한 두 손을 포개어 그의 가슴 위에 올려놓고 이상하게도 따뜻했던 머리를 가지런히 하고, 눈물을 닦으며 류드밀라에게 다가갔다. 그리고 류드밀라의 숱 많은 머리카락을 말없이 어루만졌다. 류드밀라가 천천히 어머니에게로 돌아서자 윤기 없는 두 눈이 병자의 눈처럼 퀭하게 보였다. 류드밀라는 일어나 떨리는 입술로 속삭였다.

"저 사람과 나는 오랫동안 알고 지냈어요. 우리는 걸어서 유형도 같이 가고 감옥에도 같이 앉아 있었어요. 간혹 견디기 힘들고 혐오스러워서 정신적으로 망가지는 사람들도 있었죠……."

류드밀라는 크게 메마른 신음을 내며 목이 메었다. 흐느낌과 섞인 신음을 애써 참으면서, 얼굴을 어머니의 얼굴 가까이에 대며 빠르게 속삭였다. 눈물도 흘리지 않고 고통스러운 신음을 냈다.

"그런데 이 사람은 쾌활하게 살려고 무척 애를 썼어요. 농담도 잘하고 웃기도 잘했죠. 자신의 부족한 면을 채우려고 여러 가지 방법으로 노력하고 스스로 용기를 내려고 애썼죠. 항상 착하고 정신이 맑고 자상한 사람이었어요. 시베리아는 게으름으로 사람들이 몸을 망치고 삶에 대해 추한 감정을 일으키는 곳이죠. 이고르는 그런 감정들과 얼마나 잘 싸워 나갔던지…… 아주머니도 그런 그를 보았다면 훌륭한 동지라고 감탄하지 않을 수 없었을 거예요. 개인적인 삶은 힘들고 견디기 어려울 정도로 고통스러웠지만 불평 한 번 하는 적이 없었죠. 그의 불평을 들어본 사람이 한 명도 없어요, 절대로요! 저는 여기서 다른 사람들보다도 그와 더 가까이 지내왔어요. 저는 그동안 그의 마음과 가슴에 많은 신세를 졌어요. 그는 할 수 있는 모든 힘을 다해 저를 도왔어요. 늘 외롭고 지쳐도 단 한 번도 사랑이나 관심 따위의 보답을 요구하지 않았습니다.”

류드밀라는 이고르에게 다가가 허리를 굽혀 손에 키스하고 목멘 소리로 비장하게 말했다.

“동지여! 비할 데 없이 소중하고 사랑스러운 친구여! 무어라 감사의 마음을 표현해야 좋을지……. 잘 가요. 나 역시 당신처럼 일하겠어요, 지칠 줄 모르고 열심히. 어느 누구도 의심치 않고 내 전 생애를 바쳐서. 안녕히 가세요.”

류드밀라의 건조하고 날카로운 흐느낌에 몸이 떨렸다. 터져 나오는 울음을 억지로 참으며 이고르의 발치에 머리를 묻었다. 말없이 눈물만 흘리는 어머니의 볼이 달아올랐다. 왠지 눈물을 참고 류드밀라에게 힘이 넘치는 위로의 말을 건네고 싶었다. 또한 이고르에 대한 사랑과 슬픔이 담긴 덕담을 해주고 싶었다. 눈물을 머금은 눈으로 이고르의 퉁퉁 부은 얼굴, 눈꺼풀에 가려진 잠든 듯한 두 눈, 밝게 들떠 미소를 담고 있는 흙빛 입술을 넋을 잃고 바라보았다.

이반 다닐로비치가 여느 때와 마찬가지로 종종걸음으로 병실 문을 열고 들어와 한가운데 서서, 두 손을 재빠르게 호주머니에 찔러 넣고 신경질적인 목소리로 크게 외쳤다.

“오래 됐나요?”

여자도 대답하지 않았다. 그는 조용히 발을 구르다 이마를 훔치고 나서야 이고르에게 다가가 그의 팔을 만져 보고 한편으로 비켜섰다.

“새삼 놀랄 일도 아니지. 이런 심장이라면 이미 반 년 전엔 죽었을 거야.”

목소리가 갑자기 높게 삐거덕거리다가 멈췄다. 벽에 기대어 선 채로 이반 다닐로비치는 턱수염을 빠르게 말아올리면서 한쪽 눈을 찡그리고 침대 옆에 서 있는 사람들을 재빨리 바라보았다.

“또 한 사람이 이렇게…….”

그가 중얼거렸다.

류드밀라가 자리에서 일어나 창문께로 다가갔다. 1분쯤 뒤 그들 세 사람은 창문 옆에 붙어서서 가을밤의 어스름한 얼굴을 서로 바라보았다. 시커먼 나무 꼭대기 위로는 별 무리가 반짝거려서 하늘이 끝없이 멀고 깊어 보였다.

류드밀라는 어머니 손을 잡고 어머니 어깨에 머리를 기댔다. 의사는 신경질적으로 입술을 깨물면서 손수건으로 코안경을 닦았다. 창문 너머 정적 속에선 도시의 밤 소음이 지친 듯 숨을 들이쉬었고 그때마다 찬 공기가 사람들의 얼굴에 와 부딪쳤다. 류드밀라가 사뭇 몸을 떨었다. 볼을 따라 눈물이 흘러내렸다. 병원 복도에서는 혼란스럽고 우울한 소리가 들렸다. 세 사람은 붙박인 듯 창가에 서서, 어둠 속을 바라볼 뿐 아무도 말을 꺼내지 않았다.

어머니는 자기가 이 자리에 있을 필요가 없다고 느끼고 조심스럽게 손을 빼 문 쪽으로 다가가며 이고르에게 작별 인사를 했다.

"가십니까?"

의사가 쳐다보지도 않고 서서 나지막이 물었다.

"네."

거리에 나와 어머니는 류드밀라를 동정하며 생각했다. 류드밀라의 눈에 글썽이던 눈물이 떠올랐다.

'제대로 실컷 울지도 못하고……'

어머니는 하얗고 밝은 병실 창문 옆에 기대 서 있던 류드밀라와 의사, 그 뒤에 감겨 있던 죽은 이고르의 눈을 떠올렸다. 모든 사람에 대한 복받쳐 오르는 연민에 가슴이 눌리고, 무거운 한숨이 복잡한 감정 때문에 절로 나오고 걸음이 빨라졌다.

'서둘러야겠어.'

이렇게 우울한 순간에도 어머니는 마음 안에서 용기를 주는 어떤 힘이 마구 등을 떠민다는 생각을 했다.

다음 날 온종일 어머니는 장례식 준비를 하느라 무척 바쁜 하루를 보냈다. 니콜라이와 소피아가 함께 차를 마시는 저녁 무렵 사샤가 찾아왔다. 사샤는 이상하리만큼 쾌활한 기분이 철철 넘쳐 보였고, 빰은 발그레 홍조를 띠고, 두 눈은 반짝반짝 빛났다. 어머니는 사샤가 어떤 희망에 부풀어 있음을 쉽게 짐작할 수 있었다. 사샤의 그런 기분은 죽은 이에 대한 슬픔과 어울리지 못해서, 어둠 속에서 갑자기 타오른 불꽃처럼 모두를 당황하고 아연하게 만들었다. 니콜라이가 생각에 잠겨 손가락으로 책상을 두드리다가 조용히 미소지으며 입을 열었다.

"사샤, 오늘은 어쩐 일인지 예전의 당신과 달라 보여요."

"그럴지도 모르죠."

사샤가 유쾌하게 웃으며 대꾸했다.

"우린 이고르 이바노비치에 대해서 이야기를 하고 있어요."

"정말 대단한 사람이죠, 안 그래요? 늘 얼굴에 미소를 잃지 않고 농담을 즐기던 분이셨어요. 일에 대한 열정 또한 대단했죠! 가히 혁명의 예술가라 할 만한 사람이었어요. 위대한 장인이 그렇듯 혁명사상을 아주 능숙하게 다루었으니까요. 그리고 너무도 간결하게, 그러면서도 힘이 넘치는 붓으로 늘 거짓과 폭력, 그리고 불의의 그림을 선명하게 그렸죠! 그리고 그는 유머로 성질이 무서운 사람들을 누그러트리는 능력이 정말 대단했지요! 그의 유머는 사실의 힘을 줄여 버리지는 않고 단지 그의 마음속 생각을 더욱 밝게 비추어 주는 그런 기분이었어요. 항상 우스웠어요! 저는 그에게 큰 빚을 지고 있어서, 그 사람의 즐거운 눈빛과 재미를 절대로 잊을 수가 없답니다. 그리고 내가 그를 사랑하고 있는지 의심이 갈 때, 나는 그가 나에 대해 지니고 있는 생각의 영향을 항상 느끼게 될 거예요."

사샤가 말했다.

두 눈에 우울한 미소를 머금고 나지막한 목소리로 말은 하고 있지만 눈매에 감추어져 있는 어떤 불가사의한 불꽃은 없어지지 않았다. 누가 봐도 의기양양한 빛이 역력했다.

사람들은 자신의 기분을 좋아했다. 가끔은 자신들에게 해를 끼치는 기분조차도 즐겼고, 그들을 반하게 하는 기분도 즐겼으며, 종종 슬픔에서조차 예민한 기쁨을 누리기도 했다. 그런 기쁨은 마음을 갉아먹었다. 니콜라이와 어머니, 그리고 소피아는 동료의 죽음으로 생긴 슬픈 분위기가 명랑한 사샤의 출현으로 즐거워지기를 바라지 않았다. 그들의 슬픔에 의지해서 먹고살아야 하는 우울한 권리에 대해 무의식적으로 방어하면서, 그들은 자신들의 감정을 그 처녀에게 부과하려고 애썼다.

"그런 그가 죽어서 지금은 이 세상 사람이 아니랍니다."

소피아가 사샤를 조심스럽게 바라보며 말했다.

사샤는 영문을 모르겠다는 듯이 황망히 모두를 둘러보았다. 두 눈썹이 잔뜩 일그러졌다. 고개를 떨구고 천천히 머리카락을 쓸어 넘기며 잠시 아무 말도 하지 못했다.

"죽다뇨?"

사샤가 큰 소리로 외치고는 다시 믿을 수 없다며 모두를 둘러보았다.

"그렇지만 사실이에요." 니콜라이가 미소지으며 말했다.

사샤가 일어서서 방 안을 이리저리 서성거리다가 갑자기 멈춰서며 이상한 목소리로 말했다.

"무슨 말이죠, 죽다니요? 뭐가 죽어요? 이고르에 대한 내 존경심이, 아니면 동지에 대한 내 사랑이 죽기라도 했단 말인가요? 아니면 그의 정신적 활동에 대한 내 기억이? 용감하고 고결한 인간으로서의 그에 대한 내 생각이 다 사라졌다는 건가요? 대체 이 모든 것이 죽었다는 말이 가당키나 해요? 난 알아요. 그의 내면에 있는 가장 좋은 면이 내게서 사라질 수 없다는 것을 말입니다. 우린 사람에 대해 너무 쉽게 단정짓는 데 익숙해진 것 같아요. 이를테면, '그는 죽었어'라고 말이죠. 우리가 너무 빨리 잊는 이유는, 그의 성인 시절에 대해 우리가 지니고 있는 인상과, 진리와 행복의 승리를 위해 스스로를 부정하는 고통이 사라지기를 우리가 바라지 않는 한 사람은 절대로 죽지 않기 때문입니다. 우리는 살아 있는 마음속에서 모든 것이 항상 살아 있어야 한다는 사실을 잊어버리지요. 인간의 몸과 더불어 영원히 살아 있는 존재와 영원히 빛이 나는 존재를 서둘러 묻어 버리지 마세요. 교회는 파괴되어도 신은 영원히 죽지 않는 이치지요."

잔뜩 흥분한 사샤는 다시 책상에 앉아 팔꿈치를 괴고 한층 낮은 목소리로 더욱 비장하게 말을 이었다. 미소를 띤 두 눈엔 눈물이 그렁그렁했다.

"내가 어쩌면 바보 같은 소리를 하고 있는지도 모르겠어요. 하지만 삶의 멋진 복잡성 때문에 나는 취했고 삶이 다양해서 넋을 잃고 말았어요. 기적처럼 보였어요. 어쩌면 우린 감정 표현에 너무 인색한 삶을 살고 있는지 모릅니다. 우린 많이 생각하면서 살다가 어느 정도는 우리 생을 망치기도 해요. 평가나 할 줄 알지 느끼지는 못하는 겁니다."

"혹 무슨 좋은 일이라도 있었어요?"

소피아가 웃으며 물었다.

"네, 있었죠."

사샤가 고개를 끄덕이며 말을 이었다.

"아주 좋은 일이랍니다. 밤을 새워 베솝시코프와 이야기를 나누었어요. 예전에 나는 그를 별로 달갑게 생각하지 않았어요. 무례하면서도 음침해 보였거든요. 물론 정말 그랬어요. 뭔가 모든 사람을 질리게 만드는 어둡고 단단한 분노가 그 사람 안에 살고 있었죠. 그는 항상 자신을 그대로 마치 시체처럼 사물들의 중심에 놓고서 조심스럽게 말하곤 했지요, '나는, 나는, 나는.' 그럴 때면 좀 부유한 계층 같은 면이 있었는데, 저속하고 짜증나는 분위기였고요."

사샤는 미소를 지어 보이고 열렬하게 모두를 받아들였다.

"그랬던 그가 이런 말을 하지 않겠어요? '동지들!' 하고 말입니다. 이럴 땐 귀를 기울여 주어야 합니다. 자신도 어쩔 줄을 몰라 하지만 그래도 얼마나 부드러운 사랑을 담은 말을 하는지 정말 표현키가 어려워요. 솔직해지고 성실해졌어요. 또 일에 대한 열정도 느껴지고요. 자신을 발견한 겁니다. 자신의 힘이 얼마나 되는지 알고, 자신과는 다른 존재에 대해 알게 된 거죠. 중요한 건 그의 안에 진정 동지를 사랑하는 감정이 싹트기 시작했다는 사실입니다. 삶의 어려운 시기에 사랑하는 동지애 말이에요."

블라소바는 사샤의 말을 유심히 들었다. 한결 기분이 누그러져 사샤를 보는 것만으로도 유쾌했다. 언제나 엄격하던 그녀가 이젠 부드러워져서 명랑하고 행복했다. 동시에 그녀의 영혼 저 깊은 곳에서 질투하는 마음도 일어났다.

"파샤는 어때요?"

사샤가 말을 계속했다.

"요즘은 동지들에 대한 생각뿐인 것 같아요. 뭐라고 했는지 아세요? 동지들을 탈옥시킬 필요가 있다고 설득하는 거예요. 정말 어렵지 않은 일이라고 하면서 말이죠."

소피아가 고개를 들고 활기에 넘쳐 말했다.

"어떻게 생각하는데요, 사샤? 그저 생각뿐 아닌가요?"

어머니가 테이블에 차 한 잔을 올려 놓을 때 찻잔이 떨렸다. 사샤는 미간을 찡그리고 활력은 사라져 버렸다. 잠시 입을 다물고 있다가 다시 심각한 목소리로 말했다. 즐거우면서도 혼란한 때처럼 미소를 지었다.

"사실 그 사람 확신대로라면 시도는 해볼 필요가 있어요. 우리의 의무이기도 하고요."

사샤는 얼굴이 빨갛게 변해서 의자에 털썩 주저앉았다. 더는 말이 없었다.

'사랑스러운 사샤!' 어머니는 웃으며 생각했다. 소피아도 웃었고 니콜라이 역시 부드러운 눈길로 사샤의 얼굴을 바라보면서 조용히 웃었다. 순간 사샤가 고개를 들어 심각한 눈으로 모두를 쳐다보았다. 얼굴은 하얗게 질리고 두 눈은 번뜩였다. 마음이 상했는지 냉담한 어조로 말했다.

"웃고들 있군요. 여러분을 이해합니다. 내 사적인 감정 때문에 이러는 거라고 생각하실 거예요."

"누가 그런 생각을 해요, 사샤?"

소피아가 자리에서 일어서서 사샤에게로 가며 반문했다. 처녀는 불안한지 창백해져서 소리쳤다.

"아니에요, 난 빠질래요. 여러분의 생각이 정 그렇다면 그 문제의 결정에 난 참여하지 않겠어요."

"그만해요, 사샤!"

니콜라이가 차분하게 말했다.

어머니도 다가가 사샤의 머리에 조용히 키스했다. 사샤는 어머니의 손을 잡고 볼을 손에 기대며 빨갛게 변한 얼굴로 고통스럽고도 행복한 어머니의 눈을 바라보았다. 어머니는 조용히 사샤의 머리를 쓰다듬었다. 사샤는 슬펐다. 소피아가 사샤 옆에 나란히 앉아 어머니의 어깨를 감싸 안고 사샤의 눈을 보며 미소를 지었다.

"당신은 이상한 사람이에요."

"맞아요, 바보 같은 성인이에요."

사샤가 자신을 인정하고 말을 이었다.

"그래도 어두운 그림자는 좋아하지 않아요."

갑자기 니콜라이가 사무적이면서도 심각한 어조로 말을 가로막았다.

"동지들을 탈옥시키자는 데 무슨 이견이 있겠어요? 그런데 무엇보다 당사자들이 과연 탈옥을 원하는지 알아볼 필요가 있습니다."

사샤가 고개를 떨구었다.

소피아는 담배를 피워 물고 동생을 바라본 뒤 팔을 크게 벌려서 구석 어딘가로 성냥개비를 집어던졌다.

"탈옥을 원하지 않을 리 없다는 생각이 드네요."

어머니가 한숨 섞인 목소리로 말했다.

소피아는 어머니에게 고개를 끄덕여 보이고 미소를 지으며 창가로 다가갔다. 어머니는 다른 사람들이 대답하지 못하는 것을 이해할 수 없어 당황하여 그들을 바라보았다. 어머니는 탈옥 가능성에 대해 좀 더 많이 듣고 싶었다.

"베슙시코프를 한번 만나봐야겠어요."

니콜라이가 말했다.

"좋아요, 내일 시간과 장소를 정해 연락할게요."

사샤가 대답했다.

"그가 앞으로 어쩔 거래요?"

소피아가 방 안을 서성이며 물었다.

"새로 만들 인쇄소 식자공 자리를 주선해 주기로 결정했어요. 그러나 그 전까지는 숲 속 사람들과 같이 지내게 될 겁니다."

사샤의 두 눈썹이 잔뜩 찌푸려지고, 얼굴은 평상시의 심각한 표정으로 돌아갔으며 목소리 또한 신랄해졌다. 니콜라이가 접시를 닦고 있는 어머니에게로 다가가 말을 꺼냈다.

"모레 파벨을 보시게 될 거예요. 면회 가시거든 쪽지를 꼭 그에게 전해야 해요. 이해하시겠죠? 우리가 알아야만 하거든요."

"알았어요, 알았어. 틀림없이 전하리다. 그게 내 일이지."

어머니가 서둘러 대꾸했다.

"저는 이만 가겠습니다."

사샤가 입을 꾹 다물고 모두와 악수를 나누었다. 사샤는 왠지 무거워 보이는 발길을 똑바로, 울지 않고 재촉했다.

소피아는 의자에 앉아 있는 어머니의 어깨에 손을 얹고 흔들며 미소를 지어 보였다.

"어머니, 저런 딸자식 하나 있었으면 하는 생각 안 드세요?"

"오! 단 하루라도 둘이 있는 모습을 볼 수 있으면 좋으련만!"

닐로브나가 울먹이며 말했다.

"맞아요. 아주 작은 기쁨으로 모두가 행복해져요."

니콜라이가 작은 목소리로 말했다.

"그런데 작은 기쁨을 바라는 사람은 없죠. 기쁜 일이 많아지면 가치가 떨어지고."

소피아가 피아노 앞에 앉아 뭔가 슬프고 애절한 곡조를 두드리기 시작했다.

8

이튿날 이른 아침에 남녀 수십 명이 병원 앞에 서서 동지의 관이 길로 나오기만을 기다렸다. 사람들 주변에는 첩자들이 서성거리며 여기저기에서 터져나오는 소리에 귀를 기울이고 사람들의 얼굴과 행동을 주시하였다. 맞은편 거리에서는 권총을 허리에 찬 경찰 한 무리가 감시의 눈을 번득이고 있었다. 첩자들의 파렴치한 행위와 경찰의 비웃음, 그리고 이들이 언제 행동을 개시할지 모른다는 생각에 군중 사이에 위기감이 한껏 고조되었다. 어떤 이들은 흥분감을 감추기 위해 농담을 건네기도 하고, 어떤 이들은 모욕감을 외면하느라 불쾌한 표정을 지으며 눈을 깔기도 했다. 어떤 이들은 치밀어 오르는 분노를 자제하지 못하고, 말 이외에는 무장할 것이 없는 사람들을 두려워하는 정부를 빈정대기도 하였다. 연푸른 가을 하늘이 노란 낙엽들이 나뒹구는 잿빛 자갈길을 음울하게 비추었다. 바람이 사람들의 발밑에서 소용돌이쳤다.

어머니는 군중 속에 서서 낯익은 얼굴들을 하나씩 헤아리며 슬픔에 가득 차 이런 생각을 했다.

'너희들이 많이 보이지 않는구나, 많이 없어.'

병원 문이 열리고 화환과 리본으로 장식된 관이 거리로 운구되었다. 사람들은 한 가지 생각으로 일치한 듯 모두 모자를 벗어 들었다. 붉은 얼굴에 까만 수염을 무성하게 기른 키 큰 장교가 군중 사이를 인정사정없이 비집고 들어오고, 그 뒤를 따라서 병사들이 보도에 무거운 군화 소리를 내며 밀치고 들어와 관 주위에 열을 맞추어 섰다. 장교가 거칠게 명령했다.

"리본을 떼시오!"

장교 주위로 젊은 남녀 무리가 몰려들어 잔뜩 흥분하여 삿대질을 하거나 고함을 치면서 서로 뒤로 밀치느라 난리였다. 어머니의 눈앞에 불안해서 창백한 얼굴들이 어른거렸다. 몇몇 사람은 울면서 입술을 떨었다.

"폭력은 물러가라!"

젊은이의 목소리가 신경질적으로 터져 나왔다가 그 격렬한 항의는 이내 시끄러운 소음 속에 묻혔다. 어머니는 비애감에 가슴속에서부터 비참함을 느꼈다. 어머니가 옆에 있던 허름한 옷차림의 청년을 돌아다보며 격앙된 어조로 말했다.

"동료를 묻으라고 해놓고 묻지 못하게 하면 어쩌자는 거야? 무슨 뜻이냐고?"

더욱 소란스러워지면서 적대감이 강하게 고조되었다. 사람들의 머리 위에서 관 뚜껑이 흔들렸다. 리본이 바람에 날려 사람들의 머리와 얼굴을 덮었고, 실크의 사각거리는 소리가 신경질적으로 들렸다.

어머니는 충돌이 일어날까 봐 두려운 전율에 사로잡힌 채 서둘러 양 옆에 서 있는 사람들에게 낮게 속삭였다.

"저 사람들 하고 싶은 대로 하게 내버려 두지 왜 그래요? 지금은 그냥 리본을 떼는 게 좋겠어요. 일단 양보를 해야지 어쩔 도리가 없잖아요?"

다른 소란을 압도하고도 남을, 누군가의 고함이 들렸다.

"여러분, 가시는 님의 마지막 여행길을 방해하지 맙시다. 당신들의 괴롭힘에 끝내 목숨을 잃은 사람입니다!"

누군가가 피리로 크게 노래를 부르기 시작했다.

'죽음의 투쟁에서 당신의 희생자가 쓰러진다.'

"리본을 떼라, 야코블레프! 칼로 잘라버려!"

칼집에서 칼을 뽑는 금속성 소리가 들렸다. 어머니는 곧이어 터져 나올 비명을 듣지 않으려고 아예 눈을 감아 버렸지만 그러나 주위에는 점점 조용해졌다. 사람들은 처음엔 궁지에 몰린 늑대처럼 으르렁대다가 금세 고개를 떨구고 무기력함을 의식했다. 입을 꾹 다문 채로 발소리를 거리에 가득 채우며 앞으로 나아갔다.

앞에서는 짓이겨진 꽃들이 붙어 있는 강탈당한 관 뚜껑이 허공을 미끄러져가고, 좌우로 흔들리면서 말을 탄 경찰들이 지나갔다. 어머니는 인도를 따라 걸어가는데, 빽빽이 둘러선 군중 때문에 관이 보이지 않았다. 모르는 새에 군중의 수가 늘어 넓은 거리를 가득 메웠다. 군중 뒤에서도 잿빛 말을 탄 경찰들이 눈에 띄었고, 양옆으로는 경찰들이 칼에 손을 얹고서 걸었다. 도처에서 어머니가 익히 알고 있는 첩자들의 날카로운 시선이 사람들의 얼굴을 유심히 살폈다.

'안녕, 우리 동지여, 안녕……'

어떤 두 사람의 아름다운 목소리가 서글프게 노래를 부르기 시작했다.
"안 됩니다!"
고함이 들렸다.
"지금은 일단 조용히 있읍시다, 여러분!"
고함은 비장하면서도 인상적이었다. 슬픈 노랫소리가 그치고 이야기 소리도 한층 수그러들었다. 다만 보도를 구르는 절도 있는 발걸음 소리만이 답답하면서도 단조롭게 거리를 메웠다. 그 소리는 사람들의 머리 위로 솟구쳐 투명한 하늘 위로 자취를 감추었다. 그리고 멀리서 들려오는 천둥의 첫 진주 알갱이와 같이 공기를 통해 날아올랐다. 사람들은 말없이 슬픔과 저항심을 가슴에 품었다. 자유를 위해 전쟁을 평화적으로 할 수가 있을까? 헛된 환상일 뿐이지! 폭력에 대한 증오, 자유에 대한 사랑이 불타올랐다. 그래서 환상에 대한 마지막 찌꺼기를, 아직도 마음속에서 소중한 찌꺼기를 재가 될 때까지 태워 버렸다. 발걸음을 더욱 무겁게 옮기며, 고개는 바짝 쳐들고, 차갑고도 빈틈 없어 보이는 눈길로 바라보았다. 앞질러 생각하는 기분에 모든 일이 해결된 것 같아 보였다. 차가운 바람이 점점 더 세게 불어서 사람들 앞에 널브러져 있는 귀찮은 먼지 구름과 길거리 쓰레기들이 날아가 버렸다. 바람은 그들의 옷과 머리카락 속으로 스며들었고, 가슴에 세게 부딪혔다.

사제도 없고 가슴을 저미는 노래도 없는 무언의 장례식과 생각에 잠긴 얼굴들, 그리고 찌푸린 눈썹들은 어머니의 가슴을 무겁게 했다. 생각이 천천히 회전하면서 어머니의 표현이 우울해졌다.

'너희 가운데 진실의 편에 서는 자는 적으리니……. 그런데 그들은 너를 두려워하나니!'

어머니는 고개를 숙인 채 주위를 둘러보지 않고 걸었다. 어머니가 보기에 그들은 이고르가 아니라 어머니가 알지 못하는 미지의 무언가를 나르고 있는 것 같았다.

공동 묘지에서는 오랫동안 행렬이 무덤들 사이로 난 좁은 통로로 들어가고 나오고 했다. 장례 행렬은 불쾌한 작은 십자가들이 여기저기 꽂혀 있는 공터로 나올 때까지 이어졌다. 사람들은 묘지 주위에 모여 숙연한 분위기로 하나같이 입을 다물고 있었다. 엄숙하고 조용한 죽은 이들의 삶이 왠지 묘한 약속을 하고 있다는 생각이 들어 어머니의 가슴은 떨리면서도 기대에 차서 차분히 가라앉았다. 묘지들 사이로 바람이 윙윙 소리를 내며 지나다니고 관 뚜껑 위의 꽃들은 떨리었다.

경찰들이 경계 태세로 허리를 꼿꼿하게 펴고 한 줄로 늘어서서 자신들의 상관을 바라보았다. 새 묘지 위로 모자를 쓰지 않아 긴 머리카락이 나풀대는 키 큰 젊은이가 올라섰다. 눈썹이 새카맣고 얼굴이 창백했다. 동시에 그 상관의 목쉰 목소리가 들렸다.

"신사숙녀 여러분!"

"동지들!" 검은 눈썹의 남자 목소리가 울려 퍼졌다.

"내 말 들으시오! 경찰국장의 명령에 따라 연설을 허락할 수 없소!" 상급 경찰이 소리쳤다.

젊은이는 차분한 소리로 말했다. "단 몇 마디만 하겠습니다, 동지들! 우리 선생님과 친구의 묘지에 묵념으로 예를 표하고 그의 생전 의지를 결코 잊지 맙시다. 우리 모두 저마다 우리나라 불행의 근원을 위해 끊임없이 무덤을 팝시다. 무덤을 짓밟는 사악한 전제군주적 힘이 바로 불행의 근원입니다!"

"체포하라!"

경찰이 소리쳤다. 그러나 그 소리는 여기저기서 터져 나오는 고함에 묻혔다.

"전제 타도!"

경찰들이 군중을 밀치고 연설자를 향해 돌진했다. 그러나 군중에 에워싸인 연설자는 여전히 손을 흔들며 소리쳤다.

"자유 만세! 우리는 자유를 위해 살고 죽을 것이다!"

어머니는 순간적인 공포에 눈을 감았다. 활력에 넘쳐서 폭풍처럼 혼란스러운 소리에 어머니는 귀가 멍멍해졌다. 땅이 어머니의 발밑에서 흔들렸고, 공포에 사로잡혀서 숨이 막힐 지경이었다. 깜짝 놀라게 하는 경찰관의 호루라기 소리가 공기 중에 퍼졌다. 상관의 무례한 명령 소리가 들렸다. 여인들이 신경질적으로 울부짖었다. 나무 울타리가 갈라지고 수많은 발자국 소리가 메마른 땅 위에 무디게 울렸다. 낭랑한 목소리가 다른 모든 목소리를 누르고 전쟁 나팔 소리처럼 요란하게 울렸다.

"동지들! 조용히 하시오! 자기 자신을 좀 더 존중하세요! 나는 가겠어요! 동지들, 나는 꼭 갈 거요!"

어머니는 그를 올려다보고 작은 소리로 비명을 질렀다. 알 수 없는 충동에 휩쓸려 어머니는 앞으로 밀려 나갔다. 멀지 않은 무덤 사이의 닳아빠진 길에서 경찰들이 장발의 사내를 에워싸고 달려드는 사람들에게 폭행을 가하였다. 허공에서는 경찰들이 뽑아 든 칼들이 사람들의 머리 위로 날았다가 독기를 품은 쉭 소리를 내며 재빨리 다시 떨어졌다. 부서진 울타리 조각들이 마구 날아다니고 서로 뒤엉킨 사람들의 악의에 찬 비명이 야만적인 춤을 추며 빙글빙글 돌았다. 젊은이의 창백한 얼굴이 갑자기 보였다. 악의에 찬 분노의 돌풍 위로 사내의 신념에 찬 낮은 목소리가 울려 퍼졌다.

"동지들! 무엇을 위해 자신을 던지렵니까? 우리의 과업은 머리를 무장하는 겁니다."

그는 극복했다. 사람들은 손에 들었던 몽둥이를 던져 버리고 군중으로부터 하나둘 떨어졌다. 어머니는 사람들을 밀치고 앞으로 나갔다. 어머니는 중절모자가 목 뒤로 넘어간 채 사람들을 옆으로 밀치고 있는 니콜라이의 모습을 혼란 속에서 바라보다가 그의 비난하는 목소리를 들었다.

"다들 정신이 나갔소? 진정들 하세요."

그의 한쪽 손이 시뻘겋게 물들어 있는 것처럼 보였다.

"니콜라이 이바노비치, 도망쳐요!"

어머니가 그에게로 밀치고 가며 소리쳤다.

"어디로 가세요? 그쪽으로 가면 두들겨 맞아요."

소피아가 어머니의 어깨를 잡고 바로 옆에 섰다. 모자도 쓰지 않고 재킷은 풀어 헤쳐진 채 다른 한 손으로는 어린애나 진배없는 젊은이를 붙잡고 있었다. 상처가 난 얼굴을 손으로 잡고 있던 젊은이가 떨리는 입술로 중얼거렸다.

"손 놓아 주세요, 저는 아무렇지도 않아요."

"이 아이 좀 맡아주세요. 우리 집으로 데려가세요. 손수건이 여기 있으니까 얼굴을 싸매주시고요."

소피아는 급히 말을 전하고 젊은이의 손을 어머니에게 건네며 앞으로 뛰어나갔다.

"얼른 빠져나가세요. 아니면 어머니가 체포될 거예요."

사람들이 공동 묘지 주변의 사방으로 흩어졌고 그들 뒤를 따라서 경찰들이 심하게 무덤 사이를 헤집고 다녔다. 무거운 군화 소리와 군복 펄럭이는 소리에 어색하게 휘말리기도 했다. 욕설이 난무하고 칼이 날아다녔다.

"얼른 가자꾸나! 이름이 뭐지?"

어머니가 손수건으로 젊은이의 얼굴을 닦으며 속삭였다.

젊은이가 피를 흘리며 중얼거렸다.

"이반이에요, 걱정하지 마세요. 저는 하나도 아프지 않아요. 그놈들이 칼자루로 후려쳤어요. 그래서 저도 막대기로 놈을 때렸어요. 비명을 지르더라고요."

그리고 피 묻은 주먹을 휘두르며 의미심장한 목소리로 외쳤다.

"두고 봐, 예전의 우리가 아냐. 우리 노동자들이 모두 들고 일어나는 날엔 주먹 한 방 쓰지 않고 네놈들을 끝장내줄 테니까."

"서둘러!"

어머니가 공동 묘지 담장에 조그맣게 나 있는 쪽문으로 걸음을 재촉했다. 담장 너머 들판에 경찰들이 숨어 있다가 느닷없이 덮치지는 않을까 걱정이 되었다. 그래서 어머니는 문을 조심스럽게 열고 바깥을 살폈다. 회색빛 의복을 차려 입은 가을 땅거미만이 눈에 들어왔다. 너무도 고요하고 적막해서 곧 안심이 되었다.

"우선 네 얼굴부터 묶자."

"그럴 필요 없어요. 그대로 둬도 부끄러울 것 없어요. 정당한 싸움이었어요, 서로 한 방씩 먹였으니까."

어머니는 서둘러 상처를 동여맸다. 흐르는 피를 보자 안쓰러움에 어머니의 가슴이 저렸다. 또한 손가락에 느껴지는 피의 축축하고 따뜻한 촉감에 공포를 느꼈다. 어머니는 아무 말 없이 젊은이의 손을 잡고 서둘러 들판을 가로질러 갔다. 헝겊 사이로 입을 삐죽이 내밀고서 그가 웃으며 말했다.

"저를 어디로 데려가시는 거죠? 저는 혼자서도 갈 수 있어요."

그의 다리가 풀려 비틀거리고 두 팔에 힘이 하나 없이 늘어져 있는 것을 어머니는 한눈에 알 수 있었다. 젊은이가 대꾸할 틈도 주지 않고 다시 물었다.

"저는 양철공 이반입니다만, 아주머니는 누구시죠? 이고르 이바노비치가 이끌던 모임엔 양철공 셋을 포함해서 열두 명이 속해 있었어요. 우린 정말 그 분을 사랑했습니다. 고인의 명복을 빌어야죠. 비록 제가 하느님을 믿고 있지는 않지만…… 그들은 하느님과 우리를 속이는 개들이에요. 우리가 권력에 복종해서 반항하지 않고 참을성 있게 인생의 고통을 겪게 하지요."

어딘지 길 위에서 어머니는 지나는 마부를 불러 이반을 태우고 속삭였다.

"이젠 입을 다물어야 해."

그리고 손수건으로 입을 감쌌다.

젊은이는 입을 자유롭게 놀릴 수 없다는 것을 알고 두 팔을 무릎 위에 늘어뜨렸다. 그러면서도 연신 수건 안에서 입을 움직여 중얼거렸다.

"저는 사랑하는 당신들을 위해 오늘의 폭행을 절대 잊지 않을 겁니다. 이고르 전에는 치토비차라는 사람이 엄격하고 싫증나는 학생이었는데, 우리에게 정치경제학을 가르쳐 주었어요. 물론 그 학생도 체포됐지만요."

어머니는 이반의 목소리를 낮추려고 그를 껴안아 머리를 가슴으로 잡아당겼다. 갑자기 젊은이의 몸이 축 처지는가 싶더니 아무 소리도 들리지 않았다. 어머니는 공포에 질려서 꼼짝도 못하고 곁눈으로 주변을 힐끔거렸다. 골목 어딘가에서 경찰이 튀어나와 이반의 상처에 맨 붕대를 보고 붙잡아 죽일 것만 같았다.

"술에 취했소?"

마부가 인자하게 미소를 지으며 몸을 돌려 물었다.

"인사불성이 되도록 마셨답니다."

어머니가 한숨 섞인 목소리로 대꾸했다.

"아드님이신가요!"

"예, 신발 제조공이랍니다. 저는 식당 요리사고요."

말에 채찍질을 해대면서 마부는 다시 뒤를 돌아보며 한결 낮은 목소리로 말했다.

"그런데 방금, 혹 들으셨는지 모르겠는데, 공동 묘지에서 난리가 났다고 하네요. 정부의 감시를 받으며 반정부 활동을 오랫동안 해온 영향력 있는 인물의 장례식이 오늘 있었대요. 정부에 대해서 따지는 까마귀 한 마리라네요. 그와 비슷한 친구들이 모여 장사를 지냈고, 모인 사람들이 구호를 외쳤다나 봐요. '전제 타도! 전제정치가 사람들을 망치고 있다'라고 말이죠. 경찰들이 사람들을 개 패듯 팼어요. 사람들이 그러는데 정말 몇 사람을 죽이더라는 겁니다. 경찰도 폭력을 당한 것 같아요.”

잠시 말이 없던 마부가 슬픔에 잠겨 고개를 저으며 이상한 목소리로 말을 이었다.

“놈들 하는 짓이, 죽은 이에게도 고통을 안기고 이미 잠든 사람도 다시 깨울 정도라니까요.”

마차가 자갈길을 달리느라 무척 털털거렸고, 그럴 때마다 이반의 머리가 어머니의 가슴에 부딪쳤다. 마부가 다시 돌아앉으며 혼잣말처럼 중얼거렸다.

“민중이 동요해서 끓어오르고 있고, 가끔씩 혼란이 일고 있어요. 그래요! 어젯밤만 해도 이웃집에 경찰들이 들이닥쳐 밤새 난리를 쳐대더니 아침에 철물공 한 사람을 잡아갔답니다. 밤에 강으로 끌고 가 빠뜨려 죽인다고 하더라고요. 참 괜찮은 사람인데…… 그 철물공은, 글쎄, 현명해서 이해를 굉장히 잘하는 사람이었는데 이해하는 게 금지되어 있는 모양이에요. 그는 우리에게 와서 묻곤 했어요. ‘마부의 인생이란 어떤 것이죠?’라고요. 우린 말했어요, ‘정말이지, 마부의 인생은 개보다도 못하죠.’”

“세워주세요!”

어머니가 말했다.

마차가 갑자기 서자 이반이 잠에서 깨어나 약하게 신음을 했다.

마부가 말했다.

“아주 곤드레가 되었군! 그놈의 술이 원수지!”

간신히 마차에서 발을 옮겨 내린 이반은 온몸을 비틀거리면서 문 쪽으로 걸음을 옮겼다. 그리고 말했다.

“괜찮아요, 동지. 혼자 걸을 수 있어요.”

9

이미 집에 돌아와 있던 소피아는 담배를 입에 물고 어머니 일행을 맞았는데, 조금 언짢은 듯했으나 평소처럼 대담하고 자신에 찬 모습이었다.

소피아는 부상자를 소파에 누이고 능숙하게 머리를 동여맨 수건을 풀었다. 담배 연기 사이로 두 눈을 잔뜩 찡그리고 있었다.

"이반 다닐로비치, 여기 환자를 데려왔어요. 피곤하시겠어요, 닐로브나! 놀라고 두려우셨죠? 좀 쉬세요, 니콜라이. 닐로브나에게 포트와인 한 잔 갖다 드려!"

놀라운 경험을 한 어머니는 숨도 제대로 쉬지 못하고 가슴을 에는 통증을 느끼며 중얼거렸다.

"내 걱정은 하지 마세요."

그래도 어머니는 관심과 친절이 필요했다.

손에 붕대를 감은 니콜라이와 의사 이반 다닐로비치가 옆방에서 건너왔다. 의사의 옷은 더러워져 있었고, 부스스한 머리는 고슴도치처럼 서 있었다. 의사는 재빨리 이반에게로 다가가 허리를 구부리며 말했다.

"물 좀 가져와요, 소피아 이바노비치, 아주 많이. 깨끗한 가제하고 약솜도."

어머니가 부엌으로 향했다. 그러나 니콜라이가 왼쪽 손으로 어머니의 팔을 잡아 식당으로 끌면서 부드럽게 말했다.

"어머님한테 한 소리가 아니고 소피아한테 한 소리예요. 어머니, 많이 힘드셨죠?"

어머니는 니콜라이의 변함없고 인정어린 눈길을 접하자 못내 감정을 추스르지 못하고 흐느꼈다.

"오, 사랑하는 니콜라이, 너무나도 끔찍한 일이었어! 놈들이 사람들을 때려 눕혔어! 마구 때렸다고!"

포도주를 따라 주고 고개를 끄덕이면서 니콜라이가 말했다.

"저도 보았습니다. 양쪽이 약간씩 흥분했던 겁니다. 그러나 너무 걱정하지 마세요. 놈들이 비록 칼등으로 사람들을 사정없이 두들겨 패긴 했어도, 치명상을 입은 사람은 단 한 사람뿐이더군요. 내 눈앞에서 벌어졌어요. 간신히 사람들 틈에서 그 사람을 끄집어 냈답니다."

니콜라이의 얼굴과 목소리, 그리고 방 안의 따뜻하고 밝은 분위기에 어머니는 어느 정도 안정을 찾았다. 어머니가 고마움이 담긴 눈길로 니콜라이를 바라보며 물었다.

"당신도 맞았군, 그런가?"

"제가 조심하지 못해서 무언가에 손이 걸린다 싶었는데, 나중에 보니 살갗이 찢어져 있더라고요. 차 좀 드세요. 날씨도 찬데 옷을 너무 얇게 입으셨어요."

어머니는 찻잔을 집으려고 손을 뻗다가 손가락에 말라 엉겨 붙어 있는 핏자국을 발견하고 자신도 모르게 얼른 손을 무릎 위로 내려 숨겼다. 치마도 축축했다.

이반 다닐로비치가 옷소매를 걷어 올리고 조끼 차림으로 들어왔다. 그리고 니콜라이의 무언의 질문에 가는 목소리로 대답했다.

"얼굴에 난 상처는 별것 아닌데 두개골을 다쳤어. 아주 심한 건 아니야. 건장한 친구지만 피를 너무 많이 흘렸으니 병원으로 데리고 가는 게 어떨까 싶어."

"그럴 필요까지야 있겠어? 그냥 여기 있게 놔둬!"

니콜라이가 소리쳤다.

"오늘하고 내일은 그냥 여기 있어도 괜찮겠지만, 내 생각엔 병원에 입원하는 게 나을 것 같아. 나는 이제 왕진 올 시간도 없어. 자네도 공동 묘지에서 있었던 일을 유인물로 만들어야 할 것 아닌가."

"물론이지!"

니콜라이가 대답했다.

어머니는 조용히 일어나 부엌으로 갔다.

"어디 가세요, 닐로브나?"

니콜라이가 당황해하며 어머니를 배려해서 붙잡았다.

"소피아가 혼자 다 알아서 할 거예요."

어머니는 움찔하며 어색하게 웃으며 대답했다.

"내 몸도 피가 묻어서."

방에서 옷을 갈아입으면서 어머니는 다시 한 번 이 사람들의 침착성과, 끔찍한 일을 당하고도 지혜롭게 참고 이겨내는 능력에 대해 생각했다. 그것은 진리의 이름으로 그들에게 일이 주어지고 요구되면 즉시 응할 수 있는 그들의 준비 태세를 분명히 증언해주는 능력이었다. 그러자 정신도 맑아지고 두려움도 사라졌다. 환자가 누워 있는 방에 들어가 보니 소피아가 허리를 굽힌 채로 환자와 이야기를 나누고 있었다.

"바보같은 짓이야, 친구!"

"아마 나는 당신에게 폐를 끼칠 거예요."

그가 들릴 듯 말 듯 말했다.

"입 다물고 있는 게 좋아."

어머니는 소피아 뒤에 서서 두 손을 소피아의 어깨에 올리고 환자의 얼굴을 지그시 바라보면서 마차 안에서 그가 조심성 없이 했던 헛소리 때문에 얼마나 놀랐었는지 이야기했다. 가만히 이야기를 듣고 있던 이반의 두 눈이 열병을 앓는 이의 눈처럼 불탔다. 입술이 세게 부딪쳤다. 그리고 당혹스럽다는 듯 소리쳤다.

"아, 정말 바보 같으니라고!"

"이제 우린 여기서 나갈게."

소피아가 환자의 옷을 여며주면서 말했다.

"푹 쉬도록 해."

소피아와 어머니는 부엌으로 나가 낮에 있었던 일에 대해 오랫동안 이야기했다. 벌써 미래에 대한 확신을 품고 다음 일의 방법을 모색하고 보니 그 날의 일이 먼 옛날의 일처럼 여겨졌다. 얼굴엔 지친 기색이 완연했지만, 생각만은 자신감에 차 있었다. 의자에 앉아 신경질적으로 몸을 뒤척이던 의사는 자신의 날카로운 목소리에 힘을 주며 말했다.

"선전이야 선전! 요즘은 선전이 너무 적어. 젊은 노동자들이 옳아. 광범위하게 선동을 이끌 필요가 있어. 내 말은 노동자들이 옳다는 거야."

니콜라이가 잔뜩 인상을 쓰며 대꾸했다.

"도처에서 책이 부족하다는 불만의 소리가 들리는데도 우린 변변한 인쇄소 하나를 갖고 있지 못해. 게다가 류드밀라는 이젠 거의 탈진한 상태라 도와줄 사람을 찾지 못하면 아마 쓰러지고 말 거야."

"베솝시코프는 어떨까?"

소피아가 물었다.

"시내에서 살 수 없잖아. 새 인쇄소를 차리기 전에는 아무 일도 할 수 없어. 다른 사람이 하나 더 필요한데."

"내가 하면 안 될까?"

어머니가 조용히 물었다.

모두 어머니에게 시선을 돌렸다. 잠시 아무 말도 없었다.

"좋은 생각이네요."

소피아가 맞장구를 쳤다.

"안 돼요. 어머니가 하기에는 너무나 힘든 일이에요. 시 외곽에서 살아야 할 텐데 그렇게 되면 파벨에게 면회 가시는 것도 그만두어야 할지 몰라요."

니콜라이가 냉정하게 말했다. 어머니가 한숨 섞인 목소리로 말했다.

"파샤를 위해서도 크게 나쁠 건 없어. 면회를 가면 가슴만 더 미어져. 대화도 서로 못 나누게 되어 있거든. 아들 앞에 바보처럼 서 있는 게 할 수 있는 일의 전부야. 간수들이 내가 무슨 쓸데없는 소리나 하지 않는지 내 입을 감시하고 있는데 뭐."

최근의 사건들로 인해 심신이 피곤하던 차에 복잡한 시내에서 벗어나 외곽에서 살 수 있다는 말을 듣고 어머니는 어떻게 해서든지 그렇게 하고 싶었다.

"지금 무슨 생각 중이야, 이반?"

니콜라이가 화제를 바꾸며 의사에게 물었다.

"우리에게 사람이 너무 없다는 생각을 하고 있었어. 더 정열적으로 일을 시작해야만 해. 그러려면 파벨과 안드레이를 설득하는 수밖에 없어. 두 사람이 아무 일도 하지 않고 감옥에 앉아 있으면 우리에게 너무도 큰 손실이야."

고개를 들면서 의사가 찜찜한 표정을 지으며 대꾸했다. 니콜라이가 인상을 쓰며 모르겠다는 듯 고개를 젓고 어머니 눈치를 보았다. 어머니는 함께 있는 자리에서 아들 이야기를 하면 사람들이 불편하게 생각한다는 것을 알아채고 방으로 건너갔다.

어머니의 마음 한 구석에는 자신의 진정한 바람을 알아주지 않는 사람들에 대한 서운함이 자리잡았다. 잠이 오지 않아 뜬눈으로 침대에 누워 있자니 수군거리는 소리가 들렸다.

지난날은 이해할 수 없는 일들과 불길한 징조로 가득 차 있어서 정말 다시 떠올리고 싶지 않았으므로 불길한 생각을 떨쳐 버리려고 파벨에 대해 생각했다. 아들이 자유의 몸이 될 날을 상상해 보았다. 동시에 무서운 생각도 들었다. 주변에서 벌어지고 있는 모든 일이 점점 무르익으면서, 다가올 격렬한 충돌을 예견하게 되었다. 무언의 인내도 이제 한계점에 도달해서 분노가 눈에 띄게 고조되고 신랄한 말들이 나돌며 도처에서 뭔가 새로운 움직임이 일었다. 전단지가 나돌 때마다 저잣거리와 가게에서, 하인들과 노동자들 사이에서 논쟁이 벌어졌다. 누군가 체포되면 마음놓고 드러내지는 못하지만 의혹의 눈길들이 고개를 들어 의심스러운 체포 동기에 대해 무성한 억측들이 난무했다. 시간이

가면 갈수록 어머니는 들을 때마다 그녀를 놀라게 했던 폭동이니 사회주의니 하는 말들이 이제는 평범한 사람들 사이에서도 아주 빈번히 사용되고 있음을 알 수 있었다. 물론 의미를 제대로 알고 사용하기보다 우스갯소리로 편하게 사용하곤 했지만 그래도 그 이면에는 의미를 알고자 하는 강한 욕망과 증오심, 그리고 공포가 숨겨져 있었다. 또한 희망과 위협이 뒤섞인 어두운 삶 속에서도 어떤 움직임이 느릿느릿 넓은 원을 그리며 고개를 들고 일어났고, 잠자던 사고들이 깨어났고, 일상적 사건들에 대한 안일 무사한 태도들이 뿌리에서부터 흔들리고 있었다. 어머니는 누구보다도 또렷하게 이러한 현상을 감지했다. 왜냐하면 어머니는 누구보다도 삶의 비참함을 잘 알고 있었고, 사람들의 얼굴에 패인 망설임과 격분이라는 주름살을 정확히 볼 수 있었기 때문이다. 기쁨과 놀라움이 교차했다. 아들의 일이어서 기쁨이었다고 말한다면, 다른 한편으로는 아들이 감옥에서 나오면 누구보다도 앞장서리라는 생각에 자신도 모르게 두려움을 느꼈다. 그것은 바로 죽음을 의미하기 때문이었다.

가끔 아들의 형상은 옛날이야기에서나 봄직한 영웅의 모습을 띠고 있어, 익히 들어 마음에 담고 있던 용감무쌍한 영웅들과 성인들이 아들의 모습에 하나로 결합되곤 했다. 그때마다 자랑스러운 마음에 환호성이 절로 나왔다.

'모든 일이 잘 될 거야. 그렇고말고. 모든 일이!'

아들에 대한 어머니의 사랑이 고통의 불길을 끼얹어 결국 보편적 사랑의 성장을 방해함으로써 위대한 감정의 자리를 불안의 잿더미가 차지하게 되었다.

'파샤는 죽게 될 거야. 사라지고 말 거라고.'

정오쯤에 어머니는 감옥 면회실에서 파벨과 마주 앉았다. 눈물이 그렁한 눈으로 수염이 덥수룩한 아들의 얼굴을 바라보며 손에 쥐고 있는 쪽지를 건넬 기회만을 엿보았다.

"저는 잘 지내요. 모두 별일 없겠죠? 어머니는 어떠세요!"

아들이 낮은 목소리로 물었다.

"잘 지내고 있단다. 이고르 이바노비치가 죽었어."

어머니가 무심코 말을 꺼냈다.

"예?"

파벨이 외마디 비명과 함께 고개를 떨구었다.

"장례식 날에는 경찰이 마구 폭력을 휘둘렀고 한 사람을 잡아갔단다."

어머니가 담담하게 말했다. 부교도관이 당황한 듯 입술을 삐죽이다가 벌떡 일어나 말했다.

"그런 말은 못하게 되어 있는 거 잘 알잖아요? 정치적인 문제를 거론하는 건 금지되어 있소."

어머니는 의자에서 일어나 이해할 수 없다는 표정을 지으며 말했다.

"정치 얘기를 하자는 게 아니고 그저 싸움이 있었다고 말하는 거라오. 없는 싸움을 지어낸 것도 아니고. 정말이오. 머리를 다친 사람도 있어요."

"마찬가지입니다. 조용히 하세요. 그냥 가족이나 집안 이야기 같은 사적인 이야기만 허용됩니다."

부교도관이 우울하고 난처한 표정으로 책상 앞에 앉아 서류를 뒤적이며 귀찮은 듯 덧붙였다.

"당신이 하는 말에 대해서 내가 책임을 져야 한단 말입니다."

어머니는 주위를 살피다 재빨리 파벨의 손에 쪽지를 건네고 홀가분한 마음으로 한숨을 내쉬었다.

"내가 무슨 말을 해야 할지 모르겠다."

파벨이 미소를 지었다.

"저도 그래요."

간수가 신경질적으로 소리쳤다.

"그럼 면회는 왜 왔어요? 할 얘기도 없으면서 와서 사람 신경이나 건드리고……."

"재판이 곧 열린다던?"

입을 다물고 있던 어머니가 말했다.

"며칠 전 검사가 다녀갔는데 곧 있을 거라고 하더군요."

"네가 이곳에 있은 지도 벌써 반 년이 되었구나!"

모자는 서로 별로 중요하지 않은 말 몇 마디를 더 나누었다. 어머니는 아들이 사랑을 담은 부드러운 눈으로 자신을 바라보고 있음을 느꼈다. 침착하고 태연한 모습이 예전과 다를 바가 없었다. 다만 수염이 덥수룩해졌고 팔목이 야위어 나이가 약간 들어 보였다. 어머니는 아들의 기분을 좋게 해주기 위해 베솝시코프에 대한 이야기를 꺼내고 싶었다. 그래서 그렇고 그런 자질구레한 이야기를 하듯이 목소리에 변화를 주지 않고 말을 이어나갔다.

"일전에 네 대자(代子)를 만났단다."

파벨이 대자가 누구냐고 묻는 눈으로 어머니를 바라보았다. 어머니는 베솝시코프의 곰보 얼굴을 상기시켜 주려고 손가락으로 볼을 콕콕 찔렀다.

"별일 없이 잘 지내더구나. 몸도 건강하고. 곧 일자리도 구하게 될 거야."

아들이 알아듣고 고개를 끄덕이더니 눈웃음을 치며 대답했다.

"참 잘됐네요."

"그래 맞아."

어머니는 아들을 기쁘게 하여 너무나도 기분이 좋았다. 작별 인사를 하면서 아들은 어머니의 손을 힘있게 잡았다.

"고맙습니다, 어머니."

아들에 대한 친근한 애정이 취기가 돌 듯 가슴에 밀려왔다. 어머니는 대답을 할 만한 기운도 없어 말없이 악수로 대신했다.

집에 와보니 사샤가 기다리고 있었다. 사샤는 어머니가 파벨을 면회하는 날이면 어김없이 모습을 나타냈다. 사샤는 파벨에 대해서는 아무 질문도 하지 않았다. 그러면서 행여 어머니가 아들에 대한 이야기를 하지 않으면 어머니의 얼굴을 뚫어지게 쳐다보기만 하며 만족해했다. 그러나 이번만큼은 웬일인지 먼저 질문을 던졌다.

"그 사람 어때요?"

"괜찮아, 건강해!"

"쪽지는 전하셨죠?"

"그럼! 아주 감쪽같이 찔러주었지."

"읽어보던가요?"

"어디서? 보는 데서야 읽을 수가 없잖아."

"그렇죠, 제가 잠시 깜빡했네요."

처녀가 천천히 말했다.

"일주일만 더 기다리죠, 일주일만 더! 동의할 것 같던가요? 어떻게 생각하세요?"

사샤는 인상을 잔뜩 쓰면서 어머니를 뚫어지게 바라보았다.

"잘은 모르지만 큰 위험만 없다면야 탈옥하지 않을 이유가 없지 않겠어?"

처녀는 고개를 젓고 무뚝뚝하게 물었다.

"환자한테 뭘 먹어야 할지 혹 아세요? 먹을 걸 좀 달라고 하던데."

"아무거나 괜찮아, 있는 거 아무거나! 가서 뭐라도 먹을 게 있는지 보도록 할게."

어머니는 부엌으로 향했고, 사샤는 어머니의 뒤를 쫓았다.

"도와드려요?"

"그럼 고맙지."

어머니가 벽난로 위로 손을 뻗어 항아리를 집었다. 처녀가 조용히 말했다.

"잠깐만요!"

사샤의 얼굴이 창백해지고 침울한 눈이 더 커졌다. 그리고 파르르 떨리는 입술로 가까스로 입을 열었다.

"어머니께 부탁이 있어요. 그 사람 절대 동의하지 않을 거예요. 저는 알아요. 설득해 주세요. 정말 없어서는 안 될 사람이에요, 그러니 얼마나 우리에게 필요한 사람인지 잘 말씀해주세요. 혹 병이라도 날까 제가 걱정하고 있다는 말도요. 재판이 아직도 열리지 않고 있으니…… 부탁드려요!"

사샤는 매우 힘들게 이야기하였다. 똑바로 서서 눈길을 옆으로 돌리고 이야기를 하는 그녀의 목소리가 사뭇 떨렸다. 피곤한 듯 눈을 내리깔고 입술을 깨물었고, 움켜쥔 주먹에서는 심지어 뼈마디 소리가 들렸다.

어머니는 처녀의 복받치는 감정에 당혹감을 감출 수 없었지만, 곧 이해하게 되었다. 슬픔에 사로잡힌 어머니는 뜨겁게 사샤를 껴안고 낮은 목소리로 속삭였다.

"애처롭기도 해라! 파벨은 자신 말고는 누구의 말도 듣지 않는단다. 절대로 안 들어."

두 사람은 껴안은 채로 한 마디도 하지 않았다. 잠시 뒤 사샤는 어깨에서 어머니의 손을 내리며 떨리는 목소리로 입을 열었다.

"어머니 말씀이 옳아요. 모두 부질없는 짓이죠, 애만 탈 뿐이고……."

그리고 갑자기 심각해지더니 화제를 돌렸다.

"환자에게 음식 좀 갖다 주어야죠."

어느새 사샤는 이반의 침대맡에 앉아 다정하고 걱정스럽게 물었다.

"머리가 많이 아파요?"

"많이 아프진 않은데 모든 게 혼란스러워요! 그리고 기운이 없어요."

이반이 수줍게 담요를 끌어당기며 대답하고는 눈이 부시다는 듯 찡그렸다. 사샤는 자기가 있어서 그가 음식을 제대로 먹지 못하고 있다고 생각하여 얼른 일어나 자리를 피해주었다.

이반은 침대에서 일어나 앉아 방을 나가는 사샤의 뒷모습을 바라보며 중얼거렸다.

"굉장한 미인이군요!"

이반의 눈은 맑고 이는 고르고 촘촘했으며 목소리에서는 아직 천진난만함이 묻어났다.

"나이가 어떻게 되지?"

어머니가 생각에 잠겨 물었다.

"열일곱이요."

"부모님은 어디 사셔?"

"시골에요. 저는 열 살 되던 해에 학교를 마치고 여기로 왔어요. 성함이 어떻게 되시죠, 동지?"

어머니는 이 동지란 말을 들을 때면 언제나 기분이 묘하게 들떴다. 어머니가 미소를 지으며 반문했다.

"이름은 알아서 뭐하게?"

젊은이는 당황한 듯 잠시 말이 없다가 설명했다.

"우리와 함께 모임에서 책을 읽던 학생이 한 명 있었는데 늘 노동자인 파벨의 어머니 이야기를 들려주곤 했어요. 메이데이 시위에 대해서도요."

어머니는 고개를 끄덕이며 귀를 쫑긋 세웠다.

"그 사람은 우리 당의 깃발을 처음으로 공개적으로 들어올렸어요."

젊은이는 아주 자랑스럽게 말했다. 그의 우쭐함이 어머니의 가슴에 깊은 울림을 주었다.

"저는 그 자리에는 없었는데요, 따로 독자적인 시위를 계획했다가 실패했어요. 우리는 수가 너무 적었거든요. 그렇지만 올해는 달라요, 두고 보세요!"

젊은이는 미래의 사건을 미리 즐기다 보니 목이 메는지 허공에 숟가락을 내저으며 말을 이었다

"블라소바라는 분이 어머니라는군요. 시위가 있고 나서 그분도 우리 당에

들어왔대요. 정말 기적이라고들 말한답니다!"

어머니의 얼굴에 화색이 돌았다. 젊은이의 열정적인 찬사를 듣게 되어 너무 기분이 좋았다. 흐뭇하기도 하고 약간 거북하기도 했다. 어머니는 '내가 바로 그 블라소바야'라고 말해주고 싶었다. 그러나 억지로 참고 입가에 엷은 미소를 띠며 속으로 중얼거렸다.

'할망구가 주책이야!'

"어서 더 먹어! 좋은 일을 하려면 얼른 몸이 나아야지."

젊은이를 바라보며 약간 흥분해서 말했다. 문이 열리고, 눅눅한 가을 찬바람과 함께 소피아가 들어섰다. 추위 때문에 얼굴이 상기된 채로 미소를 지으며 활기차게 들어왔다.

"첩자들이 내가 무슨 부잣집 새색시 남편이나 되는 듯이 감시를 하더군요, 정말이에요! 이제 여기를 떠날 때가 됐어요. 좀 어때, 바냐(이반의 애칭)? 괜찮아? 파벨은 어때요, 닐로브나? 뭐라고요? 사샤가 와 있어요?"

파피루스를 피워 문 소피아는 회색빛 눈길로 어머니와 젊은이를 훑어보면서 대답도 기다리지 않고 질문을 퍼부었다. 어머니는 소피아를 보면서 마음속으로만 미소를 짓고 생각했다.

'정말 좋은 사람들과 한 편이 되었어!'

소피아는 다시 이반 쪽으로 몸을 기울이며 두 배나 친절을 돌려주었다.

"얼른 나아야지! 와인 좀 가져올게."

그리고 식당으로 나갔다. 거기서 소피아가 사샤에게 말했다.

"벌써 3백 부나 준비가 되었더라고! 그렇게 일을 하다간 몸을 망치고 말 거야. 영웅주의가 따로 없어. 그런 사람들과 하나가 되어 동지가 되고 함께 일을 한다면 정말 큰 행복이 아닐까!"

"맞아요."

사샤가 조용히 대답했다.

저녁 때 차를 마시며 소피아가 어머니에게 말했다.

"닐로브나, 다시 한 번 시골에 다녀오셔야겠어요."

"그래요? 언제?"

"내일이면 좋겠는데요. 다녀오실 수 있겠어요?

"당연해요."

"마차를 타고 가세요!"

니콜라이가 낮은 목소리로 말했다.

"우편 마차를 빌려 타세요. 지난번하고는 다른 길로, 니콜스코예 마을을 지나서 가세요."

니콜라이의 어두운 표정이 두려움을 갖게 했다.

"니콜스코예를 지나는 길은 멀어!"

어머니가 한마디 하고 나섰다.

"마차를 타고 가려면 돈도 많이 들고."

니콜라이가 어머니의 말을 받았다.

"나는 이번 모험에 절대 반대입니다. 거긴 불안해요. 벌써 체포 작전이 시작되어서 선생 하나가 잡혀 들어가기도 했고, 르이빈은 도망쳤어요, 분명해요."

소피아가 손가락으로 탁자를 두드리며 끼어들었다.

"책을 거르지 않고 꾸준하게 배포하는 일도 우리에게는 중요해. 닐로브나, 가시겠어요? 두렵지 않으시죠?"

어머니는 약간 자존심이 상했다.

"내가 두려워한 적이 한 번이라도 있어요? 이 일을 처음 시작할 때부터 두려움은 하나도 없었다고요. 그런데 갑자기……."

어머니는 말을 다 하지 못하고 고개를 숙였다. 두렵지는 않느냐, 불편한 점은 없느냐, 이 일을 할 수 있겠느냐, 그런 질문을 받을 때마다 어머니는 그들이 자신을 따돌리려는 것 같아 마음이 상했다. 그리고 자신을 다른 동지와 다르게 대하고 있다는 생각을 떨쳐 버릴 수가 없었다.

더욱이 온종일 쉴 틈 없이 바쁜 날들이 오면, 처음엔 소동 때문에 불안하거나 또 일들이 너무 빨리 진행돼서 마음이 두근거리다가도, 곧 점차 소동에 익숙해지면서 자신이 느낀 여러 가지 인상과 충격에도 아무렇지 않았다. 어머니는 일을 하고 싶은 욕망에 잔뜩 부풀어 있었다. 어머니의 상태가 이러했기 때문에 소피아의 질문은 어머니를 몹시 불쾌하게 만들었다.

"나보고 두려운지 안 두려운지 물어봐야 소용이 없지. 또 여러 가지 일들을 해도 나는 전혀 두렵지 않았어. 사람들은 무언가를 소유한 사람을 두려워하더군. 내가 무얼 가졌지? 아들 하나밖에 없어. 나는 늘 그 애 때문에 마음을 졸여왔기 때문에 고통을 두려워하는 데에 익숙해졌어. 고통이 없으면…… 글쎄, 그때는 어떨까?"

"기분이 상하셨어요?" 소피아가 큰 소리로 말했다.

"아니, 그게 아니라, 당신들 사이에서는 이런 질문을 절대 하지 않잖아!"

어머니가 한숨을 내쉬며 말했다.

니콜라이가 얼른 안경을 벗었다가 코에 맞추어 쓰고는 누이의 얼굴을 뚫어져라 바라보았다. 당혹스러운 침묵에 놀란 어머니는 왠지 미안한 마음이 들어의자에서 일어났다. 무슨 말이라도 해주고 싶었다. 순간 소피아가 어머니의 손을 잡고 말했다.

"용서해주세요! 다시는 그런 말 하지 않을 게요."

어머니는 그저 웃을 수밖에 없었고, 몇 분이 지나서 세 사람은 시골로의 여행에 대해 진지하고 다정하게 이야기를 나누었다.

10

이튿날 새벽, 어머니는 가을비에 젖은 도로를 따라 덜커덩거리며 달려가는 우편 마차에 타고 있었다. 습기를 머금은 찬바람이 얼굴을 때리고 흙탕물이 튀었다. 한편 마부석에 비스듬하게 자리를 잡은 마부는 코를 킁킁거리며 불평했다.

"내가 그 사람, 그러니까 형에게, 반으로 나누자고 했죠. 그래서 우리는 나누기 시작했답니다."

마부가 갑자기 왼쪽 말에 채찍질을 하며 성난 목소리로 외쳤다.

"이랴! 달려, 마녀의 자식! 망할 놈의 말아!"

살이 토실토실한 까마귀들이 경계심을 늦추지 않고 벌거벗은 경작지를 뛰어다녔고, 찬바람이 휘파람 소리를 내며 그들을 덮쳤다. 까마귀들은 바람에제 옆구리를 내맡기고 깃털을 날리며 넘어지지 않으려고 안간힘을 쓰다가 결국은 푸드덕 날갯짓을 하며 다른 장소로 날아갔다.

"그런데 내가 속았어요. 보니까 내 몫이 하나도 안 남았더라고요."

마부가 말했다.

어머니의 귀에는 마부의 말이 꿈속에서 들리는 듯했다. 엉뚱한 생각이 어머니의 마음속에서 자라났다. 머릿속에서는 최근 몇 년간 겪었던 사건들이 파노라마처럼 스치고 지나갔다. 사건이 벌어진 어디에서나 자신의 모습을 발견할 수 있었다. 전에는 삶이 자신과는 동떨어진 곳에서 이유도 목적도 없이 흘러갔다. 지금은 많은 일이 바로 눈앞에서 벌어졌고 모든 일이 자신의 도움을 기다리고 있었다. 따라서 가슴속에서 자신에 대한 불만과 만족, 의혹과 잔잔한 우수의 감정이 복잡하게 뒤엉켰다.

어머니 주위의 모든 풍경이 느리게 움직이는 듯했다. 하늘에서는 먹구름이 서로 힘겹게 뒤쫓고, 길가에는 비에 젖은 나무들이 제 헐벗은 꼭대기를 흔들며 반짝이고, 언덕들이 나타났다가 헤엄치며 뿔뿔이 흩어졌다. 온종일 흐린 날이 태양을 만나려고 부산을 떨며 찾아 헤매는 분위기였다.

마부의 볼멘 소리와 마차 방울 소리, 바람의 습한 속삭임과 휘파람 소리가 굽이쳐 길게 떨며 단조롭게 흐르는 시냇물에 바람을 일으키며 섞여들었다.

"부자는 너무 많아서 천국에 들어갈 수 없다는 것을 누구나 잘 알고 있지만, 일단 재물을 모으기 시작하면 권력이 친구가 되는 법이죠!"

마부가 자리에서 몸을 흔들며 중얼거렸다.

역에 도착하자 마부는 말을 풀고 애원조로 어머니에게 말했다.

"술이라도 한 잔 받아먹게 돈 좀 주시겠소?"

어머니가 동전 한 닢을 주자, 마부는 동전을 손바닥에 굴리며 실망해서 말했다.

"3코페이카로는 보드카나 한 잔 걸치고 2코페이카로는 빵이라도 사 먹어야겠네요."

덜컹거리는 마차에 시달리고 추위에 떨던 어머니는 정오가 지나서야 겨우 니콜스코예라는 큰 마을에 도착했다. 우선 선술집으로 들어가 차를 시키고, 무거운 여행 가방을 의자 밑으로 밀어 넣고 창가에 앉아 광장을 내다보았다. 발자국으로 더럽혀진 카펫과도 같이 누런 잔디가 깔린 넓지 않은 광장과, 지붕이 왠지 축 늘어져 보이는 길고 낡은 관청 건물이 창문을 통해 보였다. 관청 현관 계단에는 긴 턱수염의 대머리 농부가 홑내의 차림으로 파이프 담배를 피웠다. 그때 돼지 한 마리가 꿀꿀거리며 잔디밭을 돌아다녔는데, 무슨 불만이라도 있는지 주둥이를 땅바닥에 처박고서 연신 머리를 흔들었다.

먹구름이 떼를 지어 떠다니다 뒤엉켜 쌓여서 서로 빨아들였다. 사위가 어둑하고 침울하고 적적해서 마치 인생이 어디론가 사라져 버린 것만 같았다.

갑자기 코사크군 하사 한 명이 거칠게 말을 몰아 광장으로 달려와서는, 계단 옆에 밤색 말을 매어 놓고 허공에 가죽 채찍을 휘두르며 농부에게 고함을 질렀다. 고함은 유리창을 흔들 정도로 우렁찼지만, 무슨 말인지는 도무지 알아들을 수가 없었다.

농부가 벌떡 일어나 손짓을 하자, 하사는 마당에 뛰어내려 말고삐를 감아 농부에게 건네고, 울타리를 잡고 계단을 올라 관청 문 안으로 사라졌다.

다시 정적이 찾아왔다. 말들이 발굽으로 부드러운 흙을 차올렸다. 어린 소녀가 역사 안으로 들어섰다. 짧고 노란 머리카락을 목까지 땋아 늘이고, 동그란 얼굴에 상냥스런 눈을 가진 소녀였다. 소녀는 모서리가 떨어져나간 쟁반에 담긴 접시들을 들고 와 입술을 깨물며 고개를 숙여 인사했다.

"꼬마 아가씨, 안녕?"

어머니가 다정하게 말했다.

"안녕하세요?"

소녀가 도자기 접시와 찻잔을 탁자에 내려놓으며 갑자기 활기 띤 목소리로 인사했다.

"방금 강도를 잡았는데, 지금 이리로 끌고 오는 중이래요."

"정말? 어떤 강도?"

"잘은 몰라요."

"무슨 잘못을 했대?"

"잘은 모르고요, 잡았다는 말만 들었어요. 마을 관청 수위가 경찰서장을 부르러 달려가서 소리쳤어요. '그를 잡았어요, 그들이 그를 여기로 데려오고 있어요.'"

창밖을 내다보니 광장에 모여든 농부들이 눈에 들어왔다. 어기적거리며 점잔을 떨며 걷고 있는 이들이 있는가 하면, 달리면서 황급히 외투 단추를 채우는 이도 있었다. 사람들은 모두 관청 계단 옆에 모여들어 모두가 왼쪽 한 곳을 일제히 바라보았다. 이상하게 조용했다.

소녀 역시 창가로 가서 거리를 내다보다가 조용히 방을 빠져나갔다. 문이 요란한 소리를 내며 닫혔다. 어머니는 온몸이 떨렸다. 여행 가방을 의자 밑으로 더욱 깊숙이 밀어 넣고, 숄을 머리에 두르면서 문을 향해 급히 발걸음을 떼었다. 갑자기 뛰고 싶은 불가사의한 충동이 일었지만 애써 참아야 했다.

관청 계단을 오르던 어머니의 두 눈에 놀라운 광경이 들어왔다. 얼굴이 달아오르고 숨이 막히는 듯했으며 두 발 역시 굳어 버렸다. 두 팔을 등 뒤로 포박당한 르이빈이 경찰 두 명에게 각각 양쪽 팔을 잡힌 채 광장 복판으로 걸어오는 것이 아닌가! 경찰들은 규칙적으로 지팡이를 땅바닥에 내리쳤다. 계단에서는 한 무리의 사람들이 말없이 기다렸다. 방향을 가늠하지 못할 만큼 아득해진 채로 어머니는 르이빈에게서 눈을 떼지 않았다.

어머니는 정신을 차리고 심호흡을 크게 했다. 은색의 수염을 덥수룩하게 기른 농부 하나가 계단 옆에 서서 푸른 눈으로 어머니를 쏘아보았다. 어머니가 기침을 한 번 하고는 두려워서 힘이 풀린 손으로 목을 문지른 뒤 용기를 내어 질문을 던졌다.

"무슨 일이오?"

"보시는 대로입니다!"

농부가 퉁명스럽게 대꾸하고는 휙 돌아섰다. 농부 한 사람이 어머니 옆으로 더 다가와 합세했다.

"에이, 도둑놈! 끔찍한 꼴이라니!"

한 여자가 소리쳤다.

경찰들이 군중 앞에 멈추어 섰다. 군중의 수는 어느새 많이 불어났지만 말소리는 전혀 들리지 않았다. 갑자기 허공으로 르이빈의 우렁찬 목소리가 울려 퍼졌다.

"여러분! 나는 도둑이 아닙니다. 훔친 게 아무것도 없습니다. 불도 지르지 않았고요. 나는 오로지 진실을 말했을 뿐이고, 그들은 그걸 이유로 나를 붙잡았습니다. 혹시 우리 농부들 삶의 진실을 써놓은 믿을 만한 책에 대해서 들어보신 적 있습니까? 나를 체포한 이유가 바로 그 책입니다. 내가 바로 그 책을 배포한 장본인이거든요."

사람들이 르이빈을 더욱 빽빽하게 에워쌌다. 르이빈의 목소리가 나직하면서도 차분하게 울려 퍼졌다. 어머니는 정신이 번쩍 들었다.

"들었어?"

옆에 선 농부가 푸른 눈을 가진 농부의 옆구리를 쿡 찌르며 물었다. 농부는 묻는 말에 대답도 하지 않고 고개를 들어 어머니의 얼굴을 바라보았다. 옆에 선 다른 농부도 덩달아 어머니에게 시선을 돌렸다. 푸른 눈의 농부보다 한결 젊어 보였다. 턱수염이 드문드문 난 얼굴은 야위고 주근깨가 나 있었다. 둘은 계단에서 한 발짝씩 뒤로 물러섰다.

"두려워하고 있어!"

어머니는 자신도 모르게 중얼거렸다.

어머니는 정신을 더욱 집중했다. 계단 위에서 어머니는 상처로 엉망이 된 르이빈의 얼굴에서 불타는 눈빛을 보았다. 상대방도 자신을 알아보았으면 하는 마음에 까치발을 하고 목을 그에게로 쭉 내밀었다.

사람들은 인상을 쓰며 구경만 할 뿐 아무도 입을 열지 않았다. 군중 뒤편에서 이따금 작은 말소리가 들려올 뿐이었다.

"농부 여러분!"

르이빈이 묘하게 풍부한 목소리로 소리쳤다.

"책을 믿어야 합니다. 책 때문에 나는 죽을지도 모릅니다. 책의 출처를 알아내기 위해 놈들은 나를 심하게 고문했습니다. 매질을 당하겠지만 나는 그래도 참을 것입니다. 왜냐하면 진실이 담겨 있는 책은 우리에게 빵보다 더 소중하기 때문입니다. 이것이 바로 여러분에게 내가 하고 싶은 말입니다."

"저런 일을 하는 이유가 뭘까?"

계단 옆의 농부가 조용히 말했다.

"다 부질없어. 사람 목숨은 두 번이 아니라 한 번 죽게 되어 있거든."

푸른 눈의 농부가 느리게 대답했다.

"다 똑같아. 어쨌든 그는 죽음을 마다하지 않을 거야."

갑자기 하사가 계단 옆에 나타나 비틀거리며 술 취한 목소리로 외쳤다.

"왜 이리 사람이 많아? 거기 누가 지껄이는 거야!"

계단을 단번에 뛰어내린 하사는 르이빈의 머리채를 움켜쥐고 이리저리 흔들며 소리쳤다.

"네놈이 지껄인 거지? 개놈의 새끼, 너 맞지?"

군중이 웅성거리며 서서히 동요했다. 어머니는 슬픔 때문에 기운이 빠져 고개를 숙였다. 농부 가운데 누군가가 한숨을 쉬었다. 르이빈의 목소리가 다시 들렸다.

"자! 여러분의 눈으로 똑똑히 보세요!"

"조용히 못 해?"

하사가 르이빈의 얼굴 관자놀이에 주먹을 날렸다. 르이빈이 비틀거렸다.

하사는 르이빈에게 달려들어 얼굴과 가슴, 배를 닥치는 대로 때렸다.

"그만 때려!"

군중 가운데 누군가가 억세게 소리쳤다.

"왜 그렇게 사람을 패는 거야?"

다른 목소리가 합세했다.

"이리 와봐!"

푸른 눈의 농부가 고갯짓을 하며 말했다. 두 사람은 전혀 서두르는 기색도 없이 관청으로 향했고 어머니는 그들을 인자한 눈길로 전송했다. 어머니는 약간 마음이 놓였다. 하사가 다시 계단으로 뛰어올라 위협적으로 주먹을 휘두르며 미친 듯이 소리쳤다.

"저 관리놈들을 이리 끌고 와! 말하잖아! 말한 대로……."

"그러지 마!"

군중 속에서 묵직한 목소리가 울렸다. 어머니는 그 목소리의 장본인이 푸른 눈의 농부, 바로 그 사람임을 단번에 알 수 있었다.

"젊은이들! 그냥 나 몰라라 해서야 되겠습니까? 여러분! 모른 체하면 끌고 가서 초주검이 되도록 매질을 가할 게 뻔합니다. 그리고 나중엔 우리에게 죽였다고 뒤집어씌울 겁니다. 그냥 놔둬선 안 됩니다!"

"농부 여러분!"

르이빈의 목소리가 다시 울렸다.

"여러분의 삶이 어떤지 정말 모르겠습니까? 얼마나 수탈을 당했고 얼마나 속고 있으며 얼마나 피를 빨리고 있는지 정말 이해를 못하겠습니까? 여러분은 모든 것을 끊임없이 따라가서, 모든 것이 여러분에게 의지하지요. 여러분은 이 지구상에서 모든 것의 밑바탕이 되는 최고의 힘입니다만 과연 어떤 권리를 갖고 있습니까? 굶어 죽을 권리가 기다리고 있어요. 그것이 여러분의 유일한 권리 아닙니까!"

농부들이 서로 수군대며 소리쳤다.

"다 옳은 소리야!"

"경찰서장 나오라고 해! 서장 어디 있어!"

"하사가 서장에게 갔다!"

"관리를 부르든 말든 그건 우리가 상관할 일이 아니고."

웅성거림이 시간이 갈수록 더욱 시끄럽게 거세졌다.

"말을 하시오! 우리가 당신을 때리지 못하도록 하겠소!"

"이봐요, 관리들. 저 사람 묶인 손을 풀어줍시다!"

"보세요, 그럴 필요 없어요!"

"풀어줘요!"

"나중에 후회할 일, 그걸 조심해야 해요."

르이빈이 다른 목소리를 압도하면서 차분하고 힘 있게 외쳤다.

"손이 묶인 걸 후회하지 않습니다. 나는 도망치지 않을 겁니다, 여러분! 나는 진실을 피해 숨지 않겠습니다. 진실은 내 안에 살아 있습니다."

무리로부터 떨어져 나온 사람들이 삼삼오오 둥글게 모여들어 정직한 표정으로 서로 고개를 끄덕이며 수군거렸다. 몇몇 사람은 미소를 지었다. 그럼에도 불구하고 군중의 수는 점점 불어났다. 대부분의 사람은 허겁지겁 옷을 주워 입고 뛰어나온 티가 나고, 얼굴은 흥분되어 있었다. 르이빈을 둘러싸고 사람들이 검은 거품처럼 끓어올랐다. 르이빈은 군중 한가운데서 손을 머리 위로 올려 흔들며, 때로는 큰 소리로 외치고, 때로는 침묵하고, 열심히 주의를 기울이면서 낯선 말로 항의하는 이들에게 받아치곤 했다.

"고맙습니다, 여러분! 나는 여러분의 삶을 위해 여기 섰습니다."

르이빈은 턱수염을 쓸어내리고 피투성이가 된 손을 다시 위로 들어올렸다.

"나의 피입니다. 진실을 위해 흘린 피란 말입니다!"

계단을 내려간 어머니는 에워싼 사람들로 인해 르이빈이 보이지 않아 다시 계단에 올라섰다. 가슴이 뭉클하고 분명하지는 않지만 흐뭇한 그 무엇이 고개를 들었다.

"농부 여러분! 읽기 위해 눈을 크게 떠야 합니다. 진실을 이야기하는 사람들이 신을 믿지 않는 폭도라고 매도하는 정부와 사제들을 절대 믿지 마세요. 진실은 은밀하게 퍼져 민중 안에 보금자리를 마련하고 있습니다. 정부에게 있어 진실은 칼이자 불길일 뿐입니다. 그러나 진실은 그들의 목을 치고 불로 태울 것입니다. 진실은 우리의 좋은 친구이지만 정부에게는 원수입니다. 진실이 제 모습을 드러내지 않는 이유가 바로 여기에 있습니다."

다시 군중 속에서 푸른 눈의 농부가 고함쳤다.

"옳소, 그가 복음을 말하고 있어!"

"아, 우리 형제님. 당신 죽을 거요, 그것도 당장!"

"밀고자가 누군가?"

"사제다!"

경찰 하나가 말했다.

농부 둘이 심한 욕설을 퍼부었다.

"저기를 보시오, 젊은이들!"

급박함을 경고하는 외침이 들렸다.

얼굴이 펑퍼짐하고 키가 큰 건장한 체격의 지역 경찰서장이 군중을 향해 걸어왔다. 군모를 삐딱하게 쓰고 있었는데, 콧수염이 한 쪽은 위로, 다른 한 쪽은 아래로, 비대칭으로 나 있어서 마치 애꾸눈 사내의 얼굴처럼 보였다. 게다가 의미 없는 죽은 미소를 짓고 있어 더욱 밉살스럽게 보였다. 왼손에는 장검이 들려 있는데 오른손은 허공을 향해 휘둘렀으며, 발소리가 둔탁하면서도 억세게 들려왔다. 사람들이 길을 열어주었다. 사람들의 얼굴에서는 의기소침한 빛이 역력했고 시끌벅적하던 아우성도 언제 그랬냐 싶게 가라앉았다.

"무슨 문제야!"

경찰서장이 르이빈을 위아래로 훑으며 물었다.

"손에 왜 포박을 하지 않았어? 이봐, 어서 묶어!"

서장의 목소리는 우렁차고 카랑카랑했지만 별다른 특색은 없었다.

"포박을 했었는데 사람들이 풀어주었습니다."

경찰 하나가 대답했다.

"사람들! 어떤 사람들?"

"그게 누군데? 누구야?"

서장이 칼자루를 뒤로 당겼다가 푸른 눈을 가진 농부의 가슴을 겨냥해 던졌다.

"너야, 추마코프? 또 어떤 놈이야? 미쉰, 너?"

그리고 오른손으로 옆에 선 사람의 턱수염을 잡아당겼다.

"해산해, 이놈들아! 안 그러면 정말 본때를 보여주겠다!"

서장의 목소리와 얼굴 표정에서는 흥분 상태나 협박의 깊이가 드러나지 않았다. 그는 매우 차갑고 기계적인 말투로 말하면서 우악스럽고 긴 손으로 사람들을 밀쳤다. 사람들이 고개를 숙이거나 돌리면서 멀찍이 물러섰다.

"뭐해? 뭐하는 놈들이야? 어서 묶으란 말이야!"

서장은 아주 상스런 욕설을 퍼붓고 다시 르이빈을 바라보더니 무심하게 외쳤다.

"손을 등 뒤로!"

"내가 포박을 당할 이유가 없어. 도망갈 생각이 전혀 없는데 왜 포박을 한다는 거요?"

"뭐야?"

경찰서장이 르이빈에게 성큼 다가서며 외쳤다.

"그만큼 사람들을 괴롭혔으면 이젠 족할 때도 되지 않았나, 짐승 같은 놈들!"

르이빈의 목소리가 다소 커졌다.

"네놈들에게도 파멸의 날은 곧 올 것이다! 단단히 모든 대가를 치를 거라고."

경찰서장이 콧수염이 난 윗입술을 잡아당기며 르이빈 앞에 섰다. 그리고 한 발 물러나 휘파람을 불었다.

"아니, 뭐 이런 저주받을 불한당이 다 있어? 뭐? 지금 뭐라고 말했어? 놈들이라고?"

그러고는 느닷없이 르이빈의 얼굴을 세차게 후려쳤다.

"너는 주먹으로 진실을 죽일 수 없어! 너한테는 나를 칠 권리가 없어, 개새끼!"

르이빈이 서장에게 대들었다.

"내가 못할 줄 알아?"

서장이 느릿느릿 말했다.

그리고 다시 르이빈의 머리를 향해 주먹을 날렸다. 르이빈이 머리를 물오리처럼 자기 가슴에 처박는 바람에 주먹이 허공을 가르면서 서장은 하마터면 넘어질 뻔했다. 군중 속에서 키득거리는 소리가 들렸다. 르이빈이 다시 격분하여 외쳤다.

"다시 말하지만, 너는 나를 때릴 권리가 없어, 이 악마야!"

경찰서장은 주위를 살폈다. 사람들이 입을 꾹 다물고 침울한 표정으로 주위를 에워쌌다.

"니키타!"

서장이 두리번거리며 누군가를 불렀다.

"야, 니키타!"

짧은 외투 차림에 키가 작고 다부진 체격을 한 농부 하나가 군중 속에서 나왔다. 그는 부스스한 머리로 고개를 떨구고 있었다.

"니키타!"

서장이 콧수염을 꼬면서 의도적으로 말했다.

"보기 좋게 따귀 한 방 날려봐!"

농부가 앞으로 나와 르이빈 앞에 서서 손을 들었다. 르이빈은 농부의 얼굴을 똑바로 바라보면서 무겁게 말했다.

"자, 똑똑히 보시오. 짐승만도 못한 놈들이 어떻게 여러분 손으로 여러분의 목을 조르게 만드는지! 보세요, 보세요! 생각해 보라고요! 그가 왜 나를 때리려고 하죠? 왜요? 제가 묻습니다."

농부는 천천히 손을 들어 르이빈의 얼굴을 힘없이 쳤다.

"이봐, 니키타!"

군중 속에서 가라앉은 외침이 들렸다.

"하늘이 무섭지 않아?"

"어서 주먹을 날려!"

서장이 농부의 뒷목을 찌르며 호통쳤다.

농부는 한쪽으로 비켜서서 고개를 숙이고는 침울하게 말했다.

"더는 못 하겠습니다."

"뭐?"

서장의 얼굴에 경련이 일었다. 그러더니 발을 구르고 욕설을 퍼붓고는 느닷없이 르이빈에게 달려들었다. 첫 주먹이 허공을 쌩 하고 지나갔다. 르이빈이 비틀거리다가 팔을 내저었다. 두 번째 주먹에 르이빈은 그대로 바닥에 나뒹굴었다. 서장은 르이빈의 가슴과 옆구리, 머리, 가리지 않고 사정없이 발길질했다.

군중이 적대적으로 흥분하여 술렁이며 여기저기서 요동치고, 개중에는 경찰서장에게 달려드는 사람도 있었다. 공격을 눈치챈 경찰서장이 칼집에서 군도를 뽑아들고는 쏜살같이 피했다.

"뭐야, 해보겠다고? 폭동을 일으키시겠다?"

경찰서장의 목소리가 떨리고 갈라지더니 나중엔 아주 쉬어 버렸다. 서장은 목소리와 함께 침착성을 잃었다. 목을 움츠리고 등을 구부린 그는 눈을 이리저리 굴리며 뒤로 넘어졌다. 그가 조심스럽게 뒷걸음질쳤다.

"좋아! 너희 원하는 대로 저놈을 데리고 가! 지금은 물러선다만! 못된 놈, 저놈은 황제 폐하께 반기를 든 정치범이야. 폭동을 휘젓고 있다고, 알아? 그런데도 너희는 저놈을 두둔해. 그렇다면 네놈들도 다 똑같이 폭도야! 반역자라고!"

어머니는 두려움과 안타까움에 눈도 깜빡이지 않고 붙박인 듯 서 있었다. 마치 무서운 꿈을 꾸고 있는 듯한 몽롱한 상태였다. 성난 사람들의 웅성거리는 소리와 서장의 떨리는 목소리, 누군가의 속삭임이 귓속에서 윙윙거렸다.

"죄가 있다면 재판을 받아야지!"

"그리고 때리지 마시오!"

"넓은 아량으로 용서해주시오!"

"정말, 그게 무슨 뜻이야? 대체 너희는 법도 없군."

"뭐라고, 그게 가능해? 그런 식으로 폭력을 휘두르면 도대체 어떻게 뒤를 감당할 수 있겠어?"

"악마들! 고문자들!"

사람들은 두 무리로 갈라졌다. 한 무리는 서장을 에워싸고 서서 소리를 치기도 하고 설득하기도 했으며, 또 다른 무리는 비록 수는 적지만 폭행을 당한 사람 주위에 남아서 수군거렸다. 몇 사람이 땅바닥에서 그를 일으켜 세우려 하자 경찰들이 다시 그의 손을 포박하려고 했다.

"기다려, 악마들아!"

사람들이 소리쳤다.

르이빈이 얼굴과 수염에 묻어 있는 진흙과 피를 훔치며 주위를 둘러보았다. 그의 눈길이 어머니의 얼굴에 가 닿았다. 어머니는 놀라서 자신도 모르게 손을 흔들고 몸을 앞으로 내밀었다. 르이빈이 고개를 돌렸다. 잠시 뒤 다시 그의 시선이 어머니의 얼굴에 머물렀다. 르이빈은 허리를 곧추세우고 피범벅이 된 뺨을 부르르 떨었다.

'나를 알아봤을까? 정말 나를 알아봤을까?'

어머니는 희비가 엇갈린 상태로 고개를 끄덕였다. 다음 순간 가만 보니 어느새 르이빈 옆에 푸른 눈의 농부가 서 있었다. 농부의 시선과 마주치는 순간 어머니는 닥칠 위험에 정신이 번쩍 났다.

'내가 왜 이럴까? 이러다가는 나까지 잡혀 가겠는걸.' 농부가 무어라고 귓속말을 건네자 르이빈이 고개를 저으며 떨리는 목소리로 분명하게 용기를 내어 말했다.

"아무 걱정 마세요! 이 땅에서 난 혼자가 아니랍니다. 모든 진실을 잡을 수는 없습니다. 나의 추억이 있는 곳이 남게 될 겁니다. 그렇습니다. 그들이 내 삶의 터전을 엉망으로 만들기는 했지만, 그곳에 친구들과 동지들이 더 있지 않습니까?"

'르이빈이 나 들으라고 하는 소리야!'

어머니는 문득 생각했다.

"그날이 오면 독수리들이 자유로이 창공을 날고 민중은 해방될 것입니다."

어떤 여인이 물통을 들고 와 흐느끼면서 르이빈의 얼굴을 씻어주었다. 여인이 흐느끼며 중얼거리는 소리와 르이빈의 말이 뒤섞여 어머니로서는 한 마디도 알아들을 수가 없었다. 농부 한 무리가 서장 앞으로 나서고 누군가가 소리쳤다.

"자, 나도 붙잡아 가시오. 또 누가 나서겠소?"

바로 전과는 달리 한층 비굴해진 경찰서장의 목소리가 들렸다.

"나는 너를 때릴 수 있지만 너는 나를 때릴 수도 없거니와 그럴 용기도 없을 거다, 멍청아!"

"아하, 그래? 당신 누구지, 희생양? 신이라도 돼?"

르이빈이 소리쳤다.

이때 그리 크지 않은 소리가 그의 목소리를 덮어 버렸다.

"말대꾸하지 말아요, 아저씨! 바로 저 관료들에게 맞서고 있는 거잖아요."

"너무 화내지 마세요, 나리. 이 사람은 지금 제정신이 아닙니다."

"입 다물어, 이 바보야!"

"이제 곧 시내로 호송될 거야!"

"거긴 그래도 법이 살아 있죠!"

군중의 화해와 간청의 목소리가 불분명한 허망함과 뒤섞여 절망적으로 들렸다. 경찰들이 르이빈의 팔을 붙들고 관청으로 끌고 가, 문을 닫고 사라졌다. 모였던 농부들이 천천히 흩어졌다. 어머니는 푸른 눈의 농부가 광장을 가로질러 걸어가면서 곁눈질로 힐끔거리는 모습을 보았다. 기운이 쭉 빠지고 외로움 때문에 우울한 감정이 가슴을 아프게 저몄다.

'도망갈 필요가 없지, 없어!'

그리고 층계 난간을 잡고 무작정 기다렸다. 경찰서장이 관청 계단 위에 서서 두 손을 내저으며 힐책하는 소리로 떠들었다. 목소리는 공허하고 인정이라곤 찾아보기 어려웠다.

"머저리들! 빌어먹을 악당들! 아무것도 모르면서 어디라고 끼어들어? 관헌이 하는 일에! 짐승들! 차라리 내게 고맙다고 해야 해. 무릎을 꿇고 내 은혜에 감사해야 한다고. 내 말 한 마디면 죄다 중노동 감이야."

스무 명 남짓한 농부들이 모자를 벗고 서서 조용히 그의 말을 들었다. 점점 어둠이 짙게 깔리고 먹구름마저 낮게 드리워졌다. 푸른 눈의 농부가 계단을 걸어 올라오며 한숨 섞인 목소리로 말했다.

"우리가 여기서 하는 일이 그렇지요!"

"그래요."

어머니가 나지막이 대답했다.

농부가 눈을 크게 뜨고 불쑥 질문을 던졌다.

"뭐하시는 분이죠?"

"부인들에게서 레이스나 아마포 천을 사러 다니죠."

농부는 천천히 턱수염을 쓰다듬었다. 그리고 관청 쪽을 보더니 작은 목소리로 무뚝뚝하게 말했다.

"여기선 그런 물건은 살 수 없을 텐데요."

어머니는 땅바닥을 내려다보며 선술집으로 다시 들어갈 기회만을 엿보았다. 잘생긴 농부는 속이 깊어 보이면서도 눈에는 슬픔이 서려 있었다. 넓은 어깨와 건장한 체격의 그는 헝겊 조각을 덧댄 외투를 입었는데, 그 안에는 깨끗한 사라사 무명 셔츠와 붉은 색깔의 평범한 바지를 입었고, 양말은 신지 않은 맨발이었다.

어머니는 웬일인지 안도의 한숨이 나왔다. 어머니는 갑자기 묻고 싶은 본능을 참지 못하고 그에게 질문을 던졌다. 스스로도 깜짝 놀랐다.

"오늘 댁에서 하루 신세를 져도 될까요?"

갑자기 온몸의 근육과 뼈마디가 세게 조여들었다. 어머니는 가슴을 펴고 숨을 죽이며 가만히 농부의 눈치를 살폈다. 섬뜩한 생각이 들기도 했다.

'내가 니콜라이 이바노비치, 소뉴슈카를 파멸시키게 될 거야. 파샤를 오랫동안 못 보게 될지도 몰라. 그들이 그를 죽일 수도 있어.'

땅을 내려다보고 있던 농부는 전혀 서두르는 기색도 없이 외투자락 앞을 여미며 대답했다.

"하룻밤 묵으시겠다고요? 좋아요, 안 될 게 뭐 있겠습니까? 다만 집이 좀 누추한지라!"

"그런 거 가릴 처지가 아니에요. 괜찮습니다. 저는 호화스러운 것에 익숙지 않아요."

어머니 자신도 모르게 대답이 툭 튀어나왔다.

"그럼 좋으실 대로 하세요. 우리 집에서 하룻밤 묵고 가세요."

어머니의 표정을 살피는 농부의 시선에 호기심이 가득했다.

이미 어둠이 짙어져 황혼 속에 농부의 두 눈이 더욱 차갑게 번득였고, 얼굴은 매우 창백해 보였다. 어머니는 주위를 둘러보고 고통 속으로 떨어지는 듯이 작은 목소리로 말했다.

"나는 바로 출발해도 되니까 가방 좀 들어주겠소?"

"그러시죠."

농부는 으쓱 어깻짓을 하고 다시 외투자락을 여미면서 다정하게 말했다.

"마침 저기 마차가 가네요."

군중이 흩어지기 시작한 뒤에, 관청 계단에 머리와 얼굴을 회색 천으로 감은 르이빈이 두 손을 결박당한 채 대기 중인 마차에 떼밀려 들어갔다.

"잘들 계시오, 여러분!"

르이빈의 목소리가 저녁 어스름의 한기 속으로 울려 퍼졌다.

"진실을 찾아 잘 간직하시오! 진실을 위해 자신을 바치기를 두려워해서는 안 됩니다."

"조용히 해, 개새끼!"

어디선가 경찰서장의 목소리가 들렸다.

"이봐, 어서 말을 가져와! 멍청한 것!"

"여러분을 슬프게 만드는 것이 무엇입니까? 여러분의 삶은 과연 어떻습니까?"

마차가 출발했다. 경찰 사이에 끼어 앉은 르이빈이 무뚝뚝하게 계속 소리쳤다.

"무엇 때문에 우리가 굶어 죽어갑니까? 자유를 위해 싸워야 합니다. 자유가 빵과 진실을 줄 겁니다. 안녕히 계시오, 여러분!"

마차 바퀴 소리와 말발굽 소리, 경찰관의 목소리가 르이빈의 말을 삼켜 버렸다.

"끝났어요!"

고개를 끄덕이며 반응을 보인 농부가 다시 어머니를 향해 작은 목소리로 말했다.

"역사에 조금만 앉아 계세요. 곧 오겠습니다."

11

어머니는 선술집의 방으로 돌아왔다. 사모바르 바로 앞자리에 앉아 빵 조각 하나를 집어 들었다가 도로 접시에 내려놓았다. 식욕이 없었다. 명치 끝이 다시 쓰렸다. 속이 메스꺼워 기운이 없고 심장에서는 피가 말랐으며 정신이 아찔했다. 눈앞에 푸른 눈의 농부가 떠올랐다. 찜찜한 구석이 있어 믿음이 가지 않았다. 어쩌면 관청에 신고할지도 모른다고 생각하니 자신도 모르게 자꾸 숨이 콱 막혔다.

'나를 알아본 게 분명해! 뭔가 눈치를 챈 거야.'

여기까지 생각이 미치자 갑자기 멍하니 힘이 빠졌다. 더는 아무 생각도 나지 않았다. 견디기 힘든 우울함과 구토의 느낌만 들었다.

조금 전의 소란을 뒤로하고 창밖에는 겁에 질린 정적이 찾아왔다. 무언가를 발가벗기고 더욱 절실한 고독을 가슴 안에 심으며 머리를 온통 잿빛의 어스름으로 채웠다.

소녀가 들어와 물었다.

"계란말이 좀 갖다 드릴까요?"

"아니, 괜찮아. 별로 생각이 없구나. 그냥 고함에 조금 놀랐을 뿐이란다."

소녀가 다가와 흥분되기는 했지만 그래도 차분한 목소리로 이야기했다.

"서장이라는 사람 너무 심했어요! 가까이서 보니까 이가 다 부러져서 침과 함께 시키면 피가 튀더라고요. 눈알도 빠져나간 것 같아요. 하사는 곤드레가 되도록 취해서 술을 더 달라고 하더라고요. 하는 말이, 맞은 사람의 패거리가 있는데 수염을 기른 사람이 나이도 가장 많고 대장 격이래요. 잡힌 사람은 셋이고 한 사람이 도망쳤다던데, 그중에는 선생도 있나 봐요. 하느님도 믿지 않는데다가 교회를 헐어 버리라고 사람들을 부추긴대요. 농부들 가운데에는 동정하는 무리도 있고 죽여야 한다고 강하게 말하는 무리도 있답니다. 어떻게 그럴 수가 있어요!"

어머니는 소녀가 내뱉는 두서없는 이야기에 신경을 쓰며 자신의 불안감을 지워 버리려고 애를 썼다. 이야기를 잘 들어주니 소녀는 신이 난 듯했다. 그래서인시 숨까지 헐떡이며 이야기를 하느라 애를 썼다.

"아버지는 이게 흉년 탓이래요. 두 해나 연속해서 흉년이 드니 오죽 기운이 빠지겠어요? 그래서 농부들이 날뛰는 거라더군요. 정말 끔찍해요. 모이기만 하면 서로 헐뜯느라고 안달이에요. 얼마 전에 제때 세금을 못 내서 보쉰코프라는 사람이 팔려간 적이 있는데, 집달리에게, '이게 내가 네놈에게 낼 체납금이다'라면서 주먹을 휘두른 적도 있어요."

문 밖에서 육중한 발걸음 소리가 들렸다. 어머니는 탁자를 짚고 일어섰다.

푸른 눈의 농부가 들어와 모자도 벗지 않고 대뜸 물었다.

"짐은 어디 있죠?"

농부는 가방을 사뿐 들어 올리며 말했다.

"빈 가방인가 봐요. 마리카, 집에 모셔다 드릴래?"

농부는 뒤도 돌아보지 않고 나갔다.

"묵으실 거예요?"

소녀가 물었다.

"응, 먼저 레이스를 좀 사고서."

"여기서는 레이스를 안 만드는데. 틴코프와 다리나야에 가면 있을까…… 여기에는 없어요."

"내일 가보마."

찻값을 지불하면서 3코페이카를 집어주니 소녀는 무척이나 좋아했다. 거리로 나와 소녀는 맨발로 젖은 땅을 소리나게 밟고 가며 말했다.

"제가 다리나야로 가서, 아는 아줌마한테 부탁하고 레이스를 여기로 가져오라고 할 수도 있어요. 그럼 일부러 가실 필요가 없잖아요. 기껏해야 12베르스타 거리인데요."

"그럴 필요까지는 없단다, 애야."

소녀와 나란히 걸으며 어머니가 말했다. 찬 공기를 쐬자 정신이 맑아지면서 생각이 또렷해졌다. 아직 혼란스럽기는 하지만 나름대로 정리를 하고 나니 거듭거듭 자신을 향한 질문이 마음속에서 고개를 들었다.

'어쩐다? 만약 내가 정직하게 이야기를 하면……'

날은 어둡고 습하고 싸늘했다. 어느 농가의 창문을 통해 꼼짝도 하지 않는 빛이 희미하게 새어나왔다. 정적 속에서 간간이 가축들이 우는 소리가 들렸다. 마음이 무거웠다.

"여기예요. 너무 초라한 숙소를 택하셨네요. 이 집 농부는 아주 가난하거든요."

소녀가 말했다.

소녀는 문을 더듬어 찾아 열고는 안채를 향해 큰 소리로 외쳤다.

"타티아나 아줌마. 숙박할 분이 오셨어요!"

그리고 어느새 뒤돌아 뛰어갔다. 어둠 속에서 소녀의 목소리만 들렸다.

"안녕히 계세요!"

어머니는 문턱에 서서 이마에 손을 올리고 주위를 살폈다. 농가는 침침하고 좁은 감이 있지만 깨끗하고 단정했다. 벽난로 뒤에서 젊은 여인이 머리를 빼꼼 내밀고 말없이 인사를 건네더니 다시 사라졌다. 한쪽 구석에 놓인 탁자 위에서는 등불이 타고 있었다.

농가 주인으로 보이는 사내가 탁자에 앉아 모서리를 손가락으로 두드리면서 어머니의 눈을 뚫어져라 바라보았다.

"들어오세요."

갑자기 그가 말문을 열었다.

"타티아나, 가서 표트르 좀 불러오구려, 어서!"

여인은 손님에게는 눈길도 주지 않고 서둘러 집을 빠져나갔다. 어머니는 주인 맞은편 의자에 앉아 주변을 살폈다. 여행 가방이 보이지 않았다. 가끔 등불 꽃 튀는 소리만이 간간이 들릴 뿐 농가는 조용했다. 어머니는 잔뜩 이맛살을 찌푸린 농부의 얼굴에서 어떤 걱정스러워하는 마음을 읽었다. 괜히 화가 치밀었다.

"내 여행 가방은 어디 있죠?"

어머니는 자신도 모르게 큰 소리로 물었다.

그러자 농부가 어깨를 움찔하며 사려 깊은 목소리로 대답했다.

"걱정 마세요, 없어지지 않을 테니."

한껏 낮춘 근심 어린 목소리로 말을 이었다.

"아까는 애 앞이라서 일부러 가방이 비었다고 거짓말을 했습니다만 아니더군요. 비어 있기는커녕 너무 무거웠어요."

"그런데요? 그게 어떻단 말이죠?"

농부는 자리에서 일어나 어머니에게로 다가오더니 나지막한 목소리로 물었다.

"아까 그 사람, 아는 사람입니까?"

어머니는 놀랐지만 힘을 주어 대답했다.

"아는 사람이오."

간결한 대답 한마디에 어머니의 속마음은 이제 다 드러난 꼴이 되어 버렸다. 마음이 편해지자 어머니는 의자에 몸을 바짝 대고 자세를 고쳤다.

농부가 피식 웃었다.

"그럴 줄 알았습니다. 서로 신호를 보내는 걸 봤어요. 그래서 살짝 귓속말로 물었죠. 계단 위에 서 있는 아주머니를 아냐고."

"뭐라던가요?"

어머니가 재빨리 물었다.

"그 사람이요? 우리 편은 많다고 하더군요, 아주 많다고."

농부가 손님을 호기심 어린 눈으로 바라보더니 다시 말을 이었다.

"정말 대단한 사람입니다. 용감하고…… 자신 있게 내가 누구인지를 대놓고 말할 수 있는…… 두들겨 맞으면서도 전혀 굴하지 않던……."

가냘픈 목소리, 이목구비가 지나치게 뚜렷하지 않은 얼굴, 크고 맑은 두 눈이 점점 어머니의 마음에 들었다. 두려움과 슬픔 대신 르이빈에 대한 애통한 마음이 가슴속에 자리를 잡았다. 그것이 갑자기 심한 증오심으로 변하더니 급기야 자신도 모르는 분노로 폭발하고 말았다.

"날강도에 미친놈들!"

그리고 결국 울음을 터뜨리고 말았다.

농부가 한 발 물러서며 고개를 끄덕였다.

"관헌에서 사람들을 포섭하느라 혈안이 되어 있어요."

그리고 어머니에게로 몸을 휙 돌리더니 나직한 목소리로 말했다.

"이건 순전히 제 추측입니다만, 여행 가방 속에 들어 있는 물건이 혹시 전단 아닙니까?"

"맞아요. 그 사람한테 전하려던 겁니다."

어머니가 눈물을 닦으며 대답했다.

농부는 인상을 잔뜩 쓰고 턱수염을 한 손에 모아 쥔 채, 멍하니 어딘가를 바라보면서 한동안 아무 말도 하지 않았다.

"전단이라면 우리도 받아본 적이 있습니다. 책도 마찬가지고요. 그 사람은 우리도 아는 사람이었어요. 전에 본 적이 있습니다."

농부는 가만히 서서 생각에 잠겨 있다가 불쑥 물었다.

"이제 어쩔 셈이죠? 이 여행 가방 말입니다."

어머니가 그를 보며 말했다.

"당신에게 맡기겠어요."

농부는 놀라지도, 거절할 생각도 없이 다만 짧게 되풀이했다.

"우리에게……"

농부가 무언의 동의로 고개를 끄덕이며 쥐고 있던 턱수염을 놓고 자리에 앉았다.

생각만 하면 어머니의 눈앞에는 끔찍하게 두들겨 맞던 르이빈이 떠올랐다. 그 모습만 떠올리면 다른 생각을 할 수가 없고 인간의 고통과 치욕에 대한 분통함이 다른 모든 감정을 덮어 버렸다. 이미 여행 가방은 안중에도 없었다. 눈물이 하염없이 흐르고, 얼굴은 일그러질 대로 일그러졌다. 그러나 목소리만큼은 힘이 있었다.

"그놈들은 닥치는 대로 약탈하고, 목을 죄고, 진창에 사람을 처넣고 짓밟고 있어요. 저주받을 놈들 같으니라고!"

"그게 다 힘이 있기 때문입니다. 그놈들의 힘은 막강하거든요."

농부가 조용히 거들었다.

"그 힘이 도대체 어디서 나오는 거죠? 우리에게서 빼앗아 간 겁니다. 민중에 게서."

어머니가 한껏 목청을 돋우어 소리쳤다.

"맞—아—요!"

농부는 말꼬리를 길게 늘였다.

"바퀴 소리가 나는군!"

농부는 갑자기 긴장을 하면서 문밖의 소리에 신경을 곤두세우고 나직하게 말했다.

"오나 보네요."

"누가요?"

"아마 우리 쪽 사람들일 겁니다."

농부의 아내가 들어오고 뒤이어 농부 하나가 터벅터벅 집 안으로 걸어 들어왔다. 그는 모자를 벗어 집어던지고 집주인에게로 다가와 물었다.

"무슨 일이야?"

주인이 의미심장하게 고개를 끄덕였다.

"스테판."

벽난로 옆에 서 있던 여인이 말했다.

"오느라 고단하실 텐데 뭐 먹을 거라도 내올게요."

"말씀만으로도 고맙습니다만, 생각이 없습니다."

어머니가 대답했다.

농부는 어머니에게로 다가와 발작적인 목소리로 빠르게 말했다.

"그럼 제 소개를 하겠습니다. 저는 표트르 이고로프 랴비닌인데, 보통 쉴로라고 부릅니다. 어느 정도 당신들이 하는 일을 이해할 수 있습니다. 글을 깨우쳤죠. 이를테면 바보는 아닌 셈이죠."

그는 어머니가 내민 손을 꽉 잡고 세차게 흔들더니 주인을 바라보았다.

"이봐, 스테판. 자네가 봐봐! 바르바라 니콜라예브나는 아주 좋은 안주인이야, 정말이야. 가끔 이 모든 일을 허튼 일이고 헛소리라고 말하긴 하지만 말이야. 어린애나 마찬가지인 풋내기 학생들이 아직은 어리석어서 민중을 불안케 하고 있어. 그렇지만 아주 성실한 농부 하나가 당연한 듯 체포되어 끌려가는 광경을 우리 눈으로 똑똑히 보았잖아. 게다가 귀부인의 피는 한 방울도 섞여 보이지 않는 부인께서 우리를 찾아주셨고. 무례를 용서하세요. 태생이 어떻게 되시죠?"

쉴로는 숨도 안 쉬고 매우 빠르고도 뚜렷하게 말했다. 턱수염이 신경질적으로 떨리고, 가늘게 뜬 두 눈은 어머니의 얼굴과 몸을 더듬었다. 옷은 해지고 머리카락은 엉망으로 헝클어져 있어, 마치 싸움에서 적을 보기 좋게 물리치고 좋아 어쩔 줄 몰라 하는 승리자 같았다. 어머니는 그의 활달함과 솔직하면서도 간결하게 핵심을 찌르는 말주변에 홀딱 반했다. 어머니가 부드러운 눈길로 얼굴을 바라보며 대답하자, 그는 다시 한 번 어머니의 손을 힘있게 흔들면서 과묵한 표정을 지어 보였다.

"스테판, 자네도 봐서 알겠지만, 정말 순결한 일 아닌가? 정말 멋진 일이야! 되풀이하지만, 민중 스스로가 시작한 일이야. 그러나 여기 부인께서는 진실을 이야기하지 않을 거야. 득이 될 하등의 이유가 없거든. 나는 이 부인을 존경해, 정말! 선량한 사람이라면 우리에게 선을 베풀고 싶어해야 당연하지만, 아주 인색하게, 자신에게 손해가 되지 않을 정도일 거야. 그래도 사람들은 앞으로 곧바로 나아가길 원해. 어떠한 손해도 해악도 두려워할 이유가 없거든. 봤지? 민중에게는 삶 자체가 해악이었고, 어디를 가나 손해여서 다른 길이 없어. 사방을 둘러봐도 아무것도 없어. 단지 사방에서 들려오는, '멈춰!' 소리만 있을 뿐이야!"

"맞는 말이야!"

스테판이 고개를 끄덕이며 맞장구를 치고 바로 덧붙였다.

"이분이 아까부터 짐 걱정을 하고 계셔."

표트르는 능청스럽게 어머니에게 눈짓을 보내고 걱정하지 말라는 듯 손을 흔들며 다시 이야기를 시작했다.

"걱정하지 마세요! 다 잘 될 겁니다, 어머니. 여행 가방은 제가 보관하고 있어요. 아까 스테판이 와서 어머니에 대해 이야기를 해주었어요. 역시 이 일을 하고 계시고, 아까 그 사람과 아는 사이더라고 말이죠. 그래서 제가 '조심해, 스테판! 이런 중요한 일은 함부로 떠벌리는 게 아냐' 하고 충고를 해주었습니다. 아주머니도 우리를 한눈에 알아보셨을 겁니다. 정직한 사람의 얼굴은 어디에서든 눈에 띄는 법이거든요. 솔직히 거리에 나가 봐도 그런 얼굴은 흔하게 볼 수 없어요. 여행 가방은 제가 잘 보관하고 있어요."

표트르는 어머니 옆에 자리잡고 앉아 눈을 빤히 바라보면서 말을 이었다.

"만약 여행 가방을 어떻게든 처리하고 싶으시다면 우리도 기꺼이 도와드릴

용의가 있습니다. 우리에게도 책이 필요하거든요."

"우리한테 다 주고 싶다고 말씀하셨어!"

스테판이 한마디 거들었다.

"최고입니다, 어머니! 모든 걸 우리가 알아서 하겠습니다!"

스테판은 벌떡 일어나 웃음을 터트리며 빠른 걸음으로 집 안을 왔다 갔다 하다가 만족스러운 듯 말했다.

"이 문제는 아주 단순합니다. 한 곳에서 탁 잡아채서 다른 곳에서 매듭지면 되거든요, 아주 좋아요! 어머니, 신문은 아주 유용해서 스스로 알아서 일을 한답니다. 사람들 눈을 밝게 만들죠. 지식인급 주인들이야 물론 좋아할 리 없겠죠. 저는 여기서 7베르스타 정도 떨어진 어느 부인 집에서 목수로 일하고 있는데, 정말 좋은 분이어서 가끔 읽어보라며 책을 줄 때가 있어요. 읽다 보면 정신이 번쩍 들어요. 정말 고마운 부인임에는 틀림없습니다. 언젠가 한 번은 제가 책과 신문을 읽어보라고 드린 적이 있는데 어지간히 기분이 상했던 모양입니다. 바로 이렇게 말하더라고요. '집어치워, 표트르! 순진한 어린애들이나 할 일이야. 그런 일을 하면 고통만 당하고 결국 기다리는 건 감옥살이 아니면 시베리아 유형이라고!'"

표트르는 잠시 생각에 잠겨 뜸을 들이다 다시 말을 이었다.

"어머니, 말해주세요. 아까 그 사람은 친척뻘이라도 되는 사람입니까?"

"아뇨, 잘 모르는 사람이에요."

어머니가 대답했다.

표트르는 그럴 줄 알았다는 듯 미소를 지으며 고개를 뒤로 젖혔다. 그러고 보니 어머니는 르이빈에 대해 어울리지 않게 너무 '낯선 사람'이라고 하지 않았나 싶어 마음에 걸려 덧붙여 설명했다.

"친척은 아니지만 오래전부터 알고 지내는 사이로 친오라비처럼 존경하는 사람이지요."

적절한 말을 찾지 못해서 화가 난 어머니는 조용히 나오는 신음을 억제하지 못했다. 애처로운 정적이 농가를 가득 채웠다. 표트르는 고개를 한 쪽 어깨에 파묻고, 숱이 적어 좁고 날카로운 수염은 우스꽝스럽게 한쪽으로 튀어나와 있어, 혀를 내밀고 놀리는 사람의 그림자를 만들며 벽에 흔들리고 있었다.

스테판은 탁자 위에 팔꿈치를 괴고서 손가락으로 연신 탁자를 두드렸다. 그의 아내는 어둠 속에서 벽난로에 바짝 기대 서 있었는데, 어머니는 그 아내의 두 눈이 자신을 향하고 있음을 직감하였다. 검게 그을린 계란형 얼굴에 오똑한 코, 잘린 듯한 짧은 턱이 눈에 띄었다. 푸른 눈에는 신중함과 날카로움이 느껴졌다.

"친구라는 뜻이군요."

표트르가 조용히 말했다.

"정말 대단한 사람이더군요. 자신의 가치를 알고 있는 사람이에요. 타티아나, 당신은 늘⋯⋯."

"그 사람 결혼은 했어요?"

타티아나가 그의 말을 가로챘다. 그리고 다시 작고 얇은 입술을 굳게 다물었다.

"부인과 사별한 홀아비랍니다." 어머니가 슬픈 표정으로 대답했다.

타티아나가 작은 목소리로 빈정댔다.

"그래서 그 사람이 용감했군요. 아내가 있는 사람이 그런 길을 가겠어요? 벌벌 떨겠지."

"나보고 하는 소리요? 나는 아내가 있는데 모든 일이⋯⋯."

표트르가 설명했다.

"됐어요, 그만해요!"

여인은 눈도 돌리지 않고 입술을 삐죽거리며 대답했다.

"그런데 당신은 뭐죠? 늘 말만 앞서고 어쩌다 책 한 권 읽을까 말까 하고서. 스테판과 구석에 숨어서 속닥거리는 것이 사람들한테 무슨 소용이래요?"

"내 말을 솔깃해서 듣는 사람이 얼마나 많은데!"

자존심이 상했는지 농부가 조용히 나무랐다.

"그래도 여기선 내가 누룩과 같은 존재인데, 말을 그렇게 함부로 하면 안 되죠."

스테판이 자기 아내를 말없이 바라보더니 다시 고개를 숙였다. 타티아나가 물었다.

"남자들이 결혼하는 이유가 뭐죠? 일할 여자가 필요하기 때문이라고들 하던데 무슨 일을 해야 하죠?"

"그 정도면 됐어! 더 해야겠어?"

스테판이 심기가 불편하다는 듯 잘라 말했다.

"이 따위 일에 무슨 의미가 있나요? 어차피 매일 굶주리며 사는 건 마찬가지 아닌가요? 애들이라도 태어나면 애들 돌보느라 시간이 없고, 애 키우는 일을 해봐야 빵 조각 하나 누가 주는 법이 없으니……."

주인 여자는 어머니 옆에 자리를 잡고 앉아서 불평도 슬픔도 아닌 말을 고집스럽게 했다.

"아이 둘이 있었죠. 첫째는 두 살 때 끓는 물에 데어서 죽었고, 둘째는 지긋지긋한 집안일을 하느라 사산했어요. 무슨 낙이 있겠어요? 내 말은, 남자들은 쓸데없이 왜 결혼을 하냐 말입니다, 제 손만 묶는 일인데. 그냥 자유롭게 살면서 모든 사람에게 필요한 일을 하고, 진실을 위해 곧바로 공개적으로 나아갈 수 있었을 텐데 말입니다. 제가 틀린 말을 했나요, 어머니?"

"그래요, 다 맞는 말이오."

어머니가 맞장구를 쳤다.

"옳은 소리요. 삶을 견디고 살자면 달리 방법이 없겠죠."

"바깥양반 있으세요?"

"죽었어요. 아들 하나 있어요."

"어디에 있죠? 함께 사시나요?"

"옥살이 중입니다."

어머니가 대답했다.

이런 말을 할라치면 매번 처량했지만 이번만큼은 은근히 뿌듯했다.

"이번이 두 번째라오. 하느님의 진리를 이해하려고 태어나서 몸을 사리지 않고 세상에 널리 씨를 뿌린 때문이죠. 아들놈은 아직 어린데 총명하고 아주 잘생겼어요. 신문 발행을 계획해서 미하일 이바노비치가 일을 시작하도록 도왔답니다. 나이가 두 배도 넘는 미하일 같은 사람에게 말이죠. 바로 그 일로 잡혀 들어가 옥고를 치르고 있는데, 만약 시베리아 유형에 처해지면 탈출해서 하던 일을 계속하게 될 겁니다."

말을 하면 할수록 어머니의 마음속에는 자부심이 커져, 영웅의 모습을 만들어내려 하다보니 말 표현이 필요했다. 어머니가 그날 직접 목격했던 무감각한 공포와, 수치심을 모르는 잔인함 때문에 겪은 우울한 사고를 어머니는 무언가 좋고 밝은 일로 상쇄할 필요가 있었다. 건강한 영혼이 이렇게 요구되자 본

능적으로 굴복하여, 어머니는 순수하고 밝게 빛나는 일이 눈에 보이면 모두 참여했다. 그리고 그 일을 눈부시고 순수한 불길 위에 쌓아 놓았다.

"벌써 그런 사람들은 이 땅에 많이 태어났건만 앞으로도 더욱 많은 이들이 태어나, 모두가 함께 죽는 그날까지 민중의 자유와 진리를 위해 일어설 겁니다."

어머니는 더는 주저하지 않고, 비록 이름은 입에 올리지 않았지만 탐욕의 사슬로부터 민중을 자유롭게 하기 위한 은밀한 운동에 대해서 아는 대로 이야기했다. 정말 소중한 사람들에 대해 이야기하면서 충격적인 삶으로부터 깨우친 끝없는 사랑을 온 마음을 다해 이야기에 쏟아 부었다. 어머니는 자신의 기억 속에 일어나는 인물들에게 따뜻하게 현혹되었다.

"온 세상과 모든 도시를 운동의 물결이 쓸고 지나치고 있어요. 사실 선한 사람들의 힘을 재고 평가하기란 어려운 일입니다. 물결은 더욱 거세져서 승리의 그 순간까지 더욱 높아갈 것입니다."

말에 전혀 거침이 없었다. 어머니는 실에 온갖 구슬을 꿰듯 피와 오욕으로 물든 지난 세월의 흔적을 단번에 씻어 버리고 싶었다. 어머니는 이야기를 듣는 농부들이 그 말이 미치는 곳에 마치 뿌리를 내린 나무처럼 꼼짝 않고 서서 넋을 잃고 자신을 쳐다보고 있다는 사실을 알았다. 옆에 앉은 여인의 숨소리가 고르지 않게 들렸다. 이 모든 것으로 인해 어머니가 사람들에게 했던 약속의 힘은 시간이 갈수록 강해졌다.

"비참한 삶을 살아가고 있는 사람들과 빈곤과 불의에 신음하던 사람들이, 배부른 자들과 그들의 아첨꾼들을 물리치고 있어요. 민중을 위해 감옥에서 죽음의 고통을 달게 받으려 하는 이들을 위해 우리는 떨쳐 일어서야 합니다. 비록 고난의 길이 되겠지만 무엇이 과연 민중의 행복을 보장하는 길이 될지에 대해 솔직하게 이야기를 할 것입니다. 그렇다고 강요는 하지 않습니다. 그렇지만 한 번 그들 곁에서 보면 절대 그들을 버릴 수가 없을 거예요. 옳은 길이 어떤 길인지, 우리의 갈 길이 어떤 길인지 직접 눈으로 확인할 수 있을 것이기 때문입니다."

오래전부터 꿈꾸던 일을 성취한 기쁨이 너무나도 컸다. 지금 이 순간 진실에 대해 사람들에게 이야기를 하고 있다.

"그런 사람들과 함께라면 가지 못할 곳이 없습니다. 작은 일에 만족해서 가던 길을 멈추지는 않는 사람들이거든요. 모든 기만과 악과 탐욕을 물리치는 날까지 전진할 거예요. 결코 구경만 하지는 않을 겁니다. 전체 민중이 하나가 되어 한 목소리로, '나는 주권자로서 만인의 평등을 위한 법을 만드노라!' 외치는 그날까지."

말을 하느라 지친 어머니는 잠시 입을 다물고 주위를 둘러보았다. 더는 말이 필요 없었다. 어머니를 바라보는 눈에는 어떤 기대감이 느껴졌다. 표트르는 팔짱을 끼고서 인상을 쓰고 있었다. 그 때문인지 엷은 미소가 뺨에서 파르르 떨렸다. 스테판은 한 손을 탁자 위에 올려놓고 윗몸을 앞으로 쭉 내밀고서 어머니의 말에 귀를 기울였다. 그림자가 내려앉은 얼굴이 한결 멋져 보였다. 그의 아내는 어머니 옆에 앉아 시종일관 몸을 숙이고 자기 발만 내려다보았다.

"정말 지당하신 말씀입니다."

표트르가 속삭이듯 말하고서 긴 의자에 털썩 주저앉았다.

스테판이 일어서며 아내를 한 번 힐끔 바라보고 나서 뭔가를 잡으려는 듯 허공에 손을 쭉 내밀었다.

"한 번 시작했으면 죽을 각오를 하고 달려들어야지, 암!"

"그렇고말고. 뒤를 돌아보면 안 돼!"

"사방으로 이 일이 확산되고 있어." 스테판이 말했다.

"전국 방방곡곡으로 퍼질 거야." 표트르가 덧붙였다.

두 사람은 모두 어둠 속에서 발로 더듬어 걸어가는 남자들처럼 말했다.

어머니는 벽에 등을 기댄 채, 고개를 뒤로 젖히고 다른 사람들의 말에 귀를 기울였다. 타티아나가 일어나 주위를 둘러보더니 다시 자리에 앉았다. 농부들의 얼굴을 바라보는 어머니의 눈에서 불만에 가득한 싸늘함이 느껴졌다.

"말씀을 듣고 보니 제가 얼마나 한스러운 삶을 살아왔는지 조금이나마 이해할 수 있겠군요."

"두말하면 잔소리죠."

어머니가 거들었다

"말씀을 어찌나 잘하시던지 머리가 아닌 가슴으로 말씀하신다는 생각을 했어요. 정말 대단하세요. 그런 사람들과 그들의 삶을 살짝 엿보기라도 했으면 좋으련만! 저 역시 글을 알아서 책을 읽을 때면 많은 생각을 하게 됩니다. 밤을 꼬박 새워가며 책을 읽은 적도 있어요. 그렇지만 무슨 소용이 있어요? 생각을 하지 않으면 헛된 삶을 사는 건 불을 보듯 뻔한데."

말을 하는 그녀의 두 눈에서 냉소가 느껴졌다. 팽팽해진 줄을 잡아당기듯 위태로웠다. 농부들은 여전히 아무 말도 하지 않았다. 바람이 유리창을 더듬고서 지붕 위에서는 지푸라기 소리를 냈으며, 굴뚝으로부터 흐느끼는 듯한 이상한 소리가 들리기도 했다. 마지못해 그러는 듯 이따금 빗방울이 창문을 두드렸다. 남포등 불꽃이 꺼질 듯 흔들리며 눕더니 다시 살아나 방 안을 밝혔다.

"어머니의 말씀을 듣고, 인간이라면 과연 무엇을 위해 살아야 할지 깨닫게 되었어요. 그런데 이상한 점은, 말씀을 듣고 있자니 모든 상황이 전혀 낯설지가 않다는 겁니다. 한 번도 들어본 적 없고 생각을 해본 적도 없는데 말이죠."

"타티아나, 무얼 좀 먹고 불을 이제 꺼야 하지 않을까? 불이 켜져 있는 걸 보고 사람들이 수군거리면 우리야 상관없지만, 손님에게 혹시 해가 되지 않을까 해서······."

스테판이 천천히 말했다.

타티아나가 자리에서 일어나 벽난로 쪽으로 걸어갔다.

"다 맞는 소리야! 이제 정신을 똑바로 차려야 해. 전단이 나돌기 시작하면 이젠······."

표트르가 웃으며 말했다.

"나야 체포된다 해도 대수로운 일도 못 되지."

타티아나가 탁자로 다가와 말했다. "좀 비켜 봐요!"

표트르는 일어나 비켜서서 그녀가 식탁보 씌우는 모습을 보며 말했다. "우리 형제들의 가치는 금전 수십, 수백 냥과도 바꿀 수 없을 만큼 굉장한 거야."

어머니는 왠지 그가 가엾게 느껴졌고 그럴수록 마음에 들었다.

어머니가 다시 입을 열었다.

"그런 판단은 그다지 옳게 생각되지 않네요. 누구든 피 이외에는 아무것도 필요로 하지 않는 사람들이 내리는 평가에 동의해서는 안 돼요. 스스로 자신의 가치를 알아야만 합니다. 절대 적들을 위해서가 아니에요. 친구들을 위해서죠."

"우리에게 대체 어떤 친구들이 있다는 겁니까?"

농부가 조용히 소리쳤다.

"민중에게는 친구가 있어요······."

"있긴 있되 여기에 없어서 문제 아닙니까?"

스테판이 생각에 잠겨 반문했다.

"그렇다면 여기서도 만들면 되죠"

스테판이 잠시 생각에 잠겨 있다가 조용히 말했다.

"네, 그러면 되긴 할 텐데……."

"식탁으로 오세요!"

타티아나가 어머니를 이끌었다.

어머니의 말에 잔뜩 의기소침해 있던 표트르가 저녁을 먹으면서 다시 활기를 띠며 빠르게 말했다

"어머니, 사람들의 눈에 띄지 않게 내일 아침 일찍 여기를 떠나셔야 좋을 것 같습니다. 시내 쪽 말고 다음 역으로 출발하세요. 역마차를 타셔야 해요."

"왜? 내가 모셔다 드리면 되지."

스테판이 말했다.

"그러면 안 돼! 만약에 어머니가 자네 집에서 잤느냐고 물으면—'잤다.' '그녀가 언제 떠났나?' '그녀가 떠나는 걸 보았다.' '아하, 그랬다고? 그럼 감옥으로 가세!' 이렇게 될 거라네, 이해가 가나? 감옥에 가는 걸 서둘러서는 안 되지. 누구에게나 차례가 있어. '때가 되면 황제도 죽는다' 하잖아. 또 다르게 말할 수도 있어. 그 부인이 하룻밤 신세를 지고 말을 빌려 떠났고, 누군가가 마을을 지나다가 마을의 누군가와 잤다, 그럼 얘기는 아무 일도 없이 끝나게 되지."

"표트르, 두려워하는 법을 어디서 배웠죠?"

타티아나가 비아냥거리는 투로 물었다.

그러자 표트르가 무릎을 탁 치며 소리쳤다.

"남자라면 모름지기 모르는 게 있어서는 안 돼요! 두려워할 줄 알아야 진정 용감해질 수 있는 것이지. 신문 때문에 바가노프가 경찰에게 끌려가 얼마나 고초를 겪었는지 기억하잖아? 바가노프 그 사람은 이젠 억만금을 준다고 해도 다시는 신문을 손에 들지 않을 거야. 어머니, 저를 믿으세요. 제가 아주 재주가 많은 사람입니다. 그건 누구나 다 아는 사실입니다. 책과 전단을 감쪽같이 뿌릴 수 있습니다. 우리는 물론 배움도 짧고 겁도 많지만 이제 눈을 크게 뜨고 주변에서 일어나는 일을 똑바로 바라볼 때가 됐어요. 책이 우리에게 주는 답은 간단해요. 문제가 어디에 있는지 생각하고 사고하라! 배움이 짧은 사

람이 배움이 긴 사람보다 더 많이 이해하는 경우도 있습니다. 배운 사람이 배까지 부를 때는 점입가경이라고 할 수 있죠. 안 가본 데가 없이 다니면서 많이도 보았는데, 별 게 없어요. 어떻게든 산 입에 거미줄이야 치겠어요? 그런데 웅덩이 속에 주저앉아 살지 않으려면 비범한 머리가 필요합니다. 관헌도 농부들로부터 추운 바람이 불어오는 것만큼이나 쥐 냄새를 잘 맡아요. 농부들이 잘 웃지도 않고 사교성이라고는 없어서 관헌이라면 이제 지긋지긋해 합니다. 최근에 여기서 그리 멀지 않은 스몰랴코보에서 무슨 일이 있었냐 하면, 관헌에서 세금을 거두겠다고 사람들을 파견했는데 농부들이 들고 일어났어요. 급기야는 경찰서장이 직접 나서야 하는 상황이 벌어졌죠. '네놈들은 다 개새끼들이야! 지금 하고 있는 짓이 황제에 대한 반역이란 걸 알기나 해?'라고 소리쳤어요. 거기서 스피바킨이라는 농부가 이렇게 대꾸를 했답니다. '빌어먹을, 그 황제에게나 가 버려! 달랑 남은 속옷까지 벗겨가는 판국에 황제가 뭐야?' 대단하지 않습니까, 어머니? 결국 스피바킨은 감옥에 끌려갔지만 지금 아이들까지도 그 말을 외우고 다녀요. 그 말을 외칩니다! 그리고 아마도 우리 시대의 말은 사람보다 나을 겁니다. 사람들은 생계를 꾸려가는 일에 집어 삼켜져서 바보가 되어 죽습니다. 그렇다고요."

표트르는 먹지도 않고 단지 빠르게 속삭이며 말했는데, 그의 짙고 악동 같은 눈이 명랑하게 빛났다. 그는 시골 생활에서 보고 들은 수많은 사소한 일들을 어머니 앞에서 거침없이 재빠르게 이야기했다. 마치 가득 찬 돈지갑에서 동전이 좌르르 쏟아지는 것만 같았다.

"좀 먹으면서 이야기 해요."

스테판이 몇 번이나 먹기를 권했다.

그러면 표트르는 빵조각과 숟가락을 집어들긴 하는데 여전히 먹을 생각은 않고 방울새가 노래를 부르듯 그렇게 이야기에 열을 올렸다. 마침내 식사가 끝나자 자리에서 일어나며 말했다.

"이제 집에 갈 시간이네요."

표트르는 어머니의 손을 잡고 고개를 끄덕이며 말했다.

"어머니, 안녕히 주무세요! 어쩌면 이게 마지막일지도 모르겠네요. 하여튼 참 좋았다는 말씀은 드리고 싶어요. 만나 뵙게 되고 유익한 이야기를 들을 수 있어서 너무 좋았습니다. 대단하세요. 여행 가방 속에 전단지들 말고 다른 건 없나요? 숄? 숄이라니, 정말 대단하십니다. 스테판, 꼭 기억해 둬! 곧 가방을 갖다 드릴 겁니다. 가지, 스테판! 그럼 이만, 행운을 빕니다."

사람들이 빠져나가자 바퀴벌레가 기어 다니고, 지붕 위로 바람이 휘몰아쳐서 굴뚝의 작은 덮개를 두드리고 가랑비가 단조롭게 창문을 때리는 소리가 귀에 들려왔다. 타티아나가 부엌과 헛간에서 가져온 옷가지들을 긴 의자에 깔아 어머니의 잠자리를 만들어 주었다.

"호탕한 사람이군요."

어머니가 말했다.

안주인이 어머니를 곁눈질로 바라보며 대답했다.

"말소리가 커서 늘 가까이서 말하는 것 같죠."

"그럼 바깥양반은 어때요?"

"보통이죠. 좋은 사람이고, 술을 입에도 안 대고, 사람들과도 잘 지내요. 특별할 게 없는 사람이에요. 그런데 한 가지, 마음이 약해서 그게 탈이죠."

안주인은 자세를 고치고서 잠시 아무 말도 하지 않고 있다가 물었다.

"이런, 요즘 시대가 원하는 게 뭐죠? 지금 절실한 건 사람들의 항거죠? 물론이죠! 다들 생각은 있지만 속으로만 하고 있는 모양이에요. 소리를 내야만 할 텐데……. 그러기 위해서는 누군가 먼저 나설 결심을 해야겠죠."

안주인은 자리에 앉더니 불쑥 이런 질문을 던졌다.

"말씀 좀 해주세요. 젊은 아가씨들도 이런 일을 하나요? 노동자들을 찾아다니며 책을 읽어줘요? 혹시 수다스럽다거나 겁이 많고 그렇진 않나요?"

어머니의 대답을 귀담아듣더니 깊은 한숨을 내쉬었다. 그리고 고개를 숙이고 다시 입을 열었다.

"어떤 책에서 '의미 없는 삶'이란 말을 읽은 적이 있어요. 나는 이 말뜻은 바로 이해할 수 있었죠. 그런 삶을 잘 알고 있거든요. 생각은 있되 서로 관련을 맺지 못하고, 목동이 없는 양 떼처럼 저마다 따로 노는, 그렇다고 한데 모을 이유도 그럴 사람도 없는, 그렇고 그런 삶, 이게 바로 의미 없는 삶이 아니던가요? 정말 벗어나고 싶지, 그냥 그런 삶에 묻혀 살고 싶지는 않아요. 희미하게 뭔가를 이해는 할 것 같은데 아무것도 할 수 없는 데서 오는 무력감이 정말 고통이 되는 모양이에요."

어머니는 여인의 공허한 푸른 눈빛에서, 야윈 얼굴과 목소리에서, 그 고통을 읽을 수 있었다. 어루만져 주고 위로해 주고 싶었다.

"당신은 벌써 뭘 해야만 하는지 다 알고 있군요."

타티아나가 가만히 어머니의 말을 잘랐다.

"사람은 능력이 있어야지요. 잠자리를 마련했어요. 좀 누우세요."

타티아나는 벽난로로 다가가 무엇에 홀린 사람처럼 가만히 서 있었다.

어머니는 옷도 벗지 않고 잠자리에 들었다. 온통 쑤시지 않는 데가 없고 너무나 고단해서 절로 신음이 입 밖으로 새어 나왔다. 타티아나가 불을 껐다. 오두막에 짙은 어둠이 차면서 그녀의 단조로운 목소리가 들렸다. 마치 숨이 막히는 어둠 속에서 뭔가를 살살 긁는 듯했다.

"기도를 하지 않으시네요. 저 역시 하느님의 존재를 믿지 않아요. 기적도 없고요."

어머니는 긴 의자 위에서 불안하게 몸을 뒤척였다. 한없이 깊은 어둠이 창문을 통해 집 안을 엿보고, 사각거리는 소리가 들릴 듯 말 듯 정적을 깨뜨렸다. 어머니는 속삭이는 목소리로 입을 열었다.

"신에 관해서는 아는 바가 없지만 그리스도는 믿죠…… 그리스도의 말씀도 믿고…… 네 이웃을 네 몸같이 사랑하라는 가르침도 나는 믿는다오."

타티아나는 아무 대꾸도 하지 않았다. 어둠 속에서 까만 벽난로 때문에 잿빛으로 희미하게 가물거리는 그녀의 모습이 보이는 듯했다. 꼼짝도 하지 않고 있었다. 어머니는 무거운 마음으로 눈을 감았다.

"아들의 죽음을 생각하면 신이건 인간이건 용서할 수 없어요, 결코!"

어머니는 이 말을 듣고 가슴이 너무 아파서 그대로 잠을 청할 수가 없었다.

그래서 조용히 일어나 앉았다.

"아직 젊으니까 아이는 또 가질 수가 있을 거요."

어머니는 부드럽게 위로의 말을 건넸다. 잠시 뒤 여인이 속삭였다.

"아뇨! 다시는 아이를 가질 수 없다고 의사가 말하던 걸요."

쥐 한 마리가 마루를 내달렸다. 뭔가 깨지는 듯한 소리가 어렴풋이 들려서 정적이 깨졌다. 가을비가 야윈 손바닥으로 지붕을 더듬는 모양이었다. 초가지붕을 때린 큰 물방울들이 땅바닥에 떨어지며 음산한 소리를 내어 깊어가는 가을밤의 정취가 더할 나위 없었다. 발소리가 길 쪽에서 들리는가 싶더니 어느새 현관에서 멈췄다. 어머니의 졸음이 달아났다. 문이 조심스레 열리고 누군가의 속삭이는 음성이 들렸다.

"타티아나, 벌써 잠들었어?"

"아직요."

"어머니는 주무셔?"

"그런 것 같아요."

잠깐 불꽃이 번쩍이더니 금세 어둠 속에 묻혔다. 농부가 어머니에게 다가와 염소 가죽으로 지은 담요를 발까지 골고루 덮어주었다. 농부의 단순한 자상함에 가슴이 찡했다. 어머니는 감았던 눈을 뜨고 빙그레 웃었다. 스테판이 말없이 옷을 벗고 다락방으로 기어 올라갔다. 다시 조용해졌다.

12

어머니는 잠에 취한 정적의 부드러운 술렁임에 귀를 기울였다. 눈앞에 피투성이가 된 르이빈의 얼굴이 어른거렸다.

다락방에서 속닥거리는 소리가 들렸다.

"이 일을 어떤 사람들이 하고 있는지 잘 봤죠? 고통이란 고통은 이미 다 경험하고서 나이든 사람들까지도 이 일에 뛰어들고 있어요. 이젠 좀 쉬어도 될 텐데. 당신은 젊고 똑똑해요, 스테판!"

"무턱대고 달려든다고 능사는 아니야!"

남자의 굵은 목소리가 대답했다.

"전에도 그 소리를 하더니만."

말소리가 끊어졌다가 다시 스테판의 목소리가 들렸다.

"자, 이렇게 해야 해! 당신은 먼저 농부들을 하나하나 만나야 해. 마코프나 올레샤 같은 사람들. 올레샤는 글 좀 알잖아. 물론 덕분에 경찰에게 호되게 당한 적이 있긴 하지만. 쇼린도 있고 머리가 비상한 세르게이도 있고, 크냐제프도 정직하고 용감하잖아. 이 정도면 제대로 사고 한 번 칠 수 있지 않겠어? 그리고 어머니가 말한 사람들도 만나봐야겠어. 이제 나는 시내에 가서 장작을 패주고 돈을 좀 마련해야 할까봐. 당신은 이 문제를 조심스럽게 다루어야 해. 인간의 가치는 인간 자신이 부여한다고 하던 어머니의 말이 생각나. 옳은 소리야. 당신이 높은 가치를 차지하면, 그 가치를 당신 자신에게 놓아두어야 한다는, 그런 문제라고. 그 농부를 봐! 당신은 그를 신 앞에까지 데려가 세워 둘 수 있고, 말할 것도 없이 경찰서장 앞에 세워 둘 수도 있어. 그는 굴복하지 않겠지. 그는 자신의 것을 완고하게 나타낸다고. 거기에 빠져들었기 때문이야. 그리고 니키타, 왜 그의 명예가 갑자기 꺾인 걸까? 놀라운 결과 때문에? 아니야, 만일 사람들이 호의적으로 무언가를 함께 시작하려 한다면, 그들은 모든 이를 자신들의 뒤에 질질 끌고 갈 거라고."

"친절하게! 그들은 사람을 우리 눈앞에서 때리고, 우리는 그저 입만 크게 벌리고 서 있지."

"우리는 잠깐만 기다리면 돼. 그리고 우리 손으로 사람을 때리지 않은 데 대해 신에게 감사해야만 해. 사람을 때릴 권리를 가진 사람은 없어. 맞아, 정말 그래. 가끔씩 관리들이 우리에게 사람을 때리도록 강요하면 우리도 그땐 어쩔 수 없겠지만. 아마도 우리는 동정심 때문에 울기도 하겠지. 그래도 때리지 않나. 사람들은 덜 추악해지려고 용기를 내는 일이 없지. 그러면 그들은 죽게 돼. 그들은 우리에게 '너는 내가 원하는 대로 늑대가 되든, 돼지가 되든 해라.' 명령을 하지만, 사실 사람이 되라는 명령은 금지되어 있어. 그리고 용감한 사람은 그들이 곧장 쫓아내서 다음 세상으로 보낸다네. 하지만 아니지. 우리는 많은 사람을 위해 용감해져서 무슨 일이 있어도 언제든 일어설 수 있어야만 한다는 말이야."

스테판은 한참을 속삭였는데, 목소리가 작아져서 어머니는 더는 알아들을 수가 없었다. 그러다 다시 목소리가 커지는가 싶더니 이내 아내의 만류가 이어졌다.

"말소리를 낮춰요, 어머니가 깨시겠어요."

어머니는 깊은 잠에 빠졌다. 꿈도 꾸지 않고 마음껏 잤다. 새벽 어스름이 오두막의 창문을 들여다보고 마을 위로 구릿빛 교회 종소리가 울려 퍼지며 차가운 정적을 흔들 때쯤 해서, 어머니는 타티아나가 깨우는 소리에 눈을 떴다.

"사모바르를 올려놨어요. 새벽이라 쌀쌀하니까 잠도 깨실 겸 차 한 잔 들고 출발하세요."

스테판은 턱수염을 쓸어내렸다. 시내에서 어머니를 찾을 수 있는 방법을 물었다. 얼굴에서 어떤 의지가 엿보여서 어머니는 좋은 인상을 받았다. 차를 마시며 그가 말했다.

"정말 기적이 따로 없어요."

"무슨 말이죠?"

타티아나가 물었다.

"우리가 만나게 된 것 말이야. 정말 우연찮게……."

어머니는 생각에 잠겨 있다가 자신감 넘치는 어조로 말했다.

"일은 놀라울 만큼 모든 게 단순하죠."

주인 부부는 어머니와 작별하면서 모든 감정을 드러내고 싶었지만 참고 말도 아꼈다. 대신 정을 듬뿍 담아 진심 어린 염려를 해주었다.

마차를 타고 오면서 어머니는 줄곧 스테판 생각을 했다. 분명 조심스럽게 소리도 크게 내지 않으면서 마치 두더지처럼 열심히 일을 할 테고. 그러면 아내는 여전히 불평을 늘어놓으며, 자식을 잃은 어머니의 분노가 사라지지 않는 한 그녀의 푸른 눈에서 이글거리는 불길은 결코 잡히지 않을 것이다.

르이빈의 피투성이 얼굴과 충혈된 눈빛과 외침이 떠오르면서 어머니는 가슴이 저미어왔다. 사나운 짐승 앞에 던져진 먹잇감의 고통스러운 무력감이 이보다 더할까? 시내까지 오는 동안 내내 헝클어진 머리와 찢긴 옷과 포박당한 두 손, 진실에 대한 믿음으로 불타오르던 르이빈의 두 눈이 머리를 떠나지 않았다. 날씨마저 짓궂던 그날에 보았던 르이빈의 모습은, 늘 무력하게 땅 위에 점점이 박혀 있는 시골 마을들의 배경과 겹쳐졌다. 마음이 약한 탓에 진리의 날이 오기만을 숨어 기다리지 않으면, 아무런 희망도 없이 그저 일생을 살아야 하는 것이 우리의 인생이다.

어머니에게는 삶이란 경작하지 않은 언덕배기 들판으로, 경작자들을 기다리며 자유롭고 정직한 사람들의 손에 알찬 수확을 쥐어주겠다고 약속한다는 생각이 들었다.

'내게 진리와 이성의 씨를 뿌려 영양을 주소서! 백 배의 수확을 돌려 드리겠나이다.'

어머니가 저 멀리로 시내의 지붕들과 탑들을 바라보았을 때, 따스한 기쁨이 어머니의 불안하고 지친 가슴에 활력을 주고 편안하게 해주었다. 생각에 사로잡힌 사람들의 얼굴이 어머니의 기억 속에 불빛처럼 반짝였다. 기억 속의 인물들은 그때그때 끊임없이 완벽하고 확실하게 생각의 불길을 타오르게 하고 온 땅에 불꽃들을 뿌렸다. 어머니의 영혼은 조용한 희망으로 넘쳐서 어머니가 지닌 힘을 이 사람들에게 모두 주었다. 어머니가 그들에게 준 사랑은 그들의 생각에 의해 깨어나서 활기를 얻고 두 배가 된 사랑이었다.

집에 도착하니 니콜라이가 머리카락이 부스스한 채로 두 손에 책을 들고 문을 열어주었다.

"벌써 다녀오세요?"

그가 반갑게 소리쳤다.

"빨리도 다녀오셨네요! 기뻐요, 아주 기뻐요."

니콜라이의 눈이 안경 너머에서 부드럽고 생기 있게 반짝였고, 애정 어린 미소를 지으며 어머니가 외투를 벗도록 도와주었다.

"어제 저녁에 여기서 가택 수색이 있었는데, 보이시죠? 이유가 뭘까 생각했어요. 혹시 어머니께 변고가 생기지 않았나 걱정했어요. 다행히 어머니는 체포되지 않았군요. 어머니께서 잡히셨으면 저를 이렇게 가만 놔두었겠어요?"

니콜라이는 어머니를 식당으로 이끌면서 흥분한 목소리로 말을 이었다.

"그런데 직장에서 쫓겨나게 생겼어요. 크게 화를 낼 일도 아니죠. 말을 소유하지 않은 농부의 수나 파악하는 일에 정말 진절머리가 나던 참이거든요."

집 안은 마치 발작을 일으킨 힘센 장사가 벽을 밖에서 안으로 밀고 흔들어놓은 것처럼 엉망이었다. 벽에 걸려 있던 초상화들이 바닥에 떨어져 뒹굴고, 벽지는 다 찢기고, 마루 널빤지가 하나 뽑혀 있고, 창문턱은 떨어져 나갔다. 게다가 부엌 바닥엔 여기저기 재가 흩어져 있었다. 어머니는 전에도 당해본 일이라서 눈앞에 펼쳐진 광경이 낯설지가 않았다.

식탁 위에는 차갑게 식은 사모바르와 씻지도 않은 접시들과 먹다 남은 소시지, 종이에 싼 치즈 조각들, 빵 부스러기가 묻어 있는 책들이 너절했고, 게다가 사모바르용 숯이 한가운데 자리를 차지하고 있었다. 어머니가 빙그레 웃자 니콜라이도 따라 웃었다.

"제가 진작 치웠어야 하는데, 괜찮아요! 신경 쓰실 거 없어요. 또 한 번 들이닥칠 거 같아서 그냥 놔두었어요, 사실은. 그건 그렇고 다녀오신 일은 어땠어요?"

갑작스런 질문에 가슴이 뜨끔했는데, 그것은 순전히 르이빈에 대한 생각 때문이었다. 왠지 가슴이 떨려 르이빈의 이야기를 선뜻 꺼낼 수가 없었다. 한 가지라도 빠뜨리면 어쩌나 하는 마음에 되도록 차분하게 그 놀랍고 당황스러웠던 사건에 대한 이야기를 털어놓았다.

"르이빈을 잡아갔어."

니콜라이의 얼굴이 일그러졌다.

"정말요? 어떻게요?"

어머니는 그의 질문이 이어질까봐 손짓으로 제지하고, 마치 판사 앞에서 고문에 대한 불만을 호소하는 피의자처럼 말을 이어갔다. 몸을 뒤로 젖히고 의자에 앉아 있던 니콜라이는 얼굴이 새파랗게 질려 이를 악물었다. 천천히 안경을 벗어 식탁 위에 올려놓더니 마치 보이지 않는 거미줄이라도 떼려는 듯 얼굴을 두 손으로 거칠게 훑었다. 얼굴은 일그러질 대로 일그러졌고 광대뼈는 더욱 두드러졌으며 콧구멍이 벌름거렸다. 어머니는 여태껏 그렇게 절망적인 얼굴을 본 적이 없었다.

어머니의 자초지종 이야기를 들은 니콜라이는 자리에서 일어나 두 손을 호주머니에 찔러 넣고 한동안 말없이 방 안을 서성거렸다. 그러다가 불안증을 억누르고 눈에 고통의 빛을 띠며 어머니의 얼굴을 들여다보았다. 그의 얼굴빛은 거의 침묵 상태였고 어머니는 말없이 눈물만 흘렸다.

"그는 빼어난 사람이었는데, 귀족이에요! 옥살이가 아마 쉽지만은 않을 거예요. 그런 종류의 사람들에겐 모르긴 몰라도 감옥살이가 불행일 테니까요."

어머니의 앞에서 걸으면서 니콜라이는 울리는 목소리로 외쳤다.

"물론, 경찰 간부나 경찰들 모두가 별 볼 일 없는 사람들이죠. 그들은 똑똑한 악당의 손에 달라붙어 있어요. 그렇지만 나는 짐승을 죽여서 아예 야수로 만들 작정이에요!"

니콜라이는 흥분을 억제하려고 애썼지만 어머니는 그 흥분을 감지했다. 다시 그는 방 안을 성큼성큼 가로질러 걸으면서 분노하여 말했다.

"얼마나 무서운지 보세요! 어리석은 사람들이 서로 모여서 사람들에게 치명적인 힘으로 저항하여 폭력을 휘두르고, 억압하고, 모든 사람을 탄압하고 있어요. 야만족들은 빠른 걸음으로 성장합니다. 그래서 잔혹성이 삶의 법이 되고, 나라 전체가 부패하지요. 생각해 보세요! 한쪽에서는 때리다가 짐승으로 변해요, 그래서 벌받는 데에도 면역이 되고요. 게다가 고통에서 오는 자극적인 탐욕으로 병들게 합니다. 이런 병은 노예 같은 마음 자세와 짐승 같은 습관에서 나온 힘을 자랑하려는 자들의 구역질나는 병이죠. 또 어떤 사람들은 복수에 대한 희망을 품고 독 같은 폭력에 중독됩니다. 또 어떤 사람들은 폭력에 몸이 망가져서 바보가 되거나 장님이 되지요. 그들이 나라를 망치고 병들게 한다고요!"

니콜라이는 말을 멈추고 팔꿈치를 문설주에 기대었다. 두 손으로 머리를 움켜쥐고 침묵하며 이를 악물었다.

"당신도 모르는 사이에 이 짐승 같은 삶에서 스스로 짐승이 되고 맙니다."

애처로운 미소를 흘리며 니콜라이는 어머니에게로 다가와 손을 쥐고 물었다.

"어머니의 여행 가방은 어디 있죠?"

"부엌에!"

어머니가 짧게 대꾸했다.

"지금 문밖에는 첩자들이 숨어 있어요. 전단을 몰래 빼돌리기가 불가능해요. 그렇다고 마땅히 숨길 데도 없고. 낌새를 보니 오늘 밤 다시 들이닥칠 모양이에요. 이건 순전히 제 생각인데…… 공들여 놓고 이미 잃어버린 일에 미련이 있기는 하지만 전단을 다 태워 버리면 어떨까요!"

"뭐라고?"

"모든 것이 가방 속에 들어 있죠."

어머니로서는 그런 니콜라이의 반응을 이해할 만했다. 서운한 감도 없지 않았지만 어쨌든 성공적으로 임무를 완수했다는 자부심에 자신도 모르게 얼굴에 미소가 흘렀다.

"아무것도 없어. 단 한 장도 남지 않았어."

어머니는 점점 신이 나서, 르이빈이 떠난 뒤에 동정심 많은 농부들의 손에 전단을 넘겨준 자초지종을 이야기했다. 니콜라이는 이야기를 들으면서 처음엔 불안한 듯 인상을 쓰다가 놀라며 마침내 소리쳤다.

"최고예요! 닐로브나, 아세요?"

니콜라이가 어머니의 손을 힘주어 잡으며 당황해서 말을 더듬거렸다.

"어머니께서는 인간의 해방에 대해 굳게 믿으셔서 저를 감동시켰어요. 어머니의 영혼이 그렇게 훌륭해요. 단지 제 친어머니를 사랑해 드리지 못한 까닭에 어머님을 사랑합니다."

어머니는 니콜라이의 목을 안고 행복하게 흐느껴 울며 그의 머리에 키스했다.

니콜라이는 새로운 기분에 불안해서 나지막이 말했다.

"아마 제가 괜한 소리를 하고 있는지도 모르지만, 솔직히 말하면 당신은 아름다운 사람이에요, 닐로브나, 그래요!"

"사랑하는 니콜라이, 나도 사랑해. 내 영혼과 내 마지막 핏방울까지 다해서 너를 사랑해!" 어머니는 뜨거운 기쁨의 물결에 숨이 막힌 듯한 표정으로 말했다.

두 사람의 목소리는 떨리는 하나의 말로 섞여서, 두근거리는 느낌으로 사람들의 마음을 사로잡는 듯했다.

"어머니에게는 크고 부드러운 힘이 있어요. 그 힘이 사람의 마음을 자기도 모르게 당신에게로 이끌리게 합니다. 어쩌면 그렇게 선명하게 사람들을 묘사하고 또 그렇게 사람을 알아보세요!"

"나는 그대들 인생을 안다오, 이해하고 있어, 사랑하는 니콜라이!"

"사람들은 어머니를 사랑해요. 사람을 사랑하는 일은 그렇게도 놀랍고 대단하지요, 훌륭해요!"

어머니는 열에 들떠서 니콜라이의 머리를 쓸어내리며 속삭였다. "사랑하는 니콜라이, 나는 당신이 할 일이 많이 쌓여 있어서 그만큼 인내심도 필요하다는 걸 알고 있어. 당신의 힘은 쓸데없이 소모되어서는 안 돼. 당신의 힘이 삶에 꼭 필요하니까. 다른 어떤 일이 일어났는지 잘 들어봐. 어떤 여자가 있었지, 한 남자의 여자가."

니콜라이는 어머니의 옆자리에 앉아 좀 당황한 기색으로 그의 행복한 얼굴을 갸우뚱 옆으로 기울이고서 자기 머리카락을 쓰다듬었다. 그리고 곧 그는 어머니를 돌아다보며 머리를 긁적였고, 어머니의 간결하면서도 열정적인 이야기에 귀를 기울였다.

"기적 같은 성과예요!"

니콜라이가 소리쳤다.

"어머님이 감옥에 들어가게 될지도 몰라요, 갑자기…… 그래요, 결국 농부들도 동요하기 시작했고, 자연스런 현상이죠. 우리는 마을을 위해 특별한 사람들이 필요하거든요. 사람들 말이에요! 우리는 정말 사람이 부족해요. 우리의 삶이 그걸 요구하고 있죠."

"이런 때 파샤나 안드류샤가 옆에 있다면 좋으련만!"

어머니가 나직한 목소리로 탄식했다.

니콜라이가 어머니를 보고 고개를 떨구며 말했다.

"닐로브나, 솔직히 말을 꺼내기 좀 거북하지만 그래도 말씀드려야만 하겠습니다. 제가 파벨을 잘 아는데, 아무래도 탈옥하지 않을 겁니다. 재판을 원할 겁니다. 그렇게 할 수 있는 한 최선을 다해보겠다는 마음이죠. 결코 피하지 않을 거예요. 물론 그럴 필요도 없고요. 아마 시베리아에 가서야 도망치겠죠."

어머니는 긴 한숨을 몰아쉬고 나서 조용히 대답했다.

"나도 잘은 모르지만, 어떻게 해야 최선인지 파샤가 잘 알아요."

"고맙습니다, 닐로브나! 저는 방금 대단한 순간을 맛보았습니다. 아마도 제 인생의 가장 좋은 순간입니다. 고맙습니다! 이제 서로 행복하게 힘찬 키스를 나눠요!"

그들은 서로 눈을 바라보며 포옹하고 동지애를 나누듯 키스했다.

"훌륭해요!" 니콜라이는 부드럽게 말했다.

어머니는 니콜라이의 목에 두른 그녀의 손을 풀고서 조용하고 행복하게 웃었다.

잠시 뒤 니콜라이가 말했다.

"말씀하신 농부들이 어서 찾아왔으면 좋겠어요. 아시겠지만, 르이빈에 대한 전단을 만들어서 시골에 배포해야 합니다. 그렇게 용감해야만 그 사람을 더욱 강하게 만들 수 있습니다. 오늘 제가 쓰고 류드밀라가 신속하게 인쇄를 할 겁니다. 문제는 어떻게 시골로 가져가느냐는 것입니다."

"내가 가져가면 되지!"

"그건 안 될 말씀입니다. 제 생각에 그런 일에는 베솝시코프가 적격입니다. 그런데 아닌가요? 한번 말이나 해볼까요?"

"그러지. 말만 잘하면 괜찮을 거 같은데."

"제가 잘할 수 있을까요?"

"너무 걱정할 것 없소."

니콜라이는 앉아서 글을 쓰기 시작했다. 식탁을 치우며 살짝 보니까 새카맣게 종이를 메워나가는 그의 손이 펜과 함께 떨렸다. 가끔 목에서 경련이 이는지 머리를 뒤로 젖히고서 눈을 감고는 했는데, 감동스러운 장면이었다.

"그들을 혼내줘야 해! 그 악당들을 동정해서는 안 돼!" 어머니는 숨을 죽이며 조그맣게 말했다.

니콜라이는 일어서며 말했다. "그쪽이에요! 준비됐어요! 전단물을 어머님 몸어딘가에 숨기세요. 그렇지만 헌병들이 들이닥치면 어머니까지도 수색할 테니 각오하세요!"

"그런 녀석들은 개들이나 데려가라지!" 어머니는 작은 소리로 대답했다.

저녁 때 의사 이반 다닐로비치가 찾아왔다.

"관헌들이 갑자기 왜 이렇게 설치지?"

방 안을 서성이며 이반이 중얼거렸다.

"간밤에 일곱 집이나 가택 수색을 당했다더군. 환자는 어디 있어?"

"어제 나가서 아직 돌아오지 않았어. 알겠지만 오늘은 독서 모임이 있는 토요일이라 빠질 수가 없다고 하더군."

"아니, 바보 아냐? 그런 깨진 머리를 해가지고 책을 읽겠다니!"

"만류해봤지만 소용없었어."

"우쭐대고 싶었던 게죠. '친구들, 날 좀 봐. 나는 피를 흘렸어'라고 말이야."

어머니가 한마디 거들고 나섰다. 의사는 어머니를 보고 사나운 인상을 쓰더니 입술을 깨물며 말했다.

"우웩! 피에 굶주리셨어!"

"이반, 여기 있어야 별 도움이 안 되니까 이만 돌아가요. 우린 지금 손님을 기다리는 중이니까. 닐로브나, 이 사람한테 제가 드린 종이를 주세요."

"새로 작성한 건가?"

"가서 인쇄소에 넘겨요."

"알았소, 받아가서 배포하겠어. 그럼 된 건가?"

"응. 대문 앞에 첩자가 있어."

"봤어. 우리 집도 마찬가지야. 잘 있게! 사나운 아주머니도 안녕히 계세요! 참, 이봐, 공동 묘지에서 있었던 일이 잘 마무리된 거 알고 있지? 시내 전체가 그 일로 떠들썩했어. 그 일에 대해 자네가 쓴 전단이 아주 훌륭했어. 시기도 좋았고. 좋은 투쟁이 나쁜 평화보다는 훨씬 낫다고 내가 입버릇처럼 말하잖아."

"옳아. 어서 가봐!"

"예의바르기는! 악수나 해요, 닐로브나. 그건 그렇고 그 젊은이는 바보 같은 행동을 했어. 그가 어디 사는지 알아?"

니콜라이가 주소를 적어 주었다.

"내일 다녀와야겠어. 좋은 젊은이야, 그렇지?"

"그렇고말고."

"그를 잘 보살펴 주어야 해. 아주 건강한 머리의 소유자거든."

의사가 집을 나서며 말했다.

"그런 젊은이들이 나중에 진정한 프롤레타리아 인텔리겐치아가 되어야 해. 계급 갈등이 분명히 없는 곳을 향해 떠날 때 남자들이 우리를 대신해야지."

"오늘 왜 그렇게 말이 많아, 이반?"

"기분이 좋아서 그래. 딴 이유 없어. 자, 가야겠네. 감옥 갈 날만 기다리고 있지? 그 안에서 편히 쉴 수 있길 바라네."

"고맙긴 한데, 나 피곤하지 않거든!"

노동자들을 진심으로 걱정하는 둘의 대화를 듣고 있자니 어머니는 너무나도 흐뭇했다.

의사를 보내고 니콜라이와 어머니는 밤에 오기로 되어 있는 손님들을 기다렸다. 니콜라이는 유형 생활을 한 동지들 이야기를 했다. 그중에는 이미 탈출해서 현재 다른 이름으로 활동하고 있는 이도 있었다. 빈 벽에 그의 목소리가 메아리쳤다. 마치 자유의 위대한 사업에 자신을 바친 이름 없는 영웅들의 믿을 수 없는 이야기에 놀라기라도 한 것 같았다.

따스한 밤 그림자가 일면식도 없는 사람들에 대한 사랑으로 가슴에 불을 지피며 한 여인을 부드럽게 감싸 안자, 그 여인의 상상 속에서 그 사람들은 끊임없이 남성미가 넘치는 거대한 인간의 모습으로 연합되었다. 이 거인은 지치지도 않고 천천히 세상의 온갖 거짓 곰팡이를 걷어내고 사람들에게 단순하지만 명백한 삶의 진실을 벗은 그대로 드러내며 땅 위를 성큼성큼 걸어 다녔다. 위대한 진실이 죽음에서 사람들을 일으켜 세우고, 세계를 겁주어 노예로 만들었던 괴물 삼형제, 즉 탐욕과 악과 거짓으로부터 진정한 해방을 약속해 주었다. 그 모습은, 살아오며 기회가 많지는 않았지만, 기쁨과 감사의 기도를 성상 앞에서 드릴 때 받았던 은혜와 같았다. 오래 전의 일이라 기억은 가물거렸지만 은혜의 감정만큼은 남아 지금도 영혼 깊은 곳에서 무엇보다 밝게 타올랐다.

"헌병들이 오늘은 안 오는군!"

니콜라이가 이야기를 하다가 불쑥 외쳤다.

어머니는 그를 보고 잠시 침묵을 지키고 있다가 치미는 분노를 참지 못하고 소리쳤다.

"오, 잘됐지, 오면 개들에게나 보내야 해!"

"물론 그렇죠? 주무셔야죠. 모르긴 해도 고단하실 거예요. 정말 정정하세요. 그렇게 많은 어려운 일을 겪으면서도 아무렇지도 않게 견뎌내시는 걸 보니. 물론 새치는 많이 느셨어요. 가서 쉬세요."

그들은 서로 손을 꼭 잡았다가 놓았다.

13

어머니는 곧 조용히 잠 속에 빠져들었다가, 아침 일찍 나지막이 부엌 문 두드리는 소리에 놀라 잠을 깼다. 아직도 어둡고 고요하건만 집요하게 두드리는 소리가 위험을 알리듯 정적을 깨트렸다. 황급히 옷을 주워 입은 어머니는 재빨리 부엌으로 달려나가 문 앞에서 물었다.

"누구요?"

"문 여시오!"

조용한 목소리가 간청하듯 말했다.

어머니가 빗장을 벗기고 발로 문을 밀자, 이그나트가 명랑하게 말하며 안으로 들어왔다.

"휴, 제대로 찾아왔네."

그는 허리까지 진흙투성이였는데, 얼굴은 창백했고 눈은 충혈되고 곱슬머리는 모자 밑으로 삐져나와 제멋대로 헝클어져 있었다.

"한바탕 난리가 났었습니다." 이그나트가 등 뒤로 문을 걸어 잠그며 속삭였다.

"나도 알고 있어."

그러자 젊은이가 깜짝 놀라 눈을 껌뻑이며 물었다.

"어떻게 아셨죠?"

어머니는 묻는 말에 짧게 대답하고 서둘러 물었다.

"나머지 두 명도 잡혀 갔나?"

"다행히 몇 명이 자원 입대를 해서 자리에 없었기 때문에 미하일 르이빈 아저씨를 포함해서 다섯 명이 잡혀 갔어요."

이그나트는 코로 한숨을 크게 내쉬고 웃으며 말했다.

"그리고 저만 남았어요. 아마 저를 찾느라고 혈안이 되어 있을 겁니다. 나를 볼 테면 보라지요. 저는 거기에 다시는 돌아가지 않아요, 아무것도 볼 게 없으니까. 거기에는 전혀 다른 사람들이 있더군요, 일곱 명 정도 되는 사람들과 젊은 처녀 한 명. 신경 쓰지 마세요! 다 믿을 만한 사람이니까."

"어떻게 여길 찾았소?"

어머니가 물었다. 방문이 조용히 열렸다.

"저요?"

긴 의자에 앉아 주위를 둘러보며 이그나트가 크게 말했다.

"일이 있기 몇 분 전에 꼬마 하나가 창문을 두드리면서 놈들이 오고 있다고 알려주었어요."

이그나트는 풀어 헤친 옷자락으로 얼굴을 훔치며 웃으면서 말을 이었다.

"미하일 아저씨는 쇠망치로 후려쳐도 꿈쩍도 하지 않을 분이에요. '이그나트, 시내로 어서 뛰어가! 일전에 오셨던 아주머니 기억하지?' 그리고 쪽지를 써주셨어요. '거기로 가! 안녕, 형제들' 하며 제 등을 밀더군요. 저는 오두막에서 뛰쳐나와 숲 속을 기었어요. 발소리와 왁자지껄한 소리가 사방에서 들렸어요. 그 주변에 그들이 많이 있는 것 같더라고요. 바스락거리는 소리를 사방에서 들을 수 있었어요, 타르 주변에 이는 거품같이. 전 관목 아래 누워 있었는데 제 옆으로 지나갔어요. 저는 이때다 싶어 뒤도 안 보고 뛰었죠. 이박삼일을 쉬지 않고 걸었습니다. 발이 일주일 동안은 아플 거예요."

스스로 만족스러운지 그의 갈색 눈엔 미소가 흐르고 불그레한 입술은 약간 떨렸다.

"차를 곧 내올게. 사모바르를 준비하는 동안 좀 씻어."

"쪽지 먼저 받으세요."

이그나트는 가까스로 발을 들어 의자 위에 올리고 신음을 내며 다리의 붕대를 풀기 시작했다.

"겁이 나서, '나는 가망이 없어'라고 생각했어요."

그때 니콜라이가 문에 나타났다. 이그나트는 당황해서 발을 방바닥에 떨어트렸다가 올리려 했지만 뜻대로 되지 않아 하던 말을 멈추고 긴 의자에 털썩 주저앉았다.

"가만히 앉아 있어!" 어머니가 소리쳤다.

"안녕하세요, 동지!" 니콜라이는 눈을 찡그리면서 선량한 표정으로 고개를 끄덕였다. "내가 도와줄게."

농부 앞에 무릎을 꿇고 바닥에 앉아 니콜라이는 그 더럽고 축축한 붕대를 풀어주었다.

"이런!" 니콜라이는 발을 뒤로 끌어당기면서 놀라 눈을 깜박거리며 조용히 소리쳤다. 그는 어머니를 줄곧 쳐다보고 있었다. 어머니는 그의 시선을 의식하지 않았다.

"양쪽 다리를 알코올로 깨끗이 문질러 닦아야겠어."

"물론이죠." 니콜라이가 말했다.

이그나트는 당황해서 코를 킁킁거렸고, 니콜라이는 쪽지를 찾아 펼친 뒤 들여다보고서 그 구겨진 회색 종이를 어머니에게 건넸다.

"당신에게 보내는 쪽지예요."

"읽어봐요."

'어머니, 모든 일을 빠짐없이 돌봐주어야 해요. 키 큰 처녀에게 말하세요, 우리가 일하는 이유에 대해 그들이 더 많이 쓰도록 하라고. 부탁드릴게요. 르이빈에게도 안부 전합니다, 안녕, 르이빈.'

"사랑하는 내 아들!" 어머니는 슬프게 말했다. "그들은 이미 그의 목을 붙잡은 거야, 그래서……."

니콜라이는 천천히 손을 내려 쪽지를 집어들었다.

"참 아름답구먼! 감동적이기도 하고 교육적이기도 하고." 니콜라이는 느릿느릿 경의를 표하며 말했다.

이그나트는 맨발을 더러운 손으로 매만지며 흔들고 두 사람을 바라보았다. 어머니는 눈물이 흐른 얼굴을 애써 감추고 세숫대야에 물을 떠와서 바닥에 앉아 이그나트의 발에 손을 뻗었다. 이그나트가 깜짝 놀라 발을 의자 밑으로 숨겼다.

"왜 그러세요?"

"발 어서 이리 내."

"가서 알코올을 가져오겠습니다."

니콜라이가 말했다.

이그나트가 발을 의자 밑으로 더욱 깊숙이 밀어 넣으며 투덜댔다.

"어떻게 하려고요? 그렇게 하면 안 되는데."

어머니는 대꾸하지 않고 나머지 신발도 벗기기 시작했다.

이그나트의 둥근 얼굴이 놀란 표정 때문에 길어졌다. 그는 어쩔 줄 몰라 눈을 크게 뜨고 주변을 둘러보았다.

"왜 이러세요, 간지러울 텐데!"

"참을 수 있을 거야." 어머니가 대답하고 그의 발을 씻기기 시작했다.

이그나트는 큰 소리로 콧방귀를 뀌고, 겁에 질린 채 목을 움직거리면서 어머니를 내려다보고 우스꽝스럽게 아랫입술을 늘어트렸다.

"그런데 그들이 미하일 이바노비치를 때린다는 걸 알고 있수?" 어머니는 떨듯이 말했다.

"뭐라고요?" 농부는 두려운 듯이 소리쳤다.

"응. 끌고 올 때부터 만신창이가 되어 있었다오. 니콜스코예에서도 하사에게 맞고 서장에게 맞아서 피가 다 났어."

"충분히 그럴 수 있는 놈들이에요!"

젊은이가 인상을 쓰며 말했다. 어깨가 떨렸다.

"저도 두려워요. 마귀가 따로 없어요. 농부들이 때리진 않았죠?"

"때린 사람이 있었어. 서장이 명령을 내렸거든. 또 폭력은 안 된다며 나서는 이들도 있었고."

"네에, 농부들도 이젠 어디에, 누가, 왜 서 있는지를 깨닫기 시작했어요."

"생각이 있는 사람들이 있더군."

"어디엔들 그런 사람들이 없겠어요? 워낙 수가 적어 찾기 힘들어서 그렇죠."

니콜라이는 알코올 통을 가져다주고 사모바르에 석탄불을 조금 지피고서 말없이 방을 나갔다. 그가 나가는 모습을 이상하게 바라보던 이그나트가 궁금한 듯 어머니에게 속삭였다.

"귀족인가요?"

"우리 일에 그런 구분은 없어. 다 동지일 뿐이야."

"참 신기하네요."

이그나트가 회의적이면서도 당황한 투로 말했다.

"뭐가 신기해?"

"그냥요. 한쪽에서는 당신 얼굴에 주먹을 날리고 다른 한쪽에서는 당신 발을 씻기잖아요, 그럼 중간에는 뭐가 있을까요?"

문이 열렸다. 문지방에 서서 니콜라이가 대답했다.

"중간에는 주먹질을 한 이에게 아첨하고 당한 사람에게서는 피를 빼먹는 사람들이 있지. 중간이란 바로 그런 거요."

이그나트는 존경스러운 눈으로 바라보면서 입을 다물고 있다가 다시 말을 이었다.

"그럴듯하네요!"

젊은이가 자리에서 일어나 제자리걸음을 몇 번 해보고서 말했다.

"담금질이 잘된 쇳덩이 같아요. 감사합니다."

세 사람은 식탁에 앉아 차를 마셨다. 그 자리에서 이그나트가 믿음직한 목소리로 운을 뗐다.

"저는 신문 배달을 했어요. 걷는 데 자신 있거든요."

"읽는 사람이 많은가?"

니콜라이가 물었다.

"글을 알면 다 읽죠. 부자들도 읽는데요, 뭐. 물론 우리한테서 가져가지는 않지만요. 대지를 피로 씻고 있는 이들이 바로 지주와 부자 발 아래 깔려 있는 농민들이라는 사실을 아마 잘 알고 있을 거예요. 농민 스스로 토지를 분배하고 더는 지주도 일꾼도 존재하지 않는 세상이 오게 될 겁니다. 아니면 투쟁이 왜 필요하겠어요?"

이그나트는 화가 난 듯 의심이 가득한 표정이었다. 심지어 니콜라이를 보는 눈에도 경계의 빛이 역력했다. 니콜라이는 말없이 웃기만 했다.

"세상이 서로 싸워서 승자와 패자가 갈린다면, 내일 또 똑같이 부자와 가난한 자로 나뉘게 되겠죠. '이젠 됐습니다' 말할 수 있겠어요? 재물은 바람에 날리는 모래와 같아서 가만 있지 못하고 이리저리 날리게 되리라는 것을 우리는 잘 알고 있지 않습니까? 그렇다면 도대체 뭘 어떻게 해야 하나요?"

"화내지 마!"

어머니가 농담조로 말했다.

"어떻게 하면 좀더 빨리 르이빈 체포에 관한 전단을 그곳에 보낼 수 있을까요?"

생각에 잠겨 있던 니콜라이가 입을 열었다.

"전단이 있어요?"

이그나트가 잔뜩 긴장해서 물었다.

"물론."

"저를 주세요, 제가 가져가죠."

젊은이가 손을 비비며 제안했다. 어머니는 눈길도 주지 않고 그저 미소만 지었다.

"조금 전에 이젠 지쳤고 무섭다고 하지 않았던가?"

"두려움은 두려움으로 이기고, 일은 일로 이겨야죠. 왜 비웃죠, 네?"

"아직 애야!"

어머니는 너무 흐뭇해서 나오는 웃음을 참기 힘들었다. 따라 웃는 이그나트 역시 민망하기는 마찬가지였다.

"사실 그렇죠, 뭐."

니콜라이가 눈웃음을 치며 이그나트에게 말했다.

"자네가 거기로 가게 되지는 않을 거야."

"왜요? 그럼 저는 어디로 가죠?"

이그나트가 걱정스럽게 말했다.

"다른 사람이 가게 될 텐데, 뭘 어떻게 해야 할지 잘 설명해주도록 해. 알았지?"

"알겠습니다."

뭔가 좀 꺼림칙하다는 투로 이그나트가 대답했다.

"자네에게는 적당한 신분증을 만들어 주고 산림 간수 일을 주선해주도록 할게."

젊은이는 고개를 들고 불안한 듯 물었다.

"그러다가 농부들이 땔감 때문에 산에 올라오면 저는 어쩌죠? 잡아요? 그런 일은 못하는데."

어머니가 웃자 니콜라이 역시 따라 웃었고, 이 때문에 젊은이는 다시 기분이 상했다.

"걱정하지 않아도 돼."

니콜라이가 그를 안심시켰다.

"농부들을 체포하는 일은 없을 거야. 우리를 믿어."

"하는 수 없죠!"

이그나트가 좀 안심이 되는지 웃으며 말했다.

"공장에 취직하고 싶었어요. 그곳에는 똑똑한 사람들만 있다고 해서."

어머니가 일어나 창밖을 내다보며 말했다.

"이게 인생인가 봐. 하루에도 다섯 번 넘게 웃다 울다를 반복하는 것! 이제 다 됐으면 이그나트, 가서 눈 좀 붙이지 그래."

"아직 자고 싶지 않은데……."

"어서 가서 자."

"규율이 엄격하네요. 네, 자러 갑니다. 차 잘 마셨고, 친절하게 대해주셔서 감사합니다."

어머니의 침대에 누우면서 이그나트는 머리를 긁적였다.

"이제 침대에서 타르 냄새가 진동할 거예요. 크게 신경 쓸 일은 아니지만…… 잠이 올 것 같지가 않군요. 아까 중간 계급에 대해 하신 말씀은 아주 옳다는 생각이 들어요."

갑자기 코 고는 소리가 크게 들렸다. 이그나트는 눈썹을 올린 채로 입을 반쯤 벌리고서 잠이 들었다.

저녁 때 이그나트는 지하실에서 베솝시코프와 마주 앉아서 긴장한 얼굴로 이야기를 주고받았다.

"가운데 창문을 이렇게 네 번……."

"네 번?"

베솝시코프가 걱정스러운 듯 물었다.

"처음에 먼저 세 번, 이렇게!"

이그나트는 손가락으로 탁자를 두드리며 셈을 했다.

"하나, 둘, 셋, 그리고 조금 기다렸다가 다시 한 번."

"알겠어요."

"빨간 머리 농부가 문을 열고 산파 때문에 왔냐고 물을 겁니다. 그러면, '네,

공장장이 보내서 왔습니다'라고 대답하세요. 그러면 그쪽에서 다 알아서 할 거예요."

두 사람은 서로 머리를 맞대고 앉아서 이야기를 나누고 있었는데, 두 사람 다 체격이 건장했다. 어머니는 팔짱을 끼고 식탁 옆에 서서 두 사람을 번갈아 바라보았다. 비밀스러운 속임수와 암호, 그리고 이어지는 대답이 왠지 아이들 같아서 마음속에서 웃음이 나왔다.

"아직도 애들일 뿐이야."

벽에 걸려 있는 램프가 바닥에 널브러진 찌그러진 물통과 지붕용 함석 조각들을 비추었다. 곰팡이와 유화 물감의 칙칙한 냄새가 방 안에 가득했다.

두툼한 가을 털외투 차림의 이그나트는 옷이 꽤나 마음에 드는지 연신 옷을 만지작거리면서 싱글벙글했다. 그런 그를 보는 어머니의 가슴이 애틋했다.

'다 자식 같은 애들이야!'

이그나트가 자리에서 일어서며 말했다.

"됐죠? 먼저 무라토프에게 가서 잊지 말고 산파를 청해야 합니다."

"명심하겠습니다."

베솝시코프가 대답했다.

그러나 이그나트는 아직도 니콜라이의 기억력을 믿지 못하는지 되풀이해서 설명하고 암호를 일일이 다짐해 주고 나서 손을 내밀었다.

"안부 부탁합니다. 보면 알겠지만 다 좋은 사람들입니다."

이그나트는 흡족한 표정으로 외투를 만지작거리면서 어머니에게 물었다.

"가도 되죠?"

"잘 찾아갈 수 있겠어?"

"그럼요! 찾고말고요. 안녕히 계세요, 동지들!"

그리고 그는 새로 산 모자를 수탉처럼 멋으로 삐딱하게 쓰고 호주머니에 손을 찔러 넣고 가슴을 힘껏 내밀더니 집을 나섰다. 이그나트의 이마와 관자놀이에 흘러내린 곱슬머리가 바람에 날렸다.

베솝시코프가 가벼운 걸음으로 어머니에게 다가와 말했다.

"저도 이제 할 일이 생겼어요! 얼마나 근질근질하던지……. 그냥 이렇게 숨어 있을 바에는 왜 탈옥을 했나 싶더라고요. 그 안에서는 차라리 배우기라도 하죠. 파벨한테 정말 많은 걸 배웠어요. 정말 유익했어요. 어머니, 그런데 탈옥 건은 어떻게 결정을 봤어요?"

"나도 잘 몰라."

대답하는 어머니의 입에서 저절로 한숨이 나왔다. 베솝시코프가 어머니의 어깨에 손을 얹고는 다정하게 말했다.

"별로 어려운 일이 아니라고 말씀하세요. 어머니 말씀은 다들 잘 듣잖아요. 감옥 가까이에 가로등이 있는데, 맞은편은 텅 빈 공터고, 왼쪽은 공동 묘지, 오른쪽이 시내로 통하는 길이거든요. 점등원이 매일 낮에 와서 등을 닦습니다. 그러니까 사다리를 가로등에 걸치고 기어 올라가서, 줄사다리를 벽 꼭대기 위에 걸어 감옥소 마당으로 던지는 거죠. 그리고 도망치면 그만입니다. 미리 벽 뒤에 사람들을 숨겨 놓고 예정된 시간에 소동을 일으키게 해서 주의를 쏠리게 한 다음, 한 명씩 줄을 타고 담을 넘으면 돼요. 추적은 우선 빈 집터와 공동 묘지에 집중되기 때문에 그들은 시내로 조용히 잠입합니다."

베솝시코프는 어머니의 얼굴 앞에서 재빨리 손짓 발짓을 해가며 자신의 계획을 그려 보였다. 그 계획의 상세한 내용은 명확하고 단순하고 현명했다. 예전에는 음울한 눈빛도 그렇고 꽉 막히고 매사에 서툰 사람이라고 생각했는데, 이제 보니 따뜻한 마음도 있으면서 자신의 일에 확신까지 갖고 있는, 전혀 다른 사람이 되어 있었다.

"성공할 수 있다는 생각을 하루도 거르지 않고 온종일 하게 되면 다른 생각은 할 겨를이 없어요. 감옥이라고 다를 바 있나요?"

"그러다 총에라도 맞으면!"

어머니가 사색이 되어 중얼거렸다.

"총을 누가 쏴요? 군인도 없고 그나마 간수들이 소지하고 있는 권총은 못을 박는 데나 쓸까……"

"그렇다면 아주 어려운 일은 아니겠어."

"준비가 얼마나 철저한지 한번 들어보세요. 어머니는 그대로 전하기만 하면 됩니다. 저는 준비가 다 됐어요. 줄사다리와 걸쇠도 구했고, 이 집 주인장이 점등원이 되어 주기로 말을 맞췄어요."

문 밖에서 누군가의 목소리와 기침 소리, 쇠붙이 소리가 함께 들려왔다.

"오나 보군."

베솝시코프가 말했다.

열린 문으로 함석 목욕통이 들어오고 그와 함께 목이 잠긴 목소리가 들렸다.

"제발 좀 들어가 다오."

잠시 뒤 모자도 쓰지 않은 백발의 둥근 머리가 집 안으로 쑥 들어왔는데, 튀어나온 눈에다 수염이 덥수룩하기는 해도 인상은 좋아 보였다. 그가 면도를 말끔히 한 볼을 한껏 부풀려 가래침을 뱉고서 목이 쉰 듯한 소리로 인사했다.

"안녕들 하십니까?"

"이분한테 한번 물어보세요!"

베솝시코프가 소리쳤다.

"나한테요? 뭘요?"

"탈옥에 대해서……."

"아하!"

시커먼 손가락으로 콧수염을 쓸어내리며 주인이라는 사람이 말했다.

"야코프 바실리예비치, 그게 어렵지 않은 일이라고 말해도 여기 계신 분이 믿지를 않아요."

"음, 믿지 않는다? 그럴 마음이 없으신 게죠. 우리는 원하니까 믿고."

태연히 말을 마친 집주인이 갑자기 허리를 숙이고 심하게 마른기침을 했다. 그리고 가슴을 비벼대면서 방 한가운데 서서 숨을 헐떡이더니 휘둥그레진 눈으로 어머니를 훑었다.

"결정은 파샤와 동지들의 몫이요."

어머니가 말했다.

베솝시코프는 고개를 숙였다.

"파샤가 누구요?"

집주인이 자리에 앉으며 물었다.

"내 자식놈입니다."

"성이 어떻게 되오?"

"블라소프요."

집주인은 고개를 끄덕이더니 담배쌈지를 꺼내 들고 파이프를 빨아들인 다음 칼칼한 목소리로 말했다.

"들은 적이 있소. 내 조카가 그 사람을 알지. 그 애도 감옥에 있는데, 혹시

예프첸코라고 들어보셨소? 내 성은 고둔이요. 곧 젊은 사람들은 죄다 감옥에 가고 우리 같은 늙은이들만의 세상이 오겠지. 헌병이 와서 말하는 걸 들으니, 내 조카가 시베리아로 보내질 거라고 하더군요. 그를 추방한다고, 개새끼들!"

그는 파이프에 불을 붙이고, 마룻바닥에 자주 침을 뱉다가 베솝시코프를 돌아다보았다.

"그래서 어머니는 원하지 않는다고요? 그야 어머니가 알아서 하실 일이지. 인간이란 자유로워서 원하는 대로 느낄 수 있어. 감옥에 앉아 있기가 피곤하면 가고, 가기가 피곤하면 앉아 있어. 강도를 당했나? 그럼 아무 말도 하지 마. 얻어 맞았나? 그럼 참아. 죽었으면 죽은 채로 있어. 그게 확실한 상황이야. 그래서 나는 사브카를 꼭 구해가고 말 거야!" 그가 퉁명스럽게 짖어대는 말은 선량한 천성을 지닌 모순 덩어리라서 어머니는 기겁을 했다. 그렇지만 그의 마지막 말 때문에 어머니는 질투심이 일었다.

차가운 비바람을 맞으며 거리를 걸어가면서 어머니는 니콜라이 베솝시코프 생각을 했다.

'완전히 사람이 변했어!'

그리고 고둔이라는 사람을 떠올리며 거의 기도하는 마음으로 생각해보았다.

'새로운 삶을 살아가는 사람이 나 하나만은 아닌 모양이야! 그런 새 삶을 바라보는 사람들이 더 많아서, 이들의 때를 소각해 버리려면 큰불이 일어나지.'

이런저런 생각을 하고 나니 아들에게까지 생각이 미쳤다.

'탈옥에 동의하면 좋으련만!'

일요일에 감옥소에서 면회를 마치고 파벨과 헤어질 때 어머니는 손에 작은 종이 덩어리가 쥐어져 있는 느낌이었다. 어머니는 종이 덩어리 때문에 손바닥을 덴 것처럼 놀라서 무언가를 묻고 간청하는 눈길로 아들의 얼굴을 들여다보았다. 정말 궁금한 점도 많았건만 아무 대답도 듣지 못했다. 파벨의 푸른 눈은 평소처럼 평범하고 침착하고, 어머니에게 친근한 미소를 보냈다.

"잘 지내!"

어머니가 탄식에 가까운 작별 인사를 했다.

아들이 다시 손을 내밀었다. 표정이 아주 다정스러웠다.

"안녕히 가세요, 어머니!"

어머니는 손도 내밀지 않고 잠시 기다렸다.

"걱정하지 마시고, 너무 언짢아하지 마세요."

아들이 속삭였다.

말과 함께 고집이 있어 보이는 이마의 주름살이 대답을 하는 듯했다.

"무슨 그런 말을 하니? 네가 고생이지."

어머니가 고개를 숙이고 중얼거렸다.

어머니는 서둘러 면회실을 나왔다. 눈물을 보이거나 입술을 떨거나 해서 괜한 걱정을 끼치면 어쩌나 하는 마음에 눈길도 주지 않았다. 거리를 따라 걸어가는데 아들의 답이 적힌 쪽지를 쥐고 있는 손 마디마디가 아프고 어깨를 얻어맞은 것처럼 손 전체가 무거웠다. 집에 돌아와 쪽지를 니콜라이에게 전해주고 그가 펼치기만을 기다렸다. 뭔지 모를 기대감에 전율이 일었다. 드디어 니콜라이가 입을 열었다.

"예상했던 대로예요. 제가 읽어볼게요. '우리는 탈옥하지 않을 것이오, 동지들! 그럴 수도 없습니다. 어느 누구도 원치 않아요. 자신에 대한 존경심을 잃고 싶지 않아요. 최근에 체포된 농부를 보살펴 주세요. 보살핌을 받기에 충분한 사람입니다. 정성을 쏟을 만한 가치가 있다는 말이죠. 여기서 아주 어려움을 겪고 있어요. 교도소 측과 매일 충돌하고 있어요. 24시간 독방 신세를 졌습니다. 아무래도 고문에 죽음을 당하지 않을까 싶어요. 우리도 온 마음을 다해 노력하고 있어요. 어머니께 말씀 잘 해주세요. 어머니도 이젠 모든 걸 이해하시니까요.'"

어머니는 고개를 들고 떨리는 목소리로 말했다.

"나한테 하려는 말이 무엇인지 나는 이해할 수 있어!"

니콜라이는 손수건을 꺼내더니 몸을 돌려 코를 풀고 말했다.

"보다시피 코감기가 걸렸나 봐요."

니콜라이는 안경을 고쳐 쓰기 위해 손으로 눈을 가리고 방 안을 서성이다가 잠시 뒤 입을 열었다.

"보셨다시피 일을 성사하기는 힘든 상황입니다."

"상관없어! 재판을 하게 되겠지."

어머니가 인상을 썼다. 안개처럼 희미한 애절함이 가슴으로 밀려왔다.

"페테르부르크의 동지가 보내온 편지가 있습니다."

"시베리아에서도 탈출은 가능할까? 할 수 있을까?"

"물론이죠! 편지에 따르면 재판이 곧 열린답니다. 결과는 불을 보듯 뻔한데, 유형을 가게 될 거라네요. 아시겠지만, 조잡스러운 사기극이 신성한 재판을 저속한 코미디로 만들고 있어요. 판결은 이미 재판도 열리기 전에 페테르부르크에서 만들어지는 거죠."

"그만하면 됐어, 니콜라이."

어머니가 단호하게 말했다.

"나를 위로할 필요도, 내게 설명할 필요도 없어. 파샤는 일부러 자신이나 다른 사람들을 고통스럽게 만드는 일은 절대 하지 않을 거야. 암! 그런 일은 안 하지! 게다가 이 어미를 얼마나 사랑하는데, 암! 내 생각을 얼마나 하는지 알지? 편지에도 잘 말씀드리고 위로하라고 썼다며!"

어머니는 가슴이 두근거리고 흥분한 때문인지 머리가 어지러웠다.

"정말 멋진 아드님을 두셨어요!"

니콜라이가 전에 없이 큰 목소리로 소리쳤다.

"저는 아드님을 매우 존경하고 사랑합니다."

"자, 이젠 르이빈에 대해서 생각해야지."

어머니가 제안했다.

지금 당장 무슨 일이든지 하고 싶어서, 차라리 지쳐서 쓰러질 때까지 어딘가로 마냥 걷고만 싶었다. 그러고 나서 잠들면 그날의 일은 만족이었다.

"네, 좋아요."

방 안을 계속 서성거리며 니콜라이가 대답했다.

"왜 안 되는 거지? 사샤가 옆에 있으면 좋으련만."

"곧 오겠지. 내가 파샤를 보고 오는 날이면 어김없이 오곤 하니까."

고개를 떨구고 생각에 잠겨 입술을 실룩이고 턱수염을 말면서 니콜라이가 어머니 옆자리에 앉았다.

"누이가 없어서 유감이네요. 르이빈의 일을 해결하러 갔거든요."

"파샤가 그 안에 있는 동안 르이빈 일을 잘 처리하면 그 애한테도 기쁜 일일 거야."

어머니가 말했다.

벨이 울렸다. 두 사람은 서로의 얼굴을 바라보았다.

"사샤예요."

니콜라이가 속삭였다.

"사샤에게 어떻게 이야기할 거야?"

어머니도 속삭이며 대꾸했다.

"음, 글쎄요, 힘들어요."

"사샤가 너무 안됐어."

벨이 그다지 크지 않게 다시 울렸다. 문밖에 있는 사람도 상황을 살피느라 주저하고 있는 게 분명했다. 니콜라이와 어머니가 동시에 자리에서 일어났지만 부엌문에서 니콜라이가 발길을 돌렸다.

"아무래도 어머님께서 말씀하시는 게 낫겠어요." 니콜라이가 말했다.

"그 사람이 동의 안 하죠?"

어머니가 문을 열기가 무섭게 사샤가 물었다.

"안 하더구나."

"그럴 줄 알았어요."

사샤는 아무렇지도 않은 듯 말은 하고 있지만 어느새 얼굴은 창백하게 사색이 되어 있었다. 외투 단추를 풀다가 다시 두 개를 채웠다. 그러니 외투가 벗겨질 리 만무했다. 다시 입을 열었다.

"비에다 바람까지, 정말 구질구질해요. 파벨은 건강하죠?"

"응."

"오직 건강하고 쾌활하기만 하네요."

사샤가 자기 손을 내려다보면서 우울한 목소리로 중얼거렸다.

"르이빈의 탈출을 도우라는 쪽지를 보냈어."

어머니는 사샤에게 눈길도 주지 않은 채 말했다.

"그래요? 이번 계획을 이용하면 되겠네요."

"내 생각도 마찬가지요."

니콜라이가 방에 들어서며 말했다.

"잘 지냈어, 사샤?"

"무슨 문제 있어? 계획이 성공할 거라 모두 동의하지? 나는 그러리라 믿는데."

손을 내밀면서 사샤가 물었다.

"누가 주도를 하느냐가 문제인데, 다들 바쁘다 보니⋯⋯."

"내게 맡겨 줘!"

사샤가 벌떡 일어서며 빠르게 말했다.

"내가 그 일을 할 시간은 좀 있거든."

"알았어. 그렇지만 다른 동지들의 의견도 꼭 물어봐야 해."

"좋아, 물어보지. 지금 당장 가봐야겠네."

사샤는 다시 가는 손가락으로 외투 단추를 꼼꼼히 채웠다.

"좀 쉬지 않아도 되겠어?"

어머니가 물었다.

사샤는 미소를 짓고 가라앉은 목소리로 대답했다.

"걱정 마세요, 저는 피곤하지 않아요."

그리고 두 사람과 악수를 나누고 떠났다. 냉정하면서도 숙연한 모습이었다.

14

어머니와 니콜라이는 창문으로 다가가 마당을 가로질러 대문 밖으로 사라지는 사샤를 지켜보았다. 니콜라이는 조용히 휘파람을 불며 탁자에 앉아 글을 쓰기 시작했다.

"사샤가 이번 일을 열심히 하다 보면 맘이 좀 가벼워질 거야."

어머니가 조용히 말했다.

"네, 맞습니다."

니콜라이가 대꾸를 하고는 돌아서서 어머니에게 웃으며 물었다.

"어머니는 인생의 쓴 맛은 이미 다 보셨죠? 사랑하는 사람으로 인해 가슴 아파 보신 적이 없나요?"

"글쎄."

어머니가 손을 내저었다.

"무슨 고통 말이우? 내가 결혼하고 싶었던 사람이 있었거나, 그런 일로 고통받은 적이 있냐는 말이우?"

"그런데 맘에 드는 사람이 아무도 없었나요?"

어머니는 잠시 생각에 잠겼다가 대답했다.

"사랑하는 애야, 잘 기억이 나지 않아. 맘에 드는 사람이 없을 리가 있나? 누군가는 맘에 들었겠지만 지금은 기억이 나질 않아!"

어머니는 다시 한 번 그를 쳐다보고 슬픈 표정으로 침착하게 간단히 말을 맺었다.

"남편에게 너무 많이 맞아서 그 이전의 기억은 내 영혼에서 다 지워져 버렸어."

니콜라이가 시선을 식탁으로 돌렸다. 어머니가 방을 잠시 비웠다가 돌아오자 그는 다정한 눈길로 바라보며 어머니를 따스하게 쓰다듬듯 지난 옛 추억을 더듬어 이야기했다.

"제게도 사샤처럼 사랑의 추억이 있답니다. 사랑한 처녀가 있었는데, 정말 멋진 사람이었어요. 20년 전에 만나서 사랑했고 사실 지금도 여전히 사랑해요. 앞으로도 영원히 사랑할 겁니다, 영원히!"

그때 니콜라이의 눈을 보니 그 안쪽에서 따스하면서도 밝은 빛이 비치는 듯했다. 의자에 앉아 깍지 낀 두 손으로 팔베개를 하고 있었는데, 호리호리하지만 건장한 그의 몸은 마치 태양을 향해 뻗은 나무줄기와도 같이 꼿꼿했다.

"그럼 결혼을 왜 안 했지? 결혼을 했어야지."

"그 여자 시집 간 지 5년이 넘었어요."

"그 전에 무슨 일이 있었어? 그 처녀가 당신을 사랑하지 않았었나?"

잠시 생각에 잠겨 있던 니콜라이가 어렵게 입을 열었다.

"저를 사랑했어요. 확신해요. 어머니도 아시겠지만 일이 늘상 그렇게 될 수밖에 없어요. 그 사람이 감옥에 가면 내가 나오고 내가 들어가면 그 사람이 나오고, 또 엇갈려 유형을 가기도 하고요. 사샤의 입장과 같았죠. 결국 그 사람은 10년형을 받고 시베리아로 멀리 떠나게 되었죠. 정말 따라가고 싶은 마음은 굴뚝 같았는데, 저도 그렇고 그 처녀도 그렇고 부끄러웠어요. 거기서 남자를 만난 거죠. 제 동지 가운데 한 사람인데 정말 훌륭한 젊은이였어요. 지금은 둘이 외국에서 살고 있어요. 그렇게 됐죠……."

니콜라이는 말을 마치고 안경을 벗어 불에 비추어 보며 꼼꼼히 다시 닦기 시작했다.

"아, 가엾어라!"

어머니는 탄식하며 머리를 저었다. 니콜라이가 너무나도 안쓰러웠다. 동시에 어머니는 왠지 따스하게 어머니다운 미소를 짓지 않을 수 없었다. 니콜라이가 자세를 바로잡고서 펜을 들더니 손을 털어 흔들며 속도의 리듬을 깨트리고 말을 이었다.

"가정생활은 혁명가의 에너지를 저하시킵니다. 항상 감소하게 마련입니다. 애들도 안전하게 돌봐야 하고 먹고살자니 엄청나게 일해야 합니다. 혁명가라면 자신의 모든 에너지를 최소한으로 끊임없이 발휘해서 깊고 넓게 발전시켜야 하거든요. 그러기 위해서는 시간이 필요하고 또 우리는 누구보다 앞장을 서야만 합니다. 왜냐하면 우리 노동자들은 낡은 세상을 무너뜨리고 새로운 삶을 창조할 역사적 소명을 받았기 때문이죠. 만일 우리가 내딛던 발걸음을 멈추거나 지쳐서 쓰러진다면, 혹은 눈앞의 작은 승리에 도취된다면, 운동의 방향을 엉망으로 만드는 악이 됩니다. 혁명가는 어느 한 개인에게 가까이 붙어서는 안 되지요. 다른 개인과도 나란히 걸을 수 없습니다, 평생 동안 말이에요. 자신의 신념을 왜곡해서는 안 됩니다. 그래서 우리는 우리의 목표가 작은 정복에 불과하지 않고 완전한 승리라는 사실을 절대 잊지 말아야 합니다!"

니콜라이의 목소리는 단호해졌고, 얼굴은 창백했지만 두 눈은 그의 특유한 힘으로 타올랐다. 다시 벨소리가 크게 울렸다. 류드밀라가 철에 맞지 않게 얇은 외투를 걸친 때문인지 두 뺨이 새빨갛게 변해서 들어왔다. 낡아 해진 덧신을 벗으면서 곤혹스러운 목소리로 말했다.

"재판 날짜가 정해졌어요. 다음 주랍니다."

"그게 정말이야?"

방 안에서 니콜라이가 소리쳤다.

어머니는 기뻐할 수도 없고 슬퍼할 수도 없는 묘한 흥분을 느끼며 류드밀라에게로 갔다. 류드밀라가 어머니와 보조를 맞추어 비꼬는 소리로 나지막이 말했다.

"네, 정말 그래요! 형사 처벌 변호 차장 쇼스탁이 유죄처럼 취급하는 소송을 제기했어요. 법정에서 그들은 아주 공개적으로 말했지요. 판결은 이미 정해져 있다고요. 그게 무슨 의미죠? 정부가 반정부 운동가들을 너무 헐렁하게 처벌할까봐 두려워한 결과일까요? 정부가 관리들의 부패를 너무 오랫동안 심하게 방관해왔기 때문에 정부는 아직도 설마 자기들이 악당 쪽이 되리라는 확신을 가지지 않은 모양이죠?"

류드밀라는 두 손바닥으로 홀쭉해진 뺨을 비비며 소파에 앉았다. 두 눈에는 경멸의 빛이 뚜렷했고 목소리에는 분노가 점점 짙어가고 있었다.

"뭣하러 흥분해, 류드밀라. 아무리 말을 해봐야 놈들에겐 쇠귀에 경 읽기야!"

니콜라이가 류드밀라의 흥분을 달랬다.

"언젠가는 그들이 내 말을 듣게 할 거야!"

거무스름한 눈 밑이 떨리면서 류드밀라의 얼굴에 불길한 그림자를 던졌다. 그녀는 입술을 깨물었다.

"당신은 나한테 반대하면 돼. 그게 당신의 권리요. 나는 당신의 적이지. 그렇지만 당신의 힘을 변호하려고 사람들을 타락시켜서는 안 돼요. 내가 그들을 무의식적으로 업신여기도록 만들지 말아요. 내 영혼이 당신의 차가운 비웃음에 중독되게 하지는 말라고요!"

니콜라이는 안경 너머로 류드밀라를 보면서, 두 눈을 찌푸리고 고개를 저었다. 그러나 류드밀라는 말을 멈추지 않고 마치 그녀가 혐오하는 사람들이 자기 앞에 있기라도 한 듯 말을 이었다. 어머니는 긴장해서 귀를 기울였다.

아무리 귀를 기울여 들어보려 해도 어머니의 귀에는 한 마디도 들리지 않았다. 자신도 모르게 되풀 중얼거릴 뿐이었다.

'재판이 다음 주에 열려, 재판이!'

어머니는 무슨 일이 벌어질지, 재판이 파벨을 어떻게 처벌할지, 혼자서는 예측할 수가 없었다. 어머니의 머리는 많은 생각으로 뒤죽박죽이 되고 눈앞은 아찔했으며, 몸은 무언가 끈적이는 것이 뒤덮어 춥고 고통스럽게 만들었다. 그런 느낌이 점점 커지면서 핏속으로 스며들어 어머니의 마음을 움켜쥐고 짓눌렀으며, 마음속에 살아 숨쉬는 용감한 모든 것을 중독시켰다.

어머니는 그 고통의 무게에 놀라서 희망을 잃은 채로 하루를 살고, 또 다음 날을 살았다. 그러나 사흘째 되던 날 사샤가 찾아와 니콜라이에게 말했다.

"모든 준비가 끝났어요! 오늘이 그날이에요, 한 시에요!"

"모든 준비가? 벌써?"

니콜라이가 깜짝 놀라 반문했다.

"물론이죠, 왜 안 돼요? 내가 할 일은 르이빈이 피해 있을 장소와 입을 옷을 준비해 놓는 것이고 나머지는 고둔이 다 알아서 할 거예요. 르이빈은 시내 한 구간만 무사히 통과하면 돼요. 시내에서 베숍시코프가 변장을 하고 기다렸다가 옷과 모자를 건네주고 도피 통로를 가르쳐 줄 겁니다. 내가 기다리고 있다가 옷을 갈아입혀 데려가면 그만입니다."

"나쁘지 않은데? 그런데 고둔이 누구죠?"

니콜라이가 물었다.

"본 적이 있잖아요. 그 사람 집에서 당신은 열쇠 수리공과 이야기했었죠."

"아! 기억나요. 그 괴짜 노인!"

"퇴역 군인인데, 지붕 이는 장인이죠. 식견도 풍부하고 모든 강압에 대해 증오심을 갖고 있어요. 어찌 보면 철학자예요!"

말없이 사샤의 말을 듣고 있자니 어머니의 마음 한구석에서는 알 수 없는 무언가가 떠올랐다.

"고둔 씨는 조카를 탈옥시키고 싶어해요, 기억나세요? 예프첸코라고, 대단한 그 대장장이를 좋아했었잖아요."

니콜라이가 고개를 끄덕였다.

"고둔 씨의 계획은 거의 완벽하지만 나는 좀 의심이 가요. 모든 통로가 개방되어 있어서 만약에 벽에 줄사다리가 내려지면 감옥소 수감자들이 보고 너도나도 도망치겠다고 달려들지 않겠소?"

사샤는 눈을 감고 잠시 생각에 잠겼다. 어머니가 사샤에게 다가갔다.

"서로 방해가 될 거야."

세 사람이 모두 창가에 서 있었다. 어머니는 두 사람 뒤에 서 있었다. 두 사람의 빠른 대화 소리를 들으며 어머니의 감정은 훨씬 강해지면서 불편하고 불안해졌다.

"내가 거기로 가야겠어."

어머니가 불쑥 말했다.

"왜요?"

사샤가 물었다.

"안 돼요, 어머님! 어머님은 붙들리고 말아요. 그러면 안 돼요."

니콜라이가 충고했다.

어머니는 그들을 바라보면서 다정하고 고집스럽게 말했다.

"아냐, 내가 가야겠어."

두 사람은 서로 눈짓을 주고받았다. 사샤가 어깨를 으쓱이며 말했다.

"물론, 희망이란 집요하지요!"

사샤는 돌아서서 어머니의 손을 잡고 어머니의 어깨에 고개를 기대고서, 낯설고 간단하면서도 진심이 담긴 목소리로 말했다.

"이런 말씀 드리기는 죄송한데요. 어머니는 헛된 기대를 하고 계세요. 그 사람은 탈옥하지 않을 거예요."

"오, 제발, 나도 데려가 줘. 절대 방해가 되지 않을 거야. 가야만 해. 탈옥이 가능할 거라고 믿을 수가 없어!"

어머니는 겁에 질려 떨면서 사샤를 가슴에 꼭 끌어안았다.

"더는 만류할 수가 없겠네요."

사샤가 니콜라이를 보며 간단히 말했다.

"결정은 알아서 해요."

니콜라이가 고개를 숙이며 대답했다.

"우리는 붙어서 다니면 안 돼요. 어머니는 빈 공터의 정원 쪽으로 가세요. 거기서 감옥의 벽이 보일 거예요. 그러다 사람들이 뭐하고 있느냐고 물으면 어쩌실래요?"

어머니가 기뻐하며 자신 있게 대답했다.

"둘러댈 말은 내가 생각해 볼게!"

"감옥 간수들이 어머니 얼굴을 알고 있다는 사실을 명심하셔야 해요. 만약 간수들이 알아보기라도 하는 날이면⋯⋯." 사샤가 말했다.

"못 알아볼 거야."

어머니가 부드럽게 웃었다.

한 시간 뒤 어머니는 감옥 뒤편 들판에 있었다. 매서운 바람이 불어 외투자락을 날리고 땅을 얼리고, 여인이 지나는 오래된 낡은 정원 울타리를 흔들며 지나 낮은 감옥 담장에 덜커덩거리며 세차게 부딪쳤다. 담장 너머에서 누군가의 외침 소리가 찬바람에 실려 높이 솟구치더니 허공에서 흩어지며 자취를 감추었다. 하늘에는 구름이 서로 경쟁하듯 내달리고 있었고 어쩌다 구름 틈새들 사이로 푸른 하늘이 엿보였다.

뒤편으로는 시가지가, 정면으로는 공동 묘지가 보이고 오른쪽으로 20여 미터 떨어진 거리에 감옥이 위치하고 있었다. 공동 묘지 가까이에는 병사 한 명이 고삐를 잡고 말을 부리고 있었으며, 다른 병사가 그 옆에 서서 큰 소리로 발을 굴렸다. 그 병사는 그러면서 소리를 지르고 휘파람을 불며 낄낄댔다. 감옥 주변에는 그 밖에 아무도 눈에 띄지 않았다. 순간 충동이 일어 어머니는 그들에게로 곧바로 걸어갔다. 그들 가까이 다가간 어머니가 소리쳤다.

"군인 아저씨들! 이 근방에서 염소 한 마리를 혹시 못 보셨소?"

그들 중 한 명이 대답했다.

"못 봤어요."

어머니는 곁눈으로 오른쪽과 뒤쪽을 살피면서 그들을 지나치며 공동 묘지 담장을 향해 천천히 걸어갔다. 갑자기 다리가 후들거리면서 땅에 얼어붙어 버린 듯 발걸음을 뗄 수가 없었다. 감옥 모퉁이 저편에서 등불지기처럼 어깨에 사다리를 멘 곱사등 노인이 걸어 나왔다. 어머니는 놀라서 눈을 휘둥그레 뜨고 얼른 병사들부터 살폈다.

병사들은 한 지점에서 발을 구르고 있었고, 말은 그들 주위를 맴돌고 있었다. 사다리 쪽을 보니 어느새 노인은 담장에 기대어 놓은 사다리를 타고 기어 오르고 있었다. 그는 담장 안을 향해 손짓을 하고는 재빨리 내려와 모퉁이 뒤로 총총히 사라졌다. 바로 그 순간 담장 위로 미하일의 시커먼 머리가 불쑥 튀어 오르고 이어서 몸통이 따라 올라오더니 곧바로 담장을 타고 넘어 아래로 미끄러지듯 떨어졌다. 털모자를 쓴 다른 머리가 미하일의 머리 옆에 보이는가 싶더니 시커먼 덩어리 하나가 땅바닥에 굴러 떨어져 모퉁이 뒤로 자취를 감추었다. 미하일은 허리를 펴고 주위를 살펴보았다.

"뛰어요, 뛰어!"

어머니가 초조하게 발을 구르며 속삭였다.

귀에서 웅웅거리는 소리가 났다. 큰 고함이 어머니에게 들렸다. 세 번째 머리가 담장 위로 올라왔다. 어머니는 가슴에 손을 올리고 보고 있는데 기절할 것만 같았다. 수염은 없고 옅은색 머리카락인 머리가 마치 몸에서 뭔가를 털어 내려는 듯 위로 솟구치더니 곧바로 담장 너머로 사라졌다. 고함이 점점 커지고 활기가 넘쳤다. 바람은 가늘게 떨리는 소리를 허공에 날렸다. 미하일은 담장을 따라 걷다가 어느새 어머니 옆을 스쳐 지나며 감옥과 시내의 집들 사이의 공터를 가로질러 갔다. 그런데 어머니가 보기에 미하일은 너무 천천히 걸으면서 고개를 요령 없이 쳐들고 있었다. '저 사람 얼굴을 본 사람이라면 모두 저 얼굴을 영원히 잊지 못할걸.' 어머니는 속으로 속삭였다.

"서둘러요, 서둘러!"

감옥 담장 너머에서 뭔가가 부딪는 소리와 유리창 깨지는 날카로운 소리가 들렸다. 병사 한 명이 제자리에 꼿꼿이 서서 말고삐를 잡아끌었고, 말은 제자리에서 뛰었다. 다른 병사는 주먹을 입에 대고 감옥을 향해 소리를 지르더니 다시 귀를 쫑긋하고 무언가를 열심히 듣는 고갯짓을 했다.

잔뜩 긴장한 어머니는 고개를 돌려 사방을 살펴보았지만 아무것도 믿을 수가 없었다. 여태껏 복잡하게만 여겨졌던 계획이 이렇게 간단하고 신속하게 이루어지고 나니 바보가 된 기분이 들었다. 르이빈의 모습이 시야에서 사라진 지 오래였다. 긴 외투를 입은 키 큰 사내가 걸어가는데 소녀가 뒤를 따르고 있었다. 모퉁이 뒤에서 간수 셋이 나타나 오른손을 일제히 앞으로 내밀고 뛰는 모습이 보였다. 병사 하나가 그들 앞에서 뛰기 시작했고, 남은 병사는 다루기 힘든 그 말에 올라타려고 바둥거려보지만 말은 계속해서 펄쩍펄쩍 뛰었다. 끊임없이 울리는 호각 소리가 허공을 찢었다. 필사적인 고함에 어머니는 위험을 직감했다. 어머니는 벌벌 떨면서 간수들의 뒤를 쫓아 공동 묘지 울타리를 따라 걸었다. 간수들과 병사는 감옥의 다른 쪽 모퉁이를 돌아 이내 사라졌다. 그들과 일정한 거리를 두고 감옥 부간수가 뛰고 있었는데, 단추가 풀린 외투를 보고 한눈에 알아볼 수 있었다. 어디선가 경찰이 모습을 나타냈고 사람들도 뛰어왔다.

좋은 일이라도 있는 듯 바람이 소용돌이치며 위로 솟구쳐서, 듣기에도 곤혹스러운 고함과 호각 소리를 어머니의 귓전에 전해주었다.

"여기에 항상 있었어요."

"사다리요?"

"그런데 무슨 일이에요? 제기랄!"

"병사들을 체포해!"

"경찰!"

호각 소리가 다시 들렸다. 왁자지껄한 소란에 어머니는 즐거워져서 더욱 대담하게 성큼성큼 걸으며 생각했다. '그래, 가능해. 그는 그렇게 할 수 있었어!'

그렇지만 아들에게도 자부심이 없다면 아들의 고통은 어머니의 마음속에 더는 공감될 수가 없었다. 그래서 오직 아들에 대한 두려움만이 이전처럼 망연자실해질 때까지 가슴을 짓눌렀다.

울타리 너머 모퉁이에서 검은 곱슬 수염의 경찰 두 명이 갑자기 모습을 드러냈다.

"멈춰요!"

경찰 하나가 숨을 헐떡이며 소리쳤다.

"혹시…… 수염이 덥수룩한…… 사내 하나가 뛰어가는 걸 못 보셨소?"

어머니는 울타리 너머를 가리키며 태연하게 대답했다.

"저리로 뛰어가던데, 무슨 일이 있나요?"

"이고로프, 뛰어! 호각을 불어! 오래 됐소?"

"네, 일 분쯤 됐을 걸요."

그러나 호각 소리 때문에 어머니의 목소리가 들리지 않았다. 경찰은 대답도 기다리지 않고 정원 쪽으로 손을 흔들면서 작은 언덕의 흙길을 전속력으로 달려갔다. 그를 따라서 고개를 숙이고 호각을 불면서 젊은 경찰이 내달렸다.

어머니는 그들 뒤에서 고개를 끄덕이며 스스로 만족해서 집으로 갔다. 들판을 벗어나 길로 들어섰을 때 마차 한 대가 그녀의 옆을 지났다. 고개를 들자 한 젊은이가 마차 안에 보였는데, 밝은색 턱수염에 얼굴이 창백하고 지쳐 보였다. 그 젊은이도 어머니를 바라보았다. 그는 비스듬히 앉아 있었다. 그의 어깨가 왼쪽보다 오른쪽이 높이 올라가 있는 까닭은 그의 지위 때문인 게 분명했다.

집에서 니콜라이는 어머니를 즐겁게 만났다.

"살아 있어요? 어떻던가요?"

"거기 상황은 어때요!"

"성공한 것 같은데."

어머니는 세세한 것까지 기억해내려고 애를 쓰며 눈으로 본 탈옥 상황을 이야기했다. 니콜라이도 역시 탈옥 성공에 놀랐다.

"운이 좋았어요!"

니콜라이가 손을 비비며 말했다.

"그렇지만 두려웠어요. 귀신만 알 겁니다! 제 진심이 담긴 충고 기억하시죠? 재판을 두려워 마세요. 재판이 빨라지면 빨라질수록 파벨의 자유는 그만큼 앞당겨지는 겁니다. 유형 길에서도 탈출할 수 있을 테니까. 저희만 믿으세요. 재판이 대개 다 그래요."

니콜라이는 어머니에게 재판 과정에 대해 자세히 들려주었다. 어머니는 그가 무언가를 두려워하면서도 어머니에게 용기를 심어주기 위해 애쓰고 있음을 알았다.

"내가 재판정에서 판사들에게 쓸데없는 소리나 하지 않을까 생각하지?"

어머니가 갑자기 물었다.

"내가 애원할까 봐서?"

니콜라이는 그 순간 마음이 상한 듯 자리에서 벌떡 일어나 어머니에게 손사래를 쳤다.

"무슨 그런 말씀을 하세요? 저를 모욕하지 마세요!"

"나를 용서해, 용서해! 혹시 내가 모르는 사실이 있을까봐 두려워."

어머니는 더 아무 말 없이 방 안을 두리번거렸다.

"그놈들이 파샤를 모욕하고 괴롭히지는 않을까 하는 생각이 자꾸 들어. '이봐, 촌놈. 무지렁이 촌놈, 뭔 꿍꿍이속이 있는 거야'라고 비아냥거리면서 말이야. 자존심이 강한 아이니 분명 말대꾸를 할 테고, 안드레이가 거들며 놈들을 비웃겠지. 그러면 다들 신경이 날카로워질 테고. 그 가운데에는 참을성이 부족한 사람이 있기 마련이니까 재판이 어떻게 흘러갈지는 뻔한 거지. 다시 못 보게 될까봐 겁이 나."

니콜라이는 심각하게 앉아서 턱수염만 잡아당겼다.

"이런 생각이 머리에서 떠나질 않아!"

어머니가 말을 이었다.

"재판이란 정말 끔찍해! 모든 걸 다 빼앗아 가 버리면 어쩌지? 두려워! 정작 무서운 건 형벌이 아니라 재판이야! 어떻게 말로 표현할 수가 없어."

어머니 생각에 니콜라이는 절대 이런 두려움을 이해할 수 없을 것만 같았다. 그래서 그가 이해를 못하는 까닭에 어머니는 자신의 소심증을 더는 해석할 수가 없었다. 그렇지만 이러한 소심증은 그 다음 사흘 동안 더욱 심해지고 확대됐다.

결국 재판 날이 되었을 때, 목과 등을 무겁게 짓누르는 부담감을 지니고 법정에 나갔다.

가는 길에 변두리에서 알던 사람들이 인사를 했다. 그럴 때마다 말없이 고개만 숙이고 법원 복도에 바글거리는 사람들을 헤치며 나아갔다. 법정 복도와 재판정에서 피고들의 친척들을 만났는데, 그들은 쉴 새 없이 서로 속닥거렸다. 죄다 쓸데없는 말들 같았다. 그들이 이해가 되지 않았다. 다들 똑같은 슬픔에 잠겨 있었는데, 그러면 그럴수록 어머니는 그 영향을 받아서 의기소침할 수밖에 없었다.

"같이 옆에 앉으세요."

시조프가 벤치로 가며 말했다.

고분고분 말을 듣고 자리에 앉아 옷매무새를 여미고 주위를 둘러보았다. 눈앞에서 조록색 줄무늬와 붉은 줄무늬, 얼룩이 떠다니고 누런색의 가는 실타래가 반짝였다.

"댁의 아들이 우리 그리샤를 망쳐놓았어!"

부인 하나가 옆에 자리를 잡으며 투덜댔다.

"입 다물어, 나탈리아!"

시조프가 험악하게 대꾸했다.

돌아보니 그 부인은 사모일로프였다. 건너편에 남편도 앉아 있었다. 대머리에 툭 튀어나온 광대뼈와 비쩍 마른 체구, 덥수룩한 턱수염이 인상적인 사내였다. 눈을 이리저리 굴리느라 정신이 없는 듯했고 턱수염이 가늘게 떨렸다.

희미한 빛이 높은 창을 통해 법정을 비추고, 밖에서는 눈이 미끄러지듯 내린다. 두 개의 창문 사이에 걸려 있는 금박 테두리 황제의 초상화와 둔탁한 진홍빛 커튼이 법정의 분위기를 매우 무겁게 만들었다. 초상화 앞에는 법정을 꽉 채우고도 남을 만한 넓은 테이블이 녹색 천을 뒤집어 쓴 채 자리를 잡고 있고, 오른쪽 벽 앞에는 창문을 사이에 두고 나무 의자 두 개가 놓여 있었다. 그리고 왼쪽 벽 앞에는 빨간 안락의자들이 가지런히 정돈되어 있었다. 녹색 옷깃에, 복부에 노란 단추를 채운 근무자들이 왔다 갔다 하며 부산을 떨었다. 소곤거리는 소리가 탁한 공기 속을 겁먹은 듯 배회하고 약국에서 나는 것과 같은 매캐한 냄새가 진동했다. 색채와 빛, 소리, 냄새가 눈을 짓무르게 하고, 숨을 쉴 때마다 가슴을 누르며 잡다한 생각을 불러일으켜 두려움을 더하게 만들었다.

갑자기 누군가 큰 소리로 외쳤다. 자신도 모르게 어머니는 몸을 떨었다. 소리에 맞춰 모두 자리에서 일어서자 어머니도 시조프의 손을 잡고 일어섰다.

법정 왼쪽 구석, 큰 문이 열리더니 안경을 쓴 늙은이가 앞뒤로 몸을 흔들며 걸어 들어왔다. 자그마한 잿빛 얼굴에는 흰 구레나룻이 듬성듬성했고, 말끔하게 면도를 한 인중은 입속으로 푹 꺼져 있었으며, 날카로운 턱뼈와 턱은 빳빳하게 세운 옷깃에 받쳐져 있어 마치 그 밑으로 목이 더는 없는 것처럼 보였다. 뒤편에는 붉은 피부에 둥근 얼굴, 단정한 인상을 풍기는 젊은이가 그의 팔을 잡고 있었고, 그 뒤를 따라 금빛 술을 박은 법복 차림의 세 사람이 걸어 나왔다.

그들은 테이블 앞에서 한참 뜸을 들이다가 마침내 안락의자에 앉았는데, 생기 없이 깨끗이 면도한 얼굴에 어딘지 어설퍼 보이는 제복 차림의 사내가 두툼한 입술을 무겁게 소리 없이 움직이며 노인에게 무슨 말인가를 하기 시작했다. 노인은 몸을 희한하게 세우고 그의 말에 귀를 기울이고 있었는데, 어머니는 노인의 코안경 너머로 무색의 작은 사마귀 두 개가 콧등에 나 있는 걸 보았다.

책상 끄트머리에서는 머리가 벗겨진 키 큰 사내가 서 있는 채로 기침을 하면서 서류를 뒤적이고 있었다.

늙은이가 앞으로 몸을 기울이고 입을 열었다. 첫마디는 분명 발음을 했지만 다음 말들은 가는 잿빛 입술 속으로 말려들어가는 느낌이었다.

"개정합니다……."

"보세요!"

시조프가 어머니를 쿡 찌르면서 속삭이고는 자신은 자리에서 일어났다.

쇠창살 뒤쪽 벽에서 문이 열리자, 군도를 뽑아 어깨 위에 받쳐 든 헌병 하나가 걸어 나오고, 그 뒤를 따라서 파벨과 안드레이, 페자 마진, 구세프 형제, 사모일로프, 부킨, 소모프, 그리고 이름을 모르는 젊은이 다섯이 모습을 나타냈다. 파벨은 부드러운 미소를 짓고 있고, 안드레이 역시 고개를 끄덕이며 히죽거렸다. 그들의 미소와 생기 넘치는 얼굴, 행동으로 인해 법정 안은 한결 밝고 자연스러워졌다. 또한 긴장감이 넘치던 침묵이 깨지는 듯했다. 윤기가 번쩍번쩍 흐르던 황금 법복의 광채도 옅어지고, 싱싱한 기운으로 인해 분위기가 한껏 고조되었다. 그때까지 어머니 뒤편에 앉아서 무거운 침묵만을 지키고 있던 사람들도 이제 어머니 귀에 들릴 정도로 술렁댔다.

"두려워하는 기색이 하나도 없어."

시조프의 속삭이는 소리가 들렸는데, 오른편에 앉아 있던 사모일로프는 흐느껴 울기 시작했다.

"정숙!"

절도 있는 고함이 들렸다.

"미리 경고합니……."

늙은이가 말했다.

15

파벨과 안드레이가 나란히 앉고, 같은 줄에 마진과 사모일로프, 구세프 형제가 앉았다. 턱수염을 말끔히 면도한 안드레이는 콧수염은 그대로여서 언뜻 보면 고양이를 닮았다. 얼굴에서는 보지 못하던 새로운 표정이 엿보였고 꼭 다문 입술에서는 비장함이, 눈에선 빛이 번득였다. 마진의 윗입술에는 두 개의 검은 줄이 나 있고, 얼굴은 이전보다 통통해진 듯했다. 사모일로프의 곱슬머리와 이반 구세프의 환한 웃음은 여전했다.

"아, 페드카, 페드카!"

시즈프가 고개를 숙이고 속삭였다.

어머니는 숨쉬기가 조금 편해졌다는 느낌이 들었다. 늙은 재판장이 알아듣기 힘든 목소리로 질문을 던졌다. 피고들에게는 눈길도 주지 않고 질문을 했는데, 머리는 여전히 법복 옷깃 위에 꼼짝도 않고 얹혀 있었다. 아들의 침착하고 짧은 대답이 이어졌다. 어머니의 눈에는 왠지 판사의 얼굴이 그다지 흉악해 보이지는 않았다. 막연하게나마 고개를 드는 기대감에 한시도 재판정에서 눈을 뗄 수가 없었다.

얼굴에 기름기가 흐르는 사내가 서류를 뒤적이며 읽고 있었는데, 목소리가 단조로워서 법정은 너무나도 답답한 느낌이었다.

사람들은 마치 마비라도 된 것처럼 자리에서 꼼짝도 하지 않았다. 변호사 네 명이 똑똑한 목소리로 피고들과 이야기를 나누고 있었는데, 모두의 움직임에 힘이 있어서 한 마리의 거대한 검은 새를 연상시켰다.

늙은 재판장의 옆으로는 작은 눈에 두툼한 눈꺼풀, 살이 뒤룩뒤룩 찐 판사가 의자에 꼭 끼어 앉아 있고, 그 반대편에는 창백한 얼굴에 붉은 수염을 기른 새우등 판사가 앉아 있었다. 그는 모든 일이 다 귀찮다는 듯 고개를 뒤로 젖히고, 눈을 지그시 감고서 깊은 생각에 잠겨 있었다. 검사의 얼굴도 지치고 따분해 보이기는 마찬가지였다. 판사 뒤에는 시장이 생각에 잠긴 채 자신의 뺨을 어루만지면서 앉아 있었는데, 살은 쪘지만 그래도 믿음직스러운 구석이 있어 보였다. 옆에는 희끗희끗한 머리에 크고 선해 보이는 눈, 붉은 얼굴의 귀족 단장이 앉아 있고, 그 옆에는 민소매 옷을 입은 지방 원로가 자리를 잡고 있는데, 배가 너무 나와서 자신도 앉아 있기 곤혹스러운지 연신 옷자락으로 배를 가려보았지만 옷자락이 그대로 있지 못하고 흘러내렸다.

"여기에는 피고도 판사도 없습니다."

신념에 찬 파벨의 목소리가 법정 안에 쩌렁쩌렁 울려 퍼졌다.

"포로와 승리자만 있을 뿐입니다."

법정 안이 물을 끼얹은 듯 조용해졌다. 짧은 시간이었지만 어머니의 귀에는 긁는 듯한 소리를 내며 뭔가를 써내려가는 펜 소리와 자신의 심장 고동소리만이 들렸다.

재판장 역시 잠시 무엇에 홀린 것처럼 귀를 쫑긋거리며 앉아, 다음 상황을 기다리는 듯했다. 배심원들이 술렁였다. 바로 그때, 재판장이 입을 열었다.

"음, 좋아. 안드레이 나호드카, 유죄를 인정합니까?"

누군가가 속삭였다.

"일어나요!"

안드레이가 천천히 자리에서 일어나 자세를 바로잡고 콧수염을 잡아당기면서 늙은 재판장을 곁눈으로 힐끔 바라보았다.

"누구에게 죄를 인정하라는 겁니까?"

소러시아인이 어깨를 움찔하며 똑 떨어지는 목소리로 전혀 서두르는 기색도 없이 입을 열었다.

"나는 누구를 죽이거나 무엇을 훔친 적도 없고, 다만 서로 죽이고 강도짓을 하게 만든 그런 삶의 질서에 동의하지 않았을 뿐입니다."

"요점만 말하시오. 그렇소, 안 그렇소?"

늙은이가 애써 분명하게 말했다.

어머니는 자신의 뒷줄에서 전해오는 술렁임을 느낄 수 있었다. 사람들은 얼굴에 기름기가 흐르는 사람이 내뱉는 저급한 말들의 거미줄에서 벗어나려는 듯 웅성거렸다.

"사람들 말을 듣고 계세요?"

시조프가 속삭였다.

"들려요."

"페도르 마진, 대답하시오!"

"싫습니다!"

페자가 자리에서 벌떡 일어나 자신 있게 대답했다. 얼굴은 흥분한 탓에 잔뜩 상기되어 있고 눈은 반짝였으며, 이유는 모르지만 뒷짐을 지고 있었다.

시조프가 나직이 신음을 냈고, 어머니는 놀라움에 눈을 크게 떴다.

"나는 변론을 거부합니다. 아무 말도 하지 않겠습니다. 재판 자체를 저는 불법이라고 생각합니다. 당신들이 대체 누구입니까? 우리 국민이 당신들에게 우리를 재판할 권리를 주었습니까? 천만에요, 그런 적 없습니다. 나는 당신을 모릅니다!"

페자가 자리에 앉았다. 열띤 얼굴을 안드레이의 어깨 뒤에 숨겼다.

살찐 판사가 재판장에게 고개를 숙이고 귓속말을 했다. 창백한 얼굴의 판사는 눈을 치켜뜨고, 피고인들을 비스듬히 내려다보고는 테이블 위에 두 손을 올리고 서류에 뭔가를 쓴다. 지방 원로 판사는 고개를 돌려 조심스럽게 발을 옮기고서 배를 무릎 위에 올리고 다시 그 위에 손을 얹어 배를 가렸다. 재판장이 붉은 콧수염의 판사에게 몸을 돌려 무슨 말인가를 하자 판사는 고개를 숙이고 들었다. 귀족 단장은 검사와 이야기를 나누었고, 시장은 뺨을 비비며 귀를 기울였다. 노인의 둔탁한 목소리가 울렸다.

"우리 아이, 말 한번 시원스럽게 하지 않았소? 정곡을 찔렀어요. 최고야!"

시조프가 뿌듯해하며 어머니의 귀에 속삭였다.

어머니는 마땅한 답이 떠오르지 않아 그냥 미소만 지어 보였다. 지금 벌어지고 있는 상황은 뭔가 무서운 일을 앞둔 따분한 서곡일 뿐, 곧 끔찍한 공포로 사람들을 꼼짝 못하게 만들 일이 벌어질 것만 같았다. 어쨌든 파벨과 안드레이의 말은 용기와 결연한 의지를 담고 있어, 마치 법정이 아닌 공단의 집에서 이야기를 나누고 있다는 생각이 들 정도였다. 페자의 재치 있는 공격이 어머니는 즐겁게 느껴졌다. 뭔가 용감하고 신선한 분위기가 법정을 가득 채웠다. 어머니는 뒷좌석 사람들의 술렁거림을 느꼈고, 이것이 혼자만의 느낌이 아니라고 짐작했다.

"의견을 논고하세요."

늙은 판사가 말했다.

대머리 검사가 자리에서 일어나 손으로 책상을 짚고 서서 일일이 숫자를 인용하며 빠르게 논고했다. 목소리에서 무서운 면은 찾아보기 힘들었다.

그러나 동시에 무자비한 공포가 어머니의 가슴을 짓눌렀는데, 거기에는 어머니에게 적대감을 가진 불편한 의혹이 있었다. 그것은 위협하거나 소리치지도 않았고, 눈에 보이지도 않고 소리도 없었으며, 손으로 만질 수 있는 것도 아니었다. 먹구름이 끼어 한 치 앞도 분간하기 어려운 판사들의 냉혹한 태도에서 비롯된 것임은 두말할 필요가 없다. 보면 볼수록 판사들은 정말 이해하기 힘들었다. 파벨이나 페자에게 화를 내지도, 심한 말로 모욕을 주지도 않았지만, 질문을 할 때마다 모두 부질없는 짓이라는 듯 머뭇머뭇했다. 대답을 끝까지 듣는 데는 노력이 필요했다. 그들은 이미 모든 것을 알고 있어서 관심이 없다는 듯이 보였다.

어머니 앞에서 헌병 하나가 낮은 목소리로 증언했다.

"다들 파벨 블라소프를 주동자로 지목했습니다."

"그럼 나호드카는?"

살찐 판사가 느릿느릿 물었다.

"역시 주동자로 지목했습니다."

변호인 가운데 한 사람이 일어나 말했다.

"이견 있습니다."

늙은 판사가 누군가에 대한 질문을 했다.

"당신은 더 할 말 없소?"

어머니가 보기에 판사들은 하나같이 건강이 안 좋아 보였다. 병적인 피로와 지겨운 권태가 그들의 자세와 얼굴, 목소리에서 묻어났다. 법복과 법정, 증언, 변호, 그리고 안락 의자의 자리를 지켜야 하고 문답을 주고받아야 한다는 의무감이 고통스럽고 짜증나는 일임에 분명했다.

알고는 있지만 거의 안면이 없는 주인급 지식인들이 있었다. 지금 어머니는 판사들의 얼굴을 보면서 무언가 새롭고 이해할 수 없으면서도 동정심을 자아내고, 그렇지만 또 오히려 두려움을 불어넣는 인상을 받았다. 친근한 누런 얼굴의 장교가 파벨과 안드레이에 대한 중요한 진술을 그 판사들 앞에서 심각한 분위기로 한다. 진술을 듣고 있는 어머니의 머릿속에 무의식적으로 이런 생각이 떠올랐다.

'네가 뭘 안다고 그러니, 내 아들, 내 보호자.'

쇠창살에 갇힌 사람들을 바라보는 어머니의 마음속에는 이제 두려움도 경계심도 동정심도 남아 있지 않았다. 가슴 한구석에서 존경과 애정이 뒤섞여 어머니의 마음을 따스하게 감쌌다. 존경은 의외로 평온했고, 사랑은 즐겁게도 또렷해졌다. 건강한 젊은이들이 판사와 증인의 단조로운 진술과 검사와 변호인의 건조한 논쟁에는 전혀 관심도 없다는 듯 대범하게 나란히 앉아 있었다. 가끔 냉소적인 미소를 짓기도 하고 서로 이야기를 나누기도 했다. 파벨과 안드레이는 줄곧 변호인과 조용히 이야기를 나누었다. 어제 니콜라이 집에서도 만난 적이 있는 변호사였다. 누구보다 마진의 기분이 좋아 보였다. 생기가 넘치고 표정도 밝았다. 사모일로프는 가끔 이반 구세프와 이야기를 나누었다. 이반은 무엇이 그리 좋은지 옆에 앉은 동지의 옆구리를 찌르기도 하고, 웃다가 얼굴이 빨개져서 고개를 숙이기도 했다. 벌써 코를 두 번이나 킁킁거리고는 얼마 동안은 볼을 부풀리고서 진중해 보이려고 애썼다. 그래서 동료들 각자의 내면에서는 젊음이 그들의 유행 방식에 따라 발산되고 생기가 넘쳤는데, 그의 생생한 감격을 억제하는 능력이 가볍게 파열되었다.

시조프가 팔꿈치로 어머니를 찔렀다. 돌아보니 그의 얼굴에 뿌듯함과 약간의 집착이 교차하고 있었다.

"반항하면서 저들이 얼마나 당당한지 좀 봐요! 믿음직스럽지 않아요? 납작이라고요, 에? 저들에게 형이 선고돼요!"

"누가 선고를 받나요? 누구에게 선고를 내릴 거냐고요?"

증인들의 신속하고 무미건조한 증언이 이어졌고 판사들은 들으며 마지못해 질문을 던지고는 있지만 지쳐서 창백한 표정으로 멍하니 허공을 바라보았다. 그들은 새 소식이나 새로운 사실은 아무것도 기대하지 않고 있었다. 살찐판사는 가끔 포동포동한 손으로 웃음을 감추듯 입을 가리고 하품을 했고, 붉은 수염의 판사는 더욱 창백해져서 손으로 관자놀이를 누르며 슬픈 눈을 크게 뜨고 천장을 바라보았다. 검사는 이따금 서류에 뭔가를 적고는 귀족 단장에게 잘 들리지도 않는 목소리로 귓속말을 했고, 그러면 귀족 단장은 허연 턱수염을 쓰다듬거나 눈알을 굴리면서 딴전을 피웠다. 시장은 발을 꼬고 앉아서 소리 없이 무릎을 마주치거나 손가락 관절을 꺾었다. 진술을 귀 기울여 듣고 있는 지방 원로를 제외하면, 대부분 아무 생각 없이 자리만 지키고 앉아 있는 듯했다. 지방 원로는 고개를 쳐들고 앉아 불룩한 배를 무릎으로 받쳐 들고 있었고, 재판장은 의자에 깊숙이 앉아서 꼼짝도 하지 않았다. 재판이 길어짐에 따라 사람들은 따분해하기 시작했다.

"휴정을 선언합니……."

늙은 재판장이 서두를 꺼내 놓고는 얇은 입술로 중얼거렸다.

웅성거리는 소리와 탄식, 고함, 기침 소리, 발 구르는 소리로 인해 법정 안이 소란스러웠다. 피고인들은 법정 밖으로 끌려 나갔다. 나가면서 친지들에게 웃으며 고개 숙여 인사했다. 이반 구세프가 누군가를 향해 소리쳤다.

"겁내지 마, 이고르!"

어머니와 시조프는 복도로 나왔다.

"어디 가서 차라도 한 잔 하시겠소?"

시조프가 걱정스러운 듯 말했다.

"한 시간 반이나 남았소."

"생각이 없어요."

"그럼 나도 그만두겠소. 그런 애들이 또 어디 있단 말입니까? 정말 대단한 아이들이에요! 우리 페자, 보셨소?"

사모일로프의 아버지가 손에 모자를 벗어 들고서 다가왔다. 그가 멋쩍은 미소를 지으며 말했다.

"우리 그리고리 어땠습니까? 변론도 거부하고 한 마디 말도 하지 않았소. 봐서 알겠지만 그 애가 처음으로 그런 생각을 했어요. 펠라게야, 당신 아들은 변호인 편을 들었지만 우리 애는 아무것도 필요 없노라고 말하지 않던가요? 이어서 네 명이 줄줄이 변론을 거부했잖습니까!"

바로 옆에 그의 아내도 서 있었다. 자주 눈을 깜빡이면서 손수건으로 코를 훔쳤다. 사모일로프가 손으로 턱수염을 잡고 바닥을 보며 말을 이었다.

"재판, 이거 말도 안 되는 겁니다. 처음에는 그 악동들이 쓸데없는 생각을 해내서 아무 대가도 없이 자신을 망치고 있다고 생각했어요. 그런데 갑자기 당신이 이런 생각을 하지 뭡니까? '그 악동들이 옳을지도 모른다.' 공장에서 그들의 수가 그렇게 불어나리라고 상상인들 했습니까? 그들은 언제나 잡혀들고 말지만 파괴되지는 않지요. 그렇지만 강에 가서 파괴되는 보통 물고기에 지나지 않습니다. 그래요, 당신은 또 이렇게 생각합니다, '그 애들에게는 힘도 있다'고."

"우리가 뭘 이해하겠소, 스테판 페트로프!"

시조프가 말했다.

"이해하기가 쉽진 않죠."

사모일로프가 맞장구를 쳤다.

그의 아내가 숨을 쉴 때마다 콧소리를 내며 말했다.

"다들 건강해 뵈긴 하던데……."

그녀는 수틀진 커다란 얼굴에 거리낌없는 웃음을 지으며 말을 이었다.

"이봐요, 닐로브나! 아까 댁 자식놈 탓이라는 말로 한 방 먹인 일에 너무 노여워하지 말구려. 솔직히 말해서 누가 잘못인지는 개도 다 아는 사실인 걸요. 헌병과 첩자 놈들이 한 통속이 되어서 우리 바실리 그리고리에 대해서 뭐라고 하는지 들었소? 나쁜 놈들!"

그녀는 자기 아들을 자랑스러워하고 있는 게 분명했다. 어머니만은 그 마음을 이해하고도 남음이 있었다. 그래서 친절하게 웃으며 대답했다.

"젊은 가슴은 항상 진리에 가까이 있게 마련이랍니다."

사람들이 하얀 복도에 구불구불 줄을 서서, 마치 거센 바람이 불기 전에 제자리걸음으로 소용돌이치는 먼지처럼 북적댔다. 모든 사람이 무언가 딱딱하고 단단한, 의지할 곳을 찾아 헤매는 듯했다.

키가 크고 얼굴이 붉은 부킨의 형은 손을 마구 내저으며 확신에 차서 크게 외쳤다.

"지방 원로 클레파노프는 이번 재판에 전혀 어울리지 않아."

"입 다물어, 콘스탄틴!"

작은 체구의 노인이 조심스럽게 주변을 살피며 타일렀다.

"왜요? 하고 싶은 말은 할래요. 소문에 따르면 그는 작년에 그의 집 집사의 마누라 때문에 집사를 죽였대요. 그에게는 무슨 판결이 내려지죠? 대답해 줘요. 지금 마누라가 그 집사 마누라예요. 말이나 되는 소리입니까? 그뿐 아니라 그자는 알 만한 사람은 다 아는 가장 나쁜 도둑놈입니다."

"오, 내 작은 보호자, 콘스탄틴!"

"다 맞는 말이야."

사모일로프가 거들었다.

"틀린 말이 아냐. 재판 이거 다 엉터리야!"

사모일로프가 말했다.

부킨이 그의 목소리를 듣고는 달려와 사람들의 주목을 받으며 흥분해서 상기된 얼굴로 말했다.

"강도나 살인자를 재판하는 일은 농민이나 평민들로 구성된 배심원이 하지 않습니까? 그런데 정부에 반대한 사람들을 정부가 다시 재판하는 일이 말이 됩니까? 콘스탄틴! 왜 그들이 정부에 반대하지? 아아! 그들이⋯⋯."

"아니, 기다려! 페도르 마진은 진실을 말했어. 만일 당신이 나를 모욕하면, 나는 당신 턱에 한 방 날리고 당신은 그 때문에 나를 재판하지. 물론 나는 유죄 판결을 받을 테고. 그렇지만 제일 먼저 죄를 지은 쪽은 누구요? 당신인가? 물론, 당신이고말고!"

새치머리, 매부리코에 가슴에는 훈장을 단 경비원이 모여 있는 사람들을 밀치면서 그에게 다가와 삿대질을 하며 소리쳤다.

"이봐, 떠들지 마! 여기가 어딘지 몰라? 여기가 무슨 술집인 줄 알아?"

"왜요? 나도 여기가 술집이 아니라는 것쯤은 압니다. 자, 내 말 좀 들어봐요. 내가 나리를 때리고서 내가 재판을 한다고 생각하면 그래, 당신은 어떤 생각이 들겠습니까?"

"여기서 당장 끌어내라고 명령을 내리겠다!"

경비원이 완고하게 말했다.

"어디로요? 뭘 잘못했다고?"

"길거리로. 더는 지껄이지 못하게."

부킨이 모두를 둘러보고서 다시 말을 했다.

"저들에게 무엇보다 중요한 일은 사람들의 입을 틀어막는 것입니다."

"그래서, 네 생각은 어떤데?"

노인이 역성을 냈다. 부킨이 손을 내밀고 다시 대중을 훑어본 뒤 한결 나직한 목소리로 말했다.

"그건 그렇고 왜 사람들을 가려서 법정에 들이죠? 왜 친인척들만 들여보내? 공정한 재판을 할 생각이 있으면 사람들이 다 보는 앞에서 당당하게 해야지. 뭔가 두려우니 그렇지."

사모일로프가 부킨의 말을 받아 되풀이했다. 그런데 조금 전의 목소리보다 더 컸다.

"재판이 엉터리야. 그건 맞는 말이지."

어머니는 니콜라이에게서 들은 공평하지 못한 재판에 대해 더 알려주고 싶었지만 자신도 아직 어설프게 이해하고 있었고 그나마 일부는 잊고 있었다. 애써 생각해내려고 기를 쓰는 통에 보니 몇 발자국 떨어진 곳에서 허연 수염을 기른 건장한 사내가 자신을 주시하고 있지 않은가! 오른손을 바지 주머니에 넣고 있어서 왼쪽 어깨가 오른쪽 어깨보다 낮게 보였는데, 가만 생각해보니 어디서 많이 본 듯했다. 그렇지만 하던 생각을 마저 하느라 그 사내에 대해서는 금세 잊었다.

일 분쯤 지났을까, 누군가 조용히 묻는 말이 어머니의 귀에 들어왔다.

"왼쪽의 저 여인 맞아?"

누군가가 큰 목소리로 기쁨에 겨워 대답했다.

"네!"

어머니는 주위를 둘러보았다. 짝짝이 어깨의 사내가, 짧은 외투에 무릎까지 올라오는 장화를 신고 있는 검정 턱수염 젊은이에게 뭔가를 이야기하고 있었다.

기억이 날 듯 말 듯하면서도 아무것도 확실하지 않았다.

경비원이 법정 문을 열고 외쳤다.

"가족 친지 여러분! 입장권을 보여주고 들어가시오."

투덜대는 듯한 목소리가 바로 이어졌다.

"입장권이라니? 누가 서커스 보러 왔대?"

사람들이 흥분과 분노로 술렁였다. 서로 수군거리고 심지어 경비원과 입씨름을 하는 이도 있었다.

시조프가 긴 나무 의자에 앉으며 투덜투덜했다.

"왜요?"

어머니가 물었다.

"그냥요. 사람들이 멍청해서! 사람들은 아무것도 몰라요. 그저 더듬거리며 살죠, 더듬어 가면서."

종지기가 종을 쳤다. 누군가 무미건조한 목소리로 알렸다.

"속개하겠습니다!"

다시 사람들이 모두 자리에서 일어나고 마찬가지의 절차를 밟아 판사들이 들어와 자리에 앉았다. 이어서 피고인들이 끌려 들어왔다.

"주목해 주세요! 곧 검사 논고가 있을 거요."

시조프가 속삭였다.

어머니는 목을 길게 빼고 몸통을 앞으로 내밀었다가 무서운 일이 있을 것만 같아 다시 뒤로 움츠러들었다.

검사는 판사들 바로 옆에 서서 고개를 그들에게로 약간 돌리고 팔꿈치를 책상에 기댄 채, 일단 숨을 몰아쉬고 허공에 손을 내저으며 논고를 시작했다. 어머니는 첫 몇 마디는 알아듣지 못했는데, 그 뒤 검사의 논고는 막힘이 없이 때로는 빠르게, 또 때로는 느리게 물 흐르듯 이어졌다. 논고가 마치 회색 재봉 솔기처럼 줄을 늘어서는가 하면, 갑자기 튀어나와 설탕 조각 위에 모여든 파리 떼처럼 윙윙거리며 맴돌기도 했다. 어머니는 그러나 논고에서 공포와 위협은 전혀 발견할 수 없었다. 눈처럼 차고 재처럼 희뿌연 말들이 쏟아져 나와 미세 먼지와도 같이 법정을 가득 채웠다. 감정도 싣지 않은 무미건조한 검사의 논고는 파벨과 동지들에게 일말의 감흥도 불러일으키지 못했다. 솔직히 누구도 논고를 듣지 않았고 그저 태연하게 앉아 귓속말로 대화를 나누거나 웃거나 웃음을 참았다.

"거짓말!"

시조프가 속삭였다.

어머니라면 그렇게 말할 수는 없을 것이다. 논고를 들어보니, 특정인 한 사람만을 내세우지 않고 동료 모두에게 혐의를 두고 있었다. 실제로 파벨에 대한 논고가 끝나고 페자에 대한 논고를 하면서, 은근슬쩍 그를 파벨의 옆에 갖다 붙이더니 마지막에는 둘에게 부킨을 집요하게 던져 얹는 것이었다. 마치 그들 모두를 한 자루에 담아 바느질해서 다른 사람 위에 얹는 식이었다. 겉으로는 전혀 만족스럽지도, 감동적이지도, 무섭지도 않아 보이는 검사의 논고에서 그 이면에 숨겨진 무시무시한 진실을 캐내기 위해 어머니는 검사의 얼굴과 눈과 목소리와 허공을 허우적거리는 가냘픈 손을 눈으로 쫓아다녔다. 뭔가 무서운 사실이 숨겨져 있었다. 어머니는 그것을 직감할 수는 있었지만 손끝에 감지되지 않아서 의식할 수 없었으며, 그래서 다시 어머니의 마음은 메마르고 따끔따끔한 먼지로 뒤덮였다.

어머니는 판사들을 바라보았다. 분명 판사들 또한 아주 귀찮다는 듯 논고를 듣고 있었다. 생기 없고 누렇거나 희뿌연 얼굴들에서는 아무런 표정도 읽을 수 없었다. 허약해 보이는 사람, 뚱뚱해 보이는 사람, 매우 야윈 사람, 움직임 없이 듣지도 보지도 못하는 난청자들, 이들 모두가 이 방에 가득한 무딘 권태로움 속에 점점 어두워졌다. 검사의 논고는 눈에 보이지 않는 아지랑이처럼 공기 속을 이리저리 떠돌며 판사들 주변에서 메마른 무관심의 구름 속으로 사라졌다. 늙은 재판장은 전혀 움직이지 않았다. 이따금 안경 너머로 보이는 허연 사마귀가 사라졌다가 다시 나타나 얼굴 전체로 퍼지는 듯했다.

어머니는 죽음과도 같은 무관심과 냉담함을 보면서 의구심을 품지 않을 수 없었다.

"저들이 지금 재판 중인가?"

가슴을 짓누르는 의구심과 무시무시한 일이 점점 가까워지고 있다는 불길한 예감에 모욕감은 더더욱 참기 힘들었다.

검사의 논고가 갑자기 뚝 그쳤다. 검사는 판사들에게 인사를 하고 자기 자리에 앉았다. 귀족 단장이 눈을 굴리며 고개를 끄덕이고, 시장은 손바닥을 비볐으며, 지방 원로는 배를 만지며 빙그레 웃었다.

재판장이 서류에 얼굴을 들이밀고 말했다.

"다음, 페도세예프, 마르코프, 자가로프의 변론을 하세요."

니콜라이의 집에서 보았던 변호사가 자리에서 일어났다. 푸짐한 인상이 좋아 보였는데, 웃고 있는 눈만은 얼마나 날카롭던지 마치 잘 갈린 칼을 잡고 허공에서 뭔가를 베는 듯했다. 변론은 천천히 우렁차게 이루어졌지만 어머니의 귀에는 어차피 한마디도 들어오지 않았다.

"저 사람 말 알아듣겠소? 알아듣겠냐고? '민중이 가난해서 모두가 미쳐 제정신이 아니다'라고 말하네요. 저 사람이 페도르요? 저 사람은 그들이 아무것도 이해하지 못하는 야만인이라고 말하고."

잘못된 감정이 자라서 반항으로 변했다. 변호사가 재빠르게 큰 목소리로 말하고 있는 가운데 시간은 더욱 빨리 지나갔다.

"가슴에 세심하고 정직한 마음을 간직하고 살아 있는 강인한 사람이라면, 생기 없이 뭉툭해진 냉소주의와 부패, 사기를 공개적으로 가득 채운 이런 인생에 대항해서 힘으로 반항하지 않을 수가 없습니다. 정직한 사람들의 눈에는 확실한 모순이 보이기 마련이지요……."

얼굴이 푸르죽죽한 판사는 재판장 쪽으로 얼굴을 기울이고서 무슨 말인지 속삭였다. 그러고 나서 늙은 재판장은 냉담하게 말했다.

"좀 더 신중해 주시오!"

"그럼 그렇지!"

시조프가 나지막이 맞장구를 쳤다.

'지금 재판하고 있는 거지?' 어머니는 생각했다. 어머니의 귀에 들려오는 말들은 하나같이 텅 비고 채워지지 않은, 마치 뻥 뚫린 배관처럼 느껴졌다. 그 때문에 어머니는 소름끼치도록 무섭기까지 했다.

"다들 시체같아."

어머니가 시조프에게 말했다.

"두려워하지 말아요. 모두 살아 있어요."

어머니는 재판장 쪽을 바라보았는데, 사람들의 얼굴에는 불안의 그림자가 드리워져 있었다.

변호사 한 사람이 변론하는데, 작은 체구에 날카로우면서도 창백하고 냉소적인 얼굴이었다. 그는 매우 정중하게 말했다.

"존경하는 재판장님, 저는 여기 계신 고결한 기소 변호인과 안보국, 그리고 보통 간첩이라고 불리는 사람들에게 주목해주실 것을 정중하게 요청하는 바입니다……."

얼굴이 푸르죽죽한 판사가 재판장에게 무어라고 귓속말을 했다.

검사가 벌떡 일어섰다. 잠시 어수선한 분위기 속에서 변호인이 한결같은 목소리로 말을 이어나갔다.

"이미 들어서 알고 있겠지만, 간첩 가이만(Gyman)이 검사로부터 고문을 당했다고 증언했습니다. 그 결과로 보면 검사의 주장은 증거로 채택되어서는 안 되며, 당연히 검찰로부터 비난받아야 할 일이라고 생각합니다."

검사가 벌떡 일어나 조서의 어떤 구절 하나를 성난 목소리로 빠르게 읽어나갔고 그것이 끝나자 재판장이 훈계조로 말을 했다. 변호인은 정중하게 머리를 숙이고 끝까지 재판장의 말을 듣고서야 다시 변론을 시작했다.

"만약 기소 변호인 측에서 이 사실에 대해 반론을 제기한다면 저로서는 다른 방법이 없겠지만, 그러나 제 변호 계획을 바꾸지는 못할 것입니다. 어쨌든, 검사 측의 지나친 행위는 이해가 되지 않습니다."

"그의 편을 들어줘!"

시조프가 말했다.

"있는 힘껏 도와주란 말이야! 그의 영혼까지도 다 보이란 말이야!"

법정이 활기를 띠기 시작했다. 폭발 직전의 긴장감이 감돌았다. 변호인은 분위기를 탄 예리한 변론으로 늙은 판사들의 살가죽을 간질였다.

파벨이 자리에서 일어나자 법정은 갑자기 숙연해졌다. 어머니는 몸을 최대한 앞으로 당겼다. 파벨의 변론이 시작되었다.

"나는 당원으로서 당의 재판만을 인정하기에 변론을 거부합니다. 다만 역시 변론을 거부했던 동지들의 뜻에 따라 당신들이 잘못 이해하고 있는 부분만 설명하고자 합니다. 검사는 우리가 사회민주주의 깃발 아래 일으킨 일을 절대 권력에 반하는 폭동이라고 규정하고 시종일관 우리를 황제에 대항한 폭도로 간주하고 있습니다. 분명히 말씀드립니다만, 우리에게 전제란 나라 전체를 속박하고 있는 족쇄에 불과합니다. 민중에게 채워져 있는 가까운 족쇄부터 푸는 것이 우리의 당면 임무입니다."

신념에 찬 당당한 목소리로 인해 법정은 더더욱 숙연해졌고, 따라서 벽과 벽의 거리가 더욱 멀게 느껴졌다. 파벨 또한 사람들 사이에서도 더욱 두드러져 보였다.

판사들이 술렁대며 동요했다. 귀족 단장이 한 판사에게 귓속말을 전하자 판사는 고개를 끄덕이고 곧바로 늙은 판사에게 몸을 돌렸다. 바로 그때 반대편 덩치 큰 판사도 늙은 판사에게 뭔가를 속삭이고 있었다. 늙은 판사가 안락의자를 좌우로 흔들면서 파벨에게 무슨 말인가를 했는데, 그 목소리는 굴하지 않고 흘러나오는 파벨의 말소리에 묻혀 버렸다.

"우리는 사회주의자입니다. 이 말은 우리의 적이 사유제(私有制)라는 것을 의미합니다. 사유제란 민중을 분열하고 서로 대항하게 만들어 서로를 무장시키고, 화해 불가능한 반목을 조장하고 이러한 반목을 감추거나 정당화하려고 거짓말도 서슴없이 내뱉을 뿐만 아니라, 거짓과 위선과 악으로 모든 사람을 타락시킵니다. 우리는 자신 있게 말할 수 있습니다. 인간을 한낱 자신의 부 축적의 도구로만 생각하는 사회는 반인간적이며, 우리는 그런 사회와 적대적인 관계

일 수밖에 없다는 말입니다. 우리는 그런 사회의 위선적이고 거짓된 도덕과는 화해할 수 없습니다. 그런 사회가 지향하고 있는 개인에 대한 냉소적인 태도와 잔인성은 우리와는 반대되는 개념이어서, 우리는 그런 사회에 의한 인간의 육체적, 도덕적 예속의 여러 형태에 대항해 투쟁하기를 원하고 또 투쟁할 것입니다. 우리는 노동자입니다. 아이들 장난감에서 거대한 기계까지 어느 것 하나 우리의 노동을 거치지 않고 만들어지는 것은 없습니다. 우리는 우리의 인간적 가치를 위해 투쟁할 권리를 박탈당한 사람들입니다. 너나 할 것 없이 모두 우리를 자기들의 목적달성 수단으로 만들려고 노력해 왔고 실제로 만들어왔습니다. 우리는 머지않아 모든 권력을 정복하고 우리가 향유할 수 있는 만큼의 자유를 쟁취하고자 합니다. 우리의 슬로건은 간단합니다. 사유제를 폐지하라! 모든 생산 수단은 민중에게로! 모든 권력은 민중에게로! 모든 이에게 노동의 의무를! 보시다시피 우리는 폭도가 아닙니다!"

파벨이 빙그레 웃으며 손으로 천천히 머리카락을 쓸어내렸다. 그의 갈색 눈에서 불꽃이 튀었다.

"좀 더 요점만 말하도록 하시오!"

재판장이 큰 소리로 외쳤다.

재판장은 몸을 돌려 파벨을 뚫어져라 바라보았다. 어머니가 보기에, 그의 흐리멍덩한 왼쪽 눈에서 사악과 탐욕의 불꽃이 번뜩이는 것만 같았다. 또한 파벨의 얼굴을 바라보고 있는 판사들의 눈은 마치 아들의 몸에 들러붙어 탐욕스럽게 피를 빨아먹으며 자신들의 늙고 쭈글쭈글해진 몸뚱이에 새 기운을 불어넣으려는 것만 같았다. 건장한 체격에 키가 훤칠한 파벨은 당당하게 서서 손을 앞으로 내밀면서 똑똑한 목소리로 말을 이었다.

"우리는 혁명가입니다. 명령하는 사람과 명령에 따라 일만 하는 사람이 구별되는 사회가 존재하는 한 우리는 혁명가가 되기를 원합니다. 당신들처럼 도저히 화해할 수 없는 적의 이익을 위해 군림하는 사회에 우리는 대항할 것이며, 승리하는 그날까지 화해란 있을 수 없습니다. 우리 노동자들은 끝내 승리할 것입니다. 당신들이 믿는 자들은 생각처럼 그렇게 강하지 못합니다. 민중의 희생을 담보로 모으고 지킨 재산과 민중을 지배하는 데 의지하는 힘은 지금 민중 내부에 반감을 사고 있고, 당신들 자신을 육체적으로 도덕적으로 타락시키고 있습니다. 사유재산을 지키기 위해서는 지나칠 만큼 많은 노력이 필요합니다. 당신들, 민중의 지배자들은 본디 우리보다 더한 노예입니다. 당신들이 정신적으로 예속되어 있다면 우리는 다만 육체적으로 예속되어 있을 뿐입니다. 당신들은 자신을 정신적으로 압살하는 편견과 관습의 굴레에서 결코 자유로울 수 없지만 우리를 정신적으로 해방하는 데 장애물은 아무것도 없습니다. 우리를 독살하려고 당신들이 먹인 독약은 우리의 의식 속에 쏟아부은 해독제보다 의외로 약합니다. 우리의 의식은 끊임없이 성장하고 발전해서 마침내는 꺼지지 않는 불길로 타올라 이제 당신들만의 전유물로 알고 있던 가장 좋고 가장 건강한 요소들을 돌려받고 있습니다. 눈이 있으면 보십시오! 이미 당신들에게는 권력을 위해 이념적으로 싸울 사람들도 없고, 역사적 정당성이라는 중압감에서 당신들을 지켜줄 존립 기반을 다 써 버린 지 오래며, 당신들은 사상의 영역에서 더는 새로움을 창조할 능력도 없는, 말 그대로 정신적 불구자가 되어 버렸습니다. 우리의 사상은 지금 이 순간도 자라고 있습니다. 나아가 점점 더 밝게 타올라 마침내 민중을 해방 투쟁의 기치 아래 모이게 할 것입니다. 노동자의 위대한 역할에 대한 인식이 만국의 노동자들을 하나로 결합하고 있는 이 마당에, 이런 사회와 삶의 변화를 잔인함과 냉소주의로 막을 수 있을 것이라고 생각합니까? 당신들의 냉소주의는 드러난 지 오래고, 잔인함 또한 염증이 난 지 오랩니다. 결국 지금은 우리의 목을 조르고 있지만, 머지않아 그 손도 동지가 되어 우리의 손을 잡게 될 겁니다. 당신들에게 황금 덩어리를 안겨주었던 기계의 힘은 당신들을 서로 이간질하고 말살하겠지만, 우리의 힘은 모든 노동자의 줄기차게 성장해가는 단결 의식에서 나온, 진정 살아 있는 힘입니다. 당신들이 하는 모든 행동은 범죄 행위입니다. 왜냐하면 인간을 노예로 만들기 때문입니다. 반면 우리의 일은 그동안 민중을 위협해왔던 당신들의 거짓과 사악함과 탐욕에 의해 태어난 유령과 괴물로부터 세계를 해방하게 될 겁니다. 당신들은 삶으로부터 인간을 떼어놓고 파멸시켰지만 사회주의는 당신들이 파멸시킨 그 세계를 하나의 거대한 전체로 결합하고 있습니다. 반드시 이루고야 말겠습니다!"

파벨은 말을 마치고 잠시 있다가 다시 낮지만 한층 힘이 넘치는 목소리로 되풀이했다.

"반드시 이루고야 말겠습니다!"

판사들은 인상을 쓰고 서로 귓속말을 주고받으면서도, 시종일관 파벨에게

서 탐욕스러운 시선을 떼지 않았다. 자신들의 더러운 눈길로 유연하면서도 강한 파벨의 몸을 더럽히고, 그도 모자라 건강한 힘과 신선함을 질투하고 있음을 어머니는 느낄 수 있었다. 동지의 연설을 주의 깊게 듣고 있는 피고들의 얼굴이 보다 환해지고 눈에는 기쁨이 넘쳤다. 어머니는 아들의 말을 하나도 빠뜨리지 않고 머릿속에 차곡차곡 줄을 맞추어 쌓아 놓았다. 늙은 재판장이 몇 번이나 파벨의 말을 막고 뭔가를 열심히 설명했는데, 한번은 재판장까지도 언뜻 안타까운 미소를 지었다. 파벨은 청자들로 하여금 자신의 말에 귀를 기울이도록 만드는 타고난 능력이 있어서, 심지어 판사들마저도 자신의 의지에 복종시키면서 이야기를 펼쳐 나갔다. 하지만 끝내는 재판장이 파벨에게 손을 뻗어 고함을 질렀다. 그에 대한 답으로 파벨의 목소리는 약간 냉소적이 되었다.

"결론적으로 말씀드리자면, 저는 사적으로 당신들에게 모욕을 주려고 의도했던 적이 없습니다. 한편으로는 그와 반대로 재판이라 부르는 이러한 코미디에 어쩔 수 없이 참여하게 된 나는 정작 당신들에게 연민을 느끼지 않을 수 없습니다. 어찌되었든 당신들도 우리와 같은 인간이기에, 비록 당신들이 우리의 적이기는 하지만, 자신의 인간적 가치의 양심마저 버릴 정도로 타락한, 그리고 폭력의 도움에 부끄럽게도 비굴해진 당신들의 모습을 보고 있노라면 분노와 슬픔을 가눌 길이 없습니다."

판사에게는 눈길도 주지 않고 파벨은 자리에 앉았다. 어머니는 숨을 멈추고 판사들을 보면서 다음 순간을 기다렸다.

안드레이는 행복감에 도취되어 파벨의 손을 잡았고, 사모일로프와 마진과 다른 피고들은 모두 활기를 띠며 악수를 청했다. 동지들의 환호에 잠시 당황한 파벨은 빙그레 웃고 어머니의 자리를 향해서 고개를 끄덕였다. 이렇게 묻고 있는 듯했다.

'제 말이 맞죠?'

어머니는 따스한 기쁨이 번져서 온몸으로 떨며 그에게 답해 주었다.

"봐요, 재판은 이제부터요!"

시조프가 속삭였다.

"멋지게 한 방 먹였네요, 그렇죠, 어머니?"

어머니는 아들이 용기 있게 말해서 만족스러워 고개를 끄덕이며 미소지었다. 아니, 어쩌면 아들이 연설을 끝마친 것에 더욱 만족했다. 어머니의 머릿속에는 그 연설 때문에 파벨이 더욱 위험해질 것 같은 생각이 스쳐 지나갔다. 그렇지만 자부심 때문에 가슴이 두근거리고, 아들이 한 연설이 어머니의 가슴속에 자리잡는 것 같았다.

그런데 갑자기 안드레이가 자리에서 벌떡 일어나 몸을 앞뒤로 흔들거리며 판사들을 곁눈으로 힐끔거리고 변론을 시작했다.

"친애하는 변호인!"

"법정은 당신 앞에 있지 변호 앞에 있지 않습니다!"

얼굴에 병색이 완연한 판사가 화난 소리로 크게 외쳤다. 어머니는 안드레이의 표정을 보고 그가 뭔가 조롱섞인 말을 하려 한다고 눈치챘다. 콧수염이 떨리고 눈은 교활하게 히죽히죽 웃는, 마치 고양이 웃음 같은 미소가 그의 눈에서 빛났다. 기다란 손으로 자신의 머리를 쓰다듬으며 한숨을 들이쉬었다.

"그런가요?"

안드레이가 고개를 앞뒤로 흔들거리며 말했다.

"나는 당신들이 판사가 아니라 변호사라고 생각했어요."

"사건의 직접적 핵심만을 말하세요!"

재판장이 무뚝뚝하게 말했다.

"핵심이요? 좋습니다! 저는 이미 당신들을 자주적이고 공정하고 정직한 판사로 생각하도록 강요받았습니다."

"재판은 당신이 이러쿵저러쿵할 성질이 아닙니다!"

"그런가요? 그렇다 치고, 하던 말을 계속하겠습니다. 여러분은 내 편 낯선 편도 구분이 없는 자유로운 사람들입니다. 지금 앞에는 두 진영이 있는 데, 한편에서는 '난 그에게 강도를 당하고서 완전히 묶여 있었다'고 불평하며, 다른 한편에서는 '내게 강도짓을 할 권리가 있다, 나는 양팔이 있기 때문이다' 주장을 하고 있습니다."

"개인적 진술은 빼고 핵심만 말하세요!"

"왜요? 저는 노인들이 개인 진술을 좋아한다고 들었는데요, 특히 버릇없는 말을 말입니다."

"변론을 중단하시오. 사건의 직접적 핵심만 말하시오. 익살이나 어울리지 않는 농담을 빼고 말해요."

소러시아인은 늙은 재판장을 말없이 바라보고 있다가 머리를 긁적이더니 진지하게 말을 이었다.

"직접적 핵심이라고 하셨습니까? 내가 왜 직접적 핵심에 대해서 당신에게 이야기를 해야만 하는데요? 나의 동지가 당신들에게 말한 것으로도 충분하지 않을까요? 나머지만 당신께 말하죠. 언젠가는 다른 동지들이……."

늙은 재판장이 벌떡 일어나 소리쳤다.

"발언권을 박탈하겠소! 다음, 그리고리 바실리 사모일로프!"

소러시아인은 입술을 꼭 다물고서 천천히 의자에 앉았다. 바로 옆에서 사모일로프가 곱슬머리를 흔들며 자리에서 일어났다.

"검사 양반은 동지들을 일컬어 '야만인', '문화의 적'이라 했습니다만……."

"피고와 직접 관련된 진술만 하세요."

"이 사건에 관련이 있습니다. 정직한 사람과 관련이 없는 일은 없습니다. 내 말을 막지 말아달라는 부탁을 드리고 싶습니다. 나는 우선 당신들의 문화가 도대체 어떤 종류인지 묻고 싶습니다."

"우리는 피고와 토론을 하려고 여기 있는 게 아닙니다. 요점만 말하시오!"

늙은 재판장이 이를 드러내며 말했다.

안드레이의 행동은 분명히 판사들로 하여금 태도를 바꾸게 만들었다. 그의 말이 판사들에게서 무엇인가를 닦아낸 듯 보였다. 그들의 잿빛 얼굴에 얼룩얼룩 홍조가 나타나고 눈에서는 차가운 초록빛 불꽃이 이글거렸다. 파벨의 연설은 흥분시키기는 하나 자연스럽게 우러난 존경심으로 판사들이 화를 누그러트린 반면, 소러시아인은 자제력을 깨트려서 그 밑에 눌려 있던 본래의 모습을 드러나게 만들었다. 그들은 사모일로프를 바라보고, 서로 이상하게 비꼬는 얼굴로 속삭였다. 그들은 또한 자신들을 위해 극도로 재빨리 움직이기 시작했다. 그들은 그를 붙잡아서 그의 몸을 괴롭히면서 악을 쓰고 소리치며 살아 있는 기쁨을 맛보고 싶어하는 인상이었다.

"당신들은 첩자들을 길러내고, 여인들과 처녀들을 타락시키고 있으며, 도둑질과 살인을 하지 않으면 안 될 상황으로 사람들을 내몰고 있습니다. 더욱이 술로 인간을 해치고 있습니다. 국제적인 살육과 만국민의 거짓과 타락, 그리고

야만성이 당신들의 문화라는 겁니다! 그래요, 이것이 문화라면 우리는 의당 문화의 적이기를 자처합니다."

"경고합니다!"

늙은 재판장이 턱을 흔들며 외쳤다.

그러나 사모일로프 역시 빨갛게 상기된 얼굴로 눈을 번뜩이며 소리쳤다.

"그러나 우리는 당신이 학대하고, 지하 감옥에서 썩게 하고, 미치게 만든 다른 문화의 창시자들을 존경하고 칭찬하고 감탄합니다."

"역시 발언권 박탈이오. 다음, 페도르 마진!"

아직 어린 티를 벗지 못한 마진이 샴페인 병을 떠난 코르크 마개처럼 벌떡 튀어 일어나, 짧게 스타카토처럼 단어를 끊어가며 말했다.

"나…… 나는…… 맹세합니다! 당신이 내게 유죄 판결을 내린 사실을 알고 있습니다."

가쁜 숨을 몰아쉬는 그의 얼굴이 새하얗게 질려 있었다. 그의 두 눈이 얼굴 전체를 삼키는 것 같았다. 그는 손을 앞으로 내밀며 소리쳤다.

"맹세코! 어디로 나를 추방한다 해도 나는 꼭 도망쳐서 다시 돌아와 평생 이 일을 계속할 겁니다! 맹세코!"

시조프가 법정이 떠나가라 환호성을 질렀다. 그러자 방청객들이 흥분해서 이상스럽게 멍한 분위기로 웅성거렸다. 흐느껴 우는 여인이 있는가 하면 숨넘어가는 소리로 기침을 해대는 이도 있었다. 엉겁결에 놀란 헌병들이 피고인들과 방청객을 사악하게 노려보았다. 판사들도 따라서 동요하자 재판장이 날카롭게 소리쳤다.

"구세프 이반!"

"거부하겠소!"

"구세프 바실리!"

"거부하겠소!"

"부킨 페도르!"

얼굴이 하얗고 병약해 보이는 젊은이가 힘들게 자리에서 일어나 고개를 까딱이며 천천히 말을 시작했다.

"여러분은 부끄러운 줄 알아야 합니다. 나는 병에 걸렸지만 단 하나 정의가 무엇인지만은 압니다."

그는 손을 머리 위로 쳐들고, 눈을 살짝 감고서 더는 말을 하지 않았다. 마치 멀리 무언가를 쳐다보고 있는 것 같았다.

"그래서 어쨌다는 거요?"

안락의자에 몸을 깊숙이 파묻으며 재판장이 화난 목소리로 말했다.

"당신들은 그래서……."

부킨은 침통한 표정으로 의자에 털썩 주저앉았다. 다 하지 못한 말 속에서 아주 심각한, 아니면 비난의 어떤 여운을 느낄 수 있었다. 단지 몇 사람만의 느낌이 아니었다. 심지어 판사들도 혹시나 방청객이 이 말에 술렁이면 어쩌나 하는 조바심에 잔뜩 주의를 기울였다. 지금은 방청석의 동요도 가라앉고 허공에는 조용한 흐느낌만이 머물고 있었다. 잠시 뒤, 검사가 어깨를 움츠리며 히죽 거리고 귀족 단장이 기침을 하자, 다시 법정이 술렁였다.

어머니는 너무 지쳐서 숨막혀 기절할 것만 같았다. 작은 땀방울이 이마에 송골송골 맺혔다. 사모일로프의 어머니는 긴 의자에 부산하게 움직거리며 앉아서, 어깨와 팔꿈치로 어머니를 쿡쿡 찌르고, 또 자신의 남편에게 숨죽인 소리로 속삭이기도 했다.

"이게 뭐예요? 아니 어떻게 이럴 수가 있어?"

"뭐가 이럴 수가 있어? 안 보여?"

"그럼 우리 바실리는 어떻게 되는 거예요?"

"조용히 있어."

알 수 없는 무언가 때문에 대중이 삐걱거렸다. 모든 사람은 눈앞에 크기와 모양을 가늠할 수도 없는 물체가 엄청난 흡입력을 가지고 나타나, 밝게 타오르고 있기라도 한 듯 눈을 깜빡였다. 그리고 사람들은 그들에게 분명히 떠오르는 이 대단한 물체를 이해하지 못하기 때문에, 그들은 그 물체의 중요성을 작게 만들어서, 그 의미가 깨끗하고 분명하도록 했다. 부킨의 형이 아무 거리낌 없이 큰 소리로 중얼거렸다.

"아니, 왜들 말을 못하게 하는 거야? 검사는 자기가 하고 싶은 말을 잘도 하면서……."

피고인석 옆에 서 있는 관리가 사람들 머리 위로 손을 내저으면서 굵직한 목소리로 말했다.

"조용! 조용히 하시오!"

사모일로프가 몸을 뒤로 젖히고 아내에게 갑자기 소리쳤다.

"죄가 있어도 그렇지, 해명할 기회를 줘야 하는 거 아냐? 그들이 반기를 들었다는데, 나는 알고 싶어. 나와 결코 무관한 일이 아니란 말이야."

"조용!"

관리가 그에게 삿대질로 위협하며 고함을 쳤다.

시조프는 침통한 표정으로 고개를 끄덕였다.

어머니는 판사들에게서 한 순간도 눈을 떼지 않았다. 모두 점점 더 흥분하면서 들리지 않게 작은 목소리로 이야기를 주고받았다.

얼음처럼 차갑고 결코 믿음이 가지 않는 그들의 말소리는 어머니의 얼굴에 와 닿아 뺨을 부르르 떨게 만들고 혐오스러운 느낌을 갖게 했다. 혹 판사들이 나누는 이야기의 주제가 아들과 그 동료들의 신체, 뜨거운 피와 힘으로 이루어진 근육, 신체의 각 기관들에 대해서가 아닐까, 생각이 들었다. 젊은 그들의 건강한 육체가, 부자들의 사악하고 무기력한 질투심과 병든 자의 탐욕성에 불을 지피기도 하는 것이다. 이런 느낌은 가난한 자들이 갖는다. 건강에 좋지 않은 탐욕은 신체가 지치고 아픈 병자들이 느끼듯이. 노동으로 풍요로운 삶을 만들어 마음껏 즐기고, 창조하지 못할 것이 없는 육체를 그들은 탐을 내며 침을 흘렸다. 저 젊은이들은 늙은 판사들에게, 쇠약해진 짐승의 복수심에 불타는 고통의 흥분을 불어넣는다. 쇠약해진 짐승은 바로 눈앞에 널린 먹잇감마저 먹을 힘이 없어서, 음침하게 그 무력감을 향해 울부짖는다.

무례하고 이상스러운 생각이 머리를 떠나지 않았다. 어머니는 더욱 판사들을 뚫어져라 바라보았다. 그들은 한때 남부럽지 않게 살았으나 지금은 빈털터리가 되어 굶주리고 있는 인간들의 무기력한 분노로 인한 흥분된 탐욕을 굳이 숨기지 않고 있는 듯했다. 한 여자로서 어머니에게 아들의 육체는 영혼의 육체 이상의 소중한 가치가 있게 마련이다. 그렇기에 이런 맥 빠진 시선들이 아들의 얼굴을 더듬고 가슴과 어깨, 팔뚝을 기어 다니고 뜨거운 피부에 문대는 것을 보면, 비난받아 마땅한 그들이 자신들의 청춘에 대한 되살아나는 탐욕과 질투에 눈이 멀어, 반은 죽은 것이나 진배없는 육체 안을 흐르는 몇 방울의 피에 불을 지필 수 있지 않을까 하는 희박한 가능성에 죽기 살기로 매달리고 있구나 하는 안쓰러운 생각이 들기도 했다. '아들도 이러한 불쾌한 자극에 기분이 상해 나를 보고 있구나' 하고 어머니는 생각했다.

파벨은 약간 피곤해 보이는 눈으로 어머니의 얼굴을 차분하고 부드럽고 따뜻하게 바라보았다. 가끔 고개를 끄덕이며 웃어 보이기도 했다. 어머니는 그 미소를 이해했다.

"지금 어서!" 어머니가 말했다.

가장 늙은 판사가 손으로 책상을 짚으며 일어섰다. 그는 머리가 판사복의 깃에 파묻힌 채로 조금도 움직거림 없이 단조로운 목소리로 문서를 읽기 시작했다.

"판결문을 읽고 있소." 시조프가 들으면서 말했다.

다시 조용해지고, 사람들 모두가 그 늙은 판사를 바라보았다. 판사는 체구가 작고 무표정하고 곧았으며, 마치 그가 보이지 않는 손에 들고 있는 지팡이와 같은 모습이었다. 다른 판사들도 일어섰다. 지방 원로는 머리를 한쪽 어깨 쪽으로 기울여 천장을 바라보았고, 시장은 가슴에 양손을 포개어 얹고 있으며, 귀족 단장은 수염을 쓰다듬고 있었다. 병자 같은 얼굴의 판사와 그 옆의 부어오른 사람, 그리고 검사 대리는 곁눈질로 피고인들을 주시하였다. 그리고 판사들의 뒤쪽으로는 붉은 군복 코트를 입은 황제의 무표정하고 창백한 얼굴이 그들의 머리 위 초상화 속에서 내려다보았다.

"유형!" 시조프는 안도의 한숨을 쉬고 긴 의자 뒤로 털썩 주저앉으며 입을 열렸다. "이거 참, 물론이지! 하느님 감사합니다! 그들이 유형지에서 힘든 노동을 할 거라고 하더군요. 너무 걱정할 필요는 없어요, 어머니, 별일 아니니까."

생각과 긴장된 부동 자세에 지친 어머니는 노인의 즐거움을 이해했다. 그 즐거움은 희망이 보이지 않는 음침함으로부터 맥 빠진 영혼이 용감하게 부추겨 올려지는 즐거움이었다. 그러나 어머니에게 그리 많은 생동감을 불어 넣지는 못했다.

"왜 그래요, 알고는 있었지만." 어머니는 대답했다.

그들은 철창 쪽으로 걸어갔다. 어머니는 아들의 손을 꼭 눌러 잡으며 눈물을 흘렸다. 그와 폐자는 다정하게 이야기를 나누며 미소짓고 농담도 했다. 모두가 흥분되어 있었지만 밝고 명랑했다. 여인들은 울었다. 그러나 블라소바처럼, 슬픔보다는 습관적으로 울었다. 그들은 갑작스럽게 예기치 않게도 머리에 충격을 받았다기보다는 아이들을 떼어놓아야 하는 슬픈 의식만을 경험했다. 부모들의 머릿속에는 자식들에 대한 희비가 엇갈리는 감정으로, 본능적인 자식 사랑과 자식에 대한 존경심의 결합, 자식을 보지 못하고 남은 인생을 살아야 하는 막막함, 자신의 신념을 거침없이 이야기하는 젊은이들에 대한 호기심 등 만감이 교차했다. 생각은 있으나 표현할 수 없고, 말은 하고 있으나 옷가지나 건강 걱정 따위의 아주 평범한 주제가 대부분이었다.

"사람들 모두가 지칠 거야. 우리도 그렇고, 그들도 그렇고."

사모일로프가 그의 아들에게 말했다.

형 부킨은 악수를 하며 동생에게 말했다.

"정의는 살아 있다. 그 밖에 더 필요한 건 없어!"

동생 부킨이 대답했다.

"찌르레기를 잘 돌봐 줘. 나는 그 새가 너무 좋아."

"잘 돌볼게! 나중에 돌아와보면 예쁘게 자라 있을걸."

"나는 거기서 할 일이 없어."

시즈프도 조카의 손을 잡고 천천히 말했다.

"페도르, 여행을 한다고 생각해라."

페자가 허리를 숙여 귀에 무슨 말인가를 속삭이고서 의미심장하게 미소를 지어 보였다. 호송 병사도 따라서 웃다가 이내 엄숙한 표정으로 돌아와 한 마디 던졌다.

"자, 가자!"

어머니도 겉으로는 옷가지나 건강 이야기를 하고 있지만 마음속으로는 사샤와 자신과 아들에 대한 수만 가지 상념이 교차했다. 그 밑바닥에는 일종의 부담감이 없지 않았으나, 차츰 아들에 대한 사랑으로 바뀌면서 어떻게 하면 아들을 기쁘게 해줄까, 마음만 간절해졌다. 무서운 일이 벌어지리라는 예감은 사라지고 그저 판사들 생각에 소름이 약간 끼쳤다. 한쪽 구석에는 판사들에 대한 어둡고 비인간적인 생각이 남았다.

"젊은 사람들은 젊은 판사가 재판했어야지, 늙은이들이 재판을 하다니." 어머니는 아들에게 말했다.

"사람들을 억압하지 않아서 죄를 짓지 않고 살게 해주어야 더 옳지요." 파벨이 답했다.

어머니는 소러시아인이 사람들과 이야기를 나누는 모습을 보고 정작 파벨보다 사랑이 더 절실한 사람이라는 생각에 다가가 말을 건넸다.

안드레이는 감사히 답례하며 미소를 짓고 다정하게 농담을 건넸다. 여전히 약간 우습고 유연하고 근육질이었다.

마침내 피고인들이 이끌려 나갔다. 어머니는 법정을 빠져나왔다. 시내에는 벌써 어둠이 깔리고 거리에는 가로등이 밝혀졌다. 하늘에서 별 무리가 반짝이고 모습을 보고 어머니는 놀랐다. 아직도 사람들이 법원 근처에 무리지어 있었는데 대부분 젊은이들이었다. 얼어붙은 허공에서 사각사각 눈내리는 소리가 들렸다. 잿빛 방한 두건을 뒤집어쓴 사내가 시조프의 얼굴을 보고 황망히 물었다.

"판결은 어찌 되었답니까?"

"유형이오."

"모두요?"

"그렇소."

"고맙습니다!"

사내는 걸어서 가 버렸다.

"보세요."

시조프가 말했다.

"사람들이 관심이 많아요."

갑자기 젊은 남녀 십여 명이 그들을 에워쌌고, 이런저런 설명들이 비오듯이 쏟아져내려서 훨씬 더 많은 사람을 불러들였다. 어머니와 시조프는 걸음을 멈추었다. 판결과 피고들의 처신, 변론들이 어떠했는지에 대해 질문을 받았다. 질문하는 목소리에는 열렬한 호기심이 느껴졌다. 성실하고 따스한 기분이어서 가능한 한 자세하게 이야기해주고 싶은 마음이 저절로 생겼다.

"여러분! 여기 계신 이분이 파벨 블라소프의 어머니시랍니다!"

누군가 이렇게 고함을 치자 시끄럽던 주위가 순식간에 조용해졌다.

"악수를 청해도 되겠습니까!"

누군가의 억센 손이 어머니의 손을 움켜쥐었고, 동시에 누군가의 한껏 들뜬 목소리가 들렸다.

"아드님은 우리 모두에게 용기의 모범입니다."

"러시아 노동자 만세!"

"가난한 노동자 만세!"

"혁명 만세!"

우렁찬 고함이 점점 커지고 수도 배로 불어나 열기가 하늘을 찔렀고, 그 통에도 사람들이 여기저기에서 몰려와 어머니와 시조프를 빽빽이 에워쌌다. 경찰의 호루라기 소리가 허공을 갈랐지만 결코 고함을 누를 수는 없었다. 늙은 시조프는 미소만 지었다. 어머니는 이 모든 일이 꿈만 같았다. 여기저기서 내미는 손을 잡아주고 인사를 하느라 정신이 없었다. 기쁨의 눈물이 흐르고 목이 메었다. 가까이서 누군가의 맑은 목소리가 신경질적으로 들렸다.

"동지들, 친구들, 러시아 민중을 말살해 온 전제 군주 괴물이 오늘 또다시 자신의 밑 빠진 탐욕의 입을 벌렸습니다."

"이제 그만 갑시다, 어머니."

시조프가 말했다.

바로 그 순간 어디선가 사샤가 나타나 어머니의 팔을 잡아끌었다.

"이리 오세요! 그들이 체포할 거예요. 뭐라고요? 유형이래요? 시베리아로요?"

"그래, 그렇다는구나."

"연설 어땠어요? 말씀하시지 않아도 저는 알아요. 그이는 누구보다 강하고 솔직하죠. 엄숙하기도 하고요. 예민하면서도 자상해요. 단지 자신을 드러내기를 부끄러워해서 탈이지만요. 그리고 직접적이고 명백하고, 단호해요, 마치 진리 그 자체 같아요. 정말 훌륭해요. 그의 내면에는 모든 것이 있어요, 모든 것이! 그러나 그는 종종 아무 대가도 없이 자신을 자제해요. 일하는 명분을 방해하지 않으려고 그러지요. 저는 알아요."

사샤의 뜨겁고 낮은 속삭임, 사랑의 말에 어머니의 분노는 가라앉았고, 지친 몸이 회복되어 힘이 솟았다.

"언제 파벨에게 갈 거야?"

어머니는 사샤의 손을 잡아끌면서 나직한 목소리로 다정하게 물었다. 사샤는 확신에 차서 정면을 지그시 바라보며 대답했다.

"하던 일을 넘겨줄 사람만 찾으면 바로 떠나려고요. 돈은 벌써부터 가지고 있어요. 일정에 따라서 갈 거예요. 저도 선고만 기다리고 있는 신세잖아요, 아시다시피. 아마 저도 시베리아로 보내겠죠. 그럼 그때 가서 그이가 있는 곳으로 보내달라고 청원하려고 생각하고 있어요."

뒤에서 시조프의 목소리가 들렸다.

"내 안부도 잊지 말아요! 시조프라고 하면 아마 알 거요. 폐자 마진의 삼촌 이지."

사샤가 뒤를 돌아보고 손을 쭉 내밀었다.

"저도 폐자를 알아요. 저는 알렉산드라입니다."

"그럼 부친은 어떻게 되지?"

그녀는 그를 바라보고 말했다.

"아버지가 안 계세요."

"돌아가셨다는 말인가?"

"아뇨, 살아 계세요!"

처녀가 흥분해서 대답했다. 얼굴에서 완고한 고집이 읽혔다.

"아버지는 지주예요. 지방 군수이기도 하고요. 아버지는 농민을 착취할 뿐만 아니라 폭력까지 휘두르지요. 저는 내 아버지를 인정할 수가 없어요."

"무슨 말인지 알겠소."

시조프는 깜짝 놀라 잠시 입을 다물고 있다가 곁눈질로 처녀를 보며 말했다.

"자, 어머니, 잘 가시오. 나는 왼쪽으로 꺾어야 해요. 또 만납시다, 아가씨! 아버지한테 너무 심하게 하지 말아요. 남이 참견할 일은 아니지만……."

"만약 아들이 돼먹지 못해서 남한테 폐만 끼치고 아버지한테 대들기나 한다면, 아저씨는 안 그러겠어요?"

사샤가 크게 언성을 높였다.

"글쎄, 나도 마찬가지겠지."

시조프가 망설이다 대답했다.

"아저씨에게 아들보다 정의가 더 소중하듯, 제게도 역시 아버지보다 정의가 더 소중합니다."

시조프가 고개를 끄덕이며 웃고서 한숨을 쉬어가며 말했다.

"아주 똑똑한 아가씨네! 조금만 더 같이 있다간 두 손 두 발 다 들어야겠어. 성격이 대단해! 잘 가요, 행운이 있기를 빌겠소. 남에게도 잘해주고, 알겠소? 잘 가요, 닐로브나! 파벨을 보거든 연설 잘 들었노라고 전해 주구려. 다 이해할 수도 없고 약간 무섭게 들리는 말도 있었지만 말은 다 옳더라고 전해주고.

그 젊은이들은 진리를 찾은 거요, 그래요."

시조프는 모자를 들어 올리고 침착하게 길모퉁이를 돌아갔다.

"좋은 분인 것 같아요. 그 사람들은 일하는 이유를 주는 데 유용하지요. 예를 들면 그들에게 문학 서적을 숨긴다든가."

사샤가 큰 눈으로 미소지으며 말했다.

어머니의 눈에 사샤의 얼굴이 오늘따라 한결 부드럽고 선하게 보였다. 그리고 시조프에 대한 얘기를 들으면서 생각했다. '언제나 일을 하는 이유에 대해서 논하지. 오늘도.' 그 이유가 어머니의 마음속에 불길로 각인되었다.

17

집에 돌아와 둘은 소파에 꼭 붙어 앉았다. 어머니는 차분한 마음으로 쉬면서 파벨을 만나러 가야 할 사샤의 여정에 대해 이야기를 시작했다. 처녀는 슬픔에 잠겨 짙은 눈썹을 치키고 꿈을 꾸는 듯한 큰 눈으로 먼 곳을 바라보았다. 창백한 얼굴에 평화로운 명상이 잔잔히 퍼졌다.

"나중에 애가 생기면 내가 달려가 재미있게 얼러줄게. 살기에 여기보다 못하진 않을 거야. 파샤도 일감을 얻을 수 있을 테고. 손재주가 비상하니까."

"네, 좋아요." 사샤가 생각에 잠겨 말했다. 그리고 무언가를 집어던지듯 갑자기 억양이 들어간 목소리로 간단히 말했다.

"그 사람은 거기서 살지 않을 거예요. 그는 그곳을 떠날 거예요, 물론이에요."

"어쩌려고 그러는 거니? 애들이 생기면 어쩌고?"

"모르겠어요. 가보면 알게 되겠죠. 거기서는 그가 저를 무시해야만 해요. 저는 그를 막으려고 강요할 수 없고요. 어느 순간에는 그는 자유예요. 구속할 생각도 없어요. 저는 그의 동지요, 아내죠. 물론이에요. 그렇지만 그 사람이 하는 일의 환경이 그렇게 수년 동안 그렇고 그러니까, 저는 우리의 유대 관계를 다른 사람들과의 관계처럼 그렇게 보통으로 여길 수가 없어요. 그와 헤어지기가 힘들 거라는 사실을 저는 알고 있고요. 그래도 물론 저는 잘 살아나가겠죠. 제가 남자를 소유물로 여길 줄 모른다는 사실을 그가 알고 있어요. 그를 억제하지 않을 거예요, 그러지 않아요."

사샤가 자기가 한 말은 꼭 책임을 지는 사람으로 알고 있는 어머니는 너무나 가엾은 생각에 사샤를 꼭 안으며 말했다.

"가엾어라! 네가 얼마나 힘들게 될지!"

사샤가 어머니의 품으로 파고들며 부드러운 미소를 지어 보였다. 목소리는 부드러우면서도 힘이 있었다. 얼굴이 붉어졌다.

"그때까지는 아직 시간이 많이 남았어요. 그렇지만 제가 지금 힘들어한다고 생각지는 마세요. 저는 희생은 하지 않아요. 제가 하고 있는 일이 무엇인지 잘 알기 때문에 기대감도 어느 정도여야 하는지 알고 있다고요. 제가 그 사람을 행복하게 해줄 수 있다면 그게 제 행복이에요. 제 목표, 제 희망은 그 사람의 원기를 북돋워 주는 일이에요. 그래서 그에게 제가 줄 수 있는 만큼 큰 행복과 사랑을 줘야지요. 저는 그 사람을 무척 사랑하고, 그 사람도 저를 사랑하기 때문에, 저는 알아요, 제가 그에게 주는 것을 그가 제게 돌려줘서 우리는 서로 부자가 되리라는 사실을요. 우리의 힘이 이룰 수 있는 모든 것을 발휘해서 그렇게 될 겁니다. 그런 뒤에는 만일 필요하다면, 우리는 친구로 헤어질 수도 있고요."

사샤는 오랫동안 말없이 어머니와 함께 방 안 구석에서 서로 꼭 붙어 앉아 자신들이 사랑하는 그 남자를 생각했다. 조용하고, 음울하고, 따뜻했다.

니콜라이가 갑자기 피곤한 모습으로 나타나 급히 말했다.

"사샤, 되도록 빨리 여기를 떠나요. 아침부터 첩자 두 놈이 내 뒤를 밟고 있는데, 아무래도 체포할 모양이에요. 숨으려고 하는 분위기가 분명하니까 아마 누군가를 체포한 듯한 냄새가 나요. 내 본능적인 직감으로는, 어디선가 무슨 일이 터졌다고요. 파벨의 연설문을 입수했는데, 곧바로 인쇄하기로 결정됐어요. 이걸 류드밀라에게 전해줘요. 연설문이 너무 멋져요, 닐로브나. 그의 연설이 톡톡히 한 역할을 할 거예요. 첩자들을 조심해요, 사샤. 잠깐만 기다려요. 이 전단문들도 숨겨야 해요. 예를 들면, 당신이 이 전단문을 이반에게 전해 줘요."

이야기를 하면서도 그는 추위에 언 손을 세게 비비거나, 책상으로 다가가 서랍을 열고는 서류 뭉치를 꺼내어 찢기도 하고 옆으로 치워 놓기도 했다. 걱정이 되는지 태도가 정신이 없어 보였다.

"청소한 지가 오래되니까 쓰레기만 쌓이네요! 제기랄! 보셔서 아시겠지만 어머님은 오늘 밤 다른 곳에서 주무셔야 할 것 같아요. 한바탕 소동이 벌어질 텐데, 어쩌면 어머님도 잡아갈지 몰라 걱정이 돼서 그래요. 어머님은 연설문을 여기저기 뿌려주셔야 해요."

"흠, 나를 잡아가서 어쩌게? 그렇지 않을 거야."

어머니가 말했다.

니콜라이가 양 팔뚝을 자기 눈앞에서 내저으며 단호하게 말했다.

"제가 눈치가 빠른 사람입니다. 더구나 어머님은 류드밀라를 도와야죠. 악마에게서 피하는 게 상책이에요."

아들의 연설문 인쇄에 참여할 수 있으리라는 가능성에 기뻐서 어머니는 말했다.

"상황이 그렇다면야 서둘러 가야지. 그렇지만 내가 겁낸다고 생각지는 말아."

"좋습니다! 제 여행 가방하고 셔츠가 어디 있는지 말씀해주세요. 그리고 어머님은 뭐든 욕심껏 싸서 가져가세요. 저는 이제 개인 재산을 관리할 능력을 빼앗겼거든요. 저는 완전한 대비책을 준비 중이에요. 저들에게는 불쾌하겠지만."

사샤는 말없이 찢어진 종이들을 난로 속에 집어넣고 불을 붙인 다음, 그 난로 속의 재를 살살 다른 재와 섞어 놓았다.

"이봐요, 사샤! 그만하고 어서 떠나요!"

니콜라이가 손을 내밀며 말했다.

"잘 가요. 새롭고 흥미 있는 일이 생기거든 잊지 말고 책으로 만들고. 그럼, 잘 가요, 친애하는 동지! 몸조심 하고요."

"오래 걸릴까요?"

사샤가 물었다.

"누가 알겠소? 분명한 건 내 신변에 무슨 나쁜 일이 있다는 거죠. 닐로브나, 사샤와 같이 가세요. 아시겠어요? 두 사람은 미행하기가 더 힘드니까. 그렇죠?"

"지금 나가요!"

어머니는 옷을 갈아입으며 생각했다. '개인적 자유를 걱정하는 모든 사람을 위해 열심히 노력하는 사람들이 너무도 적어.' 체포를 예상하는 니콜라이의 단순함과 사업가적 태도는 두 가지 모두 어머니로서는 놀랍고도 감동적이었다. 니콜라이를 주의 깊게 관찰해 보았지만 어머니는 그에게서 흡입력 있는 분위기밖에는 찾아보지 못했다. 그런 분위기 때문에 평소에 다정하고 부드럽던 그 눈빛과 얼굴에는 어두운 그늘이 졌다. 초조해하는 모습도, 눈곱만큼의 흥분도 엿볼 수가 없었다. 이 사람은 그 누구보다도 어머니에게 소중했고, 호들갑을 떨지도 않았다.

누구에게나 친절하고 다정하고 편애를 모르면서도 언제나 외로운 그는, 누가 보더라도 예전의 모습 그대로 모든 사람과 모든 사물에 대해 낯선 사람처럼 보였다. 단지 일을 하는 목적에 대해서만 낯선 이가 아니었다. 혼자만이 먼저 떨어져서, 은밀한, 어딘가 사람들보다는 앞서 있는 삶을 살아갔다.

이제 어머니는 그에게 미안하고 고통스러운 기분을 느꼈지만, 니콜라이가 보게 되면 불안해할까 봐, 또 항상 그런 환경에 있을 때마다 그랬던 것처럼 그가 다소 우스꽝스러워질까 봐 감정을 억제했다.

어머니가 다시 방 안으로 들어가 보니 니콜라이는 사샤의 손을 잡고 이야기하고 있었다.

"훌륭해요! 그렇게 하면 그 사람이나 당신을 위해서도 좋을 거라고 확신하오. 사실 얼마간의 개인적 행복은 그렇게 해롭지 않으니까. 그가 자신의 가치를 잃지 않도록 하기 위해서는 개인적 행복이 조금은 필요하지요. 어머님, 준비되셨어요?"

니콜라이는 어머니에게로 다가와 웃으며 안경을 고쳐 썼다.

"자, 안녕히 가세요. 저는 석 달, 넉 달, 길게 잡아 반 년 정도 생각하고 있어요. 반 년이면 남자 인생에서 그렇게 짧은 시간도 아니죠. 몸조심 하세요, 부디. 아시겠어요? 우리 포옹해요."

왜소한 니콜라이는 어머니의 목을 꼭 끌어안고 함박웃음을 지으며 말했다.

"어머님을 사랑하게 되었나 봅니다. 오래 이렇게 있고 싶네요."

어머니는 말없이 그의 이마와 볼에 키스했다. 어머니의 양손이 부들부들 떨렸다. 혹시나 니콜라이가 눈치챌까 봐 얼른 손을 풀었다.

"조심해서 가세요. 특히 내일이 문제예요. 이렇게 하세요. 가서서 아침에 남자애를 하나 보내세요. 류드밀라가 그런 일할 만한 아이를 하나 데리고 있을 거예요. 잊지 말고 조심하라고 이르시고요. 그럼 안녕히 가세요, 동지! 다 잘돼야 할 텐데……."

길을 걸으며 사샤가 어머니에게 빠르게 말했다.

"필요하다 싶으면 이 일처럼 단순하게 죽음까지 갈 사람으로 보여요. 아마 서두르기조차 할 거예요. 죽음이 빤히 그의 얼굴을 바라본다 해도 그 사람, 안경을 고쳐 쓰고 '훌륭하십니다' 말하고는 그냥 죽을 사람이죠."

"나는 그를 진심으로 사랑한단다."

어머니가 속삭였다.

"저는 다만 놀랍다는 생각뿐 사랑까지는 모르겠어요. 존경하기는 하죠. 선량하고 부드럽고. 그렇지만 왠지 무뚝뚝해서 인간적이라는 생각은 아직 안 들어요. 우린 지금 미행을 당하고 있는 것 같아요. 여기서 헤어지는 게 낫겠어요. 첩자가 쫓고 있다고 생각되거든 류드밀라 집으로 들어가지 마세요."

"알고 있어."

어머니가 말했다. 그러나 사샤가 고집스럽게 덧붙였다.

"누가 뒤쫓을 땐 들어가지 마세요. 여의치 않으면 제게로 오세요. 안녕, 다시 만나요!"

사샤는 뒤로 돌아 재빨리 오던 길로 방향을 바꾸었다.

얼마 뒤 어머니는 류드밀라의 작은 방에 앉아 난롯불을 쬐었다. 허리띠를 졸라 맨 검은 외투 차림의 류드밀라는 사각거리는 발소리와 함께 명령조의 말투로 연신 중얼거리며 방 안을 천천히 거닐었다.

"사람들은 악한 게 아니라 어리석어요. 가까이 손으로 잡을 수 있는 사물만 보거든요. 그런데 가까이 있으면 싸고 멀리 있으면 비싼 법이지요. 삶이 다르고, 더 가볍고, 또 사람들이 좀 더 합리적이라면 모두에게 편하고 즐거울 텐데. 멀리에서 얻으려면 눈앞의 현실로 당신 자신을 방해해야만 해요."

닐로브나는 인쇄하는 장소가 어딘지 궁금했지만 좀처럼 종잡을 수가 없었다. 길 쪽으로 창문이 세 개가 나 있는 방에는 폭신한 의자 하나와 책장과 책상, 의자, 벽에 붙인 침대, 그 구석에 세면대, 다른 쪽 구석에 벽난로, 벽 그림, 그리고 사진 몇 점 외에는 아무것도 없었다. 모두 새것이라 튼튼하고 정돈 또한 완벽했다. 여주인의 수도사 같은 모습에는 차가운 그림자가 드리워져 있어 분명 무언가 감추고 있는데 그게 무엇인지는 정확히 알 수 없었다. 어머니는 여러 개의 문에 시선을 돌렸다. 그 가운데 하나 곁방으로부터 통하는 문에서 그녀가 들어왔다. 다른 하나는 난로 옆에 붙어 있는데 높기만 했지 폭은 좁은 문이었다.

"나는 일 때문에 온 거예요."

어머니는 그 여주인이 자기를 보고 있다는 걸 알고 당황해서 말했다.

"알고 있어요. 아무 용건 없이 저를 찾아오는 사람은 없거든요."

류드밀라의 목소리에서 뭔가 심상치 않은 낌새를 차린 어머니는 그녀의 얼굴을 똑바로 바라보았다. 류드밀라는 입가에 엷은 미소가 걸리고 안경 너머에는 둔감한 눈이 어슴푸레 빛났다. 어머니는 류드밀라의 눈길을 피하면서 파벨의 연설문을 건네주었다.

"여기 있어요. 그들이 되도록 서둘러 인쇄해달라더군요."

그리고 니콜라이가 체포에 대비하고 있더라는 이야기를 했다.

류드밀라는 묵묵히 종이를 허리춤에다 찔러 넣고 의자에 앉았다. 안경 알에 빨간 불빛이 반사되고 굳은 얼굴에는 뜨거운 미소가 감돌았다.

"놈들이 들이닥치면 총을 쏘겠어요."

류드밀라는 누그러트린 목소리로 장담했다.

"저는 폭력으로부터 자신을 지킬 권리가 있어요. 다들 이런 생각을 갖도록 하기 위해서라도 저는 그들과 싸워야 합니다."

불빛이 스친 류드밀라의 얼굴은 준엄하고 다소 거만해 보이기까지 했다.

'당신 인생이 아주 즐겁지는 못하구먼.'

어머니는 동정심에서 이런 생각을 해보았다.

류드밀라는 처음에는 마지못해 파벨의 연설문을 읽기 시작했다. 그러나 점점 종이 가까이로 고개를 숙이더니 재빨리 종잇장을 넘기고는 다시 일어나 자세를 바로 하고 어머니에게로 다가갔다.

"훌륭해요. 제가 좋아하는 내용이네요. 비록 이 부분에도 조용한 분위기가 있기는 하지만 말이에요. 그렇지만 연설은 음침한 드럼치라서, 그 드럼 연주자는 강력한 남자이지요."

류드밀라는 무슨 생각을 하는지 고개를 숙였다.

"저는 어머니와 아드님에 대해 이야기하고 싶은 생각은 없었어요. 만나 본 적도 없거니와 슬픈 이야기라면 아주 질색이거든요. 저는 유형의 시간이 다가온다는 게 무얼 뜻하는지 잘 알아요. 그렇지만 한 가지 말하고 싶은 것은, 분명 아드님이 멋질 거라는 겁니다. 그는 젊은 사람임이 분명하지만, 위대한 영혼이지요. 그런 아들을 가진다면 분명 멋지기도 하고 지옥 같기도 하겠죠."

"그럼, 좋고말고. 지금은 두렵지 않아요."

류드밀라는 매끈하게 빗어 내린 머리카락을 검게 그을린 손으로 매만지며 가볍게 한숨을 쉬었다. 가볍고 따스한 그림자가 류드밀라의 두 뺨에서 떨렸는데, 틀림없이 웃음을 참느라 생긴 그림자였을 것이다.

"우린 곧 인쇄를 할 거예요. 좀 도와주시겠어요?"

"물론이지."

"저는 얼른 조판을 할게요. 좀 누우세요. 힘든 하루였으니 고단하실 거예요. 여기 침대에 누우세요. 저는 잠을 잘 안 자요. 밤에 도움이 필요하면 도와달라고 깨울게요. 누우실 때 불 끄세요."

류드밀라는 난로에 장작 두 개를 집어넣고 한 번 기지개를 켜고는 난로 옆의 좁은 문으로 들어가 안에서 닫았다. 어머니는 여주인이 사라지는 것을 보고 있다가 옷을 벗으며 생각했다.

'완고한 사람도 가슴이 불타오르는 모양이구먼. 속일 수가 없지. 사람들 모두가 사랑을 해. 당신은 사랑하지 않으면 살 수가 없다오.'

피곤해서 머리는 어지러웠지만 마음은 이상하리만큼 평온했고, 내면에서 부드럽고 다정한 빛이 평온히 가슴을 채우며 모든 것을 비추었다. 이러한 평화로움은 전혀 낯설지 않았는데, 격한 흥분 뒤에 찾아온 것이다. 그 평온함은 처음에는 아주 약간 어머니를 괴롭히고 방해하더니 이제는 어머니의 영혼을 넓혀주었고, 게다가 강력하고 형태 없는 어떤 생각으로 영혼을 튼튼하게 해주었다. 항상 어머니 앞에는 아들과 안드레이, 니콜라이, 사샤의 얼굴이 떠올랐다. 어머니는 그들에게서 기쁨을 찾았다. 그들은 아무 생각도 일으키지 않고 스쳐 지나가면서 단지 가볍게, 그리고 슬프게 어머니의 마음을 감동시키기만 했다. 그리고 어머니는 등불을 끄고, 차가운 침대 시트 속으로 들어가서 몸을 웅크린 뒤 금세 깊은 잠 속으로 빠져들었다.

18

눈을 떴을 때는 이미 청명한 겨울 아침의 싸늘하고 밝은 빛이 방 안을 가득 채우고 있었다. 류드밀라는 손에 책을 들고 소파에 누워 평소답지 않은 미소를 지으며 어머니를 쳐다보았다.

"아니, 이럴 수가!"

어머니가 왠지 당황해서 외쳤다.

"나 좀 봐! 내가 오래 잤나요?"

"안녕히 주무셨어요!"

류드밀라가 대답했다.

"열 시가 다 됐어요. 일어나셔서 차 좀 같이 드세요."

"좀 깨우지 그랬어요?"

"그러려고 했었죠. 그런데 와 보니 얼마나 달콤하게 주무시던지!"

류드밀라는 유연하면서도 힘 있는 동작으로 소파에서 일어나 침대로 다가와 어머니 얼굴 가까이까지 고개를 숙였다. 류드밀라의 윤기 없는 눈에서 어머니는 어떤 사랑스럽고 친밀하고 이해할 것 같은 무언가를 느낄 수 있었다.

"좋은 꿈을 꾸셨나 본데 제가 방해나 안 되었는지 모르겠네요."

"꿈도 안 꾸고 잤어요."

"어쨌든 죄송해요. 주무시면서 웃고 계시던데 어찌나 흐뭇하던지. 그렇게 평온하고 좋아 보일 수가 없었어요."

류드밀라가 웃음을 터뜨렸다. 벨벳처럼 아주 부드러운 웃음 소리가 흘러나왔다.

"저는 어머니에 대해서, 어머니의 인생에 대해서 생각했어요. 힘든 인생이셨죠?"

그러자 어머니는 미간을 찡그리며 생각에 잠겨 아무 말도 하지 않았다.

"당연히 힘드셨겠죠!"

류드밀라가 소리쳤다.

"잘 모르겠소."

어머니가 조심스럽게 말했다.

"이따금 힘들 때도 있어요. 요즘 너무 많은 일을 겪어서. 게다가 하나같이 심각하고 놀라운 일인데, 휙 지나가 버리죠. 꼬리에 꼬리를 물고 아주 빠르게……."

낯익은 거친 흥분의 물결이 어머니의 가슴에 출렁여 마음은 이러저러한 형상과 상념들로 가득 찼다. 어머니는 말로 생각들을 재빨리 포장하며 침대에서 일어나 앉았다.

"모든 일이 진행되는 방향은 일정해요. 집이 불탈 때 불길이 위로 향하지! 여기서는 정면으로 총을 쏘고, 저기서는 불길이 위로 타오르고 있고, 어느 때보다도 더 밝게 더 힘 있게. 알겠지만 대단히 힘이 들어요. 사람들은 고통을 당하고, 폭력을 당하고, 게다가 잔인하게 당한다오. 모든 사람이 억압당하고 감시를 당해요. 그들은 숨기도 하고, 원숭이처럼 살기도 하고, 또 기쁨을 많이 누리지 못하도록 통제돼요. 그렇게 힘들어요. 그래서 당신이 그들을 볼 때, 고된 일들과 악하고 힘든 일들이 그 사람들 주변에 도사리고 있는데, 외면이 아니라 내면에 도사리고 있지."

류드밀라는 재빨리 고개를 들고 무엇이라도 감싸 안을 듯한 깊은 눈길로 어머니를 바라보았다. 어머니는 말로써 자신의 생각을 모두 표현할 수 없다는 사실에 스스로 짜증나고 불쾌했다.

"어머니에 대한 이야기가 아니군요." 여주인이 나지막이 말했다.

어머니는 침대에서 일어나 옷을 입으며 말했다.

"나에 대해서가 아니라고? 그래요, 여기, 내가 사는 이 모든 곳에서 내 한 몸 생각만 한다면 정말 고통이요. 이 사람을 사랑하기도 하고, 저 사람이 소중하기도 하고, 모든 사람이 다 두렵기도 하고, 또 모든 사람 때문에 가슴이 미어지는데 어떻게 나 자신만을 챙기고 물러나 있겠소? 모든 것이 당신의 마음속으로 몰려 들어가서 당신 자신을 모든 사람 앞에 끌어낸다오. 그런데 당신은 한 옆으로 물러나 있을 수 있겠어? 그러기는 힘들지."

류드밀라가 웃으며 부드럽게 말했다.

"아마 그럴 필요가 없겠지요."

"그럴 필요가 있는지 없는지를 나는 잘 모르지만, 내가 아는 한 가지는, 사람들이 삶보다 점점 더 강해지고 있고, 삶보다 더 현명해지고 있다는 분명한 사실이에요."

어머니는 반쯤 옷을 입은 채로 방 한가운데 서서 생각에 잠겼다. 자신과 아들에 대한 불안과 공포로, 그리고 아들의 몸 하나 건사하겠다는 일념으로 살아온 여자는 이미 어디론가 멀리 떠나 버려 어쩌면 흥분의 불길 속에 던져져 버린 느낌이 들었다. 그리고 나니 어머니의 영혼은 가벼워지고 그간 쌓였던 불순물들이 말끔히 씻긴 듯했고, 가슴에서는 새로운 힘이 솟아올라 어머니의 생각을 고쳐주었다. 자신의 속마음은 과연 무엇인지 알고 싶기도 하고, 그러다가 불안했던 옛 기억이 일깨워지면 어쩌나 싶은 불안한 마음도 있어서 어머니는 자기 자신과 교감했다.

"무슨 생각을 그렇게 하세요?"

류드밀라가 어머니에게 다가가며 다정하게 물었다.

"나도 잘 모르겠어."

두 사람은 서로 바라보며 미소만 지을 뿐 아무 말도 하지 않았다. 잠시 뒤 류드밀라가 방을 나서며 말했다.

"사모바르가 끓고 있나 모르겠네?"

어머니는 창밖을 내다보았다. 차갑고 상쾌한 날씨가 거리에서 빛났다. 어머니의 가슴은 밝게 빛나다 못해 뜨거웠다. 어머니는 낯선 누군가에게 혼동된 감사의 감정으로, 그의 영혼 속에 들어온 모든 사실을 즐겁게 털어놓고 싶어서, 그날 저녁의 붉은 노을빛으로 영혼에 불을 켰다. 한동안 하지 않았던 기도가 하고 싶어졌다. 어떤 젊은이의 얼굴이 떠오르고 뇌리에서 외침 하나가 울렸다. '이분이 파벨 블라소프의 어머니시랍니다!' 사샤의 유쾌하고 다정하게 반짝이는 눈, 르이빈의 시커멓고 커다란 윤곽이 불쑥 나타나고, 단호한 아들의 구릿빛 얼굴, 당황한 듯 눈을 깜빡이는 니콜라이의 모습이 눈앞을 스쳤다. 모든 상념이 깊으면서도 가벼운 탄식과 함께 떨렸다.

"니콜라이 말이 맞았어요."

류드밀라가 방으로 들어서며 말했다.

"그가 체포된 게 분명해요. 말씀하신 대로 남자애를 보냈는데, 경찰이 마당에는 물론이고 대문 뒤에도 숨어 있더래요. 집 지키는 사람은 안 보이고, 첩자들이 어슬렁거렸어요. 애가 다 알거든요."

"그래요? 아, 정말 가여운 사람 같으니……."

어머니가 고개를 끄덕이며 말했다.

어머니는 한숨이 나오는데 슬픔 때문에 나오는 한숨은 아니었다. 마음속으로 조용히 스스로에게 놀랐다.

"최근, 도시 노동자들과의 독서 모임이 잦았어요. 벌써 그만두고 피했어야 했어요."

류드밀라가 얼굴을 찡그리면서 말을 이었다.

"동지들이 여러 번 몸을 숨기라고 했지만 그가 어디 귀담아듣나요? 생각 같아서는 충고도 필요 없고 강요할 필요도 없는데……."

까만 머리, 아름다운 눈, 매부리코의 소년이 얼굴이 붉어진 채로 문으로 들어섰다.

"차를 들여올까요?"

소년이 낭랑한 목소리로 물었다.

"그래, 세료자. 이 아이는 제가 키우는 아이에요. 전에 만난 적이 있나요?"

"아니."

"저 애가 가끔 니콜라이에게 갔었죠. 제가 보냈었어요."

어머니 눈에 오늘따라 류드밀라가 다르게 보였다. 한결 솔직하고 친밀하게 느껴졌다. 균형 잡힌 몸매에서 연출되는 유연한 몸놀림 속에는 엄격하고 창백한 얼굴을 어느 정도 부드럽게 해주는 아름다움과 힘이 느껴졌다. 하룻밤 사이 눈 아랫부분이 더욱 짙게 보였다. 누가 보더라도 마음속에서 팽팽한 줄을 잡아당기고 있는 긴장감을 눈치챌 수 있었다.

소년이 사모바르를 들고 들어왔다.

"인사해라, 세료자! 이분은 펠라게야 닐로브나 아주머니인데 어제 재판을 받은 노동자의 어머니란다."

세료자는 말없이 고개 인사를 하고 어머니의 손을 잡았다 놓더니 빵을 가져와 식탁에 놓았다. 류드밀라는 차를 따르면서 경찰의 진정한 표적이 누구인지 밝혀질 때까지 집에 가지 말라고 제안했다.

"어쩌면 놈들이 기다리는 사람이 어머니일 수도 있어요. 아마 어머니를 심문하려고 할 거예요."

"심문할 테면 하라지? 체포를 한다 해도 달라질 건 없어요. 죄가 있다면 파샤의 연설문을 들고 다니며 뿌린 죄밖에 뭐가 더 있수?"

"조판이 다 끝났어요. 내일이면 시내와 교외에 배포할 수 있을 거예요. 혹시 나타샤를 아세요?"

"알다마다."

"그 사람한테 전하세요."

아이는 신문을 읽고 있어서 다른 말에는 신경도 쓰지 않는 듯 보였다. 이따금 시선이 신문을 떠나 어머니의 얼굴에 머무를 때도 있었는데, 어머니는 신선한 시선과 마주칠 때면 괜히 기분이 좋아져 웃음이 새어 나왔다. 류드밀라는 다시 니콜라이의 체포에 대한 이야기를 꺼냈지만 여전히 유감의 빛은 없었다. 어머니에게 그런 류드밀라의 말투는 당연하게 여겨졌다. 그날따라 시간이 다른 날보다 빨리 흘러서, 그들이 차를 다 마셨을 때는 벌써 한낮에 가까웠다.

"하지만!"

류드밀라가 소리쳤다.

바로 그때 문을 급하게 두드리는 소리가 들렸다. 아이가 자리에서 벌떡 일어나 귀엽게 인상을 쓰고 의심의 눈초리로 류드밀라를 바라보았다.

"문 열어줘, 세료자. 누구일까?"

그리고 류드밀라는 침착한 태도로 손을 치마 주머니에 찔러 넣고서 어머니에게 말했다.

"만약 헌병이면, 아주머니는 이쪽 구석으로 물러나세요. 그리고 세료자, 너는……."

"저도 알아요! 깜깜한 뒷복도로 해서……."

소년이 밖으로 나가며 나직이 대답했다.

어머니는 빙그레 웃었다. 어머니는 이런 호들갑에 전혀 동요가 되지 않았다. 불길한 예감이라곤 없었기 때문이다.

키가 작은 의사가 들어왔다. 그리고 서두르는 말투로 말했다.

"첫 소식은, 니콜라이가 체포되었다는 겁니다. 아하, 닐로브나, 여기 계셨군요? 체포 순간에 거기 안 계셨네요?"

"그 사람이 저를 여행 보내면서 여기로 피신하라고 했어요."

"음, 소용없는 일을 했네요. 두 번째 소식은, 간밤에 젊은이 여러 명이 파벨의 연설문을 약 5백 장 가량 등사했다는 겁니다. 썩 잘 나왔더군요. 평이하면서도 명확하게 말이죠. 저녁 때 시내에 뿌리겠다는 계획이에요. 내 생각은 좀 다른데. 시내에는 인쇄된 것이 낫지 않을까요? 등사한 건 어디든지 보낼 때 쓰기로 하고요."

"나한테 줘요. 내가 나타샤한테 가져가겠소."

어머니가 활기를 띠며 소리쳤다.

어머니는 가능한 한 빨리 연설문을 배포해서 온 세상에 파벨의 말이 퍼지기를 바랐다. 얼른 대답을 달라는 눈으로 간청하려고 의사의 얼굴을 바라보았다.

"이런 때, 때맞춰 당신이 이런 일을 하게 되리란 걸 귀신이 아닌 다음에야 누가 생각했겠어요?"

의사가 망설이듯 말하고 시계를 꺼냈다.

"지금 시각이 12시 48분이니까 2시 5분 열차를 타면 거기에 5시 15분에 도착하겠군요. 저녁때니까 그리 늦은 시간은 아닐 겁니다. 그건 중요한 문제는 아니에요!"

"중요한 문제가 아니다."

류드밀라가 되풀이하며 눈살을 찌푸렸다.

"그럼, 뭐예요?"

어머니가 그렇게 묻고는 자신의 생각을 말했다.

"요점은 그 일을 잘 해내기만 하면 되는 거네. 그리고 그 일은 내가 잘할 수 있지."

류드밀라가 어머니를 뚫어지게 바라보더니 이마를 쓸어올리며 말했다.

"어머니가 하기에는 너무 위험한 일이 아닐까 싶어서……."

"왜?"

어머니가 열에 들떠서 도전하듯 외쳤다.

"왜냐하면."

의사가 재빨리 끼어들었다.

"어머니는 니콜라이가 체포되기 한 시간 전에 집에서 사라졌어요. 그리고 공장으로 다시 떠났는데, 공장에서는 나타샤의 숙모로 알고 있죠. 그런데 어머니가 공장에 도착하자마자 불온 전단이 나돌았다고 생각해 봐요. 이 모두가 어머니 목에 올가미를 씌우게 될 테죠."

"그곳에는 날 알아볼 사람이 없어요."

어머니가 확신에 찬 어조로 잘라 말하며 자신의 희망에 집착했다.

"돌아와 체포를 당하면 심문을 하겠죠. 어디에 다녀왔냐고."

잠시 말을 멈추고 생각에 잠겨 있던 어머니가 다시 큰 소리로 말을 이었다.

"대답을 어떻게 할까, 생각해 둔 게 있어요. 거기서 나는 곧장 교외로 갈 거요. 아는 사람이 사는 곳으로. 시조프라는 사람이랍니다. 그 사람한테 재판이 끝나고 내가 곧장 그리로 와서 슬픔을 달래느라 쭉 머물렀다고 말하게 하면 돼요. 그도 역시 슬픔을 당한 사람이오. 조카가 재판을 받았거든. 그가 나도 옹호해줄 거요. 알겠수?"

어머니는 그들도 어쩔 수 없이 어머니의 바람에 따르고 있다는 생각에 얼른 확답을 듣고 싶어서 더욱 완강하게 버텼다. 역시나 그들은 손을 들었다.

"정 그러시면, 가세요."

의사가 마지못해 동의했다.

류드밀라는 입을 꾹 다물고 생각에 잠겨 방 안을 서성거렸다. 얼굴이 약간 어두워지고 볼이 패였으며 갑자기 자라난 머리를 받치고 있기도 힘이 드는지 목 근육이 눈에 띌 정도로 뻣뻣해져 있었다. 그리고 머리가 무의식 중에 가슴까지 푹 수그러졌다. 어머니는 이것을 스스로 알아챘다. 의사가 마지못해 동의했다고 생각하자 어머니도 어쩔 수 없이 한숨이 나왔다.

"다들 내 걱정을 하고 있군요. 자기 몸도 돌보지 않으면서……."

어머니의 기쁨의 물결은 점점 더 높아졌다.

"당치 않습니다. 우리는 우리 몸을 돌보고 있고 마땅히 그래야죠. 우리는 쓸데없이 힘을 낭비하는 사람들을 비난합니다. 자, 어머님 하실 일이 이렇습니다. 역에 가시면 거기서 연설문을 넘겨받으실 겁니다." 의사가 대답했다.

그는 연설문을 넘겨받는 방법에 대해 설명하면서 어머니의 얼굴을 빤히 들여다보았다.

"그럼, 성공을 빌겠습니다. 행복하시죠?"

인사를 하고 집을 나서는 의사의 얼굴에는 아직 우울한 기분과 불만이 가시지 않은 듯했다. 그가 문을 닫고 나가자 류드밀라는 어머니에게 조용히 웃으며 말했다.

"당신은 좋은 분이에요, 당신을 이해해요."

류드밀라는 어머니의 팔을 잡았다 놓고서 다시 방 안을 거닐었다.

"제게도 아들이 있습니다. 벌써 열세 살인데, 지금은 아빠와 살고 있죠. 남편은 검사보랍니다. 아마 벌써 검사가 되었을지도 몰라요. 그래서 아이가 그와 함께 있지요. 아이가 커서 어떤 사람이 될까, 생각을 자주 합니다."

촉촉한 류드밀라의 목소리가 떨리는가 싶더니 잠시 침묵이 흐르고, 생각에 잠긴 듯 조용히 말을 이었다.

"아이를 키우는 사람은, 나와 가까운 사람들의 공인된 적이자, 내가 이 세상에서 가장 훌륭한 사람들이라고 여기는 이들의 적이기도 합니다. 아이는 나의 적으로 성장하게 될 겁니다. 아이와 나는 결코 함께 살아서는 안 되기에 나는 지금 낯선 이름으로 살고 있습니다. 못 본 지 8년이 되었어요."

류드밀라는 창가에서 걸음을 멈추고 창백하고 암울한 하늘을 바라보며 계속 말했다.

"아이 곁에 있을 수만 있다면 나도 훨씬 강해지고 늘 고통스러운 가슴의 상처를 달고 살지 않아도 될 텐데…… 차라리 이럴 바에는 아이가 죽어버리는 게 더 나을 것 같아요."

류드밀라는 잠시 말을 멈추고, 좀 더 단호하고 요란스럽게 덧붙였다.

"가엾어라!"

어머니는 강한 무엇인가가 가슴속에서 타오르는 기분을 느끼며 조용히 말했다.

"어머니는 행복한 분이에요!"

류드밀라가 웃으며 말했다.

"정말 멋져요. 아들과 어머니가 같은 길을 간다니 말이죠. 정말 드문 경우군요!"

어머니는 자신도 모르게 큰 소리로 외쳤다.

"암, 좋고말고요!"

이어서 무슨 비밀 이야기라도 하듯이 낮은 목소리로 말을 이었다.

"남들과 다른 삶이오. 당신들, 니콜라이 이바노비치, 진실한 사람들과 더불어 나란히 한길을 가게 되었다는 것도 대단한 일이에요. 별안간 사람들이 모두 날카로워진 건 다 이해할 수 있지만 말들은 이해할 수 없다오. 그래도 다른 것들은 다 이해할 수 있어요!"

"바로 그겁니다, 바로 그거예요!"

류드밀라가 말했다.

어머니는 손을 가슴에 얹고서 속삭이듯 말했다. 마치 하고 있는 말들을 다시 머릿속에서 되뇌는 듯했다.

"아이들이 세계를 누비고 있어요. 세계 방방곡곡 어느 곳 하나 빼놓지 않고 한 가지 목표를 위해 걸어가고 있다는 걸 이해할 수 있어. 가장 훌륭한 가슴과 정의로운 이성의 소유자들이 행진을 하며 모든 사악함과 모든 어둠을 가차없이 공격하고 진격을 거듭해 무거운 발길로 짓밟고 있어요. 모든 것을 이해하고, 모든 사람을 정당화하면서 그들은 전진해요. 건강한 젊은이들이 굳은 의지로 오직 한 가지 목표, 정의에 쏟아 붓고 있다오. 인간의 고통의 굴레를 벗기고 이 세상의 재앙을 없애기 위해 스스로 무장하고 진격해서, 끝내 흉악한 무리를 무찌르고 말 거요. 새로운 태양에 불을 지펴야 해. 누군가 말했지, 불을 지피자고! 그들은 불을 지필 게야. 우리는 우리의 상처받은 가슴을 하나로 모아야 해요. 그래서 우리는 인생 전체를 말끔히 세척할 테고, 그들도 그럴 거요."

어머니는 하늘을 향해 손을 쳐들고 흔들었다.

"태양이시여!"

그렇게 외친 어머니는 자신의 가슴을 쳤다.

"지금 여기에 영원히 꺼지지 않을, 인간의 행복을 위한 영광스럽고 거룩한 태양에 불이 밝혀질 것입니다. 삶과, 사랑과, 인간이 원하는 모든 희망을 위하여!"

새로운 믿음에 불을 지피자 잊었던 기도 소리가 되살아나서 어머니의 가슴 속에서 불꽃이 튀듯 그것들이 쏟아져 나왔다.

"진리와 이성의 길을 걷고 있는 아이들이 모두에게 사랑을 선사할 겁니다. 그리고 새로운 하늘 속의 모든 것을 옷 입히고 영혼의 깊이에서 우러나오는 꺼지지 않는 불꽃으로 모든 것을 환하게 비출 겁니다. 그래서 세상 전체에 대한 그 아이들의 사랑에서 태어난 인생이, 그런 새로운 인생이 현실에 나타날 거요. 그런데 이런 사랑을 누가 없앨 거요, 누가? 어떤 힘이 이보다 더 강하겠습니까? 누가 감히 이 힘을 막겠소? 세상이 새로 태어나고 생명들이 승리의 찬가를 부르는……."

어머니는 어찌나 흥분했는지 힘들어하며 숨을 헐떡였다. 류드밀라는 무엇을 깨뜨릴까봐 겁을 집어먹은 사람처럼 소리 없이 조심스럽게 어머니에게서 물러났다. 유연한 발걸음을 내디디며 윤기 없는 눈으로 자기 구두코만을 응시했는데, 키도 더 커 보이고 꼿꼿한 몸은 더 여위어 보였다. 볼은 푹 패고 엄숙한 얼굴은 무슨 생각을 그리 골똘히 하는지 진지했으며, 입술은 꽉 다물어져 있었다. 방 안의 정적이 어머니의 마음을 한결 안정시켰다. 어머니는 류드밀라의 기분을 눈치채고 죄지은 사람처럼 낮은 목소리로 말했다.

"내가 잘 알지도 못하면서 너무 지껄여서……."

류드밀라는 깜짝 놀라 재빨리 몸을 돌리고서 얼른 입을 열었다. 그리고 무엇을 제지하기라도 하려는 듯 어머니에게 손을 내밀었다.

"천만에요, 그렇지 않아요! 이제 이런 이야기는 그만 하기로 해요. 말씀하신 대로 되어야죠."

그리고 한결 침착한 목소리로 말을 이었다.

"곧 떠나셔야겠어요, 갈 길도 먼데."

"서둘러야겠군. 내가 지금 얼마나 기쁜지 당신은 모를 거요. 아들의 말을 전해야죠, 내 핏줄의 말을! 내 영혼의 말을!"

어머니는 웃음을 보였지만 그 웃음은 류드밀라의 얼굴에 아무런 반응도 일으키지 못했다. 자신의 기쁨이 류드밀라 때문에 반감이 되고 있다고 느꼈다. 그러자 자신의 불을 이 굳어 있는 영혼에 붙여주어야겠다는 생각이 갑자기 들었다. 그녀의 영혼이 불타고, 그녀의 가슴도 기쁨으로 가득 차기를 바랐다. 어머니는 류드밀라의 손을 꼭 잡고 말했다.

"사랑하는 류드밀라! 모든 사람을 비추어 줄 빛이 우리의 삶 속에 이미 있고, 또 때가 되면 사람들이 그 빛을 발견하고 진심으로 감싸 안으리라는 것을 당신이 알게 되면 얼마나 기쁜 일인가요!"

선량해 보이는 큰 얼굴이 부르르 떨리고, 눈에는 시원스런 미소가 피어올랐다. 눈썹이 마치 그 미소를 감추려는 듯 약간 떨렸다. 위대한 생각에 도취된 어머니는 자신의 가슴에 불을 지폈던 모든 것, 여태껏 살아오면서 겪었던 모든 생각을 크고 단단한 수정 같은 언어 속에 꼭꼭 눌러 담았다. 그러자 봄 태양의 창조적 힘으로 밝게 빛을 내더니 가을의 가슴 한편에서 더욱 힘차게 성장해서 더욱 밝은 꽃을 피우고 빨갛게 물들었다.

"그건 사람들에게 새로 태어난 신과 같다고나 할까! 각자는 모두를 위함이요, 모두는 각자를 위함이라오. 이게 바로 당신들을 생각하는 나만의 방식이랍니다. 당신들은 모두 동지이고 혈육이며 진리의 어머니의 자식들이오. 진리가 당신들을 낳았어요, 당신들이 살아가는 진리의 힘으로."

다시 흥분의 물결에 스스로 도취된 어머니는 잠시 말을 끊고 숨을 들이쉰 다음, 포옹이라도 할 것처럼 두 팔을 넓게 벌리고서 말했다.

"속으로 '동지!' 부르면 마치 그들의 발걸음 소리가 들리는 듯해요. 많은 사람이 어디선가 나타나 한곳을 향해서 함께 걷지요. 그들의 외침이 들리고, 즐거워하는 모습이 보여요. 그 느낌은 마치 세계 모든 교회가 한꺼번에 울리는 축제의 종소리를 듣는 듯해요."

류드밀라의 얼굴이 놀란 듯 붉어지고 입술은 떨렸으며 두 눈에서는 커다랗고 투명한 눈물 방울이 줄줄 흘러내렸다. 이것이 바로 어머니가 바라는 바였다.

어머니는 그녀를 꼭 끌어안고 가슴에 복받치는 승리감에 미소를 지었다. 헤어질 때 류드밀라는 어머니를 바라보며 나직이 물었다.

"어머니는 어머니에게 무슨 좋은 일이 일어나고 있는지 알고 계세요?" 그러고 나서 스스로 답했다. "아주 기쁘고 만족할 만한 일이에요, 높은 산 위에서 맞은 아침 같아요."

19

거리에 나서자 몹시 찬 공기가 진하게 온몸을 감쌌다. 목구멍을 파고들며 코끝을 자극하는 바람에 숨을 쉬기가 힘들었다. 어머니는 걸음을 멈추고 주위를 둘러보았다. 멀지 않은 길모퉁이에 털모자를 눌러 쓴 마부가 서 있고, 멀리서 곱사등의 어떤 사람이 양 어깨에 머리를 폭 박고서 걸어오는데, 앞에 선 병사 하나가 귀를 비비며 뛰어간다.

'모르기는 해도, 가게에 심부름을 가는가 봐.' 이런 생각을 하며 어머니는 발 밑에 밟히는 눈의 사각거리는 소리에 흐뭇해하면서 걸음을 재촉했다. 생각보다 일찍 역에 당도했으므로 기차는 아직 도착하지 않았지만 담배 연기로 자욱하고 지저분한 삼등 대합실은 벌써 많은 사람들로 북적댔다. 바깥 날씨가 너무 쌀쌀해서 철도 노동자들과 마부들, 초라한 행색의 노숙자들이 몸을 녹이려고 몰려들었기 때문이다. 승객들은 물론이요, 농부 몇 명, 너구리 털외투를 걸친 뚱보 상인, 사제와 곰보자국이 난 딸, 병사 대여섯 명, 북적거리는 상인들이 뒤섞여 있었다. 사람들은 소리를 고래고래 지르고 수다를 떨며 간이식당에서 차와 술을 마셨다. 매점에는 떠들썩하게 웃어대는 사람들도 있었는데, 그들의 머리 위로는 연기 구름이 뭉게뭉게 피어올랐다. 문을 여닫을 때마다 삐거덕 소리가 나고, 잘 닫히지 않는 문을 억지로 닫을 때마다 창문이 덜컹거렸다. 담배 냄새와 기계 기름 냄새, 생선 냄새가 콧구멍을 심하게 자극했다.

어머니는 눈에 가장 잘 띄는 입구 옆에 자리를 잡고 앉았다. 문이 열릴 때마다 찬 공기가 밀려와 어머니를 때렸다. 왠지 기분이 나쁘지 않아서 찬 공기를 마음껏 마셨다. 두 손에 꾸러미를 잔뜩 든 사람들이 들어왔다. 그들은 두툼한 옷을 입고 있었는데 눈치없이 문을 밀고 들어와서는 간간이 욕을 섞어가며 불평을 늘어놓고 이내 짐 꾸러미를 긴 의자 위나 바닥에 던졌다. 그러고는 외투 깃이나 소매의 마른 부분으로 턱수염과 콧수염을 훔치고 내내 입김을 불어 날렸다.

젊은 사람 하나가 두 손에 누런 여행 가방을 들고 들어와 주위를 살펴더니 어머니에게로 곧장 걸어왔다.

"모스크바로, 조카에게 가시나요?"

젊은 사람이 나직이 물었다.

"네, 타냐에게 갑니다."

"여기 있습니다."

그는 어머니 가까이에 있는 의자에 가방을 올려놓고 재빨리 담배 한 개비를 꺼내어 불을 붙이더니 모자를 조금 들어올리고 다른 쪽 문으로 말없이 사라졌다. 어머니는 차가운 가방 겉을 어루만지다가 팔꿈치를 괴고서, 흡족한 표정으로 사람들을 살펴보았다. 잠시 뒤 자리에서 일어나 플랫폼으로 나가는 문 가까이의 자리로 옮겼다. 가방이 그렇게 무거운 편이 아니어서 가뿐히 들어올릴 수가 있었다. 어머니는 고개를 들고 눈앞에 번쩍거리는 사람들의 얼굴을 찬찬히 살피며 걸어갔다.

짧은 외투 차림에, 게다가 짧은 옷깃을 올려 세운 어떤 젊은 사내가 어머니를 쿡 찌르더니 말없이 물러나며 손을 머리 쪽으로 흔들었다. 어디선가 본 듯한 느낌이 들어 뒤를 돌아보니 그가 옷깃에 감춰진 반짝이는 눈으로 쳐다보고 있지 않은가. 그의 주의 깊은 눈초리가 바늘처럼 찔렀다. 갑자기 가방을 든 손이 부들부들 떨리고 가방 또한 무겁게 느껴졌다.

'낯이 익어.'

마음 한구석에 자리잡은 달갑지 않은 혼란스러운 기분을 지워보려고 애를 써보았다. 조용하면서도 강력하게 어머니의 마음을 억누르고 있는 차가운 감정이 무엇인지 분명하지 않았다. 그런데 그 감정이 목구멍에서 점점 살아나서 어머니의 입안이 바싹바싹 마르고 입맛이 썼다. 그 기분 때문에 다시 한 번 주변을 돌아보았다. 그때 그는 조심스럽게 제자리걸음만을 하고 있었는데, 얼핏 보기에 어떤 일에 대한 결심을 선뜻 하지 못한 채 무언가를 원하고 있는 듯한 모습이었다. 오른손을 외투 단추 사이에 찔러 넣고 왼손은 호주머니에 넣고 있었고, 이 때문에 오른쪽 어깨가 왼쪽 어깨보다 올라가 보였다.

어머니는 서두르지 않고 긴 의자로 다가가 앉았다. 동작 하나하나가 어쩌나 조심스럽던지 마치 뭔가에 찔리기라도 할까봐 두려워하고 있는 사람으로 보였다. 불길한 예감이 들었다. 기억을 더듬어 보니 두어 번 만난 적이 있는 사람이었다. 한 번은 르이빈이 탈옥한 뒤 교외 들판에서였고, 또 한 번은 법정에서였다. 경찰에게 르이빈의 도주로를 엉뚱한 곳으로 말해준 적이 있었는데 바로 그 경찰이었다. 어머니를 알고 있는 그들은 여태껏 어머니의 뒤를 밟아왔다는 증거였다.

'걸려든 건가?'

어머니는 자문해 보았다. 다음 순간 자신도 놀라며 속으로 대답했다.

'아직 아닐지도 모르지.'

그러다 다시 체념한 듯 신중하게 말했다.

'걸려든 거야!'

주위를 살폈지만 눈에는 아무것도 안 보이고 한 가지 생각만 불꽃처럼 머릿속에서 타다 말다를 되풀이했다.

'가방을 두고 그냥 가 버릴까?'

그러나 동시에 다른 생각의 불꽃이 더욱 빛을 발했다.

'얼마나 잃게 될까? 아들의 연설을 아무에게나 줘 버린다고?'

어머니는 가방을 바짝 끌어당겼다.

이런 생각들이 마치 누군가 억지로 머리에 찔러 넣은 것처럼 낯설게만 느껴졌다. 생각의 불이 다시 활활 타오르더니 머리에 화상을 입히고 불이 붙은 가는 채찍으로 가슴을 내리쳤다. 통증도 통증이지만 모욕감은 더해서, 자신은 물론이거니와 파벨과, 가슴과 함께 성장한 모든 것으로부터 자신을 떼어놓고 있는 것만 같았다. 어떤 적대적인 힘이 집요하리만치 자신을 억누르고 어깨와 가슴을 쥐어짜고 마구 흴뜯으면서 헤어날 길 없는 공포 속으로 몰아넣고 있다는 생각이 들었다. 관자놀이에서 핏줄이 고동치고 머리가 지끈거렸다.

어머니는 자신의 존재를 뒤흔드는 듯한 느낌 속에서 애써 이러한 교활하고 비겁하며 유치한 불꽃들을 꺼 버리고 자신에게 명령조로 말했다.

"그만하면 됐어!"

무겁기만 하던 어머니의 마음이 가벼워졌다. 다시 용기를 얻은 어머니가 덧붙였다.

'아들 이름에 먹칠을 할 순 없어. 아무도 겁내지 않잖아.'

어머니의 눈이 누군가의 쓸쓸하고 겁먹은 시선과 맞닥뜨렸다. 잠시 뒤 르이빈의 얼굴이 기억 속에서 가물거렸다. 동요의 시간도 지나 이젠 한결 마음이 가벼워지고 심장의 고동 소리도 잠잠해졌다.

'이제 어떻게 될까? 나를 어떻게 하려는 걸까?'

주위를 살피며 더 날카롭게 생각했다.

첩자가 경비원을 불러 무슨 말인가를 속삭이며 눈으로 어머니를 가리켰다. 경비원은 쓱 건성으로 쳐다만 보고 돌아갔다. 다른 경비원이 와서 한참을 귀 기울여 듣고는 양미간을 찌푸렸다. 그 경비원은 건장한 체격에 꽤 나이가 든 사람으로, 백발인데다 면도도 하지 않았다. 그는 첩자에게 고개를 끄덕이고 어머니가 앉은 의자 쪽으로 다가왔다. 첩자는 재빨리 자취를 감추었다.

노인은 무서운 눈으로 유심히 어머니의 얼굴을 노려보며 느릿느릿 걸어왔다. 어머니는 벌벌 떨며 의자에 깊숙이 몸을 붙이고 앉았다.

'때리지만 말았으면, 때리지만 말았으면!'

그가 어머니 옆에 말없이 다가서자 어머니가 그를 올려다봤다.

"무얼 그리 보고 있소?" 그가 평범한 목소리로 물었다.

"아무것도 아니오."

"이런 도둑 같으니! 나이 꽤나 먹어서는……."

그의 말이 뺨을 한 대, 두 대 치는 것만 같았다. 악의에 찬 말로 볼을 찢고 눈알을 뽑는 듯했다.

"나는 도둑이 아닌데 왜 거짓말을 하는 거요!"

어머니는 혼신을 다해 외쳤다. 눈앞이 빙글빙글 돌고 쓰디쓴 모욕감에 억장이 무너졌다. 가방을 힘껏 당겼다. 그러자 가방이 열렸다.

"보시오, 다들 와서 이걸 보란 말이오!"

어머니는 이렇게 소리를 치며 자리에서 벌떡 일어나 연설문 한 다발을 끄집어내 머리 위에서 흔들었다. 정신없는 통에서도 어머니는 사방에서 쏟아져나와 달려오는 사람들의 고함을 들었다.

"무슨 일이야?"

"저기, 첩자가 있군."

"이게 뭔 일이래?"

"저 여자가 도둑질을 했다고 하던데……."

"그럴 사람으로 보이진 않는데……. 도둑이 소리를 질러?"

"저 여자는 훌륭한 사람인데! 나의, 나의!"

"도대체 누굴 잡은 거야?"

"나는 도둑이 아니오!"

어머니는 사방에서 모여든 사람들을 보고 적잖이 마음을 놓으며 힘껏 외쳤다.

"어제 정치범들에 대한 재판이 있었고, 내 아들 블라소프도 재판을 받았습니다. 아들이 변론을 했습니다. 바로 이겁니다. 나는 지금 전단을 운반 중이었습니다. 사람들로 하여금 읽고 진리에 대해 생각할 수 있도록……."

누군가가 조심스럽게 손에서 전단을 뭉치째 잡아챘다. 어머니는 허공에서 전단을 흔들다가 군중에게 냅다 뿌렸다.

"누가 칭찬을 해준다고 그래!"

누군가의 겁먹은 목소리가 들렸다.

어머니는 사람들이 저마다 유인물을 낚아채서 품 속이며 호주머니 속에 감추는 모습을 보았다. 흔들릴 이유도 없고 당당했다. 더욱 침착해지고 정신이 바짝 들었으며 자랑스럽기까지 했다. 참아왔던 기쁨이 최고조에 달했다. 얼른 가방에서 전단 다발을 꺼내어 좌우로 뿌리며 사람들 손에 쥐여주었다.

"무엇 때문에 내 아들과 동지들이 재판을 받았는지 여러분은 알고 있습니까? 죄다 말씀드리겠습니다. 어미의 진심을 믿어주세요. 다 세어 버린 머리카락을 믿어주세요. 여러분에게, 모든 사람에게, 정직한 사람들에게 성스러운 진리를 일깨우고 있다는 이유로 재판을 받았습니다. 어제 나는 진리가 과연 무엇인지 알게 되었습니다. 진리와는 누구도 논쟁을 벌일 수가 없습니다. 그 어느 누구도!"

군중은 아무 말이 없었지만 그 수는 더욱 불어나서 이제는 어머니를 에워싸고 있는 모양이 마치 살아 있는 몸으로 엮은 반지와 같았다.

"빈곤과 굶주림, 질병이 죽기 살기로 일한 대가입니다. 우리를 못 잡아먹어 안달이어서 매일 노동과 진흙구덩이, 사기 속에서 우리의 생명을 앗아가고 있습니다. 반면 다른 사람들은 우리의 노동으로 마음껏 즐기고 배불리 먹으면서도 쇠사슬에 묶인 개처럼 우리를 무지 속에 가둬두고 있습니다. 우리는 사실 아는 것도 없고 늘 두려움에 떨며 살아왔습니다. 밤이 바로 우리의 삶이었습니다. 그것은 무서운 꿈이에요, 그들은 강한 독약으로 우리를 중독시켰고, 우리의 피를 마셨어요. 그래서 스스로 비만이 되고 구토가 날 때까지 탐욕에 들끓는 사악한 하인들을 과잉 부양했어요. 그렇지 않은가요?"

"옳소!"

짤막한 대답이 이어졌다.

군중 뒤에 첩자와 헌병 둘이 서 있는 모습을 본 어머니는 얼마 남지 않은, 어쩌면 마지막일지도 모르는 전단 뭉치를 서둘러 집으려고 가방에 손을 넣었다. 벌써 누군가의 낯선 손이 기다리고 있었다.

"가져가요, 가져가!"

어머니는 고개를 끄덕이며 말했다.

얼굴빛이 지저분한 사람이 어머니에게 속삭였다.

"누구에게 말해야 하나요? 누구에게 알려야 하죠?"

어머니는 대답하지 않았다.

"지금의 삶을 바꾸려면, 인간이 자유를 얻으려면, 사람들이 죽음으로부터 스스로 깨어나야 합니다. 내가 그랬던 것처럼, 또 누군가 이미 진실을 깨달은 사람처럼 말입니다. 왜냐하면, 그 누구도 진실을 크게 외치고 다닐 수 없도록 적들이 강한 힘으로 사람들을 가두고 고통을 주기 때문입니다. 부(富)는 곧 힘이고, 진실과는 친구가 될 수 없습니다. 그러므로 진실은 부자의 적일뿐입니다. 그리고 이 대립 관계는 영원할 것입니다. 우리의 젊은이들이 진실을 전하고 있고, 영리하고 청렴한 사람들이 그 일을 함께하고 있습니다. 지금은 아주 적은 사람들이 그 일을 하고 있어 힘이 없지만, 사람들의 뜨거운 가슴과 열정을 자유와 진실에 쏟아 부어 나날이 힘을 모으면, 머지않아 그 누구도 막을 수 없는 큰 힘을 갖게 될 날이 옵니다. 그리고 그 열정은 우리의 힘겨운 삶을 따뜻하게 감싸고 활기를 주며, 나아가서는 영혼을 팔며 살고 있는 부의 권력으로부터 우리를 해방할 겁니다. 진실을 믿으세요!"

"해산하라!"

헌병들이 사람들을 밀치며 소리쳤다. 사람들은 마지못해 길을 내주면서도 단결된 힘으로 헌병들을 에워싸며 '적어도 우리는 네놈들을 앞으로 보내주고 싶은 마음은 없다'고 외치듯 앞길을 방해했다. 선량해 보이는 얼굴에 크고 솔직한 눈을 가진 백발의 여인에게 사람들은 매료되었다. 삶에 찌들고 깨질 대로 깨진 사람들이 어머니의 말에 불이 붙어 하나의 전체로 결합되었다. 어쩌면 거짓된 삶에 모욕당한 많은 가슴들이 오래 전부터 애타게 갈망했던 일인지도 모른다. 가까이 서 있는 사람들은 모두 말이 없었지만, 어머니는 그들의 어두운 표정과 화가 난 얼굴에서도 따뜻한 숨결을 느낄 수 있었다.

"벤치에서 일어나요!" 그들이 말했다.

"나는 즉시 체포될 거야. 그럴 필요는 없는데."

"빨리 말해요, 그들이 오고 있어요!"

"정직한 사람들을 만나세요. 가난에서 벗어날 수 있도록 조언을 줄 만한 사람을 찾으세요. 동지들, 힘에 굴복도, 양보도, 화해도 하지 마세요. 노동자들이여 일어나라! 삶의 주인은 당신 자신입니다! 당신의 삶은 오로지 노동뿐이에요. 자신을 바라보십시오! 당신은 속박된 채 죽임을 당하고 영혼을 강탈당했습니다. 우리는 마음과 정신을 함께 모아 힘을 길러야 합니다. 그래야만 현실에서 벗어날 수 있습니다. 여러분은 친구도 없고 오로지 자신뿐입니다. 그 말은 여러분에게는 노동자밖에 없다는 뜻입니다. 그래서 우리의 친구인 노동자들이 노동자들을 위해서 감옥으로 끌려가 고통받으며 죽어가는 것입니다. 그들은 잘못을 저지르거나 거짓말을 한 것이 아니란 말입니다."

"비켜! 해산!"

헌병들의 외침이 점점 가깝게 들렸다. 어머니 앞에서는 사람들이 서로 팔을 잡고 함께 흔들고 있었다.

"여행 가방 안에 든 게 이게 다요?" 누군가가 속삭였다.

"그걸 가져가요, 다 가져가!" 어머니가 크게 말했다. 그 소리가 어머니의 가슴에 노래 한 곡으로 각인되는 기분이었다. 자신의 말소리가 고통 때문에 지속되지 못하고 쉬어서 떨렸으며 깨져 버렸다.

"내 아들의 말은 노동하는 인간, 매수당하지 않은 깨끗한 영혼의 말입니다. 용기가 있어 매수되지 않았음을 명심해야 합니다."

"그의 말은 정직합니다. 필요하면 진실을 지키기 위해 스스로 불리해지기조차 합니다. 그래서 노동자 여러분, 당신들에게로 갑니다. 타락하지 않고 현명하며, 두려움이 없는 당신들에게로요. 마음을 열고 이 말을 가져가서 삶에 도움을 받으세요. 그러면 모든 것을 이해하고, 진리와 인류의 자유를 위해 모든 것에 대항해 싸울 힘이 생긴답니다. 이 말을 가져가서 믿고 모든 사람의 행복을 향해 가세요, 지극한 기쁨을 누리면서 새로운 삶으로 향해 가는 거예요!"

마침내 가슴을 한 대 얻어맞은 어머니는 비틀거리며 의자에 털썩 주저앉았다. 사람들의 머리 위로 헌병의 손이 번쩍였다. 그 손들은 옷깃과 어깨를 움켜쥐고 몸뚱이를 냅다 집어던지는가 하면 모자를 갈기갈기 찢어 멀리 날리기도 했다. 눈앞이 캄캄해지고 빙글빙글 돌았다. 그렇지만 어머니는 지친 몸을 다시 일으켜 세우고 숙을힘을 다해 외쳤다.

"여러분, 여러분의 힘을 하나로 모아야 합니다!"

헌병 하나가 붉어진 큰 손으로 어머니의 멱살을 잡고 흔들었다.

"조용히 해!"

어머니는 벽에 뒷목을 부딪쳤다. 어머니는 두려움의 연기 속에서 잠시 눈앞이 캄캄해지고 숨이 막혔지만 어머니의 마음은 연기를 떨쳐 버리며 다시 분명하게 타올랐다.

"저리 가!"

헌병이 외쳤다.

"두려워할 필요 없어요. 여러분이 여태껏 살아오며 당하고 견뎌냈던 고통보다 더한 고통은 없습니다!"

"조용히 있으라고 했잖아!"

헌병이 어머니의 한쪽 팔을 잡아당겼다. 그리고 또 다른 헌병이 어머니의 다른 한쪽 팔을 잡고 끌고 갔다.

"하루도 거르지 않고 당신의 심장을 후벼내고, 가슴을 말리는 고통을 당하고, 힘을 빼며 살아왔으니 그보다 더 쓴 고통이 어디 있을까."

첩자가 앞으로 달려 나오더니 주먹으로 어머니의 얼굴을 후려쳤다. 그리고 찢어지는 목소리로 외쳤다.

"조용히 해, 쭈그렁 할망구!"

휘둥그레진 어머니의 눈에서 불꽃이 튀고 턱이 부르르 떨렸다. 미끄러운 돌바닥을 딛고 마지막 힘을 다해 일어서며 어머니가 소리쳤다.

"부활한 영혼은 죽일 수가 없어!"

"개 같은 년!"

첩자가 다시 주먹을 날렸다.

어떤 검붉은 것이 순간 어머니의 눈을 가리고 찝찔한 피가 입안에 괴었다.

어떤 폭발적인 목소리가 어머니에게 활기를 주었다.

"그 여인을 때리지 마라!"

"맙소사! 뭐야?"

"악한 같으니!"

"저 사람을 혼내줘!"

"피로 이성을 죽이지는 못해!"

어머니는 목과 등을 떠밀리고 어깨, 머리 할 것 없이 사정없이 두들겨 맞았다. 사방이 돌고 비명과 흐느낌과 호각 소리가 뒤섞여 검은 소용돌이를 일으켰다. 귀가 묵직하면서 먹먹해지고 목이 아팠으며 질식할 듯 숨이 막혔다. 바닥이 발 아래서 내려앉고 흔들리고, 다리가 굽으면서 온몸이 무엇에 데기라도 한 듯 떨리며 힘없이 무거워지고 비틀거렸다. 눈만은 부릅뜨고, 수많은 다른 눈들이 용감하고 날카로운 불꽃들로 타오르는 것을 보았다. 그 눈의 불꽃들은 어머니가 마음속으로 사랑하는 모습들이었다. 어머니는 문 안으로 떠밀려 들어갔다.

어머니는 헌병의 손을 뿌리치고 문설주를 끌어안다시피 붙들었다.

"피의 바다에 진리를 묻지는 못해."

그들이 손을 후려쳤다.

"바보들! 너희 스스로에게 악만 쌓이게 하다니!"

헌병이 어머니의 목을 잡고 짓눌렀다.

어머니는 그르렁거리며 쉰 목소리를 냈다.

"불쌍한 것들…… 미안해, 짐승들……."

На дне
밑바닥

나오는 사람들

미하일 이바노비치 코스틸료프('목발' '구부러진 못' 등의 의미) 54세, 여인숙 주인
바실리사 카르포브나 코스틸료프의 아내, 26세.
나타샤 바실리사의 여동생, 20세
아브람 메드베데프('곰'이라는 뜻) 자매의 삼촌, 경찰, 50세
바시카 페펠('재'라는 뜻) 28세
안드레이 미트리치 클레시치('펜치'라는 뜻) 자물쇠 기술자, 40세
안나 클레시치의 아내, 30세
나스탸 미혼여성, 24세
크바시냐('반죽통'이라는 뜻) 고기만두 파는 여자, 40세가량
부브노프 모자 장수, 45세
사틴과 배우 거의 동년배, 40세가량
남작 33세
루카 순례자, 60세
알료시카 구두 수선공, 20세
애꾸눈 조프와 타타르인 짐꾼
그 밖에 이름도 없고 대사도 없는 부랑자 몇 명.

제1막

　동굴 같은 지하실.

　무거운 석조에 회반죽 칠이 벗겨진 검댕투성이의 둥근 천장. 조명은 객석과 오른쪽 네모난 창을 통해 위에서 아래로 비추고 있다. 오른쪽 구석에는 얇은 널빤지로 칸을 지른 페펠의 방이 있고, 그 문 옆에 부브노프의 널빤지 침대. 왼쪽 구석에 커다란 러시아식 벽난로. 왼쪽 돌벽에 부엌으로 통하는 문이 있고, 거기에는 크바시냐, 남작, 나스탸가 살고 있다. 난로와 문 사이 벽에 넓은 침대가 있고, 지저분한 사라사 커튼이 걸려 있다. 모든 벽에 판자 침대가 붙어 있다. 무대 바로 앞, 왼쪽 벽 가장자리에 바이스와 작은 모루를 장치한 나무 그루터기가 있고, 그보다 약간 낮은 그루터기가 또 하나 있다. 거기에 클레시치가 모루를 향해 걸터앉아 헌 자물쇠에 열쇠를 이것저것 맞춰보고 있다. 그 발밑에는 갖가지 열쇠를 철사줄에 꿴 커다란 꾸러미 두 개, 일그러진 양철 사모바르, 쇠망치, 크고 작은 줄이 널려 있다.

　이 여인숙 한가운데에는 커다란 탁자 하나, 긴 의자 두 개, 둥근 걸상 하나가 있는데, 모두 칠도 하지 않은 채 지저분하다. 그 큰 탁자를 향해, 사모바르 앞에 크바시냐가 앉아 주부 행세를 하고 있다. 남작은 흑빵을 씹고 있고, 나스탸는 걸상에 앉아서 탁자에 팔꿈치를 괴고 너덜너덜해진 얇은 책을 읽고 있다. 커튼이 쳐진 침대에서는 안나가 기침을 하고 있다. 부브노프는 침대에 앉아, 나무로 만든 모자 틀을 무릎 사이에 끼고 헌 바지 뜯은 것을 거기에 대보면서, 어떻게 재단할지 궁리 중이다. 그 옆에는 모자챙을 만들기 위해 뜯어낸 골판지 상자 하나, 그리고 기름 먹인 천과 헝겊 조각이 흩어져 있다. 사틴은 방금 잠에서 깨어나 침대에 누운 채 신음하고 있고, 벽난로 위에서는 모습이 보이지 않는 배우가 몸을 뒤척이며 기침을 하고 있다.

　이른 봄, 아침.

남작 계속 말해봐!

크바시냐 아이참 말도 많으셔, 그만 좀 해. 나도 산전수전 다 겪었어…… 이젠 새우튀김 1백 마리를 준대도 결혼 따위는 하지 않을 거니까!

부브노프 (사틴에게) 뭘 그렇게 툴툴거려?

사틴이 신음을 내고 있다.

크바시냐 이래뵈도 나는 누구의 눈치도 보지 않는 자유로운 여자야. 그런 걸 이제 와서 남의 호적에 들어가 남자의 노예로 떨어지라고, 흥! 웃기시네! 미국 왕세자라고 해도 내가 결혼 따위 할 것 같아?

클레시치 거짓말하고 있네!

크바시냐 뭐가 어째요?

클레시치 거짓말 말라고. 경찰 아브람과 결혼할 거면서……

남작 (나스탸의 책을 빼앗아 제목을 읽는다) 《운명적인 사랑》이라…… (웃는다)

나스탸 (오른손을 뻗으며) 이리 돌려줘요…… 장난치지 말고!

남작이 나스탸를 보면서 책을 높이 흔든다.

크바시냐 (클레시치에게) 이 죽지도 못한 빨강머리 놈아! 거짓말은 당신이 하고 있지! 나한테 어쩜 그리 뻔뻔스러운 말을 할 수 있어?

남작 (책으로 나스탸의 머리를 때리면서) 너 바보지? 응, 나스탸……

나스탸 (책을 낚아채며) 이리 달라니까……

클레시치 정말 대단한 마님 나셨군…… 그러면서 아브람쿠란 놈과 엮일 생각 으로…… 오직 그것만 기다리고 있으면서……

크바시냐 당연하지! 당신이 무슨 상관이야! ……미안해서 어쩌지! 그런데 당신 은 마누라를 죽도록 고생만 시키지 않았어?

클레시치 닥쳐, 늙어빠진 암캐! 너야말로 무슨 상관이야……

크바시냐 저 봐, 저 봐, 꼴에 듣기 싫단 말이지?

남작 어이쿠, 또 시작이군! 어이, 나스탸, 정신은 말짱한 거야?

나스탸 (머리를 들지 않고) 그만 하라니까요…… 저리 가요!

안나 (커튼에서 고개를 내밀고) 또 하루가 시작됐네! 제발 부탁이니…… 소리 좀 그만 질러요…… 싸우지들 말고!

클레시치 또 우는 소리야!

안나 허구한 날 지겹지도 않아요? ……하다못해 죽는 것만이라도 조용히 죽게 좀 내버려둬요!

부브노프 떠든다고 못 죽나……

크바시냐 (안나 옆으로 다가가서) 그런데 안나, 어떻게 저런 악당과 살았어?

안나 내버려 둬요…… 제발 좀 내버려 두라고요……

크바시냐 정말이지 그 참을성에는…… 두 손 두 발 다 들었어! ……어때, 가슴은 좀 가벼워졌어?

남작 어이 크바시냐! 이제 시장에 나갈 시간이야……

크바시냐 아, 가야지! (안나에게) 따끈따끈한 만두 좀 먹을래?

안나 고맙지만…… 먹고 싶지 않아요. 먹어봤자 뭐해요?

크바시냐 그래도 좀 먹어야지. 뜨거운 걸 먹으면 가슴이 좀 편해지잖아. 접시에 좀 남겨둘 테니까…… 먹고 싶을 때 먹어! 자 갑시다, 나리…… (클레시치에게) 홍, 욕심만 덕지덕지해가지고…… (부엌으로 사라진다)

안나 (기침을 심하게 하면서) 아, 못 견디겠어……

남작 (나스탸의 목덜미를 살짝 찌르며) 그만 좀 해, 이 바보!

나스탸 (중얼거린다) 시끄럽다니까…… 내가 당신에게 방해되는 거라도 있어요?

남작이 휘파람을 불면서 크바시냐를 뒤쫓아 퇴장한다.

사틴 (널빤지 침대 위에서 일어나면서) 어제 나를 때린 놈이 누구야?

부브노프 알아서 뭐하게?

사틴 하긴 그렇지만…… 그래도 도대체 뭐 때문에 때렸지?

부브노프 트럼프 했지?

사틴 했지……

부브노프 그래서 맞은 거군……

사틴 홍, 빌어먹을 놈들……

배우 (난로 위에서 머리를 내밀며) 언젠가 까무러칠 정도로 두들겨 맞을 날이 올 거야……

사틴 흥…… 아무것도 모르는 녀석이.

배우 모르긴 뭘 몰라?

사틴 뭐긴, 두 번 당하는 놈도 있나?

배우 (잠시 침묵하고) 모르겠네…… 왜…… 두 번 당할 수가 없는지?

클레시치 이봐, 그러지 말고 내려와서 방 청소나 하지그래…… 멍하니 있지 말고.

배우 무슨 상관이야……

클레시치 곧 바실리사가 와서, 무슨 상관이 있는지 가르쳐 줄 거야……

배우 흥, 바실리사가 뭔데! 오늘은 남작이 청소할 차례야…… 어이, 남작!

남작 (부엌에서 나오면서) 나는 청소하고 있을 시간 없어…… 이제부터 크바시냐하고 시장에 가야 해.

배우 그건 네 사정이고…… 가고 싶으면 징역이든 뭐든 가도 좋아…… 그러나 오늘은 당신 차례야…… 나는 다른 사람 몫까지 일할 생각은 없으니까……

남작 마음대로 해, 나스첸카가 청소해 줄 거야…… 이봐, 운명적인 사랑! 정신 차려!(나스탸의 손에서 책을 낚아챈다)

나스탸 (일어나면서) 어쩌라는 거예요? 이리 내요! 못된 사람. 그리고도 신사라고 할 수 있어요?

남작 (책을 돌려주면서) 나스탸! 나 대신 청소해 줘, 괜찮지?

나스탸 (부엌 쪽으로 가면서) 어림도 없지…… 누굴 뭘로 보고?

크바시냐 (부엌 입구에서 남작에게) 당신은 그만 가요! 당신이 가고 나면 청소쯤은 누가 해도 할 테니까…… 배우 양반! 부탁인데 좀 하지 그래요…… 그런다고 팔다리가 부러지기야 하겠어요?

배우 참 나, 왜 만날 나야…… 도무지 이해할 수가 없어……

남작 (부엌에서 짐판에 광주리를 걸어 매고 나온다. 광주리 안에는 누더기로 싼 단지가 들어 있다) 오늘따라 엄청 무겁군……

사틴 역시 남작이라 다르긴 하네……

크바시냐 (배우에게) 청소 잊지 말아요!

    남작을 앞세워 현관 쪽으로 간다.

배우 (난로에서 내려오면서) 나는 먼지를 마시면 안 되는데. (우쭐하여) 내 오거니즘(유기체)은 알코올 중독에 걸렸거든…… (판자 침대에 걸터앉아 생각에 잠긴다)

사틴 오거니즘…… 오르가논(논리조직)……

안나 안드레이 미트리치……

클레시치 또 왜?

안나 저쪽에 크바시냐가 나 먹으라고 남겨둔 만두가 있을 테니…… 당신이 먹어요.

클레시치 (그녀 옆으로 걸어간다) 당신은 안 먹고?

안나 생각 없어요…… 먹어서 뭐하게요? 당신은 일하는 사람이니…… 당신이나 먹어요……

클레시치 무서운 거야? 무서워할 것 없어…… 어쩌면 아직……

안나 가서 드세요! 나는 너무 괴로워서…… 틀림없이 곧……

클레시치 (곁을 떠나면서) 괜찮아…… 곧 일어날 수 있어…… 흔히 있는 일이야!(부엌으로 나간다)

배우 (갑자기 꿈에서 깨어난 것처럼 큰 소리로) 어제 병원에서 의사란 녀석이 말했어. 당신의 오거니즘은 완전히 알코올 중독에 걸렸다고……

사틴 (미소지으면서) 오르가논 말인가……

배우 (완고하게) 오르가논이 아니라 오, 거, 니, 즘……

사틴 시캄브리.*1

배우 (부정하듯이 한 손을 내저으며) 에잇 멍청이! 나는 진지하게 말하는 건데…… 정말로. 만약 오거니즘이 중독에 걸렸다면…… 바닥을 청소하고…… 먼지를 마시는 건 좋지 않다는 얘기라고……

사틴 불로장수의 마크로비오티카던가…… 허!

부브노프 뭘 중얼거리는 거야?

사틴 말이지…… 더 있어, 트랜센덴틀*2……

부브노프 뭔 소린데?

사틴 몰라…… 까먹었어……

---

*1 라인 강변에 살았던, 고대 게르만의 한 종족. 요컨대 사틴이 어려운 말을 많이 알고 있다는 한 예이다.

*2 transcendental. 선험적인. 초월적인.

부브노프 그럼 왜 그런 말을 하는데?

사틴 아무것도 아니야…… 나는 인간의 말에 질려 버렸어…… 우리가 쓰는 모든 말에 싫증이 났다는 말이야! 모든 말을…… 아마도 천 번은 들었으니까……

배우 '햄릿'이라는 연극 속에 "말, 말, 말!"이라는 대사가 있어. 그건 정말 멋진 작품이지…… 나는 그 연극에서 무덤 파는 일꾼 역할을 했는데……

클레시치 (부엌에서 나오면서) 그럼 이번에는 청소당번 역할을 하는 건가?

배우 상관 마…… (한 손으로 자기 가슴을 두드린다) 오필리아 님! 오, 이 몸도 잊지 말고 기도해 주오! ……

무대 뒤 어딘가 멀리서 희미한 웅성거림, 큰 소리로 외치는 소리, 경찰 호각 소리.
일을 시작한 클레시치는 줄로 빽빽거리는 소리를 내고 있다.

사틴 나는 뜻을 알 수 없는 이상한 말들이 좋아…… 이래봬도 젊었을 땐…… 전신(電信) 쪽에 근무했거든…… 책도 꽤 많이 읽었지……

부브노프 전신 계통에서 일했단 말이야?

사틴 그랬지…… 아주 훌륭한 책이 있었어…… 그리고 재미있는 말도 많았지…… 나는 이래봬도 교육을 많이 받은 인간이었으니까…… 알기나 해?

부브노프 들었어…… 골백번도 더 들었다고! 왕년에 무슨 일을 했든…… 그게 무슨 소용이야! ……나도 실은, 옛날에는 모피장이였어…… 내 공장도 있었지…… 그래서 내 팔은 샛노란 색이야. 염료로 내가 직접 모피에 색을 입혔으니 팔뚝까지 노랗게 물들어 버렸지. 팔꿈치까지 말이야! 그래서 나는 생각했어, 이건 죽을 때까지 빠지지 않을 거라고…… 노란 손 그대로 죽을 거라고…… 그런데 말이야, 지금은 봐…… 그냥 좀 지저분할 뿐이야…… 안 그래?

사틴 그래서 어쨌다는 거지?

부브노프 뭐 그렇다는 말이야……

사틴 그럼 왜 그런 말을 하는 건데?

부브노프 그냥…… 예를 들어 말해 봤을 뿐이야…… 다시 말해, 겉으로 아무리 물이 들어도 금방 빠져 버린다…… 언제 그랬냐는 듯이 없어진다, 그 말이지, 안 그래?

사틴 그런데…… 나는 아무래도 뼈마디에 골병이 든 것 같아!

배우 (두 팔로 무릎을 끌어안고 앉는다) 교육 같은 건 다 쓸데없는 짓이야, 중요한 건 재능이지. 내가 알던 어느 배우는…… 대사를 읽을 때도 한 자 한 자 더 듬거리면서 읽을 정도였지만, 그래도 주인공 역할을 훌륭하게 해냈고, 극장은 언제나 관객들의 갈채로 떠나갈 정도였어……

사틴 부브노프, 5코페이카 동전 하나 줘봐.

부브노프 2코페이카밖에 없는데……

배우 그러니까, 나는 주인공을 하는 자에게 필요한 건 재능, 그것뿐이라는 걸 말하는 거야. 그런데, 재능이라는 건 자신을 믿는 거야, 자기 힘을 믿는 거지……

사틴 이봐, 그보다 5코페이카만 줘봐. 그러면 당신이 천재고, 영웅이고, 악어고, 서장님이란 걸 믿어주지…… 클레시치, 5코페이카만 줘.

클레시치 꺼져 버려, 빌어먹을 놈아! 여긴 어째 너 같은 놈만 우글거리는지……

사틴 뭘 그렇게 앙알거려? 너도 무일푼이라는 거 이미 다 알고 있어……

안나 안드레이 미트리치…… 숨 쉬기가 괴로워요…… 답답해……

클레시치 그래서 어쩌라고?

부브노프 현관문 좀 열어줘……

클레시치 그렇군! 너는 침대 위에 앉아 있지만 나는 바닥에 앉아 있으니까…… 먼저 네 자리부터 나에게 양보한다면 열어주지…… 나는 감기 기운이 좀 있거든……

부브노프 (태연자약하게) 문 열어줬으면 하는 건 내가 아니라 네 마누라야……

클레시치 (음울하게) 하나하나 다 들어주다간 한도 끝도 없어……

사틴 어이구, 골이 지끈거려…… 흥! 인간들은 왜 그렇게 서로 머리를 때리지 못해서 안달인지.

부브노프 머리뿐만 아니라 온몸 여기저기 닥치는 대로지. (일어선다) 어디, 실이나 사러 가볼까…… 그런데 웬일로 오늘은 주인 부부가 코빼기도 보이지 않네…… 뒈져버렸나. (퇴장)

안나가 기침을 한다. 사틴이 두 손을 머리 아래 받치고 누운 채 꼼짝하지 않는다.

배우 (우울한 듯이 주위를 둘러본 뒤 안나 곁으로 다가간다) 좀 어때? 안 좋아?

안나 숨 쉬기가 괴로워요.

배우 괜찮으면 바깥으로 데려가 줄까? 자, 일어나봐. (여자가 몸을 일으키는 것을 도와준 뒤, 그 어깨에 헌 모피를 걸쳐주고 부축하면서 현관으로 데려간다) 됐어…… 기운 차리고! 나도 환자야…… 알코올 중독……

코스틸료프 (문앞에서) 산책 가나? 잘 어울리는 한 쌍일세, 암염소와 숫염소가 나란히……

배우 여보시오, 길이나 비키슈…… 병자들이 지나가는 거 안 보여요?

코스틸료프 예, 예, 지나가, 지나가…… (찬송가 같은 노래를 콧노래로 부르면서 수상쩍다는 듯이 방 안을 둘러보고, 고개를 왼쪽으로 기울이면서 페펠의 방 안 기색을 살피는 눈치다. 클레시치는 괜히 열쇠꾸러미를 짤랑거리고 줄로 끽끽 소리를 내면서, 눈을 치떠 주인 모습을 지켜본다) 여전히 끽끽거리고 있군?

클레시치 뭐요?

코스틸료프 끽끽거리고 있다고. (사이) 그건…… 그렇고…… 내가 방금 뭘 물어보려고 했더라? (빠르고 작은 목소리로) 내 마누라 여기 안 왔어?

클레시치 못 봤는데……

코스틸료프 (조심스럽게 페펠 방 문에 다가가면서) 한 달에 겨우 2루블 내는 주제에 자리를 너무 많이 차지하고 있잖아! 침대가 한가득인 데다…… 자기는 그렇게 앉아 있고 말이야…… 안 되겠어! 5루블은 내야 할 자리인데! 적어도 50코페이카는 올려야겠어……

클레시치 그보다는 차라리, 내 목에 새끼줄이라도 걸어서 조르시지 그래…… 언제 뒈질지 모르는 목숨인데 허구한 날 방세 타령이나 하고 있으니……

코스틸료프 네놈을 목 졸라서 뭐에 쓰라고? 득볼 사람이 누가 있어서! 악착같이 살아서 재미있는 꼴을 많이 봐야지…… 나는 너한테 올려 받은 50코페이카로 램프 기름이나 사야겠어…… 그러면 내 공물이 거룩한 성상 앞에서 타오르는 거지…… 속죄도 되고, 네 죄도 소멸될 테니까 말이야. 하긴 넌 자신의 죄 따위는 생각해본 적도 없겠지만…… 어때…… 아, 안드류시카, 넌 꽤나 죄 많은 인간이야! 네 마누라가 저런 병에 걸린 것도 다 네 죄업 때문이지…… 세상천지에 널 좋아하거나 존경하는 사람은 하나도 없을걸…… 무엇보다 그 직업부터가 글러먹었어. 시끄럽고 얼마나 신경에 거슬리는지 알아?……

클레시치 (소리친다) 지금 나하고 한번 해보자는 거야?

사틴이 소리 높여 신음한다.

코스틸료프 (몸을 떨며) 어이쿠, 놀래라. 왜 그러나, 이 사람아……

배우 (들어온다) 그 여자를 간신히 현관에 앉히고 잘 덮어주고 왔어……

코스틸료프 친절도 하셔라, 형제! 잘했어…… 나중에 복 받을 거야……

배우 언제?

코스틸료프 저세상에 가면, 형제…… 저세상에선 우리가 한 일에 대해 모두 정확하게 보상해주신단 말이야……

배우 그보다는, 지금 여기서 당신이 보상해주는 게 어때……

코스틸료프 내가 어떻게?

배우 빚을 절반쯤 깎아주는 거지……

코스틸료프 하하! 이 친구는 늘 실실거리고 농담만 한단 말이야…… 도대체 친절이라는 것을 돈으로 살 수 있다고 생각하나? 친절은 어떤 보물보다도 고귀한 거야. 하지만 네가 나에게 진 빚은 그저 빚일 뿐이야! 그러니까, 그건 당연히 갚아야 한다 이거지…… 나 같은 늙은이한테는 아무 보상도 바라지 말고 친절을 베풀어야 하는 거란 말이야……

배우 사기꾼 영감탱이……

클레시치가 일어나 현관으로 간다.

코스틸료프 (사틴에게) 방금, 끽끽 씨지? 하하, 달아나는군! 저 녀석은 내가 싫은 모양이야……

사틴 악마가 아니고서야 누가 당신을 좋아하겠어……

코스틸료프 (냉소하면서) 그런 억지소리 그만해! 하지만 나는 그래도 네놈들을 모두 좋아해…… 집도 절도 없는 구제불능, 불쌍한 형제들로 여기고 있거든…… (갑자기 빠른 소리로) 참…… 바시카는…… 방에 있나?

사틴 직접 보시지……

코스틸료프 (문으로 걸어가서 문을 두드린다) 바샤!

배우가 부엌 입구에 나타난다. 뭔가 우물우물 씹고 있다.

페펠 누구요?

코스틸료프 나야…… 나, 바샤.

페펠 무슨 일인데요?

코스틸료프 (뒤로 물러나면서) 문 좀 열어봐……

사틴 (코스틸료프 쪽은 보지 않고) 문을 여니 거기 한 여자가 있었다, 뭐 이런 건가……

배우가 코웃음 친다.

코스틸료프 (불안한 듯이 낮은 목소리로) 뭐? 누가 있다고? 어이…… 방금 뭐라고 했어?

사틴 뭐요? 나한테 하는 소리요?

코스틸료프 너, 방금 뭐라고 했잖아?

사틴 그거? 그냥…… 혼잣말한 건데……

코스틸료프 조심해, 형제! 농담도 정도가 있어야지, 응? (문을 세게 두드린다) 바실리!

페펠 (문을 열면서) 뭐요? 뭐가 이렇게 시끄러워?

코스틸료프 (방을 들여다보면서) 내가 그…… 뭐냐…… 그……

페펠 돈 가져왔어요?

코스틸료프 무슨 돈? 아니, 잠깐만……

페펠 돈 가져왔냐고요, 7루블. 시계 값 말이오……

코스틸료프 무슨 시계, 바샤? ……아, 그러니까 넌……

페펠 이봐요, 시치미 떼지 마쇼! 어제 모두가 보는 앞에서 당신한테 시계를 10

루블에 팔았잖아요…… 3루블 받았으니까 나머지 7루블 주셔야지! 왜 눈만
끔벅거리고 이러실까? 괜히 건들거리고 다니면서 사람들 방해나 하면서……
자기가 지금 뭐하고 있는지도 모르고……

코스틸료프 쉿! 그렇게 화내지만 말고, 바샤…… 그 시계 말인데, 도대체 그
건……

사틴 장물이지……

코스틸료프 (엄격하게) 나는 훔친 물건은 사지 않아…… 너 어떻게……

페펠 (상대의 어깨를 움켜잡으면서) 에이, 그럼 나를 왜 찾는 건데요? 내게 무슨
볼일이 있어서?

코스틸료프 음…… 뭐 특별히…… 그럼 가지 뭐…… 정 그렇다면……

페펠 돌아가요, 얼른 가서 돈이나 가져와요!

코스틸료프 (나간다) 막돼먹은 놈! 어이구, 참……

배우 코미디가 따로 없군!

사틴 제법 하는데! 나는 이런 게 아주 좋아……

페펠 도대체 뭐하러 온 거야?

사틴 (웃으면서) 모르겠어? 지 마누라 찾으러 온 거지…… 저런 인간을 얼른 때
려눕히지 않고 왜 그냥 보냈어, 바실리?!

페펠 저런 작자 때문에 인생을 망칠 수는 없으니까요……

사틴 너, 잘해 봐. 곧 바실리사와 결혼해서…… 이 집 주인이 되는 거야……

페펠 그러면야 참 좋겠죠! 그렇게 되면 아저씨들, 우리 살림은 물론이고 순진
한 나를 이용해 내 신세까지 망쳐놓을걸요…… (침대에 걸터앉는다) 너구리 같
은 영감탱이…… 자고 있는 사람 깨워서…… 진짜…… 멋진 꿈을 꾸고 있었
는데. 낚시를 하고 있었는데, 뭐가 걸린 거예요, 어마어마하게 큰 도미류가!
꿈에서나 볼 수 있는 거대한 도미류 말이에요…… 그래서 낚싯대를 당기는
데, 실이 끊어질까 걱정될 정도였죠! 뜰채를 준비해서…… 막 걷어내려는 참
에……

사틴 도미류가 아니라 바실리사였겠지……

배우 바실리사는 이미 낚아챈 지 오래됐지……

페펠 (화를 내며) 에잇, 마귀들은 뭐하고 있나. 이런 사람들 안 잡아가고…… 그
여편네도 같이 데려가 버리지!

클레시치 (현관에서 들어온다) 어, 춥다! 더럽게 춥네……

배우 안나는 왜 안 데리고 와? 얼어 죽겠구먼……

클레시치 나타샤가 부엌으로 데려갔어……

배우 그 영감탱이가 쫓아낼 걸……

클레시치 (작업을 시작하려고 자리에 앉으면서) 그럼…… 나타샤가 데려오겠지……

사틴 바실리! 5코페이카만 줘……

배우 (사틴에게) 흥, 빌어먹을 놈…… 5코페이카가 뭐야! 바샤, 우리에게 20코페이카 은화를 주지 그래……

페펠 얼른 안 줬다간…… 1루블을 뜯기게 생겼군…… 자요!

사틴 지브롤터! 세상에 도둑보다 착한 인간은 없다니까!

클레시치 (음울하게) 돈 참 편하게 버는 놈들이지…… 놈들은…… 일도 하지 않고……

사틴 쉽게 돈 버는 놈들은 있지만, 그걸 쉽게 내놓는 놈은 많지 않아…… 일? 그야 즐겁게 일할 수 있도록 해준다면야 나도 못할 것 없지…… 그럼! 나도 할 수 있어! 일이 즐거우면 인생은 극락이지! 일이 의무면 인생은 지옥이고! (배우에게) 이봐, 사르다나팔루스!*³ 슬슬 가볼까……

배우 그래, 네부카드네자르!*⁴ 코가 비뚤어지게 마셔보자고. 술고래가 4만 명이나 있는 것처럼 말이야……

두 사람이 퇴장한다.

페펠 (하품을 하면서) 아주머닌 좀 어때요?

클레시치 얼마 남지 않은 것 같아…… (사이)

페펠 아저씨를 보고 있으면, 왜 그렇게 돈도 되지 않는 일에 매달려 있나 싶어요.

클레시치 그럼 뭘 하나?

페펠 아무것도 하지 않는 거죠……

---

*3 고대 아시리아 제국의 마지막 왕. 무척 사치한 생활을 한 것으로 알려져 있다.

*4 네부카드네자르 2세. 신(新)바빌로니아 제국 제2대 왕으로 제국 번영을 이끌었으며 바빌론 유수와 공중정원으로유명하다.

클레시치 우린 뭐 먹고 살고?

페펠 그래도 다들 살아가고 있잖아요……

클레시치 이 사람들? 이 사람들을 인간이라고 할 수 있을까? 건달이나 인간 쓰레기…… 흥, 그래, 인간이라고! 나는 이래봬도 기술이 있어…… 저 인간들을 보면 내가 다 부끄럽다니까…… 나는 코흘리개 때부터 일했어…… 그러니까 너는, 내가 이곳에서 벗어날 수 없을 거라고 생각하는 거지? 그렇지만 나는 나가고 말 거야…… 살가죽이 다 벗겨지는 한이 있더라도 기어서라도 나가고 말 거라고…… 두고 봐…… 마누라가 곧 죽고 나면…… 나는 이곳에 온 지 반 년밖에 안 됐지만…… 벌써 6년이나 지난 것 같은 기분이 들어……

페펠 여기 아저씨보다 못한 사람이 누가 있다고…… 괜한 소리 마세요……

클레시치 나보다 못한 사람이 없어? 명예심도 없고 양심도 없이 살아가고 있는 놈들이……

페펠 (무관심하게) 흥, 명예심이니 양심이니, 그런 게 대관절 뭐기에? 장화 대신 신을 수도 없는걸…… 명예심이나 양심 같은 건 권력이니 세력이니 하는 걸 갖고 있는 놈들에게나 필요한 거라고요……

부브노프 (들어온다) 으으…… 얼어 죽을 것 같아!

페펠 부브노프 아저씨! 아저씬 양심 같은 것 있어요?

부브노프 뭐? 양심?

페펠 네, 양심!

부브노프 양심이 뭐에 쓰는 건데? 나는 부자가 아니야……

페펠 내 말이 그 말이에요. 명예심이니 양심이니 하는 건 부자한테나 필요한 거라고, 맞잖아요! 그런데, 클레시치 아저씨가 우릴 걸고 넘어지네요. 우리에겐 양심이 없다느니 하면서……

부브노프 그자가 양심이란 걸 또 빌려달래?

페펠 뭘요, 그 사람은 워낙 많이 가지고 있는 걸요……

부브노프 그럼 뭐야, 팔고 싶은 건가? 흥, 여기 그런 것 살 사람, 아무도 없을 걸. 하다못해 찢어진 종이 상자라면 내가 사주겠지만…… 그것도 현금으로 말고……

페펠 (설교하듯이) 아저씨도 참 바보야, 안드류시카! 양심이란 게 뭔지 사틴에게 물어보고 싶군…… 아니면 남작님에게라도……

밑바닥 697

클레시치 그런 녀석들하고 무슨 얘기를 해……

페펠 아저씨보다는 똑똑할 걸요…… 술고래이긴 하지만……

부브노프 술고래가 똑똑하기까지 하면 도깨비에게 금방망이 격이지……

페펠 사틴의 말로는, 인간은 자기 이웃이 양심을 가지기를 바라고 있죠. 즉, 누구에게고 양심이 있으면 손해만 봐요…… 이건 사실이라고요……

나타샤가 들어온다. 그 뒤에 루카가 지팡이를 짚고, 어깨에 자루를 메고 허리에 냄비와 주전자를 매달고 들어온다.

루카 안녕들 하쇼, 나리들!

페펠 (콧수염을 쓰다듬으면서) 오, 나타샤!

부브노프 (루카에게) 나도 옛날에는 나리라는 소릴 들었지만, 지난해 봄부터……

나타샤 새로 오신 손님이에요……

루카 나에게는 모두 매한가지라오! 나는 사기꾼이든 뭐든 존경하니까. 나로 말할 것 같으면, 어떤 벼룩도 나쁠 건 없다. 죄다 시커멓고 죄다 튀니까…… 그렇지 않소? 그런데 아가씨, 나는 어디를 쓰면 되나?

나타샤 (부엌문을 가리키면서) 저쪽으로 가세요, 할아버지……

루카 고맙소, 아가씨! 나는 어디든 가라는 곳으로 가…… 늙은이에겐 따뜻한 곳이 곧 고향이지……

페펠 재미있는 영감님을 모셔왔군, 나타샤……

나타샤 그야 댁들보다는 재미있죠…… 안드레이! 당신 아내는 우리 부엌에 있으니까…… 나중에 데리러 와요.

클레시치 알았어…… 갈게……

나타샤 아저씨도 아내한테 좀 더 잘해 주세요…… 이제 얼마 남지도 않은 것 같은데……

클레시치 알고 있어……

나타샤 물론 알고 있겠죠…… 하지만 알고만 있으면 뭐해요, 이해를 해줘야죠. 죽는 건 무서운 일이잖아요……

페펠 그런데 나는 죽음이 전혀 무섭지 않아……

나타샤 그래요? ······ 잘났어, 정말······

부브노프 (휘파람을 불고) 실이 다 썩어 버렸어······

페펠 나는 정말 무섭지 않다고! 못 믿겠으면 당장이라도 죽어줄 수 있어! 어디 칼을 가져와서 내 심장을 푹 찔러봐······ 끽소리 하지 않고 죽어줄 수 있어, 그것도 기꺼이! 그렇게 예쁜 손에 죽을 수 있다면야······

나타샤 (나가면서) 흥, 말은 잘하시네요. 그런데 딴 데 가서 알아봐요.

부브노프 (느릿느릿하게) 실이 다 썩어 버렸어······

나타샤 (현관문에서) 안드레이, 부인 데려가는 것 잊지 마세요······

클레시치 알았다니까······

페펠 참한 아가씨야!

부브노프 참하지. 나쁘지 않아······

페펠 저 아가씬 나한테······ 왜 저러는 거지? 언제나 새침하게 쏘기나 하고······ 그러나 어차피 마찬가지야. 이곳에 있으면 금방 타락하게 마련이거든······

부브노프 그것도 네 덕분에 말이지······

페펠 왜요, 왜 내 덕분이에요? 나는 저 여자를 가엾게 생각하고 있는데······

부브노프 늑대가 양 생각하듯이 말이지······

페펠 무슨 소리예요! 나는 정말로, 저 아가씨를 가엾게 여기고 있다고요······ 이런 곳에 있으면 안 돼요······ 내 눈에 다 보여요······

클레시치 하지만 조심해. 저 아가씨랑 얘기라도 하다가 바실리사에게 들키면 큰일이니까.

부브노프 바실리사? 그래, 자기 정부를 빼앗기고 가만히 있을 여자가 아니지······ 대단한 여자야······

페펠 (침대 위에 벌렁 눕는다) 지옥이나 가지 그래요······ 예언자 나타나셨네!

클레시치 곧 알게 될 거야······ 두고 봐!

루카 (부엌에서 노래를 부른다) 밤은 깊어가고······ 길은 보이지 않고······

클레시치 (현관으로 나가면서) 어허, 저 영감탱이도 짖어대는군······

페펠 아, 미치겠다······ 나는 왜 이렇게 자꾸만 따분해지지? 평소에는 아무 일 없이 잘 지내다가도, 어느 날 느닷없이 마치 썰물이 빠져나가는 것처럼 따분해지니······

부브노프 따분해진다고?······

폐펠 사실이에요!

루카 (노래한다) 아, 길은 보이지 않고……

폐펠 영감님, 이봐요!

루카 (문밖을 내다보면서) 나 말인가?

폐펠 그래요, 영감님. 노래 좀 그만해요.

루카 (나온다) 노래 싫어하나?

폐펠 잘 부르면 좋죠……

루카 그럼, 나는 잘 부르지 않는다는 건가?

폐펠 그런 셈이죠……

루카 그래? 나는 또 내가 제법 잘 부르는 줄 알았지. 뭐 모든 게 다 그렇지. 누구나 자기가 언제나 잘하고 있는 줄 알거든! 그런데 그게 남들은 그렇게 생각하지 않는단 말이야……

폐펠 (웃으면서) 맞아요! 정말……

부브노프 따분하다고 할 땐 언제고, 웃고 있네.

폐펠 그게 왜요? 까마귀처럼 생겨가지고……

루카 도대체 누가 따분하다는 건가?

폐펠 나요, 나……

남작이 들어온다.

루카 그런데 저쪽 부엌에서 아가씨가 책을 읽으면서 울고 있어! 정말이야! 눈물을 뚝뚝 흘리면서…… 그래서 내가 아가씨, 무엇 때문에 울고 있지, 응? 하고 물었더니, 너무 불쌍해서요 하는 거야! 누가 불쌍한데? 물으니 이 책 속에 나오는 사람이요…… 그런 일로 우는 사람도 있다네, 나 참! 아무래도 따분해서 그런가 봐……

남작 멍청해서 그렇지 뭐……

폐펠 남작님! 차는 마셨어요?

남작 마셨어…… 왜?

폐펠 차 반 병 더 드실래요?

남작 물론이지…… 그래서?

페펠 네 발로 납작 엎드려서 개처럼 짖어 봐요!

남작 미친놈! 너 장사꾼이야? 아니면 술 취했어?

페펠 어서 짖어 봐요! 그러면 위로가 좀 될 것 같으니까…… 당신은 나리님이 잖아요…… 우리 같은 사람은 인간으로도 생각하지 않았던 시절이 있었겠 죠…… 세상 일이란 게 다 그렇지요……

남작 그리고?

페펠 뭐냐고요? 그리고 지금은 당신이 개처럼 짖는 모습을 보고 싶다고요, 짖을 거죠…… 자, 짖어 줄 거죠?

남작 그래, 짖지 뭐! 더러운 놈! 그런데 내가 너보다 더 망했다는 것을 다 알고 있는데, 그런 짓을 시켜서 뭐가 재미있다는 거지? 내가 아직 네놈들보다 훨씬 위에 있었을 때 나를 네 발로 기게 했어야지……

부브노프 브라보!

루카 내 생각도 그래!……

부브노프 옛날 일은 옛날 일, 남아 있는 건 찌꺼기뿐이지…… 이곳엔 나리고 나발이고 없어…… 모든 게 사라져 버리고 알몸뚱이 인간이 남아 있을 뿐이 야……

루카 그러니까 모든 사람은 평등하단 말이군…… 그건 그렇고, 당신 정말 남작이었소?

남작 무슨 소리 하는 거야? 당신은 뭐야, 멍청인가?

루카 (웃는다) 나는 백작도 만났고 공작도 만난 적 있어…… 그렇지만 남작을 만나는 건 처음이야, 그것도 이렇게 쫄딱 망해 버린 남작은……

페펠 (웃는다) 어이, 남작님! 이렇게 민망할 데가!

남작 이젠 철들 때도 되지 않았어, 바실리……

루카 오, 아까부터 당신들을 보고 있자니, 형제들! 당신들 생활은 거 참, 이거야 원!……

부브노프 아침에 일어나면서부터 이렇게 서로 짖어대는 게 우리네 생활이지……

남작 우리도 옛날에는 좀 더 나은 생활을 했지…… 정말이지! 나는…… 아침에 눈을 뜨면 침대 속에 누운 채로 커피를 마셨어…… 커피 말이야! 게다가 크림이 든 걸로…… 정말이야!

루카 인간이란 게 다 그런 거죠! 아무리 점잔 떨면서 양반걸음 걸어 봤자, 인간으로 태어나서 인간으로 죽는 거지…… 내가 이렇게 보고 있으니, 인간은 점점 똑똑해지고 재미있어지고 있어요…… 그런데 생활이 나빠질수록 더 나은 생활을 꿈꾸게 된단 말이야…… 고약한 일이야!

남작 영감은 도대체 뭐하는 사람이오? ……어디서 오셨소?

루카 나 말이오?

남작 순례자요?

루카 우리는 모두 지구의 순례자요…… 내가 듣기로, 우리가 사는 지구조차 우주를 돌아다니는 순례라고 하더군.

남작 (엄격하게) 그야 그렇지. 그런데 영감님은 여권을 가지고 있소?

루카 (잠깐 사이를 두고) 당신은 뭐하는 사람이오, 형사요?

페펠 (유쾌한 듯이) 보통 아니시네, 영감님! 남작님, 한 방 먹었네?

부브노프 그래, 한 방 먹었어, 나리……

남작 (조금 겸연쩍은 듯이) 뭘, 별것도 아닌 걸 가지고. 농담 한마디 했을 뿐이오, 영감! 내게도 그런 서류 같은 건 있지도 않아……

부브노프 거짓말!

남작 그야…… 서류는 있지…… 그러나 그런 건 아무 짝에도 쓸모없어……

루카 그런, 서류니 뭐니 하는 건 다 그렇지…… 죄다 아무 소용없는 거라오.

페펠 남작님! 술이나 한 잔 하러 갑시다……

남작 좋지! 그럼, 영감, 또 봅시다…… 영감도 만만찮구려!

루카 세상엔 별의별 사람이 다 있지……

페펠 (현관문에서) 자, 어서 갑시다, 어서요. (나간다)

남작이 서둘러 그를 따라간다.

루카 저 사람, 정말로 남작이었답니까?

부브노프 누가 알겠어요? 하기야, 행세깨나 했던 건 확실한 것 같은데…… 저 사람은 지금도…… 이따금 양반 행세를 하니까요. 제 버릇 개 못 준다고, 양반네 거들먹거리는 꼴이지요.

루카 양반 근성이라는 건, 말하자면 천연두 같은 거라서…… 완쾌한 뒤에도 자국이 남는 법이지……

부브노프 하지만 어쨌든 좋은 사람이오…… 이따금 시비를 걸어서 탈이지……
아까 영감한테 여권조사를 했을 때처럼……

알료시카 (손풍금을 들고 술에 취해 들어온다. 휘파람을 분다) 안녕, 여러분!

부브노프 왜 이렇게 시끄러워?

알료시카 아, 미안합니다…… 좀 봐주세요! 나는 이래봬도 예의바른 사람이라
고요……

부브노프 또 흥청망청 마셔댔구먼?

알료시카 마음대로 지껄이세요! 방금 부서장 메다킨이 나를 지서에서 쫓아내
면서 "앞으로 거리에서 네놈 냄새도 피워선 안 돼…… 꺼지라고"하더군요!
흥, 나 이래봬도 인격이 있는 인간이라고요…… 그런데 우리 주인은 사람 대
접도 하지 않는단 말이야…… 도대체 우리 주인이 뭐기에? 쳇! 당최 알 수가
없어…… 글쎄, 그놈이야말로, 그 주인놈이야말로 술고래면서…… 그런데 나
는 아무 욕심도 없는 사람이에요! 나는 아무것도 필요 없어, 다 필요 없어!
나는 이런 사람이니 20루블만 내고 사가란 말이야! 나는 아무것도 필요 없
어. (나스탸가 부엌에서 등장) 백만 루블을 줘 봐요. 나는 그런 것 필요 없어!
다만 나 같이 어엿한 인간에게, 아무리 벗이라 해도 술고래가 명령하는 것
은 싫어요! 싫어!

나스탸가 문 앞에 서서 알료시카를 보면서 고개를 설레설레 젓고 있다.

루카 (상냥하게) 이봐, 젊은이, 정신 좀 차려……

부브노프 멍청한 녀석……

알료시카 (마룻바닥에 드러눕는다) 자, 나를 잡아 잡수! 나는 아무것도 필요 없
어. 나는 이미 자포자기했어! 그렇지만 한 가지 묻고 싶은 게 있어. 내가 어
디가 남보다 못해? 왜 내가 남보다 못하냐고? 설명 좀 해봐! 메댜킨이란 놈
이 그러더라고, 길거리에 얼씬거렸다간 상판대길 갈겨 줄 거라고. 나는 갈
거야…… 가서 거리 한복판에 드러누울 거야. 죽일 테면 죽여보라지! 나는
아무것도 바라는 게 없는 사람이야!

나스탸 가엾어라! ……아직 어린데, 벌써…… 저렇게 억지를 부리고……

알료시카 (그녀를 보고 무릎을 짚고 일어난다) 아가씨! 맘젤!*⁵ 팔레 프랑세*⁶……
프레이스 크랑트!*⁷ 나, 한 잔 했어……

나스탸 (소리 높여 속삭인다) 바실리사!

바실리사 (재빨리 문을 열고, 알료시카에게) 너, 또 왔니?

알료시카 안녕하세요…… 자, 이쪽으로 오시죠……

바실리사 뭐야, 이 쥐새끼 같은 놈. 여긴 두 번 다시 얼씬도 말라고 그렇게 말
했는데…… 또 끄떡거리고 찾아온 거야?

알료시카 바실리사 카르포브나…… 어때요, 괜찮으면 한번 장송곡을 연주해
드릴깝쇼?

바실리사 (그의 어깨를 민다) 꺼져!

알료시카 (문 쪽으로 물러가면서) 잠깐만…… 너무하잖아! 장송곡이라니까……
배운 지 얼마 안 됐어! 방금 배운 따끈따끈한 거라고…… 잠깐만 기다리라
니까! 이거 너무하잖아!

바실리사 진짜 너무한지 아닌지 알게 해주지…… 동네방네 다 들리도록 네놈
욕을 하고 다닐 테니까…… 이 이교도놈이…… 아직 대가리에 피도 안 마른
놈이 나에 대해 더러운 말을 나불대고 다녀?

알료시카 (달아나면서) 알았어, 가요, 가……

바실리사 (부브노프에게) 저런 놈은 두 번 다시 들이지 말아요! 알겠어요?

부브노프 내가 문지기도 아니고……

바실리사 당신이 뭐든 내 알 바 아니에요! 그렇지만 잊지 말아요. 당신은 남의
덕으로 여기 붙어먹고 살고 있으니까! 나에게 빚이 얼마나 있는 줄 알기나
해요?

부브노프 (태연하게) 아직 계산해보지 않아서……

바실리사 그럼 내가 계산해드릴까!

알료시카 (문을 열고 소리친다) 바실리사 카르포브나! 나는 당신 같은 여자 조금
도 무섭지 않아…… 무섭지 않다고!(숨는다)

---

*5 '마드무아젤'의 사투리.
*6 프랑스어 할 줄 알아?
*7 가격표.

루카가 웃는다.

바실리사 댁은 누구예요?

루카 지나가던…… 길손이외다……

바실리사 하룻밤 머무는 거예요, 아니면 여기서 살 거예요?

루카 그건 봐서……

바실리사 여권은요!

루카 있소만……

바실리사 보여줘요!

루카 나중에 갖다 드리지…… 이녁 방으로……

바실리사 길손? ……그러세요? 차라리 사기꾼이라고 하는 게 훨씬 더 어울리
겠어……

루카 (탄식하며) 아, 이거 너무 불친절하신 거 아닌가……

바실리사, 페펠의 방문 쪽으로 간다.

알료시카 (부엌에서 얼굴을 내밀고 속삭인다) 갔어요? 응?

바실리사 (그가 있는 쪽으로 돌아서서는) 아직도 여기 있어요?

알료시카가 몸을 숨기면서 휘파람을 분다. 나스탸와 루카가 웃는다.

부브노프 (바실리사에게) 없어……

바실리사 누가요?

부브노프 바시카……

바실리사 내가 언제 물어봤어요?

부브노프 알아…… 당신이 두리번거리기에 찾는 줄 알고……

바실리사 나는 방이 잘 정리되어 있는지 검사하고 있을 뿐이에요, 알겠어요?
도대체 왜 여태까지 청소도 안 한 거예요? 청결을 유지하라고 몇 번이나 말
했잖아요?

부브노프 오늘은 배우 차례인데……

바실리사 누구 차례든, 내 알 바 아니에요! 만약 보건소 직원이 와서 벌금이라도 매기면, 그땐 …… 당신들 모두 내쫓아 버릴 거예요!

부브노프 (태평하게) 그러면 뭐 먹고 살려고 그러시나?

바실리사 먼지 한 톨이라도 남아 있으면 가만 있지 않을 테니까! (부엌으로 가서 나스탸에게) 너는 왜 여기서 얼쩡거리고 있어? 상판대기는 왜 통통 부어 있는 거지? 말뚝처럼 뻣뻣하게 서 있지만 말고 바닥이라도 쓸어! 나탈리야 …… 못 봤어? 여기 왔지?

나스탸 몰라…… 못 봤어……

바실리사 부브노프! 내 동생 여기 오지 않았어요?

부브노프 아…… 방금 이 영감님을 데리고 들어왔는데……

바실리사 그리고 그 사람은…… 집에 있었고?

부브노프 바실리? 있었지…… 여기서 클레시치하고 얘기하고 있었지, 나탈리야는……

바실리사 누구와 얘기했는지, 내가 그런 것 물었어요? 이 더러운 것 좀 봐…… 온통 먼지투성이야! 정말이지 당신들은…… 돼지나 다름없어! 좀 깨끗하게 청소해 봐요…… 알았죠!(빠른 걸음으로 나간다)

부브노프 어휴, 저 여편네, 저 사나운 성질 하고는……

루카 여간내기가 아니네……

나스탸 이런 생활을 하다보면 누구나 다 사나워지죠…… 저 여자처럼 저런 남편과 붙어살면 누구든지……

부브노프 뭐, 그렇게 찰떡같이 붙어 있는 것 같지도 않은데……

루카 저 아낙은 만날 저렇게…… 떽떽거리는가?

부브노프 맨날 저래요…… 애인을 찾아 왔는데, 없으니까……

루카 아하, 그래서 약이 올랐구먼. 허허! 이 세상 인간들은 참 가지가지 하지…… 온갖 협박을 늘어놓으면서 서로를 위협한단 말이야. 그리고 세상은 역시 무질서하고, 부정으로 꽉 차 있어……

부브노프 누구나 질서는 좋아하지만, 지혜가 부족하지요. 그런데, 이쪽도 청소해야겠는 걸…… 나스탸! ……청소 좀 하지.

나스탸 홍, 내가 왜요! 내가 댁들 하녀도 아니고…… (잠시 침묵) 오늘은 술이나 실컷 마셔야겠어…… 떡이 되도록!

부브노프 그것도 좋지……

루카 아가씨, 왜 그러는 거요, 술을 마시다니? 조금 전까지 눈물을 짜고 있더니, 이제는 술을 마시겠다고?

나스탸 (도전하듯이) 실컷 취하면 또 울 거예요…… 왜요?

부브노프 너무 많이 마시진 말고……

루카 허나, 도대체 왜 그러는지, 그 이유나 들어봅시다. 여드름도 이유 없이 생기는 법은 없으니까……

나스탸는 고개를 저으면서 대답하지 않는다.

루카 그렇다면…… 흠! ……도대체 인간이란 모두! 앞으로 다들 어떻게 될지…… 자, 그러면 이곳은 내가 청소하지 뭐. 빗자루는 어디 있나?

부브노프 현관문 밖에요……

루카가 현관으로 나간다.

부브노프 나스첸카!

나스탸 왜요?

부브노프 바실리사는 왜 알료시카를 못 잡아먹어서 안달인 거지?

나스탸 그야, 그 녀석이 그 여자는 이미 바시카에게 질렸다느니, 바시카는 그 여자를 버리고…… 나타샤를 노리고 있다느니 하면서 떠벌리고 다니니까 그렇죠…… 나는 이제 여길 떠나서…… 다른 곳을 알아볼까 해요.

부브노프 왜? 어디로?

나스탸 정나미가 떨어졌어요…… 게다가 나는 여기서는 있으나마나한 존재잖아요……

부브노프 (태연하게) 너는 어디 가든 마찬가지야…… 세상 사람들은 모두가 잉여인간이지……

나스탸가 머리를 흔들고는 일어나서 조용히 현관으로 나간다. 메드베데프가 들어오고 루카가 빗자루를 손에 들고 뒤따라 들어온다.

메드베데프 처음 보는 얼굴인 것 같은데……

루카 그럼 다른 사람들은 다 아시우?

메드베데프 관할 구역 사람이면 다 알아야지…… 당신은 모르는 얼굴인데……

루카 그건 말이오, 선생. 이 세상 전체가 당신 관할은 아니기 때문이지…… 어딘가 조금 남는 땅도 있게 마련이니까……

루카가 부엌으로 사라진다.

메드베데프 (부브노프 쪽으로 가면서) 그야 그렇지. 내 관할 구역은 그리 넓지 않소…… 그러면서도 넓은 곳보다 힘이 더 드니…… 지금도 교대하기 전에 구두 수선공 알료시카를 강제로 연행하고 오는 길이오…… 길 한복판에 큰대 자로 드러누워 아코디언을 켜면서 '아무것도 필요 없어, 아무것도 원치 않아!' 하고 고래고래 소리를 지르는 통에…… 마차도 지나다니고, 왕래가 많은 길인데 말이야…… 언제 바퀴에 깔릴지도 모를 일이고…… 정말 구제불능인 망나니야…… 그래서 놈을 붙잡아…… 서에 보내 버렸는데. 어째 그런 말도 안 되는 소동을 좋아하는지……

부브노프 밤에 장기 두러 오지 않겠나?

메드베데프 그러지. 그런데…… 바시카는 어쩌고 있나?

부브노프 별일 있을 게 있나…… 똑같지 뭐……

메드베데프 그러니까…… 살아 있다는 얘기지?

부브노프 살아 있지 않으면 어떡해? 그놈은 살아갈 힘을 가지고 있어……

메드베데프 (의심스러운 듯이) 살아갈 힘? (루카가 양동이를 들고 현관으로 나간다) 흥…… 그런데, 바시카란 녀석에 대해…… 무슨 소문…… 들은 것 없나?

부브노프 나야 여러 가지로 소문을 듣고 있지……

메드베데프 바실리사에 대해 뭔가…… 눈치챈 건 없고?

부브노프 뭔데?

메드베데프 뭐…… 특별한 건 아니고…… 알면서 시치미 떼는 건 아니지? 다 아는 얘기니까…… (엄격하게) 거짓말하면 좋을 것 없어, 엉?……

부브노프 내가 거짓말 해서 뭐해?

메드베데프 그럼 됐고…… 에잇, 짐승 같은 놈들! 오만 소리를 다 지껄이고 있어. 바시카하고 바실리사가…… 어쩌고 하면서…… 그런데 그게 나와 무슨 상관이야? 나는 그 애 아버지가 아니라 삼촌일 뿐이라고…… 뭣 때문에 나를 비웃는 거야…… (크바시냐가 들어온다) 세상 사람들은 근성이 점점 고약해지고 있어…… 뭐든지 조롱하면 된다고 생각하고들 있으니…… 아! 크바시냐가 돌아왔군……

크바시냐 기분 나쁜 경찰나리가 오셨네! 이봐요, 부브노프! 이 사람이 또 시장에서 나를 붙들고 결혼해 달라고 하더군요……

부브노프 못 할 것노 엇노싾아…… 안 그래? 이 사람은 돈도 있고 게다가 어엿한 경찰나리인데……

메드베데프 내가? 허허!

크바시냐 뭐야, 머리도 허연 주제에! 남의 아픈 곳을 그렇게 건드리는 게 아니에요! 한두 번도 아니고! 나는 이미 한 번 경험했다고요…… 여자가 결혼하는 건 한겨울에 얼음 구덩이 속으로 뛰어드는 것과 같은 거야. 뛰어들었다하면 평생 잊지 못하게 되는 거지……

메드베데프 잠깐…… 남편도 남편 나름이지.

크바시냐 다 똑같아요! 남편이 죽었을 땐, 그래, 뒈져도 싼 인간이지, 얼마나 기쁜지 온종일 집에 혼자 앉아 있었다니까. 그렇게 앉아 있으니, 글쎄, 나에게 찾아온 행복이 믿어지지가 않더라니까……

메드베데프 남편이 무턱대고 때리면…… 경찰에 신고를 했어야지……

크바시냐 나는 8년이나 하느님에게 호소해 왔어. 그래도 아무런 응답도 없었어!

메드베데프 이제 아내를 때리는 건 금지되어 있어…… 지금은 무슨 일이든 엄격한 법률이 있어서, 제대로 질서가 서 있다고! 사람을 함부로 때릴 수 없게 되어 있지…… 질서를 지키기 위해서 그러는 건 다르지만……

루카 (안나를 데리고 온다) 휴, 간신히 데려왔네…… 정말 이런 몸으로도 혼자 걸을 수 있다니! 자리가 어디지?

안나 (자기 자리를 가리키면서) 고마워요, 영감님……

크바시냐 봐요, 이게 남편 있는 여자의 모습이에요…… 똑똑히 보세요!

루카 이 사람은 너무 쇠약해졌어…… 그런데도 벽을 붙잡고, 신음하면서 현관을 기어오고 있더라고…… 당신들은 어떻게 이런 병자를 혼자 내버려 둘 수 있지?

크바시냐 깜박 잊었어요, 미안해요, 영감님! 아마 하녀가 산책이라도 나간 모양이네요……

루카 당신은 왜 웃고만 있지…… 도대체 한 인간을 이렇게 방치해 둬서야 되겠소? 인간은, 그게 어떤 인간이든, 나름대로 가치를 지니고 있는 법인데……

메드베데프 감시가 필요해! 갑자기 죽기라도 하면 어떡하려고? 그러다간 일이 더 복잡해져…… 잘 지켜봐야 한다고!

루카 옳은 말이오, 경찰 부장 나리……

메드베데프 흠, …… 사실은 나는…… 아직 부장은 아닌데……

루카 아, 그래요? 그런데 보기에는 상당히 높아 보이시는데!

현관에서 시끄러운 소리와 속삭이는 소리, 고함치는 소리가 희미하게 들려온다.

메드베데프 뭐지, 싸움이라도 났나?

부브노프 그런 것 같군……

크바시냐 가서 보고 와야겠어……

메드베데프 나도 가봐야겠군…… 쳇, 쉴 새가 없다니까! 도대체 싸우겠다는데 왜 말리려는 거야? 내버려두면 알아서 떨어지는데…… 싸우다가 지쳐 나가 떨어진단 말이야…… 서로 실컷 싸울 만큼 싸우도록 내버려두면 될 걸…… 그러면 아픔을 잊지 못해 싸우는 것도 자연스럽게 줄어들 텐데 말이야……

부브노프 (침대에서 기어 내려오면서) 서장한테 가서 그대로 얘기해 보지 그러셔……

코스틸료프 (문을 활짝 열고 소리친다) 아브람! 빨리 와봐…… 바실리사가 나타샤를…… 죽이려고 해…… 빨리 오라니까!

크바시냐와 메드베데프, 부브노프가 현관으로 급히 달려간다.
루카가 고개를 저으면서 그들을 바라본다.

안나 오, 하느님…… 불쌍한 나타셴카!

루카 누가 싸우고 있는 거요?

안나 이 집 여자들이에요, 자매지요……

루카 (안나 곁으로 다가가면서) 무슨 일로?

안나 두 사람 다…… 배부르고…… 건강하니까……

루카 아주머닌 이름이 뭐요?

안나 안나예요…… 영감님을 이렇게 보고 있으니…… 우리 아버지를 꼭 닮아서…… 아버지를 만난 것 같은 기분이에요…… 아버지도 다정하고 따뜻한 분이셨지요……

루카 세상일에 시달리다보면 다 그렇게 둥글둥글해지게 마련이지……

갈라진 듯한 목소리로 웃는다.

—막이 내린다—

제2막

같은 무대. 저녁. 난로 옆 널빤지 침대 위에서 사틴, 남작, 애꾸눈 조프, 타타르인이 카드놀이를 하고 있고 클레시치와 배우가 옆에서 구경하고 있다. 부브노프는 자기 침대 위에서 메드베데프와 장기를 두고 있다. 루카는 안나 침대 옆 걸상에 앉아 있다. 램프 두 개가 방을 밝히고 있는데, 하나는 카드놀이를 하고 있는 사람들 옆 벽에 걸려 있고, 또 하나는 부브노프 침대 위에 걸려 있다.

타타르인 한 번만 더 해, 마지막으로……

부브노프 조프! 한 곡 뽑아봐! (노래하기 시작한다)

　　해가 뜨고 지니……

애꾸눈 조프 (따라 부른다)

　　감옥은 어두워……

타타르인 (사틴에게) 카드를 섞어! 잘 섞어야 해! 속임수를 쓴다는 거 다 알고 있으니까……

부브노프와 애꾸눈 조프 (함께)

　　밤이나 낮이나 교도관이, 에잇, 젠장! 나의 창을 지키고 있네……

안나 때리고 차고…… 무시하고…… 언제나 험한 꼴만 당해왔지요…… 언제나 험한 꼴만!

루카 아주머니! 너무 한탄하지 말구려!

메드베데프 어디에 두는 거야? 제대로 좀 해!……

부브노프 아! 그렇지, 그렇지, 그렇지……

타타르인 (주먹으로 사틴을 위협하면서) 카드를 왜 숨겨? 내가 빤히 보고 있는데…… 에이, 야비한 놈!

애꾸눈 조프 그만둬, 아산! 그래봐야 어차피 우린 속게 되어 있어…… 부브노프, 먼저 불러봐!

안나 저는 한 번도 배불리 먹어본 기억이 없어요…… 빵 한 조각을 먹는데도 언제나 눈치를 보고…… 평생을 두려워서 벌벌 떨기만 했죠…… 남보다 조금이라도 많이 먹으면 안 된다고 생각하면서…… 전전긍긍…… 평생 누더기만 입고 살아왔어요…… 참 비참한 일생이지요…… 도대체 무슨 인과일까요?

루카 아, 딱하기도 하지! 고단하지 않소? 괜찮아요?

배우 (애꾸눈 조프에게) 잭을 내…… 잭을, 젠장!

남작 이쪽엔 킹이 있는데?

클레시치 맨날 당하기만 한단 말이야.

사틴 여기선 원래 그래……

메드베데프 퀸이다!

부브노프 이쪽에도 있어…… 자……

안나 아, 이제 죽을 것 같아요……

클레시치 거봐, 거봐, 어때! 공작, 집어치워! 집어치우라니까!

배우 이 친구, 너 아니면 할 줄 모를까봐?

남작 조심해, 안드류시카. 한 방에 날려보내 버릴 테니까!

타타르인 패 다시 돌려! 헤엄 잘 치는 놈이 물에 빠져 죽지…… 나도 그래!

클레시치 (고개를 저으면서 부브노프 쪽으로 간다)

안나 저는 늘 생각해요, 하느님! 설마 저세상에서도 이 고통이 이어지는 건 아니겠죠? 설마 저세상에서도?

루카 그럴 리가 있겠소! 안심하고 편히 자요! 괜찮을 거니까! 저세상에 가면 편히 쉴 수 있어요! 조금만 더 참아요. 모두들 참고 견디고 있다오. (일어나서 빠른 걸음으로 부엌으로 간다)

부브노프 (노래를 시작한다)

　　지킬 테면 지켜봐라……

　　애꾸눈 조프

　　우린 달아나지 않을 테다…… (둘이서 합창)

　　달아나고는 싶지만…… 에잇, 제기랄!

　　쇠사슬을 끊을 수가 없네

타타르인 (소리친다) 앗! 카드를 소매 속에 숨겼다!

남작 (당황하여) 무슨 소리야…… 그럼 네놈 콧구멍에라도 넣으란 말이야?

배우 (증명하듯이) 공작! 그건 자네 착각이야…… 누가 그런 짓 한다고 그래……

타타르인 내가 봤어! 사기꾼! 더 이상 못해!

사틴 (패를 모으면서) 이봐, 아산. 마음대로 해…… 우리가 사기꾼이라는 거, 너도 다 알고 있잖아. 그러면서 왜 하자고 그래?

남작 고작 20코페이카 은화 두 개 잃어놓고, 마치 3루블이라도 잃은 것처럼 난리군…… 그러고도 공작이야?

타타르인 (열을 올리며) 승부는 정정당당하게 해야지!

사틴 왜?

타타르인 왜라니, 왜긴 뭐가 왜야?

사틴 그러니까…… 왜냐고?

타타르인 몰라서 물어?

사틴 몰라. 너는 알아?

　　타타르인이 화가 나서 침을 뱉는다. 모두 놀리듯이 웃는다.

애꾸눈 조프 (부드럽게) 이봐 아산, 너도 참 별난 녀석이군! 생각 좀 해봐! 만약 이 친구들이 정직하게 살기로 했다간 사흘도 못 가서 굶어 죽어……

타타르인 그게 나하고 무슨 상관인데! 인간이면 정직하게 살아야지!

애꾸눈 조프 또 시작이다! 그보다 차나 마시러 가…… 어이, 부벤. 아, 이 쇠사슬, 나의 쇠사슬이여……

부브노프 너는, 강철 같은 옥지기……

애꾸눈 조프 가자, 아산카! (노래 부르면서 퇴장)
　　아무래도 끊어지지 않네……

　　타타르인이 주먹으로 남작을 위협하며 동료 뒤를 따라 퇴장한다.

사틴 (남작에게 웃으면서) 나리께서 이번에도 보기 좋게 당하셨군! 아무리 교육을 받아도 카드 바꿔치기는 어려운가봐……

남작 (두 손을 벌리면서) 쳇, 얄미운 놈. 어떻게 그걸······

배우 재주가 없는 거지······ 자신감도 없고······ 그게 없으면······ 뭘 해도 죽어라고 안 돼.

메드베데프 내 손엔 퀸이 하나······ 그쪽 손엔 둘이라도 있어? 흥!

부브노프 하나라도 괜찮지. 잘만 하면 말이야······ 자, 가자고.

클레시치 당했네, 아브람 이바노비치!

메드베데프 쓸데없는 참견이야······ 알겠어? 알았으면 잠자코 있어······

사틴 53코페이카 땄다.

배우 3코페이카는 내 거야······ 그렇지만 됐어. 3코페이카로 뭘 할 수 있다고.

루카 (부엌에서 나오면서) 기어이 타타르인을 벗겨먹었군. 그래서 보드카라도 한 잔 걸치러 가는 건가?

남작 같이 갑시다!

사틴 영감 술 취한 모습을 보고 싶은데.

루카 맨정신일 때만 하겠어?

배우 갑시다, 영감······ 아리아를 한번 들려드릴 테니······

루카 아리아가 뭔데?

배우 시요, 시. 몰라요?

루카 시라! 시가 내게 무슨 소용 있어?

배우 아주 우스꽝스럽죠. 때로는 슬프기도 하고······

사틴 자, 가자고, 풍자시인. (남작과 함께 퇴장한다)

배우 금방 뒤따라갈게! 그래서 말이오, 영감. 예를 들어 말인데, 이런 시가 있어요······ 음, 그러니까······ 어떻게 시작하더라······ 어라? 잊어버렸어! (이마를 문지른다)

부브노프 장이야! 네 퀸은 죽었어······ 어디 받아보시지!

메드베데프 아, 거기 두는 게 아니었는데······ 잘못 뒀어!

배우 나의 오거니즘이 아직 알코올 중독에 걸리지 않았던 시절에는 꽤나 기억력이 좋았는데, 영감······ 지금은 보다시피······ 망가지고 말았어요! 나는 이제 모든 게 엉망이 되고 말았어. 내가 이 시를 읊었다 하면 어김없이 환호성을······ 우레와 같은 갈채를 받았죠. 영감은 갈채가 뭔지 모르겠지만······ 말하자면 보드카 같은 거죠! ······먼저 이렇게 걸어 나가서 이런 자세로 섭니다…… (자세를 취한다) 그리고…… (침묵) 아무것도 기억이 안 나…… 한 마디도…… 기억이 안 나! 아주 좋아하는 시였는데…… 에라, 모르겠다!

루카 그래, 좋아하는 것을 잊어버리면 안 되지. 가장 좋아하는 것에 그 사람의 영혼이 담겨 있거든.

배우 그 영혼까지 다 마셔 버렸나 봐요, 영감…… 나는 이제 틀렸어…… 그런데 어쩌다 요 모양 요 꼴이 된 걸까? 나에겐 신념이란 게 없어서 그래…… 나는 이제 끝장이야……

루카 무슨 소리! 그보다…… 치료하면 된다네! 요즘엔 알코올 중독도 치료할 수 있다던데…… 그것도 공짜로 고쳐준다더군, 형제…… 술꾼을 위해 그런 병원이 생겼다고 말이야…… 즉, 공짜로 치료해주는 병원 말일세…… 말하자면 알코올 중독자도 같은 인간이라는 것을 인정하게 된 거지. 그래서 치료를 받으러 가면 오히려 반긴다는 거야! 그러니까 자네도 어서 가 보는 게 어때! 가 보라고……

배우 (생각에 잠겨) 어디로요? 그게 도대체 어디에 있나요?

루카 아, 그건 말이야…… 어느 도시인데…… 뭐라고 하더라? 뭔가 이상한 이름이었는데…… 걱정 말게, 내 금방 가르쳐 줄 테니까! ……그보다도 자네는, 뭐냐. 일단 준비부터 하게나. 술부터 줄이게! ……마음을 굳게 먹고 절제하면서 참는 거지…… 그리고 치료를 하고…… 다시 새로운 삶을 사는 거야…… 어떤가, 형제. 새롭게 시작하는 건? 자, 결심하게, 큰 맘 먹고.

배우 (미소 지으면서) 새롭게! ……처음부터…… 그거 좋지요…… 흠…… 새롭게. (웃는다) 그래…… 바로 그거야! 나도 할 수 있겠죠?! 그렇죠, 영감님?

루카 당연하지! 인간은 뭐든 할 수 있어…… 하려고 마음만 먹으면 말이야……

배우 (갑자기 꿈에서 깨어난 듯) 영감님도 괴짜시군요! 잠깐 갔다 올 게요! (휘파람을 분다) 영감님…… 나중에 봐요. (퇴장)

안나 할아버지!

루카 왜 그러오, 아주머니?

안나 저하고 얘기 좀 하면 안 될까요……

루카 (안나에게 다가가면서) 그래, 얘기해 보구려……

클레시치가 돌아보고는 잠자코 아내 곁에 다가가 그녀를 바라보면서, 두 손으로 뭔가 얘기하는 듯한 몸짓을 한다.

루카 뭐하시나, 형제?
클레시치 (낮은 목소리로) 아무것도 아니오……

느릿느릿 현관문으로 걸어가서 몇 초 동안 그 앞에 서 있다가 사라진다.

루카 (그 모습을 지켜보면서) 저 사람도 괴로운 모양이군.
안나 저는 이제 저 사람, 신경도 안 써요.
루카 저 사람이 당신을 때렸소?
안나 때린 정도가 아니에요…… 내가 이렇게 병에 걸린 것도 다 저 사람 때문이죠……
부브노프 내 마누라는…… 정부를 두고 있었지. 그 자식, 장기를 잘 뒀어, 그 나쁜 놈이……
메드베데프 음, 그래……
안나 할아버지! 뭐든 얘기 좀 해주세요, 괴로워서 죽을 것만 같아요……
루카 괜찮아, 별일 아니니까! 죽기 전에는 누구나 다 겪는 일이지. 걱정 말아요, 아무 일도 아니야! ……그러니까 당신은 곧 죽을 거고, 죽으면 편안해질 거요…… 이제 아무것도 걱정할 것 없어요. 마음을 편히 먹어요! 조용히 마음을 가라앉히고…… 누워 있어요! 죽음은 모든 것을 쉽게 해 주지…… 죽음은 우리에게 친절하다오…… 죽으면 편히 쉴 수 있다고 하지 않소? ……정말 그래요, 아주머니! 무엇보다 이 세상엔 그 어디에도 인간이 쉴 곳은 없으니까 말이오.

페펠이 들어온다. 거나하게 취했는지 머리가 헝클어지고 우울한 표정이다. 입구 가까이 있는 침대에 걸터앉아 아무 말 없이 꼼짝하지 않고 있다.

안나 하지만 만약 저세상에도 고통이 있으면 어떡하지요?
루카 그렇지 않아요! 절대로 없어요! 믿어야 해요! 다만 휴식이 있을 뿐, 그 밖에는 아무것도 없어요! 모두 당신을 하느님 곁으로 데려가서 이렇게 말할 거요. 하느님, 보십시오, 당신의 안나가 왔습니다……

메드베데프 (엄격하게) 이봐요, 영감은 저세상에서 하는 말을 어떻게 그렇게 잘 알고 있지? 에잇, 이 양반아……

페펠이 메드베데프의 목소리에 고개를 들고 귀를 기울인다.

루카 그거야 다 아는 수가 있지, 부장님……

메드베데프 (온화하게) 음…… 그렇군! 하기야…… 내 알 바 아니지…… 그런데…… 나는 아직…… 부장은 아니야……

부브노프 두 마리 잡았다……

메드베데프 어라, 제법인데? ……이런 젠장할!

루카 그러면, 하느님은 따뜻하고 자애로운 눈길로 당신을 보면서 이렇게 말씀 하실 거요. 나는 내 딸 안나를 알고 있노라! 그리고 또 말씀하시기를, 이 안 나를 천국으로 데려가거라! 그리고 편히 쉬게 해주어라…… 나는 알고 있노 라. 이 여자는 매우 힘든 삶을 살아왔고…… 몹시 지쳐 있다…… 편히 쉬게 해주어라……

안나 (허덕이면서) 할아버지…… 아, 할아버지…… 만약 정말 그렇다면 얼마나 좋을까! 편히 쉴 수 있고…… 아무런 고통도 없다면……

루카 암, 그렇고말고! 아무 일도 없을 거요! 믿어요! 그리고 기쁜 마음으로 눈 을 감아요, 아무것도 걱정 말고…… 나는 말이야, 죽음이란 건 우리에게는 마치 아기를 대하는 어머니와 같은 거라고 생각해……

안나 네에…… 그렇지만…… 어쩌면, 병이 나을 수도 있지 않을까요?

루카 (미소 지으면서) 무엇 때문에? 아직도 고통이 부족해서?

안나 그래도…… 좀 더…… 살고 싶어요…… 조금만 더! 만약 저세상에 고통이 없다면…… 이 세상에서 조금 더 참고 견디는 것도…… 괜찮아요!

루카 그야 저세상에는 아무것도 없어! ……깨끗해……

페펠 (일어서면서) 정말이야…… 어쩌면 정말이 아닐 수도 있고!

안나 (겁에 질려서) 오, 하느님……

루카 이봐, 잘생긴 젊은이……

메드베데프 누구야, 지금 떠들고 있는 게?

페펠 (그에게 다가가면서) 나요, 그게 뭐 잘못됐어요?

메드베데프 함부로 떠들지 마! 인간은 얌전하게 행동해야 해⋯⋯

페펠 에잇, 이런 벽창호! 이런 사람이 삼촌이라고⋯⋯ 나 참!

루카 (페펠에게 낮은 목소리로) 이봐 젊은이, 그렇게 떠들지 말라니까! 여기, 한 여자가 죽어가고 있어⋯⋯ 이미 입술이 흙빛이 되었다고⋯⋯ 방해하지 말게!

페펠 아, 영감이 그렇게 말한다면 그만두죠! 대단한 인물 나셨군! 거짓말도 그럴듯하고⋯⋯ 얘기 솜씨도 그저 그만이야! 얼마든지 거짓말해 보시지, 아무 거나 상관하지 말고⋯⋯ 이 세상엔 재미있는 일이 그리 많지 않으니까!

부브노프 정말로, 죽어가고 있어요?

루카 이게 농담으로 할 소리인가⋯⋯

부브노프 그럼, 저 기침과도 이제 작별이군⋯⋯ 저 기침은 정말 참기 어려웠거든⋯⋯ 또 두 마리 먹었다!

메드베데프 이런 젠장!

페펠 이봐요, 아브람!

메드베데프 내가 너에게 아브람이라고 불릴 나이가 아니지⋯⋯

페펠 그럼 아브라시카! 나타샤는 어때요?

메드베데프 너하고 무슨 상관인데?

페펠 그러지 말고 얘기해 줘요. 바실리사가 그렇게 심하게 때렸어요?

메드베데프 그것도 네 알 바 아니잖아! 이건 집안일이야⋯⋯ 네가 뭔데 그래?

페펠 내가 누구든⋯⋯ 마음만 먹으면 두 번 다시 나타샤를 볼 수 없게 만들어 줄 테니까!

메드베데프 (장기를 내던지면서) 이놈이, 무슨 소리를 하는 거야? 도대체 누굴 두고 하는 소린데? 내 조카를 어쨌다고⋯⋯ 이 도둑놈이!

페펠 도둑놈? 그래, 아직 당신한테 붙잡히지 않은 도둑놈이지⋯⋯

메드베데프 두고 봐! 내 손으로 반드시 붙잡고 말 테니까⋯⋯ 내가, 곧⋯⋯

페펠 흥, 붙잡힐 줄 알고? 그러면, 당신들의 이 소굴은 끝장나고 말걸. 내가 검사 앞에서 잠자코 입 다물고 있을 줄 알아? 착각도 유분수지! 누가 나를 부추겨 도둑질을 시키고 장소를 가르쳐주었는지 물으면, 나는 미시카 코스틸료프와 그 마누라라고 말해 줄 거니까! 또 장물아비가 누구냐고 물으면 미시카 코스틸료프와 그 마누라라고 말해 줄 거라고요!

메드베데프 거짓말 마! 누가 네놈이 하는 말을 믿을 줄 알고?

페펠 그런데 믿어요. 그게 사실이니까! 그리고 당신도 같이 걸고 들어가면……
하하! 어쨌든 당신들을 모두 파멸시켜 줄 테니 그리 알아요!

메드베데프 (당황하여) 거짓말 마! ……새빨간 거짓말! 내…… 내가 너에게 무슨
해코지를 했기에? 이 미친 개 같은 놈……

페펠 그럼 잘해준 건 또 뭔데?

루카 옳거니!

메드베데프 (루카에게) 영감…… 뭘 안다고 그렇게 깝죽거려? 당신하고 무슨 상
관이야, 이건 집안일이라고!

부브노프 (루카에게) 가만히 있어요! 나나 당신 목에 밧줄이 걸리는 건 아니
니까.

루카 (얌전하게) 나는 그저 남에게 좋은 일을 하지 않은 건, 나쁜 짓을 한 거나
마찬가지라고 말하고 싶을 뿐이야……

메드베데프 (이해하지 못하고) 그렇지! 우린 모두…… 서로 다 아는 사인데……
당신은 대관절 누구지? (화난 듯이 콧방귀를 뀌며 서둘러 퇴장한다)

루카 대장이 화난 모양인데…… 허어, 그러고 보니 아주 복잡한 집안인 것 같
구먼.

페펠 바실리사에게 한바탕 하러 간 거예요……

부브노프 어이, 바실리, 어리석은 짓 하지 마. 아무래도 너는 용기가 너무 넘쳐
서 안 된다니까…… 용기 같은 건 뭐냐. 숲 속에 버섯이나 따러 갈 때 필요
한 거야…… 여기서는 아무짝에도 쓸모없어…… 어느새 네 목을 산 채로 비
틀어 버릴걸.

페펠 걱정 마요! 이래봬도 야로슬라블리 출신인걸. 그리 호락호락 붙잡히지
않는다고…… 전쟁? 그까짓 것 하지 뭐……

루카 하지만 젊은이, 정말 자네는 얼른 이곳을 떠나는 게 좋겠어……

페펠 어디로? 말해 봐요……

루카 글쎄…… 시베리아로 가!

페펠 뭐요? 천만에! 시베리아라면 나랏돈으로 보내줄 때까지 기다려야죠……

루카 아니, 내 말 대로 가는 게 좋아. 그곳에 가면 자네도, 자신이 가야 할 길

이 보일 거야…… 그곳에서는 자네 같은 사람이 필요하다니까!

페펠 내가 갈 길은 이미 정해져 있어요! 내 아버지는 평생 감옥에서 살면서 나에게도 그렇게 주문했어…… 나는 코홀리개 때부터 도둑놈, 도둑놈의 자식이라 불려 왔으니까……

루카 그런데 시베리아는 좋은 곳이라네! 황금의 나라지! 힘과 지혜가 있는 자에게는, 온실 속 오이처럼 얼마든지 성장할 수 있어.

페펠 영감! 왜 그렇게 거짓말만 하세요?

루카 뭐라고?

페펠 뭘 못 들은 척해요? 왜 거짓말만 하냐고요?

루카 내가 도대체 무슨 거짓말을 했다고.

페펠 모두 다…… 영감 말로는 여기도 좋고 저기도 좋다, 그거잖아요…… 그게 거짓말이 아니고 뭐냐고요! 뭣 때문에 그런 거짓말을 하는 거죠?

루카 어허, 나를 믿으라니까. 그리고 가 보면 스스로 알게 될 거야…… 틀림없이 나에게 감사하게 될걸…… 도대체 자네는 뭐하러 이런 데서 허송세월하고 있나? 그리고 자네는 뭐하러 그렇게 진실을 원하는 거지? ……잘 생각해 봐! 진실이라는 건, 어쩌면 자네에게는 파멸의 원인이 될지도 모르는데……

페펠 나에겐 다 같은 거예요! 파멸하라면 파멸하죠 뭐……

루카 자네도 참 묘한 사람이군! 무엇 때문에 스스로 자신을 죽이지 못해서 안달인가?

부브노프 둘이서 왜 자꾸 똑같은 얘기를 되풀이하는 거지? 나는 모르겠어…… 너에겐 도대체 어떤 진실이 필요한 건데. 바실리? 또 무엇 때문에 필요하지? 자신에 대한 진실이라면 네가 알고 있고…… 세상 사람들도 다 알고 있잖아……

페펠 잠깐, 그렇게 끼어들지 말아요! 이 영감 말부터 좀 들어보게…… 영감, 정말 하느님은 있나요?

루카, 웃으면서 잠자코 있다.

부브노프 인간은 모두 살아 있어…… 마치 나뭇조각이 강물 위를 떠다니듯이…… 아무리 집을 지어봐…… 나뭇조각은 다 흘러가 버리지……

페펠 그래서 신이 정말 있는지 말해보라니까요……

루카 (낮은 목소리로) 믿으면 있고, 믿지 않으면 없어…… 뭐든지 믿는 것은 있는 거라네……

페펠이 입을 다물고 놀란 눈을 크게 뜬 채 노인을 가만히 응시한다.

부브노프 어디, 차라도 마시러 가세…… 술집에나 같이 가지, 응?

루카 (페펠에게) 뭘 그렇게 보고 있나?

페펠 아무것도 아니에요…… 좀 기다려요…… 그러니까……

부브노프 그럼 나 혼자 간다…… (문 쪽으로 가다가 바실리사와 마주친다)

페펠 그러니까…… 영감은……

바실리사 (부브노프에게) 나스타샤 있어요?

부브노프 아니, 없어…… (퇴장)

페펠 아…… 왔구나……

바실리사 (안나 곁으로 가면서) 아직 살아 있어요?

루카 그냥 내버려 둬……

바실리사 아니, 영감님은…… 왜 이런 곳에 그러고 서 있어요?

루카 언제든지 가지…… 가라고 하면……

바실리사 (페펠의 방문으로 가면서) 바실리! 당신한테 할 얘기가 좀 있는데……

루카, 현관문 쪽으로 가서 문을 열었다가 쾅, 소리가 나게 닫는다.
그리고 조용히 침대에 올라가서 다시 난로 위에 기어오른다.

바실리사 (페펠의 방 안에서) 바샤…… 이리 와요!

페펠 안 가…… 싫어……

바실리사 아니…… 왜 그래요? 왜 화를 내?

페펠 기분이 울적해서 견딜 수가 없어…… 쓸데없는 얘기하는 것도 이젠 지겨워……

바실리사 그럼, 나도…… 지겨워진 거야?

페펠 그래, 당신도……

바실리사가 어깨에 걸친 숄을 거칠게 당기며 두 팔로 가슴을 안는다. 안나 침대 곁으로 가서 가만히 커튼 속을 들여다본 뒤 페펠 곁으로 돌아온다.

페펠 자…… 말해봐……

바실리사 이제 와서 뭘 말하라는 거야? 아무리 당신이라도 억지로 사랑을 얻을 수는 없지…… 나도 동정심에 호소해서 사랑을 구걸할 성격도 아니고…… 진실을 말해줘서 고맙다고 말하고 싶어……

페펠 뭐야, 그 진실이라는 건?

바실리사 내가 지겨워졌다는 말…… 아니면, 그 정도는 아니라는 거야?

페펠이 말없이 바실리사를 바라본다.

바실리사 (남자 곁으로 다가가면서) 뭐 보고 있어? 내 얼굴을 잊어버렸나?

페펠 (커다랗게 한숨을 쉬면서) 바스카, 당신은 아름다워…… (여자, 그의 목에 팔을 감는다. 그러나 그는 어깨를 흔들어 그 팔을 뿌리친다) …… 그렇지만, 나는 오늘까지 당신에 대해선 한 번도 마음을 품은 적이 없었어…… 당신과 함께 살아왔지만…… 당신을 좋아한 적은 한 번도 없었다고……

바실리사 (조용히) 그래…… 그래서?……

페펠 그래서, 이제 서로 아무것도 할 얘기가 없다는 뜻이지! 아무것도…… 인제 그만 가주어……

바실리사 다른 여자라도 생겼어?

페펠 당신이 알 것 없잖아…… 만약 생겼다 해도 당신한테 중매 서달라고 부탁할 것도 아니고……

바실리사 (의미심장하게) 그거 아쉽게 됐네…… 혹시 알아, 누구 좋은 사람이라도 소개해 줄지?……

페펠 (의심스럽다는 듯이) 도대체 누굴 두고 하는 말이야?

바실리사 알면서…… 시치미를 떼고 그래? 바실리…… 나는 솔직한 인간이니까…… (작은 소리로) 숨기지 않고 말해 버리는데…… 당신은 나를 끔찍하게 모욕했어…… 아무런 이유도 없이, 아무 일도 아닌 걸 가지고, 마치 채찍처 럼 나를 후려쳤어…… 사랑한다 할 땐 언제고…… 느닷없이……

페펠 절대로 느닷없이가 아니야…… 이미 오래전부터 그랬어…… 무엇보다 당 신한테는 정이 없어…… 여자에게는 정이 있어야 하는 건데…… 우린 짐승 이야…… 우리에게는 정이 필요하고…… 서로를 길들여야 해…… 그런데 당 신은 도대체 나에게 무엇을 길들였지?……

바실리사 지나간 일은 뒤돌아볼 것 없어…… 나도 알고 있어. 인간은 스스로 자기를 어떻게 할 수 없다는 걸…… 이젠 사랑하지 않는다는 거지…… 좋 아! 그렇다고 치자고……

페펠 그럼 이것으로 끝인 거지? 지저분하지 않게, 깨끗하게 헤어져서…… 다행 이군!

바실리사 아, 잠깐만! 그런데…… 나는 당신하고 이런 사이가 된 뒤부터…… 당 신이 언젠가는 나를 이 굴속에서 꺼내 줄 거라고, …… 남편과 삼촌…… 이 지옥 같은 생활에서 자유롭게 해줄 거라고 믿고 기다려 왔어…… 어쩌면, 바샤, 나는 당신한테 반한 게 아니라, 당신 속에 있는 나의 희망과 이런 생 각에 반해 있었던 건지도 몰라…… 당신, 이해하겠어? 나는 오로지, 당신이 나를 꺼내 주기만 기다리고 있었어……

페펠 당신은 못이 아니고 나도 못을 뽑는 연장이 아니야…… 나는 이렇게 생 각했어. 당신은 똑똑한 여자라고…… 그렇잖아, 당신은 영리하고…… 빈틈없 는 여자니까!

바실리사 (남자 위로 바짝 몸을 기울이고) 바샤, 그럼…… 이제부터 우리 서로 돕 는 게 어때……

페펠 어떻게?

바실리사 (조용히, 그러나 강하게) 내 동생…… 좋아하고 있지? 알고 있어……

페펠 그래서, 뭐야, 그래서 그 애를 그렇게 심하게 때렸던 거군! 조심해. 바스 카! 이제부터 그 애한테 손가락 하나라도 건드리면 가만 안 돼……

바실리사 기다려. 그렇게 화만 내지 말고! 조용히 사이좋게 얘기해도 알아들 어…… 그렇다면 당신, 그 아이와 결혼해! 그뿐 아니라 당신에게 돈도 줄 수 있어…… 300루블 정도! 더 생긴다면 더 줄게……

페펠 (뒤로 물러나면서) 잠깐만…… 그게 무슨 소리야? 왜 그러는 건데?

바실리사 그 대신 나를 자유롭게 만들어줘······ 그 인간한테서! 그리고 내 목
 에서 이 밧줄을 풀어달란 말이야······

페펠 (조용히 휘파람을 분다) 이크, 위험해, 위험해! 오호, 그거란 말이지! 이거야
 원, 머리가 제법 잘 돌아간단 말이야······ 그러니까 남편은 무덤에 처넣고,
 정부는 징역살이 보내고, 그리고 자기만······

바실리사 바샤! 왜 징역살이를 하는 건데? 당신이 직접 하지 않고······ 누구에
 게 시키면 되잖아! 만약 당신이 직접 한다 해도 누가 알겠어? 나탈리아가
 있잖아! ······생각 좀 해봐. 돈이 손에 들어오는데······ 그것으로 어디론가 튀
 어 버리면······ 나는 평생 자유를 얻고, ······ 동생도 내 옆에 없는 게 더 행
 복할 거고. 나도 그 아이를 보는 게 괴로워······ 당신 때문에 그 아이가 미워
 서 견딜 수가 없어······ 도저히! 그래서······ 나도 모르게 그 아이를 때리고
 괴롭히게 돼······ 때리고는 가엾어서, 때리는 내가 먼저 울어 버려······ 그러
 면서도 매질을 멈추지 않는 거야. 앞으로도 틀림없이 계속 그럴 거야!

페펠 짐승 같은 년! 자기가 한 짐승 같은 짓을 자랑하는 거야?

바실리사 자랑하는 게 아냐. 사실을 말하고 있는 거지. 이봐, 바샤. 생각 좀 해
 봐······ 당신도 내 남편 때문에······ 그 인간의 탐욕 때문에 두 번이나 감옥
 에 갔잖아······ 그 인간은 빈대처럼 나에게 들러붙어서······ 4년째 내 피를
 빨아먹고 있어! 그런 인간이 나에게 무슨 남편이라고! 게다가 나타샤를 구
 박하고, 거지, 거지 하면서 무시하고 있어! 그 인간은 정말이지, 모든 사람에
 게 해충이라고······

페펠 잘도 부추기는구나······

바실리사 내가 하는 말은 모두 확실한 것뿐이야······ 이래도 내 마음을 모른다
 면 멍청이지!······

코스틸료프가 가만히 들어와서 발소리를 내지 않고 다가간다.

페펠 (바실리사에게) 이제······ 그만 가줘!

바실리사 잘 생각해 봐. (남편을 본다) 뭐예요, 당신? 또 내 뒤를 밟은 거예요?

페펠이 벌떡 일어나, 살기 어린 눈으로 코스틸료프를 응시한다.

코스틸료프 아, 나야…… 나라고! 그런데 두 사람, 이곳에…… 둘만 있는 건가? 역시…… 둘이서 은밀하게 이야기하던 중이었군? (갑자기 발을 구르며 고함을 지른다) 야, 바스카…… 이 화냥년, 거지 같은 년…… 이 못생긴 년이! (상대가 아무 대꾸 없이 미동도 하지 않자 자신의 고함에 지레 놀라서) 아, 하느님, 용서하소서…… 바실리사, 네년이 또 나에게 죄를 짓게 하는구나…… 너를 사방으로 얼마나 찾아다녔는지 알아? ……(소리를 지른다) 이제 잘 시간인데, 등잔에 기름 채우는 것도 잊어버리고…… 흥, 이 거지 같은…… 암퇘지…… (부들부들 떨리는 두 손을 그녀 쪽으로 휘두른다. 바실리사는 페펠을 돌아보면서 천천히 현관문으로 간다)

페펠 (코스틸료프에게) 이봐! 여기서 나가…… 꺼지라고!……

코스틸료프 (소리친다) 나는, 이 집 주인이야! 네놈이나 꺼져! 도둑놈 주제에……

페펠 (공허한 목소리로) 나가, 미시카……

코스틸료프 네놈이 뭔데 나가라 말라야! 나는 안 가…… 내가 네놈을……

페펠이 그의 목덜미를 붙잡고 흔든다. 난로 위에서 시끄러운 소리가 나고 고함을 치는 듯한 하품 소리가 난다. 페펠, 코스틸료프를 놓아준다. 코스틸료프, 소리를 지르면서 현관으로 달아난다.

페펠 (침대 위로 뛰어 올라간다) 누구야, 난로 위에 누가 있어?

루카 (고개를 내밀면서) 왜 그러나?

페펠 뭐야, 영감이었소?!

루카 (침착하게) 나야…… 나라고…… 아, 주 예수 그리스도여!

페펠 (현관문을 닫고 빗장을 찾지만 보이지 않는다) 에잇, 젠장…… 영감, 내려와요!

루카 금방…… 내려가마……

페펠 (거칠게) 난로 위에는 뭐하러 올라간 거요?

루카 그럼 어디로 가면 되는데?

페펠 그런데…… 영감, 현관으로 나가지 않았어요?

루카 현관은, 나 같은 늙은이에겐 너무 추워……

페펠 영감…… 들었어요?

루카 들었지! 어떻게 안 들을 수가 있겠나? 귀머거리도 아닌데. 허 참, 젊은이,

당신은 복이 많은 사람이야…… 정말 다행인 줄 알아!

페펠 (의아한 듯이) 뭐가 행복하단 말이오? 뭐가?

루카 내가 난로 위에 있었던 것 말이야.

페펠 흥…… 도대체 왜 그렇게 수선을 피웠어요?

루카 그러니까, 갑자기 더워져서 말이야…… 천애고아인 자네에게는 천만다행이지…… 게다가 저 젊은이가 실수하게 해선 안 되는데…… 노인을 목 졸라 죽이게 해선 안 되는데 하는 걱정도 들고 해서……

페펠 그래요…… 그랬을지도 모르죠…… 그자를 너무 증오하니까……

루카 어려운 일 아니야…… 아주 간단한 일이지…… 흔히 그런 실수들을 하니까……

페펠 (웃으면서) 영감이 그랬군요? 영감도 실수한 적 있죠?

루카 젊은이! 내 얘기 잘 들어. 그 여자부터 버려야 해! 무슨 일이 있어도, 저런 여자는 가까이 해선 안 돼…… 남편? 저 여자가 곧 스스로 없애 버릴 거야. 그것도 자네 따위보다 훨씬 솜씨 좋게. 명심해. 자네, 저런 악마가 하는 말을 들어선 안돼…… 나를 봐! 보다시피 완전히 대머리가 되었어…… 왜 이렇게 된 줄 알아? 다 저런 여자들 때문이야…… 나는 저런 여자를, 어쩌면, 이 머리에 자라고 있는 머리카락 수보다 더 많이 만났을지도 몰라…… 그런데 저 바실리사, 저 여자는…… 체레미스인*¹보다 나쁜 여자야!

페펠 나는 잘 모르겠군요…… 영감에게 고맙다고 해야 할지, 아니면…… 영감도 역시……

루카 자네, 더는 아무 말도 필요 없어! 어차피 나보다 더 좋은 충고를 해줄 수 있는 사람은 없을 테니까! 그냥 내 말 들어. 만약 마음에 드는 아가씨가 있다면, 손을 잡고 이곳을 떠나! 떠나라고! ……어딘가 먼 곳으로……

페펠 (음울하게) 인간이란, 도대체 알 수가 없단 말이야! 누가 선인이고 누가 악인인지…… 도무지 모르겠어……

루카 왜 알아야 하는 건데? 인간이란 이렇게도 되고 저렇게도 되고…… 기분 내키는 대로 사는 법이니까…… 오늘은 착한 사람이었다가 내일은 악당이 되고…… 만약 그 아가씨가 정말 마음에 든다면…… 데리고 도망가면 되는

---

*1 러시아 동부에 사는 판란드계 주민.

거야…… 그게 아니면 혼자 가는 거고…… 자넨 아직 젊고 여자는 쌔고 쌨
어……

페펠 (상대의 어깨를 꽉 붙들고) 그만 하고, 도대체 나에게 왜 그런 말을 하는 건
지, 그 이유나 들어 봅시다……

루카 잠깐, 이 손 좀 놓고 말해…… 안나를 살펴보고 올 테니까…… 방금 몹시
괴로운 신음을 내는 것 같았는데…… (안나의 침대로 가서 커튼을 들쳐 들여다보
고 손으로 만져본다. 페펠은 생각에 잠긴 듯, 당황한 모습으로 그를 지켜본다) 자비로
우신 예수 그리스도여! 새로이 거두어 가신 당신의 딸 안나를 편히 쉬게 하
소서……

페펠 (조용히) 죽었어요? ……(곁으로 다가가지는 않고, 발돋움하여 침대 위를 올려다
본다)

루카 (조용히) 이제야 고통이 끝났군! ……그런데 이 여자 남편은 어디 있지?

페펠 술집에 있을 걸요, 틀림없이……

루카 알려야 하는데……

페펠 (몸서리를 치면서) 나는 죽은 사람은 좋아하지 않거든요……

루카 (문 쪽으로 간다) 좋아할 사람이 누가 있어? ……살아 있을 때 사랑해야
지…… 살아 있을 때……

페펠 나도 영감하고 같이 갈래요……

루카 무서운가?

페펠 좋아하지 않는다니까요…… (두 사람 서둘러 퇴장. 공허와 정적. 현관문 밖에 무
슨 소리인지 알아들을 수 없는, 술렁거리는 소리가 희미하게 들려온다. 이윽고, 배우가
들어온다)

배우 (문을 닫지 않고 문지방 위에 서서, 두 손으로 문기둥을 붙잡고 소리친다) 어이, 영
감! 어디 있소? 생각났어…… 들어봐요. (비틀거리면서 두 걸음 앞으로 나아가, 자
세를 잡고 읊기 시작한다)

사람들이여! 만약 세상이,
성스러운 진리의 길을 찾지 못해 헤맨다면,
인류에게 황금의 꿈을 불어넣는
어리석은 자에게 영광 있으리라.

나타샤가 배우 뒤에서 문 앞에 나타난다.

배우 영감!……

　　내일의 태양, 하늘 아래
　　사람의 길 비추는 것을 잊는다면,
　　세상을 비추는 건 온통
　　넝청한 자의 어리석은 삶이리라

나타샤 (웃는다) 꼭 허수아비 같아! 술에 취해서……

배우 (여자를 돌아보면서) 아, 너구나? 그런데 영감은 어디 있지…… 귀여운 영감은? 이곳엔 아무도 없나보네…… 나타샤, 잘 가! 잘 가…… !

나타샤 (들어오면서) 인사도 하지 않고, 잘 가라는 거예요……

배우 (나타샤 앞을 가로막으면서) 난, 여행을 떠날 거야. 가 버릴 거야…… 봄이 오면 나는 아마 여기 없을 걸……

나타샤 비켜줘요…… 그래서 어디로 갈 건데요?

배우 어떤 도시를 찾으러…… 병을 고치려고…… 너도 이곳에서 나가는 게 좋을 걸…… 오필리아 님! ……수녀원에 가…… 알아? 그곳엔 오거니즘 병원이 있다고. 술꾼을 치료해주는 병원 말이야…… 훌륭한 병원이지…… 대리석…… 바닥이 대리석이야! 밝고…… 청결하고, 맛있는 음식이 있어…… 그게 다 공짜래! 게다가 대리석 바닥, 그래! 나는 그 병원을 찾아가서 병을 치료하고…… 처음부터 다시 시작하는 거지…… 나는 지금 갱생의 길을 떠나려는 거야…… 그래, 리어왕이 말한 것처럼, 나타샤…… 나의 예명은 말이야, 스베르치코프 자볼지스키라고 해…… 그런데 아무도 몰라, 아무도! 여기서는 나는 이름도 없는 촌뜨기지…… 이름을 잃어버린다는 것이 얼마나 수치스러운 일인지, 네가 알아? 개새끼도 이름이 있는데 말이야……

나타샤가 조심스럽게 배우 옆을 돌아가 안나의 침대 옆에 서서 들여다본다.

배우 이름이 없으면, 인간도 아니야……

나타샤 여기 좀 봐요…… 어서요…… 죽은 것 아니에요?……

배우 (머리를 흔든다) 그럴 리가……

나타샤 (뒷걸음질 치면서) 정말이에요…… 좀 보라니까요……

부브노프 (문에서) 뭘 보고 있어?

나타샤 안나가…… 죽었어요!

부브노프 그럼 기침도 멎었겠군. (안나의 침대 쪽으로 가서 힐끗 쳐다본 뒤 자기 자리로 간다) 클레시치에게 알려야 하는데…… 이건, 그 사람 일이니까……

배우 내가 가서…… 얘기하지…… 이 여자도 이름을 잃어버리고 말았군! ……
(나간다)

나타샤 (방 한가운데서) 나도 곧…… 언젠가 이렇게…… 굴속에서…… 맞아죽고 말겠지……

부브노프 (자기 침대 위에서 누더기를 펼치면서) 뭐라고? 뭘 중얼거리고 있는 거야?

나타샤 아니에요…… 그냥 혼잣말이에요……

부브노프 바시카를 기다리는 거지? 조심해, 바시카란 녀석, 언젠가 네 머릴 깨 버리고 말 테니까……

나타샤 누구에게 깨지든 마찬가지잖아요? 그럴 바엔 차라리 그 사람한테 깨지는 게 낫죠……

부브노프 (옆으로 눕는다) 그럼 그러던가 ……

나타샤 하지만, 그래도…… 이 여잔 죽는 게 더 나을지도 몰라. 가엾기는 하지만…… 아, 하느님! ……이 사람은 무엇을 위해 살았을까요?

부브노프 사람은 누구나 그래. 태어나고, 살고, 죽어가는 거지. 나도 곧 죽을 거고…… 너도…… 왜 가여워해야 하는 거지?

루카와 타타르인, 애꾸눈 조프와 클레시치가 들어온다.
클레시치는 그들 뒤에서 몸을 움츠리고 느릿느릿 들어온다.

나타샤 쉿, 안나가……

애꾸눈 조프 들었어…… 죽었으니 천국 가기를 빌어줘야지……

타타르인 (클레시치에게) 밖에 내다놔야 할 텐데! 현관으로 말이야! 여긴, 죽은 사람이 있을 곳이 아니야, 살아 있는 사람이 자는 곳이지……

클레시치 (낮게) 내다놔야지……

모두 침대 옆으로 간다. 클레시치는 사람들 어깨 너머로 아내 얼굴을 바라본다.

애꾸눈 조프 (타타르인에게) 자네, 냄새라도 날 거라고 생각하고 있나? 이 여자는 냄새가 날 리 없어! ……살아 있을 때부터 완전히 말라 버렸으니까……

나타샤 어머! 조금은 가엾다는 생각 안 들어요? ……누군가 한 사람쯤은 명복을 비는 말 한마디 해야 하는 게 아닐까요? 정말 당신들은……

루카 아가씨, 화내지 말아요…… 괜찮아! 이 사람들이나…… 우리나 어디 죽은 사람을 가엾게 여길 여유가 있는 사람들인가! 안 그래, 아가씨? 우리는 살아 있는 인간조차 가엾다고 생각하지 않는데…… 스스로 자신을 가련히 여길 수도 없는 자들이지…… 그러니 무슨 말을 하겠어!

부브노프 (하품을 하면서) 게다가, 죽어 버린 자에게 뭐라고 해봤자 소용없어…… 앓고 있을 때라면 말을 알아듣기나 하지만, 죽어 버린 뒤에는 아무 소용없다고!

타타르인 (곁을 떠나면서) 경찰에 신고해야지……

애꾸눈 조프 경찰? 참, 그렇지! 클레시치! 경찰에 신고했나?

클레시치 아니, 아직. …… 매장을 해야 하는데, 나에겐 40코페이카밖에 없어……

애꾸눈 조프 그럼, 돈을 좀 빌려…… 우리도 좀 내고…… 누구는 5코페이카, 누구는 얼마 하는 식으로…… 있는 대로…… 하지만 경찰에 신고는 해야 해…… 조금이라도 빨리! 안 그러면 네가 때려 죽였다고 생각할 걸…… 그렇잖아도 뭔가…… (침대로 가서 타타르인과 나란히 잘 준비를 한다)

나타샤 (부브노프의 침대 쪽으로 가면서) 아…… 나는 오늘밤 틀림없이 안나 꿈을 꿀 거야…… 나는 언제나 죽은 사람 꿈을 꾸거든요…… 혼자 가기는 무서워요…… 현관은 너무 깜깜한 걸요……

루카 (그녀를 지켜보면서) 아가씨는 살아 있는 인간을 무서워해야 해…… 나는 해로운 말은 하지 않아……

나타샤 할아버지, 저 좀 데려다 주세요……

루카 그래…… 데려다 주지! (두 사람 퇴장한다. 사이)

애꾸눈 조프 아아, 아, 아, 아이! 이봐, 아산! 이제 곧 봄이야…… 그럼 우리도 따뜻하게 지낼 수 있겠지. 시골에선 벌써 지금쯤, 농부들이 쟁기와 괭이를 손질하고…… 논밭을 갈 준비를 하고 있을 거야…… 안 그래? 그런데 우리는 뭐 하고 있지? ……응, 아산? 뭐야, 벌써 코를 골고 있군. 에잇, 한심한 이 슬람교도 놈……

부브노프 타타르인은 원래 잠이 많아……

클레시치 (방 한가운데 서서 멍하니 앞을 쳐다보고 있다) 그런데, 이제부터 나는 뭘 해야 하지?

애꾸눈 조프 누워서 잠이나 자…… 할 일이 뭐 있다고……

클레시치 (조용히) 하지만…… 아내는…… 어떻게 하고? (아무도 대답하지 않는다. 사틴과 배우가 들어온다)

배우 (소리친다) 오, 영감! 충성스러운 켄트여, 이리 와 봐요……

사틴 미클루호 마클라이*² 님이 행차하시는군…… 하하!

배우 이제 완전히 결심이 섰어! 이봐요, 영감, 그 도시는 어디 있소…… 어이, 영감, 어디 있냐고?

사틴 파타 모르가나!*³ 이 영감쟁이가 날 감쪽같이 속였겠다…… 아무것도 있을 리가 없지! 도시도 없고 인간도 없고…… 아무것도 있을 리가 없어!

배우 거짓말!

타타르인 (벌떡 일어난다) 주인은 어디 있어? 주인한테 갈 거야! 이거야 원, 잠을 잘 수가 있어야지. 이러고도 돈을 받아? 말도 안 돼…… 시체에…… 술주정뱅이…… (빠른 걸음으로 퇴장. 사틴, 그를 바라보며 휘파람을 분다)

부브노프 (졸리는 목소리로) 잠이나 자자, 모두 떠들지 말고…… 밤이 되면 자는 거야!

배우 그래…… 틀림없어. 여기 죽은 사람이 있고…… '내 그물이 죽은 사람을 건졌다네'…… 시에 나와 있어…… 베, 베란제의 시!

사틴 (외친다) 죽은 사람은 듣지 못해! 죽은 사람은 느낄 수도 없어…… 소리

---

*2 Miklukho-Maklai, Nikolai Nikolaevich(1846~1888). 러시아의 유명한 학자·여행가·사회활동가.
*3 Fata Morgana. 신기루.

쳐…… 짖어…… 죽은 사람은 듣지 못한다고!……

현관에 루카가 나타난다.

제3막

쓰레기가 널려 있고 잡초가 우거진 집 뒤 '공터'. 깊숙한 곳에 키가 큰 벽돌 방화벽이 하늘을 가리고 있다. 그 아래 말오줌나무 수풀. 오른쪽에는 뜰에 있는 부속건물, 헛간이나 마구간 같은 거무스름한 통나무 벽, 왼쪽에는 코스틸 료프의 여인숙, 군데군데 회반죽칠이 벗겨진 잿빛 벽. 이 벽은 비스듬하게 서 있어서 그 뒤쪽 모퉁이가 공터 거의 한가운데까지 뻗어 있다. 이 벽과 붉은 벽돌벽 사이에 좁은 통로가 있다. 잿빛 벽에는 창문이 두 개, 하나는 지면과 같은 평면에, 또 하나는 그보다 1.5미터 높은 곳에 방화벽 가까이 뚫려 있다. 이 벽 끝에 미끄럼판을 위로 한 짐썰매와 길이 3미터 정도 되는 통나무가 뒹굴고 있다. 벽 오른쪽에는 낡은 널빤지와 각목들이 쌓여 있다. 해질 무렵, 태양이 방화벽을 붉게 물들이면서 기울어가고 있다. 이른 봄, 이제 막 눈이 녹은 뒤. 말 오줌나무의 검은 가지도 아직 움이 트기 전이다. 통나무 위에 나타샤와 나스 탸가 나란히 걸터앉아 있고, 짐썰매에는 루카와 남작이 앉아 있다. 클레시치 는 오른쪽 벽 끝 목재 더미 위에 누워 있고, 지면에 닿을 듯한 창문에 부브노 프의 얼굴이 보인다.

나스탸 (눈을 감고, 고개를 흔들어 박자를 맞추면서, 노래하듯이 이야기한다) 그래서 말이에요, 그 사람은 약속대로, 밤에, 뜰 안 정자로 왔어요······ 그때, 나는 이미 오랫동안 그 사람을 기다리면서, 두려움과 슬픔으로 오들오들 떨고 있 었죠. 그 사람 또한 온몸을 부들부들 떨면서, 백묵처럼 새하얗게 질려 있는 거예요. 하지만, 손에는 권총을 꼭 쥐고 있었죠······

나타샤 (해바라기씨를 씹으면서) 어머! 대학생은 다들 난폭하다고 하던데, 정말인 가봐······

나스탸 그리고, 무서운 목소리로 나에게 말하는 거예요. 참으로 고귀한 내 사 랑이여······

부브노프 하하! 참으로 고귀한?

남작 아니, 잠깐만! 싫으면 안 들으면 되잖아, 왜 거짓말을 못하게 방해하고 그래…… 그래서?

나스탸 참으로 사랑스러운 나의 연인이여! 그 사람은 이렇게 말했어. 내 부모님은 당신과의 결혼을 허락해 주지 않고…… 당신과 관계를 끊지 않으면 영원히 의절할 거라고 위협하고 있소. 이렇게 된 이상, 나는 이제 자살하는 수밖에 없어…… 이렇게 말하는 거야. 그런데, 그 권총은, 엄청나게 큰 것이어서, 총알이 열 발이나 채워져 있었어…… 안녕, 사랑하는 내 마음의 벗이여! 나는 이미 굳게 결심했소…… 나는 그대 없이는 도저히 살아갈 수가 없소. 그래서 나도 말했지. 잊지 못할 나의 벗…… 라울이여……

부브노프 (놀라서) 뭐라고? 응? 크라울이라고?

남작 (낄낄거리고 웃는다) 나스티카! 하지만 너…… 지난번엔…… 가스통이라고 하지 않았어?

나스탸 (벌떡 일어나면서) 입 다물어요…… 불한당들! ……들개들 같으니! 도대체…… 도대체 당신들이 사랑이 뭔지 알기나 해요? 진정한 사랑이 뭔지? 이래봬도, 나는 그것을 경험했단 말이에요…… 진정한 사랑을 말이에요! (남작에게) 흥! 형편없는 작자 같으니! ……그러고도 교육을 받은 인간이라고요? ……침대에서 커피를 마셨다고요?……

루카 어허, 이보게들, 가만히 좀 있어요! 남의 이야기를 방해하지 말고! 당신들은 사람을 존경해야 해…… 중요한 건 이야기가 아니라, 왜 그런 이야기를 하는가 하는 거니까. 그걸 알아야지! 자, 아가씨, 얘기해요, 얘기해, 이 사람들은 개의치 말고!

부브노프 흥, 까마귀 같으니, 아무리 깃털을 물들여 봐라…… 얘기하셔, 어서 얘기하셔……

남작 자…… 그래서!

나타샤 이 사람들은 상관하지 마…… 이 사람들이 뭐라고? 다 부러워서 그러는 거야…… 자기에겐 아무것도 이야깃거리가 없으니까……

나스탸 (다시 앉는다) 나도 싫어! 더는 이야기 안 할래…… 모두 진지하게 들어주진 않고…… 웃기만 하는 걸…… (갑자기 말을 끊고, 몇 초 동안 침묵한 뒤, 다시 눈을 감고, 한 손을 이야기 장단에 맞춰 흔들면서, 마치 멀리서 들려오는 음악 소리에 귀를 기울이는 것처럼, 열심히 소리 높여 이야기를 계속한다) 그래서요, 나는 이렇게 대답했죠. 내 삶의 기쁨이여! 환하게 빛나는 보름달이여! 나도, 당신 없이는 이 세상을 살아갈 수가 없어요…… 나는 미칠 듯이 당신을 사랑하고 있는 걸요. 앞으로도, 이 가슴에 심장이 뛰고 있는 동안은, 사랑하지 않을 수 없어요! 하지만…… 그리고 나는 이렇게 말했어요. 당신의 젊은 생명을 끊는 건 안 돼요. ……그건, 당신의 소중한 부모님에게 얼마나 중요한 것이겠어요, 그분들에게는 당신은 오직 하나뿐인 기쁨이에요…… 제발 나를 버려주세요! 차라리 내가 당신을 애타게 그리워하다…… 죽는 편이 나아요. 내 생명 따위…… 나는 혼자예요! ……나는 이런 여자라고요! 제발 나를 죽게 해 주세요, 나 같은 건 살아 있으나 죽으나 마찬가지예요! 나는 아무 쓸모도 없는 여자인 걸요…… 나에게는 아무것도 없어요…… 아무것도…… (두 손으로 얼굴을 가리고, 소리 없이 운다)

나타샤 (얼굴을 돌리고 작은 소리로) 울지 마요…… 울 필요 없어!

루카가 싱글거리고 웃으면서 나스탸의 머리를 쓰다듬는다.

부브노프 (크게 웃어젖힌다) 아하하…… 웃기는 인형극이었어! 안 그래?

남작 (똑같이 웃는다). 어이, 영감! 이걸 정말이라고 생각하는 거요? 모두 '운명적인 사랑'이라는 책에 있는 내용이야…… 모두, 엉터리라고! 내버려 둬요……

나타샤 그게 아저씨랑 무슨 상관인데? 입 다물어요! ……귀신은 뭐 하나 몰라.

나스탸 (분개하면서) 돼먹지 않은 인간! 바보, 멍청이! 자기 영혼이나 찾아보시지!

루카 (나스탸의 팔을 잡고) 자, 아가씨, 그만 저리로 갑시다! 괜히…… 화낼 필요 없어요! 나는 알고 있어…… 나는 믿어요! 아가씨가 진실하고 저 사람들이 엉터리인 게야…… 아가씨가 스스로, 그런 진정한 사랑을 했다고 믿는다면…… 누가 뭐래도 그건 진실인 거지! 진실이라고! 하지만, 그 사람에게 화내진 말아요. 한 지붕 아래 살고 있는 사람 아니오? ……그 사람은…… 틀림없이 부러워서 웃은 게야…… 그 사람은 틀림없이 진정한 사랑 같은 건 해본 적이 없을 테니까…… 한 번도 없었던 게 분명해! 자자, 이제 저쪽으로 갑시다!……

나스탸 (두 손을 가슴에 꼭 대고) 할아버지! 정말…… 그건 진실이에요! 모두가 있었던 일이라고요! ……그 사람은요, 대학생이었는데…… 프랑스 사람이었어요…… 이름은 가스토샤, 검은 턱수염을 기른 사람이었죠. 언제나 에나멜 장화를 신고 있었어요…… 이게 거짓말이라면, 나는 이 자리에서 벼락 맞아 죽어도 좋아요! 그리고 그 사람은 진심으로 날 사랑했어요…… 진짜, 정말로!

루카 안다니까! 걱정 마시오, 나는 믿고 있으니! 그래, 그 사람은 에나멜 장화를 신고 있었단 말이지? 그래, 그래! 그래서, 아가씨도 그 사람을 사랑했고? (모퉁이를 돌아서 퇴장)

남작 어리석은 아가씨야…… 사람은 착한데, 머리가 좀…… 도저히 봐줄 수가 없어!

부브노프 그건 그렇고, 도대체 인간이란 건…… 왜 이렇게 거짓말하는 것을 좋아하는 걸까? 언제나 마치 예심판사 앞에 서 있는 것처럼 말이야…… 거 참!

나타샤 그야, 거짓말이…… 진실보다 재미있으니까요…… 나도……

남작 무엇이 '나도'야? 그 다음엔 뭔데?

나타샤 여러가지를 상상한다고요…… 상상하고는 기다려요……

남작 뭘?

나타샤 (난처한 듯이 웃으면서) 뭐냐면요…… 글쎄요, 뭐 이런 거죠, 내일은…… 누군가…… 누군가…… 특별한 사람이 찾아올 거야…… 그렇지 않으면, 뭔가 있을 거야…… 뭔가, 지금까지 없었던 일이…… 벌써 오랫동안 기다려 왔어요…… 늘 기다리고 있죠…… 하지만 무엇을…… 사실은, 아무것도 기다릴 것이 없는 건지도 몰라요.

(사이)

남작 (빙그레 웃으며) 기다릴 게 뭐 있어…… 난, 아무것도 기다리지 않아! 이미 모두…… 있었던 일이지! 지나간 일이야…… 끝난 일이라고! ……그리고, 또!

나타샤 그렇지 않으면…… 내일쯤 덜컥 죽어 버리는 게 아닌가 하고 생각하죠…… 그러면, 어쩐지 불길한 예감이 들어요…… 여름은 죽음을 생각하기에 딱 좋은 계절 같아요…… 여름엔 벼락이 자주 치잖아요…… 언제 벼락에 맞아 죽을지 모르니까요……

남작 사는 게 영 재미가 없는 모양이구나…… 저 언니라는 것이…… 악마나 다름없으니 말이야!

나타샤 그럼, 여기 누구 재미있게 살고 있는 사람 있대요? 모두 재미없는 것 같은데…… 내가 보기에는……

클레시치 (그때까지 꼼짝도 하지 않고, 이야기에 끼어들지도 않다가, 갑자기 일어나서) 모두라고? 거짓말 마! 누가 모두 다야! 모두가 그렇다면…… 불평할 수가 없잖아! 화낼 것도 없고…… 안 그래?

부브노프 왜 그래, 이 사람아. 마귀라도 달라붙었어? 느닷없이 소리를 지르고 그래!

클레시치가 다시 자기 자리에 드러누워 뭐라고 중얼거린다.

남작 그럼…… 나는 나스첸카하고 화해하러 가야겠어…… 안 그러면, 한잔 얻어 마시는 데 지장이 있을 테니까.

부브노프 으음…… 인간이란, 정말 거짓말을 좋아한단 말이야…… 하기야, 나스첸카라면…… 이해해! 그 앤 얼굴에 화장하는 데 익숙해져서…… 영혼까지 화장하고 싶어해…… 영혼에도 화사하게 색칠을 하고 싶어한다니까…… 그런데…… 다른 놈들이 거짓말을 하는 건 뭣 때문이지? 이를테면 루카 영감 말이야…… 하는 말마다 거짓말이야…… 그것도 득 될 게 아무것도 없는데 말이야…… 나이도 먹을 만큼 먹은 늙은이가…… 도대체 왜 그러는 걸까?

남작 (히죽 웃으면서 옆쪽으로 간다) 인간은 누구나 잿빛 영혼을 가지고 있어…… 그래서 예쁘게 색칠하고 싶은 거야……

루카 (모퉁이에서 나온다) 나리, 왜 그 아가씨를 못 잡아먹어서 안달이슈? 쓸데없는 방해 마시오…… 실컷 울게 내버려 두란 말이오…… 그 아가씨가 눈물 흘리며 우는 것도 즐거움인데…… 그게 당신한테 무슨 해가 된다고 그러시나?

남작 하도 엉터리 같은 얘기를 하니까 그러잖소, 영감! 나는 그 애한테 오만

정이 다 떨어졌소! ……오늘은 라울, 내일은 가스통…… 그리고도 맨날 똑같
은 이야기! 에잇, 그래도 뭐, 가서 화해하고 와야지…… (퇴장)

루카 그래 그래, 어서 갔다 오시오…… 그리고 좀 위로해 줘요! 사람을 위로하
는 건 절대로 손해 볼 일은 아니니……

나타샤 할아버진 참 좋은 분이에요…… 어떻게 그럴 수가 있어요?

루카 내가 좋은 사람이라고? 흥…… 그럼 그렇다고 해두지…… 그래! (붉은 벽
저쪽에서 아코디언과 노랫소리가 조용히 들려온다) 어쨌든, 아가씨, 인간 세계에
는, 누군가 좋은 사람도 있어야지…… 인간에게 연민을 느낄 줄 아는 사람
말이야! 그리스도는 모든 인간을 가엾게 여기시고, 우리에게도 그렇게 하라
고 명령하셨지…… 그래서 말인데, 필요할 때 인간을 가엾게 여기는 건……
좋은 일이야! 예전에 별장지기로 일한 적이 있었는데…… 톰스크 시 가까이
있는, 어느 기사의 별장이었어…… 그런데, 그곳은 말이야, 그 별장은 숲 속
에 있어서 무척이나 쓸쓸하고 외진 곳이었지…… 겨울이었는데, 그 넓은 별
장에 오직 나 한 사람뿐…… 정말 좋았어…… 끝내줬지! 그런데 어느 날, 불
현듯, 별장에 몰래 숨어든 놈이 있었어!

나타샤 도둑이었어요?

루카 그래. 몰래 숨어들었으니, 도둑이 아니고 뭐겠어! ……나는 총을 들고
나갔지…… 두 사람이더군…… 창문을 열려고 애쓰는 중이었는데, 거기에
정신이 팔려 내가 오는 건 보지도 않더군. 그래서 내가 소리쳤지, 이놈들
아! ……썩 꺼져라! ……그런데 놈들은 도끼를 휘두르면서 나에게 덤벼들었
어…… 그래서, 나는 앞질러서…… 물러가! 안 그러면 쏘겠다, 이렇게 말했
지…… 총으로 한 사람 한 사람을 겨냥하면서. 그러자 놈들은 그 자리에 털
썩 무릎을 꿇으면서, 제발 살려달라고 애원하더군. 하지만 그때 난, 이미 화
가 머리끝까지 나 있었지…… 그 도끼 때문에! 그래서 나는 말했어. 이 숲의
마귀들아, 그러니까 내가 쫓아냈을 때 물러갔어야지. 이젠 어쩔 수 없으니,
누가 가서 나뭇가지를 꺾어와! 그러자 놈들은 얼른 가서 가지를 꺾어왔어.
나는 다시 명령했어. 한 사람은 눕고, 한 사람은 그자를 나뭇가지로 때려!
놈들은 내가 시키는 대로, 번갈아가면서 서로를 때렸지. 그게 끝나자, 놈들
이 애걸복걸하는 거야. 영감님, 제발 빵 좀 나눠 주십시오! 우리는 아무것도
먹지 못하고 걸어왔어요. 어떤가, 아가씨…… 이게 도둑이야. (웃는다)…… 이

것이 도끼를 휘두른 놈들이라고! 그래…… 그들은 둘 다 착한 농부였어……
그래서 나는 말해 줬지. 숲의 마귀들아, 빵이 먹고 싶으면 처음부터 달라고
말했으면 되었을 것을. 그런데 그 대답이 기가 막히더군. 이미 수없이 부탁
하고 애걸해봤지만 아무도 들어주지 않더라는 거야…… 그래서 완전히 될
대로 되라는 심정으로 그랬던 거지…… 그렇게 해서 두 사람은 그때부터 겨
울 한 철을 나하고 함께 지내게 되었어. 스테판이라는 한 친구는 총을 메고
숲으로 자주 사냥을 나갔고…… 또 한 사람, 야코프라는 친구는 내내 병을
앓으면서 기침만 해댔지…… 그렇게 우리는 셋이서 별장을 지키고 있었던
셈이야. 봄이 오자, 두 사람은 작별인사를 하고 떠나 버렸어…… 러시아 쪽
으로……

나타샤 틀림없이 탈주범이었죠? 죄수 말이에요.

루카 그래, 맞아, 탈주범이었지…… 유형지에서 달아난 거였어…… 착한 농부
들이었는데! ……내가 만약 두 사람에게 동정을 베풀지 않았더라면, 두 사
람은 아마 나를 죽이거나…… 뭔가 더 나쁜 짓을 했을지도 몰라…… 그리
고 다시 재판소에 끌려가서 감옥에 갇히고 다시 시베리아로…… 도대체 그
렇게 해서 무슨 소용이 있겠어? 감옥은 좋은 것을 가르쳐주는 곳이 아니야,
시베리아도 마찬가지고…… 하지만 인간은, 가르쳐주지…… 그럼! 인간은 좋
은 것을 가르쳐줄 수 있어…… 아주 간단한 이치야.

(사이)

부브노프 음, 맞아요! ……하지만 난…… 아무래도 거짓말을 못 하겠어! 왜 그
럴까요? 아마도 뭐든지 있는 그대로 진실을 얘기해야 한다고 생각하기 때문
인 것 같아요! 빼고 말고 할 게 뭐 있다고!

클레시치 (갑자기 불에 데기라도 한 것처럼, 다시 벌떡 일어나서 소리친다) 진실이란
게 뭐지? 어디에 있어? (몸에 걸친 누더기를 두 손으로 쥐어뜯는다) 바로 이게 진
실이야! 일거리도 없고…… 힘도 없어! 이것이 진실이라고! 몸 둘 곳…… 이
한 몸 의지할 데가 없어! 이대로 콱 뒈지는 수밖에…… 이것이 바로 진실이
라고! 악마 같은 것! 그런 게 나에게 무슨 소용이야, 그, 그런 진실이 말이
야! 그보다, 숨이나 좀 쉽게 해줘…… 숨 좀 쉽게 해달라고! 도대체 내가 무

슨 죄를 지었는데? ……무엇 때문에 나에게 이런 진실이 필요한 거지? 나는 살 수가 없는데, 빌어먹을, 살 수가 없다고…… 이것이 그 진실이야!……

부브노프 어이구 저런…… 제정신이 아닌 모양이군!……

루카 어허…… 그냥 듣기나 하게. 이보게! 자네는……

클레시치 (흥분해서 온몸을 부들부들 떤다) 이곳에선 말끝마다 진실, 진실! 영감, 영감은 모든 사람을 위로하고 있어…… 하지만, 나는 솔직히 말해서, 모두를 증오하고 있지! 그리고 이 진실을 증오하고 있어…… 진실 따위 똥이나 처먹으라고 해, 저주받아야 한다고! 알겠소? 잘 기억해 두시오! 진실 따위는 저주 받아 마땅하다는 걸! (돌아보고 또 돌아보면서 모퉁이 저쪽으로 달려간다)

루카 아, 머리가 홱 돌아 버렸어…… 도대체 어디로 달려간 거지?

나타샤 꼭 실성한 사람 같아요……

부브노프 홍, 대단한 기염이군! 마치 연극이라도 하는 것 같잖아? ……흔히 있는 일이야…… 아직 고생을 덜해서 그래……

페펠 (모퉁이에서 어슬렁거리며 나온다) 여러분! 안녕! 너구리 루카 영감님, 여전히 이야기 중이시군요.

루카 자네가 봤으면 좋았을 걸…… 방금 여기서 무섭게 소리친 사람이 있었지!

페펠 클레시치란 작자겠죠, 안 그래요? 도대체 왜 그런대요? 꼭 끓는 물이라도 뒤집어 쓴 것처럼 달려가던데……

루카 그야 자네도 저렇게 충격을 받으면…… 뛰쳐나갈 거야……

페펠 (자리에 앉는다) 나는 저 사람 마음에 안 들어요…… 더럽게 고약한 데다 거만한 놈이야. (클레시치 흉내를 낸다) ‘나는 일하고 있는 인간이야.’ 홍, 마치 다른 사람은 모두, 자기보다 형편없다는 듯한 말투잖아…… 일하는 게 좋으면 일하면 되지…… 일하는 게 그렇게 자랑인가? 만약, 일하는 것으로 인간의 가치가 정해진다면…… 말보다 나은 사람은 하나도 없게? ……말은 죽도록 마차를 끌면서도 아무 말 안 하잖아! 나타샤! 너희 식구는 모두 집에 있어?

나타샤 묘지에 갔어…… 그리고 저녁 예배드릴 거라던데……

페펠 그래서 너도 한가한 거구나…… 웬일로!

루카 (생각에 잠긴 기색으로 부브노프에게) 이보게…… 자네는 언제나 진실, 진실하던데…… 진실이라는 게 늘 인간의 병을 고쳐주는 건 아니야…… 진실만 있으면 언제라도 영혼을 치료할 수 있는 게 아니라고…… 그 증거로, 한번은 이런 일이 있었지. 내가 알던 사낸데, 진실의 땅을 믿고 있는 자가 있었어……

부브노프 무슨 땅이요?

루카 진실의 땅. 이 세상에는 진실의 땅이 있다…… 거기에는 특별한 인간들이 살고 있다…… 훌륭한 인간들만 살면서 서로 존경하고, 아무리 사소한 일이라도 서로 돕고 있다…… 또 그들이 사는 곳에는 모든 것이 멋지고 훌륭하다! 그 사내는 그렇게 말하면서 늘 그 진실의 땅을 찾으러 떠날 궁리만 하고 있었어. 하지만, 그 사내는 가난해서 사는 게 말이 아니었지…… 그리고 끝내 자리에 누워 죽음을 기다리는 수밖에 없는 힘든 시간이 찾아왔을 때도, 그는 희망을 잃지 않고, 언제나 웃는 얼굴로, 이렇게 말하곤 했다네. 괜찮아! 참고 견뎌야 해! 좀 더 기다리면, 나는 지금의 이 생활을 버리고, 진실의 땅을 찾아갈 수 있을 거야…… 그것은 그 사내의 유일한 기쁨이었던 거지. 그 진실의 땅이……

페펠 그래서요? 그 사람은 떠났어요?

부브노프 떠나긴 어딜 떠나? 하하!

루카 그런데, 그때 그곳으로, 거긴 시베리아였는데, 학자 한 사람이 흘러들어 왔어…… 책이니, 지도니, 온갖 것들을 가지고 말이야…… 그래서 그 사내는 학자에게, 부디 나에게, 진실의 땅이 어디에 있는지, 어떻게 하면 그곳으로 갈 수 있는지, 가르쳐 주십시오 하고 부탁하더군. 그러자 학자는 당장 책과 지도를 펼치고…… 찾고, 또 찾았지만, 진실의 땅은 어디에도 없었어! 다른 것은 모두 확실하게 씌어 있고, 어떤 나라도 모두 정확하게 나와 있는데, 진실의 땅만은 나와 있지 않은 거야!

페펠 (낮은 목소리로) 에이, 없다고요? (부브노프, 큰 소리로 웃는다)

나타샤 끼어들지 마요…… 그래서요, 할아버지?

루카 그런데, 그 사내는 믿지 않는 거야…… 틀림없이 있을 테니까 잘 찾아보라고 부탁했지. 만약 진실의 땅이 나와 있지 않다면, 당신의 책과 지도는 아무 쓸모도 없는 거라면서. 그래서 학자도 화가 나서 말했지. 내 지도는 세상에서 가장 정확한 거다, 원래, 진실의 땅 따위는 어디에도 없다. 그러자, 이번에는 사내도 화를 내면서, 그런 게 어디 있어? 나는 오랫동안 인내하고 또 인내하면서, 그것이 있다고 믿어왔는데! 그런데, 지도에 나와 있지 않다는 게 무슨 소리야! 이 사기꾼 …… 사내는 그렇게 학자에게 욕을 퍼부었지. 에 잇, 날강도 같은 놈! 넌 건달이지 학자가 아니야…… 그리고 학자의 귀를 한 방 세게 갈기고! 연거푸 또 한 방! ……(잠시 말을 끊었다가) 그러고는 집으로 돌아가 목을 매고 죽어 버렸다네! (모두 침묵. 루카가 웃으면서 페펠과 나타샤를 바라본다)

페펠 (낮은 목소리로) 쳇, 빌어먹을…… 재미 대가리 하나도 없는 얘기잖아……

나타샤 이 세상의 거짓을 견디지 못한 거군요……

부브노프 (음울하게) 모두, 지어낸 이야기야……

페펠 흐응, 그럴 테지…… 그것이 진실의 땅이라는 건가…… 발견하지 못했다 는 것이, 결국……

나타샤 하지만 가엾어요…… 그 사람……

부브노프 모두, 지어낸 이야기라니까…… 하하! 진실의 땅! 그곳으로 가자고? 아하하!(창문에서 사라진다)

루카 (부브노프의 창을 턱으로 가리키면서) 비웃고 있군! 거 참…… (사이) 그럼, 여 러분! ……잘들 지내시오! 나는 곧 이곳을 떠날 거요……

페펠 이번에는 어디로 가실 건데요?

루카 우크라이나 쪽으로…… 그곳에 새로운 종교가 생겼다는 얘기를 들었거 든…… 어떤 건지 좀 보고 싶어서 말이야…… 그래! ……인간이란 늘 조금이 라도 더 좋은 것, 좋은 것을 찾아 헤매지…… 하느님께서 부디 그들에게 인 내심을 주시기를!

페펠 그래서, 영감님은 어떻게 생각해요…… 찾을 수 있을 것 같아요?

루카 인간 말인가? 그야 찾고말고! 찾는 자는 반드시 찾을 수 있다네…… 열심 히 찾는 자는 반드시 찾을 수 있어!

나타샤 정말 꼭 찾아내시기를…… 그래서 더 나은 것을 생각해낼 수 있었으면 좋겠어요……

루카 물론 생각해내고 말고! 다만, 아가씨, 그런 사람들을 도와주고…… 존경 해야 해……

나타샤 하지만 제가 어떻게 남을 도울 수가 있죠? 나부터가…… 이렇게 보잘것없는 사람인데……

페펠 (단호한 태도로) 나타샤, 나 다시 한 번…… 너에게 말하는데, 응? ……여기,
영감님도 있으니까…… 영감님은 모든 걸 다 알고 계셔…… 어때, 나하고……
같이 가지 않을래?

나타샤 어디로? 감옥이나 들락날락하려고?

페펠 도둑질은 그만두겠다고…… 벌써부터 말하지 않았어! 그만둔다면 정말
그만둔다고! 난, 한 번 말한 건 무슨 일이 있어도 지켜! 나, 이래봬도 글을
읽고 쓸 줄도 알아…… 이제부터 일을 할 거야…… 이 영감님은, 자신의 의
지로 시베리아에 가라고 하셨어…… 어때, 같이 가자, 응? ……넌 내가 지금
의 내 생활에 염증이 났다는 거 모르겠어? 응, 나타샤! 나는 알고 있어……
다 보고 있다고! ……그리고 세상에는 나보다 큰 도둑질을 하고도 잘 살고
있는 놈이 있다는 걸 생각하면서, 나 스스로 나를 위로해 왔어…… 하지만,
그것도, 나에겐 아무 소용이 없어! 그건 아무리 생각해도, 내가 원하는 게
아니야! 그렇다고 후회하고 있는 건 아니지만…… 나는 양심이라는 것도 믿
지 않아…… 하지만, 단 한 가지 느끼는 것이 있어. 그건, 삶을 바꾸지 않으
면 안 된다는 거야! 좀 더 나은 삶을 살아야 해! 자기 자신을 존경할 수 있
는 삶을 살아야 한단 말이야……

루카 옳은 말이야, 젊은이! 주여, 보호해 주소서, 그리스도여, 이 청년을 도와
주소서! 정말 맞는 말이야, 인간은 자기 자신부터 존경해야 해……

페펠 난, 코흘리개 시절부터 도둑이야…… 모두 나를 언제나, 도둑 바시카, 도
둑놈의 자식 바시카라고 불렀지! 좋아! 그래? 그렇다면 정말로 도둑놈이 되
어주지! 그래서, 나는 도둑이 되었어! ……알겠어? 내가 도둑이 된 건, 어쩌
면, 세상에 대한 원망 때문이었는지도 몰라…… 누구 한 사람, 한 번이라도,
나를 다른 이름으로 불러준 적이 없기 때문이야…… 그러니까, 넌 내 이름
을 불러줘…… 응? 나타샤, 어때?

나타샤 (슬픈 듯이) 하지만 나는 아직 믿을 수가 없어…… 무슨 말을 해도……
그리고 나, 오늘은 어쩐지 마음이 불안하고…… 기분이 착잡해…… 뭔가 이
상한 일이라도 일어날 것 같은 느낌이 들어. 바실리, 정말 꼭 오늘 같은 날,
이런 이야기 안 하면 안 돼?……

페펠 그럼 언제 얘기하면 될까? 오늘 처음으로 얘길 꺼낸 것도 아닌데……

나타샤 게다가, 왜 내가 당신하고 함께 가야 하는데? 그야 나…… 당신을 좋아한다고 했지만…… 그 정도로 좋아하지는 않아…… 물론 때로는…… 당신이 마음에 들 때도 있지만…… 또 가끔은 보기도 싫을 때가 있는 걸…… 그러니까 난, 당신을 사랑하고 있는 건 아닌가봐…… 사랑을 할 땐 콩깍지가 씌어서 상대의 결점 같은 건 보이지 않는 법인데…… 그게 나에게는 보이는 걸……

페펠 괜찮아, 곧 사랑하게 될 거야. 걱정할 필요 없어! 내가 그렇게 되도록 만들어 줄게…… 넌 그저 나를 따라와 주기만 하면 돼! 1년 정도, 널 보아 오면서, …… 네가 무척 착실하고 착한 아가씨이고…… 믿을 만한 사람이라는 걸 알았어…… 그래서 완전히 너한테 반해 버렸다고!

잘 차려입은 바실리사가 창문에 나타나 문기둥에 기대서서 귀를 기울이고 있다.

나타샤 날 그 정도로 생각하고 있었던 거야? 그럼 우리 언니는 어쩌고……
페펠 (당황하여) 응? 그 여자? 그런 여자, 나는 아무 관심도 없어……
루카 아가씨…… 그건 걱정할 것 없어! 빵이 없으면 술지게미라도 먹는 거지, 뭐…… 빵이 없을 땐 말이야……
페펠 (어두운 기색으로) 나타샤…… 제발 나를 가엾게 여겨 줘! 사는 건 괴롭기만 하고…… 이 짐승 같은 삶…… 즐거운 일은 하나도 없고…… 점점 늪 속에 빠져들어 가는데…… 붙잡을 것이 아무것도 없어…… 모두 썩은 것뿐이고…… 의지할 만한 건 하나도 없고…… 네 언니도…… 이 여자는 다르겠지 하고 생각했건만…… 또한 마찬가지였어…… 만약 그 여자가…… 그렇게 돈만 밝히지 않았다면…… 나는 그 여자를 위해…… 무슨 짓이라도 했을 거야! 정말 그 여자가, 완전히 내 것이 되어 주기만 했다면…… 그런데 그 여자는 다른 것이 필요했어…… 그 여자에게…… 필요했던 건 돈이었어…… 자유가 필요했던 거라고…… 그리고 그 자유를 원하는 것도, 더욱 방탕하게 놀기 위해서였어. 그런 여자가, 나를 도와줄 리가 없잖아…… 그런데 넌, 어린 전나무처럼, 가시로 콕콕 찌르기는 하지만 믿음이 가……
루카 나도 권하고 싶군. 이봐요, 아가씨, 이 사람과 결혼해, 결혼하라고! 제법 괜찮은 젊은이야, 좋은 남자란 말이지! 다만, 아가씨가, 될 수 있는 대로 자주 이 사람에게, 자신이 좋은 젊은이라는 것을 깨닫게 해주면 돼, 다시 말해, 이 사람이, 그 사실을 잊지 않도록 일깨워주면 된다는 얘기야! 이 사람은 금방 아가씨를 믿게 될 거야…… 아가씨는 그저 이렇게만 말하면 돼. 바샤, 당신은 훌륭한 사람이에요…… 잊지 말아요! 이렇게 말이야. 잘 생각해봐, 아가씨에게 달리 갈 데가 어디 있어? 아가씨 언니는 성질이 고약한 악녀고, 그 남편이라는 작자 또한 더 말할 것도 없는 늙은이…… 게다가 여기서의 이런 생활…… 사실 아가씨에게 어디든 갈 곳이 있느냐 말이야! 그런데 이 젊은이는 제대로 된 훌륭한 사람이야……

나타샤 물론 어디에도 갈 곳이 없기야 하죠…… 나도 알고 있어요…… 생각은 했죠…… 하지만 난…… 아무도 믿을 수가 없는 걸요…… 갈 곳은 어디에도 없지만……

페펠 길은 하나뿐이야…… 그 길을 함께 가지 않겠다면…… 그럴 바엔 차라리 죽여 버리고 말겠어……

나타샤 (미소 지으면서) 거봐…… 아직 당신 마누라가 되기도 전에, 벌써 죽이겠다고 하잖아.

페펠 (그녀를 껴안는다) 그만, 나타샤! 아무려면 어때!

나타샤 (그에게 몸을 바짝 기대면서) 그럼 바실리…… 나, 한 가지만 당신한테 말해 둘 게 있어…… 하느님께 맹세하지만! 당신이 한 번이라도 내게 손찌검을 하거나…… 모욕을 준다면…… 난, 목숨을 아까워하지 않을 거야…… 스스로 목을 매거나, 아니면……

페펠 아아, 만약 내가 너에게 손가락 하나 건드린다면, 그 손은 그대로 오그라들어도 좋아!……

루카 아가씨, 아무것도 의심하지 말아요! 이 사람이 아가씨에게 필요한 것보다, 아가씨가 이 사람에게 더 절실하게 필요하니까……

바실리사 (창문에서) 자, 자, 이제 그것으로 약속은 성립된 건가! 잘 살기 바라!

나타샤 앗, 언제 돌아온 거야! ……오, 하느님! 다 봤나봐…… 어떡하지, 바실리!

페펠 놀랄 거 뭐 있어? 이미 이렇게 되었으니 누구든 너에게 손가락 하나 건드리지 못하게 할 거야!

746 막심 고리키

바실리사 걱정할 것 없어, 나타샤! 그 사람은 널 때리진 않을 테니까…… 그 사람은 때리지도 못하고, 사랑해 줄 줄도 모르는 사람이야…… 내가 잘 알고 있지!

루카 (작은 소리로) 으, 마귀 같은 여편네…… 독사 같은 여자……

바실리사 그 대신 말만 번지르르하지……

코스틸료프 (나온다) 나타시카! 이런 데서 뭐하고 있는 거야, 이 밥벌레야! 또 쓸데없는 수다 떨고 있지? 식구들 험담이라도 하던 중인가? 사모바르도 아직 순비가 안 됐잖아? 저녁 준비는 어떻게 됐어?

나타샤 (나가면서) 교회 간다고 하지 않았어요?……

코스틸료프 어디에 가든 무슨 상관이야! 네 할 일이나 하면 되는 거지…… 시키는 대로만 하면 된다고!

페펠 닥쳐요! 이 여자는 오늘부터 당신들 하녀가 아니야…… 나타샤, 가지 마…… 아무것도 하지 마!……

나타샤 바실리, 그런 말 하기엔 아직 일러! (퇴장)

페펠 (코스틸료프에게) 이제 그만들 하시지! 지금까지 실컷 부려먹었잖아…… 더 이상은 사양이야! 오늘부터 저 여잔, 내 여자야!

코스틸료프 네 여자라고? 언제 샀지? 얼마에 샀나?

바실리사가 깔깔거리고 웃는다.

루카 바샤! 자네는 어서 가……

페펠 당신들 조심해…… 함부로 날뛰다가는 곧 눈물 흘릴 날이 올 거니까!

바실리사 어머나, 무서워라! 무서워 죽겠네!

루카 바실리, 어서 가라니까! 저 여잔 자넬 부추기고 있어…… 꼬드기고 있는 거라고, 모르겠나?

페펠 그렇군요…… 하! 이 여자가, 어딜 수작을 부리려고 그래! 하지만 당신들 뜻대로는 되지 않을 걸!

바실리사 내가 원하지 않는 것도, 그렇게 되도록 가만히 보고만 있지 않을 거야, 바샤!

페펠 (주먹을 휘두르며 그녀를 위협한다) 어디 두고 보자고! ……(퇴장)

바실리사 (창문에서 사라지면서) 내가 결혼식을 준비해 주지!

코스틸료프 (루카에게 다가간다) 뭐하는 거요, 영감은?

루카 아무것도 아니오, 노인장!

코스틸료프 그래? ……당신도 곧 떠날 거라고 하던데?

루카 때가 되면……

코스틸료프 어디로 갈 거요?

루카 눈이 향하는 곳으로……

코스틸료프 그러니까, 떠돌아다니겠다는 말씀? ……도무지 한 군데 엉덩이를 붙이기가 어려운 처지인가 보지?

루카 누워 있는 돌 밑으로는 물이 흐르지 않는 법이니까……

코스틸료프 그건 돌 얘기고, 인간은 한 군데 정착을 해야지…… 인간이 바퀴 벌레처럼 살면 되겠어? ……바퀴벌레는 어디든, 마음 내키는 대로 기어가지 만…… 인간은, 일정한 거처가 있어야 하지 않겠어? ……함부로 여기저기 기 웃거리면 안 되지……

루카 그런데 말이오, 만약 어디에나 있을 곳이 있는 사람이 있다면, 어떨까?

코스틸료프 만약 그렇다면, 그자는 부랑자지…… 건달이고…… 인간은, 뭔가 쓸모가 있어야 해…… 일을 해야 한단 말이야……

루카 말은 잘하네!

코스틸료프 물론이지. 안 그러면 어쩔 건데? ……도대체, 순례자라는 건 뭐하 는 놈들이야? 순례자란…… 남과 다른 데가 있는 별종을 말하는 거지…… 만약 진짜 순례자라면, 뭔가 알고 있다 해도…… 뭔가 그…… 누구에게도 필 요하지 않다는 것을 안다 하더라도…… 또 그것이 진실이라 해도…… 첫째 로, 진실이라는 것이 모두 다 필요한 건 아니니까 말이야…… 암! 그러니까 그건 자기 배 속에 잘 간직해 두고…… 잠자코 있어야 해. 만약 진정한…… 순례자라면…… 틀림없이 침묵을 지킬 거야! 이야기한다 해도, 아무도 알아 듣지 못할 이야기를 하는 거지…… 그리고 마음에 아무런 욕심도 없이, 무 슨 일에도 남을 방해하지 않고, 함부로 소란을 떨지도 않아…… 남이 어떻 게 살든, 상관하지도 않고…… 그런 순례자는, 오로지 한결같은 마음으로 올바른 인생의 길을 지키는 법이야…… 숲 속이나…… 동굴 속에서…… 사 람들 눈을 피해 숨어 사는 법이라고! 그리고 남을 방해하지 않고, 남을 비난하지도 않고…… 모두를 위해 기도하지…… 모든 속세의 죄업을 위해…… 내가 지은 죄를 위해, 남이 지은 죄를 위해…… 모든 죄를 위해 기도하는 거야! 그런 사람이 속세의 번잡함을 피하려는 것도, 다 그 때문이지…… 기도하기 위해서란 말이야. 그런 거라고…… (사이) 그런데 영감…… 당신은 도대체 어떤 순례자이신가? ……신분증도 없지 않소…… 제대로 된 인간이라면, 신분증을 가지고 있어야지…… 올바른 인간은 모두 신분증을 가지고 있다고…… 안 그렇소?……

루카 그러나, 세상엔 이런 사람도 있는가 하면 저런 사람도 있는 법이니까……

코스틸료프 잘난 척은 그만하시지! 수수께끼 같은 말만 하지 말고…… 내가 당신보다 어리석어 보이나? ……도대체 무슨 개소릴 하고 있어…… 인간이 어떠니 사람이 어떠니.

루카 내가 하는 말이 무슨 수수께끼라고 그러시나? 나는 다만, 씨를 뿌리는데, 적당하지 않은 땅도 있고…… 기름진 땅도 있다는 것뿐인데…… 기름진 땅에는 무엇을 뿌려도…… 풍성한 결실을 맺지…… 암, 그렇고말고……

코스틸료프 그래서? 그게 어쨌단 말인데?

루카 뭐, 이를테면 당신 말이오…… 아무리 하느님이 당신에게, 미하일로야! 인간이 되어라! ……하고 말해봤자, 쇠귀에 경 읽기, 아무 소용이 없다는 거야…… 당신은 당신대로, 언제까지나 변하지 않을 거란 말이지……

코스틸료프 아…… 영감…… 모르고 있었나? 내 마누라 삼촌이 경찰이라는 거? 내가 만약……

바실리사 (등장) 미하일 이바노비치, 차나 마시러 가요.

코스틸료프 (루카에게) 이봐, 영감…… 이 집에서 썩 꺼져 버려! 방 빼란 말이야!……

바실리사 맞아, 이 집에서 나가요, 할아버지! ……할아버진 말이 많아요…… 그리고 어쩌면 도망자일지도 몰라…… 수상해……

코스틸료프 오늘 안에 흔적도 없이 사라져 주셔! 그러지 않으면 …… 내가 어떻게 할지 두고 보슈!

루카 삼촌을 부를 건가? 불러보시지그래…… 탈주자를 붙잡았다고 말이야…… 그러면 삼촌은 상금을 탈지도 모르지…… 3코페이카쯤?……

부브노프 (창문에서) 거기서 무슨 흥정을 하고 있는 거요? 뭐냐고요, 3코페이카라는 게?

루카 나를 팔겠다고 협박하는 거야……

바실리사 (남편에게) 가요……

부브노프 3코페이카에? 흥, 조심하쇼, 영감…… 그자들은 1코페이카라도 팔아 치울 놈들이니까.

코스틸료프 (부브노프에게) 너…… 부뚜막 밑에서 기어 나온 도깨비처럼, 눈만 껌벅거리고 있는 놈이! (아내와 함께 걸어 나간다)

바실리사 세상에는 뒤가 구린 인간이나…… 협잡꾼들이 얼마나 많은지!……

루카 허, 식사 잘하시구려!

바실리사 (돌아보면서) 쓸데없이 주둥이 놀리지 않는 게 좋을 걸요…… 독버섯 같은 인간!

남편과 함께 모퉁이 저쪽으로 사라진다.

루카 오늘 밤 이곳을 떠나야겠어……

부브노프 잘 생각하셨소. 떠나야 할 때 떠나는 게 가장 좋죠……

루카 그러게 말이야……

부브노프 나도 경험이 있어요. 때맞춰 잘 달아난 덕분에 징역살이를 면한 건지도 모르거든.

루카 오호, 그래요?

부브노프 정말이오. 얘기하자면 이래요. 마누라란 년이 우리 집 염색 기술자와 붙어먹었지…… 그 기술자로 말하면, 그 솜씨 좋은 녀석이…… 개 가죽을 염색해서 미국너구리로 둔갑시키고…… 고양이를 캥거루…… 사향뒤쥐 가죽으로 염색하고…… 어쨌든 못 하는 게 없는 기술자였소. 즉 그놈하고, 마누라란 년이, 정분이 나고 말았는데, 그게 보통 미친 사이가 아니어서, 까딱하다간, 나를 독살하거나 뭔 일을 당하게 해서 이 세상에서 사라지게 만들 기세였어요. 그래서 내가 마누라를 때리려고 했더니…… 직공이 나에게 덤벼드는 것이었소…… 그자도 보통 솜씨가 아닙니다! 한번은, 내 턱수염을 반이나 뽑고, 갈비뼈도 하나 분질러 버렸지요. 그렇게 되니, 나도 화가 머리 끝까지 나서…… 어느 날, 마누라 머리통을 쇠자로 후려친 적도 있고…… 한

마디로 살벌한 전쟁이 시작된 셈이지! 하지만 생각해 보니, 언제까지 그러고 살아봤자 아무 소용이 없겠더군요…… 결국은 내가 당하고 말 테니까! 그래서 난, 마누라 년을 죽이기로 결심했어요…… 정말 단단히 결심했는데! 그런데 말이오, 바로 그때 문득 생각이 들더군요. 그리고 내가 먼저 집을 나오고만 겁니다……

루카 그거 잘했소! 두 연놈에겐 그곳에서 개를 너구리로 둔갑시키며 살라 그러지 뭐!

부브노프 다만…… 공장이 마누라 명의로 되어 있어서…… 보시다시피 나는 이렇게 빈털터리가 되었다오! 하지만 사실은 공장 같은 건 말아먹고 말았을 거요…… 술을 퍼마시느라고……

루카 술을? 아, 그랬군!……

부브노프 맞아요, 그것도 고약한 술고래지요! 한번 마시기 시작하면 끝장을 봐야 하니까. 주머니가 바닥날 때까지 마셔 버리거든요…… 게다가 나는 게으름뱅이라, 일하는 게 죽어도 싫다니까요!

사틴과 배우가 다투면서 등장한다.

사틴 바보! 네가 어디에 갈 수 있을 것 같아…… 그런 건 모두 악마의 짓이야! 어이, 영감! 도대체 이 덜떨어진 친구한테 무슨 바람을 넣은 거요?

배우 거짓말! 영감! 이 친구에게 말 좀 해 주구려, 거짓말도 작작 하라고! 나는 갈 거야! 나는 오늘은 일을 했어, 길을 청소했다고…… 게다가 보드카는 입에 대지도 않았어! 이거 왜 이러셔! 자 봐, 15코페이카 은화 두 개, 그런데도 내 얼굴은 멀쩡하잖아.

사틴 바보 같은 소리 집어치워! 그 돈 이리 내, 내가 다 마셔주지…… 아니면 카드놀이에 걸든가……

배우 꺼져 버려! 이건 노잣돈이야!

루카 (사틴에게) 이보게, 자네는 왜 이 사람 마음을 흔들려고 하시나?

사틴 어이, 마법사, 하느님의 종, 어디 한번 나한테 말해 보시지, 나의 마지막이 어떨지? 나는 도박으로 빈털터리가 되었어. 하지만 아직 희망을 버린 건 아니야. 알겠어, 영감? 세상에는 나보다 똑똑한 사기꾼도 있다고!

루카 재미있는 사람이군, …… 유쾌한 사람이야!

부브노프 어이, 배우! 이리 좀 와봐!

배우가 창가로 가서 그 앞에 쪼그리고 앉는다. 두 사람은 작은 소리로 이야기한다.

사틴 나도, 젊었을 땐 제법 인기가 많았어! 생각만 해도 기분이 좋아지는군! ……상냥한 젊은이였어…… 춤도 잘 추고, 연극도 하고, 사람을 웃기는 걸 아주 좋아했지…… 꽤 잘나갔다고!

루카 그런데 어쩌다가 길을 잘못 들었나, 응?

사틴 영감도 어지간히 호기심이 많으시네, 응? 뭐든지 시시콜콜 다 알려고 그래…… 그런 건 알아서 뭐하려고?

루카 세상을 알고 싶으니까…… 그런데 자네는 아무리 봐도 알 수가 없어! 자네처럼 용기 있고…… 똑똑한 사람이…… 갑자기……

사틴 감옥이오, 영감! 나는 4년 7개월 동안 감옥에 있었소…… 그리고 거기서 나왔을 때는 이미 길이 막혀 버리고 나는 뒤졌어!

루카 어허 저런! 어쩌다가 감옥에 들어갔는데?

사틴 어떤 비열한 놈 때문에…… 욱하는 성질에 눈이 뒤집혀 그놈을 그만 때려죽이고 말았소…… 노름을 배운 것도 그 감옥에서였소……

루카 여자 때문에 살인을?

사틴 친척 누이 때문이었소…… 이쯤에서 그만합시다! 나는 꼬치꼬치 캐묻는 것 좋아하지 않아요…… 게다가 이미 옛날 일이오…… 누이는 죽어 버렸소…… 벌써…… 9년 전 일이군…… 하지만, 그 누이는 정말 좋은 아이였소!……

루카 자네는 그래도 아직 괜찮은 사람이야! 아까도 여기서…… 자물쇠 장수가 한바탕 난리를 쳤는데…… 거 참!

사틴 클레시치가?

루카 그렇네, 일이 없다고 소리소리 질렀지…… 도통 없다면서.

사틴 곧 익숙해질 거요…… 나도 일거리가 없는데 뭘.

루카 (작은 목소리로) 보시오! 호랑이도 제 말 하면 온다더니……

클레시치가 고개를 푹 숙이고 천천히 등장한다.

사틴 이봐, 홀아비! 왜 그렇게 풀이 죽어서 그래? 무슨 생각을 그리 하고 있나?

클레시치 생각할 게 있어서…… 앞으로 어떻게 해야 할까 하고! 장사 도구도 없고…… 모든 걸 장례식에 다 쏟아 부었거든!

사틴 내가 좋은 걸 가르쳐 주지. 아무것도 하지 마! 그저, 지구의 짐이 되라고!……

클레시치 좋은 생각이군…… 그것도 좋지…… 하지만 나는 아직 사람들 앞에 나서기가 부끄러워……

사틴 그만둬, 이 친구야! 자네가 아무리 개보다 못한 생활을 했다고 해도, 왜 세상 사람들에게 부끄러워해야 하나…… 생각 좀 해 보게. 자네가 일하지 않고, 나도 일하지 않고…… 그리고 몇백 명…… 몇천 명 인간이 모두 일을 하지 않아! 알겠어? 모두 일을 하지 않는다고! 모두 일을 내팽개치고, 아무도, 아무것도 하려고 하지 않으면, 그때는 어떻게 될 것 같아?

클레시치 모두 굶어죽겠지……

루카 (사틴에게) 자네, 그런 이야기는, 은둔파*1 교도들에게 가서 하는 게 어때…… 그런 사람들이 있다네. 그들을 은둔파라고 하지……

사틴 나도 알아요…… 그들은 바보가 아니에요, 영감!

코스틸료프의 창문 안에서 나타샤의 비명이 들려온다.
"내가 뭘 어쨌다고 그래요? 잠깐만…… 도대체 내가 뭘 어쨌다고."

루카 (걱정스럽게) 나타샤잖아? 그 아이 목소리 맞지? 응? 아, 또……

코스틸료프의 방에서 시끄러운 소리, 소란, 그릇 깨지는 소리와 함께 코스틸료프의 고함이 들려온다. "이…… 이교도년…… 화냥년이……"

---

*1 분리교파의 하나.

바실리사 잠깐만…… 기다려요, 이년은 내가…… 이렇게…… 이렇게……

나타샤 아이고, 나 죽네! 사람 살려……

사틴 (창문을 향해 소리친다) 어이, 왜 그래!

루카 (애를 태우면서) 바실리를…… 바실리를 불러와야 해…… 아, 하느님! 형제들…… 이보시오들……

배우 (달려가면서) 내가 지금…… 바로 바샤를……

부브노프 요즘 저 사람들, 저 애를 심하게 잡는 것 같아……

사틴 갑시다, 영감…… 가서 증인이 되어 주자고요!

루카 (사틴을 따라간다) 내가 무슨 증인이 된다고! 말도 안 돼…… 바실리가 빨리 와야 하는데……

나타샤 언니…… 언니…… 아, 아, 아아악……

부브노프 입에 재갈을 물렸나보군…… 내가 가서 보고 와야겠다……

코스틸료프의 방에서 나는 소리, 점점 멀어지면서 잦아든다. 방에서 건물 밖으로 나간 모양이다. "기다려!" 하고 소리치는 주인 목소리가 들려온다. 쾅 하고 거칠게 문이 닫힌다. 그리고 그 소리가, 도끼로 자른 듯이 모든 소리를 끊어 놓는다. 무대가 조용해진다. 저녁 어스름.

클레시치 (무관심한 기색으로 짐썰매 위에 앉은 채, 세차게 손을 비비다가, 이윽고 뭔가 중얼거리기 시작한다. 처음에는 확실하지 않지만 점차 또렷해진다) 아, 어떻게 하면 좋을까? ……그래도 살아야 하는데…… (소리 높여서) 하다못해 몸 둘 장소라도 있어야지…… 어떡하나? 그게 없어…… 아무것도 없어! 외톨이, 오직 나 혼자야, 있는 거라곤…… 이 몸뚱이 하나뿐…… 아무도 도와주는 사람이 없어……

몸을 웅크리고 느릿느릿 퇴장. 몇 초 동안, 불길한 정적. 이윽고, 골목 어딘가에서 혼란스러운 소리와 사람들 목소리가 들려온다. 소리는 점차 높아지고 가까워진다. 이윽고 저마다 목소리가 또렷하게 들린다.

바실리사 나는 저 애 언니예요! 내게 맡겨요……

코스틸료프 너한테 무슨 권리가 있어?

바실리사 징역수 주제에!……

사틴 바시카를 불러! ……어서, 어이 조프, 저놈을 쳐!

경찰의 호루라기 소리.

타타르인 (무대로 달려나온다. 오른손에 붕대를 감고 있다) 그런 법이 어딨어, 벌건 대낮에 사람을 죽여?

애꾸눈 조프 (그 뒤에 메드베데프가 따른다) 쳇, 그래서 나도 한 방 먹여 줬어!

메드베데프 자넨 왜 싸움질이야?

타타르인 그럼 당신은? 당신 직무가 뭐야?

메드베데프 (짐꾼 뒤를 쫓아간다) 거기 서! 호루라기를 돌려줘!……

코스틸료프 (무대로 달려 나온다) 아브람! 붙잡아…… 그놈을 잡아 처넣어! 살인 자야……

모퉁이에서 크바시냐와 나스탸가 등장한다. 두 사람, 처참한 몰골을 한 나타샤의 팔을 붙잡고 데려온다. 사틴은 여전히 두 팔을 휘두르며 동생을 때리려 하는 바실리사를 붙잡으면서, 뒷걸음질로 나온다. 그녀 주위에서는, 악귀에 사로잡힌 듯한 알료시카가 춤을 추면서 그녀 귀에 대고 휘파람을 불고, 고함을 지르면서 으르렁거린다. 이윽고 누더기를 입은 남녀들이 등장한다.

사틴 (바실리사에게) 무슨 짓을 하는 거야? 올빼미 같은 년이……

바실리사 이거 놔, 전과자! 나는 죽을 각오 했어, 내 기어이 저년을 갈기갈기 찢어서……

크바시냐 (나타샤를 멀리 떼어놓으면서) 이봐, 카르포브나, 그만 좀 해…… 이게 무슨 추태야!

메드베데프 (사틴을 붙잡는다) 에잇…… 붙잡았다!

사틴 조프! 이놈을 갈겨! ……바시카…… 바시카!

일동, 붉은 벽 옆의 통로에 모여서 밀치락달치락. 사람들이 나타샤를 오른쪽으로 데려가서 목재 더미 위에 앉힌다.

페펠 (길모퉁이에서 달려와서 아무 말 없이, 맹렬한 기세로 사람들을 밀친다) 나탈리아
　는 어딨어? 이놈이……
코스틸료프 (모퉁이에 숨으면서) 아브람! 바시카를 잡아…… 형제들, 같이들 도와
　서 바시카 놈을 붙잡아 줘! 도둑놈…… 저 강도를……
페펠 이놈이…… 음탕한 늙은이가! (팔을 마구 휘두르면서 노인을 때린다. 코스틸료
　프가 길모퉁이에서 윗몸만 보이는 모습으로 쓰러진다. 페펠이 나타샤에게 달려간다)
바실리사 바시카를 때려눕혀요! 여러분! 저 도둑놈을 때려눕혀요!
메드베데프 (사틴에게 소리친다) 너 같은 녀석이 끼어들 자리가 아니야…… 이건
　집안일이라고! 모두 가족뿐이야…… 네놈은 뭐야?
페펠 이게 어떻게 된 일이야…… 그 여자가 널 왜 이 꼴로 만들어놨어? 칼로
　그랬어?
크바시냐 이것 좀 봐, 짐승 같은 놈들! 이 아이 다리에 끓는 물을 부었어……
나스탸 사모바르를 엎은 거야……
타타르인 하지만, 그거, 실수일지도 몰라…… 잘 조사해볼 필요가 있어…… 함
　부로 말할 게 못 돼……
나타샤 (거의 실신할 지경이 되어) 바실리…… 날 데리고 가서…… 날 숨겨줘……
바실리사 악! 사람들아, 여기 좀 봐요! 여기 좀 보라고요! 죽었어! 살해당했
　어……

　일동, 골목의 코스틸료프 옆에 모여든다. 군중 속에서 부브노프가 나와 바
실리에게 다가간다.

부브노프 (작은 목소리로) 바시카! 노인네가…… 아무래도…… 뻗어 버린 것
　같아!
페펠 (이해가 안 된다는 듯이 상대의 얼굴을 쳐다본다) 가서…… 빨리 마차를 불러
　서…… 병원에 데려가요…… 나는 저 사람들과 결판을 낼 테니까!
부브노프 이봐, 내 말 잘 들어, 누군가가 노인네를 죽여 버렸어……

무대 위에서 나는 소리는 물을 끼얹은 모닥불처럼 잦아든다. 외침이 희미하게 들려온다. "정말이야?" "거봐!" "그래서?" "가세, 형제!" "에잇, 빌어먹을!" "앞으로가 큰일이야!" "경찰이 오기 전에 달아나세!" 점차 군중이 줄어든다. 사람들이 떠난다. 부브노프와 타타르인, 나스탸와 크바시냐가 코스틸료프의 주검 옆으로 뛰어간다.

바실리사 (땅바닥에서 일어나면서, 기세등등한 목소리로 외친다) 내 남편을 죽였어! ……바보, 이 남자가 죽였어! 바시카가 죽였다고. 나는 봤어! 여러분, 내가 다 봤어요! 어때, 바샤? 경찰을 불러!

페펠 (나타샤 곁을 떠나면서) 에잇…… 비켜요, 비켜! (노인을 본다. 바실리사에게) 어때? 기쁘지? (한쪽 다리로 주검을 찬다) 늙은 개가 뻗었군…… 이게 네가 원하던 것 아냐? ……그런데…… 이참에 네 모가지도 비틀어줄까? (그녀에게 달려든다. 사틴과 애꾸눈 조프가 재빨리 그를 제압한다. 바실리사가 골목 안으로 숨는다.)

사틴 정신 차려!

애꾸눈 조프 어, 어? 어디로 날라 버렸어?

바실리사 (나오면서) 어때, 바샤, 귀여운 친구? 마침내 너도 운이 다했구나…… 경찰이 왔어! ……삼촌…… 호루라기를 불어요!

메드베데프 호루라기를 뺏겨 버렸어, 젠장!

알료시카 예 있답니다! (호루라기를 분다. 메드베데프가 그 뒤를 쫓는다)

사틴 (페펠을 나타샤 곁으로 데려가면서) 바시카, 걱정할 것 없어! 싸우다 일어난 일이야…… 별일 없을 거야! 그럴 수도 있는 일이지……

바실리사 바시카를 붙잡아 둬! 그놈이 죽였어…… 내가 다 보고 있었어!

사틴 나도 세 대는 때렸을 걸? ……저런 놈을 죽이는 건 일도 아니지! 내가 증인 서줄게, 바시카……

페펠 괜찮아…… 나는 변명 따위 할 생각 없어…… 다만 바실리사만 끌고 들어가면 돼…… 나는 무슨 일이 있어도 저 여자를 끌고 들어갈 거야! 저 여자가 이렇게 되기를 원했거든…… 저 여자가 나를 부추겨서, 남편을 죽이게 했어…… 부, 부추겼다고!……

나타샤 (갑자기 목소리를 높인다) 아…… 알았다! ……그런 거였어, 바실리!? 여러분! 이 사람들, 공범이에요! 내 언니와 이 사람이…… 둘이서 공모한 거라고요! 오늘 일어난 일은 모두, 둘이서 꾸민 일이에요! 그렇지, 바실리? ······당신은······ 그래서 아까 나에게 그런 말을 한 거지? ······언니가 다 듣도록 하기 위해서? 여러분! 언니는, 이 사람의 정부예요······ 여러분도 다 알고 있을걸요······ 그건 모르는 사람이 없죠······ 두 사람은 공범이라고요! 언니가······ 이건 언니가, 이 사람을 부추겨서, 남편을 죽이게 한 거예요······ 남편이 방해가 되니까······ 나도 방해물이었죠······ 그래서 이렇게, 나를 병신으로 만들어 버렸어요······

페펠 나탈리아! 왜 그러는 거야······ 그게 다 무슨 소리냐고!?

사틴 어이구 참, 뭐가 어떻게 돌아가는 건지······ 원!

바실리사 아니야! 거짓말! ······난······ 아니에요, 이 바시카가 죽인 거예요!

나타샤 두 사람은 한패예요! 저주받을 사람들! 두 사람 다······

사틴 흐응, 이건 연극이야! ······정신 차려, 바실리! 둘이서 널 물속에 빠뜨리려 하고 있어.

애꾸눈 조프 뭐가 뭔지 하나도 모르겠네! ······아, 이건······ 보통 일이 아니야!

페펠 나탈리아! 너 정말······ 정말로 그렇게 생각하는 거야? 정말로 그렇게 믿고 있는 거야? 내가······ 이 여자와······

사틴 이건, 나타샤, ······ 정말 잘 생각해야 해!

바실리사 (골목에서) 남편이 살해되었어요······ 경찰서장님······ 바시카 페펠이라는 도둑놈······ 그놈이 사람을 죽였어요······ 서장님! 내가 다 봤어요······ 여기 있는 모든 사람이 다 봤다고요······

나타샤 (거의 정신을 잃고 몸부림치면서) 여러분······ 내 언니와 바시카가 죽였어요! 경찰 나리, 들어주세요······ 그건 이, 내 언니가, 부추긴 거예요······ 교사한 거라고요······ 자기 정부를······ 이 사람이 바로 그 정부예요, 그 불한당이에요! 두 사람이 죽였어요! 이 두 사람을 잡아가세요······ 심판해 주세요······ 그리고 나도 체포해서······ 감옥에 넣어주세요! 제발 부탁이에요······ 나도 감옥에!······

—막이 내린다—

제4막

제1막과 같은 무대장치. 단, 페펠의 방은 없고, 칸막이 판자는 제거되어 있다. 그리고 클레시치가 앉아 있던 장소에도 모루가 보이지 않는다. 페펠의 방이 있었던 한쪽 구석에는 타타르인이 누워 몸을 뒤척이면서 이따금 신음을 낸다. 테이블 앞에는 클레시치가 앉아, 이따금 상태를 확인하면서 아코디언을 수선하고 있다. 탁자의 다른 한쪽에는 사틴과 남작, 나스탸가 앉아 있다. 그들 앞에는 보드카 병 하나, 맥주병 셋, 커다란 흑빵 조각이 놓여 있다. 난로 위에서는 배우가 가끔 몸부림을 치면서 기침을 한다. 밤. 탁자 한가운데에 놓인 램프가 무대를 비추고 있다. 문밖에는 바람이 분다.

클레시치 그래…… 그 사람은 그 소동 속에 홀연히 사라지고 말았지……

남작 경찰 손에서 빠져나가 버렸어…… 마치 불길에서 연기가 피어오르듯이……

사틴 죄를 지은 놈들은, 언제나 그런 식으로, 올바른 인간의 눈에서 사라져 버리는 법이야!

나스탸 하지만, 좋은 할아버지였어요! ……아저씨들은 인간이라고 할 수 없어요…… 아저씨들은 곰팡이나 쓰레기 같은 사람들이라고요!

남작 (술을 마신다) 아가씨, 당신의 건강을 위하여!

사틴 재밌는 영감이었지…… 그래! 여기 나스첸카가 완전히 반해 버렸을 정도니까……

나스탸 정말 그랬어요…… 아주 좋아했죠! 진심으로! 그분은, 뭐든지 다 알고…… 뭐든지 다 이해했거든요……

사틴 (웃으면서) 그러니까…… 대부분 사람들에게 그 영감은…… 이 없는 사람에게 죽 같은 것이었지……

남작 (웃으면서) 종기에 고약 같은 것 말이지?……

클레시치 그 영감은…… 동정심이 있는 사람이었어…… 자네들에겐…… 동정심 같은 게 전혀 없지만……

사틴 내가 자네한테 동정심을 베푸는 게, 자네에게 무슨 보탬이 될까?……

클레시치 자네가…… 남에게 동정심을 베풀 사람인가…… 화를 돋우지 않는 것만으로도 감지덕지지……

타타르인 (침대에 걸터앉아, 아기를 흔드는 것처럼, 아픈 손을 흔들고 있다) 그 영감, 좋은 양반이었어…… 마음에 법이라는 걸 지니고 있었지! 마음에 법을 지니고 있는 사람은 좋은 사람이야! 그 법칙을 잃어버린 사람은 틀렸다고 봐야지!……

남작 그건 어떤 법인데, 공작?

타타르인 어떤…… 여러 가지지…… 자네도 어떤 건지 알잖아……

남작 그래서!

타타르인 인간을 모욕하지 말라, 이게 법이야!

사틴 그건 《형사징계법령》이라는 거야……

남작 또 있어, 《조정재판처벌조례》

타타르인 쿠란 속에 있어…… 너희의 쿠란은 법이요…… 영혼은 쿠란이니…… 바로 그거야!

클레시치 (아코디언을 시험하면서) 젠장! 아직도 소리가 새고 있어! 하지만, 공작이 하는 말, 사실이야…… 인간은, 법에 따라…… 복음서에 따라…… 살아가야 해……

사틴 자네나 그렇게 살아……

남작 잘해보셔……

타타르인 무함마드가 쿠란을 주면서 이렇게 말했어. 이것이 법이다! 여기에 적혀 있는 대로 하라! 이윽고 새로운 시대가 오고, 쿠란으로는 부족해지지…… 그러면 새로운 법을 만들어…… 그때마다…… 새로운 법을……

사틴 그렇군…… 그래서 그 때가 왔기 때문에, 《처벌법》이 생겼단 말인가…… 그래도 이건 꽤나 강력한 법인데…… 아마 그렇게 빨리 사라지진 않을 걸!

나스탸 (컵으로 테이블을 두드린다) 정말 뭘 어쩌겠다고…… 내가 여기, 이런 곳에서…… 아저씨들하고 함께 살고 있는 건지! 이젠 떠나야겠어요…… 어디론가 가 버릴 거예요…… 이 세상 끝이라도!

남작 구두도 없이, 숙녀가?

나스탸 알몸이면 어때요? 네발로 기어서라도 갈 거야!

남작 그것 참 볼 만하겠구먼, 숙녀가…… 네 발로 기어간다……

나스탸 네, 기고말고요! 나는 아저씨의 말상 같은 얼굴을 보지 않게 되는 것만으로도 좋으니까요…… 아, 나는 이제, 모든 게 싫어졌어! 세상도…… 인간도!

사틴 갈 테면 가지그래. 기왕이면 배우도 데리고 가…… 그 녀석도 그쪽으로 가고 싶어 하니까…… 거의 세상 끝까지 가면 오르가논 병원이 있다는 걸 알아낸 모양이야……

배우 (난로 위에서 얼굴을 내밀면서) 오거니즘이야, 멍청한 녀석!

사틴 알코올 중독에 걸린 오르가논이겠지……

배우 그래! 그는 떠나겠지! 그는 떠날 거야…… 두고 봐!

남작 그러니, 누구 말인가, 각하?

배우 나!

남작 메르시, 여신의 종…… 뭐라고 하더라? 그 연극의 여신, 비극의 여신 말이야…… 그게, 뭐더라?

배우 뮤즈야, 바보! 여신이 아니라, 뮤즈라고!

사틴 라헤시스…… 헤라…… 아프로디테…… 아트로포스…… 이런 걸 하나하나 구별하자면 끝이 없어! 이건 모두 그 영감이…… 배우에게 바람을 넣은 거야…… 알겠어, 남작?

남작 그 영감은 어리석어.

배우 무식한 놈들, 야만인! 멜포메네!*¹ 마음이 없는 자들! 곧 알게 되리라, 그는 떠나리라는 걸! '실컷 처먹어라, 어둠의 패거리들이여'…… 이런 구절이 베란제의 시에 있는데…… 정말 맞는 말이야! 그는 원하는 땅을 찾아낼지니…… 거기에는…… 으음…… 없어…… 으음…… 아무것도 없어……

남작 아무것도 없다고, 각하?

배우 그래! 아무것도 없는 곳이야! '이 구덩이야말로…… 나의 무덤…… 나는 죽었노라, 힘없이, 병들고 쇠약해서!' 도대체 자네들은 무엇을 위해 살고 있

---

*¹ 시의 신, 극의 수호신.

나? 무엇을 위해?

남작 이봐! 〈킨〉*² 인지 〈천재와 탕아〉*³ 인지 모르겠지만, 그렇게 소리 지르지 마!

배우 아니, 내버려둬! 나는 계속 소리 지를 거야!

나스탸 (탁자에서 머리를 들면서, 두 손을 흔든다) 맘껏 소리 질러 봐요! 내가 다 들어줄 테니!

남작 그건 또 무슨 뜻인가, 숙녀님?

사틴 좋다는 뜻이야, 남작! 빌어먹을! ……얼마든지 떠들라고 해…… 머리든 뭐든 마음대로 깨부수게 내버려둬…… 무슨 상관이야! 거기에도 의미는 있겠지! ……다만, 남을 방해하지는 마, 영감님이 말했듯이 말이야…… 그래, 이것도 모두 그, 늙은 효모가 우리 모두를 발효한 거라고……

클레시치 그 영감은 우리 모두를 어디론가 유인해내고는…… 길을 가르쳐 주지 않았어……

남작 그 영감은 사기꾼이야……

나스탸 거짓말 말아요! 아저씨야말로 사기꾼이에요!

남작 닥쳐, 숙녀님!

클레시치 그자는…… 그 영감은 진실이라는 것을 싫어했어…… 언제나 진실에 기를 쓰고 반대했지…… 그것도 당연해! 도대체 어떤 진실이 있겠어? 그것이 없어도, 어차피 숨을 쉴 수 없는데…… 요컨대 공작을 봐…… 일을 하다가 손이 으스러졌어…… 아무래도 잘라 버려야 할 모양이야, 알겠어? ……이게 진실이라는 걸!

사틴 (주먹으로 테이블을 친다) 닥쳐! 자네들은, 모두, 돼지야! 이 벽창호들…… 영감에 대해 이러쿵저러쿵 하지 마. (약간 부드럽게) 어이 남작, 당신이 가장 틀려먹었어! ……자네는, 아무것도 모르면서…… 거짓말만 지껄이고 있어! 영감은 사기꾼이 아니야! 진실이란 게 도대체 뭔가? 인간, 이것이 바로 진실이야! 영감은 그것을 알고 있었어…… 하지만, 자네들은, 몰라! 자네들은 벽돌처럼 우둔해…… 나는 그 영감을 잘 이해하고 있어…… 그래! 영감은 거짓말

---

*2 에드먼드 킨(Edmund Kean, 1789~1833). 셰익스피어의 악역을 장기로 비극배우로서 명성을 쌓았다.

*3 알렉상드르 뒤마(Alexandre Dumas, 1802~1870)의 희곡.

을 했지…… 하지만 그건, 자네들을 가엾게 여기는 배려에서 나온 거짓말이라고, 빌어먹을! 가까운 사람에 대한 배려에서 거짓말을 하는 인간은 얼마든지 있지…… 나는 알아! 책에서 읽었어! ……세상에는 인간의 마음을 위로하는 거짓말도 있고, 화를 누그러뜨리는 거짓말도 있어…… 노동자의 손을 으스러뜨리는 심한 일을 변호하는 거짓말도 있고…… 굶어 죽어가는 놈을 비난하는 거짓말도 있지…… 나는 거짓말에 대해선 잘 알고 있어! 마음이 약한 사람이나…… 남의 피를 빨아먹고 사는 자에게, 거짓말이 필요해…… 어떤 놈들은 거짓말로 버티고 있고, 어떤 자들은 거짓말에 에워싸여 있어…… 하지만, 올바른 인간…… 남에게 의지하지 않고, 남의 것을 욕심내지 않는 인간은, 거짓말을 할 필요가 조금도 없지. 거짓말은, 노예와 군주의 신앙이야…… 진실은, 자유로운 인간의 하느님이고!

남작 브라보! 대단한 웅변이었어! 나도 동의해! 자넨 꼭…… 멀쩡한 사람처럼 말하는군그래!

사틴 멀쩡한 인간이 사기꾼처럼 말하는 세상인데, 가끔은 사기꾼도 좋은 말 못하라는 법 있나? 그래…… 나도 지금은 거의 잊어버렸지만, 그래도 뭔가 기억나는 게 있어! 영감? 그 양반은 아주 똑똑한 사람이야! ……그 양반…… 더러워진 옛날 동전을 산(酸)으로 씻듯이, 나에게 뭔가 가르치려고 했지…… 자, 영감의 건강을 위해 건배하자고! 술을 따라……

나스탸가 컵에 맥주를 따라 사틴에게 건넨다.

사틴 (웃으면서) 영감은 그래도 자기 생각대로 살고 있어…… 그리고 자기만의 눈으로 사물을 보고 있지. 언젠가 내가, 영감! 인간은 무엇을 위해 살고 있는 거요? 하고 물었더니…… (일부러 루카의 목소리로 말하고 몸짓도 흉내 내면서) '그야, 인간은 더 나은 자를 위해 살고 있지! 이를테면 여기 소목장이가 있다고 하세. 그런데 민중은 모두 쓰레기 같은 인간들이야…… 그 속에서 소목장이가 한 사람 태어났는데…… 그때까지 한 번도 본 적이 없는 훌륭한 소목장이란 말이야. 그는 어떤 소목장이보다 뛰어나고, 그와 나란히 어깨를 겨눌 수 있는 자는 아무도 없어. 그 소목장이가 소목장이 일에 새롭고 독특한 기술을 가르치는 거야…… 그러면 소목장이 일이 한꺼번에 20년 정도 진보하지…… 다른 일도 다 이것과 마찬가지라네…… 자물쇠공도…… 구두장이도, 다른 어떤 노동자도…… 농부도…… 또 지주들도 다 더 나은 인간을 위해 살고 있는 거야! 인간은 누구나, 자기 자신을 위해 살고 있는 것으로 생각하지만, 실은 좀 더 뛰어난 사람을 위해 살고 있는 셈이지! 한 100년…… 어쩌면 그 이상일지 모르지만, 인간은 모두, 더욱 뛰어난 인간을 위해 살고 있는 거라고!'

나스탸는 사틴의 얼굴을 조용히 응시한다. 클레시치도 아코디언을 고치던 손길을 멈추고, 열심히 귀를 기울인다. 남작은 고개를 깊이 숙이고 손가락으로 탁자를 가만히 두드린다. 배우는 난로에서 몸을 내밀더니 조용히 침대 위로 내려오려 한다.

사틴 '살아 있는 자는, 모두, 더 나은 인간을 위해 사는 거라네! 그러니까 어떤 인간이라도 존경해야 한단 말이지…… 그가 어떤 사람이고, 무엇을 위해 살아 왔으며, 무슨 일을 할 수 있는지, 우린 알 수 없으니까 말이야…… 어쩌면 그 사람은, 우리를 행복하게 해주기 위해 살고 있는 건지도 모르고…… 또 우리에게 커다란 이익을 주기 위해 태어난 건지도 모르거든…… 특히 어린아이를 존경해야 해…… 어린아이 말이야! 어린아이들에게는 무한한 자유가 필요해! 우린 어린아이의 삶을 방해해서는 안 돼…… 어린이를 존경해야 한다네!' (조용히 웃고 나서 침묵)

남작 (생각에 잠겨서) 음, 맞아…… 더 뛰어난 인간을 위해서란 말이지? 이 이야기를 들으니…… 가족이 생각나는군…… 오래된 가문…… 예카테리나 시대부터의…… 귀족이지…… 군인 집안이고! ……프랑스에서 왔는데…… 러시아 궁정에 출사해서 점차 출세했지…… 니콜라이 1세 시대에, 할아버님이신 구스타프 드빌이…… 아주 높은 지위에 올랐어…… 재산도 많았고 수백 명이나 되는 농노…… 말…… 요리사가 있었지……

나스탸 거짓말하시네! 그럴 리가 없어!

남작 (펄쩍 뛰면서) 뭐? 그래서…… 나하고 한번 해보자는 거냐?

나스탸 그럴 리가 없어!

남작 (소리친다) 모스크바에 집! 상트페테르부르크에도 집! 마차…… 문장이 장식된 마차도 있었다니까!

클레시치가 아코디언을 들고 일어나서 옆으로 가더니, 거기서 이 다툼을 바라보고 있다.

나스탸 거짓말이야!
남작 닥쳐! 하인도 수십 명이나 있었다고!……
나스탸 (재미있다는 듯이) 거짓말이라니까!
남작 죽을 줄 알아!
나스탸 (달아날 준비를 하면서) 마차는 무슨!
사틴 그만둬, 나스첸카! 너무 약 올리지 마……
남작 잠깐…… 화냥년 주제에! 내 할아버님은……
나스탸 할아버지가 있었다고! 그런 게 어딨어!

사틴이 웃는다.

남작 (분개하다 지쳐서 의자에 앉는다) 사틴, 저년에게…… 갈보년한테, 말해줘…… 뭐야, 아직도 웃고 있어? 너도…… 내 말을 믿지 않는단 말이지? (주먹으로 탁자를 치면서 필사적으로 외친다) 에잇, 빌어먹을, 정말이라니까!
나스탸 (의기양양하게) 오, 그래서 악을 쓰나? 이제 알겠어, 남들이 믿어주지 않으면 사람이 어떻게 변하는지!
클레시치 (탁자 옆으로 돌아오면서) 나는 치고 박고 싸울 줄 알았네……
타타르인 어허, 어리석은 사람들! 아주 못돼 처먹었어!
남작 난…… 누가 날 조롱하면 참지 못해! 나에겐 증거가 있어…… 서류가 있단 말이야, 개자식들!
사틴 그런 건 모두 갖다 버려! 그리고 할아버지의 마차에 대해선 잊어버려…… 옛날이야기 속 마차로는 아무 데도 못 가……
남작 하지만, 이년이 돼먹지 않은 소릴 하잖아!
나스탸 자기는 어떻고! 말도 안 되는 소리나 하면서!……
사틴 그야, 이 여자도 그런 말쯤 할 수 있지! 도대체 이 여자의 어디가 자네보다 못한가? 물론 이 여자의 과거에는, 마차나 할아버진커녕, 부모도 없었을지 모르지만……

남작 (흥분을 가라앉히고) 빌어먹을 자식…… 넌…… 잘도 그렇게 냉정하게 사리판단을 할 수 있을지 몰라도…… 아무래도 나는 그런 면은 없는 것 같아……

사틴 간단해, 없으면 만들어. 도움이 될 거야…… (사이) 나스탸! 병원에는 자주 가나?

나스탸 거긴 뭐하려요?

사틴 나타샤에게 말이야.

나스탸 무슨 소리예요, 병원에서 나온 지가 언젠데…… 나가서 어디론가 가 버렸다고요! 아무데도 없어요, 지금……

사틴 그렇다면…… 완전히 사라져 버렸다는 거야?

클레시치 하지만 재미있는 걸. 누가 누구에게 무거운 형벌을 뒤집어씌울까? 바시카가 바실리사에게? 아니면 여자가 남자에게?

나스탸 그건 바실리사가 잘할 걸요! 그 여잔 교활하니까요. 아마 바시카가 감옥에 가게 되겠죠……

사틴 싸우다가 사람을 죽인 거니까, 감옥에 가는 걸로 끝일 걸……

나스탸 그렇다면 유감이네요. 보내 버리는 편이 훨씬 나은데…… 아저씨들도 모두…… 감옥으로 보내 버렸으면 좋겠어…… 그래요, 모두, 쓰레기처럼…… 무슨 구덩이 속에 쓸어넣어 버리면 좋을 텐데!

사틴 (깜짝 놀라서) 무슨 소리야? 너, 미쳤어?

남작 요 계집애, 귀싸대기를 날려줄까 보다…… 건방진 소리만 해대고!

나스탸 어디 해보시지! 털끝 하나라도 건드려 봐!

남작 내가 못할 줄 알고!

사틴 그만 해! 손댈 것도 없어…… 남에게 모욕을 줘선 안 돼! 아, 아무래도 나, …… 그 영감이 머리에서 떠나지가 않아! (낄낄 웃는다) 사람을 모욕해서는 안 돼! 하지만, 만약 내가 한 번이라도, 평생 잊을 수 없는 모욕을 당한다면…… 그때는 어떡하지? 용서할까? 천만에, 상대가 누구든지……

남작 (나스탸에게) 넌 이것만 기억해 둬, 나는 말이야, 너 같은 여자가 상대할 수 있는 사람이 아니야! 알겠어…… 이 매춘부야!

나스탸 오, 그대 불행한 사내여! 하지만 아저씬…… 여태까지 내 덕분에 먹고 살았잖아요, 벌레가 사과를 파먹듯이!

사내들이 일제히 웃는다.

클레시치 정말…… 골 때리는 아가씨야! 사과라니!

남작 흥, 이거야 원, 화를 낼 수도 없고…… 저런 바보한테 말이야!

나스탸 비웃는 거예요? 거짓말쟁이들! 당신네가 비웃을 주제나 되나?

배우 (암울하게) 놈들을 때려눕혀 버려!

나스탸 아, 내가 할 수만 있다면! 당신네를 모두…… (탁자에서 찻잔을 집어 들더니 내동댕이친다) 이렇게 해주고 싶어!

타타르인 그릇이 무슨 죄가 있다고 그걸 깨? 이…… 바보 같은 년!……

남작 (일어서면서) 좋아, 네년에게…… 버릇을 가르쳐 줘야겠어!

나스탸 (달아나면서) 이놈 저놈 모두 마귀에게 잡아먹혀 버려라!

사틴 이봐, 그만들 좀 하지! 도대체 누구한테 그렇게 대드는 거야? 뭘 어쩌겠 다는 거냐고?

나스탸 늑대들! 이제 그만 뒈져 버려라! 늑대 같은 놈들!

배우 (암울하게) 아멘!

타타르인 으윽! 고약한 년, 러시아년! 뻔뻔스럽고…… 제멋대로야! 타타르 여자 들은 달라! 타타르 여자들은 사리를 분별할 줄 알거든!

클레시치 고년, 한번 혼쭐을 내줘야 하는 건데……

남작 빌어먹을 년!

클레시치 (아코디언을 시험하면서) 다 됐다! 그런데 이 주인은 통 얼굴을 내밀지 않고 어디 간 거야…… 그 애송이, 술이나 퍼마시고 있겠지……

사틴 자, 한 잔 해!

클레시치 고맙지만 이제 잘 시간인데……

사틴 자네도 이제 우리에게 적응한 모양이군?

클레시치 (쭉 들이켜고, 한쪽 구석에 있는 침대로 간다) 뭐, 그럭저럭…… 어디에든 인간은 있게 마련이니까…… 처음엔 그걸 몰랐어…… 그런데 결국…… 알고 보니, 모두 인간이더라고……

타타르인이 침대 위에 뭔가 펼쳐놓고, 무릎을 꿇고 기도한다.

남작 (사틴에게, 타타르인을 가리키면서) 저기 봐!

사틴 그만 둬! 착한 젊은이야…… 방해하지 마! (낄낄 웃는다) 오늘은 내가 이상하게 마음이 너그러워지네…… 왜 그런가 몰라!……

남작 한잔 했을 땐 넌 언제나 그래…… 그리고 똑똑해지고……

사틴 난…… 취해 있을 땐 모든 게 마음에 들어…… 흐음, 정말…… 저 녀석 기도를 올리고 있는 건가? 아니 괜찮아, 좋아! 인간은 종교를 가지든 안 가지든…… 다 자기 맘이지! 인간은 자유야…… 무슨 짓을 하든 스스로 대가를 치러야 해. 믿든 안 믿든, 연애에 대해서도 지혜에 대해서도. 인간은 모든 일에 스스로 책임을 져야 한다고, 그래서 인간은 자유로운 거야! ……인간, 이게 바로 진실이야! 인간이란 도대체 뭔가? ……그건 너도 아니고, 나도 아니고, 그들도 아니야…… 모두 틀렸어! 그건, 너와 나, 그들, 영감, 나폴레옹, 무함마드…… 그 모두를 합친 거야! (손가락으로 허공에 인간 형태를 그린다) 알겠나? 그건 어마어마하게 큰 거지! 그 속에는 모든 것의 시작과 끝이 있어…… 모든 것은 인간 속에 있고, 모든 것은 인간을 위해 있는 거야! 이 세상에 존재하는 건 오직 인간뿐이고, 그것 말고는 모두 인간의 손과 머리가 하는 일에 지나지 않아! 인, 간! 어때, 위대하지 않나? 정말 자랑스러운 이름이 아니냐고! 인, 간! 인간은 존경받아 마땅해! 동정해야 하는 것이 아니라…… 동정 따위를 해서 인간을 낮출 필요가 어딨어…… 존경해야 해! 자, 우리 인간을 위해 건배하지 않겠나, 남작! (일어선다) 자신을 인간으로 느끼는 것, 그건 정말 좋은 일이잖아! 나는 전과자, 살인자, 사기꾼이야, 그래! 내가 거리를 지나가면, 모두 날 사기꾼이라도 보듯이 빤히 쳐다보고는…… 피하면서 지나가놓고 꼭 다시 돌아본다니까…… 그러고는 나를 향해, 형편없는 인간! 사기꾼! 일을 해, 일을! 그런다니까. 일을 하라고? 무엇을 위해서? 위장을 채우기 위해서? (깔깔 웃는다) 나는 말이야, 배불리 먹는 데만 악착을 떠는 인간을 늘 경멸해왔어. 중요한 건 그런 게 아니야, 안 그래 남작! 그런 건 아무것도 아니라고! 인간은 그보다 더 높은 존재야! 인간은 잔뜩 부푼 위장보다 훨씬 더 고상한 존재라고!

남작 (머리를 흔들면서) 넌 상당한 이론가야…… 그건 좋아…… 그러다보면 틀림없이 심장이 따뜻해지겠지…… 나에겐 그게 없어…… 나는 도저히 그런 게 불가능해! (주위를 둘러보며 작은 소리로 조심스럽게) 나는 말이야, 친구, 이따금 무서워질 때가 있어. 알겠나? 어쩐지 두려워진다고…… 앞으로 어떻게 될지 생각하면 말이야.

사틴 (걷는다) 별것 아니야! 인간에게 두려울 게 뭐가 있겠어?

남작 내 얘기 들어봐…… 철들 무렵부터…… 내 머릿속엔 언제나 뿌연 안개 같은 것이 끼어 있었어. 나는 언제나 아무것도 이해하는 것이 없었어. 나에겐 뭔가…… 조금 부끄러운 얘기지만…… 아무래도 내가, 평생 옷만 갈아입으면서 살아온 것 같은 느낌이 든단 말이야…… 왜 그런지 알 수가 없어! 나는 학교에 다녔고, 귀족학교 제복을 입었지…… 하지만 뭘 배웠는지 도무지 기억이 나지 않아…… 결혼도 했어, 연미복을 입었고, 그 다음엔 잠옷을 입었지…… 하지만, 마누라는 정말 형편없는 여자였어. 그건 또 왜 그랬을까? 그것도 모르겠어…… 재산을 탕진하고 쥐색 양복과 불그스름한 갈색 바지를 입는 처지로 곤두박질쳤지…… 하지만 어째서 그렇게까지 망해 버렸는지, 알아챌 사이도 없었어…… 그러다가 관청에서 근무하게 되어…… 제복을 입고, 훈장이 달린 모자도 쓰게 되었지…… 그리고 공금을 횡령했고, 죄수복을 입게 되었어…… 그 다음이 바로 이 옷이야…… 모든 것이…… 마치 꿈같아…… 우습지 않아?

사틴 별로 우습지 않은데…… 차라리 한심해 보여……

남작 그래…… 나도 한심하다고 생각해…… 하지만…… 나도, 뭔가 목적을 가지고 세상에 태어난 게 아닐까, 안 그래?

사틴 (웃으면서) 그야 뭐…… 인간은 더 훌륭한 사람을 위해 태어나니까! (고개를 흔든다)

남작 그년…… 나스치카란 년! ……달아나 버렸군…… 어디로 갔지? 잠깐 가서 보고 와야겠어…… 어디 있지? 아무래도…… 그년…… (나간다. 사이)

배우 이봐, 타타르! (사이) 공작!

타타르인 고개를 돌린다.

배우 나를 위해서…… 기도해 줘……

타타르인 뭐라고?

배우 (더욱 작은 소리로) 기도해 달라고…… 날 위해!

타타르인 (잠시 침묵한 뒤) 직접 기도해……

배우 (갑자기 난로에서 내려와 탁자로 다가가서, 떨리는 손으로 보드카를 따라 마신 뒤, 거의 뛰다시피 현관으로 사라진다) 나, 가네!

사틴 이봐, 벽창호! 어디 가는 건가? (휘파람을 분다. 여자용 솜저고리를 입은 메드베데프와 부브노프가 들어온다. 두 사람 다 한잔 걸치기는 했지만 취한 정도는 아니다. 부브노프의 한 손에는 비스킷 꾸러미, 다른 손에는 훈제 생선 몇 마리, 옆구리에 보드카 한 병, 양복 호주머니에도 한 병.)

메드베데프 낙타란 놈은, 말하자면, …… 당나귀 같은 거야! 귀가 없다 뿐이지……

부브노프 그만 둬! 당신이야말로 당나귀잖아.

메드베데프 낙타는 귀가 없어…… 그놈은, 코로 듣는다고……

부브노프 (사틴에게) 이봐! 널 술집으로 밥집으로, 얼마나 찾아다닌 줄 알아! 이 병부터 받아, 노는 손이 없잖아!

　사틴 그보다 먼저 비스킷을 탁자 위에 놔, 그럼 당장 손이 하나 비잖아……

부브노프 그렇네! 이봐, 대장 나리, 봤어? 이 친구 말이야, 응? 정말 똑똑하잖아?

메드베데프 사기꾼은 모두 꾀가 많아…… 내가 잘 알고 있지! 꾀가 많지 않으면, 놈들은 일을 할 수가 없거든. 착한 사람은 멍청해도 되지만, 나쁜 인간은 아무래도 머리가 잘 돌아가야 한단 말이야. 그건 그렇고, 낙타에 대해선, 자네가 틀렸어…… 낙타는 사람을 태우는 동물이야…… 뿔도 없고…… 이빨도 없어……

부브노프 모두 어디 있어? 여긴 어째서 사람이 없는 거야? 다들 기어나와 봐,…… 내가 한턱 쏠게! 그 구석에 있는 건 누구지?

사틴 네놈도 곧 떡이 되도록 마시겠군? 허수아비!

부브노프 물론이지! 이번에 밑천을 좀 모았거든…… 조프! 조프 어디 있어?

클레시치 (탁자로 다가가면서) 없어……

부브노프 우, 후, 룰룰루! 야, 불도그! 부르, 부르, 부르! 칠면조! 짖지 마, 소리 지르지 마! 마시고 노는 거야. 기죽을 것 없어…… 내가 모두에게 한턱 쏜다니까! 나는 한턱내는 걸 좋아해, 형제! 만약 내가 부자라면…… 나는 말이야…… 공짜 술집을 차릴 거야! 정말이야! 그것도 악대와 합창단이 딸린 것으로 말이야…… 자, 자, 와서 먹고, 마시고, 노래를 들어보시라…… 그리고 생명을 세탁하는 거야. 가난뱅이들은 몽땅 오라고! ……나의 공짜 술집으로! 이렇게 말해 줄 텐데! 그리고 사틴! ……너한테…… 내 자본을 반 떼어주겠어! 이렇게 말해 줄 텐데!

사틴 너, 그보다 지금 당장 가지고 있는 것만이라도 모두 내놔 봐……

부브노프 자본을 몽땅? 지금 당장 말이지? 좋았어! 자, 1루블…… 또 하나…… 20코페이카 동전…… 5코페이카 동전 두 개, 세 개…… 이게 다야!

사틴 좋아! 내가 보관하는 게 나을 걸…… 이 정도면 노름에서 내가 딸 수 있어……

메드베데프 내가 증인이야…… 돈을 보관한 거야…… 금액은 얼만데?

부브노프 당신이? 당신은, 낙타야…… 우리에겐 증인 따위 필요 없어……

알료시카 (맨발로 들어온다) 아저씨들! 나 발이 완전히 젖었어요!

부브노프 이리 와서 목이나 축여…… 그러면 나을 거야…… 귀여운 녀석…… 노래도 부르고 연주도 하고…… 정말 얼마나 멋지냐고! 하지만, 술은 마시지 마, 한심해! 그건 독이야…… 술은, 독이라고!……

알료시카 그야 아저씨를 보면 알 수 있죠! 아저씬, 그냥 술에 취했을 때만 인간적이잖아요. …… 어이, 클레시치 아저씨! 아코디언 다 고쳤어요? (춤을 추면서 노래한다)

내 얼굴이
잘생기지 않았다면
아주머니는 아마도 날
귀여워해주지 않았을 거야!

아, 완전히 얼어붙고 말았어요, 아저씨들! 어이 추워!

메드베데프 음…… 한 가지 묻겠는데, 그 아주머닌 누구를 말하는 거지?

부브노프 그만 둬! 당신, 이제 그런 버릇은 잊어버릴 때도 됐잖아! 당신은 이제 경찰도 아니잖아…… 모가지 당했으니까! 경찰도 아니고, 삼촌도 아니야……

알료시카 그냥 아주머니의 남편일 뿐이죠!

부브노프 당신 조카는 한 사람은 감옥에 가고 또 한 사람은 죽어가고 있어……

메드베데프 (거만하게) 거짓말 마! 그 앤 죽어가고 있지 않아. 행방을 모를 뿐이지!

사틴이 웃는다.

부브노프 그게 그거지, 형제! 조카가 없는 사람은 삼촌이 아니라고!

알료시카 여어, 각하! 퇴직하신 염소 나팔수 각하!

　　아주머닌 돈이 많다네
　　나는 빈털터리!
　　그 대신 행복한 청년,
　　좋은 청년이지!

으, 춥다!

조프가 들어온다. 그 뒤로 막이 내릴 때까지, 남녀 몇 명이 더 들어온다. 그들은 옷을 벗고 침대 위에 누워 중얼거린다.

애꾸눈 조프 이봐, 부브노프! 왜 달아났어?

부브노프 이리 와 앉아…… 노래나 부르자고, 친구! 내가 좋아하는 걸로…… 응?

타타르인 밤이야, 잘 시간이라고! 노래는 낮에 불러!

사틴 뭐 어때서 그래, 공작! 너도 이쪽으로 와!

타타르인 어떻긴 뭐가 어때? 시끄럽지…… 노래를 부르면 시끄럽지……

부브노프 (그쪽으로 가면서) 공작! 손은 왜 그래? 잘려 나갔나?

타타르인 아니, 좀 더 두고 봐야지…… 자를 필요까진 없을지도 몰라.

772 막심 고리키

...... 손이, 쇠도 아니고 자르는 건 일도 아니지......

애꾸눈 조프 골치 아프게 됐군, 아산카! 손이 없어지면 자넨 끝장이야! 우리 같은 놈들은 손과 어깨로 값이 매겨지는 건데...... 손이 없으면, 인간도 아니지! 정말 끝장이라고! ......어쨌든 여기 와서 보드카나 마셔...... 그것 말고는 할 일도 없잖아!

크바시냐 (들어온다) 어이구, 이런, 이봐요들! 밖에는, 바깥은 지금 엄청나게 추워! 추워서 얼어 죽을 것 같아, 진눈깨비까지 흩날리고...... 우리 집 경찰관 나리 여기 세시나? 이봐요!

메드베데프 여기 있어!

크바시냐 또 내 저고리를 입고 있잖아? 아무래도 당신...... 또 술을 마신 모양이네, 그렇지? 도대체 어쩌려고 그런대?

메드베데프 부브노프의...... 생일이라고 해서...... 게다가 날씨도 춥잖아...... 진눈깨비도 내리고!

크바시냐 날 봐요...... 진눈깨비 핑계 대지 말고! 얼른 가서 잠이나 자라고요......

메드베데프 (부엌으로 간다) 자라면 자야지...... 나도 졸려...... 잘 시간이 됐어!

사틴 거 참...... 저 사람한테 왜 그렇게 심하게 굴어?

크바시냐 안 그러면 어떡해, 저런 사내는 혹독하게 다루어야 해. 내가 저 사람과 결혼한 건...... 뭔가 보탬이 있을 거라고 생각했기 때문이야...... 저 사람은 군인이니까. 그런데, 당신들은 모두 불한당들이고...... 나는 여자잖아...... 저 사람까지 술만 퍼마시면, 나는 어쩌란 말이야!

사틴 그야 당신 눈이 삐었던 게지......

크바시냐 하지만, 별 신통한 사람이 없는 걸...... 예를 들면, 당신도 나랑 사는 건 싫잖아...... 당신은 그런 사람이니까! 또 어쩌다가 결혼한다 해도, 길어야 일주일일 걸...... 나를 내장까지 송두리째 노름에 쓸어 넣고 말테지!

사틴 (웃는다) 그래, 그건 맞는 말이야, 사모님! 분명히 그러고도 남지......

크바시냐 그러니까 말이야! 얘, 알료시카!

알료시카 여기 있어요, 여기!

크바시냐 너, 나에 대해 뭐라고 씨불이고 다니는 거니?

알료시카 나요? 모두 다요! 모든 걸 다 정직하게, 이렇게요. 그 사람은 여자다! 대단한 여자다! 살과 비계와 뼈를 합치면 10파운드가 넘는데, 골은 비었어요!

크바시냐 홍, 그만해라! 나 이래봬도 뇌수는, 넘치고 넘칠 만큼 꽉 차있으니까…… 하지만 그 얘기가 아니고, 넌 왜 내가 우리 집 양반을 때린다고 떠들고 다녀?

알료시카 나는 그냥, 아줌마가 그 사람 머리를 움켜쥐고 끌고 다니는 걸 보고, 당연히 때렸을 거라고 생각했을 뿐인데……

크바시냐 (웃으면서) 요 못된 녀석! 보고도 못 본 척하면 될 걸 가지고. 뭐 하러 집안일을 밖으로 퍼뜨리는 거야? ……그렇게 말하면 그 사람은 뭐가 되니? ……그 사람이 다시 술을 마시기 시작한 것도, 다 네놈의 혀 때문이란 말이다……

알료시카 그러고 보니, 암탉까지 술을 마신다는 얘기도 거짓말은 아닌가 보네?

사틴과 클레시치가 웃는다.

크바시냐 홍, 말 못해서 죽은 귀신이 있나! 넌 도대체 어떻게 생겨먹은 녀석이냐, 알료시카?

알료시카 아주 뛰어난 극상품이죠! 뭐든지 잘하고! 흔히 눈 가는 데 마음도 간다고 하는, 그런 사람!

부브노프 (타타르인의 침대 곁에서) 일어나! 어차피 잠자긴 글렀어! 노래나 한 곡조 뽑아봐…… 밤새도록 노래나 부르자고, 조프!

애꾸눈 조프 노래? 좋아, 그러자고……

알료시카 그럼 내가 반주를 넣을 게요!

사틴 어디 한번 들어볼까!

타타르인 (미소 지으면서) 그럼 악마 부브나여…… 술을 대령하라! 마시고, 놀고, 죽을 때가 오면 다 같이 죽자고!

부브노프 사틴, 저 친구한테 술을 따라 줘! 자, 앉게, 조프! 그런데 친구! 인간이란 하잘 것 없는 존재잖아, 안 그래? 나를 보라고, 한 잔 걸치니까 이렇게 기분이 좋은데 말이야! 조프! 이제 시작해! ……가장 좋아하는 걸로! 나도 따라 부를 테니까…… 그리고 실컷 우는 거야!

애꾸눈 조프 (노래를 시작한다) 밤이나 낮이나……

부브노프 (따라 부른다) 감옥은 어두워!

문이 활짝 열린다.

남작 (문지방 위에 서서 소리친다) 모두…… 이리 나와 봐! ……이리로! 공터에서…… 배우가…… 목을 맸어!

침묵. 모두 남작을 쳐다본다. 남작 뒤에서 나스탸가 나타나, 눈을 크게 뜬채, 느릿느릿 탁자 쪽으로 다가간다.

사틴 (작은 목소리로) 쳇…… 노래를 망치고 말았군…… 바보 녀석!

─막이 내린다─

막심 고리키 생애와 문학

막심 고리키 생애와 문학

고독한 어린 시절

막심 고리키(Maksim Gor'kii)의 본디 이름은 알렉세이 막시모비치 페쉬코프(Aleksei Maksimovich Peshkov)이다. 그는 1868년 3월 28일 러시아 볼가 강 상류의 니즈니노브고로드 주의 주도인 니즈니노브고로드에서 가구 제작자인 아버지와 염색공장 주인의 딸 사이에서 태어났다. 니즈니노브고로드 시는 이곳에서 태어난 막심 고리키를 기리기 위해 1932년 고리키 시로 이름을 바꾸었으나 1990년 본디 이름을 되찾았다.

다섯 살 때 아버지가 콜레라로 세상을 뜨자 어머니는 아들을 데리고 친정으로 돌아갔지만 그가 아홉 살 때 아들을 두고 재혼해서 떠났다. 그는 '욕심 많고 무지막지한 노인'이자 그를 자주 때렸던 외할아버지에게서 글을 배우고, 착하고 자비롭고 현명했던 외할머니에게서 러시아 동화와 옛날 이야기, 민요 등을 들으며 자랐다. 어린 나이에 아버지와 사별하고 어머니와는 생이별해서 고아나 마찬가지였던 고리키가 작가로 성장하게 되는 밑바탕을 갖출 수 있게 된 것은 외할머니 덕분이었다.

러시아 시대 삶과 개혁

이 무렵 러시아는 제정러시아 시대로, 전근대적인 전제국가 체제였다. 노동자와 농민들은 엄청난 무지와 야만의 지배 속에서 하루하루 사는 것 자체가 힘들고 고생스러웠다. 이런 고통과 거기에서 벗어나려 하는 움직임은 개혁이라는 형태로 시도되었지만 좀처럼 성공하지 못했으며, 정치적 암살도 자주 일어났지만 성과는 거의 없었다. 그 무렵 러시아 사상가와 문학가에게 그런 고통과 거기에서 벗어나고자 하는 시도는 근원적인 출발점이자 궁극적인 지향점이라는 서로 어긋난 의미를 지닌 과도기적 몸부림이었다. 그들은 자신의 생활이나 계급, 가족이 아닌 국민 전체를 위해 봉사하고자 했으며, 이런 움직임은 18세기에 이르러 차츰 거세졌다. 라디셰프·도스토옙스키·게르첸·벨린스키·레르몬토프 등의 작가들을 생각해 볼 때 그들이 '인민을 위한 봉사'에 힘쓰느라 얼마나 많은 희생을 치렀는지 짐작할 수 있다. 이 시기에도 혁명운동의 물결은 존재하고 있어 백성들이나 의식 있는 노동자와의 연대를 통해 목적을 이루고자 하는 노력은 실패를 거듭하면서도 점차로 성공 쪽으로 나아가게 된다.

인생 밑바닥에서

고리키를 흔히 인생의 밑바닥에서 일어선 작가라고 일컫는다. 꼭 그렇지는 않더라도 한때 밑바닥 생활을 겪은 적이 있는 사람으로서, 같은 나라 같은 시대 작가는 물론이고 전 세계 문학가들 가운데 거의 유일한 경력을 지닌 작가임에는 틀림없다.

막심 고리키는 어릴 적부터 추위와 배고픔, 무시와 곤궁 등과 지독하게 싸워야 했으며, 콜레라에 걸렸을 때는 학교를 그만둘 수밖에 없었다. 자리를 털고 일어날 즈음에는 재혼했던 어머니가 죽었다는 소식을 들었고, 엎친 데 덮친 격으로 외할아버지 댁 살림살이 형편이 더 나빠지면서 돈을 벌기 위해 손자인 그가 일하러 나설 수밖에 없었다. 외할아버지는 고리키를 제대로 돌보지 않았고 구박하기 일쑤였다. 돈을 벌어오라며 어린 고리키를 밖으로 내몰았다. 그 때문에 고리키는 학교를 다닐 수 없었으며, 그가 정식 학교교육을 받은 기간은 불과 몇 달뿐이었다. 정규교육을 제대로 받지 못했던 그는 먹고 살기 위해서 넝마주이 생활을 시작했다. 곧 집을 떠나 구둣방 보조(11세), 디자이너 수습생, 성상화가(聖像畵家) 보조, 볼가 강을 오르내리는 증기선의 요리사 수습생, 제과점 점원, 짐꾼, 마을 극장의 광고 인형, 과일 장수, 변호사 사무실 서기 등 여러 일자리를 옮겨 가면서 생존을 위한 처절한 몸부림을 이어갔다.

이처럼 고리키는 어린 시절부터 어른과 다름없이 수많은 일을 하며 온갖 고난을 뼈저리게 체험했다. 어리다는 이유로 너무나 보잘것없는 임금을 받으며 고된 노동을 날마다 이어가야 했으며, 걸핏하면 호되게 두들겨 맞기 일쑤였다. 이로써 그는 러시아 노동계급의 이면과 그 비참함을 어느 러시아 작가

보다도 뚜렷이 깨달을 수 있었다. 이 비참하고 쓰라린 경험 때문에 그는 '쓰라림'이라는 뜻의 '고리키'를 평생 필명으로 삼았다. 어린 시절 인생의 밑바닥에서의 처절한 경험은 그의 자전적 작품 가운데 첫 번째 작품인 《어린 시절》에 거의 그대로 담겨 있다. 불우했던 어린 시절이 있었기에 고리키라는 작가가 있을 수 있었던 것이다.

막심 고리키(1868~1936)

독서와 문학예술 세계에의 만남

정규 학교교육은 5개월 남짓 초등학교에 다녔던 게 모두였던 그는 학교를 그만두고 나서는 더 이상 정규 학교교육의 혜택을 받지 못했다. 부랑자의 삶이나 다를 바 없었던 고난의 삶을 살던 그가 교양을 쌓고 문학적 준비를 했던 데에는 1880년(12세) 증기선에서 수습생으로 일하게 되었을 때 그에게 읽기를 가르쳤던 증기선 요리사의 도움이 컸다. 거기에다 비록 첫 무렵에는 실패로 끝났지만 실패 속에서도 꾸준하게 이어지던 혁명운동이 니즈니노브고로드까지 퍼져서 사람들 마음속에 스며들었다.

그 무렵 소년에서 청년으로 자라나던 때였던 고리키는 처음으로 나로드니키(러시아어로 '인민주의자'라는 뜻) 계통의 학생들로 이루어진 카잔의 독서모임인 '학습 동아리'와 인연을 맺었다. 또한 그들 덕분에 조국 러시아와 외국을 알게 되고, 문학작품과 문학비평, 과학적 문헌이나 혁명적 민주주의자들의 주장을 자주 접하게 되었다.

1883년에는 대학교육을 받기 위해 자신의 인생을 바로잡아 주고 이끌어

막심 고리키 동상
모스크바 강 남쪽 고리키공원

주었던 증기선의 요리사와 헤어져 카잔으로 떠났다. 그러나 학비 문제로 학업을 포기하고 제과점에서 일하게 되지만, 일이 너무 힘들고 고달파 그만두었다. 앞날에 대한 고민으로 하루하루를 보내던 가운데 한 변호사를 만나게 된다. 고리키의 힘들고 고통스러웠던 지난 시절 이야기를 들은 변호사는 그에게 일자리를 제공했다. 1890년 변호사 사무실 서기가 되면서 비로소 글쓰기를 비롯한 공부를 열심히 했다. 1891년에는 그루지야의 트빌리시에 있는 철도공장에서 도장공으로 일하게 되었다.

트빌리시에서 고리키는 지방신문에 짤막한 소설을 발표하기 시작했다. 1892년 오랜 세월의 독학과 노력 끝에 드디어 첫 작품이자 단편소설인 〈마카르 추드라 Макар Чудра〉를 '막심 고리키'라는 필명으로 트빌리시의 신문인 〈캅카스〉를 통해 발표했다.

고리키의 문학에 대하여

1895년부터 고리키는 신문에 정치와 문학에 관한 시평(時評)을 썼다. 그 무렵 러시아에서 널리 이루어지던 농민추방과 노동조합원 박해에 반대하는 시평과 러시아의 질 낮은 교육수준과 유대인 공동체에 대한 정부 조치, 갈수록 늘어가는 외국인의 대러시아 투자 등을 비판하는 시평 등을 썼다. 1895년 페테르부르크의 일류잡지에 〈첼카쉬〉를 발표했다. 이때부터 그는 러시아 사회의 하층민들을 그려내기 시작했는데, 그와 함께 러시아 문학사에서 그 누구보다도 극적인 성공을 거두게 되었다.

1898년 처음으로 단편소설집 두 권을 펴냈고, 1899~1906년에 고리키는 주로 페테르부르크에서 살았으며, 사회민주노동당을 지지하며 마르크스주의자들의 사회민주주의 운동에 참여했다. 그로

톨스토이와 고리키
1900년에 촬영한 사진. 19세기 사실주의 문학의 거인 톨스토이(왼쪽)와 앞으로 20세기 혁명문화의 토대를 마련하게 될 젊은 고리키가 나란히 서 있는 모습이 상징적이다. 톨스토이는 구체제를 대표하는 작가였지만 그 사실주의 문학의 급진적 성격은 뒷날 혁명문학으로 이어졌다.

말미암아 지식인과 깨어 있는 노동자들 사이에서 명성을 얻게 되었다. 1903년 사회민주노동당이 갈라졌을 때 볼셰비키파에 가담하였다. 엄청난 수입을 올리고 있던 고리키는 그 대부분을 레닌의 당에 기금으로 내놓아 당조직은 거의 그 돈으로 운영되었지만, 그가 정식 당원이 된 적은 없었다. 그는 또한 〈이스카라〉와 같은 급진적 신문의 배달이란 방식을 통해 사회주의 혁명가들과 사회민주노동당의 활동을 몰래 도왔다.

1901년 3월 카잔에서 경찰들이 학생들의 시위를 공격하는 장면을 목격하고 나서 이를 비판하는 성명을 발표했으며, 이 때문에 당국에 체포되어 감

옥에 갇히게 되었다. 그러나 그의 건강이 나빠지자 죽을 수도 있다고 판단한 당국이 한 달 만에 풀어 주었다. 그러나 가택연금 처분을 내려 편지 왕래를 감시했으며, 국내 활동을 제약했다.

1902년 러시아 문학아카데미 회원에 선출되었으나, 정치적인 이유로 그 무렵 황제였던 니콜라이 2세에 의해 취소되었으며, 이에 반발한 체호프와 코롤렌코 등 몇몇 작가 회원들이 아카데미 회원직에서 물러나기도 했다.

고리키는 즈나니에(지식)라는 출판사를 세워 즈나니에파(派)가 출현하게 되었다. 엄격한 검열제도가 존재하던 그 무렵 혁명가 기질을 가지고 경향적인 작품을 쓰는 젊은 작가들에게 지면을 제공하는 것이 이 출판사의 목적이었다. 그즈음 러시아의 비평가와 독자들은 이 '경향적'이라는 용어를 대개 칭찬하는 뜻으로 쓰고 있었다.

피의 일요일과 추방

1905년은 고리키의 삶에 변화를 가져다 주었다. 그 무렵 그는 고용주들로부터 형편없는 임금을 받으면서도 초과노동을 강요당하고 있던 노동자들을 돕던 게오르기 가폰 신부의 1905년 겨울궁전으로의 행진과 시위를 지지했으며, 이에 동참하는 뜻에서 1월 22일에 벌어진 행진에도 참여했다. 시위 참가자들은 종교 성상(聖像)을 들고 나와 황제를 향한 충성의 노래를 부르는 등 시위는 비교적 평화롭게 진행되었다. 그러나 행렬이 겨울궁전에 가까워지면서 당황한 황실 경비대가 시위 참가자들에게 발포했으며, 이에 놀란 참가자들이 허겁지겁 달아나면서 약 1천 명이 죽는 '상트페테르부르크의 피의 일요일' 참극이 벌어졌다.

이 참극으로 고리키는 사람들을 부추겨 반란을 일으키려 했다는 혐의로 체포되어 감옥에 갇히게 되었다. 하지만 그의 투옥에 반대하는 청원이 나라 안팎에서 잇따라 제기되자 니콜라이 2세는 국외추방을 조건으로 풀어 주었다. 국외로 쫓겨난 고리키는 제정러시아의 전제정치를 무너뜨리기 위한 지지세 확산에 주력, 사회주의 혁명가들과 사회민주노동당의 무기 구매를 위한 모금활동 등에 도움을 주었다.

미국을 방문하다

1906년 유럽과 미국을 여행했다. 3월 28일 미국 뉴욕에 도착했으며, 그의 미국 유세여행을 계획하고 준비했던 어니스트 풀, 윌리엄 딘 하월스, 잭 런던, 마크 트웨인, 찰스 비어드와 업튼 싱클레어 등 많은 미국 작가들의 환영을 받았다. 그러나 고리키와 함께 왔으며 함께 호텔에 머물고 있는 여자가 아내가 아니라 아내와 별거한 뒤로 동거해 온 애인인 러시아 여우 안드레예바라는 사실이 밝혀지면서 두 사

망명생활
1907년 제정러시아에 반역했다는 이유로 추방당한 고리키는 런던의 러시아 혁명가들로부터 따뜻한 환영을 받았다.

람은 호텔에서 쫓겨났다. 뿐만 아니라, 작가들 가운데 윌리엄 딘 하월스와 마크 트웨인은 그의 유세에 대한 지지를 접었으며, 시어도어 루스벨트 미국 대통령의 백악관 초청도 없었던 일로 되고 말았다. 영국 소설가인 허버트 조지 웰스나 미국 사회학자인 프랭클린 기딩스는 고리키를 감쌌으나 별다른 반향을 불러일으키지 못했으며, 엎친 데 덮친 격으로 정치인인 프랭크 스토이넨베르크 살해 혐의로 감옥에 갇혀 재판을 기다리고 있던 세계산업노동자동맹(IWW)의 수장 윌리엄 헤이우드를 지지하는 내용의 전보를 당사자에게 보낸 일로 고리키를 지지하는 자들을 당혹케 했다. 그는 거의 쫓겨나다시피 미국을 떠났으므로 그가 뉴욕을 묘사한 단편 〈노란 악마의 도시 Город Жёлтого дьявола〉(1906)에서 뚜렷이 드러나 있듯이 미국에 대해 강한 반감을 품게되었다.

혁명에 이은 내전
1917년 러시아혁명이 일어나고 나서 치열한 내전이 전국을 휩쓸었다. 이 그림은 기차역에서 벌어진 전투 장면. 반혁명군(백군)은 점점 볼셰비키 세력(적군)에 밀리게 되었고 1922년에는 마침내 소비에트 사회주의공화국 연방이 성립된다. 파리국립도서관 소장.

망명생활과 러시아혁명파

고리키는 1906년 러시아를 떠난 뒤 7년 동안 망명생활을 했다. 그는 주로 카프리 섬의 별장에서 지냈으며, 그곳은 정치에 불만을 품고 있는 러시아인들에게 지성의 중심지가 되었다. 그의 작품은 러시아의 일반독자들에게 여전히 사랑을 받고 있었지만, 지식층으로부터 이전에 누렸던 인기는 많이 식어 버렸다. 지식인들이 고리키의 결점을 차츰 깨닫기 시작했기 때문이었다. 고리키는 여전히 레닌과 동맹관계를 유지하며 혁명운동에 협력하고 있었지만, 그의 장편소설 《고백 Исповедь》(1908)에 드러나 있듯이 건신주의(建神主義, богостроительство)라는 종교철학적 경향을 지지했기에 혁명세력의 호의마저 다소 잃게 되었다. 정통파 마르크스주의자들은 그를 이단자라고 비난했다. 고리키는 무소속으로 남아 있기를 고집했으므로 마르크스주의자들에게 정치적으로 성가신 존재였지만, 그들 쪽에서 보면 그의 강력한 영향력은 그런 하찮은 결점을 충분히 메워 낼 수 있었다.

1907년 사회민주노동당 제5차 당대회에 객원으로 초청받아 참석했을 때 블라디미르 레닌, 율리우스 마르토프, 게오르기 플레하노프, 레온 트로츠키 등을 처음 만났다. 그 무렵 당내 소수파이자 우파였던 멘셰비키파와 그 파의 지도자인 마르토프에 호감을 가지고 있었으며, 소수 전문혁명가 그룹을

〈코민테른 제2회 대회 개막 기념일〉(1921)

러시아혁명은 현대인이 보기에는 '피비린내 나는 비극'이란 인상이 강하지만 그 시대 사람들에게는 즐거운 축제처럼 느껴졌다. 낡은 질서가 근본적으로 뒤집히고, 어제까지 피지배계급이었던 사람들이 하루아침에 지배계급으로 변신한 것이다. 혁명이 일어난 뒤 해마다 혁명기념일이 되면 성대한 축제가 벌어졌다. 그때마다 온 거리는 축제 분위기로 들썩였다. 화가 보리스 쿠스토디에프 작. 상트페테르부르크, 러시아 미술관 소장.

만들고자 했던 레닌의 시도를 크게 비판했던 고리키는 레닌에 대해서 "무엇인가가 모자랐을 뿐만 아니라 어떤 면에서는 너무 평범해서 지도자가 될 것 같은 느낌을 받지 못했다"고 평가했다.

그는 1913년에 러시아로 돌아왔고, 제1차 세계대전 때는 볼셰비키와 함께 러시아의 참전을 강력하게 반대했으며, 이 때문에 러시아 언론들로부터 '비애국적 행위를 하고 있다'는 비난을 받았다. 1915년에는 〈연대기 Летопись〉라는 정치문예잡지를 창간했으며, 러시아의 유대인 공동체에 대한 박해에 맞섰던 '유대인 생존을 위한 러시아협회' 설립을 도왔다.

1917년에는 〈신생활 Новая Жизнь〉이라는 신문을 창간했으며, 이를 통해 볼셰비키파들이 알렉산드르 케렌스키 정부(2월혁명의 결과로 3월 15일 니콜라이 2세가 퇴위하고 나서 들어선, 멘셰비키파 중심의 공화정 형태 임시정부)를 뒤집어엎으려는 계획을 비판했다. 7개월 뒤에 일어난 볼셰비키파 중심의 10월혁명 뒤에 새로운 정부가 들어서면서 혁명과정에서의 폭력 사용에 부정적이었던 고리키는 탄압을 받게 되고, 이에 고리키는 11월 7일자 신문 지상을 빌려 "레닌과 트로츠키, 그들을 따르는 추종자들은 권력이라는 끔찍한 독에 중독되었다"라고 비난함으로써 그들과 대립하게 되었다.

1918년 1월 레닌이 제헌의회를 폐쇄하기로 결정하자 신문 지상을 빌려 "볼셰비키파들이 혁명 세대의 이상을 배신했다"라고 비난했다. 이를 못마땅히 여긴 당국은 신문인쇄용지 배급을 장악하고, 나아가 7월에는 고리키의 신문사에 용지 공급을 중단함으로써 더 이상 신문을 낼 수 없도록, 또한 그가 쓴 작품은 어떤 것이든 러시아에서는 펴낼 수 없도록 조치를 취했다.

그러나 러시아내전(1917. 10~1923. 10, 적백내전이라고도 함) 기간 동안 백군에 맞서는 볼셰비키 정부를 지지했던 것에 대한 보답으로 레닌은 고리키에게 출판사 설립을 허가했다(이때 설립한 출판사가 '세계문학'이라는 출판사였다). 그러나 고리키는 1919년 9월 레닌에게 보낸 편지에 "나는 백군과 마찬가지로 적군 또한 인민의 적이라는 사실을 분명히 깨달았소. 나로서는 백군의 손에 죽는 게 더 나을 것이며, 적군 또한 나의 동지는 아니요"라고 밝힘으로써 내심으로는 여전히 볼셰비키 정부를 반대하고 있음을 보여 주었다. 그는 혁명 뒤 초기 몇 년 동안 비참한 생활을 하는 동료작가들을 도와주려고 애썼다. 그들에게 번역거리라도 주어서 생활비를 벌 수 있게 해준 적도 많았으며 예술작품의 보존을 위해 많은 노력을 기울였다.

고리키와 볼셰비키 정부는 1921년 2월에 일어난 크론시타트 해병 봉기(또는 크론시타트 반란)의 진압을 두고서 다시 충돌했다. 고리키는 봉기 진압 뒤에 해병들을 가혹하게 다룬 그리고리 지노비에프를 비난했다. 또한 크론시타트 해병 봉기를 지지했다는 죄목으로 붙잡혀 처형된 작가 니콜라이 구밀리예프 구명 운동에도 나섰지만 실패했다. 또 그 무렵 중병을 앓고 있었던 시인 알렉산드르 블록을 대신해서 그의 출국 비자를 발급받기 위해 애썼지만 지노비에프의 반대로 실패하고 말았다. 또한 그해에 러시아에 끔찍한 대기근이 닥쳤을 때 자신의 세계적인 인지도와 명성을 십분 활용, 굶어 죽는 러시아 인민들을 위한 식량기금 조성을 전 세계에 호소해서 많은 사람들의 도움을 이끌어 내기도 했다. 그들 가운데 한 사람이 바로 나중에 31대 미국 대통령이 된, 그 무렵에 미국 구호청(ARF) 책임자로 있었던 허버트 후버였다.

정부 수뇌와 고리키 1931년 10월 스탈린, 몰로토프, 보로실로프 같은 정부 수뇌들에게 둘러싸인 고리키(가운데)가 자기 작품을 낭독하고 있다. 스탈린을 비롯한 볼셰비키 지도자들은 당 대변인으로 고리키를 중용했다. 아나톨리 야르 크레프첸코 작품.

망명 귀국, 그리고 죽음

이렇게 나라 안팎으로 바쁘게 활동하면서도 레닌 정부에 대한 비판은 멈추지 않았으며, 마침내 그해 10월 레닌 정부의 동의 아래에 독일로 떠났는데, 독일에서도 끊임없이 레닌 정부를 비판했다. 1922년 7월에는 레닌 정부가 사회주의혁명당의 간부 12명에게 내린 사형선고에 반대하는 운동을 펼치기도 했다. 독일에서 2년 반쯤 머문 뒤 이탈리아의 소렌토로 옮겨갔으며, 그곳에서도 러시아 문학 발전에도 관심을 기울여 이사크 바벨, 브세볼로트 이바노프, 콘스탄틴 페딘 등 러시아 소설가들을 자신이 머무는 곳으로 초청해 함께 지내거나 창작 의욕을 북돋워 주기도 했다.

1913년부터 1923년까지 10년 동안, 고리키의 가장 위대한 걸작인 자전적 3부작 《어린 시절 *Detstvo*(Детство)》(1913~14) 《세상 속으로 *V lyudyakh*(В людях)》(1915~16) 《나의 대학 *Moi universitety*(Мои университеты)》(1923)이 발표되었다. 《나의 대학》은 그 제목이 퍽 냉소적이다. 그가 다닌 유일한 대학은 인생대학이었고, 카잔 대학에서 공부하고 싶다는 소망은 끝내 이루어지지 않았기 때문이다. 이 방대한 작품은 러시아 문학에서 가장 뛰어난 자전적 작품의 하나로 꼽힌다.

그는 1921~28년 이탈리아 소렌토의 별장에 머물며 이 3부작을 마무리했다. 독일과 그 밖의 여러 곳을 돌아다녔으나 러시아에는 돌아가지 않았다. 건강도 좋지 않았고, 혁명 뒤의 러시아에 환멸을 느꼈기 때문이다.

1928년 스탈린은 고리키의 회갑을 맞아 그를 러시아로 초청하는 형식으로 귀국시키고자 했으며, 고리키는 그 초청을 받아들여 5월 20일 러시아로 돌아와 죽을 때까지 거기서 살았다. 회갑 축하행사는 그가 기대했던 것보다 훨씬 호화로웠다. 고리키를 만난 스탈린은 그에게 자신의 전기를 써 줄 것을 부탁했다. 고리키는 그 제안을 거절하는 대신 러시아 국내에서 정부의 박해를 받던 작가들을 돕고자 하는 생각에 몇몇 작가들은 출국 비자를 받을 수 있도록, 다른 작가들은 작품을 출판할 수 있도록 허가해 달라고 스탈린에게 요청했다. 그 덕분에 빅토르 세르주와 예브게니 자먀아틴 등은 출국 허가를 받을 수 있었다. 또한 고리키는 자신의 요청을 받아들여 준 스탈린의 결정에 대한 보답으로 스탈린이 주도하는 정책들 가운데 일부에 대해서는 공개적 지지의사를 밝혔다. 그러나 스탈린은 내무인민위원회(국가보안위원회의 전신)에 고리키를 밀착 감시하도록 지시했다.

그의 귀국과 스탈린 지배체제의 확립은 거의 같은 시기에 이루어졌으므로 고리키는 스탈린의 정치적 정통성을 떠받쳐 주는 버팀목이 되었다. 러시아 문단의 지도자로서 그의 명성은 어느 때보다도 확고하여 1934년에 결성된 소비에트작가동맹 초대 위원장이 되었다. 그는 사회주의리얼리즘의 문학방법론을 확립하는 일에 이바지했는데, 소련의 모든 작가들은 이 방법론을 의무적으로 받아들여 사실상 노골적인 정치선전꾼이 되어야만 했다.

고리키는 작품활동을 이어 갔으나 이 무렵에 쓴 소설들은 거의 모두 혁명

고리키 하우스 모스크바 교외에 있는 레닌의 시골별장. 고리키는 말년 1931~36년 68세로 숨을 거둘 때까지 이곳에서 살았다.

이전의 시대를 다루고 있다.

1936년 6월 14일 모스크바 교외에 있는 레닌의 시골별장인 고르키에서 죽었다. 공식적인 사인은 폐렴 악화에 따른 사망이었지만 그의 죽음에는 석연치 않은 점이 있다. 그는 병을 치료받다가 갑자기 죽었는데 이 죽음이 자연사인지 아닌지는 끝내 밝혀지지 않았고, 이것이 1938년 부하린 일당을 재판하는 과정에서 문제가 되었다. 검사는 고리키가 '우파와 트로츠키파 진영'의 반소비에트 음모에 희생되었다고 주장했으나 피고인 가운데 전직 경찰서장이었던 야고다는 고리키를 죽이라는 명령을 했다고 털어놓았다. 그의 유해는 국가 영웅들이 묻히는 모스크바 크렘린궁 외벽 아래에 안장되었다.

고리키 작품에 대하여

막심 고리키의 문학세계는 크게 세 시기로 나뉘는데, 첫 작품 《마카르 추드라 *Makar Chudra*(Макар Чудра)》(1892)에서 장편소설 《포마 고르데예프 *Foma Gordeev*》(1899)까지를 초기, 그 뒤부터 중편소설 《어머니 *Mat'*》(1907)까지를 중기, 그 뒤부터는 후기이다.

초기에 발표된 주요 작품들은 대부분 단편이자 개인적 경험을 토대로 한

단막극으로 《에멜리얀 필라이》《첼카쉬》《코노발로프》《스물여섯 사내와 한 소녀》 등 작가 자신의 체험을 바탕으로 한 낭만적이고 원시적인 자유를 그리 워하는 내용이다.

《첼카쉬 Chelkash》(1895)는 고리키의 뛰어난 작품들 가운데 하나로 항구에 서 화려한 절도행각을 벌이는 어떤 도둑의 이야기인데, 낭만주의와 사실주의 의 요소들이 알맞게 잘 섞여 있다. 이때부터 그는 러시아 사회의 하층민들을 묘사하기 시작하는데, 이즈음이 칭송받는 고리키의 떠돌이 시기이다. 그는 그때까지는 객관적으로만 묘사했던 떠돌이나 범죄자들에게서 자기 자신의 모습을 발견하고, 그들의 힘과 결단력에 공감을 나타냈다. 《스물여섯 사내와 한 소녀》(1899)는 제빵공장의 형편없는 노동조건을 묘사하고 있는 여러 단편 가운데 가장 뛰어난 작품으로 평가받는다. 이런 작품들이 너무나 큰 성공을 거두었으므로 그의 명성은 갑자기 치솟았고, 톨스토이나 체호프와 거의 같 은 수준의 작가라는 평가를 받기 시작했다.

중기에 발표된 작품들은 사회적 관계를 다루는 장편소설과 희곡작품들로 초기의 단편들만큼 뛰어나지는 못하다. 이 시기 주요 작품들은 《포마 고르데 예프》《세 사람》《어머니》〈밑바닥〉 등이 있다. 첫 번째 장편소설인 《포마 고 르데예프》(1899)에서는 거만한 화물운반선 선주이며 신진 자본가인 이그나 트 고르데예프의 힘센 육체와 굳은 의지를 찬양하고 있다. 이 주인공은 고 리키가 창조해낸 많은 등장인물들처럼 '삶의 의미를 추구하는' 연약하고 지 적인 아들 포마 고르데예프와 좋은 대조를 이루고 있다. 이때부터 러시아 자 본주의의 등장은 고리키가 소설에서 가장 관심 있게 다루는 주제가 되었다. 《세 사람》에서는 노동자들의 일상과 공장생활 등 앞으로 그리게 될 혁명적 노동자의 모습을 이야기하고 있다. 《어머니》에서 그리고 있는 후기의 혁명적 이고 볼셰비키적인 노동자의 모습에서 작가가 확고한 세계관과 방법론을 바 탕으로 작품을 쓰기 시작했음을 알 수 있으며, 이때부터 프롤레타리아문학 과 사회주의리얼리즘의 선도적 지도자로서, 러시아 사회변혁의 당당한 기수 로서 세계적인 주목을 받게 되었다. 《어머니》는 고리키의 장편소설 가운데 가장 성공하지 못한 작품이지만, 러시아혁명을 다룬 그의 유일한 장편이라 는 점에서 상당한 관심을 끌고 있다. 1926년에 영화감독인 프세볼로트 푸도 프킨은 이 작품을 훌륭한 무성영화로 만들었고, 1930~31년에는 독일의 극작가 베르톨트 브레히트가 희곡으로 각색했다.

후기는 정치와 가깝게 지내게 되는 시기로서, 러시아 사회의 역사적 모순 구조와 인간유형의 변화, 그리고 그 속에서의 각 계급의 세계관에 주목해서 총체적 사회의 연관구조를 작품 속에 담아내고자 애를 썼던 시기로 주요 작품으로는 《아르타모노프 일가의 사업 *Delo Artamonovic*》(1925) 《적들》 《클림 삼긴의 삶 *Zhizn' Klima Samgina*》(1936) 등 장편소설들이다. 자전적 3부작도 후기 작품에 속하면서도 성숙한 작가로서 자신이 어린 시절의 성장과정을 돌아보면서 인생관과 세계관, 사회관을 현실의 삶 속에 녹여서 감동적으로 전달해 주고 있어서 예술성과 형상성(形象性)에서 뛰어나다는 평가를 받는다.

고리키의 가장 뛰어난 소설 가운데 하나인 《아르타모노프 일가의 사업》은 그가 계속 관심을 보였던 혁명 이전의 러시아 자본주의의 성장과 몰락을 다루고 있다. 그는 또 〈예고르 불리초프와 나머지 사람들〉과 〈도스티가예프와 나머지 사람들〉을 비롯하여 많은 희곡을 이 시기에 썼다.

가장 널리 칭송받는 작품은 러시아 작가들에 대한 회고록인 《톨스토이 회상록》(1919)과 《작가들에 대하여》(1928)이다. 이 작품은 뛰어난 러시아 작가들을 연구할 때 전통적으로 사용되던 성인전식(聖人傳式) 방법론에서 완전히 벗어나 아주 생생하게 톨스토이를 추억하고 있기 때문에 고리키의 걸작으로 꼽힌다. 고리키의 체호프 연구도 그에 못지않게 감동적이다. 그는 또 한편으로 화제의 사건 및 문제와 관련하여 스탈린주의의 잔인한 면을 미화하는 소책자를 쓰기도 했다.

《어린 시절》

고리키 문학을 이해하는 데 가장 중요한 작품인 《어린 시절》은 그의 성장과정과 삶, 인간과 인생 그리고 세계관을 잘 그려내고 있다. 《어린 시절》에서 알 수 있듯 그의 어린 시절은 생계를 위해 갖가지 궂은일을 마다할 수 없는 참담함 그 자체였다. 그러나 고리키의 정신세계는 그런 불우한 환경 속에서도 외할머니의 더할 수 없이 따뜻하고 경건한 신앙심 속에서 넓혀져 갔고, 일찍부터 눈뜬 폭넓은 독서를 통해 성장해 갔다. 그래도 그에게 가장 큰 영향을 끼친 것은 관념과는 거리가 먼, 당장 먹고 사는 문제였다. 그는 최하위 계급의 어려운 생활 속에서도 진지한 참여와 애정, 외할머니의 신앙적 세계관과 독서에서 얻은 관념적 지식들을 무기로 하여 이 난관을 극복해 나갔다.

19세기 끝 무렵, 밑바닥 생활 속에서 그가 보고 느낀 것은 기존의 봉건적 차르 체제가 무너지면서 새로이 자라나는 자본주의 체제하의 러시아 사회 모습이었다. 봉건적 신분질서의 속박에서는 어렵사리 벗어났으나 그 대신 맞게 되는 좀더 낯설고 혹독한 자본주의적 경제질서 속에서 고민을 해야만 했다. 특히 '돈'이라는 괴물에 얽매여야 하는 가난한 사람들과 노동자들은 갈수록 황폐해지는 그들의 인간성과 무의미한 일상생활을 겪으면서 무기력과 절망을 느낄 수밖에 없었다. 이에 대해 고리키는 '왜 그들의 삶이 그럴 수밖에 없는가?' 스스로에게 묻지 않을 수 없었다. 그러나 마땅한 해결책을 얻지 못한 채 좌절과 방황 속에 빠져 있던 그는 마침내 카잔에서 진보적 인사들과 대학생을 만나면서부터 새로이 지적으로 눈을 뜨게 됐고, 그때까지 느꼈던 수많은 갈등과 회의를 떨쳐 버릴 수 있게 되었다.

3부작의 마지막 작품인 《나의 대학》에 바로 이 과정이 그려져 있다. 내용이 좀 긴 편인 《어린 시절》《세상 속으로》《나의 대학》 3부작은 러시아 문학에서 가장 뛰어난 자전적 작품 가운데 하나로 꼽는다. 고리키의 어린 시절과 청년 시절을 소재로 하여 다루고 있는 이 작품은, 앞에서 보여 주었던 무거운 철학적 경향을 탈피하고 다소 외향적 작가가 될 수밖에 없었던 그의 강인한 내면의 저력을 보여 주고 있다. 자신의 가족과 수많은 고용주들, 그리고 보잘것없지만 그래도 잊을 수 없는 인물들의 삶을 날카로운 관찰력과 판단력으로 낱낱이 묘사하고 있다.

또한 3부작에는 고리키 자신에 대한 이야기가 별로 들어 있지 않아 이를 자서전이라 하기는 어렵다. 그가 자살을 기도했던 일에 대한 서술도 겨우 한두 줄에 지나지 않는다. 이 작품은 삶의 신비로움과 잔인함, 그리고 미묘함에 대한 경탄으로 가득하다. 고리키는 옛날처럼 삶을 해명하거나 이해하려고 애쓰지 않았다. 그는 그저 단순히 묘사하는 데 그치는 것처럼 보일 뿐이다. 그렇지만 이 작품에는 수많은 메시지가 들어 있는데 그것은 공공연한 설교라기보다는 넌지시 암시하는 쪽을 택하고 있다. 고리키는 이유 없는 잔인함을 분쇄하려 하고 강인함과 자립의 중대함을 끊임없이 강조하고자 하며, 근면성의 가치를 수사학적 문장으로 명백히 나타내고 있다.

자전적 3부작의 시대배경은 앞에서 말했듯이 봉건 차르 체제가 해체되면서 새로이 싹터 자라는 자본주의 아래에서 보게 되는 러시아의 모습이다. 선진 서유럽에 비해 한참 뒤떨어진 정치·경제 질서에 갇혀 지내던 러시아는 1860년 농노해방과 더불어 기나긴 잠에서 마침내 깨어나기 시작한다. 그런데 농노 상태의 농민들은 이로써 신분상의 족쇄에서는 풀려났다지만 그래도 그들로서는 좀처럼 알 수 없는 시장경제라는 또 다른 속박에 얽매일 수밖에 없었다. 따라서 농노 때보다도 어느 면에서는 더 가혹한 경제적 소외를 겪지 않을 수 없었다. 자본주의가 차츰 퍼져가는 새로운 체제 속

소설《어린 시절》(1913) 표지

에서 폐농과 이농이 이어져 가고, 따라서 농촌에서 도시로 내몰리는 가운데 단지 임금을 받는 노동자 신세로 바뀌었을 뿐이다.

고리키의 자전적 3부작에서 만날 수 있는 사람들은 거의가 이런 과정 속에서 새로이 나타난 도시의 빈민들과 노동자들이다. 다시 말해 계급을 이루거나 계급의식으로 묶여 있지는 않지만 임금노동자로 정착되기 직전의 실업자이거나 떠돌이 임금노동자들이다. 그들의 의식 속에는 원시적인 인간의 자유, 온갖 속박에서 자유로워지려 하는 갈망이 숨어 있었다. 그러나 현실생활 속에서 당장 올바른 출구를 찾을 수 없다보니 잔인함과 탐욕, 무절제한 음주 등 비뚤어진 형태를 보이기도 했다. 곧 어린 페쉬코프의 순진한 눈에 비친 사람들의 모습에서 그 무렵 러시아 사회의 좌절과 침체를 읽을 수 있다.

그러나 더욱 중요한 것은 그 좌절과 침체를 바라보는 페쉬코프의 시각이다. 그들은 암담하고 침체된 상황 속에서도 한편으로는 건강한 꿈과 생활을

간절히 바란다. 이들은 곧 의식이 깨치고 발전하면서 잇달아 오게 될 러시아 사회변혁의 주체세력으로 우뚝 서게 될 사람들로서 더 이상 허무와 무정부적 방종에 머무르지 않고 차츰 임금노동자로 확고하게 신분이 바뀌면서 사회모순을 스스로 해결하는 힘이 된다. 이처럼 그 시대 사람들에 대한 철저한 반영과 애정으로 나타나 있는 작품, 이것이 바로 자전적 3부작이다.

《어머니》

1905년 페테르부르크에서 1차 러시아혁명(피의 일요일 사건)이 일어난다. 고리키는 전부터 민중과 정부 측이 충돌하는 일이 없도록 양측을 중재하는 데 온 힘을 기울였으며, 사건 이후에는 유혈사태를 일으킨 정부에 격렬히 항의했다.

이 시기 고리키 문학의 절정을 이루는 작품이 탄생한다. 바로 1907년 발표한 《어머니》이다. 진보적 노동자의 전형을 마치 눈앞에 펼치듯 생생하게 그려낸 이 작품은 사회주의 리얼리즘 문학의 모범으로뿐만 아니라, 세계문학사 불굴의 유산으로 평가받는다. 제정 러시아의 날로 더해가는 압제 아래에서 겪어야 했던 인생의 잔인함과 쓰라림, 부조리를 묘사하고 있다. 바로 이 소설로써 러시아 민중은 사회 밑바닥의 수동적인 희생자가 아닌, 자신이 직접 시대의 한 축을 맡으며 역사를 만들어 가는 능동적인 당당한 인간으로서 새롭게 태어난 것이다.

《어머니》는 발표되자마자 문단과 학계, 민중의 격렬한 찬사를 받았으며 특히 노동자를 비롯한 하층민 사이에서는 필독서가 되다시피 했다. 말 그대로 노동자의 존엄성을 빛낸 소설이며 그들의 자유 쟁취 선언이라 할만 했다. 이 작품은 보통 사회주의 리얼리즘이라고 일컬어지지만, 이러한 명칭만으로는 이념적 소설이면서도 선진문학이 되기를 거부했던 고리키의 재능을 충분히 표현할 수 없다. 정치적 목표가 서정적인 아름다움과 이따금 튀어나오는 유머, 잊을 수 없는 생생한 등장인물들과 함께 어우러져, 감동적이고 때로는 가슴 아프게 당대 러시아에 존재했던 정치적, 문화적 양극단을 조명하는 중요한 작품으로 남아 있다.

이름 없는 어느 공업도시, 중년의 어머니인 펠라게야 닐로브나는 평생 남편에게 학대만 받아오며 비참한 삶을 살아왔다. 갑자기 남편이 세상을 떠나자 그녀에게 남은 희망이라곤 아들 파벨뿐이다. 그런데 어느 날부턴가 파벨이 이해할 수 없는 사상에 몰두하며 처음 보는 무리와 어울리자 그녀는 불안에 빠진다. 파벨은 날마다 저녁에 어머니에게 철학과 경제학 책을 읽어준다. 그녀는 서서히 아들의 존재에 눈을 뜨게 되고, 파벨은 어머니를 자신의 비밀스런 세계로 초대한다. 이 세계에서는 겉으로 보기에는 전혀 해로워 보이지 않는 책들이 과격한 새로운 사상을 대변하고, 이 사상의 전파는 파벨을 끊임없이 죽음의 위험으로 내몬다. 닐로브나는 차츰 사회

소설 《어머니》(1906) 표지

주의 혁명가 모임에 발을 들여놓게 되고, 파벨과 그의 친구들이 그녀를 과격한 투사로 변화시키는 동안 그녀 역시 그들 마음속에 친절과 자비, 사랑 등의 인간적 가치를 불어넣는다.

이 작품은 실제 사건을 기초로 한다. 고리키의 고향인 니즈니노브고로드 근교 소모프 공장에서 1902년 노동자들이 격렬한 시위를 벌였다. 고리키는 이 사건을 취재하여 《어머니》의 밑바탕으로 삼았다. 그러므로 하나의 역사기록물이라고 할 수도 있다. 바로 그 점 때문에 사회주의 혁명가들의 언행과 성격 그리고 격렬한 시위 장면은 마치 실제 있었던 일인 양 사실적으로 독자에게 다가온다. 소설 속 어머니와 아들도 실제 인물을 본떠 만들었다. 아들 파벨의 모델인 표트르 잘로모프는 소모프 지역당 조직의 우두머리였고, 어머니 닐로브나의 모델은 잘로모프의 어머니 안나 키릴로브나이며 그녀 또한 실제로 아들의 뜻을 따라 혁명투쟁에 적극 가담했다.

《어머니》는 문학적·역사적으로 큰 성공을 거둔 작품이지만, 시대가 시대이니만큼 발표 당시에는 매우 큰 탄압을 받았다. 민중의 혁명봉기라는 내용을 러시아 정부는 용납할 수 없었던 것이다. 고리키는 '피의 일요일 사건'에 연루되어 외국 망명길에 올라야 했는데, 1906년 미국에 머무는 동안 이 작품을 거의 완성했다. 또한 러시아에서가 아니라 미국과 유럽에서 먼저 출판했다. 1907년에야 러시아에서도 발표되었는데 곧 엄청난 파장을 불러일으켰다. 제1부가 연재되던 잡지는 강제 폐간되었고, 제2부는 너무 심한 검열로 곳곳이 삭제되어 제대로 읽을 수도 없는 형편이었다. 온전한 작품이 러시아에서 출간되는 일은 불가능했고, 민중은 외국에서 몰래 들여온 것을 멋대로 번역한 불법 해적판을 돌려 읽으며 위안으로 삼아야 했다.

러시아에서는 그러했지만 미국과 유럽 각국에서는 엄청난 반향을 불러일으켰다. 이 작품으로 고리키는 세계적인 명성을 얻었으며 문학적 혁명가이자 시대의 등불로 추앙받게 된다. 그는 이 작품을 펴냄으로써 예술 창작 정점을 찍었으며, 그의 문학은 물론 러시아 문학 전체를 통틀어 일대 전환점을 이루어냈다. 한 문학작품이 이토록 시대를 뒤흔드는 격한 감동과 파급효과를 낳은 예는 찾아보기 어렵다.

《어머니》에서 노동자계급은 수만 년 역사의 인류가 쌓아 온 모든 물질적·정신적 가치를 내면에 깊이 간직할 만한 위대한 세력으로 떠오른다. 그전까지 노동계급은 불합리한 사회구조 속에서 핍박 받고 희생을 강요당해 온 불쌍한 존재였다. 그러나 비로소 웅대한 인류 역사를 제 손으로 만들어 가는 위대한 한 인간으로, 불의에 당당히 맞서 싸우는 인간으로 탈바꿈한 것이다. 고리키는 이 작품에서 노동자계급이 그들 앞에 놓인 어둠을 헤치고 나아가야 할 바른 길, 빈곤에서 벗어나 인간적 삶을 개척해 나갈 수 있는 길을 뚜렷이 제시해 주었다. 바로 이것이, 이 소설이 노동자계급에 대한 진정한 의미의 최초이자 최고의 작품으로 손꼽히는 이유이다.

파벨 블라소프라는 인물은 세계문학을 통틀어 가장 훌륭한 혁명적 노동자의 전형이라 할 만하다. 그에게는 실제로 전 세계에서 노동운동을 조직하고 이끌어간 수많은 혁명가들의 전형적인 특성이 고스란히 녹아들어 있다.

어머니 펠라게야 닐로브나는 이 걸작에 생명력을 불어넣는 가장 중요한 존재다. 그저 세상에 순응하면서 살아가던 겁 많고 평범한 아낙이 점점 민

영화 〈어머니〉의 한 장면(1990)

중을 위한 혁명투사가 되어간다. 아들에 대한 모성애에서 온 인류를 감싸 안는 모성애로 발전하는 것이다. 그녀의 모습에는 혁명의 소용돌이 속에서 차츰 각성해 가는 당시 러시아 민중의 모습이 투영되어 있다. 자신의 옛 모습을 과감히 타파하여 더 나은 미래로 나아가고자 도약하는 하나의 위대한 체험이다.

《어머니》에는 야수성으로 점철된 비인간적이며 낡아빠진 옛 러시아의 실체가 담겨 있다. 민중시위, 형식적인 재판과정, 감옥 탈출, 혁명가의 장례식 등 모든 장면이 서사시적 규모로 장대하게 펼쳐진다. 기존 세력이 혁명 세력을 탄압하는 장면에서는 서사시적 위대함을 가진 투쟁, 즉 빛과 어둠의 투쟁으로 다가온다. 이 소설로써 고리키는 인간이 어떻게 긍정적 영웅으로 발전하는가를 그려냈으며, 사회주의적 형상화의 긍정적 이상에 도달했다.

〈밑바닥〉

막심 고리키는 소설작품 말고도 희곡작품도 썼으며, 첫 작품이 1901년 발표한 〈소시민들〉이다. 그 뒤로 1933년까지 모두 희곡작품 17편을 썼으나 1902

년 발표한 〈밑바닥〉을 제외한 나머지 작품은 그다지 알려져 있지 않다.

〈밑바닥 Ha〉은 말 그대로 밑바닥 삶을 그린 작품이다. 도시의 변방으로 내몰린 사람들의 이야기를 다룬, 1897년에 발표한 〈그들도 한때는 인간이었다〉라는 작품을 희곡으로 다시 쓴 것으로 알려져 있으나 여기에 나오는 사람들은 '한때는 인간이었던' 사람들 말고도 '한때는 인간이었던' 사람들이라고 부르기에는 아까운 젊은 사람들이 많이 나온다. 그러나 모두 밑바닥의 주민인 것은 분명하며, 그들이 연주하는 교향악은 겉으로는 시끄럽고 목소리가 크지만, 밑바닥에 흐르는 색조는 절망과 체념에 바탕한 것이다. 또한 이 작품은 펼쳐지는 이야기는 많지만 줄거리가 없고, 나오는 사람들도 많지만 주인공은 없다는 점이 특징이다.

햇빛 한 점 들지 않는 '밑바닥'이라는 제목에서는 어딘지 모르게 미래에 대한 희망이 느껴지기도 한다. 막이 오르면 죽음이 눈앞에 있는 듯한 암울한 현실에 몸서리치게 된다. 더러움과 굶주림과 질병과 사악함. 그러나 그러한 것들보다도, 죽음과도 같은 삶의 조건들이 갖는 연속성이 더욱 두려움을 준다. "죽을 때만이라도 편안히 죽게 내버려 달라"고 외치며 끊임없이 기도드리는 안나에게 사틴은 "신물이 날 정도로 들었으니 그 소리 좀 그만 하라"며 성을 낸다. 비좁은 여인숙에서 삶을 근근이 이어가는 사람들은 남의 말은 들을 생각도 없이 자신의 말만 퍼부을 뿐이다. 누가 드나드는지도 전혀 관심 없으며, 오직 자신의 관심사만이 전부이다.

등장인물들의 대화는 일견 철학적으로 보이기도 한다. 저마다 자신의 행복을 꿈꾸고 있으며 그 실현 또한 꽤나 구체적이다. 클레시치는 열심히 일해 돈을 모아 성공하기를 바란다. 나스탸는 어느 귀족 청년과의 사랑 이야기를 지어내며 행복을 꿈꾼다. 안나는 이해할 수 없는 신에게로 시선을 돌린다. 나타샤는 비좁고 더러운 여인숙에서 영웅과 기적을 기다린다. 이 모든 것은 선과 미에 대한 그들의 열망에서 비롯된다. 그 가운데에는 도덕심이 거의 없고 범죄에도 무감각한 부브노프, 사틴, 남작 같은 인물도 있다. 그러나 그들은 삶에 대한 꽤 바르고 냉정한 판단을 내리기도 하고, 저도 모르게 자유와 진리를 갈구하기도 한다.

1막에서 순례자 루카의 등장으로 이 작은 세계는 동요한다. 지혜롭고 경험도 풍부하며 비범한 인물인 루카는 날카로운 눈으로 모두를 꿰뚫어본다. 자

희곡 〈밑바닥〉
1902년, 모스크바 예술극장 초연 장면. 사실주의 연극의 거장 스타니슬랍스키가 연출했다. 연극이 끝난 뒤 작자 고리키는 열아홉 번이나 커튼콜을 받았다고 한다. 우리나라에서는 〈밤 주막〉으로 번역되어 상연되었다.

신을 믿고 따르는 사람들의 마음속에 그는 헛된 희망을 심어준다. 불행한 사람들이 품고 있던 환상이 깨질 무렵 그는 홀연히 사라진다.

4막에서 그간 일어난 일들의 결말이 드러난다. 사틴의 말을 빌리면, 결국 루카는 그럴싸한 지식으로 사람들을 홀려 헛된 희망만 불어넣어 버린 것이다. 여인숙의 밑바닥 인생들은 더욱 초조해진다. 앞으로 어떻게 살아갈 것인가? 나는 왜 태어난 것인가? 이러한 의문이 모두를 하나로 묶는다. 그리하여 여인숙 사람들의 관계는 새롭게 형성된다. 모두 이전과는 달리 서로의 이야기에 귀를 기울인다. 욕설과 험담은 내면의 폭발이 다가왔음을 암시한다. 사틴은 결론을 내린다. "모든 것은 인간 속에 있고, 모든 것은 인간을 위해 있는 거야! ……모두 인간의 손과 머리가 하는 일에 지나지 않아!"

〈밑바닥〉에서는 매 장마다 죽음으로 끝을 맺는다. 살아갈 의욕조차 잃어버린 부랑자들의 삶은 죽음이나 다를 바 없다. 살아 있는 시체들의 각성. 밑바닥 인생들의 눈과 귀가 열린다. 이것이 바로 이 드라마의 인간적·도덕적 의미를 담고 있다.

세계 근대극 가운데 평판과 질량 모두 체호프의 작품과 견줄 수 있는 명작인 〈밑바닥〉은 체호프와의 인연 덕분에 1902년 러시아 모스크바 예술극장에서 처음으로 상연되었으며, 그 뒤로 오늘날까지 많은 나라에서 무대에 오르고 있다.

특히 한국에서는 막심 고리키의 희곡작품들이 1949년 함대훈의 번역희곡집 〈밤 주막 *Na dne*〉에 의해 일찍이 소개되었다. 그 뒤 1989년 한국연극협회에서 정통 연극으로 무대에 올린 적이 있으며, 1990년 12월 이 협회 연기자 분과위원회에서 〈밤 주막〉이라는 이름으로 다시 무대에 올렸다. 각 대학 연극영화과에서 공연작품으로 무대에 올리곤 하는 이 작품은 사실적인 등장인물과 상황묘사 덕분에 연극영화과의 연기교재나 배우 실연심사 때 대본으로도 활용된다.

2005년 6월 24일 서울 대학로 열린극장에서 막을 올린 뮤지컬 〈밑바닥에서〉는 그해 한국뮤지컬 창작·초연 대상 최우수작품상과 작사·극본·연출·음악 부문 상을 받았으며, 2007년 6월 24일까지 2년 동안 무대에 올리면서 창작뮤지컬의 가능성을 보여 주었다. 또한 2005년 '서울문화재단 시민문화예술기금 지원작'과 '전국문예회관연합회 2006년 우수공연'으로 선정되었다. 그리고 2011년 6월 원작에 비해 대사는 줄이고 신체 움직임을 강조한 〈밑바닥에서〉(세종대 송현옥 교수 연출)가 고리키의 고향인 니주니노브고로드의 '고리키 극장'과 모스크바 국립 드라마예술극장인 '예르몰로바 극장' 85주년 기념공연의 초청을 받음으로써 외국 극단에서 각색한 작품이 다시 본고장에 소개되기도 했다.

고리키의 철저한 인간긍정주의

고리키는 몸소 부랑자 생활을 겪어 보았으므로, 어느 작가보다도 그들의 비참한 현실에 대해 더없이 사실적으로 묘사할 수 있었다. 또한 현실은 어두울망정 그들의 자유로운 세계를 낭만적이고 자연적으로 묘사한 점이 특징이다. 고리키 초기 작품에서 볼 수 있는 개인주의·낭만주의 경향은 이후 '인간성에 대한 믿음'이라는 주제로 발전한다. 고리키는 거의 종교적인 믿음에 가까울 만큼 이 믿음을 중요시 여겼다. 이 점은 그가 애정을 갖고 묘사한 부랑자의 삶에 잘 드러난다. 거친 삶과 인간을 향한 사랑이 곧 고리키 문학의 생명줄이며 처음이자 끝이다. 비뚤어진 사회 속에서 살아가지만 밝고 힘찬 인간성을 잃지 않는 인물을 생생하고 낭만적인 문체로 그려나갔다. 그러면서도 그 묘사는 터무니없지 않고 작가 본인의 경험을 바탕으로 한 사실성을 가지며, 그로 인해 낭만적이면서도 현실을 극복하려 하는 불굴의 인간상을 만들어 낸다.

고리키는 인간을 우주의 주체로 생각했다. 따라서 '모든 것은 인간 속에 있고, 모든 것은 인간을 위해 존재한다.' 이것이 고리키의 창작정신의 중심을 이룬다.

'나에게는 인간을 벗어나서는 어떤 사상도 있을 수 없다. 나에게는 인간, 오직 인간만이 만물의 창조자요 모든 사상의 창조자이다. 그러니까 모든 인간은 모든 자연의 힘을 지배하는 미래 통치자이며 마술사이다. 이 세상의 모든 아름다운 것은 인간의 노동에 의해 창조되었고 지혜로운 인간의 손에 의해서 이루어졌다.'

《나는 글쓰기를 어떻게 배웠는가》에서

'인간이 자신을 이해하고, 자신에 대한 믿음을 강화하고, 진리를 향한 노력을 자신 속에서 키우면서, 세상의 모든 속물성과 싸우며 인간으로부터 선함을 찾게 하고 그 영혼 속에 수치와 분노, 용기를 일깨우며, 사람들을 강하게 만들고 성스러운 아름다움의 정신으로 삶을 고무할 수 있도록 도와주는 게 나의 문학적 목적이었다.'

《독자》에서

이렇듯 고리키 작품에는 거친 현실에 맞서며 올곧게 살아가려는 긍정적인 인간상과 함께 끝내 온갖 모순과 역경을 극복해 내는 인간의 승리가 담겨 있다. 그렇기에 그의 작품이 시대를 뛰어넘어 오늘날에도 큰 울림과 감동을 전해주는 것이리라.

막심 고리키 연보

1868년   3월 28일 러시아 니즈니노브고로드 주의 주도인 니즈니노브고로드에서 가구 제작자인 아버지와 염색공장 주인의 딸 사이에서 태어남. 막심 고리키는 필명이며, 본명은 알렉세이 막시모비치 페쉬코프.

1873년(5세)   아버지 막심 페쉬코프가 콜레라로 죽음. 어머니와 함께 니즈니에 있는 외가 카시린 집안에서 같이 살게 됨. 그 뒤 외할아버지에게서 글을 배우고, 외할머니에게서 동화와 옛날 이야기, 오래된 민요 등을 듣고 자라남.

1877년(9세)   니즈니노브고로드에 있는 교구학교인 쿠나비노 초등학교 입학(~1878). 어머니 죽음. 이 무렵 염색공장을 경영하던 외가 또한 형편이 어려워지면서 학교 중퇴. 넝마주이를 하면서 밥벌이를 시작함.

1880년(12세)   볼가 강을 오르내리던 증기선에서 심부름꾼으로 일을 시작함.

1883년(15세)   대학 교육을 받기 위해 카잔으로 떠남. 그러나 학비 문제로 진학을 포기하고 제과점에 취직해서 일을 하게 되지만 일이 힘들고 고통스러워서 그만둠. 앞날에 대해 고민하던 중 한 변호사와 만나고, 그의 도움으로 일자리를 얻음.

1885년(17세)   오페라 극장의 합창단에 들어감(뒷날 명가수가 되는 샤라핀과 알게 되면서 연극에 흥미를 가짐).

1887년(19세)   권총 자살을 시도했으나 총알이 심장을 빗나가면서 실패함.

1890년(22세)   변호사 사무실 서기가 되면서 글쓰기를 비롯한 공부에 매진함.

1891년(23세)   트빌리시에 있는 철도공장에서 도장공으로 일함.

1892년(24세)   첫 작품인 《마카르 추드라》를 써서 '막심 고리키'라는 필명으로 트빌리시의 신문인 〈캅카스〉를 통해 발표함.

1894년(26세) 《이제르길리 노파》《첼카쉬》《매의 노래》《뗏목 위에서》《어느 가을날》 등의 많은 단편소설과 시를 발표함(~1895).

1896년(28세) 예카테리나 파블로브나 볼치나와 결혼, 남매를 둠. 폐결핵에 걸려 크리미아로 전지요양을 떠남.

1897년(29세) 《그들도 한때는 인간이었다》 발표함.

1898년(30세) 중편소설 《바렌카 올레소바》 발표함. 처음으로 단편소설집 2권 발표. 가을에 체호프와 서신 교류 시작함.

1899년(31세) 첫 장편소설 《포마 고르데예프》를 잡지 〈생활〉에 발표함.

1900년(32세) 첫 희곡 〈소시민〉 발표함. 레프 톨스토이를 알게 되고, 체호프와도 만남.

1901년(33세) 카잔에서 경찰들이 학생 시위를 공격하는 장면을 보고서 이를 비판하는 성명을 발표했다는 이유로 당국에 체포되어 감옥에 갇힘. 건강 악화로 한달 만에 풀려났으나 가택연금 처분과 함께 서신 왕래 감시, 국내 활동 제약 등 제제를 받음.

1902년(34세) 러시아 문학 아카데미 명예회원에 선출되지만 그즈음 황제인 니콜라이 2세에 의해 취소됨(이에 항의하는 뜻으로 체호프와 코롤렌코 등이 아카데미 회원 사퇴함). 대표 희곡작품인 〈밑바닥〉 발표함.

1905년(37세) '상트페테르부르크 피의 일요일' 사건과 관련해서 사람들을 부추겨 반란을 일으키려 했다는 혐의로 체포되어 페트로 파블로스키 요새에 투옥됨. 석방되고 나서 미국으로 건너가 그곳에서 중편소설 《어머니》를 씀.

1906년(38세) 3월 미국 방문. 미국에서의 유세여행을 위해서 입국하여 많은 미국 작가들의 환영을 받음. 그러나 함께 왔으며 함께 호텔에 머물고 있는 여자가 아내가 아니라 아내와 별거한 뒤로 동거해 온 애인이라는 사실이 드러나면서 미국 작가들이 지지를 철회하고 백악관 방문이 무산되었으며, 거의 쫓겨나다시피 미국을 떠나게 되면서 미국에 대해 강한 반감을 품게 됨.

1907년(39세) 5월 사회민주노동당 제5차 당대회에 객원으로 초청받아 참석했을 때 블라디미르 레닌, 율리우스 마르토프, 게오르기 플레하노프, 레온 트로츠키 등을 처음 만남.

1913년(45세) 자전적 3부작 가운데 첫 번째 작품이자 작가 자신의 어린 시절 성장과정을 소재로 한 《어린 시절》을 발표함. 겨울에 니콜라이 2세의 사면으로 귀국.

1915년(47세) 정치문예 잡지 〈연대기〉 창간. 러시아의 유대인 공동체에 대한 박해에 저항했던 '유대인 생존을 위한 러시아협회' 설립을 도움. 자전적 3부작 가운데 두 번째 작품인 《세상 속으로》 발표함.

1917년(49세) 〈새로운 생활〉 신문 창간. 2월혁명의 결과로 3월 15일 니콜라이 2세가 퇴위하고 온건파인 멘셰비키파 중심의 알렉산드르 케렌스키 임시정부가 들어섬. 같은 해 10월 혁명의 결과로 강경파인 볼셰비키 정부가 들어섬.

1918년(50세) '세계문학'이라는 출판사 설립.

1921년(53세) 2월에 일어난 크론시타트 해병 봉기(또는 크론시타트 반란)의 진압을 두고서 고리키와 볼셰비키 정부 다시 충돌함. 10월 볼셰비키 정부의 동의 아래에 독일로 떠남(망명함).

1922년(54세) 7월 레닌 정부가 사회주의혁명당의 간부 12명에게 내린 사형선고에 반대하는 운동을 펼침.

1923년(55세) 자전적 3부작 가운데 마지막 작품인 《나의 대학》 발표함.

1928년(60세) 스탈린의 초청을 받아들여 5월 20일 영구 귀국함.

1932년(64세) 레닌 훈장을 받음.

1936년 6월 18일(68세) 모스크바 교외에 있는 레닌의 시골별장인 고리키 하우스에서 세상을 떠나다. 공식적인 사인은 폐렴 악화에 따른 사망이었지만 스탈린 지배체제의 비밀경찰인 내무인민위원회에 의해 독살되었다는 소문이 돌았으며, 유해는 국가 영웅들이 묻히는 모스크바 크렘린궁 외벽 아래에 안장되었다.

최홍근(崔鴻根)

한국외국어대학교 러시아어과 졸업. 동서문화사 편집위원 중앙일보 월간미술 주간 하이파
이저널 발행인을 지냈다. 지은책《음악의 숲에서》옮긴책 보리스 파스테르나크《닥터 지바
고》막심 고리키《어머니》《밑바닥》《첼카쉬》등이 있다.

세계문학전집098

Максим Горький

ДЕТСТВО/МАТЬ/НА ДНЕ

어린시절/어머니/밑바닥에서

막심 고리키/최홍근 옮김

동서문화창업60주년특별출판

1판 1쇄 발행/2017. 3. 20

발행인 고정일

발행처 동서문화사

창업 1956. 12. 12. 등록 16-3799

서울 중구 다산로 12길 6(신당동 4층)

☎ 546-0331~6 Fax. 545-0331

www.dongsuhbook.com

✱

사업자등록번호 211-87-75330

ISBN 978-89-497-1563-6 04800

ISBN 978-89-497-1515-5 (세트)